HEYNE BÜCHER

SCIENCE FICTION

Herausgegeben
von Wolfgang Jeschke

Von **David Brin** erschien in der Reihe
HEYNE SCIENCE FICTION & FANTASY:

Der Übungseffekt · 0604449
Sternenflut · 0604450
Gordons Berufung · 0604594
Entwicklungskrieg · 0604634
Erde · 0605145
Sonnentaucher · 0605278 (in Vorb.)
Sommerkinder · (in Vorb.)

Im Herzen des Kometen · 0604236
(zusammen mit Gregory Benford)

DAVID BRIN

Erde

Der Roman
des 21. Jahrhunderts

Deutsche Erstausgabe

Aus dem Amerikanischen übersetzt
von
WINFRIED PETRI

WILHELM HEYNE VERLAG
MÜNCHEN

HEYNE SCIENCE FICTION & FANTASY
Band 0605145

Titel der amerikanischen Originalausgabe
EARTH
Deutsche Übersetzung von Winfried Petri
Das Umschlagbild malte Paul R. Alexander

2. Auflage

Redaktion: Wolfgang Jeschke

Erstausgabe by Bantam Spectra Books, New York

Printed in Germany 1996
Umschlaggestaltung: Atelier Ingrid Schütz, München
Technische Betreuung: Manfred Spinola
Satz: Schaber Satz- und Datentechnik, Wels
Druck und Bindung: Presse-Druck Augsburg

ISBN 3-453-07764-4

Für unser aller Mutter

Vorwort des Verfassers

Wie Schriftsteller so sind, glaube ich, als eine Art Optimist zu gelten. Daher scheint es nur natürlich, daß dieser Roman eine Zukunft entwirft, in der es etwas mehr Weisheit gibt als Torheit… Vielleicht etwas mehr Hoffnung als Verzweiflung.

Tatsächlich ist er wohl das ermutigendste Zukunftsbild, das ich mir gerade jetzt vorstellen kann.

Welch ernüchternder Gedanke!

TEIL I

PLANET

Zuerst kam eine Supernova, die das Universum in einer kurzen üppigen Glorie blendete, ehe sie in vielen Spektralfarben zu verschlungenen Wolken neu geschmiedeter Atome abebbte. Brausende Strudel liefen in Spiralen, ehe einer davon zündete – als neugeborener Stern.

Die jungfräuliche Sonne trug wirbelnde Röcke aus Staub und Elektrizität. Gase, Steine und Stückchen von diesem und jenem fielen in deren Falten und sammelten sich zu trüben Klumpen … Planeten …

Eine kleine winzige Welt kreiste in mittlerer Distanz. Sie besaß eine bescheidene Gruppe von Eigenschaften:

Masse – kaum genug, um einen oder zwei vorbei laufende Asteroiden an sich zu ziehen;

Monde – einen, das Überbleibsel einer heftigen Kollision, aber groß genug, um tiefe Gezeiten zu bewirken;

Drall – um Winde durch eine dampfende Atmosphäre quirlen zu lassen;

Dichte – ein Gebräu, das sich mischte und trennte und dabei wenig versprechende Schlacke an der Oberfläche bildete;

Temperatur – Wärme, die die einzige Stimme des Planeten war, und noch dazu eine schwache, die von der glühen-

den Sonne überwältigt wurde. Und was kann ein Planet dem Universum überhaupt mitteilen, in einem piepsigen Schrei von Infrarot?

»Dies existiert« wird ständig wiederholt. Dies ist ein kondensierter Stein, der mit ungefähr dreihundert Grad strahlt, unbedeutend in stellarem Maßstabe.

»Dieser Fleck, ein Stäubchen, existiert.«

Eine schlichte Feststellung gegenüber einem gleichgültigen Kosmos – die Signatur einer Gesteinswelt, getönt durch salzige, von Rauch verwehte Pfützen.

Aber dann rührte sich etwas Neues in diesen Pfützen. Es war eine Trivialität – eine bloße Entfärbung hier und da. Aber in diesem Augenblick veränderte sich die Stimme. Sie wechselte sanft die Tonhöhe; immer noch schwach und undeutlich, schien sie dennoch jetzt zu sagen:

»Ich … bin …«

• KERN •

Eine grollende Gottheit blickte funkelnd auf Alex. Schräge Sonnenstrahlen warfen Schatten über die eingekerbten Wangen und die ausgestreckte Zunge des großen Tu, des Kriegsgottes der Maori.

Ein mürrisches Idol, dachte Alex beim Betrachten der geschnitzten Figur. *Ich würde mich genau so fühlen, wenn ich da angebracht wäre, um die Wand vom Büro eines Milliardärs zu schmücken.*

Alex kam es so vor, als ob die hölzerne Nase des Großen Tu dem Gnomon einer Sonnenuhr ähnelte. Sein Schatten gab die Zeit an und kroch zu dem gemäßigten Ticken einer großväterlichen Uhr des zwanzigsten Jahrhunderts in der Ecke voran. Die Silhouette streckte sich allmählich liebevoll einem Geoden aus funkelndem Amethyst entgegen – einem der vielen geologischen Schätze von George Hutton. Alex wettete mit sich selbst, daß der Schatten sein Ziel nicht erreichen würde, ehe die sinkende Sonne durch die Berge im Westen abgedeckt wäre.

Und das träfe wohl auch auf George Hutton zu. *Wo, zum Teufel, ist der Mann? Warum hat er dieser Zusammenkunft zugestimmt, wenn er blöderweise nicht aufkreuzen wollte?*

Alex blickte wieder auf seine Uhr, obwohl er wußte, wie spät es war. Er ertappte sich dabei, daß er mit einem Schuh nervös gegen das Tischbein in der Nähe klopfte, und hörte damit auf.

Was haben Jen und Stan dir immer gesagt? »Alex, lerne Geduld!«

Die gehörte nicht zu seinen herausragenden Tugenden. Aber in den letzten paar Monaten hatte er eine Menge gelernt. Es war bemerkenswert, wie es den Geist auf ein Ziel konzentrierte, wenn man ein Geheimnis hütete, welches den Weltuntergang bedeuten könnte.

Er blickte auf Stan Goldman, seinen Freund und früheren Mentor, der diesen Termin mit dem Vorsitzenden von Tangoparu Ltd. ausgemacht hatte. Anscheinend unberührt durch die Verspätung seines Chefs, war der hagere ältliche Theoretiker in die letzte Ausgabe der *Physical Review* vertieft.

Keine Hoffnung auf Zerstreuung hier. Alex seufzte und ließ den Blick noch einmal durch George Huttons Büro schweifen in der Hoffnung, von dem Mann eine Vorstellung zu bekommen.

Natürlich war der Konferenztisch mit den besten und neuesten elektronischen Tafeln ausgerüstet, um an das Weltdatennetz heranzukommen. Eine ganze Wand wurde von einem Bildschirm für aktive Ereignisse ausgefüllt, einer Montage von Echtzeitbildern aus verschiedensten Stellen der Erde – Zeppelinfahrten über Wuhan … Sonnenaufgang in einem nordafrikanischen Dorf … den Lichtern irgendeiner Stadt der Welt.

Echte holographische Skulpturen mythischer Tiere schimmerten am Eingang der Suite; aber dem Pult am nächsten waren Huttons teuerste Schätze – Mineralien und Erze, gesammelt während eines Menschenlebens durch Schürfen in der Kruste des Planeten, einschließlich eines riesigen Blutzirkons, der auf einem Sockel genau unter der Maori-Maske glitzerte. Alex war betroffen, weil beide Objekte Produkte feuriger Tiegel waren – der eine mineralisch und der andere sozial. Jeder bezeichnete erfolgreichen Widerstand unter Druck. Vielleicht sagte das auch etwas über die Persönlichkeit von George Hutton aus.

Aber vielleicht hatte es auch gar nichts zu bedeuten. Alex hatte nie besondere kritische Menschenkenntnis gehabt. Das bezeugten die Ereignisse des letzten Jahres.

Mit einem plötzlichen Klicken und Summen öffneten sich die Türen der Eingangshalle, und es erschien ein großer brauner Mann, der schwer atmete und von Schweiß bedeckt war.

»Ah! Sie haben es sich bequem gemacht. Gut! Tut mir leid, Sie haben warten zu lassen, Stan. Dr. Lustig. Entschuldigen Sie mich, bitte! Es wird nur einen Moment dauern.« Er zog sich eine verschwitzte Strickjacke von den Schultern und ging an einem Fenster vorbei, das einen Blick auf die Segelschiffe des Hafens von Auckland bot.

George Hutton nehme ich an, dachte Alex, als er seine ausgestreckte Hand senkte und sich wieder hinsetzte. *Nicht sehr für Formalitäten. Ich denke, das macht auch nichts.*

Von der offenen Tür zum Bad rief Hutton: »Unser Spiel hatte immer wieder Verzögerungen durch Verletzungen erlitten! Zum Glück geringfügiges Zeug. Aber ich bin sicher, Sie verstehen, daß ich das Tangoparu-Team nicht hängen lassen wollte, wenn ich gebraucht wurde. Nicht während der Endspiele gegen Nippon Electric!«

Normalerweise konnte es seltsam scheinen, daß ein Geschäftsmann in den Fünfzigern Termine wegen eines Rugbyspiels vernachlässigte. Aber der dunkle Riese, der sich da bei der Begrüßung abtrocknete, schien völlig unbekümmert vor Siegesfreude zu strahlen. Alex blickte auf seinen früheren Lehrer, der jetzt hier in Neuseeland für Hutton arbeitete. Stan zuckte nur die Achseln, als ob er sagen wollte, Milliardäre machen ihre eigenen Regeln.

Hutton tauchte wieder auf in einem Morgenrock und trocknete sich das Haar mit einem Frottiertuch. »Dr. Lustig, kann ich Ihnen etwas anbieten? Wie ist es mit Ihnen, Stan?«

»Nichts, danke!« sagte Alex. Stan nahm weniger schweigsam ein Glas Glenfiddich mit Quellwasser. Dann ließ Hutton sich in einem Plüschdrehsessel nieder und streckte seine langen Beine neben dem Tisch aus Kauriholz aus.

Alex wußte: Was immer geschieht – dies ist meine letzte Hoffnung.

Der Maori-Ingenieur und Geschäftsmann betrachtete ihn mit stechenden braunen Augen. »Man hat mir gesagt, Sie möchten über den Iquitos-Vorfall diskutieren, Dr. Lustig. Und über das schwarze Mini-Loch, das Ihnen dort aus den Händen geschlüpft ist. Offen gestanden, müßte Ihnen inzwischen wegen dieses Vorfalls ganz schlecht sein vor Verlegenheit. Wie haben einige Schreiberlinge der Presse ihn damals genannt? Ein mögliches China-Syndrom?«

Stan mischte sich ein: »Einige Sensationswütige haben eine Fünfminutenpanik im Weltnetz ausgelöst, bis die wissenschaftliche Öffentlichkeit jedermann bewies, daß winzige Irregularitäten wie die von Alex sich harmlos auflösen. Sie sind zu klein, um von sich aus lange zu dauern.«

Hutton hob eine dunkle Augenbraue: »Stimmt das, Dr. Lustig?«

Alex war mit dieser Frage seit Iquitos schon oft konfrontiert worden. Inzwischen hatte er zahllose Antworten parat – von Fünf-Sekunden-Ton-Spots für die Videokameras bis hin zu zehnminütigen Schlummerliedern für Untersucher des Senats ... und zu Stunden abstruser Mathematik zur Besänftigung seiner Physikerkollegen. Er sollte sich inzwischen wirklich daran gewöhnt haben. Aber die Frage war immer noch brennend wie beim ersten Male.

»Sprechen Sie zu mir!« hatte der Reporter Pedro Manella an jenem grauen Nachmittag in Peru gefragt, als sie zusahen, wie randalierende Studenten die Arbeitsstätte von Alex anzündeten. *»Sagen Sie mir, ob das Ding, das Sie gemacht haben, sich nicht bis nach China hin durchfressen wird!«*

Seit damals war Lügen ein so gewöhnlicher Reflex

geworden, daß es einige Mühe kostete, heute diese Gewohnheit zu durchbrechen. »Hm, was hat Stan Ihnen gesagt?« fragte er George Hutton, dessen breites Gesicht immer noch unter einem Hauch von Schweiß schimmerte.

»Nur, daß Sie behaupten, ein Geheimnis zu besitzen. Etwas, das Sie vor Reportern und Tribunalen zurückgehalten haben... sogar vor den Sicherheitsagenten eines Dutzend Nationen. Heutzutage und in diesem Zeitalter ist das alleine schon eindrucksvoll.«

Hutton fuhr fort: »Aber wir Maori auf Neuseeland haben ein Sprichwort. Danach muß ein Mensch, der Häuptlinge und sogar Götter täuschen kann, immer noch den Ungeheuern entgegentreten, die er selbst geschaffen hat.

Dr. Lustig, haben *Sie* ein Monstrum geschaffen?«

Das war eine direkte Frage. Alex erkannte, weshalb Hutton ihn an Pedro Manella an jenem feuchten Abend in Peru erinnerte, als Tränengas jene von Trümmern übersäten Straßen und Kanäle hinabströmte. Die beiden großen Männer hatten Stimmen wie Gottheiten von Hollywood gehabt. Beide waren es gewohnt, Antworten zu bekommen.

Manella war Alex bis zu dem klapprigen Hotelbalkon gefolgt, um einen guten Blick auf das brennende Kraftwerk zu bekommen. Der Reporter schwenkte seine Kamera, als das Hauptgebäude unter Wolken von Zementstaub zusammenstürzte. Jubelnde Studenten boten Manella eine lebendige Szene für Life-Eingabe in das Netz.

Während der Aufnahmen fragte der hartnäckige Journalist: *»Als der Mob die Stromkabel kappte, Lustig, wurde Ihr Schwarzes Loch aus seinem magnetischen Käfig freigesetzt. Es ist dann in die Erde gefallen oder nicht? Was geschieht jetzt? Wird es wieder auftauchen und irgendeinen unglücklichen Ort halb um die Welt herum in Feuer und Asche legen?*

Lustig, was haben Sie hier gemacht? Eine Bestie, die uns alle verschlingen wird?«

Schon damals erkannte Alex die zwischen den Worten verborgene Botschaft. Der angesehene Frager hatte nicht die Wahrheit gesucht. Er verlangte Bestätigung.

»*Nein, natürlich habe ich nicht ...*«, erinnerte sich Alex, Manella an jenem Tage gesagt zu haben, und jedem anderen danach. Jetzt verzichtete er erleichtert auf diese Lüge.

»Jawohl, Mr. Hutton, ich glaube, den leibhaftigen Teufel hergestellt zu haben.«

Stan Huttons Kopf zuckte hoch. Alex hatte bis zu diesem Augenblick nicht einmal seinem alten Mentor vertraut. *Tut mir leid, Stan,* dachte er.

Das Schweigen zog sich hin, während Hutton ihn anstarrte. »Sie sagen ... die Singularität hat sich nicht zerstreut, wie die Experten erklärt haben? Daß sie immer noch da unten sein kann und Materie aus dem Erdkern absorbiert?«

Alex verstand die Ungläubigkeit des Mannes. Der menschliche Verstand war nicht dafür geschaffen, sich etwas vorzustellen, das kleiner war als ein Atom und doch Megatonnen wog. Etwas klein genug, um durch den dichtesten Felsen zu fallen, aber genötigt, in einem Spiralreigen der Schwerkraft um das Zentrum des Planeten zu kreisen. Etwas Unaussprechliches, das aber unersättlich *hungrig* war und um so hungriger wurde, je mehr es fraß ...

»Die Generäle haben mir ihr Kraftwerk gezeigt ... mir einen Blankoscheck angeboten, seinen Kern zu konstruieren. Also habe ich ihrem Wort vertraut, daß sie bald die Genehmigung bekommen würden. *Jetzt jeden Tag,* haben sie mir immer erzählt.« Alex zuckte die Achseln über seine frühere Leichtgläubigkeit. Eine alte und bittere Geschichte.

»Wie jeder andere war ich sicher, daß das physikalische Standard-Modell korrekt wäre – daß kein Schwarzes Loch leichter als die Erde selbst stabil sein könnte. Noch dazu eines, das so winzig war wie das, welches wir in Iquitos herstellten. Man erwartete, daß es schließlich in kontrolliertem Maße verdampfen würde. Seine Wärme würde drei Provinzen mit Energie versorgen. Die meisten meiner Kollegen meinen, daß solche Einrichtungen binnen eines Jahrzehnts für den Einsatz bereit stehen werden.

Aber die Generäle wollten das Moratorium überspringen ...«

»Idioten!« unterbrach Hutton kopfschüttelnd. »Die haben sich tatsächlich eingebildet, sie könnten so ein Ding geheimhalten? In diesen Tagen?«

Zum erstenmal, seit Alex die Bombe hatte platzen lassen, mischte sich Stan Goldman mit einer Bemerkung ein. »Nun, George, sie müssen geglaubt haben, die Anlage wäre im Amazonasgebiet gut isoliert.«

Hutton brummte zweifelnd, und Alex stimmte nachträglich zu. Das war eine unbesonnene Idee. Er wäre so naiv gewesen, die Versicherungen der Generäle hinsichtlich eines ruhigen Arbeitsmilieus zu akzeptieren, das sich als ebenso unzuverlässig erwies wie die Standardmodelle der Physik.

»Tatsächlich«, fuhr Goldman fort, »wurde infolge einer undichten Stelle in einer Geheimregistratur jener Typ Manella auf die Spur von Alex angesetzt. Andernfalls würde Alex vielleicht noch immer die Singularität hüten, sicher in ihrem Containmentfeld. Ist es nicht so, Alex?«

Der gute alte Stan, dachte Alex liebevoll. *Entschuldigt sich noch für seinen Lieblingsschüler, wie er es einst in Cambridge zu tun pflegte.*

»Nein, das ist es nicht. Sehen Sie, vor den Unruhen war ich schon mit Vorbereitungen beschäftigt, die Fabrik selber zu sabotieren.«

Während dies Goldman zu überraschen schien, neigte Hutton nur leicht den Kopf. »Sie hatten an

Ihrem Schwarzen Loch etwas Ungewöhnliches entdeckt.«

Alex nickte. »Vor 2020 hat sich niemand vorgestellt, daß man solche Dinge überhaupt im Labor würde herstellen können. Als man entdeckte, daß es tatsächlich möglich war, Raum in einem Behältnis zusammenzufalten und eine Singularität herzustellen … Dieser Schock hätte uns Bescheidenheit lehren sollen. Aber Erfolg machte uns statt dessen überheblich. Bald glaubten wir, die verdammten Dinge zu verstehen. Aber es gibt … Feinheiten, die uns niemals eingefallen wären.«

Er breitete die Hände aus. »Ich wurde zuerst mißtrauisch, weil die Dinge zu verflucht gut liefen! Sehen Sie, das Kraftwerk war höchst leistungsfähig. Wir brauchten nicht viel Materie einzuspeisen, um es an der Auflösung zu hindern. Die Generäle waren natürlich entzückt. Aber mich bedrückte der Gedanke: Sollte ich zufällig einen neuen *Typ* von Loch im Raum geschaffen haben? Einen, der stabil war? Imstande, bloßes Gestein zu verschlingen?«

Stan schnappte nach Luft. Auch Alex war von dieser ersten Realisierung betäubt worden und hatte sich dann wochenlang abgequält, um die Dinge in die eigenen Hände zu bekommen, seine Arbeitgeber herauszufordern und das kleine gefräßige Biest zu entschärfen, das zu schaffen er geholfen hatte.

Aber Pedro Manella war zuerst gekommen – mit einem Sturm von Beschuldigungen; und plötzlich war es zu spät. Um Alex brach seine Welt zusammen, ehe er agieren oder sogar genau herausfinden konnte, was er angerichtet hatte.

»Es ist also ein Monster … ein *taniwha*«, flüsterte George Hutton. Das Maoriwort klang furchterregend. Der große Mann trommelte mit den Fingern auf dem Tisch. »Sehen wir einmal, ob ich das richtig mitgekriegt habe! Wir haben ein angeblich *stabiles*

Schwarzes Loch, von dem Sie annehmen, daß es Tausende von Meilen unter unseren Füßen kreisen kann und möglicherweise instabil wird, noch während wir hier sprechen. Korrekt? Ich nehme an, Sie wollen, daß ich ihnen helfe herauszufinden, was Sie so sorglos falsch gemacht haben?«

Alex war durch Huttons Schnelligkeit fast ebenso beeindruckt, wie durch seine Haltung verärgert. Er unterdrückte eine scharfe Antwort und sagte tonlos: »Ich könnte das wohl so ausdrücken.«

»Nun wohl. Wäre es zu viel verlangt zu fragen, wie Sie nach einem derart schwer faßbaren Gegner suchen wollen? Es ist etwas hart, da unten im Erdkern herumzubuddeln.«

Hutton glaubte offenbar ironisch zu sein. Aber Alex erteilte ihm eine direkte Antwort. »Ihre Gesellschaft stellt schon viel von dem Gerät her, das ich brauchen würde ... wie jene supraleitenden Gravitationssonden, die sie für Erzmutungen benutzen.« Alex griff nach seiner Tasche. »Ich habe Modifikationen konzipiert ...«

Hutton hob die Hand. Aus seinen Augen war jede Spur von Zynismus verschwunden. »Vorerst genügt mir Ihr Wort. Es wird natürlich kostspielig sein? Macht nichts. Wenn wir nichts finden, werde ich die Kosten aus Ihrer *pakeha*-Haut bestreiten. Ich werde Ihnen das Fell abziehen und das blasse Ding in einem Touristenladen verhökern. Einverstanden?«

Alex schluckte. Er konnte nicht glauben, daß das so einfach sein konnte. »Einverstanden. Und wenn wir es finden?«

Hutton runzelte die Stirn. »Nun ... dann wäre ich sowieso ehrenhaft verpflichtet, Ihre Haut zu: nehmen, *tohunga*. Weil Sie einen solchen Teufel geschaffen haben, unsere Erde zu verschlingen, sollte ich ...«

Plötzlich hielt der große Mann inne. Er stand auf und schüttelte den Kopf. Am Fenster schaute er hinab auf die Stadt Auckland, deren Abendlichter anfingen, sich wie pulverisierte Edelsteine über die Hügel hin auszubreiten. Hinter der Metropole lagen bewaldete Hänge, die sich zur Manukau-Bay absenkten. Vom Dämmerungslicht gefärbte Wolken zogen regenschwer langsam von der Tasmanischen See heran.

Die Szene erinnerte Alex daran, wie ihn als Kind seine Großmutter nach Wales mitgenommen hatte, um zu sehen, wie sich die herbstlichen Blätter drehten. Damals wie jetzt hatte es ihn jäh berührt, wie vergänglich alles schien ... das Laub, die ziehenden Wolken, die geduldigen Berge ... die Welt.

George Hutton sagte leise, während er immer noch den friedlichen Anblick draußen betrachtete: »Sie wissen, damals, als die Imperien der Amerikaner und Russen einander lange an der Schwelle eines nuklearen Krieges gegenüber standen, träumten Menschen in der nördlichen Hemisphäre davon, hierher zu fliehen. Haben Sie das gemerkt, Lustig? Jedesmal, wenn es eine Krise gab, waren die Fluglinien plötzlich überbucht mit ›Urlaubsreisen‹ nach Neuseeland. Die Leute müssen das für den idealen Platz gehalten haben, um einen Holocaust zu überdauern.

Und das hat sich mit den Verträgen von Rio nicht geändert, oder doch? Mit einem Großen Krieg war es aus; aber dann kamen Krebsseuche, Treibhaushitze, Ausdehnung der Wüsten ... und natürlich eine Menge kleiner Kriege – wegen einer Oase hier, eines Flusses dort.

Während dieser Zeit haben wir Kiwis uns immer noch glücklich gefühlt. *Unser* Regen hat uns nicht verlassen. Unsere Fischfangerträge fielen nicht aus.

Jetzt sind alle Illusionen entschwunden. Es gibt keinen sicheren Platz mehr.«

Der große Mann wandte sich um und blickte Alex an. Trotz seiner Worte lag in den Augen des Ingenieurs und Industriemagnaten kein Widerwillen. Nicht einmal Schärfe. Nur etwas, das Alex als schwere Resignation ansah.

»Lustig, ich möchte Sie hassen; aber Sie haben diesen Job offenbar recht geschickt selbst im Untervertrag übernommen. Und so berauben Sie mich auch der Rache.«

»Es tut mir leid«, entschuldigte sich Alex aufrichtig.

Hutton nickte. Er schloß die Augen und holte tief Luft.

»Nun gut also, gehen wir an die Arbeit! Wenn Tane, der Vater der Maoris, in die Eingeweide der Erde hinabsteigen konnte, um gegen Ungeheuer zu kämpfen, wie könnten wir uns da verweigern?«

□ Seit mehr als zwei Dekaden haben wir bei der **Mutter** unsere berühmte Liste von ›Reserven für die Ruhe der Natur‹ durchgehalten, von seltenen Stellen auf der Erde, wo man stundenlang dasitzen und keine Geräusche außer denen der Wildnis hören konnte.

Unsere dreißig Millionen Abonnenten in der Welt haben eine führende Rolle gespielt, um diese Reserven aufmerksam zu schützen. Es genügt ein einziger gedankenloser Akt, beispielsweise durch Planer von Luftverkehr, um ein kostbares Schutzgebiet in einen weiteren geräuschvollen und ungesunden Ort zu verwandeln, ruiniert durch das rauhe Gekrächze über Humanität.

Unglücklicherweise scheinen selbst sogenannte ›erhaltungsinteressierte‹ Beamte immer noch besessen zu sein von archaischen Vorstellungen des zwanzigsten Jahrhunderts bezüglich Erhaltung. Sie denken, es genüge, ein paar Waldflächen hier und da freizuhalten von Entwicklung, von chemischen Lecks oder saurem Regen. Aber selbst wenn sie Erfolg haben, feiern sie das durch Eröffnung von Wanderpfaden und Ermunterung immer größerer Mengen an Schaulustigen, die, wie vorauszusehen ist, Abfall hinterlassen, Wurzelsysteme niedertrampeln, Erosion bewirken und – was am schlimmsten ist – alle aus Leibeskräften in überströmender Begeisterung über ›Einssein mit der Natur‹ plappern.

Es ist erstaunlich, daß die wenigen noch vorhandenen Tiere einander in diesem Tollhaus noch finden können, um sich fortzupflanzen.

Mit Ausnahme von Grönland und der Antarktis wurden in unserer letzten Übersicht siebenundneunzig Ruhereservate gemeldet. Wir bedauern jetzt melden zu müssen, daß zwei in dem diesjährigen Test gefehlt haben. Bei diesem Tempo wird es bald überhaupt keine Ruhezonen auf der Erde mehr geben.

Und unsere Korrespondenten aus Ozeanien melden, daß die Dinge dort noch schlimmer werden. Zu viele Landratten scheinen von den offiziellen Schiffahrtsrouten abzuweichen – Urlauber, die die Heiterkeit der Natur suchen, aber auf diese Weise zu stillen Orten die Seuche ihrer eigenen Stimmen bringen.

(Und dann gibt es noch diesen katastrophalen Ozeanstaat, den wir hier besser gar nicht erwähnen, um keine totale Verzweiflung aufkommen zu lassen!)

Selbst der südliche Indische Ozean, die letzte Grenze von Einsamkeit auf Erden, zittert unter der Kakophonie unserer verfluchten zehn Milliarden und deren Maschinen. Es würde den Autor wahrhaftig nicht überraschen, wenn Gaia endlich genug hätte, aus ihrem wechselvollen Schlummer erwachen und auf unseren Lärm mit einem Beben antworten würde, wie es dieser Planet noch nie erlebt hat.

– Aus Heft März 2038 von **Die Mutter.**
[☐ Direkter Zugriff PI-63-AA-1-888-66-7767.]

• HOLOSPHÄRE •

Es gibt viele Möglichkeiten der Fortpflanzung. (Ein so hübsches Wort!) So spät in ihrem langen Leben glaubte Jen Wolling ziemlich alles darüber zu wissen.

Der Ausdruck paßte besonders auf die Biologie – auf alle die verschiedenartigen Mittel, die das Leben benutzte, um seinen großen Feind, die Zeit, zu überwinden. Dieser Wege gab es so viele, daß Jen manchmal darüber rätselte, warum alle Leute über die eine traditionelle Weise, den Sex, soviel Aufhebens machte.

Gewiß hatte Sex manches für sich. Es half, die Veränderlichkeit in einer Species zu sichern – ein Glücksspiel, bei dem sich die Gene des einen mit denen des anderen Partners mischten mit der Chance, daß wohltätige Zufälle die unvermeidlichen Fehler überwiegen könnten. Tatsächlich hatte Sex den meisten höheren Lebensformen gut und lange genug gedient, um durch viele angenehme neurale und hormonale Reaktionen verstärkt zu werden.

In früheren Tagen hatte Jen solche Wege am lebenden Objekt und mit viel Eifer ausgelotet. Sie hatte sie auch genauer kartiert in primitiven, aber immer noch hingebungsvollen mathematischen Darstellungen. Von ihr stammten die ersten Computermodelle, die theoretische Grundlagen für Empfindungen, logische Erklärungen für Ekstase und sogar Theoreme für die mysteriöse Kunst der Mutterschaft aufzeigten.

Zwei Gatten, drei Kinder, acht Enkelkinder und einen Nobelpreis später kannte Jen Mutterschaft aus jedem Gesichtswinkel, obwohl ihre wilden Hormonströme jetzt nur noch der Erinnerung angehörten. Na schön! Es gibt noch andere Typen der Fortpflanzung. Andere Wege, auf denen selbst eine alte Frau der Geschichte einen Stempel aufprägen könnte.

»Nein, Baby!« schimpfte sie und zog einen hellroten Apfel von den Stangen zurück, die das geräumige Labor teilten. Zwischen den Stahlstäben wedelte ein grauer Tentakel, um die Frucht zu ergreifen.

»Nein! Nicht, bis du höflich darum bittest.«

An ihrem Pult in der Nähe seufzte eine schwarze junge Frau. »Jen, würdest du aufhören, die arme Kreatur zu reizen?« Pauline Cockerel schüttelte den Kopf. »Du weißt, daß Baby dich nicht verstehen wird, sofern du die Worte nicht durch Zeichen begleitest.«

»Unsinn! Sie versteht genau. Paß auf!«

Das Tier stieß enttäuscht einen quäkenden Trompetenstoß aus. Dann beruhigte es sich und rollte den Rüssel um ein Gestrüpp aus verfilztem Haar, das ihm tief unter die Augen hing.

»Das ist ein braves Mädchen«, sagte Jen und warf ihr den Apfel zu. Baby fing ihn geschickt auf und zerkaute ihn glücklich.

Die jüngere Frau schnaufte: »Reine Aktionskonditionierung. Hat nichts mit Intelligenz oder Erkenntnisvermögen zu tun.«

Jen entgegnete: »Erkenntnisvermögen ist nicht alles. Zum Beispiel muß Höflichkeit in einem tieferen Niveau verankert werden. Es ist gut, daß ich hierhergekommen bin. Sie würde sonst verdorben werden.«

»Hm – wenn du mich fragst, so bist du gerade dabei, eine neue Runde von PNS auszuhecken.«

»PNS?«

»Post-Nobel-Syndrom«, erklärte Pauline.

»Immer noch?« fauchte Jen. »Nach all diesen Jahren?«

»Warum nicht? Wer sagt, daß man sich davon je erholt?«

»Du hörst dich an, als sei es eine Krankheit.«

»Das ist es auch. Schau auf die Geschichte der Wissenschaften! Die meisten Preisträger werden entweder zu sturen Verfechtern des Status quo – wie Hayes und Kalumba – oder zu Bilderstürmern wie du, die unbedingt Steine auf heilige Kühe werfen wollen …«

»Eine gemischte Metapher«, erklärte Jen.

»… und über Details meckern und sich selbst zur Last fallen.«

»Bin ich mir schon einmal lästig gefallen?« fragte Jen arglos.

Pauline richtete die Augen gen Himmel. »Du meinst, außer daß du willkürlich unangemeldet hierherkommst und dich in Babys Training einmischst?«

»Ja. Das auch.«

Seufzend zog Pauline eine Datentafel aus einem Haufen breiter, oblatendünner Lesegeräte. Diese war auf die letzte Nummer von *Nature* eingestellt … eine Seite im Korrespondenzteil.

»Ach das«, bemerkte Jen. Sie war in die hermetische, klimatisierte Pyramide der Arche London gekommen, um der Flut von telephonischen und Netzanrufen zu entgehen, die sich in ihrem Labor aufhäuften. Unvermeidlicherweise wäre einer davon vom Direktor von St. Thomas mit einer Einladung zu einem behaglichen Frühstück mit Blick auf den Fluß, wo er wieder einmal andeuten würde, daß eine emeritierte Professorin in den Neunzigern wirklich mehr Zeit auf dem Lande verbringen und zusehen sollte, wie die ultravioletten Strahlen den Rhododendren drollige Purpurtöne verliehen, anstatt sich rund um den Globus herumzutreiben und die Nase in die Angelegenheiten anderer Forscher zu stecken und sich über Dinge zu äußern, die sie gar nichts angingen.

Hätte jemand anders gesprochen als sie bei der Weltozonkonferenz letzte Woche in Patagonien, wären sie heimgekehrt zu mehr Briefen und Anrufen. Bei dem heutigen politischen Klima wäre die sanfteste Folge eine erzwungene Pensionierung gewesen. Ade, Labor in der City! Ade, großzügige Gutachten und Reisebewilligungen!

Diese kleine schwedische Medaille hatte gewiß auch ihre angenehmen Seiten. Als Laureat(in) wurde man gleichsam etwas wie jener sagenhafte Neunhundertpfundgorilla, der überall schlief, wo er Lust hatte. Jen fand den Vergleich entzückend, als sie ihr hageres, drahtiges Spiegelbild im Laborfenster betrachtete.

Sie erklärte: »Ich habe nur darauf hingewiesen, was jeder Narr sehen sollte. Daß nichts dadurch erreicht wird, wenn man Milliarden ausgibt, um künstliches Ozon in die Stratosphäre zu blasen. Jetzt, da gierige Idioten aufgehört haben, Chlorverbindungen in die Luft zu spucken, wird sich die Lage bald von selbst korrigieren.«

»Bald?« Pauline war ungläubig. »*Dekaden* sollen bald die Ozonschicht wieder herstellen? Erzähle das den Farmern, die ihr Vieh mit Augenschützern gesundhalten müssen!«

»Sie sollten überhaupt kein Fleisch essen«, brummte Jen.

»Die UN liefern Hüte und Sonnenbrillen an jedermann. Außerdem beseitigt eine Creme, die nur wenige Pfennige kostet, krebsbegünstigende …«

»Und was ist mit wilden Tieren? Paviane der Savanne hatten es gut. Ihr Habitat wurde gerade vor zehn Jahren als sicher erklärt. Jetzt erblinden viele, und sie müssen schließlich in den Archen gesammelt werden. Wie meinst du, werden wir hier damit zurechtkommen?« Pauline deutete in das weite Atrium der Arche London mit ihren sich auftürmenden Rängen abgeschlossener künstlicher Habitate. Das riesige Gebäude hängender Gärten und peinlich geregelter Milieus war weit entfernt von seinen Ursprüngen in dem alten Regent-Park-Zoo. Und dabei war es nur eine von fast hundert solchen Strukturen, die in der ganzen Welt verstreut waren.

Jen antwortete: »Du wirst so weitermachen wie bisher, indem du günstige Gelegenheiten ausnützt, Überstunden einlegst, dich anschickst …«

»Für jetzt! Aber was ist mit morgen? Der nächsten Katastrophe? Jen, ich kann nicht glauben, was ich da höre. Du hast doch den Kampf für die Archen von Anfang an geführt!«

»So? Bin ich dann eine Verräterin, wenn ich sage, daß dieser Teil des Jobs erfolgreich gewesen ist? Nun, auf manchen Gebieten haben wir sogar den Genpool erweitert – wie hier bei Baby.« Sie deutete mit einem Nicken auf den behaarten Dickhäuter in dem großen Käfig. »Pauline, du solltest Vertrauen in deine Arbeit haben. Die Restaurierung von Habitaten wird eines Tages von den Reißbrettern verschwinden. Die meisten dieser Species sollten schon in wenigen Jahrhunderten wieder im Freien sein …«

»Jahrhunderten!«

»Ja, gewiß. Was sind ein paar hundert Jahre, verglichen mit dem Alter dieses Planeten?«

Pauline rümpfte zweifelnd die Nase. Aber dann fuhr Jen mit einem leichten Cockney-Akzent fort: »Cor, warum nimmste das alles so persönlich, Süße? Halt mal kurz die Luft an! Was is das Schlimmste, was passieren kann?«

»Wir könnten jede ungeschützte terrestrische Species über zehn Kilo verlieren!« entgegnete die junge Frau wütend.

»Wirklich? Um ein richtiges Maß zu gewinnen, wollen wir den Inhalt all dieser Archen – die geschützten Arten – und jedes menschliche Lebewesen annehmen. Alle unsere zehn Milliarden. Das wäre bestimmt eine Art Holocaust.

Aber wieviel Unterschied würde das für die *Erde* ausmachen, Pauline? Sagen wir – in zehn Jahrmillionen von jetzt an? Nicht viel, möchte ich wetten. Die alte Erde wird uns überdauern, wie sie es schon früher getan hat.«

Pauline ließ mit verblüffter Miene das Kinn hängen. Jen fragte sich für einen Moment, ob sie diesmal wirklich zu weit gegangen wäre.

Ihre junge Freundin blinzelte. Dann erschien ein argwöhnisches Lächeln. »Du bist schrecklich! Eine Minute lang habe ich dich tatsächlich ernstnehmen wollen.«

Jen grinste. »Nun ... du kennst mich doch besser.«

»Ich weiß, daß du eine hoffnungslose Miesmacherin bist. Es macht dir Spaß, die Leute auf die Palme zu bringen; und eines Tages werden deine gegenteiligen Manieren dein Ruin sein.«

»Hmm. Was denkst du eigentlich, wie ich *so* lange am Leben interessiert gewesen bin? Wege zu finden, um mich ständig zu amüsieren ... das ist mein Rezept für Langlebigkeit.«

Pauline warf die Lesetafel wieder auf das unordentliche Pult. »Ist es das, weshalb du im nächsten Monat nach Südafrika gehst? Weil du auf beiden Seiten alle Leute empören wirst?«

»Die Ndebele wünschen, daß ich ihre Archen aus makrobiologischer Sicht inspiziere. Wie immer auch ihre politischen und Rassenprobleme sein mögen, sie sind immer noch vitale Mitglieder des Rettungsprojekts.«

»Aber ...«

Jen klatschte in die Hände. »Genug davon! Das hat nichts mit unserem kleinen erbbiologischen Projekt hier zu tun. *Mammut americanum.* Wollen wir einen Blick in die Akte von Baby werfen? Ich mag im Ruhestand leben, wette aber, daß ich immer noch einen besseren neuralen Gradientenfaktor empfehlen kann als der, den ihr benutzt.«

»Du bist dran. Sie ist im Zimmer nebenan. Ich werde gleich zurück sein.«

Mit jugendlicher Anmut, die Jen liebevoll verfolgte, eilte Pauline aus dem Labor und ließ Jen allein, um über die mysteriösen Möglichkeiten sprachlicher Mehrdeutigkeit nachzugrübeln.

Es war wirklich eine üble Angewohnheit, die Leute auf den Arm zu nehmen. Aber im Verlauf der Jahre wurde es leichter. Sie alle *verziehen* so, als ob sie direkt darauf gewartet und es von ihr verlangt hätten. Und weil sie jedermann testete und gegenteilige Meinungen vorurteilslos aufnahm, schienen immer weniger Leute zu glauben, sie meinte überhaupt etwas, das sie sagte!

Vielleicht – das mußte Jen anstandshalber einräumen – wäre das die langfristige Rache der Welt an ihr. Alles, was sie sagte, als Witz aufzufassen. Das wäre für die sogenannte ›Mutter des modernen Gaia-Paradigmas‹ irgendwie schicksalhaft.

Jen streichelte Babys Rüssel und kratzte die gewölbte Stirn, wo eine induzierte Neotenie dem Mischling von Elefant und Mammut einen vergrößerten Cortex verschafft hatte. Der Pelz an den Brauen von Baby war lang und ölig und hatte einen scharfen, aber doch irgendwie angenehmen Geruch. Das weltweite Netzwerk genetischer Archen hatte einen Überfluß an Dickhäutern, selbst dieser neuen Züchtung – ›Mammnontelephas‹ –, wovon die Hälfte der Gene aus einem zwanzigtausend Jahre alten Kadaver geborgen worden waren, den die sich zurückziehende kanadische Tundra freigegeben hatte. So viele davon gediehen wirklich, daß man einige für Experimente über verlängerte Kindheit bei Säugetieren erübrigen konnte. Natürlich unter strenger Aufsicht durch die Wissenschaftstribunale und Komitees für die Rechte der Tiere.

Gewiß *schien* die Kreatur recht glücklich zu sein. »Wie steht es damit, Baby?« flüsterte Jen. »Freust du dich darüber, daß du klüger bist als ein durchschnittlicher Elefant? Oder möchtest du lieber draußen in der Prärie sein, dich im Schlamm wälzen, Bäume entwurzeln, dich über Zecken beklagen und trächtig werden, ehe du zehn bist?«

Der Rüssel mit rosiger Spitze kringelte sich um ihre Hand. Sie streichelte ihn zart. »Du bist für dich selbst doch schrecklich wichtig, nicht wahr? Und du bist auch ein Teil des Ganzen.

Aber bist du wirklich wichtig, Baby? Bin ich es?«

Tatsächlich war es ihr mit jedem Wort, das sie zu Pauline gesagt hatte, ernst gewesen – darüber, wie sogar massenhafte Ausrottungen auf lange Sicht im Grunde bedeutungslos sein würden. Eine ganze Lebenszeit, verbracht mit der Errichtung der theoretischen Fundamente der Biologie, hatte sie davon überzeugt. Die Homöostase des Planeten – Gaias – war stark genug, sogar große Kataklysmen zu überleben.

Oftmals hatten jähe Todeswellen Arten, Zweige und sogar ganze Ordnungen ausgerottet. Die Dinosaurier waren nur die spektakulärsten Opfer einer Episode.

Und dennoch entzogen immer noch während jeder mörderischen Katastrophe Pflanzen weiterhin der Luft Kohlendioxid. Tiere und Vulkane schickten das wieder zurück – plusminus einige wenige Prozentpunkte.

Sogar der sogenannte Treibhauseffekt, der jedermann beunruhigt hatte – durch Abschmelzen von Eiskappen, Ausbreitung von Wüstenflächen und Vertreibung von Millionen vor den ansteigenden Meeren – selbst dieses katastrophale Ergebnis menschlichen Exzesses würde nie den großen Überschwemmungen vergleichbar sein, die dem Perm-Zeitalter gefolgt sind.

Jen billigte durchaus die Art, wie in diesen Tagen ein jeder loszog und Briefe schrieb, Gesetze einbrachte und technische Verfahren zur ›Rettung der Erde‹ vor Fehlern des zwanzigsten Jahrhunderts entwarf. Schließlich pflegten doch nur wahnsinnige Kreaturen ihre eigenen Nester zu beschmutzen, und die Menschheit konnte es sich nicht leisten, viel mehr Wahnsinn zu dulden. Aber Jen hatte ihre eigene, zugegeben exzentrische Meinung, gegründet auf einer persönlichen, verschrobenen und nie ausgesprochenen Identifikation mit der Welt des Lebens.

Draußen im Atrium hallte ein dumpfes Gerumpel von den Wänden der Glaskaverne wider. Sie erkannte das tiefe Knurren eines Tigers, ihres Totemtiers laut einem Schamanen, mit dem sie einen Sommer verbracht hatte, ehe das vorige Jahrhundert zu Ende ging. Er hatte gesagt, ihres wäre »der Geist einer großen Mutterkatze ...«

Was für ein Unsinn! Aber – was für ein hübscher Bursche er doch gewesen war! Sie erinnerte sich an sein Aroma von Kräutern, Holzrauch und männlichem Moschus, obwohl sie sich jetzt nur schwer genau seinen Namen ins Gedächtnis rufen konnte.

Macht nichts! Er war weg. Eines Tages könnten allen Bemühungen von Leuten wie Pauline zum Trotz auch die Tiger verschwunden sein.

Aber manche Dinge dauerten an. Jen lachte, als sie Babys Rüssel streichelte.

Wenn wir Menschen uns selbst umbringen, sind die Gene der Säugetiere reich genug, uns binnen einiger Millionen Jahre durch eine andere, vielleicht weisere Rasse zu ersetzen. Vielleicht Abkömmlinge von Koyoten oder Waschbären, Kreaturen, die so anpassungsfähig sind, daß sie nie in Archen Zuflucht nehmen müssen. Zu zäh, um durch irgendeine Kalamität ausgelöscht zu werden, die unsergleichen erzeugt.

Oh, Babys zarte Species könnte uns vielleicht nicht überleben, aber Wanderratten werden es sicher. Ich möchte wissen, was für Hüter des Planeten ihre Nachkommen sein werden.

Baby wimmerte leise. Die Kreuzung von Elefant und Mammut sah Jen mit sanften Augen an, die besorgt wirkten, als ob die Kreatur irgendwie Jens beunruhigenden Gedankengang spürte. Jen lachte und tätschelte das nackte graue Fleisch. »O Baby, Oma meint nicht die Hälfte von dem ernst, was sie sagt... oder denkt! Ich tue es nur zu meinem persönlichen Vergnügen.

Keine Sorge! Ich werde nicht zulassen, daß schlimme Dinge passieren. Ich werde immer über dich wachen.

Ich werde hier sein. Immer.«

□ *Weltnetznachrichten: Kanal 265/Allgemeines Interesse/Level 9+ (Kopie)*

»Drei Millionen Bürger der Republik Bangladesh haben mit angesehen, wie ihre Felder und Dörfer weggespült wurden, als frühe Monsune ihre von Hand erbauten Dämme sprengten und Reste des verstümmelten Grundbesitzes in sumpfige Untiefen verwandelten, welche von der ansteigenden Bucht von Bengalen bedeckt wurden…«

[Bild tränenüberströmter brauner Gesichter, die in dumpfer Verzweiflung auf die geblähten Körper von Tieren und umgekippte überschwemmte Ruinen von Bauernhäusern blicken.]

[□ Für Details siehe STORM 23.]

»Es gibt Dickköpfe, welche alle früheren Angebote der Wiederansiedlung abgelehnt haben. Aber jetzt stehen sie vor einer bitteren Wahl. Wenn sie den vollen Flüchtlingsstatus annehmen und sich ihren Brüdern in sibirischem oder australischem Neuland zugesellen, würde das auch Annahme aller damit verbundenen Bedingungen bedeuten. Insbesondere müssen sie Eide zur Bevölkerungseinschränkung leisten…«

[Bild einer schwangeren Frau mit vier schreienden Kindern, die ihren entsetzten Gatten zu hellhäutigen Ärzten zerrt. Zoom auf das Schulterabzeichen eines Doktors mit Sichel und Hammer… das Ahornblatt einer kanadischen Schwester. Die Mitglieder des Untersuchungsteams lächeln freundlich. Zu nervös, um Unmut zu zeigen, unterschreibt der junge Bengali ein vorgehaltenes Blatt und verschwindet unter der Zeltklappe.]

[□ Für die spezifischen Eide, siehe REFUGE 43.]
[□ Für die spezifischen medizinischen Prozeduren, siehe VASECT 7.]

»Nach Erreichen ihrer Erträglichkeitsschwelle haben viele den Bedingungen der Gastnationen zugestimmt. Man erwartet aber, daß manche selbst diese letzte Chance ablehnen und statt dessen das rauhe, aber nicht reglementierte Leben als Bürger des Ozean-Staates wählen werden, dessen primitive Schiffe schon auf den Marschen und Untiefen fahren, wo sich einst große Juteländer ausgedehnt haben...«

[Ansichten von Lastkähnen und geborgenen Schiffen aller Formen und Größen, die sich unter prasselndem Regen zusammendrängen. Grobe Bagger untersuchen Skelette eines früheren Dorfes. Sie hieven Holzstücke, Möbel und Krimskram empor für späteren Gebrauch oder Verkauf als Schrott. Andere, schnellere Schiffe sieht man Schulen silbriger Anchovis durch neu überschwemmte Untiefen verfolgen.]

[□ Echtzeitbild 2376539.365x-2370.398, DISPAR XVII Satelli $ 1.45/Minute.]

[□ Allgemeiner Hintergrund, siehe SEASTATE 1.]
[□ Daten über spezifische Flottille, siehe SEA BANGLA 5.]

»Sprecher für den Ozean-Staat erklären schon Souveränität über die neuen Fischfanggebiete, kraft Reklamation...«

[□ Ref. UN-Dokument 43589.5768/ UNORRS 87623ba.]

[Diplomaten in Marmorsälen, füllen Papiere aus.]
[Vermessungsleute kartieren Ozeanflächen.]

[□ Zeitlich verzögerte Bilder APW72150/09, Associated Press 2038.6683.]

»Erwartungsgemäß hat die Republik Bangladesh einen Protest durch ihre UN-Delegation vorgebracht. Aber jetzt, wo deren Kapital unter Wasser ist, fangen die Beschwerden an, wie die eines tragischen Geistes zu klingen...«

[Anblick eines braunhäutigen Jugendlichen mit schmuddeligem Kopftuch, der sich an eine rostige Reling klammert und einer ungewissen Zukunft entgegensieht.]

Für Stan Goldman war es eine Offenbarung zu sehen, wie Alex Lustig unter der gewölbten Felsdecke von einem Arbeitsplatz zum anderen eilte. Er dachte bei sich: *Du kannst nie etwas über jemanden sagen, bis du ihn in einer Krise siehst.*

Da war Alexens aufgeschossene, nach vorn geneigte Figur. Die wirkte hier nicht mehr schlapp oder lethargisch, ein halbes Kilometer unter dem Boden. Vielmehr schien sich der Kerl vorwärts zu beugen, um mehr Hebelkraft zu haben, wenn er sich bewegte, um hier einen langsamen Traktor anzuschieben oder eine widerspenstige Bohrspitze, oder bloß die Arbeiter anzutreiben. Vielleicht war es nur Luftwiderstand, was ihn bremsen konnte.

Stan war nicht der einzige, der seinen früheren Schüler beobachtete, der sich jetzt zu einem schlaksigen braunhaarigen katalytischen Antreiber gewandelt hatte. Manchmal blickten ihm die in diesem tiefen Stollen arbeitenden Männer und Frauen nach, fasziniert durch solche Intensität. Eine Gruppe hatte Schwierigkeiten, Datenverbindungen für den großen Analysator herzustellen. Sofort war Lustig da, kniete sich auf den verklebten alten Guanoboden und improvisierte eine Lösung. Ein anderes Team, das durch eine durchgebrannte Stromleitung in Verzug geraten war, bekam binnen Minuten ein neues Teil von Alex. Er riß es einfach aus dem Aufzug.

»Ich nehme an, daß Mr. Hutton merken wird, wenn niemand zum Essen nach oben kommt«, hörte Stan einen Techniker achselzuckend sagen. »Vielleicht wird er ein Seil benutzen, um uns ein Ersatzteil herunter zu lassen.«

»Nee«, antwortete ein anderer. »George wird das

Dinner selbst herunterschicken. Sofern Dr. Lustig uns nicht alle mit intravenösen Injektionsstöpseln versieht, damit wir nicht einmal zum Essen innehalten müssen.«

Diese Bemerkungen waren in guter Stimmung gemacht. *Sie können merken, daß dies nicht wieder ein gewöhnlicher Eilauftrag ist, sondern etwas wirklich Dringendes.* Indessen war Stan froh, daß er gezwungen war, bei seinem Computer zu bleiben. Sonst hätte – ungeachtet von Alter und früherer Stellung – Alex ihn jetzt rekrutiert, um beim Legen von Kabeln über die Kalksteinwände zu helfen.

Zug um Zug gewann unter der Gebirgskette der Nordinsel von Neuseeland ein Laboratorium Gestalt.

Nur sie drei – Stan, George und Alex – wußten von der verlorenen Singularität, dem schwarzen Loch von Iquitos, das jetzt dabei sein könnte, das Innere des Planeten zu verschlingen. Den Technikern hatte man gesagt, sie suchten eine ›gravitative Anomalie‹ – viel tiefer als jede bisherige Schürfung nach Erzen oder verborgenem Methan gedrungen war. Aber die meisten der Leute erkannten eine Tarngeschichte, wenn sie eine hörten. Das – mit leichtem Grinsen – am meisten verbreitete Gerücht war, daß der Boss eine Karte für die unterirdische Verlorene Welt von Jules Verne und Rice Burroughs und Filmen des zwanzigsten Jahrhunderts gefunden hätte.

Stan dachte: *Man wird es ihnen bald sagen. Alex und ich, wir können alle Sichtungen nicht selber bearbeiten.* Millionen Kubikkilometer hochbeanspruchter Mineralien und flüssigen Metalls nach einem Objekt abzusuchen, das kleiner ist als ein Molekül, wäre wie die Suche nach einer wirbelnden Nadel in endlosen Feldern von Heuhaufen.

Als ob sie überhaupt etwas damit anfangen könnten, wenn sie wirklich das *taniwha* da unten fänden. Sogar Stan, der von Alexens neuen Gleichungen am meisten verstand, konnte sich immer nur ein paar Sekunden lang zwingen, an die schrecklichen Resultate zu glauben.

Ich habe vier Enkelkinder, einen Garten, aufgeweckte Studenten, die all ihre kreative Zeit noch vor sich haben, eine Frau, die mich zu einer Persönlichkeit gemacht hat, indem sie seit Jahrzehnten das Leben mit mir teilt … Da sind Bücher, die ich aufgehoben habe, um sie ›später‹ zu lesen. Sonnenunterränge. Meine Gemälde. Grundbesitz …

Ein solcher Reichtum, obschon von bescheidenem Geldwert, ließ dennoch die Milliarden John Huttons im Vergleich nicht besonders üppig erscheinen. Es war hart und sogar bitter, so spät gezwungen zu sein, hiervon Inventur zu machen und das zu realisieren.

Ich bin ein reicher Mann. Ich will nicht die Erde verlieren.

Stans Ranzencomputer klingelte und unterbrach damit seine trüben Gedanken. In einem kleinen Raum über der offenen Aktentasche gewann ein Bild Gestalt. Es zeigte einen funkelnden Zylinder, dessen Oberflächenglanz weder ganz metallisch, noch aus Kunststoff, noch keramisch war. Er schimmerte eher glitschig wie eine Flüssigkeit, die in einem röhrenartigen Kraftfeld gefangen ist.

Er sah sich die Figuren an und dachte mürrisch: *Gut! Das hat lange genug gedauert. Die Hauptantenne kann mit der heutigen Technologie gebaut werden. Nichts Kompliziertes, nur einfache Mikrokonstrukteure. Aber das Programmieren der kleinen Wanzen wird Kopfschmerzen bereiten. Man kann sich keine Gitterfehler leisten, sonst würden sich die davon ausgestrahlten Gravitationswellen über den ganzen Bereich verbreiten.*

Stan hatte schon länger, als er sich entsinnen konnte, wilde Vorhersagen gehört, wie Nanomaschinen die Welt verändern würden, Reichtum aus Müll herstellen, neue Städte erbauen und die Zivilisation vor der schrecklichen Perspektive ständig schwindender Hilfsquellen retten sollten. Sie würden auch die Arterien der Menschen wiederherstellen, der Gehirnsubstanz jugendliche Frische verleihen und vielleicht sogar faulen Atem kurieren. Tatsächlich waren ihre Anwendungen begrenzt. Die mikroskopischen Roboter waren Energiefresser und verlangten äußerst wohlgeordnete Arbeitsbedingungen. Schon der Entwurf einer gleichförmigen kristallinen Antenne, Molekül um Molekül in einer chemischen Nährlösung, forderte im voraus Beachtung eines jeden Details.

Stan benutzte sorgsam Alexens Gleichungen, um die Konstruktion richtig hinzukriegen. Er zwang den Zylinder in die genau richtige Form, um kleine Strahlungssonden durch die feurigen Kreise der Hölle in die Tiefe zu schicken auf der Suche nach einem schwer faßbaren Monstrum. Es war eine vergnüglich ablenkende Arbeit.

Als die Explosion erfolgte, riß die erste Schallmauer Stan fast von seinem Hocker. Dröhnende Echos hallten durch die Gesteinsstollen. Es folgte ein Kreischen und ein zischendes Gebrüll.

Männer und Frauen ließen ihr Werkzeug fallen und rannten zu einer Biegung in der Höhle, wo sie in offenem Entsetzen auf etwas starrten. Alex drängte sich durch die Menge zur Störung. Stan stand blinzelnd auf. »Was ...?« Aber keiner der laufenden Techniker blieb stehen, um seine Frage zu beantworten.

»Holt eine Leiter!« schrie jemand.

»Keine Zeit!« brüllte ein anderer.

Stan arbeitete sich durch einen Verhau aus Rohren und Drähten auf dem Boden und an einer Schar glotzender Gaffer vorbei, um zu sehen, was passiert war. Zunächst schien ein Rohr gebrochen zu sein, aus dem heißer Dampf gegen eine Wand mit Gitterwerk zischte. Aber der Wind, der ihn plötzlich traf, war nicht glühend heiß. Er warf ihn mit einem Schwall bitterer Kälte zurück.

Ist das wohl der flüssige Stickstoff? befürchtete Stan und beugte sich in die kalte Strömung. *Oder ist auch die Heliumleitung gebrochen?* Der erste Fall würde einen Rückschlag bedeuten, der zweite wäre eine Katastrophe.

Es gelang ihm, eine Schar von Technikern zu erreichen, die hinter einem Bottich für chemische Synthese Deckung gefunden hatten. Andere hielten ihre flatternden Arbeitsmäntel fest und starrten auf das zerstörte Gerüst, wo ein gebrochenes Rohr jetzt schneidende Kälte ausspie. Meter weit hinter dieser unpassierbaren Schranke hockten zwei Gestalten auf einem schwankenden Laufsteg. Die bibbernden Arbeiter waren isoliert, ohne einen erkennbaren Fluchtweg oder Zugriff zu dem Absperrventil über den hochragenden Kryogentanks.

Jemand wies weiter nach oben zu der gewölbten Decke, und Stan keuchte. Dort hing Alex, an einem Haufen Stalaktiten baumelnd! Er hatte einen Arm um eine Lücke zwischen zwei hängenden Tropfsteinen gelegt, genau über der Stelle, wo sie zusammenliefen. Es sah aus wie ein schrecklich gewagter Perche-Akt.

»Wie ist er *da* hinaufgekommen?«

Stan mußte diese Frage über dem Gebrüll kalten, unter Druck stehenden Gases zweimal wiederholen. Dann zeigte eine Frau in einem braunen Kittel dahin, wo eine metallene Leiter lag, die in der anbrausenden Kälte kristallisiert und zertrümmert war. »Er hat versucht, an dem Strahl vorbei zum Absperrventil zu gelangen … aber die Leiter hat sich verzogen. Er ist jetzt gefangen!«

Aus seiner gefährlichen Position machte der junge Physiker Zeichen und brüllte. Ein Techniker, ein Vollblutmaori aus George Huttons eigenem *iwi,* fing an, nach Materialbrocken zu wühlen. Bald wirbelte er ein schweres Objekt am Ende eines Kabels herum und schleuderte es in einem Bogen hoch. Alex verfehlte das

Stück, wickelte aber das Kabel um seinen linken Arm. Bröcklige Kalksteinstücke regneten von seinem wackligen Sitzplatz herunter, als er mit den Zähnen und einer Hand mittels eines schon dort befindlichen Meißels einen Bohrer hineinzudrehen suchte.

Wie kann er den Hebelarm finden, um …

Verblüfft beobachtete Stan, wie Alex seine Beine um die Halbsäule schlang. Er klammerte sich an den Stalaktiten und setzte den Bohrer an der stärksten Stelle an, genau über seinem Kopf. Der hängende Fels erbebte. Es erschienen Risse, die sich auf dem Pfeiler an der Stelle von Alexens Zwerchfell kreuzten. Falls er fiele, würde er von einem Teil des zerbrochenen Gerüstes abprallen und direkt in den extrem kalten Gasstrahl geschleudert werden.

Stan hielt den Atem an, als Alex den Meißel hineintrieb, ihn prüfte und rasch eine Kabelschlinge durch die Öse zog. Als er sie eben mit seinem Gewicht belastete, gab der größere Teil des Stalaktiten nach und fiel mit lautem Getöse auf die Trümmer hinunter. Die Menge brüllte. Alex baumelte frei in der Luft und bemühte sich um einen besseren Griff, während unten alle Leute sahen, was der fallende Stein der Innenseite seiner Schenkel angetan hatte. Rinnsale von Blut drangen durch die Reste seiner zerrissenen Hose und trafen sich mit Schweißbächen, als er sich bemühte, eine Seilschlaufe zu knüpfen. Wenn die Blutstropfen auf das brausende Gas trafen, explodierten sie zu einem rötlichen Schneegestöber.

Stan holte wieder Luft, als Alex die Schultern durch die Schlaufe gleiten ließ und das Kabel mit seinem Gewicht belastete. Noch japsend wandte sich der junge Mann um und schrie über den Lärm hinweg: »Nachlassen! – Pumpen!«

Zwei Techniker, die das Kabel hielten, machten ein erstauntes Gesicht. Stan wäre fast hingerannt, um es ihnen zu erklären, aber der Maori-Ingenieur kapierte.

Er machte den anderen Zeichen und fing an, mehr Leine auszugeben, und zog dann das meiste davon zurück, eben bevor Alexens Füße sich dem eisigen Strahl näherten. Der Prozeß wurde wiederholt: Nachlassen, Zurückziehen. Das war eine einfache Übung in harmonischer Resonanz, wie mit einer Kinderschaukel. Nur war das Gewicht hier ein Mensch. Und der würde nicht in einem Sandkasten landen.

Der Bogen von Alex wuchs in dem Maße, wie sich die Leine verlängerte. Bei jedem Durchgang kam er näher an den superkalten Schleier flüssiger Luft heran. Hinter ihm gab es einen Wirbel funkelnder Schneeflocken. Er rief den Männern an dem Kabel zu: »Vierter Schwung ... Loslassen!«

Dann, beim nächsten Durchgang: »Drei!«

Dann: »Zwei!«

Seine Stimme klang jedesmal heiserer. Stan stieß beinahe einen Schrei aus, als er sah, wie sich der Bogen entwickelte. Sie würden zu früh nachlassen! Aber ehe er etwas tun konnte, ließen die Männer mit einem lauten Ruf los. Alex segelte knapp über den Strahl, an den zwei gestrandeten Überlebenden vorbei, um mit dem verhedderten Gitterwerk über der Mitte des Kryogentanks zusammenzustoßen. Sofort strampelte er nach einem Halt auf der vereisten Fläche. Die Frau unmittelbar neben Stan packte seinen Arm und zischte heftig, als Alex gefährlich ins Rutschen kam ...

... und gerade rechtzeitig anhielt – mit einem Arm um ein knarrendes Rohr geschlungen.

Ein scharfes knisterndes Geräusch ließ Stan zurückspringen, als ein Tank für chemische Synthese sich wegen der Kälte nach innen zusammenfaltete. Faserdünne Kontrolleitungen peitschten wie verwundete Schlangen hin und her, bis sie auf den Heliumtank trafen und sofort in glasige Scherben zersprangen.

»Sie haben den Strom oben abgestellt«, meldete jemand.

Stan überlegte, ob der Partialdruck des Heliums schon hoch genug wäre, um Schallübertragung zu beeinflussen. Oder war die Stimme des Burschen vor Angst so schrill?

Ein anderer sagte: »Aber es ist schon zu viel in diesen Tanks. Wenn er es nicht anhalten kann, werden wir die Hälfte der Ausrüstung in der Kaverne verlieren. Das wird uns um Wochen zurückwerfen!«

Stan dachte: *Es stehen auch drei Menschenleben auf dem Spiel.* Aber die Leute hatten ihre eigenen Prioritäten. Wieder packten Hände seinen Ärmel ... diesmal organisierten einige Oberingenieure eine geordnete Evakuierung. Stan schüttelte den Kopf und lehnte es ab, zu gehen. Niemand bestand darauf. Er paßte auf, wie Alex sich zu dem Absperrventil vorarbeitete, indem er sich Hand über Hand vorwärtshangelte. Die Rohre blieben hinter ihm farblos zurück. Flecke gefrorener Haut, mit Blut vermischt, erkannte Stan mit Schaudern.

Zentimeter um Zentimeter näherte Alex sich dem zusammengebrochenen Gehsteig. Eine in Kalkstein eingelassene Wandkrampe war an Ort und Stelle geblieben. Kaum imstande, die zu sehen, mußte Alex sie erwischen, wobei sein Fuß öfters den Halt verlor.

Stan rief: *»Nach links, Alex! Jetzt hoch!«*

Mit weit offenem Mund eine Drachenspucke aus kristallisiertem Nebel ausstoßend, fand Alex die Leiste und schwang sein Gewicht hinauf. Ohne Pause stürzte er sich von dort aus auf das Ventil. Nach all seinen Anstrengungen, dorthin zu gelangen, war es umgekehrt leicht, das Ventil zu drehen. Wenigstens dieser Teil des Kühlsystems war gut gebaut. Das heulende Gekreisch klang zusammen mit dem eisigen Druck ab. Stan stolperte vorwärts.

Hinter ihm rannten Rettungsmannschaften mit Leitern und Tragen. Es dauerte nur Augenblicke, die beiden verletzten Arbeiter herunterzuziehen und eilends fortzuschaffen. Aber Alex wollte sich nicht tragen lassen. Er kam aus eigener Kraft wacklig herunter. In Decken gehüllt und die Arme festgehalten von denen, die ihn führten, sah er für Stan aus wie ein sagenhafter Yeti. Sein blutleeres Gesicht war blaß und funkelte unter Eiskristallen. Er ließ seine Eskorte nahe Stan anhalten und schaffte es, mit klappernden Zähnen ein paar Worte zu äußern.

»M-mein Fehler. Die Dinge überstürzen…« Die Worte gingen in Kälteschauern unter.

Stan packte seinen jungen Freund an der Schulter, »Sei kein Esel! Du warst großartig. Keine Sorge, Alex! George und ich werden alles in Ordnung gebracht haben, bis du wieder da bist.«

Der junge Physiker nickte ruckartig. Stan sah zu, wie die Ärzte ihn forttrugen.

Nun gut, dachte er und wunderte sich, was sich binnen weniger Minuten ereignet hatte. Hatte es diese Seite von Alex Lustig schon immer in ihm verborgen gegeben? Oder würde es jeden Mann, der wie offenbar dieser arme Junge von der Vorsehung dazu berufen war, überkommen, mit Dämonen um das Schicksal der Welt zu kämpfen?

☐ Vor langer Zeit, noch ehe Tiere auf festem Land erschienen, entwickelten Pflanzen einen chemischen Stoff, Lignin, der es ihnen ermöglichte, lange Stämme wachsen zu lassen und ihre Konkurrenten hoch zu überragen. Das war einer jener Durchbrüche, die die Dinge für immer veränderten.

Aber was geschieht, nachdem ein Baum gestorben ist? Seine Proteine, Zellulose und Kohlenhydrate können wiederverwertet werden; aber nur dann, wenn zuerst das Lignin verarbeitet wird. Nur dann kann der Wald dem Tod die Substanz des Lebens entreißen.

Eine Antwort auf dieses Dilemma wurde von Ameisen entdeckt. Einhundert Billionen von ihnen sonderten Ameisensäure ab und halfen damit, einen Stau zu verhindern, der sonst die Welt unter einer Schicht undurchdringlichen, nicht verrottenden Holzes erstickt haben würde. Das tun sie natürlich zu ihrem eigenen Vorteil, ohne sich dessen bewußt zu sein, wie gut es für das Ganze ist. Und dennoch wird das Ganze gepflegt, gesäubert und erneuert.

War es ein Zufall, daß Ameisen diese Methode entwickelten und damit die Welt retteten?

Natürlich war es so. Ebenso wie die zahllosen anderen zufälligen Mirakel, die zusammen dieses Wunder in Gang halten. Ich sage Ihnen, manche Zufälle sind stärker und weiser als jeder Plan. Und wenn man mich deshalb einen Ketzer nennt, so sei es drum!

– Jen Wolling, aus **Die Melancholie der Mutter Erde,** Globe Books, 2032.
[☐ Hyper-Zugriff-Code 7-EAT-687-56-1237-65p.]

• EXOSPHÄRE •

Plejaden senkte den Bug, und Teresa Tikhana grüßte wieder freudig die Sterne. *Hallo, Orion! Hallo, Sieben Schwestern!* bewillkommnete sie ihre Freunde. *Habt ihr mich vermißt?*

Bis jetzt schmückten nur einige Sterne die Frontfenster der Fähre; und diese glitzerten blaß in Nähe der blendenden Erde mit ihren weißen Sturmwirbeln und herrlichen Bildern in Braun und Blau. Gewundene Flüsse und gezackte, faltige Gebirgsketten – sogar die Rauchfahnen von Frachtern, die von der Sonne gesengte Ozeane durchkreuzten – alles summierte sich zu einem ständig wechselnden Panorama, als die *Plejaden* aus der Startposition herausschwenkte.

Natürlich war es schön. Nur dort unten konnten Menschen leben, ohne von empfindlichen Maschinen höchst abhängig zu sein. Erde war Heimat, die Oase. Das war selbstverständlich.

Dennoch empfand Teresa den Glanz des nahen Planeten als quälend. Hier in niedriger Umlaufbahn bedeckte seine leuchtende Tagseite den halben Himmel und überstrahlte alle Sterne bis auf die allerhellsten.

Hilfsraketen fauchten und regelten die Rotation des

Schiffs. Ventile und Stromkreise schlossen sich mit Zirpen und leisem Glucksen, einer Musik glatter Funktion. Aber sie beobachtete weiter – immer überprüfend.

Ein Plasmaschirm zeigte ihre Spur über Grund, ein paar hundert Kilometer von Labrador, nach Ostsüdost gerichtet. Pressehengste der NASA liebten Bodenweganzeiger, die aber für seriöse Navigation fast nutzlos waren. Teresa paßte auf, wie der Krummdolch des Horizontes mit seinen spitzen Enden zur Seite glitt und mehr Sterne erkennen ließ.

Sie dachte: *Und hallo, Mama Bär. Gut zu sehen, daß dein Schwanz in die erwartete Richtung zeigt.*

»Da ist der olle Polarstern«, sagte Mark Randall langsam zu ihrer Rechten. »Berechne jetzt P und Q.« Teresas Copilot verglich zwei Zahlenreihen. »Sternverfolger stimmt mit globalem Ortungssystem auf fünf Stellen überein in allen neun Freiheitsgraden. Zufrieden, Terry?«

»Sarkasmus steht dir, Mark.« Sie prüfte die Ziffern selbst nach. »Gewöhne dir bloß nicht an, mich Terry zu nennen! Frag Simon Bailie gelegentlich, warum er eine Schlinge trug, als er von jener Spannerparty zurückkam!«

Mark grinste nachdenklich. »Er behauptet, das wäre, weil er mit dir beim Aufzug der Carterstation beschwipst gewesen ist.«

Sie lachte: »Reines Wunschdenken. Simon bildet sich Ungehörigkeiten ein.«

Um sichere Daten zu bekommen, verglich Teresa die Kursangaben von Satellit und Sternorter mit dem inertialen Steuerungssystem des Schiffs. Drei unabhängige Mittel zur Kontrolle von Standort, Impuls und Orientierung. Natürlich stimmten sie alle überein. Ihr Drang zum Vergleichen war notorisch geworden und zu einer Art von Markenzeichen unter ihren Kollegen. Aber schon als kleines Mädchen hatte sie dieses Bedürfnis empfunden – ein weiterer Grund, Pilotin und danach Astronautin zu werden –, immer mehr Methoden zu erlernen, um genau herauszubekommen, wo sie sich befand.

»Jungen können sagen, wo Norden ist«, pflegten ihr andere Kinder zu sagen mit der Sicherheit überlieferten Wissens. »Was Mädchen verstehen, sind Menschen.«

Gegenüber den meisten sexistischen Traditionen war Teresa unzugänglich gewesen. Aber gerade das schien Erklärungen zu versprechen – zum Beispiel für das sie ständig beschleichende Gefühl, alle Karten wären irgendwie falsch. Dann bei der Ausbildung überraschte sie die Mitteilung, daß ihr Orientierungssinn weit *über* dem Durchschnitt lag. Die Ärzte diagnostizierten ›Hyperästhetische Schärfe‹, was soviel bedeutete, wie meßbare Begnadung bei allem, was sie tat.

Allerdings fühlte sich das nicht so an. Wenn es sich dabei um Überlegenheit handelte, so fragte Terese sich, wie andere Leute es vom Schlafzimmer zum Bad schafften, ohne sich zu verirren! In Träumen hatte sie immer noch ein Gefühl, als ob die Welt unmittelbar davor stünde, ohne Warnung sich kapriziös zu verändern. Es hatte Zeiten gegeben, da diese Gefühle bei ihr Zweifel an ihrer geistigen Gesundheit hatten aufkommen lassen.

Aber schließlich hat ein jeder seine Macken, sogar – und besonders – Astronauten. Ihre müßte harmlos sein; hätten sonst die Seelenklempner der NASA sie auf dem Pilotensitz eines amerikanischen Raumschiffs Platz nehmen lassen?

Bei der Erinnerung an Schulstunden in der Kindheit wünschte sich Teresa, daß wenigstens der andere Teil des alten Mythus wahr wäre. Wenn allein die Zugehörigkeit zum weiblichen Geschlecht automatisch zum Verständnis der Menschen führte. Aber falls dem so wäre, wie hätten die Dinge in ihrer Ehe so schiefgehen können?

Der Stufenschalter piepte. »Okay«, seufzte sie, »Wir sind im Zeitplan und für Rendezvouszündung bereit. Bereite das System für Orbitalmanöver vor!«

»Aye, aye, Mem Bwana!« Mark Randall legte Schalter um. »OMS klar. Drücke nominal. Zündung in einhundertneunzig Sekunden. Ich werde die Passagiere verständigen.«

Vor einem Jahre hatte die Gewerkschaft der Piloten eine Bewilligung erreicht. Nichtmitglieder würden künftig unten im Zwischendeck reisen. Da dieser jetzige Flug keine Missionsspezialisten der NASA beförderte, sondern nur militärische Abwehroffiziere, waren Teresa und Mark auf dem Flugdeck allein und wurden nicht durch Dienstmädchenpflichten belästigt.

Immerhin gab es minimale Höflichkeiten. Über die Bordsprechanlage vermittelte Marks ruhige Stimme die muntere Stimmung eines stereotypen Fluglinienpiloten.

»Gentlemen, durch den Umstand, daß sich Ihre Augäpfel nicht mehr in ihren Höhlen verschieben, werden Sie erkennen, daß wir aufgehört haben zu rotieren. Jetzt bereiten wir die Zündung für das Rendezvous vor, die in knapp zweieinhalb Minuten erfolgen wird...«

Während Mark plauderte, blickte Teresa prüfend nach oben, um sich zu vergewissern, daß die Treibstoffzelle Nummer zwei nicht wieder in Tätigkeit treten würde. Rendezvous mit einer Raumstation machten sie immer nervös. Und das erst recht, wenn sie ein Shuttle Modell Eins flog. Die Geräusche, welche die *Plejaden* machte – ihre knarrenden Aluminiumrippen, das Zischen von Kühlmitteln in Wärmeleitungen alten Stils, das gluckernde Geräusch von hydraulischer Flüssigkeit für das Schwenken narbiger Schubaggregate – sie waren wie das Stöhnen eines früheren

Champions, der immer noch aktiv war, aber nur deshalb, weil die maßgeblichen Stellen dies für billiger hielten, als einen Ersatz zu beschaffen.

Neue Shuttles waren einfacher, für begrenztere Aufgaben konstruiert. Teresa meinte, die *Plejaden* sei wohl die komplizierteste Maschine, die je gebaut wurde. Und so, wie die Dinge liefen, würde so etwas wie sie wohl niemals wieder gemacht werden.

Ein Glitzern oben nahe Sagittarius fesselte ihren Blick. Teresa identifizierte es ohne weiteres. Die alte internationale Marsmission. Das Gerät war ausgeschlachtet worden, und die Reste hatte man in hohem Orbit geparkt, als dieses letzte kühne Abenteuer aufgegeben wurde – zu einer Zeit, da sie noch in der Volksschule war. Die neue Regel für härtere Zeiten war einfach – der Weltraum mußte mit kurzfristigen Erträgen für sich selbst zahlen. Keine leeren Versprechungen. Keine Investitionen aufs Geratewohl. Nicht dann, wenn der Hungertod für einen so großen Teil der Menschheit vor der Tür zu stehen schien.

»... unsere Flugbahn nach drei verschiedenen Verfahren kontrolliert, Leute; und Captain Tikhana hat erklärt, daß alles gut aussieht. Die Physik hat noch nicht versagt ...«

Den Konstellationen waren vielfarbige Graphiken überlagert, welche die Bahnparameter des Raumschiffs zeigten. Teresa erblickte im vorderen Fenster auch ihr eigenes Spiegelbild. Ein Fleck hatte sich auf ihrer Wange niedergelassen, dicht bei der Stelle, wo eine dunkle Locke ihrer Fliegerkappe entwischt war ... vermutlich ein Ölklecks von der Einstellung eines Passagiersitzes vor dem Start. Aber mit Reiben wurde er nur verschmiert und betonte zu stark ihre hohen Backenknochen.

Großartig! Genau das Richtige, um Jason auf den Gedanken zu bringen, daß ich mir seinetwegen schlaflose Nächte mache. Teresa brauchte keinen weiteren Ärger, jedenfalls nicht, wenn sie ihren Gatten gleich zum ersten Male seit zwei Monaten wiedersehen würde.

Im Gegensatz dazu sah das Spiegelbild von Mark Randall knabenhaft und sorglos aus. Sein blasses Gesicht – von dem Weiß seines Raumanzugs durch den eloxierten Helmring abgesetzt – zeigte keine jener Strahlungsnarben, die jetzt Jasons Wangen verunzierten ... die sogenannte ›Rio-Bräunung‹, erworben durch Außenarbeiten in der prasselnden Hölle der Südatlantischen Magnetanomalie. Diese Eskapade vor einem Jahre hatte Jason sowohl eine Beförderung eingetragen wie einen Monat Krankenhausaufenthalt zur Behandlung gegen Krebs. Das war auch etwa die Zeit, wo Unstimmigkeiten in ihrer Ehe aufgetaucht waren.

Teresa mochte Mark Randells zarten Teint nicht. Ein eingefleischter Junggeselle wie er hätte es sein sollen, der sich freiwillig bewarb, um hinauszugehen, um das geliebte Spionage-Auge der Schnüffler zu retten anstelle von Jason ›Ich-bin-verheiratet-aber-wenn-schon‹ Stempell.

Es hätte auch irgendein anderer Junggeselle sein sollen, der sich verpflichtet hätte, Wange an Wange mit dieser blonden Verführerin June Morgan zu arbeiten. Aber man rate wieder, wer hat sich gemeldet?

Nur Ruhe, Mädchen! Reg dich nicht auf! Das Ziel ist Aussöhnung, nicht Konfrontation.

Mark unterhielt immer noch die Luftwaffenleute da unten. »... Das erinnert mich daran zu erzählen, wie eines Tages sie und ihr Alter einen selbstgebauten Sextanten auf eine Mission geschmuggelt haben. Nun hätte jedes andere verheiratete Paar wohl lieber etwas Nützlicheres eingeschmuggelt, so etwa ...«

Mit der rechten Hand machte Teresa ein Zeichen, dessen Bedeutung sich seit den Tagen von Crazy Horse wenig geändert hatte. Das Signal der Raumfahrer für *Halt die Schnauze!*

»Na, ich denke, wir werden diese Geschichte für

einen anderen Tag aufheben. Bitte, bleiben Sie angeschnallt, wenn wir das letzte Mal vor dem Rendezvous mit der Station zünden!« Randall schaltete die Sprechanlage aus. »Sorry, Boss! Bin da etwas zu weit gegangen.«

Teresa wußte, daß er verstockt war. Jedenfalls war diese Episode mit dem Sextanten unbedeutend gegenüber den tollen Geschichten, die man von manchen Astronauten erzählte. Das spielte alles keine Rolle. Wichtig war, daß man lebte, daß das Schiff lebte, daß der Auftrag erfüllt wurde und daß man gebeten wurde, wieder zu fliegen.

»Zündung in fünf Sekunden«, sagte sie und zählte herunter: »... drei, zwei, eins ...«

Ein tiefes Donnern erfüllte die Kabine, als hypergolische Motoren zündeten und die Geschwindigkeit in Flugrichtung steigerten. Da sie sich im erdfernsten Punkt des Orbits befanden, bedeutete dies, *Plejaden* würde den erdnächsten Abstand erhöhen. Ironischerweise würde sie dadurch verlangsamt und ihr Ziel, die Raumstation, von hinten einholen.

Die Signalbaken der Station erschienen im Radar als eine saubere Reihe von Leuchtmarken längs einer gestreckten, in Richtung zu Erde weisenden Linie. Der unterste Punkt war ihr Ziel, Nearpoint, wo sie Fracht und Passagiere ausladen würden.

Als nächster kam der Haufe nadelstichfeiner Punkte, die für den Zentralkomplex standen, zwanzig Kilometer weiter draußen. Dort fanden wissenschaftliche und Entwicklungsarbeiten unter den Bedingungen freien Falls statt. Der letzte, oberste Leuchtpunkt repräsentierte ein Bündel von noch weiter oben verankerten Einrichtungen – das Farpoint-Forschungslaboratorium, in dem Jason arbeitete. Sie hatten vereinbart, sich in dem Gesellschaftsraum auf halbem Wege zu treffen, wenn das Ausladen beendet wäre und seine Experimente ihn abkömmlich machten.

Es gab vieles, worüber sie zu sprechen hatten.

Alle Motoren verstummten, als ein Sequenzzähler an ihrem Knie Null aufleuchten ließ. Der schwache Druck auf ihrer Rückenlehne verging wieder. Was an seine Stelle trat, war nicht ›Null-Ge‹. Es gab schließlich noch allerhand Schwere, die den ganzen Raum um sie herum durchdrang. Terese zog den klassischen Ausdruck ›freier Fall‹ vor. Ein Orbit ist ja nur ein Projektil, das ständig sein Ziel verfehlt.

Unglücklicherweise ist auch ein gnädiger Sturz nicht immer ein reines Vergnügen. Teresa hatte nie unter Raumkrankheit gelitten; aber der Hälfte der Passagiere würde jetzt wohl schlecht sein. Zum Teufel, auch Spione waren schließlich nur Menschen.

»Gier- und Rollmanöver beginnen!« sagte sie – eine reine Formalität. Die Computer arbeiteten bisher gut. Schubraketen in Bug und Heck der Fähre – kleiner als die OMS-Kolosse – gaben pulsierende Stöße, um den Horizont in eine komplexe Drehung um zwei Achsen zu versetzen. Dann feuerten sie wieder, um eine neue Richtung zu stabilisieren.

»Das ist mein Baby«, sagte Mark leise zum Schiff. »Auch wenn du in die Jahre kommst, bist du immer noch mein Liebling.«

Viele Astronauten verklärten das letzte Shuttle der *Columbia*-Klasse. Ehe sie an Bord gingen, pflegten sie die sieben Sterne zu streicheln, die an die Eingangsluke der Fähre gemalt waren. Und obwohl man darüber nicht sprach, fuhren einige gewiß für wohlwollend erachtete Geister mit der *Plejaden* und schützten sie bei jedem Flug.

Vielleicht stimmte das. Jedenfalls war der *Plejaden* bisher die Verschrottung, wie *Discovery* und *Endeavor,* oder das schlimme Ende der alten *Atlantis* erspart geblieben.

Privat allerdings hielt Teresa es für schade, daß der alte Kasten nicht längst ersetzt worden war – nicht durch ein neues preziöses Modell-Drei, sondern etwas Neueres und Besseres. *Plejaden* war schließlich doch kein echtes Raumschiff. Nur ein Transporter. Noch dazu ein lokaler.

Trotz aller sogenannten Romantik ihres Berufs wußte Teresa, daß sie nicht viel mehr war als eine Busfahrerin.

»Manöver beendet. Schalte auf Andockprogramm.«

»Schön!« bestätigte Teresa. Sie rief die Bodenstation. »Missions-Kontroll-Zentrum, hier *Plejaden*. Wir haben die Treibstoffreste aus den externen Tanks fertig in die Rückgewinnungszellen umgepumpt und die leeren Behälter abgeworfen. Zirkulation beendet. Erbitten neueste Daten für Annäherung an Ere ...« – Teresa hielt inne, als sie merkte, daß sie mit der Luftwaffe sprach – »... für Annäherung an Reagan-Station.«

Die blecherne Stimme des Fluglotsen erklang in ihrem Kopfhörer.

»Roger, *Plejaden*. Zieldistanz einundneunzig Kilometer ... Punkt.«

»Ja?« Randall unterbrach mit schwachem Grinsen. Das war ein abgestandener Scherz, den die Kontrolle zum Glück nicht hören konnte.

»Doppler einundzwanzig Meter pro Sekunde ... Punkt. Tangentialgeschwindigkeit fünf Komma zwei Meter pro Sekunde ... Punkt.«

Teresa schaute kurz hin. »Bestätigt, Kontrolle. Wir stimmen zu.«

Mark blickte durch das Fenster über sich. »Und da geht sie hin. Erewhon, genau nach Zeitplan.«

»Roger, *Plejaden*«, sagte die Stimme aus Colorado Springs. »Schalten Sie über zu Reagan Flugleitung. Colorado Ende.«

»Reagan, Segen«, murmelte Mark, als die Verbindung frei war. »Nenne es Spannerhimmel!«

Teresa gab vor, nicht zu hören. Auf der Tafel bei

ihrem rechten Knie drückte sie den Knopf PROG und dann 319 EXEC. Sie sagte: »Rendezvous- und Bergungsprogramm aktiviert.«

Zwischen ihren Konsolen erschien ein holographisches Bild der *Plejaden* selbst – ein gedrungener Pfeil, unten schwarz und oben weiß, die Kühler der offenen Frachtbucht der eisigen Finsternis des Weltraums ausgesetzt. Den größeren Teil der Bucht füllte ein geschlossener ultramarinblauer Kanister. Das kostbare Spionagezeug der Spanner. Colonel Glenn Spiveys Schatz. Und der Himmel möge jedem helfen, der auch nur einen Fleck auf seine Verpackung machte!

Hinter der Fracht enthielten einige weiße Kugeln Tonnen tiefgekühlter Treibstoffe, die aus dem turmhohen äußeren Tank geborgen worden waren, nachdem er die Fähre beim Start versorgt hatte. Das Abwerfen des Zwei-Millionen-Liter-Behälters in den Indischen Ozean war in der Frühzeit des Einbringens in den Orbit ihre Hauptbeschäftigung gewesen – eine routinemäßige Verschwendung, die Teresa wütend zu machen pflegte, an die sie aber nicht einmal mehr dachte. Zumindest barg man in diesen Tagen das, was übrig geblieben war. Für allen restlichen Wasserstoff und Sauerstoff gab es im Weltraum zahllose Verwendungen.

Während Mark mit der Flugleitung von Erewhon sprach, ließ Teresa den Fangmechanismus aus dem Rand der Frachtbucht aufsteigen. Der gedrungene Arm – kräftiger als der Fernmanipulator für Lastenbehandlung – streckte eine teleskopische Spitze aus, die in einem offenen Haken endete.

»Erewhon bestätigt Telemetrie«, sagte Mark zu ihr. »Annäherung nominal.«

»Dann haben wir also ein paar Minuten. Ich werde nach den Passagieren schauen.«

»Na schön, mach das!« Natürlich wußte Mark, daß sie einen anderen Grund hatte aufzustehen. Aber diesmal hielt er schlauerweise den Mund.

Teresa schnallte sich los und drehte sich, um die Sitzlehne als Sprungbrett zu benutzen. So stieß sie sich ab in den rückwärtigen Teil des Flugdecks. Vor der Automation pflegte ein Missionsspezialist von dort aus die Fracht zu beobachten. Jetzt war nur noch ein Fenster übrig geblieben. Dadurch kontrollierte sie das Gepäck der Spanner und dahinter die Kryokanister. Wenn das bevorstehende Manöver mit dem Fanghaken funktionierte, würden sie die Hälfte an Hydrazin und Dinitrogentetroxid da hinten sparen – noch ein wertvoller Bonus beim Entladen. Andernfalls würde der größte Teil der Reserve für das Anpassen der Flugbahnen draufgehen.

Sie brachte den Kopf dicht an das kühle Fenster, um den Fangarm zu sehen, der aus der Steuerbordplattform herauskam. Er war eingerastet, genau wie der Computer angab. *Nur kontrollieren,* dachte Teresa, der es nichts ausmachte, alles persönlich zu verifizieren.

Sie krümmte sich und tauchte durch eine runde Öffnung zum ›Fußboden‹ hinab. Fünf Luftwaffenoffiziere in blauer Startkleidung schauten auf, als sie in die als Zwischendeck bekannte Kabine schwebte. Zwei Passagieren schienen unwohl zu sein, als Teresa vorbeiglitt, und wandten die Augen ab. Immerhin gab es hier keine Fenster, so daß ihnen der Jammer einer Disorientierung des Horizonts erspart blieb. Ein Drittel aller Erstmaligen brauchten sowieso mehrere Tage zur Anpassung, ehe ihre flatternden Eingeweide ihnen den Genuß der Szenerie erlaubten.

»Das war ein glatter Start, Captain«, erklärte der eine Leidende vorsichtig. Er trug zwei Pflaster zur Freisetzung von Medikamenten hinter einem Ohr, wirkte aber immer noch ziemlich hinfällig. Teresa kannte den Mann von anderen Flügen her. Und auf denen war ihm auch schlecht geworden.

Muß wohl recht unersetzlich sein, wenn sie ihn immer noch hinaufschicken. Wie Mark Randall es anschaulich formulierte, hatten Burschen wie dieser nie zu beweisen, daß sie Mumm im Bauch hatten.

»Vielen Dank!« antwortete sie. »Wir bemühen uns zu gefallen. Ich wollte nur sehen, wie es Ihnen allen geht, und sagen, daß wir in ungefähr zwanzig Minuten die Schlinge von Nearpoint erreichen werden. Das Personal der Station wird eine Stunde brauchen, um die Fracht zu entladen und gesparte Treibstoffreste zu bergen. Dann sind Sie dran, um mit dem Aufzug zur Zentrale zu fahren.«

»Das heißt, falls es Ihnen gelingt, die Schlinge anzuhaken, Ms. Tikhana. Wenn Sie sie aber verfehlen?«

Diesmal war es der Mann, der vorn links saß, ein stämmiger Kerl mit Augen, die von dichten Brauen beschattet waren, und den hellen Adlersymbolen eines Colonels auf der Schulter. Weiße Koteletten hoben sich von seiner geröteten Haut ab – ein fleckiger Teint infolge wiederholter Behandlungen zur Ablösung canceröser Schichten. Anders als Ra-Jungen oder andere fetischistische Erdlinge hatte Glenn Spivey sich diese gescheckte Pigmentierung nicht an einem Strand geholt. Er hatte diese dubiöse Auszeichnung auf dem gleichen Weg gewonnen wie Jason – hoch über Uruguay, nur durch das Gewebe seines Anzugs geschützt, als er um die Rettung eines Experiments der höchsten Geheimhaltungsstufe kämpfte. Aber was machten schon ein paar Dutzend Strahlungseinheiten einem Patrioten aus?

Jason hatten die offenbar nicht bekümmert. Das etwa hatte ihr Gatte durchblicken lassen von seinem Krankenhausbett aus nach seiner Begegnung mit der südatlantischen Strahlungszone.

»He, schau mal, Schatz! Das ändert unsere Pläne nicht. Es gibt doch Samenbanken. Oder wenn du bereit bist, können wir auch ein anderes Arrangement treffen. Einige unserer Freunde müßten eine verdammt hohe Qualität zu bieten haben He, Baby, was ist jetzt los?«

Diese ärgerliche Verbohrtheit des Kerls! Als ob das

seinen Geist am meisten beschäftigt hätte, während er mit Schläuchen im Arm im Hospital lag! Später trug das Thema Kinder zu der sich erweiternden Distanz zwischen ihnen bei. Aber damals war ihr einziger Gedanke gewesen: *Du Idiot, du hättest tot sein können!*

Teresa antwortete mit professioneller Kühle Colonel Spivey: »Wenn die Station die *Plejaden* nicht mitten in der Passage festmachen kann, werden wir noch einmal zünden, um die Bahnen auf die altmodische Art anzugleichen. Das wird allerdings Zeit kosten. Und es wird nach dem Andocken keinen restlichen Treibstoff mehr zu überführen geben.«

»Zeit und Hydrazin.« Spivey verzog den Mund. »Wertvolle Güter, Ms. Tikhana. Viel Glück!«

Zweimal, seit sie hier heruntergekommen war, hatte der Oberst auf seine Uhr geschaut – als ob man die Naturgesetze wie untergeordnete Offiziere mit einem strengen Blick hetzen könnte. Teresa bemühte sich um Verständnis, da so etwas auch seine guten Seiten hatte. Wenn es nicht so wachsame paranoide Spähertypen gäbe wie Spivey, die immer herumstocherten und Ausschau hielten, um dafür zu sorgen, daß die Bedingungen der Rio-Verträge eingehalten wurden – würde dann der Friede so lange gewährt haben wie bisher? Die ganze Zeit seit dem Helvetischen Krieg?

»Die Sicherheit hat Vorrang, Colonel. Sie würden doch nicht sehen mögen, daß wir in zwanzig Kilometern Halteleinen aus Fiberstoff eingewickelt wären, oder doch?«

Einer der jüngeren Spanner erschauerte. Aber Spivey begegnete ihrem Blick in gemeinsamem Verstehen. Sie hatten beide ihre Prioritäten. Es war viel wichtiger, daß sie einander achteten, als sich gut leiden konnten.

Wieder an ihrer Konsole beobachtete Teresa, wie der Unterteil der Station in Sicht kam – eine Ansammlung bauchiger Tanks und Rohrleitungen, die an einer silbrigen Leine hingen. Weit oben glitzerten andere Komponenten der Station wie Juwelen, die an einem sehr langen Halsband in großer Entfernung saßen. Und ganz weit weg, nur mit Radar zu erkennen, lag der Farpoint-Schwarm, wo Jason an Dingen arbeitete, von denen sie so gut wie nichts wußte.

Sie passierten jetzt die Alpen, eine zerschlagene und geschrumpfte Gebirgskette, deren Bombenkrater erst jetzt aus der winterlichen Schneedecke auftauchten. Das war ein furchteinflößendes Nebeneinander, welches zeigte, was Kräfte der Natur und von Menschenhand anrichten konnten, wenn sie erzürnt waren.

Aber Teresa hatte keine Zeit, die Aussicht zu genießen. Ihre Aufmerksamkeit konzentrierte sich auf Nearpoint, das wie ein Pendelgewicht der Erde am nächsten dahing.

Genau unter der Flüssigkeit pumpenden Station hing ein Ausleger, der sich bog und streckte, als sein Bediener wie ein Fischer die Leine auswarf, um die große zu treffen.

Teresas Augen glitten über ihre Instrumente, die Station, die Sterne und absorbierten das alles. Momente wie dieser lohnten die ganze harte Arbeit. Jeder Teil von ihr fühlte sich vereint, von den Händen, die die empfindlichen Steuerorgane der *Plejaden* leicht bewegten, bis hin zu den beiden Hemisphären ihres Gehirns. Ingenieur und Tänzerin waren eines.

In diesem Moment entschwanden alle Sorgen und Mühen. Von den zahllosen Berufen, die man haben konnte, auf der Erde oder über ihr, gab ihr dieser das, was sie am meisten brauchte.

Sie flüsterte: »Wir kommen hinein.«

Teresa wußte genau, wo sie sich befand.

□

»Es war einmal, daß der große Held Rangi-rua seine schöne Hinemarama verlor; und ihr Geist ging nach Rarohenga, dem Land der Toten.

Rangi-rua wurde von Kummer befallen. Untröstlich erklärte er, daß er seinem Weib in die Unterwelt folgen und sie nach Aomārama, der Welt des Lichts, zurückholen wolle.

Mit Kaeo, seinem stets getreuen Gefährten, kam Rangi-rua zu den wirbelnden Wassern, welche den Eingang zu Rarohenga bewachten. Dort tauchten er und Kaeo in den Schlund der Hölle hinab, wo der Herzschlag von Manata die Erde erschauern läßt. Sie schwammen unablässig gegen diese Macht an, bis sie das andere Ufer erreichten, wo der Geist von Rangi-ruas lieblicher Frau sie erwartete.

Nun muß anstandshalber gesagt werden, daß Rangi-rua und Kaeo vielleicht nicht die einzigen Sterblichen waren, die diese Großtat geleistet haben. Denn die *pakeha* erzählen eine ähnliche Geschichte von jemandem namens Orpheus, der genau dasselbe getan hat wegen seiner Geliebten – und man sagt, daß er die Überquerung sogar ganz allein geschafft hätte. Aber Rangi-rua übertraf Orpheus in der wichtigsten Angelegenheit. Denn als Rangi-rua wieder in das Licht von Vater Sonne auftauchte, waren sowohl sein Freund wie seine Geliebte an seiner Seite.

Aber Orpheus versagte, weil er, wie alle *pakeha,* seinen Geist nicht fest nur auf eine Sache richten konnte.«

• KERN •

Alex saß vor seinem holographischen Display, das in dem verlassenen Labor die einzige Lichtquelle darstellte, und erinnerte sich an George Huttons Auftritt bei der Feier früher am Abend, als er den erschöpften, aber glücklichen Ingenieuren bei Feuerschein Maori-Legenden vortrug. Besonders passend war die Geschichte von Rangi-rua gewesen, da sie von frischer Hoffnung sprach, direkt den Toren der Hölle entrissen.

Aber Alex hatte sich wieder in das unterirdische Laboratorium zurückgelockt gesehen. Jetzt lag all die

Maschinerie dunkel und schlafend da bis auf jenen Lichtquell, der lange Schatten auf die Kalksteinwände in der Nähe ergoß.

Die Legende von Rangi hatte Alex gewiß angerührt. Sie hätte zu seiner gegenwärtigen Stimmung passen können.

Schau nicht zurück! Achte auf das, was vor dir liegt!

Was gerade jetzt vor ihm lag, war eine Darstellung des Planeten im Schnitt. Ein wie ein Apfel durchgeschnittener Globus, der Schale und Fruchtfleisch, Kerngehäuse und Kern zeigte.

Und Samen, dachte Alex, um die Metapher zu vollenden.

Das Auge konnte die kleinen Abweichungen der Erde von einer Sphäre nicht entdecken. Gebirgszüge und Ozeangräben, die auf kommerziellen Globen überhöht waren, waren nur hauchfeine Unebenheiten auf dieser Darstellung im rechten Maßstab; so dünn war die Schicht aus Wasser und Luft im Vergleich mit dem ausgedehnten Innern.

Innerhalb dieser Membran bezeichneten konzentrische Kugelschalen in Braun, Rot und Rosa zahllose unterirdische Temperaturen und Zusammensetzungen. Mit einem Wort oder durch Berührung der Kontrollen des Hologramms konnte Alex durch Mantel und Kern zoomen und Gesteinsschichten und Myriaden kartierter Lavaströme verfolgen.

Okay, George, dachte er. *Hier ist eine* pakeha-*Allegorie für dich. Wir werden damit beginnen, ein Loch geradewegs durch die Erde zu schneiden.*

Von der Oberfläche des Globus ließ er eine schmale Linie nach innen laufen, die durch die farbigen Schichten schnitt. *Bohre einen Tunnel, so gerade wie ein Laserstrahl, mit spiegelglatten Wänden! Verschließ beide Enden und laß drinnen eine Kugel fallen!*

Das war eine Generationen von Physikstudenten geläufige Übung, die gewisse Punkte über Gravitation und Impuls illustrierte. Aber Alex machte mit dem Szenarium ernst.

Angenommen, daß träge und schwere Masse einander die Waage halten, wie sie es zu tun pflegen, dann wird jeder Gegenstand, den man an der Erdoberfläche fallen läßt, in jeder Sekunde um neun Komma acht Meter pro Sekunde beschleunigt.

Seine Finger glitten über Knöpfe und setzten einen blauen Punkt vom oberen Rand her in Bewegung. Dieser fiel zunächst langsam, selbst bei vergrößertem Zeitmaßstab. Hier stand ein Millimeter für eine riesige Strecke in der realen Welt.

Aber wenn die Kugel eine größere Distanz zurückgelegt hat, hat sich die Beschleunigung geändert.

Isaac Newton brauchte 1687 mehrere Seiten, um zu beweisen, was flotte Studenten im zweiten Jahr auf einem einzigen Blatt demonstrierten – aber Newton war der erste gewesen! –, daß nämlich nur der Teil der Sphäre ›unter‹ einem fallenden Objekt weiterhin ihren Beitrag zur Netto-Schwerkraft leistet, bis die Beschleunigung völlig aufhört, wenn die Kugel mit rasenden zehn Kilometern in der Sekunde durch das Zentrum flitzt.

Sie kann nun nicht mehr weiter fallen. Jetzt strebt sie nach oben.

(Eine Rätselfrage: Wo kann man in einer geraden Linie weiterfahren und doch zugleich die Richtung ändern?)

Jetzt sammelt sich mehr und mehr Masse ›unter‹ der aufsteigenden Kugel an. Die Gravitation greift zu und entzieht kinetische Energie. Die Geschwindigkeit läßt nach, bis zuletzt ohne Berücksichtigung von Reibung, Coriolis-Effekten und tausend anderen Dingen unsere Kugel leicht gegen die Tür am oberen Ende stößt.

Dann fällt sie wieder und eilt wiederum durch träge Schichten des plastischen Kristallmantels und den geschmolzenen Dynamo des Kerns, bis sie nach Fall und

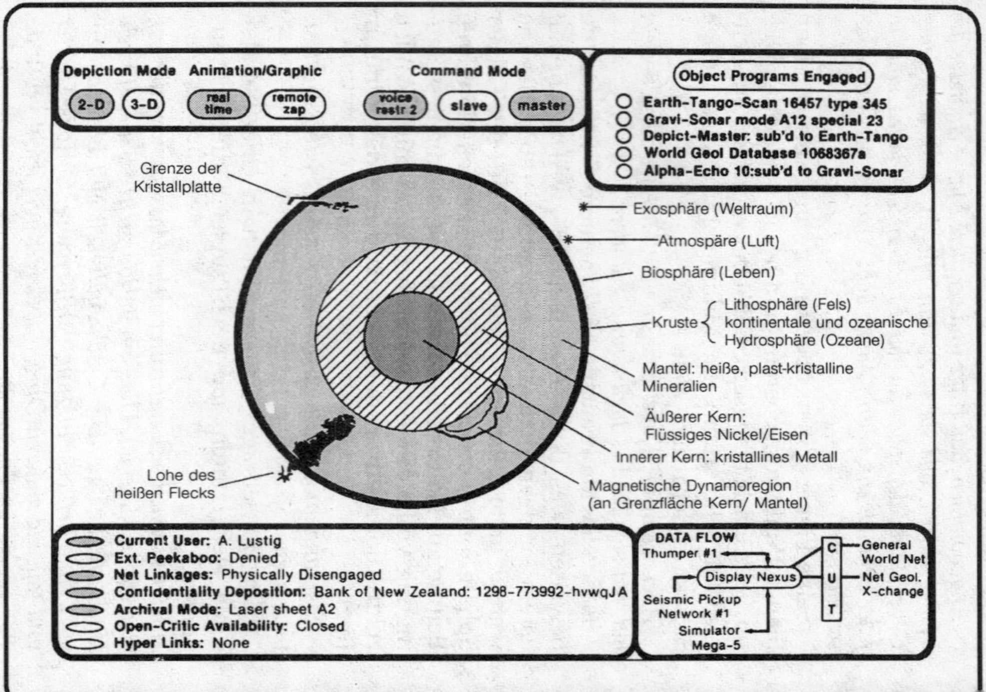

Depiction Mode
2-D
3-D
Animation/Graphic
real time
remote zap
Command Mode
voice restr 2
slave
master
Object Programs Engaged
Earth-Tango-Scan 16457 type 345
Gravi-Sonar mode A12 special 23
Depict-Master: sub'd to Earth-Tango
World Geol Database 1068367a
Alpha-Echo 10:sub'd to Gravi-Sonar
Grenze der Kristallplatte
Exosphäre (Weltraum)
Atmospäre (Luft)
Biosphäre (Leben)
Kruste
Lithosphäre (Fels)
kontinentale und ozeanische
Hydrosphäre (Ozeane)
Mantel: heiße, plast-kristalline Mineralien
Äußerer Kern: Flüssiges Nickel/Eisen
Innerer Kern: kristallines Metall
Magnetische Dynamoregion (an Grenzfläche Kern/ Mantel)
Lohe des heißen Flecks
Current User: A. Lustig
Ext. Peekaboo: Denied
Net Linkages: Physically Disengaged
Confidentiality Deposition: Bank of New Zealand: 1298-773992-hvwqJA
Archival Mode: Laser sheet A2
Open-Critic Availability: Closed
Hyper Links: None
DATA FLOW
Thumper #1
Display Nexus
Seismic Pickup Network #1
Simulator Mega-5
C
U
T
General World Net
Net Geol. X-change

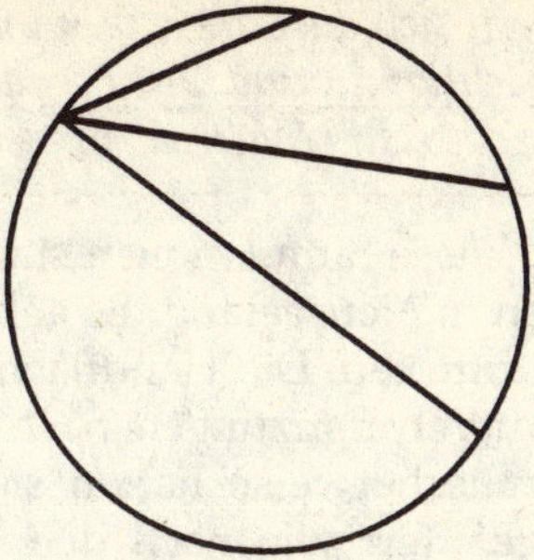

Aufstieg schließlich ›zu Hause‹ eintrifft, wo es angefangen hat.

Neben dem gigantischen Globus schwebten Ziffern und Graphiken. Sie meldeten Alex, daß die Reise etwas über achtzig Minuten dauern würde. Nicht ganz die perfekte Antwort eines Schülers; aber Schüler müssen auch nicht die variable Dichte eines Planeten in Rechnung stellen.

Als nächstes kam der schlaue Trick. Dasselbe würde für einen Tunnel gelten, der in einem beliebigen Winkel durch die Erde gebohrt würde! Sagen wir fünfundvierzig Grad. Oder einer von Los Angeles nach New York, der kaum das Magma streifte. Jede Rundreise währte ungefähr achtzig Minuten – die Periode eines Pendels der gleichen Spannweite wie die Erde.

Das ist auch die Periode einer Kreisbahn, die eben über die Wolken führt.

Alex ließ das Schnittbild bald mit blauen Punkten pulsieren, die alle unter anderen Winkeln fielen – auf den längeren Wegen schneller und auf kürzeren langsamer. Außer geraden Linien gab es auch Ellipsen und Bahnen wie vielblättrige Blüten. Aber in einem regelmäßigen Rhythmus trafen sie alle wieder am gleichen Punkt der Oberfläche zusammen, der als PERU bezeichnet war.

Natürlich ändern sich die Dinge, wenn man die Erdrotation mit berücksichtigt... und die Pseudo-Reibung eines heißen Objekts, das auf Material in seiner Umgebung stößt...

Alex zögerte. Diese Simulationen stammten aus seinen ersten Tagen in Neuseeland. Es gab bessere.

Seine Hände zitterten. Die Handflächen waren noch fleckig von Hautverpflanzungen nach jener Heliumkatastrophe. Ironischerweise hatten sie damals nicht halb so stark gezittert wie nach den heutigen überraschenden Nachrichten.

Alex wischte alle wirbelnden Punkte fort und rief einen anderen Orbit aus dem Speicher auf. Diese Figur – in hellem Purpur markiert – war kleiner als die anderen – eine abgestumpfte Ellipse, die gegenüber euklidischer Perfektion leicht verzerrt war durch Unregelmäßigkeiten in dem dicht gepackten Kern. Diese erreichte Peru nicht mehr.

Das war keine theoretische Simulation. Als ihre ersten Gravitationsabtastungen den schrecklichen Schatten des Dinges gezeigt hatten, war neben Entsetzen auch furchtbarer Stolz aufgekommen.

Es ist nicht sofort verdunstet, hatte er erkannt. Ich hatte damit recht.

Das war eine sehr schlimme Nachricht. Aber wer in seiner Lage wäre wohl nicht heftig erregt gewesen, wenn er sah, daß das Werk seiner Hände noch pulsierte, Tausende Meilen unter der zerbrechlichen Kruste?

Es lebte. Er hatte sein Monster gefunden.

Aber dann hatte es ihm eine neue Überraschung bereitet.

Nachdem die Schlagzeilen von Pedro Manella ihn zum letzten bestgehaßten Burschen der Welt gemacht hatten, war es natürlich eine Erleichterung, als der Weltgerichtshof alle Anklagen wegen einer technischen Besonderheit der Sicherheitsgesetze aufhob. Alex erschien als Opfer skrupelloser Generäle, mehr Tölpel denn Schurke.

Es wäre besser gewesen, wenn sie ihn eingesperrt und geschmäht hätten. Dann hätten Autoritätspersonen ihn wohl zumindest angehört. Aber so, wie es jetzt stand, gingen die Kollegen einfach über seine topologischen Argumente hinweg als ›bizarre, übermäßig komplexe Erfindungen‹. Noch schlimmer – bestimmte Interessengruppen im Weltdatennetz erkoren ihn über Nacht zu einem zentralen Klatschobjekt.

»... klassische Syndrome von Schuldabstraktion, die das Subjekt benutzt, um Traumata aus früher Kindheit zu tarnen ...«, hatte ein Korrespondent aus Peking geschrieben. Ein anderer in Djakarta kommentierte, »Lustigs absurde Andeutungen, daß das Dissipationsmodell von Hawking falsch sein könnte, paßte vortrefflich zu der Scham und Erniedrigung, die er nach Iquitos empfunden haben muß ...«

Alex wünschte, sein Dienst für das Sammeln von Notizen aus dem Netz wäre weniger tüchtig und ersparte ihm alle die amateurhaften Psychoanalysen. Er hatte sich aber gezwungen, sie zu lesen, wegen einer Lehre, die ihm einst seine Großmutter erteilt hatte.

Ein Merkmal geistiger Gesundheit ist der Mut, sogar unangenehme Gesichtspunkte ins Auge zu fassen.

Welche Ironie! Er war hier, gerechtfertigt auf eine Weise, die er sich nie hätte vorstellen können. Er besaß jetzt einen positiven Beweis, daß das Standardmodell schwarzer Mikrolöcher falsch war ... daß er mit seinen Theorien auf dem richtigen Weg gewesen war.

Er hatte recht und unrecht, in der besten Mischung.

Er überlegte. *Warum kann ich dann nicht die Höhle verlassen? Warum habe ich das Gefühl, daß es noch nicht vorbei ist?*

»He, du stupider *pakeha*-Bastard!« Eine dröhnende Stimme hallte von den Kalksteinwänden mehrfach wider. »Lustig! Du hast versprochen, dich heute abend mit uns zu besaufen! *Tama meamea*, ist das eine Art zu feiern?«

Alex blickte unglücklicherweise auf, als George Hutton die Beleuchtung einschaltete. Seine bisher auf den blassen Schein des Holotanks beschränkte Welt erweiterte sich jäh und erfüllte das Höhlenlaboratorium, welches Huttons Reichtum unter dem alten Gestein ausgehöhlt hatte.

Alexens zwinkernde Augen richteten sich zuerst auf den ›Klopfer‹, eine blanke Stange von zwei Metern Durchmesser und mehr als zehn lang, die in einem universellen Lager eingerüstet war in einer Kuhle, die größer war als manche Mondkrater. Sie ähnelte der Arbeit eines wahnsinnigen Teleskopbauers, der versäumt hatte, sein Instrument hohl zu machen und es statt dessen aus perfektem supraleitenden Kristall angefertigt hatte.

Der funkelnde Zylinder zeigte ein paar Grade von der Vertikalen weg, so wie man ihn gerade nach der abschließenden Fixierung gelassen hatte. Reihen von Instrumenten umgaben die Gravitationsantenne, zusammen mit knöcheltiefen Papierschichten, welche die begeisterten Techniker zerfetzt hatten, als die gute Nachricht endlich bestätigt worden war.

Jenseits des Klopfers führte eine Flucht von Leitern dorthin, wo George Hutton stand, mit einer Flasche winkte und grinste. »Du enttäuschst mich, Kamerad«, sagte der breitschultrige Milliardär und kam gemächlich schwankend die Leiter herunter. »Ich hatte vor, dich so säuisch besoffen zu machen, daß du die Nacht mit der *poaka* von Tochter meines Vetters verbringen würdest.«

Alex lächelte. Wenn George das von ihm wollte, würde er ihm den Gefallen tun müssen. Ohne Huttons Einfluß wäre es ihm nie gelungen, sich incognito nach Neuseeland einzuschleichen. Es hätte auch keine lange mühsame Suche durch die schreckliche Kompliziertheit des Erdinnern gegeben, mit Improvisationen und Erfindungen neuer Technologien, um ein winziges Monstrum zu erjagen. Und, was das Schlimmste war, Alex hätte ins Grab sinken können, ohne jemals zu erfahren, was sein Geschöpf dort unten vorhatte – ob es sich friedlich auflöste oder vielleicht in lässigem Tempo daran machte, die Welt zu verschlingen.

Als man es vor einigen Tagen auf einer Gravitationsdurchmusterung gesichtet hatte, schien es ihre schlimmsten Befürchtungen zu bestätigen. Der Alptraum war Realität geworden.

Danach schienen zur allgemeinen Erleichterung und Verwunderung harte Daten in eine andere Richtung zu weisen. Offenbar lag das Ding *im Sterben*... und verdampfte mehr Masse und Energie in das Innere der Erde, als es durch seinen engen Ereignishorizont einsog. Gewiß wurde es langsamer dünner, als die überholten Standardmodelle vorhersagten. Aber in einigen Monaten würde es dennoch nicht mehr existieren!

Alex dachte: *Ich sollte wirklich mit den anderen feiern. Ich sollte mein letztes Mißtrauen ablegen und in jede Flasche hineinkriechen, die George mir anbietet, und herausfinden, was eine* poaka *ist.*

Alex versuchte aufzustehen, merkte aber, daß er sich nicht bewegen konnte. Seine Augen waren wieder von dem kleinen purpurnen Punkt angezogen, der um die innerste farbige Schicht kreiste.

Er fühlte eine starke Präsenz neben sich. George.

»Was ist los, mein Freund? Du hast doch nicht etwa einen Fehler gefunden? Ist es ...?«

Alex erkannte die plötzliche Besorgnis Huttons. »Oh, es löst sich ganz richtig auf. Und jetzt ...« Er machte eine Pause. »Jetzt glaube ich zu wissen, warum. Hier, schau hin!«

Mit einem Wort löschte er das Bild der Erde und ersetzte es durch eine leuchtend blaue Graphik. Rötliche Funken blitzten am Rande des Objekts auf, das jetzt mitten im Tank stand. Sie rückten an einen zentralen Punkt heran wie Perlen im Wasser, die in einen Ausguß hinabwirbeln.

»Das ist es, was ich herzustellen glaubte, als mich Seine Exzellenz damals überredete, eine Singularität für die Iquitos-Anlage herzustellen. Ein standardmäßiges Schwarzes Loch nach Kerr-Prestwich.«

Hutton nahm sich einen Schemel dicht bei Alex und sah mit seinen täuschenden braunen Augen hin. Man könnte vermuten, er wäre ein einfacher Arbeiter, und nicht einer der reichsten Männer Australiens.

Das Bild im Tank sah aus wie ein Gummiblatt, das man ausgedehnt und erhitzt hatte und auf das danach ein kleines, schweres Gewicht geworfen war. Der dabei entstandene Trichter hatte in der Darstellung eine begrenzte Weite und Tiefe; aber beide Männer wußten, daß das wirkliche Ding, welches der Trichter wiedergab, überhaupt keinen Boden hatte. Die rötlichen Punkte bezeichneten Materiebrocken, die durch Gravitationsgezeiten hineingezogen wurden, gefangen in einer wirbelnden Scheibe. Diese Scheibe wurde heller, als mehr Materie hineinfiel, bis ein grell heller Ring nahe dem Rande des Trichters brannte. Darunter kam eine scharfe Grenze, innerhalb derer nur pechschwarze Finsternis herrschte.

Nichts entweicht aus dem Innern des Ereignishorizonts eines schwarzen Lochs. Zumindest gibt es kein direktes Entweichen.

Alex sah George an. »Kosmologen sagen, daß viele Singularitäten wie diese entstanden sein müssen, als das Universum begann. Falls das so ist, haben bis heute nur die größten überlebt. Kleinere sind längst verdampft, wie Stephen Hawking in den siebziger Jahre des vorigen Jahrhunderts vorausgesagt hat. Eine einfache Singularität – selbst mit Ladung und – muß extrem schwer sein, um stabil sein zu können... um

Materie schneller hereinzuziehen, als durch Vacuum-Emission verloren wird.«

Er deutete auf die äußeren Gebiete der Depression, wo helle weiße Pünktchen unabhängig von dem heißen Ring des laufend hinzukommenden Materials aufblitzten.

»Etwas weiter draußen bewirkt die hohe Energie der umschließenden Schwerkraft spontane Paarbildung … etwa das Zerreißen von Zwillingen aus je einem Elektron und Positron – aus dem Vacuum selbst. Es ist nicht genau so, daß man etwas aus nichts bekäme, da jeder kleine Entstehungsprozeß die Singularität ein wenig Feldenergie kostet. Und die geht zu Lasten ihrer Masse.«

Die Funken bildeten einen leuchtenden Halo – Schöpfung im Urzustand.

»Allgemein stürzt die eine neugeborene Partikel einwärts, und die andere entweicht, woraus sich ein ständiger Gewichtsverlust ergibt. Ein winziges Loch wie dieses kann neue Materie nicht schnell genug hereinziehen, um die Differenz auszugleichen. Um eine Zerstreuung zu verhindern, muß man es füttern.«

»Wie du es mit deiner Ionenkanone in Peru gemacht hast.«

»Richtig. Es hat große Mühe gekostet, die Singularität an der ersten Stelle zu schaffen, auch unter Einsatz meines besonderen Cavitron-Prinzips. Noch schwieriger war es, das Ding in der Schwebe zu halten und zu füttern. Aber die Akkretionsscheibe gab unglaubliche Wärme ab.« Alex wurde kurz nachdenklich. »Selbst der Prototyp war billiger und wirksamer als Wasserkraft.«

»Aber dann sind dir Zweifel gekommen«, entgegnete George.

»Nun ja. Siehst du, das System war *allzu* wirksam. Darum habe ich mit einigen verrückten Ideen herumgespielt … und bin bei diesem hier angelangt.«

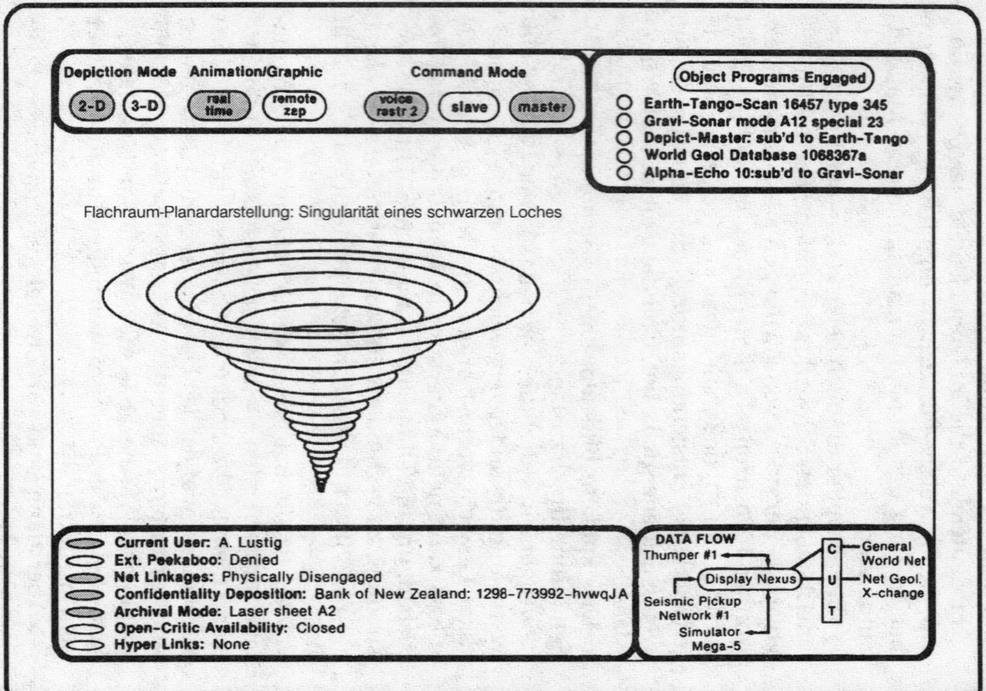
Depiction Mode
2-D
3-D
Animation/Graphic
real time
remote zap
Command Mode
voice restr 2
slave
master
Object Programs Engaged
Earth-Tango-Scan 16457 type 345
Gravi-Sonar mode A12 special 23
Depict-Master: sub'd to Earth-Tango
World Geol Database 1068367a
Alpha-Echo 10:sub'd to Gravi-Sonar
Flachraum-Planardarstellung: Singularität eines schwarzen Loches
Current User: A. Lustig
Ext. Peekaboo: Denied
Net Linkages: Physically Disengaged
Confidentiality Deposition: Bank of New Zealand: 1298-773992-hvwqJA
Archival Mode: Laser sheet A2
Open-Critic Availability: Closed
Hyper Links: None
DATA FLOW
Thumper #1
Display Nexus
Seismic Pickup Network #1
Simulator Mega-5
C
U
T
General World Net
Net Geol. X-change

Eine neue Schematik trat an die Stelle des Trichters. Jetzt war es, als ob eine schwere Draht*schleife* in das Gummiblatt eingesunken wäre. Immer noch unergründlich tief, kreiste die Depression jetzt um sich selbst.

Wiederum schwebten rötliche Materieteile in die Höhlung und wurden im Fallen erhitzt. Und wieder kündeten Funken von Paarerzeugung im Vacuum, bei der die Singularität Masse in den Raum zurückerstattete.

»Das ist etwas, wovon die Leute sogar schon im zwanzigsten Jahrhundert gesprochen haben«, sagte Alex. »Es ist eine *kosmische Saite.*«

»Ich habe davon gehört.« Georges dunkle Gesichtszüge verrieten Faszination. »Die sind wie Schwarze Löcher. Von denen man auch annimmt, daß sie Überbleibsel der Explosion seien, von denen ihr *pakeha* sagt, daß damit alles angefangen hätte – dem Urknall.«

»Hmm. Es sind natürlich keine echten, in Kreisen gezogene Trichterdinger. Es gibt eine Grenze der Darstellungsmöglichkeit ...« Alex seufzte. »Ohne Mathematik läßt sich das schwer beschreiben.«

»Ich kenne Mathematik«, brummte George.

»Nun ja. Entschuldige mich, George, aber die Tensoren, die du bei der Suche nach tiefem Methan benutzt, würden hierbei nicht viel helfen.«

»Vielleicht verstehe ich mehr, als du denkst, weißer Junge.« Huttons Dialekt schien vorübergehend stärker zu werden. »Ich kann wohl sehen, was deine kosmischen Saiten haben und Schwarze Löcher nicht. Löcher haben keine Dimensionen im Innern. Aber Saiten besitzen Länge.«

George Hutton liebte es, den ›zerstreuten Geschäftsmann‹ oder ›unwissenden jungen Eingeborenen‹ zu spielen und dich dann zu überrumpeln, wenn du nicht aufpaßtest. Alex akzeptierte den Verweis.

»Recht gut. Nur sind Saiten, genau wie Schwarze Löcher instabil. Auch sie lösen sich auf – auf farbige Weise.«

Bei einem gesprochenen Wort bildete sich ein neues Schaubild.

Das Gummiblatt war verschwunden. Jetzt betrachteten sie eine Schleife im Raum, die von einfallender Materie rot glühte und weiß durch einen Saum neuer Partikel, die in den Raum hinaussprühten. Einstrom und Ausfluß.

»Jetzt werde ich die Simulation in Bewegung setzen und dabei die Zeit einhundert Millionen mal dehnen.«

Die Schleife fing an, sich zu schlängeln, zu drehen und zu wirbeln.

»Eine frühe Vorhersage lautete, daß Saiten unglaublich schnell vibrieren können, beeinflußt durch gravitative oder magnetische ...«

Zwei Saiten stießen in einem Blitz zusammen, und plötzlich trat ein Paar kleinerer Schleifen an die Stelle der einen großen. Sie pulsierten noch schneller als zuvor.

»Manche Astronomen behaupten, daß sie Anzeichen gigantischer kosmischer Saiten im tiefen Weltraum sehen. Vielleicht Saiten, die sogar vor langer Zeit die Bildung von Galaxien ausgelöst haben. Wenn das stimmt, dann haben die Riesen überlebt, weil ihre Schleifen sich nur alle paar Milliarden Jahre kreuzen. Kleinere, schnellere Saiten schneiden einander in Stücke ...«

Während er sprach, beschrieben die beiden kleinen Schleifen schiefe Achterfiguren und zerbrachen in vier noch kleinere, die wie wild vibrierten. Jede davon teilte sich wieder. Und so weiter. Während sie sich vervielfachten, nahm die Größe ab und die Helligkeit stieg an – mit Annihilation als Ziel.

»So«, räumte George ein. »Kleine sind nicht gefährlich.«

Alex nickte. »Eine einfache, chaotische Saite wie diese konnte die Energiekurven von Iquitos nicht erklären. Darum ging ich auf die ursprünglichen Cavitron-Gleichungen zurück, fummelte etwas mit der Jones-Witten-Theorie herum – und kam auf etwas Neues.

Das ist es, was ich getan zu haben glaubte, unmittelbar ehe Pedro Manella seinen verfluchten Krawall startete.«

Die winzigen Schleifen waren in einem grellen Aufleuchten verschwunden. Alex gab einen kleinen Befehl, und ein neues Objekt erschien. »Dies nenne ich eine abgestimmte Saite.«

Wieder pulsierte eine flackernde Schleife im Raum, umgeben von weißen Funken der Partikelbildung. Nur pflegte die Saite sich diesmal nicht zu verdrehen und chaotisch zu rotieren. Regelmäßige Muster kräuselten sich um ihren Rand. Jedesmal, wenn eine Auszackung einen anderen Abschnitt zu berühren schien, schleuderte der Rhythmus sie wieder zurück. Die Schleife dauerte an, vor Selbstzerstörung sicher. Inzwischen strömte ständig weiter Materie aus allen Richtungen ein.

Sie wuchs zusehends.

»Dein Monstrum. Ich entsinne mich, wie du zuerst angekommen bist. Vielleicht bin ich betrunken, Lustig; aber ich vergesse dieses schreckliche *taniwha* nicht.«

Während Alex die Schwankungen beobachtete, empfand er die gleiche Mischung von Begeisterung und Entsetzen wie damals, als er zuerst erkannt hatte, daß solche Dinge möglich waren, und zuerst befürchtete, etwas so biblisch Schreckliches und Schönes gemacht zu haben.

Er sagte leise: »Es erzeugt seine eigene Abstoßung durch Ausnutzung von Gravitationen zweiter und dritter Ordnung. Wir hätten argwöhnen sollen, da kosmische Saiten supraleitend sind …«

George Hutton unterbrach ihn, indem er ihm mit seiner gedrungenen Hand auf die Schulter schlug. »Das ist fein. Aber heute haben wir bewiesen, daß du kein solches Ding gemacht hast. Wir haben Wellen in die Erde geschickt; und Echos zeigen, daß das Ding sich auflöst. Es stirbt. Deine Saite war nicht richtig gestimmt.«

Alex sagte nichts. George sah ihn an. »Dein Schweigen gefällt mir nicht. Ermutige mich wieder! Das verdammte Ding liegt doch sicher im Sterben, nicht wahr?«

Alex breitete die Hände aus. »Zum Teufel, George! Nach all meinen Irrtümern vertraue ich nur noch auf experimentelle Beweise; und du hast heute die Resultate gesehen.« Er zeigte auf den mächtigen Klopfer. »Das ist dein Apparat. Erzähle mir!«

»Es stirbt«, sagte George rundheraus. Zuversichtlich.

»Ja, es stirbt. Gott sei Dank!«

Die beiden Männer saßen noch eine Minute lang still da.

Schließlich fragte Hutton: »Was ist dann dein Problem? Was nagt an dir?«

Alex runzelte die Stirn. Er drückte einen Knopf, und wieder erschien ein Querschnittsbild der Erde. Wieder führte der Punkt, welcher die Iquitos-Singularität darstellte, lässige Präzessionsbewegungen zwischen Adern aus überhitztem Metall und zähem geschmolzenen Gestein aus.

»Es ist der Orbit des verdammten Dings.« Gleichungen liefen ab. Komplexe Graphiken erschienen und verschwanden wieder.

»Was ist mit seinem Orbit?« George erschien gelähmt. Er hielt immer noch die Flasche in der Hand und schwankte leicht, als der Punkt aufstieg und fiel, aufstieg und fiel.

Alex schüttelte den Kopf. »Ich habe jede Dichtevariation auf deinen seismischen Karten berücksichtigt. Ich habe jeder Feldquelle Rechnung getragen, die seine Flugbahn beeinflussen könnte. Und dennoch gibt es diese Abweichung.«

»Abweichung?« Alex fühlte, daß Hutton ihn wieder ansah.

»Ein anderer Einfluß lenkt es ab. Ich glaube, eine rohe Vorstellung von der beteiligten Masse zu haben...«

Der große Mann drehte Alex herum. Die rechte Hand des Maoris packte seine Schulter. Alle Spuren von Berauschtheit waren aus Huttons Gesicht verschwunden, als er sich bückte, um Alex in die Augen zu schauen.

»Was erzählst du mir da? Erkläre das!«

»Ich denke...« Alex konnte nicht anders. Wie physisch angezogen wandte er sich um, um wieder das Bild im Tank zu betrachten.

»Ich glaube, da unten ist etwas anderes.«

In der folgenden Stille konnten sie das Tröpfeln von mineralreichem Wasser hören, irgendwo tiefer in der Höhle. Der Rhythmus schien viel gleichmäßiger zu sein als Alexens Herzschlag. George Hutton schaute auf die Whiskeyflasche. Er stellte sie seufzend ab. »Ich werde meine Leute holen.« Als seine Tritte verhallten, fühlte Alex wieder das Gewicht des Berges um ihn herum – ganz allein.

□ In vergangenen Zeiten haben Männer und Frauen ständig den Untergang der Welt angesagt. Die Katastrophe schien niemals weiter entfernt zu sein als beim nächsten Erdbeben oder der kommenden Mißernte. Und jedes gräßliche Ereignis, von Unwetter bis zum Barbareneinfall, wurde als zornige Bestrafung durch den Himmel gedeutet.

Schließlich begann die Menschheit sich mehr vor dem Unheil eines drohenden Armageddons zu fürchten. Zum Beispiel prophezeiten Romanschreiber zwischen den Weltkriegen eine Vernichtung durch Giftgas. Später erwartete man, daß wir uns selbst mit Kernwaffen in die Hölle pusten würden. Schreckliche neue Krankheiten und andere biologische Geißeln versetzten die Leute während des Helvetischen Krieges in Angst. Und natürlich zeitigte unsere zunehmende Überbevölkerung tödliche Gespenster von massenhaften Hungersnöten.

Offenbar sind Apokalypsen wie alles andere der Mode unterworfen. Was die eine Generation in Schrecken setzt, kann der nächsten trivial und obsolet erscheinen. Man nehme unsere moderne Haltung dem Krieg gegenüber! Die meisten Anthropologen glauben heute, daß diese Aktivität ursprünglich auf Raub und Vergewaltigung beruht hat – vielleicht als Belohnung für Abenteuer eines Wikingers oder Höhlenmenschen, aber unter dem Aspekt eines nuklearen Holokausts nicht mehr sexuell oder wirtschaftlich profitabel! Heutzutage erscheint uns Kriegführung in großem Maßstabe im Grunde nur als ein verrücktes Unterfangen.

Was den Hungertod angeht, so haben wir einige entsetzliche Episoden gesehen. Die Hälfte des nutzbaren Ackerlandes ist verloren, und noch mehr wird bedroht. Indessen scheint jedoch das ›große Aussterben‹, von dem alle reden, noch eine Dekade oder weiter in der Zukunft zu liegen – immer weiter hinausgeschoben. Innovationen wie sich selbst düngender Reis und Super-Heuschrecken helfen uns, jeder nahen Katastrophe eben noch rechtzeitig zu entwischen. Ebenso können heute wegen anderer Lebensweise nur noch wenige Menschen den Gedanken des Verzehrens eines Säugetiers ertragen, das irgendwie unser Bruder ist. Und ganz abgesehen von moralischen oder gesundheitlichen Gründen hat diese Änderung der Gewohnheiten Millionen Tonnen Getreide freigesetzt, die einst zur unwirtschaftlichen Produktion von rotem Fleisch gedient haben.

Ist die schreckliche Endzeitvision also verschwunden? Sicher nicht. Es sind nicht mehr die ehrwürdigen apokalyptischen Reiter, die uns bedrohen, sondern neue Gefahren, auf lange Sicht viel schlimmere. Die Beiprodukte menschlicher Kurzsichtigkeit und Gier.

Andere Generationen haben eine Überfülle von Schwertern über ihren Köpfen hängen gesehen. Aber im allgemeinen waren das, was sie fürchteten, nur Schatten; denn weder sie noch ihre Götter waren wirklich imstande, der Welt ein Ende zu bereiten. Das Schicksal mag ein Individuum, eine Familie oder gar eine ganze Nation dahinraffen, aber nicht die ganze Welt. Damals noch nicht.

Wir, in der Mitte des einundzwanzigsten Jahrhunderts, sind die ersten, die zu einem Schwert aufsehen, das wir selbst geschmiedet haben und von dem wir mit absoluter Sicherheit wissen, daß es real ist ...

– Aus **Die transparente Hand.** Doubleday Books, 4. Aufl. 2035.
[□ Zugriffcode 1-tTRAN-777-97-9945-29A.]

• EXOSPHÄRE •

»All right, Baby. Der erste herunterkommende Lift wird mit Fracht vollgestopft sein; aber Glenn Spivey hat ein Wort eingelegt, so daß ich es schaffen könnte, beim nächsten mitzufahren. Ich könnte sogar vielleicht noch vor dir in der Zentrale sein.«

Teresa schüttelte erstaunt den Kopf. »Spivey hat das arrangiert? Sprechen wir von demselben Oberst Spivey?«

Das Gesicht ihres Gatten strahlte vom Bildschirm. »Vielleicht kennst du Spivey nicht so gut wie ich. Unter dem Äußeren aus Beryllium verbirgt sich ein Herz aus reinem ...«

»... aus reinem Titan. Na, ich kenne den.« Teresa lachte, erfreut darüber, daß sie wenigstens einen schwachen Scherz miteinanderteilten, um die Spannung abzubauen.

So weit, so gut, dachte sie. Gerade jetzt war es ein großartiges Gefühl, ihn anzuschauen, wo sie wußte, daß er nur vierzig Kilometer entfernt war und bald noch näher sein würde. Auch Jason klang so, als ob er jetzt einen Versuch wagen wollte.

Jemand hatte Teresa einmal erzählt, das Lächeln ihres Gatten wäre miserabel, da es seine intelligenten

Gesichtszüge manchmal in die eines unbeholfenen Welpen verwandelte. Aber Teresa fand sein Grinsen reizend. Jason mochte bisweilen gefühlskalt sein – sogar ein übler Kerl –, aber sie war sicher, daß er sie nie angelogen hatte. Manche Gesichter waren einfach nicht fähig, eine Lüge zu tolerieren.

»Übrigens habe ich gesehen, wie du beim ersten Passieren diesen Haken erwischt hast. Hattest du wieder den Computer ausgeschaltet? Keine maschinellen Piloten schaffen das so glatt.«

Teresa merkte, daß sie errötete. »Das Programm schien zu stottern, darum habe ich…«

»Das habe ich mir gedacht! Jetzt werde ich in der Messe unausstehlich aufschneiden müssen. Du wirst schuld sein, wenn ich hier oben alle meine Freunde verliere.«

Das Einfangmanöver war in Wirklichkeit leichter, als es aussah. Die *Plejaden* hing jetzt unter der Raumstation an einem Kabel, das durch Gravitationsgezeiten straff gespannt war. Wenn es Zeit wäre zu gehen, müßte sie bloß den Haken freigeben, und die Fähre würde wieder ihre ursprüngliche Ellipsenbahn beschreiben und unter Ersparnis vieler Millionen Tonnen kostbaren Treibstoffs zu Mutter Erde zurückkehren.

»Nun, ich schätze, das kommt daher, daß ich ein büschen Texanerin bin«, sagte sie gedehnt, obwohl sie das erste Glied ihres Geschlechts war, welches den Staat mit dem einen Stern im Wappen je besucht hatte. »Drum ha'ich Übung mit'm Lasso.«

»Das erklärt auch, warum sie braune Augen hat«, bemerkte Mark Randall aus der Nähe dazwischen.

Jasons Abbild richtete sich auf Teresas Copiloten. »Ich möchte keine Antwort darauf riskieren und will es überhört haben.« Dann wieder zu Teresa: »Auf baldiges Wiedersehen, Rip! Ich werde für uns im Hilton ein Zimmer reservieren.«

»Ich werde mich mit einer Besenkammer begnügen«, antwortete sie und ließ es offen, ob Jason das falsch verstehen würde. Manche Leute konnten sich einfach nicht vorstellen, daß ein Ehemann und seine Frau, die seit Monaten zum erstenmal wieder zusammentrafen, vor allem wünschten, eng beisammen zu sein, ruhig miteinander zu plaudern und etwas zu erhalten, das keiner von beiden verlieren wollte.

»Ich werde sehen, was sich machen läßt. Stempell Ende.«

Nach Sicherung des Hakens war die erste Aufgabe das Entladen von Tonnen flüssigen Wasserstoffs und Sauerstoffs. Das entsprach dem Treibstoff für Zusatzmanöver, welchen Teresas Geschick eingespart hatte. Jedes Kilo Rohmaterial im Orbit war wertvoll; und die Stationsleute waren beim Entladen höchst vorsichtig.

Das Holobild zeigte die *Plejaden* mit dem Bug nach oben dicht unter dem Boden des der Erde nächsten Stationsteils – Nearpoint – hängen. Das war ein Labyrinth von Rohren und industriellem Gerät an dünnen silbrigen Fäden, welches sich tief in den Gravitationsschacht des Planeten erstreckte. Teresa beobachtete nervös, wie drei Stationsarbeiter in Raumanzügen das Entleeren der Tanks beendeten. Erst als die Schläuche schließlich losgemacht waren, gab sie einer Entspannung Raum. Explosive ätzende Flüssigkeiten, die nur wenige Meter an ihrem Hitzeschild vorbeiströmten, machten sie immer kribblig.

»Teamchef bittet um Erlaubnis, mit der Entladung der Fracht anzufangen«, sagte Mark zu Teresa.

»Erlaubnis erteilt.«

Aus dem Labyrinth in der Höhe näherte sich ein riesiger gelenkiger Manipulator-Arm der Frachtbucht der *Plejaden*. Eine Gestalt in Raumkleidung winkte von der Bucht und lenkte den Arm behutsam zu dem mysteriösen Gepäckstück der Luftwaffe.

Oberst Glenn Spivey sah aus dem die Bucht überschauenden Fenster zu. »Schafft es leicht. Los, ihr Bastarde, es besteht nicht aus Gummi! Wenn ihr es …«

Zum Glück konnten die Leute draußen seine, wie von einem aufdringlichen Beifahrer kommenden, guten Ratschläge nicht hören. Und Teresa machte es nichts aus. Schließlich war der Colonel für Gerät im Werte von mehreren hundert Millionen Dollars verantwortlich. Wenn er da jetzt zur Vorsicht mahnte, war das durchaus verständlich.

Warum finde ich den Mann bloß so unausstehlich? fragte sie sich.

Spivey hatte monatelang mit ihrem Gatten an einem ungenannten Projekt gearbeitet. Vielleicht war es ihr Mißvergnügen, davon ausgeschlossen zu sein, oder das häßliche Wort ›Geheimhaltung‹. Oder vielleicht kam der Ärger einfach daher, daß der Oberst so viel von Jasons Aufmerksamkeit beanspruchte zu einer Zeit, wo sie schon auf andere Personen eifersüchtig war.

›Andere‹ – Das bezog sich natürlich auf jene June Morgan. Teresa gestattete sich eine kurze Mäßigung des Unmutes. Sie mahnte sich: *Laß es bloß nicht zum Streit kommen! Nicht diesmal. Nicht da oben.*

Sie wandte sich von Spivey ab und kontrollierte noch einmal den Zustand an Bord. Lage, Leinenstraffung, Schweregradient – alles schien nominal.

Außer dem Trick mit dem Fangen des Hakens beim Andocken hatten angeleinte Komplexe wie dieser viele andere Vorteile gegenüber altmodischen stümperhaften Raumstationen. Lange metallisierte Bänder konnten Energie direkt aus dem Magnetfeld der Erde saugen oder verliehen gegenüber solchen Feldern ein Drehmoment ohne Treibstoffverbrauch. Auch erfuhren durch einen anderen Trick mit den Keplerschen Gesetzen beide Enden der bola-artigen Struktur eine schwache künstliche Schwere – etwa ein hundertstel Ge –, was für Wohnquartiere und Umgang mit Flüssigkeiten hilfreich war.

Teresa schätzte alles, was der Raumfahrt helfen könnte. Trotzdem benutzte sie Fernfühler, um die geflochtenen Kabel zu prüfen. Unerhört zugstark, waren sie aber empfindlich gegen Verdrehungen durch mikroskopischen Raum-Müll und sogar Meteoroide. Statistische Zusicherungen waren weniger beruhigend als persönliche Kontrolle. Darum nahm sie sich alles vor, bis sie überzeugt war, daß die Fasern nicht an der Grenze der Haltbarkeit standen.

Als sie mithörte, daß Spivey wie eine nervöse Henne gackerte, während seine Fracht die Ladebucht verließ, lächelte sie. *Ich vermute, daß wir in mancher Hinsicht gar nicht so verschieden sind.*

Die Russen und Chinesen hatten ähnliche Einrichtungen im Orbit wie Nihon und die Euros gehabt. Aber das andere runde Dutzend raumfahrtfähiger Nationen hatte seine militärischen Vorposten aufgegeben, als die Kosten stiegen und der Himmel immer mehr unter zivile Kontrolle geriet. Man raunte, daß Spiveys Leute versuchten, möglichst viele heimliche Arbeiten zu forcieren, ehe ›Geheimhaltung‹ hier ebenso überholt wäre wie unten.

Der Kranführer lud die Fracht des Colonels in einen alten Shuttletank, der jetzt als Lastenaufzug der Station diente, und schickte ihn zu dem schwerelosen Komplex zwanzig Kilometer höher hinauf.

»Bitte um Genehmigung, die Luftschleuse für Transit vorzubereiten, Captain.« Spivey hatte schon die halbe Strecke des Niedergangs zum Mitteldeck zurückgelegt, ungeduldig, zu seiner mysteriösen Maschine zu gelangen.

»Mark wird helfen, sobald der Tunnel unter Druck steht, Colonel.«

Ein Astronaut im Raumanzug inspizierte den transparenten Durchgang zwischen der Luftschleuse der *Plejaden* und Nearpoint. Er winkte durch das Hinterfenster: »Alles sicher.«

»Ich werde mich um Spivey kümmern«, sagte Mark und fing an, sich loszuschnallen.

»Fein!« Aber Teresa beobachtete noch den Raumfahrer draußen. Er war in der Bucht geblieben, nachdem er fertig war; und sie wollte gern wissen, warum.

Der Mann von der Station kletterte auf einen der Tanks am hinteren Ende, sicherte seine Leine an der obersten einzelnen Kugel... und wurde dann völlig bewegungslos mit vor sich halb ausgestreckten Armen in der als ›Raumfahrerhocke‹ bekannten entspannten Position.

Teresa unterdrückte ihre momentane Besorgnis. *Natürlich. Ich kriege es.*

Da er dem Zeitplan ein wenig voraus war, ergriff der Bursche eine Gelegenheit, die viel zu selten kam. Er beobachtete, wie die Erde vorbeirollte.

Der Planet füllte den halben Himmel und dehnte sich bis zu fernen dunstigen Horizonten. Direkt unten lief ein weites helles Panorama ab, das sich niemals wiederholte – strahlende Topographien, die stets vertraut und doch immer wieder aufregend waren. Gegenwärtig näherte sich ihr Kurs über Grund von Westen her Spanien. Teresa wußte das, weil sie wie immer Standort und Kurs erst kurz zuvor kontrolliert hatte. Zur Bestätigung kam bald der bucklige Fels von Gibraltar in Sicht.

Große Druckwellen strömten gegen die Säulen des Hercules, wie sie es schon immer getan hatten seit jenem Tage vor Zehntausenden von Jahren, als der Atlantische Ozean die Landzunge durchbrochen hatte, welche Europa und Afrika verband, und in das von Gras bewachsene Becken geströmt war, das das Mittelmeer werden sollte. Schließlich war eine neue Balance zwischen Binnenmeer und Weltmeer entstanden; aber es war seither immer ein Spannungsgleichgewicht geblieben.

Wo sich einst der große Wasserfall ergoß, herrschte jetzt ein Wechselspiel täglicher Gezeiten in komplexen Mustern von Zurückweichen und Anschwellen, gebündelt und reflektiert durch den Trichter zwischen Iberien und Marokko. Aus großer Höhe betrachtet schienen stehende Wellen die Gewässer auf Hunderte von Kilometern zu durchziehen; aber diese Gipfel und Senken waren in Wirklichkeit ganz seicht und erst entdeckt worden, nachdem Kameras den Weltraum eroberten.

Teresa fand die Wassermuster wieder einmal sehr schön als Bestätigung der Liebe der Natur für Mathematik. Und nicht nur das Meer zeigte Wellenbewegungen. Teresa schaute auch gern auf hochgetürmte Stratocumuli und vom Wind zerfetzte Cirruswolken hinab. Aus dem Weltraum wirkte die Atmosphäre so dünn – ein Film, zu zart, um das Leben aller zu tragen. Und dennoch spürte man von hier auch die große Macht dieser Schicht.

Andere wußten das auch. Teresas scharfe Augen machten funkelnde Lichtflecke aus von Düsenflugzeugen und den stärker verbreiteten Zeppelinen mit ihrer an Wale erinnernden Form. Durch Wettermeldungen des Netzes gewarnt, machten sie kehrt, um einem Sturm zu entrinnen, der sich westlich Lissabon zusammenbraute.

Mark Randall rief aus dem Gang im Mitteldeck: »Der ungeduldige Soundso hat die innere Tür schon aufgemacht! Ich sollte besser übernehmen, ehe er eine Beschwerde der Union auslöst.«

»Tu das!« antwortete sie ruhig. Mark verstand es, mit den Passagieren umzugehen. Sie einigte sich mit dem Frachtkontrolleur draußen in der Bucht. Ausnahmsweise wurden keine Gebühren verlangt. Teresa genoß den herrlichen Moment, da sie ihren Atem, ihren Herzschlag und die Rotation der Erde empfand.

Mein Gott, ist das schön!

So kam es, daß sie direkt, nicht durch Myriaden Instrumente der *Plejaden*, sah, wie sich die Farbe der See veränderte – flüchtig und rasch. Als sie erstaunt blinzelte, wurden die Sturmwolken durch Pulsationen gepeitscht.

Dann schien die Erde sich plötzlich ihr entgegenzuneigen. Es war eine eigenartige Sensation. Teresa empfand keine Beschleunigung. Sie wußte aber irgendwie, daß sie sich schnell und trägheitslos *bewegten,* den Naturgesetzen zuwider.

Ihr kam der Gedanke, es könnte eine Form von Raumkrankheit sein. Oder vielleicht hatte sie einen Anfall. Aber keine dieser Erwägungen hemmte den Reflex, der sie veranlaßte, auf den Notalarmknopf zu drücken. Mit der gleichen fließenden Bewegung ergriff sie ihren Raumhelm. In dieser langgedehnten Sekunde, als sie sich umdrehte, um wieder das Kommando über ihr Schiff zu übernehmen, erhaschte sie einen unvergeßlichen Blick auf den Mann in der Frachtbucht, der sich umgewandt hatte, den Mund in einem erregten stummen Warnschrei aufgerissen.

Früher, während der Ausbildung, pflegten sich andere Kandidaten über die Notfalldrills zu beklagen, die dazu vorgesehen schienen, die Gewächshaustypen zu zermürben oder gar zu zerbrechen, die es so weit gebracht hatten. Immer wenn Auszubildende glaubten, die Prozeduren intus zu haben oder den Drill für jeden Notfall zu beherrschen, dann heckte irgendein Neunmalkluger in einem weißen Kittel unausweichlich Methoden aus, um die nächste Übung noch widerlicher ablaufen zu lassen. Der Chef der Simulationen beschäftigte Ingenieure mit sadistischer Phantasie.

Aber Teresa hatte die Tiger-Teams nie verwünscht, nicht einmal wenn sie ihr besonders schlimm zusetzten. Sie pflegte die Drills als ein nie endendes Training in *Geschicklichkeit* zu betrachten. Vielleicht war es deshalb, daß sie jetzt nicht den Mut verlor oder auch nur mit der Wimper zuckte, als ein Sturm von Lauten auf sie eindrang.

Der Generalalarm kam kaum früher als der erste Glockenton vom Reservegyroskop der Fähre. Als sie den ausschaltete, fing schon der charakteristische Summer der ersten Hydraulikleitung an zu dröhnen. Die Flugkontrolle der Station kam nicht viel später.

»*Plejaden,* wir sind dran … sieht aus wie … nein …«

Im Hintergrund ertönten Stimmen. Inzwischen begannen die Beschleunigungsmesser der *Plejaden* ihre besondere knarrende Melodie zu singen.

Teresa protestierte – *Wir können nicht im Beschleunigungszustand sein!* Aber ihr innerer Sinn sprach anders. Es wäre logisch gewesen, die Sensoren auszuschalten, die offenbar falsche Werte anzeigten. Statt dessen stellte sie den Hauptrecorder der Fähre an.

Bernsteinfarbene Lichter blitzten auf. Sie handelte rasch, um eine kritische Druckleitung der Orbitalen Hauptsequenz zu schließen. Dann, als ob sie nicht schon genug Schwierigkeiten hätte, fing Teresas peripheres Sehfeld an zu verschwimmen! Sie konnte nur wie in einem Tunnel sehen. Aber die Zone verengte sich noch, während sie rief: »Nein, zum Teufel – nein!«

Durch die Kabine strömten Farben und machten aus der geplanten Kompliziertheit des Cockpits das Gemälde eines Schizophrenen. Teresa schüttelte heftig den Kopf in der Hoffnung, die neue Plage loszuwerden. »Kontrolle, *Plejaden*. Erlebe …«

»Terry!« Ein lauter Ruf hinter ihr. »Ich komme. Halt aus …«

»*Plejaden,* Kontrolle. Wir … haben Schwierigkeiten …«

Ein schrilles Quieken kam über die offene Verbindung von Erewhon dazwischen. Sie verzerrte entsetzt das Gesicht.

»Mark, prüfe den Ausleger!« schrie Teresa über die Schulter, als sie durch einen sich verengenden Spalt an dem Computerpaneel bei ihrem rechten Knie blickte. Das Ding war so obsolet, daß es nicht einmal gesprochene Befehle verläßlich aufnehmen konnte. Also legte sie mehr aus Routine denn nach Sicht einen Knebel auf MANUELL DIREKT um.

»*Plejaden*, wir erblinden …«

»Das gleiche hier!« fauchte sie. »Ich habe auch Beschleunigung wie ihr. Sagt mir etwas, das ich nicht weiß!«

Die Stimme kämpfte sich durch wachsende Störgeräusche hindurch: »Wir haben auch eine anomale Zunahme der Seilspannung …«

Teresa erschauerte. »Mark! Ich sagte, kontrolliere den Ausleger!«

»Ich versuche es!« brüllte er aus der Deckenluke. »Es … sieht gut aus, Terry. Der Ausleger ist okay …«

»… extrem hohe anomale elektrische Ströme im Seil …«

Zwei gelbe Lichter schalteten auf Rot. »Setz deinen Helm auf und bereite den Abwurf der Passage vor!« sagte Teresa dem Copiloten, als noch mehr Alarmsignale Melodien pfiffen, die sie außerhalb eines Simulators noch nie gehört hatte. Teresa fühlte mehr, als daß sie sah, wie Mark in seinen Sessel glitt, während sie einen Schalterschutzdeckel entfernte und den roten Knopf darunter drückte. Sofort hörten sie einen entfernten Knall, als Sprengladungen den Plastiktunnel abrissen, der kürzlich an ihrer Luftschleuse befestigt worden war.

»Passage abgestoßen«, meldete Mark. »Terry, was, zum Teufel, ist los …?«

»Bereite das Abstoßen des Auslegers selbst vor!« sagte sie zu ihm. Nach Gefühl drückte sie Knöpfe auf dem digitalen Autopiloten und setzte die kleineren Rückstoßkontrollmotoren der Fähre in Tätigkeit. »Digitaler Autopilot auf manuell. Rückstoßkontrollsystem läuft. Wenn wir abbrechen, werden wir eine Minute hängen vor dem Fall. Aber ich denke …«

Teresa hielt plötzlich inne, als der eine rote Fleck braun wurde. »… ich denke …«

Ein anderer schaltete von Purpur auf Goldgelb. Und

noch einer. Dann wurde ein bernsteinfarbenes Licht grün.

So schnell, wie er angefangen hatte, begann der erschreckende Regenbogen zu schwinden! Sie zwinkerte zwei-, dreimal. Die Trübung des Gesichtsfeldes verging von der Mitte aus. Die Sehschärfe kam wieder, als Warnlichter und akustische Alarmsignale nacheinander aussetzten.

»Plejaden ...« Die Stationskontrolle klang atemlos. Auch die Summer drüben verstummten. *»Plejaden,* wir scheinen wieder ...«

»Das gleiche hier«, unterbrach sie sie. »Aber was ist mit der Seilspannung?«

»Plejaden, Seilspannung ... läßt nach.« Der Ton der Flugleitung klang erleichtert. »Muß vorübergehend gewesen sein, was, zur Hölle, es auch gewesen sein mag. Aber vielleicht gibt es noch einen toten Gang ...«

Mark und Teresa schauten sich an. Sie fühlte sich mißhandelt, strapaziert und zerschlagen. War es wirklich vorüber? Als noch mehr braune Lichter ausgingen, machten sie eine Bestandsaufnahme des Schadens. Wunderbarerweise schien die *Plejaden* unbeschädigt zu sein.

Außer natürlich der Millionen Dollar teuren Verbindungspassage, die sie gerade abgeworfen hatten. Die Passagiere würden es nicht schätzen, in einzelnen Schutzhüllen wie Strandbälle hinübergeschafft zu werden. Aber ihr Mißvergnügen käme kaum dem der Erbsenzähler in Washington gleich, wenn es keine Rechtfertigung gäbe.

»Jaa. Wenn wir aber den Ausleger gleich direkt abgestoßen hätten?« murmelte Mark. »Stell diesen Schalter lieber auf Sicherheit ein, Terry!« Er deutete mit einem Nicken auf den vorbereiteten Auslöser, der gefährlich zwischen ihren Sitzen aufblitzte.

»Warte eine Sekunde!« Teresas Augen schweiften durch das Cockpit und suchten ... nach irgend etwas, einer Erklärung des mysteriösen Vorfalls. Sie drückte auf ihr Kehlkopfmikrophon. »Kontrolle, *Plejaden*. Bestätigt eure Annahme, daß toter Gang minimal sein wird. Wir wollen nicht erleben ...«

In diesem Augenblick traf ihr Blick das Display der Trägheitssteuerung mit der Anzeige, wo ihr Ringlasergyroskop annahm, daß sie sich befänden. Sie las das wie die Schlagzeile einer Zeitung. Die Zahlen waren bizarr und änderten sich rapide auf eine Weise, die Teresa gar nicht gefiel!

Ruckartige Augenbewegungen erfaßten die entsprechenden Angaben der Sternverfolger- und Satellitennavigationssysteme. Sie standen völlig in Widerspruch, und *keine* davon stimmte mit dem überein, was ihr ihr Hosenboden verriet.

»Kontrolle! Ich kupple mich aus unter Notfallbedingungen.«

»*Plejaden*, wartet! Es besteht keine Notwendigkeit. Ihr könntet unseren toten Gang vergrößern!«

»Ich werde das riskieren. Inzwischen kontrolliert ihr besser eure eigenen Inertialeinheiten. Habt ihr ein Gravitometer?«

»Bestätigt. Aber was ...?«

»Prüft es! *Plejaden* Ende.«

Dann zu Mark: »Du stößt den Ausleger ab. Ich werde den Digitalen Autopilot bedienen. Abstoßen bei Drei. Eins!«

Randall hatte die Hände am Paneel, machte aber noch Einwände. »Bist du sicher? Man wird uns die Hölle heiß machen ...«

»Zwei!« Sie packte den Steuerknüppel.

»Terry ...«

Es juckte sie die Intuition. Sie fühlte, wie das, was immer es war, mit Gewalt wiederkam.

»Zündung, Mark!«

Noch ehe sie die Erschütterung der Ladungen spürte, aktivierte Teresa ihre Hilfsraketen für Schub.

Sie tat, was jeder gute Pilot in einer Krise tun würde – sie führte ihr Schiff von allem fort, das massiver war als ein Gedanke oder eine Wolke.

»Was, zum Teufel, passiert hier? Habt ihr beide den Verstand verloren?«

Eine scharfe Stimme hinter ihnen. Ohne sich umzudrehen, fauchte sie: »Colonel Spivey, gurten Sie sich an und halten Sie den Mund!«

Ihr angespannter professioneller Ton wirkte besser als alle Flüche oder Drohungen. Spivey mochte ein Scheusal sein, war aber kein Narr. Sie merkte, daß er rasch verschwand, und verbannte ihn aus ihren Gedanken, als Rückstoßdüsen die widerstrebende Masse des Orbiters langsam von dem Verhau der Station aus Kränen und Vorratstanks wegzerrten. Im Nacken Teresas sträubten sich alle Haare.

»*Plejaden,* ihr habt recht. Das Phänomen ist periodisch. Anomale Spannung kommt wieder. Gravitometer spielt verrückt... Gezeiten von noch nie ...«

Eine zweite Stimme kam dazwischen und schnitt dem Lotsen das Wort ab. »*Plejaden,* hier ist Stationskommandant Perez. Bereiten Sie Empfang von Notfalltelemetrie vor!«

»Bestätigt.« Teresa schluckte. Sie wußte, was das bedeutete. Sie fühlte, wie Mark sich an ihr vorbeibeugte, um sich zu vergewissern, daß die Datenaufzeichnungsgeräte des Schiffs mit höchster Geschwindigkeit arbeiteten. In dieser Weise hielten sie jede Nuance fest – für einen einzigen Zweck, damit Raumfahrer in Gefahr der Regel Nummer Eins ihres Berufs folgen konnten...

Laß den nächsten Burschen wissen, was dich getötet hat!

Der Stationskommandant konfrontierte die *Plejaden* in Echtzeit mit seiner Situation – eine schauderhafte Maßnahme für den Chef einer geheimen militärischen Station. Das machte es Teresa noch dringender, schnell wegzukommen.

Sie ignorierte Navigationshilfen und orientierte sich nach Instinkt und Schätzung. Sie stöhnte auf in der Erkenntnis, daß zwei Haupttriebwerke auf die Cryo-Tanks von Nearpoint gerichtet waren, so daß sie eine gewaltige Explosion riskierte, wenn sie sie zündete. So blieben nur winzige Hilfsaggregate, um das schwere Schiff anzustupsen. Sie schaltete auf ein Rollmanöver und fluchte, weil die Drehung so langsam erfolgte.

»Oh, Mist! Mark, ist der Bursche noch in der Frachtbucht?«

Die kribbelnde Übelkeit kehrte zurück. Das merkte sie, als sie mit dem langsam reagierenden Raumschiff kämpfte. Mark in der Nähe lachte plötzlich ziemlich schrill auf. »Er ist noch da. Helm ans Fenster gepreßt. Der Bursche ist verrückt, Terry.«

»Hör auf, mich Terry zu nennen!« zischte sie und drehte sich, um wieder eine Peilung von Nearpoint zu bekommen. Wenn die Tanks jetzt frei wären ...

Teresa erstarrte. Es gab keine mehr!

Da war *nichts*. Tanks, Wohnkomplexe, Kräne ... Alles war verschwunden!

Die Alarmsignale kreischten wieder los. Während ihre Instrumente wieder Gelb und Rot anzeigten, stellte Teresa fest, daß Erewhon jetzt nicht mehr ihre Angelegenheit war. Sie drückte Knöpfe mit der Aufschrift X-TRANSLATIONAL und HOCH. Dann drückte sie den Stock, um ein dröhnendes hypergolisches Gebrüll auszulösen, welches die *Plejaden* dorthin schickte, wo sie annahm, daß sich die Station und das Seil *nicht* befanden.

Mark sagte laut Werte von Druck und Flußgeschwindigkeit an. Teresa zählte Sekunden, als die Sicht wieder verschwamm. »Bewege dich, du blöde Kuh! Los!« Sie verfluchte den schweren, unbeholfenen Orbiter.

Mark meldete: »Ich habe die Station gefunden. Mein Gott, sieh dir das an!«

Wie durch einen sich verengenden Tunnel blickte Teresa auf den Radarschirm. Sie schnappte nach Luft. Das unterste Aggregat befand sich mehr als fünf Kilometer unter ihnen und entfernte sich rasch. Das Gebrüll neuer Alarme mischte sich mit seltsamen Geräuschen, die in ihrem Schädel entstanden. Ein Signal sang das sture Lied eines wildgewordenen Kühlsystems. Unfähig zu sehen, welcher Abschnitt, legte Teresa Schalter nach Gefühl um und setzte alle Austauschschleifen außer Tätigkeit. Sie ließ Mark auch die Treibstoffzellen verriegeln. Falls sich die Situation nicht verbesserte, ehe ihnen der Batteriestrom ausging, würde das sowieso keine Rolle mehr spielen.

»Alle drei Autopiloten sind nicht zu bedienen!« rief Mark durch einen wilden Krach hindurch.

»Vergiß sie! Laß sie abgeschaltet!«

»Alle?«

»Ich sagte: alle! Der Wurm steckt in den hydraulischen Leitungen, nicht den Geräten. Alle langen Flüssigkeitsleitungen sind betroffen.«

»Wie können wir ohne Hydraulik die Türen der Frachtbuchten schließen?« protestierte er durch zunehmende Störgeräusche, die seine Worte fast untergehen ließen. »Wir werden nicht... imstande sein... beim Wiedereintritt!«

»Überlaß das nur mir!« brüllte sie zurück. »Schließ alle Leitungen außer den hinteren hypergolischen, und bete darum, daß diese halten!«

Teresa glaubte, seine Zustimmung zu vernehmen und dazu ein Geräusch, das von dem Schließen dieser Schalter herrühren mochte. Vielleicht war es aber auch eine weitere Sinnestäuschung gewesen.

Ohne Hydraulik konnten sie die Hauptmanövrierraketen nicht schwenken. Sie würden es mit kleinen Hilfsdüsen schaffen müssen und blind in einem Helldunkel von Verzerrung und Schatten fliegen. Teresa trennte den Autopiloten nach Gefühl völlig ab. Sie feuerte die kleinen Raketen in passenden Paaren und verließ sich allein auf Vibration, um eine Reaktion zu verifizieren. Es war richtiges Fliegen nach dem Gefühl im Hosenboden, ohne eine Möglichkeit der Bestätigung, ob sie die Plejaden wirklich von dem gefährlich überdehnten Seil entfernte oder vielleicht gerade darauf zu...

Aus Tönen wurden Gerüche. Häßliche Bilder kratzten ihre Haut. Zwischen kakophonischen Störgeräuschen glaubte sie, tatsächlich *Jason* zu hören, der ihren Namen rief. Aber die Stimme verwehte in der lauten Brise, ehe sie sagen konnte, ob sie real oder ein Phantom war – eine von zahllosen Schimären, die von allen Seiten ertönten.

Soweit sie wußte, schien sie ständig erblindet zu sein. Aber das machte nichts. Nichts machte etwas aus, mit Ausnahme des Kampfes um die Rettung ihres Schiffs.

Endlich wurde die Sicht wieder klar – ebenso erstaunlich schnell, wie sie verlorengegangen war. Ein enger Tunnel zuckte in die Schärfe und weitete sich rasch, bis nur noch die Peripherie mit jenen unheimlichen Schatten flatterte. Das Alarmgekreisch begann abzuklingen.

Nach dem Übergang war sie benommen und starrte ungläubig in die einst vertraute Kabine. Laut Chronometer waren weniger als zehn Minuten vergangen. Sie kamen ihr vor wie Stunden.

»Uff!« bemerkte sie mit trockener Kehle. Wieder einmal hatte die *Plejaden* den Nerv, neu zu funktionieren, als ob nichts geschehen wäre. Rote Lichter wurden gelb, gelbe wurden grün. Teresa selbst würde sich gewiß nicht so schnell erholen.

Mark schnaufte wild: »Wo... wo ist Erewhon? Wo ist das Seil?« Ein paar Minuten Schub konnten sie nicht so weit gebracht haben. Aber die Darstellungen für Annäherung und Rendezvous zeigten überhaupt nichts an. Teresa ging zu einem höheren Maßstab über.

Nichts. Die Station war nirgends.

Mark flüsterte: »Was ist mit der passiert?«

Teresa änderte Radareinstellungen, erweiterte wieder die Skala und befahl eine Dopplerabtastung im ganzen Spektrum. Diesmal erschienen wenigstens verstreute Impulse. Sie hatte plötzlich einen Geschmack von Asche im Mund.

»Da ... sind Stücke von ihr.«

Ein Haufen großer Objekte war in einen viel höheren Orbit eingetreten und stieg rasch auf, als die *Plejaden* wieder in ihre Ellipse einschwenkte. Ein Trümmerteil sendete ein Notsignal aus, das es als ein Stück vom Zentralkomplex der Station kennzeichnete.

Mark sagte: »Wir sollten wohl einen Rundumschwenk starten, um eine Chance zu haben, jemanden zu retten.«

Teresa blinzelte wieder. *Daran hätte ich denken sollen.*

»Prüfe ... prüfe erst alle Tankverbindungen und Leitungen«, sagte sie und starrte immer noch auf den Verhau, der der Kern der Reagan-Station gewesen war. Irgend etwas hat die Verbindungen zerrissen ... und so ziemlich alle Streben, die die Module zusammenhalten. Diese Kraft könnte jederzeit wiederkommen; aber sie beide schuldeten ihren Weltraumkameraden den Versuch, jene zu retten, die noch am Leben waren.

Mark meldete: »Drücke sehen gut aus. Gib mir eine Minute zur Berechnung einer Zündung! Es wird mulmig sein.«

»Das ist okay. Wir werden unsere Reserven aufbrauchen. Kennedy und Kourou kratzen wohl schon Startgeräte zusammen ...« Sie hielt inne, die Ohren auf ein merkwürdiges klopfendes Geräusch konzentriert. Noch ein Symptom? Aber nein, es kam von hinten. Sie drehte sich wütend um. Jener verdammte Spivey war zurückgekommen ...

Ein *Gesicht* im Rückfenster ließ Teresa japsen. Dann seufzte sie. Es war nur ihr unaufmerksamer Mitreisender, der Mann im Raumanzug, den Helm noch gegen die Scheibe gepreßt.

»Hm«, bemerkte sie. »Unser Gast sieht nicht so jämmerlich aus wie vorhin.« Tatsächlich strahlte die Miene hinter dem beschlagenen Visier ungeteilte Dankbarkeit aus. »Er muß gesehen haben, wie Nearpoint in Stücke gerissen wurde. Inzwischen befindet es sich vielleicht schon in der Atmo ...«

Sie hielt jäh inne. »Jason!«

»Was?« Mark schaute vom Computer auf.

»Wo ist das obere Stück? Wo ist Farpoint?«

Teresa fummelte am Radarbild und stellte es auf höchste Reichweite für Autofrequenzabtastung. Fern von der Erde erwischte sie gerade noch ein großes Aufblitzen, das aus dem Rande des Bildschirms glitt.

»Süße Gaia ... Schau aufs Doppler!« Randall starrte. »Es bewegt sich mit ... mit ...« Er sprach nicht zu Ende. Teresa konnte den Schirm ebenso gut ablesen wie er.

Die leuchtenden Buchstaben verweilten noch, als das flüchtige Signal verschwunden war. Sie brannten im Bild und in ihren Herzen.

Jason, dachte Teresa, unfähig zu begreifen oder damit fertig zu werden, was sie gesehen hatte. Ihre Stimme versagte; und als sie endlich redete, sagte sie bloß: »Sechs ... tausend Kilometer ... in der Sekunde.«

Das war natürlich unmöglich. Teresa schüttelte den Kopf in dumpfem Unverständnis, daß Jason ihr dies angetan haben könnte.

Sie seufzte: »*Kakashkiya.*«

»Er verläßt mich – mit zwei Prozent der Lichtgeschwindigkeit ...«

□ Es war Atē, die erstgeborene Tochter des Zeus, die den goldenen Apfel benutzte, um drei eitle Göttinnen in Versuchung zu führen, und damit eine Tragödie auslöste. Überdies war es Atē, die Paris in Helena verliebt machte und Agamemnon in Briseis. Atē erfüllte die Herzen de Trojaner mit Liebe zu Pferden, deren flatternde Mähnen die Gefilde von Ilion verschönten. Odysseus gab sie eine Leidenschaft für neue Dinge.

Wegen dieser und anderer Neuerungen wurde Atē als Mutter der Betörung bekannt. Darum wurde sie auch Stifterin von Zwietracht genannt.

Begriff sie, daß ihre Erfindung schließlich zu Hekubas Trauer auf den zerbrochenen Mauern von Troja führen würde? Manche sagen, sie hätte nur auf Bitten ihres Vaters Zwietracht gesät... daß Zeus selbst diesem schrecklichen Krieg Vorschub geleistet hätte, »auf daß die Last seiner Toten das stöhnende Land vom Gewicht so vieler Menschen befreien möge.«

Dennoch trauerte Zeus, als er das blutige Ende sah. Götter, die Troja unterstützt hatten, vereinten sich mit jenen, die für Hellas eintraten; und alle waren sich einig, Atē die Schuld zuzuschreiben.

Auf die Erde verbannt, brachte sie ihre Erfindung mit; und deren Effekte würden sich als ebenso weitreichend erweisen wie jene frühere Gunst – die Gabe des Prometheus. In der Tat, was konnte Vernunft je aus sich allein für die Menschheit ausrichten, ohne Leidenschaft als Antrieb?

Blinde Leidenschaft breitete sich aus, zum Guten oder Bösen. Leben, einst einfach, wurde rege, herausfordernd, verwirrend. Herzen rasten. Adern sangen mit Leichtsinn. Wilde Spiele brachten phantastische Gewinne oder taumelten in denkwürdige Fiascos.

Zur Erde kam ein Ding namens ›Liebe‹.

Leidenschaft veränderte die Welt für immer. Darum wird sie von manchen die ›Wiese der Atē‹ genannt.

• KERN •

Die letzten Erschütterungen hatten aufgehört, aber es dauerte noch einige Minuten, bis die Techniker unter ihren Tischen hervorkrochen. Durch Kaskaden von Kalkstaub schauten sie sich um und vergewisserten sich, daß das Beben wirklich vorbei war. Noch einige letzte furchtsame Blicke zu der Konsole des Nexus', wo Alex Lustig während all der unerwarteten Erschütterungen geblieben war.

Ein unausgesprochener Gedanke kreiste unter ihnen – daß jeder Kerl, der die Erde klappern lassen könnte, sicher jemand war, mit dem man würde rechnen müssen.

Innerlich war Alex keineswegs so ruhig, wie er zu sein schien. In Wirklichkeit waren es Erschöpfung und krasses Erstaunen gewesen, was ihn auf seinem Posten gehalten hatte, während andere in Deckung gingen – weit mehr als Tollkühnheit oder zur Schau gestellter Mut. Diese plötzliche Macht, Erdbeben hervorzurufen, war ein völlig unerwarteter Seiteneffekt ihres Projekts und neben der Nachricht, die er jetzt vor sich sah, von trivialer Wichtigkeit.

Unglücklicherweise hatten sie genau das gefunden, wonach sie gesucht hatten.

Das Querschnittshologramm erzählte die Geschichte. Wo zuvor nur ein einziger purpurner Punkt abgebildet gewesen war, der einen tief eingesenkten Orbit um das Zentrum des Planeten beschrieb, konnte man jetzt sehen, wie ein zweites Objekt noch weiter unten kreiste. Was nur eine böse Vermutung gewesen zu sein schien, war jetzt real und schrecklich.

»Es befindet sich da unten, na schön«, meldete George Huttons Chefphysiker und lüftete seinen steifen Hut, um schütteres weißes Haar zurückzuschieben. Stan Goldmans Hände zitterten. »Wir werden Daten von anderen Beobachtungsposten brauchen, um es genau zu lokalisieren.«

Hutton fragte: »Können Sie seine Masse abschätzen?« Der Maori-Tycoon saß auf der anderen Seite der Konsole und machte ein finsteres Gesicht, auf das die Krieger von Te Heuheu stolz gewesen wären. Auch er hatte es während der Beben verschmäht, in Deckung zu gehen. Aber das erwarteten die Techniker nur von ihm.

Goldman grübelte über seinem Bildschirm. »Sieht aus wie knapp unter einer Billion Tonnen. Das ist einige Größenordnungen höher als Alexens ... als das erste. Als Alpha.«

»Und seine anderen Dimensionen?«

»Zu klein für Messungen in linearen Maßstäben. Es ist eben eine andere Singularität.«

George wandte sich an Alex. »Warum haben wir dies andere Ding nicht früher entdeckt?«

»Anscheinend gibt es mehrere Methoden zur Modulation von Schwerewellen, als sich irgend jemand vorgestellt hat.« Alex machte eine Handbewegung. »Um ein beliebiges Objekt aus dem Chaos da unten herauszupicken, müssen wir enge Bandbreiten und Impedanzen anpassen. Unsere früheren Suchaktionen waren darauf abgestimmt, Alpha zu finden. Sie haben Beta nur durch hypothetische Folgerungen erwischt.«

George zeigte auf den Tank. »Du meinst, da unten könnten noch *mehr* von den Dingern sein?«

Alex zwinkerte. So weit hatte er nicht vorausgedacht. »Gib mir eine Minute!«

Er sprach leise in ein Mikrophon und holte Subroutinen aus seiner Arbeitsbibliothek, um Karten und Simulationen bei dem Hologramm aufzurufen. Schließlich sagte er: »Nein. Wenn es noch mehr wären, würden sie die Bahnen der anderen beeinflussen. Es sind nur diese zwei. Und meine ... und die Singularität Alpha zerfällt rasch.«

George grunzte. »Was ist mit der großen? Ich meine, dieses verdammte Biest wächst?«

Alex nickte und zögerte zu sprechen. Als Physiker mußte er wohl den Primat objektiver Realität anerkennen. Aber in seinem Herzen steckte noch ein abergläubischer Verdacht, daß finstere Möglichkeiten nur dann real werden, wenn man sie laut ausgesprochen hat.

»Scheint so«, sagte er mit Mühe.

»Ich stimme zu«, pflichtete Stan bei.

Hutton marschierte durch den immer noch dahintreibenden Staub vor dem blanken Generator von Gravitationswellen. »Wenn es wächst, kennen wir mehrere Dinge.« Er hielt einen Finger hoch. »Erstens – Beta kann nicht schrecklich alt sein, sonst hätte es die Erde schon längst gefressen. He?«

Stan schlug vor: »Es könnte eine natürliche Singularität sein, die vom Urknall übriggeblieben ist und erst kürzlich die Erde getroffen hat.«

»Schwach, sehr schwach. Würde sich ein interstellares Objekt nicht mit hyperbolischer Geschwindigkeit bewegen?«

Hutton schüttelte den Kopf. »Es könnte zufällig durch einen Planeten gehen, würde nun aber gleich wieder in den Weltraum fliegen, ohne viel Geschwindigkeit eingebüßt zu haben.«

Alex nickte und nahm das Argument an.

Hutton fuhr fort: »Es strapaziert auch die Glaubhaftigkeit, daß ein solches Objekt gerade jetzt eintrifft, da wir die Technologie haben, es zu entdecken. Außerdem hast du selbst gesagt, daß kleine Singularitäten instabil sind – seien es Löcher oder Saiten oder sonstwas –, sofern sie nicht speziell darauf *abgestimmt* sind, sich selbst zu erhalten!«

»Du willst sagen, jemand anders hat …«

»Offensichtlich. Mach schon, Lustig! Glaubst du, der einzige helle Bursche auf dem Planeten zu sein? Finde dich damit ab, daß du ausgestochen bist! Überrundet! Dich hat jemand geschlagen, vielleicht indem er ein besseres Cavitron erfunden oder etwas anderes benutzt hat.

Wahrscheinlich etwas anderes, Raffinierteres, da dieses *taniwha* schlimmer ist als dein pathetisches Ding, dein Alpha!« George zeigte ein unfrohes Grinsen. »Finde dich damit ab, kleiner Alex! Irgend jemand da draußen hat dich in deinem eigenen Spiel geschlagen… jemand, der besser den verrückten Wissenschaftler spielen kann.«

Alex wußte nicht, was er sagen sollte. Er sah, daß die Miene des großen Mannes nachdenklich wurde.

»Oder vielleicht ist es diesmal kein einsamer Irrer. Ich frage mich… Regierungen und herrschende Cliquen verstehen sich auf Pläne zur Zerstörung der Welt. Vielleicht hat einer eine Art Höllenmaschine für den Jüngsten Tag entwickelt? Ein äußerstes Abschreckmittel? Vielleicht haben sie, wie du, es irrtümlich losgelassen.«

»Warum dann die Geheimhaltung?«

»Natürlich, um Vergeltung zu verhüten. Oder um Zeit zu gewinnen, während sie eine Flucht zum Mars planen.«

Alex schüttelte den Kopf. »Ich kann nichts dergleichen spekulieren. Alles, was ich tun kann, ist…«

»Nein.« George zielte scharf mit einem Finger auf ihn. »Laß mich dir sagen, was du tun kannst. Zunächst kannst du diese Daten bestätigen. Und danach…«

Das Feuer schien aus Huttons Augen zu schwinden. Seine Schultern senkten sich. »Danach kannst du mir sagen, wieviel Zeit ich mit meinen Kindern noch übrig habe, bis das Ding da unten den Boden unter unseren Füßen verschlingt.«

Die verschreckten Techniker bewegten sich nervös. Stan Goldman betrachtete seine Hände. Alex hatte allerdings ein anderes Gefühl von Verlust. Er wünschte sich, auch so reagieren zu können – mit Wut, Trotz und Verzweiflung.

Warum empfinde ich so wenig? Warum bin ich so stumpf?

War es, weil er mit dieser Möglichkeit so viel länger gelebt hatte als George?

Oder hat George recht? Bin ich sauer, weil jemand anders

sich offenbar besser darauf verstanden hat, ein Monster zu schaffen, als ich es je gekonnt hätte?

Wer auch immer es gewesen war, sie waren bestimmt nicht kompetenter, Monster im Käfig zu halten. Eine dürftige Genugtuung.

Stan Goldman sagte: »Ehe wir mehr Schwerkraftsondierungen machen, sollten wir lieber herausfinden, weshalb diese letzte Abtastung seismische Erschütterungen ausgelöst hat. Ich habe nie zuvor von etwas dergleichen gehört.«

George lachte. »Erschütterungen? Sie wünschen Erdbeben? Warten Sie nur, bis Beta auf kritische Größe angewachsen ist und anfängt, den Erdkern zu verschlingen! Teile des Mantels werden nach innen kollabieren... Dann werden Sie Erdbeben erleben!«

Hutton drehte sich mißmutig um und schlenderte zu den Treppen, um wieder zu Ao-mārama – der Welt des Lichts – emporzusteigen. Nachdem er gegangen war, tat oder sagte niemand viel. Der Stab räumte planlos auf. Einmal schien Stan Goldman etwas sagen zu wollen, schloß dann aber wieder den Mund und schüttelte den Kopf.

Ein nervöser Ingenieur trat mit einer Nachrichtentafel an Alex heran. »Hm, da wir von Erdbeben reden, dachte ich, Sie sollten lieber dies sehen.« Er legte das Blatt auf die Konsole zwischen Stan und Alex. Oben darauf schimmerten die Großbuchstaben einer technischen Presseverlautbarung des Weltnetzes:

> ERDBEBEN DER STÄRKEN 3 BIS 5,2 HABEN SPANIEN, MAROKKO, DIE BALEAREN GETROFFEN. WENIG TODESOPFER. SCHWARM FOLGTE UNGEWÖHNLICHEM MUSTER IN RAUM, ZEIT UND PHASEN. ERSTER AUSBRUCH...

»Hm, was hat das zu tun mit...?« Dann fiel es Alex auf. Die spanischen Beben hatten genau zum gleichen

Zeitpunkt zugeschlagen wie die Erdstöße hier in Neuseeland! Er wandte sich zum Querschnittsbild der ganzen Erde, machte einige Vergleiche und stieß einen Pfiff aus. So genau, wie mit dem Auge zu erkennen war, hatten die beiden Schwärme in einhundertachtzig Grad Abstand stattgefunden – auf exakt entgegengesetzten Seiten des Globus.

Mit anderen Worten – eine gerade Linie, die Neuseeland und Spanien verband, verlief genau durch den Kern der Erde.

Er beobachtete, wie die neue Singularität, die Beta genannt wurde, eine niedrige langsame Bahn zog und nie weit von der innersten Zone aufstieg, wo Dichte und Druck am höchsten lagen und es die meiste Nahrung gab.

Es wächst nicht bloß, erkannte Alex, erstaunt darüber, daß das Universum ihm erneut Ehrfurcht einflößen konnte. Es tut höllisch mehr, als bloß zu wachsen.

»Stan ...«, begann er.

»Sie haben es auch bemerkt? Erstaunlich, nicht wahr?«

»Mm. Lassen Sie uns herausbringen, was das zu bedeuten hat!«

Sie waren also in Geheimnisse der Mathematik vertieft und nahmen ihre Umgebung kaum wahr, als jemand ein Zifferblatt drehte, um die atemlosen Stimmen von Nachrichtenreportern zu verstärken, die eine Katastrophe im Weltraum beschrieben.

TEIL II

PLANET

Ein schwaches Feuer brennt länger. So ist es auch mit Sternen.

Der hellste Sturm durch Leben verschwenderischer Extravaganz führt letztlich zu Explosionen von Selbstbestätigung, die kurze Zeit ganze Galaxien überstrahlen. Inzwischen kümmern sich bescheidenere, ruhigere Sonnen geduldig um ihre Angelegenheiten und altern langsam und mit Grazie.

Ironischerweise sind beide Typen erforderlich, um einen richtigen Trank zu bilden. Denn ohne die grandiose Maßlosigkeit von Supernovae würde es keine Ingredientien geben – weder Sauerstoff noch Silicium oder Eisen. Und dennoch werden die friedlichen gelben Sonnen auch gebraucht. Sie lassen die Mischung langsam reifen. Sonst würde das Rezept nichts taugen.

Man nehme eine solare Mischung von Elementen. Man kondensiere kleine Brocken und lasse sie sich zu einem Globus mittlerer Größe zusammenballen. Man bringe sie in genau die richtige Distanz von der Flamme und lasse sie sanft rotieren. Die Kruste sollte Blasen bilden und dann während der nächsten paar Jahrmillionen leicht sieden.

Man spüle überschüssigen Wasserstoff unter einer Dusche von Sonnenlicht aus.

Man bombardiere mit Kometen während eines Äons, oder bis sich ein Flüssigkeitsfilm bildet.

Man lasse etliche Milliarden Jahre lang weiter rotieren bei gleichmäßiger Wärme.

Dann warte man ab …

□ Zur Beachtung für die 112 Millionen Mitglieder der Weltweiten Speziellen Interessengruppe zur Diskussion Langfristiger Lösungen [□ SIG AeR, WLRS 253787890.546]. Wir als Leitkomitee empfehlen dieses kleine Juwel eines unserer Mitglieder [□ Jane P. Gloumer QrT JN 253-54-2203 aa], gefunden in einem Roman des späten zwanzigsten Jahrhunderts. Sie nennt es den ›Offut-Lyon-Plan‹. Ms. Gloumer gibt die folgende Darstellung:

»Unser Problem ist nicht die Überbevölkerung an sich. Aber wir haben gerade jetzt zu viele. Wir verbrauchen Hilfsquellen in wildem Tempo gerade dann, wenn die letzten Reserven der Erde gebraucht würden, um echte, dauernde Quellen des Wohlstandes zu schaffen. Projekte wie Wiederaufforstung oder orbitale Sonnenenergie oder [□ Liste anderer Vorschläge in der Anlage mit entsprechenden Verweisen] schreiten nicht voran, weil unsere knappen Ressourcen nur gebraucht werden, um so viele Menschen zu ernähren und zu behausen.

Oh, gewiß hat sich das Tempo des Bevölkerungszuwachses verlangsamt. In hundert Jahren könnten die Gesamtzahlen wirklich abnehmen. Aber leider zu spät, um uns zu retten.

Jetzt haben einige gefühllose Mitglieder eben dieser Gruppe vorgeschlagen, man könnte dieses Problem dadurch lösen, daß man die Hälfte sterben ließe. Eine schaurige Malthusianische Lösung und meines Erachtens verdammt blöde. Jene fünf Milliarden würden sich nicht einfach ruhig dem Gemeinwohl opfern lassen! Sie würden kämpfen und alle andern mitnehmen!

Müssen Milliarden aber wirklich sterben, um die Welt zu retten? Wie wenn diese Milliarden überredet werden könnten, uns nur *zeitweilig* zu verlassen?

Neuere Arbeiten an der Universität von Beijing zeigen, daß wir nur noch eine Dekade von perfekter Kryosuspension entfernt sind... dem sicheren Einfrieren menschlicher Wesen, wie solcher mit tödlichen Krankheiten, um sie später zuverlässig wieder zu beleben. Zunächst klingt das wie eine neue technische Kalamität, indem man den Stöpsel des Abflusses herauszieht und sich die Wanne mit Menschen noch höher füllen läßt. Aber das sind kleinliche Gedanken. Es gibt einen Weg, wie dieser Durchbruch sich tatsächlich als unsere Rettung erweisen könnte.

Hier ist der Plan. Man lasse jeden zu, der Lust hat, sich bis ins vierundzwanzigste Jahrhundert einfrieren zu lassen. Die UN garantieren, daß die Ersparnisse mit 1 % über der Inflationsrate oder zum günstigsten Satz der Staatspapiere angesammelt werden – je nachdem, was höher liegt. Den Freiwilligen ist Reichtum sicher, wenn sie am anderen Ende herauskommen.

Als Gegenleistung willigen sie ein, aus dem Weg zu gehen und uns übrigen den Ellbogenraum zu geben, den wir brauchen. Wenn nur die Hälfte der Bevölkerung ernährt werden muß, könnten wir Problemlöser uns die Ärmel hochkrempeln und den verbleibenden Überschuß benutzen, um die Lage in Ordnung zu bringen.

Natürlich sind da einige Probleme auszubügeln – wie die Logistik des sicheren Einfrierens von Milliarden Menschen; aber dazu sind unsere Diskussionsgruppen ja auch da, daß sie Ideen vorbringen und Schwierigkeiten überwinden!«

In der Tat! Janes herausfordernder Vorschlag raubte uns den Atem. Wir erwarten hierauf mehr als eine Million Antworten. Versuchen Sie also bitte originell zu sein; oder warten Sie auf die zweite Welle, um zu sehen, ob ihr Punkt schon von jemand anderem vorgebracht wurde. Der Kürze halber wird die erste Runde auf einfachen Sprachtext von acht Giga, mit nur einem Unterverweis, beschränkt. Bitte keine Animation oder Holographie! Nun wollen wir mit unseren Seniormitgliedern in China beginnen...

• LITHOSPHÄRE •

Es war wirklich ein Wetter ›für verrückte Hunde und Engländer‹. Claire trug natürlich ihre Sonnenbrille und war mit Hautcreme eingerieben. Dennoch überlegte Logan Eng, ob er seine Tochter wirklich nicht aus diesem sengenden Sonnenschein herausbekommen könnte.

Nicht daß allem Anschein nach irgend etwas dieser

Kreatur da schaden könnte, mit der Figur eines Mädchens, die sich aber über die streifige Gesteinsfläche wie eine Bergziege bewegte. Logan kam nie auf die Idee, daß Claire abstürzen könnte, etwa hier auf einem Hang des nur vierten Grades. Sein rotköpfiger Nachwuchs schlenderte dahin, als ob sie über einen Rasen ginge und nicht ein Gefälle von vierzig Grad. Sie verschwand hinter der nächsten Ecke im Canyon mit einem letzten Aufblitzen broncierter Beine.

Logan schnaufte und mußte sich widerwillig eingestehen, warum er sie fast zurückgerufen hätte. *Ich kann mit ihr nicht mehr Schritt halten. Ich schätze, das war unvermeidlich.*

Indem ihm das klar wurde, mußte er lächeln. Neid ist eine unwürdige Empfindung gegenüber dem eigenen Kinde.

Jedenfalls war er gerade jetzt mit einer größeren Zeitspanne beschäftigt als einer bloßen Generation. Logan schwankte auf der Kante des sogenannten Carbons, der Steinkohlenperiode. Wie eine ehrgeizige Species, die sich entwickeln will, suchte er einen Weg, um nur ein paar Meter aufzusteigen – ins Perm.

Diese Landmarke, die so weit entfernt geschienen hatte – eine klare Grenze zwischen zwei horizontalen Streifen blassen Gesteins – wurde aus der Nähe trügerisch und undeutlich. So war eben die Realität. Niemals scharf wie im Lehrbuch, sondern kiesig mit rauhen Kanten. Es erforderte physischen Kontakt, das Einatmen von kalkigen Sedimenten oder das Verfolgen eines paläozoischen Brachiopoden mit den Fingerspitzen, um wirklich die Äonen zu fühlen, die in einem Ort wie diesem eingebettet waren.

Logan erkannte durch Berühren die Natur dieses Felsens. Er konnte seine Stärke und seine Durchlässigkeit für Sickerwasser abschätzen – eine Kunst, die er in Jahren erlernt hatte, als er seine Kunst vervollkommnete. Als Amateur hatte er auch ihre Ursprünge in prähistorischer Zeit studiert.

Die Steinkohlenzeit kam an sich ziemlich spät in der Geschichte des Planeten. Als Teil des ›Zeitalters der Amphibien‹ umspannte sie hundert Jahrmillionen, ehe die als Dinosaurier bekannten Riesen auftraten. Wunderbare Bestien gediehen dort, wo er sich jetzt erging. Das Epos des Lebens wurde aber größtenteils auf dem Boden von Ozeanen geschrieben von zahllosen Kleinlebewesen, die als sanfte Sedimente Jahr um Jahr, Äon um Äon hinabrieselten – ein schon drei Milliarden Jahre währender Prozeß, als diese Kapitel in Ton niedergelegt wurden.

Natürlich kannte Logan auch vulkanische Berge. Erst in der vergangenen Woche war er über große, durch Feuer gebildete Ströme im Osten des Staates Washington gekrabbelt und hatte einige der neuen Untergrundflüsse kartiert, die durch die wechselnden Regenfälle erweckt worden waren. Indessen waren Bimsstein und Tuff nie so faszinierend wie dort, wo das Land einstmals ganz buchstäblich lebendig gewesen war. Er hatte in seiner Arbeit Zeitalter durchstreift – vom Präkambrium, wo die höchsten Bewohner der Erde Algenteppiche waren, bis zum fast noch neuen Pliozän, wo Logan immer Ausschau hielt nach noch unmittelbareren Vorfahren, die damals vielleicht schon auf zwei Beinen gegangen waren und begonnen hatten, sich zu fragen, was, zum Teufel, vor sich ging. Von solchen Expeditionen kam er regelmäßig zurück mit Schachteln voller Fossilien, die er vor den Bulldozern gerettet hatte, um sie lokalen Schulen zu schenken. Obwohl Claire natürlich immer die erste Wahl hatte für ihre Sammlung.

»Daddy!«

Er war gerade mit einem besonders heiklen harten Lehm beschäftigt, als ihn der Ruf seiner Tochter aus seinen schweifenden Gedanken riß. Ein Fehltritt kostete ihn den Fußhalt, und er spürte einen jähen bebenden Schwindel. Er schnappte nach Luft, warf sich gegen die abschüssige Wand und verteilte sein Gewicht über die größte mögliche Fläche. Das plötzliche Klopfen seines Herzens paßte zu dem Geräusch der in die Schlucht hinabregnenden Kiesel.

Es war eine instinktive Reaktion. Eine Überreaktion, da es reichlich Halt für die Füße und Felsleisten gab. Aber er hatte seinen Geist wandern lassen, und das war dumm. Jetzt würde er Beulen haben und Staub vom Kopf bis zu den Füßen.

»Was …« Er spuckte Grus aus und hob die Stimme. »Was gibt es, Claire?«

Von oben und irgendwie vor sich hörte er ihre Stimme: »Ich glaube, ich habe es gefunden!«

Logan änderte seinen Fußhalt und stieß sich ab. Um aufrecht stehen zu können, mußte er seine Fußgelenke scharf biegen, damit seine Kletterschuhe greifen konnten. Aber das lernen Bergsteiger schon bei ihrer ersten Tour. Jetzt, da er wieder aufpaßte, fühlte Logan sich stabil und unter Kontrolle.

Nur so lange, wie du aufpaßt, mahnte er sich. »Was hast du gefunden?« rief er in ihre ungefähre Richtung.

»Daddy!« klang es gereizt und hallte schwach aus engen Seitenschluchten. »Ich denke, ich habe die Grenze gefunden!« Logan lächelte. Als Kind hatte Claire ihn nie ›Daddy‹ genannt. Das kränkte ihre Würde. Aber jetzt, da der Staat Oregon ihr eine Identitätskarte gegeben hatte, schien sie das Wort gern zu gebrauchen – als ob ein geringes Maß an restlicher kalkulierter Kindlichkeit ihr Privileg als beginnende Erwachsene wäre.

»Ich komme, Geode!« Er klopfte seine Kleidung ab und wischte Staubwolken weg. »Ich bin gleich da!«

Das wüstenartige, zerklüftete Gebiet der Badlands dehnte sich rings um Logan aus. Durch Wind, Regen und Sturmfluten geprägt, sah die Landschaft ohne

Zweifel noch ziemlich genau so aus, wie die Weißen sie zuerst erblickt hatten oder Menschen überhaupt. Nordamerika war erst seit zehn- oder höchstens zwanzigtausend Jahren bewohnt gewesen. Und obwohl sich das Wetter seit jener Zeit geändert hatte – zumeist war es trockener und heißer geworden –, hatte es noch länger gedauert, bis nennenswerter Pflanzenwuchs auf diesen dürren Hängen hatte gedeihen können.

Aber hier gab es Schönheit. Beige-, creme- und zimtfarbene Schichten wie in einem großen, versteinerten Blätterteig, der in der Tiefe heftig geknetet und dann scharfem Wind und Regen ausgesetzt worden war. Logan liebte diese steinigen Wüsten. Anderswo trug die Erde ihren Teppich des Lebens wie eine verweichlichende Maske. Aber hier konnte man die Realität des Planeten anfassen – Mutter Gaia ohne ihr Make-up.

Sein Beruf führte ihn oft zu solchen Stätten – um Pläne für die Bewirtschaftung kostbaren Wassers zu entwerfen. Das war eine Rolle sehr ähnlich derjenigen der sagenhaften ›Wildcatter‹ des zwanzigsten Jahrhunderts, die kreuz und quer auf der Suche nach Erdöl durch die Lande zogen, bis jedes der sechshundert großen Sedimentbecken erkundet, geprüft, ausgebeutet und trockengelutscht war.

Logan dachte gern daran, daß seine Ziele reifer waren und sein Unterfangen wohltätiger und durchdachter als so etwas. Aber manchmal stellte er sich Fragen. Könnten künftige Generationen auf ihn und seine weltumspannende Bruderschaft so zurückblicken wie Teledramas heute die Ölmänner darstellten? Als kurzsichtige Narren und sogar Plünderer?

Seine Exgemahlin, Claires Mutter, hatte in dieser Hinsicht vor langer Zeit eine Entscheidung getroffen. Nachdem er sich bei dem Projekt zur Überdachung des unteren Colorados engagiert hatte – um Millionen Quadratmeter Ackerland vor Verdunstung zu retten und das längste Gewächshaus der Welt zu schaffen –, hatte sie ihn damit belohnt, daß sie ihn aus dem Haus warf.

Logan verstand Daisys Gefühle ... ihre fixen Ideen, durchaus. Aber was konnte ich da tun? *Wir können die Welt nicht retten ohne Nahrung. Nur Leute mit vollen Mägen werden Umweltschützer.*

Überall auf dem Planeten gab es Probleme, die nach Lösungen schrien. Nicht erst morgen, sondern sofort. Nationen und Städte wollten, daß Wasser verlagert, gepumpt und eingedeicht würde. So wie die Meere anstiegen und Regenfälle unvorhersehbar wanderten, taten das auch die Labors, wenn die Regierungen sich verzweifelt anzupassen suchten. Große Veränderungen spielten sich ab, in der Luft, auf dem Lande und den Ozeanen. Das waren Kombinationen globaler Transformationen jener Art, wie man sie direkt in den Gesteinsschichten lesen konnte ... so, als ob eine lange Epoche geologischer Stabilität plötzlich und heftig zu Ende ginge und alles für immer der Umformung überließe.

Und doch ... Logan atmete das Aroma von Salbei und Wacholder ein.

Seit Menschengedenken hatte nichts diese Landschaft verändert. Nicht einmal der Treibhauseffekt. Er liebte Orte wie diesen, wo niemals jemand nach seinen Diensten verlangen würde. Stellen, die *unverwundbar* waren für jegliche Arbeiten, die er sich vorstellen konnte.

Ein rotschwänziger Falke schwebte über die nächste Mesa. Er segelte in einer Thermik, welche die dazwischen liegende Bergrille vor seinen Augen verschwimmen ließ. Er berührte einen Schalter bei der linken Schnur seiner Schutzbrille, und der Vogel erschien vor seinen Augen unbewegt. Raffinierte Optik ermöglichte, an seiner Jagd teilzuhaben. In der gelben Iris des Raubvogels blitzte es auf, als er den kümmerlichen Bodenbelag musterte auf der Suche nach Beute, die dort vielleicht verborgen sein könnte.

Der Vogel kam außer Sicht. Logan stellte die Brille wieder um und fing erneut an zu klettern.

Bald kam er auf tückisches Gelände. Steinbrocken waren von einem unterhöhlten Ausbiß abgebrochen und hatten verräterisches Geröll auf seinem Weg hinterlassen. Logan blähte die Nüstern, während er vorsichtig hinabstieg, die Arme zum Balancieren ausgestreckt. Dann hüpfte er wieder etwas rascher dahin.

Diese Art Boden war natürlich ideal. Nicht besonders gefährlich – er und Claire trugen sowieso Piepser, und Helicopter des Forstdienstes waren keine dreißig Minuten entfernt. Aber es reichte, um aufregend zu sein. Logan sprang von einem wackligen Felsblock zum andern. Das fügte eine zusätzliche Würze an Adrenalin zu der Fröhlichkeit, daß man sich einfach hier draußen im Freien befand, fern der überfüllten Städte oder deren grunzender Bulldozer, ohne sich im geringsten darum kümmern zu müssen, wohin man seinen nächsten Schritt tun würde.

Schließlich landete er sicheren Fußes und in gehobener Stimmung auf einer neuen leichten Stelle – weniger vertikal als horizontal. Wieder pausierte er, um zu Atem zu kommen.

Er und Claire hatten auf dem Weg hierher natürlich viele andere Wanderer gesehen. Man brauchte Reservierungen Jahre im voraus für eine Genehmigung zum Zelten. Ironischerweise waren sie beide gerade jetzt in diesem besonderen Gebiet völlig allein. Während Touristen sich auf den leichten Naturpfaden drängten und Liebhaber schwere Aufstiege suchten, war ein dazwischenliegendes Gelände wie dieses oft tagelang hintereinander ohne Besucher.

Wenn Logan blinzelte, um die Sicht etwas zu verwischen, konnte er Anzeichen dafür, daß unlängst Menschen vorbeigekommen waren, fast ganz unkenntlich machen ... solche erodierten Stellen, wo Fußspuren den Stein auf eine Weise abgetragen hatten, zu der Wind oder Wasser nie imstande waren, oder Papierfetzen, die zu klein waren, um Geldstrafen für Müllverschmutzung auszulösen. Es war so ruhig – kein Dröhnen von Flugzeugmotoren im Moment, keine Stimmen –, daß man sich sogar einbilden könnte, einen Boden zu betreten, den noch niemand je erforscht hatte.

Es war eine angenehme Phantasiesvorstellung.

Logan hielt Ausschau nach seiner Tochter. Seine Brille paßte sich der wechselnden Helligkeit an. *Wohin ist sie jetzt geraten?*

Ein Kichern setzte ihn in Bewegung. »Ich bin direkt über dir, du Dummkopf!«

Ganz sicher, da war sie. Keine fünf Meter bergauf, an einen Hang von fünfzig Grad gespreizt. Sie mußte mindestens zehn Minuten still und reglos auf der Lauer gelegen haben, während er sich genähert hatte.

Er murmelte: »Ich hätte nie erlauben sollen, daß Kala M'Lenko dich Anschleichen gelehrt hat.«

Sie warf das Haar zurück, das von der Sonne rot getönt war. Auch ihre Haut war kupferfarben in bewußtem Protest gegen die blaßgesichtige Mode des Tages. Wo ein normaler Teenager den letzten Schrei an Sonnenhüten getragen hätte, prahlte sie mit einem ledernen Stirnband und Streifen weißer Fettcreme.

»Du hast aber gesagt, daß ein Mädchen heutzutage sich auf Überlebenstechnik verstehen sollte.«

»Na, die hast du massenhaft. Vielleicht zu viel«, antwortete Logan in Pidgin-Simglish. Aber er grinste. »Mal sehen, was du gefunden hast.«

In Wirklichkeit freute ihn ihr Verhalten. Als sie ihn einen Pfad hinaufführte, der für Fußspuren zu schmal war, erinnerte er sich an eine Zeit vor einigen Jahren, da er sie herausgefordert hatte, in Kansas ›einen Stein zu finden‹.

Sie hatten damals, vor der Scheidung, seine Eltern besucht, aber lange nachdem die Große Dürre die Farmer in der Prärie gezwungen hatte, von ihrem geliebten Mais zu Hirse und Amarant überzugehen. Claire liebte die Gegend, obwohl die Landwirtschaftskooperative, von der sie ein Teil war, kaum an die Mama- und Papa-Farmen erinnerte, die in Geschichtsbüchern noch lebendig waren. Mindestens war es realer als das pompöse Gut, wo Daisy aufgewachsen war, und das Claire nicht besuchen mochte, weil ihre aristokratischen Vettern sie oft in die Rolle einer amüsanten tölpelhaften Verwandtschaft versetzten, die zu dumm war, auch nur zu wissen, daß sie arm war.

»Wenn du einen Stein finden kannst, werde ich dir zehn Dollar geben«, hatte er seiner Tochter an jenem Tage gesagt. Er hielt das für eine einfache Weise, sie während der trägen Zeit bis zum Abendessen in Stimmung zu halten. Und während diese Verlockung nur ein Taschengeld betrug, flitzte sie doch in die abgeernteten Felder und suchte zwischen den Stoppeln, während er sich in einer Hängematte ahlte und seine Zeitschriftenlektüre nachholte.

Claire brauchte nicht lange, um zu begreifen, daß gepflügte Felder kein guter Ort waren, um Steine zu finden. Also begab sie sich zu den Rainen, wo vom Wind gebrochene Bäume in einem knochentrockenen Schirokko schwankten. Diesen ganzen faulen Nachmittag lief sie immer wieder zu ihrem Vater zurück, um ihm allerhand Schätze zu zeigen ... Flaschendeckel etwa und Maschinenteile. Oder alte Zugringe von Aluminiumlimonadeflaschen, die nach siebzig Jahren immer noch blank waren. Und alle Arten anderen Abfalls aus zweieinhalb Jahrhunderten unablässiger Zivilisation. Sie hatten ihren Spaß daran, über diese Trophäen herumzurätseln; und Logan wäre schon damit recht glücklich gewesen. Aber typischerweise vergaß Claire nie die ursprüngliche Herausforderung.

Sie brachte ihm harte Klumpen, die sich unter einem Vergrößerungsglas nur als hart gewordener Schmutz erwiesen. Sie erbeutete Agglomerate von Ton und Stücke zerbrochenen Zements. Jede Probe wurde zu einer Offenbarung, einem Blick in die Vergangenheit. Jedesmal lief sie wieder fort, nur um wenige Minuten später atemlos zurückzukommen mit der nächsten Probe, die zerlegt werden mußte.

Endlich, als Logans Mutter sie zum Essen hineinrief, eröffnete er Claire die Wahrheit. Er hatte gesagt: *»In Kansas gibt es keine Steine. Oder zumindest nicht in diesem Teil des Staates. Selbst nach allen schrecklichen Erosionen gibt es schwerlich noch eine Stelle, wo man Urgestein finden kann. Das ist alles eine große Ebene, die im Laufe von Jahrtausenden aufgebaut wurde aus Staub und winzigen Bröckchen, die von den Rockies herabgeweht wurden.*

Es gibt einfach keine vernünftige Möglichkeit, meine Liebe, daß ein Stein hierherkommen könnte.«

Einen Moment lang hatte er überlegt, ob er die Vollmacht eines Vaters übertrieben hätte, indem er das Kind so gefoppt hatte. Aber seine Tochter sah ihn bloß an und erklärte dann: »Nun, auf jeden Fall hat es Spaß gemacht. Ich nehme an, daß ich eine Menge gelernt habe.«

Damals wunderte sich Logan, wie leicht sie die Niederlage aufgenommen hatte. Erst drei Tage später, als sie sich zur Heimreise rüsteten, sagte sie zu ihm: *»Halt deine Hand her!«* und legte ein schweres, längliches und verkrustetes Ding mit geschwärztem, versengtem Aussehen hinein. Logan erinnerte sich, daß er überrascht geschaut hatte, als er den Stein in der Hand wog. Er holte seine Lupe und borgte sich dann von seinem Vater einen Hammer, um eine Ecke abzuschlagen.

Kein Zweifel. Claire hatte einen Meteoriten gefunden.

»Es gibt also doch einen Weg für einen Stein, hierherzugelangen, nicht wahr?« hatte sie gesagt. Logan holte schweigend Münzen hervor und zahlte sie aus.

Jetzt, an diesem Hang in Wyoming, klopfte eine viel größere Claire auf die schräge Klippe, wo man einen jähen Wechsel der Farbe sehen konnte, von Chalzedon bis zu einer Art Sahnekaramelle. Sie deutete auf schwache Konturen und nannte fossile Lebewesen, deren Skelette in Stein eingebettet wurden, als dies vor vielen Millionen von Jahrhunderten der Boden eines großen Meeres gewesen war. Logans Erinnerung reichte vergleichsweise wenig, nur acht Jahre zurück. Aber acht Jahre hatten dieses frühreife Mädchen verändert.

Er dachte: *Sie wird es nicht schwer haben, einen Mann zu erwählen. Aber sie wird alle verschmähen bis auf die wenigen, die es mit ihr aufnehmen können.*

»... Und keine solchen erscheinen oberhalb dieser Linie. Sie sind alle genau hier ausgestorben.« Sie zog die Linie noch einmal nach. »Dies muß die Grenze zwischen Perm und Trias sein.«

Er nickte. »Ganz deutlich. Soll ich von dir ein Bild damit machen?«

Claire protestierte. »Aber wir müssen davon etwas abkratzen. Ich will nach Hause mitnehmen ...«

»Abkratzen an zweiter Stelle. Foto zuerst. Mach Papa eine Freude!«

Claire stieß einen Seufzer der Verzweiflung aus. Aber sie dachte: *Schließlich ist es Sache eines Vaters, die Dinge ins Licht zu setzen. Schwer zu beeindrucken.*

Er berührte die Schalter an den Rändern seiner Brille und sagte: »Jetzt lächeln!«

»In Ordnung! Aber warte einen Moment!«

Sie nahm aus ihrer rückseitigen Tasche eine flache Elektrobürste, legte den Schalter um und fing an, ihre zerzausten Locken zu striegeln. Dann nahm sie ihre Brille ab und ignorierte die starke Sonne, um in die Kamera zu lächeln.

Logan grinste. In vielfacher Hinsicht war Claire immer noch gerade sechzehn.

Es war ein guter Tag gewesen. Aber als er ins Lager zurückkehrte, staubig und mit dem Grus des Alters zwischen den Zähnen, erwartete Logan ein ruhiges Abendessen und Entspannung in seinem Schlafsack. Er ließ seinen Pack, der die vollen fünf Kilos an Gesteinsmustern enthielt, welche Claires Sammellizenz erlaubte, erleichtert neben dem lizensierten Feuerring fallen.

Logan tat absichtlich so, als ob er das flackernde Licht auf seinem Campingempfänger nicht sähe. Solange er den Auslöseknopf nicht drückte, konnte er immer noch den Unwissenden spielen und behaupten, daß er irgendwo auf dem Berg außer Reichweite gewesen wäre. Verdammt! Den anderen in seiner Beratungsfirma war das energisch gesagt worden. Er dürfe nur in einem Notfall gestört werden.

Während er sich das Gesicht mit einem in ein Rinnsal der Schlucht getauchten Tuch wusch, versuchte Logan zynisch zu sein. *Wahrscheinlich wollen sie mich ›dringend‹ zurückhaben, um das Drainagerohr von jemandem zu säubern.* Als er zum Zelt zurückkam, warf er den Waschlappen über das kleine rote Signallämpchen.

Aber er konnte das nicht so leicht hingehen lassen. Seine Phantasie täuschte ihn. Während Claire mit dem Kochtopf rumorte, hatte Logan ständig Szenen mit bewegtem Wasser vor sich. Als sie ruhig in der beginnenden Dämmerung aßen, ertappte er sich dabei, daß er sich Überschwemmungen ausmalte, Flüssigkeiten, die katastrophal die kümmerlichen Sperren der Menschen durchbrachen und alle Werke, große wie kleine, in Gefahr brachten.

Das paßte nicht hierher, in ein ausgedörrtes Land, wo Wasser in kostbaren Tröpfchen zugeteilt wurde. Aber er hatte wenig Kontrolle über den Lauf der Bilder, die sein prophetisches Unbewußtes heraufbeschwor. Er malte sich aus, wie Dämme brachen, Flüsse sich verlagerten ... wie der Mississippi endlich die gebrochenen Deiche überspülte, die ihn im Zaum hielten, und sich durch ungeschützte Lagunen ins Meer wälzte.

Schließlich gab er nach, schlug die Zeltklappe zurück und ging hinein, um die verdammte Nachricht zu lesen. Er blieb einige Zeit drinnen.

Als er endlich herauskam, sah Logan, daß Claire schon die Utensilien verpackt hatte und ihr eigenes kleines Obdach unter den frühen Sternen abbaute. Er blinzelte und fragte sich, woher sie Bescheid wüßte.

»Wo liegt das Problem?« fragte sie, als sie das weiche Zelt zu einer festen Kugel rollte.

»Ach ... Spanien. Da hat es einige merkwürdige Erdbeben gegeben. Einige Deiche könnten gefährdet sein.«

Sie sah mit erregtem Blick auf. »Darf ich mitkommen? Das würde meine Schulung nicht unterbrechen. Ich kann durch Hyper studieren.«

Wieder einmal wunderte sich Logan, welche gute Tat er wohl vollbracht haben müßte, um ein solches Kind zu verdienen. »Vielleicht das nächste Mal. Dies wird nur eine Stippvisite sein. Wahrscheinlich wollen sie nur beruhigt werden. Darum werde ich einige Zeit ihre Hände halten und dann eilends zurückkommen.«

»Aber, Daddy ...«

»Inzwischen wirst du viel Zeit mit dem Netz verbringen müssen, um aufzuholen, sonst könnte das College in Oregon deinen Status für Fernstudium widerrufen. Willst du etwa wieder auf die Oberschule zurück müssen? Daheim in Louisiana? In Person?«

Claire erschauerte. »Oberschule. Uff! Na schön. Dann also das nächste Mal. Wenn wir uns beeilen, können wir es bis acht nach Drop Point schaffen und den letzten Zepp nach Butte erwischen.«

Sie grinste. »He, das wird Spaß machen. Ich habe

noch nie im Dunkeln eine Traversierung vom Grad drei Komma fünf gemacht. Vielleicht wird es sogar fürchterlich sein.«

□

Staub treibt über die Berge und Täler von Island.

Die Einwohner der Insel fegen ihn von ihren Vorbauten und Fenstern. Und sie bemühen sich, kein böses Gesicht zu machen, wenn Touristen laut jubeln vor Entzücken über den roten und orangefarbenen Dämmerungsschein, den schwebende Ackerkrume im Streulicht der untergehenden Sonne bewirkt.

Stämmige Nordmänner hatten ursprünglich das Land besiedelt, dessen rohe Demokratie länger währte als jede andere. Denn fast zwölf Jahrhunderte lang widerlegten ihre Nachfahren die Lüge, daß Freiheit immer an Aristokraten oder Demagogen verlorengehen muß.

Es war ein nobles und edles Erbe. Aber dennoch war die bedeutendste Hinterlassenschaft der Gründergenerationen nicht jene Freiheit, sondern der Staub.

Wessen Schuld war das? Wäre es anständig, Siedler des neunten Jahrhunderts zu tadeln, die nichts von Wissenschaft oder ökologischer Bewirtschaftung verstanden? Unter dem Druck des alltäglichen Lebens, mit einer Familie, die ernährt werden mußte – welcher Mann hätte in jenen Zeiten voraussehen können, daß seine geliebten Schafe allmählich eben das Land vernichteten, das er seinen Kindern hinterlassen wollte? Die Verschlechterung ging so langsam, daß sie unbemerkt blieb, außer in den unvermeidlichen Erzählungen alter Leute, die immer behaupteten, daß die Berghänge zu *ihrer* Zeit viel grüner gewesen wären.

Hatte es je eine Zeit gegeben, in der Großeltern nicht so geredet hatten?

Es erforderte einen Durchbruch... eine neue Denkweise... daß eine viel spätere Generation schließlich Rückschau hielt und sah, was Jahr um Jahr, Jahrhundert um Jahrhundert, mit dem entblößten Land geschehen war... eine langsame, aber beständige Ausplünderung in Stufen.

Aber da schien es schon zu spät zu sein.

Staub treibt durch die Berge und Täler Islands. Die Einwohner der Insel tun mehr, als ihn bloß von ihren Dächern zu fegen. Sie zeigen ihn ihren Kindern und sagen ihnen, daß es Leben ist, welches in gespenstischen Nebelschwaden von den Berghängen herunterzieht. Es ist ihr Land.

Familien adoptieren einen Morgen Landes hier, ein Hektar dort. Manche pflegen den gleichen Fleck schon seit dem frühen zwanzigsten Jahrhundert und widmen Wochenenden der Bewässerung und Abstützung eines Streifens Heidekraut oder Ginster oder Föhren.

Bei Pendelflügen öffnen Piloten routinemäßig ihre Fenster und streuen Grassamen über die steinige Landschaft in der Hoffnung, daß etwas davon gedeihen möge.

Große und kleine Städte verwerten die Produkte ihrer Toiletten und sammeln Abwässer wie einen wertvollen Rohstoff. Denn nach einer Behandlung geht der nächtliche Dreck direkt auf die unfruchtbaren Hänge, um überlebende Bäume gegen den bitteren Wind zu unterstützen.

Staub färbt die Wolken über den Meeren Islands.

Am Südrand der Insel ergießt eine Vulkangruppe frische Lava in die See und schickt Dampfspiralen in die Höhe. Touristen begaffen das Schauspiel und reden neidisch vom ›wachsenden‹ Lande Islands. Aber wenn Einheimische zum Himmel schauen, sehen sie einen Dunst von Dahinschwinden, der nicht durch etwas so Einfaches oder Vulgäres wie bloßes Magma ersetzt werden könnte.

Ein staubiger Wind bläst die Berge Islands fort. Im Meer profitiert etwas Plankton zeitweilig von der unerwarteten Nahrung. Dann sterben die Kleinlebewesen, und ihre Gerüste regnen als Sediment auf den geduldigen Grund des Ozeans. Im Laufe der Zeit kriechen die Schichten in die Tiefe des Bodens. Sie schmelzen, erglühen und brechen schließlich wieder empor, um eine neue Insel ins Leben zu rufen.

Kurzdauernde Katastrophen bedeuten nichts für das Hauptsystem der Kreisläufe. Letztlich verwertet es sogar Staub wieder.

Nelson Grayson war im Ndebele-Kanton von Kuwenezi mit zwei Garnituren Kleidung zum Wechseln angekommen, einem Rucksack gestohlener Whatifs und einem aufgeblähten Gefühl seiner Wichtigkeit. Das alles war weg, als er neun Monate später sein Gerät an der Menschenaffenstation Level Fourteen aufnahm und durch die zischende Luftschleuse in eine gleißend helle klimatisierte Savanne trat. Inzwischen war es natürlich viel zu spät, um die bedenkenlose Art zu bedauern, in der er den Ertrag seiner geschmuggelten Software verpraßt hatte. Zu spät auch, eine andere Karriere anzustreben.

Somit fühlte Nelson sich unwiderruflich dazu verdammt, Affenkot zu schaufeln, um seinen Lebensunterhalt zu verdienen.

Das war keine hoch angesehene Tätigkeit. Tatsächlich würden die Inhaber Robotern den Job zugewiesen haben, wenn die Affen nicht die ärgerliche Angewohnheit hätten, Plastik zu beknabbern. Roboter ermangelten noch des Sinns fürs Überleben, mit dem Nelson geboren war – dank einer Jahrmillion verängstigter Vorfahren.

Zumindest hatten alle diese Vorfahren lange genug überlebt, um einander zu begatten in der Kette von Generationen, die zu ihm führte. Nelson hatte nie lange darüber nachgedacht. Aber letztlich hatte er diese Leistung schätzen gelernt, besonders, als seine Arbeitgeber ihn von einem Habitat zum anderen beorderten, um eine wilde und unberechenbare Species nach der anderen zu versorgen.

Den größten Teil seiner ersten Monate hatte er in der ausgedehnten Haupt-Arche verbracht – Kuwenezis Hauptbeitrag zu dem Weltrettungsprojekt, wo Wissenschaftler und Freiwillige unter vielgeschossigen gewölbten Kuppeln ganze Ökosysteme neu erschufen, wo Gazellen und Gnus über Miniaturfarmen liefen, die fast real aussahen und wirkten. Nelsons erste Aufgabe war gewesen, den Huftieren Futter zu bringen und zu melden, wenn eines krank zu sein schien. Zu seiner Überraschung war das gar nicht so schwer. Tatsächlich veranlaßte ihn Langeweile, um eine anspruchsvollere Arbeit zu bitten. Und so ernannten sie ihn zum Dunginspektor.

Großartig! Ich mußte den Mund aufmachen. Falls ich es jemals wieder heim nach Kanada schaffe, kannst du darauf wetten, daß ich ihnen erzählen werde, welche Art von Gastfreundschaft du in diesen Tagen in Südafrika zu erwarten hast.

Hier in Arche Vier war es anscheinend nicht anders – ein sich nach oben verjüngender Keil aus Stahl und verstärktem Glas, zwei Meilen entfernt von Kuwenezis Hauptturm, der über der längst aufgegebenen Goldmine des Kantons stand. Arche Vier war das Labor der Gen-Handwerker, wo man nach neuen Typen suchte, die das stechende Ultraviolett im Freien ertragen oder sich den kriechenden Wüsten und wandernden Regengüssen anpassen könnten.

Nelson hatte sich eingebildet, daß seine Versetzung nach hier eine Beförderung wäre. Aber dann hatte der Direktor ihm das gewohnte Werkzeug ausgehändigt und ihn wieder zu den Pavianen geschickt.

Ich hasse Paviane! Ich fühle, wie sie mich anschauen. Es ist, als ob ich sagen könnte, was sie denken.

Nelson gefiel es nicht, was nach seiner Meinung in den Köpfen von Pavianen vor sich ging.

Diese Affen hier waren wenigstens anders. Das konnte er schon sagen, bald nachdem er in Sicht einer Gruppe graugrüner Akazien gekommen war, deren Blätter in der staubigen Hitze herunterhingen. Unter diesen knorrigen Ästen hatten sich ungefähr vierzig

Kreaturen zusammengedrängt, dunkler als die braunen Viecher, die er in der Hauptarche kennengelernt hatte, und auch merklich größer. Sie bewegten sich lässig, wie empfindliche Wesen unter der Mittagssonne es tun würden, auch wenn diese durch verstärktes Glas gedämpft wurde. Nur idiotische Menschen wie Dr. B'Keli bestanden auf Arbeit unter solchen Bedingungen.

Nelson sah sich zögernd die Gruppe an. Vielleicht waren es gar keine ganz natürlichen Paviane. Nelson hatte von manchen Experimenten munkeln gehört…

Seine Nüstern zuckten, als ihn flüchtige Luftströme erreichten. Sie rochen ganz bestimmt wie Paviane. Und als er durch das scharfe Savannengras auf sie zuschlenderte, erkannte er rasch, das etwaige genetische Unterschiede geringfügig sein müßten. Sie bewegten sich noch auf allen vieren, mit zuckenden Schwänzen. Sie hielten an, um Nüsse aufzuknacken oder einander zu putzen oder ihre Nachbarn anzufauchen und zu stoßen, indem sie um Rang und Herrschaft innerhalb der Hierarchie des Trupps kämpften.

O ja, es sind Paviane.

Sobald er in Sicht kam, formierte sich die Gruppe um – mit kräftigen jungen Männchen als Posten an der Peripherie. Ergraute, mächtige Senioren erhoben sich auf die Hintern, um ihn gleichgültig zu beobachten.

Nelson wußte, daß diese Kreaturen zumeist als Vegetarier lebten. Er wußte auch, daß sie Fleisch verzehrten, wann immer sie konnten. Bis zum Zusammenbruch der planetaren Ozonschicht und den damit verbundenen Wetteränderungen waren Paviane die fürchterlichste wilde Species in Afrika gewesen. Es hatte Nelson überrascht, als er vor einem Monat zufällig hörte, wie ein Wissenschaftler bemerkte, daß die Menschheit sich neben solchen Gegnern entwickelt hätte.

Ich werde nie wieder einen Höhlenmenschen dumm nen-

nen, gelobte er sich, als eine der Kreaturen vor ihm lässig eindrucksvolle Reißzähne entblößte. Höhlenmenschen müssen wirklich paranoid gewesen sein. Aber Verrückte sind nicht so verdrießlich.

Zumindest schien der Trupp ruhig und wohlgenährt zu sein. Doch das war trügerisch. Damals in der Hauptarche war Nelson das Leben eines Pavianrudels vorgekommen wie der Betrieb in einer – oft gewalttätigen – Seifenoper ohne Worte.

Er sah ein älteres Männchen auf dem Hintern hocken und ein trächtiges Weibchen beobachten, das schmackhafte Maden unter Steinen in der Nähe suchte. Der Patriarch schmatzte rhythmisch mit den Lippen, zog das Kinn ein und legte die Ohren an, wobei er weiße Liderflecken entblößte. Das Weibchen antwortete, indem es gemächlich zu ihm kam und sich mit abgewandtem Gesicht bei ihm hinsetzte. Er begann dann, methodisch ihr Fell zu bearbeiten, indem er Schmutz, Hautschuppen und die gelegentlichen Parasiten entfernte.

Ein anderes Weibchen kam herzu und fing an, die werdende Mutter zu stubsen, um sich heranzumachen und die Aufmerksamkeit des Männchens zu erregen. Der folgende Ausbruch von Gekreisch war kurz und ohne Konsequenzen, wie solche Dinge zu gehen pflegen. Nach einer Minute waren die beiden durch Püffe zur Ruhe gebracht, und alle drei Affen entfernten sich und kümmerten sich wieder um ihre Anglegenheiten.

Nelsons Aufgabe war es, Affenkot für eine Durchmusterung der Mikroflora zu sammeln – was das auch sein mochte. Als er näher kam, erinnerte er sich an das, was Dr. B'Keli ihm nach seiner ersten, unliebsamen Begegnung mit Pavianen gesagt hatte.

»Schau ihnen *niemals* ins Auge! Das wäre genau verkehrt. Die herrschenden Männchen würden es als direkte Herausforderung ansehen.«

»Fein«, hatte Nelson erwidert und schnitt eine Grimasse, als die Krankenschwester zwei enge Bißwunden auf seinem Hintern nähte. »Das sagen Sie mir *jetzt*!«

Aber das war natürlich in all den Lehrbändern vorgekommen, die er angesehen haben sollte, damals, als seine Mittel zu Ende gingen und er bereit war, jede Arbeit anzunehmen. Diese schmerzhaften Bisse verstärkten die überraschende Erkenntnis, daß Lernen durch Bänder schließlich doch einen praktischen Wert haben könnte.

Durch Erfahrung gewitzigt, hielt er jetzt das elektrische Prüfgerät bereit, zeigte aber auf eine nicht bedrohliche Weise zur Seite. Mit der anderen Hand stieß er den stockartigen Dungsammler in eine braune Masse, die im Gras halb versteckt war. Summende Fliegen stiegen ärgerlich auf.

Ich kann Dr. B'Keli nicht leiden. Erstens wegen seines ›authentisch‹ klingenden Namens, obwohl seine karamelfarbenen Gesichtszüge verdächtig blaß waren. Er hatte sogar helle Augen.

Natürlich *konnten* Weiße in allen Kantonen der Föderation mit Ausnahme zweier legal arbeiten. Und niemand sonst, vom Direktor bis ganz nach unten, schien es etwas auszumachen, daß ein *Blanker* unter den Ndebele eine hohe Stellung innehatte. Ferner hegte Nelson immer noch Mißmut wegen der leichten Diskrimination, die seine zugezogenen Eltern ständig durch Weiße erfuhren – damals in der neuen Yukon-Stadt seiner Geburt. Er hatte sich eingebildet, daß die Rollen hier vertauscht sein würden, wo Schwarze herrschten und sogar Inspektoren der UN-Rechte im Zaum gehalten wurden.

Jetzt wußte er, wie naiv er gewesen war, als er erwartet hatte, diese Leute würden ihn wie einen lange verlorenen Bruder begrüßen. In Wirklichkeit war Kuwenezi jenen rasch entstandenen Vorstädten von White Horse sehr ähnlich. Beide strotzten vor Ehrgeiz und Indolenz, mit steigenden und fallenden Hoffnungen … und mit Autoritätspersonen, die harte Arbeit verlangten, wenn man zu essen verlangte.

Harte Arbeit hatte das dreckige Flüchtlingscamp seiner Eltern in ein geschäftiges, gedeihendes Klein Nigeria verwandelt, ein Handelszentrum für die neuen Farmdistrikte, die über die auftauende Tundra verstreut waren. Die eingewanderten Händler und Ladeninhaber von Neu Nigeria wandten Afrika den Rücken. Sie sangen ›O Canada‹ und bejubelten die Zuschauer auf dem Teli. Seine Leute arbeiteten bis in die Dunkelheit, schickten seiner Schwester in jenem College in Vancouver Geld und gaben höflich vor, nichts zu hören, wenn ein Betrunkener sie gönnerhaft ›willkommen‹ hieß an einer Grenze, die ihnen ebenso sehr gehörte wie jedem Bier saufenden Bodenspekulanten.

Nun, ich habe es nicht vergessen. Und ich werde es nicht.

Der Prüfer hatte seine Dungstücke fertig verdaut und gab ein Signal. Nelson schüttelte den braunen Rest los. Nach der ersten Sensation seiner Ankunft hatten die Paviane sich wieder niedergelassen. Es herrschte zumeist Ruhe. Zumindest für den Augenblick.

Merkwürdig, wie sehr er in den letzten paar Wochen so viel mehr Zutrauen bekommen hatte in seine Fähigkeit, die Stimmungen seiner tierischen Schützlinge zu ›lesen‹. Verhaltensweisen, die ihm früher unverständlich gewesen waren, waren jetzt klar, wie etwa ihr nie endender Streit um *Hierarchie*. Dies Wort war in jenen traurigen Unterrichtsbändern wiederholt vorgekommen, aber es hatte persönlichen Kontakt erfordert, um allmählich die vielen Leitern der Macht zu erkennen, die die Gesellschaft der Paviane durchzogen.

Die Kämpfe der Männchen um die Vorherrschaft waren laute, protzige Affären. Sie plusterten ihre buschigen Mähnen auf, damit sie doppelt so groß aussehen sollten. Dies, und dazu Knurren und Zähnefletschen, ließ oft den einen oder anderen kuschen. Aber drüben in der Hauptarche hatte Nelson erlebt, wie ein männlicher Savannapavian die Eingeweide eines Rivalen über die graue Erde gezerrt hatte. Der Sieger mit roter Schnauze schrie über die wogenden Gräser seine gehobene Stimmung hinaus.

Etwas länger hatte es gedauert, zu erkennen, daß auch Weibchen hierarchische Kämpfe ausfochten ... selten so extravagant wie die Männchen und weniger um primitive Zeugungsrechte, als vielmehr um Nahrung und Rang. Aber ihr Groll konnte länger währen und entschlossener sein.

Das herrschende Männchen des Trupps starrte ihn an – eine riesige Bestie von mindestens fünfunddreißig Kilos. Narben auf den ergrauten Flanken zeugten von früheren Kämpfen. Überall, wohin er kam, gingen ihm andere schnell aus dem Wege. Die Miene des Patriarchen war heiter.

Das ist ein Bursche, der respektiert wird.

Nelson konnte nicht umhin, an seine eigenen Triumphe und noch häufigeren Niederlagen damals in White Horse zu denken, wo das Zücken eines Messers oft den Anspruch eines Jungen auf den ›Stammesgipfel‹ – oder sogar über sein Leben – entschied. Auch Mädchen hatten ihre Methoden, einander auszustechen. Und dann gab es alle die Machtpyramiden von Schule und Stadt, von Arbeit und Gesellschaft. *Hierarchien.* Das hatten sie alle gemein.

Überdies hatte keine jener Hierarchien *ihn* anscheinend gebraucht oder geschätzt. Das war eine unangenehme Erkenntnis, und Nelson haßte die Paviane um so mehr, weil sie es so deutlich machten.

Nelson schweißige Hand auf dem Elektroprüfer zog sich zusammen, als ein Paar junger Erwachsener von je vielleicht zwanzig Kilos sich ein paar Meter entfernt niederließen, um sich gegenseitig das Fell zu putzen. Der eine von ihnen drehte sich um und gähnte ihn an. Er sperrte das Maul so weit auf, daß er Nelsons Bein bis zum Knöchel hätte verschlingen können. Nelson zog sich in einige Entfernung zurück, ehe er mit einem anderen Kothaufen weitermachte.

»Ich denke, daß ich gern mit Tieren arbeiten würde«, hatte er ihnen gesagt, als er gerade in Kuwenezi angekommen war. Sein Einwegticket war abgeflogen und sein Vorrat an geschmuggelten Whatifs auf dem Tisch des Beamten für Arbeitsvermittlung ausgebreitet.

Kurz ehe er den verhängnisvollen Entschluß gefaßt hatte, hierherzukommen, hatte Nelson einen Dokumentarbericht über die Wissenschaftler des Kantons gesehen – Afrikaner, die für die Rettung Afrikas kämpften. Das war ein romantisches Bild. Als er gefragt wurde, welche Arbeit er als neuer Bürger gern machen möchte, war ihm daher zuerst das Archenprojekt in den Sinn gekommen. *»Natürlich will ich erst mein Geld anlegen. Ich würde Teilzeitarbeit leisten wollen, verstehen Sie.«*

Der Anstellungsbeamte hatte die Software-Kassetten betrachtet, die Nelson aus dem Büro von White Horse geklaut hatte, und gesagt: *»Ihr Beitrag genügt für provisorische Zulassung. Und ich denke, wir können für Sie passende Arbeit finden.«*

Nelson grinste bei der Erinnerung. »Richtig. Affenkot schaufeln. Das ist wirklich angemessen.« Aber sein Geld war jetzt futsch, verschwendet an momentane neue Freunde, die sich als höchst launisch erwiesen, als die Kohlen zu Ende gingen. Und daheim in Kanada hatte die Justizbehörde einen Haftbefehl gegen ihn erlassen.

Der Sammler piepste. Nelson wischte seine Spitze ab und warf einen Blick zurück auf die zwei jungen Männchen. Sie hatten Gesellschaft bekommen durch ein kleines Weibchen, das ein Baby trug. Als Nelson sich auf der Suche nach mehr Dung bewegte, folgten sie ihm.

Nelson behielt sie im Auge, als er den nächsten Haufen sondierte. Das junge Weibchen wirkte nervös.

Sie schaute ständig auf die Gruppe zurück. Nach einigen Minuten näherte sie sich einem der Männchen und hielt ihm ihr Baby hin.

Nach sechs Monaten in den Archen konnte Nelson sich recht gut denken, was die junge Mutter vorhatte. Erwachsene Paviane waren oft von Babies fasziniert. Weibchen des höchsten Ranges, Nelson bezeichnete sie als *zähe Mamas*, nutzten das zu ihrem Vorteil und ließen sich von anderen bei der Betreuung ihrer Kleinkinder helfen, als ob sie ihren Untergebenen eine besondere Gunst erwiesen.

Andere Weibchen *fürchteten* unerwünschte Beachtung ihres Nachwuchses. Bisweilen gab eine, die das Baby nahm, es nie zurück. Darum versuchte eine Mutter niederen Ranges manchmal, Beschützer zu gewinnen.

Aber es war das erste Mal, daß Nelson je einen so direkten Versuch gesehen hatte. Das Kleinkind gurrte das große Männchen verlangend an, und seine Mutter machte Pflegegesten; aber das Männchen sah sich das Baby nur desinteressiert an und wandte sich dann ab, um im Boden nach Insekten zu scharren.

Nelson zwinkerte. Er erlebte plötzlich einen jener unerwarteten und unerwünschten Momente lebhafter Erinnerung. Es war ein Samstagabend vor zwei Jahren und ein Mädchen, das er im New Lagos Club kennen gelernt hatte.

Der erste Teil dieser Begegnung war perfekt gewesen. Sie schien ihm quer durch den Raum ein Zeichen zu machen; und als sie tanzten, waren ihre Bewegungen so glatt wie das Gleis eines Transrapidzuges und ebenso elektrisch. Und dann ihre Augen! In ihnen glaubte er sicher eine enthusiastische Verheißung zu erkennen für jeden, der sie gewinnen mochte. Sie gingen frühzeitig. Nelson begleitete sie zu ihrer kleinen Kaltwasserwohnung nach Hause. Seine Erwartungen waren hochgespannt.

Die Begegnung mit ihrer ältlichen Tante in der Küche war nicht verheißungsvoll gewesen. Aber das Mädchen schickte die Alte weg ins Bett. Er entsann sich, dann nach ihr gegriffen zu haben. Aber sie hielt ihn zurück und sagte: »Ich werde gleich wieder da sein.«

Während des Wartens hörte er aus dem Nebenzimmer leichte Geräusche. Das Rascheln von Stoff steigerte seine Erwartung. Aber als sie wieder auftauchte, war sie noch voll angezogen und hielt ein zweijähriges Kind in den Armen.

»Ist er nicht süß?« sagte sie, als das Kind sich die Augen rieb und von Nelsons Schoß hochblickte. *»Jeder sagt, er ist der sich am besten benehmende kleine Junge in White Horse.«*

Nelson hatte seine sexuellen Hoffnungen sofort begraben. Seine Erinnerung an das, was folgte, war vage; aber er entsann sich eines langen verlegenen Schweigens, unterstrichen durch stammelnde Worte, als er das Kind von seinem Schoß entfernte und sich zur Tür begab. Nur ein Bild behielt er mit äußerster Klarheit im Gedächtnis – jener letzte, entnervte und *geduldige* Gesichtsausdruck der jungen Frau, ehe er kehrtmachte und floh.

Später wurde Nelson klar, daß sie schlimmer gewesen war als verrückt. Sie hatte einen *Plan* gehabt. Und aus irgendeinem Grund hatte er nach dieser Episode das Gefühl, er wäre es gewesen, der versagt hatte.

Die kleine Pavianmutter wandte sich um und sah ihn direkt an. Nelson empfand einen seltsamen Moment von *déjà vu.* Der Belehrung B'Kelis gegen direkten Augenkontakt eingedenk, fand er viel zu tun und suchte nach weiteren Haufen zur Untersuchung.

Die weite Fläche von superhartem Glase konnte vielleicht das Ultraviolett abhalten, aber sie milderte kaum die Hitze der Savanne. Künstliche Nachahmung des

Treibhauseffekts bewirkte trotz den blasenden Ventilatoren Schwüle. Nelson nahm, wie er jetzt seit ein paar Wochen tat, Ablesungen von Feuchtigkeit und Temperatur an seinem Gürtelmonitor vor und vermerkte die Richtung der sprunghaften Brise. Langsam kam er zu der Erkenntnis, warum auch ein von Menschen geschaffenes Milieu seine ›Jahreszeiten‹ hat, seine natürlichen Reaktionen auf unnatürliche Kontrollen.

Sein Arbeitsweg führte ihn bald zum Rande des Habitats, wo geneigte Fensterflächen an die Begrenzungsmauer stießen. Zwei Meter hoch liefen Kabelbündel um das Habitat. Durch die transparente Schranke konnte er die Dünenlandschaft und von der Sonne verbrannten Weizenfelder eines Landes sehen, das einst Rhodesia hieß und dann Simbabwe und mehrere andere Namen getragen hatte, ehe es endlich zum Ndebele-Kanton der Südafrikanischen Föderation wurde.

Es war nicht wie irgendein ›Afrika‹, das Nelson als Halbwüchsiger gesehen hatte, wenn er vor dem Kanal für B-Filme auf dem Bauch lag. Keine Elefanten. Keine Rhinos. Bestimmt gab es hier keinen Tarzan. Wenigstens war er verständig genug, aus Kanada nicht in das geliebte Heimatland seiner Eltern zu fliehen. Jeder wußte, was aus Nigeria geworden war. Die Regen, die dieses Land jetzt verlassen hatten, befeuchteten nun die Bucht von Afrika und verschlangen dort verlassene Städte.

Wüsten oder Ertrinken. Afrika kam einfach nicht zur Ruhe.

Näher in Sicht waren die abgedichteten Kammern unter in dieser, eine Reihe funkelnder Ziggurat-Terrassen, die in Stufen zu dem staubigen Boden führten und eine jede ein anderes Habitat bargen, eine andere zwergenhafte Ökosphäre, die von dem ruinierten Kontinent gerettet worden war.

Inzwischen war der Klüngel neugieriger Paviane in

seinem Gefolge angewachsen, als Nelson sich der Glaswand vollends genähert hatte. Sie gingen irgendwie ihren Tätigkeiten nach – Fressen, Putzen, Raufen –, beobachteten ihn aber die ganze Zeit mit einer nonchalanten Faszination, die sie ihm folgen ließ. Jedesmal, wenn er mit dem Sammeln eines Kothaufens fertig war, stocherten einige Affen in der zermanschten Masse, vielleicht neugierig darauf, was er an gewöhnlichen Fäkalien so attraktiv fände.

Warum folgen sie mir? fragte er sich, durch das Verhalten der Affen verblüfft, das so anders war als das ihrer Verwandten in der Hauptarche. Einmal starrte das Alpha-Männchen Nelson direkt an, der sich hütete, die beabsichtigte Herausforderung anzunehmen. Nervös erkannte er, daß der ganze Trupp sich jetzt zwischen ihm und der Luftschleuse zum Korridor befand.

Die kleine Mutter und ihr Baby blieben ihm am nächsten. Nelson bemerkte, daß ihre Ängstlichkeit wuchs, als sich fünf größere Weibchen näherten, von denen einige deutlich einen hohen Rang im Matriarchat innehatten und deren gepflegte Kleinkinder wie Herren auf ihren Rücken ritten. Eine der Hinzugekommenen übergab ihr Baby einer Helferin und fing dann an, auf die einsame Mutter loszuschleichen.

Die Junge kreischte trotzig, drückte ihr Kind fest an sich und wich aus. Ihre Augen schossen nach links und rechts, aber keine der Kreaturen in ihrer Nähe schien mehr als nur vage an ihrer unangenehmen Lage interessiert zu sein. Gewiß bot keines der großen faulen Männchen irgendwelche Hilfe.

Nelson empfand ein Aufwallen von Mitgefühl. Aber was konnte er machen? Anstatt zuzusehen, machte er kehrt und lief einige Meter zu einem anderen Kothaufen. Er wischte sich die Stirn am Hemdsärmel und drehte der sengenden Sonne den Rücken zu. In der muffigen Hitze führten ihn Tagträume zurück in sein

Zimmer im kühlen Nordland, mit seinem Bett, seinem Teli, seinem mit eisigen Labatts gefüllten Kühlschrank und dem von der Küche heraufziehenden Aroma der Yoruba-Gerichte seiner Mutter. Dieser Traum war ganz unerwartet angenehm, zerrann aber jäh, als er plötzlich ein heftiges Ziehen an seinem Hosenbein spürte.

Nelson wirbelte herum, den Prüfstab in beiden zitternden Händen. Dann stieß er einen Fluch aus. Es war nur wieder das kleine Weibchen – jetzt mit aufgerissenen Augen und feucht von Schweiß, mit einer Grimasse der Angst. Sie wich aber nicht zurück, als er den Stab gegen sie schwang. Vielmehr drängte sie sich auf zwei Füßen zitternd und ungeschickt nach vorn. Mit einer Hand hielt sie ihr Kind, während sie in der anderen etwas Kleines und Braunes hielt.

Nelson brach in nervöses Gelächter aus. »Großartig! Das habe ich gerade nötig. Sie bietet mir Scheiße an!«

Fliegen summten, als sie noch einen Schritt weiterschlurfte und ihre stinkende Gabe hinhielt.

»Los, hau ab! Ich habe genug davon. Und es muß *unbegrapschte* Scheiße sein. Kapiert?«

Sie schien wenigstens einen Teil davon zu begreifen. Die Ablehnung. Mit einiger zurückhaltender Würde warf sie die Fäkalien auf die trockene Erde und wischte sich die Pfote an Grashalmen ab. Dabei beobachtete sie ihn die ganze Zeit.

Die anderen Affen waren zurückgewichen, als sie brüllte. Jetzt wandten sie sich wieder ihren Angelegenheiten zu, als ob nichts geschehen wäre. Auf den ersten Blick hätte man meinen können, daß sie zufrieden wären, wie sie in dem warmen Nachmittag futterten und faulenzten. Aber Nelson konnte Unterströme von Spannung spüren. Die Nüstern des Patriarchen blähten sich, als er schnüffelte und dann weiter einen seiner Untergebenen putzte.

Nun wohl, das ist ein Trupp verrückter Affen. Nelson fragte sich, ob es da noch Öffnungen gäbe, um Giraffen Heu zukommen zu lassen. Mit einem resignierten Seufzer rückte er weiter und berechnete, wie viele Kothaufen er noch erledigen müßte, bis er schließlich hier hinauskommen konnte, duschen und sich ein Bier gönnen oder zwei – oder vier.

Plötzlich wurden hinter ihm Schreie laut, schrille Töne von Panik und Wut. Nelson drehte sich um. Völlig entnervt wurde er ärgerlich. »Jetzt habe ich aber *genug* …«

Die Worte erstickten, als eine kleine dunkelbraune Flut in seinen Armen landete. Er ruderte mit den Armen, um das Gleichgewicht zu bewahren, und fiel beinahe hin, als eine kreischende Kreatur sich an sein Drillichzeug klammerte und seine Schultern und Arme zerkratzte. Er stolperte fluchend rückwärts, suchte sein Gesicht zu schützen und den Pavian abzuwerfen. Aber das Biest krabbelte um seine Schultern herum und umklammerte würgend seinen Hals.

Nelson schnaufte. »Verdammter blöder verrückter…!« Dann vergaß er plötzlich den kleinen Affen auf seinem Rücken. Er starrte auf den ganzen Trupp, der jetzt einen Halbkreis um ihn bildete.

Es vergingen Momente, markiert durch das Klopfen seines Herzens. Die meisten der dunklen Tiere sahen nur zu, als ob das eine große Unterhaltung wäre. Das Alphamännchen beleckte sich träge.

Aber Nelson direkt gegenüber waren jetzt fünf große, Grimassen schneidende Biester, die etwas Aktiveres im Sinne zu haben schienen. Sie schritten rückwärts und vorwärts und brüllten ihn an, wobei ihre Schwänze ausdrucksvoll zuckten.

Die herrschenden Weibchen des Trupps, wie er schnell erkannte. Aber warum waren sie so wütend auf ihn? Die matriarchalische Bande rückte vor. Nelson gefiel der Schimmer in ihren Augen nicht.

»Bleibt… bleibt zurück!« japste er und zückte den Arbeitsstab. Wenigstens dachte er, es wäre der Stab, bis ihm ein zweiter Blick zeigte, daß es der Sammler war. Wohin war der verdammte Stab gekommen?

Schließlich entdeckte er ihn mehrere Meter entfernt. Das größte Männchen drückte seine breite, bunte Schnauze gegen das weiße Plastik und beschnupperte es. Fluchend erkannte Nelson, daß er seine einzige Waffe in jenem ersten Moment der Panik hatte fallen lassen.

Nelson hatte dringendere Sorgen, als Kuwenezi Eigentum zu retten. Weniger in Furcht versetzend als erwachsene Männchen grölten die Weibchen doch eindrucksvoll. Ihre Zähne schimmerten hell von Speichel; und er wußte, warum sogar Leoparden und Hyänen Paviane in einer Gruppe nicht angreifen.

Es war nicht schwer zu merken, wer auf seinem Rücken hockte und ihr Kind zwischen ihn und sich preßte. In ihrer Verzweiflung hatte die kleine Mutter offenbar beschlossen, seinen ›Schutz‹ zu requirieren, ob er ihn anbot oder nicht. Er trat zur Seite in Richtung zum Ausgang und redete den wütenden Weibchen beruhigend zu. »Nun … macht euch nichts draus, he? Friede und Liebe … Die Natur ist doch in Harmonie, ja?«

Sie schienen nicht besonders interessiert zu sein an Vernunft noch an Schlagwörtern aus der Erdenmutterbewegung. Sie schwärmten aus, um ihm den Weg abzuschneiden.

Ich habe gehört, daß sie in ihren Kämpfen zwischen Weibchen recht gemein sein können … Ich habe sogar gesehen, wie eine das Baby einer anderen getötet hat. Aber das hier ist lachhaft! Macht es ihnen nichts aus, daß ich ein Mensch bin? Wir haben diesen Platz geschaffen, um sie zu retten!

Ihm wurde mit sinkender Erregung klar, daß nur eines dieser Affenwesen überhaupt Respekt vor ihm hatte. Und diese zitternde Kreatur hatte sich an ihn gewandt nur deshalb, weil niemand, der wichtiger war, sich einen Deut um sie und ihr Kind kümmerte.

Nelson sah sich um. Eine der äußeren Schleusen war gerade dreißig Meter entfernt und ging auf das Dach des Habitats darunter. Er hatte weder einen Sonnenhut noch eine Schutzbrille, konnte aber dem rauhen Tageslicht lange genug widerstehen, um zu einem anderen Eingang zu rennen. Er fing an, sich langsam seitwärts in diese Richtung zu begeben, und hielt dabei einen beruhigenden Monolog. »Das ist recht… Ich werde bloß gehen… kein Grund zur Unruhe, he?«

Er war halbwegs am Ziel, als die nachfolgenden Affen seine Absicht zu erkennen schienen. Im Nu rannten zwei von ihnen los, um diesen Fluchtweg abzuschneiden. Das Paar wütender Weibchen war zusammen nicht einmal gleich seiner Masse; aber ihre zähen Felle sahen fast undurchdringlich aus, während Nelsons Haut, die schon infolge des unbeabsichtigten Schadens durch seinen kleinen Passagier blutete, zart und nutzlos gegen diese wilden, blitzenden Fangzähne schien.

Also fielen beide Luftschleusen aus. Ungefähr in Mannshöhe lief eine Versorgungsleitung um die Wand – die einzige denkbare Zuflucht in Sicht. Nelson ließ den Sammler fallen und lief darauf zu.

Die wütenden Schreie wurden von dem reflektierenden Glas verstärkt. Das schnelle Stampfen der Füße seiner Verfolger hatte das gleiche Tempo wie das Klopfen seines Herzens, als Nelson aus Leibeskräften die Wand zu erreichen suchte. Das Geräusch schnappender Kiefer löste einen Adrenalinstoß aus. Er machte noch zwei letzte Sätze und sprang nach der Leitung. Seine Finger suchten in dem rutschigen Metallnetz Halt. Zähne packten seine Hose und hinterließen ein blutiges Rinnsal längs seines rechten Knöchels, als er im letzten Moment die Beine hochschwang.

Sobald er sich um die Leitung gewunden hatte, krabbelte sein kleiner Passagier über ihn hinweg, um sich an das Bündel von Rohren und Kabeln zu klammern. Ein Fuß quetschte ihm die Nase, als die Äffin ihr Kind auf eine Runge in der Nähe hievte; aber Nelson war zu erschöpft, um mehr zu tun, als bloß da zu hängen, während die Tiere unten immer wieder nach ihm sprangen und schnappten, wobei sie sein Hinterteil nur um Zollbreite verfehlten. Innerlich besaß er noch genug Energie, sich einen Idioten zu schimpfen.

Sie haben mir eine Chance gegeben! erkannte er. Die Matriarchinnen hatten abgewartet, nachdem das junge Weibchen auf ihn gesprungen war, um zu sehen, was er tun würde. Er hätte die Kleine verschmähen – hätte sie losreißen und absetzen können.

Zum Teufel – ich hätte mich bloß hinsetzen müssen ... dann hätte sie ausreißen müssen.

Natürlich war die Konsequenz unausweichlich. Die kleine Äffin hatte keine Chance. Aber wenigstens wäre er nicht hineingezogen worden. Jetzt verstand Nelson die Wut der anderen Paviane. Er hatte seine Neutralität verletzt und Partei ergriffen.

Als er endlich zu Atem kam, kletterte und stieß er sich auf die schmale Plattform hinauf. Ein Meter entfernt saß seine unwillkommene Schutzbefohlene, beleckte ihr Baby und beobachtete ihn. Als er eine Bewegung machte, um sich aufzusetzen, bewegte sie sich etwas, um ihm Platz zu machen.

Er zeigte mit der Hand auf sie und schnaufte: »Du bist höchst lästig.«

Zu seiner Überraschung kehrte sie ihm den Rücken zu mit einer ihm bekannten Geste. Sie wollte von ihm gekrault werden!

»Tolle Gelegenheit dafür!« knurrte er.

Er sah sich verdrießlich um. Die Gruppe schien damit zufrieden, ihn eine Weile bloß zu beobachten. Das große Männchen, das Nelsons Apparat untersuchte, hatte den Auslöser nicht gefunden – Glück im Unglück –, ihn aber halbwegs zur Akaziengruppe gezerrt, ehe es die Lust an ihm verlor und liegen ließ.

Jetzt war der nächste Ausgang viel näher als seine Waffe.

Die Clique der hochrangigen Weibchen saß ruhig auf den Hinterteilen und schaute zu ihm auf. Einzeln gingen sie kurz fort, um nach ihren eigenen Kleinkindern – in ›Tagesobhut‹ bei Weibchen geringeren Ranges – zu sehen. Dann kamen sie schnell zurück und gesellten sich wieder zu der improvisierten Gruppe, die mit Lynchjustiz drohte.

Nelson wandte sich um und schlug frustriert auf die dicke Scheibe aus Schutzglas hinter sich. Die einzige Reaktion war ein dumpfes Dröhnen ... und angeschlagene Knöchel. Die Verschalung aus Bangkok-Kristall war unglaublich widerstandsfähig. Es käme gar nicht in Betracht, sie zu zerbrechen.

Unten lagen niedrigere Terrassen des Archenturms, eine jede durch noch mehr fest versiegeltes Glas geschützt. Nelson konnte in dem Ökosystem direkt unter dem seinen Waldwuchs ausmachen. Dieser bewahrte nicht nur ein Stück Dschungel, sondern war auch ein Teil der passiven Atmosphärenregeneration, welche Arche Vier fast autark machte.

Eine Bewegung fiel ihm ins Auge. Er sah längs der Baumwipfel unten *Leute* auf einem Laufsteg durch den Baldachin des Waldes gehen. Er kniff die Augen zusammen und erkannte sowohl das dunkle Gesicht des Archendirektors wie die kaffeefarbenen Züge von Dr. B'Keli. Sie zeigten die neue künstliche Ökosphäre einer weißen Frau, die klein, gebrechlich und ziemlich alt war. Nach ihren Mienen schienen sie einen guten Eindruck machen zu wollen. Sie nickte und pflückte an einer Stelle ein Blatt, um es zwischen den Händen zu zerreiben.

»He! Hier oben! Seht her!« Nelson schlug an das Glas eine durch die Umstände wohl erforderte Bemühung, obwohl er keine reale Hoffnung hatte, gehört zu werden.

Ganz klar – die Gruppe schlenderte weiter, ohne das sich über ihren Köpfen abspielende Drama zu ahnen.

Verdammt sollen sie sein! Verdammt die Archen! Verdammt das Rettungsprojekt und verdammt ich selber, daß ich mich je auf diesen Mist eingelassen habe!

In diesem Moment verwünschte Nelson alles, woran er denken konnte – von der Menschheit des zwanzigsten Jahrhunderts, die das zarte Gleichgewicht der Erde zerstört hatte, bis zu den Wählern und Bürokraten des einundzwanzigsten, die Vermögen ausgegeben hatten in dem Versuch, das, was übrig war, zu retten, und zu seinen Vorfahren, jenen Höhlenmenschen, die so blöde gewesen waren, sich große, nutzlose Gehirne wachsen zu lassen, die jedermann stets mit Buchwissen vollzustopfen versuchte, wo doch das, was ein Bursche wirklich brauchte, Krallen und große Zähne waren und eine Haut, so zäh wie altes Leder!

Er erinnerte sich an den Anführer der Bantus, eines ›Jugendclubs‹, dem er damals in White Horse sich anzuschließen versucht hatte. Der war nicht als eine städtische Bande alten Stiles gedacht, obwohl es letztlich darauf hinauslief. Monatelang war Nelson heimgekommen nach einer endlosen Reihe von ›Initiationen‹, jedesmal mehr geschunden als zuvor, bis es ihm schließlich dämmerte, daß er einfach nicht erwünscht war… daß sein einziger Nutzen für sie war als Ventil ihrer ›organisierten Gruppenaktivität‹. Der Club stärkte seinen inneren Zusammenhalt durch Peinigung von jemand anderem.

Er schaute über die Prärie zu dem obersten männlichen Pavian, der so heiter und überlegen war, beifällig und wild gähnend. Nelson haßte den Patriarchen und beneidete ihn.

Wenn ich eine solche Haut hätte… wenn ich Reißzähne hätte…

Seine Aufmerksamkeit wurde durch das Schwanken seiner unsicheren Plattform beansprucht. Er wandte sich um und sah, daß das kleine Weibchen auf und ab hüpfte, Grimassen schnitt und an seinem Ärmel zupfte. Er rief: »Hör auf damit! Dies Ding ist nicht dafür gebaut, daß es solche ...« Dann sah er weiter und erkannte, was sie so aufgeregt machte.

Seine Gegner mußten eine der Zugangsleitern gefunden haben. Oder vielleicht hatten sie einander hochgeschubst und eine Pyramide aus vielen Affen gebildet. Wie sie es auch geschafft haben mochten, drei der größten bahnten sich jetzt ihren Weg längs des Kabelträgers auf ihn zu.

»Oh, zum Teufel!« stöhnte er. Die junge Mutter drängte sich hinter ihn. Die dunklen Augen ihres Kindes waren dunkel vor Angst.

Nelson blickte zum Boden hinab und sah mit Überraschung, daß der Weg unten jetzt frei war! Vor seinen Augen bahnten das Alphamännchen und seine Gefolgsleute einen Pfad, indem sie andere Paviane wegschubsten. Dann schaute der Patriarch zu ihm hoch und neigte den Kopf.

Mit unheimlicher Einsicht begriff Nelson plötzlich. Er brauchte nur zu springen, und er könnte den ganzen Weg bis zur Luftschleuse unbehelligt laufen, ehe die verrückten Weibchen ihn einholten!

Vielleicht. Aber er würde es nie unangefochten schaffen. Er wechselte einen Blick mit dem Bullen. Das schien ein Teil der Abmachung zu sein. Er sollte nicht in die natürliche Entwicklung ihrer sozialen Ordnung eingreifen. Nelson verstand und nickte. Er wartete, bis das kleine Weibchen bei ihm voll damit beschäftigt war, auf die drohenden Gebärden ihrer Verfolgerinnen zu antworten. In diesem Augenblick rutschte Nelson über die Kante.

Er machte eine schlechte Landung und kam auf die Füße mit einem scharfen Stich im Fußknöchel. Aber er hüpfte eilends einige Meter weit, ehe er pausierte, um sich umzuschauen.

Niemand folgte ihm. Tatsächlich blickte der Trupp zumeist in die andere Richtung und verfolgte das Drama auf dem Sims in der Höhe. Der Bulle schien ihn völlig freigegeben zu haben, jetzt, da er die Szene verließ.

Aber die kleine Mutter konnte, belastet mit ihrem Kind, ihm nicht folgen. Sie starrte statt dessen hinter ihm her und blinzelte in stummer Enttäuschung, die er nur zu gut verstehen konnte. Danach hatte sie keine Zeit mehr außer für ihre unmittelbaren Sorgen. Mit dem Kind auf dem Rücken wandte sie sich um und fletschte die Zähne gegen die Angreiferinnen.

Nelson wich noch zwei Schritte zurück hin zur Sicherheit des Ausgangs. Er konnte seine Augen aber nicht abwenden. Er war gefesselt durch das Verhalten der kleinen Pavianin, die ihren Feinden mit Grimassen endgültig Trotz bot und sie mit tapferen Sprüngen zurückhielt. Das war eine Anstrengung, die sie nicht lange durchhalten konnte.

Aus Erfahrung wußte er, daß die anderen Weibchen nicht *ihren* Tod suchten, sondern nur den des Babys. Das war eine Grausamkeit, die er bis dahin nicht in Frage gestellt hatte. Aber jetzt fragte sich Nelson zum allerersten Male doch, warum.

Es war so grausam. So schrecklich. Es erinnerte ihn an *menschliche* Bosheit. Und dennoch hatte er in der ganzen Zeit, die er hier war, die Experten nie nach dieser oder irgendeiner anderen Sache gefragt. Es war so gewesen, als ob ... als ob das heißen würde, allzu offen die Ignoranz einzugestehen, die er so lange gehegt hatte. Seine gebrechliche, starre Fassade von Zynismus konnte keine Neugier ertragen. Wenn er einmal angefangen hätte zu fragen – wo würde das aufhören?

Nelson fühlte, wie sich in seinem Kopf ein Druck bildete. Er konnte nicht zurückgehalten werden.

»Warum?« fragte er laut und fühlte, wie seine Stimme bei dem Ton steckenblieb.

Die Mutter schützte ihr Kind und zog sich unbeholfen zurück, wobei sie ihre Feindinnen anschrie.

»Warum ist es gerade *so*?« fragte er. Es war niemand anwesend außer ihm selbst.

Kaum dessen gewahr, was er tat, hinkte Nelson vorwärts. Er fühlte, wie ihm Augen folgten, als er die Arme hob.

»He du!« rief er. »Ich bin wieder da. Komm herunter…«

Er brauchte das nicht zu wiederholen. Die Affenmutter packte ihr Baby, sprang von der unglückseligen Schanze herunter und landete in seinen Armen als ein festes Bündel von hagerem braunen Fell, das sich an seine ohnehin blutenden Schultern klammerte. Nelson trat schnell beiseite, völlig resigniert, daß es jetzt keine Möglichkeit gab, die Luftschleuse rechtzeitig zu erreichen. Ganz bestimmt, als er hinter sich eine Schar Paviane sah, die schnell näher kam. Zu den ursprünglichen Verfolgern hatten sich einige noch wütendere Affen gesellt, mindestens zwei davon große Männchen mit roten Gesichtern, die alle kreischend in seine Richtung rannten.

Nelson versuchte gar nicht erst, weiterzulaufen. Er wandte sich um und suchte auf dem Boden nach irgend etwas, bis sein Blick auf einen weißen Stab fiel.

Sein Dungsammler.

Nelson griff ihn auf und konnte gerade noch rechtzeitig einen springenden Pavian auf die Schnauze dreschen. Die Kreatur kreischte und taumelte winselnd davon.

Die Weibchen zerstreuten sich nach allen Seiten. Dunkle Augen starrten ihn durch das hohe Gras an.

Keuchend und überrascht zwinkernd wunderte sich Nelson. *Was war das? He, vielleicht kommt es nur auf den richtigen Bluff an!*

Dann sah er, warum die Weibchen so leicht aufgegeben hatten. Sie rückten zur Seite, um für eine neue Streitmacht Platz zu machen.

Mit tiefem wütenden Gebrüll kamen der Patriarch und sein Gefolge an. Neun große Männchen schritten mit voll geblähten Mähnen in geduldiger Gewißheit auf ihn und seine entsetzte, matte Schutzbefohlene zu. Ihr Gang war zuversichtlich, aber Speichelflocken tropften von ihren gefletschten Lippen. Nelson las in ihren Augen und erkannte sie als Killer.

Und dennoch hatte er in diesem gleichen verhaltenen Moment Zeit, etwas zu fühlen, das er sich zuvor nie vorgestellt hatte … eine seltsame, kristallene *Ruhe.* Als ob all dies irgendwie vertraut wäre. Als ob er früher schon oft an dieser Stelle und in dieser Bedrängnis gewesen wäre.

Wir sind alle einmal so gewesen, erkannte er und fühlte das Gewicht seiner improvisierten Keule. *Weiße, Schwarze, Gelbe … Männer, Frauen … alle unsere Vorfahren haben dies vor langer Zeit erlebt …*

Damals, als Afrika jung war …

Menschliche Wesen hatten die Welt verändert, zum Guten und Bösen. Würden ihre Anstrengungen jetzt das retten, was übriggeblieben war? Nelson konnte nicht mit Vermutungen darüber anfangen.

Alles, was er sicher wußte, war, daß er sich zum erstenmal *Sorgen* machte.

Nelson und die kleine Mutter bildeten eine Gemeinschaft im Augenkontakt eines Moments. Sie ließ ihr Baby auf der Schulter angeklammert und glitt hinab, um neben seinem linken Knie zu stehen und seine Flanke zu schützen.

Die Meute wurde langsam und bildete einen Kreis. Der Bulle schüttelte den Kopf, als ob er in Nelsons Haltung und Augen etwas anderes lesen würde. Aber Nelson merkte gleich, daß er nur einen Teil davon sah.

Wir Menschen haben fast die ganze Welt ruiniert. Vielleicht können Menschen sie noch retten …

Laß dich nicht mit Kerlen ein, die solchen Mist bauen können!

»Okay, es steht neun gegen zwei«, sagte er und hob seine rohe Keule. Er genoß ihr Vertrauen erweckendes Gewicht in seiner linken Hand.

»Das klingt ziemlich richtig.«

Als sie schließlich angriffen, war Nelson für sie bereit.

□ Laufende Zählung – Nettodaten [□ ArBG-P 9782534782]

U.S. Bevölkerung über 65 Jahre

Jahr	Prozent
1900	4,0
1980	11,3
2038	20,4

Wahlbeteiligung nach U.S. Altersgruppen

Altersgruppe	Stimmen in Prozent	Politischer ›Treffer-Faktor‹
18–25	19	5
26–35	43	23
36–52	62	39
53–65	78	44
66–99	93	71

Nationale Vergleiche

Nation	Bürger über 65	Senioren-Treffer
Japan	26,1 %	87
U.S.A.	20,4 %	71
Han-China	20,2 %	79
Russische S.F.S.R.	19,1 %	81
Yakutische S.S.R.	12,1 %*	37
Yukon Province, Canada	11,7 %*	31
Ozeanstaat	10,0 %	19
Republik Patagonien	6,2 %*	12**

* Durch Einwanderungseffekte verzerrt.

** Wechselwirkende und Fernwahl verboten. Abstimmung nur persönlich in Wahllokalen.

Der klappernde Lastwagen stank gen Himmel.

Es waren nicht gerade die Ausdünstungen seines Gasolinmotors – Logan Eng war es gewohnt, in Konstruktionen hoher Priorität zu fahren. Aromatische Stoffe hoher Oktanzahl waren ihm ebenso vertraut, wie der Staub zahlloser Wüsten oder der metallische Mief von Schmieröl und Bohrschlamm. Sogar der Schweißgestank der zerrissenen Polsterung sprach deutlich von anständiger Arbeit.

Aber zu alledem kam, daß Logans Fahrer tabaksüchtig war. Noch schlimmer – er nahm sein Nikotin nicht in Pillenform oder durch Spray auf. Nein, Enrique Vasquez *rauchte* in Papier gewickelte Bündel von in Streifen geschnittenem Kraut und inhalierte die rußigen Dämpfe mit tiefen Seufzern der Befriedigung.

Logan beäugte mit widerwilliger Faszination die Aschenglut, die ständig vom Ende der Zigarette Enriques zu fallen drohte. Bisher hatte bei dieser Schleichfahrt durch zerklüftete baskische Landschaft dieses spannende Stück Asche noch keine Brandkatastrophe ausgelöst. Aber er konnte sich nicht der Vorstellung erwehren, daß es, wenn es zwischen den Bodenbrettern landete, einen großen Feuerball explodierender Petroleumdämpfe auslösen würde.

Natürlich wußte Logan es besser. (In seinem Oberbewußtsein!) Noch vor nur einer Generation waren jedes Jahr mehr als eine Milliarde Zigaretten konsumiert worden. Und damals im zwanzigsten Jahrhundert hatte die Rate erschütternde Billionen erreicht. Wenn die Dinger so unsicher waren, wie sie aussahen, wäre kein Wald und keine Stadt stehengeblieben.

»Sie wollen doch zu unseren nationalen Feiertagen dableiben?« Enrique mußte brüllen, um über dem

Motor und den rasselnden Federn gehört zu werden. Die Hand mit der Zigarette lag auf dem Rahmen des offenen Fensters und überließ der anderen das Lenken und Schalten. Das jammernde Getriebe ließ Logans Zähne vor Mitgefühl knirschen.

Er schrie zurück: »Ich wollte, ich könnte das. Aber meine Arbeit in Iberia ist morgen beendet. Ich muß in Louisiana zurück sein...«

»Sehr schade! Es würde Ihnen Spaß machen. Wir werden prächtige Feuerwerke zu sehen bekommen. Jeder besäuft sich. Dann vergnügen sich die jungen Leute mit den Stieren.«

Die Basken waren das älteste Volk in Europa und stolz auf ihre Abstammung. Manche sagten, ihre Sprache käme von den neolithischen Jägern, die als erste dieses Land dem zurückweichenden Eis abgerungen haben. In einem Museum in Bilbao hatte Logan Nachbildungen kleiner Boote gesehen, die die baskischen Seefahrer vor langer Zeit benutzten, um auf dem rauhen Atlantik Wale zu jagen. Sie müssen sehr mutig oder aber selbstmörderisch sein, dachte er – damals und jetzt.

Logan japste, als sein Fahrer plötzlich zur Seite abbog und Wolken von Staub und Kies auf einen heranrasenden Holztransporter schleuderte. Die Fahrer tauschten obszöne Gesten aus mit einer Heftigkeit, die auf ihre Macho-Art durchaus freundschaftlich zu sein schien. Enrique brüllte kränkende Abschiedsgrüße, als der kleine Lastwagen längs einer hundert Meter tiefen Felsschlucht dahindonnerte. Logan mußte kräftig schlucken.

Sie rasten an Steinhaufen vorbei, die einmal eine alte Mauer oder Grenze gewesen sein mußten. Dunkle Koniferenwälder standen da, wo früher karges Weideland die Hänge bedeckte. Hie und da wichen kommerzielle schnell wachsende Fichten neueren Beständen an Zedern und Eichen, die in mürrischer

Durchführung des Abkommens Ausgeglichener Aufforstung angepflanzt worden waren, obwohl ihr langsames Wachsen nur künftigen Generationen nutzen würde.

Enrique grinste ihm zu. Alle Zeichen von Empörung waren schon vergessen. »Also. Hamse, die Deichsicherheitsfritzen alles klar gekriegt?«

Logan gelang es, die fremdartige Version von Simglish zu analysieren, die man hier lehrte. Er nickte.

»Ich habe eine Woche in Badajoz verbracht und jede Angabe binnen zweihundert Kilometern vom Epizentrum des Bebens bearbeitet. Die Deiche werden noch lange halten.«

Enrique grunzte. »In Kastilien gibt es gute Ingenieure. Nicht wie unten in Granada, wo man das Land zur Hölle gehen läßt.« Er spuckte aus dem Fenster.

Logan enthielt sich eines Kommentars. *Laß dich nie in interregionale Vorurteile verwickeln!* war eine Grundregel. Auf jeden Fall konnte niemand den Klimaveränderungen Einhalt gebieten, seit die Sahara die Meerenge überwölbt und damit die Wüstenbildung Südeuropas eingeleitet hatte.

Mache dafür den Treibhauseffekt verantwortlich! dachte Logan. *Oder die Verlagerung des Golfstroms. Zum Teufel, gib Gnomen die Schuld! Sollen die Wissenschaftler Ursachen herausfinden! Was kümmert mich, wie viele wir retten können?*

Logan schloß die Augen und versuchte zu schlafen. Falls Enrique den Wagen über eine Klippe fuhr, würde es nichts ändern, wenn er dabei zusähe. Jedenfalls wäre er, wenn er den Ehrgeiz hätte, ewig zu leben, nie ein Feldingenieur geworden. Er merkte kaum, wie sein Schädel regelmäßig gegen den harten Türrahmen stieß – ein verhältnismäßig triviales Reizmittel. Im Dösen fiel ihm wieder ein, wie Daisy – seine frühere Frau und Claires Mutter – seine beruflichen Pläne einzuschätzen pflegte.

Du wirst das System von innen her bekämpfen, hatte sie ihm gesagt, als sie verliebte Studenten waren. *Inzwischen werde ich es von außen bekämpfen.*

Der Plan hatte damals kühn und perfekt geklungen. Keiner von ihnen hatte daran gedacht, wie Menschen sich ändern... Er, indem er lernte, Kompromisse einzugehen, und sie, indem sie mit jedem Jahr verbissener wurde.

Vielleicht hat sie mich nur geheiratet, um ihre Familie zu reizen. Dieser Gedanke war Logan nicht zum erstenmal gekommen. In Tulane hatte sie gesagt, daß er der einzige Junge wäre, der durch ihr Geld und ihren Namen völlig unbeeindruckt war – was nur zu gut stimmte. Schließlich besitzen Finanzleute nur Dinge, während eine geschulte Person mit einem Job, den sie liebt, viel, viel mehr hat.

Wie eigenartig war es dann, als Daisy zwölf Jahre später ihm vorwarf, er sei ein ›Werkzeug stinkreicher Landverderber‹. Er hatte die ganze Zeit fest geglaubt, daß er bei dieser Abmachung fest auf ihrer Seite stünde, indem er lukrative Geschäfte aufgab zugunsten der Bekämpfung von Inkompetenz auf diesem Gebiet, indem er Regierungen und egoistische Planer zwang, mit grandiosen Vorhaben mehr als eine Dekade in die Zukunft zu schauen und mit der Natur zu arbeiten, anstatt immer gegen sie.

Ja, er war auch motiviert gewesen durch ein Spiel von Geschicklichkeit und der Freude, reale, greifbare Rätsel zu lösen. War das ein Verrat? Kann ein Mann nicht mehrere Liebschaften zugleich haben – eine Frau, ein Kind und die Welt?

Für Daisy konnte es offenbar nur *eine* Liebe geben. Die Welt. Und zu ihren Bedingungen.

Der Wagen kam aus dem Wald und raste durch staubige Landzungen. Sonnenlicht traf die Ränder von Logans Sonnenbrille, während seine Gedanken frei schweiften. Die gezackten Lichtflecke unter seinen Lidern erinnerten ihn an einen Wellenpunkt auf einem Seismographen.

Seltsame Wellen hatte sie der Professor von der Universität Cordoba genannt und schilderte begeistert die Häufung bizarrer Erdbeben in letzter Zeit. Zuerst hatte Logans Interesse sich nur auf die Abschätzung möglicher verborgener Schäden bei großen Strukturen wie Deichen beschränkt. Als er aber das Frequenzspektrum der Beben überblickte, sah er eine Besonderheit, die noch eigenartiger war als alle anderen.

Scharfe Spitzen bei Wellenlängen von 59, 470, 3750 und 30 000 Metern.

Oktaven, erkannte Logan sofort. *Achtfache Harmonische. Ich frage mich, was das bedeuten könnte.*

Dann war da das Geheimnis eines Bohrturms, der verschwunden war. Wassermineure, die eine Erkundungszisterne gruben, als die Beben zuschlugen, waren in Deckung gerannt, einige von ihnen taumelnd wegen Blendung, die bis zur Blindheit reichte. Als es vorbei war und sie schließlich wieder sehen konnten, starrten sie nur betroffen auf die Stelle, wo das Gerüst gestanden hatte. Da gab es nur ein Loch, als ob ein Riese vorbeigekommen wäre und alles ausgerissen hätte!

Einschließlich Turm hatte die ganze Bohrung gerade 470 Meter erreicht.

Natürlich könnte das ein Zufall gewesen sein. Aber selbst dann, was auf der Welt konnte seismische Energie verwandeln in …

»Señor!« Der Fahrer unterbrach Logans lässiges Grübeln. Er stieß ihn mit dem Ellenbogen an und riß ein Auge auf. »Hm?«

»Señor, Sie können jetzt die Bucht überschauen.«

Logan setzte sich auf, rieb sich die Augen … und holte tief Luft. Alle Gedanken an Erdbeben und harmonische Mysterien entschwanden sofort. Er packte den Türrahmen und blickte über eine See, die die gleiche Farbe hatte wie die Augen von Daisy McClennon.

Bei all ihrer Verrücktheit, ihrer Besessenheit und der Monomanie, die ihn schließlich aus ihrem Haus getrieben hatten – waren die Augen seiner früheren Frau immer noch das Ideal, an dem Logan alle Schönheiten maß. Inmitten der lauten Studentendemonstrationen, wo sie sich kennenlernten, hatte sie gedacht, es wäre ideologische Inbrunst, die ihn ihr Geld vergessen und statt dessen sie direkt anschauen ließen. Aber in Wirklichkeit waren es jene Augen gewesen.

Gelähmt schaute er nicht einmal auf das Gezeitenkraftwerk, das ihr Ziel war. Er hatte jetzt nur Raum für das Meer. Das genügte, um seine Seele zu füllen.

Das arme, gequälte Getriebe kreischte, als Enrique herunterschaltete und den rumpelnden Wagen auf die aquamarinblauen Wasser der Bucht von Biscaya zuschaukeln ließ.

□

Längs der Ufer des Jenissei-Flusses legten Einwanderer ihre neuen Farmen und Städte an. Das ist ein langer harter Prozeß, aber sie haben Hungersnot und Zerstörung ihrer Heimat erlebt – bedeckt von steigenden Wassern oder Flugsand. Sie blicken jetzt über endlose Wellen von wogendem Steppengras und geloben, sich anzupassen und alles zu tun, was zum Überleben notwendig ist.

Umsiedlungsbeamte sagen ihnen: *Nein, ihr dürft das Tal da drüben nicht benutzen. Es ist für das Rentier reserviert.*

Nein, ihr dürft den Fluß an jener Stelle nicht anzapfen! Die Strömungsdaten müssen für ordentliche Sauerstofferzeugung erhalten bleiben.

Ihr müßt eine dieser erprobten Konstruktionen für eure Häuser wählen. Ihr werdet darüber froh sein, wenn der arktische Winter kommt und ihr wünscht, daß die Wände noch dicker wären.

Die Einwanderer starren auf weite Flächen schwitzender

Tundra und zerquetschen hartnäckige Mücken und Moskitos. Sie finden es schwer, sich dieses in der Sonne brütende Gebiet bis zum Hals in tiefem Flugschnee vorzustellen. Bei dem Gedanken erschaudernd nicken sie ernsthaft und versuchen, sich an alles zu erinnern, was man ihnen gesagt hat. Froh, hier sein zu dürfen, danken sie ihren russischen und jakutischen Gastgebern und versprechen, gute Bürger zu sein.

Die hochgewachsenen, gut genährten Russen lächeln. Sie sagen: *Das ist gut. Seid freundlich zu dem Land! Schränkt eure Geburtenrate ein, wie ihr versprochen habt! Schickt eure Kinder zur Schule! Zuvor wart ihr Kurden, Bengalis, Brasilianer. Jetzt gehört ihr zum Volk des Nordens. Paßt euch an, und es wird euch gut behandeln.*

Die Flüchtlinge nicken. Und im Gedanken an alle jene, die zurückgeblieben sind und darauf warten, das Land der Möglichkeiten. So geloben sie noch einmal, ihre Sache gut zu machen.

• KRUSTE •

»Gucken, die ganze Zeit gucken … glotzbrillige Philister. Sobald ich rauskomme, gehe ich nach Patagonien, klar? Da wächst die Jugend. Reiferes Volk wie wir, Cuzz. Und nicht so viele Tonnenplünderer … verfaulte alte Äppel, die sitzen und stinken und gaffen …«

Remi stimmte Crats Urteil bei, als die drei nebeneinander einen Kiesweg durch den Park entlangschlenderten. Auch Roland drückte mit einem Stups an Crats Schulter Billigung aus. »Das ist Staccato-Code, Junge.«

Was Crats plötzlichen Ausbruch bewirkt hatte, war der Anblick einer weiteren Babuschka, die sie unter einem gewaltsam gezüchteten schattigen Baum anstarrte, als Remi, Roland und Crat aus dem Abzugskanal, wo sie geraucht hatten, auf eine Graskante kletterten. In dem Moment, wo sie in Sicht kamen, legte die alte Frau sofort ihr Strickzeug weg und fixierte sie mit dem glotzäugigen undurchsichtigen Gaffen ihrer True-Vu-Linsen, als ob sie *Freaks* oder *Aliens* aus irgendeinem Weltraum-Seifenoper-Video wären, und nicht drei vollkommen normale Burschen, die sich bloß so herumtrieben und niemandem ein Leid taten.

»Ich, ich!« winselte Remi sarkastisch. »Ist es mein Atem? Vielleicht riecht sie … *Tabak!*«

»Kein Spaß, Kumpel«, entgegnete Roland. »Manche dieser neuen Glotzbrillen haben Schnuppersensoren. Und ich höre, daß die philiströse Lobby in Indianapolis sogar selbstgezogenen Tabak auf die Verbotsliste setzen will.«

»Kein Mist? Tabak? Das haut mich um! Ich muß mich wirklich aus diesem Staat verdrücken.«

»Hoch die Siedler, Remi?«

»Hoch!«

Das Glotzen wurde schlimmer, als sie näher kamen. Remi konnte natürlich nicht die Augen der Babuschka sehen. Ihre glänzenden True-Vu-Linsen mußten nicht unbedingt auf sie gerichtet sein, um eine gute Aufzeichnung zu erbringen. Aber sie streckte das Kinn vor und sah sie direkt an, um aggressiv anzudeuten, daß ihre Bilder in jeder Bewegung, die sie machten, in Echtzeit von hier in ihr Gerät zu Hause übertragen wurden.

Warum müssen sie das tun? Remi empfand es wie eine Provokation. Bestimmt konnte niemand ihren Gesichtsausdruck mit zusammengepreßten Lippen als freundlich verstehen.

Remi und seine Kumpels hatten ihrem lokalen Gruppenaufseher versprochen, nicht die Fassung zu verlieren mit ›Seniorbürgern auf selbsternannter Nachbarbeobachtung‹. Remi gab sich wirklich Mühe. *Es ist bloß eine weitere Philistreuse. Ignoriere sie!*

Aber es gab so *viele* schleimige Pharisäer! Laut Netzcensus war jeder fünfte Amerikaner jetzt über 65. Und in Bloomington schien es noch viel schlimmer zu sein, als ob alte Leute eine herrschende Majorität bildeten, die jeden schattigen Winkel mit ihren elektronischen Sonnenhüten und Glotzbrillen an den Pranger brachten, indem sie von Veranden, Bänken und Gartenstühlen aus lauerten.

Es war Crat, dessen Zurückhaltung platzte, als sie sich dieser unheilvollen Inspektion näherten. Er leistete sich plötzlich einen Schabernack. »He, Oma!« Dann verbeugte er sich mit prahlerischer Höflichkeit. »Warum zeichnen Sie dies nicht auf?« Roland kicherte, als Crat seinen Cowboy-Strohhut schwenkte, um eine grelle Schädeltätowierung vorzuführen.

Die Heiterkeit verdoppelte sich, als sie tatsächlich reagierte. An die Stelle des glasigen Blicks trat eine Grimasse von Erstaunen und Widerwillen. Sie bewegte sich zurück und wandte sich ab.

»*Erstaunlich!*« schrie Roland und imitierte ihren unbeliebtesten Lehrer für das Benehmen von Teenagern an der J. D. Quayle-Hochschule. Er fuhr im hochnäsigen Ton des Mittleren Westens fort: »Es sollte festgestellt werden, daß die totemistische Neuerung dieser kleinen Stadtbande den gewünschten Effekt erzielt hat… welcher war? Jedermann?«

»*Schockreaktion!*« brüllten alle drei im Chor, klatschten in die Hände und feierten einen kleinen Sieg über ihren natürlichen Gegner.

Üblicherweise konnte man das Starren einer Babuschka durch eine obszöne Geste oder Muskelspiel brechen – beides geschützte Formen der Selbstdarstellung. Aber die Putzfrauen und alten Knacker waren schwerer zu erschüttern. Immer, wenn man es wirklich schaffte, daß so jemand seine widerliche stille Schnüffelei aufgab, war das ein Triumph, der gefeiert werden mußte.

»Hol's der Geier!« fluchte Crat. »Bloß einmal möchte ich so einen glotzenden Pharisäer allein erwischen, mit kaputten Sensoren und ohne Aufzeichnungen zuhause. Dann würde ich ihm beibringen, daß es unhöflich ist zu spannen.«

Crat unterstrich diesen Punkt, indem er mit geballter Faust in die Hand schlug. Heute hatte er, da es bewölkt war, seinen normalen Stetson gegen eine karierte Baseballmütze ausgetauscht, die für einen Siedler eine akzeptable Aufmachung darstellte. Seine Sonnenbrille war wie die Remis dünn, in Metallfassung und ausschließlich zum Schutz. Nichts von Elektronik dran. Sie stellte eine Verlautbarung dar, welche die Grobheit des geriatrischen Amerikas ablehnte.

»Manche Leute haben einfach zu viel freie Zeit«, erklärte Roland, als die drei dicht an die Babuschka heranschlenderten, knapp außerhalb der Grenze von zwanzig Zentimetern, die die Schranke ihres ›persönlichen Raumes‹ verletzen würde. Einige Senioren kreuzten auf mit Sonar und sogar Radar, um auch die harmloseste Übertretung zu erwischen. Diese Leute wichen von ihrem Weg ab, um einen in Versuchung zu bringen, indem sie langsam vorankommende Stauungen erzeugten auf Nebenwegen, wo immer sie sahen, daß junge Leute eilig vorankommen wollten. Sie blockierten Rolltreppen und benahmen sich, als ob sie geradezu hofften, man würde sie anstoßen und damit einen Vorwand liefern, den auf Polizeiband arbeitenden Piepser zu drücken oder ein Zetergeschrei anzustimmen oder eine lange Liste von Beschuldigungen wegen Belästigung einzureichen.

In diesen Tagen waren in Indiana die Juries ohnehin meist aus Graduierten des zwanzigsten Jahrhunderts zusammengesetzt, muffigen Pharisäern im Ruhestand, die die Jugend schon an sich für ein Verbrechen zu halten schienen. Darum sollte ein junger Mensch die endlosen Herausforderungen einfach annehmen und bei jeder Gelegenheit die Grenze wahren.

»Oma könnte etwas Nützliches tun«, knurrte Crat und beugte sich vor, um wirklich die Zone anzukratzen. »Sie sollte im Garten arbeiten oder Abfall sammeln. Aber nein! Sie muß glotzen!«

Remi befürchtete, daß Crat wieder spucken würde. Selbst wenn er danebentraf, wäre das eine Beleidigung von vierhundert Dollar. Und trotz dem abgewendeten Blick der Alten waren die Sensoren immer noch aktiv.

Zum Glück ließ Crat sich von Remi und Roland außer Sicht in den offiziellen Grenzgarten wegziehen. Dann sprang er auf, hob eine Faust und brüllte, aufgeputscht durch Nikotin und einen wohltuenden, wenn auch unbedeutenden, Sieg: »Hurra! Auf nach Patagonien! Wäre das nicht echt stark? Dort schmeißen junge Leute wie wir den ganzen Laden.«

»Nicht wie hier, im Lande der Alten und der Gräber«, stimmte Remi zu.

»Das sage ich ja! Ich höre, es ist noch besser als Alaska oder Tasmanien.«

»Besser für Siedler!« jubelten Roland und Remi gemeinsam.

»Und die Musik! Fuego-Fire ist der einzige Beat, den Yakuti Bongo-Cream nicht schaffen kann.«

Remi war das ziemlich gleichgültig. Er liebte die Idee, auszuwandern aus anderen Gründen.

»Je nun, Patagonien ist nur der erste Schritt. Es ist nur eine Vorstufe, klar? Wenn sie *Antarctica* aufmachen, brauchen Siedler aus Patagonien nur über das Wasser zu hüpfen.« Er seufzte. »Wir werden neue Clubs haben, richtige Vereine, wenn das Eis genügend schmilzt. Werden es auf unsere Art machen. Richtige Freiheit, richtige Kerle.«

Roland warf ihm einen Seitenblick zu. Vor Monaten hatten sie sich als Jugendclub qualifiziert, was die Pflicht zum Besuch von Klassen für das Verhalten von Vereinsmitgliedern einschloß. Das war schon in Ordnung; aber Remis Freunde befürchteten, er könnte wirklich auf das hören, was die Professoren sagten.

Und manchmal müsse er gegen diese Versuchung ankämpfen ... die Versuchung interessiert zu sein.

Macht nichts. Es war ein guter Nachmitteg, mit Kameraden beisammen zu sein und im Park herumzuhängen. Nach der drückenden Mittagshitze – wenn die Leute ohne Klimaanlagen im Schatten des Parks ihre Siesta hielten – waren jetzt wenige Menschen in diesem Teil des Gartens. Nur ein paar heruntergekommene zerlumpte Typen, die unter den duftenden Oleandern schnarchten. Ob es sich um Döser oder Dußlige handelte, konnte Remi auf diese Entfernung nicht sagen. Als ob der Unterschied etwas ausmachte.

»Echtes Eigenleben vielleicht«, stimmte Roland zu. »Vergewissere dich nur, daß das in der Verfassung steht, Rem, wenn sie dich auffordern, sie zu unterschreiben!«

Remi nickte heftig. »Prima, okay! Privatleben! Keine mistigen Spanner mehr, die einen bei jeder Bewegung beobachten. Nun, ich höre, damals im zwanzigsten Jahrhundert ... ach, was soll's!«

Des reinen Gequatsches überdrüssig, hatte Cart wieder einmal über die Stränge geschlagen. Als von seinem Kiesweg an der Hecke niemand in Sicht war, fing er an, auf einer Reihe bunter Mülltonnen wie auf Trommeln herumzuhüpfen. Er klapperte auf deren Kunststoffwänden mit einem Stock und tanzte auf ihren elastischen Rändern.

»Süßer Schweiß ... Süßer Schweiß ...«, sang Crat zum jüngsten Geklimper von Phere-O-Moan.

»Schnupperst du, wird er steif ...«, nahm Roland begeistert den Gegentakt auf. Er klatschte rhythmisch in die Hände. Remi verzog das Gesicht. Er erwartete, daß eine der Mülltonnen jeden Moment zusammenbräche, und rief »Crat!«

»Verdammt was, verdammt wer?« grölte sein Freund von oben her, ging im Tanzschritt auf dem grünen

Container und schüttelte seinen Inhalt aus Grasschnipseln und Kompost.

»Machstes kaputt, mußtes zahlen«, mahnte Remi.

Crat imitierte einen Angstanfall. »Sieh dich um, Kumpel! Keine gesetzestreuen Knacker, Junge. Und Bullen brauchen Gewährsleute.« Er hüpfte zu der blauen Tonne für Metalle hinüber und ließ Büchsen und anderen Krempel klappern.

Tatsächlich, es waren keine Glotzgesichter zu erblicken. Und die Polizei war auf Methoden beschränkt, die für Bürger nicht galten... andernfalls würden die Blattläuse auf den nahen Büschen dieses Fehlverhalten sofort Crats örtlichem Jugendbeamten melden.

»Tabakbrause für zu Hause, auf den Gassen qualmen lassen...«

Remi suchte sich zu entspannen. Was für einen Schaden richtete Crat eigentlich an? Bloß ein bißchen Spaß haben, das war alles. Immerhin erreichte er aber seine Grenze, als er mit Verpackungen und Zellophantüten aus der Tonne für Recycling von Papier Fußball spielte. Geldstrafen für Mißverhalten waren beinahe Ehrenplaketten; aber Vergehen, die Besserungsmaßnahmen nach sich zogen, waren etwas anderes.

Remi lief hin, um den Abfall aufzuheben. »Hol ihn runter, Rollie!« rief er über die Schulter, während er hinter einer flatternden Zeitungsseite herrannte.

»Ach, laßt mich in Ruhe!« meckerte Crat, als Roland ihn bei den Knien packte und aus dem letzten Container zog. »Ihr seid beide keine Sportsleute. Ihr seid bloß...«

Die Beschwerde wurde kurz abgeschnitten – wie abgewürgt. Als Remi das letzte Stück Papier aufhob, hörte er rhythmisches Stampfen von dem Weg vor ihnen. Er schaute auf und sah, daß sie nicht mehr allein waren.

So ein Mist! fluchte er im stillen. *Ra-Boys haben uns gerade noch gefehlt.*

Sechs von ihnen schlichen um die Biegung der Hecke, keine fünf Meter entfernt. Sie grinsten und beobachteten das Bild, wie Remi seine flatternde Last aus Papier festhielt und Roland Crat hochhielt wie eine steife Ballerina.

Remi stöhnte. *Das könnte wirklich schlimm ausgehen.*

Jeder Ra-Boy trug als schimmerndes Symbol ihres Kultes eine dicke Kette um den Hals – ein Sonnensiegel mit hellen metallenen Strahlen, die nadelscharf waren. Darunter hatten sie offene Hemden, die tiefgebräunte Oberkörper zeigten. Die Jungen trugen überhaupt keine Kopfbedeckungen, weil das »Ra beleidigen würde durch Blockierung der grimmigen Liebe seiner Strahlen«. Ihre rohen, fleckigen Gesichter zeigten, wo Heilsalben Hautschäden des Vorkrebsstadiums abgeschält hatten. Sonnenbrillen waren ihre einzige Konzession an das sengende Ultraviolett; obwohl Remi auch von Fanatikern gehört hatte, die lieber langsam erblindeten, als dieses Zugeständnis machten.

Eines hatten die Ra-Boys mit Remi und seinen Freunden gemein. Außer mit Armbanduhren stolzierten sie affektiert und stolz unbeschwert durch elektronisches Schnickschnack einher ... Sie verschmähten die technischen Krücken, die jeder über fünfundzwanzig gern kiloweise herumzuschleppen schien. Welcher *Mann* verließ sich wohl auf solchen Plunder?

Ach, Remi brauchte nicht Band 1 der Studien über Gruppenverhalten, um zu wissen, wie weit Solidarität unter Teenagern im Jahre 2038 ging.

»Ein so hübscher Gesang und Tanz«, sagte der größte Ra-Boy mit einfältigem Grinsen. »Proben wir für eine neue Amateurshow, die ins Netz kommen soll? Bitte sagt uns Bescheid, damit wir mitmachen können! Wo wird gespielt werden? Auf dem Gong-Kanal viertausenddrei?«

Roland ließ Crat so eilig fallen, daß die Ra-Boys wieder aufhörten. Remi seinerseits war zerrissen zwischen Furcht vor Schurkereien und brennender Scham, dabei erwischt worden zu sein, daß er Abfall aufhob wie ein Bürger. Also knüllte er die Masse zusammen und stopfte sie in die Tasche, als ob er für später mit dem Müll etwas vorhätte.

Ein anderer ging zu dem Anführer und schlenderte nach vorn. »He, was haben wir denn da... guck... neofeministische kleine Mädchen... *verkleidet* als Siedler. Aber wir haben sie als Mädchen ertappt, als... sie dachten, niemand sähe zu!«

Dieser Ra-Boy schien kurzatmig zu sein und etwas triefäugig. Remi erkannte ihn als Schnüffler, wie er einen Inhalator nahm und aus einem Flachmann sich einen langen Schuß reinen Sauerstoffs zu Gemüte zog.

»Hmm«, nickte der große Bursche und erwog den Vorschlag. »Das einzige Problem mit dieser Hypothese ist, warum würde jemand sich an erster Stelle als widerlicher Spanner anziehen wollen?«

Remi sah, wie Roland den knurrenden Crat packte und zurückhielt. Offenbar wollten die Ra-Boys etwas physischen Spaß mit ihnen haben. Und ebenso sicher war Crat das Zahlenverhältnis Wurst.

Aber obwohl jetzt keine Spanner zuschauten, mußten Dutzende von ihnen aufgezeichnet haben, wie beide Parteien an dieser Stelle zusammengekommen waren... Das würden sie als Chronisten fröhlich der Polizei hinfaxen, wenn sie später einen Krawall untersuchte.

Nicht, daß Kämpfen streng gesetzwidrig wäre. Manche Gangs mit guten Anwaltsprogrammen hatten Schlupflöcher und Tricks gefunden. Ra-Boys insbesondere waren von brutalem Sarkasmus... Sie brachten einen Jungen so ins Gedränge, daß er eine nächtliche Verabredung zum Kampf oder irgendein selbstmörderisches Wagnis akzeptierte, nur um zu beweisen, daß er keine Memme wäre.

Der Große wischte seine Sonnenbrille ab und seufzte. Er trippelte einige kleine Schritte und grinste einfältig. »Vielleicht sind es *Gaianerinnen*, die sich als Siedler kostümieren, um noch eine andere gefährdete Gattung darzustellen. Oh! Ich muß mir wirklich ihre Show ansehen.« Seine Kameraden kicherten über dieses Narrenspiel. Remi machte sich Gedanken, wie lange Roland Crat würde zurückhalten können.

»Komisch«, versetzte er. »Ich könnte mir nicht vorstellen, daß du auch nur eine Holo-Show ansehen könntest mit solchen Augen.«

Der Große sog die Luft ein. Er nahm Remis schwache Eröffnung auf und antwortete in eleganter Sprache: »Und was, süßes Kind von Mutter Schmutz, stellst du dir vor, ist mit meinen Augen nicht in Ordnung?«

»Du meinst, außer Häßlichkeit eines Mutanten? Nun, es ist deutlich, daß du blind wirst, o du mittagsblöder Hund.«

Sarkasmus machte Raum für direkte Erwiderung. »Du Erdenwurm, Sonnenstrahlen muß man hochschätzen, Mamas Liebling. Auch mit Risiko.«

»Ich habe nicht über UV-Schaden für deine Netzhaut gesprochen, lieber Mr. Blinzel. Ich ziehe die traditionelle Strafe für Selbstbefriedigung vor.«

Das saß. Der Ra-boy errötete. Roland und Crat lachten schallend, vielleicht etwas hysterisch. Roland flüsterte: »Gib's ihm, Remi Los!«

Nach der finsteren Miene der scheckigen Gesichter der Ra-Boys überlegte Remi, ob das klug wäre. Einige von ihren befingerten ihre Waffen mit den spitzen Strahlen der glänzenden Amulette. Falls einer oder mehrere ein Temperament wie Crat hätten …

Der führende Ra-Boy kam näher. »Ist das eine Besudelung meiner Vitalität, o physischer Liebhaber frischen Schmutzes?«

Remi zuckte die Achseln. Es war zu spät, etwas zu unternehmen, als mitzumachen. »Frischer Dreck oder fruchtbare Feministin – sie alle sind für einen wie dich unerreichbar, dessen einzige feuchte Spritzer von deiner eigenen verschwitzten Hand stammen.«

Weiteres billigendes Gelächter von Roland und Crat wog kaum die kochende Wut des führenden Ra-Boys auf und machte ihn um einige Schattierungen dunkler. *Ich wußte nicht, daß ich bei so einem derart den Nerv treffen würde.* Offenbar hatte dieser Bursche ein miserables Geschlechtsleben. *Manche Siege sind nicht ihren Preis wert.*

Der Ra-Boy zischte: »Also bist du der männliche Mann, Joe Siedler? Ein krummer Hurenbock mit gerammeltem Repertoire für ganz Indiana.«

Jetzt kommt es. Remi sah keine Möglichkeit, den Austausch von Netzcodes mit diesem Charakter zu vermeiden, was wiederum zu einem Treffen an einem dunklen Ort führen würde, wo keine wachsamen Geschaftlhuber sich einmischen konnten.

Mit einem kleinen Teil seines Verstandes erkannte Remi, daß die Konfrontation genau die positive Rückwirkungskurve erreicht hatte, die Professor Jameson im Unterricht beschrieben hatte ... Prahlerei, Herausforderung und Gegenbluff, verstärkt durch ein verzweifeltes Bedürfnis, die eigene Gang zu beeindrucken ... Was alles schrittweise zum unvermeidbaren Entscheidungskampf führt. Es wäre interessant zu beobachten, ob dieses Wissen Remi etwas hätte verhindern lassen. Aber das war nicht der Fall. Wie die Dinge standen, wünschte er, nie etwas von diesem Mist gelernt zu haben.

Er zuckte die Achseln und nahm die Herausforderung des Ra-Verehrers an. »Nun gut, ich bin schon als Mann häßlich genug und muß nicht einen großen Gasball am Himmel um mehr bitten. Ich gebe allerdings zu, daß eure Gebete wirklich aussehen, wie sie gewesen sind …«

Remi erkannte mitten in der Kränkung, daß sich beide Gruppen einem neuen Geräusch zuwandten. Eine neue Schar von Eindringlingen hatte den Park betreten. Längs des Weges näherten sich mindestens ein Dutzend Gestalten in weißen Umhängen mit Kapuzen geschmeidig und graziös. Ihre Gehänge stellten, anders als bei den Ra-Boys, den uterusartigen Kreis der *Mutter* dar.

»NoAm GaKi«, sagte ein Ra-Boy verächtlich. Aber Remi bemerkte, daß die Burschen sich straffer aufrichteten und männliche Positionen einnahmen, die sie für raffiniert, aber nicht angeberisch halten mochten. Weibliches Gelächter verstummte jäh, als die Hinzukommenden die männliche Ansammlung vor sich bemerkten. Aber ihr schneller Schritt längs des Weges ließ kaum nach. Die NordAmerikanische GaiaKirche hatte kaum jemals für irgendwen den Schritt gemäßigt.

»Guten Abend die Herren!« sagten einige Mädchen in der vordersten Reihe fast gleichzeitig. Selbst von ihren Kapuzen beschattet, erkannte Remi einige von ihnen aus den Hallen der Quayle-Hochschule. »Können wir Sie dafür gewinnen, für die Kampagne der Milliarde Bäume zu spenden?« fragte eine der Anhängerinnen und trat Remi von Angesicht zu Angesicht gegenüber. Und er mußte eine momentane Verwirrung überwinden. Sie war umwerfend schön.

In ihrer Hand hielt sie grellbunte kleine Flugblätter für jeden der Jungen, der sich eines nehmen wollte. Auf der anderen Seite des Pfades brach höhnisches Gelächter aus. Das waren bestimmt junge, naive Gaianerinnen, wenn sie dachten, Ra-Boys Geld für Wiederaufforstung abknöpfen zu können!

Siedler andererseits waren nicht so ideologisch unverträglich. Und was noch wichtiger war, Remi erkannte darin jäh einen möglichen Ausweg.

»Warum nicht, Schwestern?« platzte er heraus. »Ihr könnt uns interessieren. Ich sagte gerade zu meinen Siedlerfreunden, daß Bäume pflanzen unsere dringlichste Aufgabe sein wird, wenn wir nach Patagonien gehen. Sobald es dort unten warm geworden ist. O ja, Bäume pflanzen …«

Crat wechselte noch Blicke mit dem am verrücktesten aussehenden Ra-Boy. Remi packte seinen Arm und half Roland, ihn mitten in die gleitende Flut weißgewandeter Mädchen zu ziehen. Währenddessen stellte Remi ständig begeisterte Fragen nach laufenden Gaianischen Projekten, ohne die Verhöhnungen und Sticheleien zu beachten, die ihnen seitens der grobgesichtigen jungen Sonnenverehrer folgten. Die Ra-Boys konnten sagen, was immer sie wollten. Auf der Skala von Aktionen bei Bandenkämpfen wurde das Gewinnen von Punkten gegenüber Mädchen höher bewertet als ein Wettstreit mit Beleidigungen ohne Tätlichkeiten. Nicht, daß es hier auf Gewinnen von Punkten angekommen wäre. Hartgesottene Gaianische Weiber pflegten schwer beeindruckbar zu sein. Zum Beispiel dies hier.

»… Seht ihr nicht ein, daß Wiederaufforstung von Hartholzbäumen in Amazonien viel wichtiger ist, als Koniferen unten in Terra del Fuego oder Antarctica anzupflanzen? Das sind neue Ökologien, noch zart und schlecht verstanden. Ihr Siedler seid viel zu ungeduldig. Nun, bis diese neuen Gebiete richtig verstanden und für den Einzug von Menschen bereit sind, könnte die Hauptschlacht, nämlich die Rettung der Erde, verloren sein.«

»Ich verstehe, worauf es euch ankommt«, pflichtete Remi bei. Im Bemühen, ihr Entkommen gut hinzukriegen, nickten er und Roland aufmerksam, bis die Ra-Boys außer Sicht waren. Dann lächelte und nickte

Remi noch weiter wegen des herzförmigen Gesichtes und schönen Teints der Sprecherin. Ihm gefiel auch, was er unter dem Umhang von ihrer Figur erkennen konnte. An einer Stelle deponierte er theatralisch den Müll aus seiner Tasche in einer braunen Recyclingtonne, um den Eindruck zu erwecken, daß das Sammeln von Abfall seine übliche Gewohnheit wäre. Damit gewann er eine billigende Unterbrechung ihrer Lektion.

Als sie an einer Reihe von Überlebenden der Krebsseuche in Kapuzen und Rollstühlen vorbeikamen, ließ er einige Dollarmünzen in ihre Spendenschalen gleiten und erhielt wieder ein Lächeln zur Belohnung.

Ermutigt nahm er dann noch ein Bündel kleiner Broschüren an, bis sie endlich außer Atem kam, als sie unter den superleitenden Schienen der den Park durchquerenden Schnellbahn durchgingen. Dann kam ein wirklich glücklicher Moment. Ein ankommender Zug ergoß junge Leute in Schuluniformen auf den Weg, die brüllten und herumrannten. Die Kaskade der Kinder zerteilte die enge Formation der Gaianerinnen. Remi und die junge Frau wurden in den Wirbeln gefangen und unter einem Pfeiler der Schnellbahn an die Seite gedrängt. Sie sahen einander an und lachten gemeinsam. Ihr Lächeln wirkte viel wärmer, wenn sie ohne ihre den Planeten rettende Schar war.

Aber Remi wußte, daß das nur ein Moment sein würde. Binnen Sekunden konnten die anderen sie für sich reklamieren. Also sagte er ihr, so beiläufig er konnte, daß er sie gern persönlich treffen würde und fragte sie nach ihrem Netzcode, um ein Rendezvous zu vereinbaren.

Sie ihrerseits begegnete seinem Blick mit seelenvollen braunen Augen und bat ihn honigsüß, sein Vasektomie-Zertifikat zu zeigen.

»Ehrlich«, fuhr sie offenbar aufrichtig fort, »könnte ich mich nicht für einen Mann interessieren, der so egoistisch ist, in einer Welt von zehn Milliarden Menschen darauf zu bestehen, daß *seine* Gene dringendst gebraucht werden. Wenn man nicht das Richtige getan hat, wie kann man da auf eine große Leistung oder Tugend verweisen, um zu rechtfertigen, daß …«

Ihre Worte verklangen in Verblüffung und trafen seinen Rücken, als Remi die Arme seiner Freunde ergriff und schnell wegging.

»Ich würde ihr etwas Wichtigeres zeigen als Gene!« knurrte Crat, als er die Geschichte hörte. Roland war nur etwas nachsichtiger. »In diesen hübschen kleinen Kopf ist verdammt zu viel Theorie hineingepackt. Stellt euch vor, derartig in die Privatsphäre eines Jungen einzudringen! Ich sage euch, das ist ein Vogel, der glücklicher und sehr viel ruhiger wäre als Frau eines Farmers.«

»Stimmt!« erklärte Crat. »Eine Bauernfrau hat, worauf es ankommt. In Patagonien gibt es reichlich Platz für eine Menge Kinder …«

»Oh, halt den Mund!« fauchte Remi. Sein Gesicht brannte noch vor Scham, die dadurch noch schlimmer wurde, daß das Mädchen offenbar nicht einmal gewußt hatte, was sie tat. »Denkt ihr, ich kümmere mich darum, was eine blöde NoAm GaKi denkt? Sie lehren sie bloß, wie man – *was* ist.«

Roland hielt Remi seine Armbanduhr vors Gesicht und klopfte auf den kleinen Bildschirm. Lichter zuckten, und der kleine Apparat ließ einen warnenden Ton erklingen.

Remi sah kurz hin. Sie wurden wieder abgetastet. Diesmal war es nicht das True-Vu, sondern ein echter Lauschangriff. »Irgendein dicker Hund mit langen Ohren hat es auf uns abgesehen«, meldete Roland ärgerlich.

So kam eines nach dem anderen! Remi fühlte sich wie ein Tiger im Käfig. Zum Teufel, sogar Tiger hatten heutzutage mehr persönliche Freiheit in den Überlebensarchen für wilde Tiere, als ein junger Bursche hier in Bloomington. *Früher konnte man im Park Ruhe und Einsamkeit finden, aber jetzt nicht mehr!*

Er sah sich schnell um und suchte den Voyeur. Drüben im Süden waren Bürger vieler Altersklassen dabei, ertragreiches Gemüse in schmalen Schrebergärten zu ziehen, die die Stadt Leuten ohne passende Dachgärten zur Verfügung stellte. Detektoren auf Bohnenstangen wachten gegen Plünderer; aber diese Apparate hätten Rolands Alarm nicht auslösen können.

Noch konnten es die Kinder, die mit Visieren und Sonnenbrillen herumliefen und Fangen spielten. Oder die zerlumpten Typen in ihren Zwanzigern und Dreißigern, jenseits des spiegelnden Teichs, die, in safranfarbene Tücher gehüllt, vorgaben zu meditieren, aber niemanden täuschten, da sie Biofeedback-Techniken benutzten, um ihre bodenlose, selbsterregte Stimulation zu speisen... indem sie unter Endorphinen dösten, die ihre Gehirne ausschieden.

Es waren da auch andere Teenager... obwohl niemand die Farben von Banden trug. Also die schweigende Mehrheit – Studenten, die modisch oder bequem gekleidet waren mit wenig im Sinn. Manche trugen sogar pathetische Banner für den abendlichen B-Ball-Contest zwischen den Fighting Golfers und den Letterman High Hecklers.

Dann sah er den Spanner – diesmal ein alter Kauz –, der an dem dünnen Mast eines schattenspendenden Sonnenkollektors mit Fotozellen lehnte und sie drei direkt anblickte. Und ganz deutlich erkannte Remi zwischen den buschigen grauen Locken, die unter dem weißen Sonnenhut hervorquollen, einen dünnen Draht, der von einem Ohrstück zu einem aus irgendeinem sonomagnetischen Gewebe gefertigten Anzug führte.

Die Jungen drehten sich fast im Gleichschritt um und reagierten auf diese neue Provokation, indem sie direkt auf den Spanner zugingen. Als sie näher kamen, erkannte Remi auf der Brust die Ordensschnalle eines Veterans des Helvetischen Krieges mit Spangen für Strahlungsschäden. *Mist!* dachte er. *Veteranen sind die Schlimmsten.* Es wäre schwer, gegen diesen hier Punkte zu machen.

Dann sah Remi, daß der Tolpatsch nicht einmal eine Spähbrille trug! Natürlich konnte er mit kleineren Sensoren immer noch senden, wenn er kleinere Sensoren benutzte. Aber das entsprach nicht dem erwarteten Bild, zumal da der Kerl jetzt sogar seine Sonnenbrille absetzte, als sie näher kamen, und richtig lächelte.

»Hallo, Jungs!« sagte er freundlich. »Ich nehme an, ihr habt mich beim Schnüffeln erwischt. Ich schulde euch eine Rechtfertigung.«

Ganz unüblich drang Crat in die persönliche Zone des Burschen ein und schwenkte sogar etwas hinüber, als er seine Schädeltätowierung entblößte. Aber der Mann antwortete nicht in der üblichen Weise, indem er seinen Polizeipiepser zückte. Vielmehr lachte er laut. »Wundervoll! Wißt ihr, ich hatte einen Tischkameraden… Es war ein russischer Kommandosoldat. Starb bei dem Bombenangriff auf Liechtenstein, glaube ich. Er hatte auch eine solche Tätowierung, nur auf dem Hintern! Konnte sie auch tanzen lassen.«

Remit ergriff Crats Arm, als der Idiot herauszusprudeln schien »Wissen Sie, die Benutzung eines langen Ohres ist illegal ohne ein Abzeichen, das den Leuten sagt, daß Sie eines haben. Wir könnten Sie anzeigen, Mensch.«

Der Alte nickte. »Ganz recht. Ich habe eure Privatsphäre verletzt und werde ein Urteil *in situ* akzeptieren, wenn ihr es wünscht.«

Remi und seine Freunde sahen einander an. Senioren – besonders solche, die im Krieg gelitten hatten – benutzten kaum je das Wort ›Privatsphäre‹ außer als

Kraftausdruck, wenn sie jemanden bezichtigten, üble Pläne zu verheimlichen. Remi hatte bestimmt noch nie von einem alten Kerl gehört, der bereit war, einen Disput anzuzetteln, wie es Mitglieder einer Bande tun würden, Mann gegen Mann, fern von dem in alles eindringenden Auge des Netzes.

»Quatsch, Alter! Wir haben dich ...«

»Crat!« zischte Roland. Er blickte zu Remi, und der nickte zurück. »All right!« gab er zu. »Rüber zu diesem Baum! Du spielst zu, und wir werden die Sache schaukeln.«

Das bewirkte ein neues Lächeln. »Als ich in eurem Alter war, habe ich diesen Ausdruck benutzt. Habe ihn seither nicht mehr gehört. Wißt ihr, daß Slangausdrücke oft periodisch kommen und gehen?«

Während er noch liebenswürdig über die Eskapaden der Sprechweise seit seiner Zeit plauderte, führte der Alte sie zu ihrem vorgesehenen Gerichtsraum unter freiem Himmel und ließ einen verwirrten Remi hinterhertrotten, der plötzlich betroffen war durch die unverlangte Aufgabe, sich diesen runzligen alten Übriggebliebenen als Jüngling vorzustellen, ebenso sprudelnd vor Hormonen und Wut wie sie jetzt.

Logischerweise nahm Remi an, daß das möglich sein müßte. Vielleicht erinnerten sich einige Knacker noch mit etwas Wehmut daran, wie das gewesen war. Aber für die jungen Leute hatte es damals nicht so schlimm gewesen sein können, dachte er bitter. *Es gab für Burschen wie mich etwas zu tun. Alte Furze kontrollierten nicht alles.*

Zum Teufel, man hatte wenigstens einen Krieg zu führen! Nach dem Helvetischen Holocaust reagierte die entsetzte internationale Gemeinschaft endlich, um alle künftigen großen Kriege zu verhindern, und machte mit den Inspektionsabkommen ernst. Aber für Remi schien das keine echte Lösung zu sein. Die Welt ging ohnehin zum Teufel, ohne Umschweife. Warum sollte man es dann nicht auf eine Weise machen, die wenigstens ehrenvoll und interessant war?

Geh nicht sanft in diese gute Nacht… Die Lektionen über Poesie waren so ziemlich das einzige, was Remi wirklich mochte. *O ja. Damals im zwanzigsten Jahrhundert gab es einige Burschen, bei denen das stimmte.*

Von einer Wiese aus konnten sie einen großen Teil der Innenstadt von Bloomington überblicken, eine Silhouette, die noch durch erhaltene Türme aus dem zwanzigsten Jahrhundert beherrscht war, obwohl einige neuere, scheibenförmige 'topias wie Skihänge nach Norden geneigt waren. Von irgendwoher jenseits der Grenzen des Parks konnte man den allgegenwärtigen Ton von Preßlufthämmern hören, indem die Stadt ihren endlosen, nicht zu gewinnenden Krieg gegen Verfall führte und brüchige Gehsteige und Abflußrohre renovierte, die eigentlich hundert Jahre hatten halten sollen… vor mehr als einem Jahrhundert, wo dieser Zeitraum wie ewig geklungen haben mußte. Bloomington sah aus und wirkte heruntergekommen wie fast jede Stadt irgendwo.

»Ich liebe es, Leuten zuzuhören und sie zu beobachten«, erklärte der alte Kauz, wie er mit gekreuzten Beinen vor ihnen saß und eine erstaunliche Geschmeidigkeit offenbarte.

»Na und?« Roland zuckte die Achseln. »Ihr Senioren horcht und spannt alle. Die ganze Zeit.«

Der alte Mann schüttelte den Kopf. »Nein, sie starren und zeichnen auf. Das ist etwas anderes. Sie wurden in einer narzißtischen Zeit erzogen und dachten, sie würden ewig leben. Jetzt kompensieren sie den Verfall ihrer Körper durch Einschüchterung der Jugend.

Oh, es begann als eine Methode zur Bekämpfung von Straßenkriminalität. Ruheständler versahen die Straßen mit Videokameras und rohen Piepsern. Und diese Seniorenposse funktionierte wirklich so weit, daß Übeltäter in der Öffentlichkeit nichts mehr stehlen oder jemanden verletzen konnten, ohne auf Videoband erwischt zu werden.

Aber nachdem die Verbrechensrate sank, hat das dem Wahnsinn Einhalt geboten?« Er schüttelte seinen grauen Kopf. »Ihr seht, alles ist relativ. So funktioniert nun einmal die menschliche Psyche. Heutzutage bilden Senioren – ihr nennt sie Knacker – sich Bedrohungen ein, wo es keine mehr gibt. Seht ihr, es wird zu einer Tradition. Sie sind so eifrig damit beschäftigt, vor möglichen Scherereien zu warnen und Drohungen herauszufordern, ehe sie sich materialisieren, und junge Leute wie euch zu reizen...«

Roland unterbrach ihn: »He, das kriegen wir alles in Clubs. Was ist Ihr Punkt?«

Der alte Mann zuckte die Achseln: »Vielleicht fühlen sie sich nützlich, indem sie vorgeben, daß noch ein Bedürfnis für nachbarschaftliche Wachen besteht. Ich hörte einmal den Spruch... *Alte Knacker finden ihre eigenen Anwendungen für Technologie.*«

Remi murmelte: »Ich wünschte, daß niemand je diesen technischen Mist erfunden hätte.«

Der Kriegsveteran schüttelte den Kopf. »Die Welt wäre tot schon jetzt, mein junger Freund, wenn es den technischen Kram nicht gäbe. Wollt ihr auf den Bauernhof zurück? Zehn Milliarden Menschen wieder allein von Ackerbau leben lassen? Die Ernährung der Welt ist jetzt ein Job für trainierte Experten, mein Junge. Ihr verhunzt die Dinge noch schlimmer, als sie schon sind.

Technik hat schließlich auch die übelsten Probleme der Städte gelöst – Gewalttätigkeit und Langeweile. Sie verhilft den Leuten zu irrsinnig vielen recht harmlosen Hobbies...«

»Ja, und sie hilft ihnen auch, einander auszuspionieren! Das ist doch eines der größten Hobbies, nicht wahr? Klatsch und Schnüffelei!«

Der Alte zuckte wieder die Achseln. »Ihr würdet euch vielleicht nicht so sehr beklagen, wenn ihr in der Alternative leben müßtest. Jedenfalls habe ich nicht versucht, euch bei einer Übertretung zu erwischen. Ich habe bloß gelauscht. Ich mag es, Menschen zuzuhören. Ich mag euch Jungs.«

Crat und Roland lachten über die Absurdität dieser Bemerkung laut los. Aber Remi empfand einen eigenartigen Schauer. Dem Knacker schien es wirklich ernst zu sein.

Natürlich sagte Professor Jameson immer, daß man nicht zu sehr verallgemeinern dürfe, »*... denn ihr seid Clubmitglieder, und das wird auf eure Anschauungen über alles abfärben. Junge männliche Wesen tun das, wenn sie in Gruppenbindungen ›wir gegen sie‹ befangen sind. Sie müssen ihre Gegner stereotypisieren und entmenschlichen. Das Problem ist in diesem Teil der Stadt wirklich schlimm, wo der Konflikt zwischen jung und alt entartet ist ...*«

Jeder haßte Jameson, alle Kleinmädchen- und Knabenclubs, die nur deshalb in seiner Klasse blieben, weil ein Testat erforderlich war, um überhaupt auf eine Selbständigkeitskarte hoffen zu können... als ob die Hälfte der Kleinen das je schaffen würde. Mist!

»Ich mag euch, weil ich mich daran erinnere, welchen Weg ich selbst gegangen bin«, fuhr der Alte unerschüttert fort. »Ich denke noch daran, wie ich mich fühlte, als ob ich Stahl biegen könnte, Imperien stürzen, Harems vernaschen, Städte niederbrennen ...« Er schloß einen Moment seine runzligen Lider; und als er sie wieder hob, fühlte Remi eine Gänsehaut den Rücken herunterrieseln. Der alte Kerl schien weit in Raum und Zeit zu schauen.

»Wißt ihr, ich habe wirklich Städte niedergebrannt«, erzählte er ihnen mit leiser, sehr ferner Stimme. Und Remi erkannte, daß er sich an Dinge erinnern mußte, die weit lebendiger waren als alles, was in seinem dürftigen Schatz von Erinnerungen zu finden war. Er wurde plötzlich von Neid ergriffen.

»Aber schließlich muß doch jede Generation ein Anliegen haben, nicht wahr?« fuhr der Alte fort. »Unseres war, die Geheimhaltung zu beenden. Darum kämpften wir gegen die Banker und Bürokraten und alle verdammten Sozialisten, daß sie alles an die Öffentlichkeit bringen sollten, ein- für allemal, und das ganze hinterhältige Schachern und Giga-Betrügen einstellen sollten.

Nur jetzt wirft unsere Lage andere Probleme auf. So pflegt es mit Revolutionen zu gehen. Als ich hörte, wie ihr Burschen laut von Privatsphäre geträumt habt – als ob die etwas Heiliges wäre –, Jesus, das hat mich an die Vergangenheit erinnert. Ich dachte wieder an meinen eigenen Papa! Gegen Ende des zwanzigsten Jahrhunderts pflegten Leute so zu reden, bis meine Generation den Schwindel durchschaute …«

»Privatsphäre ist kein Schwindel!« knurrte Roland. »Sie ist einfach Menschenwürde!«

»Jawohl«, fügte Crat hinzu. »Du hast kein Recht, jede Bewegung eines Menschen zu verfolgen …«

Aber der alte Mann hob besänftigend die Hand. »He, ich stimme zu. Zumindest teilweise. Was ich zu sagen versuche, ist, daß ich denke, meine Generation ist zu weit gegangen. Wir haben die Übel der Geheimnistuerei niedergeschlagen – von Nummernkonten und Insidergeschäften –, aber jetzt verurteilt ihr jungen Leute *unsere* Exzesse und setzt an deren Stelle eure eigenen.

Ganz ernsthaft – was würdet ihr Jungs tun, wenn ihr freie Hand hättet? Ihr könnt nicht einfach True-Vu und anderes technische Zeug verbannen. Ihr könnt den Geist nicht wieder in die Flasche zwingen. Die Welt hat eine Wahl gehabt. Laßt die Regierungen die Überwachungstechniken kontrollieren … und deshalb den Reichen und Mächtigen ein Schnüffelmonopol geben … oder laßt *alle* es haben. Laßt jeden jeden anderen beschnüffeln, einschließlich Ausspionierung der Regierung! Das ist mein Ernst, Leute. Das war die Wahl. Es gab einfach keine anderen Optionen.«

»Oho!« sagte Roland.

»Na schön, sagt es mir! Würdet ihr zu der Illusion sogenannter Geheimhaltungsgesetze zurückkehren, die allein den Reichen und Mächtigen ein Monopol auf Privatleben gaben?«

Crat machte ein finsteres Gesicht. »Vielleicht. Wenn sie ein … Monopol hätten, wären sie zumindest nicht so verflucht unverschämt. Die Leute könnten wenigstens so tun, als ob man sie in Ruhe ließe.«

Remi nickte, durch Crats kurze, schöne Äußerung beeindruckt. »Da ist etwas dran. Wer hat eigentlich gesagt, daß Leben nur eine Illusion wäre?«

Der Alte lächelte und sagte trocken: »Nur ein jeder Transzendentalphilosoph der Geschichte.«

Remi hob die Schulter. »Ach ja, der. Es lag mir auf der Zunge.«

Der alte Mann brach in ein Gelächter aus und klopfte Remi aufs Knie. Der fühlte sich durch diese Geste in seltsamer Weise gewarnt, als ob es keine Rolle spielte, daß sie in vielfacher Hinsicht anderer Meinung waren oder daß die Lücke eines halben Jahrhunderts zwischen ihnen klaffte.

»Verdammt«, sagte der Alte. »Ich wollte, ich könnte euch zu jenen Tagen zurückbringen. Die Kumpels in meinem Haufen würden euch mögen. Wir hätten euch öfters vorzeigen können.«

Zu seiner Überraschung glaubte Remi ihm. Nach einer kurzen Pause fragte er: »Erzählen Sie uns … von den Burschen!«

Später, als die Schatten über dem Park länger wurden, berieten die drei in einiger Distanz von dem Baum. Natürlich ließ der alte Mann sein großes Ohr während der Verhandlung ausgeschaltet. Er blickte hoch, als die drei zurückkehrten und sich vor ihm hinhockten.

»Wir haben uns für eine Strafe entschlossen wegen der Art, wie Sie in unsere Privatsphäre eingedrungen sind«, sagte Roland und sprach für alle.

»Ich werde Ihr Urteil annehmen, meine Herren«, sagte er und neigte den Kopf.

Sogar Crat grinste, als Roland das Urteil verkündete. »Sie müssen nächste Woche wieder hierherkommen, zur gleichen Zeit, und uns mehr über den Krieg erzählen.«

Der alte Mann nickte – als Zeichen der Annahme und mit offensichtlichem Vergnügen. »Ich heiße Joseph«, sagte er und hielt die Hand hin. »Und ich werde hier sein.«

Während der nächsten Wochen hielt er sein Versprechen. Joseph erzählte ihnen Geschichten, die sie sich nie vorgestellt hätten, selbst nachdem sie tausend Hypervideos gesehen hatten. Zum Beispiel über das Ersteigen der steilen Hänge der Apenninen und dann des Berner Oberlandes – sich durch Gras und Ungeziefer und radioaktiven Schlamm kämpfend. Er beschrieb das Ausgraben von Höllenmaschinen auf fast jedem Meter des Weges, und das Ausspähen der Söldner der Banker etwa alle zehn Tage. Und er berichtete von seinen Kameraden, die neben ihm starben, in ihrem eigenen Erbrochenen erstickend, wenn sie ihre Lungen aushusteten und dabei noch baten, sich zu beeilen, um den Letzten Krieg zu einem Ende zu bringen.

Er erzählte ihnen über den Fall von Bern und den letzten Seufzer der Gnomen, deren Drohung, ›die Welt niederzuwerfen‹, wie sich herausstellte, durch dreihundert Kobalt-Thorium-Bomben gestützt war … die nur entschärft wurden, als Schweizer Wehrdienstpflichtige schließlich ihre Gewehre gegen die eigenen

Offiziere richteten und aus ihren zerstörten Unterständen herauskamen, die Hände hoch über dem Kopf, hinein in einen neuen Tag.

Als der Frühling sich zum Sommer neigte, klagte Joseph über die Nutzlosigkeit der High School, selbst unter einem ›neuen Erziehungsplan‹, der den Studierenden Mengen vorgeblich ›praktischer Information‹ aufzwang, aber einem Jungen niemals nützte. Er faszinierte sie, wenn er darüber sprach, wie Mädchen zu sein pflegten, ehe man sie all den modernen Unsinn über Psychologie und ›sexuelle Auswahlkriterien‹ lehrte.

»Auf Jungen verrückt, das waren sie, meine jungen Freunde. Kein Mädchen wollte auch nicht eine Minute ohne Freund angetroffen werden. Seht ihr, daraus schöpften sie ihr Wertgefühl. Ihr Alpha und Omega. Sie würden alles für einen tun und fast alles glauben, was man sagte, so lange man versicherte, sie zu lieben.«

Remi hegte den Verdacht, daß Joseph übertrieb. Aber das machte nichts. Selbst wenn das alles eine Fuhre Bullensperma war, so war es ein großartiger Bullensamen. Zum erstenmal in seinem Leben dachte er über die Aussicht nach, älter zu werden – das hieß genauer, älter als fünfundzwanzig zu werden –, mit etwas anderem als einem unklaren Angstgefühl. Die Idee, eines Tages wie Joseph zu sein, schien gar nicht so übel … so lange es noch lange dauern würde, bis es so weit war, und vorausgesetzt, daß er auf der ganzen Strecke so viel zu tun haben würde wie Joseph zu seiner Zeit.

Es war der Beruf des Soldatseins, der Roland faszinierte. Seine Kameraderie und Traditionen. Crat hörte gern etwas über entfernte Gebiete und Flucht aus den Engen des urbanen Lebens. Was aber Remi anging, so fühlte er, daß er noch mehr gewann … den Anfang eines Vertrauens in *Zeit*.

Joseph war auch eine großartige Quelle für praktische Ratschläge – subtile verbale Äußerungen, die hier in Indiana seit Jahren niemand vernommen hatte, die sich aber wie Bomben tief in die Feinde der Bande einwühlen würden, um nur Minuten oder auch Stunden später mit verheerender Wirkung hochzugehen. Eines Tages trafen sie dieselbe Gruppe von Ra-Boys im Park. Als sie sie verließen, kratzten die sich in Verwirrung den Kopf und dachten kaum daran, sich sobald wieder mit Siedlern anzulegen.

Roland sprach davon, vielleicht in eine der friedenbewahrenden Einheiten einzutreten.

Remi holte sich historische Texte aus dem Netz.

Sogar Crat schien nachdenklicher zu werden, indem er jedesmal, wenn er die Beherrschung zu verlieren drohte, innehielt und dachte, was Joseph sagen würde.

Niemand machte sich große Sorgen, als Joseph eines Samstag nicht erschien. Aber beim zweiten ungeklärten Fehlen wurden Remi und die anderen besorgt. Zu Hause schrieb Remi mit seinem Heimcomputer ein schnelles Spürprogramm und gab es ins Netz.

Nach zwei Sekunden kam die Meldung vom Tod des alten Mannes.

Die Abschiedszeremonie war friedlich. Es erschienen einige desinteressiert dreinblickende Enkelkinder, die lieber anderswo zu weilen schienen. Remi, Roland und Crat wären die einzigen gewesen, die Tränen vergossen hätten, wenn das ihrer Art entsprochen hätte.

Immerhin war er alt gewesen. »Wenn je ein Mann ein erfülltes Leben gelebt hat, dann war ich es«, hatte Joseph einmal gesagt. Und Remi glaubte ihm das aufs Wort.

Er dachte: *Ich hoffe nur, daß ich es halb so gut machen werde.*

So kam es wie ein Schuß aus heiterem Himmel, als Remi eines Abends auf das Nachrichtensignal seines

Heimcomputers antwortete und eine knappe Mitteilung von Roland fand.

UNSERE NAMEN AUFGEFÜHRT IM PROGRAMM FÜR EINE NETZSHOW ...

»Richtig!« lachte Remi. Das Gesetz besagte, immer wenn jemand irgendwo im Netz wiedergegeben war, müßte er in die Verzeichnisse aufgenommen werden. Dadurch wurde jedes wöchentliche Verzeichnis dicker als alle Bibliotheken der Welt vor 1910.

»Wahrscheinlich macht irgendein Senior von Quayle High eine Version des Jahrbuchs für das Netz ...«

Aber sein Gelächter verklang, als er den Rest las.

ES IST AUF EINER DATENBASIS ZUM GEDENKEN AN KRIEGSVETERANEN. UND RATE MAL, WER ALS AUTOR GENANNT IST ...

Remi las den Namen. Ihm wurde kalt.

Jetzt keine voreiligen Schlußfolgerungen, sagte er sich. *Er könnte uns bloß erwähnt haben ... eine nette Bemerkung, wie er drei junge Burschen kennengelernt hatte, ehe er starb.*

Aber sein Herz raste, als er die korrekte Netzadresse suchte. Er siebte Schicht um Schicht durch, vom allgemein zu speziell und superspezifiziert, bis er zuletzt bei der noch keinen Monat alten Akte ankam.

DIE ERINNERUNGEN VON JOSEPH MOYERS: EPILOG: MEINE LETZTEN WOCHEN – BEGEGNUNGEN MIT DREI KONFUSEN JUNGEN MÄNNERN.

Was danach folgte mit vollem Bild und Ton plus Erzählung, begann mit jenem Nachmittag, als sie sich kennengelernt hatten und einer improvisierten Gerichtsverhandlung, wo eine Ulme sie vor dem gleißenden Himmel beschattet hatte.

Ein Neutraler hätte den Bericht vielleicht mitfühlend und friedlich genannt. Manch einer hätte sogar Josephs Kommentar warm und liebevoll genannt.

Aber Remi war nicht neutral. Er sah entsetzt, wie sein, Rolands und Crats Bild der Reihe nach dargestellt wurden, wie sie über private Dinge redeten, die wie zu einem Beichtvater gesprochen wurden, aber irgendwie durch eine verborgenene High-Fidelity-Kamera aufgenommen waren.

Er hörte betroffen, wie die Stimme Josephs als Herausgeber die Jugendlichen beschrieb, die mit ihm seine letzten Wochen geteilt hatten.

»... hatte ich das Herz, ihnen zu sagen, daß sie niemals nach Patagonien oder Antarctica gehen würden? Daß die Neuen Länder reserviert sind für Flüchtlinge von Katastrophenregionen? Und daß es auch nicht genügend aufgetaute Tundra gibt, um sich zu bewegen?

Diese armen Jungen träumen davon, in irgendein verheißenes Land auszuwandern; aber Indiana ist ihr Schicksal, jetzt und morgen ...«

Das habe ich gewußt, dachte Remi bitter. *Aber mußtest du der Welt erzählen, daß ich so blöd war, einen Traum zu haben? Verdammt, Joseph! Mußte du all das jedermann offenbaren?*

Eine neutrale Gesellschaft hätte Remi trösten können. Der alte Mann hatte nicht zu sehr vielen Leuten gesprochen. Es lag in der Natur des Netzes, daß die meisten publizierten Einsendungen nur von einer oder zwei Personen gelesen wurden außer dem Autor selbst. Vielleicht ein Prozent fand Zugang zu hundert oder mehr. Und weniger als ein Stück unter zehntausend hatte weltweit je genug Zuschauer, um einen größeren Versammlungssaal zu füllen.

Vielleicht war all dies Joseph durch den Kopf gegangen, als er dies letzte Testament machte ... daß es nur von wenigen alten Männern wie er selbst gesehen und nie seinen jungen Freunden zur Kenntnis kommen würde. Vielleicht hatte er nie begriffen, wie weit es die Spioniertechnik bringen könnte, oder daß andere, die mit dem System aufgewachsen waren, die Verzeichnisse besser nutzen könnten als er.

Remi wußte, daß es nicht sehr wahrscheinlich war, Josephs Memoiren würden, durch gute Besprechungen und Mundpropaganda, den Bestseller-Status erreichen. Aber das spielte kaum eine Rolle. Es *könnte* geschehen. Bei allem, was der alte Mann wußte, könnten Remis nonchalante Ergüsse und Träume von einer Million Voyeure oder mehr ausfindig gemacht werden!

»Warum, Joseph?« fragte er heiser. »Warum?«

Dann erschien ein anderes Gesicht auf dem Schirm. Zarte Gesichtszüge auf weißem Grund. Es war eine Stimme, die Remi aus der Erinnerung zu tilgen gelungen war – bis jetzt.

»Es tut mir leid; aber ich könnte nicht an einem Mann interessiert sein, der so egoistisch wäre, darauf zu bestehen, daß in einer Welt von zehn Milliarden Menschen gerade *seine* Gene verzweifelt benötigt werden. Wenn du nicht das Richtige getan hast, kannst du auf eine große Leistung oder Tugend verweisen…«

Remi warf das Gerät schreiend durch das Fenster seines Schlafzimmers.

Seltsamerweise schienen Roland und Crat nicht zu begreifen, worüber er so aufgebracht war. Vielleicht verstanden sie bei all ihrem affektierten Gerede doch nicht richtig, was Privatsphäre war.

Aber sie bedauerten seine Teilnahmslosigkeit und lernten es, nicht über Joseph zu sprechen, wenn jeder von ihnen kleine Honorarschecks erhielt für ihre Rollen in dem, was schnell ein sozialdokumentarischer Schmalspurklassiker wurde. Sie gaben ihre Anteile für ihre unterschiedlichen Interessen aus, während Remi seine in bar der nächsten NoAm GaKi gab, die er traf… für die Milliarde Bäume.

Und so kam der Tag, wo er wieder einmal eine kleine Gruppe Ra-Boys im Park traf, diesmal ohne seine Freunde und ohne jede Gesellschaft außer seiner Einsamkeit.

Jetzt spielte das Zahlenverhältnis überhaupt keine Rolle. Er nahm sie von Kopf bis Fuß auseinander, indem er Sarkasmus wie eine Flinte benutzte und sie angriff, wie er es bei Gnomsöldnern getan hätte, wenn er zu einer Zeit geboren wäre, wo es für mutige Männer ehrenvolle Arbeit gab und ein Übel, mit dem man kämpfen konnte.

Zum Erstaunen der Ra-Boys war er es, der den Austausch von Netzcodes verlangte. Dann forderte er sie auch zu einem Rendezvous heraus.

Tatsächlich kam Remi mit ihnen später zusammen, in der Dunkelheit hinter den Gleisen der Einschienenbahn. Aber sie hatten selbst Netzforschung angestellt und verstanden.

Verständnis machte ihre Begrüßung feierlich und respektvoll. Ihr Champion wechselte Schläge mit Remi in der improvisierten Arena und hielt sich sogar eine Weile zurück, damit sein ungeschickter Gegner ehrenvoll Blut zapfen konnte, ehe es schließlich an der Zeit war, Schluß zu machen. Dann gab er pflichtgemäß, als ein Clubmitglied dem anderen, Remi das, wonach er am meisten in der Welt verlangte.

Denn Wochen später nannten die Ra-Boys seinen Namen ehrenvoll unter der Sonne.

Sie sagten, es wäre letztlich die Sonne, wo er sich niedergelassen hätte.

Die Sonne war die letzte Heimat von Kriegern.

□

Lebende Species passen sich an, wenn Individuen auf neue Wege geraten, etwas zu tun, und diese neuen Methoden an ihre Nachkommen weitergeben. Das pflegt ein langsamer Prozeß zu sein. Aber bisweilen öffnet eine Species zufällig eine Tür zu einer ganz neuen Existenzweise und blüht dann auf, stößt ihre Konkurrenz beiseite und bewirkt viele Veränderungen.

Manchmal nützen diese Veränderungen nicht nur ihr selbst.

Im Anfang enthielt die Erdatmosphäre reichliche Mengen an Stickstoff, aber nicht in einer Form, die Lebewesen leicht zu Protein umwandeln konnten. Aber bald traf ein frühes Bakterium auf die richtige Kombination chemischer Tricks, die es instand setzte, Nitrogen direkt aus der Luft zu ›fixieren‹. Der Vorteil war enorm, und die Nachkommen des Bakteriums vermehrten sich üppig. Aber auch andere Species profitierten. Manche Pflanzen ließen winzige Knoten an ihren Wurzeln wachsen, um die erfinderischen Mikroben zu beherbergen und zu unterstützen. Als Gegenleistung erhielten sie die Gabe des natürlichen Düngemittels.

In ähnlicher Weise fand der Ahnherr aller Gräser mit einem Male einen Weg, den Boden wie einen Teppich zu bedecken mit zähen, fasrigen Blättern, die jeden Sonnenstrahl aufsaugen. Andere Pflanzen wurden durch einen Ansturm von Gräsern zurückgedrängt, teilweise bis zur Ausrottung. Aber für gewisse Tiere – diejenigen, welche die richtigen Gegenanpassungen machten – eröffnete das Auftauchen von Gräsern Möglichkeiten. Huftiere, mit mehrfachen Mägen und der Fähigkeit zum Wiederkauen, konnten von den zähen Stengeln fressen und sich so auf hügligen und ebenen Gebieten verbreiten, die zuvor kaum animalisches Leben gekannt hatten.

So mußten sich auch manche Farne zurückziehen, als Blütenpflanzen auftauchten; aber die Sieger teilten ihren neuen Wohlstand mit all den krabbelnden, fliegenden und kriechenden Wesen, die kamen, um sich von Nektar zu nähren und sie mit Pollen zu befruchten. In Newtonschen Nischen verbreitete sich eine Menge neuer Formen... Insekten, Vögel, Säugetiere...

Natürlich kam die Erfindung einer Species manchmal nur dieser selbst zu Nutze. Ziegen entwickelten eine Fähigkeit, fast alles zu fressen, bis hinab zu den Wurzeln. Ziegen vermehrten sich. Hinter ihnen breiteten sich Wüsten aus.

Dann erschien eine andere Kreatur, deren Originalität ohne Vorbild war. Und in deren Gefolge gediehen einige andere Arten. Die gewöhnlichen Katzen und Hunde. Die Ratten. Stare und Tauben. Und die Kellerassel. Inzwischen minderten sich die Chancen für jene, die weniger imstande waren, die umfangreichen neuen Nischen zu teilen – riesige Flächen von gepflügten Feldern und gemähten Wiesen, Straßen und Parkplätzen.

Das Aufkommen der Gräser hatte der Geschichte der Welt unauslöschlich seinen Stempel aufgeprägt.

Dasselbe sollte das Zeitalter von Asphalt und Beton tun.

• HOLOSPHÄRE •

Jen Wolling fand die Ndebele-Riten von Gaia entzückend. Das Wissenschaftskollektiv des Kantons Kuwenezi hatte alle Sperren aufgehoben und nichts gespart, um eine Demonstration ihrer Ergebenheit aufzuziehen. Wer die üppige Feier bei Fackelschein unter einem mitternächtlichen Mond sah, hätte sich vorstellen können, daß man den Tag der Erde selbst feierte, und nicht nur eine Abschiedsparty für eine alte Frau, die sie erst vor knapp vierzehn Tagen kennengelernt hatten.

Tänzer in traditionellen Kostümen hüpften und wirbelten vor der Tribüne der Würdenträger und stampften mit bloßen Füßen auf dem festgetretenen Boden zum Takt dröhnender Trommeln. Gefiederte Armbänder flatterten wie erregte gefangene Vögel. Speere prallten auf Schilde, als Männer in hellen Lendentüchern Sprünge machten, die der Schwerkraft zu spotten schienen. Frauen in bunten *dashikis* wedelten mit Weizenähren, die für diese Zeremonie außerhalb der Saison eigens gezüchtet waren.

Jen bewunderte die geschmeidige Schönheit der Tänzer, straff und kräftig wie die eines Hengstes. Schweiß floß in Bächen und bedeckte ihre dunklen braunen Leiber mit athletischem Glanz. Ihr Rhythmus und ihre Stärke waren gewaltig, triumphierend und wunderbar sexuell, was Jen zu einem Lächeln veranlaßte. Obwohl der Zweck dieses Abends die Verehrung einer sanften metaphorischen Göttin war, war die Choreographie an viel älteren Riten orientiert, die von Fruchtbarkeit und Gewalttätigkeit handelten.

»Es ist weit, weit besser als in den Tagen des Neokolonialismus«, sagte ihr der hochgewachsene Direktor. Mit gekreuzten Beinen zu ihrer Linken sitzend, mußte er sich weit hinüberbeugen, um über der Trommelkadenz gehört zu werden. »Damals früher unterhielten die Ndebele und andere Stämme Truppen professioneller Tänzer, um Touristen anzulocken. Aber diese jungen Männer und Frauen praktizieren in ihrer Freizeit ausschließlich aus Liebe dafür. Jetzt bekommen nur noch wenige Außenseiter dies zu sehen.«

Jen bewunderte, wie der Fackelschein auf der Stirn und dem dichtgelockten Haar von Direktor Mugabe schimmerte. »Ich fühle mich geehrt«, sagte sie, kreuzte die Arme über dem Herzen und machte eine leichte Verbeugung. Er lächelte und erwiderte die Geste. Seite an Seite sahen sie zu, wie Reihen junger ›Krieger‹ schreckliche Risiken eingingen und zum Entzücken klatschender Frauen und Kinder wirbelnde Speere gegeneinander warfen.

Dieser Tanz mochte ehrwürdig und alt sein; aber es gab keine Beziehung zu Primitivität. Jen hatte gerade etwa zwei Wochen als Beraterin mit Kuwenezis Experten verbracht und alles erfahren über die Pläne des Ndebele-Kantons für neue Tierrassen, die besser imstande waren, die anspruchsvolle und stets sich verändernde Umwelt des südlichen Afrikas zu ertragen. Die Einheimischen hatten ihrerseits aufmerksam Jens Ideen über makroökologisches Management gelauscht. Schließlich hatte Jen diese Disziplin praktisch erfunden.

Aber jetzt waren alle Fallstricke einer reifenden

Technologie hinzugekommen, mit genügend Details, um eine einsame träumende Theoretikerin wie sie weit hinter sich zu lassen. Spezifische Analysen überließ sie jetzt jüngeren und flinkeren Geistern.

Immerhin schaffte sie es noch immer, manchmal sie alle zu überraschen. Wenn Jen jemals aufgehört hätte, Leute zu schockieren, wäre es an der Zeit, die kurze leibliche Manifestation aufzugeben und ihren bescheidenen Bestand an Phosphor dem großen Komposthaufen der Mutter zurückzugeben.

Sie erinnerte sich an die Miene jenes B'Keli, als sie in ihrer dritten und letzten Vorlesung zu sprechen begonnen hatte über... speziell konstruierte Säugetierschimären... in denen verkörpert sind... Kamelnieren... Vogellungen... Bärenmark... Schimpansensehnen... Selbst Direktor Mugabe, der behauptete, alles gelesen zu haben, was sie geschrieben hatte, hatte am Ende ihres Vortrags glasige Augen. Ihre Schlußfolgerung über... die rohe Liebe von Viren... schien selbst für ihn zu viel gewesen zu sein.

Als die Lichter im Haus wieder angegangen waren, wurde sie mit verdutztem Schweigen von der dichten Menge brauner Gesichter empfangen. Zuerst gab es nur einen einzigen Fragesteller – einen sehr jungen Mann, dessen Yoruba-Züge sich aus der Schar von Bantus des Südens heraushoben, Arme und Gesicht des Burschen waren bandagiert, aber er ließ kein Anzeichen von Schmerz erkennen. Während der ganzen Rede hatte er ruhig in der vordersten Reihe gesessen und dabei sanft eine kleine Pavianin und ihr Kind gestreichelt. Als Jen ihn aufrief, senkte er die Hand und sprach mit verblüffend perfektem kanadischen Akzent.

»Doktor – sagen Sie, daß... Menschen eines Tages so stark sein könnten wie Schimpansen? Oder imstande, einen Winterschlaf zu halten wie Bären?«

Jen bemerkte nachsichtiges Lächeln im Publikum,

als der Junge sprach, obwohl Mugabes Miene eine Mischung von Erleichterung und Ärger verriet. Ärger deswegen, daß ein so ungebildetes Mitglied ihrer Gemeinschaft der einzige gewesen war, höflicherweise eine Frage zu stellen. Erleichterung, daß überhaupt *jemand* das rechtzeitig getan hatte.

Sie hatte geantwortet: »Jawohl, genau. Wir haben das ganze menschliche Genom vollständig katalogisiert. Und das vieler anderer höherer Säugetiere. Warum sollten wir dieses Wissen nicht benutzen, um uns selbst zu verbessern?

Ich möchte aber klarstellen, daß ich hier über *genetische* Verbesserung spreche; und es gibt Grenzen, wie weit man in dieser Richtung gehen kann. Wir sind ohnehin das Tier, welches sich am meisten an Umwelteinflüsse anpassen kann. Der eigentliche Kern jedes Unternehmens zur Selbstverbesserung muß sich in den Bereichen von Erziehung, Kinderaufzucht und der neuen Psychologie halten, um eine Generation gesünderer, sittsamerer Leute zu schaffen.

Aber bei diesem Prozeß gibt es echte Einschränkungen, die in den Kapazitäten und Grenzen unserer Körper und Gehirne begründet sind. Und woher kommen diese Fähigkeiten und Grenzen? Natürlich aus unserer Vergangenheit. Eine zufällige Sequenz genetischer Experimente durch Versuch und Irrtum, die langsam Generation um Generation günstige Mutationen angesammelt hat. *Tod* war das Mittel unseres Fortschritts … das Sterben von Millionen unserer Vorfahren. Oder, um genauer zu sein; jener, die es nicht geschafft haben, unsere Vorfahren zu werden.

Jene, die überlebten, um sich fortzupflanzen, gaben neue Merkmale weiter, die sie allmählich ansammelten bis zu der Folge von Attributen, die uns jetzt zur Verfügung stehen – unser aufrechter Gang, unser überdurchschnittliches Sehvermögen, unsere wunderbar geschickten Hände. Unsere angeschwollenen Gehirne.

Was dieser letztere Umstand unserer Schädelgröße angetan hat, so fragt jede Frau, die ein Kind geboren hat …«

An dieser Stelle hatte das Auditorium gelacht. Jen merkte, daß ein Teil der Spannung nachließ.

»Andere Species haben inzwischen ihre eigenen ähnlichen Kataloge von Anpassungen angesammelt. Davon sind viele mindestens so wunderbar wie jene, auf die wir so arrogant stolz sind. Aber das ist der traurige Teil. Mit einer Ausnahme – der unwirksamen Genübertragung durch Viren – kann keine Species jemals von den schwer errungenen Lehren einer anderen profitieren. Bis jetzt war jede darin für sich, schlug sich alleine durch und hortete das Gewonnene, ohne von jemand anderem zu lernen.

Was ich vorschlage, ist, all das zu ändern, ein für allemal. Zum Teufel, wir *tun* das schon! Schaut auf die jahrhundertealte Bemühung, Merkmale bei Pflanzen zu mischen, etwa um Resistenz gegen Seuchen von einer Wildart in eine andere zu übertragen, die als Nahrungspflanze dient. Man nehme nur ein solches Produkt, nämlich Legukorn, das seinen Stickstoff selbst bindet. Wie viele produktive Ackerländer und Feuchtgebiete hat es gerettet durch Eliminierung des Bedürfnisses von künstlichem Dünger! Wie viele Menschen hat es vor dem Hungertod gerettet?

Oder nehmen wir ein anderes Programm – jene Vogelarten zu retten, die kein übermäßiges Ultraviolett vertragen, durch Einfügung von Adlercondonen, damit die Augen ihrer Nachkommen so unempfindlich werden wie die von Bussarden oder Falken. Die glückliche Zufallsentdeckung einer Art kann jetzt mit anderen geteilt werden.

Oder man nehme unsere Experimente in der London-Arche, wo wir eine verschwundene Species neu schaffen, indem wir langsam das Genom eines Wollmammuts in eine Elefantenmatrix einbauen. Eines Tages wird eine Art, die seit Jahrtausenden erloschen ist, wieder herumlaufen.«

Eine Frau in der dritten Reihe hob die Hand. »Aber ist das nicht genau das, gegen das die radikalen Gaianer protestieren? Sie nennen es Bastardisierung von Arten …«

Jen erinnerte sich, daß sie an dieser Stelle gelacht hatte. »Ich bin nicht für die Radikalen.«

Eine ganze Anzahl im Publikum hatte da gelächelt. Die Ndebele teilten ihre Verachtung der Tadel und sogar Drohungen jener, die sich selbst zu Hütern moderner Moral ernannten.

Ohne Zweifel war die Grundidee hinter der Einladung an sie, hierherzukommen, Prestige gewesen. Das südliche Afrika erlitt partielle Isolierung von dem immer enger werdenden Handels- und Kommunikationsnetz der Welt, großenteils deshalb, weil das Commonwealth immer noch eine rassistische und ökonomische Politik praktizierte, die anderswo längst aufgegeben worden war. Ohne Zweifel waren sie überrascht, als eine Nobelpreisträgerin wirklich zusagte. Dieser Besuch würde Jen in Schwierigkeiten bringen, wenn sie heimkehrte.

Das war es aber wert. Sie hatte hier Verheißungsvolles gesehen. Abgeschnitten, wie sie waren, sahen diese archaischen Rassensozialisten familiäre Probleme auf ganz besondere Weise. Oft lächerlich, aber dennoch reizvoll. Sie hatten eine großen Vorteil, indem sie sich nicht darum kümmerten, was der Rest der Welt dachte. In dieser Art waren sie Jen recht ähnlich.

Sie hatte entgegnet: »Worauf es mir ankommt, ist das Ganze. Und das Ganze erfordert Verschiedenheit. In dieser Hinsicht haben die Radikalen recht. Diversität ist der Schlüssel. Aber es muß nicht die gleiche Verschiedenheit sein, wie es sie *vor* der Menschheit gab. Sie kann gar nicht die gleiche sein. Wir befinden uns in einer Zeit der Veränderungen. Die einen Species werden verschwinden und andere ihren Platz einnehmen, wie es schon früher geschehen ist. Ein in Stein eingefrorenes Ökosystem kann nur zu einem Fossil werden.

Wir müssen klug genug werden, den Schaden zu minimieren, und dann eine neue Diversität schaffen, die fähig ist, in einer fremden neuen Welt zu bestehen.«

Von allen Anwesenden hatten einige verwirrt oder empört ausgesehen. Andere hatten beifällig genickt. Aber einer, der Junge in der ersten Reihe, hatte sie angeschaut wie betäubt. Sie hatte sich damals gefragt, was sie gesagt hätte, das ihn so betroffen machte.

Jen wurde in die Gegenwart zurückgeworfen; als Direktor Mugabe ihren Namen über dem Rhythmus der tönenden Trommeln nannte. Sie blinzelte, kurz verwirrt, während Hände sie sanft bei den Ellbogen faßten und halfen aufzustehen. Lächelnde Frauen in hellen Kostümen drängten sie nach vorn. Ihre weißen, tadellosen Zähne blitzten im flackernden Licht der Fackeln.

Jen seufzte. Sie begriff. Als älteste anwesende Frau und Ehrengast konnte sie sich nicht weigern, bei dem Opfer zu dienen... ohne ihre Gastgeber zu kränken. Also vollzog sie die Bewegungen – sie verbeugte sich vor dem Kreis der Mutter, nahm die Weizengarbe entgegen und goß das reine Wasser aus.

So viele Leute hatten sich dieser Sekte angeschlossen – Bewegung, *Zeitgeist*... man nenne sie, wie man wolle. Es war ein amorphes Ding, ohne Zentrum oder offizielles Dogma. Nur wenige derer, die der Mutter Verehrung zollten, hielten das für eine Religion *per se*.

In der Tat hatten viele ältere Glaubensrichtungen den einfachen, wirksamen Brauch des Mitmachens bei gaianischen Ritualen in sich aufgenommen. Katholiken änderten Feiern der Jungfrau, so daß Maria jetzt ein stärkeres persönliches Interesse am Wohlergehen des Planeten hatte als in den Tagen von Chartres oder Nantes.

Und dennoch kannte Jen viele, für die dies mehr war als eine bloße Aussage oder Bewegung. Mehr als nur eine Art, einer von Gefahr bedrohten Welt Achtung zu erweisen. Es gab Radikale, für die der Gaia-Kult eine militante Kirche war. Die sahen eine Rückkehr der alten prähistorischen Göttin, die endlich bereit war, ihrer Verbannung durch brutale männliche Gottheiten ein Ende zu machen – durch Zeus, Shiva, Jehovah und die kriegerischen Geister, die einst von den Ndebele als Idole verehrt worden waren. Für gaianische Radikale gab es keine ›gemäßigten‹ Versuche, die Erde zu retten. Technologie und das ›böse männliche Prinzip‹ waren Feinde, die niedergeworfen werden mußten.

Böses männliches Prinzip – mein runzliger Hintern! Männer haben ihre Bräuche.

Aus irgendeinem Grunde dachte Jen an ihren Enkel, dessen Verranntheit in die Zwillingswelten von Abstraktion und Technik stereotypisch waren für das, was die Radikalen als ›Wissenschaft des Penis‹ bezeichneten. Es war einige Zeit her, daß sie zuletzt von dem Jungen gehört hatte. Sie fragte sich, was Alex vorhatte.

Vielleicht etwas schrecklich Verrücktes und äußerst die Erde erschütternd, wie ich ihn kenne.

Bald kam der Schlußakt des Abends. Die Reinigung. Jen lächelte und berührte nacheinander jede Opfergabe, die ihr von Erwachsenen und Kindern dargebracht wurde, die alle einen Weidenkorb mit Stücken weltlicher Archäologie präsentierten.

Blechstücke... zerbrochene Zündkerzen... Stücke festen, unzerstörbaren Plastiks ... Ein Korb war fast gefüllt mit alten Aluminiumdosen für Bier, die immer noch blank waren, nachdem sie überall auf der Erde in Verruf gekommen waren. Jede Sammlung war das Werk eines Mitglieds dieser Gemeinschaft, die in seiner oder ihrer Freizeit während vieler Monate ausgeführt worden war. Jeder Korb enthielt den Ertrag eines Quadratmeters Boden, der penibel und liebevoll durchsiebt war, bis keine Spur menschlicher Manufaktur mehr zu erkennen war, soweit es Zeit, Kraft und Hingabe des betreffenden Individuums erlaubten. Auf diese Weise gab jede Person dem Planeten immer mehr ein kleines bißchen seinem natürlichen Zustand zurück.

Was war aber natürlich? Gewiß nicht die Konturen des Landes, das erodiert und durch menschliche Tätigkeit gänzlich bewegt worden war.

Nicht die Feuchtgebiete, deren durchsickernde Wassermassen nie wieder genau die gleichen sein würden, selbst dort, wo das Schuttabladen verboten war und die Inspektoren die kostbare Etikette ›rein und makellos‹ gewährleisteten. Denn das besagte nur, daß der Gehalt an Schwermetallen und petroorganischen Verbindungen zu gering war, um die Gesundheit eines Menschen während einer normalen Lebensdauer zu schädigen. Es bedeutete keineswegs ›natürlich‹.

Dieses Prädikat galt insbesondere nicht für jenes komplizierte Lebewesen, das man Ackerkrume nennt. Durchsetzt von zahllosen einheimischen Arten, angefüllt mit Eindringlingen, die unabsichtlich oder planmäßig von anderen Kontinenten hergebracht waren – von Regenwürmern über Rädertierchen zu winzigen Pilzen und Bakterien – an manchen Stellen gedieh diese Erde, und an manchen starb sie, um ihre staubige Substanz den Winden zu übergeben. Mikroskopische Siege, Niederlagen und Patts wurden über den ganzen Globus hin in jedem Hektar erfochten, und nirgends konnte ein Purist sagen, daß das Resultat überhaupt ›natürlich‹ wäre.

Jen blickte über die linke Schulter und sah die strahlenden Türme von Kuwenezi. Die Hauptarche war matt, aber ihre große Front aus Kristallglas reflektierte eine wogende Schwester des Mondes. In jenen künstlichen Habitaten dösten Pflanzen und Tiere, die aus hundert verdorbenen Ökosystemen geborgen worden waren. Für die Radikalen waren solche Archen glorifizierte Kerker – bloße Beschwichtigungsmittel für das beunruhigte Gewissen der Menschheit, damit das Gemetzel der Natur weitergehen konnte.

Aber für Jen waren die großen Archenanlagen keine Gefängnisse, sondern Kinderzimmer.

Veränderung kann man nicht verhindern, sondern nur lenken.

In einem Punkt hatten die Radikalen natürlich recht.

Was eines Tages aus diesen Glastürmen schließlich herauskam, würde nicht dasselbe sein, was hineingekommen war. Jens öffentliche Äußerungen – die sie an sich nicht so tragisch fand – zeitigten Haßausbrüche per Post und sogar Morddrohungen seitens Jünger einer Sekte, zu deren Gründung sie selbst beigetragen hatte.

Sei es drum!

Tod ist auch nur eine Art von Veränderung. Und wenn die Mutter meinen Phosphor benötigt; werde ich ihn gern spenden.

Die lokale Glaubensgemeinschaft war natürlich überzeugt, daß Gaias richtiges Aussehen das von reiner fruchtbarer Erde sein müßte. Dennoch schien sie sich nicht über die Blaßheit ihrer Haut Sorgen zu machen. Als Jen die Arme hob, trugen sie ihre Opfergaben zu übergroßen Recyclingtonnen, die unter den Sternen bereitstanden. Als der letzte Beitrag hineinpolterte, erhob sich ein lautes zeremonielles Geschrei zur Feier der Rettung von einigen tausend Quadratmetern.

Diese Zeremonie war entzückend exzentrisch, ähnelte aber doch im wesentlichen anderen, bei denen sie mitgewirkt hatte, von Australien bis Smolensk. Überall dort hatten die Leute es für sicher gehalten, daß sie ein passendes Surrogat wäre, ein Ersatz für Gaia selbst.

Nur ein Surrogat ... Jen lächelte, sprach ihren Segen aus und vergab ihnen den Irrtum. Die Trommeln erklangen wieder, und Tänzer nahmen ihre Übungen wieder auf. Aber für einen Moment sah Jen den Fackelschein über die Gesichter und die Glastürme dahinter spielen.

Modernes Volk, ihr zollt der Mutter Verehrung als einem ›Gleichnis‹. Und ich bin heute abend nur die Stellvertreterin für eine abstrakte Idee.

Nun, wir werden sehen, meine Kinder. Wir werden sehen.

Sie hatte während ihres Besuchs Samen gepflanzt.

Einige würden keimen und vielleicht sogar zur Aktion erblühen.

Der junge Mann mit den Bandagen erschien wieder. Sie sah ihn auf der anderen Seite der Arena sitzen. Seine äffische Begleitung lehnte sich an seine Knie. Er nickte zurück, als sie ihm zulächelte, und Jen hatte eine jähe, klare Erinnerung an seine letzte Frage am vorigen Abend im Hörsaal.

Er hatte gesagt: »Doktor Wolling, Sie sprechen über eine Menge von Möglichkeiten ... Vielleicht könnten wir einige dieser Dinge tun ... oder sogar alle, ja?

Aber werden wir nicht auch im Austausch dafür etwas aufgeben müssen? Man sagt, es gibt nichts umsonst. Was wird es uns also kosten, Doktor?«

Jen hatte damals gedacht: Was für ein heller Junge! Er verstand, daß nichts jemals leicht war – was ihr eigener Enkel nicht zu begreifen schien, ganz gleich, wie oft die Welt dem armen Alex einen Schlag auf den Kopf versetzte.

Nein! dachte Jen. *Die Menschheit könnte mehr als nur ein wenig aufgeben müssen, wenn die Erde gerettet werden muß. Wir könnten am Ende finden, daß die alten Götter recht gehabt haben. Daß nichts Wertvolles ohne ein Opfer gewonnen wird.*

Jen lächelte dem Jungen und ihnen allen zu. Sie breitete die Arme aus und segnete die Tänzer, die Zuschauer, die Tiere in den Archen und das verheerte Land.

Jenes Opfer, meine Kinder, könntet ihr vielleicht selber sein.

TEIL III

PLANET

Die neugeborene Welt verflüssigte sich unter den Stößen aufprallender Asteroide. Schwere Elemente sanken und erzeugten noch mehr Wärme; und eine Mitgift radioaktiver Atome hielt das Innere des Planeten warm, selbst als die Oberfläche abkühlte und fest geworden war.

Schließlich kristallisierte sich der innerste Kern unter starkem Druck, aber die nächste Schicht blieb eine wirbelnde metallische Flüssigkeit, ein riesiger elektrischer Dynamo. Noch höher erstarrte ein Mantel aus halbfesten Metallen – über dichten Pyroxenen und Olivinen und leichteren Schmelzen –, der aus Kristallrissen feurige Vulkane ausspie.

Wärme trieb die zirkulierenden Konvektionszellen, stieß die Platten und trieb die Felder an. Wärme erbaute Kontinente und ließ die Erde beben.

Wärme hielt auch etwas Wasser an der Oberfläche flüssig. Präorganische Dämpfe planschten in Lösung, unter Blitzen und scharfen Sonnenstrahlen …

Der Prozeß begann ein eigenes Leben zu gewinnen.

□

Eine Kette kleiner Hügel teilt die Stadt Los Angeles. Während der sorglosen Jugendzeit der Stadt strömten große Bataillone von Lastwagen zu den kleinen Tälern zwischen diesen Hügeln, übervoll an Kilotonnen städtischen Mülls.

Kaffeesatz und Melonenschalen, Getreidekartons und Wegwerftabletts...

In jenen liederlichen Zeiten schien jede erworbene Annehmlichkeit mit ihrem eigenen Gewicht an Verpackungsmaterial verbunden zu sein. Die Durchschnittsfamilie produzierte jedes Jahr genug Müll, um ihre Wohnung samt Garage zu füllen.

Zeitungen, Magazine und weggeworfene Reklamen...

Noch früher, während des Krieges gegen Deutschland und Japan, ordnete Los Angeles ein begrenztes Recycling an, um die Kriegsanstrengung zu unterstützen. Bürger sortierten Metalle aus Straßenmüll aus. Gebundenes Papier wurde an Pulpefabriken zurückgegeben. Sogar Küchenfett wurde für Munition gespart. Diejenigen, die nicht gern halfen, waren willfährig, um hohe Geldstrafen zu vermeiden.

Milchkartons und Papierservietten... und nie benutzte, nur leicht verbeulte Güter, von der Fabrik ausgeschieden...

Nach dem Kriege fanden die Menschen sich nach Dekaden des Mangels plötzlich in eine Zeit der Fülle versetzt. Nachdem die Krise vorbei war, erschien Wiederverwertung lästig. Ein Bürgermeisterkandidat agitierte mit dem einzigen Versprechen, das unbequeme Gesetz abzuschaffen. Er erzielte einen erdrutschartigen Sieg.

Erdnußschalen, Fast-Food-Tüten, Wegwerfschachteln für Pizzas...

Die Hügel, welche L.A. teilten, hatten sich gebildet, als die Pazifische Scholle der Erde sich an der Nordamerikanischen Scholle rieb. Unter dem Druck dieser beiden riesigen Gesteinsmassen wurde ein Küstengebirge an der Berührungsfläche hochgedrückt wie Zahnpasta aus einer Tube. Die Santa-Monica-Berge und Hollywood-Hügel waren nur Ableger dieser ständigen Anhäufung, aber sie halfen bei der Gestaltung der großen Stadt, die sie schließlich umgab.

Dosen aus Kühlkostmahlzeiten, Kartons von neuen Stereoanlagen und Computern, Dosen von Supermarktprodukten...

Zwischen den Hügeln lagen einst kleine Täler mit Eichen und Wiesen, wo Maultiere weideten und Kondore schwebten – ideale Plätze für Deponien. Die Regimenter von Lastwagen kamen und gingen tagein, tagaus. Kaum jemand bemerkte, bis es fast zu spät war, daß binnen einer einzigen Generation alle passenden und legalen Schluchten überfüllt sein würden. Am Ende des Jahrhunderts dehnten sich flache Ebenen zwischen einstigen Gipfeln, nachts gespenstisch durch Fackel-Idole erhellt, die Methangas verbrannten, unterirdisch erzeugt durch vermodernden Müll.

Dosen von Bier und alkoholfreien Getränken, Ketchupflaschen und Wegwerfwindeln... Motorenöl, Getriebeflüssigkeit, Galvanisierrückstände... zerbrochenes keramisches Spielzeug und abgenutzte Möbel...

Es kamen härtere Zeiten. Neue Generationen erschienen mit neuen Empfindlichkeiten und weniger sorglosen Haltungen. Es wurden Gebühren fürs Einsammeln eingeführt und kostspielige Verfahren gefunden, um die Flut einzudämmen... um den Strom von Müll zu halbieren, auf ein Zehntel und später noch mehr zu reduzieren.

Aber es blieb dennoch die Frage, was mit den Hochebenen aus Abfall zwischen den Hügeln geschehen sollte.

Plastikflaschen und Plastikbeutel, Plastiklöffel und Plastikgabeln...

Einige Leute schlugen vor, dort Gebäude zu errichten, um die erstickende Übervölkerung zu mildern – obwohl es natürlich gelegentlich eine Explosion geben würde und man damit rechnen müßte, daß ab und zu ein paar Häuser plötzlich im Sumpf verschwinden würden.

Das Haustier der Familie, in eine Plastiktüte gesteckt ... Krankenhausabfälle... Bauschutt...

Einige Leute schlugen vor, die Stellen genau so zu lassen, wie sie waren, damit künftige Archäologen eine Fülle an Detail aus dem üppigen Kehricht von Kalifornien im zwanzigsten Jahrhundert finden könnten. Aus noch längerer Sicht spekulierten Paläontologen darüber, wie die Deponien in einigen Millionen Jahren aussehen könnten, nachdem mahlende Platten sie in Schichten aus Sedimentgestein zusammengepreßt hätten.

Reifen und Autos, zerbrochene Stereogeräte und überholte Computer, fehlendes Mietgeld und verlegte Diamantringe…

Es wäre vorherzusehen gewesen, aber wenige sahen die Antwort kommen. An einem späteren Tag in härteren Zeiten, mit Rohstoffmangel und unabweisbarem Recycling, war es unvermeidbar, daß jene Deponien die Augen von Innovatoren auf sich ziehen würden, die nach Wegen suchten, reich zu werden.

Eisen, Aluminium, Silicium… Nickel, Kupfer Zink… Methan, Ammoniak, Phosphate… Silber, Gold, Platin…

Es wurden Gebietsansprüche aktenkundig gemacht, Bergbaupläne vorgelegt und analysiert. Läuterungsverfahren wurden verbessert und genehmigt. Zwischen den alten Hügeln begannen Ausgrabungen.

In dem Kehricht einer Generation gruben ihre verzweifelten Enkel nach Schätzen.

Der Müllrausch war entbrannt.

• EXOSPHÄRE •

Teresa war jetzt also eine Heldin und eine junge Witwe. Für die Massen gab es keine attraktivere Kombination… oder für Pressehaie der NASA, deren Aufmerksamkeiten ihr so willkommen waren wie eine Invasion von Ratten. Ruhm war ein Misthaufen, ohne den sie leben konnte.

Zum Glück hatten Führungskräfte sie nach der Erewhon-Katastrophe einige Wochen beschlagnahmt. Teams von Ingenieuren holten vom frühen Morgen bis zur Abenddämmerung jedes Stückchen nützlicher Information aus ihrer Erinnerung, bis sie jede Nacht ins Bett fiel zu einem traumlosen Schlaf der Erschöpfung. Einige Außenseiter bekamen von diesen intensiven Nachforschungen Wind und schimpften um ihretwillen über ›Gestapo-Verhörmethoden‹, bis Teresa eines Tages erschien und allen wohlmeinenden Humanitätsaposteln den Rat gab, sich zum Teufel zu scheren.

Natürlich nicht in so vielen Worten. Die Absichten

der Leute waren gut. Unter normalen Umständen wäre es gewiß grausam, jemanden, der eben überlebt hatte, so auszuquetschen. Aber Teresa war nicht normal. Sie war Astronautin. Sogar als Pilotin. Und wenn ein allwissender Arzt ihr gerade für jetzt eine Verordnung ausstellte, könnte auf dem Zettel stehen: ›Umgebt sie mit kompetenten Personen! Haltet sie beschäftigt und nützlich! Das wird besser tun als tausend Blumenspenden oder zehn Millionen Sympathietelegramme.‹

Gewiß hatte sie ein Trauma erlitten. Darum war sie auch kooperativ mit den NASA-Psychologen und ließ sich von ihnen durch alle Stufen von Katharsis und Heilung führen. Sie weinte. Sie schmähte das Schicksal und weinte wieder. Obwohl jede Stufe bei der Klage wirksam ausgeführt wurde, hieß das nicht, daß sie es irgendwie weniger als eine normale Person erlebte. Sie empfand es nur alles schneller. Teresa hatte keine Zeit, normal zu sein.

Schließlich hatten die technischen Typen ihre Story bis ins letzte Detail durchgesiebt. Danach übernahmen andere Befrager – Chefs des Zentrums, Amtsdirektoren, Kongreßmitglieder. Meister der Politik.

Teresa saß nach jeder Anhörung dicht bei Mark und empfand Anfälle von Langeweile, wenn sie den gleichen Lobessprüchen und hochtrabenden Gefühlsäußerungen lauschte. Oh, nicht jeder Staatsdiener trat großspurig auf. Die meisten waren auf ihre Weise intelligente, schwer arbeitende Personen. Aber ihr Gebiet war Teresa so fremd wie der Boden des Meeres. Sie hatte geschworen, dieses System zu schützen; aber das machte es nicht leichter, hier durchzuhalten.

»Sie reden und reden… aber sie stellen nie eine wirklich wichtige Frage«, sagte sie leise zu Mark.

Er flüsterte zurück: »Lächle nur immer weiter! Dafür werden wir jetzt bezahlt.«

Teresa seufzte. Jeder in der NASA, der ihr verweigerte, die öffentliche Publizistik auszuschalten, war ein Faulpelz, der echten Schaden anrichtete. Aber warum verstärkte sich ihr Zwang zum Lächeln jedesmal dann, wenn sie etwas besonders gut machte? Sollte das ein Lohn für Initiative sein? Falls es Gerechtigkeit gäbe, dann müßten Oberst Glenn Spivey und die anderen Spione gezwungen sein, diese Sitzungen zu ertragen, und sie würde die Belohnung erhalten, die sie sich am meisten wünschte.

Wieder an die Arbeit zu gehen.

Helfen herauszufinden, was vierzig Menschen getötet hatte – einschließlich ihres Gatten.

Statt dessen war Spivey wahrscheinlich voll damit beschäftigt, eine neue Station zu konstruieren, während sie eine Aufmerksamkeit der Medien zu ertragen hatte, für die ein jeder Hollywoodstar in Ohnmacht gefallen wäre.

Als die Wochen vergingen, keimte in ihr der Verdacht, daß mehr an der Sache war als bloß eine ungeschickte Überschneidung zweier Kulturen. Man drängte sie, in Talkshows aufzutreten und Vorlesungsreihen abzuhalten. Falls aber sie oder Mark Lust hätten auf einen zweimonatigen Urlaub auf St. Croix, ginge auch das in Ordnung.

Mark unterlag der Versuchung, vom Astronauten zum Superstar aufzusteigen. Aber nicht Teresa. Sie war wie Diamant. Und endlich machte sie ihr Recht geltend, nach Hause zu gehen.

Ein Wohnungsdienst war regelmäßig gekommen, um die Pflanzen zu gießen. Aber die Villa in Clear Lake wirkte wie eine Gruft, als sie durch die Eingangstür schritt. Sie ging von Fenster zu Fenster und ließ die lautlosen, schweren und süßen Gerüche des texanischen Frühlings ein. Selbst Verkehrslärm war der Stille vorzuziehen.

Die NASA hatte ihr wichtige Mitteilungen zukommen lassen und Sekretäre zur Bearbeitung von Fanpost und Rechnungen gestellt. Damit war sie sogar des Trostes emsiger Arbeit während dieser ungemütlichen ersten Stunden beraubt. Ihr Autosec ließ die Reihe ihres Programms von Zeitungsausschnitten aufleuchten ... ein Rückstand von fünfzehntausend Schlagzeilen aus Nachrichtendiensten und Netzmagazinen aus jeder Zeitzone. Sie strich alles, was mit dem Unglück zu tun hatte, und die Anzahl fiel unter hundert. Die könnte sie später durchsehen, um über das, was in der Welt geschah, aufs laufende zu kommen.

Teresa ging von einem Raum in den anderen. Sie vermied nicht gerade, an Jason zu denken, ging aber auch nicht gleich zum Fotoalbum, das zwischen den Bänden der Enzyklopädie und der Sammlung seltener Comicbücher ihres Mannes im Regal stand. Sie brauchte keine Fotos oder Holo-Seiten, um Momente ihrer Ehe noch einmal lebendig werden zu lassen. Die waren alle in ihrem Kopf – die guten und die weniger guten – jederzeit abrufbar.

Allzu bereit ...

Sie schob zwei Stunden Vivaldi in das Abspielgerät und ging mit einem Glas Orangensaft auf die Terrasse. (Jemand hatte ihre Akte gelesen und zwei Liter des echten, frisch aus Oregon-Orangen gepreßten Saftes in ihrem Kühlschank deponiert.)

Durch den polarisierten UV-Schirm blickte Teresa hinaus auf die schwankenden Ulmen, die einige Blocks niedriger Apartmenthäuser abschirmten und abrupt an den weißen Deichen endeten, die die NASA gegen den ansteigenden Golf von Mexiko hatte errichten lassen. Die Schienen einer neuen Rapitranslinie verliefen auf dem Damm. Züge schwebten auf leise summenden supraleitenden Gleisen vorbei.

Eine Drossel landete auf dem Balkon und zirpte ihr zu. Das bewirkte ein leichtes Lächeln. Als sie klein war, waren in ganz Nordamerika Drosseln durch die

Konkurrenz von Staren und anderen Eindringlingen bedroht gewesen, die durch frühere sorglose Generationen von Menschen auf den Kontinent gebracht worden waren. Besorgte Schützer der heimischen Fauna hatten Tausende von Zufluchtsplätzen geschaffen, um ihnen beim Überleben zu helfen; aber es war immer noch eine prekäre Situation gewesen.

Aber jetzt kamen, wie die Ulmen, auch die Drosseln wieder hoch. Genau so, wie niemand hatte voraussagen können, welche Pflanzen oder Tiere am meisten durch Ozonmangel und trockeneres Klima leiden würden, so hatte sich wohl auch niemand vorgestellt, daß einige sogar davon profitieren könnten. Aber offenbar war es in einigen Fällen so. Aus früherer Zeit erinnerte sich Teresa an einen schrecklichen Herbst, als sie und Jason fast täglich, wenn sie nach Hause kamen, leidende Kreaturen auf dem Rasen sterbend gefunden hatten. Oder noch schlimmer, solche, die in Panik umherflatterten, weil sie erblindet waren.

Blinde Rotkehlchen. Es war eine Schwelle erreicht, und binnen Wochen waren alle tot. Seit damals fragte Teresa sich bisweilen, ob die Ausrottung allumfassend gewesen wäre. Oder war das Sterben nur eine lokale ›Anpassung‹, beschränkt auf Südtexas? Ein paar Worte an ihren Autosekretär würden ein Suchprogramm starten, um in Millisekunden die Wahrheit zu erfahren. Aber wozu war es schließlich gut, das zu wissen? Das Netz war ein so weites Meer an Information, daß man, wenn man daran nippte, manchmal ein Gefühl hatte, als ob man seinen Durst aus einem Feuerwehrschlauch stillen wollte.

Außerdem fand sie das Netz oft langweilig. Manche Leute hielten es für eine große Seifenschachtel, aus der man Rezepte für die Rettung des Planeten erbitten könnte.

Lösungen. Alle hatten Lösungen.

Eine Gruppe wollte das ganze Raumfahrtprogramm

Home Wall Display: Local Time 09:41:23

Object Programs Engaged

master	Genie House Manager Plus-Voice Ctrl	slave	Sony Home Robot Mgr.-OFF
slave	Minitel World Net Interface-ON	indep.	Hobby Center 95-voice ctrl

Datanet News-Abstract Service — Customer US-855-87-5432-ab1A, Teresa Tikhana
(Customized Data Reception Sieve Type IV...)

UPDATE FREQUENCY AND SELECTION SUMMARY

1) Alerts from world, national, and city emergency services.
2) General topic news alerts from Reuters, WNA, UPI.

Store and immediately beep current location -	Level 10 or higher	☐PH. Science	Level 7 or higher
Store hourly, purge weekly -	Level 9	☐Bl. Science	Level 8 or higher
Store only headlines, daily. Purge next day -	Level 8	☐Pers. Health	Level 8 or higher
Ignore -	Level 7 or lower	☐Ecology	Level 8 or higher
		☐Politics	Level 10 only
		☐Random One	Level 8-10 anomaly/week

3) Reuters, WNA, and UPI alerts on the following special topics:

Store and beep immediately -	☐Spaceflight	Level 9 or higher	Hobby Int.	☐World L.R.-Solutions SIG	Level 8. spec. sieve
Store hourly, purge weekly -	☐Spaceflight	Level 7 to level 8	Groups	☐Humor/Comedy Joke-Net	Level 9, spec. sieve
	☐Aeronautics	Level 9 or higher		☐Baroque Music SIG	Level 9, spec. sieve
Headlines only, purge weekly	☐Spaceflight	Level 4 to level 6		☐Lit. Club 67: Murder-Mystery	Level 9. rev. recmd.
	☐Engineering	Level 7 or higher		☐World Armchair Tours 12	Listing as available

Plus any stories, level 7 or higher, containing any two or more of the following cue words in combination:
(☐Teresa Tikhana☐/or/☐Jason Stempell☐)/and/(☐Astronaut☐/or/☐NASA☐ . . .)

BREAK . . .

Alerts currently in storage — 16
Headlines currently in storage — 15,634

für eine Anstrengung heranziehen, Ozongeneratoren in der Stratosphäre aufzuhängen. Eine absurde Idee. Aber zumindest war sie kühn und positiv, anders als das Universalheilmittel, das jene verhießen, die zur gänzlichen Aufgabe der Technik aufriefen und einer Rückkehr zu ›einfacheren Wegen‹. Als ob einfachere Wege zehn Milliarden Menschen ernähren könnten!

Als ob einfachere Wege nicht auch Schaden angerichtet hätten. Astronauten hatten wenige Illusionen über den sogenannten ›sanften pastoralen Lebenstil‹, nachdem sie aus dem Raum die von früheren Zivilisationen geschaffenen Wüsten gesehen hatten – von Sumerern, Chinesen, Berbern, Amerindern, die wenig mehr als Schafe, Feuer und primitiven Ackerbau gehabt hatten.

Teresa hatte über Lösungen ihre eigenen Vorstellungen. Es gab auf dem Mond und den Asteroiden mehr reiche Leute, als alle Erbsenzähler in allen Hauptstädten der Welt in ihren gesamten Lebenszeiten hätten aufsummieren können. Mengen von Astronauten teilten den Traum, den Weltraum zu nutzen, um die Leiden der Erde zu heilen.

Sie und Jason gehörten dazu. Sie hatten sich im Training kennengelernt; und zuerst hatte es geschienen, als ob irgendein magischer Service zu ihren Gunsten eingegriffen hätte. Es ging über offenkundige Dinge wie ihren gemeinsamen Beruf hinaus.

Nein. Ich habe nie jemanden getroffen, der mich so zum Lachen gebracht hat.

Ihre Übereinstimmung hatte bis zum Einkaufen im Stile der gerade modernen Eheführung gereicht. Nach langer Diskussion hatten sie schließlich ein Motiv gewählt, das ein Berater aufgrund anderer ihm bekannter Paare vorgeschlagen hatte. Und es schien zu funktionieren. Eifersucht wurde zwischen ihnen nie ein Problem.

Das heißt – bis zum letzten Jahr.

Bis dieses Morgan-Weib auftauchte.

Teresa wußte, daß sie unfair war. Sie hätte ebensogut Glenn Spivey verantwortlich machen können. So war es etwa, als Jason anfing, für diesen schrecklichen Mann zu arbeiten, daß ihre Schwierigkeiten anfingen.

Oder sie hätte die Schuld geben können …

»Verflucht!« schimpfte sie. All diese Selbstprüfung verkrampfte ihre Kinnmuskulatur. Sie hatte auf absolute Offenheit gehofft und die Ursache für die Verschlechterung ganz in sich sehen wollen, um alle diese ›Kummerphasen‹ schnell zu überstehen. Aber persönliche Angelegenheiten waren der physischen Welt so unähnlich. Sie folgten keinen verläßlichen Mustern, keinen Vorhersagemöglichkeiten. Trotz neueren optimistischen Verkündigungen über neue Geistesmodelle hatte es noch keinen Newton der Psychologie oder Einstein der Gefühle gegeben. Vielleicht würde es sie nie geben.

Teresa empfand eine Beklemmung in der Brust, als wieder Tränen zu fließen begannen. »Verdammt … verdammt …«

Ihr zitterten die Hände. Das Glas rutschte ihr aus den Fingern und fiel auf den Teppich, wo es unbeschädigt hochsprang. Aber Saft spritzte über ihre weißen Hosen …

Das Telephon läutete. Teresa rief impulsiv, ehe die Sekretäre der NASA eingreifen konnten:

»Ich nehme es!« Natürlich hätte sie ihren zeitweiligen Stab alle Anrufe prüfen lassen sollen. Aber sie brauchte Aktion, Bewegung, irgend etwas!

Aber sobald Teresa sich die Augen gewischt hatte und hineingegangen war, erkannte sie, daß sie einen Fehler gemacht hatte. Die breiten, blühenden Züge von Pedro Manella ragten von der Telephonwand über sie empor. Noch schlimmer – sie mußte die Apparatur bei dieser letzten Mission auf Sendeautomatik gelassen haben. Der Reporter hatte sie schon gesehen.

»Captain Tikhana...« Er lächelte überlebensgroß.

»Tut mir leid. Ich gebe aus meiner Wohnung keine Interviews. Wenn Sie an die NASA herantreten...«

Er unterbrach: »Ich bitte nicht um ein Interview, Ms. Tikhana. Dies betrifft eine andere Sache, die Sie wichtig finden werden. Ich kann sie nicht per Telephon diskutieren...«

Teresa kannte Manella aus Pressekonferenzen. Sie mochte seine aggressive Art nicht. Auch nicht seinen Schnurrbart. »Warum nicht?« fuhr sie dazwischen. »Warum können Sie es mir nicht jetzt sagen?«

Manella hatte offenbar auf diese Frage gewartet. »Nun, sehen Sie, es hat mit Dingen zu tun, die Ihre eigenen Angelegenheiten betreffen, wo sie sich mit den meinen überschneiden...«

Er fuhr so fort, Satz um Satz. Teresa blinzelte. Zuerst dachte sie, er spräche einen jener wenig wirksamen Dialekte, den Zivilisten oft benutzten, *bürokratesisch* oder *sozionesisch,* die so mager an Inhalt waren wie reich an Silben. Aber dann merkte sie, daß der Mann Phrasen und Sätze dahinplapperte, die einfach Unsinn waren!

Sie wollte die Verbindung schon jäh abbrechen, als sie sah, daß er in bestimmter Weise an seiner Krawatte herumfummelte. Dann kratzte er sich am Ohr, wischte seine feuchte Lippe an einem Ärmel ab und rang die Hände *gerade so...*

Der Uneingeweihte würde das alles wohl seiner lateinamerikanischen Herkunft zuschreiben – Ausdrucksweise in Gesten ebenso wie in Worten – jedoch was Teresa sah, waren rohe, aber deutliche Annäherungen an Handsprache von Raumfahrern.

...MIKROPHON OFFEN, las sie. PASSEN SIE AUF IHRE WORTE AUF... DRINGLICHKEITSSTUFE ROT... NEUGIER...

Das war alles so ungereimt, daß Teresa beinahe laut

losgelacht hätte. Aber der Blick in seine Augen ließ sie innehalten. Das waren nicht die Augen eines Schwätzers.

Er weiß etwas, erkannte sie. Und dann: *Er weiß etwas über Erewhon!*

Manella gab zu verstehen, daß ihr Telephon angezapft sein könnte. Ferner machte er deutlich Andeutungen über das *Niveau* der Überwachung. Geschulte Sicherheitsagenten würden seinen Trick mit der Zeichensprache lächerlich durchsichtig finden. Aber die Scharade würde wahrscheinlich die meisten auf Text ansprechenden Geräte täuschen oder Agenturleute, die man eingezogen hatte, um die vermutlich langweiligen Unterhaltungen einer Raumbusfahrerin wie sie selbst abzuhören. Sie würde auch jedem zufälligen mithörenden Hacker des Netzes entgehen.

»All right.« Sie schwenkte die Hand, um ihn mitten im Satz zu unterbrechen. »Mr. Manella, ich habe genug gehört und bin nicht interessiert. Sie werden durch Kanäle gehen müssen wie jeder andere. Jetzt leben Sie wohl!«

Der Schirm wurde leer, als er gerade wohl widersprechen wollte. Aber auch er war ein guter Schauspieler. Denn nur in seinen braunen Augen sah sie die Bestätigung ihrer eigenen Handzeichen. Zeichen, mit denen sie geantwortet hatte: VIELLEICHT … ICH WERDE BALD ANTWORTEN …

Sie würde darüber nachdenken. *Aber warum bildet Manella sich ein, daß ich an erster Stelle überwacht werde? Und was ist es, das er mir mitteilen will?*

Es mußte um Erewhon gehen … um das Unglück. Ihr Puls beschleunigte sich.

Jetzt hatte sie wirklich genug von dieser emotionalen Rebellion ihres Körpers. Sie setzte sich mit gekreuzten Beinen auf den Teppich, schloß die Augen und suchte die Auslöser für Beruhigung, die man sie in der Hochschule gelehrt hatte – kühle Tücher über ihre Gedanken legen, Biofeedback benutzen, um die Spannung abzubauen. Was immer auch geschah, was immer Manella auch zu sagen haben mochte, es würde nichts Gutes kommen, wenn sie sich durch alte Reaktionen von Flucht und Kampf davontragen ließe. Höhlenmenschen mochten nicht viel Anwendung für Geduld gehabt haben, aber in der Welt ihrer Nachkommen war es ein reines Überlebensmerkmal.

Sie holte tief Atem und wandte sich von den Lasten des Bewußtseins ab. Vivaldi vereinte sich mit den zirpenden Drosseln zu einem unbemerkten Hintergrund, als sie das Zentrum suchte, in dem sie immer wußte, wann und wo sie war.

Aber diesmal konnte sie nicht ganz sicher sein, daß es – das Zentrum – überhaupt da war.

□

Nachdem es ihm gelungen war, Himmelsvater von Erdenmutter zu trennen und ihrer Nachkommenschaft endlich Raum zum Stehen und Atmen zu geben, schaute sich Tane, der Waldgott, um und sah, daß noch etwas fehlte. Nur Kreaturen von *ira atua* – dem Geistesweg – bewegten sich auf dem Land. Aber was konnten Geistwesen je sein ohne *ira tangata*, sterbliche Wesen, um sie zu erkennen? Nichts.

Daher versuchte Tane, sterbliche Wesen in die Welt zu bringen. Aber von all den weiblichen Geistern, mit denen er sich paarte, besaß nur eine *ira tangata*. Sie war Hine-titama, Jungfrau der Morgendämmerung. Als Tochter und Weib von Tane wurde sie die Mutter aller sterblichen Wesen.

Später, nachdem die Welt Leben empfangen hatte, wandte Hine-titama sich von der Oberfläche ab und reiste tief hinab in die Reiche der Tiefe. Dort wurde sie Hine-nui-te-po, die große Herrin der Dunkelheit, die wartet, um die Toten zu betreuen und zu trösten nach ihrer Reise Whanui a Tane hinab, die breite Straße.

Dort wartet sie auf mich, und auf dich auch. Als unsere erste sterbliche Ahne schläft sie unten und wartet auf uns alle.

Auf seinem Wege zurück nach Auckland, nach zwei Tagen bei den geothermischen Werken von Taravera, saß Alex im Touristenverkehr auf Rotorua fest. Busse und Kleinlaster fädelten sich durch die schmalen Wege des Freizeitortes. Sie beförderten australische Familien in die Ferien, ferner singhalesische Flitterwöchnerpaare, ernst blickende Inuit-Investoren und Han – die unvermeidliche Flut schwarzhaariger Chinesen –, die sich stoßend und plappernd in dicht gedrängten Scharen die Gehwege und Rasenflächen überfluteten und alles einwickelten, das irgendwie ausgefallen oder ›einheimisch‹ sein könnte.

Die meisten Läden trugen Schilder in Internationalem Idiogrammatischen Chinesisch wie auch in Englisch, Maori und Simglish. Warum auch nicht? Die Han waren bloß die letzte Welle Neuen Mittelstandes, die plötzlich den Tourismus entdeckt hatte. Und wenn sie alle Strände und malerischen Stellen binnen viertausend Kilometern von Peking überschwemmten, so zahlten sie auch gut für ihre hart erworbene Muße.

Aber noch mehr Chinesen strömten aus Schwungradbussen direkt vor Alexens kleinem Wagen. Sie trugen scheußliche Sonnenhüte und True-Vu-Brillen, die gleichzeitig die Augen schützten und für die Nachwelt jeden kitschigen Einkauf bei freundlichen Konzessionären aufzeichneten, die aufdringlich ›echte‹ eingeborene neuseeländische Holzkunstwerke anpriesen.

Nun, jetzt sind sie an der Reihe, dachte Alex und übte sich in Geduld. *Und das ist gewiß besser als Krieg.*

Der Kiwi-Herbst war noch warm und windig. Darum hatte er das Seitenfenster heruntergedreht. Der Geruch nach Wasserstoffsulfid von den Geysiren war ätzend, aber nicht allzu auffällig nach der ganzen Zeit, die er unterirdisch mit George Huttons Leuten gearbeitet hatte. Während er darauf wartete, daß der Verkehr wieder flüssig würde, sah Alex zu, wie noch ein silbriger Kreuzfahrtzeppelin dicht über einen von Bäumen gesäumten Paß fuhr und in Richtung auf den belebten Flugplatz am Stadtrand niederging. Selbst von hier aus bemerkte er die ins Zwischendeck gezwängte Menge, deren Gesichter gegen die Fenster gepreßt waren, um auf die dampfenden Vulkanseen von Rotorua hinabzublicken.

Vor einer oder zwei Dekaden hätten es die neuen Bourgeois von Birma oder Marokko sein können, die die großen Vergnügungsliner dicht bevölkerten und den billigen Zeppelinverkehr ausnutzten, um ins Ausland auszuschwärmen auf der Suche nach Armladungen billiger Souvenirs und Erinnerungskonserven. Inzwischen würden die Han sich an das alles gewöhnt haben. Sie würden anspruchsvolle und gebildete Individualreisende sein wie die Japaner, Malayen und Türken, die aufgeregten Mobs aus dem Weg gingen und über die Taktlosigkeit von Touristen der ersten Generation die Nase rümpften.

Das war die seltsame Natur des ›gemischten Mirakels‹. Denn während die Nationen der Welt über schwindende Ressourcen knauserten und haderten und bisweilen heftig über Flußrechte und sich verlagernde Regenfälle rauften, genossen ihre Massen inzwischen eine steigende Flut von ehemaligem Luxus, ermöglicht durch den Dämon der Hoffnung.

– Reines Wasser kostete fast ebensoviel wie die Monatsmiete. Gleichzeitig konnte man für Kleingeld in der Tasche Disketten kaufen, die tausend Sachbücher oder hundert Stunden Musik enthielten.

– Treibstoff war auf reiner Bedarfsbasis rationiert, und Fahrräder erstickten die Städte der Welt. Aber Urlaubsorte innerhalb eines Eintagesfluges mit Zeppelin waren auch für bescheidene Lohnempfänger erreichbar.

– Die Bildung erhöhte sich von Jahr zu Jahr; und wer Zertifikate über volle Zuverlässigkeit hatte, konnte sich selbst jede bekannte Droge verordnen. Aber in den meisten Staaten konnte man eingesperrt werden nur für das Wegwerfen einer Sodaflasche.

Für Alex lag die Ironie darin, daß niemand das irgendwie erstaunlich fand. Die Veränderung pflegte so auf einen zuzuschleichen – von Tag zu Tag.

»Jeder, der die Zukunft vorauszusagen versucht, ist unbedingt ein Narr. Jetzige Company eingeschlossen. Ein Prophet ohne Sinn für Humor ist bloß blöde.«

So hatte seine Großmutter es einmal formuliert. Und sie sollte es wissen. Jeder pries Jen Wolling für ihre glänzende Voraussicht. Aber eines Tages hatte sie ihm ihre Beurteilungskarte seitens des Welt-Voraussage-Registers gezeigt. Nach fünfundzwanzig Jahren der Archivierung von Voraussagen notierte ihr Erfolg bloß sechzehn Prozent! Und das war noch besser als der Durchschnitt im Register.

»Die Leute pflegen dramatisch zu werden, wenn sie über die Zukunft reden. Als ich jung war, gab es Optimisten, die im einundzwanzigsten Jahrhundert private Raumschiffe und Unsterblichkeit voraussahen ... während Pessimisten die gleichen Trends beobachteten und Zusammenbruch in weltweite Hungersnot und Krieg erwarteten.

Beide Voraussagen werden immer noch gemacht, Alex. Dabei wird der Stichtag immer um eine Dekade verschoben, dann wieder und wieder eine. Inzwischen wursteln sich die Leute so durch. Manche Dinge werden besser, manche viel schlechter. Seltsam genug, scheint ›die Zukunft‹ nie einzutreten.«

Natürlich wußte Jen nicht alles. Sie hatte zum Beispiel nie erwartet, daß das Morgen abrupt kommen könnte, endgültig, in Gestalt einer mikroskopischen und titanisch schweren Faltung des Raumes ...

Alex manövrierte sich langsam an einer Menge vorbei, die sich in die Straße ergossen hatte und zusah, wie Tänzer eine *haka* auf der Marae-Plattform eines imposanten Maori-Bethauses aufführten. Schräge Balken aus extravagant geschnitztem Rotholz überragten den Hof, wo Männer mit nackter Brust ihre Zungen ausstreckten und brüllten, im Gleichmaß stampften und tätowierte Beine und Arme beugten, um die entzückten Touristen einzuschüchtern.

George Hutton hatte Alex vor einiger Zeit mitgenommen, um ihm bei der Hochzeit seiner Nichte die echte Sache zu zeigen. Die *haka* war wirklich sehenswert. Zeugnis eines reichen kulturellen Erbes, das immer noch lebte.

Wenigstens für eine Weile …

Alex schüttelte den Kopf. *Es ist nicht meine Schuld, wenn es keine* hakas *– oder Maoris – mehr gibt in ein paar Jahren. Ich bin nicht für das Ding verantwortlich, das die Erde von innen verschlingt.*

Alex hatte dies Monster nicht gemacht – die Singularität, die sie Beta nannten. Er hatte sie nur entdeckt.

Aber im alten Ägypten pflegte man den Boten, der schlechte Kunde brachte, zu töten.

Er würde keinen so leichten Ausweg haben. Er wäre vielleicht nicht der einzige gewesen, der Beta auf Kurs brachte, aber er *hatte* die verdampfende Iquitos-Singularität geschaffen – Alpha. Für George Hutton und die anderen machte ihn das stellvertretend verantwortlich – ganz gleich, wie sehr sie ihn persönlich mochten –, bis die wahren Schöpfer von Beta gefunden waren.

Alex erinnerte sich an das Bild, das im Holotank deutlich wurde, als sie die verwickelte Topologie des Monsters sondierten. Es war schrecklich, gefräßig und schön anzusehen. Unleugbar war da irgendwo ein Genius … jemand, der eine Menge besser war als Alex bei seinem Spiel. Die Erkenntnis war demütigend und etwas erschreckend.

In seine Gedanken versunken, hatte er den kleinen Wagen der Tangoparu-Company mit mentalem Autopiloten gesteuert und sich durch einen Stau nach dem anderen durchgefädelt. Gerade wenn der Verkehr wieder flüssig zu werden schien, zwangen ihn rote Bremslichter, scharf anzuhalten. Lautes Geschrei und Hupen schmetterten vor ihm los.

Alex lehnte sich aus dem Fenster, um besser sehen zu können. Notlichter flackerten. Eine mit dem Magnus-Effekt betriebene Ambulanz schwebte bei einem jener massiven klotzigen Touristenhotels, wo preisbewußte Reisende enge, schmale Einheiten nach Kubikmetern mieteten. Der sphärische Gassack des Vehikels rotierte langsam um einen horizontalen Mast und manövrierte mit kleinen Änderungen des Drehimpulses vorsichtig nahe bei den weißgekleideten Sanitätern. Alex konnte die Verletzten nicht sehen, aber Flecken auf der Kleidung schockierter Zuschauer sprachen von einem blutigen Ereignis, das erst vor Momenten stattgefunden haben mußte.

Plötzlich teilte sich die Menge, und mehr Polizei schwebte herbei, die sich mit einer Figur in einer Zwangsjacke abmühte, die mit wilden Augen heulte und kreischte und deren Gesicht und Kleidung mit Blut und Speichel verschmiert waren. Ein grüner Gaskanister an seinem Gürtel wies ihn als ›Döser‹ aus – einen jener Unglücklichen, die mehr als andere Leute für zu viel Kohlendioxid anfällig sind. Bei den meisten verursachten solche Grenzfälle wenig mehr als Schläfrigkeit oder Kopfschmerzen. Aber manchmal kam es zu einer wilden Raserei, die durch den Druck andrängenden menschlichen Fleisches noch viel schlimmer gemacht wurde.

Offensichtlich hatte zusätzlicher Sauerstoff diesem Burschen nicht geholfen … oder den armen Opfern seines mörderischen Anfalls Alex hatte vorher noch nie einen Amokläufer aus so unmittelbarer Nähe gesehen, aber gelegentlich die Effekte aus der Distanz beobachtet.

»Du bekommst nichts, außer dem, was anderswo weggenommen wurde.«

Er erinnerte sich dunkel an Jen, die das beim letzten Mal sagte, als er ihr Büro in London besuchte, während sie am Fenster beieinander standen und zusahen, wie sich das tägliche Fahrradgewühl zu einem Krawall an der Westminsterbrücke entwickelte. Sie hatte gesagt: *»True-Vu-Technik hat geplanter Straßenkriminialität ein Ende gemacht. Also sind heute die meisten Morde Verbrechen aus reiner Milieu-Überlastung. Alex, versprich mir, daß du nie einer von denen da unten sein wirst ... die im Grunde brave Angestellte sind!«*

Mit schrecklicher Faszination hatten sie stumm zugesehen, wie sich das Krakeelen der Pendler bis zum Brunner Quay ausbreitete, dann nach Osten zum Arts Center. In Erinnerung an diese Episode sah Alex, wie dies Ereignis hier eine unerwartete Wendung nahm. Die Beamten, die den wild blickenden Amokläufer gepackt hatten, ließen, abgelenkt durch rasende Verwandte an ihren Ärmeln, nur einen Moment etwas locker. Selbst dann hätte ein normaler Mensch sich nicht freizerren können. Aber in einem Ausbruch hysterischer Kraft riß sich der Rasende los und lief fort. Mit unzusammenhängendem Geheul schlug er Zuschauer nieder und tobte dann durch das Verkehrsgewühl – direkt auf Alexens Wagen zu!

Die Arme des Amokläufers waren gefesselt. *Er kann nicht weit kommen,* dachte Alex. *Irgendwer wird ihn aufhalten.*

Im letzten Moment traf Alex die Entscheidung, seine Tür aufzureißen. In diesem kurzen Augenblick schienen die Augen des Verrückten klar zu werden. An die Stelle von Wut trat ein fast heller, kläglicher Ausdruck – als ob er Alex fragen wollte: *Was habe ich dir je angetan?* Dann stieß er mit der Tür zusammen und prallte ein paar Meter zurück, ehe er auf die Straße taumelte. Irgendwie fühlte Alex sich schuldig, als ob er gerade einen hilflosen Kerl zusammengeschlagen hätte, anstatt möglicherweise Leben zu retten. Aber das hinderte ihn nicht, herauszuspringen und sich auf den strampelnden, kreischenden draufzuwerfen, der jetzt unpassend Tränen vergoß, während er in einem binnenländischen Han-Dialekt fluchte. Ohne eine bessere Möglichkeit, ihn festzuhalten, setzte Alex sich einfach auf ihn, bis Hilfe kam.

Dieser ganze Vorfall – vom Ausbruch bis zu dem Augenblick, wo Polizisten die Beruhigungssprays anwandten, die sie gleich an erster Stelle hätten benutzen sollen, dauerte kaum mehr als eine Minute. Als der zusammengeschnürte Amokläufer durch eine Menge klickender True-Vu-Linsen auf ihn zurückschaute, hatte Alex momentan ein Gefühl, als ob er den Burschen verstünde ... vielleicht viel besser, als er die gaffenden Touristen um ihn herum verstand. In diesen Augen lag etwas verzweifelt Ängstliches und doch Sehnsüchtiges. Ein Blick, der Alex an das, was er manchmal bei einem kurzen Seitenblick in den Spiegel sah, gemahnte.

Es war ein eigenartiger Moment des Erkennens. *Wir alle erschaffen Ungeheuer in unseren Hirnen. Der einzig wichtige Unterschied könnte sein, wer von uns seine Monster real werden läßt.*

Oh, was würde ich jetzt nicht für eine gute altmodische britische Langeweile geben ...

Er hatte kaum wieder Platz genommen, als der Fahrer hinter ihm kräftig hupte. Soviel, was den Lohn für Heldenmut angeht! Als er um einen letzten Touristenbus kurvte, sah er endlich freies Land vor sich. Vorsichtig gab er dem Motor Wasserstoff, setzte das Schwungrad des kleinen Wagens in Gang und gewann allmählich Geschwindigkeit. Bald flogen die nördlichen Teile des Mamaku-Gebirges vorbei, als er Rotorua hinter sich ließ und sich zum Zentralplateau aufmachte.

Diese Fernstraße teilte die Haupteigenschaft der

Kiwi-Straßen – einen sturen Widerstand gegen gerade Strecken. Das Fahren erforderte sorgfältiges Schwenken um Haarnadelkurven und steile Klippen, wobei man immer wieder über Abstürze in gähnende, flaumige Leere starrte.

Es war leicht zu verstehen, wie Neuseeland seinen Maorinamen bekommen hatte – Ao Tearoa – Land der Langen Weißen Wolke. In Nebel gehüllte Gipfel stellten liegende, in Dunst gekleidete Riesen dar. Die grünen Hänge der schlummernden Vulkane trugen reiche Wälder, Wiesen und mehr als zwanzig Millionen Schafe. Diese wurden heute meist wegen ihrer Wolle gehalten, obwohl er wußte, daß George Hutton und viele andere Einheimische von Zeit zu Zeit frisches Fleisch aßen und daran nichts Unrechtes fanden.

In diesem Land von Dampfgeysiren und rumorenden Bergen fuhr man niemals weit, ohne eines der kleinen geothermalen Kraftwerke Huttons anzutreffen, deren jedes auf einer Pfahlwurzel stand, die in Nähe einer Magma-Ader gebohrt war. Das Kartieren solcher unterirdischen Quellen hatte George reich gemacht. Das Netz der Sensoren, das von dieser Aktion übrig geblieben war, half Alexens Team jetzt zu bestimmen, was im Erdkern geschah.

Nicht, daß jemand erwartete, die Durchmusterungen würden Anlaß zu Hoffnung geben. *Wie wird man schließlich einen unerwünschten Gast los, der eine Billion Tonnen wiegt? Ein Monster, das viertausend Kilometer tief sicher in einem Nest ruht? Man macht es bestimmt nicht auf die Art, wie die Maori* taniwha ... *Dämonen ... zu besänftigen pflegten, indem sie sich ein Haar ausrissen und es in finstere Wasser warfen.*

Aber George wollte, daß die Arbeit fortgeführt würde, um zu erfahren, wieviel Zeit noch übrig war und wer verantwortlich wäre. Alex hatte George ein Versprechen abgerungen für den Fall, daß sie je den Schuldigen finden würden. Er verlangte eine Stunde mit dem Kerl … eine Stunde, um über Physik zu sprechen, ehe George an dem fahrlässigen Genie eigenhändig Rache nehmen würde.

Alex dachte an den armen Burschen zurück, dem er in Rotorua so hart mitgespielt hatte. Bei der Erinnerung an den traurigen, aber blutigen Blick in den Augen des Amokläufers fragte er sich, ob überhaupt jemand wirklich ein Recht hatte zu urteilen.

Er hatte immer gern daran gedacht, daß er eine vorübergehende Ausbildung in Gebieten gehabt hatte, die nicht die seinen waren. Zum Beispiel hatte Alex gewußt, daß selbst die größten Berge und Schluchten bloß Kratzer und Poren auf dem riesigen Körper des Planeten waren. Die Erdkruste – ihre Basalte und Granite und Sedimentgesteine – machten nur ein Hundertstel ihres Volumens und ein halbes Prozent ihrer Gesamtmasse aus. Aber er malte sich gern das Bild einer überdichten und überheißen Schmelze aus – und beließ es dabei. Soviel über Geologie.

Nur wenn man ein Subjekt gründlich studiert, findet man heraus, wie wenig man die ganze Zeit gewußt hat.

Nun, vor zwei Monaten hatte Alex noch nie von Andrija Mohorovičić gehört!

Im Jahre 1909 hatte der jugoslawische Gelehrte Instrumente benutzt, um Vibrationswellen eines kroatischen Erdbebens zu analysieren. Durch Vergleich der Resultate verschiedener Stationen fand Mohorovičić heraus, daß er – wie Fledermäuse oder Wale – Objekte allein durch ihren reflektierten Schall entdecken konnte. Bei einer anderen Gelegenheit fand er eine dünne Schicht, die später seinen Namen tragen sollte. Aber was er 1909 hörte, waren Echos vom echten Kern der Erde.

Mit Verbesserung der Instrumente zeigte seismische Echo-Ortung andere scharfe Grenzen – neben Bruchlinien, Ölfeldern und Lagerstätten von Mineralen. Am

Ende des Jahrhunderts wurden Millionen ausgegeben für hochtechnisches Lauschen, da verzweifelte Multis immer tiefere Adern suchten, um die Tage der Höhe ihrer Macht etwas länger währen zu lassen.

Das Bild einer dynamischen Welt in ständiger Veränderung gewann Gestalt. Und während die meisten Geologen weiterhin die äußere Kruste studierten, warfen einige neugierige Männer und Frauen ihre Netze viel tiefer aus, über jede vorstellbare ökonomische Belohnung hinaus.

Solches ›nutzloses‹ Wissen macht oft Männer reich. Davon zeugen George Huttons Milliarden. Während Alexens eigenes ›praktisches‹ Projekt, finanziert durch geldhungrige Generäle, sich in ungewöhnlichem und eindrucksvollem Maße als unprofitabel erwiesen hatte.

Es wird sich schon herausstellen ..., dachte er. *Man kann nie sagen, welche Überraschungen das Leben noch für einen auf Lager hat.*

Selbst als Alex sein Unwissen in Geophysik einräumte, war es gerade seine Expertise, die Huttons Techniker aufriefen, als sie sich bemühten, ihre Geräte zu verbessern. Die Gravitationsantennen benutzten nämlich supraleitende Wellengeneratoren wie jene im Cavitron, der immer noch nicht zugelassenen Maschine, die er in Iquitos benutzt hatte. Darum war er imstande, Abkürzungen vorzuschlagen, die Monate an Entwicklungsarbeit einsparten.

Es machte Spaß, mit anderen Ideen auszutauschen ... etwas Neues und Aufregendes zu bauen, außer Sicht der mißtrauischen Bürokraten der wissenschaftlichen Tribunale. Aber jedesmal, wenn sie gemeinsam lachten oder die Überwindung eines Hindernisses feierten, machte leider immer jemand Schluß und ging weg, indem er sich daran erinnerte, wie vergeblich ihre Arbeit auf lange Sicht wohl sein würde. Alex zweifelte, daß selbst die Generation seiner Urgroßeltern während der schrecklichen Nuklearpolitik am Rande des Abgrundes im kalten Kriege sich je so hilflos oder hoffnungslos gefühlt hatte.

Aber wir müssen weiter versuchen.

Er schaltete das Radio ein und suchte irgendeine ablenkende Musik. Aber die erste Station, die er fand, brachte nur Nachrichten in Simglish.*

»Wir bringen Ihnen jetzt mehr Nachrichten über die Tragödie der Reagan-Station. Vor zwei Wochen ist die amerikanische Raumstation explodiert. Der russische Botschafter bei den Vereinigten Nationen erhebt die Anklage, daß die Vereinigten Staaten von Amerika auf der Reagan-Station Waffen testeten. Der russische Botschafter sagt, daß er keinen Beweis hat. Aber er sagt auch, daß dies die wahrscheinlichste Erklärung ist ...«

In der Tat die wahrscheinlichste Erklärung, dachte Alex. *Es wird sich schon herausstellen ... Man kann nie sagen ...*

□

In alten Zeiten bedeutete ›gesund‹ zu sein, daß man sich auf eine Weise verhielt, die von der Gesellschaft, in der man lebte, sowohl sanktioniert wie auch für sie normal war.

Im letzten Jahrhundert haben manche Leute – besonders kreative Menschen – gegen diese Zumutung rebelliert, da es ›durchschnittlich‹ sein müsse. Bemüht, ihre Differenzen zu bewahren, gingen einige sogar ins entgegengesetzte Extrem und schwärmten für eine romantische Auffassung, wonach Kreativität und Leiden untrennbar seien, daß ein Denker oder Täter frevelhaft und sogar wahnsinnig sein müsse, um groß zu sein. Wie so viele Mythen über den menschlichen Geist hielt sich diese lange und richtete großes Unheil an.

Aber letztlich haben wir begonnen einzusehen, daß wahre Gesundheit gar nichts mit Normen oder Mittelmäßigkeiten zu tun hat. Diese Neudefinition kam erst auf, als jemand darauf kam, die einfachste aller Fragen zu stellen.

»Was sind die gewöhnlichsten Merkmale fast aller Formen von Geisteskranheit?«

---

* Simplifizierte English.

Die Antworten? Fast allen Betroffenen fehlt es an...

– *Flexibilität* – der Fähigkeit, Meinung oder Handlungsweise zu ändern, wenn klar erwiesen ist, da man sich im Irrtum befand.

– *Genügsamkeit* – der Eigenschaft, Befriedigung zu empfinden, wenn man wirklich bekommt, was man gewünscht hat.

– *Extrapolation* – einer Fähigkeit, realistisch die möglichen Konsequenzen seiner Handlungen abzuschätzen oder zu beurteilen, wie jemand anders denken oder fühlen könnte.

Diese Antwort überschreitet alle Grenzen von Kultur, Alter und Sprache. Wenn eine Person anpassungsfähig und genügsam ist, zu realistischer Planung fähig und mitfühlend mit den Wesen ihrer Umgebung, dann erweisen sich die restlichen Probleme meistens als physiochemisch oder behavioristisch. Und darüber hinaus gestattet diese Definition einen breiten Spielraum für Abweichungen von der Norm – wobei echte Formen von Exzentrizität unter älteren Weltansichten verdrängt werden.

So weit, so gut. Das ist in der Tat eine Verbesserung.

Aber wo, muß ich fragen, paßt *Ehrgeiz* unter diese umfassende Kategorisierung? Wenn alles gesagt und getan ist, bleiben wir immer noch Säugetiere. Man kann Regeln aufstellen, um das Spiel fair zu halten. Aber nichts wird je völlig den Willen zu gewinnen in uns tilgen.

– Aus **Die transparente Hand,** Doubleday Books, ed. 4.7 (2035)
[☐ Hyperzugriffcode 1-tTRAN-777-97-9945-29A.]

• EXOSPHÄRE •

»...die wahrscheinlichste Erklärung. Kommen Sie schon, Captain Tikhana! Sie sind sicher nicht auf diese dumme Titelgeschichte hereingefallen, die sie jetzt verbreiten? Daß Amerika geheime Waffentests an Bord von Erewhon machte?«

Teresa zuckte die Achseln und fragte sich wieder, warum sie sich auf diese Frühstücksverabredung mit Pedro Manella überhaupt eingelassen hatte. »Warum nicht?« antwortete sie. »Der Weltraumsekretär bestreitet es. Der Präsident bestreitet es. Aber Sie drängen die Leute, es zu drucken.«

»Genau!« Manella breitete die Hände weit aus. »Die Scharade der Regierung arbeitet perfekt. Das ist eine ehrwürdige Taktik. Wenn man laut etwas dementiert, das man nicht getan hat, dann wird niemand nach dem suchen, was man wirklich getan hat.«

Teresa starrte hin, wie er eine Gabelvoll Linguini drehte und mit fröhlicher Sorglosigkeit unter das Portal seines Schnurrbartes schob. Sie kämpfte gegen aufkommende Kopfschmerzen und drückte auf die Punkte über ihren Augen. Die Tischplatte aus Kunststoff wackelte unter ihren Ellbogen und ließ Teller und Tassen erzittern.

»Über-was-reden-Sie-genau?« fragte sie gereizt und sprach die Wörter einzeln aus. »Wenn Sie nicht bald deutlich werden, will ich die Sprache wechseln. Vielleicht können Sie sich in Simglish verständlich ausdrücken.«

Der Reporter sah sie mißbilligend an. Dafür bekannt, daß er neun Sprachen geläufig sprach, hatte er bestimmt keine Liebe für den experimentellen Bastard aus Englisch und Esperanto.

»All right, Ms. Tikhana. Lassen Sie mich es Ihnen vorbuchstabieren. Ich denke, das Team Ihres Gatten auf der Farpoint-Plattform der Raumstation experimentierte mit eingesperrten Schwarzen Löchern.«

Sie blinzelte und lachte dann los. »Ich habe es gewußt. Sie sind wirklich verrückt.«

»Bin ich das?« Manella wischte sich den Schnurrbart und beugte sich zu ihr vor. »Überlegen Sie! Obwohl cavitronische Forschung an einigen wenigen Stellen erlaubt ist, haben nur an einem einzigen Ort Forscher die Lizenz erhalten, den ganzen Weg zu gehen – Singularitäten in voller Größe zu schaffen. Und dann auch nur im Orbit um den Mond.«

»So?«

»Nun stellen Sie sich vor, daß irgendeine Regierung beschlossen hätte, gegenüber dem internationalen

Team eine Runde zu gewinnen. Wie, wenn sie mit ihren eigenen Singularitäten experimentieren wollten – geheim, um vor Ablauf des Moratoriums einen technologischen Vorsprung zu haben?«

»Aber die Risiken, erwischt zu werden …«

»Sind erheblich, gewiß. Aber solche Rückwirkungen würden dadurch gemindert, daß man alle Experimente in großer Höhe ausführt, bis jeder sicher ist, daß Mikrolöcher harmlos sind und die Tribunale mit dem Erteilen von Lizenzen beginnen. Sehen Sie, wie es dem armen blöden Alex Lustig ergangen ist, als er erwischt wurde, wie er die Kanone direkt auf der Erdoberfläche losgehen lassen wollte.«

Teresa schüttelte den Kopf. »Sie deuten an, daß die Vereinigten Staaten geheime illegale Forschung im Weltraum betrieben haben«, sagte sie kühl.

Manellas Lächeln war gönnerhaft und aufreizend. »Daß Ihr Gatte mit einem solchen Programm zu tun hatte und sich nicht bemüßigt fühlte, es Ihnen mitzuteilen.«

»Ich habe genug gehört.« Teresa knüllte ihre Serviette zusammen und warf sie auf den Tisch. Sie stand auf, blieb aber stehen, als sie sah, wie der Reporter einige Hochglanzfotos herauszog und zwischen die Menüdeckchen legte. Teresa fuhr mit den Fingerspitzen über die Konturen von Jasons Gesicht.

»Wo wurde das aufgenommen?«

»In Snowbird bei einer Konferenz über Gravitationsphysik letztes Jahr. Sie können sein Namensschild lesen. Natürlich war er damals nicht in Uniform …«

»Haben Sie eine Geheimkamera in der Schleifenkrawatte?«

»Im Schnurrbart«, sagte er mit so harmloser Miene, daß Teresa ihm fast Glauben schenkte. »Dies war, als ich seinerzeit nach Hinweisen auf Alex Lustigs Aufenthaltsort suchte, ehe die Story ihren eigenen besonderen Lauf nahm …«

Teresa schubste das letzte Bild beiseite. »Niemand verläßt sich mehr auf Fotografien als Beweis für irgend etwas.«

»Sehr richtig«, räumte Manella ein. »Sie könnten gefälscht sein. Aber es war eine öffentliche Konferenz. Fragen Sie die Veranstalter! Er hat seinen richtigen Namen benutzt.«

Teresa machte eine Pause. »So? Jason studierte neben anderen Dingen auch Anomalien im Gravitationsfeld der Erde. Die sind wichtig für orbitale Mechanik und Navigation.« Wegen dieses Aspektes hatte Teresa selber mehr als nur ein bißchen über das Thema gelesen...

Manella kommentierte mit den Schultern. »Das Erdfeld ist um zwanzig Größenordnungen schwächer als die Art von Gravitation, über die man auf Konferenzen über die Theorie der Schwarzen Löcher spricht.«

Teresa sank wieder in ihren Sessel. »Sie sind verrückt!« wiederholte sie. Aber diesmal klang ihre Stimme nicht mehr so überzeugt.

»Kommen Sie schon, Captain! Sie sind erwachsen. Erniedrigen Sie sich nicht zu Absurditäten, oder halten Sie diese wenigstens im Rahmen. Nennen Sie mich übereifrig oder aufdringlich oder sogar plump! Aber nennen Sie mich nicht verrückt, wenn Sie wissen, daß ich recht haben könnte!«

Teresa hätte gern überallhin geschaut als in die dunklen durchdringenden Augen des Mannes. »Warum können Sie die Sache nicht einfach auf sich beruhen lassen! Selbst wenn alles, was Sie argwöhnen, stimmte, haben sie dafür mit ihrem Leben bezahlt. Die einzigen, die geschädigt wurden, waren sie selbst.«

»Und die Steuerzahler, Ms. Tikhana. Ich bin überrascht, daß Sie die vergessen. Und vielleicht Ihr Raumprogramm. Was wird damit während der langwierigen Untersuchungen geschehen?«

Teresa zuckte die Achseln, sagte aber nichts.

»Außerdem, auch wenn sie nur selbst zu Schaden gekommen wären – entschuldigt das ihre Bosse für die Verletzung von Grundprinzipien des internationalen Gesetzes? Gewiß sind sich die meisten Physiker darin einig, daß Cavitrons nichts wirklich Gefährliches anrichten können. Aber bis das durch ein wissenschaftliches Tribunal verifiziert ist, steht diese Technologie noch unter Quarantäne. Sie kennen die Gründe für den Vertrag über neue Technologien so gut wie ich.«

Teresa wurde beinahe übel. »Der Vertrag ist ein Mühlstein, der uns zurückzieht...« Aber Manella war anderer Ansicht und unterbrach sie.

»Er bedeutet unsere Rettung! Von allen Leuten sollten gerade Sie wissen, welcher Schaden angerichtet wurde, ehe er in Kraft trat. Möchten Sie jetzt ungeschützt ins Freie gehen? Unsere Großeltern konnten das noch ungefährdet tun, selbst an einem Tag wie heute.«

Sie schaute durch die getönten Glasscheiben des Restaurants. Draußen war es klar, keine Wolke am Himmel. Viele Spaziergänger genossen einen Nachmittag auf der Promenade. Aber jeder ohne Ausnahme trug einen Sonnenhut und Schutzbrille.

Teresa wußte, daß die UV-Gefahr oft übertrieben wurde.

Selbst ein paar Tage Sonnenbaden am Strand würden die durchschnittliche Lebensdauer einer Person nicht wesentlich verkürzen. Die Ozonschicht war noch nicht so schlimm entleert. Aber Teresa erfaßte recht gut, was Manella meinte. Menschliche Kurzsichtigkeit hatte den schützenden Schleier zerfetzt, so wie sie auch die Ausbreitung der Wüsten und den Anstieg der Meere beschleunigte.

Er fuhr fort: »Ihr Amerikaner setzt mich in Erstaunen. Ihr habt den Rest von uns mit Tritten und Geschrei umweltbewußt gemacht. Ihr und die Skandinavier habt mit Schikanen und Zwang gedrängt, bis die Verträge unterzeichnet wurden ... möglicherweise noch rechtzeitig, um etwas von diesem Planeten zu retten.

Aber dann, als die Gesetze und Tribunale einmal etabliert waren, habt ihr am lautesten gejammert! Habt wie frustrierte Kinder über Einschränkungen eures Rechtes gezetert, zu tun, was immer euch beliebt.«

Teresa sagte nichts, aber meinte im stillen: *Wir haben nie all die verdammte Bürokratie erwartet.*

Ihr persönlicher Ärger war die Langsamkeit des Tribunals bei der Freigabe neuer Raketenkonstruktionen – studieren und immer wieder studieren, ob dieser oder jener Treibstoff schädliche oder Treibhausgase erzeugen würde. Man schloß das Scheunentor zu spät hinter einem Problem und gleichzeitig die Tür der günstigen Gelegenheit.

»Die Welt ist zu klein«, fuhr Manella fort. »Unser gebrechlicher und frugaler Wohlstand taumelt vor einem Abgrund. Warum denken Sie, daß ich mich der Aufgabe widme, kleine Möchtegern-Fauste wie Alex Lustig zu jagen?«

Sie blickte auf. »Wegen der Schlagzeilen?«

Manella hob sein Weinglas. »Touché. Aber mein Punkt bleibt, Captain Tikhana. Es ist etwas an Bord dieser Station passiert. Lassen wir einmal Illegalität beiseite und reden wir über Geheimhaltung. Geheimhaltung bedeutet, daß es nicht der Nachprüfung und Kritik unterlag. So kommt es zu Unglücksfällen wie Tschernobyl, Lamberon und Tsushima. Das ist auch der Grund, weshalb – um es schrecklich derb zu formulieren – Ihr Gatte eben jetzt mit relativistischer Geschwindigkeit auf Sagittarius zurast.«

Teresa fühlte, wie das Blut aus ihrem Gesicht wich. Sie hatte eine plötzliche Erinnerung ... nicht an Jason, sondern an die schlüpfrige Art, wie Oberst Glenn Spivey es geschafft hatte, nicht auszusagen. Spivey mußte mehr wissen, viel mehr, als er sagte.

Oh, Manella war schon raffiniert. Bis dahin, daß er

wußte, wann sein Punkt zu machen war ... und wann es am besten war, nicht mehr weiterzusprechen, wenn sein Opfer sich irgendwie seiner höllischen logischen Falle entwand.

Teresa verzweifelte und sah keinen Ausweg. Sie mußte die Wahl treffen zwischen zwei gleichermaßen widerwärtigen Wegen.

Sie könnte damit zum Generalinspekteur gehen. Nach Bundes- und Vertragsrecht würde sie vor Vergeltungsmaßnahmen sicher sein. Rang, Bezahlung und Sicherheit wären ihr garantiert.

Aber es gab keine Möglichkeit, wie der GI das Kostbarste schützen könnte, das ihr noch geblieben war – ihren Status als Fliegerin. Wie es auch kommen mochte – ›sie‹ würden eine Ausrede finden, um sie nicht wieder in den Weltraum zu lassen.

Die andere Wahl deutete Manella ganz klar an. Sie formulierte stumm die halbe Obzönität ... eine *Konspiration.*

Es kratzte etwas am Fenster. Sie sah hinaus und stellte fest, daß eine Kreatur an der glatten Glasfläche krabbelte – ein großes Insekt, bizarr und erschreckend, bis es ihr einfiel.

Eine Zikade. Ja, im Netz gab es Geschichten darüber.

Die Stadt hatte sich gewehrt gegen das Wiederauftreten der Siebzehnjahrezikaden, die seit undenklichen Zeiten jede Generation mit geräuschvollem knarrenden Insektenleben überflutet hatten, indem sie durch die Bäume flatterten und alle Leute wachhielten, bis sie sich schließlich paarten, ihre Eier legten und starben. Eine Belästigung, die aber so selten und nach bestimmtem Zeitplan auftrat, daß Washington regelmäßig daraus ein Ereignis machte, mit besonderen Untersuchungen in den Schulen und witzigen Berichten in den Magazinen.

Nur in diesem Jahr war etwas schiefgelaufen.

Vielleicht war es das Wasser oder etwas, das in den Boden eingeströmt war. Noch niemand wußte bisher, weshalb ... nur daß einige wenige zappelnde Zikaden, als sie endlich aus ihren siebzehn Jahren unter der Erde auftauchten, verkrüppelte kränkliche Dinger waren, mutiert und im Sterben. Das ließ an die Krebsseuche denken oder die Calthingite-Babies vor zwanzig Jahren und führte zu schrecklichen Konjekturen darüber, wann etwas dergleichen als nächstes wieder den Menschen widerfahren würde.

Teresa sah zu, wie das bedauernswerte schreckliche kleine Insekt davonkroch und im Buschwerk verschwand ... ein Opfer unter vielen ungenannten.

»Was wollen Sie von mir?« fragte sie flüsternd den Reporter.

Sie hatte irgendwie erwartet, daß er lächeln würde. Sie war erfreut und sogar dankbar, daß er so taktvoll war, nicht laut zu jubeln. Mit einer Treuherzigkeit, die sogar echt sein mochte, berührte Pedro Manella ihre Hand.

»Sie müssen mir helfen. Mir helfen herauszufinden, was da vor sich geht.«

□

Das Register der Weltprognosen ist stolz, seine fünfundzwanzigsten Jahresprognose-Preise vorzustellen für Leistungen auf den Gebieten der Trendanalyse, Meteorologie, ökonomischen Vorhersage und Warnung. Zusätzlich wird es in diesem Jahr erstmalig in einer Dekade eine neue Kategorie geben.

Seit einiger Zeit hat in unserem Teil des Netzes eine Debatte getobt über den Zweck des Registers. Sollen wir hier einfach die Erwartungen verschiedener Experten kombinieren, so daß im Laufe der Zeit die mit den besten Bewertungen für Genauigkeit irgendwie ›gewinnen‹ könnten? Oder sollten wir ein mehr in die Ferne reichendes Thema wählen?

Man kann argumentieren, daß es für Menschen nichts Faszinierenderes und Attraktiveres gäbe als die Vorstellung, einen erfolgreichen Weg durch die Fallgruben und Gelegenheiten vorauszusagen, die vor uns liegen. Netz-Zines für Unterhaltung sind voll von

Prophezeiungen seitens Psychologen, Wahrsagern, Astrologen und Effektenbörsenanalytikern, die alle Teil eines großen Marktes sind, der diesen tiefen Traum der Menschheit nährt.

Warum nicht – haben manche unserer Mitglieder gefragt – das Register so ausdehnen, daß es auch alle jene Visionen verzeichnet und so anrechnet, wie wir es mit akademischeren Modellen tun? Zumindest würden wir einen Service zur Entlarvung von Scharlatanen liefern. Aber selbst wenn die meisten nicht mehr anbieten als Sensationen und Phantastik, besteht doch die Möglichkeit, daß ein paar von diesen eventuellen Sehern Zufallstreffer machen.

Wie, wenn einige Spinner – ohne zu wissen, wie oder warum – auf einen rohen aber verheißungsvollen Trick oder Dreh verfielen, der ihm oder ihr ein enges Fenster auf dem vorausliegenden Hinderniskurs liefert? In diesen Tagen, bei der Lage, in der sich die Welt jetzt befindet, können wir es uns da leisten, irgendeine Möglichkeit zu ignorieren?

Aus diesem Grunde richten wir an unserem Silbergeburtstage eine neue Kategorie der ›Zufallsprophezeiung‹ ein. Sie wird eine Datenbasis erfordern – größer als alle anderen Kategorien zusammen. Wir werden auch wie in der Abteilung für Warnungen anonyme Vorhersagen annehmen unter Codenamen zum Schutz für jene, die um ihren Ruf fürchten.

Schicken Sie sie ein, Sie potentiellen Johannesse und Nostradami! Nur versuchen Sie bitte, nicht ganz so obskur zu sein. Wie in den anderen Sektionen wird ein Teil Ihrer Bewertung die Klarheit und Nachprüfbarkeit Ihrer Voraussagen berücksichtigen.

Und jetzt auf zu ehrenvollen Erwähnungen in der Kategorie für Trendanalyse...

– Weltvorhersagenregister

[□ AyR 2437239. 726 IndPredReg. 6.21.038:21:01.]

• KERN •

Einmal, als er noch sehr jung war, ließ Alexens Oma ihn aus der Schule holen, um den Start einer Arche zu sehen. Fast dreißig Jahre später erweckte die Erinnerung an jenen Morgen immer noch Gefühle kindlichen Erstaunens.

Einerseits hätte sich in jenen Tagen ein Erwachsener vielleicht nichts dabei gedacht, ein großes schwarzes, mit Gasolin angetriebenes Taxi nach Croydon zu schicken, um einen kleinen Jungen aufzunehmen und dann die ganze Strecke zu befördern bis dahin, wo das St.-Thomas-Hospital breit über lange Reihen von Lastkähnen ragte, die hintereinander die Themse am Parlament vorbeifuhren. Nachdem er dem Fahrer höflich gedankt hatte, hatte der junge Alex den langen Weg zum Hospitaleingang zurückgelegt, wobei er am Wasser entlangbummelte und die Schiffe anschaute. Für einige Zeit von Uniformen und Schulhoftyrannei befreit, genoß er es, eine kleine Weile mit dem Fluß allein zu sein, ehe er sich schließlich hineinbegab.

Wie erwartet, war Jen noch beschäftigt. Sie lief zwischen ihrem Forschungslabor und der Klinik hin und her und gab beiden Gruppen von Assistenten abgeänderte Instruktionen, die noch mehr Chaos verursachten. Alex wartete geduldig, auf einem Laborschemel hockend, während Patienten aus ganz Großlondon untersucht, gestochen und durchleuchtet wurden, um herauszufinden, was ihnen fehlte. Damals, als sie noch in praktischer Medizin arbeitete, pflegte Jen sich zu beklagen, daß man ihr immer die Fälle schickte, die kein anderer diagnostizieren konnte. Als ob sie es anders hätte haben wollen.

Laboratoriumsforschung interessierte Alex, aber Biologie kam ihm so düster, disziplinlos und subjektiv vor. Während er sah, wie sie die Opfer von einem Dutzend verschiedener moderner städtischer Krankheiten untersuchten, die durch Verschmutzung, Stress oder Übervölkerung verursacht waren, fragte er sich, wie die Leute überhaupt irgend etwas herausbringen könnten.

Zum Glück kam ein Techniker zu seiner Rettung mit einem Stapel Papier; und bald war Alex in Mathematik vertieft. An jenem Tag – er erinnerte sich in späteren Jahren lebhaft daran – war es die wunderbare, verzwickte und anspruchsvolle Welt der Matrizen, die ihn bezaubert hatte.

Schließlich rief Jen ihn, als sie ihren Labormantel auszog. Kurz, aber täuschend kräftig, ergriff sie seine Hand, als sie das Hospital verließen und zwei Fahrräder an einem Leih- und Abgabestand bei dem erhöhten Fahrradweg mieteten.

Alex hatte gehofft, daß sie ein Taxi nehmen würden. Er jammerte über das Wetter und die Entfernung, aber Jen erklärte energisch, daß etwas Nebel niemandem schaden würde und er die Übung brauchen könnte.

In jenen Tagen waren Fahrräder noch nicht die Herren der Straßen Londons, und Alex mußte einen quälenden Lärm von Hupen und Geschrei ertragen. Mit Jen Schritt zu halten, erschien wie eine Sache grimmigen Überlebens, bis sich schließlich die grünen Rasenflächen des Regent's Park in willkommener Ruhe vor ihnen erschlossen.

Schwarze Fahnen hingen schlaff herunter, als sie die Räder an einem Kiosk neben dem Kanal abgaben, unter grünen und blauen Erdschutzplakaten. In der Nähe standen Demonstranten mit aschebeschmierter Stirn und protestierten zugleich gegen das Archenprogramm und die neueren Ereignisse, die das notwendig gemacht hatten. Ein Redner mit unordentlichem Haar sprach Touristen und Besucher mit einer Heftigkeit an, die Alex nie vergessen sollte.

»Unsere Welt, unsere Mutter, hat viele Teile. Jeder – wie die Organe in unseren Leibern, wie unsere Körperzellen – ist Teil eines synergistischen Ganzen. Jeder ist eine Komponente in dem delikaten Gleichgewicht von Zyklus und Gegenzyklus, der diese Welt so lange als eine Oase in der toten Leere des Raumes erhalten hat.

Was geschieht, wenn du oder ich ein Stück unser selbst verlieren? Einen Finger? Eine Lunge? Erwarten wir, danach genau so zu funktionieren? Wird das Ganze je wieder so gut arbeiten?

Wie können wir da so fröhlich sein bei der Verstümmelung unserer Welt? Unserer Mutter?

Gaias Zellen, ihre Organe, sind die Species, die sich ihre Oberfläche teilen!

Hier und heute werden Heuchler euch erzählen, daß sie Species retten. Aber wie denn? Dadurch, daß sie das, was übrig geblieben ist, amputieren und in einem Krug aufbewahren? Ebensogut könnte man einem Säufer die Leber herausschneiden und in einer Maschine konservieren. Zu welchem Zweck? Wer ist gerettet? Bestimmt nicht der Patient!«

Alex beobachtete den Redner, während seine Großmutter Tickets kaufte. Die meisten Worte des Burschen machten ihn den ganzen Tag bestürzt. Dennoch erinnerte er sich, fasziniert gewesen zu sein. Die Leidenschaft des Sprechers war ungewöhnlich. Die, welche sonntags am Speakers' Corner redeten, wirkten vergleichsweise blaß und verschroben.

An eine Passage erinnerte er sich besonders deutlich. Der Bursche streckte den Passanten seine Hände entgegen, als ob er um ihre Seelen betete.

»... Menschen haben Intelligenz, Gefühl und Selbstbewußtsein in die Welt gebracht. Das läßt sich nicht bestreiten. Und das war an sich gut. Denn wie sonst konnte Gaia sich selbst erkennen lernen ohne ein Gehirn? Das war unser Zweck – dieses Organ zu liefern –, um in dieser Funktion unserer lebenden Erde zu dienen.

Aber was haben wir getan?«

Er wischte demonstrativ an den Ascheflecken über jedem Auge, die von dem Nieselregen ausgelaufen waren.

»Welche Art von Gehirn erschlägt den Körper, von dem es ein Teil ist? Welches Denkorgan tötet die anderen Organe seines Ganzen? Sind wir Gaias Gehirn? Oder sind wir ein Krebs? Etwas, ohne das sie viel besser dran wäre?«

Für einen Moment fixierte der Redner Alexens Auge und schien ihn speziell anzusprechen. Alex schaute sich um und sah, wie die Großmutter seine Hand ergriff und ihn wegzog, vorbei an Metalldetektoren und Schnuppermaschinen in die relative Ruhe des inneren Bereichs.

An jenem Tage schien niemand sich besonders für die Bären oder Seehunde zu interessieren. Die afrikanische Abteilung zog wenige Touristen an, da dieser Kontinent vor ein paar Jahren als stabilisiert erklärt worden war. Die meisten Leute dachten, das große Aussterben dort sei vorüber. Wenigstens zeitweilig.

Als sie an der Amazona-Abteilung vorbeikamen, wollte Alex anhalten und die goldenen Löwentamarinen sehen, deren großes Gehege hellblau umrandet war. Es gab da noch eine Anzahl blaugeränderter Felder. Wachen, sowohl menschlich wie Roboter, nahmen jeden aufs Korn, der zu dicht an diese besonders markierten Exponate herantrat.

Die Tamarinen mit ihren gelben Mähnen schauten Alex mutlos an und begegneten seinem Blick, als sie vorbeigingen. Es schien ihm, als wären sie sich dessen bewußt, um was die heutige Betriebsamkeit ging.

Volksmengen verteilten sich schon in der neu erweiterten Abteilung des Zoos, die Kreaturen aus dem indischen Subkontinent gewidmet war. Er und Jen waren natürlich zu spät für die offizielle Zeremonie. Oma war nie bei etwas pünktlich gewesen, so lange er sie kannte.

Aber das machte eigentlich nichts aus. Die Masse der Besucher war nicht hier, um Reden zu lauschen, sondern Zeuge zu sein und zu erfahren, daß die Geschichte wieder einen Meilenstein aufgestellt hatte. Jen sagte ihm, daß sie ›Buße täten‹, was wohl ausdrückte, daß auch sie eine Gaianerin wäre.

Erst viele Jahre später erkannte er, daß sie für Millionen *die* Gaianerin war.

Während sie in der Schlange anstanden, kam die Sonne heraus. Dampf stieg vom Pflaster auf. Jen gab ihm einen Zehner, um nach einem Eislutscher zu laufen; und er kam gerade rechtzeitig zurück, um sie an der Stelle zu treffen, wo die neue Begrenzung gelegt wurde.

Die Hälfte der Exponate in dieser Sektion waren schon blau markiert. Jetzt patrouillierten Wachen, wo noch vor einem Monat gewöhnliche Zoozäune gestanden hatten. Diese waren aber jetzt als etwas völlig anderes neu eingestuft. Das war noch vor den hermetisch abgeschlossenen Archen späterer Tage. Damals war die Demarkation noch zumeist symbolisch.

Natürlich waren die Extratiere, die Flüchtlinge, noch nicht angekommen. Sie befanden sich noch in Quarantäne, während Zoos in der ganzen Welt noch darüber diskutierten, wer welche Kreaturen aufnehmen sollte, die kürzlich dem zusammenbrechenden indischen Parksystem entrissen worden waren. Im Laufe der kommenden Monate würden die Exilierten einzeln und paarweise eintreffen, um ihre natürliche Heimat nie wiederzusehen.

Maler waren gerade mit der Markierung des Geheges für Hirschziegenantilopen fertig geworden. Die hirschartigen Tiere zuckten mit den Ohren, ihrer veränderten Lage offenbar nicht bewußt. Aber in der nächsten Arena schien eine Tigerin zu begreifen. Sie schritt durch ihr vergrößertes Quartier mit peitschendem Schwanz und musterte die Zuschauer immer wieder mit wilden gelben Augen, ehe sie schnell wieder davonlief und tiefe knurrende Laute ausstieß. Jen betrachtete das Tier mit Faszination, einen seltsamen, distanzierten Ausdruck im Gesicht, als ob sie weit in die Vergangenheit blickte … oder in eine nur undeutlich wahrgenommene Zukunft.

Alex deutete mit einem Finger auf die große Katze. Obwohl er wußte, daß sie ihm leidtun müßte, schien sie so riesig und alarmierend, daß es ihm ein Gefühl von Sicherheit gab, wenn er symbolisch den Daumen vorstreckte und auf sie zielte.

»Bang, bang«, machte er stumm.

Eine neue Tafel glitzerte im Sonnenschein.

LEBENSARCHE-FLÜCHTLING NUMMER 5345
BENGALISCHER KÖNIGSTIGER
IN DER WILDNIS JETZT AUSGEROTTET

MÖGEN WIR DURCH DIESE ARCHEN IHRE
VERZEIHUNG ERLANGEN
UND SIE EINES TAGES IHRER HEIMAT ZURÜCKGEBEN.

»Ich habe mir die Genbilder angesehen«, hatte Jen gesagt, wenn auch nicht zu ihm. Sie starrte auf das schöne, schreckenerregende, wilde Wesen hinter dem Graben und sagte für sich: »Ich fürchte, daß wir diese Linie wahrscheinlich verlieren werden.«

Sie schüttelte den Kopf. »Oh, man wird Keimplasma konservieren. Und vielleicht eines Tages, lange nachdem das letzte Exemplar gestorben ist…«

Ihre Stimme verklang, und sie schaute weg.

Alex hatte damals nur eine vage Vorstellung, was das alles sollte, wozu das Archenprogramm diente oder warum die beteiligten Instanzen schließlich den Kampf zur Rettung der indischen Wälder aufgegeben hatten. Alles, was er wußte, war, daß Jen traurig war. Er nahm die Hand seiner Großmutter und hielt sie ruhig, bis sie seufzte und sich zum Gehen wandte.

Jene Gefühle steckten noch in ihm, lange nachdem er an die Universität fortgezogen war und sich der Physik gewidmet hatte. *Ein jeder ist entweder ein Teil des Problems oder der Lösung,* hatte er daraus gelernt. Alex wuchs auf mit dem Entschluß, einen Unterschied zu machen, einen großen Unterschied.

Und so suchte er nach Wegen zur Erzeugung billiger Energie. Wegen, die nicht das Graben oder Zerreißen oder Vergiften von Land erfordern würden. Wegen, um Milliarden die Elektrizität und den Wasserstoff zu geben, die sie unbedingt haben wollten, aber ohne noch mehr Wälder abzuholzen. Ohne noch mehr Gift in die Luft zu bringen.

Nun gut, erinnerte Alex sich zum letzten Mai. *Vielleicht habe ich dabei versagt. Vielleicht bin ich nutzlos gewesen. Aber zumindest bin nicht ich es, der die Erde getötet hat. Das hat ein anderer getan.*

Es war ein seltsamer, unwirksamer Trost.

Nein, stimmte ein anderer Teil von ihm zu. *Aber diejenigen, welche es getan haben – welches Team, welche Regierung oder welches Individuum Beta hergestellt hat – haben vielleicht mit den lautersten Motiven begonnen.*

Ihr Fehler hätte ebensogut der meine sein können.

Alex erinnerte sich an die Tigerin und ihre wilden, vorwurfsvollen Augen. Das langsame, grausame Hin- und Hergehen.

Der Hunger …

Jetzt verfolgte er ein weit tödlicheres Monstrum. Aber aus irgendeinem Grunde wollte ihn das Bild der großen Katze nicht loslassen.

Er erinnerte sich an die Hirschziegenantilopen, die in ihrem Pferch versammelt alle in die gleiche Richtung blickten. Sie suchten Sicherheit und Frohsinn in Zahlen, indem sie alles gleichermaßen taten. Tiger waren nicht so. Sie mußten getrennt untergebracht werden. Außer unter seltenen Umständen konnten sie nicht den gleichen Raum einnehmen. Das machte ihre Erhaltung schwieriger.

In der Physik gab es Analogien … Die Antilopen waren wie jene Partikel, die man Bosonen nannte, die alle zusammengehörten. Aber Fermionen waren Einzelgänger wie Tiger …

Alex schüttelte den Kopf. Was für eine bizarre Betrachtungsweise! Warum dachte er gerade jetzt darüber nach?

Nun, da war diese Postkarte von Jen …

Eigentlich keine Postkarte, eher eine Momentaufnahme, die an eines seiner geheimen Postfächer im Netz geschickt worden war. Sie zeigte seine Großmutter, offenbar so flink wie immer, wie sie mit etlichen schwarzen Männern und Frauen und etwas, das wie ein zahmes Nashorn aussah, posierte – falls so etwas möglich wäre. Absendevermerke zeigten, daß sie aus der Pariah-Konföderation des Südlichen Afrikas geschickt worden war. Also schlug Jen immer noch Wellen.

Das ist eine Familieneigenschaft, dachte er und lächelte ironisch.

Er zuckte leicht zusammen, als ihm jemand auf die Schulter klopfte. Als er aufblickte, sah er George Hutton über sich stehen.

»All right, Lustig. Ich bin hier. Stan sagt mir, du wolltest mir etwas zeigen, ehe wir mit dem nächsten Testlauf anfangen. Er sagt, du hättest einen Zuwachs in deinem Bestiarium.«

Alex dachte noch an die Lebensarche und fuhr hoch. »Verzeihung?«

»Du weißt ... Schwarze Löcher, mikroskopische kosmische Strings, abgestimmte Saiten ...« George rieb sich die Hände in vorgespielter Erwartung. »Also womit bist du diesmal herausgekommen?«

»Nun, ich habe mich vorher geirrt ...«

»Und das könnte dir wieder passieren. Nicht wahr? Jedesmal, wenn du ein Trottel bist, ist es großartig! Also los! Zeig mir das endgültige Lasso oder ...«

Er verstummte mit großen Augen über dem, was Alex im Holotank aufzeigte. *»Bozhe moi«*, stöhnte George. Ein Ausdruck, der, wie Alex wußte, bestimmt nicht Maori war.

»Ich nenne es einen *Singularitätsknoten*«, sagte er. »Ein passender Name, meinst du nicht?«

Das blaue Ding ähnelte einem riesigen Knoten – einer gordischen Monstrosität, neben der sich eine Pfadfinderschlinge ausgenommen hätte wie ein

Knallfrosch gegenüber einem Raumschiff. Der sich windende Kreis war in unausgesetzter Bewegung – Schleifen stießen aus der Oberfläche und wichen rasch wieder zurück – was Alex an einen Ballen wütender Würmer erinnerte. Rings um die wogende Sphäre strahlte helles Licht aus.

»Ich… ich vermute, das Ding besteht aus… Strings?« fragte George und schluckte.

Alex nickte. »Eine gute Annahme. Ja, und ehe du fragst – sie berühren einander, ohne sich wieder zu verbinden und zu trennen. Denk an ein Neutron, George! Neutronen können außerhalb eines Atoms nicht lange existieren. Wenn sie aber etwa im Innern eines Heliumkerns stecken, können sie fast ewig währen.«

George nickte. »Sieh dir das an!« sagte er und deutete darauf.

Die aus der aufgewühlten Masse herausfahrenden Schleifen pflegten zu pulsieren und zu flattern, ehe sie wieder eingezogen wurden. Aber jetzt streckte sich eine Saite weiter heraus als sonst und schaffte es, über den Knoten weg sich selbst zu überkreuzen.

In einem Blitz brannte es sich frei und schwebte von dem größeren Körper weg. Vom Ganzen gelöst, verdrehte sich die befreite Schlinge wieder um sich selbst. Mit einem weiteren Blitz der Wiederverbindung waren an ihrer Stelle jetzt zwei kleine. Dann vier. Bald war die rebellische Saite in einem Ausbruch von Trennung und Selbstzerstörung verschwunden.

Vor ihren Augen schnitt sich eine andere Schleife in der gleichen Weise los, trieb davon und starb. Dann wieder eine. George sagte: »Ich sehe, auch dies Ding ist dazu verurteilt, sich selbst zu zerstören, wie das schwarze Mikroloch und dic Mikrosaite.«

»Korrekt«, erwiderte Alex. »So wie ein Schwarzes Loch eine gravitative Singularität in Null-Makrodimensionen ist und eine kosmische Saite eine Diskontinuität in Raum-Zeit, die sich in drei, vier verdrehen kann … – Ich habe nicht ausgerechnet, in wie viele Dimensionen es gebunden werden kann. Ich kann nicht einmal träumen, was die kosmologischen Effekte sein könnten, falls irgendwelche wirklich großen an den Anfang unseres Universums zurückversetzt wurden.

Was alle drei Singularitäten gemeinsam haben, ist dies: Es lohnt sich nicht, klein zu sein. Ein kleiner Knoten ist ebenso instabil wie eine Mikrosaite oder ein Mikroloch. Er zerstreut sich – in diesem Falle durch Aussenden kleiner Saitenschleifen, die sich selbst in einem Aufblitzen von Energie zerreißen.«

»Also«, sagte George, »denkst du, daß es dies ist, was du in deinem Cavitron in Peru gemacht hast?«

»Ja, allerdings.« Alex schüttelte den Kopf, noch unfähig, es selbst zu glauben. Und dennoch erklärte kein anderes Modell die Energiedaten damals in Iquitos. Keines sagte so gut die Massen und Trajektorien voraus, die sie in der letzten Woche beobachtet hatten. Alex war immer noch darüber verwundert, daß er so ein Ding hatte konstruieren können, ohne zu wissen, daß es überhaupt theoretisch möglich war. Aber es war da.

Einige Zeit blieb das Schweigen zwischen den beiden Männern ungebrochen.

Schließlich sagte George: »Also hast du jetzt ein Modell, das funktioniert. Erst dachtest du, du hättest ein Schwarzes Loch in die Erde fallen lassen, dann eine abgestimmte Saite. Jetzt nennst du es einen Knoten … und es ist doch noch harmlos und zerstreut sich.«

Hutton wandte den Kopf, um Alex wieder anzuschauen. »Das hilft dir aber nicht, Beta zu erklären, oder doch? Du hast keine Idee, weshalb das andere Monster stabil ist, selbstkonsistent, imstande zu wachsen und sich vom Erdkern zu ernähren. Oder doch?«

Alex schüttelte den Kopf. »Oh, es ist schon ein Knoten. *Irgendeine* Art von Knotensingularität. Aber welcher Typ genau … zu versuchen, das herauszufinden, werden wir heute anfangen.«

»Hmm.« Hutton blickte über die unterirdische Kammer vorbei an den wartenden Technikern zu dem schimmernden neuen Klopfer, neu gebaut nach Spezifikationen, die Alex und Stan Goldman entwickelt hatten, jetzt fertig und bereit, Gravitationsstrahlen nach unten hineinzuschicken.

»Mir machen diese Erdbeben Sorge«, sagte George.

»Mir auch.«

»Aber es gibt wohl keine Möglichkeit, Risiken zu vermeiden, nicht wahr? All right, Lustig. Los, gib den Befehl! Laß uns sehen, was das Ding zu sagen hat, Auge in Auge.«

Alex gab Stan Goldman ein Zeichen, der direkt am Klopfer stand. Der rollte mit den Augen in einem kurzen Gebet und legte dann den Zeit-Hauptschalter um. Natürlich hörte niemand in der Kammer die kohärenten Gravitonen wirklich, die von der supraleitenden Antenne nach unten geworfen wurden. Aber man konnte es sich *vorstellen*.

Alex fragte sich, ob auch die anderen nach einem Echo horchten, und hatte Angst davor, was man da hören würde.

□ *Weltweite langfristige Lösungen – Spezialinteressengruppe.* [□ SIG AeR,WLR5 253787890.546], Zufallsproben aus den Fragen des heutigen Bulletinausschusses. [□ Nur Auszüge. Zahl oder Indexsymbol drücken für umfangreichere Fassungen.]

(54,891) »Warum haben sie nach all diesen Jahren nicht herausgefunden, wie man wertvolle Elemente aus Seewasser abtrennen kann? Das muß eine Verschwörung unter den Bergwerksgesellschaften sein! Irgendwelche Kommentare von dort? Oder Vorschläge für Hinweise, die ich nachschlagen kann?«

(54,892) »Schon seit ich noch klein war im zwanzigsten Jahrhundert, habe ich über *Fusionsenergie* reden gehört – wie sie eines Tages billige, saubere, unbegrenzte Energie liefern würde. Sie sagten, es wären ›nur‹ noch zwanzig Jahre oder so, bis sie praktisch würde; aber das war vor sechzig Jahren! Kann jemand durch Indexreferenzen einige Lehrvids über das Thema angeben, damit ein Laie wie ich herausfinden kann, wo wir heute stehen?«

(54,893) »Ich höre, in Birma und Royal Quebec läßt man verurteilte Mörder Hinrichtung durch *Zergliedern* wählen, damit ihre Organe in anderen Menschen weiterleben können. Ein Kerl lebt noch zu 85 % – so gut hat man ihn recycled! Kann mir jemand helfen, den Ursprung dieses Konzepts zu finden? Wo hört Exekution auf und fängt eine Art von Unsterblichkeit für Schurken an?«

(54,894) »Wie wäre es, den Treibhauseffekt dadurch zu bekämpfen, indem man Mengen von Staub in die Atmosphäre schickt, um das Sonnenlicht zu blockieren, wie es jene Vulkane damals bei dem Kälteeinbruch '09 getan haben? Kürzlich fand ich eine Menge Hinweise auf etwas namens *nuklearer Winter,* wegen dessen sich im zwanzigsten Jahrhundert alle Sorgen gemacht haben. Es hätte schrecklich sein können, als damals alle jene Bomben herumlagen: aber jetzt, denke ich, könnten wir etwas Winter hier schon gebrauchen! Ist jemand interessiert, ein Subforum darüber einzusetzen?«

(54,895) »Meine Blutprobe in der Firma zeigt eine 35 % über dem Durchschnitt liegende genetische Sensibilität für Zellmutationen durch Spuren von Chlor. Die Chefin sagt, ich sollte aufhören, öffentliche Schwimmbäder zu benutzen, wenn ich nicht meine Supra-Versicherung einbüßen wollte. Kann sie einen Firmentest machen, um mir zu sagen, was ich in meiner

Freizeit tun soll? Gibt es irgendwelche Programme im öffentlichen Rechtsbereich zu diesem Thema?«

(54,896) »Sagen Sie, hat hier draußen jemand das Gefühl, er oder sie würde etwas *vermissen*? Ich meine, ich kann es nicht genau festlegen, aber... Fühlen Sie, daß etwas im Gange ist? Aber niemand sagt einem, was es ist? Ich weiß es nicht. Aber ich kann mich nicht des Gefühls erwehren, daß etwas geschieht...«

• LITHOSPHÄRE •

Die Bucht von Biscaya erglühte in den gleichen strahlenden Saphirfarben, deren sich Logan in den Augen von Daisy McClennon erinnerte. Er schwärmte wieder für diese zarten Tönungen, als er an Bord eines Minizeppelins der Gezeitenkraftgesellschaft schnell südwärts reiste. Die Schönheit des Wassers war keusch, heiter, rein; aber das würde sich alles ändern, wenn erst einmal die Ingenieure von Eric Sauvel freie Hand hätten.

Sauvel saß dicht bei ihm hinter dem Piloten des Zeppelins und gestikulierte, um die strahlende Landschaft zu erfassen. »Unsere Schlammrührer sind schon auf achthundert Quadratkilometern verteilt, wo Bodensedimente am reichsten sind«, sagte er zu Logan und erhob seine Stimme etwas über die leise zischenden Motoren.

»Sie werden Energie direkt aus der Santa-Paula-Sperre gewinnen?«

»Korrekt. Die Gezeitengeneratoren bei Santa Paula werden die Rührer über supraleitende Kabel versorgen. Natürlich wird jeder Überschuß in das Europäische Netz gehen.«

Sauvel war ein großer, hübscher Mann in den frühen Dreißigern, ein Absolvent der École Polytechnique und Chefkonstrukteur dieses gewagten Doppelunternehmens. Er hatte Logans ersten Besuch vor zwei Wochen nicht begrüßt, aber seine Meinung geändert, als der Amerikaner Verbesserungen für die Fundamente der Hauptgeneratoren vorschlug. Er drängte auf einen neuen Besuch Logans für eine Fortsetzung. Das wäre eine lukrative Beratung; und die Partner in New Orleans hatten darauf gedrängt anzunehmen.

Zumindest war diese Reise bequemer als es jene haarsträubende Lastwagenfahrt von Bilbao gewesen war. Damals, beim ersten Mal, hatte Logan nur den Gezeitenstaudamm gesehen – eine Kette unfertiger Sperren, die sich über eine Einbuchtung in der baskischen Küste hinzogen. Seit damals hatte er viel mehr über diese kühne Art von Wasseringenieurtechnik gelernt.

Entlang der ganzen Küsten erreichten die Gezeiten des Atlantiks eine hohe Stärke, angetrieben von Wind und zusammengedrängt durch die Konvergenz von Frankreich und Spanien. Andere Anlagen holten Gigawatts an Energie aus Wasser, das zweimal täglich in die Iberische Bucht strömte, ohne nur ein einziges Gramm Kohlenstoff in die Atmosphäre abzugeben oder eine Unze Gift auf das Land zu bringen. Die Energie kam letztlich aus einem fast unerschöpflichen Vorrat – dem Bahnimpuls des Systems Erde-Mond. Auf dem Papier war es der Traum eines Umweltfanatikers – die optimale erneuerbare Ressource.

Aber versuche einmal, das diesen Demonstranten in Bordeaux zu erzählen!

An diesem Morgen hatte er die Anlage besucht, die schon an Ort und Stelle war längs der früheren Schlammflächen des Beckens von Arcachon, nahe der Stelle, wo die Flüsse Garonne und Dordogne an einem der besten Weinbaugebiete der Welt vorbeifließen. Der Gezeitenenergiestaudamm von Arcachon lieferte jetzt saubere Energie für einen großen Teil des südwestlichen Frankreichs. Er war auch allein in diesem Jahr dreimal bombardiert worden, darunter einmal von einem Kamikaze-Piloten, der einen selbstgemachten Ornithopter mit Pedalen antrieb.

Demonstranten marschierten vor dem Betriebseingang, wie sie es seit vierzehn Jahren getan hatten. Sie schwenkten Fähnchen und den uterusförmigen ›Kreis der Mutter‹. Es schien, daß selbst ein verschmutzungsfreies Kraftwerk – das Energie aus der friedlichen Mondbahn entnahm – in diesen Tagen seine Gegner haben müßte. Die Protestierenden beklagten frühere Feuchtgebiete, die manche Leute als nutzlose Schlammflächen angesehen hatten, die aber auch zahllose Seevögel ernährt und geschützt hatten, ehe sie in eine eingedeichte Ebene voll ansteigenden trüben Salzwassers verwandelt wurden.

Dann war da die andere Hälfte von Eric Sauvels Projekt, um die noch mehr Kontroversen quirlten. »Wieviel Sediment werden Sie mit Ihren Schaufelrädern vor der Küste hochbringen?« fragte Logan den Projektmanager.

»Nur ein paar Tonnen täglich. Es ist wirklich erstaunlich, wie wenig Grundschlamm gehoben werden muß, wenn er gut gelöst ist. Eintausend Bagger sollten mehr als genug Nährstoffe umwenden, um die Düngungsleistung des Humboldtstroms vor Chile zu erreichen. Und es wird natürlich sehr viel zuverlässiger sein. Wir wollen keinen klimatischen Brüchen wie El Niño unterworfen sein.

Vorläufige Tests besagen, daß wir eine Blüte von Phytoplankton schaffen werden, die die Hälfte der Bucht bedeckt. Photosynthese wird – ist das der richtige Ausdruck? – raketenartig hochschießen.«

Logan nickte. Sauvel fuhr fort. »Zooplankton wird das Phytoplankton verzehren. Fische und Kalmare werden Zooplankton fressen. Dann planen wir, näher an der Küste einen großen Seetangwald einzurichten, zusammen mit einer Otterkolonie als Schutz vor hungrigen Seeigeln ...«

Das alles klang zu gut, um wahr zu sein. Bald könnten Erträge aus dem Golf von Biscaya den Anchovisfischern des östlichen Pazifiks Konkurrenz machen. Derzeit war das klare Wasser unten so unfruchtbar wie der schimmernde Sand von Oklahoma.

So mußte Sauvel die Bucht heute betrachten – als eine riesige nasse Wüste, die aber voller Möglichkeiten war. Man mußte nur Sedimente des Meeresbodens emporheben, um die Basis der Nahrungskette zu speisen – schwebende mikroskopische Algen und Diatomeen –, dann würde der übrige Teil der Lebenspyramide gedeihen.

Trockene Wüsten können erblühen, wenn man für Wasser sorgt. Feuchte brauchen wenig mehr als schwebenden Schlamm – nehme ich an.

Aber wir haben doch wohl gelernt, wie verheerend die Folgen auf Land sein können, wenn die Bewässerung falsch gemacht wird. Ich frage mich, was hier der Preis sein wird, wenn wir diesmal etwas vergessen haben.

Als Liebhaber von Wüsten und doch ihr unversöhnlicher Feind wußte Logan, daß sich reine Schönheit oft in Leere findet, während Leben, sprießendes Leben, oft eine gewisse häßliche Weltlichkeit mit sich bringt.

So war das Geschäft – eine Vogelmarsch eingetauscht gegen eine tote, aber wertvolle Energiequelle... eine leblose, aber schöne Bucht, verschachert für einen fruchtbaren Meeresdschungel, der Millionen ernähren könnte.

Er wünschte, es gäbe einen besseren Weg.

Nun, wir könnten weltweit erzwungene Eugenik einführen, wie einige Radikale vorschlagen – ein Kind pro Paar, und jedes männliche Exemplar, das irgendeines Aktes von

Gewalt überführt wird, zur Vasektomie zwingen. Das würde schon funktionieren … obwohl sich einige Effekte für Population oder Verhaltensweisen nach Dekaden einstellen könnten.

Oder wir könnten Wasser noch schärfer rationieren. Den Energieverbrauch auf 200 Watt pro Person beschneiden … obwohl das auch der Renaissance weltweiter Information Einhalt gebieten würde.

Wir könnten allen Luftschiffen Startverbot erteilen, den Touristenboom stoppen und wieder zu regionalem Isolationismus zurückkehren. Das würde gewiß Energie sparen … und fast sicher den wachsenden Internationalismus beenden, der Krieg abgewendet hat.

Oder wir könnten drakonisch Recycling fordern bis hin zum letzten Fetzen Papier oder Blechfolie. Wir könnten Kalorienaufnahme um 25 Prozent und die von Protein um 40 Prozent reduzieren …

Logan dachte an seine Tochter und verbannte jede kurze Versuchung, die Partei der Radikalen zu ergreifen. Er und Daisy hatten verantwortungsvoll bei einem Kind aufgehört; aber inzwischen war sich Logan dieser Einschränkung nicht mehr so sicher. Eine Person wie Claire würde viel mehr Übel in der Welt heilen, als sie dadurch schuf, daß sie in ihr lebte.

Es lief schließlich auf die letzten Grundlagen hinaus.

Niemand beschneidet die Proteinaufnahme meines Kindes. Nicht, solange ich lebe, um das zu verhindern. Was auch immer Daisy sagte über die Vergeblichkeit, Probleme zu ›lösen‹ – ich werde es weiter versuchen.

Das bedeutete, Sauvel zu helfen, selbst wenn diese frühere Meereswüste durch Schwärme von Schlamm und Algen und stinkenden wimmelnden Fischen überwältigt werden würde.

Der Glanz des vom Wasser reflektierten Sonnenlichts mußte stärker gewesen sein, als er dachte. Logans Augen fühlten sich komisch an. Ein spektraler Kristallschimmer schien die Luft zu verändern. Er zwinkerte in plötzlicher Benommenheit und starrte auf eine See, die noch stärker hypnotisierte als jede Beschattung der Iris. Es ragte vor ihm auf, packte ihn wie ein Liebhaber mit lähmender Fesselung des Herzens.

Schauer liefen ihm den Rücken hinunter. Logan fragte sich, ob eine Mikrobe sich so fühlen könnte, wenn sie in jäher Scheu in eine wahrhaft gigantische Seele schaute.

Ganz plötzlich erkannte er, daß diese Empfindungen durchaus nicht subjektiv waren. Der Minizeppelin schwankte. Logan riß seinen Blick von der hypnotischen See los und sah, daß die Pilotin sich die Augen rieb und an ihren Kopfhörer schlug. Eric Sauvel rief ihr auf französisch etwas zu. Als sie antwortete, wurde Sauvels Gesicht aschfahl.

»Jemand hat die Stelle sabotiert«, sagte er Logan laut genug, um den Lärm zu übertönen. »Es hat eine Explosion gegeben.«

»Was? Gab es Verletzte?«

»Anscheinend keine größeren Verluste. Aber einer der Ankerpylone wurde zerstört.«

Die seltsamen Effekte ebbten ab, noch während Sauvel sprach. Logan blinzelte und fragte: »Wie schlimm ist es?«

Der Ingenieur zuckte ausdrucksvoll die Achseln. »Ich weiß nicht. Irgendwie scheint alles betroffen zu sein. Sogar ich habe gerade vor einem Augenblick – vielleicht subsonische Wirkungen der Explosion gespürt.«

Sauvel beugte sich nach links und hielt Ausschau. »Wir kommen jetzt in Sicht.«

Zuerst war kaum zu sehen, daß überhaupt etwas passiert war. Es gab keine Rauchwolken. Keine Sirenen heulten über den schrägen Schelf oberhalb des Einlasses von Santa Paula. Auf beiden Ufern sahen die halbfertigen Energiespeicher ganz so aus, wie Logan sie in Erinnerung hatte.

Die fjordartige Enge begann als weite Lücke in der Küstenlinie, die ins Land hinein schmaler wurde. An bestimmten Punkten überquerten sie Reihen von Monolithen wie graue Militärbunker, die jeweils durch einen flexiblen Damm miteinander verbunden waren. Zweimal täglich würden Gezeiten durch den natürlichen Trichter dringen und über diese Barrieren und dabei Turbinen antreiben. Wenn dann Mond und Sonne das Wasser wieder zurückzogen, würde noch einmal Zoll erhoben werden. Zurück und voran, Ebbe und Flut – das System brauchte keinen ständigen Strom von Kohle oder Öl oder Uran, noch würde es giftige Abfälle ausstoßen. Die einzigen anfallenden Kosten wären Ersatzteile – und Elektrizität alles, was herauskam.

Logan musterte die Pylonen und Generatorenbauten. Er sah, daß einer oder zwei seiner Vorschläge schon verwirklicht worden waren. Offenbar hatten die Modifikationen sich gelohnt. Aber bis jetzt konnte er noch keine Anzeichen von Schäden erkennen.

»Da drüben!« Sauvel deute auf ein Ende der Sperrenkette. Noteinsatzfahrzeuge ließen stroboskopische Lampen aufblitzen, während Magnuseffekt-Schweber und Polizeihelikopter das Hügelland ringsum durchstreiften. Ihre Pilotin beantwortete wiederholt Anfragen nach Identifikation.

Logan suchte nach deutlichen Anzeichen von Gewalt, erspähte aber keine geschwärzten und verkrümmten Trümmer. Als Sauvel nach Luft schnappte, schüttelte er den Kopf. »Ich sehe nicht …«

Er folgte Sauvels deutendem Arm und staunte. An der Küste war ein neuer Turm errichtet worden, der wie ein Baukran fünfzig Meter hoch aufragte. Seine Nase war gesenkt durch eine schwere Last.

Erst als sie näher kamen, bemerkte Logan, daß die Spitze mit grünem faserigen Zeug überzogen war – *Seetang,* wie er feststellte. Und von der sich neigenden Spitze baumelte ein Mensch! Der ›Turm‹ war gar kein Turm, sondern ein wichtiger Teil der Gezeitensperre ... Der Mast des Küstenankers. Eine *horizontale* Struktur. Wenigstens sollte sie horizontal sein. Dazu bestimmt, wilden atlantische Stürmen zu trotzen, hatte sie flach im Wasser gelegen, bis ...

»Teufelswerk!« fluchte Sauvel. Irgendeine Kraft hatte es geschafft, den Träger wie ein Kinderspielzeug auf einem Ende stehen zu lassen. Während sie zusahen, wie Rettungsfahrzeuge herankamen, um den hängenden Taucher zu bergen, stellten sie durch Radio fest, daß es keine weiteren Personenschäden gegeben hatte. Man konnte hören, wie Hilfsmannschaften sich beklagten, daß sich keine Spur der vermuteten Bombe gefunden hatten.

In Logan keimte der Verdacht, daß sie nie eine finden würden.

Er lachte nicht. Das wäre unhöflich gegenüber seinen Gastgebern, deren Arbeit um Tage, vielleicht Wochen, zurückgeworfen war. Aber er gestattete sich ein grimmiges Lächeln, wie es ein vorsichtiger Mann zeigt, wenn ihm etwas wirklich Überraschendes widerfährt. Er fühlte sich wie vor ein paar Wochen, als er jene seltsamen spanischen Erdbeben untersucht hatte – und den Fall des auf mysteriöse Weise verschwundenen Bohrturms. Logan nahm sich vor, die seismologische Datenbasis der Welt anzugehen, sobald sie die Küste erreichten. Vielleicht gab es auch diesmal einen Zusammenhang.

Offenbar war etwas Neues in die Welt eingetreten. Dessen war er sich jedenfalls sicher.

□

Ein großes Reservoir lag unter der nordamerikanischen Prärie. Die Ogallala-Wasserader breitete sich unter einem Dutzend Staaten aus – ein riesiger verborgener See aus reinem Trinkwasser, das während des Kommens und Gehens dreier Eiszeiten in Steinspalten gesickert war.

Den Farmern, die Ogallala zuerst entdeckt hatten, mußte es wie eine Gabe der Vorsehung erschienen sein. Selbst in jenen Tagen pflegte die Sonne Oklahoma und Kansas zu versengen, und die Regenfälle waren dürftig. Aber Bohrungen, die nur in geringe Tiefe führten, zapften eine Lebensquelle an, so rein und klar wie Kristall. Bald verwandelten Bewässerungskreise knochentrockenes Grasland in die reichste Kornkammer der Welt.

Tag für Tag, Jahr für Jahr muß der Ogallala als ebenso unerschöpflich gegolten haben wie die Wälder des Amazonas. Selbst als es weithin bekannt wurde, daß er alljährlich um einige Fuß abgesenkt wurde, aber sich nur um ein paar Zoll erholte, änderten die Farmer nicht ihre Pläne, neue Bohrungen anzubringen oder schnellere Pumpen zu installieren. Theoretisch wußten sie, daß das nicht so andauern konnte. Aber Abstraktionen gelten bei der Bank nichts. Die Leute blicken nicht über die Ernte dieses Jahres hinaus. Der Ogallala war ein Speiseraum ohne Beschützer, der Tragödie ausgeliefert.

Darum war der amerikanische Mittelwesten vom Schicksal dazu bestimmt, unter einem der kleinen Wasserkriege zu leiden, die den frühen Teil des Jahrhunderts erschütterten. Indessen waren, obwohl die Verbitterung hoch stieg, die Zahlen der Opfer niedriger als bei den Krawallen in La Plata oder der Nilkatastrophe. Das kam wahrscheinlich daher, daß, als die Schlacht über die Ogallala-Wasserader voll entbrannt war, immer noch hie und da kleine aber feuchte Poren blieben, die ein jeder verteidigen konnte.

Staub ließ sich nieder über braunen runden Flecken, wo üppiges Wachstum geherrscht hatte. Er bedeckte verrostende Bewässerungstürme und die Fenster leerer Wohnhäuser.

Dicht hinter dem Staub wurde Sand hereingeweht.

• EXOSPHÄRE •

Flimm're, flimm're, kleiner Stern …

Einem gewissen Zittern zum Trotz übte sich Teresa darin, während ihres ersten Ausflugs in den Weltraum ruhig zu bleiben. Sie kontrollierte öfters; aber ihre Signalbaken schwankten nicht. Die Kontinente hatten sich nicht merklich verschoben. Ihre alten Freunde, die Sterne, lagen in der gleichen Anordnung da, wie sie sie kannte. Verstreute Wegzeichen, die unverwandt eine Beständigkeit verhießen, auf die die sich stets verlassen hatte.

Oh, wie seh' dein Licht ich gern …

»Lügner!« beschuldigte sie sie. Denn ihr Versprechen hatte schon getrogen. Wer, der das durchgemacht hatte wie sie, konnte je sicher sein, daß diese Konstellationen sich nicht entschließen würden, wieder flüssig zu werden, zu schmelzen und zu strömen und mit dem Chaos in ihr eins zu werden?

»Mutter, was war das? Hast du etwas gesagt?«

Teresa merkte, daß sie laut in ein offenes Mikrophon gesprochen hatte. Sie blickte nach draußen, wo entfernte, in Raumanzüge gekleidete Gestalten über ein Gitterwerk von Trägern und filigranen Pylonen krochen. Sie waren zu weit entfernt, um individuelle Gesichter erkennen zu lassen.

»Oh, tut mir leid«, sagte sie. »Ich wollte gerade …«

Eine zweite Stimme mischte sich ein: »Sie gluckt nur, um sicher zu sein, daß ihre Küken alle in Ordnung sind. Stimmt's, Mammy?«

Diese Stimme kannte sie. Für eine Arbeitsgruppe bei Arbeiten im freien Raum konnte es üblich sein, den Wachpiloten als ›Papa‹ anzusprechen. Oder in ihrem Falle ›Mutter‹. Aber nur Mark Randall hatte den Nerv, sie über einen offenen Kanal ›Mammy‹ zu nennen.

»Aufhören, Randall!« Diesmal mischte sich Oberst Glenn Spivey ein, um das Geschwätz zu unterbinden. »Ist etwas los, Captain Tikhana?«

»Hm – nein, Colonel.«

»Sehr wohl also. Danke dafür, uns abzuhören – still!«

Teresa kniff sich in den Schenkel. Verfluchter Kerl! Spiveys Version von Höflichkeit würde frischgepflückte Äpfel verderben. Sie schob ihr Wangenmikrophon zur Seite, damit das nächste beiläufige Wort nicht die Aufmerksamkeit dieses schrecklichen Mannes erregte.

Ich bin nicht ich selbst. Das wußte sie. Außengespräche auf offenem Kanal waren nicht ihre Art. Aber es war immerhin auch weder Spionage oder Verrat.

Sie schaute auf ihr linkes Knie. Der kleine Recorder, den sie dort angebracht hatte, war gut außer Sicht verstaut und zapfte den Hauptcomputer des Shuttles durch eine Faser an, die so dünn war, daß man sie kaum sehen konnte. Es war fast zu einfach gewesen. Die benötigten Instrumente waren schon an Bord der *Plejaden*. Sie brauchte nur die Einstellungen leicht zu verändern, damit enge Datenfenster von ihrem kleinen Datenspeicher erfaßt werden konnten.

Es half, daß dies ein Konstruktionsauftrag war. Sie würde stundenlang hintereinander allein gelassen werden, während Randall und Spivey und die anderen draußen waren und die Roboter beim Bau von Erewhon II überwachten. Die Verteidigung wollte das neue Gebäude rasch in Stellung gebracht haben, was die Benutzung unbeschädigter Teile der Reagan-Station sowie von Teilen, die man aus Reserven zusammengeschustert und mit schweren Boostern eilends hochgeschickt hatte, erforderte.

Das war der Vorteil davon, daß ›nationale Sicherheit‹ Vorrang hatte. Man würde nicht erlauben, daß das Unglück alle Raumfahrtaktivität lähmte, wie es geschehen war nach der *Challenger*-Katastrophe oder dem schrecklichen *Lamberton*-Fiasco. Andererseits wurden sonstige Programme dafür beschnitten. Der zivile Weltraum würde noch lange zu leiden haben.

Draußen in der Finsternis sah Teresa zu, wie Figuren systematisch einen gewaltigen Lastenbeförderer zerlegten. Sie öffneten die große Rakete wie eine sich entfaltende Blüte. Weltraumarbeiter prahlten wie Metzger einst in einem Schlachthof, daß sie für alles eine Anwendung finden könnten ›außer dem Gequieke‹. Es war lange her, seit die NASA zum erstenmal versucht hatte, eine ganze funktionierende Raumstation unglaublicherweise aus nichts als winzigen Kapseln und Gitterwerk zu montieren, wobei jedes Stück *im Innern* von Shuttles in den Orbit gehievt werden mußte.

Über das Eiltempo verärgert hatte diese Montagegruppe einstimmig sie als ›Mutter‹ gewählt, um vom Kontrolldeck der *Plejaden* über sie zu wachen. Das Management wagte nicht, die Gewerkschaften der Fahrer und Spinner zu brüskieren, wenn es um die Sicherheit der Mannschaft ging; und so war Teresa dann doch den Talkshow-Rundreisen entschlüpft.

Ironischerweise hatte sie sich zum erstenmal in ihrer Laufbahn anderweitig in Anspruch genommen befunden. Natürlich tat sie ihre Arbeit. Weil die anderen Astronauten auf sie zählten, machte sie peinlich genau Telemeremessungen und versicherte sich auf doppelte Weise, daß ihre ›Küken‹ all right waren. Aber Teresa wandte den Blick doch immer wieder durch das Rückfenster zur Erde. Es war nicht die Schönheit des Planeten, was sie ablenke, sondern eine nervöse Vorahnung.

Der NASA-Psychologe hatte sie gewarnt, daß es immer Schwierigkeiten gäbe, wenn man nach einem unglücklichen Einsatz erstmals wieder oben wäre. Aber das war es nicht. Teresa wußte, es war wichtig, wieder in den Sattel zu kommen. Sie vertraute ihren Fähigkeiten.

Nein, ihr Blick wandte sich immer wieder zur Erde,

weil sie dort die ersten Symptome gesehen hatte. Jene unheimlichen optischen Effekte, die die Psychologen großenteils als Stress-Halluzinationen abgetan hatten, die ihr aber beim letzten Mal eine momentane Warnung geliefert hatten.

Sie sagte sich: *Hör auf, so nervös zu sein! Wenn Manella recht hat, kann es nicht wieder passieren. Er meinte, Erewhon wäre zerrissen worden, als irgendeine stupide Fehlfunktion im Farpoint-Laboratorium ein Schwarzes Mikroloch freigesetzt hätte. Mit was für einem Frankensteinapparat sie gespielt hätten, müßte seine Energie auf einmal explosionsartig freigesetzt haben.*

Nach dieser Erwägung war es eine einzige explodierende Singularität gewesen, die auf unbekannte Weise die ersten Menschen – oder was von ihnen übrig war – zu den Sternen befördert hatte.

Zum vierzigsten Male suchte sie sich auszumalen, wie sie das getan haben könnten. Wie konnte jemand, um Himmels willen, ein *Schwarzes Loch* – selbst ein Schwarzes Mikroloch – im Weltraum bauen und verheimlichen, ohne daß davon ein Wort nach außen drang? Das kleinste Loch mit einer Temperatur, die niedrig genug war, um zusammengehalten zu werden, würde die Masse eines kleinen Berges erfordern. So ein Material kann man nicht in einen niedrigen Orbit befördern, ohne daß jemand es bemerkt. Nein, das Ding müßte durch *Cavitronik* erbaut worden sein, jene neue Wissenschaft von Quanten-Absurditäten, von Kräften, über die noch vor vierzig Jahren niemand etwas gehört hatte, und die verrückte Leute aus dem rohen Material des reinen Vacuums benutzten, um im Raum gefaltete Senklöcher zu schaffen.

Cavitronik. Obwohl sie populäre Darstellungen las, wußte Teresa so gut wie nichts über dies Gebiet. Aber wer wohl?

Nun, offenbar Jason. Sie hatte ihn für unfähig gehalten, sie jemals zu belügen. Was zeigte, wie wenig sie überhaupt von Menschen wußte.

Was Teresa am meisten erstaunte, war, daß Spivey und seine Mitverschwörer tatsächlich ein solch massives Ding da oben verbergen konnten, in der überfüllten Exosphäre der Erde. Gewiß war Farpoint isoliert gewesen. Um dahin zu kommen, bedurfte es zweier zwanzig Kilometer weiter Fahrten mit dem Aufzug hintereinander.

Indessen – wie versteckt man ein Gigatonnen-Objekt in einer niedrigen Erdumlaufbahn? Selbst auf einen Stecknadelkopf komprimiert, würde seine Anwesenheit die Flugbahn des ganzen Komplexes gestört haben. Das hätte sie jedesmal, wenn sie eine Mission nach Erewhon flog, aus kleinen Differenzen in den Ablesungen merken müssen. Nein, Manella mußte sich irren!

Dann erinnerte sie sich, wie jene Männer vom Verteidigungsministerium in pulverblauen Uniformen die Aufzeichnungen beschlagnahmt hatten, sobald die *Plejaden* von jener schrecklich langen Mission zurückgekehrt war. Teresa hatte gedacht, es wäre zur Unfallanalyse gewesen. Aber irgendwie wurden die Daten nie veröffentlicht.

Sie stellte im Geist zusammen, auf wie viele Weisen ein Pilot wirklich die Masse der oberen Spitze bestimmen konnte unter der Annahme, daß alle Shuttles weit unten angedockt wären. Die Liste war erstaunlich kurz.

Sie grübelte: *Wie, wenn bei jedem Flug nach Erewhon die Operationsparameter des Shuttles angepaßt wurden und die Daten seiner Trägheitslenkung vorweg verändert waren?*

Sie stellte fest, daß das nicht sehr schwierig wäre. Aber es wäre nicht nur unanständig, sondern sogar schrecklich gewissenlos, eine Pilotin hinsichtlich ihrer Navigationssysteme zu belügen und diese falsche Angaben machen zu lassen.

Aber es ließe sich machen. Sie würde schließlich nur das sehen, was man von ihr zu sehen erwartete.

Der Gedanke war entsetzlich. So etwas brachte man nicht zum Inspektor der Gewerkschaft!

Während der nächsten Stunde beantwortete Teresa Anrufe seitens der Arbeitsgruppe, berechnete für sie einige Korrektionen und brachte eine Frau und ihren Roboter nach einer Abweichung von fünf Grad wieder auf Kurs. Sie prüfte die Veränderung zweimal und beobachtete, bis die Astronautin und ihre Fracht wieder auf Posten waren. Aber währenddessen schwirrte ihr der Kopf von Argumenten für und wider das Szenarium.

An einer Stelle rief sie: »Sie hätten nicht ungestraft davonkommen dürfen!«

»Verzeihung, Mama?«

Es war wieder Mark, der von da aus rief, wo er große Spulen ultrastarker Spektralfaser abwickelte.

»Hier *Plejaden*. Hm – macht nichts.«

»Ich habe deutlich gehört, wie du gesagt hast …?«

»Ich – übe für die Talentschau am Tag der Raumfahrt. Wir spielen den *Hund von Baskerville*.«

»Lustiges Stück. Erinnere mich an mein Ticket!«

Teresa seufzte. Wenigstens hatte Spivey sich nicht gemeldet. Er mußte anders in Anspruch genommen sein.

»Sie hätten nicht so davonkommen dürfen«, murmelte sie noch einmal, nachdem sie das Mikrophon ganz ausgeschaltet hatte. »Selbst wenn sie durch einen üblen Trick der *Plejaden* falsche Daten hätten geben können …«

Sie hielt inne, plötzlich zu benommen, um laut fortzufahren.

Selbst wenn sie die Plejaden *und mich täuschen konnten, Gigatonnen überschüssiger Masse zu ignorieren, so hätten sie die nicht vor den wirklichen Beobachtern verheimlichen können … den anderen Weltraummächten! Die beobachten und verfolgen ständig jeden U.S.-Satelliten, so wie wir jeden anderen hier oben kontrollieren. Die hätten jede Anomalie bemerkt und geortet, die so groß wäre, wie Manella sagt.*

Teresa fühlte sich erleichtert ... und töricht, daß sie nicht früher daran gedacht hatte. Manellas Geschichte war absurd. Spivey hätte keine Singularität auf Farpoint verstecken können. Es sei denn, daß ...

Teresa empfand einen jähen Schauder wieder hochkommen. *Es sei denn, daß alle Weltraummächte mit drinsteckten.*

Die Stücke fügten sich richtig zusammen. So wie die sanfte, beiläufige Art, wie die Russen Amerika der Waffenversuche beschuldigt und die Sache dann hatten fallen lassen. Oder das Gentlemen's Agreement, orbitale Parameter nicht über mehr als drei relevante Dezimalstellen hinaus zu veröffentlichen.

»Ein *jeder* schwindelt bei dem Vertrag!« flüsterte sie entsetzt.

Jetzt verstand sie, warum Manella so darauf bestanden hatte, ihre Hilfe zu gewinnen. Da oben könnte es noch mehr verdammte Sachen geben! Die Hälfte der Stationen zwischen LEO, dem ›niedrigen Erdorbit‹, und dem Mond könnten Singularitäten bergen nach allem, was sie wußte. Die Daten in ihrem kleinen Recorder könnten der Schlüssel zu ihrer Aufspürung sein.

Die ungeheure Bedeutung ihrer Situation dämmerte ihr auf. So sehr sie die Wissenschaftstribunale verabscheute wegen der Blockierung mancher Raumtechnologien, fragte sich Teresa dennoch, wie die Welt ohne diese ausgesehen haben könnte. Wahrscheinlich eine Ruine. Dürfte sie dann wagen, einen Skandal zu verursachen, der das ganze System zum Zusammenbruch bringen könnte?

Schließlich ist es ja nicht so, als ob Spiveys Leute die Sperre völlig ignorierten, dachte sie. *Sie haben ihre Bestie da draußen hin getan, wo ...*

Sie schlug sich wieder auf den Schenkel.

... wo sie Freunde getötet hat ... ihren Gatten ... Und das Weltraumprogramm um Jahre zurückgeworfen hat!

Teresas Augen trübten sich. Ihre geballte Faust schlug immer wieder zu, bis aus dem Schmerz eine dumpfe pulsierende Taubheit wurde. »Bastarde!« wiederholte sie. Und noch einmal: »Ihr widerlichen Bastarde!«

So kam es, daß Teresa mit von Sorge geschwollenen Augen nicht einmal merkte, wie plötzlich Wellen von Farbe durch die Kabine schwebten und mit Tönen spektraler Brillanz kurz verdeckten, was grau gewesen war. Dann verblaßten sie wieder.

Draußen, zwischen den wachsenden Trägern und Seilen, blinzelten ein paar der Arbeiter, als diese Wellen momentan das periphere Gesichtsfeld störten. Aber sie waren darauf trainiert, sich auf ihre Jobs zu konzentrieren und bemerkten daher kaum, wie das Phänomen kam und rasch wieder verschwand.

Aber an Teresas Knie zeichnete der kleine Kasten ruhig und leidenschaftslos auf – alles, was die Instrumente des Shuttles eingaben.

TEIL IV

PLANET

Der Planet hatte seine Sonne erst eine Milliardemal umkreist, ehe er einige höchst ungewöhnliche Züge annahm – weit außerhalb des Gleichgewichts.

Zunächst einmal besaß keine seiner Schwesterwelten irgendwelchen freien Sauerstoff. Aber dieser Planet hatte eine Hülle entwickelt, die an diesem sengenden Gas reich war. Das alleine zeigte an, daß etwas Seltsames vor sich ging; denn ohne beständige Nachlieferung muß Sauerstoff rasch verbrennen.

Und die Temperatur des Planeten war ungewöhnlich stabil. Gelegentlich breiteten sich Eisplatten aus und zogen sich dann unter strahlendem Sonnenschein wieder zurück. Aber bei jedem Zyklus bewirkte irgend etwas, daß sich Wärme ansammelte oder wieder im Ausgleich schwand, wobei die wogenden Meere intakt blieben.

Diese Meere … flüssiges Wasser, das zwei Drittel des Globus bedeckte … Keine andere die Sonne umkreisende Welt teilte dieses besondere Merkmal. Dann war da die pH-Balance des Planeten, die dramatisch vom normalen sauren hin zu einem seltenen alkalischen Zustand abwich.

Die Liste ging weiter. So weit in vielfacher Hinsicht von

Gleichgewicht entfernt, und dennoch so stabil, so beständig. Das waren seltsame und unwahrscheinliche Eigenschaften.

Es gab auch Züge von Physiologie.

□ Denn alle ihr Farmer draußen scharrt in der trockenen Hitze und versucht, eure Hirse zu pflanzen, ehe der Boden fortweht, wo es noch kümmerliche Reste aus vergangenen Zeiten gibt. Da ihr ja nicht über eure Mühen lachen könnt, laßt ihr sie einfach die Oberhand gewinnen.

> *»Gestern habe ich zufällig meine beste Kette in eine Spalte in meinem Hof fallen lassen. Heute morgen kam ich, um zu sehen, ob ich sie herausfischen könnte. Aber Donnerwetter, ich konnte hören, wie sie immer noch weiter nach unten rasselte!«*

Das habe ich in einem Witzbuch gefunden, das flotte fliegende Händler hier im Mittelwesten vor hundert Jahren verkauft haben, während der ersten Staubkatastrophe. (Jawohl, es hatte eine erste gegeben. Mußte sein, nicht wahr?) Diese Juwelen wurden seinerzeit in den 1930ern von dem Schriftstellerprojekt der Union gesammelt... vermutlich deren Auffassung von Netz-Gedächtnis. Hier noch mehr aus der gleichen Sammlung:

> *»Letzte Woche hat es einen Dreizollregen gegeben... Ein Tropfen auf je drei Zoll.«*
> *»Es war drüben in Waco so trocken, daß ich gesehen habe, wie sich zwei Bäume um einen Hund stritten.«*
> *»In meiner Gegend ist es so trocken, daß Baptisten die Bekehrten ansprühen und Methodisten sie mit einem nassen Lappen abwischen.«*

Während ich hier im Studio sitze und die alte Nummernscheibe in beiden Richtungen drehe, sehe ich, daß einige von euch ihre Holos mit in die Felder herausgebracht haben. Ich werde versuchen, so laut zu sprechen, daß ihr eure Apparate später unter dem Staub wiederfinden könnt!

Nun, okay, der war wohl nicht so gut. Hier sind zwei aus dem Buch, die wohl noch schlimmer sind.

»Meine Heuernte ist so schlecht, daß ich einen Henkel kaufen muß, nur um die Harke in Betrieb zu nehmen.«

»Dieses Jahr will ich ein Schwein in den Getreideanhänger werfen und direkt davon essen. Schätze, ich würde bis Mittag nicht einmal die Schweine wechseln müssen.«

Versteht jemand da draußen diese letzten beiden? Ich habe Freikarten für das nächste Skywriters-Konzert in Chi-Town für die ersten zehn von euch, die gute Erklärungen zurückrufen. Inzwischen wollen wir etwas Klamauk von den Skywriters selbst haben. Hier ist: »Gefesselt an eine Regenwolke.«

• KRUSTE •

Roland umklammerte den Kunststoffschaft des Gewehrs, als seine Gruppe aus dem Lastwagen sprang und hinter Korporal Wu antrat. Der hatte einen ernsten Anfall von trockenem Hals, und seine Ohren klangen noch von der Alarmglocke, die sie erst vor einer Stunde aus dem Schlaf der Erschöpfung gerissen hatte.

Wer hätte sich vorstellen können, zu einem wirklichen Angriff herausgerufen zu werden? Das brach bestimmt die Routine der Grundausbildung – sinnlos herumlaufen, stramm stehen, während Feldwebel einen beschimpften, gehorsame Antworten zurückbrüllen, dann noch mehr rennen, bis man hinfiel. Natürlich hatten die einführenden Bänder zuvor den Zweck von alledem erklärt.

»... Rekruten müssen intensiven Stress durchmachen, um zivile Antwortsweisen zu brechen und Verhaltensschablonen für militärische Indoktrination vorzubereiten. Ihre Rechte werden nicht aufgegeben, sondern nur zeitweilig suspendiert, um Disziplin, Koordination, Hygiene und andere heilsame Fähigkeiten zu pflegen ...«

Nur Freiwillige, die Verständnis hatten und Verzichterklärungen unterzeichneten, durften den friedenserhaltenden Streitkräften beitreten. Sie hatten also gewußt, was sie zu erwarten hatten. Was Roland wirklich überraschte, war, daß er sofort angenommen wurde trotz mittelmäßiger Schulzeugnisse. Vielleicht waren die Eignungstests der Friedenskämpfer doch nicht unfehlbar. Oder vielleicht offenbarten sie etwas über Roland, das in Indiana nie zum Vorschein gekommen war.

Intelligenz kann es nicht sein, das ist sicher. Und ich bin keine Führerpersönlichkeit. Wollte es auch nie werden.

In seinen freien Momenten (im ganzen drei, seit er hier in Taiwan zum Training angekommen war) hatte Roland über dieser Frage gegrübelt und schließlich entschieden, daß ihn das überhaupt nichts anginge. Solange die Offiziere wußten, was sie taten, war ihm das genug.

Dennoch erfüllte ihn das Herausrufen von Rekruten zu einem Nachteinsatz nicht mit Zuversicht.

Wozu wären Greenhorns wie wir in einer Kampfoperation nütze? Würden wir nicht bloß im Wege stehen?

Seine Gruppe marschierte im Geschwindschritt längs einer hochragenden wohlriechenden Hecke auf das Geräusch von Helikoptern und die schmerzhafte Blendung von Scheinwerfern zu. Schweiß lockerte seinen Griff am Schaft und zwang ihn, die Waffe fester zu halten. Sein Puls beschleunigte sich, als sie sich dem Schauplatz der Handlung näherten. Und dennoch war Roland sich sicher, daß er sich nicht vor dem Tode fürchtete.

Nein, er fürchtete eine Eskalation.

»Takka sagt, es sind Ökofreaks!« flüsterte keuchend der neben ihm laufende Rekrut. Roland antwortete nicht. In der letzten Stunde hatte er von Latrinenparolen die Schnauze voll.

Neu-gaianische Radikale hätten einen Damm in die Luft gejagt, sagte jemand.

Nein, es wäre ein unlizensiertes Genlabor oder vielleicht eine nicht registrierte nationale Bombe – die dem Rio-Pakt zuwider versteckt war.

Zum Teufel – keiner der gerüchteweise verlautenden Notfälle schien den Einsatz milchbärtiger Rekruten zu rechtfertigen. Es mußte eine wirklich große Affäre sein. Oder etwas, das er überhaupt noch nicht verstand.

Roland betrachtete den hüpfenden Rucksack von Korporal Wu. Der stämmige Chinese schleppte das doppelte Gewicht wie jeder von ihnen, hielt sich aber offenbar zurück wegen der langsamen Rekruten. Roland wünschte, Wu würde die Munition sofort ausgeben. Wie, wenn sie in einen Hinterhalt gerieten? Wie, wenn ...

Du weißt noch gar nichts, du Trottel! Bete lieber darum, daß sie keine Munition ausgeben! Die Hälfte der Muttersöhnchen, die hinter dir her rennen, können ihre Flinten nicht von ihren Hinterteilen unterscheiden.

Fairerweise dachte Roland, daß sie über ihn wohl genauso dächten.

Die Gruppe rannte um die Hecke herum auf einen mit Kies bedeckten Fahrweg und schnaufte bergauf zu den blendenden Laternen. Offiziere wimmelten herum, über Klemmbretter brütend und lange Schatten über einen kurzgeschnittenen Rasen werfend, der von 'koptern und Magnus-'zeps zerwühlt war. Eine prächtige Villa stand weiter oben am Hang und beherrschte die üppige Landschaft. Silhouetten hasteten hinter hell erleuchteten Fenstern.

Roland sah keine Schützenlöcher. Keine Anzeichen von feindlichem Feuer. Also würde die Munition wohl nicht gebraucht werden.

Korporal Wu ließ die Gruppe lässig halten, als die massive, mürrische Gestalt von Sergeant Kleinerman aus dem Nichts auftauchte.

»Lassen Sie die Würstchen die Waffen drüben am Flußbett aufstapeln!« sagte Kleinerman zu Wu in ausdruckslosem militärischen Standard-Englisch. »Putzen Sie ihnen die Nasen und nehmen Sie sie zurück! UNEPA hat für sie Arbeit, die einfach genug ist, daß auch kleine Kinder damit zurechtkommen.«

Jeder Rekrut, der diese Redeweise persönlich nahm, war ein Narr. »Keine Waffen«, knurrte Takka, als sie ihre Gewehre zwischen zertrampelten Ringelblumen zusammenstellten. »Was denken die, was wir nehmen sollen – unsere Hände?«

Roland zuckte die Achseln. Die lässige Haltung der Offiziere sagte ihm, daß dies kein Terroristengebiet war.

»Hierher, ihr Würstchen!« sagte Wu, ohne Bosheit und mit nur wenig sorgsam bemessener Verachtung. »Los! Es ist Zeit, wieder einmal die Welt zu retten.«

Durch die hellen Fenster erblickte Roland reiche Männer und reiche Frauen, die in schimmernde Stoffe gekleidet waren. Fast alle sahen aus wie Han-Formosaner. Zum erstenmal seit seiner Ankunft in Camp Pérez de Cuellar fühlte Roland, daß er sich wirklich in Taiwan befand, fast China, Tausende Meilen von Indiana entfernt.

Diener trugen noch Tabletts mit Erfrischungen. Ihre dunklere Bengali- oder Tamilhautfarbe kontrastierte, mit den blassen Taiwanesen. Anders als die angeregten Partygäste schienen die Bediensteten unbeeinflußt davon, daß sie in ihrer Mitte alle diese Soldaten und grün gekleideten Beamten der UNEPA hatten. Tatsächlich sah Roland, wie eine Kellnerin grinste, als sie glaubte, daß niemand hinsah, und sich zu einem Glas Champagner verhalf.

UNEPA… Roland hätte die grünen Uniformen anspucken mögen. *Das bedeutete Ökoverbrecher.*

Wu eilte an der Gruppe entlang, während einige echte Soldaten Wache standen in scheckiger Kampftarnung, die Augen hinter multisensorischen Brillen, die zu wabern und blitzen schienen, während ihre Impulsgewehre dunkel glommen. Die Wachen ließen die Rekruten fast ohne eine Spur von Beachtung ziehen, was Roland viel mehr wurmte als die Kränkungen durch Wu und Kleinerman.

Ich werde dafür sorgen, daß sie mich beachten, gelobte er sich. Obwohl er es besser wußte, als bald damit zu rechnen. Über Nacht wurde man nicht wie diese Boys.

Hinter der Villa fiel eine Rampe steil in die Erde ab. Rauch stieg von einer explodierten Stahltür auf, die jetzt verkrümmt auf einer Seite lag. Eine weibliche Beamtin begegnete ihnen an der Öffnung. Noch dunkler als ihre Schokoladenhaut war die Färbung ihres Gesichts, wie aus Basalt gemeißelt. »Diesen Weg!« sagte sie knapp und führte sie die Rampe hinunter – eine Strecke von mehr als fünfzig Metern – in einen Bunker aus armiertem Beton. Aber als sie den Boden erreichten, war es ganz anders, als Roland erwartet hatte – eine niedrige Plattenkammer. Statt dessen fand er sich in einem Ort, der direkt aus Tausend-und-eine-Nacht hätte stammen können.

Die Rekruten schnappten nach Luft. »Schiet!« erklärte Takka lakonisch und zeigte damit, wie gut er die Grundlagen der englischen Militärsprache aufgeschnappt hatte. Kanakoa, der Hawaiianer, drückte sein Erstaunen wortreicher aus: »Willkommen auf dem Elefantenfriedhof, Tarzan!«

Roland staunte nur. Kleine bunte Spotlights erhellten die gewölbte Kammer und verstärkten auf subtile Weise den Schimmer von Elfenbein, Pelzen und Kristall. Von Wand zu Wand war die Beute aus fünf Kontinenten hoch aufgestapelt. Mehr ungesetzlicher Reichtum, als Roland je gesehen hatte. Mehr, als er sich je hätte vorstellen können.

Von Gestellen in allen Richtungen hingen gefleckte Leopardenfelle, schimmernde Biberpelze, Stolen aus

Silberfuchs. Und Schuhe! Endlose Stapel davon, offenbar aus toten Reptilien angefertigt, obwohl Roland keinen Begriff hatte, welche Species für welches Paar alles gegeben hatte.

»He, Senterius!« Takka stieß ihn in die Rippen, und Roland blickte nach unten, wohin der japanische Rekrut zeigte.

Nahe seinem linken Fuß lag ein luxuriöser weißer Teppich ... die ausgebreitete Form eines Eisbären, dessen grimmige Miene wirklich wütend aussah. Roland sprang vor diesen blitzenden Zähnen zurück, bis ihn etwas Spitzes und Hartes ins Rückgrat stieß. Er wirbelte herum und glotzte verblüfft auf einen Stapel Elefantenzähne, deren jeder eine goldene Schutzkappe an der Spitze trug.

»Gaia!« stöhnte er.

»Du hat es gesagt«, bemerkte Kanaoka. »Junge, ich wette, Ihre Heiligkeit hat das hier vollkommen umgehauen.«

Roland wünschte, er hätte den Namen der Erdmutter nicht laut ausgesprochen. Ihre Religion war schließlich nichts für Soldaten. Aber Kanaoka und Takka schienen ebenso erstaunt zu sein wie er. »Was ist das alles?« fragte Takka und zeigte auf die Berge tierischer Überreste. »Wer in der Welt würde solche Dinge haben mögen?«

Roland zuckte die Achseln. »Reiche Leute pflegten so dämlichen Dreck zu tragen.«

»Das habe ich gewußt«, fauchte Takka. »Aber warum jetzt? Das ist nicht bloß illegal. Es ist ...«

»Krankhaft? Wollten Sie das sagen, Soldat?«

Als sie sich umwandten, sahen sie die UNEPA-Beamtin in der Nähe stehen und an ihnen vorbei das aufgehäufte Elfenbein betrachten. Sie konnte nicht über vierzig Jahre alt sein, aber gerade jetzt waren die Sehnen an ihrem Hals so angespannt wie Bogensaiten, und sie sah ganz alt aus.

»Kommt mit mir, ich will euch Soldaten etwas zeigen.«

Sie folgten ihr vorbei an Kästen voller aufgespießter schimmernder Schmetterlinge, Aschenbecher aus Gorillahänden und Schemeln aus Elefantenfüßen, voller Holzversteinerungen und glitzernder Korallen, die ohne Zweifel aus Naturschutzgebieten gestohlen waren... bis hin zur Rückwand der künstlichen Höhle, wo zwei wirklich ungeheure Stoßzähne einen stehenden Bogen bildeten. Tigerfelle drapierten einen Schrank – aber was für einen! Eine aus dunklem Hartholz und Glas kunstvoll angefertigte Truhe, die Dutzende irdener Krüge enthielt.

Roland sah auf ihren Handrücken die Venen pulsieren. Die Rekruten verstummten, erschrocken vor so viel Haß, wie sie jetzt ausstrahlte. Nichts hier unten hatte sie auch nur halb so stark beeindruckt.

Roland fand den Mut zu fragen: »Was ist in den Krügen, Ma'am?«

Er sah an ihrem Gesicht, wieviel Kraft es sie kostete, gerade jetzt zu sprechen. Er fragte sich, ob er je imstande sein würde, über seinen Körper so viel Herrschaft auszuüben.

»Rhinozeros... horn«, sagte sie heiser. »Pulverisierter Narwalzahn... Walsperma...«

Roland nickte. Er hatte von solchen Dingen gehört. Alte Legenden behaupteten, daß so etwas das Leben verlängern könnte oder Potenz steigern oder Frauen brünstig werden lassen. Und weder Moral noch wissenschaftlicher Gegenbeweis schreckten Menschen davon ab, der Hoffnung nachzujagen.

»So viel! Es müssen ja hundert Kilos hier drin sein!« bemerkte Takka. Aber er trat zurück, als die UNEPA-Beamtin sich rasch zu ihm umdrehte mit einer Miene kalter Verzweiflung.

Sie flüsterte: »Sie verstehen nicht. Ich hoffte, wir würden noch viel mehr finden.«

Roland fand bald heraus, wozu Rekruten bei einer solchen Mission nützlich waren.

Sicher genug, dachte er, resigniert darüber, daß er gerade erst begonnen hatte, die Tiefen der Erschöpfung auszuloten, welche die friedenerhaltenden Kräfte für ihn noch in Reserve hatten. Wenn sie Stoßzähne von sechzig Kilo die steile Rampe hinaufwuchteten, wußte er und Gefreiter Schmidt, daß sie wichtige Teile in einer gut abgestimmten, hochwirksamen und schnell einsatzfähigen Streitmacht waren, deren weltweite Verpflichtungen von Pol zu Pol reichten. Ihr eigener Anteil war weniger spektakulär als jener der Inspektoren vor Ort, die Sibirien und Wyoming durchstöberten, um Waffenkontrollpakte durchzusetzen. Oder die mutigen paar, die wütende Milizen in Brasilien und Argentinien davon abhielten, sich gegenseitig die Kehlen durchzuschneiden. Oder selbst die Offiziere, welche die Beute dieses Abends etikettierten und inventarisierten. Aber, wie Korporal Wu ihnen wiederholt gesagt hatte, es dienen auch die, welche nur brummen und schwitzen.

Roland bemühte sich, bei der Arbeit mit Schmidt kein Unbehagen zu zeigen. Schließlich war der große, hagere Alpenjunge noch nicht einmal geboren gewesen, als der Helvetische Krieg soviel von Mitteleuropa verwüstete. Und man kann sich ja auch seine Herkunft nicht aussuchen. Roland bemühte sich, ihn als Eingeborenen von ›Westösterreich‹ zu akzeptieren und die Vergangenheit zu vergessen.

Immerhin sprach Schmidt recht gut Englisch. Tatsächlich besser als die meisten von Rolands alter Gang in Bloomington. »Wohin schaffen sie dieses Zeug?« fragte sein Partner den Piloten eines der Minizeps, als sie draußen eine zweiminütige Atempause einlegten.

»Sie haben in der ganzen Welt Lagerhäuser«, sagte der schwedische Unteroffizier. »Wenn ich euch davon erzählte, würdet ihr mir nicht glauben.«

»Versuch es doch mit uns!« entgegnete Roland prompt.

Die blauen Augen des Fliegers schienen weit in die Ferne zu blicken. »Nehmt das, was ihr in diesem Grab gefunden habt, und multipliziert es mit tausend!«

»Schie-t!« seufzte Schmidt. »Aber ...«

»Oh, etwas von diesem Zeug wird nicht auf Lager gehen. Zum Beispiel das Elfenbein. Sie werden Isotopenetiketten implantieren, so daß jedes Stück chemisch ein Unikat ist; dann werden sie es verkaufen. Die Zoo-Archen ernten jetzt Elefantenstoßzähne wie auch die afrikanischen Parks, damit die Biester nicht Bäume entwurzeln oder Wilddiebe anlocken. Diese Politik ist zu spät gekommen, um den Burschen hier zu retten.« Er klopfte auf den Zahn neben sich. »Leider!«

»Aber was ist mit dem anderen Kram? Den Pelzen, den Schuhen, all dem pulverisierten Horndreck?«

Der Pilot zuckte die Achseln. »Können sie nicht verkaufen. Das würde es legitimieren, solches Zeug zu tragen oder zu benutzen. Nachfrage zu schaffen, seht ihr.«

»Sie können es auch nicht vernichten. Könntet *ihr* Millionen wertvoller Dinge verbrennen? Manchmal führen sie Schulgruppen durch diese Lagerhäuser, um den Kleinen zu zeigen, was wirklich böse ist. Aber zum größten Teil steht es alles da und türmt sich immer höher auf.«

Der Pilot blickte nach links und rechts. »Ich habe aber eine Theorie. Ich glaube, den wahren Grund für die Lagerhäuser zu kennen.«

»Ja?« Roland und Schmidt beugten sich vor, bereit, sein Vertrauen zu gewinnen.

Der Pilot sagte hinter vorgehaltener Hand: »*Aliens*. Sie werden es an Aliens aus dem Weltraum verkaufen.«

Roland stöhnte. Schmidt spie verächtlich auf den

Boden. Natürlich würden richtige Soldaten so damit umgehen. Aber es war verwirrend, so offen übertölpelt zu werden.

»Meint ihr, daß ich scherze?« fragte der Pilot.

»Nein, wir halten dich für verrückt.«

Das rief ein schiefes Grinsen hervor. »Sieht fast so aus, Jungs. Aber denkt darüber nach! Sie suchen den Himmel jetzt schon seit hundert Jahren ab. Und wir haben den Weltraum diese ganze Zeit mit unserem Radio- und TV- und Daten-Netz geräuschvoll erfüllt. Früher oder später *muß* einfach einmal ein Sternenschiff anlegen. Nur das macht Sinn, nicht wahr?«

Roland entschied, die einzige sichere Antwort wäre ein stummes Glotzen. Er sah den Unteroffizier bedachtsam an.

»Ich stelle es mir so vor. Das Sternenschiff ist höchstwahrscheinlich ein *Handelsfahrzeug*... auf einer sehr, sehr langen Fahrt, wie jene Klipper in alten Zeiten. Die werden hier anhalten und Zeugs kaufen wollen, aber nicht jeden beliebigen Kram. Er muß leicht, transportfähig, schön und für die Erde ganz einzigartig sein. Warum sich sonst die Mühe machen?«

»Aber das Zeug ist doch verdammte Konterbande!« sagte Roland und wies auf die im Frachtabteil gestapelten Güter.

»He, ihr beide! Pause ist vorbei!« Das war Korporal Wu, der von der Rampe her rief. Er streckte den Daumen aus und stolzierte wieder in die Katakombe. Roland und sein Partner standen auf.

»Aber das ist die Schönheit daran!« fuhr der Pilot fort als ob er nicht gehört hätte. »Seht ihr, die CITES erklären alle diese Dinge für illegal, damit es keinen ökonomischen *Markt* für das Töten gefährdeter Arten gibt.«

»Aber das Verhökern an Alienhändler würde keinen Markt schaffen. Es ist ein einseitiges Geschäft, versteht ihr? Die kommen einmal und sind dann wieder für immer fort. Wir leeren die Lagerhäuser und verwenden den Gewinn zum Ankauf neuer Reservate.« Er breitete die Hände aus, als ob er fragen wollte, was vernünftiger sein könnte.

Schmidt spuckte wieder und murmelte einen Fluch in Schweizerdeutsch. »Komm schon, Senterius, laß uns gehen!« Roland folgte rasch und schaute nur einmal über die Schulter auf den grinsenden Piloten. Er fragte sich, ob der Bursche verrückt, brillant oder bloß ein schrecklicher Phantast oder Aufschneider war.

Wahrscheinlich alles drei, meinte er zuletzt und lief den Rest des Weges im Geschwindschritt. Märchen waren schließlich doch nur Märchen, während Korporal Wu greifbare Realität war.

Bei seiner Arbeit erinnerte sich Roland an die noch nicht so lange zurückliegenden Tage, wo er und seine Kumpels im Park zu sitzen pflegten und dem alten Joseph lauschten, wenn er ihnen von den schrecklichen Kämpfen im Helvetischen Krieg erzählte. Jenem Krieg, der dem Krieg endgültig ein Ende setzte.

Jeder von ihnen hatte unterschiedlich auf Josephs Enthüllungen reagiert. Remi, indem er tragisch zynisch wurde, und Crat, indem er alles für inhaltslos erklärte, was jemand über dreißig sagte. Für Roland aber blieben die Erzählungen des alten Veterans über Kämpfe – von Kameraden, die Schulter an Schulter fochten, einander durch Bergpässe zogen, die verstopft waren mit verseuchtem und radioaktivem Schlamm, in dem gemeinsamen Bemühen, einen verschlagenen und verzweifelten Gegner zu überwältigen …

Natürlich wünschte er sich nicht einen echten Krieg zum Kämpfen. Keinen großen in dem riesigen unpersönlichen Maßstab, den der alte Veteran beschrieb. Er wußte recht gut, daß eine Schlacht sich aus großer Entfernung und in Geschichten viel besser anhörte als in persönlichem Erlebnis.

Sollte das aber künftig so weitergehen? Kontrabande wegschleppen, die CITES-Verbrechern abgenommen war? Langweilige Beobachterposten besetzen, die mürrische, streitsüchtige Nationen trennten, die zu arm und erschöpft waren, um überhaupt zu kämpfen? Die Bilgen verrostender Frachter nach Verstecken von Fluchtkapital durchsuchen?

Oh, es gab schon richtige Krieger in den friedenserhaltenden Kräften. Takka und einige der anderen könnten in die Eliteeinheiten aufgenommen werden, die aufkeimende kleine Wasserkriege erstickten wie den, der sich jetzt in Ghana abspielte. Aber als Amerikaner hatte er wenig Chancen, in eine der aktiven Einheiten zu kommen. Die Garantiemächte waren noch zu groß und stark. Kein kleines Land würde russischen, amerikanischen oder chinesischen Truppen, die auf seinem Boden stationiert waren, widerstehen.

Nun, zumindest kann ich lernen, wie es ist, ein Krieger zu sein. Ich werde ausgebildet und bereit sein, falls die Welt mich je braucht.

So arbeitete er verbissen und tat, was man ihm sagte. Schleppen und Heben, Heben und Schleppen. Dabei versuchte Roland auch, den UNEPA-Beamten zuzuhören, besonders der dunklen Frau. Hatte sie wirklich gewünscht, daß sie mehr von der schrecklichen Konterbande gefunden hätten?

»… dachte, wir hätten den Ring der Wilddiebgroßhändler die ganze Strecke bis hierher aufgespürt«, sagte sie an einer Stelle, als er beladen mit aromatischen Löwenfellen vorbeikam. »Ich dachte, wir hätten sie endlich bis zum Hauptdepot verfolgt. Aber es gibt so wenig Rhinopulver oder …«

»Könnte Chang schon den Rest verkauft haben?« fragte einer der anderen.

Sie schüttelte den Kopf. »Chang ist ein Hamsterer. Er verkauft nur, um Betriebskapital zu behalten.«

»Nun, das werden wir herausbekommen, wenn wir ihn endlich erwischen, den schleimigen Burschen.«

Roland war immer noch von der UNEPA-Frau beeindruckt und ein wenig eifersüchtig. Wie mußte es sein, fragte er sich, so leidenschaftlich um etwas bemüht zu sein? Er vermutete, daß sie dadurch lebendiger wirkte, als sie eigentlich war.

Gemäß den Bändern für Rekrutenausbildung sollte das Training ihm starkes Selbstbewußtsein vermitteln. Über Monate der Erschöpfung und Disziplinierung hatte er seine Gruppenkameraden als Familie angesehen. Noch mehr als das. Sie würden lernen, fast gegenseitig ihre Gedanken zu lesen und völlig voneinander abzuhängen. Wenn nötig, füreinander zu sterben.

So hatte es funktionieren sollen. Roland sah Takka und Schmidt und die anderen Fremden in seiner Gruppe an und fragte sich, wie die Sergeanten und Instrukteure so etwas zustande bringen könnten. Es klang wirklich höchst unwahrscheinlich.

Aber, zum Teufel, Kerle wie Kleinerman und Wu sind seit rund fünftausend Jahren oder so Soldaten. Ich denke, sie wissen, was sie tun.

Er und ein anderer Rekrut zerlegten den Schrein hinten in der Schatzhöhle und wickelten vorsichtig Seile aus Schlangenhaut los, die die riesigen Stoßzähne des Tores hielten. Sie senkten eine der Elfenbeintrophäen auf den Boden, als Rolands Nase einen vertrauten Geruch witterte. Er hielt inne und schnupperte.

»Los!« nörgelte der russische Soldat in stark akzentbehaftetem Standard. »Jetzt anderer.«

»Riechst du etwas?« fragte Roland.

Der andere Bursche lachte. »Ich rieche tote Tiere. Was denkst du? Stinkt hier schlimmer als in Taschkenter Puffs!«

Aber Roland schüttelte den Kopf. »Das ist es nicht.« Er folgte dem Geruch nach links.

Natürlich war Soldaten Tabak verboten, der an ihrer

Lunge und Leistungskraft zehren würde. Aber er war ein ziemlich starker Raucher gewesen damals in Indiana. Er hatte zusammen mit Remi und Crat selbstgezogenes Kraut geraucht – bis zu acht oder zehn handgedrehte Zigaretten in der Woche. Konnte ein Unteroffizier oder UNEPA hinter einer Ecke Tabak einschmuggeln? Es sollte besser kein Rekrut sein, sonst würde die ganze Gruppe Latrinendienst machen müssen!

Aber nein, in der Nähe gab es keine Versteckplätze. Woher kam es dann?

Die Pfeife von Korporal Wu ertönte und verkündete wieder eine kurze Pause. »He, Yank!« sagte der Russe. »Sei kein Frosch! Komm!«

Roland machte ihm ein Zeichen zu schweigen. Er schob eines der Tigerfelle weg und kauerte sich schnuppernd dahin, wo er den Geruch zuerst wahrgenommen hatte. Am stärksten war er neben dem Glaskasten, der jetzt seiner braunen Krüge mit makabrem Pulver entleert war. Seine Finger spürten einen warmen Luftzug.

»He, hilf mir einmal!« bat er und stemmte eine Schulter gegen das Holz. Aber der andere Rekrut schnippte nur mit zwei Fingern, als er wegging und brummte: »Amerikanski bleder Chunt ...«

Roland gewann festen Halt für seine Füße und spannte sich an. Der schwere Kasten ruckte ein bißchen, ehe er wieder zur Ruhe kam.

Das kann nicht stimmen. Der Bursche, dem dieser Ort gehörte, würde nicht schwitzen wollen.

Er würde nie schwitzen. Roland tastete an der geschnitzten Basis entlang bis hin zur Rückseite, wo er fand, was er suchte – eine Klinke mit Sprungfeder. »Aha!« sagte er. Mit einem Klicken glitt der ganze Kasten nach vorn und stieß gegen einen der großen aufgestapelten Zähne. Roland erspähte unten eine steile Treppe mit einer Spur von Licht am Boden.

Er mußte sich durch die enge Öffnung zwängen. Der Tabakgeruch wurde stärker, als er ruhig und vorsichtig hinabstieg. Gebückt unter einer niedrigen steinernen Oberschwelle betrat er eine Kammer, die aus gewachsenem Fels gehauen war. Er richtete sich auf und zog die Lippen mit einem lautlosen Pfiff zusammen.

Während dies Versteck den Flair eleganter Dekadenz des ersten vermissen ließ, verbarg es nicht den persönlichen Schatz des Teufels ... Regale, hoch gefüllt mit Krügen und kleinen prallen Plastiksäcken. »Ei, verflucht!« sagte er und befingerte einen der Säcke. Sandiges weißes Pulver staubte unter einem Etikett mit goldenen Ziffern, das mit Einhörnern und Drachen verziert war, obwohl Roland wußte, daß der eigentliche Spender ein armes, trauriges und wahrscheinlich durch UV-Licht erblindetes Rhinozeros im südlichen Afrika gewesen sein mußte oder ein anderes ebenso reizloses Tier.

»Der tolle Jackpot!« sagte er zu sich. Es war entschieden dringend, das zu melden. Aber als er sich wieder nach oben zur Treppe umwandte, hielt ihn plötzlich eine Stimme an.

»Keine Bewegung, Soldatenkumpel! Hände hoch oder ich erschieße dich!«

Roland drehte sich langsam und sah, was ihm beim ersten flüchtigen Prüfen des Raumes entgangen war. Ungefähr in Taillenhöhe, nahe einem glimmenden Aschenbecher in der Ecke der linken Wand, war ein Teil der Regale zur Seite geschwenkt und zeigte einen engen Tunnel. Aus dessen Öffnung richtete ein Mann mittleren Alters mit chinesischen Gesichtszügen eine Maschinenpistole auf ihn.

»Du bezweifelst, daß ich dich von hier aus treffen kann?« fragte der Mann gleichmütig. »Ist es das, warum du nicht die Hände auf meinen Befehl hochnimmst? Ich versichere dir, ich bin ein erfahrener

Schütze. Ich habe Löwen und Tiger auf kurze Distanz getötet. Bezweifelst du das?«

»Nein, ich glaube dir.«

»Dann gehorche! Sonst werde ich schießen.«

Roland war sich sicher, daß es dem Burschen ernst war. Aber es schien an der Zeit zu sein für eine jener unkonventionellen Wellen von Sturheit, wegen der seine Freunde ihn zu hänseln pflegten und die ihm daheim oft so viel Unannehmlichkeiten bereitet hatte.

»Wenn du schießt, wird man dich oben hören.«

Der Mann im Tunnel dachte darüber nach. »Vielleicht. Andererseits, wenn du mich angreifen oder fliehen oder um Hilfe rufen würdest, wäre die Bedrohung unmittelbar, und ich müßte dich sofort töten.«

Roland zuckte die Achseln. »Ich werde nicht abhauen.«

»Gut! Also ein Unentschieden. All right, Soldat. Du kannst deine Hände unten lassen, da ich sehe, daß du unbewaffnet bist. Tritt aber an jene Wand zurück, sonst werde ich dich für gefährlich halten und entsprechend handeln!«

Roland tat, wie gesagt, und wartete auf eine Gelegenheit. Aber der Mann kroch aus dem Tunnel und stand auf, ohne mit dem Arm zu schwanken. »Mein Name ist Chang«, sagte er und wischte sich die Stirn mit einem seidenen Taschentuch.

»So habe ich es gehört. Sie sind ein sehr beschäftigter Bursche gewesen, Mr. Chang.«

Braune Augen zwinkerten fröhlich. »Allerdings, Soldatenjunge. Was ich alles getan und gesehen habe, könntest du dir nicht vorstellen. Selbst in diesen Tagen von Schnüfflern und Wichtigtuern habe ich Geheimnisse bewahrt. Geheimnisse tiefer, als selbst die helvetischen Gnomen hatten.«

Ohne Zweifel sollte dies Roland imponieren. Das tat es auch. Aber er wäre verdammt, wenn er dem Bastard irgendeine Genugtuung zukommen ließe. »Also was machen wir jetzt?«

Chang schien ihn zu inspizieren. »*Jetzt* werde ich dich üblicherweise bestechen. Du mußt wissen, daß ich dir Reichtum und Macht bieten kann. Dieser Tunnel birgt eine Lore auf stummen Schienen. Wenn du mir hilfst, meinen Schatz fortzuschaffen, könnte ich eine lange, profitable Beziehung beginnen.«

Roland fühlte die stechende Intensität in den forschenden Augen des Mannes. Nach kurzem Nachdenken zuckte er die Achseln. »Sicher, warum nicht?«

Jetzt war es an Chang, eine Pause zu machen. Dann kicherte er. »Ah! Ich freue mich, wenn mir Witz begegnet. Natürlich weißt du, daß ich lüge und dich sofort töten würde, wenn wir das andere Ende erreichen. Und ich meinerseits kann sagen, daß du dringendere Ziele hast als Geld. Vielleicht ist es Ehre, was du suchst?«

Roland zuckte wieder die Achseln. Er hätte es nicht ganz so ausgedrückt.

»Also haben wir wieder ein Patt. Darum mein zweiter Vorschlag. Du hilfst mir, meine Lore zu beladen im Visier meiner Waffe. Dann werde ich abhauen und dich am Leben lassen.«

Diesmal machte Roland eine Pause nur, um Zeit zu gewinnen. »Wie soll ich wissen …«

»Keine Fragen! Es ist klar, daß ich dir nicht den Rücken zukehren kann. Stimme zu oder stirb sofort! Fang an mit den Beuteln auf dem Regal an deiner Schulter, oder ich werde schießen und fort sein, ehe andere kommen können!«

Roland drehte sich langsam um und nahm zwei Beutel auf, einen in jeder Hand.

Die ›Lore‹ schwebte in der Tat ein paar Zentimeter über einem Paar blanker Schienen, die sich in unbestimmte Finsternis erstreckten. Roland zweifelte nicht, daß das für eine rasche Flucht gedacht war oder daß

Chang lange fort sein würde, bis die UNEPA das andere Ende gefunden hätte. Der Kerl schien an alles gedacht zu haben.

Er versuchte, bei jedem Gang so wenig wie möglich zu tragen. Chang zündete eine Zigarette an und rauchte, wobei er Roland wie eine Katze beobachtete, wenn dieser sich über die kleine Passagierpalette beugte, um seine Lasten in den geräumigen Frachtkorb der Lore zu tun.

Rolands Erfahrung mit Babuschkas und alten Knackern in Indiana halfen ihm; denn er schien instinktiv zu wissen, wie man eine Provokation knapp vermeiden konnte. Einmal hantierte er ungeschickt mit einem Tonkrug. Der schlug hart auf und verstreute Pulver auf den Boden des Tunnels, das knisterte, wo es auf die silbrigen Schienen traf. Chang zischte, und seine Handknöchel wurden am Pistolengriff weiß. Aber Roland erwartete nicht, daß der Schuft ihn jetzt gleich erschießen würde. Er würde es im letzten Moment tun, wahrscheinlich, wenn die Lore startbereit wäre.

»Beeilung!« fauchte der Han-Millionär. »Du bewegst dich wie ein Amerikaner!«

Das gab Roland einen Vorwand, sich umzudrehen und den Mann anzugrinsen. »Wie bist du darauf gekommen?« fragte er und verzögerte die Dinge um einige Sekunden, Changs Geduld strapazierend, bis er zwei weitere Krüge packte und wieder an die Arbeit ging.

Chang blickte immer wieder die Treppe hinauf und lauschte offenbar ... ließ aber nie seine Aufmerksamkeit so lange erlahmen, daß Roland auf dumme Gedanken kommen könnte. *Du hättest die verborgene Passage sofort melden sollen, als du sie gefunden hast,* dachte Roland und fluchte im stillen. Unglücklicherweise befand sich die Öffnung hinter dem Ausstellungskasten; und wer wußte, wann sie entdeckt werden würde?

Wahrscheinlich zu spät für den Gefreiten Roland Senterius.

Der Ausdruck in Changs berechnenden Augen veranlaßte Roland, das Szenarium zu überdenken. *Er weiß, daß ich weiß, daß ich ihn anspringen muß, kurz vor dem Ende.*

Und überdies weiß er, daß ich weiß, daß er es weiß.

Dies bedeutete, Chang würde ihn *vor* dem letzten Moment erschießen, um diesen verzweifelten Ausfall zu verhindern. Aber wie weit früher?

Nicht allzu früh, sonst würde der Schmuggler mit einer halbleeren Lore verschwinden und den Rest seines Hortes für immer aufgeben müssen. Offenbar war Changs tiefe Gier das, was Roland noch am Leben hielt. Er müßte es aber tun, ehe der Frachtkorb bis oben hin gefüllt war ... ehe Rolands Adrenalinstand für die maximale, Alles-oder-nichts-Anstrengung hochgestiegen war.

Noch fünf Ladungen, dachte Roland, während er weitere Krüge unter Changs wachsamem Blick dicht an dicht verstaute. *Wird er es bei dreien tun? Oder zweien?*

Er brachte die nächste Ladung und nahm seinen Mut zusammen, als ein Geräusch aus dem steilen Treppenschacht herunterhallte und alle Pläne umwarf.

»Senterius! Hier ist Kanakoa. Und Schmidt. Was, zum Teufel, machst du da unten?«

Roland erstarrte. Chang drückte sich an die Mauer dicht bei der Treppe und beobachtete ihn. Von oben hörte man Schritte auf Stein scharren.

Verdammt! fluchte Roland. Er war in ungeschickter Stellung über die Lore gebückt, viel zu weit entfernt, um Chang mit irgendeiner Aussicht auf Erfolg anzugreifen. Außerdem hatte er Beutel in beiden Händen. Wenn er jetzt Krüge tragen würde, könnte er damit werfen ...

»Senterius? Was machst du da, du Hundsfott? Rauchen? Kleinerman wird uns alle rösten, wenn sie dich erwischen!«

Roland begriff auf einmal, warum Chang ihn so intensiv beobachtete. *Chang folgt meinen Augen!*

Roland konnte nicht umhin, daß sein Blick erstarrte, als ein gestiefelter Fuß auf der obersten sichtbaren Treppenstufe erschien. Chang benutzte ihn, um zu beurteilen, wann der Moment genau richtig war, um alle drei zu töten! Während er sich an Sekunden seines Lebens klammerte, erkannte Roland jäh, daß er damit Kanakoa und Schmidt ermordete.

Aber selbst in dieser Erkenntnis blieb er wie eine Statue unbewegt. In Changs Augen sah er Verständnis und den Schimmer von Sieg und Verachtung. *Wie hat er es gemerkt?* schimpfte Roland innerlich. *Wie hat er gemerkt, daß ich ein Feigling bin?*

Dieses Eingeständnis strafte seine sämtlichen Träume Lügen. Es verriet das, was Roland als Begründung für sein Leben angesehen hatte. Die Erkenntnis brannte so heiß, daß sie seine Starre durchbrach und sich in einem plötzlichen Schrei entlud.

»Deckung!« rief er, warf sich auf die Palette und drückte den einzigen Hebel der Lore hinunter. Fast gleichzeitig donnerte eine Reihe schneller Explosionen durch die enge Kammer, und Rolands Bein zuckte in plötzlichem Schmerz. Dann war da Dunkelheit und das Pfeifen schnellen Windes, als der kleine Wagen in eine Finsternis raste, die tiefer war, als er je erlebt hatte.

Sekunden tickten, während er mit brennendem Schmerz kämpfte. Roland biß die Zähne zusammen, um nicht zu stöhnen, und schlug wieder auf den Hebel, womit er die Lore mitten in dem schnurgeraden Stollen zu einem plötzlichen Halt brachte. Wellen von Benommenheit überkamen ihn, als er sich auf den Rücken rollte und seinen Schenkel packte, wo er eklige klebrige Feuchtigkeit fühlte.

Eines war sicher – er konnte sich nicht den Luxus leisten, hier ohnmächtig zu werden. Komischerweise hatte man ihm in der Schule all das Zeug über Biofeedback beigebracht und ihn hier bei der Ausbildung darin gedrillt. Aber gerade jetzt konnte er einfach nicht die Zeit erübrigen, eine dieser Techniken anzuwenden, nicht einmal, um den Schmerz zu stillen!

»Es gibt zwei Arten einfacher Schenkelwunden«, klangen Worte aus der Erinnerung, als er seinen Gürtel von der Taille löste. *»Die eine, eine glatte Durchbohrung von Muskelfaser, ist recht gut zu behandeln. Tu das schnell und bewege dich weiter! Dein Kamerad sollte imstande sein, Feuerschutz zu geben, selbst wenn er sich nicht mehr von der Stelle rühren kann.*

Die andere Art ist viel gefährlicher …«

Roland kämpfte mit kalten Schauern, als er den Gürtel um die Wunde wickelte. Er hatte keine Ahnung, um welchen Typ es sich handelte. Falls Chang die Oberschenkelarterie getroffen hätte, würde sein behelfsmäßiger Knebel nicht viel ausrichten.

Er grunzte und ruckte kräftig, um den Gürtel so fest zu ziehen, wie er konnte. Dann fiel er erschöpft zurück.

Du hast es geschafft! Du hast den Bastard besiegt! sagte er sich.

Roland versuchte, sich in eine gehobene Stimmung zu versetzen. Selbst wenn er jetzt verblutete, hatte er sicher mehr Minuten gewonnen, als Chang ihm zu geben beabsichtigt hatte. Und noch wichtiger – Chang war bezwungen worden! Indem er die einzigen Fluchtmittel des Schmugglerherrn entwendete, hatte Roland seine Gefangennahme gesichert.

Warum fühle ich mich dann so mürbe?

In der Phantasie hatte Roland sich oft vorgestellt, daß er im Kampf verwundet würde und vielleicht sogar stürbe. Aber er hatte immer erwartet, daß es einen gewissen Trost geben würde, sei es auch nur die endgültige Kondolenz eines Soldaten für den Sieg.

Warum fühlte er sich jetzt so schmutzig? So beschämt?

Er lebte jetzt noch, weil er das Unerwartete getan hatte.

Chang hatte Heldentum oder Feigheit erwartet – den Angriff eines Berserkers oder animalische Starre. Aber in jenem Augenblick waren Roland die Worte des alten Veterans in Bloomington eingefallen. »Ein Narr, der leben will, wird alles tun, was sein Fänger ihm sagt. Er wird vollkommen still stehen, nur um einige Herzschläge mehr zu gewinnen. Oder er mag in einen nutzlosen Angriff ausbrechen.

Das heißt, bisweilen erfordert es den meisten Mumm, sich geordnet zurückzuziehen, um an einem anderen Tag zu kämpfen.«

O ja, Joseph, sicher! dachte Roland. *Erzähl mir davon!*

Als sein Pulsschlag sich beruhigte und das Keuchen nachließ, hörte er jetzt etwas wie Stöhnen den Tunnel herunterkommen. Kanakoa oder Schmidt, oder beide. Verwundet. Vielleicht tot.

Wozu wäre es gut gewesen, wenn ich dageblieben wäre? Statt eines verwundeten Beines hätte er fallen können mit mehreren Kugeln im Herzen oder Gesicht, und Chang wäre davongekommen.

Ganz gewiß, aber das schien ihm nicht zu helfen. Auch nicht die Erinnerung, daß keiner von den Burschen da hinten eigentlich sein Freund war.

»Soldatenjunge!« Der laute Ruf hallte durch die enge Passage. »Bring die Lore zurück, oder ich erschieße dich sofort!«

»Eine dicke Chance«, murmelte Roland. Und sogar Changs Stimme zeigte wenig Überzeugung. Gerade, wie der Tunnel war, und sogar für Querschläger geeignet, waren auch für einen Experten die Aussichten, ihn zu treffen, gering. Jedenfalls, wozu war eine Drohung gut, wenn Nachgeben sicheren Tod bedeutete?

Der Ruf wurde nicht wiederholt. Nach allem, was

der Millionär wußte, befand Roland sich schon am anderen Ende.

»Warum habe ich überhaupt angehalten?« fragte Roland sich mit leiser Stimme. An der Endstation könnte er vielleicht ein Telephon finden, um eine Ambulanz zu rufen, anstatt hier möglicherweise zu verbluten.

Eine Welle von Schmerzen pulsierte durch sein Bein. »Und ich dachte, ich wäre so schlau und kein Drogenabhängiger.«

Wenn er jemals diese Grenze überschritten hätte – indem er Biofeedback benutzte, um selbststimulierte Endorphine abzuschütteln –, hätte er sicher eine Geschicklichkeit, die er hier und jetzt gebrauchen könnte! Was in Indiana Selbstbefriedigung gewesen wäre, könnte jetzt genau die richtige Erste Hilfe sein.

Aber wiederum, wenn er ein ›Döser‹ gewesen wäre, würde er gar nicht erst hier sein. Das Corps nahm keine Drogenabhängige auf.

Plötzlich explodierte die Höhle in einem Donnerschlag, der selbst die Wände erschütterte. Roland hielt sich die Ohren zu und erkannte Maschinengewehrfeuer. Kein Zweifel – endlich waren die richtigen Soldaten gekommen.

Die Schüsse endeten fast sofort. *Könnte es schon vorüber sein?* wunderte er sich.

Aber nein. Als die Echos nachließen, hörte er Stimmen. Eine davon gehörte Chang.

»... wenn Sie die Granaten hinlegen. Wenn Sie also Ihre verwundeten Soldaten lebendig haben wollen, müssen Sie mit mir verhandeln!«

Also beanspruchte Chang zwei Gefangene. Roland war betrübt sicher, daß Schmidt und Kanakoa beide gefangen genommen sein mußten – trotz seiner lauten Warnung.

Oder vielleicht auch nicht! Würde Chang wohl zugeben, daß er einen Rekruten durch den Tunnel hatte entkommen lassen? Vielleicht hatte er nur einen der beiden und benutzte den Plural als Kriegslist. Roland klammerte sich an diese Hoffnung.

Es dauerte einige Zeit, bis eine Autoritätsperson mit Verhandlungen anfangen konnte. Die Stimme des Offiziers war so gedämpft, daß Roland sie nicht verstehen konnte; aber er konnte Changs Teil des Wortwechsels hören.

»Nicht gut genug! Gefängnis wäre für mich so viel wie Tod. Ich akzeptiere nichts Härteres als Hausarrest auf meinem Pingtung-Gut...«

»Ja, natürlich will ich Kronzeuge sein. Ich schulde meinen Teilhabern nichts. Aber ich muß die Abmachung durch einen Beamten besiegelt haben – sofort!«

Wieder waren die Worte des Offiziers undeutlich. Roland vernahm Töne von Ausflüchten.

»Schluß mit Verzögerungen! Die Alternative ist Tod für diese jungen Soldaten!« brüllte Chang zurück.

»Ja ja, natürlich können sie ärztlich versorgt werden... nachdem ich meine Bedingung erfüllt bekommen habe. Richtig besiegelt! Inzwischen – ein Zeichen von Trick oder Stoßzündergranate, und ich schieße sie in den Kopf und dann mich!«

Roland merkte, wie die Beamten schwach wurden, wahrscheinlich unter Druck seitens des Stabsoffiziers. *Verdammt!* dachte er. Der Sieg des braven Burschen würde kompromittiert werden. Noch schlimmer – Chang hatte auf seinem Gut sicher die Mittel für eine Flucht, sogar aus staatlichem Gewahrsam.

Gebt nicht nach! drängte er in Gedanken die Offiziere, obwohl er Gewissensbisse hatte, wenn er an Kanakoa oder sogar Schmidt dachte, die da im Sterben lagen. *Wenn ihr euch handelseinig werdet, wird der Schuft wieder ganz von vorn anfangen.*

Aber Changs nächstes Gebrüll zeigte Töne von Genugtuung. »Das ist besser! Ich kann es akzeptieren. Aber beeilt euch lieber mit den Dokument! Diese Männer sehen nicht gut aus.«

Roland fluchte: »Nein!«

Er rollte sich herum, griff in den Frachtkorb und stieß Beutel und Krüge auf die Gleise vor ihm. Sie zerrissen und zersprangen. Narwalzähne und Rhinohörner bedeckten die Strecke in pulverisierter Form und verhinderten weiteren Verkehr in dieser Richtung. Dann überwand Roland frische Wellen von Übelkeit, um sich um die schmale Lore herumzuquälen in die Richtung, aus der er gekommen war.

Er hatte befürchtet, den Hebel mit den Füßen bedienen zu müssen. Aber es gab am anderen Ende ein Duplikat. Eine rote Klemme sollte verhindern, daß der Schalter über einen bestimmten Punkt hinaus bewegt wurde. Roland riß sie weg und verletzte sich dabei am Finger.

»Ja, ich will, daß mein Hausarrest ständig von Kameras überwacht wird …«

»Dessen bin ich sicher, du Hanswurst.« knurrte Roland. »Aber mich legst du nicht herein.«

Er stieß den Hebel zurück, und die Lore glitt vorwärts. Was als leichte Brise begonnen hatte, wurde ein Orkan, als Energie aus den summenden Schienen strömte.

Chang, du vergißt, daß sich dein Gut noch auf Mutter Erde befindet. Und ich schätze, daß Mama inzwischen von dir genug haben dürfte …

Das Licht voraus dehnte sich ballonartig zu einem rasch expandierenden grellen Kreis. Roland spürte, daß Solenoide den Hebel zurückschieben wollten, aber er hielt ihn gewaltsam an der Stelle. In einem Moment, da sich die Zeit teleskopartig zusammendrängte, sah er, wie sich eine Gestalt in dem Licht drehte, den Stollen herunterstarrte, die Waffe erhob …

»Gaia!« schrie Roland – ein Kampfruf, den er in der letzten Sekunde gewählt hatte aus irgendeinem Winkel von Zuversicht, während er wie eine Rakete aufprallte.

Es war eine Unordnung, zu deren Inspektion das UNEPA-Team herunterkam, nachdem Leute der Friedensbewahrer es als sicher erklärt hatten und der verwundete Bursche eilends ins Hospital fortgeschafft worden war. Man machte noch Aufnahmen von den zwei Leichen, als die in Grün gekleideten Beamten vom Ökologie-Department schließlich die steile Treppe herunterkamen, um zu sehen, was geschehen war.

»Nun, Elena, hier ist Ihr fehlendes Versteck«, sagte einer von ihnen und stocherte sorgfältig in den weißen und grauen Pulvern, die über den Fußboden verstreut waren. Drei Regalwände waren intakt, aber eine vierte war zusammengebrochen über zwei reglosen Gestalten, die in der Ecke übereinander hingestreckt lagen. Dort war der Staub dunkelrot gefärbt.

»Verdammt!« fuhr der UNEPA-Mann kopfschüttelnd fort. »Eine Menge armer Tiere sind für den Fetisch eines alten Knackers gestorben.«

Elena blickte auf ihren langjährigen Feind hinunter. Changs Mund klaffte offen – vollgestopft mit Pulver, das sich von der linken Hand des jungen Rekruten herzog, mit dem sie früh am Abend noch gesprochen hatte. Selbst im Sterben und von Kugeln durchsiebt hatte der Soldat offenbar noch ein Gefühl für Symmetrie gehabt, für Poesie.

Ein Unteroffizier der friedenerhaltenden Streitmächte saß bei dem Jungen und glättete eine Locke zerzausten Haares. Der Korporal schaute zu Elena auf. »Senterius war ein miserabler Schütze. Hat bei allen Waffen nie erfolgversprechend ausgesehen. Aber ich schätze, daß er improvisiert hat. Er hat bestanden.«

Elena wandte sich ab, angewidert von der jugendlichen Gefühlsduselei. *Krieger,* dachte sie. *Aber die Welt wird trotzdem erwachsen. Bald werden wir die eines Tages los sein.*

Aber warum hatte sie plötzlich doch das Gefühl, einen Tempel betreten zu haben? Oder daß die Geister aller gequälten Kreaturen gerade jetzt stumm ehrfürchtig Wache hielten, zusammen mit dem trauernden Korporal?

Danach schien Elena die leise Stimme einer anderen Frau zu hören – so kurz, daß es höchst leicht war, dies als ein Echo oder eine momentane Einbildung infolge Erschöpfung anzusehen. Aber sie schloß doch kurz die Augen und schwankte.

»Es wird ein Ende des Krieges geben«, schien die Stimme mit sanfter Geduld zu sagen.

»Aber es wird immer Bedarf für Helden geben.«

□

Nach dem Zerbrechen des Superkontinents Pangaea verstrichen Jahrmillionen, während die indische Landmasse nordwärts von Afrika fort wanderte und in einsamem Glanz über den urtümlichen Ozean kroch. Dann stieß Indien in einem Äon plötzlich frontal in den Leib Asiens.

Große Kristallblöcke wurden durch die zeitlupenartig wirkende Kraft dieses Aufpralls allmählich hochgewölbt und türmten nach und nach unerbittlich Gebirge auf – höher und immer höher, bis ein riesiges Plateau durch die Atmosphäre aufragte und eine gewaltige Mauer bildete, die Luft aus dem Norden ablenkte und die südlichen Winde wie eine Tasche einfing.

Während jeden Winters kühlte das Land unter dieser Tasche ab; es senkte sich der Luftdruck und zog mit Feuchtigkeit beladene Wolken zu den Vorbergen und ließ Monsunregen prasseln. Jeden Sommer erwärmte sich das Land wieder, der Druck stieg und trieb die Wolken zum Meer.

Dieser regelmäßige Zyklus von feuchten und trockenen Jahreszeiten förderte die Üppigkeit der großen Alluvialebenen, die durch den vom Plateau herunterkommenden Schlamm gedüngt wurden. Als menschliche Lebewesen ankamen, um die Wälder zu roden und Feldfrüchte anzupflanzen, fanden sie ein Land von sagenhafter Fruchtbarkeit, wo sie bauen und Kultur schaffen, Kinder haben und Krieg führen konnten – und noch mehr Kinder haben und sich paaren und noch mehr Kinder haben...

Dann kam eine Zeit – nur ein Wimpernschlag im Lauf der Äonen –, da sich das Muster änderte. Dahin waren die großen Wälder, die die Täler mit dem Atem von zehn Milliarden Bäumen gekühlt hatten. Statt dessen stieg der Ruß von Herdfeuern und Industrie zum Himmel auf wie hundert Millionen täglicher Opfer für individuelle kurzsichtige Götter.

Nicht nur in Indien, sondern rund um die ganze Welt stiegen die Temperaturen ständig an.

Wie es immer bei solchen Veränderungen geht, leistete das Meer Widerstand. Daher wurden die ersten großen Effekte auf dem Lande sichtbar. Die Kälte des Winters schwand dahin wie eine Erinnerung, und der sommerliche Grat hoher Temperatur blieb das ganze Jahr erhalten über einem verkrusteten Boden, der einst fruchtbare Farmen gesehen hatte.

Tatsächlich regnete es jetzt mehr denn je. Nur blieben die Monsune jetzt da, wo sie geboren wurden... auf See.

• BIOSPHÄRE •

Der Trick beim Lesen war, wie Nelson Grayson feststellte, daß man in den Rhythmus der Wörter glitt, ohne sich dabei durch *Hören* stören zu lassen. Nelson konzentrierte sich auf die Sätze, indem er im Zickzack über die Seite fuhr.

> Obwohl viele sich eifrig bemüht haben, ihren Glauben an ein statisches, unveränderliches Universum zu bewahren, war es schon für die besten Geister vor Darwin offenkundig, daß sich die Kreaturen der Erde im Laufe der Zeit geändert hatten...

Das Schlimmste beim Studieren waren, wie Nelson festgestellt hatte, *Bücher*. Besonders von dieser altmodischen Art, mit bewegungslosen Buchstaben in der Farbe zerquetschter Ameisen über staubiges Papier verteilt. Dennoch enthielt dieser staubige Band Kuwenezis einziges Exemplar dieses Essays. Also mußte er sich daran halten.

> Die Evolutionisten haben selber darüber argumentiert, *wie* die Species sich verändert haben. Die ›natürliche Auswahl‹ von Darwin und Wallace – in der Verschiedenheit innerhalb einer Species Korn für die Mühle der Natur liefert – mußte zehntausend Tests bestehen, ehe sie letztlich über Lamarcks konkurrierende Theorie der ›Vererbung erworbener Merkmale‹ triumphierte.
>
> Aber selbst dann wüteten Diskussionen über wesentliche Details. Zum Beispiel – was war die Grundeinheit der Evolution?
>
> Jahrelang dachten viele, es wäre die *Species*, die sich anpaßte. Aber später stützten Beweismittel das Modell der ›selbständigen Gene‹ – wonach *Individuen* so wirken, daß sie Erfolg für ihre Nachkommen fördern, sich aber wenig um die Species als ganze kümmern. Beispiele von individuellem Erfolg, der Vorrang hat vor Lebensfähigkeit der Species, bieten Pfauenschwänze und Elchgeweihe...

Nelson glaubte, hier zu verstehen, worauf es im Grunde ankam. Ein gutes Beispiel dafür war, wie oft Leute etwas taten, das für sie selbst gut war, auch wenn es ihrer Familie, ihren Freunden oder der Gesellschaft schadete.

Aber was haben Pfauenschwänze damit zu tun?

Nelson saß unter überhängenden Bougainvilleas. In der Nähe wurde die ruhige Strömung von Wasser durch den Laut springender Fische akzentuiert. Die Luft war voll schwerer Aromen; aber Nelson suchte alle diese ablenkenden natürlichen Sinnesreize zu ignorieren wegen des archaischen Lesestoffs aus Papier, den er in den Händen hielt.

Wenn es nur ein modernes Dokument wäre, mit einem glatten Index und Hyperverweisen durch das ganze Weltdatennetz! Es war schrecklich frustrierend, zwischen den Seiten und groben flachen Illustrationen, die sich nicht einmal je bewegten, hin und her zu blättern. Es gab auch keine lebendigen Pfeile oder Zoom-Bilder. Ein Tonanschluß fehlte völlig.

Am hinderlichsten war das Problem neuer Wörter. Ja, das war sein eigener Fehler, weil er seine Bildung bis so spät im Leben vernachlässigt hatte. Aber bei einem normalen Text brauchte man ein nicht vertrautes Wort bloß zu berühren, und schon sprang die Definition unten hervor. Hier aber nicht. Das Papier lag einfach da, passiv und unkooperativ.

Als er sich früher darüber beklagt hatte, gab ihm Dr. B'keli ein anderes solches flaches Buch, etwas, das man ›Wörterbuch‹ nannte und dessen geheimnisvoller Gebrauch ihm völlig entging.

Wie haben Studenten damals im zwanzigsten Jahrhundert überhaupt etwas gelernt? wunderte er sich.

Darwin sprach von zwei Arten des ›Kampfes‹ in der Wildnis – Konflikt zwischen Individuen um Erfolg bei der Fortpflanzung und Kampf jedes einzelnen Individuums gegen die unerbittlichen Mächte der Natur – wie Kälte, Durst, Dunkelheit und Blöße.

Gut! dachte Nelson. *Danach suche ich aber nicht.*

Beeinflußt durch die strenge Logik von Malthus hielt Darwin den ersten dieser Kämpfe für dominierend. Viel von der ›Großmut‹, die wir in der Natur sehen, ist wirklich ein *quid pro quo:* »Du kratzt mir den Rücken, und ich kratz dir deinen.« Altruismus ist im allgemeinen an den Erfolg der jeweiligen Gene geknüpft.

Indessen räumte sogar Darwin ein, daß Kooperation bisweilen unmittelbare Bedürfnisse zu übersteigen scheint. Es gibt Beispiele, wo Zusammenarbeit für das Gemeinwohl jedes Nullsummenspiel ›Ich gewinne, du verlierst‹ zu überwiegen scheint.

Das Buch machte plötzlich einen Sprung, als eine braune Pfote danach schlug. Eine lange Schnauze mit blitzenden Zähnen kam in Sicht. Braune Tieraugen glitzerten in die seinen.

»O Shig, nicht jetzt!« jammerte Nelson. »Siehst du nicht, daß ich studiere?«

Aber der kleine Pavian verlangte Beachtung. Er griff hin und quietschte fordernd. Nelson gab seufzend nach, obwohl seine Arme noch empfindlich waren wegen gerade verheilter Narbenhaut.

»Was hast du denn da, he?« Er drückte die Pfote des kleinen Affen auf. Etwas Rötliches und halb Beknabbertes rollte heraus – das Stück einer von einer verbotenen Quelle gestohlenen Frucht. »Ach, komm, Shig! Bekommst du von mir nicht mehr als genug zu essen?«

Natürlich war gerade Nachtschicht und niemand als Zeuge des kleinen Diebstahls in der Nähe. Nelson grub eine kleine Vertiefung in den weichen Lehm und vergrub das Beweisstück. Da alle Recyclingfaktoren über dem Nennwert standen, würde eine geklaute Frucht wohl keine Katastrophe auslösen.

Eine breite Fläche getönter Kristallscheiben trennte diesen Teil der Biosphäre von der sternenübersäten Nacht. Bei der Erschaffung dieses abgeschlossenen Wunders von biologischem Management war mehr als nur praktisches Denken am Werk gewesen. Die Gleise und Läufer, die Sprinkler und Sprayer waren so sorgfältig versteckt, daß man dies eher für ein Arboretum oder Gewächshaus hätte halten können als eine hochtechnisierte Kläranlage.

Nelson ließ Shig in seinem linken Arm Platz nehmen und versuchte wieder fortzufahren, wo er aufgehört hatte.

Diese letztere Ansicht von Evolution – die Freundlichkeit und Kooperation Raum läßt – ist gewiß attraktiv. Betonen nicht alle unsere Moralcodes, daß gegenseitige Hilfe das höchste Gut sei? Als Kinder lehrt man uns, daß Tugend über bloßes Selbstinteresse geht...

Gekränkt wegen Nichtbeachtung reagierte Shig auf die Beleidigung, indem er das offene Buch umdrehte und sich darauf*setzte*. Dann schaute er sich unschuldig um.

»O ja?« sagte Nelson und rächte sich, indem er das Kleinkind kitzelte, dessen Kiefer in stummem Gelächter aufklafften, bis es sich krümmte und schließlich entwich, indem es auf das weiche Gras hüpfte.

Danach änderte der kleine Pavian sein Verhalten rasch. Er hockte sich plötzlich hin, schnupperte am Blattwerk des Bächleins und dem Gewirr hängender Reben, die sich über ihm kreuzten. Dann tauchte plötzlich ein größerer Pavian aus den raschelnden Pisangbeeten auf, und Shig quietschte vor Freude.

Nell schnupperte nach links und rechts, ehe sie herunterkletterte und mit erhobenem Schwanz auf ihr Kind zusprang.

Gepflegt und wohlgenährt ähnelte sie kaum noch der zottigen Verstoßenen, die Nelson aus der Savannenbiosphäre der Arche Vier gerettet hatte. Nelson konnte nicht umhin, ihre Verwandlung mit seiner eigenen zu vergleichen.

Wir haben einen weiten Weg zurückgelegt seit dem Fäkaliensammeln, um zu leben, dachte er.

Während er im Krankenhaus war, hatte er sich zuerst Sorgen gemacht, was die Wissenschaftler mit ihm machen würden, weil er sechs männliche Paviane arg mitgenommen und winselnd unter den staubigen Akazienbäumen verlassen hatte. Selbstverteidigung oder nicht – Nelson hatte Visionen von Entlassung, Ausweisung und einem Jahr Besserungstherapie in einem Rehabilitationslager in Yukon.

Aber offenbar sahen die Ndebele seine Tat ganz anders, als er es sich gedacht hatte. Direktor Mugabe insbesondere sagte, daß die Episode »eine heilsame Wirkung auf das Verhältnis der Paviane zu ihren Betreuern« haben würde …

Wenn er damit meinte, daß die Schar von nun an Menschen respektvoller behandeln würde, so hatte der Direktor nach Nelsons Meinung einen Punkt für sich gewonnen. Aber darüber hinaus wollte das Volk von Kuwenezi die ›kriegerischen Tugenden‹ anerkennen, die er gezeigt hatte. Daher folgten seiner Entlassung aus dem Hospital Schlag auf Schlag Examina für Stellungen und seine überraschende Bestallung hier mit dem anspruchsvollen Titel eines Abwasserbehandlungspezialisten/2.

Natürlich ist die Bezahlung immer noch jämmerlich, erinnerte er sich. Nichtsdestoweniger waren die Fertigkeiten, die er hier lernte, sehr gefragt und würden sein Fortkommen garantieren, wenn er sich bewährte.

Moderne Städte behandelten die Abwasserfrage jetzt biologisch, indem sie die Methoden der Natur nachahmten. Die Flut aus zehn Millionen Toiletten lief durch Absetz- und Belüftungsbecken in dem Format großer Farmen. Eine Etappe konnte ein Dickicht aus Binsen und Aloes sein, die zur Entfernung von Schwermetallen gezüchtet waren. Als nächstes würde eine Aufschwemmung speziell entwickelter Algen Ammoniak und Methan in Tiernahrung verwandeln. Schließlich endeten die meisten städtischen Kläranlagen in Schneckenteichen mit Fischen zum Fressen der Schnecken, die beide für den freien Markt geerntet wurden.

Das herauskommende Wasser war im allgemeinen so rein wie jeder Gebirgsbach. Sogar noch reiner, wenn man an den derzeitigen Zustand der meisten Flüsse dachte. Dieser Kunst der Wiederverwertung von Wasser war jetzt hauptsächlich das Überleben moderner Städte zu verdanken. Ohne sie wäre fast überall Krieg die letzte Konsequenz gewesen.

Aber das Problem bei der biologischen Behandlung war, daß sie sehr viel Bodenfläche erforderte. Eine Lebensarche hatte dafür keinen Platz. Die Ökosphären der Zuflucht mußten autark sein und sich selbst tragend. Sonst würden mißmutige Steuerzahler eines Tages ihr Versprechen vergessen, diese lebenden Zeitkapseln zu bezahlen, welche genetische Schätze für ein anderes, glücklicheres Zeitalter aufbewahrten.

Darum hatte Direktor Mugabe dekretiert, daß dieses System ›gefaltet‹ werden müsse. Was Hektare in Anspruch genommen hätte, paßte jetzt in die Fläche eines großen Hörsaales.

Verdünntes Abwasser sickerte zunächst zwischen die sandwichartigen Glasschichten zuoberst und traf auf besondere Algen und Sonnenlicht. Nach der Durchlüftung wurde der grüne Brei über hängende Schalen mit Vegetation gesprüht. Das gefilterte Wasser tropfte langsam von den hängenden Wurzeln in den kleinen Bach darunter, wo Entenflott den Prozeß beendete, unterstützt durch verschiedene Fischarten, die dort gediehen, im Freien schon aber längst ausgerottet waren.

Shig kletterte auf den Rücken seiner Mutter, und Nell trug ihr Kind zu dem Miniaturfluß, damit es in der Untiefe fröhlich planschen konnte. Natürlich war die Wiederaufbereitungsanlage um diese Zeit verlassen. Zuerst nervös, daß er eine ganze Schicht allein absolvieren sollte, fand Nelson die Aufgabe bald seltsam leicht, als ob das komplexe Zusammenspiel von Details – Strömungen adjustieren und Wachstumsraten kontrollieren – ganz natürlich wäre, irgendwie sogar naheliegend. Mugabe und B'Keli sagten, er hätte den ›Dreh‹ raus, was immer das heißen mochte. Die ganze Sache hatte Nelson schrecklich verwirrt, aber auch gefallen.

Seinerzeit in der Schule hatte er sich nicht viel bei dem gedacht, was die Lehrer sagten – wie die Vegetation Kohlendioxid, Nitrate und Wasser aufnimmt und Sonnenlicht benutzt, um diese Ingredientien in Sauerstoff, Kohlenhydrate und Protein zu verwandeln. Im Grunde wandeln Pflanzen tierische Abfallprodukte in eben die Dinge um, die Tiere zum Leben brauchen – und umgekehrt. Jene Lektionen waren Teil seines Lehrplans seit der Vorschule gewesen, einschließlich aller Art und Weisen, wie die Industrie des Menschen das System aus dem Gleichgewicht geworfen hatte.

Aber er war sich ziemlich sicher, daß ihm niemand je von Benzen oder Hydrogenzyanid oder Ammoniak oder all den anderen bizarren Chemikalien erzählt hatte, die in Spurenmengen von Kreaturen wie er selbst abgegeben werden... Chemikalien, die – gäbe es nicht alle Arten schwerarbeitender Bakterien – die Atmosphäre erstickt und alles Leben getötet haben würden, längst, ehe Menschen jemals mit Feuer herumgespielt hatten.

Als Nelson zuerst ein Interesse zu zeigen begann, hatte Dr. B'Keli ihn gefragt: »Bist du dir über die Bedeutung von Wollmotten und Haarkäfern im klaren gewesen? Gäbe es nicht diese spezialisierten Fresser von Pelz und Haar, würden wir Säugetiere inzwischen das Land mit einer mehr als zwei Meter dicken Schicht aus Haaren bedeckt haben. Denke nächstesmal daran, wenn du Mottenkugeln auslegst, um deinen Lieblingspullover zu retten!«

Nelson schüttelte den Kopf. Er war sicher, das getan zu haben. *Ich könnte eine andere Person werden; aber Dr. B'Keli ist mir immer noch unsympathisch.*

Indessen hatte es ihn veranlaßt nachzudenken. Wodurch konnte das System von Zyklus und Gegenzyklus Millionen Jahre lang so gut funktionieren? Es schien für jedes Abfallprodukt da draußen eine Species zu geben, die bereit war, es zu konsumieren. Jede Pflanze und jedes Tier hing von anderen ab, und es gab andere, die von ihm abhingen.

Noch erstaunlicher war, daß diese wechselseitige Abhängigkeit sich gewöhnlich darin äußerte, daß das eine das andere *fraß*! Als Individuum suchte jede Kreatur streng zu vermeiden, das Mahl einer anderen zu werden. Und doch, es war all dies Fressen und Gefressenwerden, dieses Jagen und zur Beute werden, was den großen Balanceakt in Gang hielt!

Vor Monaten hätte er sich nie die vermeintliche Schwäche erlaubt, neugierig zu sein. Jetzt verzehrte sie ihn. Das Muster der Symmetrie war schon drei Millionen Jahre gelaufen; und er wollte alles darüber wissen.

Wie? Wie ist das alles zustande gekommen?

Jene besuchende Professorin vor einigen Wochen, die alte Frau aus England, hatte den Prozeß als ›Homöostase‹ bezeichnet ... die Tendenz mancher spezieller Systeme, lange im Gleichgewicht zu bleiben, selbst wenn sie durch zeitweilige Rückschläge erschüttert werden.

Nelson ließ das Wort im Munde zergehen.

»Homöostase ...«

Es hatte einen sinnlichen Klang. Er nahm das Buch wieder auf und fand seine Stelle darin wieder.

> Fast jede Kultur hat Gesetze zum Schutze von Familie, Sippe und Nation vor Anstößen seitens Individuen. In jüngeren Zeiten haben wir diese Schutzcodes so erweitert, daß sie auch Wesen ohne Familie erfassen, die Schwachen, sogar die ganz Fremden; und wir leiden darunter, daß wir diese Regeln nicht perfekt verwirklichen. Eine Art kultureller Quasi-Mitbürgerschaft ist sogar manchen unserer früher zur Nahrung dienenden Tiere gewährt worden – Walen, Delphinen und vielen anderen Kreaturen, mit denen man heute eine Art Verwandtschaft empfinden kann.
>
> Die meisten von uns streiten endlos über Wege und Mittel und einigen sich noch auf eine Grundprämisse, ein Ideal. Wenn man uns fragen würde, wie wir uns das Paradies vorstellen, würden die meisten den Löwen beim Lamm liegen

sehen wollen; und alle Leute, groß und klein, würden lieb zueinander sein.

Aber es ist wichtig, sich zu erinnern, daß das *unsere* Moral ist, gegründet auf *unseren* Hintergrund als besonders gesellige Säugetiere. Kreaturen, die eine sie aufziehende und nährende Sippe brauchen, die ohne einen Clan hilflos und verloren sind.

Wie aber, wenn Intelligenz und Technologie durch eine andere Species entdeckt worden wären – etwa Krokodile? Oder Otter? Würden sie unsere Vorstellungen fundamentaler Moral teilen? Selbst unter Menschen ist es, trotz unseres *Geredes* über Fürsorge für andere, allzu oft nur ›das Streben, Nummer eins zu sein‹.

Indessen möchte ich hier gern darauf hinweisen, daß der Trend von Egoismus zu Kooperation unausweichlich ist. Er entstammt Grundzügen, die die Evolution auf der Erde seit dreieinhalb Milliarden Jahren bestimmen und weiterhin unsere Welt formen und umgestalten.

Ja, dachte Nelson. *Sie ist der einzige Mensch, der mir begegnet ist, welcher über die wahre Sache redet. Ich verstehe nicht die Hälfte von dem, was sie sagt, aber so ist es. Hier ist es, wo ich anfange.*

Er strich über die zerkratzten Papierseiten und glaubte, zum erstenmal zu verstehen, warum einige Nostalgiker solche Bände immer gegenüber modernen Büchern bevorzugen. Hier waren die Wörter da, jetzt und immer, keine flüsternden Geister elektrischer Weisheit, klug, aber fließend wie Mondstrahlen. Was dem Band an Subtilität mangelte, glich er durch Solidität aus.

Wie ich – vielleicht?

Nelson lachte.

»Stimmt! Weiter träumen, he?«

Er kehrte zum Text zurück. Als die Affen aus ihrem Bad zurückkamen, fanden sie ihn tief eingetaucht in ein Abenteuer, dem zu folgen sie nicht einmal anfangen konnten. Aber diesmal saßen sie bloß da und sahen zu und ließen ihn dies seltsame menschliche Ding in Frieden tun.

□

Seit einem halben Jahrhundert war die Stadt West-Berlin eine Art ökologischer Insel.

Ihre Isolation war natürlich nicht total. Unterirdisch sickerndes Wasser ignorierte politische Grenzen, wie auch der Regen und die Verschmutzung durch kommunistische Fabriken gleich hinter der Mauer. Mit Ausnahme einer schrecklichen Episode kurz nach dem Zweiten Weltkrieg flossen Nahrungsmittel und Konsumgüter aus der Bundesrepublik auf Schiene, Straße und in der Luft.

Dennoch war die Stadt in vielfacher Hinsicht eine Oase von weniger als zwanzig Meilen, deren etliche Millionen Eingesperrte mit dem sie umgebenden Territorium kaum Kontakt hatten.

Ohne eine Stelle, wohin sie ihren Abfall schicken konnten, mußten die Berliner damals Pionierarbeit im Recycling leisten. Müll wurde streng von Straßenkehricht getrennt. Sogar Bürgersteige wurden aus Steinkacheln gemacht, um bei Straßenreparaturen aufgestapelt und dann wieder verwendet zu werden.

Trotz des grellen Nachtlebens und seinem Ruf für Respektlosigkeit hatte West-Berlin mehr Parkraum pro Kopf als New York oder Paris. Gärtner zogen mehr für ihren Eigenbedarf als in anderen Städten. Ein stolzer Bürgermeister erklärte, wenn die Menschheit je ein Generationenschiff zu den Sternen schicken würde, sollte es von Westberlinern bemannt sein.

Ein Bonner Bügermeister erklärte das prompt für eine sehr gute Idee.

Die Berliner lehnten diesen Sarkasmus als ungehobelt ab und lebten weiter.

• KERN •

»Diesmal hast du Pele nicht so erzürnt, du hochbegabter *pakeha tohunga*.«

Die alte Priesterin langte hin, um Alexens Knie zu betapsen. Mit schriller Stimme fuhr sie fort, ihm Komplimente zu machen. »Du mußt lernen, noch besser vorauszuspielen. Bleib dran! Das ist bestimmt der Weg, um Peles Gunst zu gewinnen.«

Alex errötete. Er schaute zu George Hutton, der in der Nähe auf einer geflochtenen Matte saß. »Worüber redet sie *jetzt*?«

Der große Maori blickte über das Feuer auf Meriana Kapur, die grinsend die Kohlen mit einem eisernen Feuerhaken schürte. Ruhige Flammen züngelten höher, und die Tätowierungen auf Lippen und Kinn der Priesterin schienen zu flackern und zu tanzen. Das Weib schien alterslos zu sein.

»Tantchen bezieht sich auf die Tatsache, daß es nach den kürzlichen Abtastungen weniger und mildere Erdbeben gegeben hat. Das muß bedeuten, die Erdgöttin hat deine... hm... Sondierungen diesmal akzeptabler gefunden.«

George sagte das mit unbewegter Miene. Oder *fast* unbewegter. Die Doppeldeutigkeit genügte eben, um zu verhindern, daß Alex einen Impuls unterdrückte, laut loszulachen.

»Ich dachte, Pele wäre eine Hawaiianische Gottheit, keine der Maori.«

George zuckte die Achseln. »Der Pazifik ist heutzutage kosmopolitisch. Hawaiianische Priester konsultieren uns in Sachen körperlicher Magie, während wir ihnen die Entscheidung überlassen, wenn es um Vulkane und planetaren Animismus geht.«

»Da also hast du Geophysik studiert.« Alex schmunzelte. »In der Hütte eines Schamanen, neben einem Lavastrom?«

Er war überrascht, als Hutton ernsthaft nickte, ohne gekränkt zu sein. »Ja, dort und am MIT.« Er fuhr fort: »Natürlich ist die westliche Wissenschaft Spitze. Sie ist der zentrale Wissensschatz, und die alten Götter haben das längst eingeräumt. Nichtsdestoweniger hätten meine Unternehmungen nicht den Rückhalt seitens meiner Familie und *iwi* und Clans gefunden, wenn ich nicht auch einige Zeit bei den Priestern Peles in die Lehre gegangen wäre, zu Füßen des Kilauea.«

Alex seufzte. Er hätte nicht überrascht sein sollen. Wie Kalifornien vor fünfzig Jahren hatte das zeitgenössische Neuseeland allmählich seine lange aufrechterhaltene Tradition der Toleranz in einen positiven Fetisch für Exzentrizität umgewandelt. Natürlich fanden Georges Leute nichts Unverträgliches in der Vermischung alter und neuer Ideen, um ihren eklektischen Stil zu pflegen. Und wenn das Außenstehende manchmal in Erstaunen versetzte – desto besser.

Alex lehnte es ab, George die Genugtuung zu geben. Er zuckte die Achseln und wandte sich wieder der Priesterin zu.

Hier unter den handgeschnitzten Balken des jahrhundertealten Versammlungshauses brauchte er nur zu zwinkern, um sich in der Zeit transportiert zu denken. Selbst ihre Tätowierungen sahen echt aus … anders als solche, wie die Entertainer in Rotorua anlegten und abnahmen – so leicht wie Haar- oder Hautfarbe. Dennoch war es zweifelhaft, ob viele alte Maorifrauen, selbst Priesterinnen, das Alter Tantchens mit allen ihren Zähnen noch am Platze erreichten, wie es bei ihr der Fall war, wo sie gerade und weiß schimmerten durch ein Leben von Hygiene und regelmäßiger professioneller Pflege.

Alex merkte, daß sie auf eine Antwort wartete. Daher nickte er leicht. »Danke, Tantchen! Ich freue mich, daß die Gottheit meine Bemühungen … angenehm gefunden hat.«

George legte ihm eine Hand auf die Schulter. »Natürlich haben sie Pele gefallen. Hat sich nicht die Erde für *dich* bewegt?«

Alex stieß die Hand fort. George hatte darauf bestanden, daß sie an diesem Abend hierherkommen sollten, und angedeutet, es wäre wichtig. Inzwischen lechzte Alex nach dem Labor und seinem Computer.

Noch eine weitere Simulation könnte ihnen aus der Klemme helfen. Vielleicht, wenn er dran bliebe und ständig versuchte …

»Du verfolgst einen großen *taniwha*, der sich in Unsere Mutter gebohrt hat«, sagte die Priesterin. »Du suchst seine Natur zu erfassen. Du fürchtest, er könnte Unsere Mutter und uns selbst verschlingen.«

Er nickte. Eine farbige Bewertung, aber sie faßte die Dinge recht gut zusammen. Ihre neuesten tomographischen Musterungen hatten das Erdinnere mit einer erstaunlichen Klarheit erhellt, die Georges Techniker verblüffte, welche die tiefen Schichten des Planeten in feiner, prickelnder und brennender Komplexität skizzierten, die alle früheren geophysikalischen Modelle überbot.

Die Suche hatte beide ›*taniwhas*‹ offenkundig gemacht, die zwei Singularitäten, die nahe dem Herzen des Planeten langsam kreisten. Beide – der verschrumpelte, verdampfende Rest seines eignen Alphas und das ominöse, massive Gespenst von Beta – hatten sich als winzige, perfekte Funken im Mahlstrom erwiesen. Alles, was er über das größere Biest vermutet hatte, war auf diesen Musterungen bestätigt worden. Der kosmische Knoten wuchs – na schön! Und je näher er seine gefalteten Weltflächen untersuchte und seine gewundene Topologie zusammengekrümmter Raum-Zeit, desto schöner erwuchs er in seiner unerbittlichen Tödlichkeit.

Leider war er der Beantwortung jeder der wirklich grundlegenden Fragen nicht nähergekommen, als wann und wo das Ding entstanden war. Oder wie es kam, daß die Suche nach ihm Erdbeben in Tausenden von Meilen Entfernung auslöste.

Zum Teufel, er konnte nicht einmal die Umlaufbahn des Dinges herausbringen! Vor diesen neueren Scannings war er sich so sicher gewesen, die Dynamik von Beta ermittelt zu haben – die Art und Weise, wie

Schwerkraft und Pseudoreibung und Zentrifugalkräfte sich in dem langsamen Wirbel um den inneren Kern das Gleichgewicht hielten. Aber die Flugbahn hatte sich nach der ersten Prüfung verschoben. Irgendein zusätzlicher Faktor mußte sie angestoßen haben. Aber welcher?

Tantchen Kapur schlug einen gleichmäßigen Takt auf einer kleinen Zeremonialtrommel – die manche *zzxjoanw* nannten – und machte prophetische Äußerungen über verliebte Göttinnen und anderen abergläubischen Unsinn.

»... Du langst tief in die verborgenen Stellen Peles hinein und berührst Ihre Geheimnisse. Das würde Sie keinem beliebigen Manne gestatten. Du bist geehrt, Neffe.«

Gaia-Verehrung hatte viele Formen angenommen, und diese Version davon schien harmlos genug zu sein. Alex hatte sogar Jen einmal günstig über Tantchens Kult sprechen hören. Unter anderen Umständen hätte er all dies vielleicht sehr interessant gefunden und nicht als übles Ärgernis angesehen.

»Habe keine Furcht!« fuhr sie fort. »Du wirst diese Bestie zähmen, die du verfolgst. Du wirst verhindern, daß sie Unserer Mutter schadet.«

Sie machte eine Pause und sah ihn erwartungsvoll an. Alex überlegte, was er sagen könnte.

»Ich bin ein unwürdiger Mensch«, antwortete er bescheiden.

Aber die alte Frau überraschte ihn mit einem raschen, vorwurfsvollen Blick. »Es steht dir nicht an, deine Würdigkeit zu beurteilen! Du dienst so, wie der Same eines Mannes dem Weib dient, das ihn erwählt. Sogar das *taniwha* dient. Du würdest gut tun, Junge, die Lektion vom kleinen Kiwi-Vogel und seinem riesigen Ei zu bedenken.«

Alex staunte. Die Anregung schien so bizarr – und die Anspannung der letzten Wochen hatte ihm so zugesetzt –, daß er sich nicht länger beherrschen konnte. Er wieherte los.

Tantchen Kapur neigte den Kopf. »Amüsieren dich meine Vergleiche?«

»Ich …« Er hielt besänftigend eine Hand hoch.

»Wäre es dir lieber, wenn ich andere Ausdrücke benutzte? Daß ich dich aufforderte, die Verwandtschaft zwischen ›Zygoten‹ und ›Gameten‹ zu erwägen? Würdest du besser verstehen wenn ich von dissipativen Strukturen spräche? Oder der Methode, wie Leben, sogar inmitten einer Katastrophe, aus Chaos Ordnung schafft?«

Alex konnte nur durch Blinzeln reagieren. Während sie wieder die Kohlen schürte, flüsterte George: »Tantchen hat einen akademischen Grad in Biophysik von der Universität in Otago. Sei nicht arrogant, Lustig!«

Reingefallen – durch ein Kinoklischee! Alex hatte gewußt, daß eine moderne Person vor ihm saß. Aber trotzdem hatte ihre Pose – Stan Goldman würde sie ihre ›Masche‹ nennen – ihn getäuscht.

»Du … du sagst, die Singularität wird der Erde nicht schaden? Daß sie statt dessen etwas … auslösen könnte?« Tantchen langte über die Kohlen und schlug ihn heftig auf den Handrücken. »Ich sage nichts! Es ist nicht mein Job, dir, einem ›Genie‹ zu erzählen, was du denken sollst – dir, der du viel mehr Grips hast als ich und dessen überragendes Können sogar Unsere Mutter beeindruckt. Das sind tolle Talente, aber sie dienen ihren Zwecken.

Nein, ich stelle dir nur *Fragen* zu einer Zeit, da du dich offenbar viel zu eng auf dein Problem konzentrierst. Du scheinst in jeder Hinsicht von deinen eigenen Gedanken gefesselt zu sein – von der Sorge um deine Postulate! Um dich aus dem Gleichgewicht zu schubsen, biete ich dir die Weisheit von Same und Ei.

Beachte meine Worte oder nicht! Tu, wie du willst!

Ich habe dich verwirrt, und das genügt. Dein Unterbewußtsein wird den Rest tun.

Abschließend schlug sie die Trommel, legte sie dann beiseite und entließ die beiden Männer mit einer brüsken Geste. »Ich verbiete weiter zu arbeiten, bis ihr euch ausgeruht und abgelenkt habt. Ihr habt den Befehl, euch heute nacht zu betrinken. Geht jetzt!«

Die Priesterin betrachtete schweigend die Feuergrube, als sie aufstanden. Alex ergriff seine Schuhe und folgte George aus dem Versammlungshaus in eine bestirnte Nacht. Aber zehn Fuß weiter unten auf dem Pfad blieben die beiden Männer stehen, sahen einander an und brachen gleichzeitig in Lachsalven aus. Alex klappte beinahe zusammen. Er hatte Seitenschmerzen, als George ihn grob auf den Rücken schlug. »Los!« sagte der große Maori. »Gönnen wir uns ein Bier! Oder zehn.«

Alex grinste und rieb sich die Augen. »Ich ... ich komme in einer Stunde oder so zu dir, George. Ich muß nur noch eine Simulation nachprüfen ... Was ist los?«

George machte plötzlich ein brummiges Gesicht und schüttelte den Kopf. »Nicht heute abend. Du hast gehört, was Tantchen gesagt hat: Ruhe und Zerstreuung.«

Zum drittenmal an diesem Abend sperrte Alex den Mund auf. »Du kannst diese alte Fledermaus nicht ernst nehmen!«

George lächelte einfältig, nickte aber auch. »Sie ist eine dilettantische Schauspielerin. Aber wenn ihre Autorität im Spiel ist, gehorche ich. Heute abend besaufen wir uns, weißer Kumpel. Du und ich, sofort. Ob du mitmachst oder nicht!«

Alex hatte plötzlich eine Vision von diesem massigen Milliardär, wie er den Kopf unter einen Bierzapfhahn hielt und dabei hilflos spuckte und strampelte.

Das Bild war erstaunlich glaubhaft. *Noch ein Glaubender,* stöhnte er innerlich. Es gab sie überall.

»Nun ... ich wollte nicht die Tradition verhöhnen ...«

»Gut!« George klopfte Alex wieder auf den Rücken und warf ihn fast um. »Und zwischen den Runden werde ich dir erzählen, wie ich einmal für den großen Makahuna eingesprungen bin, damals 2020, als die All Blacks Australien zur Schnecke machten.«

O nein! Rugby-Geschichten. Das hat mir gerade noch gefehlt.

Dennoch fühlte Alex eine merkwürdige Erleichterung. Er hatte den Befehl erhalten, Vergessen zu suchen, und durch niemand Geringeren als eine Sprecherin für Gaia persönlich. Er nahm an, daß er – trotz seinem Agnostizismus – aufgrund einer solchen Autorität für nur eine Nacht sich selbst vergessen dürfte.

Alex war in Kneipen der ganzen Welt gewesen, von der verblichenen Eleganz des White Heart in Bloomsbury bis hin zu klapprigen feuergefährlichen Buden in schnell aufgeschossenen angolanischen Städten. Da war jener kitschige russische Touristenbistro gewesen bei dem Startgelände Kapustin Jar, wo verdünnter, mit Vitaminen angereicherter Wodka in pastellfarbenen Quetschtuben serviert wurde zu Klängen von Mond-Musak im Hintergrund ... sehr schäbig. Er war sogar in der Bar des Hotels Imperial in Shanghai gewesen, unmittelbar, ehe der Große Krieg gegen Tabak endlich diese letzte vernebelte Bastion des Rauchens zerbrach und mürrische Süchtige in Hinterstraßen vertrieben hatte, um ihrer aussterbenden Gewohnheit zu frönen.

Vergleichsweise war das Kai-Teri so gemütlich und vertraut wie das Washington, sein eigenes Lokal im Belsize-Park. Das bittere braune Ale war ziemlich dasselbe. Gewiß – die Menge um das Dart-Brett stand enger als in einem typischen britischen Pub; und Alex hatte bei seinen letzten zwei Trips mit dem Lu-Spiel verloren. Aber das schrieb er dem Coriolis-Effekt zu. Schließlich war hier im Kiwiland oben und unten vertauscht.

Eines, das man in Britannien nicht sehen würde, war das leichte Fraternisieren der Rassen. Von Vollblutmaoris bis zu bleichgesichtigen blonden *pakehas* und jeder Schattierung dazwischen schien niemand Differenzen zu bemerken, die daheim gelegentlich immer noch zu Krawallen führten.

Oh, es gab Namen für jede Hautfarbe und Nationalität, einschließlich von Inselstaaten mit Briefmarken, von denen Alex überhaupt nie gehört hatte. Der New Zealand Herald hatte gerade an diesem Morgen einen wütenden Artikel gegen Diskriminierung von Fidschi-Gastarbeitern bei Beförderungen in einer Fabrik von Auckland gebracht. Das hatte zwar unfair geklungen und war auch unglaublich unbedeutend im Vergleich mit den Ungerechtigkeiten und Bigotterien, die immer noch überall sonstwo in der Welt begangen wurden.

Alex meinte, daß die Kiwis sich über so geringfügige Unvollkommenheiten deshalb aufregten, weil sie sich nicht verlassen fühlen wollten. Harmonie war in der Theorie recht gut und schön, erschien aber in der Praxis etwas ungelegen.

Bald nach seiner Ankunft in Neuseeland hatte er Stan Goldman gefragt, wie weit wohl diese Haltung reichte. Wie würde sich Stan zum Beispiel fühlen, wenn seine Tochter eines Abends heimkäme und ihm sagte, sie wollte einen Maorijungen heiraten?

Alexens früherer Mentor hatte überrascht geglotzt.

»Aber Alex, genau das hat sie getan!«

Bald lernte er auch Georges Familie kennen und die Frauen und Männer und Kinder etlicher Tangoparu-Ingenieure. Sie alle hatten ihm das Gefühl gegeben, willkommen zu sein. Niemand schien ihm einen Vorwurf zu machen für das schreckliche Ding, das im Kern der Erde wuchs.

Und du bist nicht verantwortlich. Es ist nicht dein Ungeheuer.

Wieder hatte diese Erinnerung ein wenig geholfen.

»Trink, Lustig! Du bist gegen Stan und mich im Rückstand.«

George war es gewohnt, seinen Weg zu gehen. Pflichtgetreu holte Alex Luft und hob das spitz zulaufende Glas mit warmem Gebräu. Er schloß die Augen, schluckte und setzte es leer ab.

Aber als er die Augen wieder aufschlug, war der Schoppen magischerweise wieder da. War das göttliches Eingreifen? Oder Trotz gegen die Entropie? Die abgesonderte Portion von Alexens Geist wußte, daß jemand eine neue Runde eingeschenkt haben mußte, wahrscheinlich aus einem Krug, der selbst jetzt noch irgendwo außerhalb seines verkleinerten Gesichtsfeldes existierte. Es machte aber Spaß, Alternativen zu erwägen. Eine negentropische Zeitumkehr hatte manche Argumente für sich.

Mit noch einer anderen seiner entwirrenden Fähigkeiten lauschte Alex Stan Goldmans Erinnerungen aus schwach in der Erinnerung haftenden Tagen am Ende des letzten Jahrhunderts.

»In den späten Neunzigern habe ich daran gedacht, Biologe zu werden«, sagte der frühere Forschungsberater. »Das war es, wo damals die ganze Aufregung herrschte. Biologen denken an jene Tage zurück, wie wir Physiker an die frühen Zeiten im zwanzigsten Jahrhundert, als Planck und Schrödinger das Qantum entdeckten und der alte Albert selbst die Lichtgeschwindigkeit an das geschundene Bezugssystem nagelte ... als die Grundlage für eine ganze Wissenschaft gelegt wurde.

Was für eine Zeit muß das gewesen sein! Aus dem, was diese glücklichen Bastarde entdeckten, ergab sich die Ingenieurkunst eines ganzen Jahrhunderts. Aber zu meiner Zeit sah es in der Physik ziemlich langweilig aus.«

»Na na, Stan!« protestierte George Hutton. »Die späten Neunziger langweilig? In der Physik? War das nicht die Zeit, in der Adler und Hurt die Große Vereinheitlichung schafften? Alle Naturkräfte in eine große *Megillah* – eine Schriftrolle – kombinierten? Du kannst mir nicht erzählen, daß sie damals nicht aufgeregt gewesen wären!«

Stan führte eine fleckige Hand an seinen glatten Schädel, um mit einer Papierserviette Schweißtropfen wegzuwischen. »Oh, gewiß. Die Vereinheitlichungsgleichungen waren brillant und elegant. Man nannte sie eine ›Theorie für alles‹ – abgekürzt TFA.

Aber damals war Feldtheorie größtenteils ein Sport für Zuschauer. Die Teilnahme erforderte die Brillanz eines Mutanten ... so wie man acht Fuß groß sein muß, um heutzutage professionell Baseball zu spielen. Und noch mehr – man fing damals an, darüber zu reden, die Bücher der Physik abzuschließen. Es gab Professoren, die sagten, alle wichtigen Fragen wären beantwortet.«

»Hast du deshalb daran gedacht, das Gebiet aufzugeben?« wollte George wissen.

Stan schüttelte den Kopf. »Nee. Was mich wirklich deprimierte, war, daß wir keine *Modalitäten* mehr hatten.«

Alex hatte sich in seine tauben Backen gekniffen, um irgendein Gefühl zu entdecken. Er drehte sich zu Stan um. »Modalitäten?«

»Grundlegende Mittel und Wege. Ritzen in der Mauer der Natur. Der Hebel und der Drehpunkt. Das Rad und der Keil. Feuer und Kernspaltung.

Das waren damals bloß intellektuelle Kuriositäten, Alex. Gewiß, sie begannen als nutzlose Abstraktionen. Aber erinnerst du dich noch, was Michael Faraday antwortete, als ein Parlamentsmitglied ihn fragte, welchen *Nutzen* jemals dies verrückte Ding ›Elektrizität‹ haben würde?«

George Hutton nickte. »Ich habe davon gehört. Hat Faraday nicht zurückgefragt, welchen Nutzen ein neugeborenes Baby hätte?«

»Das ist *eine* Version«, stimmte Alex zu und zwang seinen Kopf, die angenäherte Kurve eines Nickens auszuführen. »Nach einer anderen Story hat er geantwortet: ›Sir, ich weiß nicht, wette aber ... hm ... daß Sie eines Tages Steuern darauf erheben werden.‹« Alex lachte. »Die Geschichte hat mir immer gefallen.«

»O ja«, pflichtete Stan bei. »Und Faraday hatte doch recht, nicht wahr? Seht, was für einen Unterschied die Elektrizität bewirkt hat! Physik wurde zur führenden Wissenschaft, nicht einfach, weil sie mit fundamentalen Dingen zu tun hatte, sondern auch, weil sie *Türen öffnete* – Modalitäten – und uns Möglichkeiten bot, die wir einst nur den Göttern zugeschrieben hatten!«

Alex schloß die Augen. Momentan schien es ihm, er wäre wieder in der Versammlungshalle mit Tantchen Kapur, die listig über die Wege himmlischer Wesen berichtete.

»Die Große Vereinheitlichung hat dich deprimiert, weil sie nicht *praktikabel* war?« fragte George ungläubig.

»Genau!« Stan stieß mit einem Finger gegen den großen Geophysiker. »So hat etwa Hurt beschrieben, wie die elektroschwache Kraft sich mit Chromodynamik und Gravitation vereinigt. Na und? Um überhaupt mit dem Wissen etwas anzufangen, bräuchten wir die Temperaturen und Drücke des Urknalls!«

Stan machte ein saures Gesicht. »Puh! Könnt ihr sehen, warum ich beinahe zur Quantenbiologie übergewechselt wäre? *Das* war es, wo neue Theorien einen Unterschied machen könnten, zu neuen Produkten führen und das Leben der Menschen verändern.«

Hutton betrachtete seinen alten Freund mit klarer Enttäuschung. »Und ich habe immer gedacht, ihr Mathematikertypen wäret auf Schönheit aus. Es stellt sich heraus, daß du eben so sehr ein Apparatefex bist wie ich.« Er winkte einem vorbeigehenden Barmädchen und bestellte eine neue Runde.

Goldman zuckte die Achseln. »Schönheit und Praktikabilität sind nicht immer unvereinbar. Schau auf Einsteins Formeln für Absorption und Emission von Strahlung! Welche Eleganz! Solche Einfachheit! Er hatte keine Ahnung, daß er die *Laser* vorhersagte. Aber das Potential steckt genau hier in den Gleichungen …«

Alex fühlte, wie die Worte ihn überspülten. Sie waren wie schwärmende Lebewesen. Er hatte die seltsame Einbildung, daß die Dinge in seinem Innern Plätze suchten, um ihre Jungen dort abzulegen. Normalerweise hatte er wenig Verwendung für die populären mehrschichtigen Bewußtseinsmodelle. Aber eben jetzt schien die gewöhnliche trostreiche Illusion persönlicher Einheit durch Alkohol aufgelöst worden zu sein. Er fühlte sich nicht als *eine* Person, sondern vielfältig.

Das eine Ich sah erheitert zu, wie vor ihm wieder ein dunkles Bier erschien; aber mehrere Ichs rangen um etwas, das noch untergetaucht war. Benommen durch Erschöpfung und Alkohol war die Logik aus der Fassung gebracht, und andere, mehr chaotische Kräfte schienen sich ungehindert auszutoben. Es stand neunundneunzig zu eins, daß die Ergebnisse genau von der Sorte sein würden, die während einer Party großartig klangen und am Morgen danach wie eitles Geschwätz.

»… als aus dem Nichts das Cavitron erschien! Stellt euch mein Entzücken vor«, fuhr Stan fort und breitete seine knorrigen Hände aus. »Ganz plötzlich fanden wir, daß es schließlich doch einen Weg gab, Zugang zum Herzen der neuen Physik zu gewinnen.«

Der gealterte Theoretiker machte eine Faust, als ob er eine lang gesuchte Beute festhalten wallte. »Ein Jahr erschien das Feld steril, ohne Sex, zu mathematischer Masturbation oder noch Schlimmerem verurteilt zu sein – anhaltender Glanz ehemaliger Theorien. Im nächsten Moment – *bum!* – hatten wir die Macht in unserer Hand, Singularitäten herzustellen! Zu bewegen und zu gestalten ... den Raum selbst.«

Stan schien die tragischen Konsequenzen dieser Entdeckung zeitweilig vergessen zu haben. Auch Alex schöpfte Kraft aus der Begeisterung seines Freundes. Er erinnerte sich an seine eigenen Gefühle beim Hören der Nachricht – daß das Team in Livermore soeben wirklich rohes Vacuum in konzentrierte Raum-Zeit verwandelt hätte. Die Möglichkeiten erschienen unbegrenzt. Was er selbst erwartet hatte, war billige, endlose Energie für eine klapprige, verarmte Welt.

»Oh, es blieben noch Einschränkungen«, fuhr Stan fort. »Aber der Durchbruch war da. Der neue Hebel und Angelpunkt. Vielleicht ein neues Rad! Ich fühlte mich, wie es damals Charles Townes gegangen sein muß an dem Tage, da er Licht durch jenen hochgepumpten Rubinkristall hin und her prallen ließ und es veranlaßte ...«

Alexens Stuhl kippte zurück, als er jäh aufstand. Er stützte sich mit den Fingerspitzen auf die Tischplatte. Dann stolperte er, starr nach vorn blickend, durch die Menge im Zickzack auf die Tür zu.

»Alex?« rief ihm George nach. »Alex!«

Eine Kieferngruppe zwanzig Meter von der Dorfkneipe entfernt zog ihn an wie Treibgut aus einem brausenden Strom. In diesem Strudel war die Luft frisch, und das lärmende Geschwätz suchte ihn nicht mehr zu überwältigen. Hier hatte Alex nur mit dem Rascheln der Zweige zu kämpfen, die leise dem Wind antworteten.

»Was ist los?« fragte Hutton, als er eine Minute später hinterherkam. »Lustig, was gibt's?«

Alex wirbelte der Kopf. Er drehte sich unsicher um,

gespalten zwischen dem Bemühen, alle Fäden zugleich zu verfolgen oder nur einige wenige zu packen, ehe sie alle davongeblasen wurden.

Er platzte heraus: »Ein Laser. George, es ist ein Laser!«

Hutton bückte sich, um Alex gerade anzusehen. Das war nicht einfach, weil beide Männer so schwankten.

»Wovon redest du? *Was* ist ein Laser?«

Alex machte eine weite Bewegung mit beiden Händen. »Stan hat Einsteins Ab ... Absorptions- und Emissionsparameter erwähnt. Erinnere dich aber! Es gab zwei ›B‹-Parameter – einen für spontane Emission und einen für *stimulierte* Emission aus einem angeregten Zustand.«

»Also geht es um einen angeregten Zustand«, kommentierte George. Aber Alex fuhr eilends fort.

»George, George!« Er streckte die Arme aus, um Balance zu halten. »In einem Laser erzeugt man erst einen ... einen Zustand umgekehrter Energie in einem angeregten Medium ... läßt alle Elektronen in einem Kristall hüpfen, nicht wahr? Das andere, was man machen muß, ist dann, den Kristall in einen *Resonator* zu plazieren. Einen Resonator, der so abgestimmt ist, daß nur eine bestimmte Welle durch ihn hin und her laufen kann ...«

»Na ja, man benutzt zwei Spiegel, die einander an entgegensetzten Enden gegenüberstehen. Aber ...«

»Richtig! Man stellt die Spiegel so auf; und nur eine einzige Welle wird zum Stehen kommen, indem sie tausend-, millionen-, zillionenmal hin und her prallt: Nur *eine* Frequenz schafft das, eine Polarisation, eine Orientierung. Diese eine Welle läuft zurück und voran, zurück und voran mit Lichtgeschwindigkeit – und bewirkt stimulierte Emission aus allen angeregten Atomen, die sie passiert. Sie saugt deren Energie in einen einzigen ...«

»Alex ...«

»… in einen einzigen kohärenten Strahl … verstärkt alle Wellenkomponenten … die alle parallel vorrücken wie marschierende Soldaten. Die Summe ist weit größer als die individuellen Teile.«

»Aber …«

Alex packte George am Revers. »Siehst du nicht? Wir haben vor ein paar Wochen eine einzige Wellenform in ein solches Medium eingespeist, und dann vor zwei Tagen noch einmal. Jedesmal ist etwas *herausgekommen*. Wellen von einer viel größeren Energie, als wir hineingetan haben!«

»Denk darüber nach! Das Erdinnere ist eine heiße Brühe aus angeregten Zuständen, wie das Plasma in einer Neonröhre oder ein angeblitzter Rubinkristall. Bei gegebenen richtigen Bedingungen nahm es auf, was wir hineingegeben haben und vergrößerte den Output. Es wirkte als Verstärker!«

»Die Erde selbst?« George runzelte die Stirn. Er war jetzt ernstlich verwirrt. »Ein *Verstärker*? Inwiefern?«

Dann las er etwas in Alexens Gesicht. »Erdbeben. Du meinst die Erdbeben. Aber … wir haben in unseren alten Sondierungen nach Ressourcen nie etwas Derartiges gesehen. Echos – gewiß. Wir haben Echos bekommen und sie zum Kartieren benutzt. Aber nie einen Verstärkungseffekt.«

Alex nickte. »Weil ihr vorher nie einen Resonator hattet! George, denke an die Spiegel in einem Laser! Die sind es, welche die Bedingungen zur Verstärkung einer Wellenform, einer Orientierung, in einen kohärenten Strahl schaffen.

Nur haben wir es mit *Gravitations*wellen zu tun. Und nicht irgendwelchen beliebigen Gravitationswellen, sondern Wellen, die speziell abgestimmt sind auf Reflektion von …«

»Von einer Singularität«, flüsterte George. »Beta!«

Er trat mit weit aufgerissenen Augen zurück. »Meinst du das *taniwha* …«

»Ja! Es hat als Teil eines Resonators für Gravitationswellen gewirkt. Wobei das verstärkende Medium der Erdkern selbst war!«

»Alex.« George wedelte mit einer Hand vor seinem Gesicht. »Das wird verrückt.«

»Natürlich mußte der Effekt mit nur *einem* Spiegel unscharf sein, und wir hatten nur Beta für die Reflexion. Die zweite Testreihe entsprach dieser Art von Modell.«

Alex hielt inne und überlegte. »Aber was war mit dem ersten Scanning vor Wochen? Damals hat unsere Sonde enge, kraftvoll definierte Bebenschwärme ausgelöst. Der Output damals war so intensiv! Genügend eng fokussiert, um eine Raumstation zu zerreißen ...«

»Eine Raumstation?« Georges Stimme klang entsetzt. »Meinst du, wir haben bewirkt, daß die amerikanische Raumstation ...«

Alex nickte. »Habe ich dir das nicht gesagt? Tragische Sache. Enormes Glück, daß es nur durch einen so engen Strahl passiert ist.«

»Alex ...« George schüttelte den Kopf. Aber der Wortschwall war zu stark.

»Ich verstehe, warum die Verstärkung beim zweiten Male unscharf war – gerade, wie man es von einem Resonator mit nur einem Spiegel erwarten würde. Aber jenes erste Mal ...« Alex schlug sich mit der Faust auf den Handteller. »Es *muß* zwei Reflektoren gegeben haben.«

»Vielleicht euer Alpha, das Schwarze Loch von Iquitos ...«

»Nein. Falscher Ort, falsche Frequenz. Ich ...« Alex blinzelte. »Natürlich! Ich habe es.«

Er wandte sich um und blickte George direkt an.

»Die andere Singularität muß an Bord der Raumstation selbst gewesen sein. Das ist die einzig mögliche Erklärung. Daß sie direkt in der gleichen Linie wie der

Strahl lag, war ein Zufall. Das Loch auf der Station stand in Resonanz mit Beta und *verursachte* die Ausrichtung. Das paßt zusammen.«

»Alex...«

»Laß uns sehen! Das würde bedeuten, die äußere Konstruktion der Station wäre mit einer Pseudobeschleunigung davon getragen worden von...«

Er machte eine Pause und blickte durch ein Loch zwischen den Zweigen über sich. Seine Stimme senkte sich vor Schreck. »Diese armen Kerle. Was für eine Todesart!«

George Hutton blinzelte, bemüht mitzukommen. »Meinst du, die Amerikaner hatten ein unlizensiertes...«

Aber wieder riß ihn Alexens Schwung um. »Wir werden natürlich einen Namen brauchen. Wie wäre es mit ›Gravitationsverstärkung durch stimulierte Emission von Strahlung‹? Könnte mit der modernen Nomenklatur gut zusammenstimmen.«

Er sah George an. »Nun? Gefällt dir das? Sollen wir es einen *graser* nennen? Oder würde *gazer* besser klingen? Ja, ich meine: ›gazer‹.«

Alexens Augen glitzerten. Darin gab es Schmerz, gemischt mit gleichen Teilen einer erregten Entdeckerfreude. »Was ist das für ein Gefühl, George, daß du mitgeholfen hast, die mächtigste ›Modalität‹ aller Zeiten loszulassen?«

Die beiden Männer sahen sich einige Zeit stumm an, als ob beide sich plötzlich der Inhaltsschwere des Tons bewußt geworden wären. Die Stille wurde nur gebrochen, als Stan Goldman von der Tür der Kneipe aus rief.

»Alex? George? Wo seid ihr Burschen denn? Ihr braucht viel Zeit, um euch zu erleichtern. Seid ihr zu betrunken, die Reißverschlüsse zu finden? Oder habt ihr da draußen etwas anderes gefunden, das interessant ist?«

»Wir sind hier fertig!« rief George Hutton und schaute dann auf Alex zurück, der wieder zu den Sternen blickte und Selbstgespräche führte. Etwas leiser fügte George hinzu: »O ja, Stan, wir haben schließlich doch etwas Interessantes gefunden.«

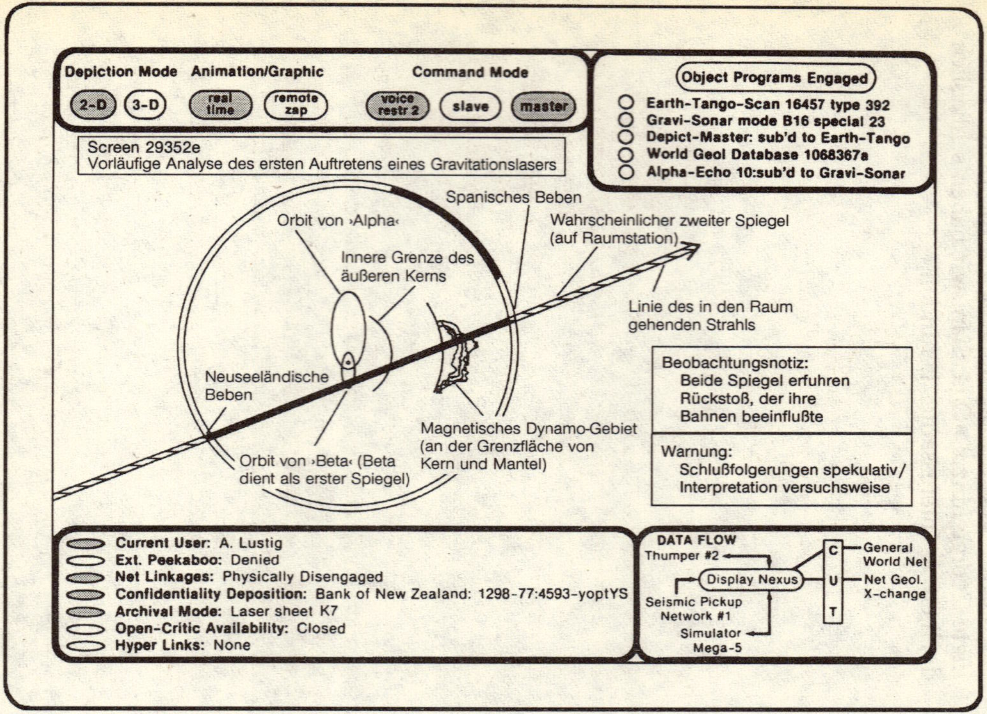
Depiction Mode
2-D
3-D
Animation/Graphic
real time
remote zap
Command Mode
voice restr 2
slave
master
Object Programs Engaged
Earth-Tango-Scan 16457 type 392
Gravi-Sonar mode B16 special 23
Depict-Master: sub'd to Earth-Tango
World Geol Database 1068367a
Alpha-Echo 10:sub'd to Gravi-Sonar
Screen 29352e
Vorläufige Analyse des ersten Auftretens eines Gravitationslasers
Spanisches Beben
Orbit von ›Alpha‹
Wahrscheinlicher zweiter Spiegel (auf Raumstation)
Innere Grenze des äußeren Kerns
Linie des in den Raum gehenden Strahls
Neuseeländische Beben
Magnetisches Dynamo-Gebiet (an der Grenzfläche von Kern und Mantel)
Orbit von ›Beta‹ (Beta dient als erster Spiegel)
Beobachtungsnotiz:
Beide Spiegel erfuhren Rückstoß, der ihre Bahnen beeinflußte
Warnung:
Schlußfolgerungen spekulativ/ Interpretation versuchsweise
Current User: A. Lustig
Ext. Peekaboo: Denied
Net Linkages: Physically Disengaged
Confidentiality Deposition: Bank of New Zealand: 1298-77:4593-yoptYS
Archival Mode: Laser sheet K7
Open-Critic Availability: Closed
Hyper Links: None
DATA FLOW
Thumper #2
Display Nexus
Seismic Pickup Network #1
Simulator Mega-5
C
U
T
General World Net
Net Geol. X-change

TEIL V

PLANET

In den frühesten Tagen der neuen Welt gab es niemanden, der über Kohlendioxid oder Methan oder Hydrogenzyanid schlecht gesprochen hätte. Unter Blitzen und strengem Sonnenlicht tauchten diese Chemikalien auf, um den jungen Ozean mit Aminosäuren, Purinen, Adenylaten … einer ›urtümlichen Suppe‹ zu beschmutzen, die dann weiter reagierte und komplexe, verwundene Polymere aufbaute.

Rein willkürliche Verschmelzungen würden eine Billion Jahre gebraucht haben, um etwas so Kompliziertes wie ein Bakterium zustande zu bringen. Aber es war noch etwas anderes im Spiel außer reiner Zufalls-Chemie. Selektion. Manche Moleküle waren stabil, während andere leicht zerfielen. Die kräftigen häuften sich an und erfüllten die Meere. Sie wurden zu Buchstaben in einem neuen Alphabet.

Auch diese reagierten, um noch größere Zusammenballungen zu bilden, von denen einige überlebten und sich aneinander schlossen … die ersten genetischen Wörter. Und so weiter. Was sonst eine Billion Jahre erfordert hätte, wurde in relativ kurzer Frist vollendet. Sätze stießen zusammen und bildeten zumeist sinnlose Absätze. Aber einige hatten Bestandskraft.

Ehe der letzte Meteoritensturm vorbei war oder der letzte brüllende Supervulkan endgültig erlosch, erschien im Ozean ein chemischer Gewaltakt, umgeben von einer Hülle aus Lipid-Protein. Ein Wesen, das verzehrte und ausschied, das echte Kopien von sich selbst herstellte. Eines, dessen Nachwuchs Siege errang, Niederlagen erlitt und sich vervielfältigte.

Aus der Alphabetsuppe wurde plötzlich eine Geschichte verkündet.

Zunächst noch eine einfache Geschichte. Primitiv und vorhersehbar. Aber man konnte schon ein rohes Talent darin erkennen.

Der Autor fing an zu improvisieren.

□ **Weltweite Spezielle Interessengruppe für Langfristige Lösungen** [□ SIG AeR, WLRS 253787890.546] **Bericht des Leitkomitees.**

Seit Wochen läuft eine Marathondebatte in der Untergruppe sechs (Technohilfen), Kategorie neun, Forum fünf über die relativen Vorteile von Nanokonstrukteuren gegenüber Von-Neumann-Maschinen als möglicher Quellen von Reichtum zum Ersatz für die erschöpften Minen und Zisternen unseres müden Planeten.

Das Wort ›erschöpft‹ paßt auch für die müden Moderatoren dieser geschwätzigen Runde. Schließlich sagte der Vorsitzende des Forums: »Das reicht schon! Hat nicht jemand von Ihnen Jobs oder Familien?«

Wir stimmen zu. Es ist schon recht schön, darüber zu reden, wie diese zwei Technologien eines Tages »genügend Reichtum erzeugen könnten, um sogar das Amerika des zwanzigsten Jahrhunderts wie einen Cro-Magnon-Stamm aussehen zu lassen«. Aber einer der Zwecke dieser Spezialinteressengrupe ist, Ideen zu finden über bloße Spekulation hinaus und der Welt machbare Pläne vorzulegen!

Also, ihr Leute, laßt uns hiermit eine Pause einlegen.

Schlaft etwas! Besucht eure Kinder! Kommt wieder, wenn ihr einen brauchbaren Entwurf für eine wirklich schlaue Maschine vorlegen könnt, die Kopien von sich machen kann – ob sie auf Mondboden schwebt oder in einer Nährlösung schwimmt. Dann werden wir übrigen die nötige Kritik beisteuern, die ihr braucht, um es funktionieren zu lassen.

In scharfem Gegensatz hatten die sozialwissenschaftlichen Freaks in Gruppe zwei einige sehr geistreiche Foren über die laufende Marotte, Stammespsychologie auf städtische Populationen anzuwenden. An einer Stelle haben sich wieder einmal mehr als eine halbe Million Konsumenten eingeschaltet auf unsere Spezielle Interessengruppe, bis hin zu Niveaus kommerzieller Anwendung! Zusammenfassungen dieser Foren sind schon verfügbar, und wir empfehlen den Organisatoren von Gruppe zwei, eine so lebhafte und produktive Debatte zu führen.

Sie waren noch dabei, Houston nach dem Hurrikan der letzten Woche leerzupumpen, als sie in die Stadt kam. Teresa fand es wunderbar, wie sich die Stadt durch die Katastrophe verändert hatte.

Avenuen überschwemmter Läden plätscherten geheimnisvoll direkt unter der Flutlinie. Ihre Waren schimmerten unter Wasser wie versunkene Schätze. Die hochragenden Glasblöcke der Geschäftshäuser boten aufregende Ansichten von Blau, Weiß und Aquamarin, indem sie den sommerlichen Himmel oben und lebhaft geflecktes Wasser unten spiegelten.

In der Nässe markierten Reihen gekippter Bäume die abgesoffenen Grenzen von Straße und Bürgersteig. Ihre fleckigen Stämme zeugten von noch höheren Überschwemmungen in der Vergangenheit. Unter lockeren Wolken, die von einer trägen Brise angetrieben wurden, berührte Houston Teresa wie eine hypermoderne Darstellung Venedigs, ehe diese beklagenswerte Stadt endgültig versank. Eine wundervolle Mischung von Booten, Kanus, Kajaks und sogar Gondeln verkehrte auf Nebenstraßen, während improvisierte Wassertaxis die Boulevards durchpflügten, wenn sie Pendler von ihren Wohnkomplexen zu den schimmernden Bürotürmen brachten. Mit typisch texanischer Sturheit hatte fast die halbe Bevölkerung diesmal eine Evakuierung abgelehnt. Teresa nahm an, daß einige es sogar genossen, zwischen den schroffen Klippen dieses Archipels von Menschenhand zu wohnen.

Vom Oberdeck des Busses sah sie, wie die Sonne von einer Wolke freigegeben wurde und die verglasten Monolithe aufblitzen ließ. Die meisten anderen Passagiere wandten sich sofort unwillkürlich ab und setzten breitkrempige Hüte und Polarisationsbrillen auf, um sich vor den scharfen Strahlen zu schützen. Die einzige Ausnahme bildete ein Trio von Ra-Boys in ärmellosen Netzhemden, die sich der strahlenden Wärme mit Genuß zuwandten und sie verehrungsvoll einsogen.

Teresa ging einen Mittelweg, als die Sonne herauskam. Sie reagierte überhaupt nicht. Schließlich war es nur ein stabiler Stern der Spektralklasse G, der sich gut benahm und in einer sicheren Entfernung befand. Bestimmt war er hier unten weniger gefährlich als im Orbit.

Oh, gewiß hatte sie alle passenden Vorsichtsmaßnahmen ergriffen. Sie trug einen Hut und eine leicht gelbe Brille. Aber danach hatte sie die Bedrohung einfach aus ihrem Bewußtsein verscheucht. Die Gefahr von Hautkrebs war gering, wenn man gut aufpaßte und ihn früh erwischte. Die Chancen, bei einem Helizep-Unglück den Tod zu finden, waren gewiß größer.

Das war nicht der Grund, weshalb sie heute ein Heli-Taxi vermied, das jene direkte Strecke von Clear Lake her nahm, wo die NASA-Deiche dem Toben des Hurrikans Abdul widerstanden hatten. Teresa hatte heute eine Umwegroute benutzt, hauptsächlich, um sich zu vergewissern, daß man ihr nicht folgte. Das bot auch eine Gelegenheit, die Gedanken zu sammeln, ehe sie von der Bratpfanne ins Feuer umstieg.

Und wie viele Chancen würde sie überhaupt noch haben, dieses Wunder amerikanischer Eitelkeit zu erleben, dieses Schauspiel, das das trotzige Houston bot? Entweder würden die Mogule der Stadt schließlich mit ihrem großartigen teuren Plan Erfolg haben – die Deiche sichern, die Wasserfläche ablenken und alles unter massiven Pylonen sichern – oder die ganze Metropole würde sich bald zu Galveston unter dem Golf von Mexiko gesellen, zusammen mit großen Gebieten von Louisiana und dem armen Florida. In beiden Fällen würde es eine Szene sein, worüber sie ihren Enkelkindern noch würden erzählen können – vorausgesetzt natürlich, es gäbe welche.

Teresa verbiß sich ein schmerzhaftes Bedauern, als Gedanken an Jason fast an der Oberfläche erschienen. Sie konzentrierte sich statt dessen auf den Ausblick, als sie an einem hartnäckigen Ladenbesitzer vorbeikamen, der seine durchnäßten Textilien von Pontons aus verhökerte unter einem Schild mit der Aufschrift ›VORGESCHRUMPFT, GARANTIERT GEGEN SALZ WIDERSTANDSFÄHIG‹. In der Nähe hatte ein Cafébesitzer Tische, Stühle und Schirme auf dem Dach eines der mit Rädern versehenen gestrandeten Vettern ihres Busses aufgestellt und machte ein flottes Geschäft. Ihr Fahrer manövrierte sich an diesem Unternehmen und dem Gedränge geparkter Kajaks und Dingis darum vorbei und überwand dann eines der flachen Riffe verlassener Fahrräder, ehe er auf der Lyndon-Johnson-Avenue wieder Fahrt aufnahm.

»Sie sollten es in diesem Zustand lassen«, bemerkte Teresa leise zu niemandem im besondern. »Es ist entzückend.«

»Darauf ein Amen, Schwester!«

Mit einem momentanen Ruck von Überraschung sah Teresa zu den Ra-Boys und bemerkte, was ihr vorher entgangen war, daß nämlich einer davon einen quasilegalen ›Großes Ohr‹-Verstärker trug. Er erwiderte ihre Einschätzung unternehmungslustig und berührte die Fassungen seiner Sonnenbrille, wodurch sie schnell so transparent wurde, daß Teresa seinen lüsternen Blick wahrnahm.

»Wasser macht die alte Stadt sexy«, sagte er und schlenderte näher. »Meinen se nicht auch? Ich mag es, wie das Sonnenlicht von überall weghopst.«

Teresa wollte nicht auf die leichte Regelwidrigkeit verweisen, daß er kein Abzeichen trug, welches auf sein Lauschgerät hinwies. Nur in ihren intimsten Gedanken – und ihrer schweren linken Tasche – hatte sie etwas zu verbergen.

»Das würde dir gefallen, nicht wahr?« antwortete sie und bedachte ihn mit einem maßvollen Blick, den er weder als Kränkung noch als Aufforderung ansehen konnte. Das klappte nicht. Er bummelte näher, stellte einen Fuß auf den Sitz neben ihr, beugte sich vor und rieb den kurz geschnittenen Flaum, der seinen Schädel bedeckte.

»Wasser dient der Sonne, wissen se nicht? Wir sollen es kommen, kommen, kommen lassen. Es is eine seiner Arten zu lieben, verstehen se? Bedeckt die Erde wie ein starker Mann eine Frau, sanft, unwiderstehlich… feucht.«

Frische Flecken von rosa Haut zeigten sich, wo rezeptfreie Cremes kürzlich Stellen von Krebsvorläufern gesäubert hatten. Tatsächlich waren Ra-Boys nicht viel mehr zur Entwicklung der wirklich tiefen, unheilbaren Melanomtumore disponiert als andere Leute. Aber ihr scheckiger Teint erhöhte das Image, das sie sich wünschten – von gefährlichen Burschen ohne Respekt für Leben. Junge Hengste, die nichts zu verlieren hatten.

Teresa merkte, wie die anderen Passagiere in Spannung gerieten. Einige wandten sich ausdrücklich den jungen Lümmeln zu und richteten ihre True-Vus auf sie wie wachsame, Verbrechen bekämpfende Helden einer früheren Ära. Für sie zeigten die Boys unbeständige und fast obligatorische Verhaltensweisen von Selbstdarstellung. Die meisten Mitfahrer wandten sich bloß ab und zogen sich hinter Schatten und dunkle Linsen zurück.

Teresa hielt beide Reaktionen für etwas traurig. *Ich höre, in den Städten des Nordens ist es noch schlimmer. Sie sind bloß Teenager, um Himmels willen! Warum können die Menschen sich nicht einfach entspannen?*

Sie selbst fand die Ra-Boys weniger erschreckend als

vielmehr traurig. Sie hatte natürlich von der Marotte gehört und junge Leute so angezogen gesehen bei einigen Parties, zu denen Jason sie vor ihrem letzten Einsatz geführt hatte. Aber dies war ihre erste Begegnung mit Sonnenanbetern bei Tageslicht, welches nächtliche Angeber von dem richtigen Ding unterschied.

»Hübsche Vergleiche«, bemerkte sie. »Bist du *sicher*, nicht zur Schule gegangen zu sein?«

Schon durch die Wärme rot angelaufen, wurde der nacktschultrige Junge sogar noch einige Schattierungen dunkler, als seine beiden Freunde laut loslachten. Teresa wollte ihn nicht reizen. Einen Bürger zu verstümmeln – sogar in Selbstverteidigung –, würde ihr in ihrer heiklen Position bei der Behörde nicht helfen. Sie hielt besänftigend eine Hand hoch.

»Wollen wir nicht darüber reden? Du scheinst anzudeuten, daß der Anstieg des Meeresniveaus durch eure Sonnengottheit bewirkt wurde, Aber jedermann weiß, daß die Eiskappen der Antarktis und von Grönland schmelzen wegen des Treibhauseffekts ...«

»Ja ja«, unterbrach der Junge. »Aber die Treibhausgase halten Wärme zurück, die mit der Sonne *entsteht*.«

»Diese Gase wurden von Menschen gemacht, oder nicht?«

Er lächelte überheblich. »Kohlendioxid und Stickoxide aus Fabriken und Autos des zwanzigsten Jahrhunderts, gewiß. Aber woher ist das alles ursprünglich gekommen? Öl! Gas! Kohle! Alles vergraben und gehortet durch Ihre Hoheit vor langer Zeit und unter Ihrer Haut versteckt wie Speck. Aber alle die Energie in Öl und Kohle – die Ursache, weshalb unsere Alten in der Alten Gaia gegraben und gebohrt haben –, die ist letztlich von der Sonne gekommen!«

Er rückte näher. »Aber jetzt sind wir nicht weiter durch Ihren kostbaren Hort an gestohlenem fossilem Brennstoff versklavt. Der ist ganz in Rauch aufgegangen, wundervollen Rauch. Lebt wohl!« Er tat, als ob er den Wolken einen Kuß geben wollte. »Und jetzt kann man sich an niemand mehr wenden als an die Quelle selbst.«

Ra-Verehrer traten natürlich für Sonnenenergie ein, während die viel zahlreicheren Gaianer statt dessen Windkraft und Konservierung vorantrieben. Als Astronautin fand Teresa, daß ihre Sympathien ironischerweise mit denen der Gruppe zusammenfielen, deren Erscheinung und Stil abstoßender waren. Wahrscheinlich würde sie diese Burschen nur wissen lassen müssen, daß sie eine Astronautin war; und die ganze Bedrohung und Angeberei würden verdunsten. Aber ehrlicherweise gefielen sie ihr besser so – laut, stürmisch, nach Testosteron und Überkompensation riechend –, denn als schweifwedelnde Bewunderer.

»Die Stadt wird sowieso nicht mehr lange halten«, fuhr der Ra-Boy fort und zeigte auf die großen Türme, die bis zu ihren stählernen Knöcheln im Golfwasser standen. »Sie können ihre Aufschüttungen machen, Pfähle eintreiben, versuchen, die Löcher zu flicken. Aber früher oder später wird alles den Weg von Miami gehen.«

»Fruchtbarer Dschungel wird sich ausbreiten ...«, grölte einer der anderen durch einen dünnen, mit dem Mund verstärkten Synthesizer. Wahrscheinlich war das eine Zeile aus einem Schlager, obwohl sie den nicht erkannte.

Die brummenden Motoren änderten ihren Ton, als sich der Bus einer weiteren Haltestelle näherte. Inzwischen lehnte sich der Anführer noch dichter an Teresa. »Jawoll, ätzend! Die Alte Lady bringt wieder Schwung herein. In Saskatchewan werden Löwen rumlaufen. Flamingos scharenweise in Grönland. Und alles wegen der rauhen Liebe Ras.«

Armer Bursche! dachte Teresa. Sie erkannte hinter dieser Macho-Pose Sonnenanbeterei. Wahrscheinlich war er ein Schmusekater, und die einzige Gefahr, die er darstellte, kam aus seiner verzweifelten Angst, das nicht erkennen zu lassen.

Der Ra-Boy runzelte die Stirn, als er in ihrem Lächeln etwas zu entdecken glaubte. In noch stärkerem Bemühen, sie aus der Fassung zu bringen, fletschte er die Zähne in einem ordinären Grinsen. »Grobe, feuchte Liebe. Das ist es, was Weiber mögen. Die Große Mama nicht weniger. Nicht?«

Über den Mittelgang blickte eine Frau, die den Kreis des Muttergehänges trug, den Ra-Boy mürrisch an. Er merkte das, wandte sich um und steckte ihr die Zunge heraus, was ihre modisch helle Haut erröten ließ. Da sie keine True-Vus trug, sah sie schnell weg.

Er stand auf und wandte sich an die anderen Fahrgäste. »Ra schmilzt die Gletscher! Er umwirbt sie mit seiner Wärme. Er schmilzt ihren frigiden Trichter mit warmen Wassern. Er ...«

Der Ra-Boy hielt stammelnd inne. Er wischte blinzelnd seine dunkle Brille weg und sah nach links und rechts. Er suchte Teresa.

Schließlich entdeckte er sie, die auf dem kümmerlich erstellten Landeplatz im dritten Stock des Gibraltar-Gebäudes stand. Als der Wasserbus wieder abzog mit salzigem Gischt im Kielwasser, warf sie dem Sonnenverehrer und seinen Kameraden eine Kußhand zu. Die starrten ihr mit ihren maskierten Augen und fleckig rosa Gesichtern immer noch nach, als der Bootsfahrer beschleunigte, um bei First Street noch ein gelbes Licht zu erwischen, das er auch knapp schaffte, ehe das Signal umsprang.

»Bis dann, Harmloser!« sagte sie dem entschwindenden Ra-Boy hinterher. Dann nickte sie dem Pförtner zu, als er sich verbeugte und sie hineingeleitete.

Sie mußte vor ihrem Treffen noch einen Stop einlegen. Die Zweigstelle einer angesehenen Bank, in die man eintreten konnte, bot eine Gelegenheit, ihre Last abzulegen.

Gewöhnlich würde eine Transaktion mit Bargeld hochgezogene Augenbrauen bewirken, aber in diesem Fall war das üblich. Der lächelnde Diensttuende nahm ihre frischen Fünfziger entgegen und führte sie zu einer Anonymitätskabine, wo Teresa sich prompt einschloß. Sie holte einen dünnen Sensor aus einer Tasche und stöpselte ihn in eine Buchse an der Seite ihrer Brieftasche ein, die dann als tragbare Konsole diente, während sie jeden Winkel der Kabine nach Lecks absuchte. Natürlich gab es keine. Befriedigt setzte sie sich hin und trennte den Sensor ab. Während sie das tat, strich ihre Hand beiläufig über die abgewetzte Noppe der persönlichen Holoskala ihrer Brieftasche und ließ damit ein vertrautes Bild im Raum über der Tischplatte erscheinen.

Die Augen ihres Vaters zeigten Fältchen des Lächelns, und er schien sehr stolz auf sie zu sein, als er mit dem Mund stumm Worte bildete, die sie schon lange auswendig kannte. Worte der Unterstützung. Worte, die ihr so oft so viel bedeutet hatten, seit er sie zuerst gesprochen hatte... und seither bei jeder Gelegenheit, wenn sie sich gegen eine Übermacht hatte auflehnen müssen.

Nur war keine jener anderen Krisen auch nur annähernd so schlimm wie die Sache, in die sie jetzt hineingeraten war. Darum hielt sie ihre Hand zurück, um nicht die Tonkontrolle zu berühren oder sogar seine wohlvertraute Ermutigung in ihrem Geist noch einmal abspielen zu lassen.

Sie hatte zu große Angst, es zu probieren. Wie, wenn die Worte diesmal nicht wirken würden? Könnte ein solches Versagen den Talisman für immer ruinieren? Ungewißheit sollte man vorziehen gegenüber der Erkenntnis, daß dieses letzte Kriterium ihres Lebens seine Kraft verloren hätte und daß selbst die ruhige

Zuversicht ihres Vaters keine Sicherheit böte vor einer Welt, die zu jeder ihr genehmen Zeit dahinschmelzen konnte.

»Es tut mir leid, Papa«, sagte sie ruhig und entschieden. Teresa wollte hinlangen und seinen graumelierten Bart berühren. Aber statt dessen wandte sie sich ab und richtete ihre Aufmerksamkeit fest auf die vorliegende Unternehmung. Sie holte aus ihrer Tasche eine der zwei Datenspulen und steckte sie in einen Schlitz im Schalter. Sie wählte als Codewort den Namen der Lieblingskatze einer Zimmergenossin und schuf sich ein persönliches Versteck, in das sie den Inhalt der Spule eingab. Als der Zylinder leer und gelöscht war, atmete sie etwas leichter.

Sie war immer noch mit einer gefährlichen Unternehmung beschäftigt, die sie die Stellung kosten oder sogar ins Gefängnis bringen konnte. Aber wenigstens würde sie jetzt nicht eine Pariah wegen der modernen Sünde des Bewahrens von Geheimnissen sein. Sie hatte gerade ihre Geschichte – von der Erewhon-Katastrophe bis zu ihrer neuen, heimlichen Sammlung von Orbitaldaten für Pedro Manella – registriert. Falls irgend etwas davon jemals zum Prozeß führen würde, wäre sie jetzt imstande, mit diesem datierten Versteck zu zeigen, daß sie in gutem Glauben gehandelt hatte. Die Verträge von Rio erlaubten es, Information befristet zurückzuhalten – oder das zu versuchen –, so lange sorgfältige Aufzeichnungen aufbewahrt wurden. Diese Ausnahme war erlassen, um den Bedürfnissen der Privatwirtschaft zu genügen. Die Väter der Verträge – radikale Veteranen des Helvetischen Krieges – hatten sich wahrscheinlich nie gedacht, daß ›befristet‹ auch bis zu zwanzig Jahren ausgedehnt werden oder daß die Registrierung von Tagebüchern wie dem ihren eine eigene Industrie werden könnte.

Teresa versiegelte die Akte und verschluckte den Schlüssel geistig. Ihr Vertrauen in das System war so groß, daß sie die leere Spule einfach auf dem Schaltertisch liegen ließ.

»Ich wünsche, Sie hätten das nicht getan.«

»Was getan, Pedro?«

»Sie wissen, was ich meine. Was Sie getan haben, als Sie wieder auf die Erde kamen.«

Manella sah sie an wie ein mißbilligender Vater. Zum Glück war Teresas eigener Vater geduldig und verständnisvoll gewesen – und schlank. Mit anderen Worten, gar nicht wie Pedro Manella.

»Ich habe nichts weiter getan als abgelehnt, Oberst Spivey die Hand zu schütteln. Sie denken wohl, ich hätte ihn ins Gesicht geschlagen oder erschossen.«

Der wohlbeleibte Nachrichtenmann blickte auf die blauen Lagunen von Houston hinab und schüttelte den Kopf. »Vor Kameras des Netz-Magazins? Genau das hätten Sie getan haben können. Was soll das Publikum denken, wenn eine Shuttlepilotin aus ihrem Raumschiff steigt, den Dank aller anderen Astronauten entgegennimmt, sich aber dann scharf abwendet und spuckt, wenn der Missionsleiter seinerseits herantritt?«

»Ich habe nicht gespuckt!« protestierte sie.

»Nun, es hat aber so ausgesehen.«

Teresa wurde es warm unter ihrem Kragen. »Was wollen Sie von mir? Ich hatte gerade verifiziert – zumindest war ich dessen sicher –, daß der Schuft ein *Schwarzes Loch* auf Erewhon gehabt haben mußte. Er hat meinen Gatten für eine illegale Verschwörung gewonnen, die ihm den Tod brachte! Erwarten Sie, daß ich ihm einen Kuß geben sollte?«

Manella seufzte. »Das wäre vorzuziehen gewesen. So wie es jetzt ist, könnten Sie unsere Operation aufs Spiel gesetzt haben.«

Teresa verschränkte die Arme und schaute weg. »Man ist mir nicht hierher gefolgt. Und ich habe Ihnen

Ihre Daten beschafft. Nichts anderes haben Sie von mir erbeten.« Sie fühlte sich ausgenutzt und ärgerlich. Sobald sie angekommen war und Manellas Assistenten mit ihrer zweiten Spule weggerannt waren, hatte Pedro diese Zurechtweisung losgelassen.

»Hm«, sagte er. »Sie haben Spivey wirklich nichts gesagt, oder doch?«

»Nichts, was druckfähig oder relevant wäre. Falls Sie nicht Bemerkungen über seine Vorfahren dazu zählen.«

Manellas Miene erhellte sich etwas. So sehr er ihre Handlungen mißbilligte, so wäre er doch sicher gern dabei gewesen. »Dann schlage ich vor, daß die Leute das Naheliegende denken – daß Sie und Spivey eine Affäre gehabt hätten ...«

»*Was?*« japste Teresa.

»... und daß Ihre Wut das Ergebnis einer Liebes ...«

»Zum Teufel!«

»... reiberei gewesen wäre. Spivey mag argwöhnen, daß Sie es auf seine Aktivitäten abgesehen haben; aber er wird nichts beweisen können.«

Teresa biß die Zähne zusammen. Die Widerwärtigkeit von Manellas Vorschlag wurde nur von dessen inhärenter Logik übertroffen. »Ich schwöre für immer Männern ab«, sagte sie bissig.

Manella reagierte ärgerlicherweise nur durch eine hochgezogene Augenbraue, womit er auf sparsame Weise seine Überzeugung ausdrückte, daß sie log. Er antwortete nur: »Kommen Sie, die anderen warten.«

Über dem anderen Ende des Konferenzraumes hing eine Kartenprojektion. Sie war nicht holographisch, sondern nur eine detailscharfe zweidimensionale schematische Darstellung der vielschichtigen Erde. Ein Nest einfacher konzentrischer Kreise.

Ganz innen, vom Zentrum bis etwa ein Fünftel der Strecke nach außen, war eine braune Zone mit der Beschriftung FESTER INNERER KERN – KRISTALLINES EISEN + NICKEL ... 0–1227 KILOMETER.

Als nächstes kam eine rötliche Schale, ungefähr doppelt so stark. FLÜSSIGER ÄUSSERER KERN EISEN + SAUERSTOFF + SCHWEFEL ... 1227–3486 KILOMETER lautete die Legende.

Die beige Schicht darüber nahm fast den Rest des Planeten ein. MANTEL, stellte die Legende fest. OXIDE VON SILICIUM, ALUMINIUM UND MAGNESIUM (EKLOGITEN UND PERIDOTITEN IN PEROVSKITISCHER FORM) ... 3486–6350 KILOMETER.

Alle drei großen Zonen zeigten Unterteilungen, die durch gestrichelte Linien markiert waren, weiter unten provisorisch und vage, mit Beschriftungen, die ein Fragezeichen trugen. Am äußersten Saum erkannte Teresa eine Anzahl dünner Lagen mit der Beschriftung ASTHENOSPHÄRE, LITHOSPHÄRE, OZEANISCHE KRUSTE, KONTINENTALE KRUSTE, HYDROSPHÄRE (OZEAN), ATMOSPHÄRE, MAGNETOSPHÄRE. Diese letzte Zone wurde umschrieben von gekrümmten Pfeilen, die sich aus der Nähe des Südpols erhoben und in weit nördlichen Gebieten der Erde wieder hereinkamen.

Der Redner vorn im Raum war eine adrette Blondine, die auf diese gebogenen Feldlinien zeigte.

»Wir interessierten uns besonders für das Gebiet hoher Energie, das die Astronauten die ›Südatlantische Senke‹ nennen, eine magnetische Vertiefung, die ungefähr um ein Drittel Grad jährlich nach Westen driftet. In diesen Tagen schwebt sie über den Anden ...«

Mit einem Laser-Lichtzeiger fuhr sie den hohen diffusen Feldern nach, die ihre Spezialität waren. Offenbar hatte die Frau allerhand Ahnung von Instrumenten im Weltraum.

Das mußte sie auch wohl, dachte Teresa.

Als Konsultantin vor zwei Jahren nach Houston versetzt, hatte sich June Morgan mit verschiedenen Mitgliedern des Astronautencorps angefreundet, darunter

Teresa und ihr Mann. Tatsächlich hatte Teresa sich zunächst gefreut, als June dazu bestimmt wurde, mit Jason an einem neuen umfassenden Erdbeobachtungsvorhaben mitzuarbeiten. Jetzt natürlich wußte sie, daß ihr Gatte diese Kommandierung benutzt hatte, um andere Arbeiten für Oberst Spivey zu tarnen. Das hatte ihn aber nicht gehindert, June besser kennenzulernen. Sehr viel besser.

Als Manella Teresa hereingebracht hatte zwecks allgemeiner Vorstellung, warf sie kaum einen Blick auf June. Offiziell gab es zwischen ihnen keinen Groll. Aber beide wußten, daß sich die Dinge weiter entwickelt hatten, als jeder moderne Ehekontrakt entschuldigen konnte. Der, den Teresa mit Jason unterzeichnet hatte, ließ Spielraum für lange Trennungen und das unvermeidliche Bedürfnis des an die Erde gebundenen Partners für Gesellschaft. Ihr Arrangement war natürlich nicht die blöde ›offene Ehe‹. Es setzte Grenzen für Dauer und Stil jeder fremden Liaison und spezifizierte in einer langen Liste Vorsichtsmaßnahmen, die ergriffen werden mußten.

Das Abkommen hatte vor vier Jahren fein geklungen. In der Theorie. Aber – verdammt! – Jasons Affäre mit dieser Frau hatte den Geist, wenn nicht den Buchstaben ihres Paktes verletzt!

Vielleicht war es Teresas Schuld, weil sie ihrer Neugier nachgegeben hatte, um zu kontrollieren, wen Jason getroffen hatte, wenn sie auf einem langdauernden Testflug abwesend war. Sie war schockiert gewesen, als sie erfuhr, daß es eine Person der NASA war … sogar eine Wissenschaftlerin! Eine Groupie, sogar eine Niete, wäre okay gewesen. Aber ein *intelligentes* Frauenzimmer? Eine Frau, die ihr so ähnlich war?

Sie erinnerte sich an das Gefühl der Bedrohung, das sie damals überflutet hatte und eine schreckliche Enge in ihrer Brust und eine Blindheit in ihren Augen bewirkte. Stundenlang war sie völlig verloren in vertrauter Umgebung herumgelaufen, in einer kalten Panik, weil sie absolut keine Idee hatte, wo sie war oder in welcher Richtung sie ging.

»Willst du, daß ich sie aufgebe?« hatte Jason gefragt, als sie ihm schließlich entgegentrat. »Nun, natürlich werde ich sie aufgeben, wenn du das von mir verlangst.«

Sein empörendes Achselzucken hatte sie verrückt gemacht. Er hatte geschafft, daß es so klang, als wäre *sie* der irrationale Teil und hätte diesen speziellen Fall gewählt, um ganz plötzlich eifersüchtig zu werden. Es war vielleicht unlogisch, aber sie fand seine lockere Art, ihren Wünschen zu entsprechen, beruhigend; denn unter seiner Einwilligung bildete sie sich ein Bedauern ein, das sie auf keine Weise verifizieren konnte.

Seine Aufenthaltszeiten in der Höhe waren im allgemeinen länger als die ihren. Sie hatte viel mehr lange Tage auf der Erde verbracht zwischen Einsätzen, die ganze Zeit von Anträgen umringt. Sie hatte sich selten solcher dubiosen Tröstungen bedient, so groß auch die Freiheiten waren, die ihr Kontrakt gestattete. Daß er, wenn *er* allein zu Hause war, sich weniger zurückhaltend gezeigt hatte, hatte sie bis dahin nicht bekümmert. Männer waren schließlich doch von Natur hinterhältig.

Sie bemühte sich, damit zivilisiert fertig zu werden; aber am Ende ließ Teresa ihn jenes letzte Mal in den Raum ziehen, fast ohne seinen Abschiedsgruß zu erwidern. Wochenlang waren ihre telemetrierten Mitteilungen knapp und förmlich.

Dann kam jener schicksalsträchtige Tag. Als sie ihr Shuttle andockte, die Fracht auslud und sich anschickte, Spiveys Spione über die Transitstrecke zu schicken, hatte Teresa sich emotional darauf eingestellt, mit Jason Frieden zu schließen. Neu anzufangen.

Wenn nur …

Teresa schob die Erinnerungen beiseite. Es hätte wahrscheinlich nicht geklappt. Welche Ehe hielt heutzutage überhaupt? Alle Männer sind Schweine. Sie vermißte ihn schrecklich.

Ein einziger Blick lehrte Teresa, daß sie nicht alleine trauerte. Die kurze Begegnung mit June Morgans Augen in diesem Moment sagte ihr, daß der Schmerz der anderen Frau ihrem eigenen entsprach. *Verdammt soll er sein! Man hatte nie erwartet, daß er sich einer Person in die Arme werfen würde, die er wirklich liebte. Besonders einer Person wie mir! Einer, die seiner würdig wäre.*

Die momentane Gedankenverbindung schien die blonde Gelehrte in ihrer Ansprache kurz zu verunsichern. Aber sie erholte sich rasch.

»... somit ... hat sich während des größten Teils des zwanzigsten Jahrhunderts das totale Magnetfeld der Erde abgeschwächt mit einer ... mittleren Geschwindigkeit von vier hundertstel Prozent jährlich. Und die Abnahme ist in neuerer Zeit schneller geworden. Dies, in Verbindung mit einem unerwartet großen Abfall in der Ozonschicht der Erde, führt zu einem wachsenden Verdacht, daß wir ein seltenes Ereignis erleben könnten – eine völlige geomagnetische Umkehr.«

Der Mann gegenüber Teresa hob die Hand. »Bedaure, Dr. Morgan. Ich bin bloß ein armer Mineraloge. Könnten Sie erklären, was Sie damit meinen?«

June ließ das projizierte Bild in eine lange, gezackte, S-förmige Kette unterseeischer Berge aufzoomen, die mitten im Atlantik lagen. »Dies ist eines der großen ozeanischen Ausdehnungszentren, wo ältere Kruste weggeschoben wird, um Platz zu machen für neuen Basalt, der aus dem Mantel emporquillt. Indem jede frische Intrusion sich abkühlt und hart wird, wird in dem Gestein eine gefrorene Aufzeichnung des Erdmagnetismus der betreffenden Zeit eingebettet. Indem wir Proben längs dieser Gebirgsketten untersuchen, finden wir, daß der Fels die Eigenschaft hat, seinen Zustand plötzlich umzuklappen ... von nördlich nach südlich oder umgekehrt. Der Wechsel kann sehr schnell erfolgen. Dann, nach einer langen stabilen Periode, klappt er wieder in die andere Richtung um.

Während der Kreidezeit währte eine stabile Periode fast vierzig Millionen Jahre. Aber in neueren Zeiten haben sich diese Flipflops viel häufiger ereignet – alle dreihunderttausend Jahre oder so.«

June zeigte ein Dia, das die Geschichte von Bergen und Tälern zeigte, die sich immer enger zusammendrängten, bis nahe dem rechten Rand ein etwas breiterer Fleck erschien.

»Unser jüngstes stabiles Intervall hat den neueren Mittelwert überschritten.«

»Mit anderen Worte«, schlug Pedro Manella vor, »ist ein anderer Flip überfällig.«

Sie nickte. »Wir ermangeln noch einer guten Erklärung dafür, wie Geomagnetismus entsteht – da unten, wo der Kern auf den Mantel trifft. Manche denken sogar, daß die Meereshöhe damit etwas zu tun hat, obwohl nach dem Parker-Modell...« June hielt inne und lächelte. »Die kurze Antwort? Ja, wir sind wohl über die Zeit.«

»Was könnten die Konsequenzen sein, wenn es heute umkippte?« fragte eine andere Frau am Tisch.

»Auch da sind wir uns wieder nicht sicher. Das würde natürlich viele Navigationsinstrumente stören...«

Teresa blähte die Nüstern. Das hatte sie kennengelernt. Aber wenn man es hörte, wirkte es wie eine direkte Herausforderung.

»... und es könnte einigen Schutz vor solaren Protonenstürmen ausschalten. Weltraumeinrichtungen müßten abgeschirmt oder ganz aufgegeben werden.«

»Und?« platzte Manella los.

Ist das nicht genug? dachte Teresa entsetzt.

Die Rednerin seufzte. »Und es könnte das zerstören, was von der Ozonschicht noch übrig ist.«

Ein Gemurmel der Bestürzung verbreitete sich unter

den Versammelten. Pedro Manella räusperte sich laut, um die Aufmerksamkeit auf sich zu richten. »Meine Damen und Herren! Das ist natürlich ernst. Aber es ist nur der Hintergrund für das, was wir heute vorhaben.« Er wandte sich direkt an June. »Dr. Morgan, lassen Sie uns zur Sache kommen. Wie könnten Ihre geomagnetischen Daten uns helfen, irgendwelche Irregularitäten durch ein illegales Schwarzes Loch auf oder nahe bei der Erde aufzuspüren und zu verfolgen?«

»Hm, ja. Es ist mir aufgefallen, daß es in letzter Zeit gewisse Anomalien gegeben hat, wie etwa diese neue Drift im Südpazifik ...«

Teresa hörte aufmerksam zu, konnte aber nicht umhin, sich zu fragen: *Warum hat Manella darauf bestanden, daß ich heute hierherkommen sollte? Ich hätte meine Daten mit Kurier schicken können.*

Nicht, daß sie etwas Besseres zu tun hätte. Vielleicht wollte Pedro, daß sie den anderen von den subjektiven Sinneseindrücken berichtete, die sie während der Katastrophe gehabt hatte, oder sie sollte die Geschichte von der Zerstörung Erewhons noch einmal erzählen.

Ganz gleich – Teresa war es gewohnt, im Team zu spielen. Selbst in einer quasi-illegalen Gruppe wie dieser, deren meiste Mitglieder sie nicht einmal kannte.

Verdammt! dachte sie. *Ich möchte bloß wissen, was vor sich geht.*

Zunächst bedeutete das, mit Manella zusammenarbeiten und sogar mit June Morgan unter Hintansetzung aller persönlichen Gefühle und mit jeder ihr möglichen Hilfe.

□ Wie die meisten anderen religiösen Spezialinteressengruppen des Netzes haben wir in den Freunden der St.-Francis-Gemeinschaft [□ SIG.Rel.disc. 12-RsyPD 634399889.058] die letzte Enzyklika des Papstes diskutiert, *Et in Terra pax et sapientia*, welche die Verehrung der Heiligen Mutter als besonderer Beschützerin der Erde und ihrer Species sanktioniert. Manche sagen, dies stehe neben der Akzeptanz seines Vorgängers hinsichtlich des Bevölkerungs-Eides als einer bahnbrechenden Konzession an gesunden Menschenverstand und die neue Weltanschauung.

Indessen teilen nicht alle diese Einstellung. Man bedenke das gestern auf dem ›Kanal der Rückkehr zur Robe‹ publizierte Manifest [□ SIG.Rel.disc. 12-RsyPD 987623089.098], welches Seine Heiligkeit kritisiert wegen »...Zurückweichens vor sowohl schleichendem Gaianismus als auch säkularem Humanismus, die beide unvereinbar seien mit jüdisch-christlicher Hermeneutik...«

Ich hatte gerade eine mündliche Auseinandersetzung mit Monsignore Nassan Bruhuni [□ pers.addr. WaQ 237.69.6272-36 aadw.], dem führenden Autor des Manifestes, während einer offenen Fragerunde. Hier eine Wiedergabe des Gesprächs.

Frage von T. M.: »Monsignore, was war gemäß der Bibel die allererste Anweisung, die der Herr unserem Urahnen erteilt hat?«

Antwort von Msgr. Bruhuni: »Ich nehme an, daß Sie mit ›Urahn‹ Adam meinen. Beziehen Sie sich auf den Befehl, fruchtbar zu sein und sich zu vermehren?«

T. M.: »Dies ist das erste Gebot, welches in Genesis 1 *erwähnt* wird. Aber Genesis 1 ist ganz klar nur eine Zusammenfassung der ausführlicheren Geschichte in Genesis 2. Jedenfalls kann *sich vermehren* chronologisch nicht am Anfang gestanden haben. Das konnte nur sein, nachdem Eva auftrat und nachdem Sex durch Sünde entdeckt wurde und die Menschheit die Unsterblichkeit des Fleisches verloren hatte!«

Msgr. B.: »Ich sehe, was Sie in diesem Punkt meinen – wohl das Verbot, vom Baum der Erkenntnis zu essen. Durch Übertreten dieses Befehls kam es, daß Adam fiel.«

T. M.: »Aber das war nur ein *negatives* Gebot... ›Tu das nicht!‹ War da nicht etwas anderes? Etwas, das Adam aktiv tun sollte?

Überlegen Sie einmal: Jede in der Bibel erwähnte himmlische Intervention von der Genesis an kann als eine *palliative* Maßnahme gesehen werden, um eine gefallene Rasse von verstockten Sündern zu heilen. Aber was ist mit dem ursprünglichen Auftrag, für den wir geschaffen wurden? Haben wir keinen Hinweis, was unser Zweck gewesen sein sollte, falls wir überhaupt nicht gesündigt hätten? Warum wurden wir in erster Linie geschaffen?«

Msgr. B.: »Unser Zweck war die Verherrlichung Gottes.«

T. M.: »Als guter Katholik stimme ich zu. Aber *wie* hätte Adam lobpreisen sollen? Durch Singen von Hymnen? Das taten schon die himmlischen Heerscharen; und selbst ein Papagei kann rührselige Töne machen. Nein, die Evidenz steckt gerade hier in der Genesis. Adam wurde angewiesen, etwas sehr Spezifisches zu tun, etwas *vor* dem Fall und vor Eva, sogar noch ehe ihm verboten wurde, die Frucht zu essen!«

Msgr. B.: »Lassen Sie mich überlegen und mein Gedächtnis... Ah, ich glaube zu sehen, auf was Sie sich beziehen. Die Stelle, in der der Herr Adam anwies, *alle Tiere zu benennen.* Ist es das? Aber das ist eine unwichtige Sache. Niemand hält sie für bedeutend.«

T. M.: »Unwichtig? Die erste Forderung des Schöpfers an sein Geschöpf? Die einzige Forderung, die nichts zu tun hat mit der Heilung von Sterblichkeit oder Erlösung von Sünde? Wäre so etwas an derart herausgehobener Stelle erwähnt worden, wenn der Herr bloß *müßig neugierig* gewesen wäre?«

Msgr. B.: »Bitte, ich sehe, daß andere für Fragen Schlange stehen. Was ist Ihr Punkt?«

T. M.: »Nur folgendes: Unser ursprünglicher Zweck war offenbar, Gott zu verherrlichen, indem wir auszogen, die Werke des Schöpfers begreifen und sie *benennen* sollten. Leisten deshalb nicht Zoologen, die durch den Dschungel kriechen und sich bemühen, gefährdete Arten zu benennen, ehe sie ausgerottet werden, heilige Arbeit?

Oder nehmen Sie sogar jene mit Kameras ausgestatteten Sonden, die wir zu anderen Planeten geschickt haben... Was tun wir als erstes, wenn ehrfurchterregende Ansichten eines weit entfernten Mondes von unseren kleinen robotischen Gesandten zurückgesendet werden? Nun, wir benennen achtungsvoll die Krater, Täler und anderen fremdartigen Gebilde, die dort entdeckt wurden.

Also sehen Sie, daß das Ende der Tage unmöglich kommen kann, wie ihre Gruppe voraussagt, bis unsere Mission gelingt – oder wir völlig versagen. Wir werden entweder die Erhaltung und Beschreibung dieser Erde vollenden und fortgehen, um alles in Gottes Universum zu benennen, oder wir werden uns unwürdig erweisen, indem wir alles ruinieren, womit wir begonnen haben – diesen unseren ersten Garten. So oder so, ist das Urteil noch nicht gefällt!«

Msgr. B.: »...Ich weiß wirklich nicht, was ich hierauf antworten soll. Mindestens ist Ihnen eine faszinierende Sophisterei gelungen, um Ihren franziskanischen Brüdern eine Freude zu machen. Und jenen neugaianischen Jesuiten, falls die nicht selber daraufgekommen sind.

Vielleicht gestatten Sie mir, meine eigenen Spione auszuschicken und zu meditieren? Ich werde nächste Woche wieder zu Ihnen kommen – gleiche Zeit, gleicher Zugriffscode.«

Dabei ist es dann geblieben. Inzwischen sind von Ihnen allen in dieser Spezialinformationsgruppe Kommentare willkommen. Ich werde alle nützlichen Bemerkungen oder Vorschläge beantworten. Wenn ich in diesen Tagen über irgend etwas zu verfügen scheine, ist es Freizeit.

– Bruder Takuel Minamoto [☐ UsD 623.56.2343-alf,e.]

• KERN •

Es war ein Laser.

Er konnte sich noch nicht an den Gedanken gewöhnen. Ein Gravitationslaser. Man stelle sich das vor!

Ich frage mich, woher die Energie stammt.

»Mr. Sullivan? Darf ich Ihren Drink auffrischen, Sir?« Das Lächeln der Stewardess war professionell. Ihre Gesichtszüge und Hautfarbe deutlich malaiisch.

»Ja, danke!« erwiderte er, als sie sich zum Einschenken vorbeugte. Ihr delikates Aroma veranlaßte ihn, tief einzuatmen. »Das ist ein entzückendes Parfum. Ist es Lhasa Spring?«

»Wieso ... Ja, Sir. Sie haben ein feines Empfinden.«

Sie blickte ihm kurz in die Augen, und für einen Moment schien ihr Lächeln gerade etwas mehr als gewohnheitsmäßig zu sein. Es war ein wohlbemessener

Blick, der nicht provokativ war, aber auch ein bißchen mehr zu verheißen schien, als bloße berufliche Routine auf dem langen bevorstehenden Flug.

Alex fühlte sich zufrieden, als sie weiterging, um den nächsten Passagier zu bedienen. Es war hübsch, freundlich mit einer exotischen Schönheit zu flirten, ohne die geringste Versuchung, das kaputt zu machen durch übertriebene Versuche. Die letzten Monate hatten seine Libido in einen Schwebezustand versetzt, der den angenehmen Nebeneffekt hatte, ihm die Freiheit zu lassen, das Lächeln und die feine, wohlgeübte Anmut ihrer Bewegungen zu würdigen, ohne Hormone anzuregen oder durch unerwünschte Hoffnungen behindert zu werden.

Während seines ersten Jahres in der Hochschule war es anders gewesen, als er zeitweilig die Physik vergaß, um statt dessen das Reich der Sinne zu erkunden. Durch Anwendung von Logik auf die spät erblühenden Probleme der Reife hatte er die Elemente von Begegnung, Hänselei, Verhandeln und Genuß analysiert und die Fragen des Trennens und Lösens der Variabeln eine nach der anderen einzeln behandelt, bis das Problem, falls nicht allgemein erledigt – brauchbare spezielle Lösungen zu haben schien.

Die Kartierung war natürlich nicht exakt. Laut Jen ließen sich biologische Systeme ohnehin nie genau in mathematische Modelle umsetzen. Aber mit der Zeit gewann er einige praktische Fertigkeiten, die ihm einen Ruf unter seinen Klassenkameraden und Freunden eintrugen.

Als dann die Neugier gestillt war, änderten seine Interessen ihren Lauf. Kameradschaft und Verträglichkeit wurden wichtigere Desiderata als Sex; und er strebte sogar nach Freude. Aber diese Wünsche erwiesen sich als schwer faßbar. Verführung barg anscheinend weniger Variable und stützte sich weniger auf das Schicksal als wahre Liebe.

Enttäuschung hatte die Hoffnung nie ganz vertrieben; aber er überredete sich, Sehnsucht einige Zeit beiseite zu lassen und sich wieder der Wissenschaft zuzuwenden. Erst bei Iquitos erlitt die Hoffnung wirklich tödliche Wunden. Verglichen mit diesem Verlust war Sex nur ein beiläufiger Unfall.

Ich weiß, was Jen mir sagen würde, dachte er. *Wir Modernen denken, daß Sex von Fortpflanzung entkoppelt werden kann. Aber die zwei hängen zusammen – tief im Grunde.*

Alex wußte, daß er die meiste Zeit das kommende Ende der Welt abstritt. Das mußte er auch, um seine Arbeit zu leisten. In einem solchen Zustand konnte er sich sogar an Beta erfreuen, dem eleganten tödlichen Monstrum im Kern der Erde.

Aber Abstreiten kann nur wieder Schmerz bewirken, wie wenn ein Kind unbeliebtes Gemüse auf seinem Teller hin und her schiebt in der Hoffnung, daß ein weniger auffälliges Verhalten die väterliche Autorität täuschen könnte. Alex wußte, wo er seine bittere Untat in Quarantäne gesperrt hatte. Das beeinflußte immer noch denjenigen Teil von ihm, der am innigsten mit Leben und der Verbreitung von Leben verbunden war.

Alex stellte sich vor, was seine Großmutter zu alledem sagen würde.

»Alex, Selbstbewußtsein ist fein. Es hilft, daß wir uns für Tiere interessieren anstatt nur für eine andere Schar verrückter Affen.

Aber wenn du der Sache wirklich auf den Grund gehst, wird Selbstbewußtsein wahrscheinlich überschätzt. Ein komplexes, sich selbst regelndes System braucht es nicht, um erfolgreich oder sogar raffiniert zu sein.«

Alex lächelte bei dem Gedanken an Jen. Vielleicht würde, nachdem die harte Arbeit der Monate getan war, Zeit sein, nach Hause zu gehen und sie zu besuchen, ehe die Welt endete.

Stan Goldman hatte weiter die Aufsicht über Neuseeland. Er verfolgte Beta, während Alex nach Kalifornien reiste, um zehn Jahre roher Daten vom größten Observatorium der Welt zu erbitten, zu erschmeicheln und zu erschmusen. Das war ein Auftrag, den er selbst übernehmen mußte, denn er mußte dafür viele alte Gewogenheiten bemühen.

Von einem kleinen Gebäude auf dem Campus der Universität Berkeley aus betrieb Heinz Reichle dreitausend Neutrinodetektoren, die über den ganzen Globus verteilt waren. Der Planet war für diese geisterhaften Partikel fast durchsichtig, die Gestein durchdrangen wie Röntgenstrahlen weichen Käse. Darum konnte Reichle das ganze weltweite Instrumentarium rund um die Uhr benutzen, um Kernreaktionen in der Sonne und den Sternen zu verfolgen. Aber Alex seinerseits hoffte, daß die Disketten voller Daten in seinem Gepäck auch den einen oder anderen Hinweis auf das Erdinnere geben würden und dem Team von Tangoparu vielleicht hülfen, die schreckliche Beta-Singularität zu ihrer Quelle zurückzuverfolgen.

Alex wollte immer noch den oder die verantwortlichen Personen finden, fast ebenso sehr, wie George Hutton es tat.

Ich möchte wissen, wie sie imstande waren, einen so komplexen und verdrehten Raumknoten zu schaffen. Sie können nicht etwas so Einfaches benutzt haben wie eine Witten-Kartierung. Nun, sogar die Renormalisierung hätte erfordert …

Die allgemeine Sprechanlage des Flugzeugs meldete sich und unterbrach seine Gedanken. Von der Rückenlehne vor ihm erschien das lächelnde, zuversichtliche Gesicht ihres Kapitäns, der jeden informierte, daß die Inseln von Hawaii in Sicht kämen.

Alex beschattete sein Fenster gegen innere Reflexe und schaute an stratosphärischen Wolkenschichten vorbei auf ein Halsband dunkler Juwelen, die sich aus dem schimmernden Meer abhoben. Damals in den Zeiten der Turbojets hätte das eine Tankpause bedeutet. Aber moderne Hyperschallflugzeuge – selbst bei Einschränkung durch Ozongesetze – zogen einfach vorbei.

Er hatte Hawaii allerdings schon viel näher gesehen als so, darum war es nicht die Inselkette als solche, die ihn plötzlich interessierte. Aus dieser Höhe sah er Muster von Gezeiten und Farbe – stehende Resonanzwellen und leicht getönte Massen von Plankton, die jede Perle in dieser geradlinigen Inselkette säumten. Polarisierte Sonnenbrillen holten eine besondere Fülle an Details heraus.

Einstmals hätte Alex dieses Phänomen mit Vergnügen, aber wenig Verständnis angeschaut. Die mit George Huttons Geologen verbrachte Zeit hatte das korrigiert. Die Inseln waren keine statischen Gebilde mehr, sondern epische, felsige Zeugen für Veränderung. Von der großen Insel im Westen, jenseits der tausend Meter hohen Klippen von Molokai, bis hin zur niedrigeren Midway setzte sich eine Kette erloschener Vulkane geradlinig Tausende von Meilen fort, ehe sie sich im Zickzack den Aleuten zuwandte. Dieser gebogene Weg des Polarkreises war auch eine Reise zurück in der Zeit – von dem aufragenden zehntausend Kubikmeilen Basalthaufen des Mauna Loa vorbei an verwitterten älteren Inseln wie Kauai, bis zu alten Korallenatolls und schließlich prähistorischen, abgestumpften unterseeischen Bergen, die längst von den beharrlichen Wellen erobert waren.

Auf der großen Insel rauchten zwei denkwürdige Vulkane immer noch. Aber die meiste Aktivität hatte sich schon weiter ostwärts verlagert, wo der neueste Sproß geboren wurde – eine embryonische aber noch nicht aufgetauchte Insel, die schon den Namen Loihi trug.

Die meisten Vulkane der Erde glühten dort, wo die

Kanten großer Krustenplatten knirschend zusammenstießen oder sich übereinanderschoben – wie längs dieses berühmten Feuerrings des Pazifischen Ozeans. Aber Hawaiis Kette alter Calderas lag völlig in der Mitte einer der größten Platten, und nicht an deren Rand. Die Inseln von Hawaii waren durch einen ganz anderen Prozeß entstanden. Sie waren zertrümmerte Narben, die übrig blieben, als die Zentralpazifische Platte sich langsam über das geologische Äquivalent einer Lötlampe bewegte, eine scharfe, enge Magmaröhre, die sich durch alles hindurchschmolz, was über ihr dahinzog.

George Hutton hatte es damit verglichen, wie man eine dicke Aluminiumfolie langsam über einen intermittierenden Elektroschweißer führt. Ein Teil von Georges Reichtum war durch das Anzapfen solcher heißen Punkte im Mantel gekommen.

O ja, Hawaii zeugte sicher davon, daß es da unten Energie gab.

Aber man kann keinen Laser ... oder einen Gazer ... aus einem beliebigen Klumpen heißer Materie erzeugen. Man braucht angeregtes Material in einem umgekippten Zustand ...

Da war es wieder – Seine Gedanken wandten sich immer wieder dem Problem zu, so wie das *taniwha* ständig Atome in sich zog, während es immer wieder den Erdkern umrundete.

Zunächst war er sicher gewesen, daß die verstärkten Gravitationswellen von Beta selbst erzeugt würden. Denn welch bizarre Energieniveaus lagen doch in den erregten gefalteten Weltblättern eines kosmischen Knotens! Tatsächlich hatte Alex in jener Nacht auf Neuseeland, als er diesen Moment trunkener Inspiration erlebte, auch eine Welle verzweifelter Hoffnung gehabt. Wie, wenn der Knoten *selbst* angeregt wurde, Gravitationsstrahlung auszusenden? Konnte Beta irgendwie gezwungen sein, Energie rascher auszugeben, als es Atome aus dem Kern einsaugen konnte?

Leider zeigten Sondierungen, daß das Biest überhaupt kein Gewicht verloren hatte, trotz der titanischen, die Erde erschütternden Energie-, die in dem Gazerstrahl freigesetzt wurde. Der einzige deutliche Effekt auf Beta war die leichte Verschiebung seines Orbits gewesen, wodurch die Aufspürung seiner Geschichte noch schwieriger wurde.

Und so hatte Alex immer noch keine Idee, woher die Energie kam. Damit wurde die Liste um ein weiteres bohrendes und frustrierendes Mysterium länger. Es war *eine* Sache zu wissen, daß er und jedermann sonst zur Vernichtung verdammt waren. Aber unwissend zu sterben? Ohne diesem Zerstörer auch nur ins Angesicht geblickt zu haben? Das war unannehmbar.

»Mr. Sullivan? Verzeihen Sie, Sir!«

Alex blinzelte. Inzwischen war Hawaii längst außer Sicht gekommen. Er wandte sich vom blauen Pazifik ab und begegnete den mandelförmigen Augen der schönen ASEAN-Air-Stewardess.

»Sir, für Sie ist eine Nachricht eingegangen.«

Er nahm aus ihrer Hand eine schimmernde Datenscheibe und bedankte sich. Er klappte seinen Computerschirm auf, schob die Scheibe hinein und schaltete auf Zugang. Sofort sah ihn mürrisch ein Holo von George Hutton an, ernst, unter buschigen Augenbrauen. Es erschien eine kurze Zeile von Großbuchstaben.

> DIES EBEN EINGETROFFEN AUF NETZEMPFANGSTELLE IN AUCKLAND, UNTER IHREM RICHTIGEN NAMEN ALS DRINGEND GEKENNZEICHNET. DACHTE SIE SOLLTEN ES SCHNELL SEHEN – GEORGE.

Alex blinzelte. Nur wenige Leute wußten, daß er nach Neuseeland gegangen war, und die benutzten unbedingt seinen Decknamen. Zögernd berührte er den

Schirm, und sofort erschien vor ihm ein zweidimensionales Foto, ziemlich unscharf und amateurmäßig aussehend. Es zeigte eine Menge Leute – offenbar Touristen –, die bewundernd einen zerzausten jugendlichen Mann anschauten, schlaksig und etwas untergewichtig. Im Mittelpunkt des Interesses stand ein anderer Mann am Boden – ein Bursche mit wilden Augen und Schaumflocken in den Mundwinkeln.

Das hätte ich erwarten sollen, dachte Alex seufzend. Touristen benutzten gern ihre True-Vu-Brillen. Es mußte viele Aufzeichnungen seiner kleineren ›Heldentaten‹ in Rotorua gegeben haben. Offenbar hatten einige den Weg ins Netz gefunden.

Er blickte auf sein Bild und sah einen Kerl, der nicht wirklich da zu sein wünschte, wo er sich befand, oder das zu tun, was er machte.

Ich hätte mich nicht einmischen sollen. Sieh jetzt, was passierte.

Er berührte noch einmal den Schirm, um den Rest der Nachricht zu sehen, und plötzlich erschien vor ihm ein neues Gesicht – eines, das er nur zu gut kannte.

Wenn man davon spricht, seinem Zerstörer ins Gesicht zu schauen …

Es war Pedro Manella in einem braunen Anzug, der zu seinem Bürstenschnurrbart paßte. Der stämmige Reporter zeigte ein eingefrorenes, wissendes Grinsen. Alex las den Text darunter und stöhnte.

> ALEX LUSTIG, ICH WEISS SIE SIND IRGENDWO IN NEUSEELAND. VON DORT WIRD DER ALLGEMEINE ZUSTELLDIENST IHNEN DIES ÜBERMITTELN.
>
> ARRANGIEREN SIE EIN TREFFEN BINNEN ZWEI TAGEN, ODER DIE GANZE WELT WIRD SIE JAGEN, NICHT ICH ALLEIN.
>
> – MANELLA.

Der Mann war so hartnäckig wie ein Remora-Schiffshalterfisch und so penetrant wie jedes *taniwha.* Alex stöhnte.

Aber er fragte sich, ob das überhaupt noch etwas ausmachte. Irgendwie stellte er sich Pedro Manellas Gesicht vor, wenn er ihm die Neuigkeit erzählte.

Das war eine unwürdige Erwartung. Ein erwachsener Mann sollte nicht auf Rache sinnen.

Ah, dachte er, *aber unser ist Legion. Ich enthalte Mengen von Personen, Und manche von denen, die ›mich‹ bilden, sind noch gar nicht erwachsen.*

☐ Jeder der Verbündeten hatte seine eigenen Gründe, sich an dem Konflikt zu beteiligen, der jetzt unter verschiedenen Bezeichnungen bekannt ist als der ›Helvetische Krieg‹, der ›Geheimhaltungskrieg‹ und die ›Letzte Hoffnung‹ – vielleicht der bizarrste und wildeste Kampf aller Zeiten.

Ein bestimmender Faktor im industriellen Norden war das Reinwaschen von Profiten für Drogenhändler und Steuerbetrüger. Überlastet von Schulden aus dem zwanzigsten Jahrhundert verlangten Bürger von Amerika und Paneuropa, daß diese Gruppen zumindest ihren fairen Anteil bezahlen sollten, und waren empört über die Bankzwerge wegen des Versteckens zu Unrecht erworbener Gewinne von Kriminellen.

Internationales Bankgeheimnis war in der sich entwickelnden Welt noch verhaßter. Die enormen Schulden dieser Nationen wurden noch belastet durch ›Kapitalflucht‹, indem führende Bürger seit Generationen Berge von Bargeld in sichere Überseedepots geschmuggelt hatten. Ob ehrlich erworben oder aus Nationalvermögen ergaunert, unterminierte dies verlorene Kapital gebrechliche Ökonomien und machte es für die im Stich Gelassenen noch schwerer, ihre Rechnungen zu bezahlen. Nationen wie Venezuela, Zaire und die Philippinen versuchten von früher herrschenden Eliten Milliarden zurückzuholen, aber ohne Erfolg. Schließlich hörte ein Konsortium wiederhergestellter Demokratien auf, seine Exdiktatoren zu beschimpfen und richtete seinen Zorn statt dessen auf die Bankdepots selbst.

Indessen hätte keine Wut von Steuerzahlern im Norden noch Hungersnot im Süden genügt, die Welt in eine so verzweifelte und unwahrscheinliche Konfrontation zu treiben, wären da nicht zwei zusätzliche Faktoren gewesen – eine Veränderung der Moral und das aufblühende Zeitalter der Information.

Da waren die Tage der großen Rüstungsgespräche, wo wechselseitige Inspektionen vor Ort als der einzig mögliche Weg angesehen wurden, die Entspannung zu sichern. Da jede Runde von Waffenreduktionen den Verifikationseinsatz erhöhte, wurde das internationale Inpektionscorps sakrosankt. Wörter wie ›Geheimhaltung‹ oder ›Verschweigen‹ begannen ihre modernen obszönen Bedeutungen zu bekommen.

Für zunehmende Anzahlen von aufmüpfigen Kindern des einundzwanzigsten Jahrhunderts bedingte die bloße Idee der Geheimhaltung unanständige Pläne. »Was verbirgst du, Zygot?« war die jetzt abgedroschene Redensart. Aber in jenen Tagen atmete sie den zornigen, revolutionären Geist der Zeit.

Diese Haß wandte sich bald gegen das einzige noch übrige Machtzentrum, bei dem Geheimhaltung oberstes Gebot und unerbittlich war. Dann versammelten sich die Mitglieder des Konsortiums von Brazzaville, um ihr endgültiges Ultimatum abzufassen. Sie waren nicht mehr in Stimmung für Kompromisse. Verspätete Worte der Versöhnung, die von Bern und Vaduz ausgestrahlt wurden, waren zu dürftig und kamen nicht mehr rechtzeitig, um den neuen Kampfruf zu ersticken: *... Öffnet die Bücher, und zwar alle, sofort!*

Wären die Alliierten weiter gegangen, wenn sie geahnt hätten, was ihnen an Tod und Horror bevorstand?

Aufgrund dessen, was wir jetzt wissen über das, was unter den Alpen von Glarus vergraben war, sind heute die meisten Leute sich einig, daß der einzige Fehler war, den Krieg nicht schon früher erklärt zu haben. Jedenfalls war im zweiten Jahr der Kämpfe Gnade bei keinem mehr angezeigt. Man konnte nur rachsüchtige moderne Catos hören, die von den Dächern der Welt schrien...

Helvetia delenda est!

Aber da war die Zerstörung schon tödlich.

– Aus **Die durchsichtige Hand,** Doubleday Books, ed. 4.7 (2035).
[☐ Hyperzugriffcode 1-tTRAN-777-97-9945-29A.]

Pedro bestand darauf, daß sie während ihrer umständlichen Reise vom Flugplatz Auckland dreimal die Fahrzeuge wechselten. An einer Stelle kaufte er für sie beide neue Kleidung direkt von der Stange in einem Touristenladen in Rotorua. Sie zogen sich in dem Geschäft um und ließen ihre früheren Klamotten dort wegen der schwachen Möglichkeit, daß jemand eine Wanze hineingetan hätte.

Teresa fand sich mit diesen Maßnahmen stoisch ab, so absurd und melodramatisch sie auch schienen. Ohne entsprechende Erfahrung oder Instinkte, wonach sie sich richten könnte, konnte sie nur hoffen, daß Manella wußte, was er tat. Merkwürdigerweise schien der Aztlan-Reporter um so ruhiger zu werden, je näher sie dem vereinbarten Rendezvous kamen. Er fuhr die letzten Kilometer einer gewundenen Waldstraße mit friedlichem Lächeln und summte atonale Kompositionen zweifelhafter Herkunft.

Teresas Beitrag bestand darin, daß sie sich schweigend kratzte und mit dem rechten Fuß ein Loch in den dünnen Teppich rieb, wenn Pedro immer wieder das Getriebe des kleinen Leihwagens malträtierte oder eine Kurve zu schnell nahm.

Es half nicht, daß man in diesem Land immer noch Linksverkehr hatte, so daß die Beifahrerin in eine Position geriet, bei der man normalerweise das Steuer hatte. Es war ihr nie leichtgefallen, jemand anders fahren zu lassen – selbst Jason. Sie war nahe daran, Pedro das Lenkrad zu entreißen, als am Straßenrand helle Schilder auftauchten.

WAITOMO-HÖHLEN. DIREKT VORAUS.
KOMMEN UND SEHEN SIE DIE WUNDER DES WAIKATO.

Eines der Plakate zeigte eine Familie fröhlicher Höhlenbesucher, deren Helmlampen leuchteten, während sie auf erstaunliche Ansichten direkt hinter der Bühne zeigten.

Manella sagte: »Wir sind jetzt in einen Sicherheitsbezirk eingetreten.« Um entspannter zu wirken, hätte er die Augen schließen und einschlafen müssen.

»Meinen Sie?« Teresa wußte, daß er nicht die Tourismuskonzessionäre meinte. Sie runzelte die Stirn, als Koniferen an den Fenstern vorbeiflogen. Manella sah sie an und lächelte. »Keine Sorge! Lustig ist kein Gewaltmensch.«

»Wie erklären Sie dann, was in Iquitos geschah?«

»Nun, ich gebe zu, er ist... höchst unfallträchtig.« Als Teresa bitter lachte, zuckte Pedro die Achseln. »Das enthebt ihn nicht der Verantwortung. *Au contraire.* Unglückliche Leute sollten besondere Vorsicht walten lassen, damit ihr Pech nicht anderen schadet. In Lustigs Fall...«

»Seine Nachricht deutete an, daß er etwas über die Zerstörung von Erewhon wüßte. Vielleicht hat er sie verursacht! Unseres Wissens könnte er mit Spivey zusammenarbeiten.«

Manella seufzte. »Wir werden eine Chance ergreifen müssen. Und jetzt sind wir da.«

Schilder wiesen links auf einen öffentlichen Parkplatz. Pedro schoß darauf zu, kurvte herum und in eine Lücke mit einer Bravour, ohne die Teresa hätte leben können. Sie stieg aus mit ruckartig knackendem Rückgrat, das ihren Respekt noch erhöhte für die Pioniere von Vostok, Mercury und Gemini, die sich zuerst in den Weltraum begaben, eingezwängt in Kanister, die nur ungefähr so groß waren wie ihr Kleinwagen.

Sie und ihr Begleiter querten die Landstraße zum Ticketschalter, bezahlten zwei Eintritte und gesellten sich zu anderen Touristen, die unter einem der allgegenwärtigen Bogentore hindurchschritten, welche ein Markenzeichen von Neuseeland zu bilden schienen. Teresa schaute auf die Leute, die sich für die Tour um zwei Uhr versammelten, eine spärliche Mischung von Winterreisenden, zu denen auch asiatische Neuvermählte gehörten, ferner Rentner mit australischem Akzent und Kinder aus der Gegend in drolligen wollenen Schuluniformen. Ihres Wissens könnte jeder von ihnen ein Agent der mysteriösen Organisation sein, die sie bis hierher verfolgt hatten.

Das Treffen war delikat und umständlich vereinbart worden, wobei jede Seite Vorsichtsmaßnahmen gegen etwaige Hinterhältigkeit getroffen hatte. Das alles fand Teresa anachronistisch und hoffnungslos pubertär.

Unglücklicherweise regierten Halbwüchsige die Welt. Große, verantwortungslose Jugendliche wie Jason oder dieser Bursche Lustig, dessen Dossier sich las wie die Biographie eines hochtechnisierten Peter Pan. Noch schlimmer waren jene seriösen blutdurstigen Typen wie Oberst Spivey, deren Spiele nationaler Sicherheit gespielt wurden mit echten Volksmengen als Bauern. Teresa erinnerte sich, wie intensiv der Mann während der letzten Weltraummission gearbeitet hatte. Spivey stand unter Druck, all right. Manchmal konnte das gut sein.

Es konnte aber auch manche Leute gefährlich machen.

»Sind Sie sicher, daß diese Leute ihr Wort halten werden?« flüsterte sie Manella zu.

Er sah sich amüsiert um. »Natürlich bin ich nicht sicher! Lustig mag nicht gewalttätig sein, aber was wissen wir über seine Hintermänner?« Er zuckte wieder die Achseln. »Das werden wir bald genug herausfinden.«

Stelle eine dumme Frage ..., dachte Teresa.

Schließlich erschien ihr Führer, ein junger Mann mit dunklem Haar und dunkler Haut, breiten Schultern und einem freundlichen Lächeln. Er winkte ihnen fröhlich zu, ihm zu folgen auf einem langen Weg, der sich an die steile Bergwand schmiegte und sie bald an in Nebel gehüllten Wasserfällen vorbeiführte. Teresa hielt sich am Ende der Reihe eng an Manella.

Sie ertappte sich dabei, wie sie zurückschaute, um zu sehen, ob jemand ihnen nachschliche, und zwang sich, damit aufzuhören.

Die Vegetation änderte sich, als sie unter dem Dach eines Regenwaldes dahinschritten. Exotische Vögel flatterten unter feuchtem Blattwerk, welches so gesund aussah, daß man sich nicht vorstellen konnte, wie viele andere Stellen wie diese anderswo auf dem Planeten verdorrten. Hier schienen sogar die Gerüche Kraft und Vielfalt zu vermitteln. Dieser Dschungel fühlte sich an, als wäre es noch ein weiter Weg bis zum Sterben. Das Einatmen war so, als ob man ein Stärkungsmittel einnähme. Das beruhigte sie ein bißchen. Sie holte tief Luft.

Es ging um eine Ecke, und plötzlich gähnte die Höhle vor ihnen. Die Lücke in der Bergwand war gehörig dunkel und abweisend. Stufen führten abwärts zwischen schlüpfrigen Metallschranken. Kahle Glühbirnen waren so in Abständen angeordnet, daß sie offenbar gespenstische Schatten möglichst groß machen sollten, um Besuchern eine Illusion von Hinfälligkeit und Geheimnis zu vermitteln.

Teresa hörte lässig zu, wie der Führer etwas rezitierte, das mit großen Vögeln zu tun zu haben schien, Vettern des legendären Moa, der in prähistorischen Zeiten in Höhlen wie dieser gefangen wurde und seine Knochen hinterließ, die viele Jahrhunderte später von erstaunten Forschern entdeckt wurden.

Während sie hinabstiegen, benutzte der Führer einen Handscheinwerfer, um auf Merkmale der Grotte hinzuweisen, die im Laufe von Jahrtausenden durch geduldige unterirdische Ströme ausgetieft und dann in Jahrhunderten langsamen Rieselns durch kannelierte

Apsen verschönt worden waren. Stellenweise machte die Decke Platz für Schächte und Kamine, die bis außer Sicht aufragten oder in totale Schwärze fielen, gesäumt von strohhalmartigen Draperien und kristallinen zweigartigen Heliciten. Galerien wanden sich außer Sicht und deuteten ein unendliches Labyrinth an, das sicher jeden verschlingen würde, der verrückt genug wäre, den hölzernen Gehsteig zu verlassen.

Es war in der Tat sehr schön. Dennoch empfand Teresa wenig echte Überraschung oder Scheu. Das alles war viel zu vertraut durch frühere Darstellungen im Fernsehen oder Netzmagazinen. Sie nickte vertraulich Stalaktiten und Stalagmiten zu, die sie schon früher durch Kopien kennengelernt hatte. Anstatt unheimlich oder fremdartig waren es Nachbarn, über die sie eine Menge gelernt hatte, lange ehe sie sie in Person traf.

Die gute Seite an dem Weltmediendorf war, daß es zehn Milliarden das Gefühl gab, ein jeder hätte zumindest eine kleine Verbindung mit dem Ganzen. Die schlechte Seite war, daß niemandem jemals mehr etwas begegnete, das völlig neu war.

Vielleicht war es das, warum ich Astronautin geworden bin, in der Hoffnung, einen besonderen Platz zu sehen, ehe die Kameras hingekommen sind.

Wenn ja, hatte sie mächtig Glück gehabt. Die großen Bergketten des Mondes waren noch nicht bestiegen. Und beim derzeitigen Tempo würden sie es nie werden. So wie auch die steilen Canyons, Eisfelder und roten Landschaften des Mars.

Teresa betrachtete gezackte Terrassen, die während Jahrtausenden durch das langsame Tröpfeln kalksteinhaltigen Wassers gebildet worden waren. Ohne Zweifel wurden sie und Pedro schon von Alex Lustigs geheimnisvoller Organisation beobachtet. Sie hatten Anweisung erhalten, sich am Ende zu halten. Falls Pedro etwas mehr wußte, so hatte er es ihr nicht gesagt.

»Jetzt werden wir eine andere Flucht von Treppen

hinuntergehen«, kündigte ihr Führer an. »Halten Sie sich am Geländer fest, weil das Licht schwächer wird, damit sich Ihre Augen an die Große Höhle gewöhnen.«

Die Stimmen der Besucher wurden leiser, als sie Bretterstufen hinabstiegen, die dort angebracht waren, um den Kalksteinboden vor dem Abrieb durch zahllose Füße zu schützen. Einmal erhaschte Teresa ein Aufblitzen weißer Zähne, als Manella sich umwandte, um ihr zuzulächeln. Sie ignorierte ihn und tat so, als ob sie es nicht sähe.

Bald war es keine Verstellung mehr. Ein Zusammenstoß mit Pedros breitem Rücken war ihre erste Warnung, daß der Abstieg beendet war. Das Geflüster wurde zu einem gelegentlichen Kichern, als Leute ungeschickt aneinander stießen. Ein Husten. Ein vertrautes Zischen, als jemand in der Menge Sauerstoff aus einer Hüftflasche nahm, gefolgt von einer gemurmelten Entschuldigung.

Bei genauem Hinhören konnte Teresa rhythmische Laute und ein entferntes Platschen vernehmen. Der Touristenführer sprach von irgendwo zu ihrer Linken. »Wir werden jetzt die Gruppe teilen und zu Wasser weitermachen. Jedes Boot wird einen Führer haben, der am Bug steht und Sie voranbringt, indem er an Seilen zieht, die längs der Decke angebracht sind.«

Als sich ihre Augen anpaßten, stellte Teresa bald hier und da Flecke fest – der Rand des Docks und einige längs daran festgemachte kleine Fahrzeuge mit der Silhouette eines Mannes oder einer Frau am Bug. Sie glaubte sogar, ein Gewebe von Kabeln an dem Fels über ihr zu erkennen.

»Eine interessante Transportweise«, bemerkte Pedro, als sie zusahen, wie das erste Boot abfuhr. Man half weiteren Touristen in das nächste, und die Schlange rückte vor.

»Wenn jedes Boot die Krümmung da vorn umrundet«, fuhr der Hauptführer fort, »werden Sie die letzte Beleuchtung hinter sich lassen. Ihr Pilot wird nur nach Gedächtnis und Gefühl manövrieren. Aber keine Sorge, wir verlieren nur eine bis zwei Bootsladungen im Jahr.«

Ein billiger Scherz; aber er löste nervöses Kichern aus.

»Noch ein paar Kurven, und Sie werden zur Hauptgrotte kommen, wo unsere berühmten Würmer ihre einzigartige Show für Sie veranstalten werden – das Zentralstück der Waitomo-Höhlen. Dann wird man Sie auf einer anderen Route nach hier zum Landeplatz zurückbringen. Wir hoffen, Sie genießen Ihren Besuch der Wunder des Waikato.«

Na ja, Wunder. Bis jetzt hatte Teresa noch nichts besonders Eindrucksvolles gesehen. Viel größere Höhlen wurden regelmäßig im Netzmagazin des *National Geographic* behandelt.

Die Touristen unmittelbar vor ihnen bestiegen ein Boot. Im Heck war noch Platz übrig, aber ihr Führer hielt eine Hand davor, um Manella anzuhalten. »Sie, Sir, sehen ein bißchen zu gewichtig aus, um hier dazuzukommen. Ich werde Sie selbst in das letzte Boot nehmen.«

Während Pedro unwirsch schnaufte, half ihm der Führer in das letzte Boot. Dann begab er sich zum Bug und legte ab. Das schwache restliche Licht verschwand hinter ihnen, als er Hand über Hand an den Seilen unter der Decke zog und sie um eine Kurve in pechschwarze Finsternis tauchten.

Teresa versuchte, durch Biofeedback ihre Anpassung an das Dunkel zu beschleunigen und fand es enttäuschend, wie wenig das Training half. Oder vielleicht wartete auch unmittelbar voraus ein heimliches Ungeheuer, das jede Gruppe leise und rasch aus ihren stygischen Barken zupfte.

Das Wasser fühlte sich an ihren Fingerspitzen kühl

an, als sie sie längs treiben ließ. Es schien auch eine leicht ölige Beschaffenheit zu haben. Sie führte ein paar Tropfen an die Lippen und schmeckte Mineralien. Das war aber nicht unangenehm. Der unterirdische Fluß war klar und frisch. Er wirkte zeitlos.

»In manchen Jahren steigt das Wasser zu hoch, um Boote passieren zu lassen«, sagte der Führer mit sanfter Stimme. »Und bei Dürren können sie stranden.«

»Gibt es hier unten Fische ohne Augen?« fragte Teresa. Das leise körperlose Lachen des Eingeborenen schien an den skulptierten Felsen entlangzutanzen. »Natürlich! Welcher unterirdische Fluß würde keine haben? Sie leben von Samen, Pollen und Insektenlarven, die von *ki waho*, der Außenwelt, hier herunterkommen. Manche dieser Larven überleben auch und werden Fliegen, die ihrerseits …«

Teresa packte schnell das Schanzdeck, als sie spürte, wie sich etwas Massives von links näherte – Momente, ehe ihr Boot gegen Stein scharrte und leicht kippte. »Nur eine Sekunde«, sagte ihnen die Stimme. »Ich muß aussteigen, um uns um diese Säule herumzuführen. Halten Sie sich fest!«

Sie spürte das schwache Kratzen eines Bootes auf einer Sandbank. Ohne überhaupt etwas zu sehen, nicht einmal die dunkle Ellipse Manellas vor ihr, fühlte sie nur eine vage Bewegung, als ihr Schiff an einer Sandsteinkante entlangscheuerte und dann um eine Ecke herum in einer bestirnten Nacht herauskam.

Teresa schnappte nach Luft. Sterne? In plötzlich Deorientierung starrte sie verblüfft das brillante Gewölbe über ihrem Kopf an.

Es war doch aber früher Nachmittag, als wir ankamen. Wieso …?

Automatisch suchte sie ihre Freunde, die vertrauten Konstellationen, und erkannte *keine* von ihnen. Alles hatte sich geändert! Es war, als sei sie durch irgendein Science Fiction-Gerät in die Welt einer fernen Galaxie geraten. In weitem, königlichem und völlig fremdem Glanz wölbte sich über ihr ein Strudel von Sternhaufen.

Teresa blinzelte, weil sie unter gesteigerten Sinneseindrücken litt. Das Gehör sagte ihr, daß sie sich unter der Oberfläche befand. Ihr inneres Gyroskop sagte, daß sie weniger als zwei Kilometer von dem Wagen entfernt war. Und dennoch verkündeten die flimmernden Sterne freien Himmel. Sie schüttelte den Kopf. *Falsch. Falsch. Wieder Anpassen. Keine Vermutungen!*

All dies geschah in einem knappen Augenblick, in der Zeit, die sie brauchte, um zu merken, daß jeder dieser ›Sterne‹ in genau der gleichen hellgrünen Farbe schien. Nach einer halben Sekunde unterdrückte Teresa diesen Konflikt der Sinne und sah, wie diese raffinierte Täuschung zustande kam.

Das Boot schaukelte, als eine Gestalt die falschen Sternbilder verdunkelte und wieder in den Bug stieg. Die Silhouette des Führers verbarg helle Nadelspitzen, als er an einer schwarzen Leine über ihnen das Boot fortzog. »Unsere Höhlenwürmer haben ihre Wohnungen längs des Daches«, hallte seine Stimme leise wider. »Sie erzeugen eine Phosphoreszenz, die frisch geschlüpfte Fliegen und andere Insekten anlockt, deren Eier und Larven von der Außenwelt hier hereingetrieben wurden. Die hellen Flecke führen diese Insekten nicht nach draußen, nicht wieder nach Te Ao-marāma, sondern auf klebrige Fallen.«

Da stimmte etwas nicht. Teresa rückte weiter nach vorn und flüsterte: »Pedro, seine Stimme …«

Mit unheimlicher Genauigkeit ergriff Manella ihre Hand und drückte sie, um ihr Schweigen zu gebieten. Teresa versteifte sich kurz und entspannte sich dann gewaltsam. Das mußte ein Teil des Planes sein. Mit

Mühe lehnte sie sich zurück und machte aus der Situation das Beste. Man hätte sowieso nichts anderes tun können.

Sie fühlte sich jetzt dumm, weil sie für einen Moment die Lichter in der Höhe für Sterne gehalten hatte. Deren langsames Vorbeiziehen ermöglichte ihr, eine Parallaxe abzuschätzen… Danach befanden sie sich anderthalb bis drei Meter hoch über ihnen. Sie konnte jetzt die rohen Umrisse der Decke verfolgen. Es gab auch kein Flimmern infolge atmosphärischer Verzerrung. Manche ›Sterne‹ waren in Wirklichkeit große längliche Gebilde.

Indessen… Sie blinzelte, und plötzlich entschwand wieder einmal die Vernunft. Einen weiteren erregenden Augenblick genoß Teresa absichtlich wieder die Illusion – den Anblick eines fremden Himmels, auf die Ränder eines seltsamen Spiralarms mit Feldern grünlicher Sonnen – das mysteriöse nächtliche Glitzern einer weit entfernten Grenze.

Der Schatten ihres Führers war die schwarze Kontur eines Nebels. Der Nebel bewegte sich. Aber auch, wie sie plötzlich feststellte, eine regelmäßige geradlinige Grenze. Eine normale Finsternis, ohne Grün, zog über ihnen vorbei, als ob sie ein Tor markieren würde. Bald hörte Teresa leichtes Motorengeräusch und spürte, wie hinter ihnen eine Barriere rollte. Die smaragdene Sternenlandschaft verschwand.

Der Schatten sagte: »Jetzt bedecken Sie bitte Ihre Augen!« Sie fühlte, daß Manella dem nachkam. Aber ihre Augen beschattete sie nur. Sie völlig zu schließen, hätte zu viel Vertrauen erfordert.

Vor ihnen entwickelte sich eine grelle Helligkeit. Vielleicht war es nur eine trübe Lampe; aber der Glanz fühlte sich intensiv genug an, um ihrer auf Dunkelheit adaptierten Netzhaut zu schaden. Er vertrieb rasch jede restliche Spur der Wurmphosphore. Teresa nahm von ihnen mit Bedauern Abschied.

Das Boot stieß wieder an und hielt. »Bitte, kommen Sie diesen Weg!« sagte ihnen die Stimme. Sie fühlte eine Berührung am Arm und ließ sich zwinkernd aus dem schaukelnden Boot führen. Ihre Augen tränten etwas von der Helligkeit, und sie mußte blinzeln, um Beugungsbilder zu überwinden, damit sie sehen konnte, wer an die Stelle ihres ursprünglichen Führers getreten war. Es war ein Mann mit braunem Haar, leicht sommersprossig, offensichtlich nicht polynesischer Herkunft. Soeben betrachtete er Pedro mit einer Miene, die sie nicht deuten konnte, aber offenbar starke Emotion verriet.

»Hallo, Manella!« sagte er in dem offenkundigen Bemühen, höflich zu sein.

Das war Teresas erste Gelegenheit, Alex Lustig in Person zu mustern. Auf Fotografien hatte er distanziert und zerstreut gewirkt. Etwas davon war auch jetzt vorhanden. Aber nun glaubte sie, auch etwas anderes zu bemerken, möglicherweise die Miene jemandes, der Merkwürdigkeit gesucht und mehr davon gefunden hatte, als er jemals erwartete.

Pedro benutzte ein Taschentuch, um sich die Augen zu wischen. »Selber hallo, Lustig! Danke, daß Sie uns empfangen! Nun hoffe ich, daß Sie eine gute Erklärung dafür haben, was Sie wollten.«

Sie befanden sich hier tief unter der Erde, ohne jeden Kontakt mit Personen ihres Volkes oder auch jeder legalen Autorität – und Pedro schlüpfte bestimmt wieder in die Rolle einer Figur mit väterlicher Autorität.

»Wie Sie wünschen.« Alex Lustig nickte, offenbar unbeeindruckt. »Wenn Sie beide mir folgen wollen, werde ich Ihnen alles erzählen. Aber ich warne Sie, es wird schwer zu glauben sein.«

Natürlich wollte Pedro niemandem das letzte Wort überlassen, selbst in einer solchen Lage.

»Von Ihnen, mein Junge, erwarte ich nicht weniger

als das völlig Absurde und das äußerst Verhängnisvolle.«

Eine Stunde später fragte Teresa sich, weshalb sie sich nur benommen fühlte, wo sie den Mann eigentlich doch hassen müßte. Selbst wenn er nicht das Monstrum geschaffen hatte, das am Herzen der Erde nagte, so war er noch immer derjenige, welcher ihre Aufmerksamkeit zu diesem Ding geführt hatte.

Dann war da seine Rolle bei der Auslösung kohärenter Gravitationswellen, die Jason und neun weitere auf ihre Reise ohne Wiederkehr zu den Sternen geschickt hatten. Auch das sollte Grund genug sein, Alex Lustig zu verabscheuen. Und dennoch waren die einzigen Emotionen, zu denen sie sich eben jetzt fähig fühlte, mehr unmittelbarer Natur… so wie das schiefe Vergnügen, Pedro Manella zum erstenmal sprachlos zu sehen.

Der große Mann saß Lustig gegenüber, die Hände auf einem dunklen Holztisch gefaltet. Sein Notizbuch war völlig vergessen. Pedros Augen schossen immer wieder auf eine große holographische Karte der Erde im Querschnitt, die lebendiger und detaillierter war als alles, was ihre Gruppe in Houston hatte konstruieren können. Zart gezeichnete Feinheiten warfen orange, gelbe und rötliche Farbtöne auf eine Seite von Manellas Gesicht und verliehen seinem fahlen Antlitz falsche heitere Noten.

Sie waren hier nur zu dritt in einem karg möblierten unterirdischem Raum. Nachdem er seine Gäste mit Erfrischungen versorgt hatte, war Lustig dazu übergegangen, sie zu informieren – ohne Unterstützung, obwohl er zweimal einen Kopfhörer genommen hatte, um jemand außen zu konsultieren. Natürlich hatte der Mann Unterstützung. Trotz seines Rufs als ›einsamer Weiser‹ war es unmöglich, daß er sich das alles allein ausgedacht haben könnte.

Die Möglichkeit eines Ulks kam Teresa mehrere Male in den Sinn; aber sie erkannte das als Wunschdenken. Lustigs ruhige Gründlichkeit zeugte von Glaubwürdigkeit, wie wahnsinnig oder schrecklich seine Schlußfolgerungen auch sein mochten.

»... Also war es erst in dieser Woche, daß wir durch Kombinieren von Gravitationssondierungen mit Neutrinobeobachtungen in der Lage waren, endlich genau festzulegen, woher die Energie kommt... der angeregte Zustand, welcher den Gazer-Effekt beliefert. Das ist an der Basis des Mantels, dort wo das geomagnetische Feld Ströme im äußeren Kern anzapft...«

Technisch war es nicht schwierig, der Story zu folgen. Während sie nach dem Schwarzen Loch von Iquitos suchten, waren Lustig und seine Mitarbeiter auf eine viel gefährlichere Singularität gestoßen, die sich schon im Zentrum der Erde befand. Sie versuchten, mittels Gravitationswellen deren Bahnverlauf und Vorgeschichte zu verfolgen. Aber sie warf innere Reflexe zurück und verstärkte Gravitonen ziemlich so wie Photonen zwischen den Spiegeln eines Lasers. In diesem Fall bestanden die ›Gazerspiegel‹ aus dem mysteriösen Beta selbst plus dem experimentellen Schwarzen Loch an Bord der Erewhon-Station. Was herausschoß, war eine große Welle gefalteter Raum-Zeit, die wie ein Speer in die allgemeine Richtung von Spica stieß.

Lustig war ein guter Lehrer. Er beschränkte seine Mathematik auf einfache Matrizen und benutzte Figuren, um seine Katastrophengeschichte graphisch zu schildern. Das klang viel zu plausibel – und sie hätte kein einziges Wort geglaubt, wenn sie nicht so viel aus erster Hand selbst erlebt hätte. Zum Beispiel die plötzliche schreckliche Dehnung und Kontraktion von Erewhons Haltekabel. Oder der relativistische Abflug des Farpointlabors. *Oder diese Farben.*

Was Teresa in einer emotional toten Zone beruhigte,

war die Erkenntnis, daß alle ihre Sorgen ein Ende hatten. Welchen Sinn hatte es, sich über innere Politik bei der NASA Gedanken zu machen oder ihren nächsten Flugplan oder ihre gescheiterte Ehe, wenn die ganze Welt bald ein Ende haben würde?

Die geheimnisvolle Singularität – Lustigs ›kosmischer Knoten‹ – mußte klein angefangen haben. Aber Beta war gewachsen, bis es jetzt einer kritischen Schwelle zuschwankte. Sie las die Zuwachsrate an einem Seitenschirm ab. Das Ding war offenbar in der Schwebe für eine Freßorgie, was nur eine Folgerung zuließ.

Eine Folgerung ... Bisher hatte Alex ihnen eine ausführliche Simulation erspart von dem, was geschehen würde, wenn Materie nach Megatonnen in der Sekunde in Betas Rachen einzuströmen begann. Teresa stellte sich vor, das würde mit Stoßwellen anfangen, die die tiefen alten Konvektionsmuster des Planeten zerrissen. Erdbeben würden sich abspielen und Vulkane aufbrechen, wenn sich große Spalten in der Erdkruste öffneten. Danach würden, von innen unterminiert, die äußeren Schichten zusammenbrechen.

Ironischerweise würde Dingen im Orbit nichts geschehen, wie dem Mond oder Satelliten. Die Gesamtmasse der Erde darunter würde gleich bleiben und nur in eine kompaktere Form umgewandelt werden. Falls Teresa zu jener Zeit gerade auf einer Mission wäre, könnte sie die ganze Show beobachten ... bis die Singularität ihre nackte Glorie offenbarte und ihr Raumschiff in einem Ausbruch von Gammastrahlung vernichtete.

Teresa schüttelte sich. Das war nicht die Zeit für krasse Panik. Später, daheim, könnte sie unter die Decken kriechen, sich zusammenrollen und auf den Tod hoffen.

»... Das eine unserer Probleme war, die umgekehrte Energieverteilung zu finden, die von dem Gazerstrahl angezapft wird. Woher kommt all diese Energie?« Der Engländer fuhr sich mit der Hand durchs Haar. »Dann ergab alles Sinn! Der magnetische Dynamo der Erde ist die Quelle. Speziell diskrete supraleitende Bereiche, wo …«

Teresa richtete sich auf und fragte: »Was haben Sie gesagt?«

Alex Lustig sah sie mit blaßblauen Augen an. »Captain Tikhana? Ich sprach über laufende Schleifen, wo der untere Mantel den flüssigen Kern trifft …«

Sie unterbrach ihn wieder. »Sie sprachen von Supraleitfähigkeit. Da unten? Wir haben immer noch Schwierigkeiten, an einem Sommertag schnelle Transitlinien zu kühlen; aber Sie sagen, dort unten gebe es supraleitende Bereiche von Tausenden von Meilen, wo die Temperatur Tausende von Grad erreicht?«

Der britische Physiker nickte. »Vergessen Sie nicht – *Drücke* an der Basis des Mantels übersteigen zehntausend Newton pro Quadratzentimeter. Und dann gibt es eine entzückende Koinzidenz, die einer meiner Kollegen erst kürzlich entdeckt hat. Der am tiefsten befindliche mineralische Zustand, ehe der Mantel dem metallischen Kern weicht, scheint aus verschiedenen Oxiden zu bestehen, die in eine perovskitische Struktur gepreßt sind …«

»Per … ovskitisch?«

»Ein Arangement besonders dichter Oxide, das sich leicht unter Druck bildet.«

»Ich komme da immer noch nicht mit«, sagte sie finster.

Er breitete die Hände aus. »Verwandte dieser gleichen Perovskite kommen auch bei den besten industriellen Supraleitern vor! Dieses Zusammentreffen veranlaßte uns zu einer verrückten Idee … daß es Stellen gibt, Tausende von Kilometern unter uns, wo elektrischer Strom völlig widerstandslos fließt.«

Allein diese Idee veranlaßte Teresa, die Augen zu

schließen. Früher einmal hatte man Supraleitfähigkeit nur mit äußerster Kälte nahe dem absoluten Nullpunkt verbunden. Erst in den jüngsten Dekaden hatten Supraleiter bei ›Zimmertemperatur‹ zusammen mit einigen anderen bahnbrechenden Fortschritten geholfen, die arg bedrängte Weltwirtschaft zu retten. Jetzt sah Teresa Schleifen und titanische Stromkreise, die in perfektem widerstandslosem Feuer flossen. Das war eine aufregende Vorstellung. »Diese supraleitenden Bereiche … sind das die angeregten Zonen, die Sie mit dem Gravitationsresonator anzapfen?«

»Wir glauben es. Energieniveaus sinken jedesmal, werden aber durch Konvektion schnell wieder hochgepumpt.«

Anhaltendes Schweigen. Als Manella wieder sprach, schüttelte er den Kopf. »So viele wundervolle Entdeckungen … alle unter dem Schatten eines Todesengels entstanden. Okay, Lustig, Sie haben Ihren Spaß gehabt. Jetzt sagen Sie uns, was wir wissen müssen!«

»Wissen wozu?«

Pedro schlug auf den Tisch. »Für die Rache! Wer hat dies Ding losgelassen? Und wann? Wo finden wir sie?«

Aus der Beherrschtheit des anderen Mannes vermutete Teresa, daß er diese Forderung nicht zum ersten Male gehört hatte. »Die Antwort kenne ich noch nicht«, entgegnete er. »Es ist schwierig, seine Flugbahn zurückzuverfolgen, wenn man Reibung und Massezuwachs und Inhomogenitäten im Kern berücksichtigt …«

»Sie können nicht einmal anfangen abzuschätzen?«

Der Physiker zuckte die Achseln. »Nach meinen Berechnungen sollte das Ding überhaupt nicht existieren.«

»Natürlich sollte es nicht existieren! Aber jemand hat es gemacht, das ist klar. Sie sagten, Sie verstünden die Grundprinzipien.«

»O ja… oder glaubte das wenigstens. Aber es fällt mir schwer zu verstehen, wie irgend jemand einen so großen Knoten machen konnte mit einer heute auf der Erde verfügbaren Energiequelle.«

»War es nicht kleiner, als es hinunterfiel?«

»Gewiß. Aber bedenken Sie, ungefähr acht Jahre alt. Wenn und seinem Wachstumstempo aus praktische Cavitronik ist erst ich von Betas jetziger Größe so weit zurück extrapoliere, ist es noch zu verdammt schwer. Keine Struktur auf der Erde hätte es tragen können.«

Manella machte ein finsteres Gesicht. »Offenbar haben Sie irgendeinen Fehler gemacht.«

Teresa sah in Alex Lustigs Augen kurz etwas aufblitzen – einen Ärger,der so schnell erstickt wurde, wie er kam. Mit erstaunlicher Milde nickte er. »Offenbar. Vielleicht hat es schneller gefressen, als meine Theorie vorhersagt. Aber das ist ein Gebiet, auf dem niemand große Erfahrung hat.«

In diesem Moment empfand Teresa das Gewicht der Höhle so, als ob alle die Tonnen über ihr auf ihre Brust preßten. Teilweise, um eine Schwäche zu überwinden, sprach sie die kritische Frage aus.

»Wie…« Sie schluckte. »Wieviel Zeit haben wir?«

Er stieß einen Seufzer aus. »Das ist ziemlich leicht. So schnell es auch in der Vergangenheit gewachsen sein mag, bleibt die asymptotische Schwelle doch dieselbe. Wenn es weiter Materie einsaugt schneller und schneller… würde ich sagen, daß wir noch ungefähr zwei Jahre vor uns haben, ehe es zu wirklich großen Erdbeben kommt. Noch ein weiteres Jahr, ehe vulkanische Tätigkeit uns die Atmosphäre vergiftet.

Danach beschleunigen sich die Dinge natürlich rasch, wenn das Wachstum der Singularität sich selbst verzehrt. Fünfundneunzig Prozent der Erde werden erst in der letzten Stunde verschlungen werden. Neunzig Prozent in der allerletzten Minute oder so.«

Teresa und Pedro wechselten einen traurigen Blick. »Mein Gott!« sagte sie.

»Das wird natürlich passieren, wenn es den dafür abgezeichneten Weg fortsetzt.« Alex Lustig spreizte wieder die Hände. »Ich kenne Ihr Los nicht. Aber ich persönlich würde das Ding lieber nicht sein Werk unbeschädigt tun lassen.«

Teresa wandte sich um und starrte den Physiker an. Er blickte mit hochgezogenen Augenbrauen zurück.

»Meinen Sie …?« fing sie an und konnte nicht weitersprechen.

Er antwortete mit einem Achselzucken. »Sie glauben sicher nicht, daß ich zugestimmt habe, mich mit Ihnen zu treffen, nur um meine kokette Rache zu befriedigen und seine Gier nach Schlagzeilen, oder doch? Wir werden Ihre Hilfe brauchen, falls wir eine Chance erhalten wollen, das verdammte Ding loszuwerden.«

Manella japste. »Sie … sehen einen Weg.«

»Einen Weg ja, obwohl er keine sehr guten Chancen bietet. Und er wird mehr Hilfsquellen erfordern, als mir oder meinen Freunden zur Verfügung stehen.«

Er blickte zwischen seinen zwei verblüfften Besuchern hin und her.

»Nehmen Sie es nicht so! Pedro, schauen Sie, wenn wir dies hinter uns bringen, können Sie und mein Freund George noch viele schöne Jahre erleben, wenn nötig für immer, um die intelligenten Schurken ausfindig zu machen und zu bestrafen, die für dies Ding verantwortlich sind.«

Seine Miene wurde düsterer, und er blickte nach unten.

»Das heißt, wenn das funktioniert.«

TEIL VI

PLANET

Der Weltozean rollte dahin, gestreichelt von treibenden Winden und angezogen durch den unfruchtbaren Schwestermond.

Seit Jahrmillionen glitten Gezeitenbuckel wirbelnden Wassers wie Zwillinge immer rundherum und fanden wenig Widerstand außer am Meeresboden selbst. Nur hier und da stieß ein einsamer rauchender Vulkan hoch genug, um den freien Himmel zu erreichen, wobei er es wagte, die ziehenden Wellen zu zerteilen.

Schließlich wurden mehr Inseln ausgeschwitzt und dann noch mehr. Als die Kruste sich hob und verschob, stießen viele dieser monströsen Barken zusammen und vereinten sich, bis neugeborene Kontinente sich über die Wasser erhoben. Auf diese dürren Plattformen fiel unablässig Regen, der nichts nährte.

Nur geschützt unter den Wellen führte Leben seinen ständigen Kampf, sich zu verbessern oder zu sterben. Einzellige Kreaturen teilten sich großartig ohne Plan und Ziel. Sie experimentierten mit neuen Lebensweisen.

Eine glückliche Familienlinie verfiel auf den Trick, Sonnenlicht zu benutzen, um Wasser zu zerlegen und Kohlenhydrate herzustellen. Dieses grüne Erbteil machte sich auf und erfüllte die Hälfte der Nischen in der Welt.

Die Tageslänge änderte sich unmerklich, als die Erde mit ihrem Mond Impuls austauschte. Äon um Äon wurden die Meere salziger, bis sie sich stabilisierten. Die Sonne wurde heller – auch allmählich. Manchmal änderten die rollenden Wasser die Farbe, wenn eine neuerungssüchtige Mikrobe einen plötzlichen Zeitvorsprung gewann. Sie gedieh üppig, erschöpfte ihre Nahrungsbestände und starb wieder.

Dann verzehrte der eine winzige Organismus den anderen, ohne aber seine Beute zu verschlingen. Statt dessen existierten beide zusammen, und es kam zu einer Abmachung. Eine zufällige Teilung von Verantwortlichkeiten. Eine Symbiose.

Eine von vielen; und Metazoen – vielzelliges Leben – war geboren.

Diese Neuerung und Kooperation änderte alles.

☐ **Weltweite Interessengrupe für langfristige Lösungen** [☐ SIG Aer,WLR5 253787890.546] **Spezialnotiz für unsere Mitglieder.**

Sehen Sie sich die Hauptnachrichtenveröffentlichung dieses Morgens seitens des Los Alamos Peace Laboratory [☐ Alert K12-AP-9.2338:11:00 S.pr56765.0] an wegen der letzten Testergebnisse ihres solenoidalen Fusionstestreaktors. Sie melden das Erzielen eines Produkts bei Temperatureinschluß *fünfmal besser* als zuvor, mit fast keinem jener vertrackten gestreuten Neutronen, die die Katastrophe von Princeton 2021 verursacht haben.

Das könnte es sein! Nach so vielen falschen Fortschritten während so vieler Jahre. Gemäß dem technischen Chef des LAPL könnte »...saubere, wirkungsstarke und praktisch uneingeschränkte Fusionsenergie jetzt nur noch zwanzig oder fünfundzwanzig Jahre in der Zukunft liegen...«

Wer technische Details oder rohe Daten des gestrigen Experiments zu sehen wünscht, drücke einfach [☐ Tech.PD1 236423994234.0975 aq] oder Sprechverbindung ›Solenoid-Fusion fünf‹.

• HYDROSPHÄRE •

Claire Eng arbeitete sich mühsam durch einen Tümpel schmutzigen Wassers voran und zog am Ende eines Nylonnetzes. Sie konzentrierte sich scharf darauf, nicht auf der Kunststoffausfütterung des Teichs auszurutschen: Sie konnte sich in der schleimigen Brühe keinen Fehltritt leisten.

Nicht, wenn ich mir nicht zwei Stunden lang Dreck aus dem Haar waschen will, dachte sie.

Gleich auf der anderen Seite des Netzes und seiner Reihe schwimmender Bojen protestierte ein Schwarm von Panik ergriffener Fische dagegen, in diese Ecke des Teichs getrieben zu werden. Ihr Flossenschlag verursachte Wellen, die zu nahe an den Oberrand ihrer Wasserstiefel kamen. Die Fische – und der stinkende grüne Matsch, in dem sie lebten, waren reif, geerntet zu werden. Leider rochen beide auch widerlich reif.

Claire spie schmierige, widerliche Tropfen aus. »Los, Tommy!« rief sie ärgerlich dem dunkelhaarigen Jungen am anderen Ende des Netzes zu. »Ich habe zu Hause noch zu tun, und Daisy wird mir dabei sicher noch schwer zusetzen.«

Tony band sein Ende an eine Öse aus rostfreiem Stahl und schwang sich aus dem Teich. Auf dem Betonufer unter einer Reihe überhängender eingetopfter Maulbeerbäume benutzte er einen Schlauch, um seine Wasserstiefel abzuspülen, ehe er sie auszog. »Bin gleich bei dir, Claire«, rief er fröhlich. »Halte nur noch eine Minute fest!«

Claire bemühte sich um Geduld, aber ihr Hut und ihre Sonnenbrille waren verrutscht, während sie half, Scharen hilfloser Fische ihrem Verhängnis zuzutreiben. Jetzt war sie ungeschützt der erbarmungslosen Sonne Louisianas ausgeliefert. Der Nachmittag war schwül und voller Fliegen. Sie wünschte sich fast, eine Ausrede zu haben, um nicht ihrem Freund bei der Ernte dieses Monats helfen zu müssen. Aber sie konnte Tony natürlich nicht im Stich lassen. Nicht, wenn die Megafarmen in diesen Tagen die Preise drückten und Nebenerwerbsfischer an die Existenzgrenze brachten.

Während sie den Kopf gegen die Blendung drehte, schaute sie auf die endlose flache Länderei von Iberville Parish, gesprenkelt von Cederhainen, Reisfeldern und quadratischen dunklen Flecken aus genmanipuliertem schnellwüchsigem Zuckerrohr. Und zahllosen Fischteichen – Ketten niedriger mit Wasser gefüllter Ovale, schimmernd und von Maulbeerbäumen gesäumt –, die kühlen, leistungsfähigen Proteinfabriken, welche den Chefs in Baton Rouge und New Orleans eine scharf gewürzte kulinarische Tradition aufrecht zu halten gestatteten, lange nachdem die Fischerei an der Golfküste aufgehört hatte.

In der Entfernung erkannte sie eine gerade, von Bäumen gesäumte Erhebung, die sich von Nord nach Süd hinzog – die Aufschüttung zum Schutze des East-Atchafalaya-Beckens, eines so vieler Erdwerke, welche das Ingenieurcorps des Heeres im Laufe von mehr als einem Jahrhundert aufgeworfen hatte, um das Zusammentreffen zweier großer Wassermassen zu verhindern. Endlose Meilen von Deichen und Kanälen und monumentalen Überlaufrinnen zogen sich längs des Mississippi, des Golfs und fast jeden Wasserlaufs hin, der in den computerisierten Eventualplänen des Corps vorgesehen war. Claire hatte zusammen mit ihrem Vater und später selbständig fast jedes Meter des ausgedehnten Projekts abgeschritten. Von Logan hatte sie eine Faszination für Wasseringenieurwesen und eine beharrliche Verachtung jener Art technischer Anmaßung geerbt, die Wörter aussprach wie ›für immer‹.

»Idioten!« knurrte sie. Jetzt legte das Corps dem Kongreß einen neuen Plan vor, der ›garantierte‹, den Mississippi daran zu hindern, was er schließlich doch unbedingt würde tun müssen – seine Ufer verlagern und einen neuen Weg ins Meer finden. Logans private Schätzungen sahen vor, daß die neuen Aufschüttungen den Old Man River noch höchstens weitere drei Dekaden vom Atchafalaya-Tal fernhalten würden. Claire hielt ihren Vater für einen Optimisten. »Noch maximal zehn Jahre«, sagte sie leise.

Sie würde dieses Land vermissen, wenn es ganz verschwände ... sein Netz kleiner Bayous und Flüsse. Die totenstille feuchte Luft, schwer von scharfem Cajun, der richtig biß, wenn man ihn in den Mund nahm. Und die alten Opas und Omas, die auf ihren Bänken saßen und sich Lügen erzählten von jenen Tagen, da es in diesen Gebieten nach Flecke von Mangrovenwald gab, voller Antilopen, Alligatoren und sogar Biestern, die die Wissenschaft nie verzeichnet hatte.

Claire kniff die Augen zu und sah, wie eben diese

Ebene unter Hektar über Hektar schäumenden braunen Wassers lag einem mächtigen Strom, der den Schlamm eines Kontinents auf dieser Abkürzung zum Meer schaffte – zusammen mit jeder Farm und jedem Haus und jeder lebenden Seele auf seinem Wege.

Aber Daisy wird nicht ausziehen. Zum Teufel, niemand hört auf mich, und ich bin es satt, von allen meinen Freunden ›Kassandra‹ genannt zu werden.

Nach einigen Monaten wäre sie sowieso von hier weggegangen. Vielleicht würden die Leute besser achtgeben, wenn sie anderswo einen Ruf gewonnen hätte. Nachdem sie sich selbständig einen Namen gemacht hatte.

»Hier, gib mir das Ende!«

Sie fuhr zusammen, als Tony sie vom Betonufer aus auf die Schulter klopfte. Sie strengte sich an und zog die Leine näher. Sie mußten alle beide sich bemühen, sie straff zu ziehen und festzubinden.

»Danke, Claire!« sagte Tony. »Hier, laß mich dir heraushelfen!«

Zu ihrer Verwunderung wartete er nicht ab, bis sie zur Leiter hinübergeplanscht war. Er packte ihre Schulterträger und zog sie mit reiner Kraft auf die Böschung. Sie saß tropfend da, während er ihre Wasserstiefel mit dem Schlauch abspülte und grinste.

Angeberei, dachte sie. Aber sie konnte nicht umhin, beeindruckt zu sein. Mit siebzehn war Tony in vollem Wachstum, veränderte sich jeden Tag und war darauf stolz. Sie entsann sich, wie er sie erst vor kurzer Zeit an Höhe übertroffen hatte, und sie eine flüchtige irrationale Welle von Neid gegenüber dem Freund ihrer Kindheit empfand. Selbst in einer Welt, in der durch die Technik die Frauen gleichgestellt waren, gab es Zeiten, wo reine Größe und Kraft noch ihre Vorteile hatten.

Auch Testosteron hat seine Nachteile. Claire erinnerte sich daran, als sie ihren Gummi-Overall zum Trocknen aufhängte. Ihre Fernschule in Oregon führte auch einen Lehrgang über die vielen Gründe, weshalb Frauen sich glücklich preisen könnten, doch nicht männlich zu sein. Aber später war sie überrascht gewesen, Tony dabei zu erwischen, wie er sie mit scheuer Bewunderung ansah. Die Überraschung währte nur so lange, bis sie begriff.

Oh, es ist Sex!

Oder auch eigentlich etwas Hübscheres, aber nahe verwandt. Jedenfalls, was immer es war, Claire war noch nicht bereit, sich schon jetzt damit zu beschäftigen. Seit der Pubertät hatte sie Mädchen ihres eigenen Alters gemieden wegen ihrer altklugen, einseitig beschränkten Interessen. Jungen mit vierzehn und fünfzehn schienen mehr daran interessiert, etwas zu tun – in Projekten des Weltnetzes oder klarem Zeug in der realen Welt. Aber jetzt holten ihre Freunde unvermeidlich auf und fingen auch an, komisch zu werden.

»Ich muß auf den Erntelastwagen warten«, sagte Tony ihr und blickte nach unten. »Willst du mit mir warten? Wir könnten danach White Castel besuchen. Vielleicht Judy und Paul treffen …«

Judy und Paul bildeten schon lange ein Paar. Sich mit ihnen in der Öffentlichkeit zu zeigen, wäre eine Aussage, wodurch Claire und Tony zu ›Tony-und-Claire‹ würden. Sie war sich nicht sicher, ob sie schon jetzt die Hälfte einer solchen vierfüßigen Kreatur werden möchte. Viel sicherer waren die amorphen Mengen von Teenagern, die sich auf der Rollschuhbahn oder im Holo-Sim-Club trafen.

»Tut mir leid, Tony. Ich muß wirklich gehen. Daisy …«

»Na ja, ich weiß.« Er schnitt ihr schnell das Wort ab und gab sich unbefangen. »Armes Kind, du mußt dich mit Daisy abgeben. Also viel Spaß! Laß es mich wissen, wenn du später wegkommen kannst!«

Sie kletterte auf glitschigen Stufen zum Laufbrettweg hinunter. »Ja, ich werde anrufen. Oder vielleicht werden wir morgen nach deinem Lacrosse-Ballspiel mit dem Team ausgehen.«

»O ja.« Er rief fröhlich hinter ihr her: »Wir werden diese Burschen zu löcherigem Schweizerkäse machen…«

Claire winkte noch ein letztes Mal und machte dann kehrt, um unter dem Schatten aufragender Rohrdickichte, über kleine Brücken, wo Rentner sich mit Angelruten die Zeit vertrieben und ihr mit lässiger Vertraulichkeit zulächelten, und schließlich an der lange aufgegebenen Raffinerie entlang, die jetzt von allem bis auf zerbröckelnden, wertlosen Beton entblößt war, dahin zu eilen.

Warum macht es so ungeduldig, wenn man Teenager ist? überlegte sie, als sie sich Six Oaks näherte, der kleinen Selbstherrschaft ihrer Mutter am Bayou. Claire wußte, daß sie Tony nicht viel länger hinhalten konnte, ohne ihn zu kränken. *Der Gutachter in der Schule sagt, daß ich ein allmählich fortschreitender Typ bin. Kein Grund zur Besorgnis, wenn ich langsamer bin als andere Kinder, oder vorsichtiger.*

Wie aber, wenn die Tests etwas ausgelassen haben? Was ist, wenn mit mir etwas nicht stimmt?

Theoretisch wußte Claire, daß solche Gedanken für ihr Alter typisch waren. Jeder Heranwachsende fragt sich, ob er oder sie zur Vorhut der letzten Mutanten gehört, die durch irgendeinen seltenen fundamentalen Makel unmenschlich geworden sind. Jede Marotte oder Idiosynkrasie wird unmäßig vergrößert. Ein Wimmerl ist die erste Stufe von Lepra. Eine Zurückweisung bedeutet Verbannung in die Sahara.

All das zu wissen half ein bißchen – aber eben nur ein bißchen.

Ich hoffe bloß, daß, wenn ich endlich bereit bin, Tony oder jemand wie er für mich bereit sein wird.

Sie wandte sich von den Raffinerietürmen ab – die

langsam zu körnigem Sediment zerfielen –, ohne sie auch nur zu sehen, und lief noch einmal zwischen einer Weidenallee los, um den Rest des Heimwegs zu beschleunigen.

Viele Häuser in der Gegend hatten Säulen und Porticos, die mehr an alte Filme erinnerten, denn an reale Geschichte. Aber bei Six Oaks war der Effekt besonders anachronistisch. Beim ersten Hinsehen könnte man meinen, eine Miniaturausführung von Tara zu sehen; aber Satellitenschüsseln und ein Wald stachliger Antennen vertrieb rasch jedes Gefühl von Vorkriegs-Charm. Und während andere Familien Photozellen auf den Dächern und zusätzliche Wassererwärmer unterhielten, besaßen wenige von ihnen genug, um völlig ohne das regionale Energienetz auszukommen.

Aber schließlich war das auch Daisy McClennons ›Insel‹, wo Selbstgenügsamkeit mehr bedeutete als ein im Trend liegendes Steckenpferd oder auch nur gute Staatsbürgerschaft. Im Lauf der Jahre war das aber zu einem militanten Glauben geworden. Und Claire entwickelte sich schnell zu einer Abtrünnigen.

Anders als die Nachbarn, hatte *chez* McClennon keine Geschäftsbeziehung mit den lokalen Nahrungsprüfdiensten. Warum sich Sorgen machen, wenn man Amaranth und Pejibaye-Palmfrüchte und Marama-Bohnen und Linsen im eigenen kleinen Gartenbauparadies zog … einem verglasten Wunder an Fruchtbarkeit, das Claires Mutter selbst konstruiert hatte? Es war von ererbtem Geld gekauft worden; aber Daisy schien zu erwarten, daß Claire es eigenhändig allein pflegen würde.

Aber nicht mehr viel länger, Daisy. Noch sechs Monate, und ich bin weg.

Wahrscheinlich würde ihre Mutter kaum bemerken, wenn sie ginge. Daisy würde einfach irgendeine eidlich verpflichtete Flüchtige anheuern oder eines jener

Collegekinder aus Han oder Nihon, die in diesen Tagen herumzogen, sich etwa ein Jahr freigenommen hatten, um sich nach neuester asiatischer Mode rund um die Welt von Zep-Passage zu Zep-Passage durchzuschlagen. Wenn ja, dann stand Daisy eine Überraschung bevor. Kein modernes hemmungsloses Nihon-Kind würde so schwer arbeiten, wie Daisy nur für Logis, Verpflegung und Strom erwartete.

»Ach, zum Teufel!« seufzte Claire, als der Windgenerator in Sicht kam. Was Elektrizität anging, so bedeuteten diese lahmen Flügel, daß Strom wieder rationiert werden würde. Und man möge raten, wer hier die erste Priorität hatte.

Claire machte ihre Runden schnell und tüchtig, angefangen bei der Methangrube, wo sie den Flüssigkeitsstand im Fäkalienverwerter prüfte. Der sollte ›wartungsfrei‹ sein, aber diese Garantie war inzwischen ein übler Scherz. *Ich wette, daß meine reichen Vettern keine Hausarbeit verrichten müssen,* dachte sie leicht verärgert. Ach, selbst Logan war sich mit ihrer Mutter in einem Punkte einig: »Harte Arbeit bildet den Charakter.« Darum wäre es, auch wenn sie mit ihrem Vater hätte leben können, nicht so viel leichter gewesen. Und um ehrlich zu sein – sie hatte ihre Verwandten im McClennon-Clan kennengelernt. Schreckliche, arrogante Kreaturen, die von einem Reichtum lebten, für dessen Beschaffung weder sie noch ihre Eltern je eine Hand gerührt hatten. Von *denen* würde bestimmt keiner durch etwas anständige Arbeit Schaden nehmen.

Aber es muß doch einen mittleren Weg geben, knurrte Claire, als sie sich im Hauptgewächshaus abmühte, einen Bewässerungstropfer zu säubern und durch eine Düse blies, bis sie Schatten vor den Augen sah. *Vielleicht wünsche ich bloß, daß Daisy hier ihren Anteil leisten möge.*

Wenigstens funktionierte der Bienenfänger. Seit Jahren waren ihre Stöcke durch afrikanisierte Schwärme bedroht gewesen, die die Herrschaft zu übernehmen suchten, wie sie es schon überall sonst in der Gegend getan hatten und alle einst ertragreichen Bienenzüchtereien im Landkreis ruinierten. Chemikalien und Parasitensprays nützten nichts. Aber vor ein paar Wochen hatte Claire im Netz einen Hinweis von einem Burschen in Ägypten gefunden, der entdeckt hatte, daß der afrikanische Stamm schneller mit den Flügeln schlug als die zahme europäische Spielart. Er hatte die archaische Militärtechnologie des zwanzigsten Jahrhunderts durchforscht und Scannersensoren aus einem alten, aufgegebenen Projekt namens ›Krieg der Sterne‹ adaptiert. Jetzt testeten Claire und einige tausend andere diese Konstruktion und meldeten wöchentlich die Ergebnisse an eine Spezialinformationsgruppe des Netzes.

Das kreuzförmige Lasersystem wachte wie eine schimmernde Vogelscheuche über ihre gedrungenen Stöcke. Als sie es zuerst eingeschaltet hatte, wurden die Felder ringsum plötzlich von winzigen brennenden Funken erhellt. Am nächsten Morgen waren Aschenflecke alles, was auf Sichtweite von den tückischen Eindringlingen übrig war. Aber ihre eigenen Honigbienen waren unversehrt. Jetzt erwartete sie einen saftigen Profit und ihren ersten Sommer, ohne gestochen zu werden.

Perfektes Timing, dachte sie ironisch. *Gerade, wo ich mich anschicke wegzugehen.*

Ehe sie hineinging, war noch eine letzte Arbeit fällig. Claire kletterte zu dem kleinen Bach hinter dem Haus hinab, um nach Sybil und Clyde zu sehen.

Die scheckigen Ziegen begrüßten sie meckernd. Sie hatten alle erreichbaren Wasserhyazinthen an diesem Streifen des Ufers abgefressen. Darum richtete sie ihre Haltestricke so ein, daß sie eine andere von Unkraut zugewachsene Fläche erreichen konnten. Ohne solche Tiere würde jeder Wasserlauf im Süden inzwischen durch üppig wachsende tropische Opportunisten verstopft sein, die mangels natürlicher Kontrollen unaufhaltsam gediehen.

Manche Nachbarn hielten sich ihre kanalsäubernden Ziegen wie geliebte Haustiere; andere züchteten sie speziell, um Kudzu-Reben zu verzehren. Claire mochte Tiere, aber sie wollte hier keine Bindungen eingehen. Darum hielt sie diese Beziehung streng geschäftsmäßig. Und was hatte es auch für einen Sinn zu versuchen, jeden kleinen Kanal zu erhalten, als ob Kanäle nicht sterblich wären wie alles andere?

Der Mississippi kommt auf jeden Fall, dachte sie und schaute hinaus auf das Land, das sie zugleich liebte und hinter sich lassen wollte. *Du gewöhnst dich besser an diesen Gedanken, Atchafalaya. Du wirst keine Größe erleben, ob es dir gefällt oder nicht.*

Nachdem sie Clydes Schutzbrille zurechtgerückt hatte, fuhr Claire über sein geschecktes Fell. »Was ist das? Eine Art Räude?« Der Ziegenbock meckerte ärgerlich, als Flocken trockenen Pelzes von seiner struppigen Flanke rutschten. »All right. Ich werde mich darum kümmern.« Claire nahm seufzend eine Probe und tätschelte die Tiere, die bald zufrieden wieder exotisches Unkraut mampften.

Echos von Gewehrfeuer und erschütternden Explosionen prasselten gegen die Wände, als sie an der Zimmerfolge ihrer Mutter vorbeikam. Musik plärrte – die Passagen eines alten Films, die Daisy für eine Unterhaltungsgruppe des Netzes zusammenschnitt. Obwohl sie ständig behauptete, die Industrie zu hassen, war die Sachkenntnis Daisys für das Komprimieren von Filmklamotten aus alter Zeit legendär. Sie konnte geschickt neunzig langweilige Minuten in rasante vierzig oder weniger zusammenraffen, indem sie das träge Tempo von Klassikern wie *The Terminator* oder *Deliverance* dem zeitverschlingenden Appetit moderner Zuschauer anpaßte.

Oder für andere, die von einem bestimmten Film *mehr* haben wollten, würde Daisy McCennon das Original dehnen… durch Hinzufügung von Material aus Filmarchiven oder sogar mit von Computern erzeugten Extrapolationen. Das erbrachte ein laufendes Einkommen, welches ihr erlaubte, den verhaßten Familienfundus verächtlich zu verschmähen.

Die meiste Zeit.

Außerdem hatte eine Karriere durch Arbeit fürs Netz einen weiteren Vorteil – Diese Beschäftigung ermangelte jedes deutlichen Einflusses auf die reale Umgebung der Erde.

»Tritt leicht auf die Zehen unserer Welt« war das Motto einer von Daisys Ökofreak-Organisationen jener Art, deren Mitglieder die Schuhe in ihren Häusern nicht auszogen, sie aber statt dessen ablegten, ehe sie hinausgingen. Diese besondere Gruppe hatte als ihr Totem-Emblem einen wilden chinesischen Drachen, der gewunden und bösartig eine wütende, verletzte Ökosphäre darstellte, die von einer übervölkerten, pestbringenden Menschheit gemästet wurde. Die gleiche reptilische Ikone erstreckte sich über dem Kamin des Hauptwohnzimmers, Daisys Lieblingsplatz in der Villa, der aber nur noch selten von Claire aufgesucht wurde.

Zum Teufel, sie hatte schon so verdammt viel damit zu tun, den Rest davon zu betreuen! Claire fluchte heftig, als sie sah, daß Daisy sogar versäumt hatte, den Müll fortzuschaffen, was auf deren Liste häuslicher Verrichtungen stand. Nicht zufrieden mit den normalen fünf Recyclingtonnen, hatte ihre Mutter für ihr Haus auf zwölf bestanden. *Und* noch drei Komposthaufen. Dann waren da noch der Seifenhersteller, der Joghurtmacher, die Zwergbrauerei…

Claire dachte an einen neuen modischen Trend unter ihresgleichen. *Oh, ich würde einen guten Siedler abgeben. Ich kann Heilkräuter ziehen, mein Papier selbst her-*

stellen, Tinte aus Borken- und Lampenruß mahlen... und die Dichtungen der Wasserpumpen selbst reparieren, da Mutter es ablehnt, Ersatzteile von Herstellern zu kaufen, die die Erde ausplündern.

Das Stadtvolk, welches ertragreiche Gärten und einige Enten mit gestutzten Flügeln auf dem Dach hielten und dabei gern vorgaben, das mache sie streng und unabhängig, wobei sie fröhlich alles ignorierten, worin sie noch auf das nährende Netz der Gesellschaft zählten, die Röhren und Leitungen, die reines Wasser, Energie und Gas zuführten... und einen ständigen Strom von Abfall beseitigten. Ironischerweise wuchsen nur wenige Kinder besser für eine neue Heimstätte qualifiziert auf als Claire. Und wenige verlangten so wenig danach.

Welcher vernünftige Mensch würde schließlich Lust haben, so zu leben?

Oh, es war moralisch und sinnvoll, seine Einwirkung zu reduzieren – bis zu einem gewissen Grad. Darüber hinaus gab es viel zu sagen über arbeitssparende Geräte. Claire schwor, daß ihr eigenes Heim einen Mikrowellen-Ultraschall-Herd haben würde. Und bitte eine *elektrische* Müllentsorgungsanlage. Und vielleicht wenigstens für die Feier des ersten Jahres eine ungehörige, unerschöpfliche Gallone Eiscreme aus dem Laden.

Während sie ihr verschwitztes Arbeitszeug in der Geborgenheit ihres privaten Zimmers auszog, pausierte Claire an einem Regal mit Erinnerungsstücken, die ihr Vater von Reisen über die ganze Erde mitgebracht hatte. Eine zehn Millionen Jahre alte Spinne, eingeschlossen in dominikanischem Bernstein, lag bei Fossilien aus der Afar-Wüste und einem schönen Hartholzdelphin, geschnitzt von einem brasilianischen Ingenieur, den Logan in Belem getroffen hatte.

Ihre Mineraliensammlung war wirklich Weltklasse.

Und da gab es auch eine liebevoll polierte Platte aus hellgrünem Smithsonit neben seinen Vettern Jadeit und verlockendem Malachit. Mehr gelblich als grün, war der hypnotische, durchscheinende Autainit aus Frankreich gekommen und der purpurne Erythrit tief aus dem Atlasgebirge von Marokko.

Keines dieser Mineralien war besonders selten, nicht einmal die Scheibe aus schimmerndem Quarz von ›Stern‹-Qualität über ihrem Spiegel, wo sie ihr rötlichbraunes Haar auflöste und nach einzelnen Tröpfchen aus Tonys Teich absuchte. Sie nahm die Kristall-Linse und betrachtete dadurch ihr Bild mit dem Wunsch, die Glanzlichter, die sie ihrem Haar verlieh, möchten irgendwie in die reale Welt übertragen werden, wo sie andere Mädchen so oft um ihre glänzenden Locken beneidete.

Als Kind hatte sie das Stück Quarz für zauberkräftig gehalten. Aber Logan hatte betont, daß es ein geläufiges Mirakel wäre. Die Erde enthielt Adern und Flöze und ganze Ströme wundervoller Mineralformen, die nur ein erfahrenes Auge brauchten, um entdeckt und eine geschickte Hand, um hergerichtet zu werden. Im Gegensatz dazu war Claire erschüttert worden, als ein Onkel glaubte, ihr zu einem Geburtstag mit einem ›einzigartigen‹ Geschenk eine Freude machen – einem Stück versteinerten Baumstamms. Sie hatte danach Wochen gebraucht, seine Herkunft herauszubringen und es dann anonym wieder dem versteinerten Wald zu schenken, aus dem es ursprünglich gestohlen worden war.

Natürlich gab es Unterschiede. Viele gewöhnliche Dinge konnten schön und sogar zauberhaft sein. Aber in einer Welt von zehn Milliarden Menschen konnte man keine echten Raritäten besitzen. Wenigstens in diesem Punkt stimmten sie, Logan und Daisy überein.

Claire legte den Kristall zurück. Neben dem Spiegel lagen ihre Lieblingsschätze, einige schöne Pfeilspitzen aus Hornstein. Keine archäologischen Relikte, sondern noch besser. Logan hatte ihr beigebracht, sie selbst zu behauen – auf einer ihrer allzu seltenen Campingreisen. Um fair zu sein, mußte Claire zugeben, daß ihre beiden Elternteile sie nützliche Dinge gelehrt hatten. Nur schienen Logans Lektionen immer mehr Spaß zu machen.

Unter dem Fenster, in ihrem vernachlässigten Modell des Bonnet Carré Spillway, zuckte Isador, ihr geliebter Mäuserich, mit der Nase, als Claire stehenblieb, um ihn zu streicheln und mit Samenkörnern zu füttern.

Die Wandschirme ihres Netzes flimmerten im Leerlauf und zeigten neue Aufgaben von der Fernschule in Oregon. Aber Claire suchte erst nach persönlichen Botschaften. Und da blinkte tatsächlich ein Signal ihres Vaters auf dem Dringlichkeitsschirm! Auf einen gesprochenen Befehl hin leuchtete ein helles Bild von Logan Eng auf, wie er auf einer Klippe über einer Bucht mit strahlend blauem Wasser stand. Um Energie zu sparen, nahm sie die Nachricht in schriftlicher Form entgegen. Es erschienen Buchstabenzeilen.

> HI MICRO-BIOTA. SAH HIER IN SPANIEN ERSTAUNLICHE DINGE. ›HAARSTRÄUBEND!‹ (SIEHE BEIGEFÜGTES PIX.)
>
> HABE VERRÜCKTE THEORIE, DIESE EREIGNISSE ZU ERKLÄREN.
>
> HABE EINEN ARTIKEL GESCHRIEBEN FÜR EIN SPEC-FACT SIG. WENN ICH RECHT HABE, GEHT ETWAS HÖCHST FAULES VOR SICH!
>
> BEIGEFÜGT FÜR DICH EIN AUSZUG ZUM ANSEHEN, WENN DU LUST HAST. ETWAS TECHNISCH. IDEE WAHRSCHEINLICH UNSINN. ABER DU KÖNNTEST DIE ZUSAMMENFASSUNG AMÜSANT FINDEN.
>
> BESTE GRÜSSE AN DAISY. SAG, ICH WERDE ZUM ESSEN KOMMEN NACH ERLEDIGUNG VON SCHREIBTISCHARBEIT IM BÜRO.
>
> ICH LIEBE DICH, SCHATZ. – DADDY □

Claire lächelte. Man erwartete nicht, daß er sich selbst ›Daddy‹ nannte. Das war ihre Zuneigung.

Sie berührte das Schild DATEN ANBEI und rief Logans spekulativen Artikel auf. Claire erkannte das Netz-Zine, dem er ihn unterbreitet hatte… einem, wo Wissenschaftler informell sein konnten, ohne ihren Ruf zu gefährden. Sie hatte eine Ahnung, daß Logan diesmal wirklich ein reifes Stück liefern würde.

Dann runzelte sie die Stirn. Plötzlich mißtrauisch, fragte Claire ihr Sicherheitsprogramm ab.

»Verdammt!« fluchte sie und stampfte wütend mit dem Fuß.

Logans Signal war nach Eingang geklaut worden. Und man mußte kein Genie sein, um zu wissen, wer der Gauner war. »Verdammt, Daisy!«

Die alte Generation schien im ganzen keinen Respekt für Privatleben zu haben; aber dies war geradezu beleidigend. Als brillante Hackerin konnte Daisy das einfache Sicherheitssystem ihrer Tochter weggewischt und ihre Post gelesen haben, ohne Spuren zu hinterlassen. Daß sie sich nicht einmal bemüht hatte, diese zu verwischen, zeigte entweder fröhliche Gleichgültigkeit oder glatte Mißachtung.

»Nur noch ein halbes Jahr, und ich bin von hier fort«, sagte sich Claire und wiederholte es wie ein Mantra, um sich zu beruhigen. »Nur ein halbes Jahr.«

Sie wünschte sich – oh, *wie sehr* –, daß sie sich mit sechzehn, fast siebzehn nicht wie die Ewigkeit fühlte.

Inzwischen verteidigte in einem anderen Zimmer nicht weit entfernt ein mit Ruß beschmierter blutiger, aber unerschrockener Davy Crockett den Alamo in einer Farbe, die viel leuchtender war, als sich der Originalregisseur je ausgedacht hätte. Bald würde raffiniertes Instrumentarium unter Daisys subtiler Führung eine dritte Dimension und mehr hinzufügen. Für den richtigen Preis würde sie den Eindruck sogar mit

Geruch und dem den Fußboden erschütternden Aufprall mexikanischer Kanonenkugeln intensivieren.

Ihre besten und kostspieligsten Verstärkungen waren wirklich so gut, daß sie mit einer Warnung vor ›Wahrheit in Realität‹ gekennzeichnet werden mußten… einem kleinen rosa Rhombus, der in einer Ecke aufblitzte und signalisierte ›Dies ist nicht real‹ für Leute mit schwachen Herzen oder weichen Gemütern. Während viele sie eine Künstlerin nannten, machte Daisy Holo-Verstärkungen für Bargeld – Absatz! Die anderen Wände ihres Laboratoriums waren ihrer wirklich wichtigen Arbeit gewidmet.

Kolumnen von Daten flossen wie Gischt über einen Wasserfall. Gießbäche und noch mehr Muster des Flusses, der *Ozean* von Information, der das Netz war. Daisys blaue Augen überflogen gleichzeitig Dutzende von Ausdrucken.

Hier überprüfte eine UNEPA-Kontrolle restliche Ressourcen an Regenwäldern. Dicht dabei flimmerte das Angebot seitens einer großen Bergwerksgesellschaft. Und weiter rechts arbeitete sich eine Subroutine geduldig durch eine gestohlene Liste von Sicherheitsmaßnahmen gegen Sabotage für das Kernkraftwerk Westhavannas… anscheinend noch undurchdringlich, aber Daisy hatte Hoffnungen.

Der sichtbare Teil des Stromes war nur ein Splitter, ein Fragment, das von ihren elektronischen Dienern destilliert und in diesen Nexus zurückgeschickt war – ihren *Frettchen* und *Füchsen,* ihren *Dachsen* und *Spürhunden* –, Programmen, die nach Tieren benannt waren, von denen manche jetzt ausgerottet, die aber in alten Zeiten bekannt gewesen waren wegen ihrer Hartnäckigkeit, Hunger und Unwilligkeit, ›nein‹ als Antwort anzunehmen. Über die ganze Welt suchten und sondierten Daisys elektronische Sendboten auf ihr Geheiß, erspähten lockere Geheimnisse, verglichen, kombinierten und verschlangen.

Daisys Tarngeschäft half, ihre enormen Computerbedürfnisse und ihre Mittel zu erklären. Aber tatsächlich lebte und arbeitete sie zu bestimmten Zwecken. Sie schickte in das Datenuniversum Guerilleros, ihre persönlichen Kontingente im Krieg gegen Plünderer des Planeten.

So wie Chang. Sie war es, die UNEPA einen Tip gegeben hatte wegen des scheußlichen Verstecks dieses furchtbaren Mannes nahe Taipei. Die Meldung von Changs Tod war als willkommene Überraschung gekommen. Sie war so sicher gewesen, daß er entkommen oder schlimmstenfalls einen Klaps auf die Hand bekommen würde. Vielleicht würden diese Knilche bei der UNEPA doch allmählich Mumm bekommen.

Aber jetzt zu anderen Dingen! Daisy hockte im Lotussitz – Padmāsana – auf einem seidenen Kissen inmitten eines Zyklons von Bildern und Daten. Ihre Augen sichteten schnell, was ihre Kreaturen ihr gebracht hatten... industrielle ›Entwicklungs‹pläne... Laxheit bei schwachen, durch Kompromisse geplagten Agenturen... Verrat durch bestochene korrupte Beamte. Und Schlimmeres.

Innerhalb der Bewegung wurde ihr Name in gedämpften Tönen mit Respekt, Achtung und etwas Angst ausgesprochen. In einer anderen Ära hätte Daisy die Stimmen von Engeln in Kirchenglocken hören können. Aber heutzutage blühten ihre Talente auf, wenn sie die Pläne von Baumeistern ebenso wie die Vergehen von Gemäßigten aufspürte, auch wenn sie eine halbe Welt entfernt waren.

»Also Logan hält seine Ideen einfach für *amüsant*... wahrscheinlich Unsinn...«, flüsterte sie; als sie den neuen Artikel ihres Exmannes in eine spezielle Datenbasis überführte. Natürlich konnte sie seinen esoterischen mathematischen Ableitungen nicht folgen, aber das machte nichts. Dafür hatte sie Programme. Oder menschliche Berater, die nur einen Anruf entfernt waren.

»... Der Ankermast der Station hätte durch keinen bekannten Explosivstoff angehoben werden können. Mangels anderer Erklärungen bin ich gezwungen, an unglaublich eng gebündelte seismische Wellen zu denken...«

Daisy blähte die Nüstern, als sie eine zusammengefaßte Darstellung des verhaßten Gezeitenenergieprojekts sah. Ein weiteres Beispiel für Logans Vertrauensbruch. Seines vergeblichen, zum Mißlingen verurteilten Bemühens, die Probleme der Welt zu ›lösen‹. Beim Schachern mit dem Bösen hatte er natürlich seine Seele verkauft.

Sie kannte ihn aber. Sie kannte ihre frühere Liebe besser als dieser sich selbst. Logans kümmerlichste Vermutungen waren oft besser als die besten Analysen anderer Ingenieure.

Sie seufzte: »Es sähe ihm ganz ähnlich, auf etwas Großes einzurasten und nicht einmal seinen eigenen Instinkten zu trauen.«

Daisy starrte auf die gebrochene Gezeitensperre. Alles, was ein großes Projekt wie dieses zerstören konnte, interessierte sie. Es gab Leute, die sie kannte... andere, welche auch die langsamen reformistischen Methoden der Nordamerikanischen Kirche Gaias gering schätzten. Ein loses Netz von Männern und Frauen, die wußten, wie man die Initiative ergreifen mußte. Diese Nachricht von Logan könnte eine neue Bedrohung bedeuten. Oder vielleicht eine Gelegenheit.

Daisys Augen streiften den Datenfluß, der endlos aus dem Meer des Netzes strömte. Die blauen Augen einer Jägerin blitzten und suchten. Ihre Geduld war die einer Sendung, und darin hauste die Hartnäckigkeit von Drachen.

□

Schlaft, ihr Kinder und seid brav,
Macht die Arbeit vor dem Schlaf!
Eßt jetzt eure Teller leer,
Arme Kinder darben sehr!

Seid korrekt und lügt nicht dreist,
Schwindelbolde sterben meist
Murrend einsam hingerafft
Unterirdisch gnomenhaft.

Mögt ihr Geld? Nun ja, ihr wißt,
Manches hilft und manches frißt.
Erdguthaben nützen immer,
Schweizer Gold hat Gammaschimmer.

• KERN •

»Was auch immer wir tun«, hatte Teresa Tikhana früher gesagt, ehe das Meeting schloß, »wir können keine der Raummächte hierbei auslassen. Ich bin sicher, daß sie alle mit Spiveys illegalen Forschungen auf Erewhon unter einer Decke stecken. Allein der Himmel weiß, was sie tun würden, wenn sie *Gravitationslaser* und *kosmische Knoten* in die Hände bekämen.«

Darum wurde beschlossen, das bevorstehende Ende der Welt nicht öffentlich bekannt zu machen und auch nicht ihren, obwohl nicht aussichtsreichen, Plan zu seiner Bekämpfung. Große Regierungen standen schon im Verdacht, Beta geschaffen zu haben. Sie würden als Verlierer die Geschichte verheimlichen, um der Verantwortung zu entgehen. In diesem Falle würden die künftigen Machthaber es sich nicht zweimal überlegen, George Huttons kleine Gruppe auszutilgen, um das üble Geheimnis etwas länger aufrecht zu halten.

Vielleicht ließen Alex und die anderen sich zu falschen Schlüssen verleiten. Alles in allem fand er das Szenarium überzogen und etwas zu wild. Aber es paßte zu den Fakten, soweit sie ihnen bekannt waren. Außerdem konnten sie es einfach nicht wagen, Risiken einzugehen.

»Also werden wir uns selbst mit dem *taniwha* befassen«, hatte George Hutton sich am Ende des Meetings zusammenfassend geäußert.

»Es wird schwierig sein, die Resonatoren aufzustellen, ohne daß jemand es merkt«, erinnerte Alex alle. Aber Pedro Manella hatte George zugestimmt. »Überlassen Sie diesen Teil Hutton und mir! Wir werden alles besorgen, was Sie benötigen.«

Der stämmige Aztlan-Reporter hatte entspannt und so zuversichtlich ausgesehen. Es war kein Anzeichen übrig geblieben von der Erregung, die er gezeigt hatte, als er zum erstenmal von dem Monstrum im Herzen der Erde hörte. Anscheinend genügte auch eine schwache Hoffnung, um ihn mit Energie zu füllen.

Alex war nicht recht wohl, wenn man soviel Vertrauen in einen Mann setzte, der – so wie er es ansah – ihm sein Leben ruiniert hatte. Natürlich war es tatsächlich jenen Krawallen in Iquitos, die Manella ausgelöst hatte, zu danken, daß seine primitive Alpha-Singularität gefallen war und er gezwungen wurde, nach ihr zu sehen. Hätte sich der Kerl nicht in Peru eingemischt, so würde Alex dem Zentrum der Erde wohl kaum mehr Interesse zugewendet haben, als ...

Er lehnte sich in seinem Drehsessel zurück und erkannte, daß er kein adäquates Vergleichsbild hatte. Das Zentrum der Erde *war* wirklich der letzte Ort, an den man gedacht hätte. *Und doch, wo würde ohne es jeder von uns sein?*

Vor Alex strahlten die vielen Schichten des Planeten in der endgültigen schematischen Darstellung für die jetzt angesetzte Zusammenkunft. Diese geisterhafte, fast sphärische Erde umgab eine geometrische Figur – eine tetraedrische Pyramide, deren Spitzen die Oberfläche an vier gleichmäßig verteilten Stellen im Raum durchstießen.

OSTERINSEL (RAPANUI):	27° 6′ 20″ S,	109° 24′ 30″ W
SÜDAFRIKA (NAHE REIVILO):	27° 30′ 36″ S,	24° 6′ O
IRIAN JAYA (NEUGINEA):	2° 6′ 36″ S,	137° 23′ 24″ O
WESTGRÖNLAND (NAHE GODHAVN):	70° 38′ 24″ N,	55° 41′ 12″ W

Vier Stellen. Ich hätte lieber zwölf. Oder zwanzig.

Soviel hatte er Stan und George und den anderen Geophysikern gesagt. *Man kann nicht sagen, was passieren wird, wenn wir anfangen, Beta ernsthaft anzustoßen. Es wird sicher driften und taumeln. Diese Anordnung von Resonatoren sollte ein Dodekaeder oder Ikosaeder sein, um alles zu erfassen, nicht eine Pyramide.*

Aber eine Pyramide war alles, was sie hinkriegen konnten.

Das war nicht eine Sache des Geldes. Davon hatte George reichlich; und er war auch bereit, es bis zum letzten Heller auszugeben. Seine politischen Kontakte in der Polynesischen Föderation bedeuteten, daß zwei Plätze leicht verfügbar sein würden, ohne daß man Fragen stellte. Um sich aber über das Pazifische Becken hinauszuwagen, würde ihre kleine Clique Hilfe brauchen. Besonders dann, wenn kein Wort nach außen dringen durfte.

Früher im vergangenen Jahrhundert waren *geheime* Unternehmen eher die Regel als die Ausnahme. Nationen, Korporationen, Drogenkartelle und sogar Privatpersonen verheimlichten üblicherweise monumentale Vorhaben. Aber auf Waffeninspektionen folgte der Tourismus, als Düsenklipper und dann Zeppeline ihre Nasen in Himmelsgebiete steckten, die einst für Militärflugzeuge reserviert waren. Datenverbindungen machten aus Metropolen Dörfer mit Eselskarren. Von den drei großen Zentren der Geheimhaltung im zwanzigsten Jahrhundert war der Staatssozialismus zusammengebrochen, noch ehe Alex geboren war, und der Finanzkapitalismus erlebte seinen Ruin kurz danach in den geschmolzenen Alpen.

Im nachhinein wäre die Helvetische Tragödie nicht einmal notwendig gewesen; denn selbst die legendären Gnome hätten ihre Akten nicht länger geheimhalten können in einer Welt voller Amateurschnüffler – Datenhackern mit ebensoviel Freizeit und Computerkraft wie Genialität.

Damit blieb das dritte – und stärkste – Relikt. Die großen Nationalstaaten hielten noch ›vertrauliche‹ Dienste aufrecht, welche den Siegern durch denselben Vertrag gestattet waren, der geholfen hatte, mit solchen Dingen für jeden anderen Schluß zu machen. Diese Ämter hätten dem Tangoparu-Team helfen können, sein Gravitationswellennetz unter völliger Geheimhaltung aufzubauen. Aber diese gleichen Behörden waren höchstwahrscheinlich auch der Feind.

George denkt, sie haben Beta hergestellt und verbergen ihren Fehler, um ihre Haut zu retten, auch wenn das letztlich das Todesurteil für alle bedeuten sollte.

Alex konnte sich eine solche Denkweise nicht vorstellen. Er schämte sich, der gleichen Species anzugehören. Aber wenn er hörte, wie Teresa Tikhana ihren Oberst Spivey beschrieb, hätte sie ebensogut über ein Geschöpf von einem anderen Planeten reden können.

Ob Spivey und seine Mitarbeiter wohl immer bemüht waren, auch eine Lösung zu finden? Vielleicht war es das, woran Teresas Gatte draußen im Weltraum gearbeitet hatte. Falls ja, so schienen die Gravitationsboys nie über den Gravitationslaser-Effekt gestolpert zu sein. Und hier würde Alex den Teufel tun, ihnen den zu geben.

Wenn wir Erfolg haben, wird das Geheimnis gegen Schluß auf jeden Fall herauskommen. Es dürfte schwierig sein, einen Feuerball zu ignorieren, der aus der Erde her-

auskommt und mit relativistischer Geschwindigkeit in den tiefen Weltraum beschleunigt wird.

Bis dahin sollten er und die anderen sich lieber darauf vorbereiten, sich zu verstecken. Außerdem würde Alex selbst sich genötigt sehen, sobald Beta sicher unterwegs wäre, Gedächtnislöscher einzusetzen, um zu verhindern, daß etwas nach außen dränge, das er durch Zusammentreffen, Zufall und glücklichen Einfall gelernt hatte. Im Prinzip war dies das einzige, was er um den Preis des Hochmuts natürlich verdient hatte. Immerhin würde er bedauern, sein geistiges Bild von der Knotensingularität zu verlieren, ihrer verzwickten Faltung im zehndimensionalen Raum und ihrer schrecklichen feurigen Schönheit. Er wußte, daß dieser Verlust ihn plagen würde. Er würde fast lieber sterben.

Als ob ich eine Wahl haben würde. Es ist noch weit hin, bis das überhaupt funktionieren wird.

Sie gingen ein schreckliches Risiko ein. Der Einsatz von Gravitationswellenrückstoß, um Beta in Bewegung zu setzen, klang in der Theorie sehr gut. Aber einige ihrer ursprünglichen Gravitationslaserteststrahlen waren aus unbekannter Ursache an der *Oberfläche* des Planeten mit Materie in Wechselwirkung getreten. In einem Fall waren sie mit einer Erdbebenverwerfung gekoppelt, in einem anderen mit Objekten, die von Menschenhand hergestellt waren. Es war immer noch ein Geheimnis, warum das geschah, oder welche Konsequenzen es hätte, wenn sie einmal wirklich gestartet würden.

Aber welche Wahl haben wir?

Alex schaute auf die glühenden Punkte, wo das Tetraeder die Erdoberfläche traf. Vier Stellen, wo sie supraleitende Mammutantennen aufstellen mußten, ohne daß jemand sie fand. Und sie hatten so wenig Zeit!

Die Resonatoren mußten gleichmäßig im Raum verteilt sein auf trockenem Land – nicht leicht einzurichten auf einer Welt, die zu zwei Dritteln von Wasser bedeckt ist. Sein Computer hatte volle zwei Sekunden gebraucht, um zu suchen und die beste Anordnung zu finden.

»Wir haben nur ein paar Monate«, sagte Teresa Tikhana und unterbrach Alex in seiner Grübelei. Die amerikanische Astronautin saß ihm in dem verdunkelten Zimmer gegenüber und betrachtete das gleiche Display. Sie waren beide verstummt, nachdem die anderen den Raum verlassen hatten, und dachten jede(r) für sich nach.

Er nickte als Antwort. »Später wird Beta zu massiv sein, um sich zu rühren, selbst mit dem Grazer. Wir würden nur Resonanzzustände anregen, die es nach Stans Meinung noch schlimmer machen könnten.«

Teresa erschauerte. Sie richtete sich auf und schaute sich auf eine Weise um, die Alex noch nicht bemerkt hatte – als ob sie ihre Umgebung auf eine Weise musterte, die er nicht ergründen konnte. Plötzlich fragte sie: »Sie werden den Resonator doch auf Rapa Nui aufstellen, nicht wahr?«

»Ja. Das ist der Ankerpunkt für …«

»Sie wissen, das ist ein besonderer Ort.« Ihre Stimme wurde gedämpft. »Dort befindet sich *Atlantis.*«

»Hm … Atlantis?« Perplex dachte er zunächst, sie bezöge sich auf die unheimliche neolithische Geschichte der Insel oder die spukhaften Monolithe, die man dort findet. Dann fiel ihm ein: »Oh! Die Raumfähre, die dort vor langer Zeit Bruch gemacht hat. Ist sie noch dort?«

Teresa Tikhanas Kiefer verkrampften sich kurz. »Sie hat nicht Bruch gemacht. Captain Iwasumi hat eine perfekte Notlandung unter unmöglichen Verhältnissen ausgeführt. Es waren die Idioten, die *Atlantis* heimschaffen sollten. Die haben sie *fallen* lassen.«

Das mußte passiert sein, als sie noch ein Kind war, aber sie bedeckte kummervoll die Augen: »Sie ist noch da, ausgeschlachtet, eine Hülse. Sie könnten sie besuchen, falls Sie die Gelegenheit dazu bekommen.«

»Das werde ich tun. Ich verspreche es.«

Sie schaute auf. Ihre Augen begegneten sich kurz. Dann seufzte Teresa: »Ich sollte jetzt lieber packen. Dr. Goldman und ich müssen ein Flugzeug erreichen.«

»Natürlich.« Er stand auf. »Ich… ich freue mich, daß Sie mit uns sind, Captain Tikhana. Ihre Hilfe wird lebenswichtig sein.« Alex machte eine Pause. »Auch… wie ich sagte. Es tut mir so leid wegen Ihres Gatten…«

Sie hob die Hand und schnitt jede peinliche Entschuldigung ab. »Es war ein Unfall. Falls man jemandem einen Vorwurf machen will wegen Blindheit – wegen nicht Erkennens dessen, was geschah…« Sie schlich sich kopfschüttelnd fort. »Wir werden Ihnen eine verschlüsselte Mitteilung zukommen lassen, wenn wir in Godhavn sind, Dr. Lustig.«

»Ich wünsche eine sichere Reise, Captain.« Er bot ihr zögernd die Hand. Nach einem Moment nahm sie sie. Ihr knapper, schwieliger Griff ließ ein schwaches Zittern erkennen, ehe sie rasch wieder los ließ. Dann wandte sie sich ab und begab sich zu ihren Wohnräumen in einem anderen Teil der Höhle.

»Und viel Glück!« fügte Alex leise hinzu, nachdem sie gegangen war. »Wir alle werden davon mehr als nur ein bißchen brauchen.«

□ ***Weltnetznachrichten: Kanal 265/Allgemeines Interesse/Level 9+***

»Zentralamazonien. Hier ist Nigel Landsbury in Echtzeit für BBC. Ich bin in dieses trostlose Land gekommen, um über eine Szene zu berichten, die sowohl tragisch wie historisch ist, indem brasilianische nationale Streitkräfte Tupo-Rebellen in ihre letzten Verschanzungen verfolgen.«

[Bild einer Wüste. Verkümmertes Buschwerk und rissiger Ton. Hitzewellen steigen von dem harten Boden auf bis hin zu einem verschwommenen Horizont. Die Stimme eines Reporters liegt über dem Geräusch knisternden Feuers.]

[□ Tonabruf ›AMAZONIA Eins‹ jetzt.]

»Hier wurde vor einer Stunde eine bewaffnete Abteilung von FLS-Kriegern gefangen, kurz vor dem Rande des Chico-Mendes-National-Salvation-Parks ...«

[□ Hintergrundberichte Abruf ›FLS-REBELLEN‹ oder ›CHICO MENDES PARK‹]

[Kamera schwenkt, und Betrachter sieht plötzlich Rauch von brennenden Fahrzeugen aufsteigen, umgeben von hingestreckten Leichen. Militärhelikopter zerteilen die Rauchwolken, während uniformierte Soldaten vorbeirennen und Gefangene mit Händen über den Köpfen antreiben.]

»Die Campesinos, die heute hier gestorben oder gefangen worden sind, hätten sich in ihrem Waldversteck nicht lange verbergen können. Die Sensortechnik [□ ›SENSOR-TEK‹], *die heutzutage so viele Möchtegern-Guerillabewegungen erledigt, würde unter dem Blätterdach nicht weniger wirksam sein. Die Sache der Gegner war ver-*

[Die Kamera schwenkt weiter zu dem Reporter selbst – braune Kleidung von einem erbarmungslos trockenen Wind gepeitscht. Gleich zu seiner Linken erscheint der scharfe Rand eines hochragenden Waldes ... eine plötzliche Verwandlung von zusammengebackenem Ton in dichtstehende schlanke, schwankende Bäume.]

loren, sobald es zu Gewalttätigkeiten kam, mit dem Massaker des letzten Quich'hara-Indianerdorfs vor zwei Wochen.«

»Aber hier ist eine weitere, letzte Ironie... daß dieser Wald, den die Rebellen für ihre verarmten Familien beanspruchen wollten... ihr Paradies für die Flucht vor dem strengen Regiment der überfüllten städtischen Armenviertel... auf jeden Fall zum Untergang verdammt ist. Gestern gab die brasilianische Regierung das Mißlingen der ›Erhaltungsinseln‹-Lösung für die Rettung von Amazonia zu, da sie schließlich erkannt hatte, daß man nicht hier und da einen Fleck eines ganzen Ökosystems retten kann.«

[Großaufnahme vom Gesicht des Reporters, gezeichnet von der Erinnerung an die Tragödie.]

[☐ Braz. Nat. WeRe 6309467/q/3509.]
[☐ NorAChuGa 2038-421/Pres.Isl.]

»Es sind bereits Kontrakte unterzeichnet worden, um die sterbenden Hartholzwälder vom Chico-Mendes-Park abzuholzen, die großen Tiere in Lebensarchen wegzuschaffen und so viel wie möglich an Insekten zeitweilig einzufrieren und Samentypen zu pflanzen, so viele rechtzeitig

[Großaufnahme des Waldrandes... vergilbte Blätter zerfallen in einer menschlichen Hand zu Staub.]

[☐ Braz. Nat. PeRe 9867984/i/567.]
[☐ Life Ark 62 LeSs 2393808/k/78.]

katalogisiert werden können. Diese systematische Lösung, die voriges Jahr mit einem gewissen kleinen Erfolg in der Provinz Manaus erprobt wurde, ist noch nie in einem solch riesigen Maßstab versucht worden. Experten bezweifeln, daß mehr als fünf Prozent der restlichen Species registriert werden können, ehe die Erntemaschinen ihre Arbeit vollenden müssen.«

»Aber was kann man noch tun? Wie kann man einen Regenwald am Leben erhalten, wenn es keinen Regen gibt?«

[☐ WEATHERNET ALPHA-YEAR SUMMARY 2037-2956 a*.]

[Rückschnitt auf die resignierte Miene des Reporters.]

»Transpiration, Verdampfung, Feuchtigkeiterneuerung … die Wissenschaft kann alle Gründe benennen, weshalb der Plan der Inselerhaltung versagte. Manche geben der weltweiten Erwärmung die Schuld. Was auch immer der Grund sein mag, wir sind es, die mit dem leben müssen, was übrig bleibt. Und es sind die Armen, die am Ende in der Mitte gefangen werden.«

[Kamera geht wieder auf die Szene des Brandes zurück. Eine staubige Leiche, die Arme ausgestreckt zu dem erhofften Refugium des Waldes, hält ein einzelnes grünes Blatt umklammert.]

[☐ Echtzeitbild NorSat 12. $1.12/minute.]

»Dies ist Nigel Landsbury, berichtend aus Amazonia.«

[☐ Reporter bio: N.LANDSBURY-BBC3.]

[Reporter blickt nach oben, und die Kamera folgt seinem Blick auf einen von fliegendem Staub getrübten Himmel.]

• MESOSPHÄRE •

Stan Goldman sah zu, wie Auntie Kapur das Feuer mit einem krummen Stab schürte, der eine Aschenwolke aufrührte. Die Kohlen glühten kurz auf, fast wie der blau flimmernde Computerschirm der alten Frau. Außerhalb dieser beiden Lichtquellen verschmolzen die ockerfarbenen Säulen des Versammlungshauses mit den feuchten Schatten vom Bergwald Neuseelands. Auntie liebte diese Szenerie für ihre letzten Begegnungen, ehe jeder sich in den vier Ecken der Erde verlor. Eine solche heimliche Unternehmung im Dunkeln zu beginnen, schien ihr deren trüben Chancen angemessen.

»Rapa Nui wird am leichtesten sein«, sagte die Priesterin zu Stan und George. Die glitzernden Funken setzten ihre Tätowierungen am Kinn in erschreckende Bewegung. »Meine Schwestern werden jede Gefälligkeit erweisen, und die chilenischen Behörden werden kein Problem darstellen.«

»Das ist gut«, sagte Stan. Er rieb sich die Augen und machte Erschöpfung und treibende Aschenteilchen für das Stechen verantwortlich. Es war lange nach seiner normalen Zeit zum Schlafengehen – sofern überhaupt noch etwas ›normal‹ war. Aber wenigstens Ellen würde auf ihn warten und er hoffte, noch etwas von ihrer letzten gemeinsamen Nacht retten zu können.

Er fuhr fort. »Diese Insel ist der Ankerplatz. Dort muß die Position Eins sein, ohne Spielraum für Fehler.«

»Dann herrscht Einmütigkeit, daß Alex dorthin gehen muß«, sagte George Hutton.

Stan nickte. »Natürlich. Alex sollte die sicherste Stelle bekommen und die, wo die penibelste Kontrolle gebraucht wird, da nur er das Ding da unten wirklich kennt.«

»Erwartet nicht, daß Rapa Nui sicher ist!« Meriana Kapur sah Stan ernst an. »Es ist eine schrecklich mächtige Insel. Eine Stätte des Todes und furchtbarer alter Götter. Ich bin auch dafür, daß Lustig es sein muß, der dorthin geht, zu diesem Brennpunkt. Aber nicht, weil er sicher wäre.«

Auntie hatte eine Art, sich zu äußern, der man nichts entgegenzusetzen hatte. Stan blickte George an und sah, daß sein Freund verehrungsvoll nickte. Als ein *pakeha* Kiwi, ein weißer Neuseeländer, fand Stan es klüger, sich auf den Maori zu verlassen, wenn sie über solche Dinge sprachen.

»Sehr gut. Wir müssen noch die Teams festlegen für die Aufstellung der anderen drei Resonatoren.«

George Hutton sagte mürrisch: »Ich habe beschlossen, Irian Jaya selbst zu übernehmen.«

Stan wandte sich um und blitzte ihn an: »Wir brauchen dich aber, um alles zu koordinieren. Unsere Ausrüstung…«

Der Milliardär wedelte mit der Hand. »Das kann man alles durch Hyper erledigen mit Company-Codes und Taupo-Umgangssprache. Aber manches muß man persönlich machen. Ich muß dort sein, um mit bestimmten befreundeten Papuas die Dinge zu arrangieren.«

»Hast du einen bestimmten Platz im Sinn?«

George lächelte. »Den perfekten Platz. Ich habe ihn vor zehn Jahren bei einer Suche nach Ressourcen entdeckt… eine Reihe tiefer Höhlen, noch größer als die von Mulu, auf Borneo.«

»Nie gehört. Wie hast du sie geheimhalten können? Und warum?«

»*Wie*, ist leicht, mein Freund!« George legte einen Finger auf die Lippen. »Außer mir weiß nur Chefingenieurin Raini davon; und sie hat mir einen Eid geleistet. Es war an sich nicht als ›Mineralfundstätte‹ qualifiziert. Darum haben wir einfach versäumt, es der Papua-Regierung zu melden.«

»Aber es *ist* doch eine Ressource! Höhlen wie Mulu bringen Einkommen durch Tourismus...«

Stan hielt inne, plötzlich der Ironie bewußt. Nicht mehr als ein Kilometer entfernt waren die Grotten von Waitomo, Naturwunder, die jetzt zu einem kurzen Stop in den Reiseplänen von Millionen geschrumpft waren. Ihre alten Böden waren zertrampelt, ihre Kalksteinstufen für immer verändert durch Rinnsale aus dem Kondensat der Ausatmungen von Myriaden Menschen, ihre leuchtenden Konstellationen von schweigenden ehrfurchtgebietenden Mysterien zu ein paar Bildern in der automatischen Kamera des nächsten Touristen degradiert.

»Das genügt mir als *warum*«, antwortete George. »Ein anderer Grund, weshalb ich es unternehmen werde, ist der, daß ich die Irian-Höhlen einmal wiedersehen möchte. Wenn die Zeit sich ihrem Ende zuneigt, mußt du dort zu mir kommen, mein alter Freund. Du hast nie dergleichen gesehen. Wir werden einen Toast auf die Erde ausbringen da unten, wo noch nie ein Stein den Hauch menschlicher Stimmen vernommen hat.«

Der Blick in Georges Auge erzählte mehr als seine Worte. Aber Stan schüttelte den Kopf. »Wenn es so weit kommt und wir wissen, daß wir verloren sind, werde ich mit Ellen nach Dunedin gehen, um bei den Enkelkindern zu sein.« Er schüttelte noch mal den Kopf. »Auf jeden Fall werde ich da oben auf Platz Drei im Norden meine Arbeit tun. Das wird für mich reichlich lebhaft sein, auf all das Eis zu starren.«

Auntie Kapur studierte immer noch ihren Schirm

und die Karte darauf, die Alex Lustig vorbereitet hatte. »Laut unserem Pommie-Genius sind die Erfordernisse weniger streng. Ihr könnt euren kleinen Grönland-Resonator irgendwo binnen einiger hundert Kilometer von der Spitze eurer mythischen Pyramide entfernt aufstellen. Habt ihr eine bestimmte Stelle im Sinn?«

»Ich habe einige Freunde, die an dem Hammer-Dig arbeiten, östlich von Godhavn. Jeder weiß, daß ich an dem Projekt interessiert bin. Darum wird es keine Überraschung sein, wenn ich mit einem Team aufkreuze, um einige lokale Gravitations-Scannings zu machen. Das wäre eine perfekte Tarnung.«

»Hmm.« Auntie Kapur war sichtlich beunruhigt. Die Stellen Eins und Zwei lagen innerhalb des Pazifischen Ringes, im Bereich ihrer Sympathisanten und Religionsgenossen. Natürlich gab es auch auf Grönland Gaianer, aber von einer völlig anderen Sekte. Stan und Teresa könnten da oben sehr auf sich allein angewiesen sein.

»Ihr wißt, daß all dies uns den Geheimhaltungsgesetzen unterwirft«, sagte Stan trocken. »Wir könnten in Schwierigkeiten geraten.«

Die anderen sahen ihn an und fingen an zu lachen. Das war eine willkommene, wenn auch nur kurze, Unterbrechung der Spannung. Normalerweise eine ernste Sache, war die Verletzung der Verträge von Rio jetzt ihre geringste Sorge.

»Damit bleibt noch Afrika«, faßte George zusammen, als sie wieder zur Sache kamen. Und die letzte Stelle würde auch die schwierigste sein. Tangoparu Ltd. hatte nie dort Geschäfte gehabt, wo sie den letzten Resonator aufstellen mußten. Ihre geologischen Karten waren überholt, und – noch schlimmer – die Region stand auf der U.N.-Liste für Wahrung von Stabilität und Menschenrechten. Niemand in ihrem Team kannte dort jemanden gut genug, um sich auf ihn verlassen zu können. Nicht gut genug, daß er ihnen helfen würde, einen Klopfer in völliger Heimlichkeit aufzustellen.

»Ich habe schon Fühler ausgestreckt«, sagte Auntie Kapur. »Mit einem verschachtelten Hyper-Suchprogramm sollte ich eine vertrauenswürdige Person finden, die uns hineinläßt.«

»Vergewissern Sie sich nur«, warnte Stan, »daß Ihre Suchroutine über Pedro Manella läuft! Wir wollen nicht, daß das Schnüffelprogramm irgendeines gelangweilten Hackers Aufmerksamkeit erregt ...«

Er brach ab, als Auntie ihm einen nachsichtigen Blick zuwarf, als ob er seiner Mutter beibringen wollte, wie man sich die Schuhe zubindet.

Er dachte: *Sie ist nicht viel älter als ich. Ich bin ein Großvater und Ordentlicher Professor. Wie schafft sie es nur immer, daß ich mich wie ein kleiner Junge fühle, den man mit einem Frosch in der Hose erwischt hat?*

Vielleicht ist es etwas, das sie in ihrer Priesterschule gelernt hat, während ich belangloses Zeug studierte, wie die Funktion der Sterne und die Gestalt des Raumes.

»Ich werde mich vorsehe«, sagte sie vage. Aber in ihren Augen las Stan etwas, das zu besagen schien, sie wüßte genau, was sie täte.

□

Seinerzeit, im Jahr 1990, bezahlte das Volk der Vereinigten Staaten von Amerika drei Milliarden Dollar für achtzehntausend Millionen Wegwerf-Windeln. Diese gut sitzenden, aufsaugenden und gut konstruierten Produkte beanspruchten achthundert Millionen Kilogramm Holzmasse und dienten ungefähr fünf Millionen Babies. Die Babies waren keine Wegwerfprodukte; aber alles übrige ging direkt in den Abfallstrom.

Frühe Konstruktionen von ›Einmal‹-Windeln hatten abtrennbare Einlagen vorgesehen, die man in der Toilette hinunterspülen sollte, während der äußere Teil wieder benutzt wurde. Aber dieses Verfahren wurde bald als unbequem und unangenehm aufgegeben. Moderne Eltern knüllten lieber den ganzen ärgerlichen Dreck zusammen und warfen ihn in den Müll. Auf diese Weise umgingen Tonnen von Kot und Urin die städtischen Abwässer und gelangten statt dessen mit Luftkissenlastwagen durch die Straßen der Stadt zu Aufschüttungen, Verbrennungsanlagen und in die neuen experimentellen Recyclingwerke. Mit ihnen zusammen kamen Hepatitis A, die Norwalk- und Rota-Viren und andere von Luft, Wasser und Insekten übertragene Bedrohungen.

Als der Preis für Deponien über $ 100 pro Tonne stieg, kostete es um 1990 die Amerikaner $ 350 Millionen jährlich, bloß die Einwegwindeln loszuwerden. Daher leisteten für jeden Dollar, den Eltern für solche Wegwerfprodukte ausgaben, andere Steuerzahler mehr als zehn Cents verdeckte Beihilfe.

Darin waren natürlich nicht enthalten die Kosten der Rota-Epidemie von New Jersey. Oder die landesweiten Hepatitisseuchen von '99.

Aber was konnte man tun? Für fleißige junge Familien, die zwei Verdiener brauchten, nur um zurechtzukommen, war *Annehmlichkeit* ein fast unbezahlbares Gut. Es könnte den Unterschied ausmachen zwischen dem Entschluß für ein Kind oder völligen Verzicht darauf.

Mit den Kosten für Verpackung und Entsorgung hätten altmodische Windeln mithalten können. Aber das, und andere das Budget kneifende Maßnahmen wurden dann doch für eine andere Generation aufgeschoben... für ein anderes, härteres Jahrhundert.

So waren nun eben die ausklingenden Jahre des zwanzigsten Jahrhunderts. Und nichts war zu gut für Baby.

Jedenfalls, wenn die Rechnung erst nach zwanzig Jahren präsentiert werden würde – desto besser! Baby würde ein Wunderkind werden, aufgezogen mit Tofu und Computern und qualifizierter Zeit. Also könnte Baby für alles bezahlen.

• HOLOSPHÄRE •

Jen Wolling vermißte ihren Briefträger.

Wer hätte damals, als sie noch eine feurige Blondine war, die die Biologie der Jahrhundertwende verschlang, so etwas gedacht? Selbst damals hatte sie von der Zukunft Überraschungen erwartet; aber diejenigen Veränderungen, die sie am meisten erstaunten, erwiesen sich nicht als die großen – solche Meilensteine, die von Mediengurus atemlos notiert wurden –, sondern *kleine* Dinge, allmähliche Verschiebungen, welche die Leute einfach deshalb übersahen, weil sie Stück um Stück, Tag für Tag an einen heranschlichen.

So wie das gleichmäßige Verschwinden von Briefträgern. Inmitten der wachsenden weltweiten Datenkultur hatten nur wenige diese Konsequenz vorausgesehen – ein Ende jener einzelnen Schritte auf dem Weg, des Knarrens der Briefkästen, der freundlichen Begrüßung, des Raschelns von Papierumschlägen.

Ohne viel Trara kam die zweimal tägliche Zustellung in Britannien jeden zweiten Tag und dann nur einmal wöchentlich. Briefe austragen wurde ›dereguliert‹ – privaten Diensten übertragen, die jede Minute in Rechnung stellten und für die unterschriftliche Empfangsbestätigung eines einzigen Umschlags eine Produktionsnummer ansetzten.

Was Jen am meisten vermißte, war die routinemäßige Alltäglichkeit der Postzeit. Sie pflegte als willkommene Unterbrechung zu kommen, als Vorwand, sich von den flachen, gedrängt vollen und die Augen ermüdenden Computerschirmen jener Tage loszureißen und ihren knackenden Rücken auszustrecken, wenn sie hinüberstolperte, um das tägliche Angebot an bunten Umschlägen aufzuheben.

Natürlich war das meiste davon wertloses Zeug. Wie lautete doch Sturgeons Erstes Gesetz? *Neunzig Prozent von allem ist Mist.*

Aber ... ah ... die restlichen zehn Prozent!

Da waren Briefe von lieben Freunden (die inmitten einer monatelangen Schichtarbeit über abstrakte Theorie oft dazu dienten, sie daran zu erinnern, daß sie überhaupt Freunde hatte). Und dann gab es wissenschaftliche Zeitschriften durchzublättern, die Ränder zu bekritzeln und sie in der Ecke aufzustapeln wie geologische Sedimente ...

Und schöne Magazine auf wirklichem Papier – *Natural History* und *National Geographic* und *Country Life* – deren Hochglanzseiten etwas vermittelten, das moderne Hyperversionen nicht vermochten, trotz High-Fidelity-Sound und Stereoprojektion.

In jenen Tagen mußten regelmäßig Bäume für menschliche Bildung sterben. Das war ein Opfer, welches sogar Jen nicht bedauerte. Weder damals noch heute, wenn sie die Vorhänge aufzog, um Morgenlicht auf Bücherregale fallen zu lassen, die hoch gefüllt waren mit auf Hadernpapier gedruckten Büchern, von denen manche sogar in glänzendes Leder gebunden waren, das früher die Rücken stolzer Tiere geziert hatte.

Diese Bibliothek würde von Sammlern ein kleines Vermögen einbringen – und eine scharfe Mißbilligung seitens der Vegetarier. Aber einer der Vorteile im elektronischen Zeitalter war, daß man ein Universum von Kontakten pflegen konnte, während man alle spähenden Augen seinem Heim, seinem Schloß, fernhielt.

Es hat auch Nachteile, dachte sie, als sie die Liste von Bulletins durchging, die sie an diesem Morgen erwarteten. Ihr Autosekretär zeigte eine Kolumne erschreckender Figuren. Seinerzeit, als Kommunikation noch eine lästige Arbeit war, wäre die Hälfte dieser Korrespondenten zu faul oder zu sparsam gewesen, die Zeit oder eine Briefmarke aufzuwenden. Aber jetzt waren Kurzmitteilungen – ›Blips‹ – so einfach und billig wie gewöhnliches Sprechen. Sogar noch leichter; denn man konnte unbeschränkt Kopien machen und verschicken.

Ja, wirklich. Manchmal sehnte Jen sich nach ihrem Briefträger.

Man vermißt auch weder Wasser noch Luft, solange nicht

der Brunnen austrocknet oder der Partialdruck des Sauerstoffs auf zwanzig Prozent sinkt.

Sie nahm ein subvokales Eingabegerät von seinem Halter und brachte die beigefügten Sensoren auf Kehle, Kinnbacken und Schläfen an. Ein leichtes Blinken im Display zeigte, daß die Maschine schon ihre Augen verfolgte und durch die Krümmung der Linse und den Pupillenwinkel die genaue Stelle ermittelte, die sie gerade anpeilte.

Sie mußte nicht laut sprechen, sondern das nur *beabsichtigen*. Das Subvokalgerät las Nervensignale und ließ sie Wörter eingeben, sobald sie es wollte. Es war viel schneller als jede normale Spracheingabevorrichtung... und auch viel streitsüchtiger. Jen stellte die Empfindlichkeitsschwelle so ein, daß es nicht jedes leichte Zittern aufnehmen würde – ein zunehmendes Problem, da ihr einstmals athletischer Körper im Alter steif und inexakt wurde. Dennoch hatte sie sich gelobt, diese seltene Fähigkeit möglichst lange beizubehalten.

Wenn man bestimmte Zähne antippte, veränderten sich die Farben in den Tanks und Schirmen. Ein Gähnen entsandte Zyklone in einem blauen Feld. Manchmal, bei einem begabten Operator, konnte ein Subvokal fast magisch wirken, wie jene ›direkten‹ Verbindungen zwischen Gehirn und Computer, über die Science Fiction-Autoren immer faselten, die aber aus einfachen neurologischen Gründen niemals real sein würden. Dies hier war so nahe herangekommen, wie überhaupt jemand geschafft hatte; und neunzig Prozent der vorhandenen Subvokalgeräte wurden immer noch meistens benutzt, um prächtige 3-D-Bilder zu machen.

Welche Ironie also, daß Jen den Gebrauch ihres Apparates mit sechzig gelernt hatte. Soviel über Sprichwörter von alten Hunden und neuen Tricks!

»Hypersekretär, Sri Ramanujan!« sagte sie.

Die Nebel lichteten sich, und es formte sich ein Gesicht, dunkel und hübsch, mit edlen Hinduzügen. Als ›Hüllen‹-Person ihres Computers hätte Jen alles mögliche wählen können, von einem Alien der Comics bis zu einem Filmstar. Aber sie hatte den einzigartigen Konstrukteur dieses Systems als Modell gewählt. In jenen Augen erkannte sie etwas wieder von dem jungen Konsultanten aus Nehruabad, dessen Lebensfunke aus dem Käfig seines nutzlosen Körpers herausschaute.

»Guten Morgen, Professor Wolling! Während der letzten vierundzwanzig Stunden hat es drei Weltnachrichten der Priorität neun gegeben, zwei regionale Alarme für Britannien und vier über allgemeine Themen von Reuter, Ihrer ausgesuchten Nachrichtenagentur neutraler Richtung. Keiner der Aufrufe gehörten in Kategorien, die Sie als kritisch aufgeführt haben.«

Bürger mußten sich für ein Mindestmaß an Nachrichteneingabe verpflichten, um nicht das Stimmrecht einzubüßen. Aber Jen war alles andere als süchtig nach öffentlichen Ereignissen; darum war ihre Schwelle von neun oder mehr so hoch angesetzt, wie zulässig. Die Schlagzeilen würde sie später überfliegen.

»Sie haben sechs Briefe und fünfunddreißig Blips von Personen auf Ihrer Selbstempfangsliste erhalten. Fünfundsechzig weitere Briefe und einhundertzwölf Blips sind in Ihre allgemeine Auslieferungsbox im Netz eingegangen.

Außerdem gab es vierhundertdreizehn Referenzen auf Sie in den wissenschaftlichen Zeitschriften von gestern. Schließlich wurde Ihr Name in populären Medien und offenen Diskussionsrunden vierzehnhundertelfmal mit Niveau sieben oder höher erwähnt.«

Das war deutlich ein weiterer Fall menschlicher Verschwendungssucht – daß man typischerweise eine gute Sache zu einer weiteren Entschuldigung für übertriebene Nachsicht machte. So wie die Art, daß Nationen unter Gewächshaushitze litten, man aber immer noch mehr als fünf Milliarden Tonnen Kohlenstoff jährlich in die Atmosphäre strömen ließ. Eine ungeheure Menge, die aber noch nichts war gegenüber dem größten Ertrag der Species – *Wörter.*

Und man denke, daß einige Idioten vorhergesagt haben, wir würden eines Tages unsere Wirtschaft auf Information gründen. Daß wir Geld darauf stützen würden.

Auf Information? Das Problem ist nicht Mangel. Es gibt verdammt zuviel davon!

Gewöhnlich war das Problem nicht, Zugang zu Information zu bekommen. Vielmehr zu verhindern, daß man darin ertrank. Die Leute kauften auf die Person zugeschnittene Filterprogramme, um einige Tröpfchen aus diesem Meer abzuschöpfen und den Rest draußen zu halten. Für manche wurden ausgewählte Unterhaltungen zur subjektiven Realität, und Magazine für spezielle Interessen wurden von diesen nach Maß gearbeiteten Hüllen durchgelassen.

Hier schaut sich ein Mann nichts an als Detektivfilme aus den Tagen von Bullen und Gangstern – ein unbegrenzter Vorrat an stereotyper Fiktion. Nebenan hört und liest eine Frau nur Ansichten, die zu ihrer eigenen passen, weil andere Gesichtspunkte von ihrem getreuen Software-Wächter ausgemerzt werden.

Um solche Schalheit zu vermeiden, hatte Jen einen berühmten Hackerstrolch angeheuert, Sri Ramanujan, um ihr spezielles Filter zu konstruieren. Sie sagte laut: »Sehen wir einmal, was aus dieser Liste wird, wenn wir Schwelle sieben anwenden, Kategorien eins bis zwanzig.«

»Und der Überraschungsfaktor, Professor Wolling?«

Jen war in guter Stimmung. »Lassen wir es mit zwanzig Prozent laufen!«

Dies bedeutete, von fünf Datenbündeln würde nur eines per Zufall auftauchen – ihren eigenen Parametern zum Trotz. Auf diese Weise verlangte sie von Ramanujan, absichtlich auf sie ein wenig von dem Chaos loszulassen, das sein teuflischer Netz-Symbiont einst auf dreizehn Millionen Netz-Abonnenten in Südasien gehetzt hatte, indem er ihre geduldigen Cyberwelten so kitzelte, daß sie ihnen Schimmer anderer Realitäten und anderer Gesichtspunkte zeigten.

Nachdem man ihn erwischt hatte, machte es Sri Ramanujan wenig aus, daß man ihn in jenes Gefängniskrankenhaus in Bombay steckte, da sein Körper seit seiner Kindheit ein Gefängnis gewesen war. Daß man aber seine Privilegien im Netz beschnitt, war eine zusätzliche Strafe, viel schlimmer als ein Todesurteil.

»Wie Sie wünschen, Jen Wolling.«

Das simulierte Gesicht schien erfreut zu sein. Er machte eine Verbeugung und verschwand, um ablaufenden Datenbündeln Platz zu machen. Farben bezeichneten wichtige Stellen, verstärkt durch semantisches Filter.

Ihre Augen konzentrierten sich auf einen Text, der rötlich glühte. *Ah, der kleine Teufel,* dachte sie, denn das Programm hatte einen Haufen Haß-Post hereinschlüpfen lassen.

»... Wolling ist zu einer ungezügelten Kanone geworden. Ihre kürzliche Reise nach dem südlichen Afrika beweist, daß sie jeden Sinn für Anstand verloren hat.

Aber am ärgerlichsten ist ihre arrogante Neubewertung des wichtigen Gaia-Paradigmas – eines wissenschaftlichen Modells, das sie selbst vor so vielen Jahren hat entwickeln helfen. Sie wird für die Biologie zu einem senilen Ärgernis ...«

Jen fand den Stil bekannt, und tatsächlich hatte ein alter Kollege unterschrieben, der jetzt ein bitterer Gegner war. Sie seufzte. Es war seltsam, regelmäßig als unwissenschaftlich angegriffen zu werden, sobald sie nur ein Jota von ›anerkannten‹ Prinzipien abwich ... Prinzipien, die sich auf ihre eigenen früheren Theorien gründeten.

Nun gut, gestand sie sich. *Vielleicht weiche ich manchmal um mehr als ein Jota ab. Und es macht mir Spaß, Unruhe zu stiften.*

Sie schnalzte mit der Zunge. Elektromagnetische Sensoren erkannten ihre Absicht und wischten den Erguß ohne Kommentar weg. Ein anderer leuchtete an seiner Stelle rot auf.

»... Wolling ist ein Hindernis für unsere Sache, die Rettung Unserer Mutter. Ist es nicht genug, daß sie den reduktionistischen Werten unserer patriarchalischen westlichen Wissenschaft Achtung bezeugt und damit diesem übel angesehenen Bereich den Respekt erweist, den sie eigentlich Gaia schuldet?

Indem sie den Erd-Plünderern Munition liefert – den Verehrern von Zeus-Jehovah-Shiva –, verrät sie Unsere Mutter ...«

Eigenartig, daß ein Wort für so viele unterschiedliche Leute so vieles bedeuten konnte. Für Biologen beschrieb ›Gaia‹ eine Theorie planetarischen ökologischen Gleichgewichts und geregelter Rückwirkungsschleifen. Aber für hingebungsvolle ›Mystics‹ bezeichnete das eine lebende Göttin.

Noch ein Schnalzen, und eine dritte Tirade erschien...

»... Evolution ist immer durch den Tod von Species vorangetrieben worden. Man nehme die sogenannten Katastrophen in der Perm-, Trias- und Kreidezeit, wo zahllose lebende Arten durch Erschütterungen des Milieus vernichtet wurden. Nun, laut Wolling und Harding waren das gefährliche Zeiten für die Erde, als die sogenannte ›Gaia-Homoeostase‹ fast zusammenbrach. Aber das stimmt einfach nicht! Die sogenannte ökologische Krise von heute ist nur eine weitere in einer langen Reihe natürlicher ...«

Das Spiegelbild ihres Lächelns schimmerte auf dem Display. Hier waren Vertreter drei verschiedener Gesichtspunkte, die einander alle heftig konträr waren und sie doch alle angriffen! Sie sah noch andere rötliche Tiraden durch. Einige Madrid-Katholiken ergossen Schmähungen über sie wegen Beihilfe bei der Wiedererstehung von Mastodons. Eine weiße Gesellschaft von Gegnern der Rassentrennung attackierte sie wegen des Besuchs von Kuwenezi. Ein ›Marienkäferkombinat‹ klagte sie an, die Milliarden Dollar schwere Industrie der Seuchenkontrolle zu unterminieren. Und so weiter. Und so fort. In den meisten Fällen verstand der Schreiber nicht einmal ihre wirkliche Position. Sollte ein seltener Tadel tatsächlich Intelligenz erkennen lassen, würde er in eine Akte mit Ausschnitten wandern. Aber leider hatte von den heutigen Haßpamphleten keines etwas Erleuchtendes zu bieten.

Die technischen Zitate waren kaum interessanter. Meist waren es Doktorarbeiten, die ihre alten Aufsätze zitierten, die ›Klassiker‹, die zu dem verdammten Nobelpreis geführt hatten. Sie wählte drei aussichtsreiche für späteres Studium aus und verwarf den Rest.

Unter den persönlichen Nachrichten war ein aufrichtiger Brief von Pauline Cockerel, die Jen bat, die London-Arche zu besuchen.

»Baby vermißt Sie.«

Die junge Genetikerin hatte eine belebte Montage des jungen Mastodons in Aktion beigefügt. Jen lachte, als Baby mit einem grinsenden Siegestrompeten den Rüssel hob, während es einen geklauten Apfel kaute.

Da waren ein paar weitere freundliche Mitteilungen von loyalen Kollegen und früheren Studenten. Und ein Datenpaket von Jacques, ihrem dritten Gatten – mit einem Folio seiner jüngsten Gemälde und einer Einladung zu seiner nächsten Ausstellung.

Alle dies verdiente Antworten. Jen vermerkte und diktierte Vorentwürfe und ließ den Syntaxprüfer ihre knappe Sprache in deutliche Absätze umwandeln. Manchmal strömten die Gedanken sogar schneller als die Beurteilung. Darum brachte Jen Briefe nie vor Donnerstag oder Freitag ›zur Post‹, wo sie alles sorgfältig ein zweites Mal durchging.

Sie blickte auf die Uhr. Gut, die lästige Arbeit würde vor dem Morgentee erledigt sein. Nur noch zwei Briefe...

»... Es tut mir wirklich leid, Sie zu belästigen. Wahrscheinlich erinnern Sie sich nicht mehr an mich. Ich habe während ihres Vortrags in der ersten Reihe gesessen …«

Dieser Schreiber war nicht geübt, sich kurz zu fassen. Oder ihm fehlte ein Knappheitsprogramm, um zur Sache zu kommen. Jen wollte schon eine ihrer Standardantworten für Fanpost abrufen, als eine wichtige Zeile durchkam.

»… in Kuwenezi. Ich war der Junge mit den kleinen Pavianen …«

Jen erinnerte sich wirklich! Der Name des Jungen war gewesen … Nelson Soundso oder ähnlich. Ungebildet, aber intelligent und ernst, hatte er an dem Abend die richtigen Fragen gestellt, während seine erfahreneren älteren Kollegen noch in einem Morast von Details steckten.

»… Ich habe hart studiert, begreife aber immer noch manches nicht von dem gaianischen Paradigma …«

Jen nickte verständnisvoll. Das Wort ›gaianisch‹ war fast so bedeutungslos geworden wie ›sozialistisch‹ oder ›konservativ‹ vor einem halben Jahrhundert waren … ein Korb voller Widersprüche. Manchmal fragte sie sich, was James Lovelock und Lynn Margulis darüber gedacht haben würden, wohin ihre ursprünglichen dünnen Monographien geführt hatten. Oder der russische Mystiker Vernadskij, der noch früher die Erde als einen lebenden Organismus gesehen hatte.

Vielleicht waren diese Zeiten reif für eine neue militante Kirche, wie in den abflauenden Tagen des römischen Reiches. Vielleicht liebten große Bewegungen lebende Propheten, um sie zu verherrlichen und dann zu kreuzigen. Verehrung mit nachfolgendem Justizmord schien das übliche Verfahren zu sein.

Nachdem Lovelock und Margulis und Vernadskij längst dahin waren, mußte sich der neue Gläubige an Jen Wolling halten – Gründungsheilige und Ketzerin. Manchmal kam es so weit, daß sie sogar wünschte, niemals diese Erscheinung gehabt zu haben, vor so langer Zeit auf Mount Snowdon, wo die wirbelnden Blätter ihr plötzlich die juwelenartige mathematische Klarheit der Gaia-Metapher offenbart hatten.

Kein Bedauern. Jen schüttelte den Kopf. *Ich kann diese Gleichungen nicht bedauern. Denn sie sind wahr.*

Einmal, als der junge Alex zu ihr gekommen war und sich über die furchtbare Last beklagte, der Enkel einer Nobelpreisträgerin zu sein, hatte sie ihm gesagt: »Manche Narren halten mich für raffiniert, weil ich einige Tricks herausgefunden habe, um die Mathematik der Biologie dienstbar zu machen. Aber wir beide kennen ein Geheimnis … daß du eines Tage Orte besuchen wirst, zu denen ich nicht gelangen kann. Ob ich den verdammten Preis habe oder nicht.«

Sie vermißte ihren Enkel und fragte sich, was für ein Unheil er wohl vorhätte.

Jen schüttelte sich aus einem mentalen ziellosen Spaziergang. Dann nahm sie sich zusammen und wandte sich wieder dem Brief des schwarzen Teenagers in Kuwenezi zu.

»… Was mich am meisten verwirrt, ist das, wie Tiere und Pflanzen einander bekämpfen, um zu überleben. Wie jagen und gejagt werden? Niemand gewinnt diese Kriege, denn schließlich stirbt doch ein jeder Kämpfer. Die meiste Zeit ist das, was für sie wie kämpfen aussieht, gar kein richtiger Streit. Denn jeder von ihnen ist von den anderen *abhängig*.

So wie eine Antilopenherde auf Wölfe angewiesen ist, um ihre Zahl geringzuhalten, da sie sonst alles überweiden und verhungern würden … Und die Anzahlen der Wölfe werden dadurch geregelt, wie viele Antilopen es zu fressen gibt.

Das ist es doch, was man mit Homöostase meint? Die eine Tierart *regelt* die andere und wird umgekehrt ihrerseits *geregelt* …«

Jetzt kam Jen zu einem hervorgehobenen Thema:

»Aber was ist mit dem Menschen? Wer oder was reguliert uns?«

Sie nickte zustimmend. Es gab Dutzende von

Büchern, die sie dem jungen Mann empfehlen könnte. Aber die Standardantworten mußte er schon gefunden und als unbefriedigend erachtet haben.

Wir sind ein ungeregeltes Krebsgeschwür, erklärten viele Ökoradikale. *Der Mensch muß seine Zahlen und seinen Lebensstandard um den Faktor zehn oder sogar hundert beschneiden, um die Welt zu retten.*

Manche meinten, es wäre besser, wenn die Species der Zerstörer – *Homo sapiens* – völlig ausstürbe und reiner Tisch gemacht würde.

Diejenigen, welche die ›organische‹ Metapher verfolgten, schlugen vor, das Problem würde gelöst werden, sobald die Menschheit zu ihrer richtigen Rolle als ›Gehirn‹ des planetaren Organismus fände. *Wir können lernen, uns selbst zu regeln,* verkündeten die Sprecher der Nordamerikanischen Kirche Gaias, als sie ›weiche‹ Technologien und Geburtenkontrolle zurückwiesen. *Wir müssen lernen, geschickte Manager des Planeten zu sein.*

Es gab auch noch andere Meinungen.

Alles wäre fein auf der Erde, wenn bloß die Menschen verschwänden! Das war die Lehre der Bewegung für Kolonisierung des Weltraums, die Pläne für Städte und Fabriken im Himmel propagierten. *Draußen im Raum sind die Ressourcen unendlich. Wir werden ausziehen und den kleinen blauen Planeten zu einem Park machen!*

Für Madrid-Katholiken und einige andere religiöse Gruppen alten Stils war die Welt für unsere Nutzung geschaffen. *Das Ende der Tage wird bald kommen. Warum also ›regulieren‹, wenn alles sowieso zeitlich ist? Ein ungeborener menschlicher Fötus ist so viel wert, wie alle Wale im Meer.*

Eine in Kalifornien beheimatete Gruppe machte einen einzigartigen Vorschlag. Sie nannten sich ›Sheckleye‹ und agitierten – mit einem Unterton von Ironie – dafür, durch genetische Manipulation neue *Raubtiere* zu züchten, die geschickt und wendig genug wären, menchliche Wesen als Beute zu fangen. Diese neuen Jäger würden die Population auf ›natürliche‹

Weise reduzieren, wobei der Rest der Rasse in kleineren Anzahlen gedeihen dürfte. Vampire wären bevorzugte Kandidaten als Raubtiere – gewiß schlau und tüchtig genug, wenn man sie schaffen könnte. Aber ein anderer Sheckleyer plädierte für *Werwölfe,* eine weniger arrogant und aristokratisch gedachte Art von Monster. In beiden Fällen würde es wieder Romantik und Abenteuer geben; und auch die Menschheit würde letztlich ›reguliert‹ sein. Jen schickte den Sheckleyern alljährlich eine anonyme Spende. Man konnte schließlich doch nicht wissen …

Das waren nur einige der Vorschläge – sowohl seriös wie wunderlich. Aber Jen erkannte, daß der junge Mann mehr als eine routinemäßige Antwort verdiente. Sie legte den Brief auf den Stapel hoher Dringlichkeit, dessen Teile sie später gründlicher durchgehen würde, in den Stunden vor dem Schlafengehen.

Es war noch ein Brief übrig. Dieser war über ihren privaten Empfangscode gekommen. Also kannte der Absender diesen. Jen las ihn mit zunehmender Gereiztheit. Da schien jemand Ferienheime auf dem Ochotskischen Meer anzubieten!

Das hat mir gerade noch gefehlt!

Aber dann fiel ihr plötzlich ein. *Ferienheime …*

Das war ein mnemonischer Hinweis. »Sri Ramanujan«, sagte sie laut, »ich glaube, diese Nachricht könnte chiffriert sein. Sehen Sie bitte nach, ob ich einen Schlüssel dafür besitze!«

Das Gesicht des jungen Hindus erschien alsbald.

»Jawohl, Jen Wolling. Sie benutzt einen privaten Code, den Ihnen vor Jahren die Pazifische Gesellschaft von Hine-Marama gegeben hat. Ich werde sie in einer Minute übersetzen.«

Ah! dachte Jen. Das mußte von der neuseeländischen Priesterin sein, Meriana Kapur. Es war sehr lange her, daß sie diese Maorifrau gesehen hatte, deren Kult das Gaia-Konzept ziemlich wörtlich nahm. Aber das hatte auch Jen während einer gewissen Phase getan.

»Hier ist es, Professor!«

Ramanujan verschwand wieder und ließ dafür eine völlig umgewandelte Nachricht zurück.

Auch eine völlig *harmlose* Mitteilung. Was sie jetzt las, bestand aus einer unzusammenhängenden Folge von Erinnerungen ... manchen, die die beiden Frauen vor langer Zeit gemeinsam gehabt hatten, und manchen, die deutlich zurechtgemacht waren. Jen fiel auf, daß kein Satz betont war. Ihr Programm für semantischen Gehalt konnte keine einzige deutliche Äußerung finden, die man hätte groß schreiben müssen!

Aber dann fing sie an zu lächeln. *Natürlich! Das ist keine Senilität, sondern die Schärfe einer Diamantklinge. Da sind Chiffres in Chiffren, Codes in Codes.*

Offenbar wollte Auntie Kapur sicher sein, daß nur Jen diese Nachricht verstand. Gewiß würde kein automatisches Schnüffelprogramm eines emsigen Hackers einen Sinn hieraus gewinnen – nicht ohne den gemeinsamen Kontext zweier Frauen, die sehr lange gelebt hatten.

Undeutlichkeit kann eine eigenständige Kunst sein.

Jen verging das Lächeln, als es ihr allmählich klar wurde, wie ernst die Maoripriesterin dies nahm. Die Vorsichtsmaßnahmen begannen Sinn zu bekommen, als die Bedeutung aufdämmerte.

»... Ich fürchte, für das unerwartete Geschwür Mamas gibt es nur eine mögliche Heilung. Die Reparatur des Lochs erfordert drastische Maßnahmen ... aber die regulären Doktoren würden nur eingreifen, wenn sie wüßten. (Wir meinen, daß sie ursprünglich das Problem geschaffen haben) ...«

Es gab noch mehr Passagen dieser Art. Hinweise und Andeutungen. Wollte Meriana sagen, daß die Welt selbst gefährdet war? Eine Bedrohung, größer als das große Unentschieden der Nuklearmächte vor langer Zeit?

Eine beiläufige Bemerkung fiel ihr erst beim dritten

Lesen auf. Dann begriff Jen, daß Kapur von ihrem Enkel sprach.

Alex? Aber worin konnte er verwickelt sein, das eine solche Bedrohung bilden könnte für …

Jen keuchte. *Oh, der schlimme Junge! Diesmal muß er es wirklich getan haben!*

Kein einigermaßen vernünftiger Mensch behielt vertrauliche Mitteilungen auf dem Computer. Also nahm sie aus einer Schreibtischschublade einen kostbaren Pack echten Papiers und einen Schreibstift. Diesmal ging Jen den Brief ihrer Freundin ganz besonders sorgfältig Zeile für Zeile durch, notierte Hinweise und mögliche Bedeutungen. Das war keine Form des Knackens eines Codes, wie ihn eine Maschine leisten könnte, sondern mehr wie die alte Freudsche Kunst der Analyse freier Assoziationen, eine Spurensuche durch die subjektive Welt von Eindrücken und wilden Vermutungen. Ein Spiel sehr menschlicher Art, Jahrtausende älter als die diskreten Strukturen der Cybernetik.

Was will sie eigentlich genau von mir? Jen überlegte, wie sie als alte Frau Auntie und Alex in einer so grausigen Situation helfen könnte. Aber endlich wurde es klar. *Afrika. Ndebele Canton … Meriana hat von meinem Besuch dort gehört. Sie denkt, ich kann ihnen helfen, hineinzukommen. Insgeheim.*

Jen lehnte sich erstaunt zurück. *Geheim? In diesen Tagen?*

Die Idee war absurd. Sie kaute auf ihrer Lippe.

Nun … es wäre zumindest eine Herausforderung.

Bei Pauling und Orgell … Ich wette, daß ich es tun kann.

Eines war sicher. Aunties Brief erforderte eine sofortige Antwort. Hiermit nicht bis Freitag warten.

Und jener Bursche in Kuwenezi – Nelson Grayson. Es sah so aus, als ob dieser junge Mann mit den zahmen Pavianen doch auch seine Antwort bekommen müßte.

□ **Net Vol. A8230-761, 04.01.38: 11:24:12 UT; User M12-44-6557-Bac990 Statistische Umfrage [Level: allgemein/nicht förmlich]**

Erdoberflächenareal (in Millionen Quadratkilometern)

	1988	2038
Total	149	142
Wüste, Berge, Tundra	101	111
Anbaufähiges Land	40	29
Kultiviertes Land	13	11
Fischfarmen	0,002	0,12

Zählungsdaten (in Milliarden Individuen)

	1988	2038
Menschen	5,2	10,6
Große Haustiere	1,2	0,2
Schafe	1,0	0,5
Schweine	0,5	0,5
Hunde und Katzen	0,4	0,02

• HYDROSPHÄRE •

Auf einem anderen Kontinent, aber nur Millisekunden entfernt über Lichtkabel, befuhr eine andere Frau auch das Meer der Daten. Nur während Jen Wolling vorsichtig ein Dingi steuerte, fuhr Daisy McClennon ein privates Kanonenboot auf Suche nach Beute.

Auf ihrer Arbeitswand lief ein Science Fiction-Weltraum-Epos, das Schritt für Schritt durch eine grelle Schlachtszene ging, wobei ihr Videoprozessor neue Tricks einfügte und große Schlachtschiffe noch gewaltiger machte. Matte Sterne und Planeten wurden dreidimensional und Explosionen gigantischer denn je. Mit solcher Magie hauchte Daisy alten Klassikern neues Leben ein, wenn auch nur für ein kleiner gewordenes spezialisiertes Publikum.

Dann wieder schweifte Daisys Aufmerksamkeit von der Quelle ihres Gelderwerbs durch verschönerte Filme zu anderen Szenen und echteren Obsessionen. Die Nachrichtendienste berichteten von kürzlichen Überfällen aufständischer Beduinen, die das neue Petroleumreservat angriffen. Sie prüfte die Genauigkeit der Meldung mit anderen Mitteln und entdeckte, daß die Friedensbewahrer der U.N. die Menge des Öls untertrieben, das aus Pipelines strömte, welche die Nationalisten beschädigt hatten – aber leider noch nicht genug, um einen Skandal zu entfachen. Daisy hatte durch bittere Erfahrung gelernt, nie »Vertuschung!« zu rufen, wenn es sich nicht lohnen würde.

Aber *hier* war jetzt ein aussichtsreiches Ziel. Blaue Symbole vor Luzon zeigten eine der schwimmenden Schiffsstädte des Ozeanstaates an, die nordwärts auf Japan zu fuhr. Man erwartete, daß UNEPA dafür sorgen sollte, daß die Nation der Flüchtlinge ihren Anweisungen gehorchte. Aber es war ganz deutlich, daß sich in der Umgebung nur zwei Inspektionsschiffe zeigten. Keineswegs nahe genug.

Ich möchte wissen, was der Ozeanstaat vorhat, fragte sie sich.

Daisy rief eine ozeanographische Datenbasis auf und stellte fest, daß eine große Schule von Tümmlern in wenigen Wochen den Weg der Flottille kreuzen würde. UNEPA hatte unlängst Tümmler vom Status der Bedrohung zu dem der Beobachtung heruntergestuft, was bedeutete, daß Leuten mit erwiesenem Bedürfnis gestattet wurde, eine begrenzte Anzahl zu fangen. Der Ozeanstaat konnte immer Bedürfnis nachweisen.

»Ich hab's!« sagte Daisy und schickte einen verschlüsselten Alarm an eine Aktivistengruppe in Nagasaki. Wenn diese Flottille des Ozeanstaates ihr Ziel erreichte, würde sich da eine Schar auf die leichteste Verletzung stürzen.

Was dann?

Eine Weile glaubte sie, eine verzwickte Geldspur verfolgt zu haben, die bewies, daß ein Beamter in Queensland für lokale Hotelinteressen bestochen worden war. Aber der Bursche war ungewöhnlich raffiniert. Computeranzapfungen seiner Konten gelang es nicht, irgendwelche ungewöhnlichen Käufe an Grundstücken oder Mineralterminen zu vermelden.

Für diesen Fall half ihre Vergangenheit als McClennon. Ehe sie zum schwarzen Schaf der Familie wurde, hatte sie viele der Methoden mitbekommen, nach denen ihre Vettern und Onkel Geld stapelten und bewegten, ohne daß es im Netz erschien. So bat sie einige befreundete Radikale in Australien, die es einrichten konnten, den Beamten von Queensland in Person anzuschleichen. Früher oder später würde sie den Kerl erwischen.

Ein Zeitsignal piepte. Man erwartete, daß sie aufstehen und einige Arbeiten im Grundstück verrichten würde, weil Claire ihr sonst eine Szene machen würde. Diese Arbeit im Netz war für das Überleben der Welt wichtig, aber ihre Tochter schien sich nicht darum zu kümmern… Wahrscheinlich wünschte sie, mehr wie ihre verzogenen Verwandten zu leben.

Nun, darum komme ich wohl nicht herum, seufzte Daisy. Das letzte Mal hatte sie sich wohl mit der Senkgrube beschäftigt. Oder war es die Wartung des Gewächshauses, die Claire ihr vorgeworfen hatte?

Aber als sie aufstand, bemerkte Daisy eine plötzliche Veränderung in einem ihrer Alarmkästen, die einen Namen auf ihrer speziellen Beobachtungsliste hervorhob. Seit Jahren hatte sie ein kleines Programm für ›Neunaugen‹ an die Wohneinheit der berüchtigten Jennifer Wolling angeschlossen. Während dieser ganzen Zeit hatte ihr kleiner Spion sondiert und erfaßt, was die abtrünnige Biologin vorhatte. Jetzt meldete er aus London Wollings verschlüsselte Mitteilung.

»Hmm!« überlegte Daisy und nahm wieder Platz. »Die Hexe versucht wohl kaum je, etwas zu verbergen. Worauf ist sie jetzt aus?«

Mit trivialer Leichtigkeit verfolgte Daisy das Memorandum zu seiner Quelle. Natürlich! Die Pazifischen Gaianer waren gerade richtig, um mit Wolling zu konspirieren. Als Kompromißler verehrten sie eine blutlose Göttin, die gewillt schien, sich für eine Welt einzusetzen, die vom Menschen nur *halb* zerstört würde, wobei die meisten ihrer Species in Glasflaschen konserviert wurden. Man verließ sich da auf technische ›Lösungen‹, die Idioten wie Logan Eng zusammengeschustert hatten ...

Der Zifferncode war gut. Es dauerte eine Stunde, ihn zu knacken. Und als Daisy schließlich den entzifferten Brief las, fand sie eine zweite Schicht voller persönlicher Verweise und im Kontext enthaltener Andeutungen – die schwierigste Art von Rätsel für einen Außenstehenden zu lösen.

Das machte es aber natürlich nur noch reizvoller. Daisy wußte von mehreren neuen Sprachprogrammen, die an sich fast intelligent waren und die man hier anwenden könnte. Und dann gab es menschliche Berater, die ihr auch verpflichtet waren. Einige davon könnten Zusammenhänge herausfinden, die ihr fehlten.

Falls das versagte, hatte sie auch gewisse Kontakte unter *feindlichen* Gruppen ... großen Korporationen und Regierungsstellen, denen phantastische Hilfsmittel zur Verfügung standen. Darunter gab es auch Männer und Frauen, die wegen früherer Dienste in ihrer Schuld standen. Daisy hatte sich schon mit Teufeln abgegeben, wenn das ihren Zwecken dienlich war. Manchmal waren anständige Räuber leisetretenden Kompromißlern vorzuziehen.

Sie übertrug den teilweise entzifferten Brief in ihre Akte für ›mögliche Hinweise‹ – zusammen mit anderen Anomalien wie dem Aufsatz ihres Exgatten über die mysteriösen Erdbeben in Spanien.

Zu ihrer Linken überwachten unbeachtet kleine Bildschirme alle zwanzig Hektar von Six Oaks, dem Bereich, den sie und Logan hier im Bayou geschaffen hatten, und wo sie Unabhängigkeit und ›Null-Einwirkung‹ weitaus hingebungsvoller praktizierte als die blassen Versionen, welche die Nordamerikanische Kirche der Gaianer – NorAChuGas – predigte. Nicht bloß ›gutwillige Bemühungen‹, sondern *Unabhängigkeit* von den Bergwerken und Fabriken und verschmutzenden Kraftwerken einer industriellen Gesellschaft ... und von ihrer eigenen verdammten, blasierten aristokratischen Familie.

Einer dieser Bildschirme zeigte ihre Tochter, wie sie am Gewächshaus auf einer Trittleiter stand, das Haar mit einem Tuch zurückgebunden und die Arme bedeckt mit Kitt, als sie die Etiketten von neu gekauften Glasplatten abkratzte und diese einpaßte, um die kürzlich bei einem Sturm zerbrochenen zu ersetzen.

Aber Daisy schaute nicht hin und erinnerte sich auch nicht an ihr Versprechen. Ihre blauen Augen wurden wieder von den Holoschirmen angezogen und schweiften über die elektronische See, den Datenozean, auf der Suche nach den Erzfeinden ihrer Welt. Sie übte eine Art Blutrache aus. Sie verfolgte Beute.

□ Kein Tier ist als Individuum so liebenswert und dennoch in großen Gruppen so widerlich. Gefräßig, unversöhnlich, alles verzehrend, was in Sicht ist, ist diese Kreatur für die Erde verderblich gewesen. Binnen weniger Jahrtausende hat sie große Teile des Planeten entblößt und in unfruchtbare Wüste verwandelt.

Dieses Tier ist nicht der Mensch, obwohl die Menschheit geholfen hat, daß es sich in großen Zahlen vermehrte. Es ist die *Ziege*. Eine Wohltat für unbedeutende Nomaden, ist sie ein unermeßliches Unheil für die Biosphäre des Planeten. Selbst heute noch trägt es soviel Schuld an den sich ausbreitenden Sandflächen wie die globale Erwärmung oder schlecht geplante Bewässerung.

Darum haben wir, die Erhaltungs-Allianz von Nordafrika, widerwillig Maßnahmen ergriffen, um eine Species zum Wohle aller zu opfern. Darum kommen wir heute auf das Netz über diese nicht aufspürbare Route, um zu verkünden, was wir getan haben.

Manche sagen, das bevorzugte Ziel einer Aussiebung sollte die Menschheit selbst sein, die noch schlimmeres Unheil bewirkt hat. Das mag so sein, aber wir räumen eine übergroße Gewissenhaftigkeit ein hinsichtlich des Ermordens der Milliarden von Menschen, das nötig wäre, um einen Unterschied zu bewirken.

Außerdem hat der Helvetische Krieg erwiesen, daß *Homo sapiens* gegenüber technisch manipulierten Krankheiten außerordentlich widerstandsfähig ist. Die Teams der Großmächte für Biokrisen würden die Sache sowieso binnen weniger Wochen strittig machen. Nur ein paar Millionen würden sterben, ehe Heilmethoden gefunden wären, bei denen sich kein langfristiger ökologischer Wandel ergäbe, sondern nur unsere Verfolgung als Kriminelle.

Aber keiner dieser Nachteile gilt für die von uns aufs Korn genommene Species. Wir sind sicher, daß die Welt die zurückbleibenden Hirten umschulen wird, wenn ihre verderblichen Herden ausgetilgt sind. Und wir betonen, daß unser Virus sorgfältig getestet wurde. Die Krankheit ist für Ziegen ganz spezifisch. Sie dürfte keine andere Wirkung haben, als einen schrecklichen Fehler von Mensch und Natur zu korrigieren.

Ein Zweck dieser Verlautbarung ist, an Arbeiter in Biolabs zu appellieren. Denkt sorgfältig nach, wenn man von euch verlangt, ein Heilmittel zu finden! Durch eure unbedeutende Sabotage könnt ihr einen Wald oder eine Million Hektar Sahel retten! Werft dieses Reagenzglas in einen Autoklaven, und ihr könnt hundert Species retten, die sonst vor dieser räuberischen Drohung zum Untergang verdammt sind! Bedenkt ziviler Ungehorsam ist nach der Charta von Rio euer Recht.

Eine andere Absicht ist natürlich das Streben nach öffentlicher Diskussion. Kritiken und Daten über die Wirkung unserer entschiedenen Maßnahme kann an den allgemeinen und offenen

Ausschuß geschickt werden [□ OpBaq1.779.-66-8258/BaB 689.]. Wir werden Ihre Kommentare regelmäßig lesen und begrüßen Ihre Vorschläge.

Ergebenst

Die Erhaltungsallianz von Nordafrika

• MESOSPHÄRE •

In dieser Jahreszeit drängte sich der Verkehr in der Davis-Strait. Große Frachter durchpflügten die kabbeligen Gewässer und folgten Markierbojen die ganze Strecke bis zum Lancaster Sound und der Abkürzung nach Asien. Solarflächen und starre Flügelsegel verliehen den blankpolierten Schiffen eine familiäre Ähnlichkeit mit den einstigen Klippern, auf denen Männer früher ihr Leben riskiert hatten, als sie diese gleiche Norwestpassage suchten. Ab und zu verdunkelten die Schatten von Luftschiffen wie ziehende Wolken die See in der Nähe. Die Zeppelinmannschaften, unterwegs nach Europa oder Kanada, lehnten sich heraus, um den hochtechnisierten Segelschiffen unten zuzuwinken.

Es war sehr viel anders als damals, wo Roald Amundsen diesen Weg gekommen war und drei harte Jahre verbrachte, um sich nach Alaska durchzukämpfen. Heute erforderte die Reise zwei Wochen, und hier im Lande der Mitternachtssonne sah alles friedlich aus.

Natürlich, wußte Stan Goldman, *der Augenschein kann täuschen.*

Aus dieser Höhe konnte er längs Grönlands Westgrenze eine Stelle ausmachen, wo ein großer grollender Gletscher in die offene See traf. Baken lenkten den Handelsverkehr um eine Kette polternder Behemothe, die in reflektierende Folie gehüllt waren. Die isolierten Eisberge ähnelten großen silbrigen Alien-Mutterschiffen, als Mammutmaschinen sie nach Süden auf durstiges Land zu trieben.

Schließlich würde die riesige Insel keine weißen Schätze mehr haben, so unglaublich das von hier oben aus scheinen mochte, wo eine ebene Schneefläche noch den ganzen Horizont umspannte. Tatsächlich hatte sie sich schon eine weite Strecke zurückgezogen und kahle Fjorde hinterlassen, die in eine gezackte Küste geschnitten waren. Flechten und Moose breiteten sich wie Samt über neue Ebenen und Täler, direkt unter diesem gemieteten Zeppelin. Nach fast einer Million Jahre war der Frühling schießlich nach Grönland gekommen.

Und dennoch kostet es etwas. Es kostet immer etwas.

Stan hatte gerade schreckliche Neuigkeiten über diese nördlichen Gewässer gelesen. Die Zählungen der Arten gingen wieder herunter. Seit Jahren hatte niemand einen Grönlandwal mehr gesehen. Und Zugvögel, das Kennzeichen ökologischer Gesundheit, legten weniger Eier.

Viele gaben dem alten Verhängnis, der Verschmutzung, die Schuld. Da unten stöberten Barkassen der UNEPA und des dänischen Königreichs zwischen den großen Frachtern herum ... als ob irgendein Kapitän es wagen würde, auch nur einen Pappbecher in diese schwer von der Polizei überwachte Wasserstraße zu werfen. Tatsächlich dürften wohl klimatische Veränderungen eher als Abfall schuld sein. Kreaturen der gemäßigten Zonen konnten den sich ausbreitenden Wüsten entfliehen, indem sie nach Norden zogen. Aber wohin konnten Eisbären gehen, wenn ihre Höhlen matschig wurden?

Natürlich würden hier nicht so bald Palmen wachsen. Ein in dieses klare Wasser getauchter Mensch würde binnen Minuten bewußtlos sein und innerhalb einer Stunde an Unterkühlung sterben. Und in sechs Monaten würde die Sonne für einen weiteren Winter verschwinden.

Es gibt Grenzen, vergewisserte Stan sich. *Die Menschheit mag fähig sein, mit dem Klima herumzumurksen, aber wir können nicht die Jahreszeiten ändern oder die Achsenneigung der Erde verlagern.*

Aber fast sofort dachte er noch einmal nach. Liegt sogar das jetzt außerhalb unserer Möglichkeiten? Er grübelte über einigen Implikationen von Alex Lustigs Gleichungen und stellte fest, daß er mit Begriffen spielte, die ihm noch vor Wochen undenkbar erschienen wären. *Ich möchte wissen, ob es möglich wäre ...*

Stan schüttelte energisch den Kopf. Solcher Vorwitz hatte fast nichts als Unheil gebracht.

»Kalātdlit-Nunāt.«

Stan wendete sich seiner Reisegefährtin zu. »Verzeihung?«

Teresa Tikhana hob eine kleine Lesetafel. »Kalātdlit-Nunāt. So nennen die Inuit – die Eskimos – Grönland.«

»Ich dachte, deren Zweitsprache wäre Dänisch.«

Teresa zuckte die Achseln. »Wer sagt, daß zwei Sprachen genug sind? Wie lautet das Sprichwort? ›Ein Mensch mit nur einer Ethnizität steht nur auf einem Bein.‹

Sagen Sie, Stan, wie viele Sprachen sprechen *Sie*?«

Er zog die Schultern hoch. »Sie meinen außer Internationalem Englisch und Physik? ... Und dem Maori und Simglish und Han, das man uns in der Schule gelehrt hat?« Er machte eine Pause. »Nun, ich kann mit Allgemeinem Nihon und Französisch zurechtkommen, aber ...«

Er lachte, als er merkte, was sie meinte. »All right. Lassen Sie noch einmal hören!«

Teresa half ihm, bis er einige einheimische Höflichkeiten aussprechen konnte. Nicht, daß viel Zeit sein würde für müßiges Geschwätz dort, wohin sie gingen – einen rauhen Außenposten inmitten öden Landes. Er hatte immer gewünscht, diese ungeheure gefrorene Insel zu sehen; aber diese Mission diente nicht dem Tourismus.

Stan sah sich zwischen den Sitzreihen um. Die anderen Mitglieder ihrer Expedition drängten sich bei einem nach vorn gerichteten Fenster, tuschelten und zeigten, als die Frachtschiffe und vacuumverpackten Eisberge zurückblieben. Stan lauschte ab und zu, um sich zu vergewissern, daß die Techniker ihre Stimmen gesenkt hielten und keine Themen berührten, die Tabu waren.

»Sind Sie sicher, da wir die alte NATO-Basis in Godhavn nicht benutzen können? Sie hat alle Einrichtungen. Und die wissenschaftliche Gemeinschaft, die sie verwendet, ist recht frei und offen, wie ich höre.«

Stan fragte: »Da gibt es hauptsächlich Atmosphärenforscher, nicht wahr?«

»Jawohl. Zuerst eingerichtet, um radioaktive Niederschläge aus den Alpen zu überwachen. Jetzt gehören sie zum Ozon-Wiederherstellungs-Projekt in seiner heutigen Form.«

»Also Grund genug, den Platz zu meiden. Man würde Sie sicher erkennen.«

Die Astronautin zwinkerte. »Ach ja.« Selbstbewußt schob Teresa Strähnen neuerdings erblondeten Haares zurück, das gerade für diese Reise gefärbt worden war. »Stan, ich bin wohl nicht an diese Denkweise gewöhnt.«

Mit anderen Worten, sie genoß nicht denselben Vorteil wie er, der im paranoiden zwanzigsten Jahrhundert aufgewachsen war, als die Leute gewöhnlich Posen einnahmen für alles mögliche von Ideologie hin zu Profit oder Liebe – bisweilen für ihr ganzes Leben.

»Versuchen Sie sich zu erinnern!« drängte er mit gesenkter Stimme. »Wir übertreten dänisches Territorialgesetz, indem wir Sie mit einem falschen Paß hereinbringen. Sie sollten in Australien auf Urlaub sein, nicht wahr? Nicht um die halbe Welt herum undeklariertes Gerät einschmuggeln nach … Kalätdlit-Nunät.«

Sie versuchte ein ernstes Gesicht zu machen, konnte aber ein Lächeln nicht unterdrücken. »In Ordnung, Stan. Ich werde daran denken.«

Er seufzte. Wenn ihre Verschwörung nicht unter kritischem Personalmangel litte, würde er nie zugestimmt haben, Teresa mitzunehmen. Natürlich würden ihre Kompetenz, ihr Charme und ihr faszinierender Verstand willkommen sein. Aber das Risiko war schrecklich groß.

»Nun bitte!« sagte sie und stieß seinen Ellbogen an. »Jetzt fangen Sie an auszusehen wie Alex Lustig.«

Er lachte nervös. »Ist das so schlimm?«

Sie nickte. »Ich dachte, wir Astronauten wären ein nüchternes Völkchen. Aber Lustig läßt Glen Spivey wie einen Clown aussehen. Selbst wenn er lächelt, komme ich mir vor, als ob ich einen Strudel sähe.«

Vielleicht, dachte Stan. *Aber wie würden Sie aussehen, wenn Sie die Last dieses armen Kerls auf dem Rücken hätten?*

Aber Stan enthielt sich eines Kommentars. Er wußte, daß auch Teresa unter einer ähnlich schweren Reaktion litt. Ihre Methode, mit dieser schlimmen Krise fertig zu werden, bestand in deren Verleugnung. Sie würde das bestimmt nie mit ihrer Arbeit in Konflikt kommen lassen, aber Stan meinte, sie ließ einfach den Grund für ihr verzweifeltes Unternehmen ihrem Geist entgleiten bei jeder Chance, die sich ihr bot.

»Das liegt an der Erziehung des armen Alex«, antwortete Stan mit seinem besten Akzent als Alter Junge. »Englische Privatschulen machen das mit einem jungen Burschen, wissen Sie nicht?«

Teresa lachte, und Stan freute sich, den reinen, ungetrübten Ton zu hören. *Sie hat genügend Gründe, um zu leugnen.* Von allen Mitgliedern ihrer Gruppe war sie als erste persönlich vom peitschenden Schweif des *taniwha* – des Monstrums im Erdkern – getroffen worden.

Diese Ehre würde in Kürze vielen von ihnen zuteil

werden. Stan dachte an Ellen und die Enkelkinder und seine Tochter drüben in England. Gesichter von Studenten und Freunden tauchten immer zu verschiedenen Zeiten auf, besonders im Schlaf. Manchmal fühlte es sich so an, als ob man ein Fotoalbum bereits verlorener Schätze durchblätterte.

Halt! Es bringt nichts, so zu jammern.

Er suchte Zerstreuung in der Ferne. Die Nordwestpassage lag jetzt hinter ihnen. Zur Linken konnte man Flotten kleinerer Schiffe sehen, die sich zwischen felsigen Inseln hindurchschlängelten, um einen geschäftigen Hafen vor ihnen zu erreichen.

»Godhavn«, sagte Teresa, die wieder in ihrem Führer las. Sie zeigte auf die Piers und Fabriken, welche die Bucht säumten. »Und was sagt das Netz über die wichtigste Industrie dieser Stadt? Dreimal dürfen Sie raten.«

Stan brauchte nicht den Geruch der Fischkonservenfabriken zu riechen. Diese Trawler kamen von den reichen Bänken fern der Küste zurück, wo arktische Strömungen Wolken silbriger Fische ernährten. Bislang hatten Wächter der UNEPA es geschafft, diese vitale Hilfsquelle für die ausgehungerten Milliarden der Menschheit zu erhalten. Darum war hier nicht alles verloren. Wenigstens noch nicht.

Die Konservenfabriken hatten die Stadt emporschießen lassen, und es fehlte nicht an gierigen Einwanderern, die an einer neuen Grenze ihr Glück suchten. Andere kamen wegen Ellbogenfreiheit, um dem Gedränge der Nachbarn daheim zu entkommen.

Vor tausend Jahren ist es wahrscheinlich gar nicht so sehr anders gewesen, dachte Stan. *Auch damals jagten Menschen nach Reichtum und Luft zum Atmen. Und der Rote Erik wußte genau, wie man sie an diese entfernte Küste locken konnte. Selbst ihr Name – Grönland – war ein frühes, inspiriertes Beispiel schleichender Werbung.*

Wikingersiedlungen waren an der felsigen Küste

aufgeblüht. Und die Skandinavier hatten zunächst Glück, da sie in einer warmen Wetterperiode ankamen, die von Sonnenflecken und der leicht veränderlichen Erdbahn bewirkt war.

Aber was Astronomie gab, konnte sie auch wieder nehmen. Im fünfzehnten Jahrhundert hatten die Zyklen wieder eingesetzt. Die ›kleine Eiszeit‹ – eine Zeit kümmerlicher Sommer und seltenerer Sonnenflecken – ließ Seine und Themse zu Weihnachten einfrieren, und man sah Eisberge vor Spanien. Ironischerweise erzählten irische Matrosen von der kämpfenden grönländischen Siedlung erst Dekaden vor einer anderen Morgendämmerung, als Christoph Columbus und John Cabot die Aufmerksamkeit der Welt wieder auf fremde Lande richteten, die den Ozean säumten... Aber zu der Zeit, da Reisende wieder ihren Fuß auf die große Insel setzten, waren alle Zeichen lebender Europäer entschwunden.

Stan fand es schwer, sich vorzustellen, daß die Geschichte sich hier wiederholte. Die Werften und Fabriken hatten alle das fest ummauerte Aussehen entschlossener Dauerhaftigkeit, als ob sie der Natur trotzten, das Schlimmste zu tun.

Und dennoch, grübelte Stan. *Andere Zeitalter waren auch selbstsicher – und sieh sie jetzt an!*

Bald blieb die Konservenstadt zurück, als ihr Pilot eines der großen Täler hinaufsteuerte, die in Äonen durch endlose Tonnen alten, zusammengepreßten Schnees eingekerbt wurden. Jetzt flossen in den Tälern da unten neugeborene Ströme. Rentiere trampelten über von Algen gefleckte Steine, durch den Schatten des Luftschiffs in scheue Flucht getrieben.

Oben vor ihnen lag der große Gletscher selbst. Hier und in der Antarktis wurden die Eisgebirge drei Kilometer dick und speicherten die Hälfte des Süßwassers der Erde. Bisher waren nur die Ränder dieser Reserve geschmolzen; aber wenn es ernsthaft zu tauen begänne, würden die Küsten der Welt wirklich ansteigen.

Die Entfernung von so viel gewichtigem Eis würde unweigerlich die Erdkruste darunter in Mitleidenschaft ziehen. Man fühlte schon jetzt die Rückwirkungen von Stößen. In Island spien zwei wilde neue Vulkane. Im Laufe der Zeit würden es noch mehr werden.

Besonders dann, wenn wir nicht das Problem von Gazer-Strahlen lösen, die mit Oberflächenmaterie gekoppelt sind, dachte Stan. Es war ihm immer noch rätselhaft, daß Gravitationswellen in Resonanz manchmal Beben in der äußeren Kruste bewirkten. Er hoffte auf eine baldige Antwort, sonst könnte der bloße Versuch, das *taniwha* loszuwerden, gewaltigen Schaden anrichten.

Zwei Tage für den Aufbau ... weitere drei, um unseren Klopfer zu installieren und Manellas Datenverbindungen zu den anderen Stationen zu prüfen ... Wege zu finden, um im Tandem mit Alexens Gruppe zu arbeiten – und Georges und Kendas ...

Er war das alles so oft durchgegangen, und es schien immer noch ein wild aussehender Plan zu sein – zu versuchen, ein supraschweres, mikroskopisches Stück gefalteten Raums in einen höheren Orbit zu schieben, indem man es wiederholt mit unsichtbaren Strahlen anstieß ... na, das klang wirklich sehr weit an den Haaren herbeigezogen.

Stan bemerkte voraus ein metallisches Blitzen, ganz kurz vor dem näherkommenden Eisschild. Das mußte ihr Ziel sein, wo das Zurückweichen des Gletschers kürzlich Aufschlüsse für ein Rätsel gegeben hatte. Wo manche glaubten, daß vor langer Zeit ein schreckliches Morden stattgefunden hätte.

Sie sagen, daß jeder Fleck auf der Erde eine Geschichte hat, eine ganze Bibliothek von aussageträchtigen Stories. Wenn das so ist, dann ist diese Insel auf Geheimnisse spezialisiert.

Mit steigender Ungeduld beobachtete Stan die

zweite Küste Grönlands, seine innere Küste, wo ein neuer, vorstoßender Landstreifen sich vor einem Kontinent alter Weiße abhob.

Der kleine wissenschaftliche Vorposten hockte auf einem eisigen Rinnsal, nahe genug den aufragenden Klippen, daß an jedem langen arktischen Morgen deren Schatten auf ihn fiel. Eine Begrüßungsgruppe wartete an den Haltetürmen, während automatische Fangeinrichtungen den Zep ergriffen und sanft herunterzogen.

Alles, was Teresa bisher an Luftschifflandungen erlebt hatte, war auf kommerziellen Flughäfen gewesen. Darum fand sie dieses Ruckzuckverfahren faszinierend und irgendwie dem schmucklosen Ankoppeln im Raum ähnlich.

Der Pilot hätte sie sicher in der Kanzel Platz nehmen lassen, wenn sie sich zu erkennen gegeben hätte. Aber das ging natürlich nicht. Also lehnte sie sich statt dessen zum Fenster hinaus wie ein gaffender Tourist und platzte vor Fragen, die sie nicht stellen durfte, und Vorschlägen, die sie nicht zu äußern wagte. Nachdem die Gondel nach einem Stoß leicht scharrend aufgesetzt hatte, stieg sie als letzte aus, hielt sich bei der Kontrollkabine auf und lauschte, wie die Crew ihre abschließende Checkliste durchging.

Die Tangoparu-Techniker hatten schon angefangen, ihre Vorräte auszuladen, als sie dann endlich ausstieg. Teresa ging hinüber, um mit Hand anzulegen, aber Stan Goldman rief sie, um sie einigen Leuten vorzustellen, die Wollmützen und Pendletonhemden trugen. Es war aber schwierig, dieser Zeremonie Aufmerksamkeit zu schenken. Sie fühlte sich durch das Eisplateau angezogen, das nahe genug aufragte, um ihre Sinne vibrieren zu lassen.

Dann war da der *Geruch* – kühl, kräftigend und unerklärlich anziehend. Sie half ihren Kollegen, das Gerät zu schleppen und ihr Einzelzelt aufzublasen. Aber während dieser ganzen Zeit blickte Teresa ständig zum Gletscher und fühlte seine Präsenz. Als alle schwere Arbeit getan war, konnte sie es nicht länger ertragen. »Stan, ich muß auf das Eis gehen.«

Er nickte. »Ich verstehe. Wir werden als nächstes die Toilette aufstellen. Tut mir leid …«

Teresa lachte. »Nein, ich meine wirklich. Ich werde in ein paar Stunden zurück sein. Das ist etwas, das ich einfach tun muß.«

Der ältere Physiker blinzelte zweimal und lächelte dann.

»Natürlich. Sie haben den ganzen Weg bis hier heraus eifrig Gravitronik studiert. Gehen Sie nur! Sie werden erst morgen früh wieder gebraucht werden.«

Sie berührte seinen Ärmel. »Danke, Stan!« Dann beugte sie sich impulsiv hinüber und küßte seine ergraute Wange.

Das Tangoparu-Team hatte in einiger Distanz von der übrigen Siedlung aufgebaut; darum verschmähte sie den Hauptweg und machte sich quer Beet auf den Weg, über die kiesige Moräne. Da sie noch nie einem urtümlichen Gletscher nahe gekommen war, fehlte ihr die Möglichkeit, Entfernungen zu schätzen. Es gab keine Bäume oder andere vertrauten Objekte zum Vergleich. Nach dem Auge allein konnte es zwischen einem und zehn Kilometern weit sein. Aber ihr inneres Gefühl sagte Teresa, daß sie es hin und zurück vor dem Abendessen schaffen könnte. Jedenfalls konnte ihr hier draußen nichts schaden, auch wenn sie sich verschätzte. In ihrem Thermalanzug könnte sie sogar die kurze Sommernacht durchwachen, wenn sie müßte.

Nein, das war kein gefährlicher Ort – bestimmt nicht im Vergleich mit dem Weltraum.

Nichtsdestoweniger hüpfte das Herz in ihrer Brust, als ein Schatten über die Geröllfläche glitt, der mit erstaunlicher Geschwindigkeit hinter ihr auftauchte. Teresa fühlte sein plötzliches Erscheinen, wirbelte herum und hockte sich hin. Mit zusammengekniffenen Augen sah sie eine undeutliche Gestalt, wie eine große Kugel, die von einer offenen Hand gehalten wird.

Sie stöhnte, reckte sich und versuchte so zu tun, als ob das jähe Phänomen sie nicht erschreckt hätte. Selbst gegen die Nachmittagssonne erkannte sie einen jener mit Magnus-Effekt betriebenen Minikräne, die man in der ganzen Welt zum praktischen Heben und Schleppen benutzt. Sie verhielten sich zu Helikoptern wie ein Zeppelin zu einem Stratojet. Mit anderen Worten, sie waren billig, dauerhaft und bei minimalem Treibstoffverbrauch leicht zu betreiben. Wie Zeppeline bekamen Minikräne ihren Auftrieb durch Wasserstoff. Aber diese kleinere Maschine bewegte sich, indem sie den Gasbehälter zwischen vertikalen Gabeln rotieren ließ. Ein eigenartiger, unerwarteter physikalischer Effekt machte sie leicht manövrierfähig.

Teresa beschattete die Augen und sah, wie sich der Lenker aus seiner kleinen Kabine herausbeugte. Er rief etwas auf dänisch. Sie rief zurück: *»Jeg tale ikke dansk! Vil de tale engelsk?«*

»Ah!« antwortete er schnell. »Sorry! Sie müssen zu Goldmans Leuten gehören. Ich bin jetzt unterwegs zu dem Deich und könnte etwas Ballast gebrauchen. Möchten Sie mitkommen?«

Eigentlich hatte sie keine Lust. Aber sie fand es hart abzulehnen. Schließlich wäre es selbstsüchtig, von dem Lager länger entfernt zu bleiben, als sie mußte.

»Wie komme ich an Bord?«

Als die Maschine nahe kam, wurde der Wirbel des rotierenden Gasbehälters nicht mehr vom Wind davongetragen. Die kleine Steuergarnitur hing an zwei Gabeln unter der Mittelachse, und der Motor jaulte. Als Antwort auf ihre Frage beugte sich der Pilot einfach herunter und bot ihr die Hand.

Nun, wer zaudert, ist verloren.

Teresa lief los, um das kleine Luftschiff zu erreichen. Im letzten Moment sprang sie, sein Griff packte ihr Handgelenk, und sie wurde sanft, aber rasch hineingehoben.

»Lars Stirrup«, sagte er, als das Hüpfen nachließ. Es gab ein Zischen von abgelassenem Gas, und sie begannen zu steigen.

»Ich bin Ter...«

Sie hielt inne und tarnte ihren Fehler durch Husten, wie aus Erschöpfung. »... sehr erfreut, Sie kennenzulernen, Lars. Ich bin... Emma Neale.« Das war der Name auf dem Paß, der von einer Tangoparu-Wissenschaftlerin entliehen war, deren Fähigkeiten hier weniger gebraucht wurden als die Teresas.

Der blonde Lars sah eher schwedisch aus als dänisch. Er trug die Ärmel hochgekrempelt und zeigte gut entwickelte Unterarme. »Wirklich erfreut, Sie kennenzulernen, Emma. Zu uns hier her kommen nicht viele Leute. Was ist Ihre Fachrichtung? Paläontologie? Paläochemie?«

»Nichts davon. Ich bin nur hier, um Stan bei einigen wissenschaftlichen Sondierungen zu helfen.«

»Ah!« Lars nickte. »Die werden nützlich sein. So etwa sagt Dr. Rasmussen. Sie hofft, daß sie uns helfen werden, Reste des Meteoriten zu finden.«

Teresa blickte über die zusammengedrückte Moräne und fand das ziemlich optimistisch. »Wie kann noch etwas übrig sein nach dem, was dieses Land inzwischen durchgemacht hat?«

Der Pilot grinste. »Das Ding ist verdammt hart aufgetroffen. Hat sich tief eingegraben. Natürlich wurde das Eis auf Hunderte von Metern zerkratzt. Aber mit Radar aus dem Weltraum kann man viele verborgene Merkmale finden, die aus der Nähe nicht zu sehen sind.«

Das mußt du mir gerade sagen! Teresa hatte bei vielen

solchen Durchmusterungen aus dem Orbit mitgemacht unter Verwendung von Mikrowellen zum Aufspüren verlorener Gräber in Ägypten, Maya-Ruinen in Mexiko und prähistorischen gejagten Nilpferden in den üppigen Sümpfen Libyens.

Sie war versucht, ihr Wissen zu demonstrieren – aber was würde wohl Emma Neale von so etwas wissen? Sie sagte: »Das ist sehr interessant. Bitte, fahren Sie fort!«

»Ach, wo soll ich anfangen? Zunächst ist es Grönland, wo wir manche der ältesten Mineralien finden, die je entdeckt wurden. Sie wurden weniger als eine halbe Milliarde Jahre später als der Planet selbst gebildet!«

Lars machte beim Reden weit ausholende Gesten und nahm oft die Hände vom Steuer, um auf Merkmale im Gelände unten hinzuweisen. Teresa fand das gleichzeitig beunruhigend und aufregend. Natürlich konnte man sich mit einem langsamen, gutmütigen Vehikel wie diesem Freiheiten herausnehmen. Das kühne Vertrauen des jungen Mannes erfüllte die kleine Kabine. Ein Ölstreifen verschmierte den schwieligen Rand seiner rechten Hand, wo er ihn bei einer hastigen Wäsche vielleicht nicht zwischen den krausen Haaren bemerkt hatte. Wahrscheinlich erledigte er alle seine Wartungsarbeiten selbst – etwas, um das Teresa ihn beneidete, da nach den Regeln der Gewerkschaft die Astronauten nur zusehen und kiebitzen konnten, wenn ihre Schiffe gepflegt wurden.

»... So finden wir darunter Reste eines riesigen Kraters. Eines von mehreren, welche Asteroiden gemacht haben, als sie vor etwa fünfundsechzig Millionen Jahren aufschlugen ...«

Er blickte sie immer wieder von der Seite an und zeigte da und dort auf das zerknitterte Gelände unten. Teresa erkannte plötzlich: *Er gibt vor mir an!* Natürlich war sie es gewohnt, daß Männer ihr zu imponieren suchten. Aber diesmal reagierte sie mehr erfreut als gereizt. Es war ein schlafendes, ungewohntes Gefühl, das sie plötzlich nervös und seltsam heiter stimmte. *Ich sollte mir überlegen, eine Blondine zu bleiben,* dachte sie lässig.

Der Gletscher ragte jetzt vor ihnen auf – eine eisige Masse, die ihr Inneres erzittern ließ. Sie spürte, wie er sich immer weiter in das tiefe Herz dieses Minikontinents erstreckte, wo er in Schichten lag – so dick, daß die Gesteinskruste darunter absackte. Seit undenklicher Zeit hatten sich Schneeflocke um Schneeflocke diese Schichten abgelagert.

Jetzt kam unter dem weißen Steilhang die Stelle in Sicht, wo man Maschinen sehen konnte, die sich in den gefrorenen Untergrund verbissen und eine tiefe wissenschaftliche Ausgrabung nach alten Zeugnissen schufen. Immer noch wie ein Touristenführer redend und auf Dinge zeigend, lenkte Lars sein Vehikel zu der Stelle dieser Aktivitäten.

»Hm … darf ich Sie um etwas bitten?« unterbrach Teresa den Monolog des jungen Mannes.

»Natürlich. Was kann ich für Sie tun?«

Teresa zeigte in die Nähe. »Können Sie mich dort absetzen? Nahe dem Eis?«

Lars ließ Höflichkeit offenbar nicht durch Zeitpläne stören. »Alles, was Sie wünschen, Emma.« Mit sicherer Hand am Steuer drehte er seine Maschine in den Wind, kippte vom Gletscher ab, erhöhte die Drehung und pflügte durch den steifen kalten Luftstrom. Als die Stöße stärker wurden, begann Teresa ihre Bitte zu bedauern. Schließlich hätte sie auch gehen können. Es wäre verrückt, so viele orbitale Einsätze zu überleben, nur um im Wrack eines gewöhnlichen Arbeitsflugzeugs zu enden, bloß weil ein junger Mann ihr imponieren wollte.

»Lars …«, fing sie an und hielt von selbst inne, als sie sich entsann, wie mutig und schweigend Jason sie zu beobachten pflegte, wenn sie ihn bei einem Start hinter ihrem Pilotensitz hatte sitzen lassen.

Jason… Ein Strom von Bildern und Gefühlen stieg auf wie Dampfblasen. Teresa verscheuchte sie und merkte, daß sie sich auf unerklärliche Weise statt dessen Alex Lustig vorstellte. Und besonders die große Besorgnis, die ständig die Augen des seltsamen Mannes tönte. Sie ließ sich beinahe das schreckliche Ding wieder einfallen, auf das er Jagd machte.

»Machen Sie sich fertig zum Springen!« rief Lars über den Wind, als er den Minikran zu einer Sandbank steuerte. Teresa öffnete die Schiebetür und sah, wie der Boden näher kam. Zurückblickend erwischte sie einen Ausdruck mitempfundenen Abenteuers von dem jungen Grönländer. »Danke!« sagte sie und sprang. Durch den Rückstoß wurde der Kran hochgerissen, während sie sich für eine harte Landung abstützte.

Der Aufprall benahm ihr den Atem, war aber nicht so schlimm wie bei manchen Trainingsübungen. Sie rollte nur leicht geprellt auf die Füße und winkte zum Zeichen, daß alles in Ordnung war. Der Pilot kippte seine Maschine behende und zeigte mit dem Daumen nach oben. Er rief etwas; aber alles, was sie verstehen konnte, war: »… Auf Wiedersehen bald, vielleicht!« Dann war er fort, durch den eisigen Schwall nach unten geblasen.

Teresa erschauerte plötzlich, zog den Reißverschluß ihres Kragens zu und trat in die Brise. Bald kletterte sie über Gesteinstrümmer, die erst in diesem Frühling frisch freigelegt sein mußten.

Eis. So viel Eis, dachte sie.

Eis wie dieses war der Traum eines Raumfahrers – zur Besorgung von Wasser für Lebenserhaltung oder Treibstoff für die Fahrt. Es gab tausend Möglichkeiten, die Raumfahrt billiger, sicherer und besser zu machen, wenn es da draußen nur genügend Eis gäbe. Die Erde hatte ihre Ozeane. Es gab Wasser im Permafrost des

Mars, in Kometen und in den Monden des Jupiters. Aber alle diese Vorräte waren zu weit entfernt oder zu tief in einer Gravitationssenke, um für ein ausgetrocknetes Raumprogramm Hoffnung zu machen.

Wenn nur Sondierungen aus der Umlaufbahn Lager auf dem Mond gefunden hätten, wie man sich immer gewünscht hatte!

Aber dieser … dieser Kontinent aus Eis.

Sie langte hin, um die Flanke des Gletschers zu berühren. Unter einer rauhen Kruste fand Teresa eine dünne Schicht, die viel weicher war als erwartet. Aber tief drinnen, wußte sie, mußte es fast diamanthart sein.

Genau an der Stelle, wo das Eis aufhörte, bückte sie sich und nahm einen polierten Kieselstein auf.

Gehört zu den ältesten bekannten Mineralien, hat er gesagt. Und ich bin wahrscheinlich die erste, die diesen hier berührt. Das erste fühlende Wesen, welches auf diesem besonderen Fleck steht.

Jetzt erkannte sie, daß es sie deshalb hierher gezogen hatte. *Es gibt auf der Erde keine unbestiegenen Berge mehr … und keine Pläne, daß jemand die Gipfel von Aristarch oder die Schildvulkane von Tharsus erklimmt.*

Dschungel werden vernichtet, um Platz für Häuser zu machen. Die Welt schwitzt in jeder Pore den Atem und das Aroma von Humanität aus. Es ist kein einziger Platz übrig geblieben, wohin man gehen und einen neuen Teil des Universums begrüßen kann – »Hallo, wir sind uns noch nie begegnet. Darf ich mich vorstellen. Ich bin Mensch.«

Ihr kam ein neuer Gedanke.

Wenn ich dieser Planet wäre, dürfte ich inzwischen unser recht überdrüssig sein.

Teresa atmete die erfrischende Luft vom Eis ein. Beim Verdampfen gab es Gerüche frei, die seit Äonen in Kristallgittern festgehalten worden waren – damals, als es hier keine Lebewesen gab mit Verstand oder Sprache … noch eine Vorstellung, daß es ein halbes Leben wert sein kann, nur einen solchen Platz zu erreichen ... zu stehen, wo noch niemand gestanden hat.

Sie schloß die Augen. Und obwohl ihr Verstand nicht wollte, daß sie ihre tiefste Furcht realisierte, wonach all dies bald für immer dahin sein könnte, stand sie dort einige Zeit und hielt eine Andacht auf die einzige Weise, zu der eine Person wie sie imstande war – in Stille und Einsamkeit, unter dem Tempel des Himmels.

□ Vergleich kommerzieller Daten
Netzumfrage Uit 15238368568.2763:
Preisgegensätze in Internationalen Standarddollars 1980

Qualifizierte Dienste 2038 (Kategorietypisch)	*Durchschn.*	*Jährl. Trend*
Kosmetische Operation	$ 202,00	–1,0 %
Spürprogramm n. Maß	$ 113,00	–2,0 %
Voller genetischer Test	$ 176,00	–2,5 %
Anwaltsberatung 1 Std.	$ 21,00	–3,5 %
Häusl. Mikrotoxintest	$ 76,00	+1,0 %

Standardprodukte 2038	*Durchschn.*	*Jährl. Trend*
1 Liter Gasolin	$ 93,00	+2,5 %
1 Ries weißes Papier	$ 52,00	+5,5 %
1 galvanische Batterie	$ 47,00	+4,0 %
1 True-Vu-Brille	$ 8,50	–2,0 %

Bemerkung: Infolge steigender Bildung verfallen Kosten einst gehobener Dienstleistungen, während Rohstoffknappheit die Kosten materieller Güter hochtreibt, außer Photonik und Elektronik, die wegen konkurrierender Innovation keine Aufwärtsspiralen erfahren haben. Eine ironische Konsequenz ist, daß Gewinnspannen dort eng sind und die Industrien jetzt hauptsächlich wegen anhaltender Erfindungsgabe von Amateuren gedeihen.

Der *pakeh*a pflegte zu sagen: »Nur noch eine kleine Notlüge.«

George Hutton sammelte gern solche Albernheiten. Für Weiße schien es ebenso viele Schattierungen von Unwahrheit zu geben, wie die Eskimos Wörter für Schnee haben. Manche Lügen waren natürlich böse. Aber dann gab es ›Halbwahrheiten‹ und ›Metaphern‹, und das von der Art, was einem die Eltern erzählten ›zu deinem eigenen Wohle‹.

Als er durch eine enge, gewundene Steinpassage kroch, erinnerte sich George an einen hübschen faulen Abend im Quark and Swan, als er den armen Stan Goldman wegen solcher westlichen Heuchelei geneckt hatte. Weil es seinen Freund, der Romane liebte, ärgern würde, verunglimpfte George insbesondere jene Verlogenheit, welche ›Fiktion‹ genannt wurde, worin eine Person, genannt ›der Leser‹, einen Autor tatsächlich dafür bezahlt, daß er über Ereignisse lügt, die niemals Leuten passiert sind, die es nie gegeben hat.

»Sind denn alle eure Maori-Geschichten wahr?« hatte Stan wütend zurückgefragt.

»Auf ihre Weise, ja. Wir nichtwestlichen Völker haben nie diese künstliche Unterscheidung getroffen zwischen real und eingebildet ... zwischen ›objektiv‹ und ›subjektiv‹. Wir müssen nicht der Ungläubigkeit entraten, um unsere Legenden anzuhören und zu akzeptieren ...«

»Oder um vor dem Frühstück unmögliche Weltanschauungen anzuerkennen! So kommt ihr Maoris zu der Behauptung, daß eure Vorfahren nie gelogen hätten. Wie konnte jemand lügen, wenn sie imstande waren, zwei gegensätzliche Dinge gleichzeitig zu glauben?«

»Wirfst du mir Inkonsequenz vor, weißer Bursche?«

»Dir? Einem Mann mit fünfzig technischen Patenten in Geophysik, der immer noch Pele opfert? Nie!«

Die Diskussion endete unvermeidlicherweise damit, daß sie sich anbrüllten, die Nasen in einem Abstand von einem halben Meter ... und dann in Lachsalven ausbrachen, bis sich einer so weit erholt hatte, daß er die nächste Lage bestellen konnte.

All right, mußte George sich gestehen, als er längs des polierten Steins eines unterirdischen Flußlaufs nach einer schmalen Leiste tastete. Es ist leicht, bezüglich der Lügen anderer scheinheilig zu sein. Aber es ist eine ganz andere Sache, wenn man merkt, daß man selbst gezwungen ist, entweder zu täuschen oder des Verlustes von allem, was man liebt, gewärtig zu sein.

Er nahm Abstand von der Gesteinsfläche, schickte den Strahl seines Helmscheinwerfers nach vorn und sah, daß das Schlimmste vorüber war. Noch ein paar wacklige Schritte, und er würde auf etwas springen können, das vage wie ein Gehweg aussah, mit genügend Kopffreiheit, um zu stehen, anstatt wie ein Gnom in einem Labyrinth sich zu ducken.

Er nahm die Traverse schnell und landete geschickt, die Hände zur Balance weit vorgestreckt. Dann stellte George die Lampe ein und spähte eine enge Röhre aus von Wasser geglättetem Kalkstein hinauf, wo ein scharfer Keil den gewundenen Kanal teilte. Eine Passage streute seinen Lichtstrahl zwischen sich verjüngende glitzernde Säulen, wo mineralreiches Sickerwasser Bögen geformt hatte, die an den Kalifenpalast von Cordoba erinnerten. Bei seiner Reise nach draußen hatte er diese Galerie nicht bemerkt. Jetzt machte er eine Pause, um die Öffnung auf seiner Taschentafel zu skizzieren.

Natürlich wäre es üblich gewesen, diese Karte zu veröffentlichen. Das würde Geld und Ansehen bringen. Aber das Netz würde nie dies Ergebnis bekommen, hatte er gelobt.

Wie rechtfertigst du eine Lüge? fragte sich George, als er vorsichtig den Rückweg antrat, so wie er gekommen war. Vor einer Dekade, als er zuerst diese ungeheuren Höhlen unter dem Gebirge von Neuguinea entdeckte, hatte er sich entschlossen, seinen Klienten nichts davon zu verraten. War es Diebstahl, dieses Wunder für sich zu behalten? Vielleicht. Aber schlimmer als Diebstahl war die Lüge als solche.

Vor dem Frühstück an sechs unmögliche oder widersprüchliche Dinge zu glauben ... Ja, Stan. Und ein unmögliches Ding, an das ich glaubte, war, daß ich diesen Ort retten könnte.

Er mußte sich mit dem Kopf voran durch die nächste Öffnung zwängen und glitt einen Schacht hinab in eine funkelnde Miniaturkapelle. Knorrige Kalzitwucherungen bedeckten nicht nur die Wände, sondern auch den Boden und fingen das Lampenlicht in blendenden Kristallreflexen. ›Höhlenkoralle‹ nannte man das ... ein recht gewöhnliches Phänomen, seit die Menschen angefangen hatten, die Tiefen von Höhlen auf geheime Schätze der Erde zu durchsuchen. Jetzt war die Koralle aus fast jeder bekannten Höhle der Erde verschwunden, Stück für Stück von Souvenirjägern geplündert – von denen jeder dachte, daß gerade ein Fragment mehr nicht vermißt werden würde.

George ging wieder durch die kleine Kathedrale und suchte die genauen Fußabdrücke, die er bei der Reise nach außen gemacht hatte – winzige Brüche und Flecken zwischen den Glasscherben. Er versuchte, in sie hineinzusteigen; aber es war auch nicht möglich, einen kleinen zusätzlichen und diesmal harmlosen Schaden zu vermeiden.

»Die Welt besteht aus Kompromissen«, schien er Stan Goldman sagen zu hören, obwohl sein Freund im Moment weit entfernt war und inmitten der Eiswüsten von Grönland seinen dazu Teil beitrug. »Du mußt schachern und mit den Konsequenzen leben.«

»Eine *pakeha*-Art, die Dinge anzusehen…«, murmelte George halblaut, als er die Korallensuite verließ und sich seitlich durch eine enge Spalte in ein anderes Flußbett schlängelte. Flüsternde Echos wisperten um ihn herum wie winzige Lebewesen. Unter dem leisen Nachhall stellte er sich Stans Antwort vor.

»Heuchelei, Hutton! Mit wem glaubst du zu sprechen, einem kalifornischen Touristen? Die Anwendung von *pakeha*-Wissenschaft hat dich zu einem widerlichen Milliardär gemacht! Sie hat dir Macht verliehen, in der Welt Gutes zu tun. Also nutze sie!«

Zu den Freuden des Lebens gehörte es, Freunde zu haben, die einem die Realität vor Augen hielten… die einen bei seinem eigenen Mist ansprachen, ehe er so hoch anstieg, daß man darin erstickte. Stan Goldman war ein solcher Freund. Zusammen in Wellington hatten ihre Frauen einander noch zur Gesellschaft. Aber jetzt konnte George sich leider nur ausmalen, was Stan sagen würde.

Als er keuchend seinen massigen Leib durch eine Verengung zwischen strohhalmartigen Tropfsteingebilden hindurchzwängte, kamen die Echos seines Atems zurück wie eine unwirkliche Stimme.

»Schluß mit der verdammten Heuchelei, als ob du wirklich ein edler Wilder sein möchtest, Hutton… Gib zu, daß du ein westlicher Mensch bist wie ich!«

»Niemals!« grunzte George, als er sich frei in die letzte Strecke einer offenen Passage hinausstieß. Japsend, die Hände auf den Knien, schien er die Stimme seines Freundes wie ein Eingeständnis von jeder Wand auf ihn eindringen zu hören.

»Was, nie…?«

George richtete sich schließlich gerade auf und grinste.

»Nun… kaum jemals.« Das Klingen in seinen Ohren wirkte musikalisch wie Gelächter, bis es verstummte. Er machte sich wieder auf und dachte: *Es gibt keine nichtwestlichen Völker mehr.*

Tatsächlich lebte nicht ein einziger Maori mehr, in dessen Blut nicht vielfarbige Mischungen aus Engländern, Schotten, Samoanern und Dutzenden anderer Tönungen flossen. Noch war ein heutiger Maori aufgewachsen ohne Farbfernsehen oder den allgegenwärtigen, alles durchdringenden Einfluß des Netzes.

Dennoch bin ich mehr als bloß ein weiterer homogenisierter grauer Mann aus sanften grauen Zeiten! Und wenn ich durch die Verhältnisse gezwungen werde zu lügen, kann ich meine Lügen wenigstens so ansehen, wie es ein Maori tun sollte: als entsetzliche Dinge!

Und so blieb letztlich Stan Goldmans Ersatzstimme stumm. George wußte, daß sein Freund nicht anderer Ansicht sein würde.

Er nahm eine Krümmung in der Passage, hielt an und schaltete sein Licht aus. Zuerst war die plötzliche Finsternis so kraß, daß er nicht die Hand vor Augen sehen konnte. Aber schließlich entdeckte er einen unglaublich schwachen Schimmer, der von einer Felswand vor ihm reflektiert wurde. Das konnte nur eines bedeuten, nämlich daß er wieder fast bei der Stelle zurück war.

Auf die schwächste Stufe gestellt, veranlaßte ihn die Lampe doch zum Blinzeln, als sie wieder anging. Er ging weiter, kletterte zuerst über eine Leiste und duckte sich dann unter eine überhängende Felsdraperie, um schließlich auf einem Balkon herauszukommen, der die Grotte überschaute, wohin er und die anderen gekommen waren, um mit Dämonen zu kämpfen.

Anders als bei ihren komfortablen, möblierten Kavernen in Neuseeland, warfen hier nur einige kräftige Flutleuchten furchterregende Schatten über diese große Galerie. Schlafsäcke waren auf Heuhaufen ausgebreitet, die man von einem Papua-Bauern gekauft hatte, der das gebirgige Land über ihren Köpfen pflügte und nicht ahnte, welch weite Gebiete unter seinem fauchenden Traktor lagen. Eine tragbare Recyclingseinheit stand in einer Ecke. Sie nahm die Abfälle des Teams auf und lieferte dafür einen notwendigen, wenn auch nicht wohlschmeckenden Bruchteil ihrer Bedürfnisse.

Keine dieser Unbequemlichkeiten machte Georges Veteranen natürlich etwas aus. Also mußte es die jungfräuliche Natur dieser geheimen Höhlen sein, die jedermann flüsternd, leise und achtungsvoll sprechen ließ, als ob man dem Ort keine größere Störung als notwendig zufügen wollte. George war nicht der einzige, der auf einsame, ehrerbietige Kundschaft ging. Während der kurzen Ruhepausen, die ihr Arzt zwischen langen harten Arbeitsschichten verlangte, gingen die meisten der Mannschaft hie und da fort, nur um eine Weile wegzukommen.

Es gab in diesem Netzwerk noch andere, größere Kavernen – die eine sogar größer als die Good Luck Cave in Sarawak, welche vierzig Fußballstadien zu Zwergen machte. Aber diese hier genügte ihren Bedürfnissen und war deshalb für das Projekt geopfert worden. Einige Meter Sediment waren entfernt worden und legten hartes Gestein frei, wo man ein großes halbkugelförmiges Becken ausgetieft hatte.

In der Nähe lag der Metallrahmen, der ihren neuen Klopfer halten sollte. Dahinter stand der Tank, wo der Kristallzylinder langsam Atom um Atom wuchs, unter der Leitung einer Myriade einfacher unermüdlicher Nanomaschinen. In zwei Tagen würde das perfekte Gitter eine fein abgestimmte supraleitende Antenne sein, und ihre richtige Arbeit würde beginnen.

George kletterte eine Reihe trockener Becken hinunter, über die einmal kleine Katarakte geströmt waren. Er war nur eine halbe Stunde fort gewesen, aber seine Leute hatten die Arbeit schon wieder aufgenommen.

Nicht nötig, hier den Vormann zu spielen. Es ist erstaun-

lich, eine wie starke Motivation es sein kann, wenn man eine kleine Chance hat, die Welt zu retten.

Ein einfacher dunkler Mann schaute zu George aus dem Innern der schüsselförmigen Höhlung empor. Er stand auf einem hölzernen Podest.

»Nun, mein Freund, hast du deinen Fluß gefunden?«

Georges Papua-Freund, Sepak Takraw, hatte sich anwerben lassen, um ihrem an Personalmangel leidenden Team zu helfen. Er war unter falschen Bedingungen eingestellt worden; denn George hatte ihm gesagt, daß sie nach tiefem Methan suchten – ein immer wiederkehrender Gral, den Länder erstrebten, die einmal reich an Öl gewesen waren, aber jetzt wieder arm waren und das haßten. Sepaks Gelübde der Vertraulichkeit war natürlich in Titan gekleidet. Aber George konnte trotzdem nicht billigen, daß irgendwelche Leute mehr den wahren Charakter ihrer Mission erfuhren. Vielleicht später würde er es Sepak mitteilen. Nachdem sie Erfolg gehabt hatten. Oder wenn sie sicher wußten, daß sie versagt hatten.

»Ah!« George hob die Schultern. »Der Fluß ist nicht mehr da.«

»Sehr schlimm«, seufzte Sepak. »Vielleicht haben ihn die Bauern beseitigt.«

»Es ist eine durstige Welt.« George nickte. »Nun also, wie sieht die Fundamentierung aus?«

Sepak zeigte in die Schüssel, wo zwei von Georges Ingenieuren die glatte Wand genau mit Instrumenten untersuchten. »Wie du siehst, sind wir beinahe fertig. Nur der verdammte Kiwi-Perfektionismus hält sie dort noch fest. Seit die Helvetier ausgerottet sind, sind deine Leute die schlimmsten Läuseklauber rundum.«

George lächelte über das zweifelhafte Kompliment. Aber so sehr sie auch meckerten, waren Maori und *pakeha*-Neuseeländer sich einig, daß jeder Job, der es wert war, getan zu werden, auch gut gemacht werden mußte. Tangoparu Ltd. hatte ihren Ruf auf diesen Genauigkeitsfetisch gegründet.

Und diesmal erst recht. Die Parameter, die uns Alex Lustig gegeben hat, werden auch ohne menschliche Fehler schwierig genug zu erfüllen sein.

»Endlich sind sie meiner Ungeduld überdrüssig geworden und haben mich fortgejagt. So eine Impertinenz! Hier, hilf mir aus dieser Grube! Willst du?«

George zog seinen kleinen Freund hoch. Erst einmal auf den Füßen, legte Sepak seinen Werkzeugsack hin und holte eine kleine Flasche heraus. Das war ein mildes lokales Gebräu, aber dafür bekannt, daß es jeden arg zusetzte, der damit nicht vertraut war. Also bot er George natürlich einen Schluck an. Der schüttelte den Kopf. Er hatte ein Gelübde abgelegt.

Wenn ich das nächste Mal trinke, wird es bei der Rettung unserer Welt sein … oder wenn ich über dem blutigen Zusammenbruch derer stehe, die sie zerstört haben.

»Wie es dir beliebt.« Sepak nahm noch einen und steckte die Flasche dann in ein Täschchen, das mit einem Schmetterlingsmuster aus Perlen bestickt war. Er war ein reinblütiges Mitglied des Gimi-Stammes, der auf eine sehr ungewöhnliche Besonderheit stolz war. Von allen Nationen, Völkern und Sippen der Erde lebten nur unter eingeborenen Papuas einige wenige, die sich an die Zeit erinnerten, da der Planet kein einzigartiger Ort gewesen war.

In diesem Jahr war die hundertste Wiederkehr der australischen Expedition, die das Große Tal in Zentralneuguinea entdeckt hatte, das bis dahin vom Kontakt mit der Außenwelt isoliert gewesen war. Die letzten ›unbekannten‹ Stämme von nennenswerter Größe wurden dort gefunden. Sie lebten wie seit unzähligen Generationen – sie trieben Ackerbau, führten Kriege, verehrten ihre Götter und hielten die lange Kerbe zwischen den Bergen für die Summe ihrer Existenz.

Das heißt, bis die Australier kamen. Von diesem

Augenblick an war das Steinzeitalter vorbei. Bald hüllte die universelle Ära des Elektrons alles ein - eine Welt, eine Kultur, ein gemeinsamer Wortschatz. Ein gemeinsames Netz.

Droben hatte Sepaks Ururonkel zu den Berühmtheiten gehört, die man für globale neue Nachrichtenkanäle interviewte als einen der wenigen, die sich daran erinnerten, wie die großen weißen Fremden ankamen. ›Der letzte Erstkontakt‹ – so nannten die Medien dies Ereignis.

Oder mindestens, könnte Stan Goldman hartnäckig behaupten, *der letzte Erstkontakt, der auf der Erde stattfand.*

Sepak würde das als die geringste Ausrede bezeichnen. Er sah offenbar keinen Unterschied zwischen Maori und *pakeha,* indem er alle Nichtpapua im genetischen Sinn als ›Weiße‹ abtat. In der eigenartigen umgedrehten Hackordnung modernen ethnischen Geschmacks gab es für ihn keinen höheren Status, als einen Urgroßvater zu haben, der sein eigenes Werkzeug noch selbst aus einheimischem Stein gemeißelt hatte. Der in reiner, primitiver Unschuld das Fleisch seiner Nachbarn verehrungsvoll und genießerisch zu verzehren pflegte.

Sepak schaute eine der Galerien entlang, wo Wellen aus poliertem Stein sich zu verhüllten Mysterien senkten. »So. Kein Fluß mehr. Sehr schlimm. Was nützt eine prächtige Höhle ohne einen Fluß, der sie lachen und singen läßt? Was ist aus dem Ding geworden, das diesen mächtigen Platz ausgehöhlt hat? So ein glanzloses Ende, weggelutscht zu werden in Bewässerungszisternen!«

»Es gibt Anzeichen dafür, daß der Fluß noch vor wenigen Dekaden geströmt ist«, George holte ein Taschentuch hervor und faltete es auseinander. Sepak starrte auf einige glitzernde Splitter. »Was ist das?«

»Fischgräten.«

Der Papua seufzte. Was für eine blinde Species auch einmal am oberen Ende der Nahrungskette dieser winzigen Ökosphäre gelebt haben mochte, einige kümmerliche Skelette waren ihr einziger Nachlaß.

George wußte, daß Millionen über der Erdoberfläche sein Gefühl eines Verlustes teilen würden, wenn sie es erführen. In diesen Tagen könnte das sogar zu Handlungsappellen führen. Obwohl die Einzigartigkeit dieser speziellen Linie für immer erloschen war, könnte vielleicht eine andere Species, die in irgendeinem Reservat oder einer Lebensarche eingeschlossen war, hier gedeihen, sofern nur das Wasser wiederkam. Aber George würde sein Geheimnis bewahren und überlegte nur, wie diese ausgetrockneten Kanäle ausgesehen haben könnten, als ein glucksendes, lichtloses Mirakel durch ihre verborgenen Betten geströmt war.

Wieder mußte er daran denken, was Stan Goldman sagen würde.

»He, all right. Wir begehen Fehler. Aber wer hat uns damals, als wir mit Graben, Bergbau und Bewässerung anfingen, gesagt, daß es so weit kommen würde? Niemand. Wir mußten es allein auf die harte Art herausfinden.

Wo waren denn diese verdammten UFOs und Götter auf Wagen und Propheten, als wir sie wirklich gebraucht hätten? Niemand hat uns einen Leitfaden gegeben, wie man einen Planeten managt. Wir schreiben ihn jetzt selber aufgrund bitterer Erfahrung.«

George verkniff sich ein trauriges Lächeln. Er wußte auch, wie seine Antwort aussähe.

Ich beklage den Moa, welchen meine eigenen Vorfahren ausgerottet haben. Ich beklage die Kraniche und Wale, die von den pakeha *hingemetzelt wurden. Ich beklage auch euch, ihr kleinen Fische.*

Wenn all dies getan wäre, würde er Gläser füllen für seine Freunde und auf jede verlorene Species trinken. Und dann, wenn noch genug Bier in der Welt übrig wäre, würde er auch einen Toast ausbringen auf die, welche noch sterben müßten.

»Komm, Sepak!« sagte George und faltete sein Taschentuch wieder zusammen. »Du kannst mir helfen, die Kranmontierung zu justieren. Sie muß perfekt sein, wenn wir den Zylinder aus seinem Bad heben.«

»Präzision, Präzision!« stöhnte Sepak. Trotz seines Ingenieurdiploms von der Universität in Port Moresby – und einer Haut, die nicht dunkler war als die Georges – brummte er: »Ihr feinen Pinkel setzt zu viel Vertrauen auf eure kostbaren Maschinen. Die werden eure Seelen stehlen, glaube mir! Wir Gimi wissen darüber Bescheid. Warum hat gerade neulich mein Großvater mir gesagt …«

Zufrieden, eine gesunde Dosis seiner eigenen Medizin zu bekommen, hörte George höflich zu, während sie zusammen arbeiteten. Er erlitt in ironischem Rollentausch die gleichen Schuldgefühle, die er zahllosen anderen zugefügt hatte, seit er gelernt hatte, wie …

Stan würde das einfach Spaß machen, dachte George und hörte bescheiden zu, wie Sepak den Spieß umdrehte und die ständig ergiebige Zitze der westlichen Schande nach Kräften molk.

□

…Und so hielt Sie zuerst bei dem Planet Venus an, um zu sehen, ob das die Stätte sein könnte. Aber als Sie von der Atmosphäre nippte, rief Sie aus: »O nein! Das ist viel zu heiß!«

Dann ging Sie zum Mars und rief: »Hier ist es viel zu dünn und kalt!«

Aber schließlich kam Sie zur Erde, und als Sie die süße Luft kostete, rief Sie entzückt: »Ah, der hier ist genau richtig!«

Es war nicht viel, was Skulpturen angeht. Besonders auf einer Insel, die für ihre Monumente berühmt ist. Eine kleine Steinpyramide war alles. Sie ragte aus einem sandigen Abhang auf, wo spärliches Gras in ruhelosen Ozeanbrisen schwankte. Ein chilenischer Turmfalke mit schwarzen Flügeln stieg kreischend auf, als Alex den niedrigen Hügel erklomm, um eine bessere Sicht auf einen dreiseitigen Auswuchs aus poliertem Granit zu bekommen. Der erste Eindruck war irgendwie enttäuschend.

Los, Lustig! Denk nach! Das ist nur die Spitze von etwas, das viel, viel größer ist. Stell dir vor, es endet nicht einfach unter dem Boden, sondern neigt sich ständig immer tiefer, stets abwärts …

Er wußte, worauf diese Kanten abzielten, wahrscheinlich viel besser als der Künstler, der die Skulptur vor siebzig Jahren hier plaziert hatte.

Stell dir vor, die Erde umgibt eine feste Pyramide, mit vier Flächen und vier Ecken, deren Spitzen gerade eben die Oberfläche durchstoßen …

Er dachte sich ein riesiges steinernes Tetraeder – wie eine der magischen geometrischen Formen, nach denen Kepler sich Planeten im Himmel wohlgeordnet vorgestellt hatte. Vor Alex stand nicht ein bescheidenes anspruchsloses Monument, sondern ein Apex der größten Skulptur in der Welt. Einer, die den größeren Teil der Welt *enthielt*.

Ähnliche Skulpturen waren in Grönland, Neuguinea und Südafrika erstellt worden, in einer der einzigen Anordnungen, bei denen jeder Scheitel auf trockenem Land herauskam. Aus ähnlichen Gründen wie der Künstler hatte Alex dieselben vier Stellen ausgesucht, um seine geheimen Resonatoren anzubringen. Es war also mehr als ein glücklicher Zufall, was ihn hierher nach Rapa Nui geführt hatte.

Als er über der steinernen Spitze stand, bewegte Alex langsam die Hände in den Taschen und ließ die baumlose, steinige Ebene auf sich wirken. Ein paar Kilometer westlich ragten die Klippen von Rano Kao auf, einem der drei großen ruhenden Vulkane der Insel, die ein Meer von Schaumkronen überblickten. Nicht gerechnet unbedeutende Inseln, kam der von diesem gezackten Vorsprung gespaltene Wind nach Überquerung von achttausend Meilen freien Ozeans hier an.

Wie eigenartig ist es, in solchen Maßstäben zu denken, wenn meine ganze Ausbildung auf Betrachtung des unendlich Kleinen gerichtet ist.

Während er hier stand, wußte er mit höchster Präzision, wo die anderen Tangoparu-Teams rund um den Globus verteilt waren. Wahrscheinlich würde niemand davon ihren lokalen Portionen der Skulptur der gesamten Erde begegnen. Die Plätze zwei und vier waren von den aktuellen Monumenten um einige hundert Kilometer entfernt.

Aber dies hier war der Nabel. Wenige Inseln waren so klein im Vergleich mit dem sie umgebenden weiten Ozean. Alex hätte diesen Apex nicht verfehlen können, auch wenn er es versucht hätte.

Manche sagen, Pyramiden wären Symbole des Glücks, grübelte er. *Aber ich möchte ein Dodekaeder vorziehen.*

Rapa Nui war aus anderen Gründen als Hauptquartier gewählt worden, von denen nicht der geringste die Sicherheit war. Hier hatte die Pazifische Gesellschaft von Hine-marāma mehr Einfluß als die ›nationalen‹ Autoritäten im fernen Chile. Unter dem Schirm der Gesellschaft konnten sie eine große Mannschaft bringen, Alex die Mühe ersparen, die Konstruktion zu überwachen, und ihm Zeit lassen, mit der Wolke von Zahlen und Bildern in seinem Kopf zu ringen.

Solche Bilder folgten ihm überall hin, selbst wenn er an dem Aschenkegel eines alten Vulkans entlangging oder seltsame Monumente auf einer Insel voller Monumente betrachtete.

Zum Beispiel hockte genau nördlich von Rano Kao, nahe Rapa Nuis einsamer Stadt und der Landebahn, eine weiße Gestalt, die einmal ein stolzer Vogel des Weltraums gewesen war. Jetzt von Guano gestreift und verloren, klebte das Shuttle *Atlantis* ständig auf einer rostigen Plattform für gaffende Besucher und Vögel, die es in anderer Weise benutzten. Alex hatte seinem Versprechen gegenüber Kapitän Tikhana getreu dem ausgeschlachteten Wrack seine Aufwartung gemacht, das einst ein ehrgeiziges Objekt für viele Milliarden Dollar gewesen war, jetzt aber nur einen weiteren Obelisken der Osterinsel darstellte. Die darin verkörperten Sensationen waren verlorengegangen.

Wie beim ersten Male, da er die einheimischen Statuen gesehen hatte, für die dieser Ort berühmt war. Damals hatte er das gleiche betrübte Gefühl gehabt.

...als ob dies ein Ort wäre, wo Hoffnungen gestorben sind.

Alex wandte sich nach Süden. Dort an der kleinen, zermahlenden Bucht von Vaihu stand eine Reihe aus sieben hoch aufragenden behauenen Steinen, genannt *moai,* die unter schweren Basaltbrauen die Lippen aufwerfen. Einige trugen zylindrische Knoten aus rötlicher Schlacke auf dem Kopf. Sie blickten landeinwärts, mit Zement verstrichen, wo Restauratoren in späterer Zeit sie aus Fragmenten zusammengefügt hatten. Die grollend schauenden Wächter schienen nicht dankbar zu sein. Vielmehr zeigten sie eine grimmige Miene hartnäckigen Unwillens.

Ehe er in die Arktis aufbrach, hatte Stan Goldman Alex ein dünnes Buch über die Osterinsel gegeben mit altmodischen Papierseiten. »Sie gehen zu einem der traurigsten und faszinierendsten Plätze der Erde«, hatte ihm der alte Physiker gesagt. »Er hat tatsächlich vieles mit Grönland gemein, das mein Reiseziel ist.«

Alex konnte sich nicht zwei Orte vorstellen, die einander so unähnlich waren – der eine ein eigener, von Eis bedeckter Kontinent, der andere ein Fliegendreck, gebraten und fast wasserlos inmitten des freien Ozeans. Aber Stan erklärte: »Beide waren Schulbeispiele dafür, wie es sein könnte, auf einer anderen Welt eine Siedlung zu gründen – winzige Niederlassungen, isoliert, ohne Handel oder jede Unterstützung von außen, gezwungen, mit eigener Intelligenz und den mageren lokalen Ressourcen eine Generation um die andere zu leben.«

Stan schloß bitter: »Ich fürchte, daß es in beiden Fällen der Menschlichkeit nicht besonders gut ergangen ist.«

Tatsächlich hatte Stan nach dem, was Alex später las, noch untertrieben. Die Hollywoodbilder polynesischer Paradiese ignorierten die Zyklen von Aufschwung und Niedergang durch Überbevölkerung, die jeden Archipel mit verzweifelter Regelmäßigkeit trafen – Zyklen, die hauptsächlich durch ein einziges Mittel geheilt wurden – das blutige Ausmerzen der männlichen Erwachsenen. Filme verwiesen auch nicht auf jenen anderen Holocaust – das Austilgen einheimischer Species –, nicht gerade durch Menschen, sondern durch die Schweine, Ratten und Hunde, die die Kolonisten mitgebracht hatten.

Die Polynesier selbst verdienten keinen großen Tadel. Die Menschen hatten eine lange Geschichte, daß sie überall Unheil anrichteten, wohin sie kamen. Aber Alex erinnerte sich, daß seine Mutter einmal die Bedeutung des *Maßstabs* erklärt hatte. Je kleiner und isolierter das Ökosystem, desto schneller wurde jeder Schaden fatal. Und es gab auf der Erde nur wenige Plätze, die so klein, isoliert oder vom Schicksal geschlagen waren wie Rapa Nui.

Binnen weniger Generationen nach der Ankunft der Menschheit, um 800 n. Chr., war nicht mehr *ein* Baum stehen geblieben. Ohne Holz für Boote mußten die Siedler dann die See aufgeben – mit jeder Möglichkeit für Flucht oder Handel. Was blieb, war Urgestein, aus dem sie primitive Hütten fertigten … und diese traurigen Ikonen.

Überbevölkerung und Langeweile ließen nur eine Wahl – endlosen Krieg. Ein kurzes Jahrhundert, nachdem die großen Statuen errichtet waren, war fast ein jeder in Stammesfehden und Vergeltungsmaßnahmen umgekommen. Als dann die Europäer eintrafen – um den Platz arrogant nach einem christlichen Feiertag zu benennen –, hatten die Eingeborenen von Rapa Nui einander fast ausgerottet.

Als ob wir Moderne es viel besser machten. Es erfordert nur etwas mehr Macht und größere Zahlen, um das auszuführen, was die Leute der Osterinsel nicht konnten … etwas so großes wie den Ozean selbst zu verderben.

Früher war er an dem einen schmalen Strand der Insel entlanggeschlendert hinauf nach Anakea, wo Hotu Matua vor langer Zeit zuerst mit seiner Schar hoffnungsvoller Siedler landete. Und was Alex zunächst für weißen Sand hielt, erwies sich als eine Streu zerkleinerten Styropors, die aus Packmaterial stammten, das Tausende von Meilen entfernt weggeworfen worden war. Das Zeug wurde verboten, als er noch auf der Universität war. Dennoch trieb es immer noch überall an die Küste. Struppige Meeresvögel pickten in dem Abfall. Vielleicht starben sie nicht, sie sahen aber auch nicht gut aus.

Jen, dachte er und wünschte, er könnte sich hier mit seiner Großmutter unterhalten, *ich brauche dich, damit du mir sagst, daß es noch nicht zu spät ist. Ich muß hören, daß genug übrig geblieben ist, damit es sich lohnt, die Welt zu retten.*

Die mürrischen Statuen starrten ins Land hinein

und schienen die düsteren Vorahnungen Alexens zu teilen.

Oh, der neue Gravitationsreaktor arbeitete gut. In seinen ersten Versuchsläufen hatte er Betas vertrautes Glitzern in klarerem Detail denn je ausgemacht. Echos umklammerten die massive, komplexe Singularität innerhalb von *zwanzig Metern* in den feurigen Innereien der Erde.

So weit, so gut. Aber in diesen Reflexionen hatte Alex auch gesehen, wie rasch das *taniwha* wuchs.

Verdammt, wir haben überhaupt keine Zeit mehr!

Er schaute um die finsteren Steinfiguren herum und malte sich in seiner Phantasie plötzlich Ragnarök aus. Dampf ballte sich, als das Meer durch jähe Flammenzungen zerrissen wurde und ein maßloses, bodenloses Loch hinterließ.

Dann strömte der geplünderte Ozean in die entfesselten Tiefen.

»Hier sind die Nachrichten«, sagte ihm June Morgan, als er zu der Halle kam, die ihm in Fertigbauweise die Techniker unweit Vaih errichtet hatten. Sie wirkte wie eine kleine Sportarena auf einer ebenen Fläche aus Muttergestein. Unter dem opaken Dach hatten sie ihre Computer und den Hauptresonator aufgestellt ... einen blanken Zylinder, der gerade aus seiner Wanne gereinigter Chemikalien erstanden und jetzt an schwenkbaren Lagern verankert war. Alex sagte: »Geben Sie mir bitte nur eine Zusammenfassung, June!«

Obwohl sie nicht zu dem ursprünglichen Haufen gehörte, hatte June sich als nützlich erwiesen, zusammen mit einigen von Pedro Manellas ›neuen Leuten‹. Ihre Erfahrung mit Magnetismus war besonders günstig, als sie das Feld verfolgten, welches den Erdkern verbrämt, auf der Suche nach jenen merkwürdigen supraleitenden Zonen, die erst vor wenigen Wochen entdeckt worden waren.

Außerdem war June ein Organisationsgenie. Während die Tage der Hetze verstrichen, begann Alex sich immer mehr auf sie zu verlassen.

»Platz zwei meldet volle Bereitschaft in nur wenigen Stunden«, sagte die blonde Frau und bestätigte damit, daß George Huttons Gruppe in Neuguinea im Zeitplan lag. »Das grönländische Team sagt, sie werden morgen nachmittag einsatzfähig sein.«

»Gut!« Alex hatte gewußt, daß Goldman und Tikhana es schaffen würden. »Was ist mit Afrika?«

Sie hob den Blick. »Die hatten sich in zwei Stunden wieder melden sollen, aber ...« Sie zuckte die Achseln. Bei ihrem so delikat ausbalancierten Programm wäre ein Versagen auch nur an einer Stelle katastrophal. Und das afrikanische Team befand sich in einem Land, das völlig außerhalb ihrer Kontrolle lag. Immerhin war es erstaunlich, daß Jen es geschafft hatte, überhaupt dorthin zu gelangen.

»Machen Sie sich deshalb keine Sorgen! Meine Großmutter ist in ihrem Leben niemals pünktlich gewesen. Sie kommt dennoch immer irgendwie durch. Wir brauchen den Platz für einige Zeit noch nicht.«

»Was uns angeht, so ist die Zeit gekommen«, schloß er und hob die Stimme. »Also wollen wir uns sputen.«

Er nahm an einer Stelle in der Nähe Platz, die das vertraute holographische Bild des Erdquerschnitts zeigte, mit seitlichen Projektionen für jeden Faktor, den er möglicherweise verfolgen würde. Ihre früheren Sonden hatten unten alle Arten von Vibrationen ausgelöst – gravitative, sonische und elektrische. Wenn man den Planeten mit einer komplizierten, unvergüteten Glocke verglich, so schien das jedesmal passender, wenn man sie anzapfte. An der Oberfläche der Erde drückte sich all dieses ›Klingeln‹ in Zitterbewegungen aus – einer Resonanzkopplung. Alex fing gerade erst an auszusortieren. Schlimmstenfalls könnten sie bei

Unachtsamkeit verhaltene Faltungskräfte auslösen, die schon an der Schwelle des Ausbruchs standen.

»Hmm«, überlegte er und sah sich die letzte Ausgabe an. »Sieht aus, als ob die Vibrationen diesmal nicht so schlimm wären, obwohl wir die Energie erhöht haben. Vielleicht finden wir heraus, was das bedeutet.«

Neue Karten zeigten unten viele Zonen, wo rohe Energie darauf wartete, daß man sie anzapfte, sobald ihr Netzwerk vollständig war. *Da unten gibt es eine ganze Welt,* dachte Alex. *Und wir haben gerade erst begonnen, sie zu erforschen.*

Jetzt, da die Grenze zwischen dem flüssigen Kern und dem Mantel in solchem Detail gezeigt wurde, wirkte sie wie die Oberfläche eines fremden Planeten. Es gab Wellenzüge, die Gebirgen erstaunlich ähnelten, und weite, geriffelte Flächen, die vage an Meere erinnerten. *Schattenkontinente* ahmten Tausende von Kilometern darunter die bekannten nach. Weit unter Afrika zum Beispiel ragte eine Intrusion von Nickel auf wie ein Echo der granitenen Fregatte, die weit oben schwamm.

Es gab auch ›Wetter‹ – Wolken plasti-kristalliner Konvektion, die in langsamen Strömen zirkulierten. Gelegentlich flackerten unvorsehbar diese Flüsse in jenen überraschenden neuentdeckten Zustand auf, und Elektrizität ergoß sich in perfekten Blitzschlägen.

Es ›regnete‹ sogar. Lange nachdem sich das Nickel und Eisen der Erde von den mineralischen Bestandteilen getrennt hatten und in den tiefen Kern abgesunken waren, kam es *immer noch* vor, daß metallische Tröpfchen sich zusammenballten und nach unten wanderten, wobei sie die Grenze mit geschmolzenen Nebeln, Nieselregen und sogar Platzregen angriffen.

Ich sollte nicht überrascht sein. Konvektion und Zustandsänderung müßten auch da unten ablaufen. Indessen wirkte das alles gespenstisch und weckte bizarre Vorstellungen. Könnte es auf diesen Schattenmassen

›Leben‹ geben? Leben, für das die plastischen, gewundenen Perovskite des Mantels eine ›Atmosphäre‹ bildeten? Für das die Schlacke aus Granit und Basalt darüber so durchscheinend und kühl war wie für ihn hohe Cirruswolken?

»Zehn Minuten.« June Morgan umklammerte nervös ihr Klemmbrett. Und Alex stellte fest, daß andere ihn mit ähnlichen Blicken anschauten. Aber im Herzen fühlte er nur eisige Ruhe. Eine grimmige, beherrschte Stille. Sie hatten das Monstrum studiert, und jetzt war Schluß mit der Teratologie. Es war Zeit, das Ding in seiner Höhle anzugehen.

»Ich mache mich dann besser bereit. Danke, June!«

Er langte nach seinem Subvokalgerät und paßte den Apparat mit seinen vielen Leitungen an Kopf und Hals an. Während er die Einstellungen vornahm, erinnerte er sich daran, was ihm Teresa Tikhana damals in den Waitomo-Höhlen gesagt hatte, kurz ehe sie sich trennten.

»... Es ist ein weiter Weg zu der nächsten Oase, Dr. Lustig. Das wissen Sie doch? Eines Tages werden wir andere Welten finden und die vielleicht besser behandeln. Aber ohne die Erde hinter uns, in unserem Rücken, werden wir nie diese zweite Chance bekommen ...«

Alex fügte dem in Gedanken hinzu: *Wenn wir diese Schlacht verlieren, werden wir keine zweite Chance verdienen.*

Er ließ aber nichts davon erkennen. Um deren willen, die ihm zusahen, grinste er statt dessen und sprach mit leichtem affektiertem Schnarren.

»All right, lads, lassies! Sollen wir unseren kleinen Teufel zum Tanz auffordern?«

Sie lachten nervös.

Der Resonator schaukelte in seinen gelenkigen Halterungen und drehte sich mit einer Präzision, der kein menschliches Auge folgen konnte. Er richtete sich auf das Ziel aus.

Und sie fingen an.

TEIL VII

PLANET

Es begann ein erbitterter Kampf zwischen Meer und Himmel und Land.

Im Ozean war das Leben fleischfresserisch und einfach, eine auf den allereinfachsten Formen gegründete Pyramide, auf das Phytoplankton, das in großen farbigen Fluten gedieh, überall da, wo Sonnenlicht auf Rohmaterialien traf. Von den zum Wachsen und Florieren nötigen Elementen konnten Wasser und Sauerstoff aus dem Wasser entnommen werden und Kohlenstoff aus der Luft. Aber Calcium, Silicium, Phosphor und Nitrate … die mußte man sich anderswo besorgen.

Manches davon bekam man, indem man seinen Nachbarn verzehrte. Aber früher oder später mußte alles, was im Meer schwebte, aus dem Zyklus ausscheiden und sich zu den ständig zunehmenden Sedimenten in der Tiefe gesellen. Kalte, nach oben gehende Strömungen ersetzten einen Teil des Verlustes und zogen Nährstoffe aus dem schlammigen Boden wieder in die Höhe. Aber das größte Defizit entstand an den Mündungen von Flüssen, die von Regen durchnäßte Kontinente entwässerten. Schlick und Mineralien, die rohen Düngemittel des Lebens, flossen ins Meer wie Glukose aus einem intravenösen Tropf. Auf Land brauchte das Leben lange Zeit, um Fuß zu fassen.

Und überaus lange gab es nur zarte Filme aus Cyanobakterien und Pilzen, die die kahlen Steinflächen mit Filamenten und winzigen Fasern überzogen. Diese ersten Böden hielten Feuchtigkeit länger in Kontakt mit Gestein, so daß die Verwitterung beschleunigt wurde. Der Strom von Calcium und anderen Elementen ins Meer wurde stärker.

Plankton wirkt besonders, wenn es gut ernährt wird. Und so wurde nach dem Zerbrechen von Gondwanaland, als viele große Ströme Untiefen speisten, in denen es von grünem Leben wimmelte, Kohlenstoff aus der Luft gezogen wie nie zuvor. Die Atmosphäre wurde transparent.

Zu jener Zeit war die Sonne weniger warm. Und deshalb kühlte sich die ihres Gewächshauseffektes beraubte Luft auch ab. Es verbreiteten sich Eisschilde, die mehr und mehr von der Erde bedeckten, bis von Nord und Süd die Gletscher beinahe am Äquator zusammentrafen.

Das war keine bloße Störung. Nicht einfach eine ›Eiszeit‹. Die Eisfläche, die Sonnenlicht in den Raum reflektierte, blieb gefroren. Der Meeresspiegel sank. Verdunstung nahm wegen der Kälte ab. Es gab weniger Regen.

Aber weniger Regen bedeutete weniger Verwitterung kontinentaler Gesteine … weniger Mineralabtragung. Das Plankton wurde in Mitleidenschaft gezogen und entnahm der Luft immer weniger Kohlenstoff. Schließlich sank die Nachlieferung unter das durch Vulkane und Atmung gesetzte Maß. Das Pendel begann in die andere Richtung zu schwingen.

Mit anderen Worten – das Treibhaus kehrte zurück. Natürlich. Binnen weniger Jahrmillionen war die Krise überstanden. Flüsse strömten, und warme Meere benetzten wieder die Küsten. Das Leben nahm seinen Vormarsch wieder auf – sehr wahrscheinlich durch das knappe Entkommen stimuliert.

Ein Tauziehen … oder eine Rückkoppelungsschleife … je-

denfalls klappte es. Was machte es aus, daß jeder Zyklus Epochen währte und zahllose kleine Tode und unverkündete Tragödien enthielt? Auf lange Sicht funktionierte es.

Aber nirgends stand geschrieben, in Wasser oder in Stein, daß es auch beim nächstenmal so gehen müßte.

☐ Lieber Netzpostteilnehmer [☐ EweR-635-78-2267-3 aSp]:

Ihr Briefkasten ist kürzlich von EmilyPost geplündert worden, einem Gefälligkeits-Wurmkettenprogramm, das im Oktober 2026 durch eine anonyme Gruppe von Netzabonnenten im westlichen Alaska gestartet wurde. [☐ ref: konfisziertes Geständnis 592864-2376298.98634, deponiert bei Leumi-Bank 10/23/36:20:34:21. Ablauffreigabe 10 Jahre.] Unter den Paragraphen über zivilen Ungehorsam der Charta von Rio akzeptieren wir im voraus die Geldstrafen und Bußen, die fällig werden, wenn unser Geständnis im Jahr 2046 freigegeben wird. Indessen halten wir das für einen kleinen Preis für die Mitteilung, die Ihnen durch EmilyPost überbracht wird.

Kurzum, lieber Freund, Sie sind keine sehr höfliche Person. Die Subroutinen der Syntaxanalyse von EmilyPost zeigen, daß ein sehr hoher Bruchteil Ihrer Netzkorrespondenz überhitzt, tadelnd, ja sogar obszön ist.

Natürlich genießen Sie Redefreiheit. Aber EmilyPost ist von Leuten geschaffen worden, die besorgt sind wegen der neueren Trends zu übermäßiger Häßlichkeit in manchen Teilen des Netzes. EmilyPost zielt ab auf Leute wie Sie und fängt damit an, Sie zu bitten, die Vorteile von Höflichkeit in Erwägung zu ziehen.

Einerseits würden Ihre Glaubwürdigkeitsbewertungen ansteigen. (EmilyPost hat Ihre bevorzugten Bulletindaten nachgeprüft und findet, daß Ihre Bewertungen keineswegs hoch sind. Niemand hört Ihnen zu, Sir!) Außerdem sollten Sie bedenken, daß Höflichkeit den Geist beruhigen kann, indem sie schrille Gegnerschaft in nützliche Erörterung und sogar Konsens verwandelt.

Wir schlagen vor, in Ihr Postsystem eine automatische Verzögerung einzubauen. Kommunikationen sind heutzutage so schnell, daß die Leute selten anhalten und nachdenken. Manche Benutzer des Netzes handeln wie Geisteskranke, die alles herausschreien, was ihnen in den Sinn kommt, statt als Bürger mit der menschlichen Gabe des Taktes zu handeln.

Wenn Sie wünschen, können Sie eines der Verzögerungsprogramme des öffentlichen Bereichs benutzen, das unentgeltlich in dieser Version von EmilyPost enthalten ist.

Sollten Sie natürlich darauf beharren, wie zuvor weiterzumachen und Häßlichkeit in alle Richtungen auszustreuen, so haben wir EmilyPost mit anderen Optionen versehen, die Sie bald kennenlernen würden...

• LITHOSPHÄRE •

Als die kleine Niederlassung zuerst auf dem salzigen Rand des Golfs von Mexico eingerichtet wurde, mußten große Schiffe mit hohen Schwingen aus weißem Segeltuch bei Flut durch ein unermeßliches, verschilftes Delta fahren, um sie zu erreichen. Es erforderte einen guten Lotsen, mit den sich verschiebenden Kanälen fertig zu werden. Aber der neue Handelsposten war von piependen Seevögeln leicht zu erreichen. Matrosen vor Anker konnten hören, wie Brecher gegen Sandbänke polterten.

Der Hafen war gedacht als Berührungspunkt zwischen drei Welten – Süßwasser, Salzwasser und dem kontinentalen Meer der Prärie, das sich jenseits der westlichen Berge erstrecken sollte. Das Dorf gedieh in dieser Rolle und wurde zur Stadt. Die Stadt zur Metropole. Die Zeit verging, so unerbittlich wie der Strom.

Wenn eine Stadt erst einmal groß und ehrwürdig geworden ist, rechtfertigt sie sich selbst. Jahrhunderte verstrichen. Schließlich spielte die ursprüngliche Daseinsberechtigung für New Orleans kaum mehr eine Rolle. Es kämpfte als ein lebendes Wesen ums Überleben.

Logan Eng schlenderte an einer Aufschüttung entlang und sah zu, wie Frachtschiffe an versunkenen aufgegebenen Docks vorbeiglitten. Dies war einmal der zweitbelebteste Hafen in Nordamerika gewesen; aber jetzt fuhren Frachter daran vorbei, etwa zu den großen Rohrumladestationen von Memphis. An diesem schwülen Abend roch es hauptsächlich nach Kiefernölen mit Pfefferminzaroma von Pflanzungen, die die Stadt angelegt hatte, um andere, weniger angenehme Gerüche zu überdecken. Barkassen der Umweltbehörde beschnupperten mißtrauisch jedes Schiff. Aber laut Logans Exfrau waren es nicht Bilgenverklappungen, die dem Fluß diese schmierige braune Schärfe gaben, sondern die brüchigen Abwasserleitungen der Stadt selbst.

Natürlich war Daisy McClennon nie um Gründe verlegen. Als opponierende Studierende hatten sie vor langer Zeit gemeinsam die gleichen Schlachten geschlagen. Das waren große Tage gewesen, als man jung war und das Recht auf seiner Seite hatte.

Aber die Zeit setzt Beziehungen zu, genau wie Städten. Und Daisy, die Puristin, fand es immer schwieriger, mit Logan auszukommen, in dessen Herzen etwas steckte, das Kompromiß hieß. Ihre erste große Auseinandersetzung ereignete sich früh, als Alaska, Idaho und andere Schlupfwinkel schließlich anfingen, Gifte im Haushalt wie Farben in Dosen und Pesticide zu besteuern, um korrekte Entsorgung anzuregen. Logan war begeistert gewesen, aber Daisy rümpfte die Nase und entdeckte einen Schwindel. »Du kennst die Drahtzieher und Geschäftemacher nicht so wie ich«, hatte sie erklärt. »Wenn die so leicht nachgegeben haben, so war es, um größeren Sanktionen später zuvorzukommen. Sie sind Experten darin, den Wind zu prüfen, wenn sie euch Gemäßigten gerade genug Leine freigeben ...«

Logan begann, andere Leute zu beneiden, deren Ehen verfallen oder gedeihen konnten wegen weltlicher Dinge wie Geld, Sex oder Kindern. Er und Daisy hatten ihrerseits immer mehr verdient, als sie brauchten, sogar in diesen knappen Zeiten. Und ihre Liebesspiele pflegten so gut zu sein, daß er sie selbst in mittleren Jahren immer noch für die attraktivste Frau hielt.

Wie absurd, daß kleine Differenzen in der *Politik*

zwischen sie treten sollten! Differenzen, die er persönlich rätselhaft fand.

Er erinnerte sich noch immer lebhaft an jenen endgültigen, bitteren Abend, als er bio-abbaufähige Geschirrseife von den Händen wischte und ihren Blick zu erhaschen suchte. Er hatte flehentlich gesagt: »He! Ich bin auf deiner Seite.«

»Nein, das bist du nicht!« hatte sie zurückgekreischt. Ein handgefertigter Teller krachte gegen die Wand. »Du baust Dämme! Du hilfst, daß Bewässerungsanlagen fruchtbares Land ruinieren!«

»Aber wir haben neue Wege ...«

»Und jeder eurer neuen Wege wird nur mehr Katastrophen mit sich bringen! Ich sage dir, ich kann nicht weiter mit einem Mann leben, der *Bulldozer* durchs Land schickt.«

Er erinnerte sich an ihre Augen an jenem Abend vor zehn Jahren, so eisblau und dennoch voller Feuer. Er hatte sie festhalten wollen, ihren vertrauten Duft einatmen und sie bitten, es noch einmal zu überdenken. Aber am Ende ging er in die Nacht hinaus ... eine feuchte Nacht wie diese ... mit Koffern und stets danach einem Gefühl des Exils.

Ironischerweise war Daisy ihrem Wort treu geblieben. Sie konnte ihn, wenn auch nicht seine Ansichten, ertragen, sofern er nicht im gleichen Haus wohnte. Die Betreuung von Claire wurde gemeinsam so leicht geregelt, daß Logan sich wundern mußte. War es, weil Daisy ihn als guten Vater kannte? Oder weil dies Thema für sie nicht so bedeutsam war wie der letzte Streit?

»Die Leute reden so, als ob die alten Tage kapitalistischer Plünderer an den Stränden von Vanuatu und mit der Eroberung von Vaduz geendet hätten«, hatte sie gerade am letzten Sonntag erklärt bei einem Dinner von Neo-Cajun gedunkeltem Sojakuchen. »Aber ich weiß es besser. Sie sind noch hier, hinter der Bühne, die Profitmacher und Geldhaie. Gesetze gegen Geheimhaltung haben sie bloß in Deckung getrieben.

All dies Gerede darüber, daß man Steuerpolitik benutzen sollte, um ›soziale Ausgaben zu veranschlagen‹ ... – was für eine blöde Idee! Der einzige Weg, Verderbern Einhalt zu gebieten, besteht darin, daß man sie an die Wand stellt und erschießt.«

Dies aus dem Munde einer Vegetarierin, die es für Mord hielt, einer perennierenden Pflanze zu schaden! An einer Stelle während des Essens traf Logans Tochter sein Auge. Ich brauche mit Daisy bloß bis zum College zu leben – schien Daisys mitfühlender Blick zu sagen – Du mußtest mit ihr *verheiratet* sein!

Tatsächlich genoß Logan perverserweise diese monatlichen Konfrontationen mit Daisys Fanatismus. Unter seinen Ingenieurkollegen hatte er so oft die progaianische Partei bei Diskussionen vertreten, daß es geradezu erfrischend war, wenn die Rollen gelegentlich vertauscht wurden.

Ideologien sind auf jeden Fall zu verführerisch. Es tut einem Mann gut, die Dinge von einer anderen Seite zu sehen.

Man nehme die Szene von diesem Damm aus! Logan fand es schwer, sich über einfache Abwässer aufzuregen. Es war doch schließlich Biomasse, die direkt den Golf als Ziel hatte. Nichts wirklich Ernstes, wie Schwermetalle in einer Wasserführung oder Nitrate in einem See. Das braune Zeug da draußen würde kein angenehmes Trinkwasser liefern. (Aber wer *trank* überhaupt aus dem Mississippi?) Doch der Ozean konnte eine höllische Menge Dünger absorbieren. Stromabwärts gab es keine Städte, daher schauten Beamte weg, wenn die Alte Dame ... undicht war. New Orleans hatte sowieso spezielle Probleme.

Von der Höhe des bespritzten Deichs erspähte Logan die massive Flutsperre, welche die Stadtväter gegen aggressives Hochwasser gebaut hatten. Der Preis für dieses imposante Bauwerk lag hinter ihm –

eine Stadt, noch elegant und stolz, aber durch Vernachlässigung ruiniert.

Logan hatte Alexandria, Rangun, Bangkok und andere bedrohte Städte bereist, die ähnliche Panoramen von Glanz und Verfall aufwiesen. Manchmal hatte sein Rat wirklich geholfen, wie in Salt Lake, wo der ansteigende Binnensee jetzt eine blühende, versunkene Stadt umgab. Aber öfters kam er heim mit dem Gefühl, Schlammfluten mit seinen bloßen Händen bekämpft zu haben. Offenbar hatte der Tod von Venedig niemanden etwas gelehrt.

Manchmal muß man einfach Abschied nehmen.

Hier in New Orleans arbeiteten ernste Männer und Frauen an der Rettung ihrer einzigartigen Stadt. Kürzlich hatte er der Stadtverwaltung geholfen, siebzehn Blocks der Innenstadt davor zu bewahren, daß sie weiter in dem immer weicher werdenden Boden versänken. Heute abend würden sie ihn mit einer Nacht im alten Französischen Viertel belohnen, das immer noch munter und voller Leben war – obwohl die Dixiemusik jetzt von diesen Barrikaden längs des Flusses widerhallte und die Containerschiffe und Tanker auf gleicher Höhe mit Balkons aus Schmiedeeisen vorbeizogen.

Einmal mußte er einfach weggehen, um seine klingenden Ohren abzukühlen und die scharfe Küche sich beruhigen zu lassen. Er entschuldigte sich und schlenderte durch den dumpfen, nach Jacaranda riechenden Abend, machte Liebespaaren Platz und wandernden Gruppen von Ra-Jungen, die herumstrolchten. Der Big Easy war immer noch Klasse. Auch im Verfall ein Hauch schäbigen Glanzes, und sogar die unvermeidlichen Gangstertypen glaubten an Höflichkeit.

Er lauschte auf die Signalhörner der Schiffe und dachte an die Seekühe, die dieses Gebiet einst bevölkert hatten, als La Salles erste Männer ihren Weg durch endlose Marschen stakten und Äxte gegen Pelze tauschten. Natürlich waren die Seekühe längst verschwunden. Und bald – relativ bald – würde es auch New Orleans sein.

Der Tod einer Stadt beginnt mit ihren Fundamenten. Die Franzosen hatten eine weite Fläche von Bayous und Schilfbetten angetroffen, wo der Mississippi weit in den Golf hinein Schlick ablagerte. Das stellte ein Problem dar. *Du willst an der Mündung eines Flusses eine Stadt erbauen, aber an welcher Mündung?* Natürliche Flüsse haben davon viele.

Sie wählten die am besten schiffbare und nannten sie nach einem Chippewa-Wort ›Mississippi‹. Aber die Natur respektiert keine Namen. Kanäle verschlammten, und der Fluß bahnte sich neue Wege zum Meer.

Das war ganz natürlich, aber die Menschen fanden es unbequem. Also begannen sie zu baggern und sagten: »Dies soll der Hauptkanal sein, immer und ewig.«

Ausgebaggerter Schlamm häufte sich längs der Ufer eines Trogs auf, der immer weiter nach außen vorstieß und seine Last an Präriestaub und Gebirgssedimenten tiefer in den Golf hieninbeförderte. Nicht ein Fächer, sondern ein Finger, Jahr um Jahr, in der allgemeinen Richtung auf Cuba zu.

Inzwischen begann die Erosion im Rest des Deltas.

Logan hatte Hunderte von Kilometern an Uferbefestigungen inspiziert, die aufgeworfen waren im vergeblichen Bemühen, die dem Untergang geweihte Küste zu retten. Noch höhere Aufschüttungen hielten den Fluß zusammen, deren Neigungswinkel mit der Zeit flacher wurde. Schwebender Schlick fing an, sogar nördlich von Baton Rouge niederzusinken. Bald hielt die träge Strömung das Meer nicht länger zurück. Der Salzgehalt stieg an.

Stromaufwärts kämpfte der Mississippi wie eine Anaconda und wand sich, um zu entrinnen. Es war ein Wettkampf roher Gewalt. Und Logan wußte, wo er verloren sein würde.

Könnt ihr seinen Ruf vernehmen? fragte er die gefangenen Wasser. *Könnt ihr hören, wie euch Atchafalaya zuwinkt?*

Zum Glück würde Claire fortziehen, lange bevor der Mississippi die Sperre des Alten Flusses durchbrechen oder einen anderen Schwachpunkt suchen würde, um sich in diese friedliche Ebene von Zuckerrohrfeldern und Fischfarmen zu ergießen. Aber Daisy? Sie würde sich nie von der Stelle bewegen. Vielleicht glaubte sie es nicht, weil die Warnung von *ihm* kam. Das bescherte Logan ein leichtes Schuldgefühl.

In Wirklichkeit würde er nur dafür beten, daß die neuen Sperren des Corps' so gut wären, wie man behauptete. Das war möglich. Die Schulen lehrten die jungen Leute, in Dekaden zu denken, nicht mehr bloß in Monaten oder Jahren. Vielleicht hatte dieser Geist den Weg sogar bis Washington gefunden.

Aber Flüsse sehen Dekaden und sogar Jahrhunderte als bloße Lappalien an.

Der Mississippi rollte dahin. Und nicht zum erstenmal fragte sich Logan, ob Daisy dennoch recht haben könnte. *Ich suche nach Lösungen, die mit Kräften der Erde operieren. Ich denke gern, daß ich aus den Fehlern früherer Ingenieure gelernt habe.*

Aber haben die nicht auch geglaubt, für Äonen zu bauen?

Er erinnerte sich daran, was Shelley über einen alten Pharao geschrieben hatte.

> »Mein Name ist Ozymandias, o König der Könige. Schau auf meine Werke, du Mächtiger, und verzweifle!«

Jetzt zerbröckelten die Pyramiden, Symbole für den Sieg des Menschen über die Zeit, unter dem trüben Atem der fünfzig Millionen Einwohner von Kairo. Die Monumente des Ramses blätterten ab zu Staub und wurden fortgeblasen, um dünne Schichten in der Anatomie eines künftigen Geologen der Vergangenheit zu werden.

Können wir nichts erbauen, das andauert? Nichts, das es wert ist zu überdauern?

Logan seufzte. Er war zu lange fort gewesen. Er wandte sich von dem geduldigen Fluß ab und nahm die rostige, knarrende Eisentreppe zurück in die alte Stadt.

Nahe der Tür des Restaurants stand ein Mann in Blau, dessen kurzer militärischer Haarschnitt und gefleckte Haut durch das Rhodiumflackern des Eingangsschildes noch betont wurden. Zuerst hielt Logan den Burschen für einen Ra-Boy in Zivil. Aber ein zweiter Blick zeigte, daß er dafür zu alt und viel zu kräftig war.

Normalerweise hätte Logan kein zweitesmal hingeschaut, aber man sieht zweimal hin, wenn jemand herantritt und einen am Ellbogen packt. »Verzeihung?«

»Nein, ich bin es, der sich entschuldigen muß. Ich nehme an, Sie sind Logan Eng?«

»Oh… Es wäre kein Zeitgewinn, das zu leugnen.« Diese abgedroschene Phrase rutschte ihm heraus, ehe er es bedauern konnte. Aber der Mann mit dem fahlen Gesicht schien es nicht zu beachten. Er ließ Logans Arm erst los, als sie vom Portal weggingen.

»Mein Name ist Glen Spivey, Oberst in der Aerospace Force der Vereinigten Staaten.«

Der Fremde zeigte einen Personalausweis, der eine holographische Kugel von zehn Zentimetern Durchmesser projizierte, die mit ehrwürdigen militärischen Emblemen verziert war.

»Bitte, machen Sie weiter und bedienen sich Ihrer Taschentafel, um meine Ausweise zu verifizieren, Mr. Eng!«

Logan mußte lachen. Teils aus Erleichterung, daß es sich nicht um einen Raubüberfall handelte, und teilweise wegen der Ungereimtheit. Als ob jemand wirklich eine so auffällige Sache vortäuschen wollte!

»Ich glaube Ihnen sicher…«

Aber der Mann bestand darauf. »Es wäre mir wirklich lieber, wenn Sie es nachprüfen würden, Sir.«

»He, was soll das alles? Ich werde erwartet…«

»Das weiß ich. Es wird nicht lange dauern. Wir können reden, sobald Sie meine Aufrichtigkeit verifiziert haben. Es ist um Ihrer Sicherheit willen, Sir.«

In den Augen des Fremden erkannte Logan eine Hartnäckigkeit, die die seine weit übertraf.

»Na schön!« Er holte seine Tafel aus der Tasche und zielte mit ihrer Linse erst auf Spivey und dann den leuchtenden Ausweis des Mannes. Er tastete schnell seinen privaten Sicherheitsdienst ein, den er für solche Zwecke benutzte, und drückte den Daumen auf die Identifizierungsplatte. Nach drei Sekunden ließ der kleine Bildschirm eine klare Bestätigung aufleuchten.

Also gut, der Kerl war der, der er zu sein behauptete. Logan wäre ein Räuber vielleicht lieber gewesen.

»Wollen wir nun einen kleinen Spaziergang machen?« Spivey winkte mit Arm.

»Ich bin gerade ein Stück gelaufen. Können wir uns nicht hinsetzen? Ich habe wirklich nur einen Moment…«

Sein Protest ebbte ab, als der Offizier ihn zu einem langen schwarzen Wagen führte, der an der Bordschwelle geparkt war. Ein Blick verriet Logan, daß das Ding völlig aus Stahl hergestellt war und mit Benzin hoher Oktanzahl lief.

Erstaunlich! Arbeitsvehikel waren eine Sache für sich. Draußen auf dem Feld brauchten Motore diese Art Energie. Aber was war sie hier in einer Stadt nütze? Dieser Umstand sagte ihm mehr, als er durch Spiveys Ausweis erfahren hatte.

Logan fühlte sich wie ein Entweiher, als er seine Arbeitshose in die Plüschpolster drückte. Als die Tür sich leise zischend schloß, entschwand sofort jeder Laut von der schrillen, mißtönenden Straße. »Dies ist ein Sicherheitsfahrzeug«, sagte Spivey ihm. Und das glaubte er auch.

»All right, Colonel. Um was geht dies alles?«

Spivey hielt eine Hand hoch. »Erst muß ich Ihnen sagen, Mr. Eng, daß das, worüber wir uns unterhalten werden, der höchsten Geheimhaltungsstufe unterliegt. *Top secret.*«

Logan blinzelte. »Ich verlange mein Anwaltsprogramm.«

Der Offizier lächelte besänftigend. »Ich versichere Ihnen, daß alles legal ist. Sie müssen bedenken, daß gewisse Regierungsstellen von den Vorschriften der Rio-Verträge über freien Zugang ausgenommen sind.«

Das wußte Logan. Mit der Abrüstung hatten nicht alle Bedrohungen der Friedens oder der nationalen Sicherheit aufgehört. Die Nationen standen immer noch im Wettstreit und erkannten im Prinzip die Notwendigkeit von Geheimdiensten an. Aber dennoch war ihm dieser Gedanke höchst zuwider.

Spivey fuhr fort: »Aber wenn Sie es wünschen, können wir unsere Unterhaltung aufzeichnen, und Sie können eine Kopie bei einem angesehenen Registrationsdienst deponieren. Welchen benutzen Sie geschäftlich? Ich bin sicher, daß Sie oft Eigentumssachen für Wochen oder Monate sequestrieren, ehe Sie Patente beantragen.«

Logan entspannte sich etwas. Eine Konversation zu *sequestrieren,* sie für eine kurze Zeitspanne vertraulich zu lassen, war eine ganz andere Angelegenheit... so lange eine legale Aufzeichnung an einer sicheren Stelle aufbewahrt wurde. In diesem Falle wunderte er sich, weshalb Spivey überhaupt von ›geheim‹ sprach.

»Ich deponiere bei Palmer Privacy, aber ...«

Spivey nickte. »Palmer wird genügen. Weil wir aber Dinge der nationalen Sicherheit besprechen, die eine mögliche Bedrohung des öffentlichen Wohlergehens sind, muß ich um eine zehnjährige Sequestrierung ersuchen, auf höchstem Niveau.«

Auf diesem Niveau konnte nur ein Bundesgericht die Aufzeichnung vor Ablauf der Frist eröffnen. Logan schluckte. Es war ihm, als ob er in einen schlechten zweidimensinalen Film des zwanzigsten Jahrhundert geraten wäre, der in Daisy McClennons Verstärkungslabor übertrieben realistisch gemacht war.

Spivey fügte hinzu: »Natürlich wird meine Behörde die Extrakosten erstatten, wenn das ein Problem ist.«

Nach kurzen Zögern nickte Logan. »Okay!« Seine Stimme klang sehr trocken.

Spivey nahm zwei Aufzeichnungswürfel heraus, schwarz, mit fälschungssicheren Siegeln, und steckte sie in einen Recorder. Gemeinsam gingen sie das Ritual durch und notierten Namen und Bedingungen, Zeit und Ort. Zuletzt winkte der Oberst mit beiden Würfeln und lehnte sich zurück. »Mr. Eng, wir interessieren uns für Ihre Theorien über den Vorfall an der Gezeitensperre in der Biscaya.«

Logan zwinkerte. Er hatte sich Gedanken gemacht, um was es sich handeln könnte, von Personenschmuggel über Entsorgungsvergehen bis hin zu Insidergeschäften. Er reiste weit umher und begegnete so vielen bunten Typen, daß man nicht sagen konnte, wie oft er in die unablässigen und bisweilen fragwürdigen Manipulationen von Regierungen und Korporationen verwickelt sein dürfte. Aber hiermit hatte Spivey ihn überrascht!

»Nun, Colonel, ich hatte diesen Aufsatz mehr unter der Rubrik Science Fiction einordnen müssen als Theorie. Ich habe ja schließlich publiziert in einer Datenbasis für spekulative ...«

»Allerdings, Mr. Eng. *The Alternate View.* Vielleicht überrascht es Sie, daß unser Dienst über dieses Magazin und ähnliche genau Akten führt.«

»Wirklich? Das ist doch nur ein Forum für Ideen von Verrückten...« Er bemerkte die Miene des Colonel. »Nun ja, vielleicht nicht so verrückt wie manche andere. Die meisten Bezieher sind Leute der Technik. Sagen wir, man kann dort Dinge veröffentlichen, die nicht anderswo hingehören – sicher nicht in die formellen Zeitschriften. Die meisten Ideen sind nicht ernst zu nehmen.«

Er hatte das unangenehme Gefühl, daß Spivey jeden seiner Züge kritisch verfolgte. Das mochte er nicht.

»Wollen Sie sage, daß Ihre Hypothesen wertlos sind?« fragte der Colonel ausdruckslos.

Logan zuckte die Achseln. »Es gibt eine Menge Gedanken, die auf dem Papier oder in Netz-Simulationen zu funktionieren scheinen, aber in der realen Welt nicht bestätigt werden können.«

»Und was war Ihr Gedanke?« fragte Spivey prompt.

Logan dachte zurück an den Fall des fehlenden Bohrturms in Südspanien und den Ankermast, der bei dem Gezeitenkraftwerk auf die Spitze gekippt war – beides ohne ein Anzeichen von Sabotage.

»Ich habe nichts weiter getan, als ausgerechnet, wie eine besondere Art von Erdbewegung die seltsamen Dinge hätte bewirken können, die ich gesehen habe.«

»Was für eine Art von Erdbewegung?«

»Es ist...« Logan hielt beide Hände schräg parallel. »Es ist... nun, wie wenn man ein Kind auf einer Schaukel anstößt. Wenn man in der richtigen Frequenz schubst, die dem natürlichen Pendeldrhythmus entspricht, baut man mit jedem Stoß Impuls auf...«

»Ich weiß, wie Resonanz funktioniert, Mr. Eng. Sie haben vorgeschlagen, die Anomalien in Spanien könnten durch einen speziellen *Typ* seismischer Resonanz bewirkt worden sein. Insbesondere hätten das plötzliche Auftreten extrem eng gebündelter Erdbeben und entsprechende Gravitationsschwankungen...«

»Nein! Ich habe nicht gesagt, daß das die Ursache

wäre. Ich habe nur gezeigt, daß solche Wellen mit den beobachteten Ereignissen verträglich wären. Das ist eine amüsante Idee und weiter nichts. Ich kann wirklich nicht sagen, warum ich mich überhaupt damit abgegeben habe.«

Der Mann der Regierung neigte leicht den Kopf. »Ich bedaure, daß ich mich falsch ausgedrückt habe. Sie scheinen darüber erregt zu sein.«

»Der Ruf eines Mannes ist wichtig. Besonders auf meinem Gebiet. Natürlich verstehen die Leute Spaß. Darum bemühte ich mich, klarzumachen, daß ich nichts weiter tat, als mit einer Idee zu spielen. Es ist eine ganz andere Sache zu sagen: ›Das ist es, was geschah!‹ Das habe ich nicht getan.«

Spivey schaute ihn lange an. Schließlich öffnete er eine dünne Mappe und holte eine großformatige Lesetafel heraus. »Ich würde es schätzen, wenn Sie dies hier durchsehen wollten, Mr. Eng, und überlegten, was Sie im Licht Ihrer … *spielerischen* Übung sehen.«

Logan wollte protestieren. Inzwischen könnten seine Freunde im Restaurant besorgt sein. Oder sie könnten durch Alkohol aufgelockert sein oder annehmen, er wäre zu Bett gegangen.

Er nahm die Tafel. Er vergewisserte sich, daß die Würfel über seine Schulter aufzeichnen könnten, legte den Daumen auf den Knopf zum Umwenden der Seiten und begann mit der Durchsicht. Während er las, zog sich Schweigen in der Limousine hin. Schließlich sagte er: »Das glaube ich nicht.«

»Jetzt verstehen Sie, warum ich darauf bestanden habe, daß Sie meine Ausweise prüften, Mr. Eng. Also werden Sie wissen, daß es kein Spaß ist.«

»Aber diese Episode hier …«

»Sie haben noch nicht die aktuelle Aufzeichnung gesehen. Die ist noch lebendiger als Zahlen. Gestatten Sie!« Der Mann tippte sachkundig die korrekte Datenseite ein. »Dies wurde von einem Aufklärungsluftschiff aus großer Höhe über unserer Marinestation Diego Garcia im Indischen Ozean aufgenommen.«

Jetzt war vor Logan eine tropische Landschaft bei Mondschein abgebildet. Ruhige Wasser glitzerten unter stiller Tropenluft.

Plötzlich wurde die Meeresoberfläche an acht Stellen flach. Trotz schrägen Blickwinkels und perspektivischer Verkürzung konnte Logan erkennen, daß die Dellen ein regelmäßiges Achteck bildeten.

So schnell sie erschienen, dehnten sie sich nach außen aus. Zu ihnen kam jetzt ein äußerer Ring aus kleineren Buckeln, insgesamt zwanzig. Maßstabsangaben liefen am Rande des Schirms herunter, und Logan stieß einen Pfiff aus.

Die Buckel brachen wieder zusammen – viel schneller, als normale Schwerkraft sie hätte hinunterziehen können. Diesmal traten neunundvierzig Vertiefungen an ihre Stelle. Die acht im Zentrum waren jetzt zu tief, um von der Kamera gemessen zu werden.

Dann explodierte der Schirm plötzlich mit Licht. Schneller, als Logan folgen konnte, stieß eine Handvoll heller Speere empor, rechtwinklig zum Ozean. Sie waren in einem Augenblick verschwunden und hinterließen nur ein Beugungsmuster kreisförmiger Wellen, die sich ausbreiteten und schließlich verschwanden, bis alles wieder ruhig war.

»Das ist das beste Beispiel«, erklärte Spivey. »Es wurde von seismischer Aktivität begleitet, die eine gewisse Ähnlichkeit mit den spanischen Beben hatte.«

»Wohin ...«, fragte Logan mit rauher Stimme. »Wohin ist das Wasser gegangen?«

Das Lächeln des Obersten war distanziert und geheimnisvoll. »Hat knapp den Mond verfehlt, um weniger als drei Durchmesser. Natürlich war es an dieser Stelle schon ziemlich diffus ... Ist Ihnen auch wohl, Mr. Eng?« Echte Besorgnis lief über Colonel Spiveys

Gesicht, als er sich vorbeugte. »Möchten Sie einen Drink?«

Logan nickte. »Ja... danke! Ich glaube, ich habe einen sehr nötig.«

Für eine kleine Weile fand er es trotz des Flüsterns der Klimaanlage ziemlich schwierig, Luft zu holen.

☐ Net Vol. A69802-11 04/06/38 14:34:12UT.
User G-654-11-7257-Aab AP News Alert: 7+:
Schlüsselwahl: ›Erhaltung‹, ›Tierrechte‹, ›Konflikt‹:

Bei der fortlaufenden und bisweilen heftigen Konfrontation zwischen der Internationalen Fisch-und-Vogel-Gesellschaft – IFVG – und der als Kein-Fleisch bekannten Gruppe für Rechte der Tiere ist heute eine überraschende Entwicklung eingetreten. Zum Erstaunen vieler hat das Herd-Conclave der Nordamerikanischen Kirche Gaias zugunsten der größten Weltorganisation von Entenjägern interveniert.

Laut der Hochwürdigsten Elaine Greenspan, Leiterin des Staates Washington und Enclave-Sprecherin für diesen Monat:

»Wir haben alle Beweismittel geprüft und entschieden, daß in diesem Fall weder die Jagd noch der Verzehr von Tiergewebe Unsere Mutter verletzt. Vielmehr sind die Aktivitäten der IFVG offenkundig wohltätig und verdienstvoll.«

Im Lichte der schon lange bestehenden Verwerfung des Schlachtens warmblütiger Tiere erklärte Greenspan:

»Unsere Position gegenüber rotem Fleisch wurde oft mißverstanden. Es handelt sich nicht um eine moralische Ablehnung von Fleischessen *per se*. Das Verzehren oder Verzehrtwerden ist nichts an sich Böses, denn es ist klarerweise ein Teil von Gaias Plan. Menschliche Wesen haben sich mit Fleisch als einem Teil ihrer Diät entwickelt.

Unsere Kampagne wurde geführt, weil große Herden von weidendem Groß- und Kleinvieh viel von der Erde zerstörten. Große Mengen benötigten Getreides wurden als Futter vergeudet. Und modifizierte Speisetiere wie Mastochsen sind Greuel, beraubt der höchsten Würde wilder Geschöpfe, eine Chance für Flucht und Freiheit zu haben und um das Überleben zu kämpfen.

Nach Anhörung der Argumente von IFVG-Vertretern finden wir, daß keiner dieser Einwände auf sie zutrifft.

Ähnlich hatte sich unsere weite Ablehnung der *Jagd* auf die Seltenheit von Wildleben gegründet im Vergleich mit dem Beutemacher, dem Menschen. Aber dies trifft dort nicht zu, wo Jäger wenig zahlreich, verantwortungsbewußt und sportlich sind, und wo die gejagte Art sich erneuert.

Entgegen unseren anfänglichen Erwartungen haben wir bestimmt, daß Entenjäger der IFVG zu den glühendsten Unterstützern der Bewahrung zählen, indem sie Millionen ausgeben, um Feuchtgebiete aufzukaufen und zu erhalten, Umweltverschmutzer und Wilddiebe verfolgen und ihre Aktivitäten bewundernswert regeln. Wir schätzen, daß ein völliges Verbot der Jagd zu einem katastrophalen Verlust noch vorhandener Wanderrouten führen würde. Darum ordnet die Kirche an, daß die IFVG wohltätig ist für die Gesellschaft und für Gaia und ihren Segen verdient.«

Es gibt auch Präzedenzfälle für diese überraschende Aktion. Zum Beispiel hat die Kirche vor dreißig Jahren gegen den Verkauf vieler überholter Militärbasen gekämpft, die sie lieber in diesem Zustand erhalten sehen wollte, denn zu kommerziellem Besitz entwickelt.

Aber zu der heutigen Verlautbarung gab ein Sprecher für Kein-Fleisch nur diesen Kommentar:

»Damit erreicht die Heuchelei der NoAm GaKi einen neuen Höhepunkt. Töten ist Töten, und Mord ist Mord. Auch haben alle Tiere Rechte. IFVG und ihre neuen Verbündeten mögen sich hüten! Was sie anderen antun, könnte noch auf sie zurückfallen.«

Auf die Frage, ob das eine Drohung mit Gewalttätigkeit wäre, lehnte der Sprecher jeden Kommentar ab.

• BIOSPHÄRE •

Nelson Grayson hatte Mühe, ›Kooperation‹ und ›Wettbewerb‹ zu verstehen. Die beiden Worte waren als gegenteilig definiert, und dennoch behauptete seine Lehrerin, sie wären im Grunde dasselbe.

Außerdem hatte Nelson irgendwo tief innerlich das Gefühl, dies schon lange geargwöhnt zu haben.

»Ich bin immer noch verwirrt, Professor«, gab er bei ihrem nächsten Treffen zu, obwohl es ihn Mühe kostete, das zu sagen. Jedesmal, wenn Dr. Wolling eine solche Sitzung gewährte, fürchtete er, daß sie es schließlich aufgeben würde wegen seiner Langsamkeit und seines Verlangens nach handfesten Beispielen bei jedem Punkt der Theorie.

Sie sah blaß aus, als sie ihm am Tisch gegenübersaß. Das könnte schon sein, weil sie so viel Zeit mit jenen geheimnisvollen Fremden verbrachte, die in der verlassenen Goldmine unter Arche Vier mysteriöse Sondierungen vornahmen. Außerdem machte Nelson sich Sorgen wegen ihrer Gesundheit.

Sie mochte gebrechlich aussehen, aber ihr Blick war unerschütterlich. »Warum fängst du nicht mit dem an, was du verstehst, Nelson?«

Er überwand einen Drang, seine Notiztafel zu konsultieren. Dr. Wolling hatte ihn einmal auf die Hand geschlagen, als er das zu oft tat. »Respektiere deine eigenen Gedanken!« hatte sie streng gesagt.

»Na gut«, schnaufte er. »Die Gaia-Theorie besagt, daß die Erde ein guter Platz für Leben bleibt, weil das Leben selbst ständig den Planeten verändert. Andernfalls wäre es zu einer permanenten Eiszeit gekommen wie auf dem Mars. Oder einer ... hm ... Treibhausinstabilität mit Verlust allen Wassers wie bei der Venus.«

»Tatsächlich wohl eher wie Venus als Mars«, stimmte sie zu. »Die Erde ist für eine Wasserwelt ihrer Sonne ziemlich nahe, dicht am Rande der bewohnbaren Zone. Wie haben wir also eine Venusfalle vermieden?«

Dafür hatte er schon eine Antwort bereit, die übliche. »Frühe Algen und Bakterien haben geholfen, daß die Chemie des Ozeans der Atmosphäre Kohlendioxid entzog. Sie haben den Kohlenstoff in ihre Skelette eingebaut, die sich auf dem Meeresboden ablagerten. Dadurch wurde die Atmosphäre reiner ...«

»Durchlässiger für Wärmestrahlung.«

»Jawohl. Also konnte Wärme entweichen, und die Ozeane konnten feucht bleiben, sogar als die Sonne heißer wurde. Tatsächlich ist die Lufttemperatur vier Milliarden Jahre lang ungefähr gleich geblieben.«

»Einschließlich der Eiszeiten?«

Nelson zuckte die Achseln. »Triviale Fluktuationen.«

Dieser Ausdruck gefiel ihm. Es mochte es, wie sie von der Zunge glitt. Er hatte das in der vorigen Nacht geübt in der Hoffnung auf eine Chance, sie zu gebrauchen. »Wie die Erwärmung, die heutzutage allen Leuten solche Sorgen bereitet. Gewiß wirft sie schreckliche Probleme auf, und es könnte zu großen Verlusten kommen ... uns vielleicht eingeschlossen. Aber das ist nicht so ungewöhnlich. In einer Million Jahre oder so wird das Pendel zurückschwingen.«

Jen Wollings Nicken schien zu sagen, daß er sowohl recht wie unrecht hatte. Richtig war, daß der Treibhauseffekt des zwanzigsten Jahrhunderts nicht der erste Ruck nach oben im Thermostat der Erde war. Aber es war vielleicht falsch, daß die jetzige Abweichung so wäre wie alle anderen.

Halt dich ans Thema! erinnerte er sich. Das war das Problem bei intellektuellen Gesprächen. Da ergaben sich so viele Seitenwege, daß man nie dahin gelangte, wohin man wollte, sofern man nicht Disziplin übte. Als ob ›intellektuell‹ und ›Disziplin‹ Wörter wären, von denen er noch vor sechs Monaten gedacht hatte, daß er sie auf sich beziehen würde!

»Also«, sagte Dr. Wolling und legte eine Hand auf die andere. »Das Leben hat ständig die Erdatmosphäre genau in der richtigen Weise verändert, um für sich ein passendes Milieu aufrechtzuerhalten. War das Absicht?«

Nelson fühlte sich kurz gekränkt, weil sie ihn so hatte hereinlegen wollen. Dann begriff er, daß sie nur eine gute Lehrerin war und es ihm leichtmachte. Er antwortete: »Das wäre die starke Gaia-Hypothese. Sie besagt, daß die Homöo … hm, Homöostase … der Balanceakt des Lebens … ganz Teil eines Planes ist. Die religiösen Gaianer …« – Nelson wählte seine Worte vorsichtig aus Respekt für die Ndebele – »sagen, die Erdgeschichte beweise, daß es einen Gott oder eine Göttin gibt, die geplant hat, daß alles so geschieht.

Dann ist da die mittlere Gaia-Hypothese … wo die Leute sagen, daß die Erde sich wie ein lebender Organismus *verhält*. Daß sie alle Eigenschaften eines lebenden Wesens hat. Aber sie sagen nicht, daß das wirklich geplant war. Wenn der Organismus irgendein Bewußtsein hat, sind *wir* das.«

»Ja, fahr fort!« entgegnete sie. »Und was ist die gängige wissenschaftliche Ansicht?«

»Das ist die schwache Gaia-Theorie. Sie sagt, daß natürliche Prozesse eben in einer vorhersagbaren Weise in Wechselwirkung stehen mit Dingen wie Ozeanen und Vulkanen … Calciumabtragung von den Kontinenten und dergleichen … so daß Kohlendioxid in der Atmosphäre angereichert wird, wenn es kalt ist, sie es aber wieder entweichen läßt, wenn es zu heiß wird und das Gas ausgetrieben wird.«

»Das ist also ein Prozeß.«

»Nun ja, aber einer mit eingebauten Stabilitäten aller Art. Nicht bloß hinsichtlich Temperatur. Das ist es, weshalb so viele Leute einen Plan sehen.«

»In der Tat. Aber ich habe dich das alles nur wiederholen lassen, weil es sich auf deine Frage bezieht. Wie kann *Wettbewerb* als naher Verwandter von *Kooperation* gesehen werden?

Denk an das Präkambrium, Nelson, vor zwei oder drei Milliarden Jahren, als Grünalgen im Ozean anfingen, ernsthaft allen Kohlenstoff aus der Luft zu ziehen. Sag mir, was sie an seiner Stelle ausgeschieden haben.«

»Sauerstoff«, antwortete er rasch. »Der ist durchlässig ...«

Sie machte eine Handbewegung. »Vergiß das für einen Moment! Denk an die biologischen Effekte! Berücksichtige, daß Sauerstoff brennt! Er war ...«

»Ein Gift!« unterbrach sie Nelson. »Ach ja. Die alten Bakterien waren Anna ...«

»Anaerobisch. Ja. Sie konnten mit einem so korrosiven Gas nicht fertig werden, obwohl sie diejenigen waren, die es herschafften. Das war ein klassischer Fall, wie man lernt, in seinen eigenen Abfallprodukten zu leben.«

Nelson blinzelte. »Dann ... dann mußte man sich an den Druck anpassen.«

Dr. Wollings Lächeln verriet mehr als nur Befriedigung. Diese Ermunterung erwärmte Nelson und verwirrte ihn auch.

»Genau«, sagte sie. »Eine Krise türmte sich für Gaia auf. Sauerstoffverschmutzung drohte alles zu beenden. Dann stolperten einige Arten auf eine korrekte biochemische Lösung – wie man aus der neuen energiereichen Umgebung Vorteil ziehen konnte. Heute ist fast alles, was du um dich siehst, von diesen anpassungsfähigen Arten hergekommen. Die wenigen noch überlebenden Anaeroben sind auf Brauereipfannen und Meeresböden verwiesen.«

Nelson nickte, eifrig, diesen Ausdruck in ihren Augen festzuhalten. »Also veränderte Gaia sich weiter und wurde besser ...«

»... subtiler. Komplizierter.«

Sein Kopf schmerzte von der Anstrengung. »Aber ... das klingt wie beides zur gleichen Zeit! Es war Kooperation, weil die Species, welche den Wechsel bewirkte, sich zugleich verändern mußte. Sie wissen – Jäger und

Gejagter. Fresser und seine Mahlzeit. Keiner von ihnen hätte es alleine geschafft.

Aber es war auch Wettbewerb, weil jedes von beiden für sich selbst kämpfte.«

Dr. Wolling strich in Gedanken eine graue Haarsträhne zurück. »All right, du siehst das wesentliche Paradoxon. Wir alle haben uns zu der einen oder anderen Zeit um dieses seltsame Ding Gedanken gemacht – daß Tod so böse *scheint*. Unsere Grundnatur ist gegen ihn. Und dennoch würde es ohne ihn keine Veränderung, ja überhaupt kein Leben geben.

Darwin hat die grausame Wirksamkeit des Prozesses deutlich gemacht, als er zeigte, wie jede Species auf Erden bemüht ist, mehr Nachkommenschaft zu haben, als sie braucht, um die vorangegangene Generation zu ersetzen. Mit anderen Worten – eine jede versucht die Welt zu übervölkern und muß durch etwas außerhalb von ihr geregelt werden.

Was dieser universelle Zug besagt, ist, daß der Löwe nicht nur nicht beim Lamm liegen kann… ihm kann nicht einmal völlig wohl sein, wenn er bei anderen Löwen liegt! Zumindest nicht, ohne immer ein Auge etwas offenzuhaben.«

Nelson schaute sie an. »Ich… ich verstehe wohl.« Sie schlug auf den Tisch und stand auf. »Ich sage dir etwas. Laß uns ein noch besseres Beispiel nehmen! Verstehst du etwas vom Nervensystem?«

»Sie meinen das Gehirn und solches Zeug?« Nelson schüttelte den Kopf. Wieviel konnte ein Bursche in ein paar Monaten lernen? Verdammt! Selbst mit Hypertexten gab es soviel Wissen und so wenig Zeit.

Jen lächelte. »Das ist einfach. Wir werden ein Holo nehmen.«

Sie mußte das geplant haben. Ein gemurmeltes Wort, und der Pultprojektor zeigte einen Querschnitt des menschlichen Hirnschädels. Nelson erkannte natürlich die Umrisse. Schon in der dritten Stufe wurden die Kinder mit den beiden Hemisphären bekannt gemacht – wie die beiden Seiten des Gehirns auf verschiedene Weisen ›dachten‹, die in Kombination irgendwie einen einzigen Verstand ergaben.

Tieferes Wissen über solche Dinge kam mit zunehmendem Alter, und manchmal nicht zum Guten, wenn etwa Teenager durch selbst angefertigte tomographische Schnittbaukästen Bilder der Funktion ihres Gehirns in Echtzeit gewannen. Nicht zwecks größerer Selbsterkenntnis, sondern um zu erfahren, wie sie ›ausflippen‹ konnten – indem sie willkürlich die natürlichen Opiate des Gehirns freisetzten. Dieser Honigtopf hatte – der Göttin sei Dank! – Nelson nie gereizt. Aber er hatte gesehen, was es seinen Freunden antat und stimmte fast jenen zu, die Vorrichtungen zur Selbstbeschau verbieten lassen wollten.

»Siehst du das komplizierte blaue Geflecht?« fragte Dr. Wolling. »Das sind Nervenzellen, Milliarden von ihnen, die so verzwickt in Verbindung stehen, daß Computerforscher mit allen ihren Nanosezierern eine solche Komplexität noch nicht nachbilden konnten. Jede Synapse – jeder kleine nichtlineare elektrische Schalter – trägt seinen eigenen winzigen synkopierten Blitz zu einem Ganzen bei, das weitaus größer ist als die Summe seiner Teile – die überragende stehende Welle, welche die Sinfonie des Denkens bildet.«

Wenn ich nur bloß so reden könnte, wünschte er sich und tadelte sich sogleich dafür, daß er auch nur davon geträumt hatte. Ebenso gut hätte er seinen eigenen Nobelpreis anstreben können.

»Aber sieh genau hin, Nelson! Das von den Nervenzellen eingenommene Volumen ist recht klein. Der Rest ist Wasser, Lymphe und eine Struktur aus Leimzellen und anderen isolierenden Substanzen, die die Nerven ernähren und erhalten und vor Kurzschluß bewahren.

Nun sieh dir statt dessen das Gehirn eines Fötus an!«

Das Bild schrumpfte zu einer kleineren, einfacheren Form. Innerhalb der gewölbten Kuppel fehlte jetzt das blaue Geflecht.

»Anstelle von Nerven«, fuhr Jen fort, »haben wir Millionen primitiver Protozellen, die reichlich undifferenziert sind und sich wie wild teilen. Wie kommt es also dazu, daß manche dieser Zellen es verstehen, Nerven zu werden, und andere untergeordnete Helfer? Ist das alles in einem Plan niedergelegt?«

»Nun, natürlich gibt es einen Plan! der liegt in der DNA ...« Nelsons Stimme verklang, als er sah, daß sie ihn beobachtete. Sie mußte irgendwie eine Parallele zu der Situation des Planeten ziehen. Aber er konnte den Zusammenhang nicht sehen.

Es gibt einen Plan. In Ordnung. Gibt es einen kleinen Kerl im Schädel des Babys, der die DNBA wie eine Blaupause liest und sagt: »Du! Werde eine Nervenzelle! Du da! Werde ein Helfer!«

Oder geschieht es auf eine einfachere ...

»Oh!« Nelsons Kopf ruckte plötzlich empor, und er begegnete ihren kühlen grauen Augen. »Die Protozellen ... stehen in *Wettstreit* miteinander ...?«

»Um Nervenzellen zu werden, ja. Sehr gut begriffen, Nelson. Hier, paß genau auf!« Jen berührte einen anderen Knopf, und bunte Lichter erglühten punktförmig längs dem Rande des Schädels. »Das sind Stellen, wo neutrale Wachstumsfaktoren Sekrete in die Masse der Protozellen absondern. Von jedem Kontrollpunkt eine andere Chemikalie. Sie codieren in jeder Zelle, was sie tun muß bei Begegnungen mit einer bestimmten Mischung von Wachstumsfaktoren. Wenn diese von der richtigen Kombination genug hat, wird sie zu einer Nervenzelle. Andernfalls wird sie ein Helfer.«

Nelson beobachtete fasziniert, wie von jeder Sekretionsstelle farbige Ströme ausgingen. Hier vermischten sich Rot und Weiß, um eine klare rosa Mischung zu bilden. Anderswo überlappte ein blaues Stimulans ein grünes und bildete komplexe Wirbel wie umgerührte Farbe.

Dr. Wolling fuhr fort: »Die Zellen scheiden auch eigene chemische Stoffe aus, um ihre Nachbarn zu unterdrücken – recht ähnlich wie der stille chemische Krieg, den Pflanzen führen ...«

Nelson griff zu seinen eigenen Steuerorganen und vergrößerte den Maßstab, um näher hinsehen zu können. Er sah, wie Zellen sich schlängelten und stießen – im Bemühen, dort zu saufen, wo die Farben am hellsten leuchteten. Unterschiedliche chemische Kombinationen schienen unterschiedliche Verhaltensweisen auszulösen ... Hier ein rasantes Wachstum, das zu engen Bündeln erfolgreicher Nerven führte, dort ein dürftigeres Netzwerk mit nur wenigen Gewinnern, deren lange, spindelförmige Anhängsel Spinnenbeinen ähnelten.

»Es ist wie ... als ob die verschiedenen Gemische verschiedene Milieus bewirten, nicht wahr? So wie unterschiedliche Mengen an Sonnenschein und Wasser hier zu einer Wüste führen und dort zu einem Dschungel. Wie ... *ökologische Nischen*?«

»Sehr gut! Und wir wissen, was geschieht, wenn eine Nische beschädigt ist oder versagt. Dies zieht unvermeidlich das Ganze in Mitleidenschaft, auch in großer Entfernung. Aber weiter! Wie reagieren die Zellen auf die unterschiedlichen Ansprüche der unterschiedlichen Umgebungen?«

»Ich nehme an, sie passen sich an. Es ist also ...« Nelson wandte das Gesicht seiner Lehrerin zu. »Es ist das Überleben der Tüchtigsten, nicht wahr?«

»Ich habe diesen Ausdruck nie gemocht.« Aber sie nickte. »Du hast wieder recht. Nur hier ist das, worum sie kämpfen, keine echte Nahrung. Es ist ein Gebräu aus Substanzen, die für weitere Entwicklung benötigt werden. Wenn eine Zelle zu klein wird, so *stirbt* sie gewissermaßen. Als Astrozyt oder sonstige Hilfszelle lebt sie weiter. Aber sie hört auf als potentielle Nervenzelle zu existieren.«

»Erstaunlich«, murmelte Nelson. »Dann kommt das Arrangement von Nerven in unsrem Gehirn also dadurch zustande wegen dieser kleinen zerstreuten Drüsen, die alle verschiedene chemische Stoffe absondern?«

»Nicht zerstreut, Nelson. Wohlplaziert. Später werde ich dir zeigen, wie ein kleiner Unterschied im Betrage von Testosteron, das ein Junge vor der Geburt bekommt, entscheidende Veränderungen bewirken kann. Natürlich kommt nach der Geburt das Lernen zum Zuge, ganz so wichtig wie alles, das irgendwie vorher gekommen ist. Aber ja ... dieser Teil ist wirklich erstaunlich.«

Dr. Wolling schaltete die Projektion aus. Nelson rieb sich die Augen.

»Evolution und Wettstreit erfolgen in unsrem *Innern*?« fragte er voller Scheu.

Sie lächelte. »Du bist wirklich ein aufgeweckter junger Bursche. Ich kann dir nicht sagen, wie viele meiner Studenten diesen Sprung nicht schaffen. Aber wenn man es bedenkt, so ist es durchaus sinnvoll, in uns die gleichen Verfahren zu benutzen, die perfektem Leben auf dem Planeten als Ganzem geholfen haben.«

»Dann sind unsere *Körper* genau wie ...«

Sie hielt ihn an. »Das genügt für jetzt. Mehr als genug. Geh, und füttere deine Tiere! Betätige dich körperlich etwas! Ich habe einige Lektüre in deine Tafel getan. Geh sie bis zum nächsten Male durch! Und verspäte dich nicht!«

Immer noch blinzelnd und verwirrt erhob sich Nelson, um zu gehen. Nicht viel später glaubte er sich zu erinnern, daß sie sich auf Zehenspitzen aufgerichtet hatte, um seinen Nacken zu küssen, ehe er ging. Aber dann war er sicher, daß das eine Einbildung gewesen sein müßte.

Als sich seine Verpflichtungen ausweiteten und ihn von den geregelten Teichen und Springbrunnen der Recyclingkuppel in das Regenwaldhabitat und die abgeschlossene Ebene führten, wo Riesenantilopen ihre Beine unter verstärkten Kristallscheiben reckten, begleiteten ihn die beiden Paviane wie Höflinge einen Prinzen. Oder, noch eher, wie Lehrlinge ihren Hexenmeister. Denn überall, wohin Nelson sich begab, ereigneten sich magische Dinge.

Ich spreche ein Wort, und Licht erstrahlt, dachte er, wenn er seine nächtlichen Runden machte. *Noch ein Wort, und Wasser steigt empor, damit die Tiere trinken.*

Stimmempfindliche Computer machten das natürlich möglich. Aber selbst raffinierte Systeme waren nicht gut genug, einen Platz wie diesen zu betreiben. Nicht ohne menschliche Expertise.

Oder wo die nicht verfügbar ist, müssen wir blinde Vermutungen einsetzen, he?

Nelson reagierte auf diese Flut von Beförderungen mit Freude, gemischt mit Irritation.

Schließlich weiß ich doch gar nichts!

Gewiß, er schien es sagen zu können, wenn gewisse Tiere zu erkranken drohten oder wenn bei Luft oder Wasser etwas repariert werden mußte. Er hatte eine Fertigkeit, oben angebrachte Filter so einzustellen, daß das Gras richtig wuchs; aber alles, was er hatte, waren Vermutungen. Er besaß Talente, von denen er damals im übervölkerten Yukon nie geträumt hätte. Aber Talent war ein kümmerlicher Ersatz für das Wissen dessen, was man tat!

Also oblag Nelson seinen Pflichten als verwirrter Hexenmeister. Er zeigte auf Leitungen und befahl ihnen, sich zu öffnen. Er schickte gedrungene Roboter auf Botengänge, rieb und prüfte Blätter... Dabei machte er sich immer Gedanken darüber, daß er diese Gabe nicht verdient hatte. Es war wie ein großer Ulk, den eine launische märchenhafte Großmutter angestellt hatte. Da er nicht wußte, woher es kam, schien es jederzeit widerrufbar zu sein.

Bei seiner Lektüre stieß er auf einen anderen Ausdruck – ›idiot savant‹ – und empfand eine brennende Scham in dem Verdacht, daß sie auf ihn gemünzt sein könnte.

Ein menschliches Wesen weiß, was es tut. Welchen Sinn hätte es sonst, menschlich zu sein?

So ging er seine Runden – nickend und auf den Knopfsspieler in seinem linken Ohr lauschend. Jeden Moment, den er erübrigen konnte, studierte Nelson. Und je mehr er lernte, desto schmerzlicher wurde er sich seiner Unkenntnis bewußt.

Shig und Nell waren hilfreich. Er brauchte nur auf eine Frucht zu zeigen, und schon kamen sie damit angerannt. Welche genetische Magie hatte bewirkt, daß sie so schnell verstanden?

Oder vielleicht bin ich es eben. Vielleicht bin ich teilweise ein Affe.

An diesem Abend waren beide Paviane matt, als er sie mit ungewöhnlicher Intensität die Runden machen ließ. In Nelsons Kopf wirbelten die Gedanken.

Mit Bildern der Oberschule ... den Sportmannschaften und den Gangs ... Kooperation und Wettstreit.

Bilder seiner Eltern, Seite an Seite bei schwerer Arbeit, wie sie sich lange Stunden abmühten, damit ihr Geschäft gedieh ... *Wettstreit und Kooperation.*

Bilder von Zellen und Körpern, Species und Planeten.

Kooperation und Wettstreit. Sind die wirklich gleich? Wie kann das sein?

Manchen erschien der Konflikt inhärent. Man nehme die Ökonomie! Der weiße Immigrant Dr. B'Keli hatte Nelson Texte gegeben, die unternehmerischen Kapitalismus priesen, in dem das Streben nach individuellem Erfolg erfolgreich Güter und Dienste lieferte. ›Die unsichtbare Hand‹ war der vor langer

Zeit von Adam Smith, einem Schotten, geprägte Ausdruck.

Im Gegensatz dazu befürworteten manche noch die ›*sichtbare* Hand‹ des Sozialismus. Im südlichen Afrika waren Kosmopoliten wie B'Keli selten. Häufiger hörte Nelson, wie man die ›Seelenlosigkeit‹ von auf Geld gegründeten Ökonomien verlachte und paternalistische Gleichheit pries.

Die Debatte klang unheimlich wie die in der Biologie tobende über das vermeintliche Empfindungsvermögen von Gaia. Manche Agnostiker bezeichneten den vermeintlichen Konstrukteur der Welt als ›blinden Uhrmacher‹. Für sie bedurfte die Schöpfung keines bewußten Einschreitens. Sie war ein Prozeß, in dem Wettstreit das wesentliche Element darstellte.

Religiöse Gaianer erwiderten wütend, daß ihre Göttin keineswegs blind oder gleichgültig wäre. Sie sprachen von einer Welt, in der zu viele Dinge zu gut vernetzt waren, als daß sie durch etwas anderes als Teamarbeit hätten entstehen können.

Immer und immer wieder die gleiche Dichotomie. Der Konflikt der Gegensätze. *Wie aber, wenn es zwei Seiten der gleichen Münze wären?*

Er hoffte, daß einige von Dr. Wollings Referenzen Antworten bieten würden: Aber gewöhnlich ließ ihn die Lektüre nur mit mehr Fragen zurück. Endlosen Fragen.

Am Ende verschloß er die letzte verstärkte luftdichte Tür und brachte Shig und Nell heim. Hinter sich ließ er alle die Tiere zurück, welche er halb darum beneidete, daß sie keine komplexen Sorgen hatten. Sie wußten nicht, daß sie in einem zerbrechlichen Rettungsvehikel eingeschlossen waren, das verankert war auf Boden eines leidenden und vielleicht sterbenden Kontinents. Sie wußten nicht von den anderen Archen in dieser Rettungsflottille, die über die Erde verstreut waren wie Grale und in Obhut hielten, was nie wieder ersetzt werden konnte.

Sie mußten sich nicht um das Verständnis von allem bemühen – weder das Warum und bestimmt nicht das Wie. Diese Sorgen waren, wie Nelson wußte, dem Kapitän und der Mannschaft vorbehalten. Es waren die speziellen Sorgen derer, die Wache halten mußten.

☐ ...Obwohl die Zellen eines Körpers alle das gleiche Erbgut tragen, sind sie nicht identisch. Spezialisten leisten ihre unterschiedlichen Arbeiten, von denen eine jede für das Ganze entscheidend wichtig ist. Wäre dem nicht so, wären alle Zellen gleich, dann gäbe es nur einen undifferenzierten Klumpen.

Andererseits – immer wenn eine kleine Gruppe von Zellen uneingeschränkt um die Vorherrschaft kämpft, kommt es zu einer anderen geläufigen Katastrophe, dem sogenannten Krebs.

Was hat das alles mit Sozialtheorie zu tun?

Nationen werden oft mit lebenden Körpern verglichen. Und so kann man sagen, daß der Sozialismus manchen politischen Körper zu einem schlappen, unproduktiven Klumpen gemacht hat. Ähnlich waren Reichtum und Aristokratie egoistische Krebsgeschwüre, die die Herzen zahlloser anderer großer Nationen zerfressen haben.

Um den Vergleich noch weiterzuführen – was diese zwei universellen und ruinösen Krankheiten gemein hatten, war, daß eine jede nur gedeihen konnte, wenn das Immunsystem eines Gemeinwesens geschwächt war. In diesem Falle beziehen wir uns auf den freien Fluß von Information. Licht ist die Geißel des Irrtums, und so gediehen Aristokratie ebenso wie Klumpensozialismus aufgrund von Heimlichkeit. Jeder kämpfte darum, sie um jeden Preis aufrechtzuhalten.

Aber die ideale lebende Struktur, ob Geschöpf oder Ökosystem, regelt sich selbst. Es muß atmen. Blut und korrekte Daten müssen in alle Winkel gelangen, sonst kann sie niemals gedeihen.

So ist es auch insbesondere mit den komplexen Wechselwirkungen zwischen menschlichen Wesen.

– Aus **Die transparente Hand.** Doubleday Books, ed. 4.7 (2035)
[☐ Hyperzugriffcode 1-tTRAN-777-97-9945-29A.]

Jen sah zu, wie die schimmernde Pyramide von Arche Vier sich zu den Sternen erhob. Oder wenigstens war das der Effekt, als der offene Fahrstuhl sich unter den trockenen Boden senkte und klapprig in die Tiefe fuhr.

Erleuchtet durch eine nackte Glühlampe boten die Wände einen fesselnden Anblick. Schicht um Schicht schimmernden Gesteins glitten vorbei – wahrscheinlich Sedimente aus alten Seen oder Meeresböden oder was auch immer. Geschichten von Fall und Verfall von Species, Gattungen und ganzen Stämmen mußten in diesem Ausflug rückwärts durch die Zeit offenbar werden. Aber Jen war in mancher Beziehung kurzsichtig und konnte keines der Dokumente an der Wand lesen.

Natürlich waren die Tage längst vergangen, da ein Wissenschaftler, selbst ein Theoretiker, alles allein machen konnte. Jen hatte einen Namen als Bilderstürmerin. Als Aufrührerin von Mist. Aber jeder ihrer Aufsätze und jede Untersuchung beruhte auf Bergen von Daten, die sorgfältig gesammelt und durch Hunderte, ja Tausende von Feldforschern verfeinert waren, lange ehe sie auch nur Hand anlegte.

Ich habe mich immer auf die Kompetenz Fremder verlassen.

Sie, die einen theoretischen Rahmen für das Verständnis der Erdgeschichte geschaffen hatte, mußte sich erst auf andere verlassen, um die Details herauszufinden und darzustellen. Erst dann konnte sie in den rohen Daten Muster auffinden.

Darum war es irgendwie ironisch. Hier war sie, welche manche als die lebende Begründerin des modernen Gaianismus bezeichneten – einer Bewegung, die schon zahllose Phasen von Ketzerei, Reformation und

Gegenreformation durchgemacht hatte. Und dennoch war sie unbelesen in dem ureigenen Tagebuch der Mutter direkt vor ihr, geschrieben auf Stein, den man anfassen konnte.

Ironisch – ja. Jen liebte Paradoxa. Wie wenn man einen neuen Schüler annahm, wobei sich alles doch als eitel fruchtlos erweisen konnte binnen weniger kurzer Monate.

So sinnlos wie mein Leben ... so sinnlos wie das Leben eines jeden, wenn keine Möglichkeit gefunden wird, Alexens Monster loszuwerden.

Natürlich war es unfair, es so zu nennen. In gewissem Sinne war ihr Enkel ein Champion der Menschheit, der ihre kleine Gemeinschaft im Kampf gegen den Dämon anführte. Aber trotzdem beunruhigte der Junge einen Teil von Jen. Da war ein irrationaler Winkel, den sie nicht umhinkam, mit dem schrecklichen Ding da unten zu verbinden, das das Herz der Erde auffraß.

Jeder von uns ist eine Vielheit, erinnerte sie sich. *In jedem Menschen tobt eine Kakophonie von Stimmen. Trotz alle neuen Techniken des cerebrochemikalen Ausgleichs und Aussäens von Gesundheit werden diese inneren Selbste fortfahren, von Zeit zu Zeit unfaire Gedanken zu hegen und uns zu häßlichen Dingen zu veranlassen, die wir später bedauern. Das mag nicht nett sein, aber es ist menschlich.*

War es das, was Emerson gesagt hatte? »Eine törichte Konsequenz ist das Schreckgespenst kleiner Geister.« Man könnte sagen, daß sie nach dieser Maxime gelebt hätte. Während sie den Fels vorbeigleiten sah, beschloß Jen, Alex unbedingt eine Ermutigung zukommen zu lassen. Schon ein paar Worte würden ihm in dieser Zeit des Kampfes viel bedeuten. Es irritierte sie, daß sie nur daran dachte, wenn Computer, Tafel oder Telephon gerade nicht in der Nähe waren.

Dann gibt es auch noch die Sicherheitsmaßnahmen, dachte sie, sich ihrer Überlegungen voll bewußt.

Dr. Kenda, Leiter des Tangoparu-Teams hier in Kuwenezi, war wirklich fanatisch bei der Verhinderung undichter Stellen. Man hatte Jen gebeten, den Ndebele keinerlei Andeutung über ihren wahren Auftrag zu machen. Sie konnte ihren Gastgebern nur sagen, daß die Aufgabe für die Mutter lebenswichtig wäre. Zum Glück hatte das auch bisher genügt.

Wird es aber später genügen, wenn die Erde zu beben beginnt?

Kenda hatte Karten des ganzen Bergwerkskomplexes angefordert. Es gab lästige Besprechungen über Notfallpläne und Fluchtszenarien, über Deichsperren und Wasserführungsdrücke. Jen war der Gedanke unangenehm, daß die Gastfreundschaft der Ndebele mit Verrat vergolten werden könnte.

Alles zu seiner Zeit, sagte sie sich. Worauf es jetzt ankam, war, daß sie im Terminplan lagen und die pulsierende Kraft ihrer Maschinen mit dem Bündel aller möglichen Kräfte vereinten, die Alex aufgeboten hatte, um die Bestie in der Tiefe, die *Singularität,* zu fesseln.

In ihren Gedanken verloren, hatte sie kaum bemerkt, wie die Luft wärmer wurde. Dumpfige üble Gerüche kamen von weiter unten, wo Jahrzehnte von Sickerwasser die nicht ausgepumpten unteren Abschnitte der Mine gefüllt hatten. Der Aufzug hielt glücklicherweise kurz vor diesen Bereichen an. Jen stieß das klappernde Gitter auf und setzte sich in einem Tunnel in Marsch, der durch eine Reihe kleiner Glühbirnen beleuchtet wurde.

Hier und in anderen ähnlichen Bergwerken hatte die alte weiße Oligarchie den Reichtum eines der reichsten Länder der Welt abgeschöpft. Richtig investiert hätten die Adern von Gold, Kohle und Diamanten für künftige Generationen – weiß und nicht weiß – noch lange gereicht, nachdem die Minerale erschöpft waren. Die meisten jetzigen Kantone klagten die alten Oligarchen nicht wegen Rassismus als solchen an. Schließlich praktizierten sie selbst Stammestrennung. Was sie empörte, war etwas viel Einfacheres: Diebstahl. Und das Vergeuden eines großen Schatzes durch jene, die zu blind waren, um zu begreifen.

Heute waren die unschuldigen Nachkommen der Diebe traurige Flüchtlinge in fernen Ländern, und die ebenso unschuldigen Kinder der Opfer hatten eine schreckliche Wut geerbt.

Kondensation glitzerte. Jens Fußtritte hallten in den Nebengängen wider wie leblose flatternde Verwünschungen. Schließlich wurde das Licht vor ihr heller, als sie sich der offenen Kaverne näherte, die Kendas Team ausgesucht hatte. Dort lag unter einer gewölbten Decke die von Neuseeland mitgebrachte Ausrüstung. Und in der Ecke ragte ein blanker Zylinder auf, in Naturgestein verankert.

Der mürrische japanische Physiker machte ein saures Gesicht, als sie ankam. Offenbar war er wütend über die Position, die sie als Bedingung für ihre Hilfe bei der Erlangung dieses Platzes gefordert hatte ... daß sie benachrichtigt würde vor jedem Zuge und als Zeugin dabei sein müßte.

»Was war bei der letzten Sondierung der Schaden?« fragte sie.

Kenda zuckte die Achseln. »Einige Beben südöstlich der Inseln von Hawaii. Nicht der Rede wert. Kaum Kommentare im Netz.«

Natürlich konnte sie ihn nicht nachprüfen. Nicht ohne ihre eigenen Suchprogramme auszuschicken, was unvermeidlich eine Spur hinterlassen würde. So verließ sie sich auf offene Nachrichtenkanäle, welche die Kette kleinerer Störungen rings um den Globus kaum bemerkt zu haben schienen. Natürlich würde am Ende doch jemand ein Muster erkennen. Zum Beispiel lag Hawaii antipodisch zu dieser Stelle. Man hatte weiter nichts zu tun, als von hier ungefähr durch den Mittelpunkt des Globus eine Gerade zu ziehen ...

... durch das teuflische Ding da unten ...

Jen erschauerte. Sie war mit mathematischen Modellen durchaus bewandert. Aber nach nur zwei Seiten in einem von Alexens Aufsätzen hatte sie sich völlig verloren in einem Labyrinth irrealer Gespinste, die sie schwindlig machten. Sie konnte immer noch kein *Bild* ihres Feindes gewinnen. Verschwindend klein, titanisch schwer, unendlich verwickelt – war es die Essenz von Tödlichkeit. Und von Kindheit an hatte Jen immer am meisten diese Gefahren ohne Gesichter gefürchtet.

»Fünf Minuten, Dr. Wolling«, sagte ein Techniker und blickte von seiner Station auf. »Kann ich Ihnen eine Tasse Kaffee bringen?« Sein freundliches Gesicht bildete einen Kontrast zu Kendas mürrischer Haltung.

»Danke, Jimmy! Nein, ich denke, ich mache mich jetzt besser fertig.« Er zuckte die Achseln und gesellte sich zu den anderen, die auf Video- und Holobilder starrten, während ihre Hände Kontrollknöpfe hielten oder in ihre Telepräsenz-Handschuhe für Fernmanipulation schlüpften. Jen ging an ihnen allen vorbei zu dem Geräteplatz in der Ecke, der für sie vorgesehen war und wo man ihr widerwillig gestattet hatte, ihr Subvokal zu benutzen. Sie legte den Apparat an und ließ sich von holographischen Darstellungen umrunden.

Sie hustete, gähnte, räusperte sich, schluckte – löste Wellen von Farbe aus, als die Einheit alle unfreiwilligen Bewegungen auszugleichen suchte. Bei ihrem Computer zu Hause war der Klärungsprozeß schnell und automatisch. Hier, all der individuell angefertigten Dinge bar, die ihr Terminal zu einem Alter ego machten, mußte sie es jedesmal frisch tun.

... und ein Tiger sauste auf sie zu, **brüllte,** und dann zog er sich rasch in den Hintergrund zurück ...

... **Funken** spritzten und hüpften ...

... **Worte funkelnd mit Bildern ...**

Selbst das winzigste Signal ihres Kiefers oder Kehlkopfes konnte als Befehl gedeutet werden. Sie hielt eine Hand am Knopf für Empfindlichkeit und konzentrierte sich darauf, Fehler auszumerzen, die die Maschine als aufkommende Worte verstehen könnte.

Nur wenige Leute benutzten subvokale Geräte – aus dem gleichen Grunde, warum nur wenige Straßenjongleure wurden. Nicht viele konnten mit den delikaten Systemen umgehen, ohne in ein Chaos zu tappen. Jeder normale Geist kam ständig mit scheinbaren Unwichtigkeiten dazwischen, von denen viele das Niveau gemurmelter oder halb ausgesprochener Worte erreichten, von denen das äußere Bewußtsein kaum Notiz nahm, die der Apparat aber in Bild und Ton ausdrückte.

Melodien, die dir plötzlich in den Kopf kommen ... Lose Assoziatioen, die du im allgemeinen ignorierst ... Erinnerungen, die aufblinken und entschwinden ... Impulse zu handeln ... die oft hochkommen und den Kehlkopf, die Zunge reizen, erst knapp vor dem Ton anhalten ...

Während sie jedes dieser Worte dachte, erschienen rechts Textzeilen, als ob ein Stenograph von ihren subvokalen Gedanken ein Diktat empfänge. Inzwischen schuf am rechten Rande eine Subroutine für Extrapolation kleine Simulationen. Ein kleiner Mann mit einer Geige. Ein Gesicht, das lachte und ein Auge schloß ... Dieser Apparat las nur die äußerste oberflächliche Nerventätigkeit, in Verbindung mit den Sprachzentren.

Als man das Subvokalgerät erfunden hatte, war es als eine Wohltat für Piloten begrüßt worden – bis sich immer mehr Hochleistungsjets in den Boden bohrten. *Wir erleben zehntausend Impulse für einen jeden, dem wir gestatten Aktion zu werden. Die Beschleunigung von Auswahl- und Denkprozeß hat nicht nur die Reaktionszeit beschleunigt. Sie hat auch Kurzschlußurteile aufkommen lassen.*

Selbst für Computereingaben war das Gerät für die meisten Leute zu empfindlich. Nur wenigen war an Extrageschwindigkeit gelegen, wenn dies bedeutete, die leichteste unterschwellige Reaktion würde erschreckend real werden – bei verstärktem Sprechen oder Schreiben.

Falls wir jemals eine echte Schnittstelle zwischen Gehirn und Computer entwickeln sollten, dann wäre das Chaos noch schlimmer.

Aber Jen besaß zwei Vorzüge gegenüber normalen Menschen. Der eine war eine unterdurchschnittliche Angst vor Schwierigkeiten. Und der zweite war ihr inneres Bild ihres Geistes.

Ungeachtet moderner Beweise glaubten die meisten Menschen nicht wirklich, daß ihre Persönlichkeiten viele Unter-Ichs enthielten. Der Umgang mit vagabundierenden Gedanken war für sie eine Sache der Kontrolle, und nicht wie Jen es sah, der Verhandlung.

Ich genieße auch die Vorteile des Alters. Weniger jähe Impulse. Man denke sich, dies Gerät jungen, leidenschaftlichen, von Hormonen durchtränkten Piloten zu geben! Das wäre das Verrückteste, was man anstellen könnte.

Nach diesen Erwägungen erinnerte sie sich plötzlich an Thomas, an jenen Sommertag, da er sie in seinem experimentellen Zwerg-Zeppelin mit hinaufnahm – damals, als so etwas noch selten und so romantisch war. Ihr goldenes Haar war in seine Augen geflattert, als er sie eng umfangen hielt, hoch über Yorkshire. Er war so jung gewesen, und so männlich ...

Die Apparatur konnte nicht jedes Detail in ihrer lebhaften Erinnerung deuten, dem Himmel sei Dank! Aber die Empfindlichkeit war so hoch eingestellt, daß bunte Blitze den Schirm erfüllten – im Rhythmus ihrer Emotionen. Dann wieder steckte ein mit Zucker gestreiftes Katzentier seine Nase um die Ecke und mauzte.

Zurück in deine Höhle, Tiger! befahl sie ihrem Totemtier. Die Kreatur knurrte und zog sich außer Sicht zurück. Auch die Farben verschwanden, als Jen bewußt alle äußeren Impulse bestätigte und deren unwichtigen Ruf erstickte.

Eine Uhr zählte herunter. Bei der Marke für eine Minute erschien vor ihr ein Bild des Erdinneren – ein komplexer vielschichtiger Globus.

Das war keines ihrer eigenen, innerlich entstandenen Konstrukte, sondern eine direkte Eingabe aus Kendas Paneel. Tief drinnen im Kern zeigte eine stilisierte purpurne Kurve den Orbit ihres Feindes, Beta. Schon diese Trajektorie wies kleine Abweichungen auf infolge Störungen durch frühere Stöße seitens der Tangoparu-Resonatoren.

Außerhalb dieser Hülle lag ein Gebiet blauer Streifen, wo Kanäle des erweichten Mantels von plötzlicher, supraleitender Elektrizität flackerten – den zeitweiligen Konzentrationen von Extra-Energie, die Kendas Team für den nächsten Anstoß brauchte. Jen hörte zu, wie die Techniker ständig Bemerkungen dazu machten. Sie würden warten, bis Betas Bahn sie hinter einen aussichtsreich erscheinenden Faden führte, dann den ›Gazer‹ starten – Alexens bizarre, unglaubliche Erfindung –, kohärente Gravitationswellen freilassen und ihrem Gegner einen neuerlichen kleinen Tritt versetzen. Jen fühlte einen Adrenalinstoß. Wie es auch ausgehen mochte, dies war denkwürdig. Sie hoffte, noch lange genug zu leben, um eines Tages auf all dies stolz sein zu können.

Zum Teufel, es gibt ein Stück von mir, dem Stolz gleichgültig ist. Es will bloß länger leben. Absatz.

In mir gibt es etwas, das für immer leben möchte.

Das war eine Einbildung, die eine Antwort erforderte. Und so wurde durch irgendeine Nische der Phantasie das Subvokalgerät veranlaßt, direkt vor ihr eine Reihe aufreizender Worte zu entfalten.

... Wenn es das ist, was du willst, meine Tochter, sollst du es bekommen. Denn habe ich dir nicht vor sehr langer Zeit genau das versprochen?

Jen lachte. Sie antwortete mit leiser Stimme: »Ja, Mutter, das hast du getan. Ich erinnere mich gut daran.« Sie schüttelte den Kopf und wunderte sich über das Geflecht ihrer Phantasie, selbst nach all diesen Jahren. »Oh, ich bin wirklich ein Küken.«

Sie konzentrierte sich achtsam und ignorierte weitere Eingaben aus irgendeinem äußeren Winkel ihres Geistes. Statt dessen sammelte sie sich auf die geplante Prozedur und richtete ihre Aufmerksamkeit auf die Erde.

□

Für das Efé-Volk war der vordringende Dschungel nur ein weiterer Angreifer, mit dem man auskommen mußte. Legenden erzählten von vielen anderen, sogar lange bevor die Großen Leute gekommen und wieder gegangen waren.

Für Kau, den Häuptling dieser kleinen Pygmäenschar, war der Wald realer und unmittelbarer, als es jene andere Welt gewesen war – damals als er Hemd tragen pflegte, die in entfernten Fabriken gewebt worden waren, und einen Karabiner trug als ›Scout‹ für etwas, das sich ›die Armee von Zaire‹ nannte. Eines war sicher: Die Großen Menschen waren leichter zufriedenzustellen gewesen als jeder Dschungel. Man konnte ihre Habgier oder Eitelkeit oder ihren Aberglauben ausnutzen und alles bekommen, was der Dschungel nur widerwillig, wenn überhaupt, herausrückte.

Die Frauen, wie seine Gattin Ulokbi, pflegten in den Gärten des Lessé-Volkes zu arbeiten für einen Anteil an der Ernte. In diesen Tagen jagten Kau und seine Brüder nach Belieben und bekamen Papiergeld für viele ihrer erlegten Tiere. Sie schmeichelten sich, so geschickte Jäger zu sein, wie es ihre Großväter gewesen waren, ehe die Hügel von Drähten und Rohrleitungen und Straßen für Holztransport überzogen waren.

Jetzt waren die Lessé weg. Fort waren auch die Gärten, Straßen, Karabiner und Armeen. An deren Stelle war Regen und noch mehr Regen gekommen... und Dschungel, wie ihn selbst Kaus Urgroßvater nie gesehen hatte. Jetzt suchte Kau sich zu erinnern und seinen Enkeln Fertigkeiten beizubringen, die er selbst früher für drollig gehalten hatte.

Es war alles sehr seltsam. Ohne die alte Distriktklinik starben jetzt viele Kinder. Und dennoch stieg die Zahl der Efé an. Kau konnte das nicht verstehen. Aber man bemühte sich sowieso nicht mehr ernsthaft, die Dinge zu begreifen.

Jetzt sah man einen neuen Eindringling durch die Bäume klettern. Schimpansen, die sich von dem ausbreiteten, was man für ihre letzten Rückzugsgebiete gehalten hatte, vermehrten sich auch. Sie kamen zurück, um ihren alten Bereich zu beanspruchen.

»Sind die gut zu essen, Großvater?« fragte sein ältester Enkel eines Tages, als ihr Weg unter einer kleinen Affenschar vorbeiführte, die sich in dem Baldachin über ihren Köpfen gütlich taten. Kau dachte zurück und erinnerte sich an Fleisch, das er in seiner Jugend gekostet hatte. Das war gar nicht so übel gewesen.

Aber dann entsann er sich auch daran, wie die Efé hinter der Lichtung eines Lessé-Dorfes zu hocken pflegten, wenn auf einem zerfetzten Schirm Filme gezeigt wurden. Der eine hatte eine verwirrende Handlung gehabt, worin Affen gesprochen hatten und man sie doch mißverstanden und mißhandelt hatte in einer jener verrückten Städte der Großen Leute. Er erinnerte sich, betrübt gewesen zu sein und an sie als seine Brüder gedacht zu haben.

»Nein«, sagte Kau seinem Enkel und improvisierte beim Weitergehen. »Sie haben fastmenschliche Geister. Wir werden sie nur essen, wenn wir verhungern. Niemals vorher.«

Eines Tages, nicht lange danach, fand er beim Erwachen einen Haufen Obst neben seiner Hütte. Kau dachte an einen Zusammenhang zwischen den beiden Vorfällen. Das wäre nicht notwendig gewesen.

• EXOSPHÄRE •

Teresa kam wieder zu Bewußtsein und hatte für einen weltentrückten Augenblick das Gefühl, sie befände sich an zwei Orten zugleich.

Mit der trügerischen Gewißheit von Träumen lag sie

entspannt da, zufrieden neben Jasons Wärme. Sie hörte den Atem ihres Gatten und fühlte seinen großen männlichen Körper in der Nähe – sein Gewicht und seine Stärke –, den sie noch vor kurzem auf sich bewillkommnet hatte, als er aus sich selbst, ihr und der Welt ein Kontinuum geschaffen hatte.

Gleichzeitig wußte ein anderer Teil von ihr, daß Jasons Nähe ein Surrogat war, basierend auf einer nahen, aber doch so andersartigen Realität.

Es gibt nichts Dringendes, betonte eine dritte Stimme und drängte auf Nachgeben. *Keine dienstlichen Anrufe. Halt die Illusion noch etwas länger fest!*

Also versuchte sie weiterhin so zu tun, als ob. Können Träume nicht doch manchmal Wirklichkeit werden, wenn man an sie glaubt?

Nein, das geht nicht. Außerdem bist du jetzt wach.

Und ohnehin, fuhr sie fort, nur um bissig zu sein, *ist Jason auf einer Reise ohne Wiederkehr zu irgendeinem fernen Stern.*

Ohne die Augen zu öffnen, erinnerte sie sich jetzt daran, wo sie war. Das Eis sagte es ihr. Selbst kilometerweit entfernt ließ der Gletscher ihre Sinne eintauchen, zerrte an ihrem Gleichgewicht und machte sie unsicher. Genau so, wie die Schlafmatratze sie zu dem Gewicht neben ihr zu ziehen schien.

Er zappelt nicht viel, dachte sie von dem Mann, der nur einen Fuß entfernt schlief und mit seiner Masse eine Kuhle in das Schaumgummipolster drückte. *Jason pflegte solche jähen kleinen Stöße zu machen… wie ein Hund, der träumt, Kaninchen zu jagen.*

Eine Frau muß sich, wenn sie heiratet, an eine Menge gewöhnen; und so hatten Jasons Bewegungen im Schlaf damals zu Anfang manche Schlaflosigkeit bewirkt. Aber das war nicht halb so schlimm, wie wenn er plötzlich ohne erkennbaren Grund aufhörte zu atmen! Der Rhythmus seines leisen Schnarchens setzte aus, und sie fuhr alarmiert hoch.

Der Arzt des Stützpunktes und ein Dutzend gelehrter Referenzen waren nötig, um sie zu überzeugen, daß dieser milde intermittierende Atemstillstand bei erwachsenen Männern an sich kein Grund war, sich Sorgen zu machen. Allmählich gewöhnte sie sich an das alles. An die Zuckungen, das Schnarchen, die plötzlichen Unterbrechungen. Was beunruhigend gewesen war, wurde vertraut, tröstlich und normal.

Aber gerade dann, wenn man sich an jemanden gewöhnt hat. Gerade wenn man den Punkt erreicht hat, daß man sich sonst nirgendwo in der Welt sicherer fühlt. Wenn man fühlt, daß alles gut ist. Dann *wird einem alles wieder entrissen. Verfluchte Welt!*

Tränen hatten ein Gutes. Sie wuschen das juckende Gefühl ›nach rostigen Schubladen‹ weg, wenn man nach dem Schlaf die Augen aufmachte. Die flüssige Undeutlichkeit wurde weggeblinzelt, und die Kabine erschien wieder scharf – ein isoliertes vorfabriziertes Zelt mit Rippen aus rohem, gebeiztem Kiefernholz. Die Möblierung war knapp und zweckmäßig – ein kleiner Schreibtisch, Stühle und ein Tisch mit zwei benutzten Kerzen, zwei Gläsern und einer leeren Weinflasche. Ein offener Schrank enthielt genau sechs Kleidungsstücke zum Wechseln, einschließlich eines eindrucksvollen arktischen Anzugs, den man ohne große Veränderungen auch auf dem Mars hätte benutzen können.

Falls jemals einer zum Mars gehen würde.

Der Raum war durchdrungen von Gerüchen von den Kerzen, von Maschinen… und anderen Dingen, die Teresa zugegebenermaßen gleichgültig waren. Eine starke Gleichgültigkeit.

Zum Beispiel ihr eigener Geruch. Ihr Schweiß. Ihr Shampoo. Alles gemischt mit dem überwältigenden Aroma eines Mannes.

»Guten Morgen, Emma!«

Sie drehte den Kopf auf dem Kissen und sah, wie

seine blaßblauen Augen in die ihren blickten. *Er hat mich beobachtet*, merkte sie. *Er war so still. Ich dachte, er schliefe.*

»Mmmmp«, sagte sie und rieb sich die Augen, um jede Spur von Tränen wegzuwischen. »Gu'n Morgen! Wie spät ist es?«

Lars blickte über ihren Kopf hinweg. »Recht früh, o ja. Hast du gut geschlafen?«

»Fein, fein.« Sie stieß ihr Kissen gegen die Kopfwand zurück und richtete sich auf, das Laken über die Brüste haltend. Diese pulsierten noch angenehm von seiner aufmerksamen Untersuchung vor einigen Stunden. Er war so beflissen und interessiert gewesen, daß man hätte meinen können, er wollte sie und jede andere Kontur ihres Körpers auswendig lernen.

Das war ein gutes Gefühl gewesen. War gut *gewesen*. Eine Frau braucht von Zeit zu Zeit Wertschätzung und Verehrung. Es hatte ein gutes Dutzend Gründe gegeben, hier ja zu sagen. Er war ein hübscher Mann. Ihre schnellen Bluttests hatten sich als unbedenklich ergeben. Es hatte viel zu lange gedauert. Und Teresa wußte, daß sie nicht im Schlaf sprach.

Teresa lebte nach Checklisten. Die waren moderne Mantras für Seelenfrieden. Nach jeder *logischen* Checkliste konnte sie deswegen beruhigt sein. Aber es blieb ein irrationaler Teil von ihr, der eisern nach Entschuldigungen für ein Schuldgefühl suchte.

»Ich ... muß packen«, sagte sie.

»Es ist erst sechs. Ich wünsche, du könntest noch eine Weile bleiben. Ich werde das Frühstück machen. Ich habe Gletschereis für Kaffee geschmolzen.« In Japan zahlte man fünfzigtausend Yen für ein Kilo des besten zehntausend Jahre alten blauen Eises. Hier brauchte man natürlich weder für Fracht noch für Kühlung oder auch nur eine Steuer für Entnahme von Rohstoffen zu zahlen. Uraltes Eis lag in Gigatonnen draußen vor der Tür.

»Ich muß heute morgen noch bei einer Sondierung helfen... und der Zep holt mich um fünfzehn Uhr ab...«

»Emma, ich habe beinahe das Gefühl, du willst von mir loskommen.«

Sie hatte seine Augen vermieden. Jetzt schaute sie wieder rasch auf. *Ah!* dachte sie. *So nett hat man mir noch nie zugelächelt!*

Lars war alles, wofür der Teenager in ihr hoffen konnte, in Ohnmacht zu fallen. Kräftig und ausdauernd gebaut, war er dennoch sanft und zärtlich mit seinen schwieligen Händen. Sein Gesicht war ein reines Entzücken. Derb, aber doch mit einem unschuldigen Zug um die Augen. Es gefiel Teresa, daß ein so hübscher junger Bursche von ihr derart begeistert war. Das war gut für die Moral. Gut für ihre Selbstachtung.

Zum Teufel, die letzte Nacht war noch viel besser als gut. Wenn man den einsamen Genuß einer einzigen Nacht überhaupt ›gut‹ nennen kann. Und sicher würde es bei nur einer Nacht bleiben müssen.

Sie langte hoch und streichelte seine Wange. Die morgendlichen Stoppeln erregten sie. Für den Augenblick war die Realität schön genug. Als seine Hand sanft an ihrer Flanke emporglitt und schließlich über einer Brust zur Ruhe kam, stieß sie einen Seufzer aus, der zu fünfundneunzig Prozent Vergnügen war. Der Rest konnte zur Hölle fahren.

»Nein, Lars. Ich habe nicht das Gefühl, mich von dir trennen zu müssen.«

Als er sich bückte, um in ihr Ohr zu flüstern, fand Teresa eine andere Möglichkeit, das zu genießen. »Emma«, murmelte er, indem er den Namen auf ihrem Paß aussprach, den Namen der Frau, die sie bei diesem kurzen Zwischenspiel war.

Als *Emma* klammerte sie sich an ihn und seufzte wieder.

Stan Goldman begleitete sie zum Flughafen, als für sie Zeit war aufzubrechen. Der kleine Frachtzeppelin war schon vertäut, seine durchscheinenden Flanken zur Sonne gerichtet, um jedes erreichbare Watt auf die Photozellen in seinem Innern zu werfen.

Gemeinsam gingen sie den langen Weg über die offene Moräne. Er war in seine Gedanken versunken und sie in ihre. »Hier, werfen Sie einen Blick darauf!« sagte Stan an einer Stelle und führte sie ein paar Meter nach links. »Sehen Sie das?«

»Sehen was?« Er wies auf einen Haufen Steine.

»Gestern waren die aufgeschichtet. Ich habe sie dahin getan. Heute ist der Stapel umgeworfen.«

Teresa nickte. »Beben.« In ihrem Koffer trug sie Daten über die jüngste Zunahme an lokalen Erdbeben geringer Stärke, die mit den empfindlichsten Instrumenten gesammelt waren. »Warum dieser Seismograph für arme Leute, Stan?«

Der alte Physiker lächelte. »Setzen Sie nie Ihr ganzes Vertrauen auf raffinierte Geräte, meine Liebe! Das ist so schlimm, als wollte man nur dem Glauben vertrauen oder der Mathematik oder den eigenen Sinnen.«

Nun war Teresas Spitzname in der Raumtransportergewerkschaft ›Zeigmir‹-Tikhana. Sie nickte zustimmend. »Ich werde mich bemühen, daran zu denken.«

»Gut! Der Herr hat uns Augen und Phantasie gegeben, Glauben und Verstand, Begeisterung und Hartnäckigkeit. Alles hat seinen Platz.« Er trat gegen einen heruntergefallenen Stein. »Ich fürchte, es wird nicht lange dauern, bis noch viel mehr Leute argwöhnen, daß sich etwas abspielt.«

Bisher berichteten nur einige wenige obskure Quellen im Netz über die Feststellung weltweiter seismischer Aktivität. Aber Teresa wußte, welches Ereignis Stan besonders Sorge machte. »Haben sie das Flugzeug schon gefunden?« fragte sie. »Das in Antarktika?«

Er schüttelte den Kopf. »Sie nehmen an, es hat Bruch gemacht. Aber es gibt keinen Piepser von einem Flugtransponder. Und haben Sie die Meldung jenes Ozonforschers gehört, der behauptet, am Himmel etwas aufblitzen gesehen zu haben? Die Ortung entspricht der letzten bekannten Position des Flugzeugs... und dem Austrittspunkt eines unserer jüngsten Strahlen.

Ich fürchte, wir haben unsere ersten Todesfälle zu verzeichnen.«

Teresa verzieh Stan, daß er etwas übersehen hatte. Oder hatte er recht, wenn er die auf Erewhon Getöteten ausließ? Diese Katastrophe war doch immerhin ein echter Unglücksfall gewesen. Aber diesmal lag trotz allen Vorsichtsmaßnahmen die Schuld direkt bei ihnen. Jeder in ihrem Geheimbund wußte, daß dies Unternehmen noch mehr Menschenleben kosten würde, ehe es vorbei war.

Einige Minuten gingen sie schweigend dahin. Teresa dachte an Sprünge im Eis, Bruchspalten im Boden und Donnergetöse am Himmel.

Sie dachte auch, wie gut es tat, die frische Luft zu atmen. Die Brise des Gletschers auf der Haut zu spüren. Am Leben zu sein.

»Ich wünschte, ich könnte mit Ihnen gehen«, sagte Stan, als sie sich dem hüpfenden Zeppelin näherten. »Ich würde allerhand darum geben, mit Alex und George zu reden und herauszufinden, was in dem großen Bild vor sich geht. Unsere Darstellungen des Erdinnern mit diesem Tochter-Resonator sind dürftig. Der Hauptapparat müßte Alex ein solches Bild der Bestie liefern.«

Teresa erkannte, daß sie Lustig um die Chance beneiden sollte, die Anatomie ihres Feindes aufzuzeichnen, der zu klein war, um außer in atomaren Dimensionen gemessen zu werden, und doch dichter war als ein Neutronenstern. »Ich werde veranlassen, daß er Ihnen mit dem nächsten Kurier ein Porträt schickt. Sie können es sich neben das Bett stellen, zusammen mit Ellen und den Enkelkindern.«

Er grinste über ihr leichtes Necken. »Tun Sie das!«

An der Gangway stehend bot er ihr die Hand. Sie legte statt dessen die Arme um ihn. *Ich werde Ellen auch sagen, daß sie ein glückliches altes Mädchen ist.*

Als sie über seine Schulter blickte, sah sie am Rande des Feldes einen viel größeren Mann neben einem großen runden Flugkran stehen. Sie dachte: *Seine Hände sind wahrscheinlich schon wieder mit Öl beschmiert,* und erinnerte sich, wie selbst nachdem Lars sich gewaschen hatte, seine Haut den scharfen und aufregenden Geruch von Maschinen ausgeströmt hatte. Sie hatten sich *Auf Wiedersehen* gesagt... sie mit einem Versprechen, von sich hören zu lassen oder ihn zu besuchen, aber sie wußte jetzt schon, daß es wahrscheinlich eine Lüge sein würde. Und so hob er einfach die Hand und tauschte mit ihr ein sanftes Lächeln, nichts zu bedauern.

NASA glaubte sie noch in einem abgeschlossenen Ferienort in Australien. Es wäre nicht ratsam, wenn eine zufällige Liste im Netz zeigen würde, wie sie auf der anderen Seite des Globus umherflitzte. Aber in jedem Moment flogen Millionen über den Himmel in allem möglichen von Kreuzfahrtschiffen bis hin zu ›Viehtransportern‹ und Trampfrachtern wie diesem hier. Darum würde die Rückreise nach Neuseeland etliche Zwischenstrecken in Luftschiffen einschließen, die Punkte verbanden, an denen sie lange Passagen auf Turboprops der Tangoparu Ltd. erschleichen konnte. Teresa nahm bei einem Fenster Platz, um zu sehen, wie die Mannschaft ablegte. Dann stellte sie sich resignierend darauf ein, lange Zeit mit ihren Gedanken allein zu sein.

Zwei Männer sahen zu, wie sie fortging. Der eine winkte vom Andockplatz her, und der andere stand weiter entfernt bei einer offenen Motorhaube. Aber als das Luftschiff bei freigesetztem Auftrieb hochsprang, richtete sich Teresas Blick über das Flugfeld hinaus und über die Kuppel, wo Stans Mannschaft sich verschworen hatte, ein Monstrum zu jagen, und über die Grube im Fels, wo Spürhunde nach Hinweisen auf alte Kataklysmen suchten. Sie ließ den Blick atemlos über die große Eisfläche schweifen, aber selbst dessen Masse konnte sie nicht halten. Teresa fühlte im Herzen einen Auftrieb. Das leise, zufriedene Brummen der Motoren des kleinen Zeps, schien mit ihrem Puls widerzuhallen.

Das war nicht ungewohnt, dieses Verhältnis zum Fliegen. Und dennoch empfand sie es jedesmal, als wäre sie wieder verliebt. Es war eine Romanze frei aller irdischen Leidenschaften, beständiger, aber ohne Eifersucht gegenüber irgend einer anderen Leidenschaft.

Nicht auf die Geschwindigkeit kommt es an, dachte sie. *Es ist der Akt. Es ist das Zerreißen der Bande.*

Weit hinter der untergehenden Sonne empfand sie den Zug entfernter Planeten und sehnte sich, ihnen selbst dahin zu folgen.

Es ist das Fliegen, dachte sie.

So kreuzte Teresa die Arme und richtete sich ein, aus einer langen Reise um die Welt das beste zu machen.

□

Elvis rast über die Fernstraßen in einem großen weißen Cadillac.

Er muß es sein. Wie sonst wäre zu erklären, was so viele Fahrer von Schwungradbussen und Pendlerzeps gesehen zu haben behaupten... diese Staubfahne, die wie ein Raketenstrahl hinter etwas herläuft, das zu schnell und zu glänzend ist, um mit dem bloßen Auge verfolgt zu werden?

Wenn man die Augen zukneift, könnte man ihn hinter dem Lenkrad erwischen, wie er mit einer Hand steuert, während er am

Radio herumfummelt und dann nach jener unerschöpflichen und stets beschlagenen Bierdose langt. »Danke, Schatz!« sagt zu der Blondine neben sich, während er aufs Gaspedal tritt.

Das Gebrüll der Energie eines V-8-Motors, der Gasolingeruch nach Freiheit, das Brausen von sauberem Wind, der sein Haar nach hinten weht... Elvis hupt und hebt einen Arm, um alle echten Amerikaner zu grüßen, die noch an ihn glauben.

Gewisse geschwätzige Netzmagazine sind voller unscharfer Bilder von ihm. Arrogante Typen von Technikern erklären diese Fotos für Fälschungen; aber das kümmert nicht die Getreuen, welche großartige Automobile aus dem zwanzigsten Jahrhundert sammeln und polieren, die für dieses einmal im Jahr stattfindende Rennen auf der Landstraße sparen und sich für einen Tag von Chrom, Musik und Glorie beim nächsten Graceland Shrine versammeln.

Längs des Weges halten sie bei geisterhaft verlassenen Tankstellen und suchen nach Zeichen, daß er vorbeigekommen ist. Manche behaupten, frisch benutzte Benzinpumpen gefunden zu haben, die zwar ›leer‹ anzeigen, aber irgendwie doch noch nach hoher Oktanzahl riechen. Andere deuten auf schwarze, kräftige frische Reifenspuren, oder erklären, daß man seine Musik noch in der Mitternachtsserenade der Coyoten hören könne.

Elvis durchstreift die offenen Bundesstraßen in einem großen weißen Cadillac. Wie sonst könnte man die Spuren erklären, die manche gefunden haben, und die wie feenhafter Staub über die verblassenden gelben Linien strahlen?

Ein Blütenstaub glücklicherer Tage. das Glitzern von Rheinkieseln.

• KERN •

Über achttausend Meilen freien Ozeans hatte der Herbststurm reichlich Zeit, sich zu beschleunigen, Energie und Impuls aufzunehmen. So machten es auch die Wellen und Gezeiten. Auf dieser langen Strecke erreichten alle die Meisterschaft. Als sie auf den starren Widerstand der Insel stießen, protestierten sie mit

Gischtballen, die den steilen Schelf emporkletterten und sich dann zusammenpreßten und wütend schüttelten.

Alex stand am Fenster seiner Hütte und horchte auf den Sturm. Selbst drinnen fühlte er jedes Dröhnen mit den Fingerspitzen. Jeder Brecher ließ die Glasscheiben erzittern. Regengüsse stürzten sich auf das Dach als jähe, prasselnde Furien und polterten wie Kriegstrommeln, ehe sie ebenso rasch wieder nachließen, um vom Wind getrieben, eine andere Stelle zu durchtränken.

Draußen jenseits der Klippen auf dem Meer rückten helle, von rückwärts angestrahlte Wolken paradierend vor. Sie teilten sich hin und wieder, um den Mond einen kurzen perligen Schimmer über die trüben Gewässer breiten zu lassen.

Eine einsame Farbe, dachte er. *Kein Wunder, wenn sie sagen, daß Mondschein für Verliebte da ist. Er läßt einen nach etwas verlangen, an das man sich klammern kann.*

Alex erinnerte sich. Erinnerte sich daran, da Wetter wie dieses sein Freund gewesen war.

Als Student pflegte er an den Mooren und Deichen von Norfolk entlangzuwandern und die ganze Strecke von Cambridge beim Brausen eines Gewitters zurückzulegen. Sie waren natürlich selten so stark wie diese Windsbraut. Die Osterinsel lag immerhin ungeschützt inmitten eines weiten Ozeans. Aber die Nordsee konnte auch manch eindrucksvolle Shows bieten.

Die Einheimischen mußten ihn für verrückt gehalten haben, daß er mit seinen gewöhnlichen Arbeitsklamotten hinausging und steifen Böen und Wolkenbrüchen trotzte. Aber das machte kaum etwas aus. Nichts in der Welt fühlte sich so lebendig und stark an wie ein Gewittersturm. Dieses Jahr hatte er, konfrontiert mit der Quälerei von Examina, ein echtes Bedürfnis empfunden nach Lebendigkeit, nach Potenz. Andere Leute sehnten sich nach sonnigen Tagen, aber für Alex schien die Macht des Himmels etwas noch Besseres zu bieten – ein schmerzstillendes Mittel gegen die ewige Geisterhaftigkeit seiner Mathematik und jene ungewissen Ängste der Jugend.

Einmal, als er in donnerfreudiger Pracht durch ein Gewitter marschierte, hatte er wirklich eine plötzliche Einsicht in Mysterien transaktionaler Quantenmechanik erfahren, eine Eingebung, die zu seinem ersten wichtigen Aufsatz geführt hatte. Ein andermal brüllte er in den Regen und verlangte die Erklärung, warum Ingrid ... ja, so hatte sie geheißen ... ihn für einen anderen Jungen hatte fallenlassen.

Im allgemeinen antwortete der Donner nur auf Unwesentliches. Aber vielleicht hatte das Gebrüll an sich eine Säuberung bewirkt, wie sie für Engländer in ihren Häusern sonst unzugänglich zu sein pflegt. Wie auch immer – er kam gewöhnlich durchnäßt und erholt zurück.

Aber jetzt standen die Moore und Farmen in Norfolk unter Wasser. Die Deiche hatten der See schließlich nachgegeben, und jene Probleme, die Alex gequält hatten, erschienen im Rückblick trivial. Was würde er nicht darum geben, sie im Austausch für die heutigen zurückzuhaben?

In der Dunkelheit hinter ihm raschelte es. »Alex? Kannst du nicht schlafen?«

Mondlicht erfüllte für einen Moment einen trapezförmigen Teil des kleines Raumes, als er sich umdrehte. June Morgan lag zur Hälfte in dieser schrägen Beleuchtung, auf einen Ellbogen gestützt, und beobachtete ihn vom Bett aus. »Tut mir leid«, sagte er. »Ich wollte dich nicht aufwecken.«

Ihr Lächeln war warm, wenn auch müde. Junes blondes Haar war zerzaust und auf einer Seite flachgedrückt. »Ich habe hingelangt«, sagte sie, »und du warest nicht da.«

Alex atmete tief ein. »Ich gehe für einige Zeit ins Labor. Ich werde bald zurück sein.«

»O Alex«, seufzte sie, stieg aus dem Bett und wickelte sich in das Laken. Sie ging über den engen Flur und griff nach oben, um sein wildes Haar zu bürsten. »Wenn du so weitermachst, wirst du dich umbringen. Du mußt mehr Ruhe bekommen.«

Sie hatte einen angenehmen Geruch – eine Eigenschaft, die Alex wichtiger war als den meisten Männern. *Es gibt aber manche Frauen, deren Aroma mich berührt wie … ah, macht nichts!*

Das war keine June betreffende Überlegung, die er sehr gern hatte. Wahrscheinlich war es bloß eine Sache mysteriöser Komplementarität – der sich richtig zusammenfügenden Pheromone. Lucy und Ingrid hatten für ihn wie Göttinnen gerochen, wie er sich erinnerte … Ähnlichkeiten zwischen zwei sonst völlig verschiedenen Geliebten, die er mit mehr als einem Jahrzehnt dazwischen gekannt hatte. *Wenn nur eine Komplementarität alle anderen mit sich brächte,* dachte er wehmütig. *Dann brauchten wir nur herumzugehen und einander hinter dem Ohr zu beschnuppern, um die perfekte Partnerin zu finden.*

»Mir geht es wirklich gut. Viel entspannter.« Er warf die Schultern zurück und reckte sich. »Du würdest eine gute Masseuse abgeben.«

Ihre Augen schienen zu zwinkern. »Das war ich sogar. Eines Tages zeige ich dir meine Lizenz.«

»Ich glaube dir durchaus. Und … danke für die Geduld!«

Sie schaute zu ihm auf. Da sie es zu erwarten schien und er es wohl wirklich verlangen müßte, nahm Alex sie in die Arme und küßte sie. Aber während dieser ganzen Zeit tadelte er sich selbst.

Sie hat es besser verdient. Viel besser, als du ihr jetzt geben kannst.

Natürlich hatte sie ihre eigenen Erinnerungen und Ängste. Während er sie hielt, fragte Alex sich, ob sie vielleicht ihm gegenüber die gleichen Gefühle hatte wie er für sie. Mehr dankbar als verliebt.

Manchmal genügte es schon, jemanden zu haben, den man festhalten konnte.

Alex begrüßte die diensthabenden Techniker, als er ankam. Die ihrerseits winkten und grüßten ihren *tohunga,* ihren *pakeha*-Experten für schreckliche Ungeheuer und chthonischen Exorzismus. Einige von ihnen krochen über ein Gerüst, das den schimmernden Resonator für Gravitationswellen umgab, und warteten ihn wie erforderlich. Die nächste Runde ihrer Gruppe würde erst in einigen Stunden fällig sein; darum nutzte fast jeder die Pause, um etwas Schlaf nachzuholen.

Diejenigen von uns, die es können.

Er nahm an seiner Arbeitsstation Platz, berührte Paneele und ließ Displays aufleuchten. Das subvokale Gerät ließ er in seinem Ständer. Kürzlich hatte er Schwierigkeiten gehabt, den überempfindlichen Apparat zu kontrollieren. Er nahm zu viele zufällige, nutzlose, oberflächliche Gedanken auf, die sich ständig durch ein Verkrampfen der Kinnbackenmuskeln und wiederkehrende Verengung der Kehle bemerkbar machten.

All right, dachte er grimmig. *Wie hoch ist die letzte Zahl von Toten?*

Alex stellte die spezielle Datenbasis ein, die er eingerichtet hatte, um ihrer Schuld auf den Fersen zu bleiben. Sofort entrollte das Bild ganz links eine Liste von ›Vorfällen‹, über die in den Medien berichtet war und deren Zeit und Ort mit einem ihrer austretenden Strahlen zusammenfielen… ein zerrissener Zeppelin… eine kleinere Flutwelle… ein vermißtes Flugzeug… ein meilenlanger Süßwassertanker, dessen Achterende abrasiert worden war.

Sicher wäre manches davon ohne unsere Einmischung passiert.

Ja, gewiß. Unglücksfälle ereigneten sich zu jeder

Zeit, besonders auf See. Das Sediment des Ozeans bestand zu dieser Zeit aus einem Regen von Müll menschlicher Produktion, untergegangener Schiffe und Myriaden anderer Abfälle.

Aber ein Blick auf die Liste zeigt Alex, daß vieles davon niemals zu der anwachsenden Schicht auf dem Meeresgrund beitragen würde. Manches würde höchstwahrscheinlich überhaupt nicht mehr auf der Erde sein.

Er dachte an Teresa Tikhana, die erste ihm bekannte Person, die in diesem seltsamen Krieg jemanden verloren hatte. Sie hatte ihm verziehen und half jetzt sogar, die Last zu tragen. Und was waren schließlich ein paar Leben gegenüber zehn Milliarden?

Wie aber, wenn wir versagen? Diese Männer und Frauen hier werden kostbarer Monate verlustig gehen. Monate, die sie mit ihren Familien, mit Liebhabern, sommerlichem Himmel oder Regen verbringen könnten. Auch ihrer Abschiedswünsche beraubt.

Es schickte sich an, noch schlimmer zu werden, da das Projekt ausnehmend gut voranging. Bis dato hatte jeder der vier Resonatoren unabhängig gearbeitet. Fast jeder Gazer war entlang einer fast geraden Linie durch den Erdkern herausgekommen. Und ihren vier Plätzen gegenüber gab es nur freien Ozean.

Aber jetzt hatten sie die richtigen Parameter. Beta, ihr *taniwha,* hatte bei jeder Sondierung pulsiert und gebebt. Jedesmal, wenn es verstärkte Gravitonen zurückspiegelte, erfuhr es auch einen Anstoß. Diese Stöße begannen sich aufzusummieren. Bald, wenn das Glück beständig war, würde die Mulde seines Orbits aus dem kristallinen inneren Erdkern heraustreten.

Und so fing der komplizierte Teil an. Koordinierte Sondierungen von zwei oder mehr Stationen zugleich. Es wäre schwierig, das insgeheim einzurichten. Alex machte das nichts aus, sondern nur die Unvermeidlichkeit, noch mehr Unheil anzurichten. Von jetzt an würde der Strahl jedesmal an einer anderen Stelle herauskommen, und er mußte schwere Entscheidungen treffen.

Sollte er einen Lauf ausfallen lassen, weil ein Strahl einen Vorort streifen könnte? Wie, wenn es in einem entscheidenden Stadium passierte, wenn ein abgelenkter Strahl den Verlust der Kontrolle über ihr Monstrum für einen Umlauf bedeuten würde, oder zehn oder vielleicht für immer?

Jedenfalls stand nur ein Bruchteil der Strahlen überhaupt mit der Oberflächenwelt in Wechselwirkung. Die meisten gingen stumm hindurch. Alex fing erst damit an, Hinweise zusammenzufügen, warum manche Strahlen sich so verhielten, während andere so dramatisch mit seismischen Brüchen, Meereswasser oder sogar Objekten von Menschenhand gekoppelt waren. Unglücklicherweise konnten sie sich keine Zeit lassen, alles herauszubringen. Sie mußten weitermachen.

Das Holo zeigte die innersten Regionen der Erde. Der rosa Kern enthielt zwei Nadelstiche, aber seine Iquitos-Anomalie war fast verdunstet. Noch ein Tag, und sie wäre unsichtbar.

Aber das andere Objekt war schwerer denn je. Beta stieg gewichtig empor, schwebte und fiel wieder hinunter. Alex kam es so vor, als ob es wütend hämmerte.

Er erhielt anscheinend jeden Tag codierte Anfragen von George Hutton wegen der Entstehung der Singularität des Monstrums. Pedro Manella, der als Mittelsmann für das Projekt in Washington fungierte – er schickte ihre Mitteilungen durch die sichersten Kanäle, die er finden konnte – fügte seine eigenen drängenden Fragen hinzu. Wer hatte das Ding geschaffen? Wann und wo haben die Idioten es fallen gelassen? Gab es Beweismaterial, das man dem Weltgerichtshof präsentieren könnte?

In der nächsten Woche würde Alex in Person antworten müssen. Es war frustrierend, so viel gelernt zu haben und dennoch unfähig zu sein, eine Schlußfolgerung zu bieten. Aber irgend etwas war an der Lebensgeschichte Betas sonderbar, das war sicher.

Es muß irgendwie fundamental sein. Das Ding kann nicht weniger als zehn Jahre alt sein. Und trotzdem muß es das sein, oder niemand hätte es machen können!

Über dem flüssigen äußeren Kern erglühte der untere Mantel in vielen Schattierungen von Grün und zeichnete zehntausend Details heißer, langsam konvektiver, plastikristalliner Minerale ab. Manche Ströme wirkten geduldig und glatt, während andere Zyklone mit Spitzen waren, die wie Speere auf die entfernte Oberfläche zielten.

Punktierte Linien folgten starken magnetischen und elektrischen Feldern – June Morgans Beitrag zu dem Modell. Die meisten Strömungen flossen langsam und gleichmäßig wie heiße Wirbel. Aber es gab auch schwache Spuren von leuchtendem Blau – dünne, sich schlängelnde Fäden, die selbst in Echtzeit flimmerten –, die supraleitenden Gebiete, die sie gerade erst entdeckt hatten. Zerbrechlich und kurzlebig waren sie die Energiequelle, die zum Antrieb des Gazers diente.

Haben sie sich verändert? fragte sich Alex. Jedesmal, wenn er hinschaute, erschien das Muster verschlungener Fäden anders und spannend.

Ein Ton schreckte ihn auf; aber der Wachhabende sah nur beruhigend von seiner Konsole herüber. »Neuguinea wird gleich in Tandem mit Afrika feuern, *tohunga*. Keine Sorge! Wir sind noch weitere vier Stunden nicht dran.«

Alex nickte. »Oh, gut!« Innerlich stöhnte er. *June hat recht. Ich richte mich glatt zugrunde.*

Er war dankbar, daß sie bei ihm blieb, trotz seinen Launen und zögerlicher Libido. Natürlich gab es eine Kameradschaft aus Kriegszeiten, die jeden Moment wieder aufleben konnte, ohne Hickhack über unbestimmte Dinge wie Beharrlichkeit oder Hingabe. Die Leute neigen dazu, sich weniger um so etwas Sorgen zu machen, wenn die ganze Welt ein provisorischer, vorübergehender Ort zu sein scheint. Man war für das dankbar, was man hatte.

Überdies hatte June ihm schließlich seine Sexualität wiedergegeben.

Oder vielleicht ist es der Gazer, überlegte Alex. Bei aller möglichen zerstörerischen Kraft der Maschine fühlte er immer noch jedesmal eine Erregung, wenn sie plötzlich Strahlen titanischer Kraft ausstieß. Noch nie hatte jemand etwas so Mächtiges geschaffen. Diese kurzen Strahlen waren kräftig genug, um in Entfernung einer *Galaxie* entdeckt zu werden... sofern jemand im richtigen Moment in die richtige Richtung blickte und exakt auf die Frequenz abgestimmt war. Er berührte eine Taste und sah, daß der Computer mit der Umarbeitung seiner Konstruktion für den Resonator der nächsten Generation fertig war – in diesem Fall eine Kugel von nur etwas mehr als einem Meter Durchmesser. Spinnwebartiges Flechtwerk umgab eine sonst makellose kristalline Struktur. Selbst in Simulation war es schön, obwohl sie wahrscheinlich nie die Zeit haben würden, es zu benutzen.

Er trug einige kleine Modifikationen ein und legte die Akte wieder weg. Alex gähnte. Vielleicht könnte er jetzt schlafen.

Dennoch zögerte er noch ein paar Minuten, um den nächsten Pulslauf zu verfolgen. Die Sekunden tickten dahin. Betas Bild zog unter einem blau pulsierenden Kanal durch. Plötzlich schossen vor Alexens Augen gelbe Linien nach innen – George Huttons neuer Resonator in Neuguinea, der seinen auslösenden Strahl gleichzeitig mit dem in Südafrika losschickte. Die Linien trafen sich tief im Kern, genau im Ziel.

Beta hämmerte. Blaue Fäden pulsierten. Und von der Kombination her flimmerte etwas wie eine zum

Leben erwachende Leuchtröhre. Plötzlich stieß ein weißer blendender Strahl in einem neuen Winkel nach außen – durch alle Schichten und in den Weltraum hinaus.

Alex las den erzeugten Impuls ab, verglich die Rückstoßkoeffizienten mit den vorausberechneten und sah, daß sie innerhalb zwanzig Prozent übereinstimmten. Erst danach kontrollierte er den Austrittsort – und blinzelte.

Nordamerika. Genau in der Mitte eines bewohnten Kontinents. Er seufzte. Nun, irgendwann und irgendwo mußte es ja anfangen.

Er war nicht masochistisch genug, um dazusitzen und auf Schadensmeldungen zu warten. Das Schuldbewußtsein konnte warten. Jetzt hatte er zunächst die Pflicht, sich auszuruhen. Er würde wenigstens nicht allein sein. Und June schien es nicht zu stören, wenn er gelegentlich im Schlaf stöhnte.

Auf halbem Weg zurück nach seiner Hütte wurde Alex, als er auf einem schmalen, rutschigen Pfad durch das nasse, wogende Gras ging, plötzlich vom Glanz eines Blitzes getroffen.

Das Aufleuchten regte ihn nicht allzusehr auf, da Regengüsse immer noch wie Verkehrsmittel über das Plateau rollten und die Luft durch den Geruch von Ionen brannte. Nichtsdestoweniger tat er einen Sprung, weil das jähe Licht *Gestalten* aus dem Dunkel hervorbrachte – kräftige hohe Figuren, deren Schatten ihre zugreifenden Finger nach ihm auszustrecken schienen. Während dieses ersten Blitzschlages und der darauffolgenden finsteren Sekunden fühlte Alex sich jäh in der Klemme. Sein Herz raste. Der nächste Schlag verstärkte bei ihm nur den Eindruck der Umzingelung, riß aber zu früh ab, um ihm zu zeigen, was oder wer wirklich da war. Oder ob da überhaupt etwas war.

Erst beim dritten Schlag fand er heraus, welche Gesellschaft ihm auf dem trüben Abhang nachschlich. Von Adrenalin aufgeputscht, stieß er den Atem durch die Nüstern aus. *Mein Gott! Ich muß ziemlich durchgedreht sein, daß ich beim Anblick dieser Dinge halb aus den Hosen springe.*

Es waren natürlich nur die Statuen ... etliche der unheimlichen Monolithe, welche die Eingeborenen von Rapa Nui in ihrer pessimistischen manischen Isolation errichtet hatten.

Sie haben das Ende kommen sehen, dachte er und schaute an der Reihe scheußlicher Figuren entlang. Aber die Leute damals lagen völlig schief hinsichtlich der Gründe. *Sie nahmen an, daß nur Götter die Macht hätten, ein solches Unheil auf ihrer Welt anzurichten; aber die Menschen, sie selbst bewirkten die Verwüstung.*

Alex empfand Mitleid mit den alten Osterinslern, die aber doch eine gewisse Überlegenheit gezeigt hatten. Indem sie den Göttern die Schuld gaben, hatten sie geschickt dem wahren Schuldigen das Urteil erspart. Dem Konstrukteur von Waffen. Dem Fäller von Bäumen. Dem Vernichter. Dem Menschen selbst.

Noch mehr Regen prasselte auf ihn herab, drang ihm unter Hut und Kragen und schickte kleine Rinnsale den Rücken hinunter. Er betrachtete immer noch die nächste der großen Statuen und verfolgte einen widerstrebenden Gedanken. Es flammten wieder Blitze auf, die kräftige Züge von Schwarz und Weiß unter den drohenden Brauen deutlich machten. Die aufgeworfenen Lippen wölbten sich in finsterer Mißbilligung.

Seit mehr als hundert Jahren wissen wir es besser. Keine äußere Macht kann sich mit der zerstörerischen Tätigkeit des Menschen messen. Haben wir es aber geschafft, uns in einem nuklearen Krieg nicht zu rösten? Wir haben dieses Damokles-Schwert nur für etwas noch Schlimmeres eingetauscht ...

Hier stimmte etwas nicht. Alex empfand eine vertraute gereizte Stimmung – wie die Spannung kurz vor einem Kopfschmerz –, die ihn oft warnte, wenn er auf einem falschen Gleis war. Er spürte die finsteren Blicke der alten Basaltfiguren beinahe physisch. Natürlich waren es die Nacht und der Sturm, die abergläubische Grübeleien anregten – und dennoch kam es ihm so vor, als ob sie ihm etwas sagen wollten.

Unsere Vorfahren pflegten alle Katastrophen von außen kommen zu sehen, dachte er. *Aber wir wissen es besser. Jetzt wissen wir, daß die Menschheit schuld ist. Wir nehmen an …*

Alex hielt diese Idee fest, ehe sie entschwinden konnte. Der Blitz schlug wieder ein, diesmal so nahe, daß der krachende Donner seinen Körper erschütterte.

… wir nehmen an …

Er wußte, daß es nur statische Elektrizität war, was in ihm knisterte und zuckte. Das Ladungsgleichgewicht der Atmosphäre, das war alles. Und doch lauschte Alex zum ersten Male … lauschte richtig, wie die Vorfahren es getan haben mußten, wenn sie so wie er jetzt unter einem grollenden Himmel standen.

Der nächste knisternde Schlag erschütterte die Luft und kläffte ihn an.

… Nimm nicht an!

Alex keuchte, taumelte zurück, aufgerüttelt durch einen plötzlichen Gedanken, der verwirrender und erschreckender war als alles, was ihm je begegnet war. Mit einemmal ergaben die großen Statuen für ihn einen furchtbaren Sinn. Und mitten im Donner vernahm er jetzt die wütenden Stimmen eifersüchtiger Götter.

□

Man erwartete, daß größere Gebiete der Welt unter Wasser gesetzt würden, wenn Grönland und Antarktika völlig schmolzen.

[□ Netz Vol. A-69802-111, 04/11/38: 14:34:12 UT Stat-projection auf Verlangen.]

Große Teile von Estland, Dänemark, Ostbritannien, Norddeutschland und Nordpolen.

Die Niederlande.

Westsibirien (die westliche Ebene) östlich des Urals, das das Schwarze Meer mit dem Kaspischen und Asovschen Meer verbindet.

Senken in Libyen, Ägypten und Irak.

Teile des nordöstlichen Chinas.

Südwestneuguinea und eine große Bucht bis in die ostaustralische Wüste hinein.

Die unteren Täler des Amazonas und La Plata, die Halbinsel Yucatan. Große Teile von Georgia, North Carolina und South Carolina.

Ganz Florida, Louisiana...

• LITHOSPHÄRE •

Logan ignorierte das hartnäckige Piepen seines Armbandgerätes. Wer auch immer ihn rufen mochte, der mußte warten, bis seine Hände aufhörten zu zittern. Außerdem war es leicht, einen sehr schwachen Ton in dieser Kakophonie einer Katastrophe zu überhören.

Sirenen blökten, als Notfahrzeuge über die dunkle, einsame Straße rasten, die dort hinunterführte, wo erst vor kurzem eine Katastrophe zugeschlagen hatte. Hinter Logan ließ der Pilot des von ihm requirierten Helikopters seine Rotoren sich weiter drehen, während er über Funk mit dem Department-Sheriff des Süßwassergebietes diskutierte und den Gruppencommander drängte, weniger schießwütig und etwas mehr kooperativ mit einem Untersuchungsteam des Bundes zu sein.

»... Sehen Sie! Erzählen Sie mir nicht alle den blöden Mist

über Priorität staatlicher und lokaler Jurisdiktionen. Damit kann man keinen Hund hinter dem Ofen hervorlocken! Sehen sie eine Spur verdammter Terroristen? Und sehen wir aus wie ein Haufen grüner Jungen?«

Logan ignorierte den Krach. Er starrte auf das Panorama unten, das von den Suchscheinwerfern der bereits vor Ort befindlichen Helikopter des Sheriffs erhellt wurde.

Was von dem Flaming Gorge Dam übrig geblieben war, glänzte wie ein Durcheinander zerbrochener weißer Zähne unter dem dunkleren Schimmer von Urgestein des Canyons. Ein Teil des Glitzerns kam von donnerndem Wasser, das noch über die Reste sprudelte. Der größte Teil des großen Reservoirs war schon stromabwärts zum Green River Valley gedonnert. Atemlose Netz-Reporter erzählten von einem Streifen der Verwüstung, der sich von Wyoming durch eine Ecke von Utah ins nordwestliche Colorado hinzog und schließlich wieder zurück nach Utah.

Nun lag aber Flaming Gorge nahe einem Dreiländereck, so daß das etwas irreführend war. Tatsächlich war als einzige Stadt Jensen evakuiert, einige Meilen flußabwärts. Und inzwischen war die meiste Kraft der Flut durch Verwüstung der unbewohnten Canyons des Dinosaurier-Nationaldenkmals aufgebraucht worden.

Unbewohnt ... wenn man nicht Dutzende vermißter oder von Panik erfaßter Camper zählt. Noch einen unglücklichen Paläontologen oder zwei.

Logan weigerte sich, daran zu denken, welcher Schaden diesem exquisiten Fossilienfriedhof der Badlands zugefügt worden war. Eine Katastrophe nach der anderen. Er starrte auf den zerstörten Damm und fragte sich, wie eine solch totale Vernichtung zustande gekommen war.

Man hätte es ökonomischer machen können. Warum einen Damm in Fetzen sprengen, wenn ein guter *Riß* genausogut wäre?

Außerdem – warum sollte ein Öko-Gorilla den Flaming Gorge Dam vernichten wollen? Niemand, der noch am Leben war, erinnerte sich an das Trockental, das unter dem von Menschen geschaffenen See ertränkt worden war. Aber jedenfalls wußten sogar neogaianische Radikale noch von dem Unglück, als jemand den riesigen Glen Canyon Dam beschädigt hatte. Die entstandene Katastrophe war eine Warnung für alle gewesen und hatte die Schönheit der Welt nicht um ein Jota verbessert.

Aber dies hier wirkte nicht wie die Tat eines Grünen. Innerhalb einer Fahrstunde gab es Dutzende näherliegender Ziele … Stellen, wo Logans Kollegen emsig dabei waren, das Land zum Besseren oder Schlimmeren zu verändern. Projekte, die in den öffentlichen Medien heiß diskutiert wurden, und keine langweilige, sture Struktur wie dieser banale alte Damm.

Nein, das muß wieder unser Dämon gewesen sein.

Schritte scharrten auf dem losen Kies zu Logans Rechter. Es war Joe Redpath, der ihm erst vor Stunden für diesen Einsatz zugeteilt war. Der große Indianer trug zwei Zöpfe … eine modische Aussage, die unlängst auf vielen Universitätsgeländen als chic und aussagekräftig aufgekommen war … obwohl Logan hier Haartracht und Haltung als echt erschienen.

»Habe einige Augenzeugen gefunden«, meldete Redpath knapp. »Sind hier in einer Minute.«

»Gut! Schon gehört, wann wir Satellitenbilder der Explosion selbst bekommen werden?«

Der Mann nickte. »Eine halbe Stunde, sagen sie.«

»So lange?« Logan wurde allmählich ärgerlich.

Redpath zuckte die Achseln. »Spivey hat massenhaft Teams. Sie haben doch nicht gedacht, daß wir beide seine Spitzenleute wären? He, Mann, wir sind Reserven für die Reserven.«

Logan sah den zeitweiligen Bundeshelfer offen an. Einige Entgegnungen kamen ihm in den Sinn –

einschließlich Redpath zu sagen, wohin Spivey sich seine Prioritäten stecken könnte. Aber nein. In der Welt geschah etwas. Und wenn Logan nicht für geheimes Wissen auf höchster Ebene privilegiert war, so führte ihn seine Befugnis als Untersucher doch dahin, wo Ereignisse dramatisch wurden... wo er helfen könnte, das Rätsel zu lösen und etwas Gutes zu tun.

»Was halten Sie davon?« sagte er und zeigte auf den zerstörten Damm.

Redpath sah Logan noch eine Sekunde lang an, ehe er sich umwandte, um die Szene zu überblicken. »Sehe nicht, wie sie es gemacht haben.« Er zuckte die Achseln. »Ganz verkehrte Gestalt.«

»Welche Gestalt?«

Redpath machte eine Geste mit den Händen. »Gestalt der Explosion. Dämme brechen nicht auf diese Weise. Ganz gleich, wo man die Ladungen anbringt.«

Logan wunderte sich, wieso Redpath das wußte. Durch Untersuchung anderer Fälle? Oder vielleicht aus praktischer Erfahrung auf der anderen Seite? Für manche der hellsten Köpfe in der Gesellschaft war Kooperation mit der Autorität eine streng freibleibende Sache, die in jedem Einzelfall nach scharf individuellen Maßstäben beurteilt wurde. Er konnte sich gut vorstellen, daß Redpath bei der einen Gelegenheit zu der einen Richtung neigte und zu einer ganz anderen, wenn es ihm zusagte.

»Ich stimme zu. Das fehlt ein großes Stück.«

Der lokale Agent holte tief Luft. Seine Augen schweiften über die umgekippten Reste. Er atmete aus und zuckte gleichmütig die Achseln. »Stromabwärts getrieben. Wir werden am Morgen die Brocken finden.«

Logan bewunderte die Maske des Mannes. Seinen undurchdringlichen Schild. Aber in dieser Situation funktionierte er keineswegs. *Er weiß verdammt gut, daß die fehlenden Stücke nicht flußabwärts sind! Er will nur nicht zugeben, daß er ebenso entsetzt ist wie ich.*

Ihr Pilot gab es endlich auf, mit den Sheriffs zu streiten und stellte seinen winselnden Motor ab, froh darüber, daß das Geräusch nachließ. Auf jeden Fall war es viel besser, auf Freigaben aus Washington zu warten, als von schießwütigen Leuten aus der Provinz getötet zu werden.

Es kamen weitere Schritte näher. Eine Frau in Uniform der National Parks, die Redpath erst vor einer Stunde losgeschickt hatte, trat ins Licht mit einem Mann mittleren Alters im Schlepptau. Zwei Teenager stürzten vorweg, zeigten auf den zerstörten Damm und gaben ängstliche Töne von sich.

»Wir ... waren weiter oben im Reservoir«, erklärte ihr Vater auf Befragen. Er trug eine Fischerausrüstung. Von der Hand gebundene Fliegen baumelten an seiner Weste neben einer Campinggenehmigung mit ID-Foto.

»Wir sind ans Ufer gegangen und wollten uns zum Kochen niederlassen ... Dann ist das alles passiert.« Er bedeckte die Augen. »Diese armen Nachtfischer! Sie wurden in der Flut erwischt.«

Dieser Bursche würde nicht viel nütze sein. Schock, diagnostizierte Logan und fragte sich, warum ihn die Rangerin überhaupt hergebracht hatte. »Was haben Sie als erstes gesehen?« fragte er im Bemühen, höflich zu sein.

Der Mann zwinkerte. »Wir haben das Boot verloren. Sie glauben nicht, daß man von uns Geld verlangen wird? Ich meine, wir sollten eine Entschädigung für den ganzen Ausflug bekommen ...«

Jemand zupfte Logan am Ellbogen. »Es fing mit einem Geräusch an, Mister.«

Das war der eine Teenager, das Haar im Stil der Ra-Boys kurzgeschoren. Er zeigte auf das schlammige Seebett in der Tiefe. »Es war dieses leise Summen. Wissen Sie? Wie eine Art von *Gesang* des Wassers.«

Seine Schwester nickte. Etwas jünger, aber fast ebenso groß, trug sie ein Gewand der Kirche Gaias, das überhaupt nicht zu der sonnenanbeterischen Aufmachung ihres Bruders paßte. Logan konnte sich ein Bild von dem ideologischen Klima in ihrem Haushalt machen.

Sie sagte: »Es war schön, aber schrecklich traurig. Ich dachte erst, vielleicht *klagte* ein Fisch im See. Weil *manche Leute* sie töteten und aßen?«

Der Junge stöhnte und warf ihr einen mißbilligenden Blick zu. »Die Fische wurden dorthin *gebracht*, damit die Menschen kommen sollten und …«

»Wie lange hat der Ton gedauert?« unterbrach ihn Logan.

Beide Halbwüchsige zuckten die Achseln fast synchron. Der Junge sagte: »Wie konnten wir das feststellen? Nach dem was danach geschah, ist unser subjektives Erinnerungsvermögen bestimmt im Eimer.«

Was man den Kindern heute für Sachen beibringt, dachte Logan. Bei aller Begeisterung der Schulen für praktische Psychologie schienen die Kleinen sich immer noch auszusuchen, was sie aufnehmen wollten – in diesem Falle offenbar eine angenehme und plausible Entschuldigung für Ungenauigkeit.

»Was geschah als nächstes?«

Der Junge fing an zu sprechen, aber seine Schwester gab ihm einen Rippenstoß. »Die Dinge wurden für ein paar Sekunden ganz verschwommen«, sagte sie eilends. »Mit komischen Farben …«

»Als ob wir diesen Laser-Geisterbahntunnel hinunterführen, verstehen Sie?« platzte der Junge heraus. »Sehen Sie, wie wenn …«

»Dann war da die *Licht*. Es war so hell, daß wir uns umdrehen und hinschauen mußten. Es war unten im Süden … Da drüben, genau hier am Damm …«

»Wir wissen nicht, ob es genau hier am Damm war! Wir konnten nur nach unserem Augenschein urteilen und mußten uns noch von den Farben erholen …«

Das Mädchen ignorierte ihren wütenden Bruder. »Da waren diese *Linien* – von Licht? Sie stiegen in den Himmel auf ... ungefähr so?« Sie stützte den Ellbogen auf eine Hand und zeigte in einem Winkel auf die nächtlich leuchtenden Wolken.

Logan sah ihren Bruder zwecks Bestätigung an. »Hast du auch diese Linien gesehen?«

Er nickte. »Außer daß sie nicht so aufstiegen, wie sie gesagt hat. Sie denkt, daß *alles* aus der Erde kommt. Nee! Die Linien gingen nach unten! Ich denke ...« – er rückte verschwörerisch näher heran – »ich denke, das sind Aliens, Mister. Invasoren. Die große Spiegel mit Sonnenenergie benutzten ...«

Seine Schwester gab ihm einen Klaps auf die Schulter. »Du solltest über das reden, was deine eigenen Augen belegen! Von all dem blöden ...«

Logan hielt beide Hände hoch. »Ich danke euch beiden sehr. Aber jetzt glaube ich, daß euer Papa eure Hilfe mehr braucht als ich. Warum gebt ihr der Rangerin nicht einfach eure persönlichen Codes, und wir werden uns später in Verbindung setzen, falls wir irgendwelche nähere Information brauchen.«

Sie nickten ernsthaft. *Im Grunde brave junge Leute,* dachte Logan. Er fühlte sich mehr denn je dankbar für die unverdiente Gabe seiner eigenen sensiblen Tochter. Er konnte sich kaum entsinnen, wann Claires Stimme zum letztenmal diesen schrillen, jaulenden Ton angenommen hatte, der imstande war, auf zwanzig Schritt Glas zerspringen zu lassen oder den Seelenfrieden eines Erwachsenen zu zerstören.

»Er hat sich aufgetan!«

Logan drehte sich um. Der Vater der Kinder zeigte mit zitternder Hand auf eine bestirnte Lücke in den Wolken. »Der Himmel hat sich geöffnet wie ... meine Leute mir zu sagen pflegten, daß er es an dem Tage tun würde.«

»An welchem Tage, Sir?«

Der Mann sah Logan starr an mit einem seltsamen Leuchten in den Augen. »Am Tag der … Abrechnung. Sie pflegten zu sagen, die Himmel würden sich auftun, und ein schreckliches Gericht würde stattfinden.«

Er zeigte auf seine Nachkommen. »Ich habe immer gespottet, wie diese mit ihren heidnischen Göttern. Aber inzwischen schien es mir, als ob … als ob …« Er verstummte mit glasigen Augen. Die zwei Teenager sahen zu. Ihre geschwisterlichen Konflikte waren sofort verschwunden. In diesem Moment sahen sie fast wie Zwillinge aus.

»Daddy?« sagte das Mädchen und langte nach ihm.

»Bleib von mir weg!« Der Mann stieß sie beiseite. Er bemühte sich, die Kante der Klippe zu erreichen, warf seine Anglerjacke ab und warf sie zu Boden. Dann sank er auf die Knie und blickte über die verwüstete Szene.

Zögernd, wohl aus Furcht vor einer neuen Zurückweisung, folgten ihm erst das Mädchen und dann ihr Bruder und traten zu beiden Seiten von ihm auf den Rand des Aussichtspunktes. Aber diesmal schlang er, anstatt sie wegzustoßen, die Arme um ihre Knie und umklammerte sie fest. Über den heulenden Sirenen, den brummenden Helikoptern und dem noch immer lauten Rauschen abebbender Fluten hörte Logan den Mann deutlich schluchzen.

Erst noch zögernd streichelte das Mädchen dem Vater das schüttere Haar. Dann sah sie hinüber und ergriff die Hand ihres Bruders.

Logan stockte fast der Atem in der Brust. Und plötzlich begriff er, weshalb.

Wie, wenn der Kerl recht hat?

Vielleicht nicht genau. Nicht hinsichtlich der exakten Ursache des verwirrenden Phänomens. Die ›Aliens‹ des Jungen waren ebenso wahrscheinlich wie jedes Kauderwelsch aus dem Buch der Offenbarung.

Indessen war Logan bis jetzt noch nicht ganz bewußt geworden, um was es gehen könnte. Stunde um Stunde liefen durch Oberst Spiveys neue Datenbasis Berichte ein, die von Bagatellen bis zu Katastrophen reichten. Von hochragenden Chimären, die man auf See erblickt hatte, bis zu seltsamen Vibrationen und Sandhosen in leeren Wüsten. Bis hin zum plötzlichen Verschwinden eines großen Dammes. Es wurde mit jedem Tage merkwürdiger.

Das könnte ernst sein, dachte Logan und empfand intensiv die späte Kälte des Nordens.

□ **Spezielle Interessengruppe für weltweite und weitreichende Lösungen** [□ SIG AeR,WLR5 253787890.546.]

Zum Erstaunen vieler haben wir bis jetzt die große Wipfeldürre vermieden, über die die Leute reden. Neues Saatgut und bessere Bewirtschaftung und das Abrücken von vielen gierigen Gewohnheiten haben geholfen, daß wir unsere zehn Milliarden ernähren konnten. Die meiste Zeit.

Aber Lösungen lassen oft andere Mißhelligkeiten aufkommen. So kam es, daß Neunmalkluge, die diesen Trend sahen, eine Bevölkerungsexplosion auf zwanzig Milliarden oder mehr voraussagten, bis unsere Zahlen uns schließlich an den oft prophezeiten Abgrund von Malthus bringen würden.

Aber schauen Sie! Die Welle erreicht ihren Höhepunkt. Nach fünfzig Jahren des Kampfes scheinen die Geburtsraten endlich unter Kontrolle zu sein; und UNPMA sagt jetzt voraus, daß wir um 2060 eine Spitze von dreizehn Milliarden erreichen werden. Dann sollte die Zahl langsam etwas absinken. Dieser Gipfel sollte eben noch niedrig genug sein, daß wir knapp davonkommen.

Wird es moderne Geburtenkontrolle sein, die uns bis eben kurz vor den Rand geführt hat? (Wenn wir nicht doch hinüberstolpern.) Oder war es etwas anderes? Eine neue Untersuchung [□ Stat.Sur. 2037.582392.286-wElt] besagt, daß menschliches Bemühen weniger Zuversicht verdient, als wir selbstgefällig glauben.

Während große Beträge ausgegeben wurden, um die Hälfte der Frauen der Welt dazu zu bringen, ihre Geburten auf eine oder höchstens zwei zu beschränken, strömt jetzt fast ebensoviel Geld in Forschung und medizinische Hilfe, damit die andere Hälfte es wenigstens auf *eine* Schwangerschaft bringt. Man hat Ursachen genannt für die pandemische Unfruchtbarkeit... daß Frauen zum Beispiel das Kinderkriegen so lange aufschieben, bis es im Leben zu spät ist, oder daß Effekte schuld sind, die aus den sexbesessenen achtziger Jahren ererbt wurden, oder Krebsseuchen oder die auf Drogen versessenen 2010er Jahre. Aber neue Forschungen zeigen, daß die *Verschmutzung* eine wesentliche Rolle gespielt haben könnte. Chemische Mutagene in Luft und Wasser, die frühe spontane Fehlgeburten bewirken, scheinen jetzt alle anderen Formen von Empfängnisverhütung in der industrialisierten Welt anzuführen.

Für manche gaianische Sekten bestärkt das gerade ihre Weltanschauung, wonach jede Unmäßigkeit sich rächen muß in Form einer negativen Rückwirkung zur Wiederherstellung des Gleichgewichts. In diesem Falle sind nicht wir Lebenden diejenigen, welche sterben, wie Malthus vorausgesagt hat. (Zumindest nicht in großen Zahlen.) Vielmehr wird das Gleichgewicht wiederhergestellt durch die strapazierte Umwelt selbst, die die Ungeborenen ausmerzt.

Das ist eine grausame, unangenehme Vorstellung. Aber schließlich ist ja ein jeder, der lebt und sich irgendeines Teils der letzten fünfzig Jahre bewußt ist, inzwischen an unerfreuliche Gedanken gewöhnt.

• HYDROSPHÄRE •

Daisy hatte wieder spioniert.

»Verflucht!« Claire schlug auf die Lehne ihres Sessels. Diesmal war ihre Mutter zu weit gegangen. Sie hatte ein Wachhundprogramm gleich neben Claires persönlichem Posteingang installiert! »Hat sie wirklich gedacht, ich würde so etwas nicht bemerken?«

Wahrscheinlich. So viele Eltern gehörten zur Gemeinde der ›geistig Behinderten‹, wenn es darum ging, ein klares geistiges Bild ihrer Kinder zu haben. Vielleicht hielt Daisy Claire noch für ein Kind, wenn es um die anspruchsvolle Welt für Erwachsene im Netz ging.

»Ich werde es dir zeigen!« murmelte Claire, als sie einen eigenen Code eingab. Oh, sie wußte, daß sie nie imstande sein würde, es mit Daisy gleich zu gleich aufzunehmen. Aber es müßte doch möglich sein, die vorgefaßten Meinungen ihrer Mutter auszunutzen.

Vivisector war ein Programm, das sie sich gerade gestern von Tony geliehen hatte ... eine hübsche kleine Routine, die unter jungen Hackern zirkulierte, welche andere Programme zerlegte und wieder zusammensetzte, ohne eine Spur zu hinterlassen – selbst während solche Programme liefen. Claire hetzte Vivisector vorsichtig auf den Wachhund ihrer Mutter. Bald waren seine Innereien auf ihrem Überwachungsschirm ausgebreitet.

»So, gerade wie ich gedacht habe.« Daisy hatte das kleine Surrogat darauf angesetzt, etwas herauszupflücken, das Daisy von Logan Eng bekam.

»Er ist nicht mehr dein Gatte, Mutter. Kannst du den armen Kerl nicht in Ruhe lassen?«

Sorgfältig schnitt Claire ein Kern-Gen aus dem Wachhund heraus, um es als Schablone zu verwenden. Dann wählte sie den Netzcode ihres Vaters und machte einen Hybridisierungstest für die Protokolle, die den Zugang zu seinem privaten Versteck kontrollierten, Da gab es sicher eine Paßstelle. Einige Linien pulsierten rot am Herzen von Logans eigenem Sicherheitssystem. Claire schnalzte mit der Zunge.

»Sehr schlampig, Mutter! Enge genetische Vettern für ähnliche Vorhaben zu benutzen. In verwandten Datenbasen. Ich bin von dir enttäuscht.«

In Wirklichkeit war sie es nicht, sondern fühlte sich ausgesprochen erleichtert. Codone aus zwei Infiltratoren zu vergleichen, war eine Technik, die sie kannte und verstand. Ohne Zweifel hätte Daisy den Trick in Frage stellen können, wenn sie es versucht hätte. Und obwohl es milde Verachtung zeigte, war ihre Mutter schlimmerer Emotionen fähig – wie Haß. Man würde nicht wagen, sich mit Daisy anzulegen, wenn sie in diesem letzteren Zustand war. Ganz und gar nicht.

Die roten Linien pulsierten. Claire überlegte, ob sie weitergehen und den Retrocode herausschneiden sollte. Oder eine Warnung an ihren Vater schreiben.

Aber wozu wäre das gut? Daisy würde höchstens eine Geldbuße entrichten müssen. Und dann würde sie eben aufpassen, die Sache richtig zu machen.

»Warum interessiert sie sich jetzt überhaupt so für Logans Arbeit?« wunderte sich Claire. Natürlich mißbilligte ihre Mutter Logans Karriere. Aber es gab draußen so viele Ingenieure, die viel schlimmer waren... viel weniger sensibel für Umweltangelegenheiten. Bis jetzt hatte Daisy im stillen ihren Exgatten in Ruhe gelassen und größeres Wild gejagt.

Claire biß sich auf die Lippe. Es gab einen Weg, um herauszubekommen, was los war, ohne bei Daisy Alarm auszulösen. Sie mußte den Infiltrator ihrer Mutter Duplikate schicken lassen von allem, was er *ihr* wie auch Daisy gestohlen hatte. *Nein.* Sie schüttelte den Kopf. *Das werde ich nicht tun. Ich werde warten, bis Logan wieder in der Stadt ist, und persönlich sagen.*

Leider hüpfte ihr Vater kreuz und quer auf dem Kontinent herum und schickte ihr kleine Lebenszeichen von allen Stätten, wohin ihn sein neuer Dienstherr schickte. Seine Mitteilungen ließen deutlich erkennen, daß etwas im Gange war; und Claires Neugier war geweckt.

Aber ich werde seine Vertraulichkeit respektieren, entschied sie. *Ich bin nicht Daisy.*

Mit diesem Vorsatz formulierte sie sorgfältig eine einfache Mitteilung an ihren Vater, in der sie sagte, daß sie ihn vermißte und eine Schlußzeile hinzufügte: »Spiegel-Spiegel, Daddy, Nimm keine drollig aussehenden Äpfel!«

Das war eine Art gemeinsamen Textcodes aus der Zeit, da sie ihre Mutter mit der bösen Königin von

Schneewittchen zu vergleichen pflegte, komplett mit dem alles sehenden und alles wissenden Zauberspiegel.

Ich hoffe nur, daß Logan die Bedeutung versteht. Sie ist reichlich schwach.

Claire löschte sorgfältig diesen Abschnitt des Netzes und ließ alle Agenten ihrer Mutter an Ort und Stelle. Danach machte sie sich wieder daran, ihre Post zu lesen.

»HE, CLAIRE!«

Das fröhliche Gesicht von Tony Calvallo sprang aus einer weniger als eine Stunde alten Kurzmitteilung hervor. Hätte sie ihren Armbandcomputer getragen, während sie die Komposttonne reparierte, wäre sie imstande gewesen, seinen Anruf in Person entgegenzunehmen.

»HEUTE ABEND GIBT ES EINE PARTY BEI PAUL. DU WEISST, ER IST AM NORDDEICH. DARUM KÖNNTEN WIR ÜBER DEN WEG LATSCHEN UND NACH SENKUNGSBRÜCHEN AUSSCHAU HALTEN.«

Er grinste und zwinkerte.

Claire mußte lächeln. Tony wurde besser dabei... einen sanften Druck aufrechtzuhalten und dabei die ganze Zeit leicht und locker zu bleiben, wobei er ihr letztlich überließ, das Tempo zu bestimmen. Was den heutigen Vorwand anging, so war es schon lange her, seit sie die Deiche drüben in Pauls Teil des Tales inspiziert hatte. Tony zeigte ständig mehr Phantasie und Einsicht.

Claire biß sich auf die Lippe und genoß den Druck auf empfindliche Nervenenden. In letzter Zeit hatte sie sich von Tony küssen lassen und war überrascht gewesen wegen seiner eifrigen Grobheit und wie sehr ihr das gefiel.

Vielleicht bin ich nur etwas langsamer als andere Mädchen und nicht einfach zurückgeblieben, wie ich meinte.

Die Generation ihrer Mutter war natürlich frühreif

gewesen und geradezu verrückt. Sie fing um die elf Jahre mit Sex an. Eine schreckliche Vorstellung, meinte sie, die viel über den gegenwärtigen Zustand der Welt erklärte.

Es könnte aber doch so etwas geben, wie sich zu langsam zu bewegen.

All right, wir wollen sehen, was passiert. Jedenfalls kann ich immer darauf bestehen, nach Senkungsbrüchen im Deich Ausschau zu halten.

Mit einem Lächeln wählte sie Tonys Nummer. Voraussichtlich würde er vor dem zweiten Läuten antworten.

Im gleichen Moment sah Daisy McClennon zu, wie Ströme von Daten an den Wänden ihres privaten Zimmers herunterliefen, die jeder einen anderen Anblick der Welt wiedergaben.

Ein Schirm stellte den kürzlichen Zusammenbruch des Damms in Wyoming dar ... Bilder, die ihr Exgatte lässig gespeichert hatte, wo sie leicht herankommen konnte. Wenn man andere Fallstudien in dieser Akte berücksichtigte, so war diese Serie von ›Koinzidenzen‹ weit über Zufälligkeit in den Bereich feindlicher Tätigkeit gerückt.

Sie hatte schon ihre üblichen Quellen angezapft und war mit bestenfalls Gerüchten und vagen Andeutungen herausgekommen. Ein reiches ausländisches Bankkonsortium in Ulan Bator schien an diesen Vorfällen enorm interessiert zu sein. Ebenso ein alter kanadischer Geldclan in Quebec. Dann waren da die Geisteragenturen der Regierung – für deren eine Logan offenbar arbeitete. Die waren schwer zu knacken und auch riskant. Zum einen waren manche ihrer besten Hacker ihr ungefähr gewachsen. Daisy zog es vor, um die Ecken zu schnuppern, bis sie genug wußte, um einen vollen Angriff zu wagen.

Einen möglichen Hinweis lieferte ein Holo-Tank in

der Nähe – eine bildliche Darstellung des Erdglobus im Querschnitt mit hindurchgezogenen Linien. Dieser anonyme Tip hatte an diesem Morgen seinen Weg in ihre Box gefunden – ohne Zweifel von jemandem in ihrem Gespinst weltweiter Kontakte. Zuerst ergab er wenig Sinn. Dann sah sie, wie jede Linie an einem Ende an der Stelle einer der ›Anomalien‹ in Logans Akte festgemacht war. Dann ging jede Linie durch den Mittelpunkt der Erde, um in einem von vier breiten Ovalen bei den Antipoden herauszukommen.

Was konnte das bedeuten? Bisher war ihr nicht viel eingefallen. Daisy wollte den Hinweis schon als unecht abtun, als sie sah, daß eines der Ovale auf dem südlichen Afrika zentriert war.

Ich wundere mich. Jen Wolling schien in etwas verwickelt zu sein, das sie für ernst, sogar gefährlich erachtete. Dann machte sie sich auf und begab sich wieder nach Südafrika. Konnte da ein Zusammenhang bestehen?

Jetzt, wo sie darüber nachdachte, gab es noch ein anderes Glied. Wollings Mitarbeiter hatten ihre Basis in Neuseeland. War das nicht, wo einige der ersten Beben konzentriert gewesen waren?

Daisy stöberte weiter in dem Rätsel und schickte ihre elektronischen Sklaven aus, um weitere Stücke zu suchen und zu apportieren. Unverschämt stahl sie die Akten einiger Firmen, die einem Vetter gehörten, den sie seit Jahren nicht mehr gesehen hatte, der ihr aber mehr Gefälligkeiten schuldete, als ein aristokratischer Snob wie er je würde zugeben mögen. Eine seiner Gesellschaften beschäftigte sich mit Datentransfers aus Australasien…

Langsam paßten die Stücke zusammen. *Sie benutzen einen Kommunikationsknoten in Washington. Einen wirklich sehr guten. Wäre nicht darauf gestoßen ohne diesen kleinen Tip… gerade heute morgen, Welch ein Glück!*

Inzwischen leuchtete die letzte Wand ihres Arbeitszimmers mit ihrem jüngsten Videoverstärkungserzeugnis ... einer auf dem Schwarzmarkt gehandelten kolorierten 3D-Version von *Der Malteser Falke* mit Extraszenen, die für eine Gruppe von Sammlern in Chicago extrapoliert waren, die anscheinend nicht damit einverstanden waren, daß manche Werke in primitiver Fassung durch das National Treasures Act geschützt wurden.

Miles Archer lächelte und bekam dann zwei Kugeln in den Bauch, wie so oft seit etwa hundert Jahren. Nur diesmal war sein Stöhnen digital quadrophon, und das Blut, das dreidimensional um seine Finger herausrann, war lebendig, spektral attestiert in genau der richtigen Tönung von arteriellem Rot.

□ Net Vol. A69802-554, 04/20/38: 04:14:52 UT
User T106-11-7657-Aab Spezielle Interessengruppe für Historische Neuinszenierung. Key: ›Authentizität‹

Brüssel – Autoritäten der Belgischen Historischen Gesellschaft haben heute morgen die Polizei gerufen, um zu helfen, dreißigtausend enttäuschte Geschichtsfanatiker in napoleonischen Militäruniformen zu zerstreuen. Einige von ihnen waren bis von Taipeh angereist, um an der Wiederaufführung der Schlacht von Waterloo teilzunehmen, mußten aber abgewiesen werden. Viele schwenkten wütend gültige Registrationsformulare und erklärten, daß sie offizielle Teilnehmer an dem jährlichen Spektakel wären.

Dieser Reporter fragte den BHG-Direktor Emile Tousand: Warum wurden so viele angenommen, nur um direkt auf dem Schlachtfeld abgewiesen zu werden?

»Von dreihundertfünfzigtausend Antragstellern haben sich nur einhundertdreiundneunzigtausend durch authentische, handgearbeitete Ausrüstung qualifiziert – von Musketen bis zu Uniformknöpfen. Von dieser Zahl haben wir erwartet, daß mehr als dreißig Prozent nicht erscheinen würden, besonders nach der diesjährigen Tariferhöhung für Tickets der Limousinenklasse bei Zeppelinen.«

Gebeten, das Mißverhältnis zu erklären, führte Tousand aus:

»Es scheint, daß wir unter unserem Erfolg leiden. Mit Ausnahme

von Gettysburg und Borodino ist unsere die angesehenste Schlachtenneuschöpfung. Mancher Fan ist darauf versessen, einen einfachen Infanteristen zu spielen, selbst wenn nur an ihm eine funkgesteuerte Blutkapsel am ersten Tage explodieren muß.«

Warum wurden dann so viele abgewiesen?

»Unsere Leidenschaft ist Exaktheit, Wie, ich bitte Sie, könnten wir die mit mehr ›Ersatz‹-Soldaten haben, als seinerzeit wirklich auf dem Schlachtfeld anwesend waren? Die Idee ist absurd!

Außerdem agitieren Umweltschützer routinemäßig gegen uns. Wenn wir das Getrampel und den Lärm nicht unter einer gewissen Schwelle halten, könnten Wiederaufführungen der Musketenära den Weg jener unglücklichen Versuche gehen, Kursk und el Alamein wieder erstehen zu lassen damals im ersten Jahrzehnt.«

Wäre das denn so schlimm? Können wir es uns leisten, Tausende von Männern herummarschieren und Krieg spielen zu lassen, wenn uns diese Geißel erst vor einer Generation fast ausgerottet hat?

»Ist es ein zufälliges Zusammentreffen, daß mehr Menschen in Clubs eintreten, um ›Krieg zu spielen‹, wenn es immer weniger von dem wirklichen Ding gegeben hat? Ich kann Ihnen sagen, daß unsere Jungens kommen, um Spaß zu haben. Sie bekommen frische Luft und körperliche Betätigung, anders als so viele, deren passive Hobbies sie zu bloßen Netzsüchtigen gemacht haben oder sogar zu Drogenabhängigen. Und es gibt sehr wenige Unglücksfälle oder Verletzungen.«

Ermutigen Kriegsspiele aber nicht eine romantische Faszination für das reale Ding?

»Jeder geistig normale Mensch kennt den Unterschied zwischen dramatisch vor den Kameras hinfallen, weil seine Blutpatrone ausgelöst wurde, und dem, wie es für richtige Soldaten gewesen sein muß... wirklich zu fühlen, wie Musketenkugeln einem die Eingeweide zerreißen und die Knochen zerschmettern. Keines unserer Mitglieder kann sich enthalten zu weinen, wenn er das schreckliche Finale ansieht – das Tableau der Alten Garde, die in blutigen Haufen auf ihrer letzten Schanze liegt. Kein Mensch, der das angeschaut hat, könnte je wieder Sehnsucht haben, das reale Ding zu erleben.

Faszination – gewiß. Faszination wird es immer geben. Aber das läßt uns nur um so höher anerkennen, wie weit wir es gebracht haben. Bei allen unseren heutigen Problemen zweifle ich, daß irgend jemand, der studiert, wie das Leben in vergangenen Zeiten gewesen ist, bei klarem Verstand mit einem seiner Vorfahren den Platz tauschen möchte, sei er Bauer oder Soldat, General oder König.«

• IONOSPHÄRE •

Der Mond schien am Horizont. Er ging in einer ungewohnten Richtung unter. Fast genau im Süden.

Natürlich waren in diesem Augenblick *alle* Kompaßrichtungen annähernd südlich. Das war der Kniff, wenn man den Nordpol überquerte. Oder in seiner Nähe.

Mark Randall, der die *Intrepid,* das kleine Shuttle Modell drei, dahingleiten ließ, wandte sich vom Mond ab, um auf das Mündungsgebiet des arktischen Flusses Ob zu blicken, der Arterie der neuen sowjetischen Korngebiete. Die Steppe erstreckte sich unter ihm über ein flaches Gelände, eine Unendlichkeit von rötlichem Gelb und Grün. Mark sprach ein einziges Kommando aus.

»Vergrößern!«

Daraufhin zeigte ein Teil seiner Visierplatte sofort ein erweitertes Bild. Das Ob-Delta sprang in feinem vergrößerten Detail auf ihn zu.

»Vorbereiten Aufnahmeblatt sechs!« fuhr er fort, als eine Fadenkreuzskala das schmutzig blaue Band überlagerte und über eine weite, auftauende Tundraebene glitt. Sensoren verfolgten jede Bewegung seiner Pupillen, so daß Mark die Szene fast so schnell abrollen lassen konnte, wie er zu sehen fähig war. »Null auf Position zwölf Komma zwei mal drei Komma sieben… achtfach vergrößern!«

Langsam und gleichmäßig drehte sich das Hauptteleskop in der Beobachtungsbucht der *Intrepid* auf magnetischen Aufhängeringen und richtete sich auf die angegebenen Koordinaten. Oder zumindest *sagte* das Inertialkursgerät, daß es die richtigen Koordinaten wären. Aber Marks Erfahrung durch die Arbeit mit Teresa Tikhana war verblaßt, besonders nach der Erewhon-Katastrophe. Darum machte er eine Gegenkontrolle durch Satellitenangaben und zwei ausgeprägte Landmarken – das Schransky-Kraftwerk und die Kornsilos der Cargil-Gesellschaft, welche den Fluß von zwei gegenüberliegenden Seiten aus eingabelten. Er sagte: »Aufzeichnung starten!«

Zwischen diesen beiden Landmarken zeigte das Wasser starke Unruhe – kleine Wellen an der Oberfläche und aufgerührten Schlamm vom Boden –, von denen jedes Symptom in einem anderen optischen, infraroten oder Polarisationsband entdeckt wurde. Eine Schiffsflottille hatte Kurs auf das gestörte Gebiet. Mark fragte sich, was den Ob so aufgewühlt haben könnte. Es mußte wichtig sein, denn die Anweisungen für die *Intrepid* waren so plötzlich geändert worden und hatten dieses simple Erkundungsunternehmen weit über das normale Maß ausgedehnt.

Ich werde der Gewerkschaft davon berichten, dachte Mark. *Bei polaren Einsätzen summieren sich die radioaktiven Dosen zu sehr. Man sollte sie nicht verlängern ohne besondere Abschirmung oder einen Bonus in der Bezahlung. Oder mindestens eine sehr gute Begründung ...*

Das wurde besonders unangenehm, wenn ein Shuttle Modell Drei beteiligt war ... Die HOTOL-Technik – das einstufige Starten und Landen in hohen Orbit – war der Traum eines Piloten, aber eine bizarre, unerwartete und nicht korrigierbare Vibration konnte bedeuten, daß die Besatzung bei Kameraarbeit mit hoher Auflösung nach draußen gehen mußte, um nicht durch ihre schwächsten Bewegungen die Bilder zu ruinieren. Dieser Mangel würde in der nächsten Generation von Vehikeln behoben werden ... vielleicht in zwanzig Jahren oder so.

Er sprach wieder und befahl dem Teleskop, noch näher direkt auf die Aktivität da unten zu zoomen. Jetzt erkannte er deutlich Maschinen auf den Baggern und Leute, die an den Schanzdecken der flachen Lastschiffe standen und in den Fluß starrten. Wahrscheinlich Taucher, da der anschwellende Ob noch zu kalt war, um andere Lebensformen dieser Größe zu enthalten. Im Labor verstärkte Fotos würden natürlich auch noch die Etiketten der Hersteller auf den Tauchermasken erkennen lassen.

Grüne Signale zeigten, daß die Aufzeichnung gut ablief.

Eine solche Präzision war mit Überwachungssatelliten nicht machbar, und bemannte Raumstationen arbeiteten nicht auf so hoher Breite. Darum war die *Intrepid* die einzige verfügbare Plattform. Mark hoffte, daß es sich lohnen würde.

Soviel also über die Belohnungen für Ruhm und gute Taten. Nach Erewhon und seiner Vorlesungstour für die NASA war es gut, in den linken Sitz eines Shuttles befördert zu werden. Indessen hatte er sich kürzlich gefragt, ob Teresa schließlich nicht doch recht hätte, so mißtrauisch zu sein. Irgend etwas roch komisch bei der Art, wie er hofiert und davon abgelenkt wurde, Fragen darüber zu beantworten, was Spivey und seine Leute über das Unglück herausgebracht hätten.

Offenbar war es das, wofür er jetzt irgendwie arbeitete ... Glen Spivey. Der Spion hatte eine große und ständig zunehmende Gruppe unter sich. Eine ganze Anzahl von Marks Freunden waren in das wachsende Netz von Untergeordneten und Aufspürteams des Obersten geschwemmt worden. Aber was untersuchten sie eigentlich? Wenn Mark danach fragte, so schauten alte Kameraden unsicher weg und murmelten Phrasen wie *Nationale Sicherheit* oder sogar *das ist geheim*.

»Hol's der Teufel!« knurrte Mark. Zum Glück war der Computer seines Anzugs geistig beschränkt und versuchte nicht, das als Befehl zu deuten. Nach harten Erfahrungen setzte das Astronautencorps auf buchstabenbezogene Geräte, die schwer in Verwirrung zu bringen waren, wenn auch weniger ›phantasiebegabt‹ als das, was die Zivilisten benutzten.

Etwas bewegte sich am Rande von Marks Gesichtsfeld. Er schaltete die Helmprojektion ab und drehte sich um. Die sich nähernde Gestalt im Raumanzug war nicht schwer zu identifizieren, da sein Copilot die einzige andere Person binnen mindestens hundert Kilometern war. Ben Brigham trieb längsseits und führte zwei Finger seiner behandschuhten Rechten auf einen Punkt längs der Innenseite seines linken Ärmels. Danach kamen zwei schnelle hackende Bewegungen, eine Drehung der Hand und ein Ruck mit dem Ellbogen.

Die Sonne stand hinter Mark und schien Ben ins Gesicht, so daß sein Helm undurchsichtig und blank aussah. Aber Mark brauchte Bens Miene nicht zu sehen, um zu verstehen, was er sagen wollte.

Große Häuptlinge hoffen, den Coyoten in Aktion zu erwischen, hatte sein Partner in einer Zeichensprache gesagt, die nicht aus der Taubstummensprache stammte, sondern der alten Handelssprache der Indianer der amerikanischen Prärien.

Mark lachte. Er ließ den allgemeinen Kanal ausgeschaltet und benutzte seine Hände für die Antwort. *Häuptlinge werden enttäuscht sein … Blitz schlägt nie zweimal in die gleiche Stelle …*

Obwohl die Zeichensprache der Raumfahrer formal jede Geste vermied, die in einem Vacuumanzug verborgen bleiben könnte, antwortete Ben mit einem einfachen Achselzucken. Offenbar waren sie ausgeschickt worden, um den letzten Ort der ›Störungen‹ zu beobachten … seltsamer Phänomene, die immer unheimlicher wurden, seit Erewhon ins Jenseits geblasen worden war.

Werden wir hier aber wirklich gebraucht? wunderte sich Mark. Laut Vertrag waren Offiziere der NATO, U.N. und der amerikanischen Luftwaffe schon dabei, das Unglück unten persönlich zu inspizieren und kreuzten wohl auch schon in Beobachtungszeppelinen umher. Das einzige, was die Untersuchung aus dem Orbit durch die *Intrepid* noch merklich dem hinzufügen konnte, was Inspektoren an Ort und Stelle erfuhren, war, den Kobold *in flagranti* zu erwischen. Bisher hatten Routineabtastungen durch Satelliten einige bizarre Ereignisse unter extremem Winkel eingefangen, aber nie mit einer vollen Batterie von Spionagegerät…

Marks Gedanken hielten an, und er blinzelte. Er schüttelte den Kopf und fluchte.

»Oh, verflucht! Interkom an! Ben, fühlst du…«

»Stimmt, Mark. Kribbeln in den Zehen. Flecken um mein Gesichtsfeld. Ist es, wie du und Rip auf der *Plejaden*…«

»Bestätigung.« Er schüttelte wieder heftig den Kopf, obwohl er wußte, daß das die zunehmenden Spinnweben nicht verscheuchen würde. »Es ist in mancher Hinsicht anders, aber im Grunde… o Hölle!« Mark konnte es nicht erklären, und außerdem war keine Zeit für Gespräche. Er nannte ein anderes Codewort, um zu veranlassen, daß ihre Anzüge volle physiologische Daten an die Schiffsrecorder gaben. Dann befahl er: »Volles Gesichtsfeld, Hauptteleskop! Sekundärkameras – unabhängiges Zielen auf vorübergehende Phänomene!«

Das Bild des Flusses erschien wieder. Aber jetzt war die Szene nicht mehr normal und nüchtern. Leute rannten auf den Frachtern umher wie aufgestörte Ameisen und sprangen zum Teil von dem Schiff hinunter, das in dem plötzlich kabbeligen Wasser auf und ab hüpfte und sich schüttelte.

Auf Marks Gesichtstafel erschienen kleine Fenster rings um das Hauptbild, als die Hilfsteleskope der *Intrepid* unabhängig Bilder heranholten. Die Hälfte davon war zu unscharf, um etwas erkennen zu lassen, als Marks Sehvermögen sich ständig verschlechterte. Helle Pünktchen strömten herein wie lästige Insekten.

»Was machen wir?« Bens Stimme klang beunruhigt. Mark, der das schon einmal durchgemacht hatte, tadelte ihn nicht.

»Vergewissere dich deiner Halteleine!« sagte er seinem Copiloten. »Und erinnere dich an den Weg zurück in die Kabine! Vielleicht müssen wir blind zurückkehren. Sonst…« Er schluckte. »Sonst gibt es nichts, was wir tun können, als es durchzustehen.«

Wenigstens ist das Schiff wahrscheinlich sicher. Und es gibt keine anderen Strukturen in der Nähe, wie es bei Teresa der Fall war. Und ein Shuttle Modell Drei ist zu klein, um Besorgnisse wegen Gezeiten aufkommen zu lassen.

Mark hatte sich überzeugt – beinahe.

Die äußere Hälfte seines Gesichtsfeldes war verschwunden, obwohl sie immer noch ab und zu fluktuierte. Durch den restlichen Tunnel beobachtete Mark ein Drama, das sich weit unten abspielte, wo der Ob sich schüttelte und krümmte, als ob ihn jemand mit unsichtbaren Stangen anstieße. Strömungen deformierten die Hügel und Täler fast ebenso schnell, wie sie sich bildeten. Dennoch schienen die Wellenbewegungen klare geometrische Formen anzunehmen.

Dann verschwand in einem kreisförmigen Gebiet der Ob einfach!

Es war reines Glück, daß sich keines der Forschungsschiffe in dessen Radius befand, als es geschah. So hatten die Schiffe nur einen schweren Seegang zu überstehen, als sich das zylindrische Loch schnell auffüllte.

»Wohin … wohin werden die Wasser gehen?« fragte Ben.

Zu dem anwachsenden Klingen in Marks Ohren gesellte sich das Hupen eines Kameraalarms. Eines der sekundären Bilder blies sich jäh auf mit rotem Rande. Einen Moment konnte Mark nicht erkennen, was den Computer so erregt hatte. Es sah aus wie eine andere Ansicht des Flußtales, aber aus größerer Höhe mit viel geringerer Vergrößerung.

Aber dies Bild wirkte irgendwie verkrümmt. Dann merkte er, daß es nicht scharf eingestellt war. Er blickte auf den Ob hinunter durch eine *Linse*. Die Linse war ein Wasserklumpen, der sich plötzlich mitten in der Luft gebildet hatte bei einer Höhe von ... er las mit zusammengekniffenen Augen die Ziffern ab – sechsundzwanzig Kilometern!

Mark atmete den Schweißgeruch seines Todes. Etwas sehr Kleines und Schwarzes zappelte *im Innern* des flüssigen Klumpens, der hoch über dem Planeten hing. Aber ehe er noch dem Teleskop der Befehl zum Vergrößern erteilen konnte, war die ganze Wassermasse wieder verschwunden! In ihrem Kielwasser lag nur ein regenbogenfarbener Saum aus Dampf, der mit den Flecken am Rande seines Blickfeldes verschmolz.

»Was zum ...?«

»Es ist wieder da!« rief Ben. »Zweiundfünfzig Kilometer hoch! Hier ...« und er ratterte einen Code hinunter. Eine andere Szene von einem anderen Instrument sprang ins Bild.

Jetzt sah der Boden unten doppelt so weit entfernt aus. Der Ob war ein schmales Band. Und das Stück des gestohlenen Flusses war in doppelter Höhe wieder erschienen. Mark hatte Zeit, um erstaunt zu zwinkern. Das schwarze Objekt im Innern sah aus wie ...

Die kleine Kugel verschwand wieder. »Mark«, japste Ben, »ich habe gerade die Verdopplungsrate berechnet. Seine nächste Erscheinung könnte sein – Jesus!«

Mark fühlte, wie die Hand seines Copiloten den Stoff seines Anzugs packte und schüttelte. »Da!« Bens Stimme krächzte über dem statischen Störgeräusch.

Ein ausgestreckter Arm mit Hand traten in Marks enges Gesichtsfeld, und er folgte der zitternden Geste hinaus in den schwarzen Weltraum.

Dort, in der Richtung von Scorpio, war ein Objekt erschienen. Er brauchte keine Vergrößerung anzuordnen. Noch während alle Teleskope sich auf den Eindringling richteten, löschte Mark alle Displays mit einem geflüsterten Wort und starrte in direktem Licht auf das flache Sphäroid, das in der Nähe angehalten hatte und im ungedämpften Sonnenlicht glänzte.

Welche fremdartige Kraft mochte einen Teil des Obs hier herausgeschleudert haben – in einem Augenblick, magisch in gleichen Orbit mit der *Intrepid* – konnte Mark sich nicht vorstellen. Das verletzte jedes ihm bekannte Naturgesetz. Kleines Flackern zeigte, daß es von der Zentralmasse weggestoßen war. Aber in seinem Zentrum schwebte ein großes Objekt...

– *eine Frau.* Eine Taucherin in einem schwarzen Schutzanzug mit Atemgerät und zwei Tanks, die nach Marks verwirrter Meinung für sie noch einige Stunden gereicht hätten – je nach dem, wieviel sie schon verbraucht hätte.

Mark hatte nur noch einen engen Sehtunnel, aber der genügte. Durch die Gesichtsmaske der Taucherin erkannte er die eigenartige Miene der Frau – von verzückter Befriedigung, gemischt mit tiefstem Schrekken. Sie begann mit den Händen ein Zeichen zu machen.

»Wir müssen ihr helfen!« hörte er Ben über die Statik brüllen, der sich anschickte, sich auf die Versprengte hin zu bewegen.

Die Erkenntnis kam sofort, aber zu spät. »Nein, Ben!« schrie Mark. »Pack etwas! Irgend etwas!« Mark tastete herum und fand eine Runge an der Tür des Frachtabteils. Diese hielt er jetzt aus Leibeskräften fest.

»Festhalten!« rief er.

In diesem Augenblick schien sich sein Helm mit

einem furchtbaren Lied zu füllen, und die Welt explodierte in Farben, die er noch nie gesehen hatte.

Als alles vorbei war, räkelte sich Mark, von schmerzenden Muskeln und verrenkten Gelenken zitternd, in dem abgewetzten, zerrissenen Gurt seines Copiloten. Er suchte überall nach Ben. Radar, Optik, Telemetrie ... aber kein Instrument konnte eine Spur finden. Auch von der unglücklichen russischen Taucherin kein Zeichen.

Vielleicht leisten sie einander Gesellschaft, wohin immer sie auch unterwegs sind, dachte er. Das war ein seltsamer Trost.

In der Nähe entdeckte er andere Dinge ... Objekte, von denen die Vorgesetzten verlangten, daß er sie zur Untersuchung aufgreifen sollte. Da waren Stücke von Treibgut ... eine mit Schlamm gefüllte Wodkaflache ... ein Stück Unkraut ... ein paar Fische.

Dann bereitete er sich auf Heimatkurs vor und ging die Retroprotokolle zweimal durch, bis das Kommando ihn wegen Trödelei tadelte.

»Geht schon!« sagte er ihnen in scharfem Ton. »Ich muß mich vergewissern, wo ich wirklich *genau* bin und wohin ich gehe.«

Als die Raketen des Wiedereintritts um die Cockpitfenster herum zündeten, merkte Mark später, daß er genau so gesprochen hatte, wie Teresa Tikhana es getan hätte. Für die Flugkontrolleure mußte er genau wie sie geklungen haben.

»Zum Teufel, Rip«, murmelte er und entschuldigte sich bei ihr *in absentia*. »Ich wußte bis jetzt nie, wie du dich dabei gefühlt hast. Ich verspreche, mich nie wieder über dich lustig zu machen.«

Noch viel später, als er wieder auf festem Boden stand, ging Mark vorsichtig mit unsicherem Schritt auf die Menge besorgter wartender Amtspersonen zu, als ob der Rollbahnbelag keine so sichere Unterlage wäre, wie die anderen glaubten. Und selbst als er anfing, ihre fieberhaften Fragen zu beantworten, blickte Mark ständig zum Horizont und auf die Sonne und den Himmel, als ob er immer wieder seine Position nachprüfen wollte.

☐ Obwohl sie behaupten, die technischen Fehler, die zu der Tragödie von 2029 führten, vollständig aufgeklärt zu haben, haben die Regierungen von Korea und Japan trotzdem die Wiederöffnung des Fukuosa-Pusan-Tunnels verzögert. Es wurde keine Begründung angegeben, obwohl man weiß, daß eine kürzliche Häufung ungewöhnlicher seismischer Aktivität Anlaß zu Besorgnis geboten hat. Die Stöße passen nicht zu den Computermodellen der Kommission, und es wird keine Eröffnung erfolgen, bis diese Diskrepanzen aufgeklärt sind.

In den regionalen Nachrichten aus der Gesellschaft hat die sechsundzwanzig Jahre alte Yukiko Saito, Erbin des Taira-Familienvermögens, ihre Verlobung mit Clive Blenheim, Earl of Hampshire, bekanntgegeben, dessen edle, wenn auch verarmte Linie bis gut vor die normannische Eroberung zurückreicht.

Die jüngste planetologische Inspektion zeigt, daß die japanischen Inseln ungefähr zehn Prozent aller Vulkane der Welt enthalten.

• EXOSPHÄRE •

Einen wie großen Unterschied könnte ein Monat ausmachen? Beim letztenmal, als Teresa an diesem Tisch saß, tief im Innern der geheimen Untertagebauten von Waitomo, war ihre persönliche Welt erst kurz zuvor über ihr eingestürzt. Jetzt hatte sich ihr Kummer stabilisiert. Sie konnte auf ihr leidenschaftliches Intermezzo in Grönland als einen Teil der Genesung einer Witwe zurückblicken und anfangen, an andere Dinge als Jason zu denken.

Natürlich war sie in letzter Zeit auch durch einen ganz anderen Schock betäubt gewesen – als sie von der entsetzlichen Gefahr für die Erde erfahren hatte. Diese Tatsache hatte sich nicht geändert.

Mindestens tun wir jetzt etwas dagegen. Vergeblich oder nicht, ihre Bemühungen waren gut für die Stimmung.

George Hutton beendete gerade seinen allgemeinen Lagebericht. Ihr bisher begrenzter Erfolg war in der großmaßstäblichen Darstellung zu erkennen, wo man ihren Gegner jetzt in einem flachen Orbit pendeln sehen konnte, der kurz aus der kristallinen inneren Sphäre in die zweite Schicht aufstieg – den äußeren Kern aus flüssigem Metall. Nicht mehr ein friedlicher Fresser, der ungestört inmitten eines Festmahls aus sehr dichter Materie hockte, schien der purpurne Punkt wütend zu hämmern.

Teresa stimmte zu. *Wir sind dir auf den Fersen, du Bestie. Wir haben angefangen, uns zu verteidigen.*

Das war die gute Nachricht. Bis auf einige ängstliche Momente mehr oder weniger hatten alle vier Resonatoren damit begonnen, Sequenzen von Tandem-Impulsen abzufeuern, um die aufgespeicherte Energie des Planeten in Strahlen kohärenter Gravitation umzuwandeln, die gegen Beta zurückprallten und es allmählich nach außen schoben in Richtung auf …

Auf was? Wir haben immer noch keine Vorstellung, was mit dem verdammten Ding geschehen soll. Anstoßen, bis sein größer werdender Orbit es aus der Erde herausstößt, nehme ich an. Aber was dann? Eine zerfallende Singularität, die mit einer Million Grad lodert, ständig um und um sausen lassen und dabei hinein und heraus treten, bis sie sich schließlich in einem gewaltigen Ausbruch von Gammastrahlen zerstreut?

Teresa zuckte die Achseln. *Als ob wir dann noch die Wahl hätten.* Das war ein Grund für die düstere Stimmung am Tisch.

Ein anderer Grund war auf der äußersten Schale des Planetenmodells sichtbar ... eine Anordnung von Lichtern, die angaben, wo Gazerstrahlen am Land oder im Meer ausgetreten waren.

Tatsächlich pulsierten die meisten Strahlen in Formen und Frequenzen, die mit Objekten an der Oberfläche gar nicht in Wechselwirkung standen. Oft war der einzige Effekt eine Verschiebung des Windes oder Wirbel in einer Meeresströmung. Indessen kamen aber von einem Viertel der Stellen Gerüchte über seltsame Farben oder Donnerschläge bei klarblauem Himmel. Man redete über Wasserstrudel oder verschwindende Wolken. Berichte über zerstörte Dämme, über kreisrunde Wirbelschäden in Weizenfeldern, über spurlos verschwindende Flugzeuge.

Teresa schaute zu Alex Lustig hinüber. Der hatte schon über seine Anstrengungen berichtet, Ballungszentren der Bevölkerung zu vermeiden, und sie zweifelte nicht an seiner Aufrichtigkeit. Es hatte sich aber an dem Mann etwas geändert, seit sie ihn zuletzt gesehen hatte. Sie hatte ernsthaft erwartet, ihn jetzt als Wrack vorzufinden. Teresa stellte sich vor, so von Schuld erschüttert, wie sie ihn bei ihrer ersten Begegnung vorgefunden hatte, müßte er jetzt einen Nervenzusammenbruch bekommen, als der Tribut an unschuldigen Opfern zu steigen begann.

Merkwürdigerweise schien er jetzt friedlich jedem Redner zuzuhören, als das Treffen weiterging. Er zeigte keine der nervösen Gesten, an die sie sich erinnerte. Seine Miene wirkte fast heiter.

Vielleicht ist das gar nicht so merkwürdig, dachte Teresa. Auf der anderen Seite des Lichtscheins, den das Display warf, sah sie, wie June Morgan hinter Lustig trat und seine Schultern zu massieren begann. Teresa blähte die Nüstern. *Sie sind einander wert,* dachte sie und runzelte dann die Stirn in der Frage, was sie damit wohl meinte.

»Wir haben uns bemüht, vorhersehbare Muster zu vermeiden«, sagte George Hutton. »Dadurch dürfte es schwierig sein, die Standorte unserer Resonatoren zu ermitteln. Ohne Zweifel hegen einige Großmächte, Allianzen und Multis schon den Verdacht, daß die Störungen menschlichen Ursprungs seien. Wir rechnen wirklich auch mit einer mißtrauischen Reaktion. Aber so lange sie sich gegenseitig beschuldigen, werden sie nicht nach einer privaten Gruppe Ausschau halten.«

»Ist das nicht gefährlich?« fragte Teresa. »Wie wenn jemand in Panik verfällt? Besonders eine der Abschreckungsmächte? Sie wissen, daß es nicht schwer ist, die durch den Vertrag befohlenen Siegel an einem Geschwader von Marschflugkörpern aufzubrechen. Man braucht nur Hämmer und etwas einfache Software.«

Pedro Manella neigte sich zum Licht. »Das ist unter Kontrolle, Captain. Erstens finden die seismischen Ereignisse unparteisch weltweit statt. Das einzige organisierte Schema, das irgend jemand auffallen könnte, ist, daß die Störungen statistisch größere Bevölkerungsballungen vermeiden.

Zweitens – habe ich dafür gesorgt, treuhänderische Verlautbarungen bei einem geheimen Registrierdienst zu deponieren, um sie im Netz herauszubringen, sobald eine Macht gelben Alarm gibt.«

Alex schüttelte den Kopf. »Ich dachte, wir wollten keinem der Dienste Vertrauen schenken.«

Manella zuckte die Achseln. »Nach Ihrer eigenen unliebsamen Erfahrung, Lustig, tadele ich Sie nicht für ein solches Gefühl. Aber es gibt jetzt keine Chance für vorzeitige Freigabe. Und auf jeden Fall gibt die Verlautbarung nur genügend Hinweise, um eine schießwütige Krise zu bremsen und die Geologen einzuschalten.«

George Hutton betätigte einen Knopf, um das Bild des Globus zu dämpfen und die Raumbeleuchtung einzuschalten. Alex drückte June Morgan die Hand, und sie ging wieder zu ihrem Sitz. Teresa schaute weg. *Sie ist ein Kollektor,* dachte Teresa. *Wie kann eine Frau, die früher Jason begehrte, von einem Mann wie Lustig so angezogen sein?*

Sie unterdrückte den Drang, sich noch einmal umzudrehen und ihn wieder anzuschauen – diesmal aus reiner Neugier.

»Außerdem«, fügte George Hutton hinzu, »gibt es ohnehin eine Grenze dafür, wie lange wir dieses Geheimnis bewahren können. Früher oder später wird uns jemand aufspüren.«

»Seien Sie nicht so sicher!« konterte Pedro. »Unser schwächstes Glied ist das Netz, aber für mich arbeiten einige sehr helle Köpfe in Washington. Dadurch, daß wir den Verkehr auf ein Minimum halten und Tricks wie Ihren Maori-Berg-Iwi-Dialekt benutzen, könnten wir unsere Kurzdurchsagen noch mindestens sechs Monate, vielleicht sogar für ein Jahr tarnen.«

»Hmm.« George klang zweifelnd, und Teresa stimmte zu. Manellas Optimismus schien weit hergeholt. Es gab draußen zu viele gelangweilte Hacker mit Freizeit und Kilobit-Parallel-Operatoren, die nach jedem Vorwand Ausschau hielten, um eine Sensation aufzurühren. Offengestanden war sie sich keineswegs sicher, ob sie bei ihrer Rückkehr nach Houston von ihren zahmen NASA-Lakaien begrüßt werden möchte oder einem Haufen Sicherheitsboys mit Brillen für totale Aufzeichnung, die ihr Verhörlizenzen um die Ohren schlugen.

Aber auch so sah sie der Reise entgegen, bei der sie wieder einen Stratosphärenkreuzer unter ihrem eigenen Namen führen würde. *Von Zeps und falschen Identitäten habe ich für einige Zeit die Nase voll.*

»Glauben Sie nicht, daß das Geheimnis herauskommen wird, wenn Beta endgültig durch die Oberfläche dringt?« fragte George. »Dann werden wir uns nicht bloß vor Spionen verstecken müssen. Die ganze Meute der Spürhunde wird nach Blut kläffen.«

»Zugestanden. Aber bis dahin werden wir unseren Bericht für Vorlage beim Weltgerichtshof fertig haben, nicht wahr, Alex?«

Lustig schaute auf, als ob seine Gedanken weit weg gewesen wären. »Hm, entschuldigen Sie, Pedro?«

Manella beugte sich zu ihm hin. »Wir sind monatelang deswegen hinter Ihnen her gewesen! Gleich die zweite Sorge nach der, Beta loszuwerden, ist es, daß wir herausfinden müssen, wer dieses verdammte Ding in die Welt gesetzt hat. Das ist nicht bloß Rache – obwohl es hübsch wäre, an den Schurken ein Exempel zu konstatieren. Ich rede davon, unsere Haut zu retten.«

Teresa zwinkerte: »Was meinen Sie?«

Manella stöhnte, als ob er der einzige im Raum wäre, der das Offenkundige sah. »Ich meine, daß nach dem Tumult, den wir ausgelöst haben und in Zukunft noch machen werden – Sie dann denken, daß die Leute uns einfach glauben werden, wir hätten das schreckliche Ding da unten bloß *gefunden*?

Nein, zum Teufel! Hier sind wir, angeführt von dem einen Mann, der je erwischt wurde, ein illegales Schwarzes Loch auf der Erde konstruiert zu haben. Wen, denken Sie, wird man wegen Beta anschuldigen? Besonders wenn die wahren Schurken mächtige Männer sind, die es darauf anlegen, Verantwortung abzuwälzen?«

Teresa schluckte. »Oh!«

Alle die illegalen Dinge, die sie getan hatten – einschließlich Geheimnisse zu bewahren und Unschuldigen Schaden zuzufügen –, für all dies war sie bereit, vor Gericht zu treten. Die Rettung der Erde war ja doch eine mächtige Rechtfertigung. Aber es war ihr nicht in den Sinn gekommen, daß man ihnen sogar die Verteidigung abschlagen würde … daß ihre Gruppe tatsächlich an erster Stelle beschuldigt werden könnte, Beta *verursacht* zu haben!

»Mist!« sagte sie leise. Jetzt begriff sie, wie sich Alex Lustig gefühlt haben mußte, als er letztesmal so bitter gewirkt hatte. Und das machte es noch schwerer, die ruhige Miene des Mannes gerade jetzt zu begreifen.

»Ich hatte an keines von beiden gedacht«, sagte June Morgan und sah sie an, als ob sie ihre Gedanken gelesen hätte. Teresa fand, daß sie ihre Freundschaft wieder heraufbeschwor, damals, ehe die Lage anfing, so verdammt mißlich zu werden. Der Strom widersprüchlicher Emotionen veranlaßte sie, sich schnell abzuwenden und Junes Augen zu meiden.

Manella schloß: »Jenseits aller Rachegedanken müssen wir die wahren Schuldigen an unserer Stelle dem Mob ausliefern. Darum frage ich noch einmal, *Lustig, wer sind sie?*

Alexens Hände lagen gefaltet auf der Tischplatte. Er sagte mit leiser Stimme: »Wir haben in letzter Zeit eine Menge gelernt. Obwohl ich wünsche, Stan Goldman wäre hier, um uns zu helfen. Ja, gewiß, er wird in Grönland gebraucht. Aber was ich zu sagen versuche, ist, daß ich meine, wir haben trotz vielen Hindernissen Fortschitte erzielt.

Zum Beispiel haben wir jetzt mit Junes Hilfe eine viel bessere Vorstellung davon, wie die Dinge gestanden haben müssen, als die Singularität zuerst durch die stärksten magnetischen Gebiete fiel, welche das Biest einige Zeit festgehalten haben müssen, ehe schließlich chaotische Wechselwirkungen zu seinem Zerfall im entferntesten Punkt seiner Bahn führten.«

»Chaos? Meinen Sie, man kann nie sagen …?«

»Entschuldigen Sie, ich war ungenau. Das Wort bedeutet in diesem Sinne nicht Zufälligkeit. Die Lösung ist nicht perfekt, kann aber erarbeitet werden.«

Manella beugte sich wieder vor. »Sie haben also

seine Bahn zurückverfolgt? Zu den Narren, die es losgelassen haben?«

Teresa richtete sich auf. In Lustigs Augen schien ein seltsames Licht zu scheinen.

»Es ist nicht einfach«, begann er. »Selbst ein winziges schweres Objekt wie Beta muß Ablenkungen erlitten haben. Außer Magnetfeldern gab es Inhomogenitäten in der Kruste und dem Mantel …«

Manella wollte davon nichts hören. »Lustig, ich kenne diesen Ausdruck auf Ihrem Gesicht. Erzählen Sie uns! Wo und wann ist es gefallen? Wie genau können Sie das fixieren?«

Der britische Physiker zuckte die Achseln. »Binnen näherungsweise zweitausend Kilometern im Eintrittspunkt …«

Manella stöhnte enttäuscht auf.

»… und binnen neun Jahren – plus oder minus – des Aufpralldatums.«

»Jahre!« Pedro stand auf. Er schlug auf den Tisch. »Vor neun Jahren war niemand auf der Erde imstande, Singularitäten zu erzeugen. Die Cavitronik war noch eine harmlose Theorie. Lustig, Ihre Resultate sind weniger als nutzlos. Sie sagen, daß es, während unsere Vernichtung noch wahrscheinlich ist, keinen Weg gibt, die Schuldigen aufzuspüren und zu bestrafen!«

Zum erstenmal sah Teresa Alex offen lächeln, ein sowohl mitfühlender wie barbarischer Ausdruck, als ob er direkt darauf gewartet hätte. »In einer Hinsicht haben Sie recht, in zweien aber unrecht«, sagte er zu Manella. »Daraus kann ich Ihnen wirklich keinen Vorwurf machen. Ich habe selbst die gleichen falschen Annahmen gemacht.

Sehen Sie, auch ich habe gemeint, daß Beta in die Erde eingedrungen wäre, seit die Cavitronik zu einer praktischen Wissenschaft wurde. Erst nachdem ich Betas Zuwachsrate verfolgt und einige Korrekturen wegen haariger interner Topologien angebracht hatte, erkannte ich, daß es erheblich älter sein müßte, als wir gedacht hatten. Tatsächlich sind die von mir erwähnten Fehlerschranken ganz hübsch gut.

Das Eintrittsdatum war wahrscheinlich 1908. Die Gegend –Sibirien.«

Teresa drückte eine Hand auf ihre Brust. »Tunguska!«

George Hutton sah sie an. »Meinen Sie ...?« fragte er sofort. Aber Teresa mußte erst schlucken, bevor sie wieder zu Stimme kam. »Das war die größte Explosion in der Luft, seit es historische Aufzeichnungen gibt, sogar einschließlich des elektromagnetischen Pulsdinges, das die Schweizer ausgelöst haben. Barometer haben rund um die Welt Druckwellen registriert.«

Alle sahen sie an. Teresa breitete die Arme aus. »Bäume wurden über Hunderte von Kilometern gefällt. Aber niemals hat man einen Krater gefunden. Also war es kein gewöhnlicher Meteorit. Theoretiker haben einen lockeren Kometen vorgeschlagen, der in der Atmosphäre explodiert ist oder ein Stück intergalaktischer Antimaterie oder ...«

»Oder ein Schwarzes Mikroloch.« Alex nickte. »Erst jetzt wissen wir aber, daß es nicht einfach ein Schwarzes Loch gewesen ist, sondern ein sehr viel komplexeres Gebilde. Eine Singularität, so komplex und elegant, daß es kein Zufall der Natur sein konnte.« Er wandte sein Gesicht den anderen zu.

»Sie sehen unser Problem. Unsere Modelle besagen, daß das Ding aus einer Zeit gekommen sein muß, ehe die Menschen imstande waren, solche Dinge zu bauen... falls wir es eben jetzt könnten.«

Diesmal waren Teresa und Pedro sprachlos und starrten vor sich hin. George Hutton fragte: »Bist du absolut sicher, daß kein natürlicher Prozeß es hätte schaffen können?«

»Zu neunundneunzig Prozent, George. Aber selbst wenn die Natur über die genau richtige Topologie gestolpert wäre, ist es absurd, sich vorzustellen, daß ein solches Objekt genau in jenem Augenblick angekommen sein sollte.«

»Was willst du damit sagen?«

Alex schloß kurz die Augen. »Schau! Warum sollte etwas so Seltenes und Schreckliches gerade in dem Moment auf den Planeten aufschlagen, wo wir da waren, um es zu bemerken? Die Erde gibt es seit viereinhalb Milliarden Jahren, aber Menschen erst seit einer Viertelmillion oder so. Und erst seit weniger als zwei Jahrhunderten sind wir imstande gewesen, überhaupt etwas als das bittere Ende vorauszusehen. Dieses Zusammentreffen strapaziert alle Gutgläubigkeit! Wie meine Großmutter sagen könnte – es ist lächerlich zu behaupten, daß ein unparteiisches Universum ein Drama nur um unsertwillen aufführt.«

Er machte eine Pause.

»Die Antwort lautet natürlich, daß das Universum gar nicht unparteiisch ist. Die Singularität kam an, *als* wir hier waren, *weil* wir hier sind.«

Es breitete sich Schweigen aus. Alex schüttelte den Kopf. »Ich mache euch keinen Vorwurf, daß ihr diesen Punkt verfehlt habt. Auch ich war in meinem modernen, westlich-masoschistischen Denken gefangen. Ich nahm an, daß nur Menschen geschickt oder boshaft genug wären, in solchem Maßstab zu zerstören. Es war eine Erinnerung aus der Vergangenheit nötig, um mir zu zeigen, daß das letztlich ein blödes Vorurteil war.

Oh, ich kann euch jetzt Datum und Ort des Eintritts angeben. Ich kann euch sogar etwas über die Hersteller des Dinges sagen. Aber, Pedro, fragen Sie nicht, wie ich an ihnen Rache ausüben kann. Ich fürchte, daß das weit außerhalb unserer jetzigen Möglichkeiten liegt.«

Einige sahen sich verwirrt an. Aber Teresa fühlte sich nicht recht wohl. Sie kämpfte mit tiefen Atemzügen dagegen an. Keine physische Krise konnte ihr so zusetzen wie es diese Serie abstrakter Enthüllungen getan hatte.

»Irgend jemand will uns vernichten«, argwöhnte sie. »Es ist… eine *Waffe.*«

»O ja«, sagte Alex und drehte sich, um ihr in die Augen zu schauen. »Das ist es, Captain Tikhana. Eine langsame, aber allmächtige Waffe. Und die zeitliche Koinzidenz läßt sich sehr leicht erklären. Das Ding ist erst ein oder zwei Jahrzehnte nach den ersten menschlichen Experimenten mit Radiowellen eingetroffen.

Diese Idee ist in der Science Fiction wirklich schon ziemlich alt, eine Horrorgeschichte von Paranoia, die erschreckend logisch ist, wenn man sie verfolgt. Irgend jemand da draußen ist vor uns in den Weltraum gelangt und will keine Gesellschaft haben. Also hat er – oder haben sie – einen wirksamen Weg entwickelt, die Bedrohung zu eliminieren.«

»Bedrohung?« Manella schüttelte den Kopf. »Was für eine Bedrohung? Hertz und Marconi haben einige Punkte und Striche gemacht, und das soll eine Bedrohung sein für Wesen, die ein solches Ding machen können?« Er wies auf einen der flachen Schirme, wo Alexens letzte Darstellung des kosmischen Knotens sich in unheilvollem, verschlungenem Glanz wand.

»O ja, diese Punkte und Striche haben sicher eine Drohung bedeutet. Angenommen, daß einige von denen da draußen keine Konkurrenz wünschen, wäre es sinnvoll, potentielle Rivalen wie uns frühzeitig und so einfach wie möglich auszumerzen, ehe wir uns zu etwas entwickeln, dem schwerer beizukommen wäre.«

Er wies nach oben, als ob die Felsdecke unsichtbar wäre und der ganze Himmel sie umgeben würde. »Bedenken Sie die Einschränkungen, unter denen solch paranoide Kreaturen arbeiten müssen – arme Dinger. Es mag Jahre gedauert haben, bis sich unsere ersten Signale zu ihrem nächsten Horchposten ausgebreitet haben. Dort mußten sie dann eine geschickte Bombe bauen, um die Quelle zu suchen und zu vernichten.

Aber bedenken Sie auch, wie schwierig es ist, etwas durch den interstellaren Raum zu schicken! Wenn Sie es mit nahezu Lichtgeschwindigkeit befördern wollen, sollte es lieber klein sein. Ich schätze, daß sie einen Miniatur-Cavitrongenerator ausgesandt haben, der kaum ausreichte, die kleinste und leichteste Singularität zu erzeugen, die die Aufgabe erfüllen würde.

Natürlich – wenn man mit einer kleinen Singularität startet, wird es einige Zeit erfordern, um Masse im Innern des Zielplaneten zu absorbieren, ehe sie wirklich loslegen kann. In diesem Fall einhundertdreißig Jahre. Aber das sollte auch gewöhnlich ausreichen.«

»In unserem Fall hätte es fast nicht gereicht«, sagte Teresa bitter. »Wenn wir mehr für den Weltraum investiert hätten, gäbe es inzwischen Kolonisten auf dem Mars. Vielleicht auch die Anfänge von Städten auf den Asteroiden oder dem Mond. Wir hätten einige Lebensarchen evakuieren können ...«

»Oh, Sie haben recht«, stimmte Alex zu. »Ich schätze, daß wir ungewöhnlich helle sind, was neu aufkommende Rassen angeht. Wahrscheinlich durchleben die meisten anderen viel längere Intervalle wischen der Erfindung des Radios und der Raumfahrt. Schließlich haben die Chinesen öfters etwas mit Elektrizität angefangen – vor den Babyloniern und den Römern.«

Pedro Manella blickte auf seine Hände hinunter. »Intelligent, aber nicht intelligent genug. Selbst wenn wir dieses schreckliche Ding eliminieren, wäre der Alptraum dann wirklich vorbei?«

Alex zuckte die Achseln: »Vermutlich nicht. Wir und unsere Nachkommen, sofern wir welche haben sollten, haben dann bestenfalls rauhe Zeiten zu gewärtigen.

Wie ein Yankee es ausdrücken würde« – und er verfiel in einen Dialekt –, »die Galaxis, in der wir leben, is 'ne verdammt miese Nachbarschaft.«

Manella bekam einen roten Kopf. »Lustig, Sie nehmen es verdammt leicht, wenn Sie darüber Witze reißen. Hat die Meldung Sie umgehauen? Oder haben Sie für uns noch eine andere Überraschung aufgehoben? Vielleicht können Sie noch einen anderen *deus ex machina* aus dem Hut ziehen, wie letztesmal?«

Teresa erkannte plötzlich, daß dies in der Tat das war, weswegen ihr Atem gestockt hatte. *Er hat das schon früher getan … Verzweiflung in frische Hoffnung verwandelt. Vielleicht auch diesmal?*

Als sie Alex lächeln sah, fühlte sie eine Aufwallung. Aber dann schüttelte er den Kopf und sagte einfach: »Nein, ich habe keine neuen Tricks.«

Manella brüllte: »Warum grinsen Sie dann wie ein Idiot, Lustig?«

Alex stand auf. Und obwohl er weiterhin lächelte, verkrampften sich seine Hände in einem langsamen Rhythmus. »Verstehen Sie nicht? Können Sie nicht begreifen, was das bedeutet?« Er wandte sich nach links und rechts und starrte der Reihe nach jede Person einzeln an, erntete aber nur bestürzte Blicke. Frustriert schrie er: »Es bedeutet, daß wir *nicht schuldig sind.* Wir haben uns und unsere Welt nicht zerstört!«

Er drückte beide Hände auf den Tisch und beugte sich weit vor. »Sie haben alle gesehen, in welchem Zustand ich mich vorher befunden habe. Ich war dadurch zerstört. O gewiß, wir könnten es schaffen, Beta herauszuschleudern – ich gebe dafür jetzt bestenfalls eine Chance von eins zu vier.

Aber was wäre der Punkt? Wenn wir die Art von Menschen produzieren, die etwas dergleichen in die Welt werfen würden und sich nicht einmal bemühen, sich wieder danach umzusehen. Würden wir es dann verdienen weiterzumachen?

Sie alle haben mir immer gesagt: ›Alex, nimm es nicht so persönlich! *Deine* Singularität war harmlos, kein alles verschlingendes Monstrum wie Beta. Du bist unser Champion gegen dieses Ding.‹

Champion?« Sein Lachen war bissig. »Könnte keiner von Ihnen sehen, wie ich mich wirklich dadurch gefühlt habe?«

Alle starrten ihn an. Die Reserve des Physikers war zersprungen, und darunter lag jetzt etwas Menschlicheres frei, als Alex Lustig Teresa bisher gezeigt hatte. Ein Mann, so erkannte sie, der tiefer in die Grenzen des Ertragens hineingetreten war, als die meisten es sich jemals träumen lassen.

Er fuhr fort: »Ich mußte mich mit den Herstellern dieses Dings identifizieren. So lange ich sie als meine Mitmenschen ansah, mußte ich Verantwortung tragen. Konnte das keiner von Ihnen sehen?«

Alex hatte grinsend angefangen, aber jetzt erschauerte er. June Morgan wollte aufstehen, unterdrückte aber dann die Bewegung. Teresa begriff und stimmte zu. Auch sie fühlte einen Drang, etwas für ihn zu tun, und wußte, der einzige Weg war zuzuhören, bis er innehielt.

Ergeben zuhören, denn sie war plötzlich überzeugt, daß er recht hatte.

»Ich…« Alex mußte Luft holen, um zu Atem zu kommen. »Ich *lächle,* Pedro, weil ich mich geschämt habe, ein Mensch zu sein; und jetzt tue ich das nicht mehr. Nur der Tod kann mir das jetzt nehmen. Nichts kann es.

Ist… ist das nicht genug Grund für jeden zu lächeln?«

George Hutton nahm seinen zitternden Freund als erster in seine kräftigen Arme. Dann kamen auch zugleich alle anderen dazu. Und nichts von früheren

Eifersüchteleien oder Konflikten schien mehr eine Rolle zu spielen. Sie umarmten einander und teilten einige Zeit den Schrecken ihrer jüngst erkannten Gefahr... zusammen mit dem Trost ihrer wiedergewonnenen Hoffnung.

TEIL VIII

PLANETENKILLER

Raum *war der Stoff seiner Existenz.*

Eine Docke aus überdichtem Garn – in zehn Dimensionen gestrickt und gesäumt –, unentwirrbar.

Eine tiefe Delle – in einen mikroskopischen Punkt
zusammengesunken unergründlich. Schwärzer
als Schwärze, strahlte sie nichts aus; aber der geschundene Raum ihrer Umgebung glühte heißer als
die Kerne von Sonnen.

Er war im Innern einer Maschine geboren worden, einer, die weit gereist war, um dies bescheidene Becken zu erreichen, in das wellige Blatt des Universums durch einen geringeren Stern gepreßt. Bei der Ankunft machte sich der Apparat ans Werk, das dichte Gewebe des Mörders aus reinem Nichts zu erschaffen. Dann bremste in ihren letzten Todeskrämpfen die Fabrik ihren Sprößling auf einen sanften kreisförmigen Pfad, der um den Hofstaat des Sterns aus kleinen Planeten glitt.

Während zweier Umläufe verlor der Mörder an Masse. Es gab Atome im Raum, die seinen kleinen, aber hungrigen Rachen ernährten, aber keineswegs nahe genug, um seine Verluste auszugleichen … Schleifen überdichter Helligkeit, die ständig nach außen stießen, um sich in brillanten Ausbrüchen von Gammastrahlen selbst zu vernichten. Wenn das so weiterginge, würde er völlig verdampfen, ehe er seine Aufgabe erfüllt hatte.

Aber dann kam ein flacher Spritzer von Schwere hinein – eine kurze Berührung von Beschleunigung – und er stieß mit etwas Festem zusammen. Der Mörder feierte das mit einem Ausbruch von Strahlung. Danach senkte sich seine Bahn immer und immer weiter in Bereiche hoher Dichte.

Atome fielen quer in sein enges Maul – kaum weiter als ein Atom. Es gab immer noch sehr wenige echte Zusammenstöße, aber während er zuerst nach Pikogramm schmauste, verschlang er bald Mikrogramme und danach Milligramme. Kein Mahl stellte ihn zufrieden.

Aus Grammen wurden Kilogramme …

Er war nicht darauf programmiert worden, den Ablauf von Jahren zu erkennen, noch daß das Bankett eines Tages enden würde, wenn der Planet in einem letzten gierigen Schlingen verzehrt wäre. Dann würde er wieder allein im Raum sitzen; und für einige Zeit hätte das Sonnensystem zwei Sonnen … während die Substanz, die einst die Erde gewesen war, in funkelnden Photonen auseinanderstob.

Von alledem wußte er nichts und kümmerte sich auch nicht darum. In der Gegenwart strömten noch ständig Atome ein. Wenn man einen komplexen, leuchtenden Knoten im Raum glücklich nennen kann, so war das jetzt sein Zustand.

Und was gab es schließlich im Weltall außer Materie zum Fressen, Licht zum Ausscheiden, und Vakuum? Und was war das alles? Nur unterschiedliche Arten gefalteten Raums.

Raum war der Stoff seiner Existenz. Ohne viel Aufhebens oder Absicht wuchs er.

□ Spezialinteressengruppe für weltweite langfristige Lösungen. [□ SiG AeR,WLRS 25787890.546.] **Untergruppe für Raumkolonisation. Offene Diskussionsrunde.**

Okay, stellen wir uns also vor, wir hätten die nächsten harten Dekaden überlebt und täten endlich das, was wir schon im zwanzigsten Jahrhundert hätten tun sollen. Etwa Asteroiden bergmännisch nach Platin ausbeuten, die Geheimnisse echter Nanotechnologie ergründen und von Neumanns ›auf dem Mond grasende Schafe‹ herzustellen, um unermeßlichen Reichtum zu produzieren. Wenn man manchen von Ihnen zuhört, so wären dann alle unsere Probleme erledigt. Der nächste Schritt – Sternenreisen und Kolonisation der Galaxis – wäre trivial.

Aber halt! Selbst angenommen, wir schaffen es, langlebige Ökologien im Raum aufrechtzuerhalten, und so reich zu werden, daß die Kosten des Flugs zu den Sternen nicht ruinös wären, so hätten wir immer noch das Problem der *Zeit*.

Ich meine, höchst hypothetische Pläne zeigen, daß Sternschiffe mit nicht mehr als zehn Prozent der Lichtgeschwindigkeit dahinkriechen – erheblich langsamer als jene Science Fiction-Raumkreuzer, die wir mit Warp drei lossausen sehen. Bei solchen Geschwindigkeiten mag es fünf oder zehn Generationen dauern, einen guten Siedlungsplatz zu erreichen. In der Zwischenzeit werden die Passagiere Dörfer und Farmen und schrullige klaustrophobe Enkelkinder betreuen müssen, alles innerhalb ihrer rotierenden hohlen kleinen Welten.

Was für eine Art sozialer Ingenieurwissenschaft wird das erfordern? Wissen Sie, wie man eine geschlossene Gesellschaft plant, die so lange überdauern muß, ohne zu zerfallen? Oh, ich denke, das sich das machen läßt. Aber geben Sie nicht vor, es wäre einfach!

Wir werden auch nicht das Dilemma isolierter Genpools lösen. In den gegenwärtigen Archen und Zoos sterben viele geborgene Arten, obwohl die Mikroökologien stimmen – einfach weil zu wenige Individuen in der ursprünglichen Mischung vorhanden waren. Für einen gesunden Genpool braucht man Diversität, Mannigfaltigkeit und *Heterozygosität*.

Eines ist klar, kein Sternenschiff wird es schaffen, das nur eine einzige Rassengruppe befördert. Benötigt werden – rund herausgesagt – *Bastarde*... Leute, die mit praktisch jedem hin und her gekreuzt sind und daran Spaß zu haben scheinen. Wissen Sie... wie Kalifornier.

Außerdem ist es so, als hätten sie sich schon lange darauf vorbereitet. Verflucht – stellen Sie sich vor, daß einmal Aliens in Kalifornien landen würden! Anstatt wegzulaufen oder gar nach den Geheimnissen des Universums zu fragen, würden *Kalifornier* die BEMs – die stieläugigen Monster – fragen, ob sie eine neue *cuisine* hätten!

• KRUSTE •

Ein Kommando der Schweizer Marine erschien im letzten Moment rasch an der Stelle des Gemetzels. Die stolze Flottille glitt über den morgendlichen Horizont des Ozeans, entrollte bunte Kampfembleme, feuerte Warnschüsse ab und trieb die Angreifer zu Paaren.

Gerettet! Die Besatzungen rostiger Fischereischiffe brachen in Hochrufe aus, als ihre Retter in Sicht kamen, mit der hellen Sonne im Rücken. Noch vor Augenblicken schien alles verloren gewesen zu sein. Jetzt war aus der Katastrophe ein Sieg geworden!

Nichtsdestoweniger nahm Crat kaum Notiz. Unter der Menge dreckiger und verschwitzter Deckmatrosen, die in die Wanten kletterten und ihre Halstücher schwenkten, war er zu sehr damit beschäftigt, über die Seite zu speien, als sich mit Hochrufen abzumühen. Zum Glück war nicht mehr viel in seinem Magen, das er in das schon mit blutigen Resten gesättigte Wasser hätte entleeren können. Sein Anfall verklang in einem langsameren Rhythmus erstickten Stöhnens.

»Hier, *fils*!« sagte einer in der Nähe. »Nimm diesen Lappen und mach dich sauber!«

Die Stimme hatte einen starken Akzent. Aber schließlich sprach fast jeder an Bord dieser verrosteten

Attrappe eines Schiffes gebrochen, wenn überhaupt, Standardenglisch. Crat war leicht überrascht, daß das Tuch ziemlich sauber war. Sauberer als alles, das er gesehen hatte, seit er vor einigen Wochen an Bord der *Congo* gegangen war. Er wischte sich das Kinn ab und versuchte dann, den Kopf zu heben. Er wunderte sich jämmerlich, wer sich bemüßigt gesehen hatte, ein Interesse an ihm zu nehmen.

»Nein. Danke mir nicht! Hier. Laß mich dir etwas gegen die Übelkeit geben!«

Der Sprecher war weißhaarig und von der Sonne verrunzelt. Und trotz seinem Alter war deutlich, daß seine drahtigen, sonnengebräunten Arme stärker waren als Crats weiche, die in der Stadt gewachsen waren. Der Gute Samariter ergriff eisern Crats Hinterkopf und hob einen Dampfsprüher. »Bist du soweit? Gut, jetzt einatmen!«

Crat inhalierte. Maßgeschneiderte Moleküle sickerten durch seine Schleimhäute und eilten zu Rezeptoren im Gehirn. Die überwältigende Benommenheit verflog wie Nebel unter der subtropischen Sonne. Er wischte sich die Augen und reichte das Taschentuch dann wortlos zurück.

»Du bist ein Stiller, he? Oder ist es, weil du von unserem Triumph schockiert bist?« Der alte Mann zeigte dahin, wo noch die Nachhut der Grünen Raiders zu sehen war, die in ihren ultraschnellen Booten westwärts eilten. Natürlich konnte nichts, was der Ozeanstaat besaß, hoffen, sie zu erreichen.

»Triumph«, sagte Crat, indem er das Wort mutlos wiederholte.

»Ja, natürlich. Angetrieben von derjenigen Macht, die sie am meisten fürchten. *Helvetia Rediviva.* Die grimmigsten Krieger der ganzen Welt.«

Crat beschattete seine Augen gegen die noch frühe Sonne und fragte sich beiläufig, wohin sein Hut verschwunden wäre. Auf Befehl des Kapitäns mußte an

Bord der *Congo* jeder einen zum Schutz gegen das herunterprasselnde Ultraviolett tragen… als ob die durchschnittliche Lebenserwartung auf einem Fischereischiff sehr dazu anregte, sich über latente Hautkrebse Sorgen zu machen.

Als Crat sich umwandte, sah er als Erstes den Schlagseite zeigenden Rumpf der *Dacca*… des Flottenschiffs für Fischverarbeitung und Hauptziels der Grünen Raiders. Decksmatrosen eilten hin und her und wuschen Gerät ab, das mit kaustischen Enzymen besprüht worden war. Andere warfen Leinen zu kleineren Schiffen in der Nähe, während Pumpen Wasser aus den überflutenden Bilgen der *Dacca* lenzten.

Die Grünen hatten keineswegs beabsichtigt, das Schiff zu versenken. Sie wollten es nur unbrauchbar machen. Indessen unterschätzten Raiders oft die Seetauglichkeit von Schiffen unter der Albatrosflagge. Crat war zu unerfahren, um zu beurteilen, ob die Crew *Daccas* ihr Schiff retten könnte. Und er hütete sich zu fragen.

In der Nähe des Fabrikschiffs lungerte ein Beobachtungsschiff der UNEPA herum, blau und blank wie aus einer anderen Welt – was es in gewissem Sinne auch war. Die verdammten U.N. hatten verdammt nichts unternommen, den Grünen Einhalt zu gebieten. Sollte die *Dacca* aber untergehen, dann würde die UNEPA über den Ozeanstaat mit Ökobußen herfallen.

»Da«, sagte der Alte hilfreich, packte Crats Schulter und zeigte wohin. »Jetzt kannst du einen guten Blick auf unsere Rettungsleute werfen. Drüben in Richtung Japan.«

Sind das diese Inseln? Die Gebirgsformen lagen wie Wolken tief im Nordosten. Crat wunderte sich, wie man den Unterschied erkennen konnte.

Er sah eine Schwadron von Schiffen geringer Bordhöhe rasch aus dieser Richtung näher kommen, so sauber und in Schuß, daß er natürlich zunächst annahm, sie hätten nichts mit dem Ozeanstaat zu tun.

Kleinere Schiffe schwärmten aus und suchten nach U-Booten der Grünen, während im Zentrum ein gepflegtes, eindrucksvolles Kriegsschiff näher herankam. Die Läufe seiner mächtigen Kanonen glänzten wie poliertes Silber. Voluminöse Hochdrucktanks enthielten seine Munition – verschiedene chemische Wirkstoffe, die es jetzt über die arme *Dacca* zu sprühen begann, um die Enzyme der Grünen zu neutralisieren. Obwohl keines von beiden aufgesprüht für Fleisch schädlich sein sollte, veranlaßte das neue Bad die Mannschaft der *Dacca* zu lachen und Luftsprünge zu machen, die es wie ein Parfüm von Fragonard genoß.

»Ah!« sagte der alte Mann. »Genau, wie ich gedacht habe. Das ist *Pikeman*. Man sagt, daß sie nie zu kämpfen braucht, weil ihr Name, der ›Zolleinnehmer‹ bedeutet, so furchtbar ist.«

Crat schaute plötzlich mißtrauisch zur Seite. Die Augen dieses Burschen schimmerten von mehr als bloßer Dankbarkeit für Rettung aus Sabotage der Grünen. In seinem Betragen lag unmißverständlicher Stolz. Daraus und aus dem schweren, aber gebildeten Akzent schloß Crat, daß er kein bloßer Flüchtling vor Armut war und auch kein verrückter Möchtegern-Abenteurer wie er selbst. Nein, er mußte sich der Nation der Besitzlosen angeschlossen haben, weil sein Geburtsort noch offiziell von allen Weltmächten besetzt war – in einem Land, von dem sogar der Name konfisziert worden war.

Crat entsann sich, diesen Blick in den Augen eines anderen Veterans gesehen zu haben, damals in Bloomington – eines der *Sieger* vom Helvetischen Feldzug. Wie seltsam, das jetzt bei jemandem zu finden, der alles verloren hatte.

Mist! Das muß ein miserabler Krieg gewesen sein.

Der alte Mann bestätigte Crats Vermutungen.

»Siehst du, wie man uns selbst in diesem jämmerlichen Zustand mit Respekt behandelt?« fragte er und fügte dann leise hinzu: »Verdammt, die hatten es besser!«

Die Rettungsflottille schickte wirkungsvoll Teams aus, um *Dacca* zu reparieren, während *Pikeman* in den Wind drehte, um einen gefesselten Beobachtungszeppelin zu starten. Bei näherer Betrachtung sah Crat, daß das Schiff durchaus nicht neu war. Seine Flanken waren geflickt wie bei jedem anderen Schiff in der weltweiten Armada des Ozeanstaates. Und dennoch fielen die Renovierungen auf und wirkten irgendwie wie absichtliche Verbesserungen der ursprünglichen Konstruktion.

Crat sah zu, wie die Flagge des Kreuzers im Wind flatterte und zwinkerte überrascht. Einen kurzen Augenblick lang hatte der große Vogel im Zentrum der Flagge so ausgesehen, als ob er, anstatt inmitten stilisierter Ozeanwellen zu fliegen, aus einer klotzigen Wolke heraus emporstiege, die in ein blutiges Feld gesetzt war. Er kniff die Augen zusammen. War das eine Illusion gewesen, erzeugt durch seinen ständigen Hunger?

Nein! Da! Die Farben flimmerten wieder! Er erkannte, daß das Emblem des Ozeanstaates verändert sein mußte. In dem blauen Wasser und grünen Himmel waren holographische Fäden eingestickt, die nur lange genug ins Auge blitzten, um ein kurzes, aber unzerstörbares Bild zu erzeugen.

Wieder einmal flatterte für eben eine Sekunde der Albatros empor durch ein breites weißes Kreuz, das inmitten eines Hintergrundes aus tiefem Karmin angebracht war.

Natürlich waren in dem Getümmel die Delphine entwichen. Noch ehe das helvetische Detachement ankam, um sie zu vertreiben, hatten die grünen Raiders es geschafft, das riesige Fischnetz, welches die Schule umgab, zu zerreißen. Crat stöhnte, als er den Schaden sah. Seine Hände waren schon rissig von dem Versuch, einem Sklaven antreibenden Netzmacherlehrling zu gefallen, indem er immer und immer wieder einfache Knoten knüpfte und dann zur Hälfte wieder auflöste, wenn sein Herr und Meister einen für jedes *menschliche* Auge unkenntlichen Fehler entdeckte.

Der Schaden ging natürlich weit über beschädigte Netze hinaus. Das konnte für sie bedeuten, diese Nacht wieder hungern zu müssen, wenn die Enzyme der Angreifer den bereits im Bereich der *Dacca* befindlichen Fang erreicht hätten. Und doch freute sich Crat irgendwie insgeheim, daß die kleinen Kreaturen entkommen waren.

Ja, gewiß! Damals in Indiana hatte es einen wirklichen Fleischesser gegeben. Der hatte oft einen seltenen Hamburger aufgespart, um ihn öffentlich zu verschlingen, nur um irgendwelche verdammte NoAm GaKis zu vergrämen, die zufällig des Weges kamen. Im übrigen hatte die Beute des heutigen Tages nicht zu den intelligenten oder seltenen Delphinarten gehört, die auf den Schutzlisten standen; sonst hätte UNEPA schneller und viel tödlicher eingegriffen als jedwede grüne Raiders.

Aber selbst blöde kleine Spinnertümmler sahen Tuesday Tursiops, dem flaschennasigen Helden der Shows für kleine Kinder im Satellitenfernsehen, viel zu ähnlich. Und sie schrien so jämmerlich, wenn sie an Bord gezogen wurden und mit den Schwänzen schlugen... Crat kam es schon hoch, wenn krächzende Vögel anrückten, um Abfälle des Schiffs zu erobern und zu fressen.

Dann waren plötzlich die Grünen gekommen – unter ihnen vermutlich auch frühere Landsmänner von Crat. Er entsann sich an den Anblick fetter blasser Gesichter, die Kinnbacken fest entschlossen zusammengebissen, als sie die Fänger des Ozeanstaates bis an die Grenzen des internationalen Rechts und zum Teil darüber hinaus quälten. Für Crat war die lauernde Angst und Konfusion der kurzen Schlacht nur der letzte Rest gewesen.

»Fühlst du dich jetzt besser, *fils*?«

Crat schaute von seinem improvisierten Sitz auf, einer auf dem Vordeck zusammengerollten Ankerkette. Blinzelnd sah er, daß es wieder der alte Helvetier war, herbeigekommen, um aus irgendeinem Grunde nach ihm zu sehen. Crat antwortete durch stummes Achselzucken.

»Mein Name ist Schultheiß, Peter Schultheiß«, sagte der Kerl und setzte sich auf ein Jute-Tau. »Hier, ich habe dir einen tragbaren Schutz gebracht.«

Crat drehte das Geschenk, einen Strohhut, in den Händen. Vor Wochen hätte er ihn als etwas aus einer Kindergartenklasse verschmäht. Jetzt erkannte er eine gute nützliche Handwerksleistung. »Mm«, antwortete er mit leichtem Nicken und setzte den Hut auf. Der Schatten war angenehm.

»Kein Dank erbeten«, versicherte Schultheiß. »Der Ozeanstaat kann sich nicht Augenchirurgie für alle diese jungen Leute leisten. Und wir können auch nicht auf die verfluchte U.N.-Mildtätigkeit zählen.«

Zum ersten Male lächelte Crat etwas. Was ihm bei diesem enttäuschenden Abenteuer gefiel, war die Art, wie junge und alte Leute gleichermaßen fluchten und litten. Nur hier auf See zählte die Kraft eines jungen Mannes ebensoviel wie die angesammelte Erfahrung irgendeines Großvaters.

Nur abwarten und sehen! dachte er. *Wenn ich mich an all dies gewöhnt habe, werde ich zäher sein als sonstwer.*

Das würde aber nicht bald der Fall sein. Nach der ersten Woche hatte er törichterweise die Herausforderung eines sehr kleinen Bantu-Matrosen zum Ringkampf angenommen, der ein scheckiges Halstuch trug.

Die Schnelligkeit seiner Demütigung brachte die Erkenntnis, wie unnütz jahrelange Judolektionen in der realen Welt waren. Hier gab es keine Gummimatten und keine Coaches mit Pausepfeifen. Die Verspottungen und der Schmerz, die ihn zu seiner Hängematte begleiteten, zeigten, daß sein Traum irgendwann Wahrheit werden könnte.

Crat erinnerte sich an Quayle High und den widerlichen Kurs über Stammesstudien, an dem er mit Remi und Roland teilnehmen mußte. Es blieb kaum etwas von dem, was der Lehrer gesagt hatte, in seinem Gedächtnis haften außer einem Punkt – was der alte stiernackige Jameson eines Tages über *Häuptlinge* gesagt hatte.

»Das waren Stammesangehörige, die hohes Ansehen, Respekt und beste Essen gewannen – und Frauen. Fast jede natürliche menschliche Gesellschaft hatte einen solchen Platz für ihre Mitglieder, die große Leistungen vollbrachten ... selbst moderne Gruppierungen wie eure Teenager-Gangs. Der Hauptunterschied zwischen Kulturen war nicht, *ob* Häuptlinge gewählt wurden, sondern *wie* und nach welchen Kriterien.

Heute ist weder physische Kraft noch auch Männlichkeit in der westlichen Gesellschaft ein prinzipielles Kriterium. Aber Intelligenz und Schnelligkeit machen immer noch Punkte ...«

Crat erinnerte sich, wie Remi und Roland einander angegrinst hatten; und einen Moment lang hatte er seine Freunde leidenschaftlich gehaßt. Dann ließ der Professor aber auch einige Worte fallen, die genau auf ihn gemünzt schienen.

»Natürlich gibt es selbst heute Gesellschaften, in denen die alten Macho-Tugenden gelten. Wo Kraft und äußere Kühnheit noch etwas zu bedeuten scheinen ...«

Jeder von ihnen dreien hatte sich für das Siedlerwesen entschieden – aus unterschiedlichen Gründen. Remi wegen Romantik und des Versprechens einer neuen Ordnung. Roland wegen der Ehre von Kameradschaft und der geteilten Gefahr im Ernstfall. Aber für Crat war das Motiv einfacher gewesen. Er wollte einfach ein Häuptling werden.

Und so hatte er vor Monaten ein Ticket ohne Rückfahrt gekauft und das begonnen, das, wie er erwartete, sein großes Abenteuer werden würde.

Irgendein verdammtes Abenteuer.

»Ich denke, daß der Admiral diese Fischereigründe jetzt aufgeben wird«, bemerkte Schultheiß, als er zur Brücke aufschaute. Man konnte Offiziere der *Congo* erkennen, die hin und her schritten und mit den anderen Kapitänen beim Flimmern eines Holobildes diskutierten.

Bald hörte er die Bootsmänner brüllen: »Alle in fünf Minuten an die Netze zum Einholen und Stauen.« Crat stöhnte wegen seiner schmerzenden Muskeln. Er fragte: »Meinst du, wir werden an Land gehen?«

Das war bisher seine längste Rede. Schultheiß schien beeindruckt. »Das ist wahrscheinlich. Ich höre, daß eine unserer schwimmenden Städte darauf Kurs genommen hat, nördlich Formosa.«

»Sobald wir andocken«, sagte Crat plötzlich, »werde ich umsteigen.«

Schultheiß hob eine Braue. »Alle Flotten des Ozeanstaates sind gleich, mein Freund ... natürlich außer den helvetischen Einheiten. Und ich bezweifle, ob du ...«

Crat unterbrach ihn. »Ich habe das Fischen satt. Ich möchte auf die Bagger gehen.«

Der alte Mann grunzte. »Eine gefährliche Arbeit, *fils*. In versunkene Städte tauchen, Seile an Möbel und ausgezackte Stücke rostigen Metalls binden, überschwemmte Geschäftshäuser in Miami abmontieren ...«

»Nein!« Crat schüttelte den Kopf. »*Tief* baggern, weißt du. Das macht sich bezahlt. Tauchen nach ... Nudeln.«

Er wußte, daß er es nicht richtig ausgesprochen hatte. Schultheiß sah einen Moment verwirrt aus und nickte dann kräftig. »Ah! Du meinst *Modulen*? Man-gan*knollen*? Mein junger Freund, du bist noch mutiger, als ich dachte!«

Aus diesem kurzen Blick von Respekt gewann Crat einige Genugtuung. Aber dann lächelte der alte Mann milde. Er klopfte Crat auf die Schulter. »Und der Ozeanstaat braucht solche Helden, die Reichtum aus der Tiefe holen, damit wir unsern Platz unter den Nationen einnehmen. Falls du ein solcher Mann werden würdest, wäre ich stolz darauf, dich kennengelernt zu haben.«

Er glaubt mir nicht, merkte Crat. Früher hätte ihn das fuchtsteufelswild gemacht. Aber er hatte sich verändert... wenn auch nur, weil er im allgemeinen zu erschöpft war, um Wut zu empfinden. Statt dessen zuckte er die Achseln. *Vielleicht glaube ich es selbst nicht.*

Die Hauptwinde war natürlich wieder unklar. Dies bedeutete, daß *Congos* Teil des großen Wadenetzes von Hand an Bord gehievt werden mußte.

Jetzt fiel Crat ein, wo er den alten Helvetier früher gesehen hatte. Peter Schultheiß gehörte zu dem Ingenieursteam, das den alten Eimer und seine Schwesterschiffe, *Jütland* und *Hindustan,* trotz Alter und Hinfälligkeit seetüchtig erhielt. Gerade jetzt steckte Schultheiß kopfüber tief in einem Gewirr schwarzer Kupplungen und griff nach Werkzeug, das ihm von schnellen, achtsamen Assistenten zugereicht wurde.

In der Nähe ragte das vordere Seitensegel wie ein sich verjüngender Kamin auf. Da es nicht länger schräg zum Wind gestellt war, um für Trimm zu sorgen, war es flachgelegt und würde so bleiben, falls nicht der alte Peter Erfolg hatte. Offenbar war es diesmal nicht bloß die Winde, sondern die ganze Energiekette des Vorschiffs, die von der Zauberleistung des Burschen abhing.

Ja, das ist eine tolle Leistung! räumte Crat ein, als er

Schultheiß während einer kurzen Pause im Einholen zusah. So etwas lernt man nicht auf dem dämlichen Daten-Netz.

»Noch mal!« brüllte der Bootsmann auf der Backbordseite. Der Südafrikaner mit der breiten Brust war schon lange von der Sonne so dunkel gebrannt wie jeder Mann seiner Wache. »Fertig nach Kommando – Donnerwetter! Eins-und, zwei-und, drei-und – Hoch!«

Crat stöhnte, während er mit den anderen zog und langsam mittschiffs ging, wobei er die triefend nasse Leine und deren Reihe von Booten über die Seite zerrte. Eilige Netzmacher kümmerten sich um die beschädigten Netze, sobald sie an Bord kamen. Das war eine gut eingeübte Sequenz mit langer Tradition auf hoher See.

Als sie das nächstemal pausierten, um dann wieder vorwärts zu gehen – Crat massierte seinen schmerzenden linken Arm –, schnupperte er nach links und rechts, verwirrt durch einen sauren rußigen Geruch. Der scharfe Schweißgestank ungewaschener Männer, der ihn vor Wochen fast umgehauen hatte, war jetzt bloß ein Hintergrund für andere Düfte, die in der Brise herantrieben.

Schließlich fand er die Quelle fern am Horizont, ein verdrehter Trichter weit jenseits der Sicherungsschiffe des Ozeanstaates, der aufstieg und die zerfetzten, gestreiften Wolken beschmutzte. Crat stieß einen seiner Nachbarn an, einen mürrischen Flüchtling aus dem überschwemmten Nigeria.

»Was ist das?« fragte er.

Der sehnige Bursche rückte sein Stirnband zurecht und sah hin. »Ein Verbrennungsschiff, meine ich. Für alle verboten, im Aufwind zu fahren... UNEPA-Vorschrift, weißt du? Aber wir sind nicht irgendwer. Also ist es prima in Ordnung, *uns* im Gegenwind zu kommen.« Er spuckte nachdrücklich aufs Deck und dann wieder in die Hände, als der Bootsmann ihnen befahl, das Tau für eine neue Runde zu packen.

Während er auf die Rauchfahne sah, wurde Crat klar, was Remi gesagt haben würde. »He, ihr habt Prioritäten, und ich habe Prioritäten. Die ganze Welt hat Vorrechte.« Von auf Land gespeichertem giftigen Wasser loszukommen, hatte viel mehr Wert als die Sorge um eine Kohlenstoffquelle mehr. Der Schutz von Wasservorräten an der Küste überwog ein paar Spurenmoleküle, die den sengenden Flammen des Veraschers entkamen, besonders wenn sie nicht über bewohnte Areale getrieben wurden.

He, dachte Crat, als er im Takt mit den anderen zog. *Bin ich etwa keine Bevölkerung?* Aber gar bald konnte er keinen Gedanken verschwenden außer für seinen Job ... und üble Bemerkungen über blöde lahmärschige Yankees auf ein Mindestmaß beschränken und verhindern, daß die anderen auf ihm herumtrampelten.

Weil Crat sich so stark konzentrierte, bemerkte er gar nicht, wie der Kapitän an Deck kam, um mit besorgt gerunzelter Stirn die Windrichtung zu prüfen. Der Ozeanstaat verdankte, arm wie er war, seine nackte Existenz Computern und Wettersatelliten anderer Nationen. Regelmäßige Voraussagen bedeuteten Leben oder Tod und ermöglichten es rostigen Flotten und schwimmenden Städten, vor aufziehenden Stürmen sich rechtzeitig in Sicherheit zu bringen.

Aber Wettermodelle konnten die kleinen Launen nicht voraussagen ... Nebel und Windstöße, Mikroausbrüche und plötzliche Windrichtungsänderungen. Während Crat sich in der Reihe abmühte und erschöpft feststellte, daß sie erst halb fertig waren, verengten sich die Augen des Kapitäns, der leichte Anzeichen bemerkte. Er wandte sich um und rief seinen Funkoffizier.

Während er sich umgedreht hatte, fiel ein Zyklon von

Turbulenz klarer Luft auf die kleine Flotte herunter. Die kleine Druckzone gab nur wenige Warnungen. Zweihundert Meter östlich glättete sie die See vollkommen wie Glas. Auf der *Dacca* spitzten die Männer die Ohren, und blonde Matrosen auf dem Steuerbordquartier der *Pikeman* mußten den Blick kurz abwenden und blinzelten in einer scharfen Dusche salzigen Gischtes.

Dann stieß die Tangente der Wetterzone wieder gegen die *Congo,* so daß der Windmesser jaulte. Böen schlugen auf das abgescherte Seitensegel, packten die vertikale Tragfläche und verdrehten sie scharf. Der Bremser, der sich in den Zähnen gestochert hatte, sprang zu spät an seinen Hebel, als das Segel hart in die Gruppe der sich abmühenden Arbeiter schlug, einige umwarf und das gespannte Seil wie ein schräges Messer zerschnitt.

Die Spannung löste sich in einem jähen Ruck und schleuderte Matrosen über die Reling in ein Gewirr fasriger Maschen. Crat lehnte sich gerade einen Moment zurück und bemühte sich trotz schmerzenden Blasen seine Arbeit zu tun. Im nächsten Augenblick flog er durch die Luft! Seine zitternden Muskeln verkrampften sich bei dem plötzlichen Rückstoß, und doch erschien es für einen Moment fast lustig, wie eine Möwe über das Wasser zu sausen. Sein Gehirn, das immer zuletzt erkannte, was los war, brauchte einige Zeit, um zu ergründen, weshalb alle anderen Männer schrien. Dann traf er ins Meer.

Abrupt erloschen alle schrillen Töne. Leichte Töne schienen aus allen Richtungen widerzuhallen… das Platschen strampelnder Kreaturen, das Glucksen aus panisch zuckenden Lungen, das Klingen und Knarren von Fugen der *Congo,* die sich langsam dem Ende näherte. Ein Schicksal, das offenbar viel schneller vor Crat aufragte. Seine Beine und Arme waren in dem sich windenden Netz gefangen; und während dessen Schwimmbojen sich langsam behaupteten, würde das keinen Männern helfen, die wie er in einem Meter Tiefe gefesselt waren.

Merkwürdig, dachte er. Er hatte immer von Wasser geträumt ... das war ein Grund, weshalb er, als alle anderen Einwanderungsstaaten seine Anträge abgelehnt hatten, sich endlich entschlossen hatte, zur See zu fahren. Aber bis jetzt war ihm der Gedanke an Ertrinken nie gekommen. Aber wäre das nicht doch eine gute Art des Hinscheidens? Solange man es sich nicht durch Panik verderben ließ? Nach den Geräuschen, die die anderen machten, zu urteilen, würde diese Erfahrung an ihnen völlig verfehlt sein.

Irgend etwas an der Art des Tons machte einen schrecklich vertrauten Eindruck. Vielleicht war es eine Erinnerung an den Mutterschoß ...

Träge, mit eisiger Langsamkeit, begann er sich um ein Entrinnen zu bemühen. Nicht, daß er irgendwelche Illusionen hätte. Es war nur etwas zu tun. Schätze, ich werde euch Burschen schließlich bald zu sehen bekommen, sagte er im stillen zu Remi und Roland.

Sein linker Arm kam frei, als eine der zappelnden Gestalten in der Nähe schlaff und still wurde. Er verwandte weder Zeit noch Energie darauf hinzusehen. Nicht einmal, als eine graue Figur vorbeisauste, jenseits der anderen Seite des Netzes. Aber als er ruhig und methodisch daran arbeitete, mühsam seinen anderen Arm freizubekommen, erschien plötzlich ein *Gesicht*, direkt vor ihm. Ein großes Auge zwinkerte.

Nein ... es *blinzelte* ihm zu. Das Auge befand sich über einem langen, schmalen Grinsen, das weiße scharfe Zähne entblößte. Der flaschenförmige Kiefer und die hohe gewölbte Stirn wandten sich, um ihn anzusehen; und Crat fühlte plötzlich seine inneren Ohren in einem Knistern durchdringender Statik verrückt zu spielen. Jäh erkannte er, daß das Ding ihn *abtastete* ... ihn mit seinem feinen Sonar inspizierte. Daß es diese Merkwürdigkeit prüfte von einem Menschen, der in einem Netz gefangen war, das Meeresgetier fangen sollte.

Dieser Delphin war viel größer als die kleinen Tümmler, die die Flotte noch vor Stunden getötet hatte. Er mußte zu den großen, verstandesbegabten Rassen gehören. Er sah sich diesen satirischen Rollentausch sicher mit Vergnügen an.

Verdammt! fluchte Crat innerlich, als sein rechter Arm endlich frei wurde. *Nirgends wird man in Ruhe gelassen. Nicht einmal beim Sterben.*

Zusammen mit diesem Ärger verschwand die friedliche, langwährende Resignation. Mit einem Ruck kehrte sein Lebenswille plötzlich zurück. Panik drohte, als sein Zwerchfell sich verkrampfte und einige Blasen entweichen ließ. Er mußte nur eine, höchstens zwei Minuten unter Wasser gewesen sein, aber seine Lungen schmerzten furchtbar.

Ironischerweise war es der Delphin – die Tatsache, daß er ein Publikum hatte –, welcher Crat durchhalten ließ. Verdammt, wenn er das gleiche Schauspiel bieten würde wie die anderen! Jetzt, da sein Verstand wieder arbeitete, erinnerte Crat sich allmählich an wichtige Dinge.

Zum Beispiel den Umstand, daß er ein Messer hatte. An seinem Knöchel in einer Scheide, gehörte es zu den wenigen Regeln des Schiffs, daß man das nie preisgeben würde. Crat krümmte sich, tastete und reckte sich wieder. Er hatte die blitzende Klinge und fing an, an den Strängen herumzusägen, die seine Beine festhielten.

Merkwürdig, wie das Wasser den Schall leitet – es schien seinen Herzschlag zu verstärken und rief allseitig vielfache Echos hervor. Den Kontrapunkt schien der Zuschauer zu liefern, sein delphinischer Voyeur … obwohl Crat es vermied, die Kreatur anzusehen, während er arbeitete.

Ein Bein frei! Crat entließ eine Schleife des Netzes in

die Strömung – und verlor dabei fast sein Messer. Er hielt es krampfhaft fest und stieß dabei mehr schale, kostbare Luft aus.

Seine Finger waren wie taube Würstchen, als er wieder anfing zu sägen. Das Meer füllte sich mit Flecken, während die Sekunden verstrichen. Unendliche Schulen klumpiger purpurner Fische drängten sich vor seiner versagenden Sehkraft, die Bewußtlosigkeit ankündigte. Sie fingen an zu verschwimmen, und das Gefühl verbreitete sich durch seine Glieder, als der Körper zu zittern begann. Jetzt würde er jede Sekunde seinen Willen überwältigen mit einem krampfhaften Drang zu *atmen*. Die letzte Schlinge getrennt! Crat versuchte sich in Richtung Oberfläche abzustoßen, aber seine ganze restliche Kraft mußte dazu dienen, daß er nicht Luft holte.

Eine Hilfe von überraschender Seite rettete ihn ... ein Schubs von unten, der ihn nach oben sausen ließ, wo er mit erschauderndem Japsen zur Oberfläche durchstieß. Irgendwie wühlte er sich über ein Bündel Schwimmbojen und hielt seinen Mund knapp über Wasser, als er frische Luft einsog. *Ich lebe,* erkannte er verblüfft. *Ich lebe.*

Das Dröhnen in seinen Ohren maskierte das Rufen von Männern, die auf der *Congo* zuschauten und erst jetzt die Lage zu erkennen begannen. Crat war sich undeutlich bewußt, daß selbst diejenigen, welche jetzt mutig ins Wasser sprangen, nie imstande sein würden, rechtzeitig genug das wirre Netz zu durchqueren, um einige noch zappelnde Gestalten in der Nähe zu erreichen.

Sobald er seine Arme und Beine wieder bewegen konnte, wandte Crat sich unsicher dem nächsten kämpfenden Überlebenden zu, der wahrscheinlich schon in den Krallen des Klabautermanns steckte. Also tat er das einzige, was er konnte. Er klemmte sich einige Schwimmbojen unter einen Arm und schob sich durch das dazwischenliegende Gewirr, um das Haar des sterbenden Mannes zu packen. Er zog ihn hoch, damit er Luft holen könnte. Danach kam jeder Atemzug wie ein schrilles Pfeifen ... bis die Augen des armen Kerls sich aus dem drohenden Coma bis zu Hysterie klärten. Es war gut, daß die Arme des Opfers noch verklemmt waren, sonst hätte er Crat mit sich in die Falle ziehen können.

Crat selbst atmete stoßweise keuchend, als er Reserven aufrief, die er noch nie in sich gekannt hatte. Es war schon schwer genug, den eigenen Kopf über dem plätschernden Wasser zu halten. Er mußte auch noch den nachlassenden Spritzern anderer, in der Nähe sterbender Männer ausweichen. *Ich kann ihnen nicht helfen ... Ich habe alle Hände voll zu tun.*

Crat merkte, daß in der Nähe sich eine andere Gestalt näherte, um ihn anzuschauen. Wieder dieser Delphin. *Ich möchte, jemand erschösse den verfluchten ...*

Dann erinnerte er sich an jenen Schubs gegen seinen Hosenboden. Den Schubs, der ihm das Leben gerettet hatte.

Sein Geist war zu träge und zu verschwommen, um daneben noch an vieles andere zu denken. Sicher wurde er nicht so klar, daß er sich bei dem Verantwortlichen bedankte. Aber das Auge dort schien etwas zu spüren – vielleicht seine Erkenntnis. Es zwinkerte ihm wieder zu. Dann hob der Delphin den Kopf, schnatterte rasch und verschwand.

Crat war immer noch mit seltsamen, unerwarteten Gedanken beschäftigt, als schließlich Retter kamen, um ihn von seiner Bürde zu entlasten und seinen erschöpften Leib aus dem blutwarmen Meer zu ziehen.

□

Ein neuer Typ der Verschmutzung wurde bereits in den 1970er Jahren zuerst bemerkt. Bei den Prioritäten jener Tage wurde er weniger beachtet als etwa verfärbte Flüsse oder der erstickende Gestank über größeren Städten. Immerhin kam es zu mündlichen Protesten.

Bäume. Mancherorts wurden Bäume als letzte Symbole menschlicher Habgier und Sünden wider die Natur verdammt. »Oh, gewiß sind Bäume im allgemeinen etwas Gutes«, verkündeten jene Stimmen. »Jeder einzelne bildet ein Ökosystem im kleinen, beherbergt und unterhält eine Myriade Lebewesen. Ihre Wurzeln reichen in die Tiefe, durchlüften die Erdkrume. Sie entziehen der Luft Kohlenstoff und geben süßen Sauerstoff zurück. Von ihren atmenden Blättern verdampft Flüssigkeit, so daß ein Waldstück bis zum Überfluß des nächsten Regens überdauert.«

Nahrung, Zellstoff, Schönheit, Mannigfaltigkeit... die Arten der Schätze waren nicht zu zählen, welche in jenen tropischen Ländern verlorengingen, wo Hartholzwälder täglich in Hunderten und Tausenden von Morgen Land gefällt wurden. Und dennoch, man nehme Nordamerika um 1990, wo es tatsächlich *mehr* Bäume gab, als ein Jahrhundert zuvor dastanden - viele auf gesetzliche Anordnung gepflanzt, um alte ›geerntete‹ Bestände an Eiche, Buche und Rotholz zu ersetzen. Oder man nehme Britannien, wo jetzt Wiesen, die einst durch Herden weidender Schafe kurzgehalten wurden - unter großzügigen Steueranreizen -, mit Morgen um Morgen speziell gezüchteter Kiefern bepflanzt wurden.

Abfallwälder, wie manche sie nannten. Endlose Bestände, die sich eintönig in geometrischen Gitterreihen so weit hinzogen, wie das Auge sehen konnte. Absolut gleichförmig enthielten sie Gene, die für schnelles Wachstum zusammengefügt waren. Und wachsen taten sie auch.

»Aber diese Wälder sind tote Zonen«, sagten die Gegner. »Ein Boden, der nur von Kiefernadeln oder Eukalyptusblättern bedeckt ist, beherbergt nur wenig Damwild, ernährt nur wenige Ottern und hört kaum den Gesang von Vögeln.«

Noch viel später, als die große Kampagne für die Milliarde von Bäumen lief - in manchen Gegenden verlor sie, leistete aber anderswo erfolgreich Widerstand gegen das Vordringen von Wüsten -, waren viele Wälder noch stille Orte. Eine Leere schien zu wispern und hallte wider in den stillen Zweigen.

Das ist nicht dasselbe, sagte diese gestörte Ruhe. *Manche Dinge können, wenn sie einmal verloren sind, nicht leicht wiederhergestellt werden.*

• MESOSPHÄRE •

Das Angenehmste an der neuen Routine war, daß sie Stan Goldman endlich eine Chance gab, sich einige Zeit freizunehmen und mit alten Freunden zu diskutieren.

Die nächsten fälligen Gazerläufe würden normal sein. Das Programm lief im Zeitplan und stieß Beta langsam Schlag auf Schlag in seinen höheren Orbit. Schließlich glaubte Stan, er könne seinem Assistenten die Führung des Resonators überlassen und etwa eine Stunde pausieren, um sich zu entspannen.

Tatsächlich war das sogar ein Teil seines Jobs – zu helfen, die Tarnung aufrechtzuhalten. Würden ihre Gastgeber nicht doch mißtrauisch werden, wenn er seinen Charakter nicht wahrte? Die Paläontologen am Ort des Hammers würden es merkwürdig finden, wenn der alte Stan Goldman nicht gelegentlich käme, um zu plaudern und zu kiebitzen. Also machte er sich mit ziemlich gutem Gewissen auf den Weg zum nächsten Lager, um sich bei etwas Bier an freundlicher Konversation zu beteiligen.

Natürlich alles aus Pflichterfüllung.

»In ein paar Jahren sollten wir die Antwort haben«, sagte Wyn Nielsen, der große blonde Direktor der Grabung und ein langjähriger Freund. »Wir werden es erfahren, wenn die Han endlich ihr großes Interferometer starten. Bis dahin ist Reden sinnlos.«

Sie hatten darüber disputiert, ob etwaige nahegelegene Sternsysteme erdähnliche Planeten haben könnten; und der nicht mehr junge aber immer noch athletische Däne wurde seinem Ruf als hartnäckiger Pragmatiker wieder gerecht. »Wenn ihr die Mittel habt zu experimentieren, dann tut es! Falls nicht, dann wartet, bis Experimente möglich sind! Theorie allein ist nur Masturbation.«

Die kleine Runde brach in Gelächter aus. Aber Wyn war kein Spielverderber. Und als ein jeder spekulieren wollte, brummte er nur gutmütig und machte weiter.

»Wir werden uns um das Han-Interferometer kümmern«, sagte eine Geologin namens Gorschkov, die Stan seit Jahrzehnten immer wieder bei Konferenzen begegnet war. »Die Chinesen reden schon immer darüber. Warum können sie die Frage nicht mit Einrichtungen beantworten, die schon jetzt im Orbit sind?«

Stan zuckte die Achseln. »Die eurorussischen und amerikanischen Teleskope sind inzwischen recht alt, Elena. Nun ja, sie haben Planeten bei nahegelegenen Sternen entdeckt, aber nur Riesen wie Jupiter und Saturn. Kleine Gesteinswelten wie die Erde sind schwerer zu finden... als ob man das reflektierte Aufblitzen einer Nadel dicht bei einem brennenden Heuhaufen ausmachen wollte, sollte ich meinen.«

»Aber sagen nicht die meisten astrophysikalischen Modelle voraus, daß sonnenähnliche Sterne Planeten haben würden?«

Diesmal war es ein anderer Däne, Teresas stämmiger Freund Lars. Der Bursche mochte aussehen wie ein besonders kräftiger Mechaniker oder ein Fußballchampion, war aber offenbar sehr belesen.

Stan antwortete: »Ja und nein. Sterne vom Typ G wie unsere Sonne haben in ihrer Kindheit viel Drehimpuls abgeben müssen, und da unsere fast ihren ganzen Drall an ihren Hofstaat von Planeten verloren hat, denken die meisten Astronomen, daß auch andere Sterne, die wie die Sonne rotieren, Planeten haben müssen.

Ferner meinen die Astronomen, daß frühe Protosterne starke Partikelwinde ausstoßen, die flüchtige Elemente wegtreiben. Darum gibt es im äußeren Sonnensystem so viel Wasserstoff, während die nahe befindlichen Merkur und Venus den ihren verloren haben.«

»Aber die Erde hat es gerade richtig getroffen«, nickte Wyn. »Mitten in einer Zone, wo Wasser flüssig bleiben kann, nicht wahr?«

»Der Hahnenfußeffekt.« Stan stimmte zu. »Das Leben hätte ohne viel Wasser nie begonnen oder so lange existiert haben können.

Was aber anbetrifft, daß die Erde sich ›in der Mitte‹ der Lebenszone des Sonnensystems befindet, so haben Astronomen seit mehr als hundert Jahren darüber gestritten. Manche pflegten zu denken, wenn unsere Welt der Sonne nur um fünf Prozent näher wäre, dann wäre sie in die Venusfalle gestürzt… Hitzetod durch außer Kontrolle geratene Treibhaushitze. Und wenn wir nur fünf Prozent weiter entfernt wären, dann wären die Meere der Erde ewig gefroren.«

»So? Und was ist die moderne Schätzung?«

»Gegenwärtig? Die besten Modelle zeigen, daß unsere Lebenszone wahrscheinlich sehr breit ist und sich von etwas unter einer Astronomischen Einheit bis zu drei oder mehr erstreckt.«

Jemand stieß einen Pfiff aus. Elena Gorschkov schloß die Augen. »Wartet einen Augenblick! Das reicht bis über Mars hinaus. Warum ist dann der Mars keine lebende Welt?«

»Eine gute Frage. Es gibt Anzeichen dafür, daß der Mars einmal flüssiges Wasser besessen hat, das große Canyons gegraben hat, die wir leider noch nicht besucht haben.« Darauf erhob sich allgemein ein zustimmendes Gemurmel. Mehrere hoben ihr Glas auf versäumte Gelegenheiten. »Vielleicht hat es dort sogar eine Zeitlang Meere gegeben, wo irdische Lebensformen einen mutigen Anfang machten, ehe alles Wasser in den Sandmassen gefror. Das Problem mit dem alten Mars war nicht, daß er sich zu *weit* entfernt von der

Sonne drehte. Die eigentliche Schwierigkeit war, daß die Römer ihren Kriegsgott nach einem Pygmäen benannt haben. Einer Zwergwelt, zu klein, um die notwendigen Treibhausgase festzuhalten. Zu klein, um diese berühmten Schildvulkane am Rauchen zu halten. Um die Hälfte zu klein für Leben.«

»Hmm«, bemerkte Lars. »Jammerschade um den Mars. Aber wenn G-Sterne breite Lebenszonen haben, sollte es draußen viele andere Welten geben, wo die Bedingungen richtig waren … mit Ozeanen, wo Blitze die ersten Schritte tun konnten. Die Evolution hätte an solchen Orten auch funktioniert. Warum also …?«

»Wo, zum Kuckuck, sind sie denn alle?« Wyn Nielsen haute auf den Tisch.

Damit kommen wir wieder zu der alten Frage, dachte Stan. Enrico Fermi hatte sie vor hundert Jahren auch gestellt. *Wo sind sie denn wirklich alle?*

In einer Galaxis von einer halben Milliarde Sternen müßte es sehr viele Welten wie die Erde geben. Sicher müßten manche davon schon vor langer Zeit Leben und sogar eine Zivilisation entwickelt haben.

Auf dem Papier zumindest erscheint Sternenverkehr möglich. Warum war dann die ganze Zeit die Erde ein ›erstklassiges Terrain‹ – ohne einheimische Bewohner außer Bakterien oder Fischen, warum wurde sie niemals von einer anderen, Raumfahrt treibenden Rasse kolonisiert?

Der Wortschwall über dieses Thema – auch von dem Gefasel über fliegende Untertassen abgesehen – hatte sich erst nach Installation des Welt-Datennetzes ausgebreitet. Und es gab immer noch keine befriedigende Antwort.

»Es gibt massenhaft Theorien, warum die Erde nie von raumfahrenden Aliens besiedelt wurde«, antwortete Stan. »Manche haben es mit Naturkatastrophen zu tun wie der, die ihr hier erforscht. Schließlich – wenn riesige Meteorite die Dinosaurier ausgelöscht haben, könnten ähnliche Katastrophen andere potentielle

Weltraumreisenden heimgesucht haben. Wir selbst könnten durch ein Zusammentreffen mit einer vagabundierenden Masse vernichtet werden, ehe wir ein Niveau erreichen, das genügt, um …«

Stan hielt plötzlich inne. Ihm war, als hätte man ihn zweimal zwischen die Augen geschlagen.

Eine glückliche Zeitlang war es ihm gelungen, jeden Gedanken an das *taniwha* auszuschalten. So traf ihn die jähe Erinnerung in diesem Zusammenhang wie ein Hieb. Was seine Gedankengänge wirklich angehalten hatte, war aber ein neuer Gedanke, der ihm bewußt geworden war nach den Worten – *Wir selbst könnten durch ein Zusammentreffen mit einer vgabundierenden Masse vernichtet werden …*

Er hustete, um seine Verwirrung zu tarnen, und jemand klopfte ihn auf den Rücken. Während er einen Schluck warmes Bier zu sich nahm und besorgten Helfern abwinkte, dachte er: *Könnte unser Monster von außerhalb gekommen sein? Könnte es sein, daß es* kein *Menschenwerk war?*

Er brauchte es sich nicht eigens einzuprägen, diese Idee später zu verfolgen. Sie würde immer an ihm haften. *Wenn ich mich nur hätte freimachen und den Kongreß in Waitomo besuchen können!* Irgendwie mußte er einen Weg finden, Alex diesen Gedanken zu übermitteln.

Aber jetzt war nicht die Zeit, diesem Gedanken nachzuhängen. Der Anschein mußte gewahrt werden. *Wo bin ich gewesen …? O ja.*

Er räusperte sich und fuhr fort.

»Meine … eigene bevorzugte Erklärung für das Fehlen von Extraterrestriern – oder zumindest ihr scheinbares Fehlen – hat eben mit dem zu tun, worüber wir vorhin gesprochen haben: den Lebenszonen und G-Sternen wie unserer Sonne. Astronomen haben jetzt eine sehr breite Zone *außerhalb* unserer Position im Auge, wo eine Homöostase vom Gaia-Typ durch Leben installiert sein könnte. Je weiter man hinausgeht, desto weniger Sonnenlicht hat man natürlich. Aber dann würde nach dem Wolling-Modell mehr Kohlenstoff in der Atmosphäre verbleiben, um ein Temperaturgleichgewicht aufrecht zu halten. *Voilà!*

Beachten Sie aber, daß nur eine sehr kleine bewohnbare Zone *innerhalb* unseres Orbits übrig ist. Die Erde bewegt sich für einen Wasserplaneten sehr nahe um die Sonne. In unserem Falle mußte das Leben jedes bißchen Kohlenstoff aus der Atmosphäre herausholen, damit genügend Wärme entweichen konnte, als die Temperatur der Sonne anstieg. Und in einigen hundert Millionen Jahren wird auch das nicht ausreichen. Wenn die alte Sonne wärmer wird, wird die innere Grenze der Zone, in der Leben möglich ist, den Erdorbit überschreiten, und wir werden langsam, aber buchstäblich, gekocht werden.

Mit anderen Worten, wir haben nur so etwa hundert Millionen Jahre, um einen Plan zustande zu bringen.«

Sie lachten etwas nervös.

Nielsen fragte: »Was ist Ihre Theorie?«

Stan überlegte, wie er sich aus dem Zentrum der Aufmerksamkeit entfernen und eine Entschuldigung finden könnte, sich davonzuschleichen. Aber er mußte das natürlich geschmeidig machen, Er breitete die Hände aus. »Die ist ganz einfach. Sie sehen, die Erde muß verhältnismäßig warm und trocken sein, wie es bei Wasserwelten so ist. Nun, bei siebzig Prozent Ozean mag das nicht so aussehen. Aber gerade das bedeutet, normale Planeten in Lebenszonen müssen noch feuchter sein!

Eine Konsequenz wäre weniger kontinentale Landfläche, die durch Regen zu bewässern wäre.«

»Ah, ich versteh«, sagte ein türkischer Geochemiker. »Weniger Bewässerung von Landflächen durch Niederschläge bedeutet weniger Dünger, um in diesen Meeren Leben zu ernähren. Was seinerseits zu langsamerer Evolution führt?«

Ein Palöontologe aus dem Rand der Gruppe sagte: »Und die Lebensformen würden weniger Sauerstoff haben, um schnelle Stoffwechselvorgänge wie die unseren anzutreiben.«

Stan nickte. »Und natürlich würden bei weniger Landfläche weniger Entwicklungschance für diese bestehen.« Er hielt zehn zappelnde Finger hoch.

»Huh!« bemerkte Elena Gorschkov und schüttelte den Kopf. Verschiedene Argumente wurden am Rande vorgebracht, als die Wissenschaftler freundschaftlich diskutierten. Nielsen tastete auf der Minitafel auf seinem Schoß. Wahrscheinlich suchte er Gegenargumente.

Gut! dachte Stan. Das waren intelligente Leute, und es machte ihm Spaß zuzusehen, wie sie Ideen wie Volleybälle hin und her schleuderten. Zu schade, daß er seine dringendsten wissenschaftlichen Dilemmata vor ihnen hatte geheimhalten müssen! Solche Dinge zu wissen, wie er sie besaß, und die vor seinen Ebenbürtigen zurückzuhalten ... dafür schämte sich Stan.

»Aha!« sagte Nielsen. »Ich habe gerade einen interessanten Aufsatz gefunden über kontinentales Wetter, der das unterstützt, was Stan sagt. Hier. Ich werde ihn euch überspielen.«

Die Leute holten Tafeln und Lesegeräte aus den Taschen, um ein Dokument zu erhalten, das durch Nielsens schnelles und schmutziges Spionageprogramm aus irgendeinem Winkel herausgezogen worden war. Auch Stan, der von seiner Absicht, sich zu verdrücken, abgelenkt war, langte nach seinem Taschenschirm.

Aber in diesem Moment gab ein Armbandgerät seinem linken Handgelenk einen winzigen Stoß, eben heftig genug, um seine Aufmerksamkeit zu erregen. Der Rhythmus war dringend.

Während das Stimmengewirr der Diskussion wieder anschwoll, entschuldigte sich Stan, als ob er zur Herrentoilette wollte. Unterwegs holte er einen Mikroaufnehmer aus dem Armbandgerät und steckte es ins Ohr.

»Sprechen!« sagte er zu dem leuchtenden Zifferblatt.

»Stan.« Das war die dünne Stimme von Mohotunga Bailie, seinem Assistenten. Sie ließ Obertöne von Furcht erkennen. »Kommen Sie zurück! Ganz schnell!« Das war alles. Der Ton brach jäh ab.

Stan empfand einen kalten Schauder, ganz vermischt mit plötzlichen Schuldgefühlen. *Das* taniwha … *ist es außer Kontrolle geraten? Mein Gott! Ich hätte sie nicht allein lassen sollen!*

Aber noch während er dies dachte, wußte er im Innern, daß Beta nicht so plötzlich verschwunden sein konnte. Die Physik ließ einen solchen Zufall einfach nicht zu … nicht nach den stabilen Konfigurationen noch vor einer Stunde!

Dann muß es einer der Strahlen sein. Diesmal müssen wir eine Stadt getroffen haben. Wie viele sind gestorben? O Gott, kannst du uns vergeben? Kann das irgend jemand?

Mit bleichen zitternden Händen stürzte er ins Freie, wo sich die perlige arktische Dämmerung über zwei Drittel des Horizonts erstreckte. Das Nordlicht erzeugte flimmernde ionisierte Vorhänge über dem grönländischen Eisfeld. Stan stolperte halb, halb rannte er zu seinem kleinen vierrädrigen Scooter und trat auf den Starter. Die Ballonreifen jaulten über die glitzernde Moräne und streuten Kies nach hinten weg.

Während des ganzen Rückwegs zum Tangoparu-Unterstand war sein Kopf voller entsetzlicher Vorstellungen darüber, was diesen ängstlichen Ton in der Stimme seines phlegmatischen Assistenten bewirkt haben könnte. Dann überquerte er einen kleinen Hügel, und die Kuppel kam in Sicht samt dem großen olivbraunen Helikopter, der gleich dahinter parkte. Stans Herz tat wieder einen Ruck.

Er erkannte plötzlich, daß es gar kein Problem mit

Beta war. Wenigstens nicht unmittelbar. Dies war ein Unglück ganz anderer Art.

NATO, merkte er, als er die Uniformen der bewaffneten Männer sah, die um den Unterstand herum patrouillierten. *Mein Gott ... Ich habe nie gedacht, daß ich diese Farben noch einmal sehen würde. Ich hatte ganz vergessen, daß sie noch aktiv sind.*

Er kannte nur einen Grund, weshalb das große bewaffnete Flugzeug bei solcher Nachtzeit den ganzen Weg hierher gemacht haben könnte und Soldaten an die Tür seines Laboratoriums befördert hatte. Und das war bestimmt kein Höflichkeitsbesuch.

Sie haben uns gefunden, erkannte er und wußte, daß ihm nur noch Sekunden blieben, um zu entscheiden, was er tun mußte.

□ Plano-Forbes:	2,5 Milliarden
World Watch:	6,0 Milliarden
Rocks-Runyon:	10,0 Milliarden

Diese Schätzungen der maximal zu erhaltenden menschlichen Bevölkerungszahl wurden alle vor 1990 gemacht, als sich die Aufmerksamkeit der Welt von Ideologien und Nationalismus zu Fragen des ökologischen Überlebens zu verlagern begann. Sie basierten aber alle auf den gleichen rohen Daten.

Ihre Unterschiede beruhen hauptsächlich darauf, wie man das Wort ›zu erhalten‹ definierte.

Für Plano und Forbes meinte es ein System, das mindestens so lange währte, wie es das alte China getan hatte – einige tausend Jahre –, und das alle menschlichen Kinder mit Erziehung, Grundannehmlichkeiten und Energiekonsum pro Kopf gleich der Hälfte dessen, was Amerikaner um 1980 konsumierten, versorgte. Eine zu erhaltende menschliche Bevölkerung würde Brennstoffe auf Kohlenstoffbasis nur in dem Tempo verbrauchen, wie sie durch Vegetation laufend wieder ersetzt würden; und sie würde genügend Wildheit an Tieren und Pflanzen verschonen, um den natürlichen Genbestand zu sichern.

Diese Kriterien erwiesen es als unmöglich, langfristig Bevölkerungszahlen über 2,5 Milliarden aufrechtzuerhalten.*

World Watch bediente sich geringerer Einschränkungen für seine Schätzung. Während zum Beispiel die ›amerikanischen‹ Konsumpegel noch als verschwenderisch angesehen wurden, verlangten die Autoren nicht nach Rationierung fossiler Brennstoffe. Ihr kritisches Anliegen war Nahrung; und obwohl sie es verfehlten, viele wichtige negative und positive Trends vorauszusehen (z. B. Wüstenbildung durch Treibhauseffekt gegenüber sich selbst düngendem Mais), folgte ihre Hauptdifferenz zu Plano-Forbes aus der Projektion von ›Erhaltbarkeit‹ nur für rund hundert Jahre in einem Zuge.

Das Rocks-Runyon-Modell hat sich als das genaueste erwiesen, in dem einfachen Sinne, daß es korrekt voraussagte, wir könnten (wenn auch mühsam) im Jahr 2040 zehn Milliarden ernähren. Es stellt auch die geringsten Anforderungen an die menschliche Zukunft. Sein Kriterium war nacktes Überleben – sich durchwursteln, wobei kleine Mißhelligkeiten für einhundert, geschweige denn Tausende von Jahren auf der Strecke bleiben könnten.

Und sie sind es auch, die argumentieren, wir sollten uns nicht so weit in die Zukunft Sorgen machen. Schließlich macht die Wissenschaft ja Fortschritte. Vielleicht werden jene Generationen neue Lösungen erfinden, wodurch die Probleme, die wir ihnen hinterlassen, weniger akademisch aussehen.

Vielleicht werden unsere Nachkommen imstande sein, für sich selbst zu sorgen.

* Diese Zahlen werden propagiert von Gruppen, die Weltraumkolonisierung befürworten und projektieren, daß lunare und asteroidische Ressourcen bei unbegrenzter Sonnenenergie einen Lebensstil nach Plano-Forbes für zehn bis zwanzig Milliarden Menschen gestatten würden – auf alle vorhersehbare Zeit hinaus. Ihre Lieblingsanalogie ist die Entdeckung der Neuen Welt durch Kolumbus. Der Haken bei solchen Plänen ist aber die Anfangsinvestierung, die erforderlich ist, ehe Reichtum aus dem Weltraum Wohlstand zur Erde herunterbringen kann. Regierungen und Völker, die jetzt schon aus der Hand in den Mund leben, werden kaum so viel in Projekte stecken, von deren Geschenken vielleicht ihre Enkelkinder profitieren könnten, aber nicht sie selbst.

– Aus **Die transparente Hand.** Doubleday Books, ed. 4.7 (2035).
[☐ Hyperzugriffcode 1-tTran-777-97-9945-29A.]

Es gab nur einen Eingang zu dem tiefen Höhlenkomplex. Als bewaffnete Männer mit blauen Helmen auf düsenverstärkten Paragleitern vom Himmel regneten, mußten sie sich einige Zeit durch den Dschungel quälen, ehe sie die verborgene Öffnung fanden. Dann fingen sie an, sich schweigend den schattigen Kamin hinabzuarbeiten.

Sepak Takraw erwachte beim Ton schmetternder Alarme und hielt es zuerst für einen weiteren Gazerlauf… was das auch sein mochte. Die für George Hutton arbeitenden Kiwis hatten über den wahren Zweck der Gravitationssondierungen den Mund gehalten, obwohl sie es offenbar mit dem tiefsten Innern der Erde zu tun hatten. Aber was auch die Tangoparu-Techniker hier auf Neuguinea tun mochten, sie nahmen ihre Arbeit verdammt ernst – als ob die Welt unterginge, wenn sie den geringsten Fehler machen sollten.

Sepak hatte seine Schlafrolle schließlich in die Spalte eines engen, versiegten Wasserlaufs geschafft wegen des Lärms, den sie jedesmal machten, wenn ihr großer Resonator loslegte und Echos und Gebrüll durch die tiefen Galerien schickte. Aber als er diesmal auf die beleuchtete Kammer zustolperte und sich die Augen rieb, hielt er plötzlich an und starrte auf eine Szene von äußerstem Chaos. Hatten die Neuseeländer es mit all ihrem Krach doch endlich geschafft? Hatten sie Tu, den Kriegsgott der Maori, beschworen?

Sie rasten herum wie verwirrte Laubenvögel, und der helle zylindrische Resonator schaukelte wild in seinem kardanischen Käfig, als bewaffnete Männer in die Halle stürmten. Sepak glitt in den Schatten und verhielt sich sehr still. *Verdammt, George Hutton! In was hast du mich da hineingezogen? Die Regierung kann über uns nicht aufgeregt sein, weil wir einige Höhlen zeitweilig geheimgehalten haben.*

Auf jeden Fall handelte es sich nicht um reguläre Polizei. Die Hälfte der Soldaten waren ganz deutlich nicht einmal gebürtige Papuaner. Sepak bildete einen stummen Pfiff, als Kommandos an den verblüfften Technikern vorbeistürmten, um das Areal zu sichern. Nein, das waren keine Einheimische, oder auch nur U.N.-Friedenskämpfer. Verflucht – es waren richtige Truppen ... ASEAN-Marines!

Jeder, der genügend schnüffelte, wußte, daß die Erde immer noch von souveräner militärischer Macht strotzte. Vielleicht sogar einige Prozent von dem, was es in den schlimmen alten Tagen zu geben pflegte. Und noch mehr Kriegsmaterial lag ›in Reserve‹ in Zeughäusern, die durch den Vertrag gesperrt waren. Alliancen trainierten immer noch und hielten ein Gleichgewicht der Kräfte aufrecht, das trotz generationenlanger Stabilität sehr real war. Nur waren auf einem Planeten, auf dem es von Echtzeitkameras und wankelmütiger öffentlicher Meinung wimmelte, diese Staaten und Blöcke im allgemeinen bemüht, ihre martialischen Kräfte schneidig einzusetzen.

Darum wußte Sepak, daß dies keine Razzia wegen einer Verletzung der Geheimhaltungsvorschriften war. Als die Marines die Kiwi-Ingenieure energisch zusammentrieben, suchte er vergeblich nach Emblemen der U.N. oder anderer internationaler Behörden. Er schaute sich auch nach den eigentlich unvermeidlichen Netzmagazin-Reportern um.

Nichts. Keine Reporter. Keine U.N.-Beobachter.

Dann ist es wirklich eine nationale Angelegenheit, erkannte er. Was bedeutete, daß hier mehr dahintersteckte, als nur die Regierung von Papua-Neuguinea. Eine ganze Menge mehr.

Und diese Burschen mögen undichte Stellen ebensowenig wie George Hutton.

Sepak zog sich noch weiter in die Dunkelheit zurück.

Um Himmels willen … George, in was hast du mich da hineingezogen?

☐ *Archaische oder obsolete Tätigkeiten oder Beschäftigungen:*

…Feuerstein behauen, aus Eingeweiden wahrsagen, Pfeile befiedern… Schmieden, Fässer herstellen, Kunst bewerten… Uhren herstellen, Rentiere züchten, Zähne behandeln, mit der Hand schreiben… Gastgeber bei Spielshows, Kannelierer… UFOloge… Drogenschmuggler, Golfplatzmanager, vertraulicher Banker… Sonnenbaden, Leitungswasser trinken…

Neue Dienstleistungsberufe:

…Giftinspektor für Haushalte, vorehelicher genetischer Berater, Kontenausgleichspezialist… Wohnungs-Mikroökologe, Biotechniker, Vorgeburtsbetreuer, Berater für cerebrochemisches Gleichgewicht… Netzberater für spezielle Informationsgruppen, Voxpop-Schiedsrichter, Konstrukteur von Spionagegerät, Koordinator für Lebensstilversicherungen…

Weltbevölkerungszahlen:

1982:	4,3 Milliarden
1988:	5,1 Milliarden
2030:	10,3 Milliarden

• EXOSPHÄRE •

Teresa trat die Heimreise so an, wie sie angekommen war – in der Gesellschaft von Pedro Manella. Zum mutmaßlich letztenmal stieg sie in ein kleines Boot, um durch die Höhle der Glühwürmchen gefahren zu werden, deren lebendige Konstellationen noch in einer unterirdischen Nachahmung von Nacht schimmerten. Dann nutzten sie und Pedro die Dunkelheit aus, um hinter einer Schar flüsternder Touristen zurückzubleiben, die ausgetretene Führungspfade gingen, vorbei an phosphoreszierenden Schildern in einem Dutzend Sprachen. Schließlich kamen sie an den Flanken eines bewaldeten Berges in Neuseeland heraus.

Es ist so, als wären wir erst vor einer Stunde zum erstenmal hineingegangen, dachte Teresa und huldigte einer Illusion. *Nichts in den dazwischenliegenden Wochen ist real gewesen. Ich habe mir alles eingebildet – Beta, die Reise nach Grönland, den Gravitationslaser.*

Als Pedro vor ihr den von Bäumen gesäumten Weg hinabging, bewegte sich sein Schatten an einer Stelle zur Seite, so daß blendende nachmittägliche Helligkeit ihr Gesicht traf. Teresa tastete nach ihrer Sonnenbrille.

Nur eine Phantasie ist das alles gewesen, fuhr sie mit ihren Wünschen fort, *einschließlich all dem Zeug über interstellare Feinde, die Monster schicken, um unsere Welt zu verschlingen.*

Das war eine ziemliche Anstrengung, aber Teresa mußte seufzen. Sie hatte nicht genügend Talent zur Selbsttäuschung, damit diese funktionierte.

Wenn du schon dabei bist, kannst du ebensogut ganze Arbeit machen und so tun, als wärest du wieder neunzehn, mit allen Abenteuern des Lebens noch vor dir – erster Flug, erste Liebe, Illusion von Unsterblichkeit.

Der südliche Sommer näherte sich rasch dem Ende. Es wurde winterlich kühler. Eine Brise zauste ihr Haar, das jetzt seine natürliche braune Tönung hatte, aber länger war als irgendwann seit ihrer Teenagerzeit. Es gab ein sinnliches, weibliches Gefühl und erregte sie jedesmal, wenn es ihren Nacken streifte.

Zerstreut stieß sie plötzlich gegen Manellas massiven Rücken. »He!« beklagte sich Teresa und rieb sich die Nase.

Pedro wandte sich um und schaute mit aufgeregter Miene auf seine Uhr. Er sagte: »Gehen Sie jetzt zum

Wagen! Ich habe etwas vergessen. Treffe Sie in einer Nano.«

»Sicher. Nur bedenken, Sie, daß ich um vierzehn Uhr ein Flugzeug erwischen muß! Wir ...« Ihre Stimme verklang, als er eilends bergaufrannte und um eine rechtwinklige Weggabel verschwand. *Merkwürdig,* dachte sie. *Sind wir nicht auf dem linken Zweig heruntergekommen?*

Vielleicht mußte Pedro vor der langen Fahrt die Leute besuchen. Teresa ging weiter bergab, eine Hand leicht auf dem Geländer bei steilen Waldhängen. Regennasse Farne wogten im Wind. Die Touristengruppe war schon vorausgegangen und ergoß sich wahrscheinlich auf den Parkplatz, um ihre Busse oder Mietwagen zu suchen. Vielleicht würde sich das Verkehrsgewühl geklärt haben, bis Pedro auftauchte.

Teresas Gepäck war schon im Wagen. Darin lag ein Päckchen frisierter Fotos, die sie in einem einsamen australischen Ferienplatz während des letzten Monats darstellten. Einer flüchtigen Inspektion hätten sie standgehalten. Und sie hatte ihre Story 'zigmal durchgegangen. Bald, in der Transitlounge des Flughafens Auckland, würde sie mit der Frau, die in ihrem Namen diese Ferien verbracht hatte, die Plätze tauschen. Danach wäre sie dann endlich wieder Teresa Tikhana. Kein Grund für die NASA, überhaupt auf den Gedanken zu kommen, sie hätte nicht das getan, was die von ihr verlangt hatten – jenen langen Erholungsurlaub zu verbringen.

Ein neuer Schwarm von Touristen strömte heran, eine große, Furcht einflößende Gruppe entschlossener Schaulustiger, die schnell hochkletterten, mit ihren alles aufnehmenden Brillen umherstarrten und ihre Schultertaschen festhielten. Der Führer der Tour beschrieb laut die Wunder dieses Gebirges – seine verborgenen Flüsse und geheimen Seitenpfade. Teresa trat zur Seite, um die Menge vorbeizulassen. Einige Männer betrachteten sie im Vorbeigehen von oben bis unten mit dem beiläufigen und anerkennenden Blick, an den sie gewöhnt war. Aber obwohl die Chancen erkannt zu werden minimal waren, wandte sie sich ab. Warum etwas riskieren?

Ich frage mich, was Pedro zurückhält. Sie kaute auf einem Fingernagel und blickte durch den Regenwald. *Warum habe ich das Gefühl, etwas stimmt nicht?*

Wenn sie jetzt in einem Cockpit säße, gäbe es Instrumente zu kontrollieren und eine Fülle an Information. Aber hier hatte sie nur ihre natürlichen Sinne. Selbst ihre Datentafel war in dem Gepäck da unten.

Als sie sich umschaute, fiel ihr an der vorbeiziehenden Touristengruppe etwas entschieden Merkwürdiges auf. *Sie haben es sicher eilig, die Höhlen zu besichtigen. Hat ihr Bus sich verspätet – oder was?*

Jeder von ihnen trug Schultersäcke in Pastellfarben, die zu ihrer bunten Touristenaufmachung paßten. Vier von fünf waren Männer, und es gab gar keine Kinder. *Sind sie etwa Teilnehmer irgendeiner Tagung?*

Sie wäre beinahe stehen geblieben, um einen zu fragen, hielt sich aber zurück. Irgend etwas bei diesen Typen wirkte allzu vertraut, als sie sah, wie sie bergauf verschwanden. Ihre Bewegungen waren für Ferienvolk zu gezielt. Unter ihren Brillen hatten sie die Kinnbacken auf eine Weise angespannt, die Teresa denken ließ an …

Sie schnappte nach Luft. »Spione! Oh … so ein Mist!«

Sie war hilflos und erkannte, was ihre Unachtsamkeit kosten könnte. Ohne ihre Datentafel konnte sie nur ihre dünne Brieftasche für einen Versuch benutzen, die da unten zu warnen. Teresa nahm sie aus der Hüfttasche und klappte sie auf, nur um festzustellen, daß sie nicht senden würde. Der winzige Transceiver war blockiert.

Es gab aber ein Telefon in dem Souvenirladen an der

Parkeinfahrt. Teresa setzte sich bergab dahin in Bewegung, bis der letzte ›Tourist‹ hinter einer Kurve verschwunden war. Dann begann sie zu laufen …

… und prallte auf einige weitere Männer, die die Nachhut bildeten. Einer davon packte ihr Handgelenk mit einem Neunzig-Kilo-Griff.

»Nun, Captain Tikhana. Hallo! Aber ich habe gehört, Sie wären in Queensland. Meine Güte, was führt Sie so unerwartet nach Neuseeland?«

Der Mann, der ihren Arm festhielt, hörte sich keineswegs so an, als sei er überrascht, sie hier zu treffen. Trotz Glenn Spiveys vernarbtem Gesicht schien sein Lächeln fast echt zu sein, ohne jede Bosheit. Neben Spivey standen ein großer schwarzer Mann und ein Asiate, was jeden Gedanken an Widerstand sinnlos machte. Trotz der ethnischen Unterschiede schienen sie alle aus dem gleichen Holz geschnitzt – mit den durchdringenden Augen geschulter Spione.

Ein vierter Mann, der hinter den anderen stand, schien nicht in dieses Bild zu passen. Auch seine Gesichtszüge waren irgendwie orientalisch. Aber seine Haltung verriet den Zivilisten. Und zwar keinen besonders glücklichen.

»Sie!« sagte Teresa, zu dem Spionageoberst gewandt.

»Ich hoffe, Sie hatten nicht vor, so bald aufzubrechen, Captain?« antwortete Spivey. »Ich möchte, daß Sie bleiben. Die Sache fängt gerade an, interessant zu werden.«

»… Ich warne dich, George. Der Platz wimmelt von Soldaten. Die haben schon den Klopfer und meine Mannschaft erobert. Sie und Alex und die anderen sollten lieber verduften …«

Eine Hand langte an George Hutton vorbei, um den Ton abzustellen. Die Holo-Anlage fuhr visuell fort und zeigte einen älteren Mann in einem schweren Parka, der offenbar besorgt war, sich aber jetzt nur noch mimisch in einem tragbaren Sender äußern konnte. Hinter Stan Goldman ragte eine titanische Eismauer auf.

»Ich fürchte, die Warnung würde nicht viel genützt haben, selbst wenn sie früher gekommen wäre«, sagte Oberst Spivey zu Hutton und den versammelten Verschwörern. »Wir haben natürlich alle Ihre Akten durchgesehen, ehe wir diese Operation starteten. Können uns keine Schlamperei leisten, verstehen Sie!«

Teresa saß in ihrem alten Sessel, gegenüber Alex Lustig und zwei Plätze vom Ausgang entfernt, der jetzt durch Spiveys neuseeländische ANZAC-Leute bewacht wurde. Diesmal war der unterirdische Raum dicht mit allen gefüllt, sogar dem Koch. Das heißt – allen außer Pedro Manella.

Wie hat er es erfahren? fragte sie sich. *Wie kommt es, daß Pedro immer alles zu wissen scheint?*

Natürlich fühlte sie sich wie betäubt. Noch ein paar Stunden, und sie wäre unterwegs zurück nach Houston gewesen, zu ihrem komfortablen Apartment und ihrer loyalen Berühmtheit in der NASA.

Aber jetzt?

Jetzt sitze ich in der Klemme. Teresas Gedanken waren zerstreut wie Blätter im Herbst. Das war ja ganz natürlich, wenn man mit einer Zukunft im Bundesgefängnis rechnen mußte.

Sie blickte über den Tisch hin zu Alex und schämte sich. *Er* war bestimmt nicht in erster Linie darum besorgt, seinen Hals zu retten. Dieses Ereignis würde sich auf mehr als nur ein einziges Leben auswirken. *Na schön! Dann sitzen wir allein der Klemme.* Dieser Gedanke war aber wenig tröstlich.

»Seit wann?«

»Verzeihung, Mr. Hutton?« fragte Spivey.

George stemmte seinen schweren Körper empor und setzte sich an den Kopf des Tisches. »Seit wann durchschnuppern Sie schon unsere Aufzeichnungen, Colonel?«

Teresa fiel auf, daß er nicht fragte, *wie* Spiveys Team den Sicherheitsschirm von Tangoparu geknackt hatte. Offenbar verfügten die Großmächte der Allianz über bessere Infotechnologie als selbst die besten Netzhacker. Mit den weiten Taschen von Regierungen und vielen alten Loyalitäten, die man aufrufen konnte, konnten sie zwei, drei, sogar vier Jahre gegenüber individuellen Benutzern Vorsprung haben. Daher wurde sie durch Spiveys nächstes Eingeständnis etwas überrascht.

»Wissen Sie, das ist eine merkwürdige Geschichte«, sagte der Oberst ganz offen. »Wir haben euch schon lange beobachtet. Viel zu lange. Sie hatten eine kolossal gute Interferenz in Ihren Diensten, Hutton. Wir haben Ihr Versteck erst gerade vor drei Tagen durchlöchert, und dann nur dank einiger anonymer Hinweise und Hilfe seitens ziviler Konsultanten wie Mr. Eng hier.«

Spivey nickte dem leicht orientalisch aussehenden Mann zu, den Teresa auf dem Weg gesehen hatte, und der jetzt nervös zwinkerte, als sein Name fiel. Offensichtlich war er kein Spion.

Ein Tangoparu-Techniker stand auf, um laut gegen die Illegalität dieser Invasion zu protestieren. Spivey holte einen Würfel aus dem Jackett und unterbrach ihn. »Ich habe hier ein Dokument, unterzeichnet von den Chefs der NATO, ASEAN und ANZAC, sowie des Nationalen Sicherheitsdienstes von Neuseeland, das dies als einen extremen Notfall unter den Bedingungen der Sicherheitsabteilungen aller drei Paktmächte und des Rio-Vertrages qualifiziert. Was Ihr vorgehabt habt, rechtfertigt dieses Etikett, meinen Sie nicht auch? Wenn es überhaupt etwas in der menschlichen Geschichte tut, dann ist ein Schwarzes Loch, das die Erde auffrißt, gewiß als ›Notfall‹ einzustufen.

Und dennoch behalten Sie es für sich! Verbergen es

vor der Presse, vor souveränen gewählten Regierungen. Also ersparen Sie mir bitte Ihre gerechtfertigte Empörung!«

In dem Holotank wandte sich Stan Goldmans stummes Bild ab, als er jemand herankommen sah. In stiller Resignation seufzend langte er nach einem Schalter, und das Bild erlosch jäh. An seiner Stelle rotierte wieder der vertraute Querschnitt des Globus – die Erde, dargestellt als eine vielschichtige Kugel aus neapolitanischer Eiscreme.

Ah, wenn das nur wahr wäre! Ein Eiscremeplanet. Was für eine wundervolle Welt das sein würde!

Teresa verscheuchte ein Schwindelgefühl und fügte stumm hinzu: *Viel Glück, Stan. Gott segne dich!*

»Bis vor kurzem haben wir gedacht, Ihr wäret es, die das verdammte Monster *gemacht* haben!« schrie June Morgan Spivey an. »Ihr und Ihre geheimen Cavitronlaboratorien im Orbit und eure hübschen Großmachtübereinkünfte. Wir meinten, daß wir unsere Arbeit geheimhalten müßten, sonst würden Sie sich einmischen, um Ihre eigene Haut zu retten!«

Spivey räumte ein: »Eine interessante und vielleicht sogar plausible Verteidigung. Aber jetzt, da Sie wissen, daß es nicht die brutalen Widerlinge der Regierung waren, die das …« Er machte eine Pause.

»Die Beta-Singularität gemacht haben«, platzte Alex Lustig heraus – seine erste Bemerkung an diesem Nachmittag.

»Danke!«

»Gern geschehen.« Alex nickte geheimnisvoll.

»Also gut. Vor einigen Tagen scheint Ihr Leute entschieden zu haben, daß das Monstrum statt dessen von *feindlichen Aliens* hierhergeschickt wurde.« Er zuckte die Achseln. »Ich bin von diesem bunten Szenarium noch nicht überzeugt. Aber sei dem, wie ihm wolle – sobald Sie das glaubten und wußten, daß wir nicht Beta hergestellt hatten, war es da nicht Ihre

Pflicht, uns in Kenntnis zu setzen? Schließlich gelten wir doch als die Experten im Umgang mit äußeren Aggressoren. Wir allein haben die Hilfsmittel und organisatorischen Erfahrungen, Ihre kümmerliche Arbeit zu übernehmen und …«

»Wir haben gerade darüber diskutiert, als Sie und Ihre Männer hereingestürmt sind«, sagte George schroff. »Im nachhinein hatte ich vielleicht unrecht, auf ständiger Geheimhaltung zu beharren.«

»Denn jetzt wird es geheim *bleiben*«, nickte Spivey. »Sie haben recht mit Ihrer Andeutung, Mr. Hutton. Die Allianzen, die ich repräsentiere, sehen in dieser Lage eine große Gefahr, die über das unmittelbare Problem hinausgeht, Beta loszuwerden. Das letzte Jahrhundert hat erwiesen, wie gefährlich neue Technologien sein können, wenn man sie mißbraucht. Wenn es aber weithin bekannt ist, daß etwas möglich ist, dann gibt es nie eine zweite Chance, den Geist wieder in seine Flasche zu bannen. Zweifeln Sie, daß es anders sein wird, wenn die Leute über *Gravitationslaser* etwas erfahren?«

Er schaute sich im Raume um. »Seien Sie jetzt ehrlich – möchte einer von Ihnen erleben, daß das imperiale Han oder die Ostasiatische Kooperationssphäre erfahren, wie man Singularitätsknotendinger herstellt? Oder gar der Ozeanstaat?«

»Es gibt wissenschaftliche Tribunale«, bemerkte June. »Und Inspektionsteams vor Ort …«

»Allerdings«, nickte Spivey. »Eine Kombination, die gut funktioniert, solange die Herstellung solcher Dinge große industrielle Einrichtungen erfordert. Aber sollten wir uns nicht vorher dessen vergewissern? Daß diese Dinge durch friedenerhaltende Behörden wirklich kontrolliert werden können? Schließlich hat Dr. Lustig schon gezeigt, daß man mit sehr kleinen Cavitrons eindrucksvolle Singularitäten erzeugen kann.«

»Nicht *so* eindrucksvolle«, mischte sich Alex ein und deutete mit einem ersten Zeichen von Irritation auf eine wirbelnde Darstellung von Beta.

»Nein?« Spivey wandte sich ihm direkt zu. »Bei allem schuldigen Respekt für Ihren anerkannten Scharfsinn, Professor, sind Sie auch für große Absurditäten bekannt. Können Sie hier so sicher sein? Können Sie absolut garantieren, daß nicht eines Tages Otto Normalverbraucher fähig sein könnte, in seinem Keller Planetenkiller herzustellen, sobald er einmal der Welt überdrüssig ist?«

Alex runzelte die Stirn und hielt den Mund. Teresa erinnerte sich plötzlich an ihre Gespräche mit Stan Goldman über das Mysterium eines Weltalls, das von intelligentem Leben fast leer zu sein scheint. Neben Lustigs Theorie über fremde Berserker war dies noch eine andere aufregende Möglichkeit.

Vielleicht ist es trivial, Schwarze Löcher herzustellen, die Planeten zerstören. Vielleicht ist es unvermeidlich; und der Grund, weshalb wir nie extraterrestrische Zivilisationen gesehen haben, ganz einfach ... weil eine jede dieses Stadium erreicht, unaufhaltbare Singularitäten erzeugt und dann vom Rachen ihres eigenen selbstgemachten Dämons verschlungen wird.

Aber nein! Sie erkannte aus dem Ausdruck von Alex Lustigs Augen – *Er hat hierin nicht unrecht. Beta liegt jenseits unserer Fähigkeit es zu duplizieren, jetzt und noch in langer Zukunft. So bizarr es klingt, das Ding wurde hergeschickt.*

»Hm«, grunzte George Hutton. Der Maori-Geophysiker sah offenbar wenig Sinn in einer Diskussion über Dinge, die schon außer seiner Kontrolle lagen. »Darf ich meine Datenbasis befragen, Colonel?«

Spivey winkte lässig. »Durchaus.«

George nahm ein Flüstermikrophon, sprach hinein und sah Datenströme über seinen Pultschirm fließen. Nach einer Minute schaute er auf. »Sie haben unsere

Stationen in Grönland und Neuguinea. Aber die anderen Stellen ...« Er brach ab.

Spivey blickte nach links. »Logan, sagen Sie es ihnen bitte!«

Der zivile Konsultant zuckte die Achseln. Er sprach mit einem leichten, aber unangebrachten französisch-louisianischen Akzent. »Mein Computermodell für kürzliche ... hm ... Erderschütterungen zeigt, daß der dritte Platz auf der Osterinsel liegen muß. Der letzte befindet sich innerhalb eines Kreises von fünfzig Kilometern im nördlichen Teil der Föderation von Südafrika.«

George zuckte die Achseln. »Mal nachschauen! Ich sehe hier, daß bei den beiden alles normal ist. Keine Truppen. Keine Bullen. Sie haben sie nicht erwischt, Colonel.«

»Wir werden es auch kaum tun.« Spivey legte ganz lässig die Hände zusammen. »Keine der Allianzen, die ich repräsentiere, hat in jenen Gebieten irgendeine Jurisdiktion.

Oh, ich denke, wir könnten Ihre Stellen sabotieren. Aber wenn Ihr recht habt – wenn Ihr nicht völlig irregeführt oder verrückt seid –, dann *braucht* die Erde diese Resonatoren. Daher meine ich, es wäre ein Eigentor, sie zu ruinieren. Nicht wahr?«

Diese Bemerkung rief bei einigen in der Tafelrunde ein leichtes Kichern hervor. Spivey fuhr mit einem gewinnenden Lächeln fort. »Jedenfalls haben wir nicht die Absicht, Sie alle in den Knast zu bringen. Formelle Beschuldigungen liegen überhaupt nur gegen eine Person in diesem Raum vor; und selbst in diesem Falle könnten wir einen gewissen Manövrierspielraum finden.«

Teresa fühlte, wie sich aller Augen plötzlich auf sie richteten. Jeder wußte, wen Spivey meinte. Die Liste möglicher Anklagepunkte gegen sie war niederschmetternd. Entwendung von Staatseigentum, eidbrüchige Verheimlichung, Pflichtverletzung ... Verrat. Sie blickte auf ihre Hände hinab.

»Nein«, fuhr Oberst Spivey lächelnd fort. »Wir sind hier nicht als Ihre Feinde, sondern um mit Ihnen zu verhandeln. Um zu sehen, ob wir uns auf ein gemeinsames Programm einigen können. Und der erste Punkt auf der Tagesordnung ist unbedingt, wie das Werk fortgeführt werden kann, das Sie begonnen haben, wobei wir jede Ressource auf die Rettung der Welt verwenden wollen.«

Alles, was der Mann sagte, wirkte allzu vernünftig. Teresa fand es empörend und enttäuschend ... bis hin zum Verständnis ihrer Rolle in Spiveys Spiel. Während andere sich direkt in die nachfolgende freie Diskussion stürzten, saß sie bloß da, resigniert auf die hilflose, stumme Rolle eines Bauern im Schachspiel beschränkt.

Da die neuseeländischen Behörden der Allianz angehörten, wären Auslieferungsverfahren ganz einfach. Spivey könnte sie einsperren und den Schlüssel fortwerfen. Noch schlimmer – sie würde nie wieder fliegen. Keine Lücke im Netz, keine öffentliche Empörung, nicht einmal legale Schritte mit den besten menschlichen oder Software-Advokaten würden sie jemals wieder in den Weltraum bringen.

Auch die anderen waren in Gefahr, obwohl ihre Fälle nicht ganz so offensichtlich waren. Teresa beobachtete, wie sich bei George Hutton die Räder im Kopf drehten. Mit schlauer Gerissenheit tastete der Kiwi-Geschäftsmann die Wände von Spiveys Käfig ab.

Gerichtsverfahren würden sicher Offenlegung bedeuten. Niemand wußte, wie weit Spiveys Abneigung gegen Publizität wirklich ging. Würde er das Geheimnis monatelang zu bewahren suchen? Sogar jahrelang? Oder nur lange genug, um seiner Seite einen Vorsprung zu sichern?

Auch die Tangoparu-Clique hatte Karten auf ihrer

Seite. So etwa ihre Erfahrung, der niemand rechtzeitig gleichkommen konnte. George betonte diesen Punkt, obwohl das nur ein schwacher Bluff war und jedermann das wußte. Konnten sie jetzt streiken und sich weigern, ihr Fachwissen einzusetzen, wenn die ganze Welt auf dem Spiel stand?

Spivey konterte durch einen hochtrabenden Ton und hob die Zusammenarbeit hervor. Er deutete an, daß man die kriminellen Aspekte fallenlassen könnte. Und schon Stunden nach einer Übereinkunft würden die Zeiten mangelnden Nachschubs und schlafloser Nächte enden. Frische Arbeitskräfte würden ankommen, frische Expertenteams, um rund um die Uhr zu arbeiten in Entlastung der erschöpften Techniker. Sie würden ihnen helfen, Betas Orbit langsam nach außen zu lenken und dabei dafür sorgen, daß die schlimmsten tektonischen Stöße bevölkerte Gebiete verschonten.

Teresa erkannte, daß Hutton und Lustig eingefangen waren. Die Vorteile waren zu groß und die Alternativen zu hart. Es blieben nur noch die Details.

Natürlich fragte niemand sie nach *ihrer* Meinung. Aber anständigerweise machte sie wohl auch ein Gesicht, als ob ihr das höchst gleichgültig wäre.

»Wir interessieren uns besonders für diesen Ihren Verstärkungseffekt kohärenter Gravitation, Dr. Lustig.« Der Sprecher war einer von Spiveys Adjutanten, ein schwarzer, als Tourist gekleideter Mann, aber mit dem Benehmen eines Militärs und dem Wortschatz eines Physikers. Er sagte: »Die Implikationen des Gazers sind Ihnen sicher nicht entgangen?«

»Seine Implikationen als Waffe? Oh, daran habe ich gedacht.« Alex nickte mißtrauisch. »Wie hätte es anders sein können? Wollen Sie Ihre Feinde durch Erdbeben vernichten? Ihre Städte pulverisieren …«

Der Offizier machte ein gequältes Gesicht. »Das habe ich nicht gemeint, Sir. Es sind schon zuvor andere

Mittel zur Auslösung von Erdbeben untersucht worden. Sie wären überrascht, wie viele es gibt. Alle wurden als wertlose Knüppel verworfen, die es an Präzision oder Zuverlässigkeit fehlen lassen – nutzlos in der gegenwärtigen geopolitischen Arena.«

»Und bedenken Sie bitte«, warf Oberst Spivey ein, »eben die Tatsache, daß wir diese Techniken streng geheimhielten, ermöglichte uns, diese schrecklichen Waffen zu verwerfen und gleichzeitig nicht in die falschen Hände gelangen zu lassen. Geheimhaltung ist nicht immer obszön.«

Der schwarze Offizier nickte und fuhr fort. »Nein, Professor Lustig. Ich rede nicht darüber, den Boden unter der Verbotenen Stadt zu verflüssigen oder etwas in dieser Art. Ich dachte statt dessen an den Gazer *selbst,* der sich nach außen durch den Weltraum ausbreitet.

Wenn Sie Ihre Behauptung überdenken, daß Beta von fremden Wesen erbaut sein müßte – Aliens, die uns offenbar schaden wollen –, haben Sie nicht darüber nachgedacht, wie der Gazer gezielt sein könnte? Auf Objekte, die in das Sonnensystem kommen?« Er beugte sich vor. »Ich kann nicht umhin, mich zu fragen, ob unsere extraterrestrischen Feinde uns nicht sehr unterschätzt haben, indem sie uns unabsichtlich genau die Mittel lieferten, uns zu verteidigen.«

Alex blinzelte. Ein schwaches Lächeln kam auf, als er sich mehr gerade hinsetzte. »Eine Defensivwaffe... die den Strahl gegen die Schöpfer von Beta benutzt. Ja.« Er nickte. »Ich verstehe Ihren Punkt.«

»Verdammt, Sie haben recht!« George Hutton schlug auf den Tisch. In seinen Augen blitzte aufdämmernde Begeisterung. »Wäre das keine Gerechtigkeit? Ihr eigenes *taniwha* gegen sie zu richten?«

»Hm. Würde das nicht bedeuten, die... Betasingularität da unten zu belassen... im Innern der Erde?« – Logan Eng machte eine zögernde Geste dorthin –

»... sie weiter als Spiegel für den Gravitationslaser wirken zu lassen?« Er nahm beide Hände zu Hilfe. »Sonst kein kohärenter Strahl.«

»Oh, richtig.« George sah niedergeschlagen aus. »Das können wir nicht haben.«

»Sind Sie sicher?« fragte der Militärphysiker. »Sie sagen, sein Orbit trägt Beta schon jetzt in Gebiete herauf, wo die Gesteinsdichte so gering ist, daß es an Masse verliert. Also gut, wie wäre es, wenn wir es auf genau die richtige Bahn brächten... in der Erde verbleibend, aber so ausbalanciert, daß es weder anwächst noch sinkt?«

George schaute Alex an. »Ist das möglich?«

Während Alex diese Frage wälzte und mentale Quellen zu Rate zog, die Teresa sich nicht vorstellen konnte, bemerkte June Morgan: »Das würde uns alle Mühe ersparen, was wir mit einem Millionen Grad heißen Feuerball machen sollten, wenn er schließlich von der Erde ausgeschleudert wird. Was meinst du, Teresa?« Die blonde Frau wandte sich um und stellte ihr aus irgendeinem Grunde diese Frage.

Teresa stieß ihren Sessel zurück. »Ich fühle mich sehr erschöpft«, sagte sie zu Glenn Spivey und stand auf. »Ich denke, ich werde mich eine Weile hinlegen.« Der Oberst sah sie kurz an und nickte dann einem Wächter zu, sie zu begleiten. Teresa sah sich in der Tür um und stellte fest, daß Alex Lustig in einem Holotank mathematische Skizzen machte, umgeben von begeisterten Wissenschaftlern beider Lager. Sie seufzte und wandte sich ab.

Der Wächter war ein ANSZAC-Soldat aus Perth, ein eingefleischter australischer Patriot, aber nichtsdestoweniger besorgt und recht nett. Als sie ihn fragte, ob man ihr etwas zu essen herunterschicken könnte, sagte er, er wolle es versuchen.

Ihr Gepäck befand sich in ihrem alten Zimmer... aus dem Wagen geborgen und zweifellos gründlich inspiziert. Sie klappte auf derselben Liege zusammen, auf der sie am Morgen erwacht war und murmelte einen Befehl, das Licht zu löschen. Zu einer Kugel zusammengerollt und eine Decke an die Brust gepreßt, fühlte Teresa sich in keiner Weise irgendwie ›zu Hause‹.

In unruhigem Schlummer träumte sie vom Tod der Sterne.

Ihre alten Freunde. Ihre Wegweiser. Einer nach dem anderen erlosch, jedesmal mit einem Schrei von Angst und Verzweiflung. Auf jeden Seufzer reagierte sie in ihrem Kissen mit Stöhnen.

Irgend etwas tötete sie. Tötete die Sterne.

Armer Jason, dachte sie in der seltsamen wirren Unlogik des Schlafes. *Bis er Spica erreicht, wird es vorbei sein. Nichts als Schwarze leere Löcher. Und er liebt so das Licht.*

Die Träume gingen weiter. Jetzt sah sie zwischen den Gitterstäben eines Kerkers auf ein dunkles, spiegelglattes Meer hinaus, ohne jede Reflexe. Während sie hinschaute, gewann das Wasser eine schwache Luminiszenz... ein perliges Glühen, das nicht von oben kam, sondern aus seinem Innern. Die Strahlung wuchs, als Dampf aufstieg. Danach brachen wirbelnde Blasen aus einer aufsteigenden Schwellung hervor.

Die Sonne stieg aus dem Ozean auf.

Nicht der Horizont, sondern der Ozean selbst. Zu grell, um hinzuschauen, warf er scharfes Licht durch ihre ausgestreckte Hand und zeichnete die Konturen ihrer Knochen nach. Der flammende Kreis stieß nach oben auf einer Säule überhitzten Dampfes. In seinem Gefolge rollten Wellen über die zuvor friedliche See.

Die Wasserberge waren höher als ihr Gefängnis und bewegten sich auf sie zu. Aber das machte ihr nichts aus. Auch halb geblendet konnte sie die Flugbahn des Feuerballs verfolgen und erkannte mit schrecklicher

Gewißheit: *Er geht doch nicht fort. Er kommt zurück. Kommt zurück, um zu bleiben.*

Vielleicht war es diese Furcht, welche sie aus dem Alptraum herausriß. Oder vielleicht das gruselige Gefühl, es käme jemand leise zu ihr, durch den Korridor ihres kleinen Quartiers. Teresa riß die Augen auf, obwohl sie noch gefangen war in der Lähmung des Schlafes … und den beruhigenden Worten ihrer Mutter.

»Psst … das hast du dir bloß eingebildet. Es gibt keine Ungeheuer. Es ist niemand mehr da.«

Ein Fuß stieß an das Eßtablett, welcher der freundliche Soldat dagelassen hatte. Teresa hörte, wie jemand scharf Luft holte. *Mamma,* dachte Teresa, als ihr Herz raste und ihre rechte Hand sich zur Faust ballte, *du hattest keine Ahnung, über was du gesprochen hast.*

»Psst!« sagte jemand, kein Meter entfernt. »Nicht sprechen!«

Sie starrte auf zwei weiße Kleckse … vermutlich ein Paar Augen. Sie schluckte und bemühte sich, kein Adrenalin die Gewalt über sich bekommen zu lassen. »W … wer ist da?«

Eine Hand legte sich sanft kurz auf ihren Mund und ließ sie ohne Gewalt verstummen. »Es ist Alex Lustig … Möchten Sie hier herauskommen?«

Wie kommt es, wunderte sie sich, daß die Augen sich nie ganz an das Dunkel anpassen, wenn man schläft? Erst jetzt, als sie in die Düsternis starrte, begann sie, die Züge des Mannes auszumachen.

»Aber … wie?«

Er lächelte. Das Lächeln der Cheshire-Katze aus ›Alice im Wunderland‹. »George hat mir eine Karte zugeschoben. Er bleibt bei den anderen. Wird versuchen, mit Spivey zusammenzuarbeiten. Aber Sie und ich … wir müssen weg.«

»Warum Sie?« fragte sie heiser. »Sie waren doch im siebenten Himmel, wie ich Sie zuletzt gesehen habe.«

Er zuckte die Achseln. »Das werde ich später erklären, wenn wir es schaffen. Gerade jetzt ist eine Kaffeepause im Gange, und wir haben vielleicht fünfzehn Minuten, bis man mich vermißt. Kommen Sie?«

Teresa antwortete, indem sie die Decken wegschleuderte und nach ihren Schuhen tastete.

Der Australier stand nicht mehr an der Tür Wache. Statt dessen stand ein großer, kräftiger Maori mit permanent aussehender Tätowierung auf den Backen und Kampfauszeichnungen an der Uniform mit dem Rücken zur gegenüberliegenden Wand da, den Mund in einem genußvollen Grinsen halb offen. Teresa fragte sich erst, ob der Kiwi-Soldat für ihre Seite gewonnen wäre. Dann sah sie seine glasige Miene, wie ein Döser, der tief in einem selbst applizierten Enkephalinrausch steckte. Nur würde ein Drogenabhängiger nie Soldat sein. Irgendwie mußte Lustig ihn betäubt haben.

»Cholin-Inhibitoren. Er wird sich an nichts erinnern«, erklärte Alex. Er führte Teresa durch stille Gänge mit Felswänden. Jedesmal, wenn sie sich einer Tür näherten, befragte er einen kleinen Kasten, ehe er das Weitergehen freigab. Schließlich kamen sie zu dem geheimen Kai, wo zwei kleine Boote in den stillen kühlen Wassern von Waitomos unterirdischem See dümpelten.

»Werden die Ausgänge nicht bewacht sein?« fragte sie. Es wären gar keine menschlichen Wächter nötig – nur winzige Drohnen von der Größe einer Stubenfliege.

»Dieses Gebiet ist vor ein paar Minuten überprüft worden. Und jedenfalls kennt niemand außer George die Route, die wir nehmen werden.«

Teresa hörte das nicht sehr gern. Aber sie hatte keine große Wahl. Also kletterte sie in das Boot und legte ab, als Alex anfing, an dem Geflecht aus Seilen zu ziehen, das oben an der Decke angebracht war. Als sie sich den großen Toren näherten, erloschen die Lichter des Docks und tauchten sie in Finsternis. Die Tore rollten mit leichtem Brummen zur Seite. Alex knurrte und tastete sich den Weg von einem Leitseil zum nächsten. Sie hörte ihn leise zählen. Vielleicht rezitierte er einen Merkvers.

»Sind Sie sicher zu wissen, was Sie …«

Er schnitt ihr das Wort ab. »Wenn Sie zurückkehren wollen, kennen Sie den Weg.«

Teresa hielt den Mund. Jedenfalls befanden sie sich bald wieder unter den falschen Sternbildern – jenen Parodien von Sternenlicht, die phosphoreszierende Würmer benutzten, um ihre unglückliche Beute anzulocken. Jeder Anblick schien unerforschte Sternhaufen und Galaxien darzustellen … ein Versprechen von Unendlichkeit.

Vielleicht ist unsere ganze moderne Astronomie falsch, grübelte sie, während sie die Ersatz-Sternfelder betrachtete. *Vielleicht sind die ›realen‹ Konstellationen genau wie diese grünen Punkte. Weiter nichts als Köder für Unvorsichtige.*

Sie schüttelte den Kopf, während die Decke langsam vorbeiglitt und ganze vorgetäuschte Universen mit sich nahm. Das war das Problem mit Alpträumen, sie hafteten einem an und beeinflußten die Stimmung noch nach Stunden. Teresa konnte sich das jetzt nicht leisten. Sich auch nicht wie ein Passagier benehmen. Aktion war das richtige Gegenmittel. Sie flüsterte: »Kann ich helfen?«

Das Boot glitt sanft durchs Wasser. »Noch nicht …« Alex keuchte, während er nach etwas über seinem Kopf tastete und sie beide dabei fast umkippen ließ. Teresa ergriff die schaukelnden Bootsränder. »Ah, hier ist es. Georges Spezialseil. Von hier verlassen wir die Haupthöhle.«

Ihr Fahrzeug machte eine scharfe Wendung, kratzte an tintenschwarzen Türmen entlang und fuhr dann unter neuen, unbekannten Deckenlandschaften dahin. Etwas später ergriff Alex wieder das Wort, jetzt außer Atem. »All right. Wenn Sie meine Hand nehmen, werde ich Ihnen helfen aufzustehen ... Vorsichtig! Lassen Sie mich Sie zum Kabel führen ... Haben Sie es? Jetzt, da es keine anderen Seile gibt, die Sie verwirren könnten, könnte ich einige Unterstützung brauchen. Drücken Sie einen Ellbogen an meine Schulter, um meinen Rhythmus zu fühlen. Halten Sie zunächst einen leichten Takt ein. Lassen Sie es mich wissen, wenn Ihnen irgendwie durch Bewegung schlecht wird!«

Teresa verzichtete darauf, ihm zu sagen, daß ihr ganzes Leben ein Kampf gegen Schwindelgefühl gewesen war. »Mach schon, Macduff!« flüsterte sie in einem Bemühen um Heiterkeit.

»Und verdammt sei, wer zuerst schreit: ›Halt, genug!‹« beendete er das Zitat. »Wir sind los.«

Es war nicht gerade das Leichteste, was Teresa je versucht hatte – in einem schaukelnden Boot zu stehen und dabei über sich in totaler Finsternis an einem Seil zu ziehen. Die ersten paar Male kippte sie fast vornüber. Aber es war einfacher, wenn sie sich an ihn lehnte. Auf vier Beinen konnten sie einander abstützen. Bald atmeten sie im gleichen Rhythmus und glitten über den kleinen Teich fast ohne Geräusch. Nur das grüne Glitzern in der Höhe gab den Wänden der Höhle Konturen.

Bald schlossen sich diese Wände wieder enger zusammen, wie sie merkte. Die Dunkelheit und Stille schienen ihre anderen Sinne zu schärfen; und sie fühlte jeden schwachen Tropfen an Kondensation und jeden Geruch, der aus ihren und seinen Kleidern kam.

Einmal stieß das Boot an, noch einmal, und lief dann an einem Felsufer auf Grund. »Okay«, sagte er. »Bükken Sie sich vorsichtig und lassen mich nach dem Vorratsbeutel tasten!«

Sie ließen das Seil los und kamen der Gefahr des Umkippens näher denn je. Teresa japste und klammerte sich an Alex. Sie fielen als ein Gewirr von Armen und Beinen hin, keuchten und lachten, als die Spannung nachließ. Als sie sich zu entwirren versuchten, grunzte er: »Au! Ihr Knie ist auf meinem... ah, danke!« Seine Stimme glitt ins Falsett. »Vielen Dank!« Sie lachten wieder unter Tränen der Erleichterung.

»Ist es das, wonach Sie suchen?« fragte sie, als sie mit einer Hand auf einen Nylonbeutel traf. Sie schob ihn Alex zu.

Er sagte. »Ach ja! Wo ist der Reißverschluß? Antworten Sie nicht! Hier ist er.«

All dieses Herumfummeln im Dunkeln hatte etwas Bizarres und sogar ziemlich Drolliges an sich. Die Hände fühlten sich dick und unkoordiniert an, als steckten sie in Fausthandschuhen. Zudem weckte dieses lahme Tempo auf kleinstem Raum ein gewisses Selbstmitleid.

»Hier, nehmen Sie dies!« sagte er und versuchte offenbar ihr etwas zu reichen. Aber beim Zugreifen stieß sie ihn an die Kehle. Er gab übertriebene Erstickungslaute von sich, und sie kicherte nervös. »Halt! Wir werden es so machen«, schlug sie vor und ließ ihre Finger von seinem Hals bis zu seiner rechten Schulter hinabgleiten. Sie fühlte, wie sich seine Hand bewegte, um ihre zu bedecken. Zusammen folgten sie seinem Ärmel bis zu der anderen Hand.

Komisch, dachte sie währenddessen. *Ich hatte immer gedacht, er wäre weich und schwammig. Aber er ist kräftig. Sind alle Professoren in Cambridge so gebaut?*

Mit beiden Händen drückte er in die ihren einen Gegenstand – eine Brille. Aber er ließ sie nicht gleich los.

»Wir mußten Sie hinausschaffen«, sagte er in ernsterem Ton. »Wir konnten nicht zulassen, daß Spivey Sie ins Gefängnis sperren würde.«

Teresa bekam einen Kloß im Hals. Sie hatte ihre Freunde unterschätzt.

»Sie hätten Ihre prekäre Lage als weiteres Druckmittel benutzt, um George und die anderen zu zwingen«, fuhr Alex fort. »Und wir entschieden, daß wir das keinesfalls zulassen könnten.«

Teresa zog die Hand weg. *Natürlich. Das stimmt genau. Ich muß dabei ganz sachlich bleiben.*

»Also lassen Sie mich jetzt fallen und gehen zurück?« fragte sie, während sie das elastische Stirnband zurechtrückte.

»Natürlich nicht. Zunächst haben wir Sie noch nicht hinausgeschafft. Und ich will nicht Spiveys Werkzeug bleiben.«

»Aber … aber ohne Sie wird der Gazer …«

»Oh, das werden sie ohne mich hinkriegen, nehme ich an. Wenn sie nichts weiter tun wollen, als das verdammte Ding da unten halten …« Er machte eine Pause und holte Luft. »Aber ich werde mich nicht völlig unterordnen. Dieser Wahnsinn hat Methode, Captain Tikhana.«

»Teresa, bitte!«

Es gab wieder eine Pause. »All right, Teresa. Hm, haben Sie Ihre schon angepaßt?«

»Nur eine Sekunde!« Sie zog am Gurt und knebelte den Schalter an einer Linse fest. Es war, als ob jemand plötzlich das Licht eingeschaltet hätte.

Anders als eine rein passive Infrarotbrille, die hier unten sehr wenig hätte erkennen lassen, tastete diese jede Richtung ab, in die sie die Augen wendete, und schickte einen Strahl in genau diese Richtung, solange sie hinschaute. Die einzige Ausnahme war, wenn sie ein anderes Brillenpaar entdeckte. Um zu verhindern, daß ein anderer Benutzer geblendet wurde, waren die Optiken so programmiert, daß sie sich nie gegenseitig anstrahlten. Als Teresa sich daher zum erstenmal umschaute, erkannte sie Kalksteinwände, die dunkle Wasserlinie, das Boot – aber Alex Lustigs Gesicht blieb hinter einem Oval der Finsternis verborgen.

»Konnte die nicht eher benutzen, weil Spivey Sensorspione hatte...«

Teresa winkte seine Erklärung ab. Das war einleuchtend. »Wohin jetzt?« fragte sie.

Er zeigte nach unten; und sie begriff, warum selbst die kleinen Wachroboter des Spionenobersten nicht imstande sein würden, ihnen zu folgen. »Okay!« sagte sie. Und gemeinsam suchten sie Ausrüstungsstücke aus dem Nylonbeutel aus.

Platzangst war ihre geringste Sorge, als sie sich in einer tiefen, verschlungenen Röhre voranstießen, getragen durch die Strömung eines unterirdischen Flusses. Auch die bittere Kälte machte ihr nicht viel aus – obwohl Teresa die kleine Uhr im Auge behielt, welche die Zeit berechnete, bis Unterkühlung ein Problem werden würde.

Alexens Flossen quirlten das Wasser vor ihr und verursachten funkelnde Flecke im Strahl ihrer Brille. Spektrale Umwandlung ließ die Dinge immer gespenstisch aussehen; aber hier war der Effekt wie von einer anderen Welt und aus einer anderen Dimension. Seine langen Beine schienen sich über endlose Meter, *Kilometer,* vor ihr zu erstrecken, wie dieser tosende unterirdische Gießbach.

Der Fluß hielt ihr Leben jetzt im Griff, und es wäre ihnen unmöglich, jetzt umzukehren, falls George Huttons Karte sich als falsch erwiese oder sie eine verhängnisvolle falsche Kurve erwischten. Sie bildete sich ein, daß sie wie in einem alten Film immer tiefer in die gewundenen Eingeweide der Erde hineingetrieben werden könnte – in ein Land, das von der Zeit vergessen war. Tatsächlich war die Aussicht, in einem nebligen Dinosaurier-Refugium ans Ufer gespült zu werden, weniger beunruhigend als manche näherliegenden Möglichkeiten ... wie etwa an einer porösen Wand festgenagelt zu enden, während der Wasserschwall durch Spalten tobte, die für Menschen zu eng waren.

Hatte Alex vor, sie den ganzen Weg bis zum Auslaß des Flusses zu führen, irgendwo am Tasmanischen Meer? Falls ja, könnte die Zeit knapp werden. Ihre Luftkapseln waren nur für ein paar Stunden bemessen.

Vielleicht war es die Kühle, aber Teresas Gedanken beruhigten sich bald. Sie staunte über die skulpturierten Formen der sich dahinwindenden Röhre ... darüber, wie sich unterschiedliche Gesteinshärten in glattem Relief überlappten und wie geduldige Strudel Höhlungen in den alten Berg gegraben hatten und feine Muster freilegten, die das Auge entzückten.

Diese Strudel waren gefährlich. Selbst mit Handschuhen und Knieschützern war es schwer, plötzliche unsichtbare Wogen und jeden Stoß zu parieren. Teresa war sicher, daß es in der gelangweilten und gut ernährten Mehrheit der Welt waghalsige Typen gäbe, die George Hutton anständig für dies Erlebnis bezahlen würden, ohne je zu begreifen, wo sie waren oder was sie sahen.

An einer Stelle öffnete sich der Fluß zu einer großen Kammer mit einer Luftblase. Sie kamen an der Oberfläche zusammen, traten Wasser und spien ihre Mundstücke aus.

»Erstaunlich!« keuchte sie. Und das schwarze Oval vor Alexens Gesicht schien zustimmend zu nicken. »Ja, das ist unglaublich.«

»Wohin von hier aus?«

»Ich ... denke, wir nehmen den Weg links«, antwortete er nach einer Pause.

Teresa strampelte mit den Beinen und machte eine Drehung. Ja, der Fluß teilte sich hier in zwei ungleiche Strecken. Alex meinte den schmaleren, schneller strömenden Zweig. »Sind Sie sicher?«

Als Antwort hielt er ihr die Minitafel hin, die ihm an einer Schnur um den Hals hing. »Sehen Sie auf dem Weg hierher irgendwelche größeren Kammern? Habe ich eine verfehlt?« Sie betrachtete die Skizze. Eine Computergraphik konnte nur darstellen, was man ihr eingegeben hatte, und George Huttons Zeichnung war offenbar hastig hingehauen worden. »Ich ... ich würde sagen, Sie haben recht. Es ist links.«

Sie legten ihre Brillen und Mundstücke wieder an und stießen zu der linken Öffnung ab, wo es unheilvoll dröhnte. Teresa war sich sehr der Bemerkung bewußt, die Hutton in roten Buchstaben an diesem Punkt auf der Karte notiert hatte.

›*Vorsicht hier!*‹ lautete die Notiz.

Schon nach ein paar Metern in dem neuen Abschnitt merkte Teresa, wie friedlich der vorige gewesen war. Jetzt konnte man weder Zeit noch Energie erübrigen, um sich umzuschauen oder zu philosophieren. Kurven ragten pötzlich aus dem Gischt auf und störten ihre kluge Brille. Brachten sie selbst durcheinander. Selbst wenn man sich glatt von der Strömung tragen ließ – dem natürlichen Mittel, in ihrer Mitte zu bleiben –, war es für sie höchst anstrengend, sich nicht von steinernem Gekröse zermalmen zu lassen.

Es kann nicht mehr viel weiter sein, stellte sie sich vor in Erinnerung an den kurzen Blick auf die Skizze. Dabei war sie sich nicht sicher, ob sie nachrechnete oder einfach betete. *Der letzte Teich muß direkt vor uns liegen.*

Sie hatte diesen Gedanken kaum zu Ende geführt, als sie sich schon mit Lustigs Beinen verhedderte. Da der Fluß sie von hinten bedrängte, war die Kollision eine Reihe von Stößen, durch die ihr der Kopf schwirrte und blendende Flecke vor den Augen erschienen. Die Brille machte die Dinge nur noch schlimmer, indem sie plötzlich abdunkelte als Reaktion auf die Erweiterung ihrer Pupillen infolge des Schocks.

Ein scharfes Schurren an einem Bein wies Teresa auf spitze Steine hin, die zu frisch und rauh waren, als daß sie lange in dem glättenden Strom hätten liegen können. Ein Steinschlag mußte den Flußlauf zum Teil blockiert haben. Sie strampelte zur Seite noch eben rechtzeitig, um nicht auf einem herausragenden Monolithen aufgespießt zu werden. Dann mußte sie Alexens Bein packen, als die Strömung sie auf einen anderen scharfen Felsbrocken direkt vor ihr zu trieb.

Während sie seinen Fußknöchel umklammerte, hatte Teresa keine Zeit, sich zu wundern, warum Alex so plötzlich angehalten hatte. Sie hielt sich mit beiden Armen fest. Ihre Füße in den Flossen stießen gegen die Barrikade, und sie trat instinktiv dagegen.

Wunderbarerweise gab sie nach! Teresa sah mit einem raschen Blick flußabwärts, wie der Strom wegschwemmte, was von der gefährlichen Sperre noch übrig war. Es hatte nur einen kräftigen Stoß erfordert, und das Hindernis war fort. Welches Glück!

Sie wollte fast weiterschwimmen, um die Reise fortzusetzen. Aber dann hielt sie inne. *Wieso hält er an? Und warum läßt er sich nicht treiben, da der Weg jetzt frei ist?*

Da mußte etwas anderes nicht stimmen. Unwillkürliche Schauder liefen über die Beine des Mannes. Er ist in Schwierigkeiten, erkannte sie.

Teresa kämpfte gegen die Strömung an, indem sie mit beiden Armen gleichzeitig ruderte, und kroch Zoll um Zoll mühsam an seinen Beinen hoch, bis sie schließlich seinen Gürtel fest zu packen bekam. Sie hob den Kopf, um zu sehen, was Alex machte.

Mein Gott! Blasen entwichen aus Teresas Mund, als sie sich bemühte, nicht laut zu schreien. Wegen der Brillen konnte sie nicht in den dunklen Kreis blicken, der das Gesicht des Mannes umgab. Aber sie brauchte ihm gar nicht in die Augen zu schauen, um Panik und Verzweiflung zu erkennen. Mit zunehmender

Schwäche zerrte Alex an einer Schnur, die ihm tief in den Hals schnitt und jedesmal, wenn der Strom ein wenig nachließ, feine Blutrinnsale freigab. Dieser selbe Strom riß Teresa fast ihre Brille ab, als sie sie verschob, um neben dem schwarzen Kreis zu sehen, was ihn gefangenhielt.

Es war die Tafel mit der Karte. Die war irgendwie in eine durch den Steinschlag in der Höhle zurückgelassene Spalte geklemmt. Dies hatte verhindert, daß sie beide vor wenigen Sekunden zwischen die rasiermesserscharfen Felsstücke gestoßen wurden. Jetzt durch Alexens Zappeln verkeilt, hielt die Tafel auch die Schnur fest, welche dabei war, ihn zu erdrosseln.

Zum Überlegen war keine Zeit. Teresa hatte ihr Messer am Knöchel, während Lustig seines bequem am Oberschenkel trug. Es müßte also dieses sein. Aber um es zu ergreifen, müßte sie einen Arm loslassen. Und Teresa wußte, daß sie nicht festhalten konnte, ohne …

Sie nahm drei tiefe Atemzüge, spie ihr Mundstück aus und biß fest auf seinen Gürtel, so stark es ihre Zähne erlaubten. Mit dem linken Arm griff sie fest zu, ließ den rechten frei und strengte sich an, ihn an das Messer zu führen. Der Fluß ließ sie durch seine Stöße beide wie Fahnen flattern. Aber trotz der Qual blieben bei ihr Kinnbacken und Schulter in ihren Halterungen, während ihre rechte Hand an dem Verschluß der Messerscheide hantierte und schließlich die blanke Klinge herauszog.

Teresa klammerte wieder beide Arme um ihn und würgte den übel riechenden Gürtel aus dem Mund. Jetzt kam der harte Teil: Den Atem anhalten, während sie sich Zentimeter um Zentimeter an Alexens Körper hinaufarbeitete. Sein Hemd war natürlich zerfetzt, und Blutströme befleckten das kalte Wasser, während sie in einem trüben Winkel ihres Geistes feststellte, daß die Brust des Mannes noch behaarter war als die Jasons … Und daß er überdies sogar eine Erektion hatte!

Nanu? – Männer sind so bizarr.

Dann erinnerte sie sich an die Erzählungen der alten Weiber – daß Männer manchmal anschwellen, wenn sie dem Tod nahe sind. Teresa beeilte sich.

Ihre Arme waren fast am Versagen, und ihre Lunge brannte schon, als sie ihre Beine um seine Schenkel wickelte, sich mit einem Arm festhielt und mit dem Messer stromaufwärts langte. Sie bemühte sich, ihn nicht ins Gesicht oder die Kehle zu stechen, als der unruhige hinterhältige Fluß mit jähen Ergüssen an ihrem Griff zerrte und drehte und ihre Hand in die eine oder andere Richtung zwang.

Er mußte lebendig und noch bei Bewußtsein sein. Oder war es nur ein Reflex, der Alex veranlaßte, eine Hand an ihrem ausgestreckten Arm entlangzuführen und an ihr Ziel zu drängen? Mit einemmal spürte sie durch die Metallklinge straff wie eine Bogensehne die in tödlichem Baß summende Spannung der Schnur.

Jetzt! Stoß nach unten, du Weibsbild. Los!

Mit Willenskraft verlieh Teresa ihrem Arm Stärke. Die Schnur widerstand ... und trennte sich dann mit einem scharfen Ruck, der von den engen Wänden widerhallte.

Plötzlich taumelten sie stromabwärts und stießen gegen den Boden und die Decke. Teresa hatte die Wahl, ob sie ihre Brille vor dem zerrenden Wildwasser schützen oder sich das Atemrohr wieder in den Mund stoßen sollte. Sie zog Luft der Sicht vor und packte das Atmungsgerät. Sie quetschte ihre schmerzende Lunge zusammen, als die Hightech-Optik ihr vom Kopf gerissen wurde und alles schwarz wurde.

Die wilde Jagd endete einige chaotische Augenblicke später. Abrupt schien der Boden nach unten zu sinken, als sie in etwas hinausflogen, das sich wie freie Luft anfühlte.

Das frühere tiefe brummende Dröhnen gipfelte jetzt in einem klaren, tosenden Gebrüll. Die Schwerkraft ergriff sie, und der Absturz währte eine maßlose Zeit... und endete in einem Plumps zu Füßen eines lauten Wasserfalls.

Der Teich war tief, kalt und völlig schwarz. Teresa kämpfte sich dahin, wo sie sehnsüchtig die Oberfläche vermutete. Als ihr Kopf endlich wieder freikam, trat sie Wasser, spie ihr Mundstück aus und sog die Süße einer nicht aus Flaschen kommenden Luft ein. Oben war wieder oben, und unten war unten. Für einen Moment machte es nichts aus, daß nichts – nicht einmal das grüne Schimmern von Würmern – ihre Existenz erhellte. Schließlich waren andere Leute erblindet und hatten gelebt. Aber niemand hatte es so lange ohne Luft geschafft.

»Alex!« schrie sie, noch ehe sie bewußt an ihn dachte. Er könnte irgendwo in diesem tintenschwarzen Teich ohnmächtig geworden sein und forttreiben... und sie konnte sich nicht nach ihm umschauen!

Sie schwamm von dem Wasserfall fort, bis das Plätschern und der Gischt hinreichend nachließen, daß sie wieder ihre Gedanken wahrnehmen konnte. »Alex!« rief sie noch einmal. O Gott – wenn sie hier unten allein wäre! Wenn er stürbe, weil sie in Zollbreite vorbeigekommen wäre und ihn knapp verfehlt hätte, ohne es zu merken...

War das ein Geräusch? Sie wirbelte herum. Hatte jemand gehustet? Es klang jedenfalls wie Husten. Sie suchte nach der Quelle.

»Oh...« Weiterer Husten unterbrach die schwache krächzende Stimme. »Hier herüber!«

Sie schlug frustriert auf das Wasser. »Verdammt, ich habe meine Brille verloren!«

Die Strömung schien sie immerhin näher hinzubringen. Das nächste Mal war seine Stimme klarer. »Ah... das müßte...« – er hustete noch einmal – »... müßte es sein, warum ich jetzt Ihr Gesicht sehen kann. Sie sehen übrigens schrecklich aus.«

Alex schien nahe zu sein und sprach weiter, um sie zu leiten. »Gehen Sie ein bißchen nach links ... um ... und vielen Dank, daß Sie mir das Leben gerettet haben! Ja, das ist es. Es wird hier seichter ... noch etwas nach links.«

Teresa fühlte unter den Füßen Sandboden und zog ihren schweren, vor Kälte zitternden Leib aus der anhaftenden schwarzen Nässe. »Hier, diese Richtung«, hörte sie ihn sagen, und eine Hand ergriff ihren Arm. Sie klammerte sich fest daran und stöhnte plötzlich vor einer Erregung, die ihr bis zu diesem Moment nicht bewußt gewesen war. Allerdings hatte die ganze wilde Aktion nicht aufgehört. Eine plötzliche Welle von Algenangst durchfuhr sie, und sie zitterte vor der Furcht einflößenden Finsternis.

»Es ist schon in Ordnung. Für den Moment sind wir sicher.«

Er leitete sie, daß sie sich neben ihm hinsetzte, und schlang die Arme um sie, damit sie sich gemeinsam wärmen konnten. »Sie sind eine eindrucksvolle Person, Captain ... hm ... Teresa.«

»Meine Freunde ...«, sagte sie und hielt den Atem an, als sie ihn fest umklammerte. »Meine Freunde nennen mich manchmal ... Rip.«

Sie merkte, daß er lächelte, obwohl sie nicht einmal die Hand sehen konnte, die ihr das strähnige triefende Haar aus den Augen wischte. »Nun«, sagte er aus großer Nähe. »Noch einmal vielen Dank, Rip!« Und er hielt sie fest, bis das Zittern aufhörte. »Ich danke dir«, sagte er.

Sie nickte. »Ich dir auch.«

Einige Zeit später lieh sich Teresa seine Brille, um sich umzuschauen. Der unterweltliche See erstreckte sich weiter nach links und rechts, als der kleine Strahl reichte, und die Decke hätte ebensogut grenzenlos sein können. Nur Echos bestätigten, daß sie sich unter Tage befanden – und ihr ungutes Gefühl, das ihr sagte, zahllose Meter alten Gesteins lägen zwischen ihnen und jedem Ausgang von dieser Stätte.

Sie keuchte, als sie das Ausmaß der Schrammen und Beulen des armen Alex sah. »Puh!« stöhnte sie und berührte die Spur der Schlinge um seine Kehle. Die würde sicher verbleiben.

»Ein Schotte, einer meiner Vorfahren, ist auf diese Weise gestorben«, erklärte er und fuhr mit den Fingerspitzen über das blutige Rinnsal. »Der arme Kerl wurde mit der Maitresse eines Stuartprinzen im Bett ertappt. Das war nicht klug, reicht aber für gute Geschichten in späteren Jahrhunderten. Meine berüchtigte Großmutter sagt, daß sie immer erwartete, auch am Galgen zu enden. Sie findet die Idee romantisch. Vielleicht liegt das in der Familie.«

»Ich kenne auch ein paar Geschichten über Seile und so«, sagte sie, als sie seine schlimmsten Schnitte verband. »Aber ich habe das Gefühl, wenn du endest, wird das erheblich auffälliger sein, als zu hängen.«

Er stimmte seufzend zu. »Oh, ich stelle mir vor, daß du damit recht hast.«

Ihre Vorräte waren dürftig, da ihre Hüfttaschen in Eile gepackt worden waren und die ihre in dem Kampf zerrissen war. Außer dem Erste-Hilfe-Pack und einer Kapsel mit einem zusammengefalteten Overall gab es zwei Proteinriegel, einen Kompaß und einige schwarze Datenwürfel. Teresa suchte sorgfältig den Teich ab, fand aber weder ihre Brille noch sonst etwas von Wert.

»Wie gut hast du Georges Karte im Gedächtnis?« fragte sie, als sich beide etwas erholt hatten. Alex zuckte die Achseln in dem, was für ihn äußerste Finsternis war. »Nicht allzu gut«, antwortete er offen. »Hätte ich sie noch einmal vor mir, würde ich für dich eine Kopie anfertigen. Oder wir hätten uns die Zeit nehmen müssen, sie auswendig zu lernen.«

»Mmm.« Teresa leuchtete das nachträgliche Bedauern ein. In ihrer ganzen Laufbahn hatte sie stets hastige Planung vermieden – sondern jedes vorstellbare Ereignis rechtzeitig im voraus analysiert. Und dennoch war sie auch auf das Unerwartete vorbereitet worden. Sie war stets darauf gefaßt zu improvisieren.

»Du hattest keine Zeit«, antwortete sie. »Und Glenn Spivey ist kein Narr.«

Alex schüttelte den Kopf. »Damals im Konferenzzimmer hat er ein so vernünftiges Szenarium entwickelt, daß er mich fast überzeugt hatte.«

»Als ich ging, schienst du mitmachen zu wollen. Was hat deine Meinung geändert?«

Er zuckte die Achseln. »Ich habe nicht so sehr meine Meinung geändert, als vielmehr beschlossen, daß ich es nicht auf mich nehmen wollte. Wir hatten alle so hart gearbeitet. Es sah inzwischen so aus, als ob wir imstande sein könnten, mit Beta selbst fertig zu werden. Aber wie man es ganz zum Schluß sicher hinaustreiben könnte – darüber war ich mir noch nicht klar geworden.«

Teresa erinnerte sich an ihren Traum von dem Feuerball, der aus einem siedenden Ozean in den Himmel stieß ... zwar aufstieg, aber sicher zurückkommen würde.

»Dann war Spiveys Plan vielleicht gut ... es im Innern der Erde zu halten, aber so hoch, daß es langsam Masse verliert?«

»Vielleicht ... *falls* es während des Aufenthalts im Mantel Masse so schnell verliert, daß damit seine Gewinne weiter unten wettgemacht werden. *Falls* es keine Instabilitäten gibt, die wir nie berechnet haben. *Falls* ständiges Pumpen mit dem Gazer nicht zu viele Farmen oder Städte vernichtet oder irgendwie die Innereien der Erde verändert ...«

»Könnte er das tun?«

Er machte ein bestürztes Gesicht. »Ich weiß nicht.

Als ich zum letztenmal mein großes Modell auf Rapa Nui betrachtet habe ...« Er schüttelte den Kopf. »Auf jeden Fall müssen wir uns jetzt dorthin begeben. Von dort aus können wir Spiveys Programm mit einem eigenen beantworten.«

Was für ein Optimist, erkannte Teresa und fragte sich, warum sie ihn jemals für stur oder lethargisch gehalten hatte. »Wie, meinst du, daß wir dahin gelangen können?«

»Oh, George sagt, das wird erstaunlich einfach sein. Auntie Kapur kann uns an Bord eines Hine-marama-Zeps nach Fidschi bringen, das nicht zu ANZAC gehört und einen internationalen Flughafen besitzt. Von da aus reisen wir ganz offen unter unseren eigenen Namen. Spivey wird nicht wagen, uns anzuhalten... nicht ohne alles zu offenbaren, da wir natürlich vollständige Tagebuchaufzeichnungen bei Auntie hinterlegen werden, ehe wir aufbrechen.«

»Natürlich«, nickte sie. »Wie ich Spivey kenne, wird er bloß darauf warten, mit uns zu reden, wenn wir dort hinkommen. Er hat immer noch gleichwertige Karten. Und wir können mit keinem anderen verhandeln.«

Natürlich wußte Teresa, was sie und Alex taten. Sie redeten, als ob ihre Geschicke immer noch in ihren Händen lägen. Als ob sie je diesen heimlichen Zeppelin erreichen würden, um eine Reise quer über den Pazifik zum Land der drohenden Statuen anzutreten. Indem sie, wenn auch nur für wenige Minuten, ihre prekäre Lage ignorierten, gaben sie sich Zeit, sich zu beruhigen und ins Gleichgewicht zu kommen. Zeit, so zu tun, als wären sie nicht in Wirklichkeit zum Scheitern verurteilt.

Alex erinnerte sich, daß George etwas darüber gesagt hatte, daß man aus der Höhle des Wasserfalls durch einen trockenen Kanal hinausgelangen könnte, der auf halber Strecke einen verfallenen Abhang hinauf eingeschnitten war, etwa ein Viertel des Weges vom Katarakt selbst entfernt. Leider konnte er sich nicht erinnern, ob dieses Viertel im Uhrzeigersinn oder entgegen ihm lag. Sie versuchten zunächst das erste Stück, wobei sie abwechselnd die Brille benutzten, um nach einem Anzeichen für einen Ausgang zu suchen, ehe sie weitergingen. Zum Glück fanden sie schließlich die Öffnung, die nicht allzu schwierig hinter einer vorspringenden Kalksteinwand verborgen war.

Unglücklicherweise aber war einer von ihnen jederzeit effektiv blind. Da Alex von seinem Mißgeschick im Fluß noch etwas klapprig war, bestand Teresa darauf, daß er die Führung übernehmen und die Brille tragen sollte. Sie versicherte ihm, daß sie folgen könnte, solange er eine gewisse gesprochene Führung bieten würde, plus einer Hand immer dann, wenn es kompliziert sein sollte.

Für Teresa war es ein einzigartiges Erlebnis, über glasig glatte Felsblöcke in pechschwarzer Finsternis zu klettern. Manchmal hatte sie die Illusion, daß dies gar keine Höhle wäre, sondern die Oberfläche eines Eismondes. Der Himmel war nicht durch Gestein verdunkelt, sondern durch einen rußigen Nebel von mehreren hundert Parsec Stärke. Aber in jedem Augenblick könnte die Rotation dieses Mondes helle Sterne freigeben, die durch eine Lücke in der riesigen Wolke des Weltraums schienen... oder vielleicht sogar einen fremden Planeten oder eine unbekannte Sonne.

Natürlich waren das Augenblicke der Phantasie. Und sie wurden immer durch andere Empfindungen abgebrochen und widerlegt... durch die hallenden Echos des sich entfernenden Wasserfalls und das seltsame Gefühl des Gebirgsdrucks von oben... das sie daran erinnerte, daß sie sich tatsächlich tief im Innern einer Welt befand. Einer dynamischen Welt, die die Gewohnheit hatte, sich zu verändern, zu verschieben und in ihrem unruhigen Schlummer zu zucken.

Neuseeland war besonders ein Land von Erdbeben und Vulkanen. Und obwohl all diese Aktivitäten sich im Vergleich mit menschlichen Lebensdauern langsam abspielten, fühlte Teresa eine Gefahr jenseits der Aussicht, sich zu verirren und zu verhungern.

Der Berg könnte in jedem Augenblick einfach beschließen, sie beide zu zerquetschen.

Eigenartigerweise schien diese sämtlichen anderen Risiken zugefügte Patina etwas auszugleichen. Es war irgendwie ein aufregendes Gefühl. *In dieser Hinsicht sind wir gleich ... Alex Lustig und ich. Keinem von uns war ein langweiliger Tod zugedacht.*

Sie hing diesen Überlegungen nach, während andere Teile ihres Geistes jeden Stein und jeden gefährlichen Fußtritt genau beobachteten. Alex half ihr, sich endlich aus einem engen Spalt zu quetschen – in eine Passage, wo eine steife Brise wehte. Ihre Fingerspitzen streiften über die Mauer zu ihrer Linken und verfolgten eine tropfende Flüssigkeit. Da blieb Alex stehen und gab ihr die Brille in die Hand.

Die interaktive Optik las ihre Pupillenweite ab und dämpfte entsprechend die Stärke. Dennoch wurde sie durch die Rückkehr des Sehens kurz geblendet. Pyrite und andere verführerisch glänzende kristalline Formen glitzerten ihr von allen Seiten zu. Ihr Glanz wurde noch verstärkt durch die Feuchtigkeit, welche den Eindruck eines tief vergrabenen Eremitenschreins erweckte. Einen Augenblick erinnerte sie sich an Holos der Höhlen von Lascaux und Altamira, wo ihre Vorfahren der Crô-Magnon-Zeit bei Fackelschein herumgekrochen waren, um die Wände mit spukhaften Bildern von Tieren und Geistern zu bemalen, und Ockerstaub auf die Hände bliesen, um scharfe Abdrücke auf den kühlen Stein zu machen –Markierungen für das einzige, was sie und jene engstens gemeinsam hatten ... Sterblichkeit.

Teresa befragte ihren Kompaß – obwohl solche

Dinge untertage notorisch unzuverlässig waren. Dann nahm sie Alexens Hand, um ihn in die einzig mögliche Richtung zu führen, weg von dem brausenden Fluß in das Herz des Berges.

So wechselten sie sich ab, machten öfters eine Ruhepause und waren mal Führer, mal blind und hilflos. Teresa wurde mit den Konturen seiner Hände recht vertraut, und ihre Schritte nahmen allmählich fast den gleichen unterbewußten Rhythmus an.

Um die Zeit zu verbringen, bat Alex sie, ihm von ihr zu erzählen. Also sprach sie über ihre Schuljahre und dann ihr Leben und Jason. Irgendwie schien das jetzt leichter zu sein. Sie konnte von ihrem Mann in der Vergangenheitsform mit Trauer, aber ohne Schamgefühl reden. Teresa erfuhr auch etwas über Alex Lustig, wenn er an der Reihe war. Ein paarmal rutschte das zwischen die Zeilen, wenn er ihr von seinem Leben als unverheirateter Gelehrter erzählte. Teresa wunderte sich auch, ein wie viel besserer Geschichtenerzähler er war. Es ließ seine Bemühungen vor Wandtafeln oder Holoschirmen viel romantischer erscheinen, als ihren Beruf als Pilotin eines Raumtransporters.

Natürlich lief ihre Konversation ziemlich ruckweise ab. Jeder dritte Satz war eine Unterbrechung. »Linken Fuß anheben...« oder »den Kopf ein halbes Meter ducken...« oder »...jetzt zur Seite drehen und nach einem Einschnitt rechts tasten...« Sie beide lösten sich ab mit verbaler Führung und häufiger physischer Kontrolle des anderen. Das war eine große Verantwortung, die gegenseitiges Vertrauen verlangte. Das kam sie erst hart an. Aber es gab einfach keine Alternative.

Während Teresa gerade wieder einmal die Führung hatte, fühlte sie einen vorübergehenden Luftzug, als sie durch eine enge Passage krochen. Sie wandte den Kopf. Aber obwohl der leichte Zephir nicht mehr da war, schnupperte sie und runzelte die Stirn.

»... so war das, als Stan mir sagte, ich sollte lieber mein ...«

Sie gebot ihm Schweigen, indem sie mit dem Fuß stampfte und den Griff an seiner Hand verstärkte.

»Was ist los, Teresa?« Sie hörte und fühlte, daß er sich umdrehte. »Bist du müde? Wir können ...«

Sie hielt die freie Hand hoch, um Ruhe zu erbitten, und er hielt den Mund.

Hatte sie wirklich etwas gespürt? War es deshalb, weil sie blind war und mehr auf die anderen Sinne achtete? Wäre sie einfach weitermarschiert, wenn sie die Führung gehabt hätte? »Alex«, fing sie an. »Auf welcher Seite des Gangs war auf Georges Karte die nächste Abzweigung?«

»Hm ... wie ich sagte, bin ich nicht ganz sicher. Ich denke, es war links, vielleicht vier Kilometer hinter dem See. Aber wir sind bestimmt noch nicht so weit gegangen ... Oder doch?« Er machte eine Pause. »Glaubst du, daß wir daran vorbeigegangen sind?«

Teresa schüttelte den Kopf. »Es war ein Hasardspiel, aber die Brise war von links gekommen ...«

Es gab allerdings immer Brisen, kleine Windstöße, die von wer weiß wo die Höhle herunterbliesen auf dem Weg nach Stellen, die unmöglich zu erraten waren. Aber immerhin schien etwas in ihrem inneren Leitsystem dieses letzte Mal angesprochen zu haben.

»Hat George eine Notiz bei der Wendung gemacht?«

Sie hörte ihn tief Luft holen und stellte sich vor, wie er die Augen schloß, als er sich konzentrierte. »Ja ... ich glaube, ich sehe eine Schrift ... meinst du, es war so etwas wie ›Achtet auf den Schädel und die Knochen!‹?«

Sie stubste ihn genau auf die Schulter. »Au!« knurrte er befriedigt.

»Nein«, sagte Teresa. »Aber die Wendung muß unauffällig gewesen sein. Schließlich gibt es auf dem Weg keine deutlichen Abzweigungen. Das ist nicht üblich.«

»Wohl nicht. Vielleicht hat er es darum geschrieben... wie man sich danach umsieht. Hast du...«

Sie zog an seinem Handgelenk. »Los, komm!«

»Warte! Sollte ich dir nicht die Bril...«

Er taumelte und blieb eben noch stehen, als sie ihn rein aus dem Gedächtnis durch die extreme Finsternis führte, wobei sie einen Arm vor sich schwenkte, um das schwer zu bemerkende Flüstern wieder zu finden.

»Alex!« Sie blieb so jäh stehen, daß er mit ihr zusammenstieß. »Schau nach rechts oben! Was siehst du?«

»Ich sehe... ja, da ist wirklich eine Öffnung. Aber wie kannst du...«

Sie wischte seine Einwände beiseite. Sie hatte ein gutes Gefühl. Ihr innerer Kompaß, ihr stets nervöser und nie befriedigter Richtungssinn... riefen sie auf diesen Weg. Sie unterdrückte eine Stimme des Zweifels, die sagte, daß sie sich an Strohhalme klammere. »Machen wir einen Versuch! Okay? Soll ich dir einen Schubs nach oben geben? Oder möchtest du, daß ich vorangehe?«

Alex stöhnte, als ob er sagen wollte: *Was haben wir zu verlieren?*

»Vielleicht gehe ich besser, Teresa. Diesen Weg. Wenn er sich als echte Passage erweist, kann ich hinablangen und dich hochheben.«

Sie nickte zustimmend, beugte sich vor und verschränkte ihre Finger, um eine Stufe zu bilden. Er nahm sie sanft bei der Taille und drehte sie herum. »So, das ist besser. Bist du bereit?« Er stellte einen Fuß in ihre Hände.

»Fertig? Machst du Spaß?« fragte sie, als sie sich anspannte. »Ich bin zu allem bereit.«

Selbst nachdem sie eine gewisse Strecke auf dem steilen und gewundenen Weg zurückgelegt hatten, wobei sie halb krochen und halb durch schräge Kamine und enge Spalten rutschten, lehnte Teresa sein Anerbieten ab, sich die Brille zu teilen. Er machte sich als Führer gut, und sie führte als Entschuldigung an, daß sie in diesem Chaos keine Übergabe riskieren könnten. Es wäre eine Katastrophe, wenn die Brille hinfiele; und sie könnten ausrutschen oder außer Sicht stolpern, um nie wieder gefunden zu werden.

Aber in Wahrheit empfand Teresa gerade jetzt ein seltsames Verlangen, nichts zu sehen. Das war eigenartig und für sie selbst schwer zu erklären. Warum sollte sie gern dahinstolpern und mit wedelnden Händen im Dunkeln tasten, völlig voneinander abhängig gewarnt zu werden, wenn ein niedriger Überhang nur Zentimeter von ihrer Stirn entfernt war? Oder ein Abgrund vor ihren Füßen gähnte?

Und dennoch hielt sie zweimal an, um zu verhindern, daß Alex eine Route nahm, die nach Sicht einleuchtend erschienen sein mußte – als breiterer oder flacherer oder leichterer Weg –, und drängte ihn statt dessen auf eine andere Route. Die meiste Zeit kletterten sie, und obwohl Teresa wußte, daß es keine Garantie gegen eine Sackgasse gleich um die nächste Ecke gab, so bedeutete die Richtung nach oben mindestens, daß sie nur mit einem Berg zu kämpfen hatten, und nicht mit einem Planeten von zwölftausend Kilometern Durchmesser.

Dies kann nicht mehr George Huttons Route sein, wurde ihr nach einer Weile klar. Es hätte nicht so viele Abzweigungen und so viele enge, gewundene Kriechstrecken auf der Karte geben können, die sie verloren hatten. Alex merkte das sicher ebensogut, sagte aber nichts. Sie wußten beide, daß sie sich nie erinnern würden, wie der Rückweg verlaufen würde. Anstelle der leichten Neckereien noch vor einer Stunde (oder waren es vier Stunden? Sechs? Vierzehn?) trat knappes, heiseres Flüstern, als sie ihre Kraft sparten und nicht an ihren zunehmenden Durst zu denken suchten.

Sie bahnten sich nun ihren eigenen Weg … gingen zu Stellen, die noch kein Höhlenforscher je gesehen haben mußte. Teresa sah sie natürlich nicht einmal jetzt, aber das spielte keine Rolle. Die Strukturen waren nach jeder Biegung anders. Unter ihren Fingerspitzen wurde sie mit vielen verschiedenen Arten von Gestein vertraut, ohne daß entsprechende Namen oder Bilder die vollkommene Realität verdarben. Substanz, unbefleckt durch Metaphern.

Alex traf die taktischen Entschlüsse – Schritt um Schritt, Meter um Meter, durch kleinmaßstäbliche Entscheidungen, wie Fuß, Knie oder Hand jedesmal bewegt werden mußten. Er sagte ihr: »Paß auf deinen Kopf auf! Bück dich etwas mehr! Wende dich jetzt nach links! Greif nach links oben! Höher! Das ist es.«

Kein einziges Mal klang in seiner Stimme ein Vorwurf an, daß sie ihn auf diesen Weg geführt hatte … eine blinde Frau, die einen Augenblick vage himmelwärts deutete, dann woanders hin und sie möglicherweise im Kreis führte. *Man erwartet von mir Wissenschaftlichkeit als einem geschulten Ingenieur. Was mache ich da, wenn ich unser beider Leben bloßen Ahnungen anvertraue?*

Teresa schlug die Bedenken in den Wind. Gewiß hatten Logik und Vernunft Vorrang. Es gab weitaus weisere Wege als die alte Hexenkunst und Impulsivität, um menschliche Angelegenheiten zu lenken. Aber Vernunft und Logik hatten auch ihre Grenzen, etwa dann, wenn man überhaupt keine Daten hatte, nach denen man sich richten konnte. Oder wenn die Daten von einer Art waren, mit der kein Ingenieur etwas anfangen konnte.

Wir besitzen viele Fähigkeiten, dachte sie während einer Ruhepause, als Alex die letzten Krümel des Proteinriegels mit ihr teilte und sie dann die Verpackung mit ihrer trockenen Zunge ablecken ließ. *Manche Fähigkeit setzen wir fast nie ein.*

Wenn zu den ihren nur auch das Auffinden von Wasser gehören würde! Gelegentlich hörten sie etwas, das nur plätschernde Flüssigkeitstropfen sein konnten, irgendwo jenseits der Reichweite von Alexens Brille – das oft quälend hinter einer Felswand ertönte. Wenn man das Ohr gegen eine glatte Fläche drückte, konnte man manchmal sogar das entfernte Rauschen und Gurgeln des Flusses hören oder vielleicht eines anderen, der sich durch diese verborgenen unterirdischen Gebiete hinzog.

Manchmal während ihrer nächsten Marschstrecke hörte sie, wie Alex Luft schnappte, wenn er vor etwas zurückwich, das er als ›bodenloses Loch‹ beschrieb. Teresa behielt die Ruhe, wenn er sie um eine unsichtbare Falle führte, die für sie beide zum Grab geworden wäre, wenn er sie nicht rechtzeitig bemerkt hätte.

Sie rasteten wieder auf der anderen Seite. Hunger und Durst waren längst heftig geworden und begannen danach zu dumpfen, vertrauten Schmerzen abzuklingen. Aber das machte Teresa weniger Sorgen als ihre zunehmende Schwäche. Nach einigen weiteren Rastpausen würde sie vielleicht nicht wieder aufstehen können. Würden ihre Körper dann austrocknen und mumifiziert werden? Oder war die Trockenheit etwas Persönliches? Vielleicht würde nach ein paar Monaten ein langsames mineralreiches Sickerwasser wieder zu diesen Passagen kommen und ihre Körper an die Felsen kleben, wo sie saßen, um ihre Krypta zu versiegeln und ihre Gebeine zu versteinern. Oder ein launischer Frühlingsgießbach könnte durch diese Strecke tosen, ihre Überreste zermalmen und auflösen und dann die Stücke bis in ferne Meere tragen.

Vielleicht würde die Zeit nicht ausreichen, daß irgend etwas davon geschähe. Es war noch durchaus möglich, daß Spivey und Hutton die Kontrolle über die Beta-Singularität verlören. In diesem Falle würde sich auch der Berg, der sie jetzt als Grab umgab, nicht fester erweisen als ein Haus aus durchweichtem Papier. Die Distanz zwischen Teresa und ihren Freundinnen in der Außenwelt schien jetzt eben unendlich groß zu sein; sie würde aber akademisch werden, wenn das *taniwha* seine gierige endgültige Reife erlangte und alle ihre Atome sich in einer jähen, intimen und topologischen Union vereinen würden.

Teresa fragte sich, was für ein Gefühl das sein könnte. Es klang irgendwie attraktiv, wenn sie die unmittelbare Aussicht auf den Hungertod betrachtete. Wurden andere Forscher auch so philosophisch, wenn sie sich dem Ende näherten?

Sie fragte sich, ob Wegener in Grönland oder Amundsen in der Arktis über die Launen des menschlichen Schicksals nachgedacht hätten, als auch sie jenseits aller realistischen Hoffnung gestrandet waren. *Vielleicht ist das, mehr als Schläue, unsere geheime Kraft gewesen,* dachte Teresa, als sie und Alex sich wieder bewegten und eine andere Abzweigung wählten. *Selbst wenn man keine Hoffnungen mehr hat, sind immer noch Möglichkeiten zu erwägen.*

Aber nach einiger Zeit versiegte selbst dieser tröstliche Gedankengang. Ermüdung senkte sich über sie wie ein erdrückendes Gewicht, das dankenswert die Pein zahlloser Stöße, Schnitte und Kratzer dämpfte. Ihre Kniepolster hätten schon seit einiger Zeit verlorengegangen sein können oder nicht; denn sie konnte von diesen Stellen kaum noch etwas fühlen, wenn sie durch enge oder schräge Engstellen kroch oder sich seitlich zwängte. Alles, was ihre Aufmerksamkeit noch in Anspruch nahm, war der Rhythmus. Und eine Hartnäckigkeit, die kein Ende nehmen wollte.

Ohne Vorwarnung blieb Alex plötzlich stehen. Durch die Hand auf seinem Arm fühlte sie, wie ein Zittern durch seinen ganzen Körper lief. »Komm her, Rip!« drängte er in einem heiseren Flüstern, zog sie neben sich und dann zu einer schrägen Felsplatte hinüber. Als sie auf dem kühlen Stein Platz genommen hatte, spürte sie, wie er ihren Kopf in seine Hände nahm und etwas nach links unten drehte. »Ich kann es nicht sagen«, erklärte er mit trockener Stimme, »Ist da oben etwas?«

Teresa zwinkerte. Inzwischen hatte sie sich an die Flecke und entoptischen Blitze gewöhnt, die die Netzhaut auch in völliger Dunkelheit zu ›sehen‹ scheint – Lügen, die die Augen verkünden, um vorzugeben, als hätten sie noch etwas zu tun. Daher brauchte sie einen Augenblick, um zu erkennen, daß einer jener Schimmer die gleiche vage und unscharfe Kontur beibehielt, in welche Lage sie sich auch neigte. Teresa biß sich scharf auf ihre rissige Oberlippe, damit der Schmerz sie etwas aufrütteln sollte. Mit einer durch Durst rauhen Stimme fragte sie: »Hm... soll ich es auskundschaften?«

»Nein, natürlich nicht!« antwortete er mit heftigem Sarkasmus. Er drückte ihre Hand, ehe er sie einen Kanal hinabzuführen begann, in dem eine Art von Staub lag, der ein starkes, modriges Aroma hatte.

Teresa atmete ein und begriff schließlich, was an dem Geruch so anziehend war. Er war sehr kräftig, und sie konnte nur hoffen, daß ihre Vermutung zutraf, daß nämlich der auf sie zukommende Geruch von der dicken Schicht der Exkremente kam, die endlose Generationen fliegender Säugetiere hinterlassen hatten... Tiere, die ihre Zuflucht unter der Erde hatten, ihr Leben und Jagdgebiet aber draußen unter freiem Himmel.

Sie folgten dem schwachen Schimmer um mehrere Runden und Ecken, bis Teresa die schwachen Konturen von Wänden und Säulen ausmachte, die sich zuerst nur in schwachen Tönungen von Schwarz abhoben, aber dann Spuren von Grau und Sepia zeigten, die allmählich hie und da ein Detail erkennen ließen.

Bald merkte sie, daß sie nicht mehr so viel Hilfe von Alex brauchte, um ihren Weg zu finden. Sie entdeckte Hindernisse auf große Entfernung, die noch meterweit weg waren.

Sehen… eine wundervolle Sensation.

Danach mußten sie noch mehr Schritte abwärts machen und darauf achten, in ihrer Eile keinen verhängnisvollen Fehler zu machen. Aber schließlich kamen sie zu einer Stelle, wo der Boden eben wurde und überhäuft mit einem Teppich aus kleinen Knochen, die unter ihren Füßen knirschten. Jetzt konnten sie zu ihren Köpfen Tausende brauner, zusammengefalteter Gestalten erkennen, die von jeder Spalte und Lücke herabhingen.

Die Bewohner der Höhle nahmen von ihnen wenig Notiz. Eingehüllt in ihre Flügel verschliefen sie den Tag.

Tag. Teresa kniff die Augen zusammen und mußte eine Hand hochhalten, um die Blendung zu verdecken, die direkt von einer letzten Höhlenwand ausging – die sich gegenüber einer Lichtquelle befand, die heller war als alles, was sie sich je vorgestellt hatte. *Es tut mir leid, daß ich an dir gezweifelt habe,* sagte sie der Sonne und erinnerte sich, wie sie in ihrem Traum gemeint hatte, daß diese je einen Rivalen haben könnte.

Alex nahm die schmierige Brille ab, und sie schauten einander an. Sie brachen in stilles Grinsen aus darüber, wie dreckig, schrecklich, zerschlagen und doch wundervoll sie aussahen, indem sie noch am Leben waren.

Sie hielten sich aus reiner Gewohnheit immer noch an den Händen, als sie endlich durch das Gebüsch krochen, das den Höhleneingang bedeckte, und sie in einen Morgen hinaustraten, der erfüllt war von Wolken und Bäumen und einer Myriade anderer schöner Dinge, die zu herrlich waren, als daß man sie je wieder für selbstverständlich halten könnte.

☐ ACHTUNG! Sie sind von einer ganz besonderen Suchroutine des Netzes als Ziel gewählt. Bitte, löschen Sie diese Mitteilung nicht! Sie kommt aus der Weltassoziation des Mahayanabuddhismus, eines der größten Orden in der Geschichte. Und daß Sie ausgewählt wurden, sie zu empfangen, war kein Zufall. Dies ist ein Experiment, eine Verschmelzung moderner Wissenschaft und alter Wege bei unserer anhaltenden Suche nach gewissen ganz besonderen Personen.

Was wir suchen, sind *Tulkus*... reinkarnierte Wesen, die in vergangenen Leben asketische, erleuchtete Männer und Frauen oder Bodhisattvas waren. In früheren Tagen war ein solches Suchen auf eine Reise von wenigen Tagen durch unsere Klöster im Himalaya beschränkt. Aber kürzlich hat man Tulkus in der ganzen Welt gefunden, wiedergeboren in jeder Rasse, jeder einheimischen Kultur und Religion. Es ist Anlaß zum Jubeln, wenn jemand entdeckt wird und ihm dadurch zur vollen Erkenntnis seiner oder ihrer Kräfte verholfen wird.

Selbst wenn Tulkus ihr Leben unerkannt verbringen, ihrer Vergangenheit nicht bewußt oder sogar skeptisch gegenüber unserer Welt, werden sie trotzdem oft sehr verdienstvolle Lehrer oder Heiler. Diese Kräfte können aber durch Training verstärkt werden.

Wir lehnen nachdrücklichst Behauptungen ab, wonach Meditationstraditionen des Ostens einfach verherrlichte Biofeedbacktechniken wären oder natürliche Hochstimmungen durch Opiate bewirken. Chemische Vergleiche sind grob und betonen nur das Oberflächliche. Sie entbehren der wesentlichen Kraft, die durch den konzentrierten menschlichen Geist freigesetzt werden kann. Einer Kraft, die *Sie* in früheren Leben verfeinert haben mögen und die noch jetzt in Ihrer Reichweite liegen könnte.

Unsere Suche ist von großer Bedeutung, jetzt mehr denn je. Kürzliche seltsame Vorzeichen, die weltweit beobachtet wurden, scheinen anzuzeigen, daß eine Zeit großen Kämpfens naht. Wie die Anhänger vieler anderer Glaubensrichtungen bereiten wir vom Mahayanabuddhismus uns darauf vor, der Gefahr frontal zu begegnen. Wir haben diese Ersatzbotschafter ins Netz geschickt, um jene auszusuchen, deren Leben, wohltätige Werke und Kreditwürdigkeit anzeigen, daß sie einstmals Meister der Erleuchtung gewesen sein könnten. Wir bitten Sie nur, über die folgenden Fragen zu meditieren.

- *Glauben Sie, daß alle Wesen, groß und klein, leiden?*
- *Glauben Sie, daß das Leiden endet, und daß ein Ende durch das kommen kann, was manche Erleuchtung nennen, einen Durchbruch durch den Illusionsschleier des Lebens?*
- *Fühlen Sie, daß Mitgefühl das Wesen korrekten Handelns ist?*

Falls diese Fragen bei Ihnen Anklang finden, so zögern Sie nicht! Benutzen Sie unsere kostenlose Verbindung für die Vereinbarung einer persönlichen Begegnung!

Sie sind vielleicht mehr gesegnet, als Sie sich erinnern. In diesem Falle glauben wir, Sie wissen, was zu tun ist.

• BIOSPHÄRE •

»Also sag mir, was du von Elspeth hältst!« fragte Dr. Wolling, als sie eine Tasse Tee eingoß und sie ihm reichte.

Nelson rührte mit einem Zuckerlöffel um und konzentrierte sich mehr auf die wirbelnden Muster als die Begegnung mit ihren Augen. »Es ist ... ein interessantes Programm«, sagte er mit vorsichtiger Wortwahl.

Sie saß ihm gegenüber und klapperte fröhlich mit ihrer Tasse und dem Löffel. Aber Nelson hatte den Eindruck, daß dies keine leichte Sitzung sein würde – als ob je eine mit seiner Lehrerin es gewesen wäre.

»Ich nehme an, daß du keine große Erfahrung mit Autopsychologischen Programmen hast.«

Er schüttelte den Kopf. »Oh, zu Hause hatte ich sie. Die Schulberater boten uns ständig verschiedene an. Aber wissen Sie, der Yukon ist ... na ja ...«

»Ein Land von Immigranten, ja. Hartnäckig und selbstbewußt.« Sie ging offenbar sehr leicht in einen nordkanadisch-französischen Akzent über. »Die Sorte, de weiß, was se wissen, und verflixt, wenn's Programm von 'nem Schlaumeier nich sagt, was se denken – heh?«

Nelson mußte einfach lachen. Ihre Blicke begegneten sich, und sie lächelte, nippte an ihrem Tee und sah aus wie irgendeine Großmutter. »Nelson, weißt du, wie alt Autopsychprogramme schon sind? Das erste wurde eingeführt, als ich noch ein kleines Mädchen war, vor 1970. Eliza bestand aus vielleicht einhundert Code-Zeilen. Das ist alles.«

»Sie machen Witze.«

»Nee. Es hat nur Fragen gestellt. Wenn du eintipptest: ›Ich fühle mich deprimiert‹, dann antwortete es entweder: ›Ach, du fühlst dich deprimiert?‹ oder: ›Warum glaubst du, dich deprimiert zu fühlen?‹ Eigentlich gute Leitfragen, die einen veranlaßten, die eigenen Gefühle zu sezieren, auch wenn das Programm das Wort ›deprimiert‹ gar nicht verstand. Wenn man eingab: ›Ich fühle… orange‹, hätte es geantwortet: ›Warum glaubt du, orange zu fühlen?‹

Komischerweise war Eliza entschieden verlockend. Leute pflegten stundenlang vor jenen altmodischen Bildschirmen zu sitzen und einem fiktiven Zuhörer ihr Herz auszuschütten, der nur darauf programmiert war, das rohe Äquivalent von etwas zu sagen, wie: ›Hmm?‹, ›Ich verstehe!‹, ›Oh, erzähle!‹

Es war natürlich die perfekte Vertrauensperson. Es konnte nicht gelangweilt oder gereizt werden oder weglaufen oder danach über dich klatschen. Niemand würde sich ein Urteil über deine tiefen finsteren Geheimnisse erlauben, weil es ja gerade *niemand* war, zu dem du sprachest. Aber gleichzeitig wurde der Rhythmus einer echten Konversation gewahrt. Eliza schien dich auszuholen, indem es darauf beharrte, daß du ständig deine Gefühle zu sondieren suchtest, bis du herausfandest, was weh tat. Manche Leute meldeten große Durchbrüche. Behaupteten, daß Eliza ihr Leben verändert hätte.«

Nelson schüttelte den Kopf. »Ich vermute, mit Elspeth ist es genauso. Aber ...« Er verstummte.

»Aber Elspeth machte doch einen sehr realen Eindruck, nicht wahr?«

»Neugieriges Weibsstück«, murmelte er in seine Teetasse.

»Wen meinst du, Nelson?« fragte Jen sanft. »Das Programm oder mich?«

Er stellte die Tasse schnell hin. »Oh, das Programm! Ich meinte, daß sie ... es mir immer nachsetzte und meine Worte auseinandernahm. Dann war dieser ... hm ... Teil mit freien Assoziationen ...«

Er erinnerte sich an das lächelnde Gesicht im Holotank. Es hatte so harmlos gewirkt, wenn es ihn bat, das erste Wort oder den ersten Satz auszusprechen, der ihm in den Sinn käme. Dann das nächste und wieder das nächste. Es ging viele Minuten lang so weiter, bis Nelson sich von dem Strom erfaßt fühlte, und die Worte schneller herausflossen, als er ihrer gewahr wurde. Wenn dann die Sitzung vorüber war, zeigte Elspeth ihm jene Karten – die die unwiderlegbaren Muster seiner unterschwelligen Gedanken aufzeigten und ein Gemisch widerstreitender Emotionen und Obsessionen beschrieben, das dennoch seine Geschichte zu erzählen begann.

»Nach Hypnose ist es die zweitälteste Technik in der modernen Psychologie«, sagte ihm Jen. »Manche bezeichnen freie Assoziation als Freuds größte Entdeckung, die manche seiner schlimmsten Irrtümer fast wettmacht. Diese Technik läßt alle die kleinen Ichs in uns sich aussprechen, verstehst du? Ganz gleich, wie gründlich ein Stückchen oder eine Ecke in uns von dem Rest überstimmt wird, freie Assoziation läßt es in das zufällige Wort oder einen Hinweis schlüpfen.

Tatsächlich treiben wir auch im alltäglichen Leben freie Assoziation. Unsere kleinen Unter-Ichs äußern sich in Versprechern oder Schreibfehlern oder in jenen plötzlichen, anscheinend irrelevanten Phantasien oder Erinnerungen, die einem einfach in den Kopf kommen wie aus dem Nirgendwo. Oder Bruchstücke von Liedern, die du seit Jahren nicht mehr gehört hast.«

Nelson nickte. Er fing an zu verstehen, worauf Jen hinauswollte, und fühlte sich höchst erleichtert. *Also hat all dies doch etwas mit meinen Studien zu tun. Ich befürchtete, sie wollte mich mit diesem Programm konfrontieren, weil sie dachte, ich wäre verrückt.*

Nicht, daß er sich seines mentalen Gleichgewichts noch ganz sicher fühlte. Diese eine Sitzung hatte so viele Nerven bloßgelegt und so viele Stellen, wo es schmerzte. Kindheitserinnerungen, die er für recht normal hielt, die ihm aber eigene bleibende Wunden zugefügt hatten.

Er schüttelte den Kopf, um diese trüben Gedanken zu verscheuchen. *Ein jeder muß mit solchem Dreck fertig werden. Sie würde keine Zeit auf mich verschwenden, wenn sie dächte, ich wäre nicht normal.*

»Sie sagen mir, daß dies mit Kooperation und Wettbewerb zusammenhängt«, sagte er, sich auf das Abstrakte konzentrierend.

»Das ist richtig. Alle die gängigen Bewußtseinstheorien über Vielfalt des Intellekts stimmen darin überein, daß jeder von uns zugleich viele und eins ist. In diesem Sinne sind wir Menschen höchst universelle Wesen.«

Offenbar hatte sie gerade einen Scherz gemacht, der völlig über seinen Kopf ging. Zum Glück wurde die Sitzung durch seine Datentafel aufgezeichnet, und er konnte ihrem obskuren Hinweis später nachgehen. Nelson wollte sich nicht ablenken lassen. »Also habe ich in mir ... was? Einen Barbaren und einen Kriminellen und einen Sexbesessenen ...«

»Und einen Gelehrten und einen Gentleman und einen Helden«, stimmte sie ihm zu. »Und vielleicht einen künftigen Gatten und Vater und Anführer. Obwohl nur noch wenige Psychologen sagen, daß solche Metaphern wirklich genau sind. Die innere Landschaft des Geistes zeichnet sich nicht direkt auf den formalen Rollen der Außenwelt ab. Zumindest nicht so direkt, wie wir zu denken gewohnt waren.

Auch sind die Grenzen zwischen unseren Unterpersonen nicht immer so scharf oder klar. Nur in speziellen Fällen wie geteilte Unordnung der Persönlichkeit werden sie zu dem, was du oder ich klare Charaktere oder Persönlichkeiten nennen würden.«

Nelson dachte darüber nach – die Unstimmigkeiten in seinem Kopf. Bis er nach Kuwenezi gekommen war, hatte er sie kaum bemerkt. Er hatte immer geglaubt, eben der eine Nelson Grayson zu sein. Dieser Kern-Nelson existierte immer noch. Er fühlte ihn sogar stärker denn je. Aber gleichzeitig war er besser darin geworden, auf das Ferment gleich unter der Oberfläche zu lauschen. Er beugte sich vor. »Wir haben vorhin darüber gesprochen, wie … wie die Zellen in meinem Körper in Wettbewerb stehen und zusammenarbeiten, um eine ganze Person zu bilden. Und ich habe einige jener Theorien gelesen, wie individuelle Menschen in der gleichen Weise betrachtet werden können … nämlich wie Organe oder Zellen in Kooperation oder Konkurrenz, um Gesellschaften zu bilden. Und wie die gleiche … Metapher …«

»Wie die gleiche Metapher angewandt werden kann auf die Rolle, die eine *Species* in der Ökosphäre der Erde spielt, ja. Das sind nützliche Vergleiche, so lange wir uns bewußt sind, daß es sich eben nur um Vergleiche oder Modelle einer viel komplizierteren Realität handelt.«

Er nickte. »Aber warum sagen Sie, daß sogar unsere Geister derart sind?«

»Warum denn nicht?« Dr. Wolling lachte. »Die gleichen Prozesse haben Komplexität erzeugt – in der Natur, in unseren Körpern und in Kulturen. Warum sollten sie nicht ebensogut in unseren Köpfen funktionieren?«

Wenn man es so sah, klang es recht vernünftig. »Aber warum halten wir uns für Individuen? Warum verbergen wir vor uns selbst die Tatsache, daß wir im Innern so viele sind? Was ist das *Ich*, das dies eben jetzt denkt?«

Jen lächelte und lehnte sich zurück. »Mein Junge. Mein lieber Junge. Hat dir schon einmal jemand erzählt, daß du eine seltene und wertvolle Begabung hast?«

Nelson dachte erst, sie meinte sein unerwartetes Geschick mit Tieren und der Handhabung der Ökologie von Arche Vier. Aber sie korrigierte diesen Eindruck. »Nelson du hast eine Geschicklichkeit, die richtigen Fragen zu stellen. Würde es dich überraschen zu erfahren, daß die eben von dir gestellte wahrscheinlich die tiefste und komplexeste der Psychologie ist? Vielleicht sogar der gesamten Philosophie?«

Nelson zuckte die Achseln. Die Art, wie er sich jedesmal fühlte, wenn Jen ihn lobte, war genügend Beweis dafür, daß er mehrere Ichs hatte. Während der eine Teil von ihm dann immer verlegen war, badete sich ein anderer in dem, was er am meisten begehrte, ihrer Anerkennung.

»Große Geister haben seit Jahrhunderten versucht, Bewußtsein zu deuten«, fuhr sie fort. »Julian Jaynes nannte es das ›analoge Ich‹. Die Kraft, einen zentralen Punkt ›ich‹ zu nennen, scheint jedem individuellen menschlichen Drama Intensität und Prägnanz zu geben. Ist das der Menschheit ganz eigentümlich? Oder nur eine nützliche Sache? Etwas, von dem wir nur ein bißchen mehr besitzen als etwa Delphine oder Schimpansen?

Ist Bewußtsein in etwas eingesenkt, das manche als Seele bezeichnen? Ist es eine Art Monarch des Geistes? Eine Kreatur höherer Ordnung, die hierhergesetzt wurde, um über alle ›niederen‹ Elemente zu herrschen?

Oder ist es, wie manche vorschlagen, nur eine weitere Illusion? Wie eine Welle an der Oberfläche des Ozeans, die ›real‹ genug erscheint, aber nie aus den gleichen Teilchen von Wasser besteht von einer Minute zur nächsten?«

Nelson erkannte eine Aufgabe, wenn er sie vernahm. Prompt griff Jen in ihre Handtasche und nahm ein Paar kleiner Objekte heraus, die sie ihm über den Tisch zuschob. »Hier sind einige Dinge zu studieren. Das eine enthält Artikel von Gelehrten so weit zurück bis hin zu Ornstein, Minsky und Bucharin. Ich meine, du wirst sie nützlich finden, wenn du für das nächste Mal deine Spekulationen aufschreibst.«

Er griff verwirrt nach den Objekten. Das eine war eine Standard-Infozelle vom Gigabyte-Typus. Aber das andere war noch nicht einmal ein Chip. Er erkannte die Scheibe als eine altmodische Metallmünze und las die um den Rand eingeprägten Worte UNITED STATES OF AMERICA.

»Wirf einen Blick auf das Motto!« forderte sie ihn auf.

Er wußte nicht, was das bedeutete und suchte daher nach dem, was darauf am unverständlichsten war. »E… pluribus… unum?« buchstabierte er vorsichtig.

»Mmm«, bestätigte sie und sagte weiter nichts. Nelson seufzte. Natürlich würde er das allein herausbringen müssen.

Trotz aller Zahlen hätte das schon längst passieren können.

Jen dachte nach über Bewußtsein – ein Thema, das ihr einst teuer gewesen war, dem sie aber seit einiger Zeit nur wenig Aufmerksamkeit gewidmet hatte. Bis alle diese neuen Abenteuer ihre angenehme bilderstürmerische Existenz umwarfen und sie wieder auf die

Betrachtung der Basis zurückwarfen. Jetzt konnte sie nicht umhin, auf ihrem Rückweg zu den Tangoparu-Minen bei diesem Thema zu verweilen.

Es ist fast ein Jahrhundert her, seit man davon gesprochen hat, Maschinen ›Intelligenz‹ zu verleihen. Und sie rennen immer noch gegen diese Barriere des Selbstbewußtseins an. Sie sagen immer noch: »Es wird in den nächsten zwanzig Jahren oder so sicher kommen!« Als ob sie das wirklich wüßten.

Sterne glitzerten über dem staubigen Weg, als sie von Kuwenezis kompakter, geduckter und sturmsicherer Arche Vier, vorbei an Feldern neu gekeimten Winterweizens, auf den klaffenden Eingang des alten Goldbergwerks zuging. Das Dilemma verließ sie nicht, als sie mit dem Aufzug tief in die Erde fuhr.

Simulationsprogramme werden ständig besser. Jetzt imitieren sie Gesichter, führen Gespräche, bestehen Turing-Tests. Manche können einen bis zu einer Stunde zum Narren halten, wenn man nicht aufpaßt.

Und dennoch kann man es immer merken, wenn man acht gibt. Es sind doch immer nur Simulationen.

Eine merkwürdige Sache. Laut Theoretikern sollten große Computer schon vor mindestens zwei Jahrzehnten fähig gewesen sein, Denkprozesse auf menschlichem Niveau auszuführen. Aber es fehlte etwas; und als ihr Gespräch mit Nelson sie zur Basis zurückbrachte, glaubte Jen zu wissen, was es war.

Keine einzige Entität kann für sich allein je ganz sein.

Das war das Paradoxon. Es war irgendwie vergnüglich wie die alte Vexierfrage: »Dieser Satz ist eine Lüge.« Und hatte nicht Kurt Gödel mathematisch bewiesen, daß kein geschlossenes logisches System jemals alle seine implizierten Sätze ›beweisen‹ kann? Da fehlte etwas. Hatte Donne nicht gesagt: »Kein Mensch ist eine Insel?«

Wir brauchen Rückwirkung von außerhalb unser selbst. Das Leben besteht aus wechselwirkenden Stücken, frei, her-

umzuhüpfen und sich umzuordnen. Das ist es, wie ein funktionierendes System entsteht – wie ein Organismus, eine Kultur oder eine Biosphäre.

Oder ein Intellekt.

Jen betrat die gut erhellte Kammer, wo das Tangoparu-Team seinen Resonator hatte. Sie blieb beim Hauptdisplay stehen, um zu sehen, wo Beta sich gegenwärtig befand. Eine purpurne Ellipse markierte seine derzeitige Umlaufbahn – die jetzt in ihrem höchsten Punkt die ganze Strecke bis hin zum unteren Mantel aufstieg, wo Quecksilberblitze bei jedem Apogäum aufzuleuchten schienen. Beta verlor jetzt bei jedem Apex an Masse – ein wahrer Meilenstein! –, obwohl es noch eine Weile dauern würde, bis seine Bilanz während der ganzen Zeit ins Debit geraten würde und sie alle einen Seufzer der Erleichterung ausstoßen könnten.

Jen beobachtete das Flackern des Mantels infolge supraleitender Elektrizität, jener eingepferchten Energievorräte, die die Leute von Kenda anzapften, um den Gazer-Effekt zu betreiben. Ein kurzer titanischer Ausbruch hatte stattgefunden, während sie Nelson besuchte – in Tandem ausgelöst durch die Resonatoren in Grönland und Neuguinea. Der nächste Lauf war in zehn Minuten geplant und würde diese afrikanische Einrichtung mit Neuguinea vereinen in einer Anstrengung, die Apsidenlinie von Betas Orbit etwas zu verschieben.

Zunächst waren sie und die anderen in Angst versetzt worden durch die Nachricht vom Hauptquartier, wonach die Allianzen von NATO, ANSAC und ASEAN zwei der vier Resonatoren in Besitz genommen hatten. Kenda befürchtete, daß alle ihre Arbeit vergeblich sein würde. Dann kam eine Mitteilung von George Hutton. Alles würde so weitergehen wie zuvor. Der einzige Unterschied war offenbar, daß neue Hilfsmittel und Techniker zur Unterstützung hereinströmen würden. Jen war zynisch gewesen. Das klang zu schön, um wahr zu sein.

George ließ weiter wissen, daß die Zusammenarbeit mit Oberst Spivey natürlich Grenzen haben würde. Die Osterinsel und Südafrika sollten unabhängig bleiben. In dieser Hinsicht war er eisern. Auf diesen beiden Plätzen würden keine Neulinge zugelassen werden. Kendas Team reagierte mit einer Mischung aus müder Resignation und Erleichterung. Die Hilfe wäre ihnen willkommen gewesen, aber sie verstanden Huttons Gründe.

»George ist sich hinsichtlich dieser Verbindung nicht so sicher«, hatte Kenda ihnen allen bei einer Zusammenkunft vor einigen Tagen gesagt. *»Und das genügt mir.«*

Jen wunderte sich, daß keine Nachricht von Alex kam. Jetzt, da sie auf sicheren militärischen Frequenzen kommunizierten, völlig unabhängig vom Weltdatennetz, sollte der Junge doch ungehindert offen sprechen können. Da stimmte etwas nicht. Sie hatte ein Gefühl, daß mehr im Gange war, als jeder sagte.

Sie ging seufzend an ihre Station, um das Subvokal einzustöpseln. Inzwischen ließ es sich fast so leicht kalibrieren wie ihre häusliche Apparatur, obwohl sie immer noch das meiste ›von Hand‹ zu tun hatte.

Nur achtete sie diesmal, nach jenem Gespräch mit Nelson, mehr auf die äußeren Kurzdaten und Bilder, die auf den peripheren Schirmen aufblitzten und verschwanden.

Oben links erschienen von selbst einige Zeilen eines musikalischen Ohrwurms – einer Reklame, die sie seit Jahren nicht mehr gehört hatte. Darunter blitzte aus einer Ecke das scheue Gesicht eines kleinen Jungen auf... Alex, wie sie ihn ungefähr als Achtjährigen in Erinnerung hatte. Kein Wunder, daß sich dieses Bild einschlich. Sie machte sich Sorgen um ihn und mußte daher unausgesprochene Worte subvokal geäußert haben, die der Computer aufnahm. Der war dann seinerseits in ihr persönliches Archiv gegangen und hatte ein altes Foto herausgeholt, das er in ein kommerzielles Programm zur Animierung eingespeist hatte.

Dem Uneingeweihten mochte es so vorkommen, als ob der Computer ihre Gedanken gelesen hätte. Tatsächlich hob er nur die Brocken an der Oberfläche hervor, die fast zu Wörtern wurden. Das war so, als ob sie in ihrer Handtasche wühlte und dann einen Umschlag mit übersehenen Bildern fände. Nur bestand ihre ›Handtasche‹ jetzt aus Tetrabyte-Streifen optischer Erinnerungen, die durch eine Hilfsapparatur starker Subroutinen extrapoliert wurden. Und sie mußte nicht einmal das Herumwühlen *beabsichtigen*. Der Geist ›da unten‹ besorgte das immer.

Jen stellte die Empfindlichkeitsstufe ein und gab ihren Assoziationen auf beiden Seiten mehr Raum... Sie erkannte, daß es sich um eine Art visuell verstärkter Form freier Assoziation handelte. Ein anderer Typ von Rückwirkung. Und Feedback war es, wodurch Lebensformen lernten und Irrtümer vermieden. Gaia bediente sich des Feedbacks, um ihr empfindliches Gleichgewicht zu erhalten. Ein anderes Wort für Rückwirkung oder Feedback war ›Kritik‹.

Von entgegengesetzten Schirmen trieb ein Paar Comicsfiguren aufeinander zu. Die erste war ihr gewohntes Tiger-Totem... ein Maskottchen, das aus irgendeinem Grund schon immer präsent gewesen war, seit dies Abenteuer begonnen hatte. Das andere Symbol sah aus wie ein *Briefumschlag* jener altmodischen Art, in der früher Briefe verschickt wurden. Diese beiden Figuren kreisten umeinander. Der Tiger mauzte leise, und der Umschlag schlug mit seiner Klappe nach dem Tier.

Warum hatten sich diese manifestiert, als sie an das Wort ›Kritik‹ gedacht hatte? Während sie über diese Frage nachdachte, bildeten sich im Tank geschriebene Wörter. Der Umschlag sagte zu dem Tiger: »DEINE

ORANGEFARBENEN STREIFEN SIND ZU HELL, UM DICH AUF DIESEM SCHIRM ZU TARNEN! ICH KANN DICH ZU LEICHT SEHEN!«

»DANKE DIR!« äußerte sich der Tiger und ging sofort zu Grautönen über, die Jen verschmiert und undeutlich fand. »WAS ENTHÄLTST DU?« fragte der Tiger seinerseits den Umschlag. »ES IST WIRKLICH FALSCH WENN EIN TEIL VOR DEM GANZEN GEHEIMNISSE ZURÜCKHÄLT.« Und eine zuschlagende Pranke riß eine Ecke auf und legte ein Stück von etwas frei, das darunter funkelte. »WAS ENTHÄLTST DU?« fragte die Großkatze beharrlich.

Obwohl es in gewisser Weise amüsant war, kam Jen zu der Ansicht, daß es nichts bewirkte. »Ich sage euch, was es enthält«, sagte sie und machte die Worte dadurch offiziell, daß sie sie laut aussprach. Sie löschte den Schirm, indem sie einen Zahn auf einen anderen stoßen ließ. »Nur blöde Metaphern.«

Jen konzentrierte sich jetzt ganz auf das Naheliegende. Sich auf den nächsten Lauf des Gravitationslaser vorbereiten. Sie hatte geradezu Spaß an jedem Schuß gewonnen, als ob sie es selbst wäre, die forschende Strahlen tief in die lebendige Welt entsandte.

Inzwischen lauerte aber wie ein schwaches Lächeln ein geisterhaftes Streifenmuster in einer Ecke des Schirms und schnurrte aufmerksam leise vor sich hin.

☐ Die Internationale Weltraumvertragsbehörde hat heute ihren jährlichen Bericht über durch Menschen verursachte Gefährdungen für Vehikel und Satelliten im freien Raum veröffentlicht. Trotz der scharfen Bestimmungen der Guiana-Abkommen von 2021 ist die Menge gefährlicher Trümmerstücke größer als ein Millimeter um weitere fünf Prozent gestiegen, wodurch das Volumen des niedrigen Erdorbits für Raumfahrzeuge der Klassen zwei bis sechs unbrauchbar wurde. Wenn dieser Trend anhält, wird es erforderlich sein, Wetter-, Kommunikations- und Waffenkontrollsatelliten zu ersetzen und bemannte Forschungsstationen aufwendig zu panzern.

»Die Leute halten das nicht für Verschmutzung«, sagte der ISTA-Direktor Sanjay Vendradan. »Aber die Erde ist nicht einfach eine Kugel aus Gestein und Luft, wie Sie wissen. Ihre wahren Grenzen liegen jenseits des Mondes. Alles, was innerhalb dieser riesigen Sphäre geschieht, betrifft letztlich auch alles andere. Darauf können Sie wetten.«

• LITHOSPHÄRE •

Das Gesicht auf dem Telefonschirm schien sich täglich zu verändern. Logan gab es einen Stoß, als er sah, wie erwachsen Claire wurde.

»Sie hält es nicht einmal der Mühe für wert, es vor mir zu verheimlichen!« beklagte sich seine Tochter. Hinter ihr sah Logan die vertrauten Zuckerrohrfelder und Zypressen des Atchafalaya-Bezirks mit seinen monumentalen Deichen zum Schutz von Fischfarmen und trägen Bayous. Claire wirkte frustriert und wütend.

»Ich bin keine große Programmiererin, aber sie muß denken, ich wäre ein totales *Baby,* das nicht imstande wäre, diese pathetischen Bildschirmszenen zwischen meiner Apparatur und ihrer durchzuschnuppern.«

Logan schüttelte den Kopf. »Liebling, Daisy könnte Daten sogar vor Gott selbst verbergen.« Er lächelte. »Zum Teufel, sie würde auch den Weihnachtsmann zum Narren halten, wenn es ihr in den Sinn käme.«

»Das weiß ich!« antwortete Claire mit gerunzelter Stirn und tat seinen Versuch ab, es leicht zu nehmen. »Zwischen dem Haus und der *Außenwelt* hat sie Wachhund- und Greifen- und die grausigsten Basiliskenprogramme laufen, die man je gesehen hat. Was auch zeigt, welche Verachtung sie für mich empfinden muß, indem sie es mir so leichtmacht, ihren Rätselpalast von meinem kleinen Pultcomputer unten in der Halle zu sondieren!«

Logan merkte, daß es kompliziert war. Ein Teil von

Claires Erregung hatte wenig mit Daisys aktuellen Sünden zu tun. Er sagte: »Deine Mutter liebt dich.«

Aber Claire zuckte nur ärgerlich die Achseln, als ob sie sagen wollte, daß diese Feststellung deutlich tendenziös und irrelevant wäre. »Ich habe doch ein Psycherprogramm, Dad. Vielen Dank! Es reicht nicht weit nach außen, über ihre lokalen Pick-ups hinaus, nur zu jammern, daß meine Mama mich nicht versteht.«

Das war gewiß so, wie es klang. Aber Logan hielt beide Hände als Zeichen der Kapitulation hoch. »All right. Laß mich alles wissen, was du gefunden hast! Ich werde es durchsehen.«

»Versprochen?«

»He«, sagte er nach einer kleinen Beruhigungspause. »Hat sich die Sache mit dem Meteoriten nicht gelohnt?« Das veranlaßte sie endlich zu lächeln. Claire schob eine dunkle Locke weg, die ihr in ihrer Aufregung über die Augen gefallen war. »Okay. Hier kommt es. Ich habe es in einer Wettervorhersage versteckt, falls einer ihrer Spione daraufstoßen sollte.«

Falls ein Spion von Daisy McClennon die Kurznachricht findet, würde einfache Verschlüsselung keine Rolle spielen. Aber Logan behielt diesen Gedanken für sich: Sobald sie auf einen Knopf drückte, leuchtete tausend Meilen entfernt seine geliehene Datentafel auf.

POSTEINGANG.

Logan glaubte, das Geräusch von Helikoptermotoren zu vernehmen. Er schaute auf, um von dieser kleinen Anhöhe aus den Wald abzusuchen, aber es gab noch kein Zeichen von dem Abholvehikel. Es war noch Zeit, das Gespräch zu beenden.

»Ich möchte wissen, ob du über das nachgedacht hast, was ich das letzte Mal gesagt habe«, fragte er seine Tochter.

Claire runzelte die Stirn. »Du meinst, ob ich Daisy auf einer Art von ›Urlaub‹ mitnehmen sollte? Papa, hast du eine Ahnung, wie mein Berater in Oregon ist?

Ich habe diesen Monat wegen des Sturms schon ein Übergangsexamen versäumt. Noch zwei, und ich müßte wieder zur Schule gehen. Verstehst du – *Highschool!*«

Logan war fast versucht zu fragen: *Was ist so schlimm an einer Highschool? Ich habe einige großartige Zeiten an der Highschool gehabt.*

Aber sein Geist hatte eine Art, schmerzhafte und langweilige Erinnerungen auszusperren und sich nur an die Höhepunkte zu erinnern. Gefängnis für das Verbrechen der Pubertät – so war ihm die Oberschule vorgekommen, wenn er wirklich daran zurückdachte.

Wie kann ich ihr da mitteilen, daß ich besorgt bin? Besorgt über Dinge, die viel schlimmer sind als die entlegene Chance, sie würde ihr Diplom in einem öffentlichen Gehege abschließen müssen? Was sind sechs Monate öden Fegefeuers gegen die Rettung ihres Lebens?

Eines von Daisys Surrogaten mochte in diesem Augenblick die Tafel, die er benutzte, abhören oder nicht. Logan wußte aber sicher, daß eine andere Macht, noch viel stärker als seine Exfrau, jedem Wort lauschte. Glenn Spiveys Organisation war fanatisch auf Sicherheit aus, und seine Überwachungsprogramme würden auch die geringsten Warnungen analysieren, die er Claire zukommen lassen könnte. Dennoch mußte er eine Chance wahrnehmen.

»Ich … erinnerst du dich daran, was Daisy letztesmal herausgefunden hat? Meinen Aufsatz?« Er runzelte die Stirn, bis seine Augenbrauen fast zusammenstießen.

»Du meinst den über …« Dann schien sie wunderbarerweise seine Miene zu verstehen. Ihr Mund wurde kurz rund. »Hm … ja. Ich weiß noch, wovon er handelte.«

»Gut so!« Logan schien das Interesse an diesem Thema zu verlieren. »Sag mal, bist du kürzlich in Missouri gewesen? Ich höre, daß es da bei New Madrid eine sehr gute landwirtschaftliche Ausstellung in diesen Tagen gibt. Vielleicht könntest du dort ein paar hübsche Stücke für deine Sammlung erwischen.«

Claires Augen wurden zu Schlitzen. »Hm, Tony muß die Fischernte ganz allein einbringen, seit sein Onkel ausgefallen ist. Also... helfe ich sogar an Wochenenden. Ich werde dieses Jahr wahrscheinlich zu keinen Märkten kommen.«

Er sah, wie sich hinter diesen blauen Augen die Räder drehten. *Noch nicht siebzehn, und sie versteht, zwischen den Zeilen zu lesen. Bewirken das die neuen Schulen? Werden Teenager wirklich schlauer? Oder habe ich bloß Glück?*

Offenbar löste der Hinweis auf New Madrid in Claires Kopf Alarmglocken aus. Jetzt mußte er hoffen, daß Spiveys Spionage-Software nicht die gleichen Hinweise im Textzusammenhang erwischte. »Mm. Tony ist ein netter Junge. Denk aber daran, wie wir uns über Jungen unterhalten haben, sogar die braven. Paß nur auf, daß du alles hinkriegst und dir keiner den Teppich wegzieht!«

Mit einem Anschein von Ärger, den er für beabsichtigt ansehen konnte, zog Claire die Luft ein. »Ich kann selber sehen, wo ich hintrete, Papa.«

Er knurrte mit väterlichem Griesgram. Das war im Moment alles, was er tun konnte. Sollte Claire seine verschleierte Warnung berücksichtigen, wie er die ihre beachten würde. *Was für ein Team würden wir abgeben! Das heißt, falls wir das nächste Jahr überleben.*

Aus der Entfernung hörte er jetzt von den bewaldeten Hängen her das wirkliche Brummen des Helikopters, der den Rest seiner Inspektionsgruppe brachte. Er wandte sich wieder dem Bild seiner Tochter zu. »Zeit zu gehen, Liebling. Ich... hoffe nur, du weißt, wie sehr ich dich liebe.«

Er hatte nicht plötzlich so sentimental werden wollen. Aber gerade das erwies sich jetzt als richtig. Claires Augen weiteten sich für einen Moment, und er sah sie schlucken, weil sie vielleicht erstmals alles als so ernst erkannt hatte.

»Paß gut auf dich auf, Daddy! Bitte!« Sie beugte sich vor und flüsterte: »Ich liebe dich auch.« Dann verschwand ihr Bild von dem kleinen Schirm.

Gefallene Kiefernadeln wehten gegen seine Fußknöchel. Logan schaute auf, als die hybride Flugmaschine – halb Helikopter, halb Turboprop – ihre Motoren schwenkte, um sich senkrecht auf eine hundert Meter entfernte Lichtung zu senken. Aus der Seitentür lehnte sich Joe Redpath, Logans zynischer Indianer-Assistent, dessen gelangweilte düstere Miene genau seine Version einer freundlichen Begrüßung war. Ohne Zweifel brachte Redpath Nachrichten über das nächste Vorhaben, da jetzt ihre Durchmusterung hier beendet war.

Zwischen Logan und der Lichtung lag das Gelände für Notfälle – ein Areal etwa von der Größe eines Häuserblocks. Diesmal war etwa ein Viertel der Kiefern in der Auslaßzone *verdampft* mitsamt Wurzeln. Die übrigen – die alle entweder größer oder kleiner als die fehlenden Bäume waren – standen anscheinend unversehrt zwischen den klaffenden Löchern.

Glücklicherweise hatten sich keine Menschen in diesem entfernten Berggelände befunden, so daß es kaum eine Katastrophe zu sein schien. Aber Logan wollte sich noch ein Urteil vorbehalten, bis der Boden und das Gestein darunter durch nachfolgende Teams untersucht waren.

Aber Oberst Spivey interessierte sich natürlich weniger für mineralogische Zusammenhänge als für Ausdrucke seiner Instrumentenaggregate, die über diese Seite des Berges verteilt worden waren, kurz ehe der Gazerstrahl hindurchgehen sollte. Logan war Minuten nach dem Ereignis eingetroffen, um die mit Schlamm bespritzten Kanister dicht beim Zentrum einzusammeln, während Redpath und die Hubschrauberbesatzung andere in größerer Entfernung einholten. Von den Behältern beim Nullpunkt fehlten zwei, zusammen mit den verschwundenen Bäumen.

Die von Huttons Leuten gemachten Voraussagen wurden mit jedem Ereignis präziser. *Bald werden wir uns aus Sicherheitsgründen nicht so weit zurückziehen müssen. Bald werde ich ein Ereignis aus unmittelbarer Nähe erleben.*

Die Aussicht war erschreckend und aufregend zugleich.

Die verbesserte Vorhersagbarkeit half, gleichzeitige begleitende Schäden minimal zu halten, wenigstens in verbündeten Territorien. Wo der Strahl nicht auf völlig unbewohnte Gebiete abgelenkt werden konnte, konnten die Menschen meist unter irgendeinem Vorwand evakuiert werden. Anders war es natürlich, wenn der Austrittspunkt in ›unfreundlichem Territorium‹ lag, wo eine Warnung Verdacht wecken könnte. In solchen Fällen konnten die Resonatorleute nur allein durch Zielen ihr Bestes tun.

Manchmal war das nicht genug. In China war in der letzten Woche ein ganzes Dorf verschwunden, als der Boden darunter zu dünnem Schlamm wurde. Und wären die Schwingungen bei einem Erdbeben in Aserbeidschan nur um wenige Hertz näher an den normalen Frequenzen bestimmter großer Apartmenthäuser ausgefallen, dann wäre der Schaden nicht ›geringfügig‹ gewesen, sondern entsetzlich. Logan grauste es, wenn er an diese Fast-Katastrophe dachte.

Vielleicht sorgt Spivey für diese knappen Ausgänge, dachte er, während er seinen Weg durch die klaffenden Lücken im Lehmboden des Waldes suchte. *Denn wenn man eine Waffe erprobt, ist ein beabsichtigter dichter Fehltreffer ebenso gut wie ein Schuß ins Zentrum.*

Wenn aber ein knapper Fehlschuß zufällig etwas anderes auslöst? Etwas Unerwartetes?

New Madrid, hatte er zu Claire gesagt. Nicht viele Leute wußten, daß diese Stadt in Missouri sich durch einen besonders harten seismischen Stoß im frühen neunzehnten Jahrhundert auszeichnete – das stärkste Beben, welches die Vereinigten Staaten in ihrer aufgezeichneten Geschichte erlebt hatten, und das den Mississippi aus seinen Ufern riß und den Kontinent bis hin zur Ostküste erschütterte. Bei dieser Gelegenheit hatte es nur wenige Todesopfer gegeben, weil die Bevölkerung so gering war. Wenn aber etwas Derartiges heute zuschlüge, würden die zwei ›Großen Ereignisse‹ in Kalifornien im ausgehenden zwanzigsten Jahrhundert wie bloße Fahrten in einem Amüsierpark erscheinen.

Spivey und die anderen denken, daß sie das Monstrum ›behandeln‹ können. Aber Alex Lustig schien zu zweifeln, und er war der einzige, der wirklich etwas verstand.

Es bekümmerte Logan, daß sie den britischen Physiker immer noch nicht gefunden hatten. Vielleicht waren Lustig und jene Astronautin einem Schurkenstreich zum Opfer gefallen. Aber wer hätte davon profitieren können?

Redpath nahm die geborgenen Gerätesätze auf, die Logan zum Flugzeug schaffte. »Wohin nun jetzt?« fragte Logan, als er an Bord kletterte. Der Bundesbeamte mit dem Perlenstirnband zuckte knapp die Achseln. »Irgendwo in Kanada. Sie versuchen jetzt, es genau festzulegen. Inzwischen fliegen wir los.«

Logan nickte. Das war die aufregende Seite, Kurs auf eine andere Stelle irgendwo in Nordamerika zu nehmen und von einem Ort zum anderen zu flitzen, um zu sehen, was für neue seltsame Erscheinungen der Gazer zustandebrächte. Meistens lief es darauf hinaus, einige Augenzeugen zu befragen, die ›eine Wolke verschwinden‹ gesehen hatten oder ›tausend verrückte Farben‹ meldeten. Aber später, wenn die Koeffizienten der Strahlkopplung eng wurden, könnte es bizarre, gewundene Säulen aus geschmolzener Erde geben, wo zuvor keine gewesen waren, oder klaffende Löcher, oder Fehlerscheinungen.

Wir retten die Erde, redete Logan sich täglich dutzendmal ein. *Der Gazer ist unsere einzige Hoffnung.*

Nur zu wahr. Aber Glenn Spivey hatte auch mit etwas anderem recht. Während sie die Welt ›retteten‹, veränderten sie auch manches.

Das Flugzeug hob ab, gewann Höhe, drehte dann seine Jets und ging auf Nordostkurs. Logan machte es sich so bequem wie möglich und fing an, seine Post zu lesen.

So, dachte er, als er alles durchging, was Claire ihm geschickt hatte. Es war ein Dokument über ein Abkommen zwischen seiner Exfrau und dem Verteidigungsministerium der Vereinigten Staaten.

Ich habe immer gewußt, daß Daisy an selektiver Moral litt. Aber es scheint, daß sie sich sogar mit dem Teufel selbst verbünden würde, wenn es einem ihrer Anliegen nützt.

In diesem Falle war der Nutzen substantiell. Militärische Geldmittel würden dazu verwandt werden, tausend Hektar Feuchtgebiete aufzukaufen und dem Weltnaturschutz zu schenken, wodurch sie für immer vor um sich greifenden Entwicklungen sicher wären. Logan hatte nie gehört, daß ein Angeber für einen einzigen Tip so viel bekommen hatte. Aber Daisy McClennon war eine gerissene Maklerin. *Ich möchte wissen, was sie ihnen verkauft hat.*

Logan runzelte die Stirn, als er sich diesen Teil des Abkommens zusammenreimte. *Das war ich. Sie hat mich verkauft!*

Daisy war es gewesen, die Spivey von seinem spanischen Aufsatz erzählt hatte ... daß er der Ursache der Anomalien auf der Spur wäre. Als er das Datum las, stieß er einen Pfiff aus. Seine Exfrau hatte die Bedeutung seiner Entdeckung schon erkannt, als er sie nur für eine amüsante beiläufige Story hielt.

Logan las mit zunehmendem Erstaunen weiter.

Zum Teufel, es waren nicht Spiveys Kundschafter, die den Sicherheitsdienst von Tangoparu knackten. Es war Daisy! Sie ist es, die sie nach Neuseeland verfolgt hat und Spivey die Zeit gelassen hat, seinen Vertrag der drei Allianzen auszuarbeiten.

Logan pfiff – in Schrecken und nicht wenig Bewunderung. *Natürlich habe ich immer gewußt, woher Claire ihren Verstand bekommen hat. Aber Daisy …*

Er rief sich in Erinnerung, was er von seiner früheren Frau und Geliebten geglaubt hatte, die ungeniert Regierungen und Spionen ihre Bedingungen diktierte. Natürlich war es von ihr selbstgefällig und töricht zu denken, daß sie solche Mächte unbegrenzt manipulieren könnte. Aber Daisy war als eine McClennon aufgewachsen – und deshalb fast so realitätsfremd wie alte Habsburger Fürsten. Das konnte nicht gesund sein für den sich bildenden Sinn eines jungen Menschen für Proportion, oder um die eigenen Grenzen zu erkennen. Selbst nachdem sie gegen all dies rebelliert hatte, mußte Daisy noch ein Gefühl bewahrt haben, wonach *Regeln für die Massen sind und nur freiwillig für besondere Leute.* Dieser Gedanke konnte in den für das Netz simulierten Welten nur verstärkt werden, wo die Dinge wirklich durch bloßes Wünschen gestaltet wurden.

Logan dachte an das Mädchen zurück, das sie in Tulane gewesen war. Sie schien sich dieser Behinderungen voll bewußt gewesen zu sein und bemüht, sie zu überwinden.

Na schön. Manche Wunden schlimmer, manche weniger schlimm. Jetzt hatte sie ihn also an Glenn Spivey verhökert. Was kam als Nächstes?

Logan löschte den Schirm und legte die Tafel weg. Er richtete sich dafür ein zuzuschauen, wie das Flugzeug über feuchte Wälder in trockeneres Gelände kam und schließlich das Cascadengebirge verließ. Bald glitt sein schwankender Schatten hinter ihn über eine Wüste, die noch sichtlich durch mächtige Eruptionen und Überschwemmungen gezeichnet war, die in vergangenen Zeiten stattgefunden hatten. Für Logans Augen waren die Geschichten früherer Kataklysmen so leicht zu lesen wie eine Zeitung und ebenso relevant. Der Planet atmete und dehnte sich. Und doch war ihm bis vor kurzem nie der Gedanke gekommen, daß auch die Menschheit Veränderungen in so großem Ausmaß bewirken könnte.

Ich kann ganz aufrichtig nicht sagen, ob Daisy mit dem, was sie tat, richtig oder falsch gehandelt hat.

Aber eines scheint sicher. Ich möchte wetten, daß sie sich keine großen Gedanken gemacht hat, ob sie zwischen George Hutton und Glenn Spivey wählen sollte. Sie würde sagen, es wären zwei Teufel, die einander wert seien. Sie hatte ihre tausend Hektar bekommen – und einige Kaiserspechte oder was sonst gerettet. Alles in einem guten Tagewerk.

Logan mußte lachen. Er fand es höchst absurd und stupide. Diese Ironie war irgendwie ein Ausgleich für den unvermeidlichen Schmerz, den er empfand in der Erkenntnis, weshalb sie ihn vor Jahren endgültig hinausgeworfen hatte – nicht wegen einer besonderen Verfehlung seinerseits, sondern einfach deshalb, weil sie ihre eigenen fixen Ideen der ablenkenden Langeweile seiner Liebe vorzog.

☐ **Freie Stichwortprüfung: ›Ökologie‹/›Nahrungsketten‹/›Polar‹/›Verschlechterung‹**

Technisches Siebniveau: Halbprofessionell, offene Diskussion.

Wir sind in Selbstzufriedenheit gewiegt worden durch kürzliche Zuwächse an Grau-, Buckel- und Pottwalen. Nur wenige von Ihnen draußen erinnern sich an eine andere hübsche Zeit, da die Zahlen der Wale auch anstiegen, weil ihre kommerzielle Jagd aufgehört hatte.

Aber dann kamen die großen Wipfeldürren in Afrika und Amazonien, der indische Zusammenbruch und der Helvetische Krieg. Plötzlich war die Welt viel zu beschäftigt, als daß sie sich um ein paar speckträchtige Seetiere Gedanken machen würde. Und wie soll man auch Schiffsladungen zerlumpter Flüchtlinge mit ihren primitiven Harpunen abschrecken? Sie erschießen? Es erforderte die Gründung eines eigenen Staates, um dies Chaos endgültig unter Kontrolle zu bringen.

Jahrzehnte später scheint alles ein böser Traum gewesen zu sein. Blau- und Buckelwale sind für immer verschwunden, aber andere Walarten scheinen sich nun doch zu erholen.

Werfen Sie aber einen Blick auf die beunruhigenden neuen Arbeiten von Paige und Kastring [☐ ref:aSp 4923-bEl-4562831.] Das antarktische Ozon hat wieder abgenommen. Ich habe die Daten in ein modifiziertes Wolling-Modell eingegeben und sehe schlechte Nachrichten voraus für das euphotische und benthische Phytoplankton, von dem die antarktische Nahrungskette abhängt. Die Protein-Ernten der Welt werden sinken. Aber noch schlimmer wird der Effekt für jene Wale sein, die sich von Krill ernähren.

Unser einziger Hoffnungsstrahl ist die Mutationsrate, die bei stärkerem B-Ultraviolett ansteigt. Vielleicht werden wir widerstandsfähigere Planktonarten aufkommen sehen, obwohl es selbst meinen Optimismus überfordert, von da aus Rettung zu erwarten.

• HYDROSPHÄRE •

Daisy McClennon war in bester Stimmung.

Erstens lief das Geschäft gut. Sie hatte gerade eine einträgliche 3D-Bearbeitung der ganzen neunhundertteiligen *Star Trek-Saga* und aller drei *Rambo*-Filme beendet. Recht hübsch für ein Geschäft, das als Flickwerkunternehmen angefangen hatte, die Teilzeitbeschäftigung einer Hausfrau!

Daisy räumte ein, daß sie ebenso sehr aus Stolz arbeitete wie für Bargeld. Das bedeutete Unabhängigkeit vom Familientrust, so daß sie sich erlauben konnte, ihre verdammten Vettern meistens vor den Kopf zu stoßen.

Du wirst zurückgekrochen kommen, hatten sie ihr vor langer Zeit gesagt. Aber heute waren sie es, die sie um Gefälligkeiten baten und Antworten suchten, die ihnen ihre angemieteten Lakaien nicht geben konnten. *Sie dachten, daß ich es aus eigener Kraft nie schaffen würde. Aber jetzt bin ich jemand, der etwas bewegt und verändert.*

Sie verbrachte in diesen Tagen ohnehin weniger Zeit mit Filmen und mehr mit Zwischenhandel von ›spezieller‹ Information. Zum Beispiel das letzte Stück privater Spionage für die ›Schnüffler‹. Die Bundesbehörden hatten sich in ihrer Verzweiflung endlich bequemt, ihren Preis zu zahlen. Der Coup machte erheblichen Wirbel im Untergrund der Grünen und trug zu ihrem aufkeimenden Ansehen bei.

Natürlich gab es Puristen, die sagten, man sollte nie mit Schweinen Geschäfte machen, die die Natur töten. Aber Daisy war unter raffinierten Händlern aufgewachsen. *Der Trick ist, Vorteil aus ihrer kurzfristigen Mentalität zu ziehen,* antwortete sie ihren Kritikern. *Ihre Gier kann sich gegen sie selbst richten, wenn man hat, was sie wollen.*

In diesem Fall wollten die Schnüffler Daten über eine schurkische technische Verschwörung von einiger Bedeutung haben. Etwas, das mit jenen fehlenden Bohrtürmen und Wasserspeiern zu tun hatte, über die Logan so verschwiegen gewesen war. Ihre Kunden wollten keine Details diskutieren, und das gefiel ihr. Die Einzelheiten waren sowieso nicht wichtig. Sollten sie ihre pubertären militärischen Penis-Spiele treiben. Der Handel, den sie abschloß, hatte mehr Land gerettet, als man in einem harten Tage mit Marschieren durchqueren konnte. Das alles im Austausch für eine einfache Karte zur Eingangstür der Verschwörer!

Und überdies streckten schon andere Klienten Fühler aus, die über das gleiche Objekt Information wünschten. Es gab Wege, ihre beschworene Vertraulichkeit gegenüber den Bundesbehörden zu umgehen. Diese Affäre würde sich noch viel weiter ausnutzen lassen für noch mehr Ländereien und Feuchtgebiete, die für gierige Leute gesperrt würden.

Alles in allem war es ein ergiebiger Monat gewesen. Es schien ein so schöner Frühlingstag zu sein, daß Daisy Hut, Handschuhe und Sonnenbrille aufsetzte und ihren Bau zu einem Spaziergang verließ.

Wenn sie natürlich einmal über die Brücke gegangen war und ihre Windgeneratoren und Kompostturbinen und Felder mit wiederhergestellten heimischen Grünpflanzen hinter sich ließ, war sie mit all dem Müll konfrontiert, den vier Jahrhunderte von Schändern hinterlassen hatten ... einschließlich der über den Zypressenhainen immer noch sichtbaren spitzen Giebel verlassener Raffinerien am Fluß. Aus manchen davon sickerte immer noch scheußliche Jauche, viele Jahrzehnte nachdem sie aufgegeben waren und die sogenannte Säuberung stattgefunden hatte. Nur Narren tranken ungefiltertes Grundwasser aus Brunnen in Louisiana.

Das war nicht alles. Alte Stromkabel und schiefe Telefonmasten überzogen die Landschaft wie arteriosklerotische Adern, so wie auch Beton- und Asphaltstraßen, die nicht mehr gebraucht wurden, sich aber immer noch wie straffe Wundbinden über Felder und Wiesen hinzogen. Selbst in der Nähe, in ihrer stillen grünen Nachbarschaft, gab es solche von Schrott bedeckte Hügel, die wie von Weinreben bewachsene Berge aussahen, bis man näher hinsah und die verschwommenen Konturen längst verlassener verrosteter Automobile erkannte.

Das alles erinnerte Daisy daran, warum sie im Laufe der Jahre ihr sorgfältig restauriertes Fleckchen Natur immer seltener verlassen hatte. *Es ist ein Wunder, daß ich den Nerv hatte, so viel Zeit in dieser Gegend zu verbringen, als ich jung war – ohne daß mir jedesmal schlecht wurde, wenn ich vor die Tür trat.*

Tatsächlich lagen die Familiengüter ein Stück weiter nördlich von hier. Aber dieser allgemeine Teil von Louisiana war es, wo sie tief verwurzelt war, zum besseren oder zum schlechteren. Damals, als ihre Brüder, Schwestern und Vettern wild herumgetobt waren, *Juku*-Unterricht genommen hatten und bestrebt waren, den Erwartungen ihrer Eltern besser zu genügen, bessere Reiter und Sportsleute zu sein, bessere Kosmopoliten, überhaupt immer *besser* als die Kinder gewöhnlicher Leute – da hatte Daisy entschlossen und eisern einen anderen Weg gewählt. Ihre Leidenschaft war gewesen, das Gelände in seinen lebendigen Strukturen nach allen Richtungen zu erforschen.

Und natürlich auch das Netz zu studieren. Schon damals reichten die Daten um den ganzen Globus, eine genau so volle Domäne wie die feuchten Bezirke, durch die sie in der ›realen‹ Welt schweifte. Nur konnte man im Netz Dinge passieren lassen wie in Zaubergeschichten, durch Beschwörung, Überredung, Anruf von Kobolden und Geistern, damit sie durch die richtige Software die Bitten erfüllten. Ja, man konnte diese getreuen kleinen Dämonen sogar in bunten Schachteln in einem Laden kaufen wie ein Paar Schuhe oder ein neues Zaumzeug für das Pferd.

Und wenn man beim Netz einen Fehler machte… löschte man ihn einfach! Anders draußen, wo ein Irrtum oder *faux pas* zu Verwirrung und Isolation führte, oder wo eine einzige unbedachte Tat einen Lebensraum für immer vernichten konnte.

Und es war eine Position der Gleichberechtigung, wo Können mehr zählte als der Status der Eltern. Man konnte Brieffreundschaft pflegen mit einem Bauernmädchen in Karachi. Oder einem Club für die Rechte der Tiere in Budapest beitreten. Oder *jedermann* bei den ›Simulation Rangers‹ schlagen und es dazu bringen, daß alle Spitzenspieler der Erde monatelang darüber diskutierten, ob der berühmt/berüchtigte Hacker namens ›Captain Loveland‹ ein Junge oder ein Mädchen war.

Und das allerbeste war, wenn man sich jemandem im Netz vorstellte, dann machten die Leute keine großen Augen, wenn sie fragten: »Ach, bist du eine *dieser* McClennons?«

Es war ein heikles Thema, auf das sie durch eine kürzlich erhaltene Mitteilung gebracht war. Auch Familieninteressen waren bei der Spionagegeschichte im Spiel. Und so ungern sie es zugeben mußte, war Daisy immer noch in einem Netz von Gefälligkeiten und Verpflichtungen gegenüber dem Clan gefangen. Wie anders hätte sie es sich sonst leisten können, so viel erstklassiges Ackerland wieder dem einheimischen Bayou zurückzugeben?

Hol sie der Teufel! fluchte sie im stillen und trat einen Stein in einen trüben Kanal von Menschenhand, der Abwasser aus einer Anhäufung riesiger Fischfarmen führte.

Vielleicht kann ich das benutzen ... einen Weg finden, die Dinge bei ihnen umzudrehen. Wenn sie die Daten dringend genug brauchen, sollte mich das für immer von ihnen befreien.

Zum erstenmal machte sie sich wirklich ernstliche Gedanken wegen der Konspiration, über die sich Logan und die Schnüffler so aufgeregt hatten – daß jeder in der Welt davon etwas wissen wollte. *Ich hatte gedacht, es handle sich bloß um Physik- und Spionage-Zeug.*

Industriefirmen, Institute und Regierungen kamen immer in Rage über diesen oder jenen technologischen ›Durchbruch‹ von Fusionsenergie und Supraleitern bis hin zu Nanotechnik und was auch immer. Jedesmal war es »die Erfindung, welche den Lauf der Dinge umkehren, den Unterschied ausmachen, die neue Ära einläuten wird«. Es schien immer geboten, sie zu kapitalisieren. Aber dann platzte die Blase unvermeidlich.

Oh, manchmal funktionierten die Apparate und Kniffe. Manche machten sogar das Leben besser für die Milliarden und halfen, die ›große Dürre‹ zu verzögern, die schon seit Jahrzehnten fällig war. Aber zu welchem Zweck? Wozu war es gut, das Unausweichliche ein wenig hinauszuschieben, was ja alles war, das Logan und seine Konsorten schließlich taten? Daisy hatte gelernt, schrullige Technikfans nicht besonders zu beachten. Ihre persönliche Aufgabe war es, so viel wie möglich zu erhalten, auf daß die Menschheit, wenn sie letztlich endgültig unterging, nicht alles andere mit ins Grab nähme.

Aber jetzt sagte sie sich, *wenn sich alle über dieses Ding so aufregen, dann sollte ich doch auch mal selbst einen Blick hineinwerfen.*

Sie kehrte um, noch ehe sie die kleine Stadt White Castle erreicht hatte. Daisy wollte sich den Rest ihrer Stimmung nicht durch die summenden Stromkabel des Kernkraftwerks verderben lassen. Jedenfalls fing sie an, sich über Möglichkeiten Gedanken zu machen, wie sie die Situation ausnutzen könnte.

Wenn der Clan eine Gefälligkeit wünscht, muß er wir dafür eine andere erweisen. Ich verlange Zugang zum Lichtträger. Er ist die letzte Zutat, die ich brauche, um meinen Drachen herzustellen.

Auf ihrem Rückweg durch die Zuckerrohrfelder und Fischfarmen erwog Daisy die Umrisse ihres Superprogramms – eines, das ihre Surrogate für ›Spürhunde‹ und ›Schnüffler‹ so primitiv aussehen lassen würde, wie jene alten ›Viren‹, die zuerst gezeigt hatten, wie gut Software Leben nachahmen konnte. Sie dachte über die schöne neue Struktur nach. *Ja, ich denke, es würde funktionieren.*

Als sie um eine Ecke bog, wurde Daisy aus ihren

Gedanken gerissen durch den Anblick zweier Teenager, die lachten und Händchen hielten, während sie auf einem Deich spazierten. Der Junge packte das Mädchen bei den Schultern, und sie wand sich im Scherz und kicherte, als sie seine Versuche, sie zu küssen, abwehrte, bis sie ihn dann mit einemmal fest an sich drückte.

Daisy mußte wieder lächeln. Junge Liebespärchen hatten immer etwas Reizendes an sich. Sie hoffte allerdings, daß sie vorsichtig sein würden mit…

Sie setzte ihre Sonnenbrille ab und blinzelte. Das Mädchen – war ihre Tochter! Vor ihren Augen stieß Claire ihren Freund vor die Brust und wirbelte davon, so daß er ihr nacheilen mußte.

Denk daran, Logan anzurufen, vermerkte Daisy. *Muß ihn veranlassen, daß er mit dem Mädchen über sexuelle Verantwortung spricht. Auf mich würde sie ja nicht mehr hören.*

Das eine Mal, da sie ein Gespräch zwischen Mutter und Tochter über dieses Thema geführt hatten, war eine Katastrophe gewesen. Claire reagierte entsetzt, als Daisy nichts weiter tat, als die einfachste und wirksamste Form der Geburtenkontrolle *vorzuschlagen.*

»Ich werde *nicht*. Und das ist endgültig!«

»Aber jede andere. Methode ist riskant. Sogar Enthaltsamkeit. Ich meine – wer weiß? Du könntest vergewaltigt werden. Oder deine Stimmung falsch einschätzen und impulsiv handeln. Weißt du, Mädchen in deinem Alter tun das manchmal.

Auf diese Weise kannst du für den Rest deines Lebens frei und unbeschwert sein. Du kannst Sex so ansehen, wie es ein Mann tut, als etwas, das man aggressiv suchen kann ohne jede Chance für – na ja – Komplikationen.«

Claires Miene war trotzig gewesen. Sogar verächtlich.

»Ich *bin* ein Resultat von ›Komplikationen‹, wie du sie nennst. Bedauerst *du* die Tatsache, daß eure altmodischen Methoden der Geburtenkontrolle vor siebzehn Jahren versagt haben?«

Daisy erkannte, daß Claire es allzu persönlich nahm.

»Ich wollte nur, daß du glücklich wärest ...«

»Lügnerin! Du willst die menschliche Bevölkerung nur ein klein wenig verkleinern, indem du die Eileiter deiner Tochter abbinden läßt. Paß auf, Mutter! Ich beabsichtige, diese ›Komplikationen‹, von denen du sprichst, auszuprobieren. Wenigstens einmal. Vielleicht zweimal. Und wenn meine Kinder den Eindruck erwecken, echte Problemlöser zu werden, und wenn ihr Vater und ich es uns leisten können und wert sind, könnten wir uns sogar ein drittes vornehmen!«

Erst nachdem Daisy schockiert nach Luft geschnappt hatte, merkte sie, daß dies genau die Reaktion war, die Claire gewollt hatte. Seit dieser Episode hatte keine von ihnen dies Thema wieder erwähnt.

Trotzdem machte Daisy sich Gedanken. Könnte es der Mühe wert sein, einen Spitzel auszuschicken um nach – na ja – chemischen Mitteln zu forschen? Etwas, das nicht aufdringlich und unauffindbar wäre ...

Aber nein. Claire agierte völlig selbständig. Und wahrscheinlich wachte auch ihre Gynäkologin über jedes Anzeichen von Herumpfuschen. Daisy hatte sich vorgenommen, sich möglichst nicht einzumischen, wenn das eine Vergeltung auslösen könnte. Daher war sie entschlossen, die Sache auf sich beruhen zu lassen.

Das Mädchen wird bald abreisen, bedachte Daisy, als sie sich dem Haus näherte. Automatisch ging ihr eine Liste von Arbeiten durch den Kopf, mit denen sie gerade beschäftigt war. *Ich werde wohl einen dieser Eidesflüchtlinge anheuern müssen. Einen armen Kerl, der viel schwerer arbeiten wird als mein eigenes faules Kind, so sehr ich mich auch bemüht habe, es nicht zu verziehen. Oder vielleicht werde ich einen dieser neuen Hausroboter besorgen. Muß ihn natürlich selbst umprogrammieren.*

Auf ihrem Weg zur Hintertür stolperte sie fast über zwei unbekannte Haufen auf dem Hang oberhalb des Baches. Frische Erde war über längliche Gruben gestampft und dann von Steinen eingerahmt worden.

Was ist das, zum Teufel? Sehen aus wie Gräber!

Dann fiel es ihr ein. Claire hatte etwas von den Ziegen gesagt. Ihre beiden Unkrautfresser waren in der letzten Woche an irgendeiner blöden Seuche gestorben, die eine Gruppe Amateur-Grüner drüben in Afrika freigesetzt hatte.

Das verrückte Kind! Sie weiß, wie man Kadaver richtig kompostiert. Warum hat sie sie hier eingegraben?

Daisy machte in Gedanken noch eine Notiz, um das Netz nach anderen Mitteln zu durchforschen, den Bach sauberzuhalten. Es war auf jeden Fall ein dummer Kompromiß, genmodifizierte Kreaturen für die Kompensation ökologischer Fehler der Menschen zu benutzen. Genau die Art von ›Lösung‹, die jene Hexe Jannifer Wolling propagierte. *Verrecken soll sie!*

Was hat Wolling überhaupt vor? Das möchte ich wissen.

Bald saß Daisy wieder vor ihrem großen Bildschirm. Impulsiv verfolgte sie ihren letzten geistigen Faden.

Wolling.

Daisy ließ schnell ihre Spürhundprogramme durchlaufen. *Hmmm. Sie hat nichts veröffentlicht, seit sie ihre Wohnung in London verließ. Ist sie krank? Vielleicht tot?*

Nein. Zu zäh, als daß man sie so leicht loswerden könnte. Außerdem zeigt ihr Postdienst eine einfache Übermittlung nach Südafrika an. Wieso kommt mir das bekannt vor?

Natürlich wäre es trivial, ein assoziiertes Suchprogramm aufzustellen, um das herauszufinden. Aber Daisy hatte etwas Anspruchsvolleres vor.

Wir wollen dies als Test für mein neues Programm nehmen!

In der vergangenen Woche hatte eine ihrer Suchroutinen einen Forschungsaufsatz von einem obskuren Theoretiker in Finnland geliefert. Es war eine brillante Idee – eine hypothetische Methode zur Faltung von Computerakten in einer Weise, daß mehrere Verstecke gleichzeitig den gleichen physischen Raum einnehmen würden. Die ›Experten‹ hatten den Aufsatz bei seiner ersten Veröffentlichung ignoriert. Offenbar würde es die üblichen Wochen oder sogar Monate erfordern, bis seine Ideen durch das Netz nach oben getröpfelt wären. Inzwischen sah Daisy ein günstiges Fenster. Besonders dann, wenn sie ihre Hände auch auf den Lichtträger legen könnte!

Wenn das klappt, werde ich imstande sein, jedermann überall aufzuspüren und zu verfolgen. Ihn finden, wo er sich auch verstecken mag. Alles offenzulegen, was sie verheimlichen.

Und mit wem sollte sie besser experimentieren als mit Jen Wolling?

Daisy fing an, die Details auszufüllen. Sie zog Stücke von diesem und jenem aus ihrer großen Trickkiste. Das war eine vergnügliche Arbeit, und sie summte vor sich hin, als das Gerippe von etwas Eindrucksvollem und recht Schönem Gestalt annahm.

Mit einem Mal öffnete und schloß sich die Tür. Daisy merkte, daß Claire neben ihr in Reichweite ein Eßtablett hinstellte und erinnerte sich dunkel, daß sie ihrer Tochter etwas sagte. Während der Arbeit aß und trank sie. Später verschwand das Tablett auf die gleiche Weise.

Ja! Wolling ist das perfekte Subjekt. Selbst wenn sie es herausfindet, wird sie keine Klage beim Gericht erheben. Sie ist nicht der Typ.

Dann, wenn ich es an ihr ausprobiert habe, gibt es alle Arten anderer Ziele. Korporationen, Regierungsbehörden … Schurken, so mächtig, daß sie Software-Artillerie anheuern könnten, die raffiniert genug wäre, mich draußenzuhalten. Bis jetzt!

Natürlich war das Programm um ein Loch gebaut, wo der Schlußstein – Lichtträger – hinsollte. Falls sie ihn ihren Vettern im Tausch für Information entreißen könnte.

Da! Daisy reckte sich nach hinten und blickte über die Entität, die sie geschaffen hatte. Es war etwas

Neues an autonomer Software. Ich muß ihm einen Namen geben, dachte sie und hatte schon die Möglichkeiten erwogen.

Ja! Du bist bestimmt ein Drache.

Sie beugte sich vor, um eine Gestalt aus ihrem großen Vorrat an Phantasiebildern einzutasten. Aber was da heraussprang, setzte selbst sie in Erstaunen.

Smaragdene Augen schimmerten aus einem langen schuppigen Gesicht. Lippen krümmten sich über weiß blitzenden Zähnen. An der Spitze des geringelten, mit Juwelen besetzten Schweifs befand sich eine Steckdose für Lichtträger. Aber selbst unvollständig war das Gesicht eindrucksvoll.

Sein Schwanz peitschte, als das Wesen ihrem Blick begegnete und sich dann langsam, gehorsam verneigte.

Du wirst mein mächtigstes Surrogat sein, dachte Daisy und genoß den Moment. *Zusammen werden du und ich die Welt retten.*

□

Man sagt, daß der tapfere Maori-Held Matakauri seine schöne Matana gerettet hätte, die von dem Riesen Matau entführt worden war.

Matakauri suchte in ganz Otago und fand seine Liebste an einer sehr langen Leine gefesselt, die aus den Fellen der zweiköpfigen Hunde Mataus verfertigt war. Mit seinem Steinbeil *mere* und Hartholz *maipi* konnte Matakauri nichts gegen die Leine ausrichten, die mit Mataus magischem *mana* gefüllt war, bis Matana sich selbst über die Leine beugte und ihre Tränen sie weich machten, so daß sie durchschnitten werden konnte.

Aber Matakauri wußte, daß seine Braut nie wieder sicher sein würde, bis der Riese nicht tot wäre. Darum bewaffnete er sich und brach in der trockenen Jahreszeit auf. Er fand Matau schlafend auf einem Haufen Adlerfarn inmitten großer Berge.

Matauri entzündete die Farne. Und obwohl er nicht erwachte, zog Matau seine großen Beine vor der Hitze zurück. Der Riese fing an, sich zu rühren, aber da war es schon zu spät. Die Flammen nährten sich von seinem triefenden Fett. Sein Körper zerschmolz in die Erde und schuf eine mächtige Lücke, bis alles, was auf dem Grunde blieb, sein immer noch schlagendes Herz war.

Die Wärme der Flammen schmolz Schnee, und Regen füllte die Grube. Sie bildete den See Whakatipua – der heute die Umrisse eines Riesen mit angezogenen Knien bildet. Und manchmal behaupten die Leute, noch Mataus Herzschlag unter den unruhigen Wellen zu vernehmen.

Manchmal, immer wenn die Berge erzittern, fragen sich die Menschen, was da unten wohl noch erwacht sein könnte. Und wann.

• KERN •

»... So banden sie Cowboy Bob zum drittenmal vom Pfahl los und ließen ihn zu seinem Wunderpferd Thunder sprechen.«

June Morgans Augen schienen aufzublitzen, als sie sich zu Alex und Teresa hinüberbeugte.

»Aber diesmal hat Bob *nicht* ins linke Ohr von Thunder geflüstert. Er hat auch nicht ins rechte geflüstert. Diesmal hat er das Gesicht des Pferdes gefaßt, ihm direkt ins Auge geschaut und gesagt: ›Lies meine Lippen, du Blödkopf! Ich habe dir gesagt, du sollst ein Polizeiaufgebot holen.‹«

Während June sich mit erwartungsvollem Lächeln zurücklehnte, mußte Alex sich auf die Lippen beißen, um sich zu beherrschen. Er beobachtete Teresa, die ihm im Zimmer gegenübersaß, als ihre Verwirrung plötzlichem Verständnis wich. »Oh, oh, das ist schrecklich!« lachte sie und wedelte in der Luft, als ob sie einen üblen Geruch verscheuchen wollte.

June grinste und ergriff ihr Glas. »Hast du das nicht mitgekriegt, Alex? Schau, die ersten beiden Male brachte das Pferd Frauen zurück ...«

Er hielt beide Hände hoch. »Doch, ich habe es schon

begriffen. Bitte, Teresa hat recht. Es ist fürchterlich kränkend.«

June nickte selbstgefällig. Bisher hatte sie bei weitem das Beste davon gehabt. Kein Witz, den er oder Teresa erzählten, wurde halb so gut vorgebracht oder rief billigendes Stöhnen gespielter Übelkeit hervor. Wahrscheinlich kam ihre Geschicklichkeit daher, daß sie Texanerin war. Die einzige Nation, von der Alex wußte, daß sie in diesem drolligen Ritual noch besser war, waren Australier.

Als Bringerin guter Nachrichten konnte man June schwerlich böse sein. Diese Party in Alexens kleinem Bungalow sollte zur Feier des Endes von Wochen der Spannung dienen.

Zumindest eine hofft, daß es vorbei ist. Ich kann immer noch Anfälle von Paranoia fühlen, wenn ich über meiner Schulter Männer mit heruntergeschlagener Hutkrempe und in Trenchcoats sehe.

June war an diesem Morgen in Rapa Nui angekommen mit der Kunde, daß Oberst Spivey ihren Bedingungen völlig zustimmte. Im Austausch für ihre Mitarbeit – und speziell Alexens Expertise – würden alle Klagen gegen Teresa fallen gelassen und die Osterinsel in Ruhe gelassen werden.

Natürlich! Spivey wird einen oder zwei Spione einschmuggeln. Aber mindestens sind Teresa und ich nicht weiter auf der Flucht.

Es war noch eine offene Frage, ob es überhaupt einen Ort gab, zu dem man fliehen konnte. Die Streitigkeiten wegen Beta waren noch nicht vorbei. Aber immerhin begannen auch die fatalistischsten Techniker Alexens so zu tun, als ob sich um diese Zeit auch im nächsten Jahr noch ein Planet unter ihren Füßen befinden würde.

Wenn sie mich bloß überzeugen könnten!

Die Dinge hatten sich geändert, seit sie nur eine kleine eng verbundene Clique waren, die ganz allein mit unterirdischen Ungeheuern kämpften. Jetzt waren sie Teil eines großen offiziellen Unternehmens, wenn auch noch unter einem ›zeitweiligen‹ Mantel der Geheimhaltung. June war hier, um die Partnerschaft zu festigen, und überbrachte den Entschluß von sowohl Glenn Spivey als auch George Hutton, daß diese für jetzt funktionieren müsse. In ihrer Rolle als Sendbotin würde sie morgen wieder abreisen – mit Alexens Hauptzeichen der Zusammenarbeit, einer Schachtel mit Würfeln voll frischer Daten für die anderen Teams. Ihre Kurierroute würde sie von jetzt an etwa jede Woche wieder herführen.

Teresa ihrerseits hatte sich sehr bemüht, die Dinge für June klarzumachen – daß ihre neue enge Freundschaft mit Alex nicht sexuell wäre.

Nicht, daß die beiden nicht darüber nachgedacht hätten. Mindestens er hatte das getan. Aber bei näherer Überlegung war ihm klar geworden, daß jede Intimität zwischen ihnen eine stärkere Aufmerksamkeit erfordern würde, als sich beide gerade jetzt leisten könnten. Gegenwärtig genügte ein stilles Einverständnis zwischen ihnen beiden – eine Verbindung die nie beeinträchtigt worden war, seit sie Hand in Hand aus jener unterirdischen Odyssee herausgekommen waren, wie Zwillinge, die gemeinsam ausgetragen wurden und den Akt der Wiedergeburt erlebt hatten.

Was June Morgan anging, so verdeckten eine äußerlich entspannte Haltung und leichter Humor gewiß eine Besorgnis. Alexens Beziehung zu ihr war eine Affäre der Kriegszeit gewesen – wechselseitig und unkompliziert. Er hatte keine Ahnung, wie sie jetzt stand und wollte auch nicht drängen.

Wenigstens schienen die beiden Frauen jede Spannung begraben zu haben, die einmal zwischen ihnen bestanden haben mochte. Oder wenigstens den größten Teil davon. Alex war froh. Jedenfalls konnte er jetzt aufstehen und sie einige Zeit beisammen lassen.

»Wenn die Damen mich entschuldigen wollen«, sagte er und ging zur Tür des kleinen Bungalows, »ich muß einem guten alten Freund die Hand schütteln.«

June nickte ihm kurz zu, aber Teresa beugte sich in ihrem Sessel schon vor, daß sie fast den Arm der anderen Frau berührte. »Na schön«, sagte sie. »Hier ist noch einer für Sie, während er draußen im Gebüsch eine Feuerwehrübung veranstaltet.«

Alex verschwand schnell zur Tür hinaus, ehe sie anfing, den Witz zu erzählen. Ein langer hätte ihn festgehalten und eine Krise in seinen Nieren hervorgerufen.

Es war eine milde Nacht, obwohl der Winter lange gezögert hatte, diese verlassene Insel noch stürmischer und dürrer zu machen. Offenbar würde der Frühling spät und windig sein. Sogar die Bäume der experimentellen Wiederaufforstungszone oben bei Vaiteia schienen zu erschauern und sich zu bücken, sobald die Windstöße auffrischten.

Er machte sich nicht die Mühe, zu der Duschkabine hinunterzugehen, die sich fünf vorgefertigte Baracken teilten. Statt dessen stieg er die buschigen Hügel ein Stück empor, wo die Aussicht besser war. Während er das kümmerliche Gras befeuchtete, blickte Alex nach Westen zu den Lichtern der Stadt Hanga Roa, knapp nördlich der steilen Klippen von Rano Kao. Die einsame Düsenstartbahn schimmerte blaß nahe fünf kompakten Touristenhotels und einem verankerten Frachtzeppelin. Näher befand sich das Atlantis-Denkmal, von unten angestrahlt, so daß die alte aktionsunfähige Raumfähre fast großartig beim Start erfaßt zu sein schien.

Seit ihrer riskanten Flucht aus Neuseeland hatten er und Teresa, mit verzerrten Gesichtern und hinkend wegen ihrer Quetschungen, notgedrungen unterschiedliche Aktivitäten entfaltet. Sie ihrerseits hatte den größten Teil ihrer Tage mit dem alten Shuttle Typ Eins verbracht. Vermutlich kannte sie nach den Alarmen wegen Vandalismus doch einen Eingang. Oder vielleicht kratzte sie auch bloß die Graffiti und den Taubenmist ab, die das zerbrochene Raumschiff bei Tage so traurig aussehen ließen.

Vielleicht saß sie gerade im Pilotensessel der *Atlantis* und brütete über der schwachen Möglichkeit, den Weltraum je wiederzusehen – selbst wenn Spiveys Herren ihr Pardon erteilen sollten.

Er jedenfalls war für sie beide genügend beschäftigt. Die Station Rapa Nui war wieder der Angelpunkt für mehrere Dutzend Gazerstrahlen täglich, die durch das Erdinnere pulsierten in einer atemberaubenden Vielfalt von Modalitäten, die sich an der Oberfläche in mannigfaltiger Weise auswirkten. Alex hatte jetzt endlich sichere Verbindungen zur Beratung mit Stan Goldman in Grönland, und von den NATO-Teams strömten auch Daten ein, die ihm mit jedem Tag halfen, seine Modelle zu verfeinern.

(Er hatte sogar eine Chance gehabt, mit seiner Großmutter in Afrika Fühlung aufzunehmen. Die gute alte Jen! Nachdem sie ihn einige Minuten wegen Vernachlässigung getadelt hatte, ließ sie das Thema sofort fallen und hob an mit einer langen, aufgeregten Erklärung ihrer neuen Forschungsarbeit, die, wie Alex vage herausbekam, etwas mit Schizophrenie zu tun hatte.)

Alex verbrachte einen guten Teil des Tages mit der Beobachtung der Singularität auf dem großen Bildschirm, wo man sehen konnte, wie Beta immer mehr ihrer Zeit in den ›spärlichen‹ Zonen des Unteren Mantels verweilte. Das Monstrum war schon auf verstärkter Diät und würde bald den Gleichstand erreichen – jenen Meilenstein, da der tödliche Knoten anfangen würde, Masse/Energie ebenso schnell zu verlieren, wie er sie absorbierte. Das wäre der Zeitpunkt für eine echte Feier ... ein wahres Wunder, wenn man ihre Chancen noch vor wenigen Monaten ansah.

Aber was dann?

Hinter sich hörte er die Frauen laut lachen. Teresas Alt mischte sich harmonisch mit Junes Kontraalt. Es war ein Klang, der ihn heiter stimmte. Nachdem er mit seinem kleinen Geschäft fertig war, merkte Alex plötzlich, daß er in der kühlen Brise bibberte. Er zog den Reißverschluß hoch und ging noch ein Stück längs des Hanges, wobei er mit den Füßen das Gras zertrat.

Offenbar glaubte eine erstaunliche Anzahl von Spiveys Oberen Alexens Theorie, wonach Beta eine raffinierte Bombe wäre, die feindliche Aliens geschickt hätten, um die Menschheit zu vernichten. Wenn ja, so hatte Spivey einen Punkt für sich zu verbuchen. Der Gazer konnte der Drehpunkt für die einzige glaubhafte Verteidigung der Erde werden. So wie Spivey es darstellte, würde die Welt eines Tages vielleicht sogar Statuen für Alex Lustig aufstellen.

Retter des Planeten, Schmied unseres Schildes.

Das Bild würde an die Eitelkeit jedes Menschen appellieren. Und Alex war sich nicht sicher, ob er den Willen hatte, sich dem zu widersetzen. *Wie, wenn das stimmte?* dachte er und kostete die Honigsüße von Spiveys Fabel.

Der Plan des Obersten hatte noch einen weiteren Vorteil. Er bedeutete, daß sie die Anzahl der Pulse ab und zu ein wenig verringern könnten.

Er schlurfte über den Boden. Atmete die aromatische Luft ein. Schob die Hände in die Jackentaschen. *Nun ja. Es ist sinnvoll, es unten zu halten. Vielleicht.* Und doch fühlte er sich gereizt.

Überall, wo Beta durchzieht, scheinen sich die Mineralien zu verändern … zumindest für den Augenblick.

Es war schwer genau zu sagen, wie – selbst mit ihrer wunderbar verbesserten Empfindlichkeit. Beta war immer noch ein winziges, wenn auch wildes Objekt mit einer echten physikalischen Einflußzone von nur Millimetern Durchmesser. Die in Mitleidenschaft gezogene Spur von Perovskiten war folgerichtigerweise extrem dünn. Dennoch schimmerten bei jedem Umlauf mehr dünne Röhren umgewandelten Gesteins im Kielwasser der Singularität und flackerten seltsam.

Wie können wir das Ding unten belassen, wenn wir keine Ahnung haben, wie die langfristigen Effekte sein werden?

Vielleicht war es gut, daß er Hutton oder Spivey nichts über seinen neuen Resonator gesagt hatte, dem mit der sphärisch kompakten Konstruktion. Lieber abwarten und sich vergewissern, was der aktuelle Plan des Obersten war... was er tun würde, wenn unvermeidlicherweise etwas nach außen sickerte.

Denn sie würden nicht ewig den Deckel draufhalten können, das war jedem klar. Spiveys Bosse müßten Vorkehrungen für einen baldigen Riesenklamauk treffen.

Vielleicht wollen sie die Welt überhaupt nur vor ein fait accompli – *eine vollendete Tatsache – stellen,* dachte Alex hoffnungsvoll. *»Schaut her, seht, was wir im Westen geleistet haben! Wir haben die Welt gerettet! Jetzt werden wir natürlich den Tribunalen den Schlüssel zum Gazer überlassen. Er ist viel zu gefährlich, als daß irgendeine Gruppe ihn kontrollieren dürfte.«*

Alex lächelte. *Ja. Recht möglich, daß sie genau das vorhatten.*

Richtig. Gewiß.

Auf seinem Rückweg zum Bungalow kam Alex an einer Reihe zum Meer gewandter *moai*-Skulpturen vorbei, dem Beitrag dieser seltsamen Insel zur Bildkunst der Welt. Finster und fast identisch, berührten sie ihn dennoch jedesmal anders, wenn er sie sah. Bei dieser Gelegenheit sahen sie trotz Wind und funkelnden Sternen aus wie riesige Steinblöcke, die pathetisch von Menschen behauen wurden, um verzweifelte Leute Sternengöttern ähnlich aussehen zu lassen. Menschen taten bizarre Dinge, wenn sie Angst hatten... so wie die meisten Männer und Frauen fast aller Zeiten gewesen waren, seit sich die Species entwickelte.

Aber wir haben Beta doch nicht gemacht, rief sich Alex ins Bewußtsein. *Wir sind zwar töricht, ängstlich, manchmal verrückt, aber vielleicht nicht verdammt.*

Wenigstens bis jetzt noch nicht.

Zurück beim Bungalow, reinigte sich Alex die Füße, ehe er eintrat.

»... weiß, daß es logisch und vielleicht gerechtfertigt ist«, sagte Teresa und nickte ernst. »Aber nach Jason ... nun, ich kann nicht wieder teilen. Ich glaube nicht, daß ich noch einmal teilen kann. Ich glaube nicht, daß ich damit fertig würde.«

»Aber das war doch anders ...« June hielt inne und blickte rasch auf, als Alex eintrat.

»Was teilen?« fragte er. »Was ist so anders?«

Teresa schaute weg, aber June stand lächelnd auf. Sie nahm ihn bei den Rockaufschlägen und zog ihn ins Zimmer. »Nichts von Bedeutung. Nur Mädchengeplauder. Auf jeden Fall haben wir beschlossen, es eines Nachts zu erwähnen. Ich habe morgen einen geschäftigen Tag, darum ...«

»Darum muß ich gehen«, sagte Teresa und stellte ihr Glas weg. Aus irgendeinem Grund konnte sie jetzt nicht Alexens Augen begegnen, was ihn beunruhigte. *Was geht da vor?* fragte er sich.

Teresa nahm den Packen auf, den June extra für sie mitgebracht hatte. Alex hatte angenommen, er enthielte Zeichen von Spivey, daß alles verziehen sei. Aber Teresa tat so, als wäre es etwas streng zwischen ihr und der anderen Frau, ein Friedensgeschenk ganz anderer Art. »Danke für das Zeug, June!« sagte sie und hob die Packung hoch.

»Keine große Sache. Nur Dinge aus dem Hardwareladen. Was wirst du mit all diesen Kontaktstoffen und Sachen anfangen?«

Teresa lächelte geheimnisvoll. »Oh, nur ein bißchen aufräumen. Das ist alles.«

»Hm«, bemerkte June.

»Na ja, hm, so.« Teresa setzte sich in Bewegung. »Schön. Gute Nacht euch beiden!«

Nach einem Moment des Zögerns küßten sich die Frauen auf die Wangen. Teresa drückte Alexens Schulter, immer noch ohne Augenkontakt, und ging in die Nacht hinaus. Er stand in der offenen Tür und sah sie gehen.

Von hinten glitt Junes Arm unter seinen und schlang sich um seine Brust. Sie drückte kräftig und stieß einen Seufzer aus. »Alex, o Alex! Was werden wir mit dir anfangen?«

Er wandte sich überrascht um und ließ die Tür hinter sich zufallen. »Was meinst du damit?«

»Oh ...« Sie schien noch mehr sagen zu wollen, schüttelte dann aber doch den Kopf. Sie ergriff seine Hand und sagte: »Komm also! Ins Bett. Wir haben beide arbeitsreiche Tage vor uns.«

TEIL IX

PLANET

Das dauerhafteste Merkmal der Erde war der Pazifische Ozean. Seine Gestalt mochte sich im Verlauf der Äonen ändern, Inseln erhoben und senkten sich, wenn ihre Platten zusammenstießen, sich verbanden und wieder auseinanderbrachen. Aber das große Becken blieb erhalten.

Nicht so der Atlantik, der sich viele Male geöffnet und geschlossen hat. Langsame Wärme erbaute in der Tiefe eine Folge riesiger Superkontinente aus Granit und riß sie in Stücke längs platzender Säume. Dann, zehn Jahrmillionen später, sank das jetzt kühle Zentrum wieder ein, um den Spaltungsprozeß aufzuhalten und zu beginnen, die Lücken wieder zu verbinden.

Der Zyklus dauerte an – Aufbrechen folgte auf Wiedereintauchen, wonach das Aufbrechen sich wiederholte. Und das hatte großen Einfluß auf den Fortschritt von Leben. Species, die sich über weite Gebiete verbreitet hatten, fanden sich in Subpopulationen geteilt. Getrennte Gruppen von Vettern gingen unterschiedliche genetische Wege, indem sie sich neuen Herausforderungen anpaßten und verschiedene Techniken des Überlebens entdeckten. Als die zerstreuten Verwandten Äonen später wieder vereint wurden, weil Kontinente erneut zusammenkamen, konnten sich diese Abkömmlinge eines gemeinsamen Vorfahren nicht mehr kreuzen. Sie begegneten sich nicht als Vettern, sondern als Konkurrenten.

Es kam dann eine Periode, da die Launen der Plattentektonik zwei mächtige Gebirgsketten aufwarfen – den Himalaya und die Rocky Mountains –, die den Strom niedriger, meist feuchter Luft quer über die Nordhemisphäre blockierten. Das hatte dramatische Konsequenzen für das Wetter, was seinerseits noch mehr Species isolierte und zur Anpassung zwang.

Ebbe und Flut. Einatmen und Ausatmen. Der Zyklus trieb ständig Veränderungen und Verbesserungen an.

Endlich begannen auf der Nachtseite des Planeten schwache Lichter im Dunkeln zu flimmern, die keine Waldbrände oder Blitze waren.

All dies Erwärmen und Abkühlen, Aufrühren und Wiedervereinigen hatte zuletzt etwas völlig Neues hervorgebracht.

□ **Weltweite Spezialinteressengruppe für Langfristige Lösungen** [□ SIG AeR,WLRS 253787890.546], **Spezielles Subforum 562: Soziale Theorien Verrückter Bilderstürmer.**

All diese Panik darüber, wie die Han sich betätigen in ›ökonomischer Eroberung des Globus‹, ist Unsinn! Gewiß stellt ihre große, aufstrebende Wirtschaft eine Herausforderung dar, besonders für die Handelsgruppen der PAN und GEACS. Anstatt endlos über das Neomanagement-Modell der Universität von Winnipeg zu diskutieren, hat China viele seiner revolutionären Züge aktuell eingeführt. Wir alle können eine Lehre daraus ziehen, besonders die Sowjets und Frankokanadier, die sich ständig mit Schleuderpreisen bei der Herstellung von Desalgerät und Nanokristallen konfrontiert sehen. Die Han haben schon eine Monopolstellung für Blazer und Lapticks, ganz zu schweigen von Gebrauchsgütern wie Torquezennern. Aber von ›ökonomischer Eroberung‹ zu sprechen [□ ref: A69802-111, 5/19/38 K-234-09-17826] oder daß die Han »verdammt alles aufkaufen...« [□ ref: A69802-111, 5/12/38 M-453-65-5545] ignoriert die Geschichte völlig.

Man denke an die Jahre um 1950 und 1960. Die Vereinigten Staaten von Amerika, zu denen damals Kalifornien und Hawaii gehörten, aber nicht Luzon oder Cuba, waren das ökonomische Kraftwerk der Welt. Ein berühmter Euroführer namens Servan-Schreiber verfaßte ein Buch *Die amerikanische Herausforderung,* das voraussagte, Amerika würde bald »alles besitzen, das es sich lohnt zu besitzen...«

Natürlich trat das nicht ein. Nachdem sie erfolgreich gewesen waren, verlangten U.S.-Bürger Lohn für ihre harte Arbeit. Anstatt die Welt zu kaufen, kauften sie Sachen von der Welt. Es wurde der größte Transfer von Reichtum in der Geschichte – der alle Formen fremder Hilfe weit überstieg. Der amerikanische Einkaufsdynamo hob Europa und Ostasien in das einundzwanzigste Jahrhundert ... bis schließlich die Blase platzte und die Yankees lernen mußten, wie gewöhnliche Leute nicht mehr auszugeben, als sie laufend verdienten.

Für eine kurze Zeit in den 1970ern ließen die erste und zweite Ölkrise es so aussehen, als ob die neuen beherrschenden Persönlichkeiten des Planeten arabische Scheichs sein würden. Dann, in den Achtzigern, versetzte *Japan* alle Leute in Schrecken (bitte nachlesen!). Durch harte Arbeit (und geschickte Anpassung an die Wünsche der Kauflust amerikanischer Jugendlicher) haben die Japaner sich zu einer wirtschaftlichen Macht entwickelt, die die Welt verängstigte. Alle sagten voraus, daß sie bald ›alles besitzen würden‹.

Aber anscheinend kommt jeder von uns einmal an die Reihe, die Weltwirtschaft voranzutreiben. Eine neue Generation von Japanern, die mehr vom Leben verlangte als endlose Mühsal und ein winziges Apartment, kamen auf ein neues Kaufvergnügen. Und in den frühen Jahren dieses Jahrhunderts, war es da nicht *Rußland* – mit fast der Hälfte an ausgebildeten Ingenieuren der Welt und kürzlich befreit von zweitausend Jahren erstickender Zaren und Kommissare –, wo die Leute nur allzu froh waren, schwer zu arbeiten, Aufträge zu erfüllen und billig alles zu verkaufen, was die Japaner wünschten? Viele von Ihnen erinnern sich wohl an die Konsequenz, als Russisch etwas später vorgeschlagen wurde, Simglish als zweite *lingua franca* zu ersetzen. Aber auch das ging vorbei, nicht wahr?

Also los, Freunde! Nehmt Abstand und blickt weiter nach vorn! Es wird die Zeit kommen (falls der Planet durchhält), da sogar die Han es müde werden, sich krankzuschuften und Geld in der Bank aufzuhäufen, ohne etwas zu haben, wofür sie es ausgeben könnten.

Haben Sie Lust vorauszusagen, welche neue Gruppe harter Arbeiter auftreten wird? Ich setze auf jene puritanischen Sezessionisten in Neu-England. *Diese* Leute wissen, wie man einem Unternehmer die Arbeit einer guten Stunde für den Lohn einer Stunde liefern kann...

• KRUSTE •

Niemand beglückwünschte Crat dafür, daß er seinem ertrinkenden Mannschaftskameraden das Leben gerettet hatte. Niemand sprach überhaupt viel über den Unfall. *Sachen passieren eben,* war die Meinung. Waren es jetzt einige Witwen mehr auf einer der schwimmenden Städte? So ein Pech! Das Leben war kurz – was konnte man mehr dazu sagen?

Aber Crat war offenbar nicht mehr ein ›jämmerlicher Schlappschwanz‹ von Yankee. Es gab keine schiefen Blicke mehr in der Messe oder komische Dinger, die in seiner Schleimsuppe schwammen. Ohne Worte holte man seine Hängematte aus der qualmenden Ecke und brachte sie in den Ankerraum zu den anderen.

Nur ein Bursche äußerte sich zu dem Mißgeschick mit dem Fischnetz. »Mensch, Vato«, sagte er zu Crat. »Ich habe noch nie erlebt, daß ein Kerl die Luft so lange anhalten konnte wie du!«

Crat hatte keine Ahnung, wie lange er unter Wasser gewesen war. Die Bemerkung erschien ihm wie ein Wink des Schicksals. Eine Erfahrung, die manche Leute hätte veranlassen können, das Schwimmen für immer aufzugeben, die ihn aber auf ein unerwartetes Talent hinwies.

Seine Lebensgeschichte war bisher bestenfalls mittelmäßig schlicht gewesen, und allzu oft noch weniger als das. Das Bild, das er von sich hatte, war träge und hart wie ein Stein. Der Gedanke, ungewöhnliche Fähigkeiten zu besitzen, erstaunte Crat. Und so erneuerte er im ersten Moment, da er an Bord der *Congo* Anerkennung gefunden hatte, sein Gelübde, bei der ersten Gelegenheit abzuhauen – sich dem Bergungsdienst anzuschließen, wie er schon früher unverbindlich angedeutet hatte.

Nicht, daß er wegen dieses alten Eimers viel vermissen würde. Das Leben an einer Grenze bot nicht viele Annehmlichkeiten. Der Durchschnittsamerikaner würde, wenn er gezwungen wäre, hier eine Woche lang zu leben, sich nie wieder über seine knappe Wasserration beklagen, die in manchen Staaten Spitzenwerte von üppigen hundert Gallonen in der Woche erreichte.

Oder man nehme ein anderes Bedürfnis – Privilegien im Datennetz. Die gab es hier überhaupt nicht.

Crat pflegte alte Leute daheim in Indiana geringzuschätzen, weil sie sich auf so viele elektronische Krücken verließen … weltumfassender Zugriff auf alle Themen, jede Bibliothek, sogar jede blöde wissenschaftliche Zeitschrift, die für wenige Pennies momentan aus einer obskuren Sprache übersetzt wurde. Dann waren da die Hobbyspalten, speziellen Interessengruppen, Netzmagazine, 3D-Shows.

Vor seiner Emigration war es Crat nie klar geworden, wie sehr auch *er* von alledem abhing. Immerhin hatte es an Bord der *Congo* dieses merkwürdige Ritual des Postappells einmal am Tag gegeben. Jeder antwortete, wenn sein Name aufgerufen wurde, und tauschte einen schwarzen Würfel beim Bootsmann ein. Man durfte zwei Kurzmitteilungen von nicht mehr als je fünfzig Worten über die einzige Antenne des Schiffs absenden, was von dem Funkoffizier streng überwacht wurde, einem einäugigen und beinamputierten Opfer einer früheren Schiffskatastrophe, den ein jeder, auch der Kapitän, mit größter Hochachtung behandelte.

In der Reihe zu stehen und ergeben auf seine jämmerlichen Kurzmitteilungen zu warten, war fast so demütigend wie der abendliche Vitaminappell, wenn eine gelangweilte U.N.-Krankenschwester jedem Mann mürrisch seine komprimierte Kapsel ›Ernährungshilfe‹ aushändigte – alles, was das Weltgewissen dem Paria-Staat von Flüchtlingen zu spenden sich verpflichtet fühlte. Kein Wunder, daß da die Großmächte mit dem wahren Lebensquell der Welt, nämlich Information, noch weniger hochherzig waren.

Ab und zu während des Postappells fiel es Crat ein, sich zu fragen, warum Remi und Roland ihm niemals schrieben. Dann wurde es ihm plötzlich klar. Sie sind tot. *Ich bin der letzte Siedler, der Quayle Highschool.*

Seltsam. Im Glauben, daß ihm ein kurzes Leben bestimmt sei, hatte Crat sich schon lange entschieden, ein Leben ohne Kompromisse zu führen. Immer war *er* es gewesen, der in Schwierigkeiten geriet, aus denen ihm seine stets verläßlichen Freunde anständig herausgeholt hatten.

Jetzt gab es Remi und Roland nicht mehr. Aber er lebte noch. Wer konnte sich das vorstellen?

Roland hatte aus irgendeinem Grunde Crat sein Bankkonto vermacht und zusätzlich seinen Helden-Bonus. Das sollte auch eine Auszeichnung sein. Die befand sich wahrscheinlich immer noch irgendwo draußen und folgte ihm um die ganze Welt in dem unzuverlässigen Verhau der materiellen Post. Was Rolands Geld anging… das hatte Crat alles verpraßt mit Kartenspiel und Runden zum Gedenken an seinen Freund. Aber den Orden wollte er nicht haben.

Nach dem Postappell zog sich die dienstfreie Crew auf das Achterdeck zurück, wo drei geschäftstüchtige Annamesen ein scharfes Eigengebräu aus Tonkrügen verkauften. Während die Flottille nach dem Debakel mit den grünen Angreifern südwärts fuhr, entdeckte Crat, daß er jetzt das faul schmeckende Bier vertragen konnte. Das war ein Meilenstein, der zeigte, daß er sich anpaßte.

Der Abend war dunkel, mit schwerem Gewölk, das die meisten Sterne verbarg. Ein perliger Schimmer im Westen wurde zu einem grellen Leuchten, sobald sich die Wolken teilten, um für kurze Zeit Mondlicht über das glatte Wasser zu ergießen.

Am Schiffschnabel schienen zwei meditierende Gruppen sich zu einem schweigenden kontemplativen Entscheidungskampf zu rüsten. Sufis am Backbord und Neo-Zen-Adepten am Steuerbord. Anfänger beider Gruppen waren verdrahtet mit Monitoren für Gehirnwellen in der Größe von Fingerhüten, die zu Knopflautsprechern in Ohrstöpseln führten. Beide Seiten benutzten identische billige technische Hilfsmittel und behaupteten, das wäre eine echte Tradition, während die jeweils andere nur blendete. Wie dem auch sein mochte – wie die Mehrheit der Crew zog Crat anständigere traditionelle Formen der Berauschung vor.

»... Der Kommodore versteht seine Karten verdammt falsch ...«, sagte jemand im Dunkel hinter der hinteren Luke. »Das El-Niño-Ding ... das sollte alle Fische hier zur westpazifischen Seite herübertreiben, etwa alle zehn oder elf Jahre. Aber der verfluchte Kommodore verfehlt sie bestimmt.«

Jemand anders entgegnete: »Wie ich höre, kommt er jetzt öfter als alle zehn Jahre.« Crat wunderte sich, wer sie waren. Ihr Englisch war besser als durchschnittlich auf diesem Kahn.

»Die ha'm de Öko-logie verflixt sicher erwischt«, sagte jemand mit karibischem Akzent. »Alles ändert sich. Drum sag ich, hört nich auf die UNEPA-Bastarde! Die wissen nix besser als wir.«

Ein anderer stimmte zu. »Ach, UNEPA. Die wollen uns tot, ganz wie Grüne, weil wir ihren stinkenden Planeten versauen. Könnten jeden falschen Fisch fangen. Ooh, schlimm! Besser, wir würden gleich verrecken. Tun vielleicht was in Vitamine. Machen uns still un ruhig.«

Das war natürlich das ständige Gequatsche, auch wenn Chemiker des Ozeanstaates – auf Universitäten ausgebildete Männer und Frauen aus Ländern, die jetzt unter den steigenden Fluten ertrunken waren – von Schiff zu Schiff gingen, der Mannschaft zuredeten und sie drängten, die Pillen zu nehmen – verbreiteten sich Gerüchte wie Viren. Crat selbst war manchmal unsicher. Seine Müdigkeit kam wohl nicht bloß von der schweren Arbeit. *Wahrscheinlich* erklärte das auch seinen schwachen Geschlechtstrieb. Aber wenn er jemals finden sollte, daß jemand etwas ins Essen tat ...

Die alte Wut flackerte kurz auf, und er suchte sie zu

dämpfen. Aber sie verschwand einfach von selbst. Er hob den Kopf, um über den Bug der *Congo* auf die nächtlichen Lichter der schwimmenden Stadt vor ihm zu blicken. Der alte Crat wäre schon losgegangen, begierig, den Rotlichtbezirk oder einen handfesten Krakeel zu finden. Jetzt konnte er nur noch an die sauberen, wenn auch fadenscheinigen Bettlaken der Baracken für Durchreisende und dann seinen morgigen Besuch auf dem Fleischmarkt denken.

»Ah, da finde ich dich endlich. Tut mir leid, ich hatte mich verlaufen.«

Crat blickte auf. Es war sein neuer Freund, der alte Zürcher, Peter Schultheiß. Sein Gesicht war das einzige, das Crat vermissen würde, wenn er bei diesem hundsgemeinen Kahn abheuerte. Er grinste und hielt einen vollen Krug hin. »Habe für dich noch ein Bier, Peter.«

»Gut, danke! Habe einige Zeit gebraucht, um mein Notizbuch mit dem Namen meines Kameraden auf dem Markt zu finden. Hat aber geklappt.« Er hielt einen schweren schwarzen Band hoch. Zu Crats Überraschung war es keine billige Schreibtafel, wie sie selbst der ärmste gemeine Matrose besaß, sondern ein dickes Buch mit Papierseiten. Schultheiß blätterte um und murmelte: »Mal sehen! Er steht irgendwo hier drin. Dieser Bursche sollte, wenn du meinen Namen erwähnst, imstande sein, dir Arbeit im Rettungsdienst zu besorgen … vielleicht Training für die Tiefseejobs, die du dir so wünschst. Ah, hier, laß mich es für dich aufschreiben!«

Crat nahm den Zettel entgegen. Als er sich der Begegnung mit den Werbern näherte, war er etwas unsicher geworden, ob er es wirklich versuchen würde, nach Knollen zu schürfen – weit unter den Bereich des Tageslichts zu tauchen, eingeschlossen in einer schleimigen Blase und Schlamm nach verkrusteten Klumpen durchzusieben. Trotz guter Bezahlung pflegten solche Männer nicht lange zu leben. Die Alternative des flachen Baggerns in überfluteten Dörfern begann da doch verlockend zu erscheinen.

Schultheiß blickte auf die Lichter der Stadt und seufzte.

»Woran denkst du?« fragte Crat.

»Ich dachte gerade daran, wie mich mein Vater, als ich noch ein kleiner Junge war, auf einer Geschäftsreise nach Tokio mitnahm. Als unser Flugzeug nachts ankam, bot sich uns ein fabelhafter Anblick. Der Ozean war, so weit man sehen konnte, rings um jede Insel erleuchtet. So viele Lichter, daß ich sie nicht zählen konnte. Das Wasser schien zu brennen. In weißem Feuer.

Ich fragte meinen Vater, was für ein Fest da gefeiert würde. Er sagte – Nein, das war kein orientalischer Feiertag. Es wäre jede Nacht so. Jede Nacht auf dem Meer rings um Japan.«

Der Gedanke an eine solche Extravaganz ließ Crat zwinkern. »Aber warum denn?«

»Fischfanglichter«, antwortete Peter einfach. »Bei Nacht ließen die Schiffe große Generatoren laufen und zogen Millionen Fische herein. Sehr wirksam, wie ich gehört habe. Auch wirksam, wenn man Energie für Nahrung eintauscht und sich nicht um das Morgen kümmert.«

Schultheiß machte eine Pause. Seine Stimme schien weit weg zu sein. »Mein Vater und seine Kameraden… hielten sich etwas darauf zugute, in die Zukunft zu schauen. Anders als die Yankees jener Tage – soll keine Kränkung sein – glaubte er, sich über das Morgen Gedanken zu machen. Während die Yanks Spielzeug kauften und durch Ausgaben verarmten, sparten mein Vater und seine Standesgenossen. Er legte die Vermögen anderer Leute klug für sie an. Nahm ihr Geld, ohne Fragen zu stellen, und ließ es wachsen wie Gemüse im Garten.«

Der alte Schweizer seufzte. »Vielleicht zeigt dies nur, daß es unterschiedliche Arten von Kurzsichtigkeit gibt. Ich möchte wissen, ob es den Japanern je eingefallen ist, die Evolution könnte die Species verändern, die sie mit ihren starken Lichtern anzogen? Die bequemen und stupiden Fische würden sicher in Netzen sterben. Aber inzwischen würden diejenigen, die sich fernhielten, neue Generationen hervorbringen. Ob sie darüber nachgedacht haben? Nein, ich glaube nicht.

Ebenso ist mein Vater nie auf den Gedanken gekommen, daß die Welt es eines Tages satt sein würde, daß alle ihre Schurken hübsche sichere Plätze hatten, um ihre Beute zu horten. Er hatte nie davon geträumt, daß alle Nationen ihren Streit begraben, sich zusammentun und sagen würden: Genug, wir wollen unser Geld zurück. Wir verlangen auch die Namen dieser Schurken ... von Männern, die unser Vertrauen mißbraucht und uns unsere Schätze geraubt haben, die unseren Kindern Drogen verkauft haben.

Wie konnte mein armer Vater sich vorstellen, daß die Menschenmassen der Welt eines Tages an seine Tür klopfen würden, um im Zorn zurückzuholen, was er sorgfältig so gut angelegt hatte?«

Die Lichter der schwimmenden Stadt schimmerten jetzt in den feuchten Augen des alten Mannes. Ergriffen durch die Tiefe dieses Geständnisses fragte sich Crat. *Warum ich? Warum erzählt er das* mir?

Peter wandte sich zu ihm um und kämpfte mit einem Lächeln. »Hast du die *Pikeman* gesehen, als sie kam, um uns vor den Grünen zu retten? Wie schön sie war? Die Leute pflegten sich über die Schweizer Marine lustig zu machen. Aber jetzt lachen nur noch Idioten! Tonne für Tonne gibt sie dem Ozeanstaat – der von uns erwählten Nation – die beste kämpfende Flotte der Welt! Also passen wir uns in dieser Weise und auf manche anderen Arten an. Wir Helvetier finden neue Rollen in der Welt und erfüllen sie mit Stolz und Geschick.«

Crat merkte, daß sich das Englisch des alten Mannes gebessert hatte. Vielleicht war es die Leidenschaft plötzlicher Erinnerung. Oder vielleicht legte er eine Maske ab.

»Oh, vor dem Krieg waren wir und unsere Verbündeten arrogant. *Mea culpa,* müssen wir jetzt zugeben. Und die Geschichte lehrt, daß die Hochmütigen immer stürzen müssen.

Aber kann das Fallen nicht auch ein Geschenk sein? Was ist Diaspora schließlich anders, als eine Gelegenheit, eine zweite Chance für ein Volk zum Lernen, aus flacher Selbstgenügsamkeit herauszuwachsen und rechtschaffen, tiefgründig und stark zu werden?«

Schultheiß sah Crat an. »Durch Leid wird ein Volk gehärtet und auf Größe vorbereitet. Meinst du nicht auch, *fils*? Daß Weisheit durch Leid entsteht?«

Crat konnte zur Erwiderung nur zwinkern, bewegt, aber nicht wissend, was er sagen sollte. Er war sich eigentlich gar nicht ganz sicher, worüber Peter sprach.

»Ja«, stimmte der alte Mann sich selbst zu und nickte heftig, mit Schuld und strenger Würde in der Stimme. »Mein Volk ist auserwählt für eine künftige, unbekannte Aufgabe. Dessen bin ich sicher. Eine Aufgabe viel größer, als auf sicheren Berggipfeln zu hocken, hoch und distanziert, und vom Geld anderer Leute ein gutes Leben zu führen.«

Peter starrte in die Nacht, viel weiter, als Crat selbst glaubte sehen zu können.

»Die Leute in der Welt werden uns noch brauchen. Merke dir meine Worte! Und wenn dieser Tag kommt, werden wir sie nicht warten lassen.«

Bei Nacht war es nicht mehr gewesen als ein Funkeln von Lichtern, die sanft zu rhythmischen Wellen schaukelten. Aber am Tage wurde die Schiffsstadt lebendig mit Lärm und Handel. Und Gerüchten. Es hieß, daß kein Ort, nicht einmal das Netz, Klatsch so schnell oder unberechenbar verbreitete.

Crat hatte aber keine Möglichkeit, das meiste Gerede mitzubekommen. Anders als auf den aktiven Schiffen, wo die Disziplin eine gemeinsame Sprache erforderte, waren schwimmende Städte ein Chaos von Sprachen und Dialekten, die geflüstert, gemurmelt und gekläfft wurden. Alle Ozeanstädte waren gleich. Babels im Kleinen, horizontal über den nervösen Ozean ausgebreitet.

Nächtliche Bodensammler stießen ihre Rufe aus, während sie durch die engen Kanäle zwischen vielstöckigen Hausbooten ruderten und feuchte Abfälle aufnahmen, die ihnen für ein paar abgewertete Piaster herabgelassen wurden. Im Wettstreit, den Gartenschiffen stinkenden Dünger zu liefern, eilten sie regelmäßig durch offene Passagen auf die Gefahr hin, zwischen den schaukelnden, stampfenden Rümpfen zerquetscht zu werden.

In Meereswasser gewaschene Kleidung hing an geflickten Leinen neben Bannern, die Ideologien, Evangelien und Reklamen in einem Dutzend von Alphabeten verkündeten. Oben auf jedem Distrikt saßen flache Aggregate von Solarzellen, die an breite, flügelartige Sammler von Regenwasser angeschlossen waren, welche alle von kleinen Jungen gewartet wurden, die wie Affen auf den schaukelnden Gestellen herumkletterten. Drachenschnüre erstreckten sich schräg in den Himmel zu Generatoren, die in stratosphärische Höhenwinde eintauchten. Durch diese Mischung von Tricks und Gerät gelang es der Schiffsstadt, ihr Leben zu fristen.

Crat atmete hungrig die Gerüche von über Seetang gekochten Speisen ein. Die Aromas änderten sich von Stelle zu Stelle. Dennoch hielt er die Hände aus den Taschen heraus. Seine schrumpfende Barschaft könnte für Schmiergelder gebraucht werden, ehe der Tag zu Ende ging.

Andere Gerüche waren noch schwerer zu ignorieren. Man konnte durch Fenster, die offen gelassen waren, um eine gelegentliche Brise zu erhaschen, Frauen – Mütter, Töchter und Gattinnen – sehen, gekleidet in Kostüme aus Ländern, die nicht mehr existierten, und bisweilen für dieses schwüle Klima viel zu dick angezogen. Crat war klug genug, nicht hinzustarren; denn viele von ihnen hatten eifersüchtiges und stolzes Männervolk. Aber an einer Stelle blieb er dennoch stehen, um zuzusehen, wie die flinken Finger eines Mädchens über einen Webstuhl tanzten und Holoteppiche für den Export herstellten. Das war ein angesehener Beruf, den sie offenbar beherrschte. Crat wußte, daß seine Hände vergleichsweise plumpe Dinger waren, die nicht einmal ein Juteseil anständig knoten konnten.

Die junge Frau schaute zu ihm herüber. Ihr Kopftuch rahmte ein anmutiges ovales Gesicht ein. Crat hätte sogar sein Herz froh darum gegeben, als sie lächelte. Aber er taumelte zurück, als plötzlich ein anderes Gesicht dazwischen kam, ein altes Weib, das ihn in einem fremden Dialekt beschimpfte. Crat drehte sich um und ging eilends weiter, hin zum Turm des Gouverneurs und der Admiralsbrücke – zwei Monolithen, die das Stadtzentrum überragten.

In einer von Gerüchen geschwängerten Stadt war der überdachte Basar ein besonders penetranter Ort, wo der Fisch im allgemeinen frisch war, aber alles andere aus zweiter Hand stammte, einschließlich der Huren, die von einem herausfordernd geschnitzten Holzbalkon längs der Hinterpartie winkten.

An der anderen Seite warben entsprechend den verschiedenen Religionen ein Dutzend kleine Tempel, Kirchen und Moscheen um die Gunst von Passanten. Hier war man wenigstens sicher vor dem alles durchdringenden Glauben der Gaia-Verehrung. Die wenigen NoAm-GaKi-Missionare, die im Ozeanstaat zu predigen versucht hatten, waren froh gewesen, mit dem Leben davongekommen zu sein. Die Lektion, die sie heimbrachten war einfach: Es erfordert einen vollen Bauch, ehe ein Mann oder eine Frau einen Pfifferling für etwas ausgibt, das so groß ist wie ein Planet.

Andere Typen auswärtiger Rekrutierer wurden geduldet. Der Kiosk für Wiederbesiedlungsfonds bot eine dritte Form von Erlösung an, gleichermaßen von Sex und Glauben distanziert. Dort standen Männer, Frauen und ganze Familien Schlange, die endlich genug hatten... die jedes Dokument unterschreiben, jede Operation dulden und jeden Eid schwören würden, nur um den Fuß wieder auf festen Boden zu setzen – sei es Yukon, Jakutien oder Patagonien –, überall, wo es regelmäßige Mahlzeiten und ein Stück echten Bodens zu bearbeiten gab.

Für den Ozeanstaat war das kein Verrat. Es war ein Sicherheitsventil für die Bevölkerung, das viel weniger aufregend war, als ein anderes, dessen Zeuge Crat während einer trüben Dämmerung bei seinem ersten Aufenthalt in dieser schwimmenden Inselstadt gewesen war.

Er war an einem Seitenkanal dahingeschlendert und knabberte an einem gebratenen Tintenfisch, den er von seiner knappen Barschaft gekauft hatte, als eine dunkle Gestalt erschien, die verstohlen hinter einer schäbigen Wohnbarke schlich. Wie er bald erkannte, war es eine Frau, von Kopf bis Fuß in Schwarz gekleidet. Der Lärm klappernder Töpfe und schreiender Nachbarn überdeckte ihre Schritte, als sie sich dahin begab, wo die Strömung am stärksten war.

Crat verschwand in einem nahen Schatten und sah, wie sie nach links und rechts schaute. Er erkannte kurz eine Schnur, als sie zwei Gegenstände zusammenband, der eine schwer, der andere in Stoff gewickelt. Crat hatte keine Idee, was da vor sich ging, obwohl er einen leisen Schrei gehört zu haben glaubte.

Der schwerere Gegenstand klatschte kräftig auf, als er ins Wasser traf und das andere Bündel sofort nach sich zog. Aber er begriff immer noch nicht. Erst als er das müde bleiche Gesicht der Frau sah und sie seufzen hörte, dämmerte es ihm. Als sie davoneilte, erkannte er, was sie getan hatte. Aber er konnte nur in gelähmtem Schweigen dasitzen. Der Appetit war ihm vergangen.

Er suchte zu verstehen, was sie zu einer solchen Tat getrieben haben könnte. Crat entsann sich, was der alte Professor Jameson über den Ozeanstaat zu sagen pflegte … wie die meisten Familien, die dorthin flohen, aus Gesellschaften kamen, wo alle Entscheidungen von Männern getroffen wurden. Im Prinzip sah Crat darin nichts Unrechtes. Er haßte die arrogante, unabhängige Art, wie Mädchen in nordamerikanischen Schulen beigebracht wurde, sich zu benehmen, immer kritisierend und abschätzend. Crat war es lieber, wie tausend ältere, weisere Kulturen es hielten, ehe westliche Dekadenz Frauen zu etwas gemacht hatte, das man nicht mehr als Frauen ansehen konnte.

Dennoch verfolgte ihn wochenlang das Gesicht jener verzweifelten jungen Mutter. Die Erinnerung kam ihm über Nacht, und er fühlte sich in seinen Träumen zwischen zwei Impulsen zerrissen – einerseits, sie zu schützen, und andererseits, sie zu erwerben.

Natürlich wurde weder das eine noch das andere von ihm verlangt. Niemand wollte ihn zum Häuptling machen.

Im vierten Quadranten des Basars, hinter den Ständen mit Fisch und Fleisch und Trödelläden und Händlern mit Enzympaste, gelangte Crat endlich zum ›Fleischmarkt‹.

»In Antarktika gibt es Gelegenheiten!« brüllte ein Werber neben einem Holo, das Fördertürme und offenen Tagebau zeigte, wo hochwertige Erze aus einem öden Gelände gefördert wurden. Gletscher ragten im Hintergrund auf.

Die Bilder sahen eindrucksvoll und ehrlich aus – sie zeigten harte Arbeit in einem rauhen Milieu. Die dargestellten Männer grinsten fröhlich neben ihren turmhohen Maschinen. Sie sahen aus wie *kühne* Männer, die eine Wildnis bezähmten und dabei reich wurden.

»Die Grünen haben ihnen jetzt ihre dämlichen *Parks* und *Schutzgebiete* freigegeben.« Der Redner fluchte, was die Menge zu beifälligem Gemurmel veranlaßte. »Fast der halbe antarktische Kontinent war für sie reserviert! Aber die gute Nachricht ist, daß der *Rest* jetzt offen ist. Weit offen für mutige Seelen, um hinzugehen und mit ihren starken Händen etwas zu gewinnen!«

Der Rekrutierer hörte sich so an, als würde er solche edlen Helden wirklich beneiden. Inzwischen zeigten die Holos schlichte, aber bequeme Baracken, das Servieren warmer Mahlzeiten und zufriedene Bergarbeiter, die Bündel von Kreditabschnitten schwenkten.

Huh! Vielleicht schaffen es manche Firmenangehörige, so zu leben. Für solche Jobs können sie überall Leute kriegen.

Tatsächlich hatte Crat sich um solche Positionen beworben, ehe er schließlich auf den Ozeanstaat zurückgreifen mußte. Und wenn er den Ansprüchen der Firmen in Indiana nicht genügt hatte, warum würden sie ihn dann hier akzeptieren? *Ihr könnt mich nicht zum Narren halten. Ich kann mir schon denken, was für eine Art von Arbeit ihr Freiwilligen vom Ozeanstaat anbieten werdet. Arbeit, die ein Roboter ablehnen würde.*

Sogar die ärmsten Bürger der ärmsten Nationen waren durch die Charta von Rio geschützt, mit Ausnahme jener, deren Anführer nie unterschrieben hatten – wie Südafrika und der Ozeanstaat. Das bescherte ihnen eine merkwürdige Freiheit – sie konnten sich freiwillig melden, um mit Jobs ausgebeutet zu werden, bei denen Vereinigungen für die Rechte von Tieren protestieren würden, wenn man sie einem Schwein zumuten würde. Aber schließlich hatte ja jedes Mitglied der Albatros-Republik sein Schicksal selbst gewählt, indem es die Bedingungen der Welt nicht annahm. *Vielmehr, indem es das letzte freie Leben auf Erden aufgab,* dachte Crat stolz. Er verließ die Bude mit distanziertem Stolz. Anständige Gauner waren ihm lieber als Lügner.

Drüben beim Wetteramt studierten Passanten die Vorhersage für die nächsten vierzehn Tage, die für alle schwimmenden Städte von lebenswichtigem Interesse war. Zwei Wochen genügten gerade, um schlimmen Stürmen zu entkommen. Am Wetteramt trafen sich auch die Spieler. Es wurden exotische Glücksspiele aller Art geboten, aber man konnte auch immer auf das Wetter setzen.

In der Nähe spielte eine kleine Band Burma-Rag – eine einschmeichelnde Mischung aus südasiatischen und karibischen Klängen, die sich im Netz wachsender Anhängerzahlen erfreute, obwohl natürlich wenig Profit davon für den Ozeanstaat abfiel. Crat warf einen Piaster als Glücksbringer in die Schale der Band.

Die Stände, die er suchte, lagen nahe der Gangway eines flotten kleinen Schiffs, das offenbar neu und stark und für Fahrten in der Tiefe gebaut war. Vor dem Tauchboot stand ein Tisch voller mineralischer eiförmiger Objekte, die von schwammartigen metallischen Knollen glitzerten. Zusammen waren das Schiff und die Erzmuster wohl so viel wert wie die halbe Stadt; aber nur wenige Bürger lungerten bei den gut gekleideten Werbern der Gesellschaft herum, die dort standen. Die eigentliche Menge drängte sich gleich dahinter, wo Männer mit Turbanen in Notiztafeln plapperten, während bärtige Ärzte an Freiwilligen herumstocherten und -stießen.

Kleine Holos verkündeten die Vorzüge des Lebens in den verschiedenen Bergungskooperativen des

Ozeanstaates. Aber jedermann wußte, um was es ging. Es *ging darum, einen abgenutzten Luftschlauch hinter sich herzuziehen, während man durch die versunkenen Straßen von Galveston oder Dacca oder Miami kroch, um Kupferdrähte und Aluminiumrohre aus zerfallenden Ruinen zu bergen.*

Das bedeutet Arbeit in stinkendem Fäkalienschlamm, um zu helfen, Blöcke des versunkenen Venedigs zu heben ... in der Hoffnung, ein Stück würde heil herauskommen, damit man es mit so viel Gewinn verkaufen könnte wie den Markusplatz ... an irgendeine russische oder kanadische Gedenkstätte.

Das bedeutet, Bagger den verfluchten Ganges hinaufzuzerren, angeheuert von der Regierung in Delhi, aber unter Beschuß durch die lokale Miliz irgendeiner Provinz, die es, außer auf Bergeshöhen, die wie Inseln aus dem Wasser ragen, nicht mehr gibt.

Crat befingerte die Notiz, die Peter Schultheiß ihm gegeben hatte. Er drängte sich an einer Warteschlange vorbei und klopfte einen Befrager mit Turban auf die Schulter.

»Können ... können Sie mir sagen, wo ...« – er blickte auf den Zettel –, »... wo Johann Freyers ist?«

Der Mann sah Crat an, als ob er eine widerliche Meeresschnecke wäre. Er brüllte etwas Unverständliches. Crat ging unerschüttert zu einer anderen Stelle. Wieder sahen ihn die anstehenden Leute mißtrauisch an. Aber diesmal war der hagere Bursche mit eingesunkener Brust, der Dienst hatte, freundlicher. Sein gut rasiertes Gesicht zeigte die Stigmen vieler langer Stunden unter Wasser – ständig blutunterlaufene Augen und von Salz geätzte Narben, wo Atemmasken am Kinn gescheuert hatten.

»Fre ers ... drüben bei ...« – er hielt inne, um mit einem verzweifelt klingenden Pfeifton Luft zu schöpfen –, »... bei ...« Mit erstaunlicher Fröhlichkeit für jemanden, der nicht einmal einen Satz zu Ende bringen konnte, lächelte er. Er schnippte mit den Fingern einem jungen Burschen unter dem Tisch zu und sagte ihm schnaufend: »Freyers.«

»Oh, danke!« sagte Crat und wurde zu seinem Erstaunen von den Werbeständen weggezerrt zur Gangway des glatten Tauchbootes. Dort unterhielten sich zwei Männer in gut aussehenden Bodysuits mit untergeschlagenen Armen.

»Bist du sicher ...?« fragte Crat den Jungen.

»Ja, ja. Ich kenne Freyers.« Er schnappte sich die Notiz aus Crats Hand und zupfte einen der Männer, den mit sandfarbenem Haar und einem langen Gesicht, das Crat an einen Spaniel erinnerte, am Ärmel. Dieser Mann vom Kontinent machte ein erstauntes Gesicht und drehte das Papier in der Hand, als ob er seine Qualität prüfen würde. Dem kleinen Boten warf er eine Münze zu.

»Sie sind also von Schultheiß geschickt, hmm?« sagte er zu Crat. »Peter ist ein mir bekannter Landsmann. Er sagt, Sie hätten gute Lungen und Geistesgegenwart.« Freyers blickte noch einmal auf die Notiz. »Auch noch ein Yankee. Haben Sie zufällig ein Leumundszeugnis?«

Crat errötete. Als ob jemand mit einem Leumundszeugnis nach hier auswandern würde! »Sehen Sie, da gibt es ein Mißverständnis ...«

»Nun, ich nehme an, Sie haben wenigstens Hochschulabschluß.«

Crat straffte die Schultern. »Das ist kein Witz. Nur Nieten schaffen die Highschool nicht.«

Der Mann mit dem langen Gesicht sah ihn einen Moment lang an und sagte dann mit sanfter Stimme: »Die meisten Ihrer Mitbürger haben eine Highschool nie *gesehen,* mein junger Freund.«

»Doch natürlich haben sie ...« Dann hielt Crat inne, als ihm einfiel, daß er kein Amerikaner mehr war. »O ja. Gut!«

Beide Männer sahen ihn schweigend an. »Hm«, sagte schließlich der kleinere. »Er würde imstande sein, einfache Gebrauchsanweisungen zu lesen, sowohl in Common wie Simglish.« Er wandte sich an Crat. »Kennen Sie etwas geschriebenes Nihon oder Han? Etwas Kanji?«

Crat zuckte die Achseln. »Nur die ersten hundert Zeichen. Man lehrte uns einfache Ideo ...«

»Ideogramme.«

»Ach ja. Die ersten hundert. Und ich habe noch ein paar mehr aufgeschnappt, auf die Sie beide wohl kaum Wert legen würden.«

»Hmm. Ohne Zweifel. Und stumme Rede? Zeichensprache?«

Crat konnte nicht sehen, was das sollte. »Ich nehme an, bloß Schulkram.«

»Technische Fähigkeiten? Welche Art Netzanschluß haben Sie zu Hause benutzt?«

»He, Sie und ich wissen doch, daß alles, was ich an technischem Kram bekommen habe, nur Dreck ist. Wenn Sie einen gebildeten Menschen wollten, wären Sie nicht *hier,* um Ra's willen! Es muß in der übrigen Welt doch drei verfluchte Milliarden Leute mit Highschoolabschluß geben!«

Freyers lächelte. »Gewiß. Aber nur wenige dieser Graduierten haben sich an Bord einer Fischflotte des Ozeanstaates bewährt. Wenige kommen mit so guten Empfehlungen. Und ich nehme auch an, daß nur wenige mit Ihrer – sagen wir – Motivation zu uns kommen.«

Er meint, daß ich keinen Job ablehnen kann, der gut bezahlt wird. Und ich würde mich bei keiner Gewerkschaft beklagen, wenn sie mir Tanks mit rostigen Ventilen gäben oder einen Luftschlauch, an dem der Gummi abblättert.

»Können wir Sie dafür gewinnen, an Bord zu kommen und einige Erfrischungen mit uns einzunehmem? Wir haben Käse und Schokolade. Dann können wir über Ihre Erprobung reden. Ich kann nichts versprechen, mein Junge, aber vielleicht könnte das Ihr Glückstag sein.«

Crat seufzte. Er hatte sich schon längst den Winden des Schicksals überantwortet. Die Leute sahen ihn an, hörten ihn sprechen und gewannen den Eindruck, daß ein Bursche wie er keine Weltanschauung haben könnte – keine Lebensphilosophie. Aber er hatte sie. Man könnte sie in fünf einfachen Wörtern zusammenfassen.

Na schön, was soll der Scheiß!

Am Ende führte ihn der Hunger auf die Gangway hinter den beiden Werbern. Dies und ein starkes Gefühl, daß er schließlich kaum eine Wahl hatte.

□ In Anbetracht ihrer schwindenden Petroleumreserven und der Nebeneffekte des Freisetzens von Kohlenstoff in die Atmosphäre – warum waren die Amerikaner des zwanzigsten Jahrhunderts so mißtrauisch hinsichtlich Kernenergie? Im wesentlichen machten die Leute sich schwere Sorgen wegen *Inkompetenz*.

Man nehme den Fall des Kernkraftwerks der Bodega-Bay. Ihre Planer wußten recht gut, daß ihre Fundamente über der Sankt-Andreas-Spalte lagen, verschwiegen das aber, bis jemand Alarm gab. Warum?

Es war nicht nur Hunger nach einem kurzfristigen Gewinn. Enthusiasten für ein bestimmtes Projekt erzeugen manchmal ihre eigenen Versionen von Realität und reduzieren alle Möglichkeiten eines etwaigen Versagens. Sie reden sich ein, daß jeder denkbare Kritiker ein Narr oder Kretin sei.

Glücklicherweise trat die Gesellschaft gerade in die ›Ära der Kritik‹ ein. Öffentliche Untersuchungen führten zu einem Aufschrei, und die Bodega Bay wurde aufgegeben. Darum wurde die Hälfte des Staates von Kalifornien vor der Vernichtung bewahrt, als das große nördliche Erdbeben 1998 zuschlug.

Die andere Hälfte wurde vier Jahre verschont bis zum großen Erdbeben im Süden. In dieser Tragödie wurden nur einige tausend getötet, anstelle von Millionen, die gestorben wären, wenn die Kernkraftwerke im Diablo Canyon und San Onofre nicht im voraus verstärkt worden wären – wieder dank des freien Austauschs von Kritik. Anstatt das Unglück zu verstärken, hielten diese Kraftwerke durch, um dem Volk in Zeiten der Not zu helfen.

Es gibt Unmengen anderer ›nuklearer‹ Beispiele. Bloß einige kleine Pumpen, die eingebaut waren, um Kritiker zu besänftigen, verhinderten, daß Three Miles Island zu einem Tschernobyl wurde – jener Katastrophe, deren radioaktive Nachwirkungen von Nagasaki bis Bern reichten und später die ersten Krebsseuchen auslösten.

Viele wünschen noch, daß Uran aus der Energiewirtschaft verbannt wird, trotz des derzeitigen Sicherheitsrekords und verbesserter Situation der Abfallbeseitigung. Sie fordern, daß wir uns mit dem Verlangen einverstanden erklären, jede Konstruktion und Modifikation der Diskussion im Netz zu unterziehen.

Ironischerweise ist es gerade diese Armee von Kritikern, die für Zutrauen in das jetzige System wirbt. Dieses plus der Tatsache, daß zehn Milliarden Menschen einen Kompromiß fordern. Die werden nicht nur ideologisch motiviert sein. Nicht dann, wenn die eine Konsequenz den Hungertod bedeuten könnte.

– Aus **Die transparente Hand.** Doubleday Books ed. 4.7 (2035).
[□ Hyperzugriffcode 1-tTRAN-777-97-9945-29A.]

• MANTEL •

Sepak Takraw beendete seinen dritten Rundgang um den ASEAN-Komplex an diesem Tage und stellte fest, daß es noch keinen Ausweg aus der Falle gab. Elitetruppen der Indonesier und Papuas hatten dieses kleine Plateau tief in dem von Regen durchtränkten Irian Jaya gesichert. Nichts kam herein oder hinaus, ohne daß raffinierte Detektoren es aufspürten und identifizierten.

Sepak war wirklich beeindruckt durch den Professionalismus der Truppe. Er hatte kaum militärisches Können zu sehen bekommen außer am Unabhängigkeitstag der Verpflichtung durch den Präsidenten. Es war faszinierend, wie die Posten peinlich genau Taschencomputer benutzten, um ihre Runden nach Zufallsregeln einzuteilen, so daß völlig unvorhersehbar wurde, was als Routine erschienen haben mochte.

Sepak hatte an den ersten Tagen, nachdem er seinen Schleichweg zur Oberfläche gefunden hatte, alle Hände voll zu tun, um den Soldaten nicht in den Weg zu geraten. Aber bei all ihrem Raffinement achteten sie nicht besonders auf jemanden, der sich schon *innerhalb* ihres Bereiches befand.

Dies bedeutete, George Huttons Techniker hatten über ihn kein Wort verloren – verdammt! Ihre Loyalität legte ihm hinwiederum eine Verpflichtung auf.

So wand er sich eines Tages durch seine enge Felspassage, um die Kiwis zu überprüfen. In den ersten Tagen sah es ziemlich übel aus. Die Jungen und Mädel aus Neuseeland ließen sich gegen die Kalksteinmauern fallen, starrten die an, welche sie gefangen hatten, und sprachen nur einsilbig. Aber dann änderten sich die Dinge dramatisch. Inquisitoren wurden durch eine Schar fremder Experten ersetzt, die in einem Ansturm weißer Mäntel herunterkamen und die Neuseeländer höchst achtungsvoll behandelten. Alles sah höchst gemütlich aus.

Allzu gemütlich. Sepak wollte daran keineswegs teilhaben. Besonders vermied er die Kavernen während der Essenszeiten, wenn er über eine hohe Galerie blicken und zivilisierte Küche riechen mußte. Er mußte sich inzwischen mit dem behelfen, was ihn sein Großvater gelehrt hatte, direkt aus dem Wald zu holen.

Am Ufer eines rieselnden Baches schmierte sich Sepak Streifen aus weichem Lehm zwischen die Brauen und erneuerte die Tarnung, die ihn für die Soldaten unsichtbar machte … bis jetzt … und solange er nicht diese nie schlafenden Strahlen an der Grenze zu durchqueren suchte. Er kaute langsam an den letzten

Bissen einer jungen Baumpythonschlange, die er tags zuvor gefangen hatte. Oder den letzten Bissen, die *er* zu essen beabsichtigte. Der Großvater hatte ihm gezeigt, wie man die Innereien unter Verwendung einiger obskurer Kräuter zubereitet. Aber er war damals zu sehr angewidert gewesen, um besonders darauf zu achten. Die Verehrung des Erbes war gut. Aber manche ›Delikatessen‹ überschritten doch die Grenzen zum Ekligen.

Der Wald war seit einigen Generationen nicht mehr so bejagt worden. Vielleicht erklärte dies sein bisheriges Glück. Oder vielleicht war es auch, weil Sepak ein Bündel bunter Federn und Schmetterlingsflügel am Fuß eines hohen Baumes niedergelegt hatte als Opfer für einen Geist, dessen Namen er vergessen hatte, der aber nach Aussage seines Großvaters stark und wohlwollend war.

Ich komme gut zurecht, dachte er. *Aber, zum Henker ... Ich wünsche, ich könnte ein Bad nehmen!*

Sepak sah in dem flachen Wasser sein Spiegelbild. Gewiß, er war recht ansehnlich. Verfilztes, mit Beuteltierfett nach hinten geklebtes Haar. Dunkle Haut mit blassen, verschmierten Farbstreifen und Flecken von Blättersaft. Nur wenn er grinste, war da eine gewisse Ähnlichkeit mit einem Mann des einundzwanzigsten Jahrhunderts, dessen Zähne allzu weiß, ordentlich und vollkommen wirkten.

Rings um sich spürte er Leben rutschen und kriechen, von winzigen Käfern, die durch modrige Abfälle des Waldes krabbelten, bis hin zu dem hohen Baldachin, wo er eilige Fellstücke, schimmernde Schuppen und aufblitzende Augen bemerken konnte. Zweige raschelten. Irgendwelche Dinge stelzten über andere Dinge. Man mußte aber Geduld haben, um etwas davon zu sehen. Diese Fertigkeit lernte man nicht in der Schule.

Zumeist war am auffälligsten die Stille.

Plötzlich wurde die Ruhe durch einen Schwarm Nahrung jagender Vögel unterbrochen, die mit einem Sturm von Federn in die kleine Lichtung einfielen. Sie flogen von rechts herein, ein zirpendes, wildes Chaos von Farben und Arten. Nach dem ersten aufgeregten Moment verhielt Sepak sich vollkommen ruhig. Er hatte schon über dieses Phänomen gelesen, es aber bisher nie erlebt.

Kleine Vögel mit blauem Gefieder stürzten sich direkt in den Humus. Sie verstreuten Blätter und Zweige bei der Jagd nach fliehenden Insekten. Über ihnen schwebte eine größere Species mit weißen und gelben Federn, die hinabtauchte, um sich etwas von dem zu schnappen, was durch die frechen blauen Vögel sichtbar aufgescheucht wurde. Noch andere Arten schwärmten um die Baumstämme und verkrümmten Wurzeln. Es war ein erstaunlicher Anblick, wie die verschiedenen Species zusammenarbeiteten wie Angehörige einer disziplinierten militärischen Einheit zum Aufräumen des Dschungels.

Dann bemerkte Sepak, wie einige Vögel sich wüst um diesen oder jenen zappelnden Bissen stritten, und revidierte seinen ersten Eindruck. Die weißgelben Vögel waren *Nutznießer,* die aus dem Fleiß der kleineren Vorteil zogen. Er beobachtete, wie ein schwarzschwänziger Wurzelhüpfer einen Bissen stibitzte, der schon im Schnabel eines wütenden Vogels mit hellorange Federn zappelte. Andere Arten machten es genau so und hielten ein achtsames Auge aufeinander, während sie die tiefe Rinde der Bäume bearbeiteten und Parasiten und proteinreiche Käfer verschlangen, ehe ein Konkurrent sie erreichen konnte.

Das war also keine Teamarbeit. Es war ein Gleichgewicht von Drohung, Prahlerei und Gewalt. Jeder Schnorrer kämpfte darum, alles zu behalten, was er fand, wobei er andere ausnutzte.

Komisch. Warum bleiben sie denn da beisammen?

Sepak hatte den Eindruck, daß die weißgelben die kleineren Vögel hätten mehr belästigen können, als sie taten. Sie verpaßten Gelegenheiten, weil sie abgelenkt waren, indem sie die halbe Zeit damit verbrachten, den Baldachin über ihnen zu durchmustern.

Er fand heraus, warum. Mit einemmal krächzten etliche Gelbe alarmiert und lösten ein Gewirr flatternder Schwingen aus. Schneller, als das Auge erfassen konnte, verschwanden sämtliche Vögel ... und gingen in Deckung einen knappen Moment, bevor ein großer *Falke* durch die Lichtung sauste – mit leeren Fängen und enttäuscht kreischend.

Die Warnung der Gelben hat alle gerettet, nicht nur sie selbst.

Kurz darauf war der Raubvogel verschwunden, und die gemischte Schar war wieder da und nahm ihre drollige, zänkische Parodie von Kooperation wieder auf.

Jeder spielt eine Rolle, wurde ihm klar. *Alle haben Vorteil durch die erfahrene Wachsamkeit eines Typs. Alle profitieren durch ihr gegenseitiges Talent des Pickens ...*

Es war deutlich, daß sie einander keineswegs gern mochten. Es herrschte Spannung. Und durch eben diese Spannung klappte alles. Sie vereinte den jagenden Schwarm, als er sich durch die aufragenden Bäume der Sicht entzog.

Huh, dachte Sepak und staunte, wieviel man lernen konnte durch bloßes stilles Dasitzen und Beobachten. Das war keine Fertigkeit, die man in dem frenetischen Hasten moderner Gesellschaft erlernte. Vielleicht, so überlegte er, könnte dieses Abenteuer seine Vorteile haben.

Dann knurrte sein Magen. *Na gut,* dachte er, stand auf und nahm seine rohen Speere zur Hand. *Ich höre dich. Sei geduldig!*

Bald ging er ruhig mit flotten Schritten dahin und suchte in den Zweigen, aber nicht mehr als passiver

Beobachter. Jetzt zog er durch die Bäume – mit den Ohren lauschend und mit den Augen spähend – auf der Suche nach Anzeichen, wo er auf diesem kleinen Plateau seine nächste Mahlzeit finden könnte.

□ Jetzt ist es offiziell. NASA-Wissenschaftler bestätigen, daß ihr ältestes noch arbeitendes Raumfahrzeug, *Voyager 2,* das erste Objekt von Menschenhand ist, welches das Sonnensystem völlig verlassen hat.

Gewiß läßt sich über die Grenzen der Sonnenfamilie diskutieren. Bereits im vorigen Jahrhundert hat die Entfernung *Voyagers* die des Pluto, unseres neunten Planeten, überschritten. Ein weiterer Meilenstein konnte gefeiert werden, als das ehrwürdige Vehikel die Stoßwellenfront der Sonne erreichte, wo es auf Atome aus dem interstellaren Raum traf. Aber die meisten Astronomen sagen, daß *Voyager* immer noch innerhalb des Einflusses der alten Sonne war, bis es die ›Heliopause‹ passierte und den Sonnenwind hinter sich ließ. Das geschah im Jahre 2037, zehn Jahre später als vorhergesagt.

Daten von *Voyagers* kleinem Zehn-Watt-Sender helfen den Gelehrten, ihre Modelle des Universums zu verfeinern. Was aber die meisten Leute erstaunlich finden, ist die Tatsache, daß der primitive Roboter – vor fünfundsechzig Jahren gestartet – überhaupt noch funktioniert. Das übertrifft jede Erwartung seitens seiner Konstrukteure oder auch moderner Ingenieure. Vielleicht ist dafür eine gewisse Konservierungseigenschaft des tiefen Weltraums verantwortlich. Aber einen farbigeren Vorschlag haben die ›Freunde der Gemeinschaft von St. Franciscus‹ gemacht [□ SIGRel.disc. 12-RsyPD 634399889.058], einer katholischen Spezialinteressengruppe, die das Überleben *Voyagers* als ein ›Wunder‹ im exakten Sinn dieses Wortes bezeichnet.

»Wir glauben jetzt fest an die ältesten himmlischen Verpflichtungen der Menschheit, hinauszugehen, Gottes Werke zu beobachten und ihn zu verherrlichen durch Benennung aller Dinge.

In diesem Bemühen hat kein menschliches Unternehmen so viel gewagt oder so großen Erfolg gehabt wie Voyager. *Er hat uns Monde und Ringe und ferne Planeten beschert, große Täler und Krater und andere Wunder. Er hat Jupiters Stürme ausgelotet und*

Saturns Blitze und Bilder heimgeschickt von dem Rätsel, das Miranda darstellt. Kein anderes modernes Unternehmen hat den Schöpfer so sehr verherrlicht und uns so viel Seines großen Planes gezeigt wie der getreue Voyager, *unser erster Sendbote zu den Sternen.«*

Ein farbiger und nicht unerfreulicher Gedanke zur Kontemplation in diesen Tagen, da die Ätherwellen wieder einmal von Hinweisen auf kommende Krisen voll sind. Es ist ein Hauch von Optimismus, über den wir wohl alle nachdenken sollten.

Dies ist Corinne Fletcher, berichtend für Reuters III aus dem Labor für Strahlantriebe in New Pasadena, California.

[☐ reporter-bio: C.FLETCHER-REUT.III. Glaubwürdigkeitsbewertung: CaAd-2, Zuschauer-Union (2038). Ba-Ab-1, World Watchers Ltd., 2038.]

• MESOSPHÄRE •

Die Paläogeologen wollten wissen, was vor sich ging.

»Alle diese seltsamen Ereignisse, Stan ... Löcher in China und Rauchsäulen auf dem Meer. Haben Sie eine Idee, was da los ist?«

Selbst wenn es keinen *cordon sanitaire* von dänischen und NATO-Soldaten um die Tangoparu-Kuppel gegeben hätte, würden Dr. Nielsen und die anderen sicher den Verdacht gehegt haben, daß etwas im Gange war. Die ganze Welt war mißtrauisch, und Stan war beim Pokern nie besonders gut gewesen.

»Es gibt Gerüchte, Stan«, sagte Nielsen, kurz nachdem das Militär angekommen war. »Haben Sie die heutige Mittagsausgabe des *New Yorker* gesehen? Da ist ein korrelierter Überblick, der viele dieser bizarren Phänomene einem Muster zuordnet.« Stan zuckte die Achseln und vermied die Augen des blonden Wissenschaftlers. Aber schon das verstärkte natürlich den Verdacht. »Stan, wissen Sie etwas über dies alles? Ihr Graviscan-Programm, diese Truppen, die merkwürdigen Beben... das hängt doch alles zusammen, nicht wahr?«

Was konnte er sagen? Stan fing an, seinen Freunden aus dem Wege zu gehen und seine freien Momente statt dessen draußen auf der Moräne zu verbringen, wo er spazierenging und sich Sorgen machte.

Er war natürlich in ständigem Kontakt mit George Hutton gewesen, seit Alex und Teresa ihre Flucht aus Neuseeland wieder gutmachten. Und er mußte die Logik hinter der unangenehmen Allianz mit Oberst Spivey anerkennen. Was könnten sie anders machen? Es war wieder wie Alamogordo 1945. Der Dämon war aus der Flasche heraus. Alles, was sie jetzt tun konnten, war, so gut wie möglich damit umzugehen.

SOVS, RUSS, EUROPS UND HAN IN N.Y.GESPRÄCHEN.
GEAPS BOYKOTTIERT. NATO HÄLT HIN.

Das war die Schlagzeile der ScaniaPress nach einem weiteren Magazin-Exposé. Ein vorwitziger Informant in der EUROP-Mission bei den U.N. erzählte, wie private Verhandlungen zwischen den Großmächten seit mehr als vierzehn Tagen liefen. Empörung tobte durch das Weltdatennetz. Was machten die Regierungen eigentlich – hielten sie das Volk tatsächlich im dunkeln über eine Krise? Wie durften sie es wagen?

In Ermangelung solider Information kursierten viele Gerüchte.

... Es ist das Abschmelzen der Eiskappen, welches die Erde beben läßt ...

... Es sind geheime Waffenversuche. Vertragsverletzungen. Wir müssen die Tribunale anrufen, ehe es zu spät ist ...

... Das sind überhaupt keine irdischen Phänomene. Wir werden von UFOs zermürbt ...

... Es ist eine Konstellation der Planeten. Die Babylonier haben richtig prophezeit ...

... Überbevölkerung – zehn Milliarden Seelen können dem Druck nicht standhalten. Allein der psychische Stress ...

... Sollten wir etwas Uraltes aufgeweckt haben? Etwas Schreckliches? Ich habe einen *Drachen* erblickt, der in einem öffentlichen Archiv geschnüffelt hat. Haben andere draußen das auch gesehen? ...

... *Gaia,* es ist unsere Mutter, die in ihrem Schlaf erschauert über die Pein, die wir ihr bereitet haben ...

... Ich habe keine Idee, *was* es ist! Aber ich würde wetten, daß es Leute in hoher Stellung gibt, die es tun. Es ist ihre Pflicht, uns zu sagen, was vor sich geht!

Weitere Schlagzeilen in BBC, TASS, Associated Press ...

GROSSMÄCHTE PALAVERN, NIHON STEHT ABSEITS.

Holos abreisender Diplomaten werden von professionellen und Amateurhackern analysiert, die jedes Gesicht und jede Pore verstärken und spekulative Untersuchungen von Fleischtönen, Zwinkerfrequenzen und vervösen Zuckungen publizieren ...

... der russische Gesandte war entsetzt ...

... Das EUROP-Team wußte mehr, als es sagte ...

... Offenbar gibt es einen Konflikt zwischen NATO und ASEAN ...

Stan war durch die kreative Energie da draußen beeindruckt. Der Datenverkehr boomte und überbeanspruchte sogar die leistungsfähigen Glasfaserkanäle. Reservekapazitäten wurden hinzugeschaltet, um damit fertig zu werden.

Eine Holo-Pop-Gruppe, Space Colander, brachte eine neue Nummer heraus unter dem Titel ›Strapazierung der Realität‹ – ein sofortiger Schlager. Untergrundpoeten schickten Päane auf Irrwege von einem Computerknoten zum anderen, die schneller als die Sonne um den Globus liefen.

Stan beteiligte sich natürlich nicht. Mit Ausnahme seiner seltenen Spaziergänge verbrachte er seine meiste Zeit damit, über militärische Verbindungen mit Alex und Glenn Spiveys Physikern zu konferieren und die Geheimnisse des Gazers zusammenzufügen. Manche Teile ließen sich sofort einordnen, etwa, wie die Strahlen mit der Oberflächenmaterie gekoppelt waren. Es schien, als hätten sie ein ganz neues Spektrum entdeckt, genau rechtwinklig zu den Farben des Lichts. Mit diesen Entdeckungen würde die Physik niemals wieder dieselbe sein.

Seine finstersten Vorahnungen waren ähnlich denen, die jene Physiker damals in New Mexico vor fast einem Jahrhundert empfunden haben mußten. Aber diese Männer hatten sich mit ihren schlimmsten Befürchtungen geirrt, nicht wahr? Ihre Bombe, die ein verheerendes Armageddon hätte auslösen können, erwies sich statt dessen als ein Segen. Nachdem sie alle Welt drei Generationen lang vor einem großen Krieg bewahrt hatte, überzeugte sie schließlich die Nationen, Friedensverträge zu unterzeichnen. Vielleicht würde jetzt auch hieraus das gleiche Resultat folgen. Die Menschheit mußte nicht immer töricht und destruktiv sein.

Vielleicht werden wir diesmal auch Weisheit zeigen. Es gibt immer eine Chance.

Stunden später war Stan noch immer hart bei der Arbeit und sagte Austrittspunkte für Strahlen voraus, damit Spiveys Leute im voraus dorthin gehen konnten, um die Effekte zu studieren, während er vor seinem Arbeitsschirm saß und ein eigenartiges Bild anblinzelte, das ihm noch im Kopf saß. Es kam und ging, ehe er es scharf ins Auge fassen konnte; und jetzt zeigte das Display nichts Abnormales mehr. Vielleicht war es nur ein Gebilde seiner Erschöpfung. Nichtsdestoweniger behielt er ein deutliches Nachbild ... von einem schimmernden Lächeln im Gesicht einer Eidechse, und dahinter ein peitschender, mit Haaren und Juwelen besetzter Schweif.

□

1828 entdeckte Benjamin Morrell vor Namibia eine von *Guano* bedeckte Schatzinsel. Eine mehr als fünfundzwanzig Fuß dicke Schicht war durch Generationen von Kormoranen, Tölpeln und Pinguinen deponiert worden. Morrell nannte sie ›den reichsten Misthaufen der Welt‹. Um 1844 drängten sich bis zu fünfhundert Schiffe um die Insel Ichaboe. Achttausend Männer karrten tonnenweise ›weißes Gold‹ weg, um die Gärten Englands gedeihen zu lassen. Ein lukratives, wenn auch schmutziges Geschäft.

Dann war der Guano alle. Die Schiffe verließen Ichaboe und fuhren nach Chile, den Falklands und überall hin, wo Vögel in der Nähe reicher Fischfanggebiete ihre Nester hatten. Wie Nauru, dessen König die Hälfte der Fläche seines kleinen Landes verkaufte, um die Kauflust seiner Volkes zu finanzieren. Jede neu gefundene Lagerstätte hielt einige Zeit an und machte ein paar Leute reich. Dann verschwand sie, als ob es sie nie gegeben hätte.

Viele andere ökologische Krisen kamen und gingen. Schulen von Fischen verschwanden. Riesige Vogelschwärme starben. Später erholten sich einige Fischbestände. Und geschützte Nistgebiete retteten einige Kormorane und Tölpel knapp vor der Ausrottung.

Dann bemerkte eines Tages jemand, daß die Vögel das taten, was sie immer gemacht hatten ... direkt draußen auf dem Felsen. Es schien ihnen auch nicht viel auszumachen, als Männer mit Schaufeln kamen – diesmal vorsichtig, um die Nestlinge nicht zu stören – und in Säcken das wegtrugen, wofür die Vögel keine weitere Verwendung hatten.

Es war schließlich eine sich erneuernde Ressource. Oder konnte es sein, wenn man richtig damit umging.

Man ließ die Fische schwärmen und die Strömungen fließen und die Sonne auf die steinigen Küsten scheinen. Die Vögel belohnten sie für ihre Geduld.

Mark Randall konnte alle auf ihn gerichteten Teleskope fast spüren. Das Gefühl, beobachtet zu werden, gab ihm ein Prickeln im Nacken, als er die *Intrepid* nach dem stroboskopischen Blitzen der Instrumente lenkte.

Natürlich beobachteten die Großmächte sein Schiff. Und auch die zweiundneunzig Nachrichtenagenturen und die großen 900 Korporationen und wahrscheinlich Tausende von Amateurastronomen, deren Instrumente sich in Sichtlinie befanden.

Manche haben vermutlich eine bessere Vorstellung von dem, was ich jage, als ich selbst, überlegte er.

»Das Ding ist nicht von einer Rakete dahin gebracht«, sagte ihm Elaine Castro, als sie über seine Schulter auf den rotierenden Zylinder blickte, der im Scheinwerferlicht des Shuttles eingefangen war. »Dieser Orbit ist zu merkwürdig. Und sehen Sie! Das Ding hat nicht einmal Standard-Befestigungspunkte.«

»Ich glaube nicht, daß es ... normal gestartet wurde«, antwortete Mark. Keiner von ihnen sagte damit etwas Neues. »Brauchen Sie Hilfe, um das EVA-Manöver – den Ausstieg in den freien Weltraum – vorzubereiten?« fragte er seine neue Partnerin. »Haben Sie ihre Inertialaggregate auf neuesten Stand gebracht?«

Die stattliche schwarze Frau legte ihm eine Hand in Raumkleidung auf die Schulter und drückte zu. »Jawohl, Mutti. Und ich verspreche, daß ich rufen werde, wenn ich etwas benötige.«

Mark blinzelte in einem jähen Moment von *déjà vu,* als ob jemand seine in einem Spiel geplanten Züge lesen würde. Seit wann war er Pessimist, der immer doppelt kontrollierte, der Fanatiker fürs Detail?

Natürlich, seit ihm sein letzter Partner durch etwas

Unergründliches genommen wurde. »Gut, geben Sie mir auf jeden Fall aus der Luftschleuse eine Ablesung der Funktionstüchtigkeit des Anzugs, ehe Sie evakuieren.«

»Aye, aye, Capt'n!« Sie salutierte affektiert und sarkastisch. Dann machte sie ihren Helm fest und ging hinaus, um das piepende Mysterium einzufangen, wofür sie um die ganze Welt auf Jagd geschickt waren.

Wie bist du dahin gekommen? fragte er stumm das rotierende Objekt. Es gab Gesetze der Dynamik, die man verbogen haben mußte, um genau diese bizarre Flugbahn zu erreichen. Keine Aufzeichnung wies auf einen Raketenstart im letzten Monat hin, der dies Ding auf einen solchen Kurs gebracht haben könnte.

Es gibt aber noch andere Aufzeichnungen als jene, die von NORAD und SERA freigegeben werden … Aufzeichnungen über umgedrehte Tornados und Vacuumsäulen auf Meeresniveau … von verschwindenden Flugzeugen und von Regenbogen, die in halbe Knoten gebunden waren.

Seine Paneele zeigten grün. Fröhliches Grün leuchtete auch dort auf, wo Elaines Anzug Einsatzbereitschaft meldete. Dennoch schweiften seine Augen hin und her. Sie prüften Telemetrie, Stellung, Lebenserhaltung und ganz besonders Navigation. Mark pfiff leise zwischen den Zähnen. Er sang halb bewußt in einem tonlosen Flüstern:

»Ich bin, wo ich bin, und das ist alles, wo ich bin …«

Seine Partnerin kam in Sicht und winkte fröhlich, als sie auf den schimmernden Zylinder zudüste. Mark paßte auf wie eine Bärenmutter, als sie das rotierende Objekt mit dem Lasso einfing und hinter sich zur Frachtbucht der *Intrepid* zog. Selbst als Elaine wieder im Eintrittszyklus war, blieb Mark wachsam und beobachtete nicht nur seine Instrumente, sondern auch die *Erde* … die früher als ein so zuverlässiger Ort erschienen war, aber seit kurzem viel heikler war und sogar zu plötzlichen Wutausbrüchen geneigt schien.

☐ Weltweite Spezialinteressengrupe für Langfristige Lösungen. [☐ SIG AeR.WLRS 253787890.546]. **Spezielles Subforum 562: Soziale Theorien verrückter Bilderstürmer.**

Werden menschliche Angelegenheiten durch *verborgene Einflüsse* beherrscht? Ich denke an ernsthafte Vorschläge, wie Kondratjeff-Wellen, die technologische Zyklen von Aufschwung und Verfall zu spüren scheinen, obwohl niemand weiß, warum.

Eine andere Idee heißt ›Beständigkeit von Krisen‹. Sie behauptet, daß in jedem beliebigen Jahrhundert immer gleich viel Panik im Gange ist.

Oh, gewiß gibt es Hochs und Tiefs, wie die Helvetische Katastrophe und die zweite Krebsseuche. Man könnte aber doch sagen, daß von einer Generation zur nächsten sich alles ausgleicht, so daß die Durchschnittsperson sich genausoviel Sorgen um die Zukunft macht, wie ihre Großmutter es getan hat.

Man nehme den großen Friedensrausch der Neunziger. Die Leute waren verblüfft, wie schnell Staatsmänner in der Welt anfingen, vernünftig zu handeln. Unter den Abmachungen von Emory beendeten Indien und Pakistan die gegenseitigen Beschimpfungen ihrer Väter. Rus und Han begruben das Kriegsbeil, und die Supermächte stimmten den ersten Inspektionsverträgen zu. Die Menschen der Erde hatten sich bankrott gemacht durch die Ausgaben für Waffen, die niemand einzusetzen wagte. Damit schien gerade noch rechtzeitig Friede eingekehrt zu sein.

Wie aber, wenn das zeitliche Zusammentreffen kein Zufall war? Man stelle sich vor, durch irgendeine Zauberei wären 1949 Stalin und Mao durch Führer ersetzt worden, die vor Vernunft und Rechtschaffenheit geradezu strotzten. Oder *alle* schrägen Typen hätten Gesundheitspillen bekommen damals, als die Welt erst zwei Milliarden Menschen zählte, die Regenwälder noch in Kraft und Saft standen, die Ozonschicht intakt und die Ressourcen der Erde noch kaum angezapft waren?

Es wäre allzu einfach gewesen, jede bekannte oder eingebildete Krise zu lösen! Ohne das Wettrüsten oder jene verschwenderischen Ersatzkriege wäre der Reichtum pro Kopf in die Höhe geschossen. Inzwischen würden wir Schiffe zu den Sternen schicken.

Wenn man die bizarre Vorstellung akzeptiert, daß die Menschheit irgendwie durch Krisen gedeiht, dann ist es klar, daß wir den Kalten Krieg von 1950 bis 1990 brauchten, um Spannungen hochzuhalten, bis der Nachschub versiegte. Erst dann, angesichts eines drohenden ökologischen Zusammenbruchs, war es in Ordnung, sich von Missile-Bedrohungen und Ideologien zu verabschieden. Weil wir alle inzwischen mit *echten* Problemen konfrontiert waren.

Jetzt werden sich manche von Ihnen fragen, warum ich meine wöchentliche Kolumne einer so ausgefallenen Idee widme. Es ist wegen aller dieser Gerüchte, die wir im Netz vernehmen. Eine neue Krise scheint aufzutauchen... etwas Nebelhaftes und Erschreckendes, das die Grenzen der Realität herausfordert.

Wollen Sie die Wahrheit wissen? Ich habe wirklich etwas Derartiges erwartet. Tatsächlich.

Sie sehen, bei all unseren Problemen hatte es angefangen, als es so auszusehen schien, daß die Leute endlich erwachsen worden wären... und als ob sie einige Lektionen gelernt hätten und endlich begönnen, gut zusammenzuarbeiten. Vielleicht hatten wir manche Dinge zu gut in der Hand. Nun kommt also infolge der Beständigkeit von Krisen hier etwas Neues, das uns halb zu Tode erschrecken kann.

Es ist nur eine Idee, und zugegebenermaßen eine unausgegorene und unwahrscheinliche. Aber das Netz ist ja immer damit beschäftigt, Ideen zu sezieren.

• EXOSPHÄRE •

Allein in einem verschlossenen Raumschiff erwartete sie niemanden. Und doch wurde an die Tür geklopft.

Teresa hatte sich durch einen überfüllten Raum gezwängt und benutzte einen Torsionsschlüssel, um ein neues Aluminiumrohr zu befestigen. Sie hielt inne und lauschte. Es kam wieder – ein Pochen an der neuen Einstiegluke der Fähre.

»Einen Moment!« Ihre Stimme war durch die wattierten Röhren um sie gedämpft. Teresa kroch rückwärts aus dem Winkel, wo sie das archaische Brennstoffzellensystem der *Atlantis* durch ein leistungsfähigeres aus einem ausgeschlachteten Auto ersetzt hatte. Sie wischte sich die Hände an einem alten Lappen ab und ging über klappernde Metallplanken, um durch das einzige Bullauge des Mitteldecks zu lugen.

»Oh, du bist es, Alex! Warte eine Sekunde!«

Sie war nicht sicher, ob er sie durch die Tür hören konnte, aber es dauerte nur einige Augenblicke, den Riegel zu drehen und die schwere Tür zur Seite zu schwingen. Die Reparatur und Reinigung der Luke war die Arbeit, die sie sich als erste vorgenommen hatte, bald nach ihrer Ankunft auf dieser kleinen Insel ihres Exils.

Alex wartete am oberen Ende der Treppe, die von der Basis des *Atlantis*denkmals in die Höhe führte. Oder des ›Galgens‹ der Fähre, wie es Teresa manchmal vorkam. Denn die verstümmelte Maschine schien da, wo sie war, wie ein im Moment des Abhebens gefangener Vogel zu hängen.

»Hi!« sagte Alex und lächelte.

»Selber hi!«

Die leichte, durch June Morgans Besuch erweckte Spannung war inzwischen ganz vorbei. Natürlich hätte sie sich verlegen fühlen sollen, wenn die Geliebte ihres Freundes ab und zu vorbeikam. Alex stand unter großem Druck, und es war gut zu wissen, daß er sich gelegentlich auf diese Weise entspannen konnte. Dennoch spürte Teresa momentane Stiche von Eifersucht und Mißtrauen, die nicht einfach rational begründet waren.

»Ich dachte, es wäre an der Zeit für mich, einmal vorbeizukommen und zu sehen, was du machst.« Alex hielt einen Beutel mit den Umrissen einer Flasche hoch. »Habe ein Geschenk für die Einstandsfeier mitgebracht. Hoffentlich störe ich nicht?«

»Nein, natürlich nicht. Achte aber darauf, wo du die Füße hinsetzt! Ich habe die Verkleidung des Decks aufgerissen, um an einige Kühlleitungen heranzukommen. Muß eine Menge davon ersetzen, fürchte ich.«

»Hm«, bemerkte Alex, als er über eine der gähnenden Öffnungen schritt und auf das Gewirr von Leitungen und Rohren hinuntersah. »Also haben die Katalysatoren, die June dir gebracht hat, geholfen?«

»Gewiß haben sie das. Und diese kleinen Roboter, die du mir geliehen hast. Die schafften es, Verkabelungen hinter Trennwänden durchzuziehen, so daß ich keine großen Verkleidungen entfernen mußte. Vielen Dank!«

Alex stellte den Beutel nahe dem Chaos aus altem und neuem Gerümpel ab. »Es würde dir nichts ausmachen, wenn ich dir eine recht naheliegende Frage stelle?«

»Etwa warum? Warum ich dies mache?« Teresa lachte. »Ich weiß es offengestanden selbst nicht. Wohl, um die Zeit zu vertreiben. Gewiß gebe ich mich keinen Illusionen hin, daß sie je wieder fliegen wird. Ihr Rückgrat würde die Beanspruchung auch des sanftesten Starts nicht aushalten.

Vielleicht bin ich nur eine geborene Restauratorin. Kann eine anständige Maschine nicht einfach daliegen und verrosten lassen.«

Alex blickte in das Gewirr von Drähten und Rohren und pfiff. »Sieht kompliziert aus.«

»Du sagst es. Shuttles der *Columbia*-Klasse waren die komplexesten Maschinen, die je gebaut wurden. Spätere Modelle haben die von diesen Babies erkundeten Techniken stromlinienförmig vervollkommnet.

Das ist wirklich der traurige Teil. Es waren Raumfahrzeuge in *Entwicklung*. Es war töricht und sogar kriminell vorzugeben, daß es ›routinemäßige Raumversorgungsvehikel‹ wären oder wie die verdammten Narren sie damals nannten... Aber komm nur weiter! Ich will dir eine Führung geben.«

Sie zeigte ihm, wo NASA-Aasgeier das Schiff ausgeplündert hatten, als seinerzeit die Entscheidung getroffen wurde, die *Atlantis* aufzugeben, wo sie lag. »Sie nahmen alles, was für die zwei restlichen Shuttles ausgeschlachtet werden konnte. Aber sie haben noch eine erstaunliche Menge Trödel zurückgelassen. Zum Beispiel die Flugcomputer. Völlig obsolet, selbst schon damals. Die Hälfte der Haushalte in Amerika hatte schon schnellere und raffiniertere. Deine Armbanduhr könnte alle fünf beim Poker schlagen und noch überreden, für die Republikaner zu stimmen.«

Alex wunderte sich. »Erstaunlich.«

Teresa führte ihn die Leiter hinauf zum Hauptdeck, wo südpazifischer Sonnenschein durch Vorderfenster hereinströmte, die durch den Kot aufsitzender Möwen verdreckt und beschmiert waren. Im Cockpit fehlte die Hälfte der Instrumente, die längst brutal herausgerissen waren und Drähte hinterlassen hatten, die über trübe, von Staub bedeckte Bildschirme verstreut waren. Sie stützte die Arme auf den Pilotensessel und seufzte. »Soviel Liebe und Mühe wurde in diese Maschinen gesteckt. Und soviel bürokratisches Ungeschick. Manchmal frage ich mich, wie wir es überhaupt so weit gebracht haben, wie wir gekommen sind.«

»Teresa, sag – gibt es eine Möglichkeit, in den Frachtraum zu kommen?«

Sie drehte sich um und sah, wie Alex durch die kleinen Fenster in der Rückseite der Kontrollkabine starrte. In dem Raum dahinter war es natürlich stockfinster, da er keine Öffnungen nach außen hatte. Sie selbst war gelegentlich einmal drin gewesen, nur um bestürzt zu entdecken, daß Milben und kleine Spinnen dort ihre Quartiere aufgeschlagen und den riesigen Hohlraum mit filigranen Netzen durchzogen hatten. Wahrscheinlich hatten sie Risse benutzt, die die *Atlantis* erfahren hatte, als sie auf ihr 747-Trägerflugzeug rumste und beide Schiffe für immer ruinierte. Die

Boeing war verschrottet worden. Aber *Atlantis* blieb, wo sie lag. Ihre Fracht bestand jetzt aus Insekten.

»Sicher. Durch die Luftschleuse im Zwischendeck. Aber ...«

Er wandte sich um. »Rip, ich muß dich um eine Gefälligkeit bitten.«

Sie blinzelte. »Und das wäre?«

»Komm nach draußen! Ich habe in dem Lastwagen etwas mitgebracht.«

Die Kiste mußte auf die Stufen des Sockels gehievt werden. Von da an mußte man sie mühsam durch die Luke für das Aussteigen der Besatzung quetschen.

»Wir können sie nicht hierlassen«, sagte Teresa schnaufend und wischte sich die Stirn. »Sie blockiert den Platz für meine Arbeit.«

»Darum habe ich nach dem Frachtraum gefragt. Glaubst du, daß wir sie hindurchbringen können?«

Eben links der Toilettenzelle befand sich die Luftschleuse – jetzt der einzige Zugang zum Frachtraum. Teresa schaute hin und schüttelte zweifelnd den Kopf. »Vielleicht, wenn wir auspacken, was immer das ist.«

»All right. Wir wollen aber vorsichtig sein.«

Sie verstand, warum er so nervös war, als sie die innere Verpackung wegzogen. Dort lag, ruhend in einem kardanischen Gestell, die perfekteste Kugel, die Teresa je gesehen hatte. Sie schimmerte fast wie flüssig, und der Blick glitt über ihre Flanken ab. Irgendwie floß das Bild vorbei und verfehlte das eigentliche Ding.

»Wir müssen es am Gehäuse tragen«, sagte Alex zu ihr. Teresa bückte sich, um einen guten Griff zu bekommen, während er die andere Seite packte. Die silbrige Kugel schien wie ein Gyroskop stets in der gleichen Richtung orientiert zu sein, ganz gleich, wie sie sie verschoben und anstießen. Aber das hätte eine Illusion sein können. Soweit Teresa wußte, rotierte sie wie wild vor ihr. Kein Streifen in der konvexen Reflektion gab einen Hinweis.

»Was… ist dieses Ding?« fragte sie, als sie in der Luftschleuse eine Pause machten, um Luft zu schöpfen. Es war kaum Platz für die Kugel und ihr Gestell, so daß sie sich seitlich durchdrängen mußten, um die entgegengesetzte Luke zu erreichen. Der enge Druck von Alexens Schulter, als sie sich zusammen dahinschlängelten, fühlte sich mit einemmal vertraut und warm an. Er erinnerte an Zeiten, die noch gar nicht so lange her waren, da sie Gefahr und Abenteuer geteilt hatten.

»Es ist ein Gravitationsresonator«, sagte er und liebkoste die Kugel mit seinem Blick. »Eine völlig neue Konstruktion.«

»Aber er ist so klein. Ich dachte, es müßten große Zylinder sein.«

»Allerdings, um ein breites Spektrum an Suchwellen zu erzeugen. Aber dieser hier ist ein Spezialist. Er ist abgestimmt. Auf Beta.«

»Ah!« bemerkte Teresa beeindruckt.

Dann fuhren sie fort, die schimmernde Kugel in den Lagerraum zu zerren, der jetzt von drei kleinen Glühbirnen erhellt war. »Also warum… warum wollt ihr einen abgestimmten Gravitationsresonator… in einer kaputten Raumfähre installieren?«

»Ich… dachte schon, daß du fragen würdest. Tatsächlich installiere ich ihn nicht so sehr, als daß ich ihn vielmehr verstecke.«

Während einer kleinen Ruhepause wischte sich Teresa die Stirn ab. »Verstecken? Meinst du vor Spivey?«

Alex nickte. »Oder seinen Konsorten. Du kennst doch diese Maori-Wächter, die uns auf Drängen von Auntie Kapur geschickt wurden? Nun, die haben schon Spione gefaßt, die sich in den Bereich einschleichen wollten. Der eine war ein Nihonese, zwei andere waren Han. Und ich bin sicher, daß auch Spiveys

Leute welche auf der Insel erwischt haben. Auntie schickt Verstärkungen, aber auch so halte ich mein As lieber gut versteckt im Loch.«

Er rieb die Hände an der Hose, um sie abzutrocknen und packte dann wieder das Gehäuse. Gemeinsam hoben sie es wieder hoch.

»Versteckt...« Sie grunzte, als sie den Resonator über einen Längsholm in eine feste Position nahe einem Befestigungspunkt für Nutzlast brachten. »Versteckt in meinem Ärmel.« Teresa richtete sich auf. »Nein, Alex, das ist okay. Ich billige es. Es ist nicht bloß Spivey. Ich traue keinem von denen weiter, als ich spucken kann.«

»So«, fuhr sie fort, als Alex die Maschine unten befestigte. »War das eine Flasche, was ich vorhin in deiner Hand gesehen habe – hoffe ich doch?«

Immer noch kurzatmig, grinste Alex zurück. Seine Augen schimmerten in dem Lampenlicht und dessen Reflexen an der perfekt supraleitenden Kugel. »Ja, ich weiß, daß ihr Yankees euer Bier kalt mögt. Aber ich bin sicher, wenn du erst einmal dies gekostet hast, wirst du diese scheußliche Angewohnheit aufgeben.«

»Hmm. Das werden wir sehen.« Teresa wischte sich ein Stück Spinnenwebe aus den Augen. Als Alex sich zum Gehen wandte, sah sie, wie der winzige Faden flatterte, sich rund um die Kugel hinabsenkte und sofort verschwand.

Es war wirklich ein starkes bitteres Gebräu, und Teresa gefiel es durchaus. Aber um den Schein zu wahren, sagte sie, daß das Zeug eine Menge über Engländer verriete. Es hemmte offenbar ihre emotionale Entwicklung. Er lachte nur und beugte sich vor, um ihr Glas nachzufüllen.

Teresa saß im Kommandantensessel, während Alex mit untergeschlagenen Beinen im Sitz des Copiloten hockte. Keiner von ihnen fühlte sich besonders gestimmt, die langen Pausen auszufüllen. So war es nach Teresas Erfahrung oft, wenn Leute beisammen saßen, die gemeinsam dem Tod ins Auge geschaut hatten.

»Du bist besorgt«, meinte sie schließlich nach einer ausgedehnten Pause. »Du glaubst nicht, daß die Vereinbarung halten wird.«

»Es war von Anfang an hoffnungslos.« Alex schüttelte den Kopf. »Im nachhinein kann ich nicht verstehen, warum es so lange gedauert hat, bis Spivey uns fand. Aber wir waren ja immerhin nur eine kleine Konspiration, die mit geringen Mitteln arbeitete. Und jetzt? Unsere Strahlen rufen auffällige Phänomene über den ganzen Globus hervor. Die Allianzen können so ein Ding nicht verborgenhalten, nicht wenn jedermann auf der Erde eifrig herauszufinden sucht, was da vor sich geht.«

»Warum haben sich dann Spivey und Hutton geeinigt, es zu versuchen?«

Er zuckte die Achseln. »Oh, das schien damals eine gute Idee zu sein. Sich um Beta kümmern, die Lage stabilisieren und dann die Welt vor eine vollendete Tatsache stellen. Und natürlich gibt es uns eine Chance, die Singularität zu charakterisieren und ihre Herkunft zu erkennen. Unser technischer Bericht sollte die Wissenschaftstribunale veranlassen, die Inspektion des Erdkerns zu erweitern, um jedes neue Wettrüsten mit Gazern und dergleichen zu verhindern. Und dann könnte in einer offenen Debatte darüber entschieden werden, ob man Beta dabehält, als eine mögliche Waffe zur Verteidigung des Planeten, oder versuchen soll, es für immer wegzuscheuchen.«

»Klingt einleuchtend.« Teresa nickte widerwillig.

»Das einzige Problem ist, daß die Zeit schon gekommen ist. Beta ist verhältnismäßig stabil. Ich habe Daten für einen vollständigen Bericht und bin sicher, daß die anderen Großmächte schon ihre eigenen heimlichen Gravitationsüberwachungsprogramme gestartet haben.

Gestern gab es einen Puls von Nihon ...« Er schüttelte den Kopf. »Ich möchte gern wissen, auf was Spivey gewartet hat.«

»Hast du von der U.N.-Konferenz gehört?« fragte Teresa. »Jedermann, alle Delegierten, sprach in Parabeln und doppeldeutigen Äußerungen. Sie moralisierten und posierten, sagten aber nichts, in das sich die Reporter verbeißen konnten.«

»Hm.« Alex runzelte die Stirn. Sie merkte, daß er etwas sagen wollte, dann innehielt und neu anfing.

»Ich ... ich habe angefangen, gegen ihn zu kämpfen, das solltest du wissen.«

»Gegen wen?« Dann machte sie große Augen, »Du kämpfst gegen Spivey! Aber wie?«

»Ich zerre an den Strahlen aus Südafrika und Rapa Nui, denen, die ich noch unter Kontrolle habe. Ich benutze sie, um Betas Bahn höherzupumpen ... da hinaus, wo es schneller an Masse verlieren wird. Und wo das verdammte Ding auch nicht mehr diese unheimlichen Spuren im Unteren Mantel hinterläßt ...«

Sie unterbrach ihn. »Hat er reagiert? Hat Spivey etwas gemerkt?«

Alex lachte. »Und ob! Hat George veranlaßt, mir ein Telex zu schicken. Hier ist eine Kopie.« Er zog das kleine Blatt aus der Brusttasche. »Sie drängen mich beide, weiterzumachen ... nicht aufzugeben. Verstehst du? Alle hängen gemeinsam am Strick. Oder wird man uns getrennt aufhängen?

Und dann hat heute morgen Neuguinea bei einem Routinelauf drei Mikrosekunden zu spät gefeuert.«

»Was hat das ausgemacht?«

Er schüttelte den Kopf. »Es hat Energie *aus* Betas Orbit herausgezogen, Rip, und es etwas tiefer fallen lassen. Es scheint, daß unser Oberst nicht will, daß sein Spiegel Masse verliert. Nicht, solange noch weitere Experimente gemacht werden sollen.«

Mehrere Pulsschläge lang herrschte Schweigen – ihr

einziges Maß für den Ablauf der Zeit. Endlich fragte Teresa: »Was könnte Glenn versuchen wollen? Er kann doch sicher nicht vorhaben, es als Waffe zu verwenden? Seine Vorgesetzten können doch nicht so verrückt sein!«

Alex starrte durch die dreckige Frontscheibe hinaus über einen Streifen schwarzer Rollbahn auf eine Klippe mit Buschgras, die steil aus dem vulkanischen Boden ragte. Dahinter lagen die mit Schaum gekrönten Wasser des aschegrauen Pazifiks.

»Ich wünschte, ich wüßte das. Aber hinter was er auch her sein mag – ich fürchte, daß wir beide nur Bauern im Schachspiel sind.«

□ Wie warm ist es? Ihr wollt doch sicher wissen, wie warm es ist? Ich sehe gerade jetzt Farmer Izzy Langbone unter einer Pappel sitzen. He, Izzy, für wie verflucht heiß würdest du es halten?

O nein, Izzy, verschone mich! Nicht mit vollem Munde. Wir werden auf Izzy zurückkommen, wenn er aufgeräumt hat. Sehen wir einmal und holen uns eine Antwort von Jase Kramer drüben bei den Sioux Falls. Jase, du scheinst einige Schwierigkeiten mit deinem Traktor zu haben.

»Nein, Larry. Es ist nur so. Ich muß unter diesen Chulalongkornsechsern das tote Holz von Hand beseitigen. Schau, es wird hier von den...«

Nun, das ist prima, Jase. Nett von dir, unten das Holo zu machen, so daß wir alle etwas sehen können. Nun sag mir, wie warm ist es?

»Na, zum Teufel, Larry. Gestern haben meine Hühner hartgekochte Eier gelegt...«

Vielen Dank, Jase Kramer! Hallo, schickt diesem Kumpel eine Hilfe!

Wartet jetzt nur einen kleinen Moment... Da ist ein aktinischer Blitz für eure Aktualitätsbesessenen. Es scheint, daß die letzte Runde dieser geheimgeheimen Gespräche – entschuldigt mein Urdu! – drüben in New York Village zum Mittagessen unterbrochen wurden. Unsere Verbündeten dort haben sich mit dem Mob aus Nachrichtenjägern getroffen, die die Delegierten gescheucht haben. Für eine direkte Eingabe geht rasch auf den Nachrichtenkanal 82! Für Episoden in Farbe ruft Rap-250. Oder ihr könnt es so verdauen, wie es kommt. Bleibt bei uns, während euer Gerät eine Zusammenfassung für später erstellt.

Da wir gerade über die Geisterkrise sprechen – hat jemand von euch draußen heute etwas Neues gesehen? Irgend etwas, das ein Kobold gewesen sein könnte? Gestern hat uns Betty Remington von St. Low ein vollkommen rundes Amarantbeet gezeigt, bei dem die Kerne alle mysteriöserweise von innen nach außen gekehrt waren. Und in Barstow behauptet Sam Chu, daß einer seiner preisgekrönten Zuchtkarpfen direkt vor ihm aufgetaucht und explodiert wäre! Sachen gibt es!

Wer hat also eine Meinung da draußen? Ihr kennt den Code, laßt uns nun hören...

• HOLOSPHÄRE •

Jen erinnerte sich daran, was ihr vor langer Zeit ein weiser Mann gesagt hatte, als sie in ähnlicher Weise von dem Problem des Bewußtseins besessen war. Das war ein mit Thomas befreundeter Astronom gewesen, ein sehr großer Geist, wie sie sich entsann, der stundenlang geduldig zuhörte, als sie die neuesten Vorstellungen über Erkenntnis und Wahrnehmung vortrug. Als ihr dann schließlich die Luft wegblieb, erklärte er:

»Ich bin nicht in formaler Psychologie bewandert. Aber nach meiner Erfahrung reagieren die Menschen auf jede neue Situation auf eine von vier Weisen:

Aha! ... Hmmm ... O weh! ... und: Prima ...

Das illustriert die vier Grundzustände des Bewußtseins, liebe Jennifer. Alles andere ist bloße Verfeinerung.«

Jahre später fand Jen die kleine Allegorie noch immer entzückend. Sie ließ sie innehalten und nachdenken. Aber paßten diese vier ›Zustände‹ wirklich für das menschliche Denken? Führten sie zu neuen Theorien, die experimentell geprüft werden konnten?

Sie erinnerte sich an das Lächeln des Astronomen an jenem Abend. Sicher kannte er die tiefere Wahrheit, daß alle Theorien nur Metaphern sind, bestenfalls hilfreiche Modelle der Welt. Und selbst seine kluge Erkenntnis war nicht mehr als ein Stäubchen im eigenen Auge.

Es gibt hundert Arten, den Berg Fudschi zu betrachten, wie uns Hokusai gezeigt hat. Und jede davon ist richtig.

Jen wünschte, sie könnte jetzt mit jemandem wie diesem alten Astronomen sprechen.

Heute bin ich *eine betagte Professorin mit niemandem als Gesprächspartner als einen intelligenten Oberschüler. Wer ist da, um mir Realitätskontrollen zu liefern? Mir zu sagen, ob ich bloß Phantomen nachjage?*

Sie bewegte sich in diesen Tagen auf einem schmalen Pfad und umging alle Fallgruben reiner Vernunft – jener verführerischsten und trügerischsten aller menschlichen Belustigungen. Jen hatte immer geglaubt, daß Philosophen immer wieder Stöße an den Kopf bekommen müßten, um nicht in den Rhythmen ihrer eigenen ›wenn – dann‹ gefangen zu werden. Aber jetzt konnte sie kaum Steine werfen. Während allseitig Krisen herrschten, verengte sich der Bereich ihrer Existenz, als ob ihr einst weiter Spielraum sich jetzt einwärts richtete und für einen künftigen Wettstreit oder Kampf rüstete.

Aber was für ein Kampf? Was für ein Wettstreit?

Ganz sicher war sie nicht dafür ausgerüstet, an den Kämpfen teilzunehmen, die zwischen Kenda und ihrem Enkel tobten. Ebenso würde die im Netz wallende Gärung durch nichts beeinflußt werden, das sie zu bieten hätte. Inzwischen begann sie, stochastische Niveaus zu erreichen. Eine Milliarde oder mehr verängstigte Bürger in der Welt waren schon weg von ihren Myriaden an Vorhaben, Hobbies und Zerstreuungen auf ein einziges seltsames Ziel gelenkt worden, einen Brennpunkt nagender Furcht. Seit dem Helvetischen Krieg hatte es nichts dergleichen gegeben – und in jenen Tagen war das Netz erst ein reiner Embryo gewesen.

In ihrem offenen Posteingang türmten sich Mitteilungen auf, da zahllose Korrespondenten nach ihrer Meinung fragten. Aber Jen wurde nicht hereingezogen, sondern wich tiefer in die begrenzte Welt des Denkens zurück.

Oh, sie verließ regelmäßig die Katakomben zu körperlicher Übung und menschlichem Kontakt. In der geduckten, festungsartigen Arche verbrachte sie jeden Tag neunzig Minuten mit ihrem einzigen Studenten. Sie beantwortete seine eifrigen Fragen mit eigenen Rätseln, staunte über seinen unersättlichen Geist und fragte sich, ob er je eine Chance bekommen würde, ihn zu entwickeln.

Aber wenn sie dann unter der erbarmungslosen Sonne heimging, kam sie an hohen Termitenhügeln vorbei, erbaut von geduldigen, höchst geselligen Kreaturen in regelmäßigen Abständen zwischen den natürlichen Hügeln.

Sie summten unablässig einen Kommentar, der in ihrem Kopf widerzuhallen schien, selbst nachdem der klapprige kleine Käfig angefangen hatte, sich in die kühle Stille des verlassenen Bergwerks zu senken und an einer Schicht zusammengepreßter Sedimente nach der anderen vorbeiglitt, um sie zu jenen Kavernen zu bringen, wo schwerarbeitende Männer wie homerische Gestalten unter der weit distanzierten Anleitung ihres Enkels für das Schicksal der Welt schufteten.

Ihre Bemühungen waren für Jen natürlich von Interesse. Es sah allerdings nicht so aus, als ob jemand sie in diesem Moment benötigen würde. Und außerdem mußte sie sich um etwas noch Wichtigeres kümmern.

Ihr Gedankengang. Er war kostbar und zart. Ein Faden der Konzentration, der unbedingt erhalten bleiben mußte ... nicht für die Welt, aber um ihrer selbst willen. Das war eine egozentrische, sogar egoistische Haltung, aber Jen wußte schon längst, daß sie solipsistisch war. Außer während der Jahre, da ihre Kinder heranwuchsen, war dieser Zug des Gedankens für sie immer am wichtigsten gewesen. Und das war eine sehr große Idee.

Aus dem Netz holte sie Hinweise bis hin zu Minsky und Ornstein, Pastor und Jaynes – und sogar dem guten alten Jung – und prüfte nach, wie jeder Denker mit dieser speziellen Vorstellung umgegangen war... daß *einer* bisweilen *viele* sein konnte, oder viele zu einem kombinieren.

Ihr junger Schüler Nelson Grayson hatte dies wirklich getroffen mit seiner Fixierung auf ›Kooperation gegen Wettstreit‹. Diese Dichotomie lag jedem menschlichen Moralsystem zugrunde, jeder Ideologie und ökonomischen Theorie vom Sozialismus bis zum Libertinismus der freien Marktwirtschaft. Jeder versuchte, sie auf verschiedene Weisen zu lösen. Und jeder Versuch wühlte mehr Inkonsistenzen auf.

Wie aber, wenn es letztlich eine falsche Dichotomie ist? Wie, wenn ich auf diese Verführer hereingefallen wäre – Platon und Kant und Hegel? Durch die ›wenn-dann‹-Kraft linearer Logik? Vielleicht gibt es im eigentlichen Leben weniger Widersprüchlichkeit, als wir sehen.

Das Motto auf der alten amerikanischen Münze verfolgte sie. »Aus vielen eines.«

Unsere Sub-Egos sind gewöhnlich nicht getrennt, außer bei der Unordnung gespaltener Persönlichkeit. Vielmehr verschmelzen und haften aneinander die Triebe und Impulse einer normalen Person. Sie verheiraten und scheiden sich, bilden zeitweilige Allianzen, um uns in bestimmten Wegen fühlen und handeln zu lassen.

So weit, so gut. Das Belegmaterial für irgendeine Form von vielgeistigem Modell war erdrückend. Aber dann kam die Schwierigkeit.

Wenn ich aus vielen bestehe, warum beharre ich dann

darauf, überhaupt ein zentrales Ich *wahrzunehmen? Was ist dies Bewußtsein, das selbst jetzt, während ich diese Gedanken denke, seine eigene Existenz betrachtet?*

Jen erinnerte sich daran, wie Thomas versucht hatte, sie für die Lektüre von Romanen zu interessieren. Er hatte versprochen, daß die besten Erleuchtung bringen würden. Daß ihre Charaktere ›scheinbar zum Leben erweckt‹ würden. Aber die Protagonisten waren für Jen nie realistisch. Selbst wenn sie als konfus oder introspektiv geschildert wurden, schienen ihre Gedankenprozesse zu eingleisig geradeaus gerichtet zu sein. Zu eindeutig. Nur Joyce kam jemals nahe heran, den wahren Wirbelsturm von innerem Konflikt und Überwindung darzustellen, jener weiten verschwommenen Seegebiete, die eine Insel halber Ruhe umgaben, die sich ›ich‹ nannte.

Muß ich mich deshalb als ein einheitliches Selbst fühlen? Ein ›Auge‹, das umherschweift? Eine Illusion von Heiterkeit, so daß der Sturm die meiste Zeit ignoriert werden kann?

Oder ist es ein Weg, um einen Anschein von Konsistenz zu rationalisieren? Um der Außenwelt ein kohärentes Antlitz zu bieten?

Einer Sache fühlte Jen sich sicher. Das Universum im Innern eines menschlichen Geistes war nur vage physikalischen draußen ähnlich mit seinen diskreten Entitäten, seinen Species, Zellen, Organen und Individuen. Und dennoch benutzte der Geist diese äußeren Entitäten als Metaphern in eben den Modellen, mit denen er sich zu definieren pflegte!

Heute hatte Nelson sich gründlich mit einem solchen Modell beschäftigt. *Regierung,* sagte er, besteht aus dem Bestreben einer Nation, die Differenzen zwischen ihren Bestandteilen – den Bürgern – beizulegen. In alten Zeiten war der Beschluß eine einfache Sache der Auferlegung eines *fiat* durch einen König oder eine herrschende Klasse.

Später verbesserte dann die Herrschaft der Majorität die Lage ein wenig. Aber selbst heute noch könnten kleine Minoritäten Bomben und Höllenmaschinen herstellen, wenn sie wütend genug waren. (Die Blaupausen gab es alle im Netz, und wer würde sich die Rolle des Zensors anmaßen?)

Also waren Kompromiß und Konsens absolut lebenswichtig, und die Regierungen konnten nur sorgsam vorgehen, ohne je Lösungen aufzuzwingen. Dienstleistungen als Forum für vorsichtige Annäherung.

Mit anderen Worten – die ideale Regierung sollte wie der verantwortungsbewußte Geist einer gesunden Person sein! Das war ein faszinierender Vergleich. Fast so interessant wie der nächste, den Nelson äußerte.

Er sagte, das *Weltdatennetz* wäre die perfekte Analogie. Wie eine Person bestünde es auch aus einer Myriade winziger Unter-Ichs (den acht Milliarden Abonnenten), die alle halb nach Zufallsgesetzen stritten, verhandelten und kooperierten. Cliquen von Abonnenten schlossen sich zusammen und trennten sich… manchmal nach Nationalität oder Religion, aber heutzutage häufiger nach speziellen Interessengruppen, die alle alten Grenzen übersprangen… und Kleinkriege führten, um die Tagesordnung der Welt und ihr Leben in der physischen Welt zu beeinflussen.

Erstaunlich! dachte Jen. Der Junge hatte einen bedeutenden metaphorischen Sprung gemacht.

Natürlich war der Vergleich mit der Regierung etwas überzogen. *Aber die Erkenntnis, daß Bewußtheit unser Weg ist, alle unsere geheimen Egos ins Tageslicht zu rücken, damit sie entweder zusammenwirken oder auf anständige Art wettstreiten – darauf kommt es an. Es erklärt, warum eine Neurose das meiste ihrer Kraft verliert, wenn sie erst einmal erkannt ist… sobald es dem gesamten Geist gelingt, diese dunklen Geheimnisse als einen vom Rest isolierten Teil zu erkennen.*

Jen ging an den emsig tätigen Technikern vorbei, setzte sich an ihr Display und arbeitete weiter an ihrem Modell, indem sie es nach Richtlinien modifizierte, die durch Nelsons Einsicht inspiriert waren. Nur das Subvokal war schnell genug, damit die Eingaben ihrem drängenden Tempo folgen konnten. Ihre Zähne stießen zusammen, und ihr Kehlkopf hüpfte, wenn sie Worte *fast* laut aussprach. Die Maschine überflog diese Phrasen schneller, als sie sie hätte aussprechen können. Und sie extrapolierte, indem sie aus ihrem umfangreichen Gedächtnis Stücke von diesem und jenem holte, um sie in ein anwachsendes Loch einzupassen.

Diese Stücke waren zumeist Objektblöcke, die aus den allerbesten Intelligenz modellierenden Programmen ringsum entnommen waren. Das kostete natürlich Geld, und in einer Ecke sah Jen, wie ihr persönliches Konto alarmierend sank. Aber ein jedes der Programme hatte etwas Empfehlenswertes an sich. Jedes war durch Teams talentierter Forscher mit privaten Theorien ausprobiert worden, die sie beweisen wollten – eine jede deutlich widerspruchsvoll und unverträglich mit den anderen.

Aber in diesem Augenblick spielte das für Jen keine Rolle mehr, deren Doktrin leichter zu korrigieren war. Mit einem Male erschien es völlig sinnvoll, sie zu verschmelzen und zu kombinieren – im Versuch, ein Ganzes größer zu machen als die Summe seiner Teile.

Bei der Mutter… wie wenn sie alle recht hätten? Wie wenn Selbstähnlichkeit und Rekursion ein lebendes System nicht typisieren können ohne noch ein drittes Attribut – Einschließung?

Es gab sicher ein Vorbild für eine solche Melange… Das menschliche Gehirn als physisches Organ war schichtweise gebaut. Seine neuesten evolutionären Neuerungen hatten ältere Abschnitte nicht *ersetzt*. Vielmehr war jede immer *über* ältere Teile gelegt worden, um sie zu verbinden und zu modifizieren, aber nicht aufzuheben oder zu verdrängen.

Am neuesten waren die präfrontalen Lappen, kleine Auswüchse über den Augen, die von manchen als Sitz der menschlichen Persönlichkeit bezeichnet wurden... die letzte Zimmerflucht, die einem Wolkenkratzer des Geistes hinzugefügt worden war. Darunter lag der Cortex der Säugetiere, den der Mensch mit seinen engsten Vettern gemein hatte. Weiter unten, aber immer noch nützlich und funktional, führten die zu den Reptilien passenden Gehirnteile immer noch zweckmäßig Arbeiten aus, während darunter ein fundamentales Reflexsysten pulsierte ähnlich dem in primitiven Chordaten.

So würde es auch mit ihrem Modell sein. Nach und nach fanden Teile des Puzzlespiels an die richtige Stelle. Zum Beispiel vertrug sich das Erkenntnissystem von Berkeley erstaunlich gut mit den Modellen des ›emotionalen Impulses‹ der Behavioristen von der Universität Beijing. Mindestens tat es das, wenn man jedes von beiden erst ein wenig in der richtigen Weise verdrehte.

Wenn sie sich ins Netz begab, um diese und andere Programme zu suchen, mußte sie natürlich zuerst erfahren, was dort herauskam. Es war reines Chaos! Ihre ersten Spitzel gingen in dem Mahlstom völlig verloren. Sie mußte bessere schreiben, nur um das Clearinginstitut der großen psychologischen Bibliothek in Chicago zu erreichen. Und selbst dann bedurfte es mehrerer Versuche, bis die Sendboten mit dem, was sie brauchte, zurückkehrten. Die letzte Beschaffung hatte ganze sieben Sekunden erfordert und sie veranlaßt, der Konsole ärgerlich einen Klaps zu geben.

Inzwischen erkannte Jen – vielleicht mit einem Stich von Eifersucht –, daß ihr Enkel konkurrenzlose Höhen erreicht hatte in der Kunst, Leute zu weit mehr als ihren eigenen bescheidenen Leistungen anzustacheln.

Das Netz schäumte von Gärstoffen, die Alex Lustig ausgelöst hatte. Jen stellte sich vor, daß irgendwo und vielleicht bald bei der ganzen Rube-Goldberg-Erfindung eine Sicherung durchbrennen würde.

Paß auf, altes Mädchen! Deine Metaphern verraten dein Alter.

Also gut, wir wollen einige Vergleiche anstellen.

Das Chaos im Netz war wie Gischt, der über ein kleines Boot sprüht. Die von ihren Spitzeln zurückgebrachten Subroutinen enthielten unverlangtes Material aller Art. Jen war sowohl alarmiert wie amüsiert, wenn manche Stücke von Softwareschlacke regelrecht darum kämpften, nicht verworfen zu werden. Sie klebten an ihrer Existenz im Computer wie krabbelnde kleine Tiere und mußten verfolgt werden, damit sie sich nicht in einer Ecke versteckten und knappen Speicherplatz verbrauchten oder sich gar vermehrten.

Impulsiv blickte sie auf den kleinen Schirm, wohin sie Comicsfiguren verbannt hatte, die von ihren freien Assoziationen aufgerufen worden waren. Zum Beispiel schimmerten im Vordergrund ein wackelndes Kartenhaus und verbrauchte rauchende Sicherungen, die deutlich aus neuerlichem oberflächlichem Gemurmel extrapoliert waren.

Dann war da das Tigersymbol, das während all dieser Wochen an der gleichen Stelle gelegen hatte. Das Simulacrum schnurrte leise und ruhte auf einem Nest, das wie zerfetztes Papier aussah.

Sie sagte diesem Bruchstück ihrer selbst: Wenn du darauf bestehst, hier herumzuhängen, dann ist es Zeit, daß ich dir Arbeit gebe.

Der Tiger gähnte, reagierte aber, als sie entschlossen zwei Zähne zusammenstieß – um die Dominanz ihres zentralen Ichs über seine Teile zu bekunden. Subvokal befahl sie, diese unechten Fetzen unverlangter Software zu verjagen – alle diese zappelnden und plappernden Irrelevanzen, die ständig aus dem Chaos des Netzes hereinströmten und ihre Arbeit störten.

Das Wetter droht, erkannte sie. *In Zeiten wie diesen wird jedes bewegliche Ding Obdach suchen, wo es nur kann.*

Mit diesem Gedanken schienen Regenflecke den Pelz des Tigers zu befeuchten, aber nicht seine Stimmung. Mit einem weiteren Gähnen und danach einem wilden Grinsen machte die Katze sich auf, um alle Eindringlinge zu beseitigen und Jens Modell Platz zu schaffen, sich niederzulassen und zu wachsen.

□

Auf anderen Inseln Polynesiens lebten die Leute ganz ähnlich wie die unseren. Auch ihre Häuptlinge waren Wesen mit großem *mana.* Auch unsere Vettern glaubten, daß der Lebenslauf des Kriegers gleich unter dem der Götter liegt.

Aber in anderer Hinsicht waren wir verschieden. Denn als seine Kanus vom alten Hiva ankamen, erkannte unser Urvater Hotu Matu'a sofort, wohin er gekommen war. Dies ist *Te Pito o Te Henua* – die Insel im Mittelpunkt der Welt.

Wir besaßen Hühner und Taro und Bananen und Yams. Es gab Obsidian und harten schwarzen Stein, aber keinen Hafen, und unsere Kanus waren verloren.

Wozu brauchten wir Kanus? Warum auf Abreise hoffen? Denn wir glaubten, das Rapa Nui am nächsten gelegene Land wäre der helle Mond selbst, der tief über unsere Kraterberge zog – ein Paradies über den Köpfen, kaum außer Reichweite. Im Glauben, wir könnten mit *mana* dorthin gelangen, bauten wir die *ahu* und bebauten die *moai.*

Aber wir hatten den großen Tangaroa erschlagen und waren verurteilt zu versagen, zu leiden, vom Fleisch unserer Brüder zu leben und zu sehen, wie unsere Kinder Leere erbten.

Es ist hart, am Nabel der Welt zu leben.

• KERN •

Er war beim Rasieren, als das Telefon läutete.

Alex war nicht zufrieden mit dem neuen Rasierapparat, den er nach der Flucht aus Neuseeland gekauft hatte. Seine Diamantklinge war viel zu scharf, anders als seine alte, die in den Jahren seit seinem sechzehnten Geburtstag reichlich abgewetzt worden war.

Dies war nicht das einzige, was er vermißte. Auch Stan und George – ihre Nüchternheit und ihren Rat. Die Nachrichtenverbindungen galten als sicher vor den zunehmenden Geräuschen im Netz, hatten sich aber trotz militärischer Versicherungen seit Tagen verschlechtert.

Hatten sich Spiveys Spitzel verschworen, sie getrennt zu halten? Oder könnten George und Stan ihm die kalte Schulter zeigen wegen seiner zunehmenden Aufsässigkeit gegen die Kontrolle des Obersten?

Alex wollte gerade die Klinge wieder über sein Gesicht führen und überlegte, ob es an der Zeit wäre, nicht mehr so altmodisch zu sein und sein Gesicht enthaaren zu lassen wie die meisten Männer.

Da ließ ein schrilles Geräusch seine Hand zucken. »Zum Teufel!«

Alex riß ein Blatt Toilettenpapier ab, um die Blutung zu stillen. Er entsann sich, im Medizinschrank eine Dose mit Gerinnungsenzym gesehen zu haben, und schob den Spiegel weg, um danach zu stöbern.

Das Telefon klingelte wieder, aufdringlich. »Oh, all right.« Er klappte den Spiegel zu. Er drückte auf die Wunde, um die Blutung zu stillen, und ging in das kleine Schlafzimmer, suchte auf dem klappernden Kram auf dem Nachttisch nach seiner Armbanduhr und drückte auf den Knopf RUFANNAHME. »*Tohunga?* Sind Sie das?«

Nach dem Maori-Ehrentitel zu schließen, mußte es einer der von Auntie Kapur neu hergeschickten Leute sein, die Alex und sein Team bewachen sollten. »Hier Lustig«, bestätigte er. »Was gibt's?«

»Kommen Sie lieber schnell, *Tohunga*! Wir haben einen Saboteur gefangen, der das Labor in die Luft zu jagen versuchte.« Die Stimme brach mit einem Knacken ab. Alex starrte auf die Uhr. »Verflixt!« sagte er. Er griff sich ein Hemd vom Toilettenschrank und stürzte aus der Tür, wobei er Rasierschaum und kleine Blutflecken hinterließ.

»Ich nehme an, daß wir nicht mehr gebraucht werden.«

»Mach schon, Eddie! Wir wissen nicht, ob die Bombe von Spivey geschickt wurde. Was ist mit hundert anderen Ländern, Allianzen und Agitationsgruppen?

... Zum Teufel, sogar die Pfadfinder müssen inzwischen eine Idee haben, wo sich die Fokalresonatoren jetzt befinden.«

Sein Chefingenieur grinste. »Alex, ich habe bei den ANZAC-Spezialtruppen gedient. Ich erkenne Standard-Explosionsladungen, wenn ich sie sehe.« Der große rothaarige Kiwi hob ein Ding von der Größe eines Tennisballs hoch. »Das Gehäuse ist verändert, um es als japanisches Erzeugnis aussehen zu lassen. Aber ich habe gerade eine Neutronenaktivierungsprüfung gemacht und kann Ihnen genau sagen, in welcher Fabrik in Sidney es hergestellt wurde. Sogar die Seriennummer.

Verdammt schlampig von den Saboteuren, wenn Sie mich fragen. Die müssen sich sicher gewesen sein, daß wir sie nicht würden abhalten können.«

Alex schaute zu dem verhinderten Saboteur hinüber, einem nicht näher zu identifizierenden Polynesier. Möglicherweise ein Samoaner, dessen Erscheinungsbild vermutlich gut zu den Ureinwohnern der Osterinsel passen würde. Nur waren die Pasquaner von Rapa Nui eine besondere Rasse und stolz darauf.

Was für ein Mensch bringt eine Bombe übers Meer, um andere Leute in die Luft zu sprengen? Leute, die Mütter, Geliebte und Kinder haben, genau wie er?

Vermutlich entweder ein Profi oder ein Patriot, dachte Alex. *Oder – noch schlimmer – beides.*

Der verhinderte Bombenleger lächelte Alex nervös an.

Er weiß, wie die Dinge jetzt ablaufen sollten. Gemäß den Gesetzen müßten wir ihn den chilenischen Behörden übergeben. Dann würden im Laufe der Zeit seine Auftraggeber für ihn etwas aushandeln.

Aber was für Gesetze gelten, wenn jedermann über das Ende der Welt spricht? Alex ballte die Fäuste. Der Saboteur schien in seinen Augen etwas zu lesen und schluckte heftig.

Auf der anderen Seite des Raumes sah Alex, wie Teresa ihn mit vor sich verschränkten Armen beobachtete. *Was tun wir also jetzt?* fragte er sich. Mehr denn je wünschte er, mit alten Freunden zusammenzukommen und von ihrer Weisheit zu profitieren.

»Ich stimme zu. Ich wette darauf, daß Oberst Spivey es war, der die Bombe geschickt hat.«

Alle wandten den Kopf, um zu sehen, wer mit solcher Autorität in einem vollen selbstsicheren Baß gesprochen hatte. »Manella!« rief Alex. Teresa schnappte nach Luft.

Der Aztlan-Reporter stand mitten in der Tür, lächelte und schleppte seine stattliche Figur mit Eleganz in den Raum. Er stützte sich mit einem Arm auf das Schutzgerüst des Gravitationsresonators und lächelte in die Runde. »Es ist nett zu sehen, daß Sie sich an mich erinnern, Lustig. Hallo, Sie alle! Captain Tikhana. Bedaure, Sie in Waitomo verfehlt zu haben. Aber ich war wirklich indisponiert.«

»Sie suchen sich immer passende Momente zum Kommen und Gehen«, sagte Teresa bitter. »Wie kommen Sie darauf, daß wir irgendein Interesse an dem hätten, was Sie jetzt zu sagen hätten, Pedro?«

Manella lächelte. »Na na! Ich bin sicher, daß Oberst Spivey Ihnen gesagt hat, welchen Respekt er für jeden empfunden hat, der unser Projekt vertuschte, bis er uns schließlich gefunden hat. Hat er das nicht selbst gesagt? Geht daraus nicht auch hervor, auf wessen Seite ich war ... und bin?«

Alex runzelte die Stirn. Pedro deutete an, daß er sogar jetzt einen eigenen Zugang in den Waitomo-Komplex hätte. Das war durchaus einleuchtend. Er hatte reichlich Zeit gehabt, Wanzen anzubringen. Eine Faser, so dünn wie Seide, war alles, was man brauchte.

»Aber alle guten Dinge nehmen ein Ende. Schließlich war es ein Hacker draußen am Netz, der uns aufgespürt hat. Ich habe die Warnung nur einen Moment früher erhalten, als diese Schnüffler erschienen.« Manella klopfte auf das Hochleistungs-Datengerät an seinem linken Handgelenk. »Keine Zeit irgend jemanden zu warnen. Und ich wußte, wenn ich Teresa mitnähme, würde der Verfolger uns sowieso im Handumdrehen beide erwischen. Aber ich wette, daß Spivey nicht *mich* der Mühe für wert gehalten hätte.«

»Er hat kaum Ihren Namen erwähnt«, sagte Teresa und bestätigte damit Manellas blitzschnelle Entscheidung und betonte, wie wenig man sich um ihn kümmerte.

Er nahm die gemischte Kränkung gutmütig auf. »Jedenfalls hatte ich mich auf dem laufenden gehalten über manche Dinge, und dabei ein dünnes Profil ...«

Teresa fuhr dazwischen. »Ha!«

»... aber ich hatte ein Gefühl, daß so etwas im Gange war. Darum habe ich Ihrem Sicherheits-Chef heute morgen einen kleinen Hinweis gegeben.«

Alex drehte sich um und sah Auntie Kapurs Mann an. Der große Maori zuckte die Achseln. »Muß er gewesen sein, *tohunga*.«

Teresa wandte ein: »Woher wissen wir, daß nicht er den Saboteur geschickt hat, damit er uns warnen und unser Vertrauen wiedergewinnen könnte?«

»O Captain!« seufzte Manella. »Meinen Sie nicht, daß ich auf eigene Rechnung überzeugend genug bin, ohne Tricks und Kniffe anzuwenden? Außerdem habe ich keinen Zugang zu Bomben und dergleichen. Sie haben gerade gehört, wie dieser kluge Mann gesagt hat, das Ding wäre militärisches Gerät der ANZAC.

Nein, ich habe dies hier benutzt.« Er tippte auf die Seite seiner umfangreichen Nase. »Lustig kann Ihnen sagen, daß das nie versagt. Ich wußte, daß etwas im Gange war. Mußte sein. Spivey kann es sich nicht leisten, Sie weiter in Aktion zu lassen.«

»Aber ... warum denn?« beklagte sich eine weibliche Technikerin. »Bloß, weil wir Beta etwas höhergeschubst haben, damit es etwas verdampft?«

Ein anderer Ingenieur stimmte zu. »Es kann auch gar nicht sein, um die Dinge länger geheimzuhalten. Private SIGs korrelieren Daten von fast jedem Gazerstrahl, spucken wilde Theorien aus und treffen genau ins Schwarze. Jedenfalls hat gestern abend der NATO-Präsident gesagt, er würde am Dienstag eine wichtige Erklärung abgeben. Das wird alles an die Tribunale gehen ...«

»Wodurch die Zeit für Spivey nur noch entscheidender wird«, antwortete Pedro. »Alex, sagen Sie mir – gibt es Anzeichen dafür, daß *andere* Resonatoren mit zum Zuge kommen? Andere als ihre ursprünglichen vier?«

Oh, er ist schon auf der Höhe, räumte Alex in Gedanken ein. Ob Manella das nur vermutet hat oder durch Nachforschung herausbringen konnte.

»Wir haben seit einigen Tagen Spuren gesehen. Zwei

im Nihon-GEACS-Territorium und auch je eine von Russ und Han.«

»Und?«

»Und noch sechs weitere … viel bessere. Die sind an den Mittelpunkten der Flächen eines Würfels angeordnet – eine viel bessere Anordnung als unser Tetraeder.«

»Genau, wie ich es erwartet habe.« Manella nickte. »Und wer anders außer euch ist imstande, eine solche Anlage zu erbauen? Wer sonst hat einen solchen Vorsprung über Russ und Han und sogar Nihon?«

Seine einzige Antwort war Schweigen. Sie lag auf der Hand.

»Es ist also in vier Tagen mit einer Erklärung zu rechnen? Werden also die Tribunale angerufen und alles enthüllt werden? Ich muß dann antworten – na und? Was danach geschieht, wird immer noch davon abhängen, wer die beste Information und Erfahrung hat. Das heißt, wer die Kontrolle hat. Er wird die Tagesordnung bestimmen. Die Welt beherrschen.«

»Spivey«, sagte Teresa, obwohl sie es gewiß nicht wollte.

Manella nickte. »Er besitzt *fast* ein Monopol für Daten über diese atemberaubenden und furchteinflößenden neuen Technologien. Aber wer versteht noch mehr von Singularitäten und Gravitationslasern als seine zahmen Physiker?«

Sie schauten einander an. Niemand in der Welt kannte das Gazer-Phänomen besser als die Leute in diesem Raum.

Das ist nicht gut, stellte Alex fest. *Manella könnte recht haben. Verdammt, das hat er auch wahrscheinlich. Aber ich werde nicht zulassen, daß er mein Team hypnotisiert.*

»Raffiniert, Pedro«, sagte er dem Reporter. »Haben Sie sich auch Gedanken darüber gemacht, was ich in dieser Hinsicht zu tun gedenke?«

»Ist das alles?« Der große Mann grinste. »Sie vergessen, daß ich Sie kenne, Lustig. Ich würde mein in den

Zähnen implantiertes Radio und das Einkommen eines halben Jahres verwetten, daß Sie Oberst Spivey zeigen wollen, mit wem er es zu tun hat.«

Verdammt, dachte Alex. Aber äußerlich zuckte er nur die Achseln. Mit Blick auf die anderen erklärte er: »Jeder, der es vorzieht, diese Insel zu verlassen, möge das jetzt tun. Alle Zivilisten werden aus einem Radius von zwei Kilometern ferngehalten.

Und was mich betrifft, so habe ich nicht vor, dies...« – er hob die Bombe hoch – »auf sich beruhen zu lassen.«

Er schaute wieder auf Teresa, die nickte. *Sie versteht. Die nächsten paar Tage werden über die Zukunft von allem entscheiden.*

Alex sah, daß die versammelten Arbeiter einer nach dem andern zu ihm und dem großen schwenkbaren Körper des Resonators traten. Ihre stille Wahl war einstimmig. »Gut!« sagte er und ließ seine Kameraden eine Welle von Herzlichkeit fühlen. »Laßt uns dann an die Arbeit gehen! Ich hatte vor noch nicht langer Zeit einen Traum, und der hat mir eine Idee eingegeben. Einen möglichen Weg, wie wir die Aufmerksamkeit des guten Obersten gewinnen könnten.«

□ **Weltweite Spezialinteressengruppe für langfristige Lösungen.** [□ SiG AeR.WLRS 253787890.546], **Spezialaufruf an Mitglieder.**

Es gibt Zeiten für Diskussion und andere Zeiten, da nur Aktion zählt. Keines unserer feinen Schemata wird jemandem helfen, wenn wir nicht diese gegenwärtige Verrücktheit überwinden! Darum suspendieren die Koordinatoren der SIG für langfristige Lösungen hiermit alle Konferenzforen. Statt dessen ersuchen wir euch alle, als Individuen, nach Wegen zu suchen, um bei der Lösung der Krise zu helfen, die viele von Stunde zu Stunde bedrohlicher aufragen sehen.

»Aber was kann eine einzelne Person tun, um Ereignisse von solcher Größe und Tragweite zu beeinflussen?« Eine Antwort könnte Sie überraschen. Wir werden in Kürze diese Kanäle leihweise der Föderation von Spezialinteressengruppen der Amateurbeobachter übergeben [◻ sig BaY, FAO 456780079.876]. Deren Sprecher wird darlegen, wie jeder von Ihnen zu der weltweiten Bemühung beitragen kann, die Kobolde aufzuspüren.

Vielleicht wird es viele von Ihnen überraschen, wie sehr die Wissenschaft sich auf Amateurbeobachtern stützt, von Vogelfreunden zu Meteorbeobachtern und Hobbymeteorologen mit privaten Wetterstationen. Aber jetzt, da weltweit so viele unheimliche Phänomene erscheinen, kommen diese Amateurnetze erst richtig zum Tragen. Es sind Privatbürger mit scharfen Augen und einsatzbereiten Kameras, die gerade jetzt Muster verfolgen, von denen die aufgeblasenen Jungs glauben, daß sie sie vor uns verheimlichen können.

Wir werden denen zeigen, wem dieser Planet gehört! Also tragen Sie sich ein in eine Liste von Gruppen, denen Sie beitreten können! Und dann setzt eure Hintern in Bewegung, staubt eure Tru-Vus ab, geht hinaus und schaut euch um! Vielleicht werden gerade Sie derjenige sein, der den entscheidenden Hinweis erwischt, um diese abscheulichen Kobolde zu ihrer Quelle zu verfolgen helfen.

• MESOSPHÄRE •

Stan Goldman hatte nicht mehr viel zu tun. Andere ließen jetzt die Durchmusterungen laufen, reduzierten die Daten, konstruierten immer feinere Modelle des Erdinnern und verfolgten sogar die verwickelten Geometrien jener strahlenden, hartnäckigen Entität da unten ... des Dinges, das Beta genannt wurde.

Rings um die einsame Tangoparu-Kuppel war auf einer Felsebene unterhalb des großen grönländischen Eispanzers eine Zwergstadt entstanden. Hochkarätige Techniker hantierten mit Stapeln von Datenwürfeln und diskutierten in der neuen Geheimsprache der Gazerdynamik. Von dem ursprünglichen Team war nur er noch geblieben. Die anderen waren schon längst nach Neuseeland zurückgekehrt.

Der wissenschaftliche Befehlshaber der NATO hatte ihn ausdrücklich gebeten zu bleiben. Also saß Stan in allen täglichen Seminaren herum und bemühte sich, mit jüngeren, beweglicheren Geistern Schritt zu halten, obwohl sein Verständnis mit jeder sich schnell durchsetzenden Entdeckung immer mehr überholt wurde. Das machte nichts. Sie alle behandelten ihn mit äußerster Ehrerbietung. Es verging kaum ein Moment, ohne daß der Name Alex Lustig fiel mit einer Hochachtung, wie sie gewöhnlich auf die Schatten von Newton, Einstein und Hurt fiel. Und als früherer Lehrer dieses großen Mannes hatte Stan teil an diesem Ruhm.

Singularitäten. Es wurde viel über Singularitäten gesprochen, womit die aufgeweckten jungen Männer und Frauen das meinten, was man in einem Cavitron herstellte – Schwarze Mikrolöcher und jene neueren Errungenschaften wie abgestimmte Strings und kosmische Knoten. In letzter Zeit hatte Stan sich allerdings dabei ertappt, über eine ganz andere ›Singularität‹ nachzudenken. Diese hatte er im Kopf, als er an einem salutierenden Wachposten vorbeikam, das geschäftige Lager verließ und seinen Spazierstock über das Moränental schwenkte.

In der Mathematik ist eine Singularität eine plötzliche Diskontinuität, wo ein Ausdruck plötzlich seine Gültigkeit verliert, und ein völlig anderer an seine Stelle tritt.

Man erhält die einfachste Art von Singularität – eine Deltafunktion –, indem man eine beliebige reale Zahl durch Null teilt. Das Resultat konvergiert gegen Unendlich, war aber tatsächlich unbestimmt und nicht erkennbar. *Das ist es, wo wir jetzt gerade stehen ... eine Singularität in der Geschichte der Menschheit.*

Es war nicht bloß die gegenwärtige Krise. Oh, gewiß war er besorgt. Würden die Institutionen der Welt – oder der Planet selbst – die nächsten Stunden oder Tage überleben? Stan war ebenso betroffen wie jeder andere Mensch. Aber jedenfalls, auch wenn morgen das Gespenst neu erstandenen internationalen Wahnsinns sich wie ein böser Traum verflüchtigen sollte und alle die prächtigen und erschreckenden neuen Technologien gezähmt wären, würde nichts je wieder dasselbe sein.

Am Vormittag hatten einige junge Leute über *gravitative Stromkreise* diskutiert... die bei kollabierter Masse und gestreßtem Raum äquivalent wären mit Kondensatoren, Widerständen und Transistoren – um Himmels willen! Für Stan war es ein Beweis, daß die Zeit gekommen war. Der Moment, auf den er sein ganzes Leben lang im stillen gewartet hatte.

Es gibt noch eine andere Art von Singularität... die mit Gesellschaft und Information zu tun hat.

Technologische Durchbrüche hatte es schon früher gegeben – zum Beispiel in der Erfindung der Landwirtschaft. Oder der Metallurgie. Oder der Schrift. Jedesmal gewannen Männer und Frauen neue Macht über ihr Leben und hielten sich für verändert. Bei jeder solchen Geburt wurden menschliche Wesen effektiv wiedergeboren, neu gemacht... umprogrammiert.

In früher Zeit kam der Wechsel langsam. Aber jeder Durchbruch legte ein Fundament für den nachfolgenden. Und mit dem Aufbruch des Westens im sechzehnten Jahrhundert trug dieser Prozeß sich selbst. Erfindungen zeitigten Reichtum, der Erziehung und Freizeit den niederen Massen bescherte. Das Druckereiwesen verbreitete Bildung. Transport verteilte Nahrung. Nahrung bedeutete mehr Menschen.

Er rastete nahe einer Sandbank im Windschatten eines Felsblocks und benutzte seinen Spazierstock, um eine rohe Figur zu zeichnen. Es war das geläufige Szenarium des Unheils, welches das Schicksal darstellte, das Malthus für jede Species vorausgesagt hatte, die sich stärker vermehrt, als ihre Nische verträgt.

Die Kurve stellte die menschliche Bevölkerung über

der Zeit dar. Sie stieg zuerst nur sehr langsam an. Während der ganzen späten Steinzeit – als Stans Vorfahren Feuerstein behauen, Flohstiche gekratzt und Feuer für die endgültige Schreckenswaffe gehalten hatten – gab es nie mehr als fünf Millionen Exemplare des *homo sapiens* gleichzeitig. Aber das änderte sich mit dem Ackerbau. Die Zahlen der Menschen verdoppelten sich und verdoppelten sich wiederum etwa alle fünfzehnhundert Jahre – ein rascher Anstieg –, bis sie um die Zeit Newtons fünfhundert Millionen erreichten.

Ein eindrucksvoller Fortschritt, errungen durch Leute, die kaum einen Schimmer davon hatten, was die Naturgesetze waren – geschweige denn Begriffe wie Ökologie oder Psychologie oder Planetengeschichte. Aber dann wurde die Beschleunigung noch größer! Neue Nahrungsmittel, Gesundheitswesen, Emigration … mehr Babies überlebten. Die Menschen vermehrten sich üppig. Die nächste Verdopplung auf eine Millarde Seelen brauchte nur zweihundert Jahre. Die nächste danach – weniger als ein Jahrhundert. Dann wurden nur zwischen 1950 und 1980 aus zwei Milliarden vier. Und die Kurve wurde immer noch steiler. Stan erinnerte sich an die eleganten symmetrischen Vorhersagen, die Pessimisten in seiner Jugendzeit gemacht hatten. *Keine Bevölkerungsschwemme kann auf einer begrenzten Welt für immer andauern. Es muß unvermeidlicherweise ein Zusammenbruch kommen.*

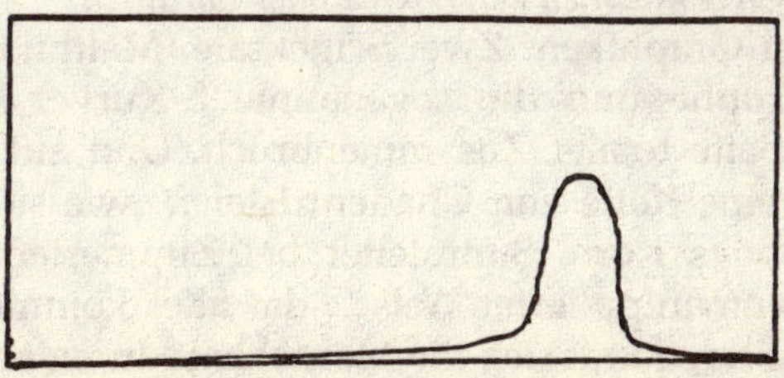

Die Kurve reichte aber nicht bis ins Unendliche. Sie kam zu einem Höhepunkt. Dann kehrte sie um wie eine ausgebrannte Rakete und fiel steil herab. *Das große Sterben scheint unser aller Ziel zu sein. Das passiert ja auch immer, wenn Sardinen und Rotwild sich stärker vermehren, als ihre Versorgung mit Nahrung zuläßt.*

Und auch wir hatten kleinere Fälle von Aussterben. Aber bisher sind wir dem großen Tod entronnen. Wirklich?

Er kratzte eine andere rohe Figur in den Sand, die mit der ersten identisch war, bis sie den Gipfel der Kurve erreichte. Auch da hielt die Bevölkerungszahl an, sank aber nicht ab! Anstatt zu fallen, wandte sich diese Rakete zur Seite.

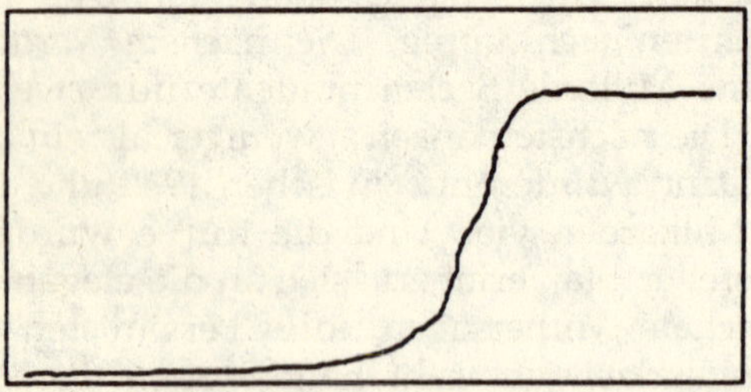

Das ist es, was nach ihren Worten passieren kann, wenn man Intelligenz und freien Willen der Formel zufügt. Wir sind doch schließlich keine Rehe oder Sardinen!

Zwei Graphiken. Zwei Schicksale. Malthusianische Katastrophe und die sogenannte S-Kurve. Auf der einen Seite totaler Zusammenbruch. Und auf der anderen eine Kette von Gnadenfristen … wie sich selbst düngendes Korn, Supraleiter bei Zimmertemperatur und genmanipulierter Wels … das alles kommt gerade rechtzeitig, damit sich die Menschheit durch ein weiteres Jahr durchwursteln kann, indem sie ihren Lebensunterhalt von der einen prächtigen Neuerung bis zur nächsten herausschindet.

Wir haben gedacht, daß diese zwei die einzigen möglichen Zukunftsperspektiven wären:

– wenn wir uns als selbstsüchtig und kurzsichtig erweisen – Massensterben;

– und wenn wir alle unsere Anstrengungen zusammenraffen, zusammenarbeiten und jeden Geistesblitz in die Tat umsetzen – dann folgt ein sanfter Abfall zu einer Art fadenscheinigen Gleichgewichts.

Gab es aber nicht auch eine andere Wahl? Eine andere Art sozialer Singularität? Stans Stock schwebte über dem Sand. *Wenn jede Generation mehr Bücher besitzt als die ihres Vaters, dann sammeln sich die Bücher nicht arithmetisch oder gar geometrisch an. Wissen wächst exponentiell.*

Stan erinnerte sich, wie er sich mit Alex und George betrunken hatte und den Mangel an neuen *Modalitäten* beklagte. Jetzt mußte er darüber lachen. »Oh, ich war im Unrecht. Es gibt schon Modalitäten. Mehr, als ich mir je vorgestellt habe.«

Diese jungen Leute im Lager redeten über die Herstellung gravitativer Transistoren! Das konnte einen Mann veranlassen zu rufen. »Halt! Laßt mich eine Minute nachdenken! Was hat das alles zu bedeuten?«

Wissen ist nicht auf die Grenzen von Malthus beschränkt. Information braucht keinen Mutterboden zum Wachsen, sondern nur Freiheit. Wenn begierige Geister und Experimente gegeben sind, speist es sich selbst wie eine Kettenreaktion.

Ein dritter Typ sozialer Singularität wäre dann ein echter Sprung, eine plötzliche unangenehme Verschiebung in einen völlig unbestimmten Zustand – wo Veränderungen sich in Monaten, Wochen, Tagen, Minuten manifestieren … Die Rakete steigt immer noch weiter und erreicht die Entweichgeschwindigkeit.

Seufzend wischte Stan die groben Skizzen weg. *Wir sind in unserer engen Ansicht der Zeit gefangen. Ein Menschenleben erscheint so lang. Man sollte es mit dem geduldigen Aussehen eines Gletschers versuchen.*

Seine Augen erhoben sich zu dem weißen Eiskontinent, der nur wenige Kilometer entfernt war und sich von Horizont zu Horizont erstreckte. *Eiszeiten sind aus geologischer Sicht schnelle Ereignisse. Und dennoch haben wir uns blitzartig in gerade dreihundert Generationen vom Höhlenmenschen zu Weltzerstörern entwickelt. In dem einen Augenblick sind es barfüßige neolithische Jäger, die über einem gefrorenen Karibukadaver streiten. Im Handumdrehen sprechen deren Kinder über Energiegewinnung aus Pulsaren.*

Stan setzte sich auf den bequemen Felsblock, der über Hunderte von Meilen hierhergeschleppt worden war, um dann von dem sich zurückziehenden Gletscher fallengelassen zu werden. Das war ein guter Platz, um zu beobachten, wie die frühe Abenddämmerung des Spätherbstes die filigranen Draperien des Nordlichts ankündigte. Er liebte es, wie die Farben über dem Gletscher spielten und seine groben Furchen im Rhythmus des Zischens überladener Ionen in der Höhe schwankten. Es fing an kühl zu werden, selbst in seinem Thermalmantel. Aber es war doch wert, einige Zeit genossen zu werden.

Stan hörte ein leises Poltern und sah einen Stein über den Sand rollen, der nahe seinem Fuß zur Ruhe kam. Nicht weit entfernt zitterten zwei weitere Felsblöcke.

Nun, ich schätze, wir sind wieder dran.

Aber es war mehr als ein typisches Beben. Er nahm ein tiefes Dröhnen wahr, das die Luft zu erfüllen schien… am stärksten offenbar in Richtung auf das Eis. Er wollte aufstehen, entschloß sich aber anders, als ein jähes Vibrieren es schwierig machte, auf die Füße zu kommen. Ob es im Boden lag oder in seinen Beinen – Stan entschied sich, ruhig zu bleiben.

Was kann mir schließlich hier draußen im Freien passieren?

Das nächste Phänomen waren funkelnde Glühwürmchen, die im Innern seiner Augen tanzten.

Das muß so etwas sein, wie wenn man in der Nähe eines Strahls ist, wenn er austritt, dachte er leicht verwirrt. *Eine Harmonische des sechsten Grades sollte es bei ungefähr zwanzig Kilowatt schaffen – in Kupplung mit der salzigen Flüssigkeit in meinem Körper. Falls die Frequenzdispersion nicht allzu …*

Aber dann erinnerte sich Stan und zwinkerte. Kein Strahl hatte laut Plan heraustreten sollen so nahe …

Er beendete den Gedanken nicht. Denn in diesem Augenblick fing der Gletscher direkt vor ihm an zu glühen – und diesmal nicht durch eine Beleuchtung von außen. Tief im Innern des riesigen Eisflusses flackerte ein grelles Licht. Gestalten und unscharfe Umrisse verkrümmten etwas, das eine Reihe von Säulen zu sein schien, die sich tief in der gefrorenen Masse befand.

Es pulsierten Lanzen aus Helligkeit …

Dann explodierte der Osten in Licht.

□ Vor vierzig Jahren waren alle im Taumel wegen des Jahrtausends. Besonders viele Christen, die dachten, das Ende der Tage würde mit dem zweitausendsten Jahrestag von Christi Geburt zusammenfallen. Ich war jemand, der damals 1999 schlimme Vorzeichen sah. Auch ich dachte, die Zeit sei gekommen.

Im Rückblick erkenne ich, wie töricht ich war. Ich hatte gedacht, die Krisen jener Tage seien furchtbar, aber sie waren nicht schrecklich genug, um das Ende anzukündigen. Außerdem hatten wir das falsche Geburtsdatum erwischt!

Und warum soll eigentlich die ZEIT ein Jahrtausend nach Seiner Geburt kommen? Damals waren die Ereignisse von Gethsemane bis zur Kreuzigung wichtig. Also müßte es der Jahrestag dieser Ereignisse sein! Siehe meine Berechnungen [□ ref. aeRle

5225790.23455 aBIE], die ohne jeden Zweifel zeigen, daß es genau dieses Jahr sein muß!

Kein Wunder, wenn wir überall Zeichen sehen! Die Zeit ist gekommen. Sie ist jetzt!

• EXOSPHÄRE •

Teresa starrte auf das Display und sah eine lebendige Wiedergabe von Ereignissen, die sich halbwegs rund um die Welt abspielten. Leuchtende Ziffern gaben an, wieviel Masse den Planeten plötzlich verlassen hatte. Sie mußte schlucken, ehe sie sprechen konnte.

»W-wie hast du das gemacht?«

Alex blickte von seinen Kontrollen auf. »Wie spielt ein Musiker?« Er ließ seine Fingergelenke knacken. »Übung, Übung.«

Teresa wußte es besser. Alex grinste, aber er hatte ein Zittern unter dem linken Auge und eine blasse, blutarme Gesichtsfarbe. *Seine Angst bringt ihn fast um.* Und wem würde es nicht so gehen – nach dem, was er gerade losgelassen hatte?

»Telemetrie kommt herein«, meldete ein Techniker. »Unser Strahl ist am Ziel ausgetreten, hat die Siedlung um sechs Komma zwei Kilometer verfehlt mit einer Kopplungsimpedanz an der Oberfläche von achtzehn Kilowatt... mit Null Komma neun metrisch nach Hawkins. Das paßt auf achtundneunzig Hundertstel zu Wasser-Eis der Oberflächendichte...

Eine andere Stimme mischte sich ein. »Überlagerungsfrequenzen auf der sechsten, neunten und zwölften Harmonischen, dominant. Sehr schwach. Maximale dynamische Belastung während jedes Pulses nie über sechs *Ge*...«

»Zielflugbahn berechnet«, verkündete ein dritter Mann. »Jetzt auf dem Schirm.«

Auf dem Kartenglobus leuchtete ein Punkt auf nahe

der Westküste Grönlands. Von diesem Punkt stieß ein Lichtspeer radial in den Weltraum. Zunächst pfeilgerade, krümmte er sich dann, als das ruhigere Schwerefeld der Erde den kleinen Berg packte, den ihr Strahl aus dem alten Gletscher herausgerissen hatte. Der Punkt, welcher den sausenden Eisberg bezeichnete, bewegte sich aber sehr schnell, und die planetare Sphäre mußte zum Ausgleich schrumpfen.

Wie mit selbst diesem hohen Tempo unzufrieden lief eine gestrichelte Linie dem Punkt voraus und bezeichnete den künftigen Weg des gefrorenen Geschosses. Die Erde verkleinerte sich in der unteren rechten Ecke des Tanks, und oben rechts glitt ruhig ein perliger Globus auf die Bühne.

Teresa stieß einen Schrei aus. »Du kannst das nicht ernst meinen!«

Alex neigte den Kopf. »Hast du Einwände?«

»Was soll das nur? Auf dem Mond lebt niemand.« Teresa klatschte in die Hände. »Mach es, Alex! Triff ins Zentrum!«

Er grinste ihr zu und wandte sich wieder dem Bildschirm zu, um zu beobachten, wie ihr Projektil die Marke der halben Strecke passierte und seinem Rendezvous entgegeneilte. Teresa legte unbewußt Alex eine Hand auf die Schulter.

Noch nie hatte jemand versucht, den Gazer in solchem Maßstab zu betreiben. Gewiß hatten Glenn Spiveys Leute Instrumenteneinheiten dort deponiert, wo man erwartete, daß Strahlen austreten würden. Aber keiner hatte jemals einen Strahl so stark und vorsätzlich mit Objekten an der Oberfläche gekoppelt. Andere würden sicher bemerken, wie knapp der Strahl einen von Spiveys Resonatoren verfehlt hatte. Sie würden erkennen, wie präzise Alex diesen Schneeball geworfen hatte.

»Telefonanruf aus Auckland!« meldete der Kommunikationsoffizier.

Nicht weit entfernt schaute Pedro Manella auffällig auf seine Uhr. »Der Oberst ist spät dran. Sie müssen ihn aus dem Bett geholt haben.«

»Dann laßt ihn nur noch etwas warten!« sagte Alex. »Ich möchte lieber mit ihm sprechen, nachdem er über einiges nachgedacht hat.«

Spivey mußte jetzt ein Display wie dieses beobachten. Ebenso zweifellos seine Vorgesetzten. Die gestrichelte Linie wurde zu einer durchgehenden, als der leuchtende Punkt auf das vertraute, von Kratern gezeichnete Bild der kleinen Schwester der Erde zulief. Niemand atmete, als er sich beschleunigte und dann auf dem nördlichen Quadrant des Mondes auftraf und in einem jähen, blendenden Glitzern geschmolzenen Sprühregens verschwand.

Natürlich gewann Manella als erster wieder die Sprache zurück, obwohl auch er Zeit brauchte, um reden zu können.

»Hm, gut, Lustig. Das sollte ihnen für einen Tag oder so Grund geben zu pausieren.«

Teresa fühlte unter ihren Händen, wie angespannt Alexens Muskeln waren. Aber äußerlich behielt er für die anderen ein Gebaren zuversichtlicher Ruhe.

»Das erwarte ich. Für einen Tag oder so.«

□

Unsere Mutter, die Du unter uns bist, wie auch immer Dein Name...
Du erhältst uns, nährst uns, bringst uns die Gabe des Lebens.
Höre die Gebete Deiner Kinder und vergib uns unsere Verfehlungen.
Verwende Dich für uns und um jener anderen Leben willen, groß und klein, die leiden, wenn wir irren.
O Mutter, wir bitten Dich. Hilf uns, der Gefahr ins Auge zu schauen und weise zu sein...

Ich höre euch, dachte Daisy McClennon, als sie die Elemente zusammenfügte, die sie brauchte … Hilfsmittel, die sie gekauft, gestohlen, erzwungen oder selbst konstruiert hatte während der letzten hektischen und schlaflosen Tage.

Ich höre euch, sagte sie im Geiste den Stimmen, die durch das weite Chaos des Netzes vibrierten, läuteten und widerhallten. Und mich einmischen ist genau das, was ich jetzt vorhabe.

Oh, es gab solche, die sie immer noch für ihr Werkzeug hielten … so wie ein Hund denken mag, der einzige Lebenszweck eines Menschen sei, Stöcke zu werfen und den Büchsenöffner zu bedienen. Aber gerade jetzt, als sich *ihre* Pläne dem Gipfel näherten, so würden das auch ihre eigenen tun. Und unter vergrabenen Ebenen und Täuschungen lagen immer noch tiefere Schichten.

Bald, sagte sie jenen, die elektronisch beteten – *bald werdet ihr alle von den Kümmernissen erlöst sein, die euch bedrücken.*

Bald werdet ihr die Wahrheit wissen.

TEIL X

PLANET

Porträt der Erde bei Nacht.

Selbst auf seiner Nachtseite glühte der neugeborene Planet. Emporquellendes Magma durchbrach seine dünne Kruste, und Meteorspuren erleuchteten die im Schatten liegende Hemisphäre. Später, nachdem sich das Weltmeer gebildet hatte, schimmerten seine nächtlichen Fluten unter dem perligen Schein des Mondes. Denn während der nächsten zwei Milliarden Jahre glühten Brüche unter den weiten Gewässern, und Blitze überstrahlten die schimmernde Phosphoreszenz aufkommenden Lebens.

Die nächste Phase währte fast ebenso lange und war gekennzeichnet durch Entstehung von Kontinenten, gesäumt von Ketten feuriger Vulkane. Schließlich verlangsamten riesige Konvektionszellen die granitene Promenade. Und dennoch wurden die irdischen Nächte immer noch heller. Denn jetzt schmückte neues Leben das Land mit ausgedehnten Wäldern, und die Luft war reich an Sauerstoff. Darum erhellten Flammen hier ein Tal, dort eine Wiese … manchmal eine ganze Ebene.

Im allerletzten Moment erschienen kleine Lagerfeuer – winzige Bedrohungen der Herrschaft des Abends. Indessen blitzten bisweilen Klingen im Grasland auf, wenn Jäger in Panik versetzte Tiere zu Abhängen trieben.

Dann sprachen ganz plötzlich trübe Flecke von der nächsten Neuerung – Städten. Und als die Elektronen gezähmt waren, erblühten die Städte der Menschen zu blitzenden Juwelen. Die Nachtseite wurde rasch heller. Ölquellen fackelten natürliches Gas ab, um ihr Heraussaugen von Petroleum in der Tiefe zu erleichtern. Lichter der Fischer säumten die Küsten. Siedler legten die Fackel an Regenwälder. Ketten zuckender, nadelspitzer Lichter zeigten die Schiffsrouten und Luftkorridore an.

Es gab auch dunkle Senken. Die Sahara. Tibet. Die Kalahari. Die schwarzen Zonen wuchsen sogar an. Die Methanfeuer flimmerten und erloschen. Ebenso die Lichter der Fischer.

Auch Städte dämpften ihre Extravaganz. Während sich die bebauten Flächen weiter ausdehnten, verschwand das frühere grelle Neonlicht wie eine Jugenderinnerung. Die übersprudelnde Show war nicht ganz vorbei, schien aber abzuklingen. Als die Nacht wieder ihren Einzug hielt, konnte jedes Publikum das nahende Ende erkennen.

Aber man drehe an der Skala und betrachte das Antlitz des Planeten bei Nacht – in Radiowellen.

Brillanz! Strahlende Glorie. Die Erde verdorrt. Und gleichzeitig leuchtet sie heller als die Sonne.

Vielleicht ist doch noch nicht alles vorbei.

Nicht ganz.

□ Nationale Staaten sind archaische Überreste aus Zeiten, da jedermann den Stamm jenseits des Berges fürchtete, einer Haltung, die wir uns nicht mehr leisten können. Man sehe nur, wie Regierungen auf dieses jüngste Ungemach reagieren – sie klagen sich mit jämmerlicher Stimme gegenseitig an, halten die Öffentlichkeit aber nach gemeimsamer Übereinkunft in Unwissenheit. Es muß etwas geschehen, ehe diese Idioten uns alle vernichten.

Haben Sie das Netzgespräch über zivilen Ungehorsam der Massen gehört? Natürlich reines Chaos. Nicht einmal Buddhisten oder NoAm GaKis können so kurzfristig etwas organisieren. Also geschieht alles von selber! Gestern hat Han es aufzuhalten versucht... befohlen, alle chinesischen Netzverbindungen abzuschalten – und stellten fest, daß sie das nicht konnten! Zu viele alternative Routen und Wege, um Sperrpunkte zu umgehen. Die gestörten Verbindungen wurden einfach umgangen.

Geben die Nationalstaaten also acht? Zum Teufel – nein! Sie tun nur das, was Nationalisten immer machen – sie kuschen. Sie mahnen zur Geduld. Sie werden uns am Dienstag alles darüber erzählen. Prima!

Ich sage, es ist Zeit, sich ihrer zu entledigen, ein für allemal!

Da ist nur noch das Problem, wodurch wir sie ersetzen.

• KRUSTE •

Crats beschwerte Stiefel waren so schwer anzuheben, daß er über den Meeresboden schurren mußte und Schlammfahnen hochstieß, die sich hinter ihm langsam senkten. Gelegentlich spürte ein Rochen oder eine andere im Schlamm hausende Kreatur seine plumpe Annäherung und verließ ihr Versteck. Aber alles in allem gab es hier unten viel weniger zu sehen, als er erwartet hatte.

Natürlich war dies nicht eines der großen Korallenreservate oder Schellfischgebiete, wo Schulen von Seehechten und Kabeljau noch unter den wachsamen

Augen der UNEPA-Wächter gediehen. Einer seiner Instruktoren hatte Crat gesagt, daß der größte Teil des Ozeans ziemlich leer gewesen sei. Und doch gab es noch einen anderen Grund, weshalb er hier so wenig Leben antraf.

Was für ein Müllplatz, dachte er, während er gleichmäßig voranschritt. *Ich habe nie geglaubt, daß ein so großer Ort zu einem solchen Schweinestall werden könnte.*

Er hatte schon in der letzten Stunde so viel Abfall von Menschenhand gesehen… von rostigen Eimern und Büchsen und einem zerfressenen Mobgriff bis zu mindestens einem Dutzend Plastikbeuteln, die wie Quallen mit Fabrikmarken dahintrieben und für Tausende von Meilen entfernte Supermärkte und Touristenläden Reklame machten.

Und dann war da der kilometerweite Auswurf organischer Abfälle, die wie ein halbverdautes Essen aussahen, das eine riesige Kreatur kürzlich ausgespieen hatte. Crat wußte, wer diese Kreatur war – die schwimmende Stadt des Ozeanstaates, die erst vor kurzen hier durchgekommen war. Trotz seiner nominalen Anerkennung der UNEPA-Vorschriften hatte das arme Volk auf den Schiffen sicher dringendere Sorgen, als sich darum zu kümmern, wohin sein Abfall kam. Schließlich schien der Ozean gewillt, alles aufzunehmen, was in ihn versenkt wurde, ohne sich jemals zu beklagen.

Die Städte müssen solche Spuren überall hinterlassen, erkannte Crat. Das war ungeheuerlich. Aber welche Wahl hatten sie denn auch? Die Reichen mögen sich über Mülldeponien Sorgen machen, aber wenn man arm ist, kümmert man sich darum, Nahrung zu bekommen.

Was eine andere seltsame Frage aufwarf. Warum trieb sich die Schiffs-Stadt in dieser Gegend herum, wenn das Fischen so ertragsarm war? Crat vermutete, es könnte mit der Firma zu tun haben, die an diesem

Stück des Kontinentalschelfs so stark interessiert zu sein schien und die schwimmende Stadt wohl als Operationsbasis behalten wollte.

Oder als Tarnung? fragte sich Crat. Aber er hatte keine Idee, wie er diesen Gedanken weiterverfolgen könnte. Jedenfalls bezahlten die Leute der Kompanie wohl gut für das Privileg. Bargeld war Bargeld und Neugier meist Zeitvergeudung.

»Okay Kurier Vier. Nimm jetzt Kurs neunzig Grad.«

»Roger Kontrolle«, antwortete er, sah auf seinen Kompaß und änderte die Richtung. »Neunzig Grad.«

Crat liebte es, wie ein Astronaut zu den Nachrichtenleuten der Kompanie zu sprechen. Gewiß sollte der stinkige Anzug längst als für menschlichen Gebrauch ungeeignet ausgemustert worden sein. Und es war eine schwere Arbeit, den Fuß jedesmal hochzuheben, um einen Schritt zu tun. Aber der Job hatte auch gute Seiten. Zum Beispiel, wenn die Trainer über seine Fortbildung wirklich zufrieden und erfreut schienen. Das war für Crat ganz ungewohnt.

Natürlich waren zahllose Bürger des Ozeanstaates an sich intelligenter, und viele hatten eine viel bessere Erziehung genossen. Aber wenige davon würden sich wohl freiwillig für eine so gefährliche Arbeit melden. Die Leute der Kompanie meinten, er sei ›einzigartig gut qualifiziert‹ für den Job.

Man stelle sich das vor! Er war in seinem Leben nie für etwas gut qualifiziert gewesen. *Ich nehme an, daß einem viele gute Dinge über den Weg laufen können, wenn es einem verdammt gleichgültig ist, wie lange man zu leben hat.*

»Kurier Vier, beschränke die Atemfrequenz auf dreißig pro Minute. Mach langsamer, wenn du mußt. Platz Dreizehn braucht dein Gepäck zur Unterstützung. Aber man erwartet dich nicht so bald.«

»Aye, aye.« Er bemaß sein Schritt-Tempo sorgfältiger. Crat hatte sich entschlossen, diesen Job unbedingt anzunehmen. Und das bedeutete auch, sich als kooperativ im Team zu erweisen. Ein weiterer Meilenstein für ihn.

Während seiner ersten Woche hatten sie ihn immer wieder erschöpfenden Prüfungen unterzogen... die Barokammern, das Schweben in verschiedenen Gasen und die Koordination von Hand und Augen unter Druck zu prüfen. Dann waren da Examina über Chemiesensitivität und psychologische Profile, die er sicher zu verfehlen glaubte, aber anscheinend doch bestand.

Die Firma war mit einer großen Unternehmung hier im Ozean südwestlich von Japan beschäftigt. Wie groß diese wirklich war, stellte Crat fest, als er zu einer Unterwasserbasis versetzt wurde, in der es von technischem Personal wimmelte – Japanern, Sibiriern, Koreanern und anderen. Es wurde davon gesprochen, in der Nähe Adern wertvoller Erze aufzunehmen und anzuzapfen – ein viel ehrgeizigeres Unterfangen, als bloß Manganknollen vom offenen Meeresgrund einzusammeln. Offenbar plante die Korporation schon voraus, wenn Knollen selten und deshalb ›geschützt‹ sein würden.

Crat begriff von dem, was er die Ingenieure reden hörte, das wenigste. (Das war wohl einer der Gründe gewesen, warum man ihn angestellt hatte.) Aber eines war klar. Wenn das Einsammeln von Knollen gefährlich war, dann war die Arbeit in tiefen Bergwerksschächten unter einem halben Kilometer Wasser doppelt so riskant! Nicht daß Crat sich wirklich Sorgen machte. Aber vielleicht erklärte dies die enge Beziehung zwischen der Korporation und dieser bestimmten Stadt des Ozeanstaates – so eng, daß die schwimmende Stadt sogar während eines kürzlichen bösen Sturms ihre Position gehalten hatte, anstatt im Windschatten von Kyushu Schutz zu suchen.

Es war seltsam, als ersetzbarer Lakai so nahe bei anderen zu arbeiten, die offensichtlich hoch dotierte Techniker mit fetten, von der Firma bezahlten Versicherungspolicen waren. Er hatte erwartet, man würde ihn wie einen Hund oder noch schlimmer behandeln, aber tatsächlich waren sie bedeutend höflicher als die Bootsmänner auf den Fischerbooten. Und sie rochen auch besser.

Nur warum, wenn sie einen Bergwerksschacht im Ozean graben sollten, waren alle an diesem Morgen so aufgeregt und plapperten über Karten des *Mondes* – um Gaias willen?

Nichts, was mich angeht, nehme ich an. Und das war es dann.

Gerade jetzt sollte Crat sein Paket einer Außenstelle der Firma zehn Kilometer von der Hauptbasis entfernt überbringen. Offenbar war diese Stelle so geheim, daß man sie nicht oft mit U-Booten besuchte, für den Fall, daß Konkurrenten die Schiffe mit Satelliten verfolgen könnten. Einzelne Kuriere wie er, die langsam zu Fuß den Weg hin und her zurücklegten, minimalisierten dieses Risiko. Er hatte keine Ahnung, was in der Trage auf seinem Rücken lag, aber er mußte es rechtzeitig hinbringen oder bei dem Versuch verrecken!

Crat langte hoch und klopfte an seinen Helm. Seit ein paar Minuten wurde ein Kreischen in hoher Tonlage immer stärker. *Na und? Noch mehr Fehler im dem mistigen Gerät. Was konnte man erwarten?*

»He, Kontrolle! Könnt ihr Burschen etwas tun gegen die belämmerte ...«

»Kurier Vier ... wir haben ...« Dann kamen Störungen. Danach wieder: »... besser ... rich dieses ... Gespräch ...« Crat zwinkerte. Worüber, zum Teufel, redeten sie jetzt? Er beschloß sicherzugehen. *Wenn du nicht verstehst, was die Bosse sagen, dann arbeite einfach kräftig weiter! Vielleicht ist das nicht, was sie wollten, ab sie können dich bestimmt nicht dafür feuern.*

Also sah er nach dem Gyrokompaß im Helm und rückte sein Kopfzeug etwas zurecht, ehe er weiterging und seine Atemzüge zählte, wie befohlen. Es waren noch Meilen zu gehen, und worauf es ankam, war die Auslieferung der Ware.

Während er sich mühsam voranarbeitete, wurde der schrille Ton in seinem Kopfhörer stärker und seltsam *musikalisch.* Klänge überlagerten einander, stiegen an und fielen ab in einem verwirrenden Rhythmus. Könnte das vielleicht ein neuer Test sein? Erwartete man von ihm, die Melodie zu nennen? Oder machten sie sich nur auf seine Kosten einen Spaß?

»He, Basis! Seid ihr da? Oder was ist los?«

»... melde und ... zurück, Kurier! Bei uns ... Ärger ...«

Diesmal blieb er stehen und wurde zunehmend besorgt. Er hatte immer noch keine Idee, was der Kontrolleur sagte, aber es klang schlimm. Crat stieß mit dem Handschuh an den Helm, als er instinktiv die Schweißtropfen auf seiner Nase abwischen wollte. Er hätte sich auch gern die Augen gerieben, die angefangen hatten furchtbar zu jucken.

Jetzt kam es darauf an, sich an alle Warnsignale zu erinnern, die man ihm eingepaukt hatte. *Stickstoffnarkose* war eine Gefahr, vor der sie ihn öfters gewarnt hatten. Die Kontroll-Lampen seines Anzugs zeigten eine korrekte Gasmischung an ... wenn er den ruinierten Meßgeräten trauen konnte. Crat prüfte seinen Puls und fand, daß er schnell, aber gleichmäßig war. Er drückte die Augen zu, bis es weh tat, öffnete sie dann wieder und wartete darauf, daß die Flecke verschwinden sollten.

Das taten sie aber nicht. Statt dessen schwirrten und hüpften sie, als ob ein Schwarm tanzender Glühwürmchen in seinen Helm geraten wäre. Ihre Bewegungen paßten zu der unheimlichen Musik, die in seinem Kopfhörer anschwoll.

Oh, das ist wirklich zu toll!

Ein grauer Schatten eilte hinter ihm dahin. Dann noch einer und zwei weitere. Crat blinzelte. Delphine! Der letzte hielt an und wirbelte um ihn herum. Er erfaßte sein Auge und nickte heftig, ehe er seinen Kameraden nachfolgte. Crat hatte den merkwürdigen Eindruck, daß das Tier ihm etwas hatte sagen wollen, wie etwa: *Beeile dich lieber, Mac, wenn du weißt, was für dich gut ist!*

»Mist! Wenn hier unten etwas *die* verängstigt hat...«

Crat eilte ihnen nach und rannte, so schnell er konnte, durch den Schlamm am Boden. Bald keuchte er, und das Herz klopfte heftig in seiner Brust. *Ich werde nie mithalten können. Was auch immer sie jagen mag – mich wird es leicht erwischen!*

Er versuchte im Laufen nach rückwärts zu schauen, stolperte aber nur über seine Füße. Der Fall in Zeitlupe ließ sich nicht aufhalten und endete in einem Schlittern, das trübe Wolken von Sediment aufwühlte. Als er dalag und schnaufend nach Atem rang, bestand seine ganze Welt aus den jaulenden Luftkompressoren, jener widerlichen Musik und einem Ding im Schlamm, das gegen seine Visierplatte stieß und eine Schleimspur auf dem Glas zurückließ, ehe es wieder im Schlick verschwand.

Vielleicht kann ich mich hier einbuddeln und verstecken, dachte er.

Aber nein! Vor einem Kampf zu kuschen, lag ihm nicht. Besser sich umwenden und dem begegnen, was es auch sein mochte. Vielleicht sind Delphine eben feige.

Da kam Crat eine Idee. *Es könnte eine andere Kompanie sein, die das Ding klauen möchte, das ich trage. He! Das erklärt all die Geräusche. Sie blockieren meinen Sprechverkehr, damit ich nicht um Hilfe rufen kann, wenn sie mich finden.* Er beschloß ganz stur: *Nun, wenn meine Last so wichtig ist, dann werden sie mir die todsicher nicht entreißen!*

Crat gelang es aufzustehen. Von seinem Geschirr und seinen Schultern regnete Dreck. Wenn der Feind in der Nähe wäre, würde er sicher das Geräusch aufnehmen, das sein Anzug verursachte und ihn direkt anpeilen. Aber vielleicht könnte er vorher einen Platz finden, um seine Last zu verstecken. Mühsam zog er den voluminösen Pack von seinem Tragegestell. Einer der Techniker hatte ihn einen ›zylindrischen Schwenkpeiler‹ oder was auch immer genannt. Er wußte nur, daß das Ding schwer war.

Vielleicht …, dachte Crat, als er sich umschaute … *vielleicht könnte er es eingraben und … davoneilen, um die Schurken davon wegzulocken.* Aber in diesem Fall sollte er es lieber unter einer Markierung hinterlassen, um es wiederzufinden. In einem Anflug von Schläue bog er von seiner bisherigen Richtung ab, um nicht den Weg zum Geheimlabor der Gesellschaft zu weisen. Inzwischen hielt er Ausschau nach einer nützlichen Landmarke und zugleich nach einer plötzlich auftauchenden schwarzen Gestalt – dem aalglatten Mini-U-Boot eines Söldners der Industrie.

Während er über die schlammige Ebene eilte, fiel ihm eine flackernde Bewegung links ins Auge. Er wandte sich rasch um und wurde sofort halb geblendet durch einen grellen Lichtstrahl, der die See zu spalten schien. *Ein Scheinwerfer! Sie sind hier!*

Er stöhnte vor Enttäuschung. Es war also zu spät, seine Last zu vergraben. Jetzt gab es nur noch eine Chance. Sich zum Schein ergeben und dann vielleicht im letzten Moment das zerstören, was sie haben wollten. Natürlich wäre das einzige Objekt von ausreichender Härte, um es dagegen zu schleudern, die Flanke des U-Bootes selbst … Vielleicht hätten Remi oder Roland sich etwas Besseres ausdenken können, wie er meinte, aber dies war das Beste, worauf er in so kurzer Zeit kommen konnte. Crat ging entschlossen auf das Licht zu. Es war schrecklich hell.

Wirklich *allzu* hell. Er hatte noch nie einen solchen Scheinwerfer gesehen.

Außerdem verlief der Strahl vertikal und nicht horizontal. Könnte es irgend etwas da oben sein, das von der Oberfläche aus hierherzielte? Aber das ergab keinen Sinn!

Dann fiel Crat auf, daß die Helligkeit im Gleichmaß mit der seltsamen Musik zu pulsieren schien, die seinen Helm überflutete. *Für einen Scheinwerfer ist es viel zu groß,* erkannte er, als er wieder die Delphine sah, die um das leuchtende Rund ihre Kapriolen machten. Die Säule hatte einen Durchmesser von fast einhundert Metern.

Sie liefen also gar nicht weg. Sie hatten dieses Ding als Ziel. Aber was ist es?

Auf der Oberfläche war nicht der Schatten eines Schiffs. Die Helligkeit hatte keine bestimmte Quelle. Sie war einfach da. Als Crat sich näher an die Lichtsäule heranbewegte, stieß sein Fuß auf etwas Sperriges im Schlamm. Ein großer, annähernd eiförmiger Gegenstand. Ironischerweise war es eine der Knollen, nach denen ausgeschickt zu werden, er erwartet hatte, als man ihn einstellte. Nur war das jetzt nicht mehr so wichtig, wie es noch vor Minuten hätte scheinen können.

Die Musik wurde immer komplizierter, während er sich der pulsierenden Säule näherte. Crat kam es vor, als würden Engel singen, aber auch das wurde ihr nicht gerecht. Die Delphine stießen Rufe der Begeisterung aus, und das minderte seine Angst. Sie schossen herunter und machten Pirouetten dicht an der Lichtsäule. Ihr Gequietsche lieferte den Kontrapunkt zu deren Musik.

Crat näherte sich der schimmernden Grenze und streckte einen Arm aus. Er fühlte, wie sein Blut durch die Adern seiner Hand von seltsamen Gezeiten angezogen wurde und bei jedem Puls verändert zu seinem

Herzen zurückkam. Die Fingerspitzen trafen auf Widerstand. Crat spürte ein Kribbeln, dann drangen sie hindurch.

Sein schwarzer Handschuh erglühte in dem Licht. Er sah benommen zu, wie sprühende Tropfen auf dem Gummi herumhüpften, ehe sie in kleinen Wirbeln verdampften. So! Im Innern des Leuchtens könnte es Luft geben... oder Vacuum... oder sonst etwas anderes. Aber ganz bestimmt war es kein Meerwasser.

Er fühlte, wie sein Arm angestoßen wurde. Ein Delphin war neben ihm erschienen, um zuzusehen, und sie beide hatten einen momentanen Seelenkontakt. Jeder sah im Auge des anderen Glorie aufscheinen. Jeder wußte genau, was der andere sah. Crat mußte unfreiwillig grinsen. Er lachte überschwenglich.

Dann stubste der Delphin wieder sanft seinen Arm und schob ihn aus dem leuchtenden Strahl heraus.

Der Abbruch des Kontaktes gab ihm sofort einen Ruck, als ob innen etwas zerbrochen wäre. Crat seufzte in plötzlichem Gedenken an seine Mutter, die gestorben war, als er noch so jung war, und ihn alleingelassen hatte in einer Welt von Wohlfahrtsbeamten und offizieller Fürsorge. Er versuchte zurückzugehen und sich dem Licht in die Arme zu werfen, aber die Delphine wollten das nicht. Sie stießen ihn weg. Einer schob ihm seine Flaschennase zwischen die Beine und hob ihn hoch.

»Laß mich gehen!« jammerte er und holte aus. Aber selbst dann hörte er die Musik anschwellen und danach verklingen. Das strahlende Licht wurde golden und auch schwächer. Dann endete es plötzlich mit einem Schlag, der den Ozean erschallen ließ.

In der jähen Dämmerung konnten sich seine Augen nicht schnell genug anpassen. Er sah nicht, wie Wasser einströmte und den leeren Schacht füllte, aber er und die Delphine wurden von einem wirbelnden und taumelnden Chaos gepackt, das sie wie Seetang in der

Brandung herumzerrte. Crat packte seinen Luftschlauch und hielt inne.

Als die Strömung ihn schließlich freigab, rappelte Crat sich zum zweitenmal aus dem schlammigen Boden auf. Es dauerte einige Zeit, bis er sich umschauen konnte, ohne daß alles sich zu drehen schien. Da erkannte er, daß die Delphine verschwunden waren. Ebenso das Licht und die Musik. Sogar das Klingen in seinen Ohren. Die stechenden Nachbilder verblaßten, bis er schließlich eine Stimme hartnäckig schreien hörte.

»Brauchen Sie Hilfe? Unsere Verbindungen waren einige Zeit blockiert. Manche meinen, wir wären in der Nähe eines jener *Gespenster*, von denen die Leute reden. Welches Zusammentreffen!

Jedenfalls, Kurier Vier, melden unsere Instrumente, daß Sie in Ordnung sind. Bitte um Bestätigung.«

Crat schluckte. Es erforderte einige Anstrengungen, wieder sprechen zu lernen. »Ich bin… okay.« Er sah sich schnell um und fand seine Last in nur wenigen Metern Entfernung. Er hob sie auf und schüttelte noch mehr Dreck ab. »Soll ich wieder auf Kurs gehen?«

Die Stimme am anderen Ende unterbrach ihn. »Gute Haltung, Kurier Vier. Aber nein. Wir schicken sowieso ein U-Boot dorthin mit einigen großen Tieren zur Einweihung von Platz Sechs. Es wird Sie in Kürze aufnehmen. Bleiben Sie einfach in Bereitschaft!«

Also sollte er schließlich doch dorthin kommen… und Crat stellte jetzt fest, daß ihm das ganz egal war. Während er dort stand und wartete, wünschte er mehr denn je, er könnte die Finger durch die Visierscheibe stecken, wie sie kurz jene leuchtende Grenze durchdrungen hatten. In diesen wenigen Augenblicken hatten seine Hände den ersten echten Trost in seinem Leben gesucht und gefunden. Er würde sich jetzt der Erinnerung an dieses Geschenk widmen und darauf warten, seine überströmenden Augen abzuwischen.

□ Manchmal frage ich mich, was Tiere wohl über das Phänomen der Menschen denken könnten – und insbesondere über menschliche Babies. Denn keine Kreatur auf dem Planeten muß auch nur annähernd so widerlich wirken.

Ein Baby weint und kreischt. Es uriniert und entleert den Darm in alle Richtungen. Es beklagt sich ständig und erfüllt die Luft mit verlangendem Geschrei. Wie menschliche Eltern das durchstehen, ist ihr eigene Sorge. Aber für große Jäger wie Löwen oder Bären müssen unsere Kleinkinder wirklich schrecklich sein. Sie müssen den Eindruck haben, daß sie von ihnen aus vollem Halse verhöhnt werden.

»Juhu, ihr Biester!« scheinen Babies zu rufen. »Hier ist ein leckerer Bissen, äußerst hilflos, weich und zart. Aber ich brauche mich nicht ruhig zu verhalten wie die Jungen anderer Arten. Ich schleiche nicht stumm dahin und verschmelze nicht mit dem Gras. Ihr könnt mich allein durch meinen Lärm und meinen Geruch wittern, wagt es aber nicht!

Denn meine Mama und Papa sind die härtesten und übelsten Mistviecher, die es je gab. Und wenn ihr näher kommt, werden sie euer Fell als Bettvorleger haben wollen.«

Sie kreischen alle Tage und weinen alle Nächte. Falls die Tiere eine Abstimmung veranstalteten, würden sie menschliche Kleinkinder als die scheußlichsten Kreaturen bezeichnen. Menschliche Erwachsene sind damit verglichen nur sehr schreckenerregend.

– Jen Wolling, aus **Der Erdenmutterblues,** Globe Books, 2032.
[□ Hyperzugriff 7-tEAt-687-56-1237-65p.]

• KERN •

Die Maoriwachen wollten Alex nicht zur Stadt Hanga Roa lassen, um den Stratojet zu erreichen. Deshalb wartete er außerhalb des Resonatorgebäudes. Der Nachmittag war windig, und er schritt nervös auf und ab.

Einerseits hatte der ankommende Flug wieder einmal Verspätung. Teresa kam, um ihm zu helfen, die Zeit herumzubringen. Sie fragte: »Warum benutzt Spivey einen Kurier? Traut er seinen sicheren Kanälen nicht mehr?«

»Würdest du es tun? Diese Kanäle gehen durch den gleichen Himmel, den alle anderen benutzen. Sie waren nur deshalb sicher, weil das Militär enorm viele Dollars bezahlt und ein niedriges Profil gewahrt hat. Aber in diesen Tagen?« Er zuckte die Achseln. Sein Punkt war ohne weitere Ausführungen klar. Wenn dieser Bote die erwartete Nachricht überbrachte, wäre das jedes Warten wert.

Teresa gab seiner Schulter einen liebevollen Stoß. »Nun ich wette, daß du dich freust, wer der Kurier ist.«

Teresas Freundschaft war eine feine Sache. Sie verstand ihn. Wußte, wie man ihn aus seinen oft verdrießlichen Stimmungen herauslocken konnte. Alex grinste. »Und was ist mit dir, Rip? Habe ich nicht gesehen, wie du den großen Burschen angeschaut hast, den Auntie geschickt hat, um für uns zu kochen?«

»Ach, der.« Sie errötete kurz. »Nur eine oder zwei Minuten. Komm, Alex! Ich habe dir gesagt, wie heikel ich bin.«

In der Tat lernte sie neue Stufen ihrer Kompliziertheit kennen. Zum Beispiel hatten sie in der letzten Nacht Stunden verplaudert, als er ihr Werkzeug zureichte und sie sich hinter den Paneelen der *Atlantis* herumzwängte. Wenn die Dinge erwartungsgemäß verliefen, würden sie morgen oder übermorgen nach Reykjavik unterwegs sein, um vor dem Sondertribunal auszusagen, ehe alle Leute darüber redeten. Alex fand es nur fair, ihr behilflich zu sein, das alte Shuttle vorher in Schuß zu bringen.

Damals in den Höhlen von Neuseeland war es Konzentration auf etwas Äußeres – Überleben – gewesen, das zuerst die Spannungen zwischen ihnen gemildert hatte. Selbst jetzt noch fand Teresa es leichter zu sprechen, während sie bemüht war, einen Bolzen zu befestigen oder einem alten Instrument den ersten Geschmack von Energie seit vierzig Jahren zu geben. So hatte Alex in der letzten Nacht zum ersten Male die ganze Geschichte ihrer früheren Bekanntschaft mit June Morgan, seiner derzeitigen Geliebten, gehört. Das machte ihn betroffen, aber Teresa sagte, daß sie June *jetzt* gut leiden könnte. Sie schien sich um Alexens willen zu freuen, daß die andere Frau zurückkam.

Und sogar noch fröhlicher wegen dessen, was June aller Wahrscheinlichkeit nach mitbringen würde – Oberst Spiveys Kapitulation.

Das war in George Huttons letzter Mitteilung angedeutet worden und wurde durch Taten bestätigt. Seit der Demonstration von Alex tags zuvor – einen Eisberg auf den Mond zu schießen – war die aggressive Tätigkeit seitens anderer Gazersysteme weltweit gesunken. Die Nihonesen gaben noch Pulse auf kleineren ›Forschungs‹-Niveaus ab, und es gab kurze Blinker von anderen Stationen. Aber die großen neuen NATO-ANZAC-ASEAN-Resonatoren waren eingemottet und schwiegen. Und die ursprünglichen vier gehorchten jetzt ungestört dem gleichmäßigen Programm Alexens. Sie stießen Beta allmählich aus der Grenzzone hinaus, wo diese verzwickten supraleitenden Fäden so geheimnisvoll flimmerten.

Die Zahl der Pulse konnte jetzt herabgesetzt werden, und jeder Strahl wurde sorgfältiger gezielt. Man erwartete nur wenige zusätzliche Verluste unter der Zivilbevölkerung, und die diplomatischen Spannungen wurden binnen Stunden schwächer. Sogar die Hysterie im Netz hatte etwas nachgelassen, als man von dem neuen Tribunal Kunde erhielt.

Vielleicht werden die Leute doch allmählich vernünftig, dachte Alex, als er vor dem Labor hin und her ging. Nachdem sie eine Weile bei ihm geblieben war, ging Teresa wieder, um ihre Arbeiten an der *Atlantis* fortzusetzen. Auch Alex hätte sich beteiligen können. Aber er war damit zufrieden, nur über grasbewachsene Abhänge auf die kleine zerklüftete Bucht von Vaihu zu schauen und eine Reihe der berühmten abweisenden Monolithe der Osterinsel. Hinter den restaurierten Statuen strichen Cirruswolken hoch über den Südpazifik wie Fahnen, die von Winden in der Stratosphäre zerfetzt worden waren.

Dieser Platz hatte es ihm wirklich angetan. Hier hatten frühere Männer und Frauen auch heftig gegen die Konsequenzen ihrer Fehler gekämpft. Aber Alexens Bildung bezüglich Rapa Nui ging über bloße historische Vergleiche hinaus. Wegen der Natur der Schlacht, die er hier geführt hatte, wußte er viel besser als früher, wie die Winde und Wolken hier draußen durch Sonnenlicht und Meer beeinflußt wurden – und durch andere Kräfte, die tief unten erzeugt wurden. Alles war Teil eines natürlichen Gewebes, welches von dem, was man mit eigenen Augen sah, nur angedeutet wurde.

Jen hatte recht, dachte er. *Alles ist miteinander verflochten.*

Man mußte wegen der gegenseitigen Verflechtung kein Mystiker sein. Sie gab es einfach. Die Wissenschaft machte die Tatsache nur lebendiger und klarer, je mehr man lernte.

Aus der Richtung von Rano Kaos steilen Klippen kam ein Geräusch herüber – erst das Heulen eines Automobilmotors mit Wasserstoffantrieb und dann das Knirschen von Gummireifen auf Kies. Er wandte sich um und sah, wie sich ein Wagen dem Hinemarama-Cordon näherte, wo große braune Männer mit gezückten Waffen hin und her schritten. Nachdem sie Fahrer und Passagier befragt hatten, winkten sie das Fahrzeug durch. Seine Treibstoffzellen pfiffen lauter, als es den Hügel erklomm und schließlich bei der Vordertür anhielt.

June Morgan sprang heraus. Der Wind ließ ihr Haar

und den hellblauen Rock flattern. Alex kam ihr halb entgegen, als sie lief, um ihn zu umarmen. »Gib mir schnell einen Kuß, du Störenfried!« Er gehorchte mit sichtlichem Vergnügen, obwohl er ein Zittern von Spannung fühlte, als er sie hielt. Nun, das war natürlich verständlich.

»Du hast eine ziemliche Show veranstaltet, *hombre!*« sagte sie und machte sich frei. »Glenn und seine Leute haben wochenlang Abschüsse auf Gazerbasis studiert, und du ziehst ihm einfach den Teppich unter den Füßen weg! Ich habe so heftig gelacht… natürlich, nachdem ich den Raum verlassen hatte.«

Alex lächelte. »Bringst du seine Antwort?«

»Welchen anderen Grund sollte ich sonst haben, diesen ganzen Weg zu machen?« Sie klopfte zwinkernd auf ihren Aktenkoffer. »Komm, ich werde es dir zeigen.«

Alex bat den Fahrer, Teresa zu holen, während June seinen Arm nahm und ihm zum Eingang zog. Aber dort war der Weg durch einen stämmigen schwarzen Mann mit gekreuzten Armen gesperrt. Der sagte zu June: »Bedaure, Doktor, ich muß Ihren Koffer inspizieren.«

Alex seufzte. »Joey, Ihre Leute haben ihr Gepäck am Flughafen durchschnüffelt. Um Himmels willen – sie hat doch keine Bombe dabei.«

»Trotzdem, *tohunga*. Ich habe meine Befehle. Besonders nach dem letzten Mal.«

Alex runzelte die Stirn. Der erste Sabotageversuch hatte sie noch verwirrt. Spivey bestritt heftig, daß er damit zu tun gehabt hätte, und der Saboteur seinerseits schien keinerlei Verbindungen zu NATO oder ANZAC zu haben.

»Das geht in Ordnung.« June legte den Koffer flach in die Arme eines großen Wachmanns und klappte ihn auf. Darin waren etliche Datenwürfel in Beuteln, zwei Lesetafeln und einige dünne Papierblätter in einer

Faltmappe. Auntie Kapurs Männer fuhren mit summenden Geräten über den Inhalt, während June lebhaft plauderte. »Du hättest das Gesicht von George Hutton sehen sollen, wie er hörte, daß Manella hier aufgetaucht ist. Er war zunächst wütend und erfreut zugleich und schließlich völlig konfus. Und du weißt, wie George das haßt!«

»Allerdings, gnädige Frau.«

June und Alex wandten sich um, als von innen eine Gestalt auftauchte. Fast so groß wie die Maori-Posten und viel gewichtiger, trat Manella in den Sonnenschein und hielt die Hand hin. »Hallo, Doktor Morgan! Ich nehme an, daß Sie gute Nachrichten bringen?«

»Natürlich«, antwortete sie. »Und Sie bieten doch auch einen erfreulichen Anblick, Pedro. Wo auch immer Sie sich versteckt haben mögen, Sie haben bestimmt gut gegessen.«

Der zweite Posten gab June den Koffer zurück. Alex sagte: »Wir wollen in mein Büro gehen und die Botschaft abspielen.«

»Warum solche Geheimhaltung?« June strebte in die andere Richtung. »Wir werden meine alte Station benutzen. Jedermann könnte dies hören.«

Der riesige Perovskit-Zylinder sah wie eine gigantische Kanone aus und ruhte sorgfältig ausbalanciert auf seinen perfekten Lagern. Er ragte auf über das, was früher Junes Konsole gewesen war – damals, als ungefähr ein Dutzend erschöpfte Arbeiter hier auf der Flanke einer steinigen und von Wind gepeitschten Insel angekommen waren und verzweifelt nach einer Möglichkeit suchten, ein Ungeheuer in seiner Höhle zu reizen. Der Techniker, der an dieser Stelle gearbeitet hatte, machte fröhlich Platz.

»Hier ist es«, sagte June, holte einen Würfel aus seinem Beutel und warf ihn Alex spielerisch zu. Sie bestand darauf, daß er den Sitz einnehmen sollte. Ein Halbkreis von Leuten sah zu, wie er einen Würfel einlegte. Aus der Küche brachte jemand Becher mit Kaffee, und als alles so weit war, drückte Alex den PLAY-Hebel.

Vor ihnen erschien ein Mann in Uniform, der an einem Pult saß. Er hatte volles Haar, was etwas die rauhen, narbigen Gesichtzüge milderte. Glenn Spivey sah sie an wie in Echtzeit. Er schien seine Hörer sogar einzeln mit den Augen zu mustern.

»Nun gut, Lustig«, fing der Oberst an. »Es scheint, daß man Sie ständig unterschätzt. Ich werde das nie wieder tun.« Er hob beide Hände. »Sie gewinnen. Keine weiteren Verzögerungen! Der Präsident ist mit unseren Partnern in der Allianz zusammengekommen. Heute abend übertragen sie die Kontrolle über alle Resonatoren dem neuen Tribunal ...«

Die Techniker hinter Alex klatschten und stöhnten erleichtert. Nach all diesen ermüdenden Monaten schienen sie um eine schwere Last erleichtert zu sein.

»... das sich in Island versammelt unter Vorsitz von Professor Jaime Jordelian. Ich denke, Sie kennen ihn.«

Alex nickte. Jordelian war ein schwerfälliger und höchst penibler Physiker. Aber das konnte in einer solchen Rolle von Vorteil sein.

»Das Komitee ist noch nicht formell zusammengetreten, aber Jordelian hat dringend ersucht, daß Sie an der Eröffnungssitzung teilnehmen. Er möchte, daß Sie für eine Anfangszeit von sechs Monaten oder so die Dienstaufsicht über alle Resonatoren führen. Man wünscht auch, daß Sie bei der ersten Nachrichtenkonferenz den zentralen Platz einnehmen. Wenn Sie das Netz verfolgt haben, werden Sie wissen, was für eine ganztägige Sitzung das sein wird! Das hypersonische Schiff, das Dr. Morgan hergebracht hat, ist angewiesen, in Hanga Roa zu Ihrer Verfügung zu stehen.«

»So ein Glückspilz!« knurrte ein Kiwi in gespieltem Neid. »Island im Winter. Warm anziehen, *tohunga!*« Alex reagierte mit einem Grinsen. »He, und was ist mit mir?« beklagte sich June. »Du nimmst mein Transportmittel, und ich bleibe hier hängen!« Die anderen stießen Töne geheuchelten Mitgefühls aus.

Spiveys Bild hielt inne. Er räusperte sich und beugte sich etwas vor.

»Ich will nicht vorgeben, daß wir durch die Ereignisse in diesen letzten Wochen nicht überrascht gewesen wären, Doktor. Ich dachte, wir würden unsere Experimente viel früher abschließen, ehe etwas nach draußen sickerte. Aber die Dinge sind nicht nach Plan verlaufen.

Es war nicht bloß Ihre kleine Demonstration gestern, die fast ein jeder in der westlichen Hemisphäre mit bloßem Auge erleben konnte. Aber selbst wenn man davon absieht, so gab es draußen zu viele helle Köpfe mit ihren eigenen Instrumenten und aufgemöbelten Spürprogrammen.« Er zuckte die Achseln. »Ich meine, wir hätten es besser wissen sollen.

Was mir aber wirklich Sorge macht, ist das, was ich die Leute über unsere *Absichten* reden höre. Trotz allen Bezichtigungen dürfen Sie glauben, daß ich kein brüllender Säbelraßler bin. Ehrlich – hätte ich so viele anständige Männer und Frauen – nicht bloß Yankees und Kanadier, sondern auch Kiwis und Indonesier und andere – zur Teilnahme überreden können, wenn unsere einzige Absicht gewesen wäre, eine Art von superkatastrophaler Waffe zu entwickeln? Die Idee ist absurd.

Jetzt sehe ich ein, daß ich Ihnen hätte Vertrauen schenken sollen. Es war mein Fehler, Sie für einen engstirnigen Intellektuellen zu halten. Statt dessen wurde ich von einem Krieger bezwungen, im weiteren Sinne des Wortes.« Er lächelte kleinlaut. »Soviel über die Genauigkeit unserer Dossiers.«

Alex spürte die stumme Aufmerksamkeit der anderen. Augen richteten sich auf ihn. Er fühlte sich durch all dieses auf ihn persönlich gerichtete Gerede entnervt.

Spivey seufzte. »Nun könnten Sie fragen, was unser Motiv war. Was könnte das Ziel einer jeden anständigen Person in diesen Tagen sein? Was sonst könnte so wichtig sein, wie die Welt zu retten?

Sie haben gewiß diese ökonomisch-ökologischen Zukunftsentwürfe gesehen, mit denen jeder auf dem Netz spielt. Nun, Washington hatte ein wirklich hervorragendes Programm der Trendanalyse für die nächsten zwei Dekaden, aber die Resultate waren einfach zu schlimm, als daß man sie hätte veröffentlichen können. Es ist uns sogar gelungen, die unvermeidlichen undichten Stellen zu stopfen, um weiträumige Ausbreitung von Entmutigung und Nihilismus zu verhindern.

Einfach formuliert – kann unsere derzeitige stabile Lage noch vielleicht höchstens eine weitere Generation andauern. Dann fährt alles direkt in die Hölle. Ins Vergessen. Der einzige Ausweg schien ein drastisches Opfer zu fordern… drakonische Maßnahmen zur Bevölkerungskontrolle und sofortige Beschneidung des Lebensstandards. Aber Psychoprofile zeigten, daß die Wähler solche Maßnahmen schärfstens ablehnen würden, zumal wenn das Ergebnis bestenfalls ihren Urgroßenkeln zugute kommen würde.

Dann sind Sie aufgetaucht, Lustig, um zu zeigen, daß unsere Vorschau einer kritischen Information ermangelte… wie den kleinen Punkt, daß unsere Welt von Aliens angegriffen würde!

Noch wichtiger war – Sie zeigten, wie neue völlig unerwartete Hebel bei der physikalischen Welt angesetzt werden könnten. Neue Wege der Energiegewinnung. Neue Gefahren, uns zu erschrecken, und neue Möglichkeiten, uns zu blenden. In einem anderen Zeitalter wären diese Kräfte von kühnen Männern ergriffen und zum Guten oder Bösen benutzt worden, wie der Flirt des zwanzigsten Jahrhunderts mit dem Atom.

›Wir werden aber doch erwachsen…‹, das ist die populäre Phrase. Wir wissen, daß neue Technologien aufmerksam beobachtet werden müssen. Ich bin nicht gänzlich gegen die Wissenschaftstribunale. Wer könnte das sein?

Aber sagen Sie mir, Lustig, was meinen Sie, wird das neue Komitee tun, wenn es die Autorität über die neue Wissenschaft der Gazerdynamik gewinnt?«

Die Frage war offenkundig rhetorisch. Alex sah schon, worauf der Oberst hinauswollte.

»Mit Ausnahme einer oder zweier kleiner Forschungsstellen werden sie einen vollständigen Bann verhängen, mit strengen

Inspektionen, um sicherzustellen, daß niemand anders auch nur ein einziges Graviton freisetzt! Wir werden Sie weiterhin Beta beobachten lassen, aber jeden anderen Gazer-Einsatz verbieten, der nicht schon bis zum Tode erprobt ist. Oh, gewiß – das wird ein Chaos verhindern. Ich bin auch der Ansicht, daß die Technik überwacht werden muß. Aber sehen Sie ein, weshalb sie für einige Zeit *verzögert* werden müßte?«

Spivey drückte beide Hände auf den Tisch.

»Wir hofften, als erste Startsysteme auf Gazer-Basis zu entwickeln! Wenn sie sich schon *jetzt* als sicher und wirksam erwiesen hätten, könnten die Tribunen sie nicht völlig verbieten. Wir würden etwas Wertvolles und Wunderschönes retten ... vielleicht sogar einen Ausweg aus der Falle des Jüngsten Gerichts.«

Alex stieß einen Seufzer aus. Teresa hörte es. Sie mochte Spivey nicht leiden. Und dennoch erwies er sich ebenso als ein Gläubiger wie sie. Offenbar reichte die Ansteckung bis in die höchsten Zinnen der Macht.

»Unsere Vorschauen sagen, daß die Erschöpfung der Ressourcen die menschliche Zivilisation tödlicher treffen wird als ein Trikeratops-Saurier – so schlimm sind die Gaben dieses armen Planeten verschleudert worden. Aber das ändert sich alles, wenn man den Weltraum hinzunimmt! Wenn man einen der Millionen kleiner Planetoiden da draußen einschmilzt, bekommt man den ganzen Stahlbedarf der Erde für eine ganze Dekade und außerdem genug Gold, Silber und Platin, um den Wiederaufbau eines Dutzend Städte zu finanzieren.

Das gibt es alles da draußen, Lustig, aber wir kleben hier auf dem Boden der Gravitationssenke der Erde. Es ist so aufwendig, die Werkzeuge hinauszuhieven, die nötig sind, um mit der Nutzbarmachung dieser Guthaben zu *beginnen* ...

Und dann kam unser Gazerding ... Mein Gott, Lustig, haben Sie eine Ahnung, was Sie gestern angerichtet haben? Megatonnen von Eis auf den Mond zu schleudern?« In Spiveys Schläfe pulsierte eine Ader. »Wenn Sie diesen Berg nur zehn Prozent langsamer gelandet hätten, wäre genug Wasser dagewesen, um eine Kolonie von Hunderten zu speisen, baden und produktiv werden zu lassen! Wir könnten anfangen, binnen Jahresfrist Titan und Helium-3 auf dem Mond abzubauen. Wir könnten ...«

Spivey machte eine Atempause.

»Vor einigen Jahren habe ich einige Weltraummächte dazu überredet, Cavitron-Forschung im Orbit zu betreiben, um nach etwas zu suchen, das Sie durch einen verdammten Zufall gefunden haben! Aber wir dachten in millionenfach zu kleinen Abmessungen. Bitte, entschuldigen Sie meine offene Eifersucht ...«

Hinter Alex murmelte jemand: »Jesus Christus!« Er wandte sich um und sah Teresa Tikhana hinter sich stehen. Ihr Gesicht war bleich, und Alex glaubte zu wissen, warum. Also hatte ihr Gatte doch gar nicht Waffenforschung getrieben. Er hatte nur auf seine Weise versucht mitzuhelfen, die Welt zu retten.

Darin würde für sie eine bittere Genugtuung liegen, und die Erinnerung daran, daß sie sich nicht im Harmonie getrennt hatten. Alex griff nach hinten und nahm ihre Hand, die zitterte und dann die seine in Erwiderung fest drückte.

»... Ich muß Sie wohl bitten, ihren Einfluß beim Tribunal geltend zu machen – und der wird beträchtlich sein –, weiterhin einige Bemühungen in die Startsysteme zu stecken. Sie mindestens zu veranlassen, mehr Eis auszuschleudern!«

Spivey beugte sich noch näher zur Kamera.

»Es genügt schließlich nicht, irgendein verfluchtes Berserkergerät wahnsinniger Aliens zu neutralisieren. Worauf kommt es an, wenn sowieso alles total vergiftet wird?

Aber dieses Ding sollte der Schlüssel sein, um alles zu retten, die Ökologie ...«

Alex war hingerissen, hypnotisiert durch die unerwartete Intensität des Mannes, und er empfand auch durchaus Teresas Gemütsbewegung. Darum zuckten sie beide überrascht zusammen, als hinter ihnen jemand einen Schrei ausstieß, der das Blut in den Adern erstarren ließ.

»Gib das zurück!«

Alle drehten sich um, und Alex sah verblüfft, wie June Morgan einen ungleichen Kampf mit ... Petro Manella führte. Die blonde Frau zerrte an ihrer Aktentasche, die der Aztlan-Reporter in einer fleischigen Hand hielt, während er sie mit der anderen abwehrte. Als sie ihm einen Tritt gab, zuckte Pedro, gab aber nicht nach. Inzwischen tönte Oberst Spivey weiter.

»... den echten Reichtum schaffen, der Edelmut fördert und beiläufig die Sterne schenkt.«

Alex stand auf. »Manella, was machen Sie?«

»Er stiehlt meine Tasche!« kreischte June. »Er will meine Daten, um die Rede des Präsidenten heute abend als Knüller zuerst herauszubringen.«

Alex seufzte. Das sah Manella ähnlich. »Pedro«, fing er an, »Sie haben schon eine Insidergeschichte, für die jeder Reporter sein Leben geben würde ...«

Manella unterbrach ihn. »Lustig, Sie sollten lieber ...« Er hielt inne, als June sich scharf herumdrehte und ihm heftig den Ellbogen aufs Brustbein stieß. Dann trat sie ihm auf den Fuß und schnappte sich im Schwung die Aktenmappe. Aber dann drehte sie sich wieder um und rannte weg, anstatt sich wieder zu den anderen zu begeben.

»H-haltet sie an!« keuchte Pedro. Irgendwas in seiner alarmierten Stimme ließ Alexens Herz erschauern. June hielt die Tasche vor sich und sprintete zu dem aufragenden Resonator. »Eine Bombe?« schrie Teresa, während Alex dachte: *Sie haben doch auf Bomben kontrolliert!*

Andererseits konnte er einfach nicht glauben, was da geschah. *June?*

Sie sprang über das Geländer, welches den massiven Resonator umgab, duckte sich unter dem zupackenden Arm eines Maori-Sicherheitsmannes durch und raste auf den blanken Zylinder zu. Im letzten Moment ergriff ein anderer Wächter ihre Taille, aber Junes

Miene verriet, daß es schon zu spät wäre. Die Leute begaben sich in Deckung, als sie an einem verborgenen Hebel dicht beim Griff zerrte.

Alex kniff die Augen zu und stemmte sich gegen einen erwarteten schweren Schlag fest …

Aber nichts geschah!

In der betroffenen Stille erging sich Glenn Spiveys Stimme in weiteren Ausführungen.

»… So schicke ich zusammen mit dieser Botschaft eine Bibliothek aller Oberflächenkopplungskoeffizienten, die wir gesammelt haben. Natürlich sind Sie uns in den meisten Wegen voraus, aber auch wir haben einige Tricks gelernt …«

Junes Gesicht zuckte von Triumph über Erstaunen zur Wut. Sie fluchte und hämmerte auf die Tasche, bis sie ihr von einigen mutigen und sehr flinken Sicherheitsmännern entrissen und eilends weggeschafft wurde. Dann war es Pedro, der sie von dem Resonator wegzerrte und auf einen Stuhl stieß. Alex schaltete den Ton der Worte des Obersten ab, die jetzt mit einemmal komisch irrelevant schienen.

»Dann war also alles ein Ulk, June? Spivey fesselt unsere Aufmerksamkeit, während du den Klopfer sabotierst?« Sein Puls raste. Durch die scheinbare Ehrlichkeit des Offiziers getäuscht zu werden, war nichts gegen den Verrat dieser Frau, die er zu kennen glaubte.

»O Alex, du bist so ein Narr!« June lachte atemlos und mit einer Note schriller Überkompensation. »Du kannst lieb sein, und ich mag dich sehr. Aber wie bist du bloß so leichtgläubig geworden?«

»Schnauze!« sagte Teresa ruhig, und obwohl ihr Ton sachlich war, erkannte June in Teresas Augen finstere Drohung. Sie hielt den Mund. Alle warteten auf den Bericht des Sicherheitsteams. Es war besser, das Dröhnen von Adrenalin in ihren Ohren abklingen zu lassen, ehe man sich mit dieser unerwarteten Ungeheuerlichkeit befaßte.

Joey kam bald zurück und senkte entschuldigend den Kopf. »Überhaupt keine Bombe, *tohunga*. Es ist ein Katalysator in flüssiger Suspension – ein einfacher Nanotech-Korrosionsbeschleuniger –, wahrscheinlich nach Maß so zubereitet, daß er die piezogravitischen Merkmale des Klopfers ruiniert. Das Zeug sollte ausgesprüht werden, wenn man den Hebel zog. Aber die Löcher waren zugeschmiert, so daß nichts herauskam. Ein günstiger Zufall. Ein Glück, daß unser Reporterfreund so stark ist.« Joey wies auf Manella, der deutlich erstaunt blinzelte.

»Sein Handabdruck verdeckte die Löcher«, erklärte Joey. »Hat auch das Scharnier zerbrochen. Niemand sollte den Burschen zu einem Ringkampf herausfordern!«

June zuckte die Achseln, als alle sie anschauten. »Ich habe die Idee von jenen Schrubber-Enzymen, die Teresa immer haben will, um ihr altes Shuttle zu säubern. Ihre Wächter waren es gewohnt, daß ich Chemikalien in kleinen Mengen brachte. Jedenfalls hätten ein paar Tropfen euch aus dem Geschäft geworfen. Es dauert Tage, einen neuen Resonator herzustellen – alle Zeit, die meine Auftragsgeber brauchen.«

»Sie versuchen nicht, noch viel zurückzuhalten, oder doch?« fragte Teresa.

»Warum sollte ich? Wenn die nicht bald meine codierte Erfolgsmeldung bekommen, werden sie annehmen, daß ich versagt habe und euch mit anderen Mitteln ausschalten … erheblich gewalttätigeren, als ich anzuwenden versucht habe. Das ist der Grund, weshalb ich mich freiwillig hierzu entschlossen habe. Ihr seid meine Freunde. Ich will euch nicht verletzen.«

Die knurrenden Techniker hielten ihre Aussage offenbar für rein ironisch. Und dennoch glaubte Alex ihr in gewissem Maße. *Vielleicht muß ich glauben, daß je-*

mand, die ich geliebt habe, sich um mich Sorgen macht … selbst wenn sie sich aus anderen Gründen als Verräterin erweist.

June fuhr nachdrücklich fort. »Sie haben gestattet, daß ich im Falle meines Versagens soviel sagen dürfte. Um euch zu überzeugen aufzugeben. Bitte, Alex und ihr alle, ihr habt mein Wort darauf. Ihr habt keine Ahnung, mit wem ihr es zu tun habt!«

Jemand brachte einen Stuhl für Alex. Er wußte, daß er angespannt und unsicher aussehen müßte, aber gerade jetzt wäre es ein Fehler, Passivität zu zeigen. Er blieb stehen.

»Was ist dein Erfolgscode? Wie würdest du ihnen melden, daß du Erfolg gehabt hättest?«

»Ihr hattet doch vor, Spivey anzurufen, nachdem ihr sein Angebot gehört hattet? Ich sollte ein paar Worte einflechten, die mein Kontakt dort abhören würde …«

»Was? Willst du sagen, daß Spivey nicht dein wahrer Chef ist?«

Junes Augen zuckten beiseite, ehe sie wieder den seinen begegneten. »Was meinst du?« fragte sie etwas zu schnell. »Natürlich ist er …«

»Warten Sie!« unterbrach Pedro Manella. »Sie haben recht, Alex. Da stinkt etwas.« Er rückte näher an June heran. »Was haben Sie gemeint, als Sie sagten: ›Ihr habt keine Ahnung, mit wem ihr es zu tun habt‹? Sie haben doch nicht gerade bildlich gesprochen? Ich denke, Sie haben es ganz wörtlich gemeint.«

June versuchte, sich unbekümmert zu geben. »Habe ich das?«

Pedro rieb sich die Hände. »Ich habe in London zwei Monate lang diesen sadistischen Kidnapper befragt. Sie wissen, denjenigen, der sich als ›Beichtvater von Knightsbridge‹ bezeichnet hat. Ich habe eine Menge an Überredungstechniken gelernt, als ich dieses Buch schrieb. Hat jemand von Ihnen Bambusstengel zur Hand? Oder wir behelfen uns mit dem, das sich in der Küche befindet.«

June lachte verächtlich. »Das würden Sie nicht wagen.« Aber ihre Unsicherheit wurde deutlich, als sie Manellas Augen begegnete.

»Was meinen Sie, Pedro?« fragte Teresa. »Sie denken, daß Spivey die Wahrheit gesprochen hat? Daß er ebenso ein Trottel gewesen ist, wie ... wie wir es waren?«

Alex schätzte ihren Gebrauch der Mehrzahl. Er hätte natürlich als der Haupttrottel erscheinen müssen.

»Sie sind Astronautin, Captain«, antwortete Manella. »Hat die vorgebrachte Leidenschaft des Obersten für neue Startsysteme Sinn ergeben? In Anbetracht dessen, was Sie über ihn wissen?«

Teresa nickte mißmutig. »Ja-a-a. Natürlich wünsche ich wohl, das zu glauben. Es macht Jasons Werk edler. Es bedeutet, daß unsere Führer keine nationalistischen Hundsfötter im Stile des zwanzigsten Jahrhunderts sind, sondern – wenn auch mißgeleitet – einen Plan versucht haben ...« Sie schüttelte den Kopf. »Glenn hat aufrichtig geklungen. Aber ich kann es einfach nicht sagen.«

»Nun, da gibt es etwas erheblich weniger Subjektives, nämlich die Frage des *Warum*. Welche Motive konnten Spivey und seine Oberen gehabt haben, diese Stelle aus dem Verkehr zu ziehen, wenn ohnehin alles unter internationale Jurisdiktion kommt?«

»Da gibt es nur einen einzigen möglichen Grund«, sagte Alex. »Wenn unsere Ausschaltung Teil eines Planes war, diese Kontrollen zu *stoppen*. Spivey hat eingeräumt, daß er sie nicht wünschte.«

Teresa schüttelte wieder den Kopf. »Nein! Er hat gesagt, daß er sie *verzögert* wünschte, bis Starts in den Weltraum per Gazer erprobt wären. Aber erinnert euch, er hat das Prinzip langfristiger Überwachung akzeptiert.« Sie runzelte die Stirn. »Alex, nichts davon ergibt Sinn!«

Er stimmte zu. »Was könnte jemand gewinnen, wenn er jetzt Unruhe stiftete? Wenn die Rede des Präsidenten nicht alles offenlegt, wird das Netz explodieren.«

»Nicht nur das Netz«, ergänzte Manella. »Es wird ein Chaos geben, Streiks... und ein Wettrüsten auf Basis von Gravitationslasern. Arme Nationen und größere Firmen werden Häuserblöcke aus den Hauptstädten ihrer Rivalen heraus explodieren lassen oder Erdbeben auslösen von...« Er schüttelte den Kopf. »Wer auf der Erde könnte von einer solcher Situation profitieren?«

»Nicht Glenn Spivey«, bestätigte Teresa, jetzt völlig sicher.

»Auch keine der Raumfahrtmächte«, warf Alex ein.

Ein Techniker fragte: »Wer bleibt dann übrig?«

Sie blickten June Morgan an, die den Kreis nervöser Gesichter überblickte und seufzte. »Ihr seid alle so raffiniert, so modern. Ihr habt eure Infotafeln und Computer und kleinen lokalen Spürprogramme, um euch Daten zu ergattern. Aber was für eine Information? Nur, was im Netz ist, meine Lieben.«

Alex runzelte die Stirn. »Wovon sprichst du?«

Sie schaute nervös auf ihre Uhr. »Schau, ich hätte mich schon längst melden sollen. In jedem Moment werden meine... Herren... wissen, daß ich versagt habe und anfangen, die Dinge auf dramatischere Art anzugehen. Bitte, Alex, laß mich meine Aufgabe beenden und sie anrufen...«

Sie wurde durch einen plötzlichen schmetternden Alarm von einer Konsole unterbrochen. Ein Techniker rannte hin, um sein Display zu konsultieren. »Ich bekomme Suchresonanz von zwei – nein, drei - großen Klopfern... in der Sahara, in Kanada und irgendwo in Sibirien!«

June stand auf und zog, als ein Wächter ihren Arm

packte. »Zu spät. Sie müssen nervös werden. Alex, bitte, sieh zu, daß alle sich von hier entfernen!«

Teresa drängte sich dicht an die blonde Frau. »Was meinen Sie mit *sie*? Ich sage, wir lassen Pedro auf seine Weise handeln...« Sie blickte nach einer Seite, aber Alex war nicht mehr dort.

Er befahl: »Gib mir eine projektierte Resonanzreihe für diese Kombination!«, warf sich in seinen Arbeitssessel und schob das Subvokalgerät über den Kopf. »Ziele mit Vergrößerung auf die Grenze zwischen Mantel und Kern unter Beta! Zeige mir alle etwaigen Energiefäden!«

»Stelle es schon ein, *tohunga*.«

Die aufgezeichnete Mitteilung war bei ihrem letzten Bild eingefroren – einem hoffnungsvoll aussehenden Glenn Spivey, der in die Kamera lächelte. Jetzt verschwand dies Bild und wurde durch den gewohnten Querschnitt der Erde ersetzt, der in feuriger Komplexität strahlte. Von drei nördlichen Punkten auf ihrer Oberfläche stießen drei pulsierende Lichtsäulen nach innen zu einem Rendezvous tief unten. Der Konvergenzpunkt schwankte, als die Strahlen aneinander vorbeiglitten.

»Ich habe solche Stellen noch nie gesehen«, sagte ein Tangoparu-Wissenschaftler. Aber ein anderer bemerkte: »Ich... denke, ich könnte es bemerkt haben. Gestern, nachdem wir gerade den Gletscher getroffen hatten, einige rasche Pulse. Aber die Spuren sahen aus wie jene merkwürdigen Oberflächenechos, die wir bekommen hatten, darum nahm ich an...«

Für ein geschultes Auge war zu sehen, daß die Strahlen der Eindringlinge sich in dem energetischen feldreichen unteren Mantel auszurichten suchten. Die Beta-Singularität, die immer noch durch die rätselhafte Elektrizität dieser Zonen ihre Kreise zog und als deren Spiegel dienen mußte, bündelte die gemeinsame Bemühung. Der purpurne Punkt leuchtete.

»Die haben weniger Erfahrung«, murmelte jemand in der Nähe von Alex. »Aber sie wissen, was sie tun.«

»Extrapoliere jetzt... Gaia!« schrie der erste Techniker. »Der verstärkte Strahl kommt auf uns zu!«

Alex war zu beschäftigt, um den Kopf zu wenden, wodurch das Subvokal abgeschüttelt werden könnte. Die Benutzung dieses empfindlichen Eingabegerätes war so ähnlich, als wenn man auf einem Drahtseil galoppieren würde. Ironischerweise war es leichter, ein simuliertes Bild seines Gesichts zu verlangen, als die eigene Stimme zu benutzen, um einen Warnungsruf auszustoßen.

»Rip!« rief das imitierte Ich, während er arbeitete. »Schaff alle bis auf die Oberaufseher hinaus! Bring sie nach Westen, hörst du? Westen!«

Jemand anders könnte aus einem romantischen Impuls heraus versucht haben zu diskutieren, aber nicht Teresa. Sie beurteilte die Lage und stellte fest, daß sie hier nichts tun konnte, um zu helfen, als ohne Zögern zu gehorchen. Sicher hörte ihre Stimme, wie sie im Kommandoton die anderen hinausscheuchte, um sein verkleinertes Team in relativer Ruhe arbeiten zu lassen.

Es war die Ruhe eines Schlachtfeldes. Alex spürte, wie der große zylindrische Resonator auf seinen Befehl hin herumschwenkte und durch Pulsationen seinen Beitrag zu einem Treffen lieferte, das Tausende von Kilometern weiter unten stattfand. Es folgte so etwas wie ein gravitativer Fechtkampf. Sein Strahl konterte und parierte die gegnerischen drei, als sie sich zu vereinigen suchten. Sie prallten von Betas funkelndem Spiegel ab und liefen durch filigrane Fäden flüchtiger Supraleitfähigkeit, die inzwischen neue Größenordnungen von Kompliziertheit erreicht hatte und von der Grenze des Kerns in zarten Schleifen und strahlenden Bögen aufstieg.

Vor einiger Zeit hatte Alex die Schleifen mit Protuberanzen verglichen – jenen Plasmabögen, die man während einer Finsternis am Sonnenrand erblickte und die starke Ströme in den Raum ausstießen. Ähnliche Gesetze galten in der Nähe des Erdkerns, wenn auch in ganz anderem Maßstab. Es wäre interessant, diesem Vergleich weiter nachzugehen, wenn er nicht damit beschäftigt wäre, um ihrer aller Leben zu kämpfen.

Tausende der geheimnisvollen Fäden vibrierten, als Finger abgestimmter Gravitation an ihnen zerrten und die Freisetzung eingepferchter Energie anregten. Einige Strahlen prallten von Beta ab und sandten verstärkte Blitze auf zufälligen Spiralbahnen aus. Es gab keine Zeit, sich zu fragen, wie seine Gegner es gelernt hatten, dies so schnell zu tun, oder gar, wer sie waren. Alex war zu sehr damit beschäftigt, ihre Strahlen abzuwehren und zu verhindern, daß sie etwas Kohärentes, Zusammenhängendes und Tödliches zustande brächten.

Alex sah, wie immer mehr schimmernde Filamente im Takt seiner Rhythmen pulsierten. Andere Blitze zuckten nach den Melodien seiner unbekannten Gegner. Jedes Flimmern entsprach einem großen Volumen halbgeschmolzenen Gesteins, Millionen Tonnen, die ihren Aggregatzustand nach der Laune von Wesen hoch oben änderten.

Ein Techniker rief: »Wir können sie nicht länger halten!«

»Warten Sie! Wir müssen zusammenarbeiten!« drängte Alex.

»Wie, wenn ...«

Er brach seine Rede jäh ab, als Wellen über das Display liefen und das Subvokal seine verstärkte Stimme tief ins Erdinnere donnern ließ. Alex schaltete mit leichtem Beben im Kehlkopf auf Sprechen um und ließ die Maschine den anderen eine Botschaft überbringen.

Seht euch dies an! drängte er und ließ den Resonator

auf der Osterinsel sich plötzlich aus dem Kampf in der Unterwelt zurückziehen.

Die Strahlen seiner Gegner taumelten beim plötzlichen Wegfall von Widerstand, durch Überkompensation momentan gestört. Dann, als ob sie unfähig wären zu glauben, daß der Weg jetzt frei war, kamen die drei Säulen wieder zögernd zusammen.

Alle anderen ... hinaus! befahl er. Ich werde es von hier aus packen!

Er hörte, wie Stühle quietschten und umstürzten, als seine Assistenten ihn beim Wort nahmen. Jemand brüllte: »Alex, warten Sie nicht zu lange!« Aber seine Aufmerksamkeit war schon konzentriert wie nie zuvor. Die Strahlen der Feinde berührten Beta, jagten und fanden schließlich ihre Resonanz.

Aber im gleichen Augenblick empfand Alex eine seltsame weltentrückte Einheit mit der monströsen Singularität. Ganz gleich, wieviel der Feind gelernt haben mochte – ohne Zweifel durch Ausspionieren seiner Archive –, kannte er Beta immer noch besser als jeder andere lebende Mensch!

Wenn ich bis zur allerletzten Millisekunde warte ...

Natürlich konnte kein Mensch den Strahl so fein kontrollieren. Nicht in Echtzeit. Darum wählte er seinen Gegenschlag vorweg und delegierte ein Programm, an seiner Stelle zu handeln. Es gab keine Gelegenheit, den Code nachzuprüfen.

Los! Er hetzte seinen Ersatzkämpfer im letzten möglichen Moment los. Hinter ihm schien der Resonator einen wütenden, fast katzenhaften Kampfruf auszustoßen.

Zum Fliehen war es schon zu spät. Alex unterdrückte den Adrenalinstoß – eine aus alten Tagen ererbte Reaktion, als seine Vorfahren mit ihren Augen Gefahr zu erkennen suchten und ihr mit der Stärke ihrer Glieder und ihrem hartnäckigen Willen begegneten. Zumindest dieser letzte war noch aktiv. Alex zwang sich, die letzten Bruchteile einer Sekunde ruhig abzuwarten, als das Schicksal aus den Eingeweiden der Erde auf ihn zustürmte.

□

Die Ebene des Snake River erstreckt sich, öde und von Aschenkegeln gesäumt, von den Cascades bis hin zu Yellowstone, wo Ausbisse von blassem Rhyolith dem großen Park seinen Namen gegeben haben. Wie in der Nähe von Hawaii und einiger anderer Stellen ersetzte hier eine feurige Nadel die normale, friedliche Konvektion des Mantels. Etwas, das schmächtig war und heiß genug, um Granit zu schmelzen, hatte sich seinen Weg unter der nordamerikanischen Scholle gebahnt und in einigen Millionen Jahren das weite Tal gebildet.

Das war ein rasches Tempo aus geologischer Sicht. Aber es gab kein Gesetz, das verbot, es könnte noch schneller gehen.

• EXOSPHÄRE •

Sie blieben stehen, nachdem sie etwa ein Kilometer nach Westen gerannt waren, aber nicht, weil das sicher wäre. Keine Distanz bot Schutz gegen das, was ihnen jetzt in den Weg kommen könnte.

Nein, sie hielten an, weil im Sitzen arbeitende Intellektuelle nur so weit laufen konnten. Teresa bereitete es einige Genugtuung, June atemlos, blaß und erschöpft zu sehen. Die Frau war in jämmerlichem Zustand. *Das geschieht ihr recht,* dachte sie und gönnte sich eine kleine Portion Boshaftigkeit. Da sie die Verantwortung trug, zählte sie die Köpfe und stellte rasch fest, daß eine Person fehlte.

Manella. Verdammt! Sie lief zu dem Sicherheits-Chef. »Joey, halten sie alle hier beisammen! Ich gehe, Pedro suchen. Der Schuft zeichnet wahrscheinlich alles für die Nachwelt auf!«

Sie beendete den Gedanken, während sie schon bergab rannte. *Aufzeichnen tut man gewöhnlich in Meereshöhe. Die einzigen, die dieses Band wohl zu sehen bekommen werden, dürften Extraterrestrier auf einem fernen Stern sein!*

Auf halbem Weg zum Resonatorgebäude sah sie, wie ein Dutzend Männer und Frauen plötzlich in den Sonnenschein des Spätnachmittags herausströmten. Sie trippelten und hasteten dahin, während sie ihr entgegen kamen. *Gut! Alex hätte nicht zunächst dableiben sollen.*

Aber dann erkannte sie, daß weder Pedro noch Alex dabei waren. »Mist!«

Jetzt rannte sie los und sauste an den fliehenden Technikern so schnell vorbei, daß sie fast undeutlich erschienen. Aber der Effekt der Verschwommenheit lag nicht ganz an der Bewegung. Einem Zwicken in den Augäpfeln und Sehnen folgte fast sofort ein scharfes Klingen in den Ohren, das stärker wurde, bis Glocken um sie herum zu dröhnen schienen. Sogar das trockene Gras bog sich und schwankte mit den rhythmischen Klängen. Ihre Füße tanzten von selbst entsprechend über die gleitende Fläche.

Als nächstes erkannte Teresa, daß sie auf den Boden gefallen war und eine schreckliche Zeit gebraucht hatte, um zu merken, in welcher Richtung *oben* war. Sie hatte ein Gefühl, als wäre die Erde unter ihr weggefallen. Starke Winde zupften an ihren Kleidern.

Bin ich jetzt dran zu gehen? So wie Jason?

Vielleicht kann ich lange genug bei Bewußtsein bleiben, um die Sterne zu sehen. Um meine letzte Flugbahn zu sehen, ehe ich verscheide.

Sie holte tief Luft und bereitete sich darauf vor, dem Himmel zu begegnen.

Aber dann schien der Wirbel nachzulassen. Teresa fühlte scharfe Grashalme in ihre Finger schneiden, als sie sich an den steinigen Boden klammerte. Ihr nächster eiliger Atemzug fühlte sich nicht dünner an. Als sie den Kopf trotz einem dröhnenden Schwindelgefühl hob, sah sie einen spitzen Hügel, ein Stück Meer … und eine große schreckliche Fratze!

Eine der gigantischen Statuen, wie sie sofort erkannte. Sie war nahe einem der Monumente der Ureinwohner hingefallen. Weitere Monolithe kamen in Sicht, als ihr Sehvermögen sich von Verzerrungen bis zum Wahrnehmen von Farben verbesserte.

Jetzt war alles klar und deutlich, aber in einen Strom ungewohnter *Farbtöne* getaucht – unheimliche Nuancen, die in einem viel breiteren Spektrum auftraten und fluktuierten. Irgendwie wurde Teresa bewußt, daß sie direkt im Infrarot oder Ultraviolett oder anderen Bereichen sah, die nie für menschliche Augen vorgesehen waren. Dieser Effekt gab Anlaß zu Illusionen … daß die Reihe der Statuen zitterte und bebte, wie alte schlafende Götter in Antwort auf einen olympischen Alarm.

Es war keine Illusion! Vier der massiven Skulpturen rissen sich von ihrer Plattform los. Staub flog weg, als sie sich bebend vom angesammelten Unrat der Jahrhunderte befreiten. Jetzt blank schimmernd drehten sie sich ihr entgegen.

Teresa erschauerte in Erinnerung an Alexens Schilderung seiner weltentrückten Erkenntnis bei einem Gewitter, als er zuerst auf den Gedanken kam, daß andere als menschliche Hände die boshafte Kompliziertheit von Beta hätten schaffen können. Könnte das so sein? fragte sie sich. *Könnte June für unsere extraterrestrischen Feinde gearbeitet haben? Falls die in Person hier sind, was haben wir da je für eine Chance gehabt?*

In den bizarren Pulsbündelungen, die für manche Gazerstrahlen bezeichnend waren, schienen die riesigen Statuen zu pausieren und sich um ein gemeinsames Zentrum zu gruppieren. Aber selbst bei ihrem trägen Tanz spürte Teresa, wie sich in der Tiefe ein anderer, mächtigerer Rhythmus formierte. Sie versuchte, ihre Arme und Beine zu bewegen, um zu fliehen, wurde aber plötzlich wie von der Hand eines Riesen zu Boden gepreßt. Gezeitenwellen jagten durch ihre Eingeweide und drückten ihre Leber gegen das klopfende Herz. Ein Schrei entrang sich ihrem offenen Munde wie eine Seele, die sich nach draußen quält.

Diese Kraft ging vorbei, als sie schon zu bersten fürchtete. Sie blinzelte benommen und sah, daß die Statuen verschwunden waren. An ihrer Stelle blies ein scharfer Wirbelwind – genau in dem Augenblick, als der abklingende Schwere-Impuls sie völlig gewichtslos machte.

Dieses vertraute Gefühl hätte angenehm sein können wie Raumflug, aber sie sah rasch, wohin der Wind sie stieß... auf ein tiefes Loch zu, wo die Steingötter früher gestanden hatten! Sie klammerte sich an Erde und Gras und griff nach jedem Haltepunkt, während ein kleiner Hurrikan sie zur Grube hinzog, die tief und oval schimmerte. Ihre Füße glitten über leeren Raum, dann ihre Beine und Hüften. Sie schrie verzweifelt, als ihre Finger den Kontakt verloren...

Plötzlich flatterte sie wie eine Fahne im Wind – fiel aber nicht. Im letzten Moment hatte ihr ausgestreckter Arm etwas gepackt.

Oder etwas hatte sie gepackt! Sie drehte sich und sah, daß eine dicke Hand ihr Handgelenk umklammerte. Die Hand führte zu einem Arm und massiven Schultern... die in Kopf und Gesicht von Pedro Manella übergingen.

Der Sturm legte sich so schnell, wie er angefangen hatte. Aerodynamischer Auftrieb verschwand, als ob unter ihr ein Bett wegfiele und sie freigäbe, in einem schrecklichen Bogen zu fallen. Die wie Glas glatte Wand gab ihr einen Stoß, der betäubende Wogen von Schmerz auslöste.

Das Bewußtsein schwankte, aber die Unannehmlichkeiten endeten damit nicht. An ihrem Arm wurde immer wieder gezerrt in rhythmischen Wellen, die höllisch schmerzten, als sie langsam hochgezogen wurde zu dem Absturz, über die schneidende Kante und dann endlich auf die grobe, von Basaltkies bedeckte Oberfläche von Rapa Nui.

Endlich lagen sie und Pedro dicht beieinander und keuchten erschöpft.

»Ich… habe gesehen, wie es Lustig gelang… ihren Strahl abzulenken«, erklärte Manella. »Er konnte ihn nicht die ganze Strecke bis zum Meer verschieben… darum ging ich hinaus, um aufzupassen.

Dann sah ich Sie fallen…«

Teresa berührte den Arm des dicken Reporters. Er brauchte nichts weiter zu erklären. »Also…« Sie holte mehrmals tief Luft und vertrieb durch Blinzeln die verschwommene Sicht. »Also hat Alex es geschafft.«

Danach rollte sie sich mit mehr Enthusiasmus auf den Bauch, lachte und schlug auf den Boden. »Er *hat* es getan!«

Pedro bemerkte: »Nun ja. Aber es tut mir sehr leid…«

Teresa setzte sich auf. »Was denn?«

Manella starrte in die Grube, aus der er sie gerade herausgezogen hatte. »Dieser Wind hat meine True-Vu fortgerissen. Ich möchte wissen, wie weit nach unten dieses Ding…«

Er schüttelte den Kopf und sah ihr ins Gesicht. »Aber nein. Ich wollte sagen, daß es mir wegen der *anderen* Burschen leid tut. Ich wette, daß sie jetzt eine schlimme Zeit durchmachen, da es an Lustig ist, zurückzuschlagen.«

Teresa sah zu dem Resonatorgebäude, wo Alex ganz alleine weiter schuftete. Aber weiter oben erblickte sie eine Schar von Tangoparu-Ingenieuren, die eilten, zu ihrem *tohunga* zu kommen. Sie sahen gedemütigt aus, weil sie ihn während einer Schlacht alleingelassen hatten. Teresa bezweifelte, daß das je wieder vorkommen würde.

Im Hintergrund eskortierte Sicherheitspersonal June Morgan, die – sehr zu Teresas Genugtuung – stumm überrascht vor sich hinstarrte. »Kommen Sie, Pedro«, sagte Teresa dem großen Reporter und bot ihm die Hand. »Sie können später nach Ihrem Recorder suchen. Erst wollen wir sehen, ob wir uns irgendwie nützlich machen können.«

□

Im Yellowstone-Park posieren Touristen neben dampfenden Geysiren. Ringsum erstrecken sich Aschenkegel und andere Zeugnisse der gewaltsamen Vergangenheit des Landes. Und dennoch sehen sie nicht, ob etwas davon direkt mit ihnen zu tun hat. Schließlich hat sich all dies vor sehr, sehr langer Zeit abgespielt.

Aber heute bietet ihnen der Old Faithful Überraschungen. Anstelle von feuchtem und klarem Wasser ist das, was zu der bestimmten Zeit herauskommt, weißglühend heiß und geschmolzen.

Das ist wirklich eindrucksvoll. Vielleicht mehr als das, wofür die Besucher je bezahlt haben.

• HOLOSPHÄRE •

Nach einiger Zeit waren ihr als alleinige Aufgabe nur noch die Konturen des Gewebes – Schuß und Kette – geblieben. Alles andere wurde zu einer Collage, einer Synthese aus vielen Beiträgen. Obwohl Jens kühnes Modell der wesentlichen Denkprozesse mit jedem zusätzlichen Element immer komplizierter wurde, entsprangen die meisten neuesten Teile dem reichhaltigen Brunnen des Netzes selbst.

Einige Stücke lieferten ihr ihre Spürer. Aber neuerdings gingen diese kleinen Softwareboten immer öfter in dem Mahlstrom verloren, der durch die Naben der

Weltdaten anschwoll. Die Hilfe, welche sie jetzt erhielt, kam größtenteils in Echtzeit, von realen Männern und Frauen – Mitarbeitern und Kollegen, die ihre Zugangscodes kannten und erst nur bei ihrer Arbeit mitgehört hatten, dann aber interessiert anfingen, sich auch mit Vorschlägen zu beteiligen.

Li Xieng aus Schanghai hatte sich zuerst gemeldet, nachdem sie stundenlang beim Aufbau ihres Modells zugesehen hatte, ohne sich bemerkbar zu machen. Mit einer Entschuldigung wies sie auf einen Fehler hin, der sie sehr gestört hätte, wenn man ihn nicht berichtigen würde. Glücklicherweise konnte sie sofort eine passende Lösung anbieten.

Der alte Russum von der Universität Prag meldete sich als nächster mit einer Empfehlung und dann Pauline Cockerel in London. Danach verbreiteten sich Gerüchte im schnellen Tempo der Elektronen und zogen die Aufmerksamkeit von Spezialisten rund um den Globus an sich. Hilfreiche Anregungen trafen schneller ein, als Jen sie sichten konnte. Darum stellte sie Surrogate ab – sowohl lebend wie simuliert –, um die Spreu vom Weizen zu trennen.

Natürlich war das nicht mehr als eine leichte Kräuselung in der Flut ängstlicher Bemerkungen, die jetzt durch das Netz liefen. Jen wußte, daß sie und die anderen sich zu sehr gehen ließen. Vielleicht sollten sie sich nicht so engstirnig auf ein abstraktes Modell konzentrieren, während alle Kanäle vor Angst um das Überleben des Planeten knisterten. Sie sollten den Verlautbarungen von Präsidenten und Generalsekretären und all den Auguren der vielen Kanäle Aufmerksamkeit schenken.

Und doch waren solche Momente in der Wissenschaft selten. Meistens war die Arbeit eines Forschers eine alltägliche Schinderei nicht weniger als die Plackerei eines Bäckers oder Gemischtwarenhändlers. Aber ab und zu geschah etwas Großartiges – ein Paradigmenwechsel oder eine theoretische Revolution. Jen und die anderen waren vom Schwung kreativen Durchbruchs erfaßt. Niemand wußte, wie lange die Explosion der Synthese andauern würde, aber vorerst war das Ganze weit größer als die Summe seiner Teile.

... VORBEWUSSTE AUSWAHL HALBZUFÄLLIGER GEDÄCHTNISASSOZIATIONEN KANN NICHT ALLZU STRENG SEIN, bemerkte Li Xieng in hellen Buchstaben oben links. WAS WÄRE BEWUSSTSEIN SCHLIESSLICH OHNE JENE KLEINEN PLÖTZLICHEN ERINNERUNGEN UND IMPULSE, DIE SO ZUFÄLLIG ERSCHEINEN, ABER ...

Lis Kommentar war an sich nicht besonders wichtig. Wohl aber das ihn begleitende Bündel an Software. Ein rascher Simulationstest zeigte, daß sie dem großen Modell nicht schaden und sogar zu seiner Flexibilität beitragen könnte. Also fügte sie sie dem wachsenden Ganzen ein und machte weiter.

Es kam ein Beitrag aus einem Bell-Laboratorium, den Pauline Cockerel mit Zustimmung vermerkt hatte. Jen wollte ihn gerade selbst beurteilen, als ein plötzlicher Wirbel greller Farbe ihre Aufmerksamkeit auf den Schirm ganz links lenkte.

Es war wieder dieser verfluchte Tiger! Jen konnte sich kein Bild machen, was das Ding darstellte oder warum es so hartnäckig war. Oder warum es jedesmal, wenn sie es erblickte, mehr vom Kampf mitgenommen aussah. Vor einiger Zeit hatte sie das Symbol als Ikone für ihr Computersichtungsprogramm bestimmt, um diesen Nexus vor allen unerlaubt Zugang suchenden Außenseitern zu schützen. Aber inzwischen war ihr Datenreich so viel größer, daß dies rückblickend als eine triviale Vorsichtsmaßnahme erschien.

Der Tiger sah wirklich höchst ramponiert aus. Sein Fell rauchte sogar an einer Seite, als ob es von einer bösen Flamme angesengt wäre. Blutende Wunden schienen das Werk reißender Krallen zu sein. Und dennoch knurrte er trotzig und drehte sich hin und wieder, um etwas anzusehen, das unmittelbar außerhalb des Schirms lauerte.

Die metaphorische Bedeutung traf Jen selbst in ihrem abgelenkten Zustand. Irgendwo draußen in der Scheinwirklichkeit des Netzes versuchte irgendwer oder irgendwas hereinzukommen, und das war keiner ihrer Kollegen.

Wer dann also? Oder was?

Wie um ihre Frage zu beantworten, hob der Tiger eine Pranke. Auf der einen Klaue schimmerte etwas, das wie eine glitzernde *Eidechsen*schuppe aussah…

Jen schüttelte den Kopf. Sie hatte keine Zeit für Trivialitäten. Ihr Modell wuchs ständig und gewann an Schwung. Es erforderte alle ihre Aufmerksamkeit, jetzt fortzufahren, hier zu lenken, dort zurechtzurücken…

»… muß Sie bitten, den Speicher und die Prozessoren, die Sie geliehen haben, zurückzugeben, Dr. Wolling. Verstehen Sie mich? Dies ist eine Krise! Wir haben von Alex gehört, daß …«

Die neue Stimme war Kenda, der über Interkom jammerte. Ausgerechnet dieser blöde Hund mußte sie unterbrechen! Jen hatte ohnehin viel zu wenig Computer-Speicherraum! Sie hatte sich sogar mittels der Ndebele passender Plätze in den Computern des Kuwenezi-Kantons bedient. Gott sei Dank war draußen Nacht. Am Morgen könnte alles beendet sein, ehe sie es mit Schwärmen wütender Administratoren zu tun bekäme.

Irgendwo in der realen Welt hörte sie vage, wie Kenda und seine Leute einander anbrüllten im Bemühen, ihren großen Resonator ganz rasch in Schuß zu bringen. Aber Jen gehörte kaum noch der realen Welt an. Durch ihr Subvokal und mit feinen Fingerkontrollen erschuf sie hungrige kleine Programme – Surrogate, um sich spontan aufzumachen und noch mehr Speicherkapazität zu bekommen, wo auch immer sie zu finden wäre. Sie sollten diese unter jedem beliebigen Vorwand requirieren, ohne sich um die hohen Kosten zu kümmern. Alle Gebühren für Speicher- und Computeraufwand würden sich millionenfach bezahlt machen, wenn dies hier klappte.

Das war kein Job für bloße Schnüffler und Spürhunde. Sie brauchte etwas Hartnäckiges, das kein Nein als Antwort gelten ließe. Also gestaltete sie die neuen Surrogate als kleine Versionen ihrer selbst und lachte über das Bild, welches der Computer aus dem Speicher holte – ein altes Foto auf einem Buchumschlag, das sie in einem erdfarbenen Sari bei einem gaianischen Ritual darstellte mit dem Lächeln einer mütterlich geduldigen festen Entschlossenheit.

Die Selbst-Ikonen waren gewiß furchteinflößend. Eine Schar nicht aufzuhaltender alter Damen versammelte sich im zentralen Holo nahe der Hauptmenge, bereit loszuziehen und mehr Raum für das wachsende Modell zu finden.

Dann, als sie sie gerade freigeben wollte, fiel der Boden heraus.

Wenn es wirklich so etwas gegeben hätte wie Direktverbindung von Geist zu Geist, hätte Jen in diesem Augenblick sterben können. Selbst nur durch Holoschirme und Subvokalgerät verbunden, empfand sie es wie einen physischen Schlag. In der Zeitspanne von drei Herzschlägen wurde alles in ihrer Konsole herausgesogen und schreiend über sehr schnelle Datenverbindungen fortgespült… der Himmel weiß wohin!

Ihr Atem stockte, während sie höchst entsetzt zuschaute. Ihre Surrogate, ihre Subroutinen, die Bemerkungen ihrer Kollegen – das ganze verfluchte Modell strömte dahin wie Badewasser in einem durstigen Ausguß. Die ausgeklügelten, miteinander verflochtenen Muster, die sie eben noch umgeben hatten, wirbelten und verschwanden in einem fürchterlichen Loch.

Fast als letzter ging ihr Tiger. Kläglich jaulend krallte

er sich fest und hinterließ phosphoreszierende Spuren, als er in den Abgrund gezogen wurde.

Von weit links kam eine andere Gestalt ins Bild, während der Tiger verschwand – größer und noch schrecklicher. Jen erkannte nach einem Moment der Betroffenheit, daß es dieses Softwarewesen war, gegen das ihre Katze gekämpft hatte – ein Ding, das zuletzt hereingekommen war, nur um mit allem anderen in die Leere hinweggefegt zu werden. Der fürchterliche Drache zischte und brüllte sie an und schlug mit einem glitzernden Skorpionsschweif, während auch ihn der bizarre Sog ins Vergessen riß.

Jen blinzelte. In einem halben Moment war alles vorbei. Sie drückte die Tasten für Wiedergabe, und sofort kamen ihre Displays zurück. Aber es war kein Fetzen ihres Werkes mehr dabei. Statt dessen erschienen große glühende Schwaden vom Erdinneren – das Querschnittsbild, dessen sich das Resonatorteam bediente.

Es war also kein Stromausfall. Es hatte nicht die Programme der Tangoparuleute betroffen, sondern nur ihre!

»Kenda!« schrie sie. »Was haben Sie gemacht?«

Erinnerung. Sie erinnerte sich schwach, daß Kenda die von ihr entliehenen Computerspeicher zurückverlangt hatte. Nun, der schreckliche Mensch mußte sie eigenmächtig ergriffen haben und hatte ihr Modell dabei direkt in den Hades befördert.

»Kenda, Sie Schuft! Wenn ich Sie in die Finger kriege…«

Zum erstenmal seit Stunden wandte sie den Blick von den Bildschirmen ab und sah an der Konsole vorbei dorthin, wo die anderen ständig Magma und Mantel, Kruste und Kern beobachteten. Der große Resonator funkelte in seinen reibungslosen Lagern. Lichter erhellten alle anderen Stationen.

Aber es war niemand zu sehen. Kein lebendes menschliches Wesen.

»Kenda? ... Jimmy? ... Irgend jemand?« Sie streifte das Subvokal ab und war plötzlich wieder in realen Schall getaucht. Zuerst kam ein lautes Gebrüll, das sie schon einmal gehört hätte, wie sie sich erinnerte, damals, als sie und die Kiwis sich zuerst in diesen aufgegebenen Bergwerken eingerichtet hatten und Kenda darauf bestanden hatte, alle diese dämlichen Übungen durchzuexerzieren.

Der Evakuierungsalarm.

Das war ein harter Gedanke, nachdem sie so jäh aus einem tiefen, strahlenden Meditationszustand gerissen war. Jen beklagte ihr schönes Modell. Darum konnte sie sich erst nach einigen Sekunden auf noch dringendere Anliegen konzentrieren ... *warum* Kenda und die anderen so plötzlich abgehauen waren.

Alles sah recht friedlich aus. Sie roch auch keinen Qualm ...

Jens Blick überflog die leere Kammer und blieb schließlich an dem Holo vor ihr haften – das jetzt die Eingeweide der Erde voller glühender Netzwerke und mystischer Symbole zeigte. Im nächsten Augenblick begriff sie, warum die anderen weggelaufen waren.

Ein Gazer-Pulspaket ... hierher zielend. Unausweichlich tickten Sekunden mit einer Wahrscheinlichkeit von 99,99 Prozent.

Selbst in ihrem abgelenkten Zustand hatte Jen genügend Erfahrung in der Beobachtung von Kendas Handeln, um zu sehen, daß drei bisher unbekannte Resonatoren sich zusammengetan hatten, um die Kiwis überraschend zu schlagen und ihren verspäteten Widerstand zu brechen. Es gehörte nicht viel dazu festzustellen, wo der gigantische Ausbruch stattfinden würde, wenn man – wer immer es war – die richtige Resonanz getroffen hatte.

Tatsächlich liefen Gravitationswellen durch diesen Raum, selbst während sie hier saß. Sie waren noch nicht mit gewöhnlicher Oberflächenmaterie gekoppelt – das taten nur einige wenige Frequenzen und Impedanzen. Aber bald würde eine Anpassung gefunden sein. Kein Wunder, daß Kenda und die anderen sich davongemacht hatten!

Jen sah zu, wie Schleifen und Spitzen sich an der gewalttätigsten Grenzfläche des Planeten mischten und trennten. Im Holotank nahmen große Protuberanzen flüssiger Elektrizität filigrane Strukturen an. Fäden kurzlebiger Superleitfähigkeit pulsierten, und Betas spröder Schimmer wuchs und schwand im Tempo dieser arroganten menschlichen Einmischung.

Jen grunzte über die Ironie. *Dahin ist alle meine Arbeit gegangen… Kenda muß alles genommen haben, was im Computer war und hat es auf einmal den Resonator hinabgejagt in einem eitlen Versuch, sie zu stoppen.*

Als das mißlang, hat er alle hinausbeordert.

Sie lachte leise vor sich hin. Selbst wenn diese unbekannten Feinde nicht genau träfen, dürften diese wackligen Minenschächte zusammenbrechen. Kenda und die anderen könnten vielleicht rechtzeitig entkommen, aber für sie war es jetzt einfach zu spät.

Ich nehme an, in all der Panik hat sich niemand um diese lästige alte Frau in der Ecke gekümmert, die immer eine Plage war. Siehst du, Wolling? Ich habe dir gesagt, daß schlechte Manieren verhängnisvoll sein können!

Der Resonator summte. Er war offenbar immer noch mit all der wilden Aktivität unten verbunden.

Nun, auf jeden Fall könnte ich mir den besten Platz im Haus nehmen, dachte sie und setzte ihr Subvokal wieder auf. *Mal sehen, was für ein Ende Mutter für mich vorgesehen hat.*

☐ He, wartet einen kurzen Moment! Kriegt das einer von euch mit? Ich dachte, die ganze Sauerei im Innern der Erde sollte aufhören!

Na ja, ich weiß… Aber einer meiner Spione hat mir gerade per

Blitzfax einen Haufen neuer Pfuschereien gemeldet. Hier, Burschen, nehmt das auf... Ach ja, auch neue Stellen. Es verbreitet sich wie Krebs-IV!

...Eine gute Idee. Wir wollen uns verteilen und in zehn Minuten in diesem Nexus wieder zusammenkommen. Lensman, du prüfst die laufenden seismischen Daten. Yamato-Girl, sieh zu, was dein Abhörprogramm bei den U.N. mitkriegt. Boris kann rasch die offenen Medien durchsehen, während Diamond das NoAm-GaKi-Zentrum anzapft. Ich werde herausfinden, was die anderen Hackergruppen erwischt haben... Richtig, vielleicht wissen die Grünen auch etwas.

Einverstanden? Dann nichts wie los!

• BIOSPHÄRE •

Nelson machte sich Sorgen wegen der Termiten.

Insbesondere verhielten sich die Bauten in der Arche merkwürdig Anstatt gewundene Reihen von Arbeitern zur Suche zerfallenden nach zerfallenden organischen Stoffen auszuschicken, wimmelten die Insekten bei ihren spitz zulaufenden Hügeln herum und verstärkten sie krampfhaft mit frischem Brei aus zahllosen winzigen Mandibeln. Auf allen Ebenen von Arche Vier war es dasselbe.

Nelson hatte am Donnerstag die ersten Zeichen gemeldet und mußte dann warten, bis Dr. B'Kelis Wissenschaftler die Proben analysiert hatten. Als er heute seine Schicht antrat, innen sagte ihm eine der weggehenden Tagesarbeiterinnen: »Termiten sind wie Feuerameisen sehr empfindlich gegen elektrische Felder.« Das hatte ihm die junge Entomologin gesagt. »Sie können Variationen spüren, die du oder ich nie ohne Instrumente bemerken würden.«

Mit einem Lächeln fügte sie hinzu: »Morgen werden wir nach einem Kurzschluß suchen. Willst du zeitig kommen und mitmachen? Ich bin sicher, daß es dich interessieren wird.«

Interessant wäre wohl das richtige Wort dafür. Sie war jung, hübsch, und Nelson fühlte sich plötzlich verlegen. »Ja, vielleicht«, antwortete er unsicher.

Während seiner nächtlichen Runden mit Shig und Nell dachte er ständig über den Ausdruck ihrer Augen nach. Gewiß können Mienen täuschen, sogar wenn man sie richtig deutet. Dennoch beschloß er, am nächsten Morgen früh zu erscheinen.

Aber er wußte, daß sich die junge Entomologin in einem Punkt irrte – Menschen konnten *doch* alles bemerken, was die Insekten berührte. Er fühlte es in den Fußsohlen und gesträubten Haaren im Nacken. Und Shig ging durch den Savannenbezirk, als ob jeder knisternde Grashalm Funken sprühte. Schließlich mußte Nelson die Kleine tragen, damit Nell etwas Ruhe bekam.

In der Luft lag ein staubiger Geruch, selbst nachdem sie die Biosphäre des Regenwaldes betreten hatten. Ein Blick durch die Scheiben zeigte in der Wüste Dunstschleier, die vom trockenen Nordwind dahingetrieben wurden. »Schließt alle Leitungen für Außenluft!« befahl er den stets horchenden Computern, und seine Ohren knackten, als das System zu voller Innenzirkulation überging. Das war für ein geschlossenes Ökosystem sowieso üblich. Nelson hielt es fast für einen Betrug, daß man die Arche einige ihrer Abfälle nach draußen entsorgen und gelegentlich Portionen von Wasser und Luft aufnehmen ließ.

»Verstärkt den Nebel stündlich um zehn Prozent auf dem oberen Baldachin-Niveau!« fügte er hinzu und rieb einige Blätter. Er fühlte sich jetzt viel wohler, wenn er seinen ›Trick‹ anwandte, da Lernen aus Büchern seine Ignoranz erheblich milderte. Von einem Laufsteg aus schaute er über die Zweige des Miniwaldes, die ein kräftiges Aroma von Fruchtbarkeit und Tod ausstrahlten. Schwere, verschlungene Zweige trugen oben reichen Humus, wo ganze Gemeinschaften von Epiphyten einen Zyklus nach dem anderen durchlebten, ohne je den Boden zu berühren. Verflochtene Reben beherbergten krabbelnde und kriechende Wesen, deren nächtliche Lebensweise Nelson zu ihrem einzigen menschlichen Kontakt machte.

Die meisten hatten es so offenbar lieber. Dieses Habitat schuf etwas von den längst verschwundenen Dschungeln Madagaskars neu, wo einst ganze Ordnungen von Primaten in herrlicher Isolierung gelebt hatten, bis Boote aus dem Fernen Osten erst vor einigen wenigen Jahrhunderten die erste menschliche Invasion brachten. In dieser kurzen Zeit verschwanden die Wälder mitsamt vielen seltsamen Vettern des Menschen – den Lemuren und anderen Halbaffen. Manche ›verlorene‹ Species lebte noch knapp in Enklaven wie dieser, sorgfältig behütet von den Abkömmlingen der Axtschwinger, Waldabholzer und Straßenbauer.

Der Kontrast schien so groß, daß man meinen könnte, zwei verschiedene Species hätten die Kettensäge und die Überlebensarche erfunden. *Aber immerhin*, dachte Nelson, *hatte es sogar in alten Zeiten Noah gegeben.*

Ein Augenpaar, viel zu groß für Tageslicht, blinzelte Nelson an, als er vorbeiging. *Die Geschichte ist so seltsam. Wenn man erst einmal begonnen hat, für längst dahingegangene Leute etwas zu empfinden, ist es wie eine Droge. Man kann nicht aufhören, daran zu denken.*

Er entsann sich seiner Offenbarung an jenem schicksalsträchtigen Tage im Paviangehege – vor Äonen – als ihm zuerst klar wurde, daß ein Leben, ohne sich um andere zu bekümmern, nicht lebenswert war. Am gleichen Nachmittag hatte er auch etwas anderes erahnt – daß der Kampf ums Überleben für Männer und Frauen während der meisten Epochen der Menschheitsgeschichte gleich gewesen sein mußte.

Nelson blieb stehen, als der Laufsteg sich einer Bank aus abschüssigem Kristallglas näherte. Jenseits des Bezirks der Arche schimmerten die in Dunst gehüllten Vorberge Kuwenezis unter einem opalenen Mond. Es war eine schöne Nacht – auf eine welke, dürre Art. Sein moderner Sinn konnte über weite Bereiche schauen mit wenig Emotion, aber ästhetischer Billigung … oder vielleicht auch Trauer über den unaufhaltsamen Verfall des Landes.

Aber für den größten Teil der Lebensdauer seiner Rasse mußte die Nacht viel eindrucksvoller gewesen sein – eine Zeit lauernder Schatten und unsichtbarer tödlicher Gefahren –, selbst mit der Begleitung des Feuers und lange, nachdem jungsteinzeitliche Jäger die gefährlichsten Wesen in der Runde geworden waren. Nelson glaubte zu verstehen, warum.

Armer Homo sapiens, *zum Sterben verurteilt.*

Das hatten viele Leute mit anderen Tieren gemein. Aber mit der Sterblichkeit gewannen die Menschen auch die zusätzliche Last eines wilden, ungezähmten, prächtigen neuen Gehirns, eines Organs, das tagsüber Geschicklichkeit und Planung bot, aber auch fähig war, hinter dem flackernden Feuerschein mittels schlauer Dämonen sich im Detail die morgige Jagd vorzustellen oder die Mißhelligkeit des nächsten Tages oder die heimliche Hinterlist des Nachbarn. Ein Geist, fähig der *Erkenntnis* des Todes … der auch hilflos zusah, wie dieser den Mut eines Kameraden besiegte oder die verwelkte Jugend einer Frau oder die nie erkannte Zuneigung eines Babys … und der in diesen Momenten die Fährte eines Widersachers erkannte, der schlimmer war als jeder Löwe. Des letzten, unversöhnlichen Feindes.

Was kommt dabei heraus, wenn man äußerste Ignoranz mit einem Geist vermischt, der imstande ist zu fragen: »Warum?« Frühe menschliche Gesellschaften haben sich an vielerlei Formen von Aberglauben, heidnischen Hierarchien und zahllose bizarre Weltbilder geklammert. Manche Volksvorstellungen waren harmlos oder sogar pragmatisch und weise. Andere bestanden auf einer verbissenen ›Wahrheit‹... weil nicht daran zu glauben unbedingt zu etwas viel Schlimmerem führte als Irrtum... *Ungewißheit.*

Nelson empfand eine starke Trauer wegen seiner Ahnen – Generation auf Generation von Frauen und Männern, jede voll eines Gefühls von Selbstwert wie seine eigene. Der Gedanke daran ließ sein Leben ebenso vergänglich erscheinen wie das wogende Gras der Savanne oder die Mondstrahlen, die gleichermaßen die Weizenfelder und seinen Geist erhellten.

Damals, als die Menschen in kleinen Gruppen umherschweiften, als die Wälder endlos schienen und die Nacht allmächtig, glaubte man allgemein, daß auch andere Kreaturen denken könnten und ihre Geister mit Lied und Tanz zu gewinnen wären. Aber später wurden die beängstigenden Wälder etwas zurückgedrängt. Tempel aus Lehmziegeln schimmerten und Bibeln fingen an zu verkünden: »Nein, die Welt war geschaffen, damit der Mensch sie nutzen sollte.« Die Tiere waren seelenlos und standen zu seiner Verfügung.

Noch später kam eine Zeit, da Ackerland und Städte mehr Platz einnahmen als der Wald. Überdies entfalteten sich schließlich die Gesetze der Natur vor wißbegierigen Geistern. Prinzipien wie *Impuls* hielten die Planeten auf ihrer Bahn, und weise Männer sahen das Weltall wie ein großes Uhrwerk an. Menschen waren wie andere Kreaturen nur Räder in einem Getriebe, Leibeigene einer unüberwindlichen Physik.

Das Tempo der Veränderungen nahm zu. Wälder wurden selten, und eine vierte Haltung kam auf. Als die Erde unter Städten und Pflügen stöhnte, wurde *Schuld* das neueste Thema. Die besten Denker des *Homo sapiens* lernten, ihre eigene Species als eine Pest zu sehen. Das Schlimmste, was je einem Planeten zugestoßen war.

Nelson sah diese sich entfaltenden Weltbilder, die seine Lehrerin ihm gezeigt hatte, als eine Reihe von Schritten, die ein seltsames, anpassungsfähiges Tier getan hatte. Eines, das schrittweise – sogar widerstrebend – Mächte erworben hatte, die es Göttern vorbehalten glaubte.

Jeder ›Zeitgeist‹ schien den Männern und Frauen seiner Epoche angemessen zu sein, und alle waren sie heute obsolet. Jetzt versuchte die Menschheit zu retten, was sie konnte, nicht aus Schuldgefühl, sondern um zu überleben.

Mondschein brachte Nelson die hübsche junge Entomologin in Erinnerung, die so herausfordernd gelächelt hatte, während sie über Termiten plauderte und die dann, ehe sie Gute Nacht gesagt hatte, so schüchtern gebeten hatte, seine Narben sehen zu dürfen.

Er entsann sich, wie seine Brust sich blähte und das Blut in seinen Adern merklich wärmer geworden war, als er die Ärmel hochschlug, um ihr zu zeigen, daß die Geschichten, die sie gehört hatte, wahr waren. Daß er, anders als andere Jugendliche, die sie kannte, wirklich ›in der Wildnis‹ um sein Leben gekämpft und einen ehrenvollen Sieg errungen hatte.

Nelson erinnerte sich, daß er gehofft und begehrt hatte. Er verlangte nach ihr – und in einer Weise, die seit Millionen von Jahren fundamental mit Fortpflanzung zu tun hatte. Oh, gewiß, heute war dieser Teil davon fakultativ. Es wäre besser, wenn die Menschen ihre Zahl kontrollierten. Aber letztlich hatten Liebe und Sex doch mit der Fortdauer des Lebens zu tun, wenn auch nur vorgeblich.

Das alte Spiel. In ihm brannte ein Verlangen, sie zu halten, sich mit ihr hinzulegen, sie zu veranlassen, seinen Samen zu begrüßen und ihn vor allen anderen männlichen Personen zu erwählen, ihre Investition in Unsterblichkeit zu teilen.

Und so geht es immer und immer weiter:
Wettbewerb ...
Kooperation ...

Es war für Nelson ein gewisser Trost, daß jeder seiner Vorfahren mit dem Erwachsenwerden gerungen und dann, wenn auch nur kurz, Vereinigung mit einer anderen Person erreicht hatte. Falls er Nachkommen hätte, würden sie es wohl auch so tun.

Aber wozu? Sie sagen, es sei eben passiert ... ein Kampf selbstsüchtiger Gene. Aber wenn dem so wäre, warum schmerzt uns so der Gedanke, daß es keinen Sinn haben könnte?

Nelson empfand im Herzen diese seltsame Mischung – Hoffnung und Verzweiflung. Er bemühte sich, ein Philosoph zu werden. Seine Lehrerin hatte gesagt, das sei sein wahrer Tick. Aber das half kein bißchen gegen die Ergüsse der Jugend, ihren Hormonrausch oder den Schmerz des Lebens.

Noch schlimmer – gerade als er am dringendsten mit Jen sprechen wollte, hatte sie ihn verlassen.

Nicht übertreiben! tadelte sich Nelson. *Es sind nur ein paar Tage gewesen. Du hast im Netz gehört, was geschah. Jen ist wahrscheinlich ganz und gar beschäftigt.*

Dennoch wünschte er, es gäbe jemanden, zu dem er über alle dies sprechen könnte. Jemanden, der Antworten zu bieten hätte anstelle endloser Fragen.

Wenn nur ...

Shig zupfte an seinem Bein und stieß einen hustenden Laut des Mißvergnügens aus, wobei sie ihn mit großen Augen ansah. Aus seinen Gedanken gerissen, wollte Nelson etwas sagen, blinzelte dann und fragte sich, warum ihm plötzlich etwas nicht zu stimmen schien. Er berührte das nahe Metallgeländer und empfand eine eigenartige Vibration. Bald ließ ein leichtes Rumpeln das Gitter unter seinen Füßen erzittern. Es wurde allmählich hörbar deutlicher. Der Klang erinnerte ihn an die tiefen Infraschalltöne, mit denen die

Elefanten einander zu rufen pflegten – und tatsächlich fingen einige der gefangenen Tiere an, antwortend zu trompeten. Der Gehsteig fing an zu wackeln.

Erdbeben! erkannte er und dachte sofort an alle Leute da unten im Bergwerksschacht. »Computer!« schrie er. »Verbinde mich mit Dr. Wolling in …«

Nelson brach jäh ab, als ein schrecklicher drehender Ruck seinen Bauch ergriff. Er klappte zusammen und jammerte, als der Gehsteig heftig hochflog. Die Paviane kreischten angstvoll, aber er konnte nichts für sie tun. Es war sehr schmerzhaft, nur zu atmen und eine große Willensanstrengung, nicht an den Blechplatten zu zerren, um sich darunter zu begraben.

□

Wehe dem, der den Fenris-Wolf losgelassen hat! Der es wagt, Brahma zu wecken. Der Bizuthu herabruft und das Ei der Schlangen zerbricht!

Mögen jene, die ihr Haus verfluchen, den Wind erben…

• NOOSPHÄRE •

Jimmy Suarez ergriff Dr. Kendas Arm und hielt die Flucht des keuchenden Physikers über das staubige Weizenfeld an. »Schauen Sie!« rief Jimmy und wies in die Richtung, in welche sie gelaufen waren. Die Techniker stolperten zu einem Halt. Sie flohen vor einer erwarteten Katastrophe hinter sich und sahen, wie sich eine andere vor ihnen abspielte!

Ihr Ziel war die nahe Bio-Arche gewesen … Die einzige Zuflucht in Sicht, nachdem sie endlich aus dem schrecklichen knarrenden Aufzug getaumelt waren. Jetzt waren sie froh, daß sie es nicht so weit geschafft hatten. Denn der Pyramidenbau glitzerte im Reflex des blassen Mondlichts inmitten funkelnder Schauer, die wie ein auf die Erde herunter geholtes Nordlicht aussahen. Das Gebäude versprühte Funken elektrischen Feuers, hob vom Boden ab und stieg immer rascher in den Himmel auf.

»Verdammt, die Schufte haben nicht getroffen!« brüllte Jimmy heiser. »Sie haben danebengeschossen!«

Dr. Kendas Lider flatterten. »Das ist nicht möglich. Die Projektion ...« Er schüttelte den Kopf. »Das nächste Mal werden sie nicht verfehlen.«

»Aber die Fasergebiete unter uns werden sich nicht gleich wieder auffüllen.«

»Falls sie sich verhalten, wie sie zu tun pflegten«, warnte ein anderer Operator. »Sie haben so schnell gewechselt ...«

»Wie denn?« unterbrach Kenda höchst verwirrt. »Sie haben die Simulation gesehen. Wie konnten sie verfehlen?«

»Es gibt nur eine Möglichkeit, das festzustellen«, antwortete Jimmy. »Ich gehe zurück. Kommt jemand mit?«

Kenda wandte sich ab und bewegte sich jetzt nach Osten, wo in der Ferne die Lichter von Kuwenezi Canton leuchteten. Als Jimmy seinen Arm zu packen suchte, riß sich der Physiker los und schrie: »Es ist vorbei! Können Sie das nicht einsehen? In dem Moment, wo wir wieder in die Ziellinie kommen, werden sie mit uns machen, was sie dieser Arche angetan haben!«

»Aber sie haben *daneben*getroffen ...«

Jimmy sah ihrem Fortgehen zu und fühlte seinen Entschluß wanken. Aber Neugier war eine Flamme, die sich nicht ersticken ließ, nicht einmal durch Angst. Sie trieb ihn umzukehren, wieder in diesen schrecklichen rostigen Aufzug zu steigen und sich noch einmal in die furchtbare alte Mine zu begeben.

Ihm war schwindelig. Warum war jener Strahl falsch gelaufen?

Einen Teil der Antwort fand er, als sah, wer den Resonator in ihrer Abwesenheit übernommen hatte. Jimmy starrte auf das, was von Jennifer Wolling noch da war.

»Mein Gott!«

Sie hatte eine physische Transformation erlebt … als ob Teufel einer mittelalterlichen Tortur sie wochenlang auf einer Folterbank bearbeitet hätten. Formlos ausgestreckt wie eine Gummipuppe, war sie trotzdem noch am Leben.

Außerdem schien von diesen Augen ein seltsames Licht auszugehen, die langsam – noch bei Bewußtsein – blinzelten. Jimmy eilte dahin, wo sie gegen eine Wand geplumpst lag. Aber als er hinlangte, um ihre Verbindung zu der hoch aufragenden Gravitationsantenne zu lösen, zuckte sie mit ihrem merkwürdig verlängerten Kopf und stieß seine Hand weg.

»*Noch nicht …*«, flüsterte sie heiser. Dann lächelte sie und fügte hinzu: »*… Kind.*«

Jimmy hatte ein eigenartiges Gefühl, als er sie sterben sah … Ihr Bewußtsein schien seinem Gesichtskreis nach unten zu entgleiten. Während er ihren Kopf hielt, hörte Jimmy, wie der Resonator leise Geheimnisse in die Erde flüsterte.

●

Im gleichen Augenblick war Mark Randall viel zu beschäftigt, um irgendwohin zu starren. Es geschahen zu viele bizarre Dinge, und nur reiner Professionalismus rettete ihn vor Betäubung.

»Elaine! Geh in die Nische und deck die Beobachtungsinstrumente ab! Ich wende das Schiff.«

»Aber wir sind noch gar nicht im Orbit«, beklagte sich seine Copilotin. »Du kannst die Türen nicht so bald aufmachen. Das ist gegen die Vorschrift.«

»Tu es einfach!«

Er fühlte die *Intrepid* rings um sich noch knacken, als

das Shuttle die Hitzebeanspruchung durch den Bahneinschuß abschüttelte. Offiziell befanden sie sich noch in der Atmosphäre. Aber das war nur eine technische Frage. Die Luftmoleküle waren in dieser Höhe spärlich. Und man durfte ja keinen Augenblick verlieren.

Während seine Hände über die Steuerorgane tanzten, rief er den auf akustische Befehle eingestellten Prozessoren Befehle zu. Mark vermied es, durch die Frontscheibe zu blicken. Es war viel wichtiger, die automatische Optik des Schiffs in Betrieb zu nehmen, als wie ein Tourist mit eigenen Augen zu schauen... selbst wenn sich da draußen ein besonderes Schauspiel bot.

Vom Planeten flogen *Klamotten* weg. Stücke von diesem und jenem, zu weit entfernt, um klar erkennbar zu sein; aber jedes Teil leuchtete hell auf, wenn es aus dem Erdschatten ins freie Sonnenlicht geriet. Astronautische Intuition gab ihm einen Begriff, wie weit entfernt manche Objekte waren, über ihre Rotationsfrequenz und sogar ihr genähertes Verhältnis von Größe zu Albedo.

Zu groß, dachte er. *Die sind zu verdammt groß! Erst Eisbrocken. Jetzt dies?*

Was, zum Teufel, geht da vor? Bricht die ganze Welt auseinander?

Als durch die freigegebenen Instrumente der *Intrepid* Bilder hereinkamen, meinte Mark, daß dies die richtige Antwort sein könnte.

Der Himmel erhellte sich mit dem Schutt der Schlacht.

●

Sepak Takraw wurde nicht durch den Professionalismus eines Astronauten gehemmt. Er starrte einfach auf das große Loch, wo die Berge von Neuguinea vorher ein großes Netz geheimer Höhlen geschützt hatten. Jetzt lag eine Staubschicht in breitem Oval zwischen den Hängen... Der Staub war so fein, daß die schwache Brise auf ihm Riffel wie bei einer Wasserfläche bildete. Böen hoben glitzernde Fäden in die Luft wie fliegende Spinnweben.

Sepak war nicht der einzige, der hinsah. Die von ihren Wachtposten herbeilaufenden Soldaten blieben auch stehen, um zu gaffen. Tagelang hatten sie Katz und Maus gespielt, seine Dschungelerfahrung gegen ihre Hightechsensoren, sie in Blau schimmernder Rüstung und er mit Lendentuch und Federn. Aber jetzt standen sie dicht beisammen – wie Raubtier und Beute, verblüfft durch den gleichen jähen Kataklysmus. Ihr Streit war sofort vergessen. Seite an Seite schauten er und ein Soldat in die Talschüssel, die bis zum Rand mit Materie gefüllt war – so fein, daß derselbe urtümliche Stoff vor langer Zeit die Sonne und die Planeten gebildet haben könnte.

»Ich ergebe mich«, sagte Sepak stumpf dem Soldaten und ließ Bogen und Köcher fallen. Der sah ihn an, schnallte, ohne mit der Wimper zu zucken, seine eigene blitzende Waffe ab und ließ sie neben der Sepaks zu Boden fallen. Es schien keiner Worte zu bedürfen.

Der Wind frischte auf und wehte Staub wie Nebel auf ihre Kleider und Gesichter, so daß sie blinzeln und abschütteln mußten. Sepak und der Soldat sprangen zurück und wandten sich ab. Dabei blickten sie nervös über die Schultern, anders als die Tiere des Waldes, die schon wieder ihre normale Lebensweise aufgenommen hatten, unbelastet durch so etwas wie Erinnerung.

●

Stan Goldmans Sicht der Ereignisse war nicht durch Bäume, Dschungel oder Berge behindert. Er und einige wenige andere hatten einen bevorzugten Aussichtspunkt, einige Kilometer von dem Resonator auf Grönland entfernt. Das war es, wohin der lokale Befehlshaber ›nichtwichtiges Personal‹ beordert hatte, als Alex Lustigs Warnung kam. Diejenigen, die auf dem Traktor des Lagers und dem Malus-Kran Platz fanden, flohen noch weiter, um eine möglichst große Distanz dazwischenzulegen.

Da er den Befehlshaber nicht dazu bringen konnte, ihn dableiben zu lassen, bestand Stan darauf, sich wenigstens auf seinen eigenen Füßen zu entfernen. Der Abmarsch betraf nicht nur NATO-Hilfspersonal, sondern auch Männer und Frauen vom Hammer-Deich, denen man inzwischen nicht viel zureden mußte, daß ihr Winkel der Welt höchst ungesund geworden war. Mit ihren Grundkenntnissen über Katastrophen in längst vergangener Zeit wußten die Paläontologen recht gut, wie klein und zerbrechlich Menschen vergleichsweise waren.

Dennoch hielten alle einmütig an, als eine leichte Erhebung ihnen einen letzten Blick zurück auf den Weg bot, den sie gekommen waren. Glücklicherweise war der Horizont fast ganz flach bis hin zu den entfernten Wolken an der Küste, so daß eine etwaige Gefahr schon direkt aus der Erde auf sie zukommen müßte.

Was natürlich durchaus möglich ist, dachte Stan. Tatsächlich waren diese kleinen Beben nur oberflächliche Symptome einer Schlacht, die viel tiefer unten stattfand, als Freiwillige in der Kuppel Alexens Team auf Rapa Nui halfen, die geheimnisvollen neuen Gegner zu bekämpfen. »Klappt es irgendwie, Ruby?« fragte er eine Frau, die mit gekreuzten Beinen vor einer tragbaren Konsole saß.

»Ich stelle gerade Verbindung her, Dr. Goldman. Einen kleinen Moment, bis ich eine aktuelle Zustandsmeldung bekomme.«

Stan schaute über Rubys Schulter auf eine Miniaturausgabe des vertrauten Globushologramms. Wie zuvor war die Aktivität dort am größten, wo der plastikristalline Mantel auf den geschmolzenen äußeren

Kern traf, besonders direkt unter der Stelle in Grönland. Filamente und gewundene Protuberanzen glühten in einer Energie, die sie aus dem wirbelnden Dynamo der Erde gezogen hatten, und flackerten jedesmal bläulich, wenn schlanke Sonden wie Degen von der Oberfläche herunterstießen und die heißesten anregten. Diese schimmernden Fäden pulsierten hypnotisch in Rhythmen, die Stan mit einer vielstimmigen Fuge verglich, die im Gegentakt zu Betas beherrschendem Metronom schlugen. Deren Kombination warf Strahlen verkrümmter Raumzeit aus.

Es war ein stygischer, vieldimensionaler Fechtkampf, und Stan wußte, daß seine Seite jetzt schlimm in der Minderzahl war. *Neuguinea ist vollkommen dunkel geworden,* sah er. Und halb um den Globus herum glühte ein anderer vertrauter Punkt in schwacher Bernsteinfarbe. *Der afrikanische Resonator ist schwach im Leerlauf. Wahrscheinlich beschädigt und außer Funktion.*

Das waren frühe Ziele der Überraschungsschläge des Feindes gewesen. Der Gegner hatte sie mit schnellen Gazerschlägen erledigt wie dem, den Alex knapp abgewehrt hatte. Oder vielleicht lag auch Sabotage vor, wie man sie hier versucht hatte – ein Versuch, der nur vereitelt wurde, als in der letzten Minute gründliche Sicherheitskontrollen einige geschickt plazierte Haftbomben entdeckten. Von da an war es ein offener Krieg auf große Distanz gewesen, wobei die zahlenmäßig unterlegene Seite gerade erst begann, die Regeln zu erlernen.

Irgendwie ironisch freute sich Stan sogar, die harmlose Inkompetenz von Spiveys Leuten zu sehen. Das Ziel des amerikanischen Obersten konnten nie Terrorwaffen gewesen sein. Andernfalls wären seine Offiziere bestimmt besser auf einen solchen Kampf vorbereitet. Alle ihre Gazerprogramme hatten einen zu kleinen Maßstab – um Objekte *hochzuheben,* anstatt sie wohl oder übel auszupusten. Es würde einige Zeit erfordern, alle Sicherheitsmaßnahmen zu umgehen, die vorgesehen waren, um zivilen Schaden auszuschließen, und die Zylinder so umzustellen, daß sie auf Befehl tödliche Kraft schleudern könnten.

Aber Zeit war genau das, was Spiveys Leute offenbar nicht hatten.

Nach der ersten Bebenwelle hörten die Erdbewegungen auf, und Stan wußte, weshalb. Das Auslösen von Erdbeben könnte im Prinzip eine Keule gegen große Ziele wie Städte ergeben. Aber selbst ein kräftiger Stoß auf diese gleichmäßige Ebene könnte den Resonator in Grönland intakt lassen und fähig zurückzuschlagen. Die Feinde konnten sich ihres Vorteils nicht sicher sein. Sie mußten die NATO-Leute damit in Atem halten, Schläge zu parieren, bis sich eine Öffnung fand, sie endgültig zu eliminieren.

»Die Teufel«, sagte Ruby und meinte damit ihre unbekannten Gegner. »Sie vereinen sich jetzt auf einem Lambda-Band von vierzehnhundert Hertz ... was aussieht wie ein Kampf metrischer Impedanz im Stil von Koonin. Beta reagiert! Verdammt, wird es – nein! Alex hat sich von unten eingemischt und sie blockiert. O ja! Das hat uns etwas Zeit gebracht. Freßt das, ihr Schufte!«

Stan gefiel der Kommentar der jungen Kanadierin. Er verlieh den abstrakten Symbolen Schwung und Kampfstimmung. Stan ballte die Fäuste und stellte sich auf den Adrenalinstoß ein, der in einer solchen Situation zu erwarten war. *Aber was für eine Situation ist dies eigentlich? Vielleicht, wenn da sichtbare Bomben ankämen oder sichtbare Gegner ...*

Der Himmel war so friedlich und blau, obwohl eine winterliche kräftige Brise von dem Eiskontinent herkam. Er fühlte sich unangemessen wohl und ruhig mit den Händen in Handschuhen fest in den Jackentaschen.

»O-oh ... Alex hat seine angeregten Zustände auf

der ganzen Strecke zwischen Rapa Nui und uns erschöpft. Ich sehe nichts in Reichweite binnen zehn Minuten.«

»Zehn Minuten?« stöhnte jemand in der Nähe. »Könnte ebenso für immer sein.«

Stan studierte das Display. Gewiß, die leuchtenden Filamente waren in einem ganzen Sektor matt geworden – sie pulsierten noch, aber erschöpft, zurückgedrängt und fast kontemplativ im Vergleich mit dem glitzernden Gären anderswo. Bis sie aufgefüllt waren, könnte Alexens Team keine Hilfe bei Angriffen auf Grönland bieten.

»Lustig signalisiert, daß er inzwischen zum Angriff übergeht … wünscht uns Glück und Erfolg … Jetzt ist er weg.«

Stan nickte. »Dasselbe für dich, Alex. Mach dir keine Sorgen um uns! Los, pack sie!«

Er und die anderen Evakuierten richteten ihre Aufmerksamkeit auf die entfernte weiße Kuppel, die sie gerade erst vor kurzem verlassen hatten. Selbst so weit entfernt waren sie noch in Gefahr. Bei dieser neuen schrecklichen Art von Kriegsführung konnte der Boden unter den Füßen plötzlich flüssig werden und sich verfärben, oder in einem titanischen Blitz verschwinden, oder einen zu den Galaxien jagen. Was auch immer geschehen mochte, Stan wollte die Gefahr mit diesen tapferen Technikern drüben jenseits des Moränentales teilen. Er gedachte dazubleiben, als der Kran-Zeppelin zurückkam, um mehr Leute aufzunehmen.

Mein ganzes Leben lang habe ich geglaubt, die Wissenschaft sei eine Offenbarung gleich der Schrift. Ein fortgeschrittenerer Text – das Unendliche bietet uns Seine Werkzeuge jetzt, da wir älter werden, wie Lehrlingen, die das Handwerk des Vaters erlernen.

Ist es darum nicht einfach recht, über das zu wachen, was ich geholfen habe, mit diesen Werkzeugen zu schaffen?

Ruby griff an ihren Kopfhörer und rief lachend: »Das glaube ich nicht!«

»Was gibt es?«

»Alex, er hat die sibirische Maschine ausgeschaltet! Sie verdampft. Damit gibt es einen Feind weniger und noch zwei, die übrig sind ... O nein!«

Stan merkte, wie die anderen noch näher rückten. Rubys strahlende Miene wandelte sich in Verzweiflung. Er fragte: »Was ist jetzt los?«

»Ein anderer ist angetreten, um sie zu ersetzen. Ein *neuer*! Gesellte sich dazu, sobald Sibirien explodierte. Er befindet sich ... im Japanischen Meer. Verdammt, sie müssen ihn in Reserve gehalten haben. Woher kommen nur alle diese Schurken?«

Im Display sah Stan, wie ein neuer auslösender Strahl an die Stelle des alten trat, den Alex gerade vernichtet hatte. Damit waren es wieder insgesamt drei Gegner.

»Sie sind immer noch hinter uns her!« rief sie anhand der Spuren.

»Manchmal ist es klüger, den schwächeren Gegner zuerst auszuschalten«, bemerkte Stan. »Wenn sie Grönland erledigen, wird Alex mit seinen Leuten ihnen ganz allein gegenüberstehen.« Die Dänen und die anderen nickten seufzend. Sie hatten nicht das volle Bild. (Wer hatte das überhaupt?) Aber einiges war offenkundig.

»Die Kanaillen haben diesmal ein wirklich gutes Band erwischt«, sagte Ruby. »Mengen von Energie. Beta reagiert, und zwölf ... fünfzehn Fäden sind aktiv ... Richten sich auf das Ziel!«

Stan schaute sich nach irgendeinem Zeichen um, daß kohärente Gravitationspfeile in der Nähe durch die Erde jagten. Aber es waren keine Symptome erkennbar. Es war auch unwahrscheinlich, daß es welche geben könnte, solange ihre Angreifer keine passende Kopplung mit Oberflächenmaterie gefunden hatten.

»Sie jagen nach einer Kontaktresonanz. Unsere Burschen versuchen zu parieren...« Dann stöhnte Ruby auf, als ihre Instrumente ein verhängnisvolles Karmesin zeigten. »Nicht gut. Hier kommt es!«

»Alle zu Boden!« brüllte Stan. »Flach liegen und sich abwenden!«

Aber als die anderen sich duckten, ignorierte Stan seinen eigenen Rat. Er beobachtete die NATO-Gebäude und erkannte genau den Moment, da der Strahl seine Frequenzen mit der Grenze zwischen Gestein und Luft verband. Ovale Tundraflecken schienen wie Pauken zu vibrieren. Dann versank innerhalb einer dieser Grenzen das Lager plötzlich in den Boden wie ein in die Hölle beorderter Expreßlift. In einem Augenblick war alles vorbei.

Zumindest war der erste Teil vorüber. Stan betrauerte brave Leute, die ihm zu Freunden geworden waren. Dr. Nielsen stand auf und kam zu ihm. Gemeinsam horchten sie auf das anhaltende Rumoren, wie sich ein neuer Tunnel direkt in die Erde hineinbohrte. Das Brummen hielt einige Zeit an und ließ ihre Sohlen vibrieren.

»Vielleicht sollten wir lieber versuchen, hier herauszukommen«, schlug der Paläontologe schließlich vor. »Das Magma in diesen Bereichen befindet sich tief unter einer schweren Platte, ist aber nicht sehr zäh. Selbst zu Fuß könnte eine kleine Entfernung gerade jetzt einen großen Unterschied ausmachen.«

Die Menschheit hat heute einen neuen Meilenstein passiert, dachte Stan. *Aber vielleicht hatte Nielsen recht. Er mußte sich nicht gerade auf Meereshöhe befinden, um Zeuge zu sein, wenn geschmolzenes Gestein in diesem neuen Kanal aus einem tiefen Gelaß unter Hochdruck herausfloß. Wenn man aus größerer Entfernung zuschaute, würde dies das Schauspiel keineswegs mindern.*

●

Wie ein jeder an Bord des Schiffs der Gesellschaft verfolgte und hörte Crat die eiligen schlimmen Nachrichten. Aber er wurde bald müde beim Versuch, Ereignisse zu verfolgen, die er nicht verstand. Und so verließ er alle im Gemeinschaftsraum und ging allein aufs Deck hinaus, um auf den Sonnenaufgang zu warten.

Er war noch etwas benommen. Sein Abenteuer mit der Lichtsäule unter Wasser war noch nicht abgeklungen – die Bezauberung durch jene seltsame Musik, der vorübergehende Kontakt mit etwas Warmem und Empfänglichem –, so hatte es jedenfalls damals geschienen. Er hatte nicht erwartet, daß seine Bosse die Geschichte glauben würden, als er aus dem Wasser kam. Aber sie hatten es getan, ihn nach jedem Detail ausgefragt, sein Blut und andere Flüssigkeiten geprüft und ihn an Maschinen gesetzt, die an seinen Gliedern zogen, wie das Licht es getan hatte, aber nicht so angenehm. Crat hatte gemerkt, daß sein Geruchssinn sich unverhältnismäßig verfeinert hatte. Die feine Eau-de-Cologne des Angestellten biß in seine Hohlräume und juckte in der Nase.

Das hatte ihnen anscheinend genügt. Er hatte freibekommen, um sich auszuruhen und leichte Arbeiten an Bord eines Versorgungsschiffes der Firma zu verrichten, während die müden Techniker wieder in ihre geheimen Labors eilten. Crat wunderte sich, warum sie so überrascht sein könnten wegen derartiger Dinge zu einer Zeit wie dieser … und noch mehr wunderte er sich zwei Tage später, als man davon sprach, daß ganze Stücke des Planeten in den Raum geblasen worden wären. So eine Eröffnung ging weit über seinen Horizont.

Immerhin schien auf Deck alles ruhig zu sein. Von der Reling aus erblickte er die hohen Türme der Stadt des Ozeanstaates. Bald würde der Muezzin muslimische Bürger zum ersten Gebet rufen, Drachen würden in der Dämmerung aufsteigen, um die stratosphärischen Winde einzufangen, und Solaranlagen würden sogar das morgendliche Rot aufnehmen.

Warme Strömungen leckten am Rumpf des Kreuzers und ließen den üblichen Ölfilm und Schaum aus pulverisiertem Styropor mit kieselähnlichem Schimmer zurück. Phosphoreszierendes absterbendes Plankton zeigte irisierende Farben. Crat seufzte, als Mondlicht durch das zerrissene Gewölk brach und einen dunklen Teil des Meeres erhellte. Der helle Strahl erinnerte ihn an einen anderen. Er ließ ihn mit der konzentrierten Kraft eines Gebets hoffen, daß er wieder Glück haben würde. Vielleicht würde er das nächste Mal, wenn ihm jenes besondere Licht begegnete oder er diese Musik hörte, nicht zu dumpf, zu mundfaul sein, um zu antworten.

»Na ja«, sagte er in bittersüßer Gewißheit, daß er sowohl gesegnet wie verschmäht worden war. »Sicher würdest du, Junge. Alle werden antreten, um zu hören, was du zu sagen hast.«

●

Für Logan Eng fühlte sich das Chaos im Netz so an, als sei eine Stütze des Lebens weggeschlagen worden. Was ein wohlgeordnetes, obzwar undiszipliniertes, Chaos von Magazinen, Holokanälen, SIGs und Foren gewesen war, hatte sich zu einem Rabaukenbabel gewandelt, einem Wildbach von Konfusion und Bemerkungen, was noch schwieriger zur Kenntnis zu nehmen war, weil jeder Benutzer jetzt zahllose Kopien seiner Botschaften an jeden Knoten schickte, der möglicherweise zuhören könnte. Eine Million Hacker ließ sorgfältig gehamsterte ›Klauroutinen‹ los, um Speicherraum und öffentliche Aufmerksamkeit zu ergattern. Sogar ›offizielle‹ Kanäle waren die halbe Zeit durch Eindringlinge verstopft, die ihr Recht in Anspruch nahmen, sich zu der Krise, mit der die Welt konfrontiert war, zu äußern.

»... Es ist ein Komplott von neu erstehenden stalinistischen Elementen und *pamjat*-Mystikern ...«, behauptete ein Amateur, der einer mysteriösen Stelle in Sibirien gelauscht hatte.

»Nein, es sind Intrigen geldgieriger Schmutzfinken ...«

»... ökofreaks ...«

»... kleine grüne Männer ...«

Normalerweise wären die wildesten Szenarien in den Ghettos von Foren Speziell Interessierter hängengeblieben. Aber dieser unausgesprochene Konsens brach zusammen, als bizarre Phantasien plötzlich nicht weniger vernünftig erschienen als die feinste Gelehrsamkeit.

Zusätzlich zu der Überlastung fingen besorgte Regierungen mit einem Male an, richtige Wälzer auszustoßen – ganze Bibliotheken – von Information, die sie gehortet hatten. Sie überschlugen sich, um zu beweisen, daß *sie* nicht für den plötzlichen Ausbruch eines Gravitationskrieges verantwortlich seien. Jedes Dementi weckte aber neue Verdächtigungen. Beschuldigungen strömten in die diplomatischen Säle und in die tausend Kanäle von Kommentar und Meinung.

Der größte Brocken an brutaler Enthüllung kam von NATO-ANZAC-ASEAN – ein Krampf von Daten, der die ohnehin benommenen Netzleute betroffen machte. Mißtrauische Stimmen klagten Washington und seine Verbündeten an, ihre Schuld unter einer Flutwelle von Bits und Bytes zu verbergen. Um ihre Unschuld zu beweisen, hatten Spiveys Obere *alles* ausgespuckt, sogar das erste Gespräch mit dem Obersten in der großen Limousine! Dieser Tsunami von Aufrichtigkeit überschwemmte normale Kanäle und floß an unübliche Stellen. Geheime Studien über die Physik verknoteter Singularitäten wurden in einen Kanal verklappt, der gewöhnlich für Hobbyköche und Rezepteaustausch reserviert waren. Die Geheimnisse gazer-dynamischer

Startsysteme füllte Korridore, die für Lichtopern, Gesellschaftskomödien und Golf gedacht waren.

Jetzt ist die Katze aus dem Sack. Selbst wenn die gegenwärtige Krise abklänge, würde die Welt niemals mehr dieselbe sein.

Aber trotz Enthüllungen, trotz hektischen Waffeninspektoren und Tribunen, liefen die Ereignisse unzähmbar davon. Paranoia machte Fortschritte mit jedem seltsamen Beben, mit jedem erschreckenden Verschwinden. Hin und her laufende Gerüchte redeten davon, daß Waffen für nationale Abschreckung herausgefahren wurden, daß Friedenssiegel von alten, aber immer noch tödlichen Bomben heruntergeschlagen wurden. Wenn in Budapest jemand nieste, schrie jemand über tödliche Seuche. Fiel in Alberta Hagel, so verkündete man den Zorn Gottes.

Ein blinkendes Licht lenkte Logan von der letzten Meldung ab, worin einer der intelligenteren Auguren neue Hinweise zitierte, die von den alten Nationalstaaten *fort* deuteten, hin zu einer neuen, unbekannten Kraft ... Logan blickte auf die ankommenden Textzeilen, die über sein tragbares Holo liefen – mittels einer Priorität durch seinen persönlichen Notfallcode. Den kannte nicht einmal Spivey.

Die Worte erschienen mit schockierender, eisiger Langsamkeit. Sie schienen sich nacheinander ihren Weg durch das verängstigte Gewühl zu bahnen. Er las die Nachricht und bedeckte dann die Augen mit der Hand.

> VATI ... KANN MUTTI NICHT DAZU BRINGEN, DASS SIE SICH RÜHRT. IN IHREM ZIMMER EINGESCHLOSSEN. BENIMMT SICH VERRÜCKT ... KOMM SCHNELL. WIR BRAUCHEN DICH!
>
> – IN LIEBE, CLAIRE.

□

Es ist ein typisches Flüchtlingslager, eines von dreißig, die Großbritannien unter den Umsiedlungsvereinbarungen zugewiesen wurden. Längs der adretten Gassen von Bowerchalke Village setzen die Armen ihre alltäglichen schweren Arbeiten fort. Große Trommeln mit Korn und Fischnahrung kommen an und werden durch gewählte Block-Komitees verteilt. Schwarzwasser muß in die septischen Becken gehen, Grauwasser in die Breigärten. Jedes Stückchen Karton oder Kunststoff oder Metall ist wertvoll. Darum sind die Straßen peinlich sauber.

Solange die Ordnung eingehalten wird und man jedem Baby Rechnung trägt, enthalten die wöchentlichen Hilfssendungen auch einige Luxusgüter – Zuckerrohrabschnitte für die Kinder aus Plantagen in Kent... Toilettenpapier anstelle getrockneter Kudzublätter, um das Leben für die Alten etwas angenehmer zu gestalten... und etwas richtige Arbeit für die dazwischen Liegenden, die noch nicht in Langeweile verloren sind, indem sie den ganzen Tag auf billige Hologeräte starren wie körperlose Seelen.

Immerhin befahren einige der Intelligenteren das Meer der Daten und verbinden sich mit anderen, die weit entfernt sind und nicht einmal ihren Status als arme Flüchtlinge kennen. Manche leisten flotte, auf Software basierende Arbeit für das Lager. Manche werden reich und verschwinden. Manche werden reich und bleiben.

Für die meisten bedeutet das plötzliche Chaos im Netz eine Verzögerung ihrer Lieblingsshows. Aber für andere bedroht es die einzige Welt, die ihnen je Hoffnung bot.

• EXOSPHÄRE •

Teresa wünschte, sie könnte Alex helfen. Aber alle ihre Fähigkeiten waren in diesem Kampf nutzlos – einem Konflikt so kompliziert wie ein japanisches No-Spiel, das mit der tödlichen Anfälligkeit hüpfender siamesischer Fische ausgefochten wurde.

Wenigstens konnte sie helfen, die Gefangene zu bewachen und damit einige Sicherheitsleute für den Kampf gegen Saboteure freimachen. Und sie würde versuchen, Alex Pedro vom Leibe zu halten.

Zum Glück fielen diese beiden Aufgaben zusammen, als der große Aztlan-Reporter eifrig June Morgan befragte. Er zwang sie, das Holobild anzusehen, in dem jeder Schlag und Gegenschlag zu mehr Toten und mehr lokalen Katastrophen führte. »Es war nicht beabsichtigt, so weit zu gehen«, antwortete die blonde Verräterin traurig. »Sie hatten nie einen totalen Krieg geplant.«

»Das tun *sie* vielleicht nie«, erklärte Pedro. »Große destruktive Feindseligkeiten pflegten immer einzutreten, wenn die eine Seite genau zu wissen glaubte, wie die andere auf eine Machtdemonstration reagieren würde, und die Entschlossenheit ihres Gegners unterschätzte.«

Teresa sah, wie June zusammenzuckte, als aufwühlende Veränderungen die vielschichtige Erde erhellten. In der Nähe gab Alex Lustig mit einem Tasthandschuh schnell Befehle ein und fügte mit seinem Subvokalgerät schneller als Sprache flüsternd Berichtigungen hinzu. Andere kamen ihren Aufgaben eilends mit ähnlich klarem Wirkungsgrad nach... dem einzigen, das dem Tangoparuteam in seinem verzweifelten einseitigen Kampf ums Überleben helfen könnte.

»Das ist alles meine Schuld«, sagte June mit einem Seufzer der Verzweiflung. »Wenn ich nur meine Aufgabe erfüllt hätte, würden sie sich nicht groß aufgespielt haben. Wenigstens noch nicht. Aber jetzt sind alle ihre Pläne im Eimer. Sie sind in Panik. Viel gefährlicher, als wenn sie gewonnen hätten.«

Das moralische Mäntelchen verursachte bei Teresa Übelkeit. »Sie haben immer noch nicht gesagt, wer *sie* sind.«

Früher hätte June eine Antwort verweigert, als ob die direkte Frage sie erschrecken würde. Jetzt schien es ihr nichts mehr auszumachen.

»Das ist ziemlich schwer zu erklären.«

»Versuchen Sie es nur!« drängte Manella.

June sah beide seufzend an. »Pedro, Teresa, hat sich jemand von euch einmal gewundert? Ich meine, warum glauben die Leute, daß der Helvetische Krieg dem ältesten Gewerbe der Welt ein Ende bereitet hat?«

Teresa blinzelte. »Sind Sie gemein?«

June lachte ohne Heiterkeit. »Terry, ich meine nicht Prostitution. Ich rede von Parasiten, von Manipulatoren, die durch Geheimhaltung gedeihen. Es hat schon immer Intriganten und Ränkeschmiede gegeben – schon vor Gilgamesch und den Pyramiden.

Kommt schon, ihr zwei! Wer, denkt ihr, hat Roosevelt vergiftet und die Kennedys erschossen? Oder Simonjevs Plan zu Fall gebracht? Was war mit Lamberton und Tsuschima? Sind Sie sicher, daß es Unfälle waren? Haben die sich nicht als recht profitabel erwiesen für jene, die danach einen Nutzen hatten?

Teresa und ich sind zu jung, aber Pedro, Sie erinnern sich, wie die Lage während der Wochen vor der Deklaration von Brazzaville war, nicht wahr? Damals, als die Delegationen spontan aus der ganzen Welt einflogen, um die Allianz gegen Geheimhaltung zu proklamieren? Wie viele Leute sind durch mysteriöse Vorfälle gestorben, ehe die Delegierten alle Hindernisse und ideologischen Ablenkungen überwanden und zuletzt einen Impuls aufbauten, der nicht aufzuhalten war? Wie viele Führer in der Welt mußten danach abgesetzt werden, ehe für die Massen der Weg frei war und die Alpen endgültig in Belagerungszustand versetzt wurden?«

»Die Hälfte der Präsidenten und Minister mußten geheime Bankkonten sichern«, sagte Pedro. »Darum versuchten sie natürlich, sich zu widersetzen. Aber am Ende verloren sie ...«

»Sie haben nicht verloren. Sie wurden *benutzt*. Verbraucht in Verzögerungsmaßnahmen.« June senkte die Augenbrauen. »Warum haben Sie gedacht, daß der Krieg so verdammt lange dauern würde, hm? Das schweizerische Volk hatte bestimmt nicht den ganzen blöden Planeten erobern wollen. Die haben nie gedacht, daß alle Generationen, die Tunnels und Bombenschutzräume gebaut haben, diese für mehr als bloße Abschreckungszwecke gedacht hatten.

Und selbst als es schließlich endete, glauben Sie doch nicht, daß die Bankdokumente, die die U.N.-Streitkräfte aus dem Schutt gruben, wirklich die richtigen waren?«

Manella schüttelte den Kopf. »Wollen Sie damit sagen, daß wir ganze Schichten von Konspiratoren verfehlt haben? Daß alle die Drogenbosse und Kommissarmilliardäre, die wir erwischt haben ...«

»Das waren bloß entbehrliche Würstchen, die dem Pöbel zur Besänftigung vorgeworfen wurden. Jawohl, genau das sage ich, Herr Reporter.« Junes Stimme war bitter. »Die wahren Drahtzieher wollten, daß die Schweiz völlig vernichtet würde. Der Krieg *mußte* so viele Menschenleben fordern, damit eine erschöpfte Welt über den Sieg jubeln und verzweifelt glauben *wollte*, daß es vorbei sei.«

»Das ist lächerlich«, sagte Teresa zu Pedro. »Sie hört sich an wie ein schlechter Roman von Lovecraft. Was kommt als nächstes, June? Unsagbare Schrecken von da, wo es noch keine Zeit gab? Oder wie wäre es mit etwas aus diesen wundervollen paranoiden Büchern der Aufklärer? Wer sind denn Ihre Bosse? Freimaurer? Die dreiseitige Kommission? Jesuiten? Die Weisen von Zion?« Teresa lachte. »Wie wäre es mit Fu Manchu oder der Komintern?«

June zuckte die Achseln. »Das waren in ihrer Zeit nützliche Zerstreuungen – Flitter und Schönfärberei, um Narren anzuziehen, damit Verschwörungsgedanken ganz allgemein bei normalen, anständigen Leuten in Verruf kommen sollten.«

Zu ihrem Unbehagen fand sich Teresa durch June Morgans Offenheit angenehm berührt. Die Frau glaubte offenbar, was sie sagte. *Und irgendwie hat sie auch recht,* dachte Teresa, die sich ihrer Reaktion bewußt wurde. *Man sehe mich jetzt an! Ich weigere mich zu glauben, selbst wenn ein Beweis die Welt um mich heruntermacht.*

Pedro kaute an einem Ende seines Schnurrbarts. »Sie denken doch nicht etwa an die *Aliens*, oder doch? Sind die Ihr …«

June blickte rasch auf. »O Himmel, nein!« Sie zeigte auf das große Display. »Halten Sie die Schufte, die mich hierhergeschickt haben, für derart kompetent? Sehen Sie nur, wie miserabel sie ihren versuchten Anschlag aufgezogen haben! Hätten die Konstrukteure Betas Alex so herumtoben lassen?«

Während alle auf den Schirm blickten, ließ eine Dreiergruppe gelber Strahlen Betas Purpurtropfen mit einem Anlauf von Energie pulsieren; aber sie wurden wieder zunichte gemacht durch einen schmalen Degenstoß von der Osterinsel, der ihre beengte Kraft auf Spiralkurs in eine andere Richtung ablenkte.

June schüttelte den Kopf. »Nein, Pedro, die Menschheit ist imstande, Raubzeug ganz aus eigener Kraft auszumerzen. Talentierte Schmarotzer mit reichlicher Praxis zapfen die Innovationen anderer an. Dazu gehört nicht viel *Gehirn,* sondern nur einiges Geschick im Manipulieren und sehr viel Arroganz.«

»Die Illusion der Allwissenheit«, sagte Pedro und nickte.

»O ja, ich habe sie gesehen, in ihren Sälen mit all ihrem Geld versammelt, wie sie sich voreinander aufspielten und sich gegenseitig erzählten, wie schlau sie seien, bloß weil sie es vor dreißig Jahren geschafft hatten, etwas von ihrer alten Macht zu bewahren, weil die Leute zu erschöpft und über das Ende des Krieges zu erleichtert waren, als daß sie die letzte Schicht abgekratzt hätten.

Erst jetzt wissen sie, wie dumm sie die ganze Zeit

gewesen sind. Sie haben es richtig erfaßt, Pedro. Sie haben diesen letzten Schachzug falsch berechnet und werden bald sterben. Zumindest dafür bin ich wirklich dankbar.«

Dieses Eingeständnis erschütterte Teresa. Sie hatte die ganze Zeit angenommen, daß June aus Loyalität zu einer Gruppe oder Sache handelte. Offenbar fürchtete die Frau ihre geheimen Herren; aber jetzt sah Teresa, wie sehr sie diese auch verabscheute.

Beim Blick auf den großen Schirm glaubte Teresa zu ahnen, was June meinte. In der ganzen Welt, in Hauptstädten, Kommandozentralen und sogar Hackerbuden, gab es andere Erdholos wie dieses. Vielleicht gröber, aber von Minute zu Minute immer besser werdend. Besonders jetzt, da Glenn Spiveys Gruppe und andere alles, was sie wußten, in jähen, von Panik getriebenen Stößen der Offenheit ausspien. Auf jedem dieser Displays müssen die Plätze der feindlichen Resonatoren wie Embleme wütender Piraten wirken... die nur deshalb auffallen, weil niemand seine Eignerschaft darüber erklärt hat. Ein solcher Mangel an Aufrichtigkeit in diesen heißen, angespannten Stunden war eine schlimmere Anklage als jede rauchende Kanone.

Gerade jetzt schickte wahrscheinlich jede Sicherheitsallianz, friedenerhaltende Streitmacht und lokale Miliz mit geeigneten Mitteln Einheiten gegen diese mysteriösen Stellen aus. Ihre Bewaffnung könnte dürftig gegenüber dem zwanzigsten Jahrhundert sein – ihre ungeübten Reflexe könnten langsam sein –, aber diese Soldaten würden mit Junes Arbeitgebern bestimmt kurzen Prozeß machen, wenn sie hinkämen.

Nein, das können ihre Bosse nicht vorgesehen haben. Sie müssen damit gerechnet haben, das Tangoparu-Tetraeder völlig durch Überraschung einzunehmen und die ursprünglichen vier und alle neueren Resonatoren durch Sabotage oder Gazertricks auszulöschen. Dann im alleinigen Besitz der ultimaten Terrorwaffe könnten sie die Welt als Geisel nehmen. Es hatte nicht mehr viel an ihrem Erfolg gefehlt.

Aber obwohl sie die Logik verstand, mußte Teresa den Kopf schütteln.

In welchem Falle ... was dann? Das ist ein wahnsinniger Plan, selbst wenn er funktioniert hätte. Sie hätten es damit auf Dauer nicht weit gebracht. Das Resultat wäre ebenso instabil gewesen.

Teresa sah, daß seit Alexens letztem erfolgreichen Abwehrschlag eine gewisse Teilnahmslosigkeit eingetreten war. Er lutschte durch einen Strohhalm aus einem Glas, das einer der Köche hinhielt. Sie wollte hingehen, seine Schultern massieren und ihm vielleicht etwas Ermunterndes zuflüstern, kannte Alex aber dafür zu gut. Diese Schultern waren jetzt die des mythologischen Atlas. Und sehr viel mehr als die Leben in diesem Raum fuhren auf dem Zug seiner Gedanken. Man durfte ihn nicht unterbrechen.

»Sie beschreiben einen Akt reiner Verzweiflung«, sagte Pedro – immer noch zu June. »Diese Ihre Verschwörer ... sie könnten selbst im Falle des Sieges nicht hoffen, das, was sie gewonnen hätten, zu behalten.«

June antwortete mit einem müden Achselzucken. »Was hatten sie zu verlieren? Der *status quo* verschlimmerte sich aus ihrer Sicht ständig. Alles, was sie aus der Asche von Helvetia gerettet hatten, glitt ihnen durch die Hände wie Rauch.«

»Ich verstehe es nicht. Was hat sie denn bedroht?«

June zeigte auf die Konsolen, auf Teresas Datentafel, auf das Telefon an Pedros Gürtel. »Das Netz«, sagte sie knapp.

»Das Netz?«

»Das ist richtig. Es wurde zu groß, zu offen und alles durchdringend ... zu verdammt *demokratisch* mit jedem Jahr. Sie ihrerseits wurden von Jahr zu Jahr verzweifelter. Dann kam diese Geschichte mit Gravitationsverstärkung daher ...«

»... die Sie ihnen zugespielt haben«, beschuldigte sie Teresa.

June nickte. »Sie hatten auch andere Quellen. Wie Sie so oft gesagt haben, ist es furchtbar schwer, heutzutage Geheimnisse zu bewahren ... wenn man nicht das ganze System besitzt.«

»Das ganze Netz?« Teresa schnaubte skeptisch. »Das Netz gehört niemandem.«

»Nun, Teile davon. Spezielle strategische Teile. Denken Sie daran, wie die ursprünglichen Faserkabel und Datenknoten eingerichtet wurden. Da konnte man immer jemanden kaufen, bestechen oder erpressen. Computerknoten wurden mit ›Hintertür‹-Zugriffscoden konstruiert, die nur wenige kannten ...«

»Warum? Wozu denn das?«

June lachte. »Um immer als erster vom letzten technischen Fortschritt zu erfahren! Auf diese Weise gewinnen die Spürhunde einen Sekundenbruchteil Vorteil und lassen einen Dinge verstecken, ehe andere sie sehen. Um die Post zu manipulieren ...«

»Das ist absurd!« wandte Teresa ein. »Das würden die Leute merken.«

June nickte. »Oh, *jetzt* wissen wir das. Aber damals? Das Netz sollte ihr Baby sein. Ihr Spielzeug. Es würde Großbanken als Instrument der Herrschaft über Nationen und Regierungen ersetzen. Sogar über Geld.

Haben alte Science Fiction-Geschichten es nicht so geschildert? ›Wer den Informationsstrom kontrolliert, beherrscht die Welt‹? Das sollte ihre Antwort auf Brazzaville und Rio sein.« Junes Stimme troff von beißender Ironie. »Aber es hat so nicht ganz geklappt. Anstatt ihr willfähriges Instrument zu sein, schlüpfte das Netz in die Freiheit wie ein lebendes Wesen. Sie haben darum ...«

»Sie, sie!« Pedro schlug sich mit der Faust in die flache Hand, daß Teresa zusammenzuckte. Der Mann sollte doch daran denken, wo sie waren.

»Wo *sind* sie denn?« fragte Manella. »Über wen, zum Teufel, sprechen Sie überhaupt, gnädige Frau?«

Wieder Achselzucken. »Spielen Namen eine Rolle? Stellen Sie sich alle die mächtigen Cliquen von Egoisten vor, die die Welt um die Jahrhundertwende durcheinanderbrachten! Man mag sie als altes oder neues Geld bezeichnen ... oder rote Kader ... oder Herzöge und Lordschaften. Historiker wissen, daß sie alle mehr Zeit damit verbracht haben, einander stillschweigend Vorschub zu leisten, als ihre vermeintlich edelmütigen ideologischen Kämpfe auszufechten.

Die Schlauen sahen Brazzaville kommen und bereiteten sich vor. Sie sorgten dafür, daß alle einsichtigen Minister der Schweiz und der Kaymaninseln ermordet oder unter Drogen gesetzt wurden und jeder Versuch zum Kompromiß, sogar zu Kapitulation, erstickt wurde.«

Das haute Pedro um. »Meinen Sie ...?«

Aber June fuhr rasch fort. »Wollen Sie wirklich wissen, was ihr schlimmstes Problem war? Es hat sie schon seit dem frühen zwanzigsten Jahrhundert geplagt – eine schlimmere Bedrohung für Macht-Eliten als Massenbildung, Nachrichtenmedien und sogar der persönliche Computer. Es war Lossagung.«

»Lossagung?« fragte Teresa, widerwillig beeindruckt.

»Jede folgende Generation hatte es schwerer, mit ihren Kindern auszukommen. Weltkultur war so verlockend, selbst für reiche Jugendliche mit der Chance, wie Maharadschas zu leben. Die besten und aufgewecktesten wurden immer von sogenannten bourgoisen Karrieren verlockt – Kunst oder Wissenschaft –, weil diese an sich interessanter sind als herumzusitzen, Coupons abzuschneiden und die Dienerschaft zu malträtieren ...«

»Warten Sie einen Moment!« unterbrach Teresa. »Woher wissen Sie all das?« Dann sah sie etwas in den Augen der anderen Frau. »Oh …«

Teresa fühlte einen plötzlichen unwillkommenen Anflug von Sympathie für June Morgan. Die blonde Geophysikerin lächelte schief. »Familienbande, wissen Sie. Unser kleiner Zweig erhielt seinen Knacks, als Papa weglief, um Musik zu machen und Sponsoren für Wildlife zu gewinnen. Natürlich haben uns die Vettern von Information abgeschnitten, obwohl es uns nie an Geld gefehlt hat.

Jedenfalls wollte Papa nichts von ihren Ränken wissen. Er nannte meine Onkel ›Dinosaurier‹ und sagte, ihre Denkweise würde von Natur aussterben.« June knurrte. »Hat man je gehört, *wie* die Dinosaurier eigentlich ausgestorben sind? Jedenfalls möchte ich nicht unter ihre Füße geraten sein, als das passierte.«

»Daher haben Sie sich also entschlossen weiterzumachen. Sie ihren Weg gehen zu lassen …«

»… bis sie austrockneten und weggeblasen würden. Nun ja, das war ein Teil davon. Das und …« June schlug die Augen nieder. »Nun, sie können einen überreden. Sie kennen sie nicht.«

Aber Teresa glaubte es doch zu tun. Wenn nicht als Individuen, so doch den Typ – jemanden, der stärkere Reizmittel braucht als gewöhnliche satte Männer und Frauen. Ihr innerer Hunger schien die Gier nach Geld und Macht zu sein, war aber in Wirklichkeit so unersättlich wie alles diesseits der Todesschwelle.

Details spielten jedenfalls kaum eine Rolle. Junos Vergleich mit den Dinosauriern paßte zu der *geologischen* Skala des Dramas, welches das große Display zeigte. Teresa konnte einige der leichenblassen Züge menschlicher Einmischung erkennen. Weit unter ihren Füßen ereigneten sich so viele gespenstische Phänomene, deren Echos noch lange widerhallen würden, wenn die letzten Schläge erfolgt waren.

Eine neuerliche Konsequenz der Schlacht war klar. Fast jeder angeregte Energiezustand unter der Osterinsel war durch Stunden unablässiger Anregung entleert. Alle Filamente und Protuberanzen und zarte elektrische Spinnweben glühten jetzt dunkelrot und würden nicht wieder als Gazerquellen dienen, bis ihre frühere blaue Intensität zurückkehrte. Das konnte Minuten bis Stunden dauern. Inzwischen war schwer zu sehen, wie der Feind sie hier treffen könnte.

Vor ihren Augen stieß Alexens letzter Strahl durch den feurigen Rand des Kerns und fing einen entfernten hellen Faden in einem Zusammenstoß mit Betas schimmerndem Spiegel ein. Eine der feindlichen Sonden wackelte und schrumpfte. Teresa wußte, daß dieser Resonator einige Zeit brauchen würde, um sich zu erholen.

Inzwischen konzentrierte sich die Welt auf die Schurken. Wie lange noch, bis der unbeholfene, unvorbereitete und unkoordinierte Haufe der U.N. sie endlich erreichen würde? *Alex hat wieder den Vorteil errungen. Die Zeit für den Gegner läuft ab. Was werden sie jetzt tun?*

Eine Antwort ließ nicht lange auf sich warten.

»Die zwei anderen schießen wieder«, meldete der Wachoffizier.

Ein Techniker protestierte. »Sie können uns aber hinter dieser toten Zone nicht erreichen, bis mindestens …«

»Sie schießen gar nicht auf uns«, antwortete die erste Stimme. »Sehen Sie!«

Teresa zwinkerte, als die Stellen in der Sahara und der japanischen See neue Strahlen ausschickten, um den Kern des Planeten zu kitzeln. Beta antwortete mit glühenden Gegenpunkten, die jetzt völlig außer Reichweite von Alex und seinen Leuten waren. Das Tangoparu-Team sah hilflos zu.

Beta pulsierte. Nahe Fühler kringelten sich mit verhaltener Energie. Dann kam ein aktinischer kräftiger

Blitz, der wie eine Faust auf das Herz einer großen Landmasse schlug.

Nordamerika.

»Sie reden!« meldete die Nachrichtensprecherin. »Sie decken alle Kanäle zu ... Es ist ein Ultimatum. Sie sagen, daß alle nationalen Streitkräfte sich binnen zwei Minuten zurückziehen müßten oder ...«

Die junge Frau brauchte nicht fertig zu sprechen. Ein Kontinent erklang zusehends wie ein mit dem Hammer angeschlagener Stahlträger – eine für alle deutliche Lehre.

Es herrschte Stille. Schließlich fragte Teresa: »Was jetzt?«

Zum erstenmal schaute Alex von seiner Konsole auf. Ermüdet legte er das Subvokal ab. Rote Streifen zeigten, wo das Instrument an seiner Haut gescheuert hatte. Er begegnete ihrem Blick. »Rip, ich weiß nicht. Ich nehme an, es hängt davon ab, was sie zustande zu bringen versuchen.«

Aller Augen richteten sich auf die Kommunikationsoperatorin, deren Spezialität es war, die geräuschvollen Ätherwellen zu sieben. Eine Myriade schneller Bilder flackerte über das Gesicht der Frau. Als sie die Geschichte zusammengesetzt hatte, lächelte sie träge.

Sie sagte: »Der letzte Stoß war ein Verhandlungsangebot. Aber was sie nach ihren Worten wirklich verlangen, ist ... Kapitulation!«

Im ganzen Raum rutschten müde Arbeiter mit Seufzern der Erleichterung wieder in ihre Sessel. Einer stieß einen Jubelruf aus und riß die Doppeltür auf, um eine frische Brise hereinzulassen, die den schalen Geruch der Furcht vertrieb.

Teresa und Alex wechselten Blicke in der gegenseitigen Suche nach Zuversicht und einem Grund für Hoffnung.

□

Eine Frau sitzt allein in einem verschlossenen Raum.

Sie ist eine mächtige Zauberin. Und obwohl allein, ist sie nicht ohne Gesellschaft. Denn da sind ihre Vertrauten, die für sie Handlangerdienste leisten. Und ein Paar Helden an der Wand, die dort zu ihrem Vergnügen angekettet sind.

Es sind Herakles und Simson, gemeinsam in einer gefrorenen Zeit gefangen, die mit ihren Ketten rasseln angesichts einer gewaltigen Hydra. Sie haben den gleichen stillen Kampf, bei dem sie sich immer wieder anstrengten und brummten, schon seit der Zeit gespielt, da die Zauberin sie vor vielen Tagen dort angebracht hat, um ›verstärkt‹ zu werden.

Aber jetzt hat sie wenig Zeit für solche Sachen. Die Helden müssen warten, bis sie an der Reihe sind.

»O nein!« brüllt die Frau, als sie sieht, wie sich mehr bedeutende Bilder vor einer zweiten magischen Wand anordnen. Das Simulacrum der Welt sprüht wie eine elektrische Zwiebel und siedet mit tiefen inneren Veränderungen. Das ist ein eindrucksvolles Schauspiel, aber sie kümmert sich wenig um solche tieferen Schichten. Nur die braun, grün und blau gerunzelte äußere Haut, welche sie von einer Seuche gieriger Parasiten befallen sieht.

Zehn Milliarden Parasiten, genannt menschliche Lebewesen.

Sie weiß wenig und kümmert sich noch weniger um die innere Zwiebel. Aber über die Haut hat sie viel studiert und noch mehr Mühe aufgewandt. Sie hat sich mit einem Eid an eine kämpferische Aufgabe gebunden – die Rettung dieser Haut. Das Ausmerzen dieser Parasiten.

»O nein, das lasse ich euch nicht machen!« sagt sie zu denen, die sich für ihre Patrone, Vettern und Herren hielten, die aber in Wirklichkeit ihre Instrumente sind. Jetzt sind sie verzweifelt, sie drohen, toben und rackern sich in Panik ab bei der Suche nach einem Weg, ihr nutzloses Leben zu retten.

Für sie sind ihre Leben unbedeutend und wohlfeil, da ihre Art ohnehin viel zu zahlreich ist. Sie leiden unter Illusionen ihrer Wichtigkeit, bloß weil sie zu den ›reichsten‹ einer Rasse von Flöhen gehören. Ihr letzter Plan ist der beste, auf den sie jetzt hoffen können... Millionen von Leben gegen das Versprechen einer Amnestie einhandeln. Schon füllt sich das Netz mit zaghaften Angeboten. Trost breitet sich über eine andere, kaum abgewendete Katastrophe. Aber die Frau hat anderes im Sinn.

»Nein, es ist noch nicht vorbei«, sagt sie und summt bei der Arbeit leise vor sich hin. Ein Waffenstillstand würde schwerlich ihrem Zweck dienen. Er muß durch etwas anderes ersetzt werden. Sie dreht an Rändelschrauben und ruft ihre Diener und Vertrauten – einfachere folgsamere Versionen der schrecklichen Echse, die sie einmal geschaffen und dann irgendwie verloren hat. Dieses sind neue Varianten, stromlinienförmig und geistig beschränkt. Sie schlagen auf ihren Befehl hin los, mit gebündelter elektronischer Energie gegen das Reich der Flöhe.

Der erste Hinweis auf diese große Gelegenheit war von ihrem früheren Gatten gekommen, einem Kompromißler, den sie einst geliebt hatte. Seine Arbeit für das Militär hatte ihr diese neue Welt erschlossen. Als ihre Vettern anfingen, ihre Forschungen mit unbegrenzten Krediten zu finanzieren, hatte sie plötzlich Zugriff zu den besten Werkzeugen – sowohl Soft- wie Hardware. Tagein, tagaus lieferten ihre kleinen Spürhunde mehr Hinweise.

Zunächst hatte sie es laufen lassen und zugesehen, wie ihre verrückten Verwandten mit Kräften spielten, die über deren geistigen Horizont gingen. Aber im Laufe der Zeit ging ihr ein Verständnis für das auf, was für eine Kraft sie übersehen hatten... was zwischen den Bergen von Daten lag, reif zum Zugriff. Nun, es war das perfekte Schwert für die Säuberung!

Selbst als sich die Nationen in der Welt der Konfrontation enthalten, benutzt die Zauberin private Kanäle und geheime Seitenwege, um ihre Sendboten an weit entfernte Stellen zu schicken. Sie sagt: »Du kannst hier nicht aufhören. O nein. Jetzt ist nicht die Zeit zum Anhalten.«

Plötzlich bebt und schwankt der Raum zum fünftenmal in ebenso vielen Minuten. Aber das unterbricht sie nicht. Das sind bloß Nachbeben verrückter Erdstöße. Jedenfalls ist das Haus solide gebaut und hat seine eigene reiche Energieversorgung.

Aus einer Stadt namens White Castle könnte man schwach Sirenen heulen hören. Aber das geschieht in der Welt der Maschinen und ist darum eine so nutzlose Metapher wie der arme, sich anstrengende und schwitzende Herakles an der Wand, naß von Bächen simulierten Schweißes. In der Welt von Elektronen und verborgenen Kräften wird alles entschieden werden. Und diese Welt gehört Daisy.

»Macht weiter, laßt es rasseln und rollen!« sagt die Zauberin. »Erfreut euch an euren Spielsachen! Aber am Ende geht es ans Mark.«

• KERN •

»Könnte es eine Verzögerungstaktik sein?« äußerte Alex laut seine Besorgnis. »Alle militärischen Kräfte halten sich zurück, bis der Sicherheitsrat zusammentreten kann. Während dieser Zeit...« Seine Stimme verhallte, als er traurig den Kopf schüttelte.

Teresa bearbeitete eine Schulter, massierte sie mit wirklicher Kraft und einem ungewöhnlichen Wissen, wo die Knoten in seinen Muskeln zu finden waren. Ihre Stimme bot eine Ruhe dar, die er dringend nötig hatte.

»Alex, sie wissen, daß sie nicht dauernd die ganze Welt hinhalten können. Hat nicht Nihon gerade angeboten, seine experimentellen Resonatoren deinem Befehl zu unterstellen? Und dann gibt es die eingemotteten Maschinen Spiveys. Sie haben die Techniker zurückgeholt. In ein paar Stunden...«

Alex nickte. »In ein paar Stunden, höchstens einem Tag, werde ich die Hilfsmittel haben, um allem zu begegnen, was sie versuchen könnten. Ihnen jede Frequenz entziehen. Sie werden keinen Baumast erschüttern können, geschweige denn einen Kontinent.«

Er bemühte sich, nicht auf die schwache Stimme in Hintergrund zu hören – ein Reporter vom Britischen Weltnachrichtendienst sprach über umfangreichen Schaden im amerikanischen Mittelwesten. Das war nur ein Vorgeschmack von dem, was der verzweifelte Feind versprach, falls ohne volles Ehrenwort etwas gegen ihn unternommen würde. Und darum hatten sich die vorsichtigen Militärs zurückgezogen, um abzuwarten.

Niemand wußte, wie ernst es June Morgans heimlichtuerische Herren mit der Drohung meinten. Wie ernst waren die Helvetier mit ihren Kobaltbomben gewesen? Oder Kennedy und Chruschtschow damals im Jahre 1962? Männer, die im Schwung der Ereignisse befangen sind, kommen manchmal auf das Undenkbare.

Der Wachoffizier am Resonator rief: »Sie pulsieren wieder …«

Alle drehten sich um. Alle drei feindlichen Sonden erglühten von induzierter Gravitationsenergie. »Was haben sie jetzt vor? Ich dachte, sie hätten zugestimmt zu warten.«

Enge gelbe Pfeile schossen wie Speere auf den purpurnen Punkt hinunter – den flackernden Spiegel Betas.

»Könnte das eine weitere Demonstration sein?«

Die Kommunikationsdame unterbrach. »Alle Kanäle sind wieder eingeschaltet. Sie behaupten, daß sie es überhaupt nicht seien!«

Alex wandte sich um. »Was heißt, ›daß sie es überhaupt nicht seien‹?«

»Sie sind es nicht!« Die Frau drückte ihren Kopfhörer fest. »Sie schwören, alle ihre Resonatoren seien von selbst ausgegangen.«

Teresa fragte: »Alex, ist das möglich? Was für ein Ding versuchen sie jetzt zu drehen?«

Aber er sah nur erstarrt zu, wie die drei Strahlen durch mehrere brodelnde Zellen supraleitender Elektrizität liefen, auf Beta trafen und … verschwanden.

»Ikeda! Clambers!« rief Alex. »Prüft Parallelfrequenzen!« Er griff zu seinem Subvokal. »Vielleicht versuchen sie, sich auf einem Seitenband anzuschleichen.«

Das schien unwahrscheinlich. Es gab nur wenige Moduskombinationen, die sich stark mit Oberflächengestein koppeln ließen, besonders in der obersten Kruste. Und er war sicher, daß diese alle erfaßt waren. Aber …

»Alex, da kommt etwas«, rief ein Techniker durch den Raum.

»Schauen Sie bei zweiundfünfzig Gigahertz auf eins Komma sechs Meter p-Welle ...«

»Habe es!« rief er zurück. Frische punktierte Linien zeigten, was unsichtbar gewesen war – dünne Spuren von Gazerstrahlung, die aus Betas schimmerndem Maul leuchteten.

»Aber die Strahlen zielen ...« Er brauchte nicht auszureden. Jedermann sah schockiert zu, wie die konzentrierten Strahlen geradewegs zu ihren Ausgangspunkten zurückflogen und auf allen drei feindlichen Resonatoren Volltreffer erzielten.

»Sie haben sich selbst erschossen!« schrie jemand verblüfft. Alex suchte, fand aber keine Anzeichen von Beschädigungen. Keine Erdbeben. Die Resonatoren des Feindes leuchteten immer noch auf der ganzen Linie, so gefährlich wie je. Das war sonderbar.

»Effekte!« verlangte er. Aber die Frage blieb unbeantwortet – warum sollte der Feind Strahlen auf sich selbst abgeschossen haben? Strahlen, die anscheinend nichts bewirkten?

»Sagen sie etwas?«

Die Kommunikationsleute suchten. »Nichts. Alles tot.«

Das ist zu merkwürdig, dachte Alex. Da ging etwas Bizarres vor sich.

»Alex!« schrie Teresa.

Jesus, ist sie stark! Er verzog bei ihrem plötzlichen Griff an seine Schulter das Gesicht. Als er sich umwandte, sah er, daß sie kopfschüttelnd zwinkerte. »Es passiert wieder. Ich bin dessen sicher, Alex. Fühlst du es?«

Er erinnerte sich an ihre lange gemeinsame Wanderung in Neuseeland durch gewundene Gänge in höllischer Finsternis, wo er sich auf sie verlassen hatte, um einen Rückweg in die Welt des Lichts zu finden. Diese

Erinnerung ließ keinem Zweifel Raum. »Auf Gefechtsstationen!« rief er und stellte die Instrumente ein, um zu suchen.

Da! Auf einem anderen Seitenband schien Beta wütend zu pulsieren. »Alle Kondensatoren laden! Gebt mir einen Gegenpuls bei ...«

Er wurde unterbrochen, als jemand schrie. Nur ein Dutzend Meter entfernt traten einem Mann die Augen heraus, er raufte sich das Haar – und explodierte.

Genau genommen war es keine Explosion. Der arme Kerl dehnte sich immer noch schreiend, bis er wie ein Sahnebonbon zerrissen wurde. Zu hören war nicht mehr als ein leichter Knall, aber die *Farben* ... ein Regenbogen leuchtender flüssiger Nuancen schoß heraus, als sich die Haut abschälte und Fleischfetzen in alle Richtungen flogen.

Eine Aura von schimmerndem Flackern schien frei in der Luft zu schweben, als die Fleischstücke auf den Boden fielen. Die mannshohe Erscheinung verhielt einen Moment und fing dann an, sich rasch in einer horizontalen Spirale zu drehen.

Männer und Frauen kreischten entsetzt auf und hasteten, ihr zu entgehen. Aber der schreckliche Glutherd wurde schneller und traf auf zwei Köchinnen, die gerade in diesem Augenblick mit dem Essen aus der Küche kamen. Ihre Terrinen flogen weg, als von ihren Leibern die Arme und Köpfe gerissen wurden. Die in der Nähe Stehenden wurden mit verbrühender Suppe und rotem Blut bespritzt. Sie erfuhren nie, was sie getroffen hatte, ehe die Verwirrung sich ausbreitete und ein Opfer nach dem anderen erfaßte.

»Alles raus!« schrie Alex überflüssigerweise inmitten eines panischen Ansturms zu den Ausgängen. Er hielt nur an, um seine Tafel und Teresas Hand zu packen, ehe er sich der wilden Flucht anschloß. Aber auf halber Strecke zu den offenen Türen hielt sie ihn zurück und schlang plötzlich die Arme um ihn.

»Wa...?« schrie er und zappelte. Aber sie hielt eisern fest, als etwas Schreckliches und kaum Sichtbares an ihnen vorbeifegte und den Raum passierte, den sie eingenommen hätten.

»Jetzt!« rief sie, als es weitersauste. Alex brauchte man nicht zu drängen.

Draußen sah er keine Ordnung in der Evakuierung. Die Leute von Tangoparu waren hervorragend und mutig. Sie hatten größeren Gefahren ins Auge gesehen als irgendwelche andere Krieger seit dem Anfang der Zeit. Aber Mut ist eine nutzlose Abstraktion, wenn der Geist sich auf einen primitiven Zustand zurückzieht. Männer und Frauen rannten blindlings davon und zerstreuten sich über die windigen Bergflanken. Manche liefen direkt zu den Meeresklippen. Alex sah, wie eine Technikerin flüchtig von etwas gestreift wurde, das nicht besser zu erkennen war als eine Luftblase. Sie wirbelte herum und schrie, als eine Art Flut sie seitlich in eine roh menschengestaltige Spiegelung zu saugen schien. Ihr Entsetzen endete mit einem erschauernden Japsen, und sie fiel auf den Boden, der von purpurfarbener blasiger Haut mit Blut getränkt war.

»Diesen Weg!« brüllte Teresa und zog Alex am Arm. Sie flohen nach Westen, obwohl Alex keine Ahnung hatte, weshalb.

Noch mehrere Male. schwenkte Teresa jäh nach rechts oder links. Alex gehorchte jedesmal sofort, als ob es Befehle Gottes wären. Dichtes Vorbeistreifen am Tod gab es mehr, als er zählen konnte, und er hörte auf zu staunen, wie Teresa wußte, auf welchem Wege man ausweichen mußte. Manchmal erkannte er eine enge Passage nur durch einen plötzlichen Schauder, der ihm den Rücken hinunterlief, oder durch eine bedrohliche Verklemmung in der Kehle. Dann war es vorbei, ehe er auf den Schreck eingehen konnte, und sie waren wieder frei.

Es war keine Zeit, auf den Anblick von Freunden

und Kollegen zu reagieren, die am hellen Tage unter azurblauem pazifischem Himmel entsetzlich ermordet wurden … Man konnte kein Bemühen auf etwas anderes als Flucht verschwenden. Benommen fühlte er, wie die knirschende Unebenmäßigkeit grasbewachsener Hänge von dem härteren Stampfen von Schuhen auf Beton abgelöst wurde. Da waren unscharfe Bilder von geparkten Flugzeugen und Zeppelinen. Wollte sie etwa davon einen nehmen?

Aber nein. Teresa zerrte ihn an den wartenden Luftschiffen vorbei und zu einem anderen Objekt – unten schwarz, oben weiß und streifig von Unrat. Sie kletterten eine Folge rostiger wackliger Leitern hoch und gerieten schließlich in eine muffige dunkle Kammer.

Die Raumfähre, dämmerte ihm auf, als er schnaufend auf den Boden fiel. Also hatte Teresa überhaupt keinen Plan. Blinder Instinkt mußte sie genau so angetrieben haben wie die anderen. Nur hatte in ihrem Falle der Drang sie zu ›ihrem‹ Raumschiff geführt – einem Totem von Sicherheit und ihrem Kontrollsinn.

»Los, Alex!« Als sie ihm einen Tritt gab, stach ihm jäher scharfer Schmerz in die Schulter. »Mach schnell!« rief sie. »Das Ding könnte jede Minute hier durchkommen.«

Das war nur zu richtig. Warum waren sie da nicht draußen geblieben, wo ihre scharfen Sinne hilfreich sein könnten, anstatt sich in diesem nutzlosen Sarg zu verstecken?

Er ließ sich aber von ihr auf die Füße zerren und stolperte hinter ihr durch die übelriechende Luftschleuse über die hohe Schwelle. Die letzten paar Meter warf sie ihn geradezu in den düsteren hohlen Frachtraum, wo er beim Schein zweier kleiner Scheinwerfer auf die Knie sank. Die Strahlen trafen sich in einem leuchtenden Fleck, wo er verblüfft sein Spiegelbild fand, als ob er in einen magischen Teich starrte.

Alex zwinkerte einmal, zweimal. Dann begriff er.

Das war eine vollkommene Kugel, die sein Bild auf ihn zurückwarf und zahllose konkave Perspektiven herumschwenkte. Alex stieß einen Fluch aus. Er hatte den anderen Resonator vergessen!

Seine linke Hand hielt seine tragbare Medientafel fest im Griff. Und er trug auch noch das Subvokalgerät. Vielleicht…

Aber nein. Er schrie: »Verdammt! Wir haben keine Energie. Die Idee ist gar nicht so gut…«

Er verstummte, als die Drehlager der Sphäre plötzlich summten, vor- und zurückkippten und dann in einem sauberen Winkel anhielten. Mikroprozessoren steuerten Relais und Servomotoren.

»Was denkst du, das ich getan habe, seit du mir dies große Biest aufgehalst hast?« fragte Teresa. Alex starrte sie an, und sie zuckte die Achseln. »Nun, es hat geholfen, die Zeit zu vertreiben. Los jetzt! Hier ist eine Displayeinheit, die ich vor einiger Zeit losgerissen habe. Kein Holo, nur flache Bildschirme. Aber du kannst dich da einstöpseln.«

Alex merkte, daß er den Mund offen hatte. Er schloß ihn und konnte nur sagen: »Ich liebe dich.«

»Verdammt richtig.« Sie nickte schnell. »Wenn du uns das Leben rettest, können wir uns darüber unterhalten. Aber jetzt Schluß mit dem Blödsinn und ran an die Arbeit!«

Er wandte sich zu dem archaischen Kontrollaggregat um, stöpselte ein und lud seine Steuersoftware. Mit dem Subvokal leitete er eine Startsequenz ein und sparte nur einen Moment aus, um in ihre Richtung zu schauen. »Impertinentes Weib«, murmelte er liebevoll.

Sie sagte nichts, aber ihre Augen verrieten mehr Zutrauen, als er je im Leben erhalten hatte – darum entschloß er sich, lieber sein Bestes zu versuchen.

□

Es gibt Gebäude, die wie Leichenhäuser aussehen – eines draußen in der freien Tundra, eines in einer Wüste, eines unter dem Meer und eines unter dem Schatten finsterer Statuen hoch auf einer Inselklippe sitzend. Innerhalb jeder Kammer vibrieren noch hohe Zylinder und rotieren in ihren zierlichen Käfigen. Aber in der Nähe rührt sich kein lebendes Wesen. Die Wände sind mit Blut beschmiert.

Die Erbauer der Zylinder sind dahin, aber Energie fließt immer noch nach der Laune elektronischer Geister. Computer bearbeiten ausgefeilte Programme, schleudern Energiepfeile und kitzeln aus der Tiefe Wut empor. Jede Maschine singt das neue Lied, das man sie gelehrt hat... ein Lied des Todes. Tod breitet sich in Spiralen von den Zielgebieten aus und macht Jagd auf tödliche Resonanzen mit Zweifüßern, deren es so viele gibt. Es ist nicht schwer, sie zu Dutzenden, Hunderten und Tausenden zu finden...

Das vollzieht sich nicht ohne Gegenwehr. Vorsichtig nähern sich tapfere Soldaten jeder Stelle, obwohl sie erschreckt sind durch schreckliche Dinge, die sie unterwegs erblicken. Über Radio und Netz hören sie, daß ähnliches sich in weit entfernten Städten zuzutragen beginnt.

Entsetzt aber entschlossen greifen die Soldaten wütend an, aber nur, um durch etwas geschlagen zu werden, das sie nicht sehen, nicht berühren und nicht aufhalten können. Ihre intelligenten Flugzeuge schalten auf Autopilot und weichen langsam vom Kurs ab, nicht mehr von etwas gelenkt, das entfernt menschenähnlich ist.

Rasende Befehle strömen über sichere Kanäle und rufen nach Bereitstellung schärferer Waffen. Aber das erfordert Zeit für Entsiegelung und Vorbereitung. Inzwischen erweitern sich die Kreise des Todes...

• LITHOSPHÄRE •

»Gott sei Dank, Papa, daß du gekommen bist!«

Claire lag in seinen Armen, noch ehe Logan ganz aus dem Taxi gestiegen war. Er drückte seine Tochter fest an sich. »Ich bin hier. Jawohl. Komm schon, mein Sonnenschein! Weine nicht!«

»Ich ... weine nicht«, protestierte sie schnaufend. Aber sie wich nicht zurück, bis sie beide Augen an seiner Schulter abgewischt hatte. Als er schließlich eine Gelegenheit fand, sie anzuschauen, waren diese rot, aber trocken.

Es waren Monate vergangen, seit er zuletzt *chez* McClennon besucht hatte. Damals sorgte die feuchte, aromatische Luft des Sommers für lange, träge Abende im Licht von Glühwürmchen. Jetzt lag eine winterliche Schärfe in dem steifen Zephyr des Golfs, der die Zweige der Zypressen peitschte. Bei Claire spürte er eine zitternde überreizte Spannung.

Er wandte sich um, um den Fahrer zu bezahlen, aber der Mann ignorierte Logans angebotene Kreditkarte. Er beugte sich vor, hielt sich ein Ohr zu und lauschte angespannt auf eine neue Kurzmeldung, die über seinen Hörknopf im Ohr hereinkam. Dann schrie er plötzlich bestürzt auf, startete den Motor und haute ab! Fast instinktiv langte Logans Hand in die Tasche nach seinem eigenen Empfänger.

Aber nein, er hatte sich von den Händeln der Welt verabschiedet. Während seine Familie ihn brauchte, mochte das Universum sich selbst verteidigen.

»Was soll das alles heißen, daß deine Mutter sich in ihrem Zimmer einschließt?« fragte Logan seine Tochter.

Der Wind zauste Claires rötlichbraunes Haar. »Papa, es ist noch schlimmer. Sie hat den ganzen Flügel ihres Hauses unter Strom gesetzt.«

»Was?«

»Sie will nicht einmal auf das Interkom antworten, obwohl ich sicher bin, daß sie da drinnen emsig arbeitet ...« Claire brach ab, als ein Schmerzensschrei um die Hausecke kam.

»Das ist Tony«, erklärte sie und nahm Logans Arm. »Er wollte versuchen, ein Fenster aufzustemmen.«

»Scheint großartig geklappt zu haben«, bemerkte

Logan, als er mitgezogen wurde. »Sei nett!« mahnte sie ihn. »Tony ist gut. Er hat es nur noch nie mit Daisy zu tun gehabt.«

Logan kam um die Ecke und sah einen schlaksigen schwarzhaarigen Teenager, der sich einen Arm hielt und an versengten Fingern lutschte. Auf dem Boden rauchte ein Schraubenzieher mit Extraisolierung, die die Haut des Jungen vor noch schlimmeren Verbrennungen bewahrt haben mußte. »Hallo, Mister Eng!« sagte Tony.

»Selber hallo!« antwortete Logan. Er dachte: Also hat er noch nicht mit Daisy zu tun gehabt? Ich habe Nachrichten für diese beiden Kinder. Oder auch nicht. Jedenfalls nicht wirklich.

Wenn man der Sache auf den Grund geht, so bin ich sicher, daß niemand je welche hat.

□

Draußen in der realen Welt versuchen sie, gegen sie vorzugehen. Militärpersonen zerschlagen mit dem Hammer Siegel auf Marschflugkörpern und umgehen verzweifelt alle Notsicherungen. Sie programmieren die Roboter um für die Suche von Plätzen, die nie auf Listen für mögliche Ereignisse genannt wurden – um über weitere Flächen von Niemandsland zu fliegen und andere Maschinen zu vernichten... Maschinen, die jetzt auf große Distanzen Todesstürme auslösen.

Natürlich machen die Menschen beim Versuch, so vieles, was es noch nie gegeben hat, auszuführen, auch Fehler. Sie suchen Information durch das Netz anzupeilen und verraten damit ihre Absichten. Vorgewarnt läßt Daisy ihre tödlichen Strahlen durch militärische Vorposten schneiden und entblößt diese von lebenden Mannschaften, so daß die Roboter unbesetzt und nicht einsatzfähig sind.

Natürlich hat eine solche Verzögerungstaktik ihre Grenzen. Letztlich werden überlebende Soldaten es schaffen, die Resonatoren einen nach dem anderen auszumerzen. Trotz des Chaos im Netz wird ein intelligenter Hacker schließlich den gewundenen

Weg ihrer Befehle entziffern und all dies zu ihr zurückverfolgen. Wenn genug Zeit ist.

Aber die Zeit ist jetzt auf ihrer Seite. Mit jeder Minute, die verstreicht, wird Daisy stärker. Bald werden ihre Geschöpfe autark sein, angetrieben durch Ströme im eigenen Dynamo der Erde. Sie werden Todesstürme wirbeln lassen, so andauernd wie das Wetter – Sensen des Unheils, verzahnt und gestimmt, eine beschränkte spezielle Ernte einzubringen – die Menschheit.

»Antikörper«, sagt sie und gibt ihren Geschöpfen biologische Metaphern. »Ich stelle Antikörper her gegen einen Parasiten.«

Wie die Nemesis der Sage einst unerbittlich Mörder gejagt hat, so sieht sie sich selbst, indem sie Rache nimmt für die erschlagene Seekuh, Vergeltung für den längst toten Moa und Buße für verschwundene Kondore. »Jede Species bedarf natürlicher Kontrollen, und den Menschen hat eine solche viel zu lange gefehlt.«

Sie glaubt an eine rechte Ordnung der Dinge. Die Nahrungskette ist als Pyramide gedacht; und jedes Raubtier an ihrer Spitze sollte selten sein, gering an Zahl. Die Menschheit hat diese durch die Zeit erprobte Anordnung umgekehrt, indem sie sich außer jeder Proportion vermehrt hat und ein wackliges Gebäude errichtete, das um Einsturz verdammt ist.

»Zehntausend«, ist ihre Schlußfolgerung. Das wäre eine gute Zahl. So viele Menschen von zehn Milliarden dürften übrig bleiben, um eine anständige Weltbevölkerung zu bilden. Das hält sie für gnädig, da der Planet ganz ohne sie noch besser dran sein könnte. Aber schließlich ist sie selbst Mutter. Und so böse die Rasse auch sein mag, Daisy kann es nicht über sich gewinnen, jedes menschliche Kind auszulöschen.

»So etwa zehntausend umherziehende Jäger und Sammler. Vielleicht zwanzigtausend. Das sind so viele Menschen, wie die Welt je gebraucht hat.« Sogar Haß muß zu sättigen sein, und so setzt sich Daisy dieses Ziel. Während sich das Netz mit Angstschreien füllt, redet sie sich Gewißheit ein, daß die in Panik versetzte Welt sie nicht hören kann und auch nicht verstehen würde, wenn sie das könnte.

Sie summt leise: »Das ist zu eurem eigenen Guten. Wozu ist das Leben schließlich jetzt gut, eingepfercht in diese schrecklichen Lager und Städte, wo ihr gegenseitig euren stinkenden Atem einatmet? Die ihr nie die Heiterkeit der Wildnis erfahrt, die euer Geburtsrecht ist?«

Den Überlebenden verspricht sie Gesundheit, sauberen Himmel, Schönheit und Glück. Die werden ein tatkräftiges Leben führen, und ihre Schnitter werden ihnen alle ihre Tage und Nächte Gesellschaft leisten.

O ja, es wird eine bessere Welt sein. Und Daisy gelobt sich, gnädig innezuhalten, noch ehe die Bevölkerungszahl zu tief sinkt.

Gnade ist natürlich etwas, das der Interpretation bedarf.

• NOOSPHÄRE •

Irgendwo im Hintergrund hörte Alex Stimmen und dachte, es müßten noch andere Flüchtlinge an Bord gekommen sein. Aber das war unmöglich. Inzwischen mußten er und Teresa die einzigen Überlebenden auf der Osterinsel sein, geschützt durch das schwache passive Feld seines kleinen Resonators. Es müßten demnach einige neue Meldungen eingehen, die wild über diese neue Vernichtungsaktion berichteten.

In Teilen von Eurasien, beiden Amerikas und Afrika waren die Effekte klar – keine Erdbeben, nichts in den Raum geschleudert. Bloß Tod, einfach Tod.

Tod menschlicher Wesen.

Es ist wirklich eine recht einfache Kombination, überlegte er, als sein Gerät ein feinmaschiges Bild der Ereignisse auf den Gravitationsbändern schuf. Er arbeitete vorsichtig, um nicht durch das feindliche Netzwerk entdeckt zu werden. *Sie benutzen Parameter, die sich perfekt mit menschlichem Fleisch koppeln, in geballten stehenden Wellen, die sich auf- und abschwellend der menschlichen Gestalt anpassen. Ich hätte nie an so etwas gedacht, obwohl es nach früheren Daten auf der Hand liegt. Die Hinweise steckten in allen Effekten, die Teresa und andere empfunden haben. Es bedurfte nur einer gewissen geistigen Einstellung, das zu erkennen.*

Wenn man einen Strahl in dieser Weise herumgehen läßt, kann man Millionen töten. Innere Felder werden dadurch nur wenig beansprucht, es ist potentiell autark.

Die ersten Schläge waren chirurgisch gewesen, präzise. Sie eliminierten die Weltzentren für Gravitationsforschung und damit alle möglichen Stellen der Opposition. Dazu gehörten auch zum Beispiel die früheren Resonatoren von Oberst Spivey und die russischen, japanischen und Han-Stationen. Die meisten von ihnen waren inaktiv. Einige flimmerten im Leerlauf, ohne jemand am Steuer. Und zwei oder drei schienen sogar gekapert worden zu sein und hatten sich den ursprünglichen Rebellenzylindern mit Ausspeien von Tod angeschlossen.

Das war natürlich zu entsetzlich, um es zu verstehen. Wenn er die volle Bedeutung in sich aufnähme, würde er bis zur Nutzlosigkeit benommen werden, und das konnte Alex sich gerade jetzt nicht leisten.

Er probierte einige vage Pulse, um ein Gefühl für die Sphäre zu bekommen. Sie war empfindlich und heikel wie ein wildes Tier. Während sie sich drehte, gab sie die verrücktesten knappen Halbbilder – subtil gefaltete Reflektionen der Scheinwerfer, des ragenden Frachtraumes und seines eigenen Gesichts.

Er hatte keine Chance gehabt, mit dem Resonator vertraut zu werden, seit der triefend aus dem Nanowachstumstank herausgehoben wurde. Jetzt mußte er direkt in den Sattel springen, ohne Beihilfe, Übung oder Simulation – wie aus einem Bierwagen unmittelbar auf ein Rodeopferd.

Was er wirklich wollte, war, den Schurken einen Geschmack ihrer eigenen Medizin zu geben. Aber ohne diagnostischen Rückhalt würde das zu lange dauern. Inzwischen starben in Tokio und anderswo Tausende. Zuerst mußte dagegen etwas getan werden.

»*All right ...*«, sagte er laut.

Das Subvokal mißverstand diese Worte als Befehle

und ließ die Sphäre in ihrem Gehäuse eine Präzessionsbewegung ausführen. Es erforderte etliche Sekunden konzentrierter Bemühung, sie wieder zur Ruhe zu bringen. Jen hatte ihn immer gewarnt, das temperamentvolle Eingabegerät zu benutzen, wenn die Emotionen hochgingen. Aber was für eine Wahl hatte er?

All right, dachte Alex mit stiller, eiserner Disziplin. *Hier geht nichts.*

□

Sie schneidet scheibchenweise durch Manaus – verheert die Städte und Dörfer des Amazonas –, als ihre Vertrauten eine neue Gruppe verzweifelter Militärpersonen melden, die sich wieder einzumischen suchen. Jetzt zieht eine Schwadron in kreischenden Überschallflugzeugen gegen einen ihrer Resonatoren und versucht, die bewachenden Wirbelwinde durch pure Geschwindigkeit und Wendigkeit zu überwinden, um ihre Geschosse auf dem Ziel zu blockieren, ehe sie reagieren kann.

Daisy erweist sich gegenüber ihrem Todesmut dankbar. Sie erfaßt ihre Telemetrie und füllt ihre Cockpits mit Blut und Schleim.

Aber zwei Flugzeuge setzen ihren Kurs fort. Deren Piloten ist es gelungen, rechtzeitig ihre Autopiloten einzustellen. Daisy schlüpft in militärische Kanäle und benutzt Codes, die schon viel früher aus vermeintlich sicheren Verstecken gestohlen wurden. Auf diese Weise liest sie die entsprechenden Kontrollsequenzen – kindisch leicht – und benutzt sie, um den Befehl über die sausenden Schiffe zu übernehmen. Sie überspielt ihre buchstabengetreuen Computer und schickt die Maschinen auf Gegenkurs heim zu ihren Ausgangsorten.

Dann heißt es, wieder ans Werk zu gehen. Es muß noch so viel Säuberungsarbeit geleistet werden. Sie hat kaum damit begonnen und binnen Minuten die Insel Sumatra aufgeräumt, wo die wenigen verbleibenden Orang-Utangs nun wohl in Frieden hausen können, nicht gestört durch schreckliche große Eindringlinge. Keine menschlichen Hände werden dort wieder Kettensägen schwingen. Weiter nach Borneo! Ihre Wirbelwinde antworten und fegen übers Meer.

Streng genommen weiß sie gar nicht, was sie tut. Sie ist weder

Physikerin noch Geologin. Die wahre Natur der Kräfte, die sie anzapft, ist ihr genau so gleichgültig wie die Herstellungsdetails eines Computers. Das sind alles technische Gebiete, die andere Experten studiert, analysiert und dann auf wundervoll einfache und allgemeinverständliche Weltmodelle reduziert haben.

Über Modelle weiß Daisy alles. Sie hat erst kürzlich viele hervorragende gestohlen – von ihren jetzt eliminierten Vettern, von den Arbeitgebern ihres Exgatten und von all jenen intelligenten Männern, die so viel zu wissen glaubten. Sie geht mit dem Erdinnern jetzt durch Software-Vermittler um, so wie eine Zauberin der Natur befehlen kann, indem sie Dämonen und Geister anweist, ihre Wünsche auszuführen. Sie behandelt die brausenden und anschwellenden Kanäle der Supraleitfähigkeit in der Tiefe so, wie sie früher mit den Highways und Seitenstraßen des Netzes umgegangen ist. Sie sind für sie eine neue Domäne, die sie durch Vollmachten, Subroutinen und Willenskraft regiert.

Binnen Minuten ist ein schrecklicher Todessturm über Java ausgebrochen. Jetzt richtet sie ihre Aufmerksamkeit wieder nach unten und konzentriert ein weiteres Energiebündel auf jenen merkwürdigen Spiegel, den manche eine ›Singularität‹ genannt haben. Damit erschafft sie noch einen tödlichen Zyklon mehr, der diesmal auf eine obszöne sogenannte ›Zivilisations‹-Macht losschlagen soll, die in der Wüste von Südkalifornien gewachsen ist.

Aber was ist das? In einem entfernten Winkel spürt Daisy eine Präsenz, wo sie alle Konkurrenz erloschen glaubte. Wo sie annahm, daß nur noch die Toten herrschen könnten!

Auf einen ganz kurzen Befehl hin rücken ihre Vertrauten aus, um dieser Unverschämtheit nachzugehen...

●

Alex zuckte ärgerlich zurück. Für einen Moment hatte die rotierende Sphäre eine plötzliche, lebendige Illusion geschlitzter *Eidechsen*augen übermittelt! Nur durch schnellen Wechsel der Kanäle und Einstellen seiner Maschine auf eine neue Achse konnte er diese drohende Erscheinung von der funkelnden Kugel verschwinden lassen.

Er atmete kurz stoßweise. *All right. Laß dich nicht erschüttern!*

Aber es war unmöglich, dem Gefühl der Einsamkeit zu entrinnen. Vorher hatte er immer Dutzende geschickter Arbeiter zu seiner Unterstützung gehabt. Gewiß nannten sie ihn *tohunga* und ›Weisen‹. Aber trotz Pressenotizen und Nobelpreiskomitees hatte kein Gelehrter mit einer Spur von Anstand je behauptet, ›alles allein geschafft‹ zu haben.

Und dennoch muß ich jetzt genau das tun.

Mit erschauerndem Stöhnen stellte Alex das komplizierte Bild des Erdinnern an, jetzt fahl von Konvektionsmagnetismus und durchzogen von Kanälen aufsteigender Ströme von Menschenhand. Diese Ströme waren immer filigraner geworden seit seinen ersten zaghaften Versuchen vor so langer Zeit auf der Suche nach Alpha und dann Beta. Jetzt waren sie ein Dschungel von Verbindungen, durch den er einen Weg finden mußte, um kämpfen zu können.

Keine weiteren Verzögerungen! Du wirst nur eine einzige Chance haben, sie durch Überraschung zu packen.

Und so gab er mit dem Entschluß der Verzweiflung seinen besten Schuß ab.

Wieder glaubte er für einen ganz kurzen Moment ein Gitter aus Schuppen zu sehen, das über die rotierende Kugel fegte, die durch kleine dunkelorangefarbene und schwarze Wellen verjagt wurden. Mit einem Wimpernschlag waren die Erscheinungen verschwunden, und die Schlacht begann.

□

Die Explosion fühlt sich wie eine jähe Amputation an. Plötzlich verschwindet einer ihrer gefangenen Resonatoren von der Erdoberfläche, als ob ein Arm oder ein Bein abgeschnitten worden wäre, durch aktinische Hitze kauterisiert.

»Verdammt!« schreit Daisy. »Das ist wieder dieser zudringliche Kerl auf der Insel.«

Sie mußte kurz ihr nächstes Vorhaben verschieben – die alte Nabe heimzusuchen, wo Asien, Afrika und Europa zusammentrafen, wo der Mensch zuerst den verfluchten Beruf des Bauern ergriffen hatte. Diese neue Störung mußte Vorrang haben selbst gegenüber dieser allzu lange aufgeschobenen Korrektur.

Sie schaltet jene Extraresonatoren ein, die sie nach der Säuberung von Tokio und Colorado Springs erobert hat. Es konnte nur einige Augenblicke dauern...

●

Schweiß machte Alex fast blind, als der fast gelungene Treffer vorbeiging. Für einen Moment hatte er das Gefühl gehabt, als ob Beta selbst in der Nähe wäre – von so heftigen Fluten hergezerrt, daß die Flüssigkeiten in seinem Kopf anschwollen wie in der kanadischen Fundy-Bai. Ihn schauderte bei dem Gedanken, wie die Oberfläche von Rapa Nui jetzt aussehen müßte außerhalb der kleinen schwachen Schutzzone, die er errichtet hatte. Er hoffte im stillen, daß sie groß genug wäre, um Teresa einzuschließen, die sich irgendwo an Bord der kleinen *Atlantis* befand.

Dann war Alex zu beschäftigt, um auch nur Hoffnung zu hegen. Er parierte einen weiteren Schlag, indem er den Strahl direkt auf seinen Ursprungspunkt reflektierte. Das hatte natürlich keine Wirkung – nicht auf diesen Bändern. Inzwischen kannte er alle Plätze, die durch Fernsteuerung betrieben wurden.

Diese antihumane Resonanz ist eigentlich ganz einfach. Wenn ich ein wenig Zeit hätte, könnte ich leicht eine Gegenmaßnahme konstruieren.

Unglücklicherweise gab es keine Zeit. Die Abwehr immer wütenderer Angriffe nahm fast alle Zeit in Anspruch, die er hatte, obwohl er in einem kurzen Augenblick einen Moment erhaschte, um einen weiteren Gegenstoß zu lancieren, der knapp den Platz in der Sahara verfehlte und ihren Resonator in Unordnung brachte, ehe er sich zurückziehen und vor einem neuen Angriff aus vier Richtungen ducken mußte.

So kann das nicht weitergehen, dachte er. Seine neue Sphäre war kleiner als jede andere Maschine, und er konnte doch sagen, daß sie besser war als sein Gegner. Irgendwie hatte er das Gefühl, es handle sich um einen einzigen Gegner. Aber der Feind konnte von vielen Seiten zugleich angreifen und dabei andere Ressourcen einsparen, um sein schreckliches Programm des Massenmordes fortzusetzen.

□

So kann das nicht weitergehen, denkt sie. In einem kleinen Winkel ihrer Aufmerksamkeit sieht sie, daß ihr früherer Gatte angekommen ist. Mit Claire und einem Jungen aus der Nachbarschaft pocht er an die Vordertür und ruft nach ihr. Sie sehen beunruhigt aus, aber keineswegs so, als ob sie der Wahrheit nahe wären.

Also mögen sie schmoren. Dadurch, daß sie jetzt dort stehen, haben sie einen Platz unter den Zehntausend verdient. Gut! Das ist alles Entgegenkommen, was sie ihnen schuldet. Jedenfalls hat Daisy ganz andere Sorgen.

Eine Gruppe geschickter Soldaten hat einen selbstmörderischen Angriff mit Zeppelinen und kleinen Flugzeugen gegen die Colorado-Stellung gestartet, beladen mit Sprengmitteln und als Einfall in großen Zahlen gedacht. Sie hoffen, durch reine Feuerkraft einen vernichtenden Schlag zu erzielen.

Daisy macht sich weniger Sorgen um diesen dramatischen Versuch, als vielmehr über die Männer und Frauen, die sich bemühen, einen experimentellen solaren Energiestrahl von seinem geplanten Ziel abzulenken und so zu programmieren, daß er sich auf den Zylinder in der Sahara konzentriert.

Dann sind da noch die Hacker... eine Anzahl von ihnen hegt jetzt den Verdacht, daß das Netz selbst benutzt wird, um die

Todesmaschinen zu kontrollieren. Gefährlicher als offizielle Autoritäten, sind die Amateure wirklich beunruhigend – die undisziplinierten, deren Neugier und Geschicklichkeit jedes Geheimnis einer letztlichen Enthüllung preisgeben.

Sie braucht allerdings keine weitreichende Geheimhaltung. Nur noch eine oder zwei Stunden. So schickt sie kleine Surrogatstimmen aus, um den besten von ihnen ›hilfreiche‹ Gerüchte und andere Ablenkungen einzuflüstern. »Haltet sie einige Zeit beschäftigt!« befiehlt sie ihren Vertrauten.

Der kluge Kerl auf der Osterinsel ist für einen Moment blockiert. Daisy erschafft jetzt einen neuen Todesengel, um ihn nach Zentralafrika zu schicken, wo immer noch einige Wälder übrig sind, die zu retten wären. Diese Baumbestände werden als gutes Saatgut für ökologische Erholung dienen, wenn die menschliche Bevölkerung erst einmal verschwunden ist.

Da! Jetzt ist es an der Zeit, sich wieder ihrem Hauptgegner zuzuwenden und ihn endgültig total zu vernichten. Dann wird das Erdinnere ihr gehören – und ihr allein.

In dem Morast anspruchsvoller Eingabe muß sie irgendwo die Grenze ziehen. Also ignoriert Daisy das, was zu ihrer Linken vor sich geht – auf der Wand mit der Filmverstärkung – wo Herakles und Simson immer noch mit ihren Fesseln kämpfen, wie sie sie vor langer Zeit gelassen hat. Sie merkt nicht, daß die erschöpften Helden jetzt einen Zuwachs bekommen haben. Eine große Katze marschiert auf die Bühne. Sie hat Narben und Wunden, knurrt aber leise mit dem Interesse eines Tieres. Sie streicht an den Beinen der Filmhelden vorbei und setzt sich dann aufmerksam zu ihren Füßen hin.

●

»Ich halte nicht mehr durch!« schrie Alex, während er einen Schlag nach dem anderen parierte. Er wußte recht gut, daß niemand da war, der ihm helfen könnte, betete aber dennoch: »Gott, hilf mir!«

Dann in einer verschmitzten Verdrehung …

»Mutter … hilf uns!«

Das war ein ungewollter Ruf. Aber das Subvokal machte keine so feinen Unterschiede. Es verstärkte seine Worte zu konzentrierten Gravitationswellen, deren Echos zum Kern der Welt hallten.

□

Kleine Daten durchsetzen alle angeregten Energiezustände und regen die Verstärkung an. Seine Worte stoßen vibrierende Resonanzen an längs magnetischer Fäden, wo flüssiges Metall auf durch Druck beanspruchtes elektrifiziertes Gestein trifft. Sie laufen als pulsierendes Geklingel um und um, wobei sie Moiréverbindungen verwirren und sich mit früheren Eingaben verhaken – jenen beharrlichen Sondierungen und Betastungen, die Monat um Monat Veränderungen in alten Rhythmen erzwungen und sie immer schneller und schneller gemacht haben.

Beta reagiert. Seine geodynamischen Faltungen kräuseln sich und erblühen durch verzwickte Topologien. Neue, angulare Reflektionen seiner Worte stürzen als Kaskaden von der Singularität und verteilen sich in mehr Richtungen, als einfache euklidische Gleichungen beschreiben können.

Komplexität vermischt sich mit Komplexität. Was man diesen Bereichen so lange angetan hat, erbrachte feine Musterungen, zarte, empfindsame Matrizen für neuere, immer kompliziertere Schablonen der Art, wie sie erst vor Stunden in einem Trichter aus Afrika geliefert wurden. Muster für ein zaghaftes Modell, gegründet auf dem komplexesten Ding, das je unter der Sonne existiert hat...

Einem menschlichen Geist.

Fühler durchziehen die verflochtene Brillanz... FLußkanäle verbinden sie mit der Außenhaut, wohin Sonnenlicht trifft und Entropie in den schwarzen Raum entweicht, und wo Kreaturen schon ein dickes, fruchtbares Datengespinst niedergelegt haben. Pulsierende Gigabytes und Terabytes pfeifen, während sie eine Vielfalt von Skalen herauf- und hinuntergleiten. Alle Bibliotheken der Außenwelt, ihre Stürme von Ferment und Zerstreuung, der Lärm all ihrer Qual... diese verbinden sich in jäher Kohärenz zu dem einzigen Gebet.

»...hilf... uns...«

Zwei gigantische Strukturen – oben das Netz, unten jene Prominenzen des Superstromes, die in neuer Ordnung auf- und absteigen –, die sind jetzt verbunden und verflochten. Es herrscht kein Mangel an Daten, an reiner Information zur Eingabe in diese neue Matrix, diese neue Singularität von Metaphern. Jedesmal, wenn ein Strahl aus gequältem Raum oben einen schreienden Menschen zerfetzt, wird der Strom um ein weiteres Zeugnis reicher. Und trotzdem wächst der Durst nach Absorption unvermindert.

Gibt es ein Thema? Einen zentralen Focus, um das Ganze zu vereinigen?

»...Helft uns... irgendwer!«

Vieles in der Information ist unvereinbar oder scheint zunächst so. Prioritäten im Konflikt. Aber dennoch scheint selbst dies etwas hervorzulocken wie einen Gedanken... wie einen Begriff.

Wettbewerb... Kooperation...

Hinweise auf ein Thema – etwas, das aus einer solchen gewundenen, wirbelnden Komplexität herauskommen kann, wenn nur die richtige Schablone gefunden würde.

»...Hilf uns... Mutter...«

Kristallisation, Kondensation... in all den treibenden gegensätzlichen Kräften muß etwas erstehen, das Entscheidungen trifft. Eine passende Fiktion.

Etwas, das erkennt und wählt.

Zwei Kandidaten heben sich aus allen anderen heraus... zwei Anwärter auf Achtsamkeit. Zwei Entwürfe für eine Mutter. Auf hundert Millionen Computerdisplays und einigen Milliarden Hologeräten sind alle Programme mit Beschlag belegt durch eine faszinierende Vision – einen Drachen und einen Tiger in Konfrontation. Alle früheren Zweikämpfe hatten nur vorläufigen, allegorischen Charakter. Aber jetzt brüllen sie und machen Sprünge mit der Kraft von Software-Titanen, angetrieben durch Terawatt-Induktanz und kollidierend in einem explosiven Kampf bis zum Tode.

Ströme von Millionen Ampère prallen aufeinander und bohren Kanäle für neue Vulkane als bloße Nebeneffekte für die Geburt eines Geistes.

•

Alex schrie auf, als ein plötzlicher, unvorstellbarer Schmerz an seinen Schläfen zerrte.

»*Jen!*« rief er und brach zusammen. Seine Arme umklammerten das Gehäuse der Sphäre, deren Lied in immer höhere Tonlagen aufstieg, als sie schneller, immer schneller rotierte.

□

Jetzt kennt sie die Wahrheit – daß das Netz, welches sie immer für eine großartige Domäne gehalten hat, nur eine Provinz, eine Ranke von etwas Größerem ist. Ein Wesen. Eine ganze Welt. Alles, was ihr fehlt, ist nur ein leitendes Bewußtsein, um Ordnung zu schaffen.

Sie hatte sich damit abgefunden, daß das Netz mit dem Dahinscheiden des *Homo electronicus* enden würde. Zehntausend Jäger und Sammler konnten nichts so Komplexes aufrechterhalten. Sie wünschte auch nicht, daß sie das täten.

Aber diese neue Matrix wird keine Nachrichtensatelliten brauchen, keine Rohrleitungen, vollgestopft mit optischen Fasern, keine Mikrowellentürme oder Ingenieure, um sie zu warten. Daisy staunt über die Schönheit, die sie vorhersieht, wenn ihr Anliegen der Gewinnung von Humanität einmal vollendet sein wird. Es wird keine Grenzen geben für das, was sie durch dieses Medium ausrichten könnte. Alte Götter hätten von einer solchen Macht nur träumen können!

Sie würde für Wasserführungen und mehr Flüsse sorgen. Sie würde Energiestöße einsetzen, um die chemischen Gifte der Menschen zu zerstören, die Deponien und Abwässer verpesten. Sie würde Dämme einreißen und die leeren Städte einebnen, sowie den Beton aufbrechen und den unter Parkplätzen verborgenen Ackerboden regenerieren. Unter ihrer Führung würde die Welt bald so sein, wie sie war, ehe sie durch die Menschheit fast in den Untergang getrieben wurde.

Logan und Claire haben aufgehört, an die Vordertür zu pochen. Auf einem anderen Monitor entdeckt Daisy beiläufig, wie die beiden auf das Dach klettern, um sie irgendwie zu erreichen. Vielleicht könnten sie einen Zugang finden oder, was schlimmer wäre, die Antennen beschädigen, mittels derer in den nächsten Minuten ein sich zuspitzender Kampf geführt werden soll. Sie greift zu einem Schalter, der tödlichen Strom durch verborgene Drähte schicken wird.

Aber nein. Ihre Hände halten inne. Sie kennt ihren vorsichtigen Gatten. Er wird verständnisvoll, höflich und vorsichtig sein. Mit anderen Worten – er wird ihr viel Zeit lassen.

Sie kontrolliert ihre Gravitationsresonatoren und sieht, daß sie gut arbeiten. Nachdem der Gegner auf der Osterinsel offenbar ausgeschaltet ist, wird es mindestens in den nächsten paar hundert Sekunden keine Bedrohung für ihre Maschinen geben. Bis dahin wird es zu spät sein, wirksam ihre sich beschleunigende Säuberung der Kontinente zu behindern. Bisher haben ihre Todesengel kaum Millionen dahingerafft, aber das würde immer schneller werden mit jedem neuen, den sie vollendet und ausschickt...

Ein Wirbel von Farben zieht ihre Aufmerksamkeit nach links, und ihre Augen weiten sich vor Überraschung über die plötzliche stumme Schlacht, die dort dargestellt wird – zwischen einem Drachen und einer großen Katze! Was hat das auf ihrer Simulationswand zu suchen? Das stammt nicht aus einem Film des zwanzigsten Jahrhunderts. Die reißenden Bestien brüllen in stummer Agonie mit geblähten Nüstern, inmitten fliegender Schuppen und rauchenden Fells weit lebendiger als jedes reale Bild.

Plötzlich erkennt Daisy das Tigermotiv ihrer schlimmsten Feindin, die sie schon für tot gehalten hatte. »Wolling!« stöhnt sie.

In einem Moment weiß sie, welche schlimme Vorbedeutung dieser Kampf hat. Es ist nicht mehr bloß Resonator gegen Resonator. Die Computerkraft aller jener Knoten in der Tiefe, welche die vereinten Stromkreise des Netzes an Zahl übertrifft – das war der höchste Preis, und hinter dem war jemand anders her! Wem es glückte, ihr Programm zuerst zu etablieren, die würde alles haben.

Wütend macht sich Daisy daran, ihre sämtlichen Exekutoren loszulassen. Alle ihre Hilfsresonatoren richten sich einwärts und konzentrieren ihre Kraft.

●

Teresa wurde an ein altes Rätsel erinnert...

»Der letzte Mensch auf der Erde sitzt allein in einem Zimmer. Da klopft es an der Tür...«

Bei dem unerwarteten Geräusch ließ sie ihr Werkzeug fallen und lief zur Luke. Dort sah sie durch das kleine runde Doppelfenster verblüfft das vertraute Gesicht von Pedro Manella mit seinem absurden Schnurrbart. Sie fluchte und riß den Türriegel weg. »Ich dachte, Sie wären ein Gespenst!« schrie sie, als er eintrat.

»Das könnte ich wohl sein, hätte ich nicht sozusagen unter Ihrem Flügel Schutz gefunden. Ich habe erst jetzt den Nerv gehabt, die Leitern zu versuchen.«

»Gibt es noch weitere? Ich meine…«

Pedro schüttelte erschauernd den Kopf. »Es ist zu schrecklich für Worte.« Er schaute sich um. »Ist Lustig hier? Ich nehme an, ja, da Sie und ich noch am Leben sind.«

»Er ist hinten und kämpft gegen irgend etwas. Wenn es nur eine Möglichkeit gäbe, ihm zu helfen…«

Sie brach ab, als das Schiff plötzlich unter ihnen ächzte. Das Deck kippte nach links und schleuderte sie gegen Manella. Dann rollte die *Atlantis* in die Gegenrichtung.

»Erdbeben!« schrie Pedro. »Ich dachte, wir wären mit solchem primitiven Zeug fertig.«

Sein Witz war nicht willkommen. Teresa stieß ihn weg und bewegte sich mit wilden, katzenartigen Schritten über das schaukelnde Deck. »Muß nach Alex sehen. Er könnte…« Dann hielt sie blinzelnd inne. »O nein!«

Die Farben. Sie waren mit Gewalt wieder da.

Teresa rief Manella über die Schulter zu: »Suchen Sie eine Stelle, sich am Boden festzubinden!« Als das Beben noch stärker wurde, kämpfte sie sich durch die Luftschleuse und fand Alex zusammengebrochen über dem Resonator. Sie hatte kaum Zeit, ihn unten anzugurten, als die Hölle losbrach.

□

Nicht weit unter Rapa Nui lag eine heiße schmale Nadel – eine alte Magma-Ader – Teil des großen Rezirkulationssystems des Mantels. Eben diese Nadel hatte vor vielen tausend Jahren die Insel geschaffen, indem sie durch ein Stück der Krustenplatte stieß und so diesen einsamen Außenposten im Meer schuf. Aber längere Zeit danach hatte sie Ruhe bewahrt.

Jetzt wird der Kessel durch plötzliche, vorübergehende titanische Kräfte gequetscht, die geschmolzenes Gestein unter fürchterlichen Drücken den verschlossenen Trichter hochstoßen und zu den alten Calderas treiben.

Und dennoch fließt im gleichen Augenblick etwas anderes durch den gleichen Raum und bewegt sich genau vor jener explosiven Einschnürung fort... etwas weniger Zwingendes und Subtileres, dessen Finger verflochtener Schwerkraft sich wie eine Hand öffnen.

●

Instinkt setzte sich in der Lichtflut und dem dröhnenden Lärm durch. Irgendwie schaffte sie es, die zitternde Leiter zum Cockpit hochzuklettern, wo sie sich in den Pilotensessel setzte und anfing, nach reiner Routine Schalter umzulegen. »Oh, verdammt!« rief sie, als sie den unheilvollen Krach vernahm, mit dem Metallbolzen unter Belastung wegsprangen. Das angeknackste Rückgrat der alten Raumfähre beklagte sich mit einem furchtbaren Kreischen, als Teresa ein plötzliches Anschwellen von Schwere spürte – das Gefühl im Hosenboden, wenn man sich im Flug befindet.

Das kann nicht sein! Dies Schiff kann nicht fliegen ... dies Schiff kann nicht fliegen ... dies Schiff kann nicht fliegen ...

Die Flügel konnten keine Startbelastung aushalten. Sie hatte Röntgenbilder des gebrochenen Schiffsrückens gesehen – der Hauptgrund dafür, daß die *Atlantis* nach ihrer Notlandung auf dieser verlassenen Insel aufgegeben wurde.

Einer Insel, die es nicht mehr gab, soweit sie es mit verrenktem Kopf erkennen konnte. Die *Atlantis* stieg auf einer Feuersäule auf, aber es gab keine Rakete.

Statt dessen sauste sie auf einer sich aufbäumenden vulkanischen Flamme empor, die wiedererwacht war und brüllte, wo ganz kurz zuvor noch eine kleine polynesische Insel friedlich den Wellen getrotzt hatte.

Mit einem durch die Beschleunigungskräfte verzerrten Gesicht packte Teresa die Steuerknüppel des Cockpits und empfand eine seltsame Freude. Vielleicht hatte sie in irgendeinem Winkel ihres Geistes schon die ganze Zeit vermutet, daß es einmal dazu kommen würde. Plötzlich fürchtete sie nichts mehr. War es nicht die beste aller möglichen Arten, sich zu verabschieden? *Im Fluge?* Am Steuer eines lieben alten Vogels, den man nie auf einem Sockel hätte verrosten, sondern nur im Weltraum sterben lassen sollen?

Selbst die Gefühle in den Eingeweiden waren großartig. Ihr war so, wie ihr Vater sie als kleines Mädchen in die Luft zu werfen pflegte, wobei sie ganz sicher gewußt hatte, daß er da sein würde, um sie aufzufangen. Um sie immer vor Unheil zu bewahren.

Vor Unheil …

Diese Worte schienen in ihr widerzuhallen. Und als sie zwinkerte, wuschen Tränen des Glücks diese Farbkleckse fort, die verblaßten, verschmolzen und schließlich zur Seite rückten, um einen schwarzen Kosmos freizugeben, überlagert von einer weichen Decke nicht flimmernder Sterne.

Teresa seufzte bei der plötzlichen Erkenntnis. Es fühlte sich genau so an, als ob sanfte Arme die *Atlantis* wieder heimbrächten. Die von ihr sorgfältig wiederhergestellten Instrumente brummten und summten um sie herum, in grünen und braunen Farben leuchtend. Sie blickte durch eine Frontscheibe, die durch Feuer gesäubert war, und sah den Mond über dem weichen, gebogenen Rand der Erde aufsteigen.

□

Um die Hauptstütze ihres Feindes loszuwerden, hatte Daisy zeitweilig ihre selektive ›Antikörper‹-Methode vergessen und eine gröbere, endgültige Kraft eingesetzt. Binnen Sekunden gibt es die Insel nicht mehr.

Na schön! Damit war kein größeres Ökosystem verlorengegangen. Ein geringes Opfer.

Aber noch wichtiger war, daß die Hexe Wolling jetzt keinen Anker mehr hatte. Ihre überraschend starken Programme – so eindrucksvoll durch die Tiger-Ikone dargestellt – könnten einen Gegner für das bedeuten, was Daisy in der Tiefe hatte. Aber sie können nichts ausrichten ohne eine Verbindung zur Oberflächenwelt, zum Netz. Und die ist jetzt zerschnitten!

»Sehr eindrucksvoll, Wolling«, murmelt Daisy befriedigt. »Du hast mich überrascht. Aber jetzt heißt es, Abschied nehmen.«

Ganz deutlich zeigt das Holo jetzt den Drachen im Vorrücken, wie er eine erschöpfte, zerzauste Katze zurückdrängt, welche trotzig schreit.

●

Jimm Suarez wußte, daß er auf dem Boden der alten Kuwenezi-Goldmine ein privilegierter Beobachter war. Er konnte nicht nur den Kampf zweier Metaphern beobachten, die jeden bedeutenden Holo-Kanal beherrschten, sondern er konnte auch die Instrumente seines verlassenen Betriebes benutzen, um etwas von dem *wirklichen* Kampf tief unten zu verfolgen.

Zum Beispiel sah er den Moment, da vier Resonatoren gleichzeitig feuerten, um Rapa Nui gänzlich aus dem Südpazifik zu pusten. Eine andere Kraft schien dem antreibenden Gazerstrahl um bloße Momente vorauszueilen, aber es könnte auch nur ein Schatten gewesen sein, der vor den entscheidenden Bolzen geworfen worden war.

Seit diesem Moment schien die Flut tatsächlich umzukehren. Mehr und mehr Filamente und fein vernetzte Kanäle schienen unter die Kontrolle der Macht zu kommen, die er jetzt als den Feind erkannte. Es war erschreckend, die Wende der Ereignisse zu beobachten.

Wahrscheinlich wäre es klüger, das nicht zu tun. Bloß hier zu sitzen war gefährlich. Obwohl Kendas Klopfer jetzt außer Tätigkeit war, war es ein schreckliches Risiko, ihn nur wenige Meter entfernt als passiven Detektor zu benutzen. Wie, wenn der Greuel – wer auch immer es war – das schwache Echo der Maschine aufnahm? Das Schicksal der Osterinsel sollte nie das seine werden.

War es also Neugier, das ihn hier hielt, anstelle den Zylinder zu zerschlagen und zu fliehen? Oder war es die Bitte der alten Dame gewesen, ihn angestellt zu lassen, bis sie stürbe? *Nun, sie ist schon einige Zeit tot,* dachte er. Der Leichnam unter einer Persenning hinter ihm, als er ihn fand. Verzerrt und entstellt, aber immer noch mit ihrer Konsole verbunden. *Ich bin ihr jetzt nichts schuldig. Ich könnte mit einem Hammer an den Klopfer gehen und …*

Und was? Die Oberflächenwelt war bestimmt kein sicherer Platz. Kenda und die anderen könnten schon jetzt tot sein, wenn dieser Teil Afrikas schon als Ziel für Ausmerzung gedient hätte. Unwahrscheinlich, da brodelnde Städte und Militärbasen bisher die Hauptopfer zu sein schienen. Aber es war doch nur eine Frage der Zeit.

Also hierbleiben? Wenn ich die Maschinen zerstöre, könnten mich die Todesengel gänzlich vergessen. Aber das war doch ein deprimierender Gedanke. Gewiß, es gab genug Nahrung für Monate. Andere isolierte Schnipsel der Menschheit könnten ebenso ›glücklich‹ sein und es in Schlupfwinkeln und Verstecken noch einige Zeit aushalten, nachdem der Drache gewonnen hätte. Aber da fragte sich Jimmy, ob er nicht doch mit Kenda und allen andern seine Chance hätte suchen sollen.

Er war so tief in Selbstmitleid versunken, daß es einige Augenblicke dauerte, bis er einen neuen Ton hörte, ein leichtes Summen, das sich verstärkte, als in der ganzen verlassenen Halle Maschinen lebendig wurden. Er blickte auf und machte ein erstauntes Gesicht, als der hohe Kristallresonator sich in seinen Lagern drehte und einen ansteigenden Ton von sich gab. »Was, zum Teufel…«, fragte er und stand auf. Dann, in voller, entsetzter Erkenntnis: »Nein!«

Er lief zur zentralen Kontrollstelle, wo sich der Hauptschalter befand. Aber als er hinlangte, sagte eine Stimme ihm ruhig:

> »BITTE, JIMMY, BLEIB WEG UND LASS MICH MACHEN. SEI EIN BRAVER BURSCHE.«

Was ihn aber wirklich zum Innehalten veranlaßte, war das kurze, fast tachistoskopische Bild eines *Gesichts*, das vor ihm aufblitzte und dann wieder verschwunden war.

»Aber ich dachte, Sie wären tot!« flüsterte er heiser. Und als dann keine Antwort kam, rief er: »Lassen Sie mich wenigstens helfen!«

Während sich die schlafenden Maschinen um ihn aufwärmten, kam das momentane Gesicht zurück, und er erkannte, daß es die Frau, deren früherer Körper ein paar Meter entfernt zugedeckt dalag, war und zugleich nicht war.

> »ALL RIGHT, KIND. ICH WUSSTE, DASS ICH AUF DICH ZÄHLEN KONNTE.«

Im realen Leben hatten sie im ganzen vielleicht etwa hundert Worte gewechselt. Und dennoch wunderte Jimmy sich nicht einmal, weshalb ihr Lob ihn so erfreute. Alles, was er tat, war der Sprung an seine alte Arbeitsstation. Er ließ rasch alle diagnostischen Checks durchlaufen und stellte das Gerät, welches sie brauchte, fein ein – ihre Verbindung zwischen den Welten oben und unten.

Bald erreichte das Summen einen konstanten hohen Ton. Danach gab das Gerät mit dem Dröhnen von Gezeitenkraft einen Schuß ab.

□

In Bethäusern und Kirchen, in den Meditationslichtungen der NoAm GaKis, unter den schrägen, handgeschnitzten Dächern der Hinemarama-Gesellschaft, von Kathedralen und zahllosen Wohnungen erschallen Gebete.

»Mutter, hilf uns!«

Im Netz verbleiben noch Inseln des Zynismus. Es wird Partei ergriffen. Sogar Wetten werden abgeschlossen. Drache gegen Tiger – zehn zu eins.

Aber zum größten Teil hält sich die überlebende Masse der Menschheit zurück und betrachtet ängstlich ihre Holos, während die jetzt einseitige Schlacht anschwillt. Inzwischen schauen die Leute zum Horizont und auf jedes seltsame Flimmern oder Kräuseln in der Luft. Furchtsam erwarten sie den ersten Schmerzensschrei oder jegliche andere Ankündigung, daß die Schnitter des Todes eingetroffen sind.

Nordamerika wird von einem neuen Schlag getroffen.

Wieviel mehr noch? fragt das Volk den Himmel. *Wieviel mehr kann unsere arme Welt noch ertragen?*

●

»Papa!« schrie Claire, als das Haus von Beben erzitterte. Ihre Füße rutschten weg, und sie glitt die Dachziegel hinab. Logan hielt sich mit knapper Mühe fest, indem er sich an Daisys viele Antennen klammerte, während das Beben Bäume und Zuckerrohr schwanken ließ. Entsetzt sah er, wie seine Tochter auf die Kante zu rutschte.

Tony, der Junge, raste im Nu zuerst los – mit dem Gesicht voran, Arme und Beine zwecks besserer Reibung gespreizt. Er hielt kurz vor dem Rand an, gerade noch rechtzeitig, um Claires Handgelenk zu packen und ihr zu helfen, sich an eine knarrende Regenrinne zu klammern.

Das Beben schien endlos anzudauern – das schlimmste, an das Logan sich erinnerte –, bis ihm schließlich der harte Rhythmus von Trümmern folgte, die auf den Betonweg unten prasselten. Zum Glück war Claire von diesen knirschenden Lauten nicht betroffen. Irgendwie hielten sie und Tony durch. »Ich komme!« rief Logan.

□

»Bist du wieder da?« Daisy umklammert die Lehnen ihres Sessels, als ihre Zitadelle hin und her schwankt.

Zum Glück war dieser Bau solide, und es gibt eine Grenze dafür, was ihre Feindin mit nur einem Gerät ausrichten kann, selbst bei einem Überraschungsangriff.

Sie entziffert dieses verzweifelte Gambit, das sie direkt in ihrem Heim schlagen soll. »Nicht schlecht, Wolling. Ich bin beeindruckt. Nachdem du ausgelöscht bist, werde ich dafür sorgen, daß die Stämme an ihren Lagerfeuern von diesem Kampf singen werden. Du und ich werden ihre Legenden sein.

Nur werde ich noch da sein. Die siegreiche Göttin.«

Sie bereitet Befehle an ihre geballten Resonatoren vor. Dies wird der Schlußakt sein.

●

Logan mußte einen Weg finden, den Kindern zu helfen. So ergriff er impulsiv eines der Antennenkabel, riß es aus seiner Verankerung und benutzte die Schlinge, um sich zu den sich abmühenden Teenagern hinunterzulassen. Schließlich konnte er zulangen und Tonys Knöchel fassen. »Ich habe dich«, grunzte er. »Sieh zu, ob du …«

Er brauchte keine näheren Anweisungen zu geben. Jedenfalls war Claire eine bessere Alpinistin, als er es je gewesen war. Sie schwang ein Bein über die Dachrinne und kletterte an ihrer improvisierten menschlichen Leiter empor, wobei sie erst ihren Freund und dann ihren Vater passierte. Oben angekommen, wendete sie sich um und erfaßte Logans Bein. Dann war Tony dran, sich zu drehen und hochzuklettern.

Die letzte Stütze, die das Kabel hielt, sprang gerade heraus, als der Junge den flachen Teil des Dachs erreichte. Logan starrte auf das lose Ende, das in seiner Hand wie eine elektrische Schlange peitschte, und glaubte gerade abzurutschen ... wurde aber in der letzten Sekunde gestoppt, als die Kinder ihn packten. Bald lehnten sich alle keuchend an eine Schüsselantenne.

»Was, zum Teufel, war das!« fragte Tony. Er meinte sicher das Beben. Aber sein Gebrauch der Vergangenheitsform war voreilig. Das Beben begann plötzlich wieder – mit einer erschütternden infrasonischen Intensität, die sie zwang, sich die Ohren vor Schmerzen zuzuhalten. Immerhin schafften sie es diesmal, auf dem steilen Dach zu bleiben.

Als es schließlich endete, schaute Claire auf ihren Vater und teilte seine Gedanken. Das war kein gewöhnliches Erdbeben gewesen. »Wir müssen schnell zu Mutter gelangen!«

Sie wählten rücksichtslos den hindernisreichen Weg von elektronischem Gerät und Solarpaneelen. An einer Stelle schaute Logan nach Norden zu der Reihe von Reservedeichen, die das Ingenieurcorps vor langer Zeit gebaut hatte, um die Öffentlichkeit zu beruhigen, daß alle Eventualitäten voraussehbar wären und es für immer sein würden. Amen. Man konnte in der Ferne ein neues Geräusch hören, nicht so tief oder rauh wie die Beben, aber ebenso erschreckend. Es fühlte sich an wie das Toben riesiger Herden wilder Tiere.

Eines erkannte Logan mit höchster Gewißheit, daß sich nämlich das Corps geirrt hatte ... daß alle Dinge ein Ende nehmen müssen. Das Betongefängnis, welches der Mensch erbaut hatte, um einen mächtigen Strom zu bezwingen, hatte endlich einen Riß bekommen. Und ein Riß war alles, was der Gefangene brauchte.

Der Vater der Wasser war endlich frei.

Der Mississippi kam mit großer Verspätung endlich nach Atchafalaya.

□

In einem kritischen Augenblick werden plötzlich einige ihrer Kanäle tot und vereiteln ihren Plan. Daisy flucht, als ihr überwältigender Gegenangriff Südafrika verfehlt und statt dessen eine Ecke von Madagaskar verdampfen läßt.

Das dauert zu lange und lenkt sie von der wichtigen Arbeit ab, ihre Programme in dem riesigen neuen Netzwerk auszuwählen und zu konsolidieren. Solche Unannehmlichkeiten sind ärgerlich, aber es gibt Rückzugsmöglichkeiten, und sie hat noch weit größere Kräfte als ihre Widersacherin. Sie bringt sie gerade in Bereitschaft, als das Haus durch ein neues Beben ins Schwanken gerät.

●

Claire fluchte und plagte sich mit dem Riegel des Dachgeschosses ab. »Ich kann ihn nicht bewegen!« Tony und Logan kamen zu Hilfe und drückten mit aller Kraft. Daisy hatte gute Unternehmer für den Bau ihrer Zitadelle verpflichtet. Das hätte Logan wissen sollen, da er ihr die besten empfohlen hatte. Hätte er nur gewußt…

Sie hämmerten auf den Riegel. Er riß ein schweres Antennenteil aus seiner Befestigung, um es als Brechstange zu benutzen. Zwischen angestrengten Bemühungen zwinkerte er mit vor Anstrengung pochendem Herzen Schweiß weg und schaute empor, um plötzlich zu erkennen, daß überhaupt keine Zeit mehr übrig war. Eine schlammige braune Wand raste über die Zuckerrohrfelder mit schrecklicher, behäbiger

Kraft und stieß Bäume und Gebäude weg wie Brennholz.

Logan packte die Kinder und warf sie hinunter. Er wickelte Kabelschlingen um sie und schrie: »Haltet fest, wenn ihr überleben wollt!«

□

Alarmsignale ertönen von Telefonlinien, die gerissen und von Mikrowellentürmen, die umgestürzt sind – die ganze lokale Infrastruktur, von der sie abhängt, um ihre weit verbreiteten Resonatoren zu kontrollieren, fällt in Scherben. Und während die Datenverbindungen nacheinander abbrechen, torkelt ihr Drache wie ein Tier, dem die Achillessehne gerissen ist, und blökt in Agonie. Daisy starrt auf die andere Softwaremetapher – den Tiger, der auf die zusammenschrumpfende feurige Echse springt – um einen entscheidenden Schlag zu führen. Die Katze zieht sich triumphierend zurück, als ihr Gegner anfängt, sich in Rauch aufzulösen.

»Du gewinnst, du Hexe«, murmelt Daisy. »Aber du solltest lieber besser aufpassen, sonst komme ich aus der Hölle zurück, um dich zu quälen.«

Eine Wand biegt sich einwärts, als eine flüssige Lokomotive jede Barriere zermalmt. Wasser verursacht mit knatternden Explosionen funkensprühende Kurzschlüsse in den teuren elektronischen Apparaten. Was Daisy aber in diesem letzten endgültigen Moment erkennt, ist, daß sie vielleicht nie für den Job qualifiziert war, den sie sich ausgesucht hatte.

Ich habe nie wirklich gewollt, eine...

●

Inzwischen hatte ein Viertel der Strecke um das zuckende Rund der Erde entfernt eine kleine Schar von Flüchtlingen eine letzte Strecke von mit Flechten bedeckter Tundra zurückgelegt und die Meeresküste erreicht. Dort machten sie halt und hielten sich fest an den Händen, erschreckt über das, was sie sahen.

In der Entfernung stieg Rauch von einer brennenden

Stadt auf, und schrecklich verkrümmte Gestalten zeigten, daß dies einer der Orte war, von denen sie gehört hatten – wo sogenannte Todesengel aus dem Boden gestiegen waren, um furchtbares Gericht über die Menschheit zu vollstrecken. Also hatte sie ihr Exodus aus einer vulkanischen Katastrophe nur mit etwas noch Schlimmerem konfrontiert.

Es war eine unheimliche Reise gewesen, zu Fuß gegen den Wind über die alte Moräne von Grönland zu fliehen, mit Magmawärme im Rücken, beraubt jedes Brockens einer zivilisierten Gesellschaft mit einer Ausnahme – dem tragbaren Empfänger, der sie in Echtzeit und mit stereophonem Ton der Agonie der Welt lauschen ließ. Darum erkannten Stan Goldman und die anderen, was sie vor sich hatten, als sie schmutzig und erschöpft zusammenbrachen und sahen, wie eine schimmernde Falte im Raum auf sie zu kam, offenbar, um neue Opfer zu fangen.

Merkwürdigerweise fühlte Stan sich ruhig, als sich das Ding friedlich in ihrer Richtung näherte. Anstatt wie ein erstarrter Vogel, der von einer Schlange hypnotisiert wird, zu verharren, wandte er sich absichtlich ab, um einen letzten Blick über die Bucht zu tun, wo in der Nähe glatte weiße Gestalten zu sehen waren, die unter Wasser dahinglitten und dann kurz auftauchten, um Luft zu holen und Ströme von Gischt auszustoßen.

Beluga-Wale, dachte er und erkannte die glatten Gestalten. Es waren Wale mit einem noch gewinnenderen Lächeln als ihre Vettern, die Delphine. Darum erschienen sie ihm als Symbole urtümlicher Unschuld, unbefleckt durch alle Verbrechen, die Adam und seine Nachfahren seit dem Sündenfall verübt hatten.

Es war gut zu wissen, daß die Kreaturen gegen den herannahenden Horror immun waren. Soviel war klar aus dem verworrenen Geplapper im Netz. Mit Ausnahme von Schimpansen und einigen wenigen anderen Arten blieben die meisten Tiere unberührt.

Gut, dachte Stan. Jemand anders verdiente eine zweite Chance.

Aber die Menschheit hatte bereits die zweite verspielt. Hatte Gott uns nicht schließlich schon einmal nach einer Warnung verschont? Denke an Noah! Stan lächelte, als ihm die perfekte Ironie klar wurde. Über den westlichen Horizont zog sich ein Regenbogen – das Zeichen des Allmächtigen für die Menschheit nach der Flut. Sein Versprechen, die Welt nie wieder ertrinken zu lassen.

Wir könnten natürlich durch Feuer ausgetilgt werden, oder durch Hunger, oder unsere eigene Dummheit. Allerdings nicht vielversprechend, wenn man gerade darauf zugeht. Aber wenn man es mit erbosten Gottheiten zu tun hat, nimmt man wohl, was man kriegen kann.

Und was Versprechen angeht, ist es ein recht hübsches.

Eine der Frauen drückte kräftig seine Hand, und Stan merkte, daß es an der Zeit war, dem schrecklichen, rachsüchtigen Geist ins Antlitz zu schauen, an dessen Erschaffung er unwissend mitgewirkt hatte. Also wandte er sich um. Es war nahe und kam zu schnell heran, als daß man hätte fliehen können.

Oh, sie könnten sich zerstreuen. Es etwas verzögern. Aber irgendwie schien es besser, sich dem tödlichen Ding jetzt und hier gemeinsam zu stellen. Sie rückten alle dicht zusammen und hielten einander fest. *Hakkol häväl* – alles ist eitel – zitierte Stan in Gedanken den Prediger Salomo. *Am Ende aller Kämpfe kommt eine Zeit zum Behalten und Wegwerfen.*

Und so trat er mit einer gewissen Heiterkeit dem Todesengel gegenüber.

Obwohl Stan wußte, daß es eine Illusion sein mußte, schien sich die tödliche Raumfaltung tatsächlich zu verlangsamen, als sie näher kam. War sie fähig, es zu genießen, wenn die Beute in die Ecke getrieben war? Er wunderte sich über die seltsame Empfindung, während er sie flackern und dann anhalten sah. Es war eine seltsame Art empathischer Kommunion, die – Konfusion? Ungewißheit? – mit sich brachte.

Das tödliche Ding schwebte nur um Meter von den Menschen entfernt. Sie fühlten schon den Sog seiner wilden, verschlingenden Gezeitenkräfte.

Was ist los! fragte sich Stan. *Warum macht es nicht weiter?*

Die schreckliche Refraktion hüpfte auf sie zu, zögerte und zog sich ein wenig zurück. Dann erschauerte sie, als ob sie einen Seufzer ausstieße – oder einen Traum abschüttelte.

Da hörte Stan die Worte:

NIE WIEDER …

Sein Kopf schlug zurück. Mehrere andere fielen auf die Knie. Die Stimme hallte in ihnen sanft wider. Nicht entschuldigend, aber mit beruhigender Freundlichkeit.

ICH VERSPRECHE, KINDER, NIE WIEDER.

Zu ihrer Verwunderung veränderte sich die flimmernde Gestalt zusehends. Stan sah mit zusammengekniffenen Augen eine Verschiebung in ihrer Topologie, als ob ein Origami-Monstrum seine Klauen einzöge, seine scharfe Sense verwandelte und dann in einer Myriade bunter durchscheinender Blütenblätter sich nach außen kräuselte.

Stan atmete plötzlich einen Duft ein. Das Aroma war berauschend, alldurchdringend, voll von Hoffnung und Versprechen. Es schwebte sogar in der Luft, als der transformierte Engel sich segnend zu verneigen schien. Dann trieb er davon über plötzlich heiteres Wasser.

Zusammen beobachteten er und die anderen, wie er die fröhlichen planschenden Wale grüßte und weiterzog. Selbst als er hinter den fernen Vorgebirgen verschwand, wußten alle irgendwie, daß er wiederkommen würde … daß er immer mit ihnen sein würde.

Und in seiner Gegenwart würden sie nie wieder Furcht kennenlernen.

TEIL XI

PLANET

In einem hinreichend großen Universum
kann auch Unwahrscheinliches geschehen.
So unwahrscheinlich,
wie wenn eine kleine Kugel aus Sternruß
es eines Tages unternimmt
einem und allen laut zu sagen:
»Ich bin.«

☐ Hallo, hallo? Dieser Stromkreis scheint zu funktionieren. Die höchsten und Referenzhyperniveaus scheinen in Ordnung, obwohl es noch kein 2D und Holo gibt. Sieht so aus, als ob ich für einige Zeit nur rauhe Stimme und nackter Text sein werde...

Ich werde es riskieren, zumal eine Menge anderer Gruppen auch wieder aktiv zu werden scheinen. Also los!

Weltweite Spezialinteressengruppe großer Reichweite [☐ SIG AeR,WLRS 253787890.546]...

Dies ist die Vizevorsitzende Beatrice ter Huygens. In Beantwortung der U.N.-Bitte um Hilfe bei Wiederherstellung von Ordnung laden wir alle Mitglieder, die keine anderen Verpflichtungen haben, ein, sich einzutragen und...

Und was? Diese SIG ist nicht gerade auf Katastrophenhilfe spezialisiert. Unsere Mitglieder sind am besten bei Spekulationen und Überlegungen ›wie wenn?‹ Darum meinte ich, wir könnten damit anfangen, unsere riesige Bibliothek von Lösungsszenarien zu durchsuchen. In der Vergangenheit sind diese oft wie leere Versprechungen oder trübselige Zeitverschwendungen erschienen, aber jetzt in dieser *neuen* Welt könnten sich manche wohl sogar als nützlich erweisen.

Insbesondere könnten wir vielleicht mit einer Erklärung dafür aufwarten, was mit dem Netz geschehen ist. Inmitten von soviel Tod und Vernichtung haben von Minute zu Minute Veränderungen stattgefunden. Niemand in der Regierung scheint damit klarzukommen, aber vielleicht könnte jemand in unserer Gruppe mit einer Lösung aufkreuzen, die so exotisch ist, daß sie richtig sein könnte.

Aber obwohl ich die schlechten Nachrichten fürchte, ist wohl zunächst eine Kopfzählung angebracht. Bitte, schicken Sie Ihre Empfangsbestätigung zu meinen Händen an Nexus 486 in unserer Verwaltung...

Noch einen kleinen Moment! Ah! Holos kommen wieder! Auch gute Farben. Vielleicht werden wir uns doch unserer besonderen Kommunikationsmöglichkeiten bedienen können.

Nun zurück zur Kopfzählung...

Vom höchsten Rang der Lebensarche aus sah Nelson, wie die Erde sich langsam vor der Milchstraße drehte. Das war der einzige Farbtupfer in einem eintönigen Kosmos, und auf diese Distanz hätte man sich nie vorstellen können, welches Chaos gerade auf diesem friedlich aussehenden Globus geherrscht hatte. Selbst die kontinentlangen Hüllen, welche noch glimmende Vulkane warfen, waren mit dem bloßen Auge nicht zu sehen, obwohl Wissenschaftler schon einen harten Winter ankündigten.

Bis vor kurzem war Nelson zu beschäftigt gewesen, sich und die Mehrheit seiner Schutzbefohlenen am Leben zu erhalten. Aber jetzt, als die Arche sich allmählich auf eine staubige graubraune Ebene hinabsenkte, konnte er wenigstens einen Moment erübrigen, um erstaunt auf den Ozeanplaneten zu schauen, der auf der von der Sonne beschienenen Seite von Bändern wattiger Wolken durchzogen war. Zur Linken auf der Nachtseite bezeugten Lichter von Städten, daß die Menschheit noch einmal knapp davongekommen war – obwohl klaffende dunkle Lücken auch zeigten, welch schrecklicher Preis im Endkampf der Menschheit bezahlt worden war.

Dieser Konflikt war jetzt vorbei… mit höherer Sicherheit garantiert, als jeder je unterzeichnete Friedensvertrag. In der ganzen Welt diskutierten Männer und Frauen noch darüber, *was* dies gewährleistete. Aber nur wenige zweifelten daran, daß sich eine Präsenz kundgetan hätte und von nun an nichts mehr dasselbe sein würde.

»Arche Vier, wir sind in drei Kilometern Höhe. Kontrollierte Landung fünf Minuten bis zum Aufsetzen. Bitte Bereitschaft bestätigen.«

Nelson wandte sich von der blaugrünen Welt ab und suchte in nördlicher Richtung unter der Sternenlandschaft. Da war es, das Shuttle. Es schwebte über dem Mare Crisium und war ein ramponiert aussehender Eimer, wie aus einem vernachlässigten Museum geklaut. Und dennoch flog es kräftiger und zuverlässiger als alles, was bisher je von Menschenhand gemacht wurde. Er hob sein Gürteltelefon. »Jaa... ich meine Roger, *Atlantis*. Ich schätze, wir sind so bereit wie je.«

Er senkte das Telefon und dachte: *Sicher. Aber wie bereit kann man sein, wenn man sich freiwillig zu den ersten ständigen Siedlern einer anderen Welt gemeldet hat?*

Er fühlte etwas an seinem Hosenbein zupfen. Shig, die kleine Pavianin, quengelte und wollte hochgenommen werden. Nelson grinste. »So? Als wir gewichtslos waren, hast du dich überall herumgetrieben. Aber jetzt macht dich etwas Schwere wieder faul?«

Shig kletterte ihm vom Arm auf die Schulter und hockte dort, um auf ihre neue Heimat zu schauen, die gewiß noch trockner und öder war als die Savannen Afrikas, aber dennoch zum Guten oder zum Bösen ihnen gehörte. Von dem Geländer in der Nähe aus sah Shigs Mutter Nelson in einer unausgesprochenen Frage an. Er zuckte die Achseln. »Ich weiß nicht, wo sich das nächste Wasserloch befindet, Nell. Sie sagen, daß sie nach einiger Zeit uns etwas Eis schicken werden, zusammen mit dem ersten Haufen Leute. Frag mich nicht, wie sie das schaffen werden, aber bis dahin wird es uns gutgehen. Keine Sorge!«

Nells Miene schien zu sagen: »Wer macht sich Sorgen?« Und wirklich konnte man ihnen nach dem, was sie zusammen durchgemacht hatten, ein wenig Anmaßung nicht vorwerfen.

Aus dem Boden Afrikas entwurzelt und in eine hohe Erdumlaufbahn geschleudert, hatte die experimentelle Arche Kuwenezis Stunden und Tage durchgemacht, in denen das Unheil sie nur um Sekunden verfehlt hatte. Wenn zum Beispiel bestimmte Stromkreise während der ersten kritischen Augenblicke versagt hätten, wäre Nelson nicht imstande gewesen, den größten Teil der sausenden Pyramide gegen hartes Vacuum abzudichten. Auch hätte er keine Flüssigkeiten vom einen Tank zum andern umpumpen können, um so allmählich das unbequeme Taumeln des unfreiwilligen Satelliten zu dämpfen.

So wie die Dinge lagen, war ein Drittel der Lebenshabitate der Biosphäre tot... Ihre Bewohner waren erstickt, oder gegen diamantharte Barrieren aus Kristallglas geschleudert worden, oder einfach so drastisch veränderten Verhältnissen erlegen.

Er hätte es nie geschafft, den Rest zu retten ohne Shig und Nell, deren behende Grazie im freien Fall sie wertvoll machte, um Werkzeug zu holen oder in Panik geratene Kreaturen in improvisierte Ställe zu treiben, wo sie angebunden und beruhigt werden konnten. Selbst so hatte die Aufgabe fast hoffnungslos ausgesehen – ein vergebliches Sich-Aufbäumen gegen das Unausweichliche –, bis zu jenem unheimlichen Augenblick, da Nelson ein Gefühl hatte, als hätte ihn jemand *auf die Schulter geklopft*.

Er hatte sich rasch in Panik und Erschöpfung umgedreht, fand aber niemanden. Und dennoch hatte diese halluzinatorische Unterbrechung genügt, ihn aus einer engstirnig dumpfen Starre zu reißen... so weit, daß er das Klingeln seines Gürteltelefons bemerkte.

»H-hallo?« hatte er gefragt, außerstande zu glauben, daß jemand von seiner schweren Verpflichtung wußte oder sich darum kümmerte, daß er dem Vergessen anheimgegeben war an Bord eines Fliegenden Holländers aus Glas und Stahl.

Es folgte eine lange Pause voller Störgeräusche. Dann hatte eine Stimme gesagt: »NELSON ...«

»Oh... jaa?«

»ICH WOLLTE DICH WISSEN LASSEN – ES KOMMT HILFE. ICH HABE DICH NICHT VERGESSEN.«

Er erinnerte sich und blinzelte erstaunt.

»D-Dr. Wolling? Jen?«

Er konnte sich nachträglich nicht sicher sein. Die Stimme hatte in vielfacher Weise anders geklungen. Entfernt. Gedankenverloren. Und dennoch hatte es die folgenden Stunden hektischer Schwerarbeit erträglicher gemacht, nur zu wissen, daß man ihn nicht vergessen hatte, daß jemand wußte, er und die Tiere wären draußen, und sich um sie sorgte.

So war es keine völlige Überraschung, als er, nachdem er das letzte Tier angebunden, die letzte pfeifende Spalte abgedichtet und Gas und Belüftung in den komplexen Paneelen, die die Grundsubstanz des Lebens in der Arche wieder aufbereiteten, eingestellt hatte, plötzlich das Telefon wieder läuten hörte. Er hob die Augen und sah einen stämmigen weißschwarzen Pfeil auf seine verlassene kleine Welt zusteuern.

Nelsons physikalische Kenntnisse waren zu gering, als daß er es wirklich hätte würdigen können, was es hieß, als der Pilot der *Atlantis* ihm versprach, den erschöpften Bewohnern der Arche wieder Schwere zukommen zu lassen. Er empfand nur Dankbarkeit, als die Besatzung der *Atlantis* irgendwie reagierte und durch eine magische, auf weite Distanz wirkende Kraft wieder ein oben und unten herstellte. Dann fingen sie an, den treibenden Turm zu einer versprochenen neuen Heimat zu schleppen.

Unterwegs hatte er endlich Zeit, sich zusammengefaßte Berichte anzuhören über das, was da unten auf der Erde passiert war. Das war alles zu komplex und bizarr, als daß er es in seinem benommenen Zustand hätte begreifen können. Aber später, als er von seiner ersten realen Gelegenheit zu schlafen profitierte, wurde ihm einiges in seinen Träumen klar.

An einer Stelle sah er eine zerstückelte Schlange sich

winden und ihre vielen Teile zusammenfügen. Er hörte, wie sich hundert plärrende Instrumente unter dem Taktstock eines Dirigenten vereinten, um Sinfonien zu erschaffen, wo vorher nur Lärm gewesen war.

Eine Stimme flüsterte: *E pluribus unum. Viele können ein Ganzes bilden …*

Jetzt, als die Zeit der Landung heranrückte, fragte sich Nelson, ob jemand auf der Erde ein besseres Verständnis von dem hätte, was geschah, als er.

Sie sind alle so emsig damit beschäftigt, darüber zu diskutieren, über die Veränderung und ihre Bedeutung …

Gaianer behaupten, es sei ihre Erd-Mutter … sie wäre endlich wach gerüttelt worden, um einzugreifen und die törichte Menschheit und alle ihre anderen Kreaturen zu retten.

Andere sagen: Nein, es ist das Netz … der ganze Schatz menschlichen Wissens, der in all diese unerwarteten neuen Stromkreise im Innern der Erde gedrungen ist. All jene jungfräuliche Rechenkraft, plötzlich vervielfältigt, mußte natürlicherweise zu einer Art Selbstbewußtsein führen.

Der Theorien war kein Ende. Nelson hörte Jung-Anhänger verkünden, daß sich ein *Rassenbewußtsein* während der Krise manifestiert hätte, das schon lange dagewesen sei und gewartet hätte. Inzwischen machten Christen und Juden viel Lärm, ganz ähnlich wie die Gaianer. Nur schienen sie die leise Stimme eines ›Vaters‹ zu hören, wenn sie jene besonderen Kanäle einschalteten, die jetzt neue, ehrfurchtgebietende Melodien übertrugen. Für sie waren Wunder nur das, was vor langer Zeit in Verheißungen prophezeit worden war.

Nelson schüttelte den Kopf. Niemand von denen schien zu begreifen, daß sie – ihre eigentlichen Argumente und Diskussionen – halfen, das Ding als solches zu *definieren*. Gewiß war ein höheres geistiges Niveau geboren, aber nicht als etwas Separates oder sogar Höheres. All die kleinen, lauten, sogar widersprüchlichen Stimmen auf dem ganzen Planeten – die waren Teile der neuen Wesenheit, so wie ein Mensch von Natur aus vielen debattierenden ›Selbsten‹ besteht.

Nelson erinnerte sich an die letzte Unterhaltung mit seiner Lehrerin, als das Thema sich ihrem letzten Projekt zugewandt hatte – ihrem kühnen neuen Modell des Bewußtseins. Ein Modell, das wie er irgendwie merkte, eine Schlüsselrolle in der letzten Verschmelzung gespielt haben mußte.

Sie hatte gesagt: »Nelson, das Problem mit einem umfassenden Bild des Geistes ist dies: Wenn das Ich an der Spitze wie ein Tyrann herrschen muß und alle kleinen Unter-Ichs wie eine Termitenkönigin beherrscht, dann muß unvermeidlich so etwas wie eine Termitenkolonie herauskommen. Oh, das könnte machtvoll und beeindruckend sein. Aber es wäre auch steif. Allzu vereinfacht. Ungesund.

Nelson, schau dir das glücklichste und gesundeste Volk an, dem du begegnet bist. Ich wette, du würdest feststellen, daß sie eine kleine Inkonsistenz oder Ungewißheit dann und wann nicht fürchten. Oh, sie sind immer bemüht, ihren Grundanschauungen treu zu sein, ihre Ziele zu erreichen und ihre Versprechen zu halten. Aber sie vermeiden auch eine zu große Starrheit und entschuldigen den gelegentlichen Widerspruch und unerwarteten Gedanken. Sie sind zufrieden, viele zu sein.«

Bei der Erinnerung an ihre Worte lächelte Nelson. Er wandte sich wieder dem Blick auf die Erde zu, der Oase, von der jetzt jeder wie von einem einzigen lebendigen Wesen sprach. Es machte kaum etwas aus, ob das ein *neues* Faktum war, oder so alt wie das Leben selbst. Mögen die NoAm GaKis predigen, daß es Gaia immer gegeben hätte, wach und geduldig. Mögen andere behaupten, es hätte der menschlichen Technologie und Intervention bedurft, um einen aktiven planetaren Geist hervorzubringen. Jede extreme Ansicht war auf ihre Weise vollkommen richtig, und jede war ebenso völlig falsch.

So sollte es eben auch sein.

Wettbewerb und Zusammenarbeit – Yin und Yang. Jeder von uns, der an der Debatte teilnimmt, ist wie einer der Gedanken, die in meinem Kopf aufsteigen und herumsausen – ob ich mich auf ein Problem konzentriere oder bei einer Wolke Tagträume habe. Kann ein bestimmter Gedanke wegen seiner ›verlorenen Unabhängigkeit‹ Sorgen machen, wenn er erkennt, daß er Teil von etwas Größerem ist?

Nun, manchmal gibt es das wohl. Andere machen sich überhaupt keine Sorgen. So wird es auch mit uns sein.

Nelson wiederholte für sich noch einmal diese letzten Erwägungen und lachte im stillen. *Höre auf dich! Jen hatte recht. Du bist ein geborener Philosoph. Mit anderen Worten: voller Dreck.*

Aber auch darauf hatte er eine Antwort. *Vielleicht sind wir bloß Gedanken, jeder von uns ein Fragment. Doch dies heißt nicht, daß manche Gedanken unwichtig wären. Gedanken könnten die einzigen Dinge sein, die nie sterben.*

Von den unteren Decks kam ein Gebrüll auf. Die Beruhigungsmittel klangen ab, und einige Gnus wachten auf. Vielleicht spürten sie die bevorstehende Ankunft. Bald würde Nelson alle Hände voll zu tun haben, sich darum zu kümmern, die ersten Setzlinge von der Mutterwelt ... die ersten einer Myriade, die nach draußen streben könnten, wenn sich die neuen Gravitationstechniken bewähren. Und wenn die Nationen der Erde dem kühnen Unterfangen zustimmen würden.

Und wenn die neue Präsenz es zuließe.

Bis die versprochene Hilfe käme, war er jedenfalls viel zu beschäftigt für Philosophie ... sei es um Gaias willen oder für sich selbst. Im Westen ragten die Berge des Mondes immer höher auf. Die ebenen Gebiete wuchsen rasch an. Und nicht sehr weit unten sah er jetzt den Schatten der Arche. Dieser dunkle Fleck breitete sich über das klaffende Fundament aus, das ihn erwartete – frisch ausgetieft und verglast mit dem alten Regolith dank weiterer Magie seitens der *Atlantis*.

Nelson schlang die Arme um Shig und Nell während des abschließenden Sinkens, das mit einem scharrenden Stoß endete, der so sanft war, daß es fast enttäuschend wirkte. Die kleinen schwankenden Variationen der Schwere verschwanden, und der leichte, aber feste Zugriff des Mondes senkte sich endgültig auf sie.

»Hallo, Arche Vier«, sagte die Stimme der Pilotin. »Komm herein, Arche! Hier *Atlantis*. Ist alles drüben okay?«

Nelson nahm sein Gürteltelefon.

»Hallo, *Atlantis!* Alles ist ganz prima. Willkommen bei unserer Welt!«

☐ **Weltweite Spezialinteressengruppe großer Reichweite** [☐ SIG AeR,WLRS 253787890.546.]

...fand einen alten Roman aus dem zwanzigsten Jahrhundert, in dem etwas wie unser heutiges Netz übernommen wurde von Software-›Göttern und Dämonen‹ auf der Basis einer karibischen Sekte. Falls so etwas geschehen sein sollte, wären wir alle in großen Schwierigkeiten. Aber was wir sehen, scheint nichts zu sein wie...

Wie kann ich das sagen? Na ja, ich weiß, es ist schwierig, eine ausführliche Antwort von der Präsenz zu bekommen, was immer sie ist. Aber ich bin sicher wohlauf. Nennt es ein Gefühl.

O ja, ich stimme dem zu. Uns stehen interessante Zeiten bevor...

• EXOSPHÄRE •

Der Widerspruch war fast allzu absurd. Die *Atlantis* war das leistungsfähigste Schiff der Geschichte, aber auch ein klappriges Wrack, das jeden Moment auseinanderzufallen drohte.

Die Luftaufbereiter leckten ständig. Die Kohlendioxidbürsten mußte so ziemlich alle zehn Minuten angestoßen werden, um sie zu lockern. Die Toilette war so fürchterlich, daß sie dazu übergegangen waren, Plastikbeutel zu benutzen, die sie zubanden und unter einem Netz hinten in der Frachtkammer verstauten.

Wenigstens war das aus ihren zusammengeschusterten Brennstoffzellen kommende Wasser rein. Aber zu essen hatten sie nur etwas zerquetschtes Obst, das der einsame ökologische Betreuer besorgt hatte – seine Art, sich für die Bergung seiner gestrandeten Arche und ihre sichere Absetzung auf dem Mond zu bedanken. Die Orangen waren sauer, aber eine Verbesserung gegenüber dem, wovon sie während der ersten Tage im Raum gelebt hatten – einer einzigen Dose abgestandener Kekse und fünf verdächtigen Bonbons, die sich in Petro Manellas Jackentasche gefunden hatten.

Jetzt schienen ihre Mühsalen sich dem Ende zu nähern. Teresa spähte durch das Periskop auf die blinkenden Lichter, die die Europäische Raumstation gerade voraus abzeichneten. »Kurs sechsnull Grad Azimut«, sagte sie in ihr Kinnmikrophon. »Vectorwinkel siebzehn Grad relativ. Geschwindigkeit Null Komma acht vier ...«

»Okay, Rip. Ich hab's.« Alexens Stimme krächzte aus dem improvisierten Imterkom. »Nicht loslassen, wir kommen gerade herein.«

Es war hart, sich an diese neue Art von Raumfahrt zu gewöhnen. Mit den alten Puff-Puff-Raketen mußte man jede Rendezvouszündung mit einer verdrehten Logik berechnen. Um ein vor sich im Raum befindliches Objekt zu erwischen, mußte man erst abbremsen, wodurch sich die Höhe verringerte, was die Geschwindigkeit steigerte, bis man unter dem Ziel durchkam. Dann würde man einen Beschleunigungsstoß zünden, um wieder aufzusteigen, was einen verlangsamte ...

Das war eine Methode, für die in Zukunft nur wenige viel Verwendung haben würden. Kein delikates, pfennigfuchserisches Umgehen mehr mit Newtons

Gesetzen. Alles, was Teresa zu tun hatte, war, Alex zu sagen, wohin und auf was er schauen mußte. Dann entnahm er es von dort. Seine magische Kugel übermittelte Anforderungen tief in die Erde, welche präzise starke Gravitationswellen hervorriefen, die sie dahintrieben. Das machte Raumreisen fast so einfach, wie wenn man hinzeigte und sagte: »Bring mich dorthin!«

Dies machte die *Atlantis* zum großartigsten Raumschiff aller Zeiten, imstande, um jedes beliebige Objekt Ringe zu fliegen. Und so würde es dann etwa die nächsten zehn Minuten bleiben bis zum Andocken. Danach würde man Alex mit seinem modernen Gerät zu einem modernen Vehikel überführen, und die arme alte *Atlantis* würde wieder zu einem Museumsstück im Orbit werden.

All right, Baby, dachte sie und tätschelte die verkratzte, abblätternde Konsole. Lieber so, nach einer letzten wilden Fahrt, als dazusitzen und sich von Möwen bekleckern zu lassen.

Hin und wieder schloß sie noch einmal die Augen und erinnerte sich an jenen rasenden Start – auf der Säule einer vulkanischen Flamme emporzusteigen, während sie in den Himmel gerissen wurden durch etwas Gewaltigeres als jede Rakete. Vielleicht hatte Jason es noch lebhafter und berauschender gefunden, als er zu den Sternen geschossen wurde. Sie hoffte es. Es schien angemessen, sich so an ihn zu erinnern, als sie endlich imstande war, Lebewohl zu sagen.

Jedenfalls standen emsige Zeiten bevor. Nachdem sie den größeren Teil einer Woche mit eiligen Rettungsmissionen verbracht und geholfen hatten, den Schrott aufzuräumen, den der Krieg im Orbit hinterlassen hatte, sollten Teresa und Alex leitende Positionen in dem neuen internationalen Weltraumprogramm übernehmen. Mit in Massen produzierten Resonatoren nach Lustig könnten sich bald sogar Wolkenkratzer und Ozeanriesen in den Himmel aufmachen. Nach einem Jahr könnten Tausende da draußen und auf dem Mond leben und arbeiten. Zumindest schien das die allgemeine Idee zu sein, obwohl manche Leute sich immer noch den Kopf kratzten, wie man sich so rasch darüber hatte einigen können.

Obwohl sie immer dicht beim Zentrum der Ereignisse gewesen war, mußte Teresa einräumen, daß sie ebenso wie ein jeder verwirrt war, was – oder wer – jetzt die Leitung hatte. Die ›Präsenz‹, die aus dem kürzlichen Chaos heraus geboren war, übte kein strenges Regiment, wodurch es schwierig war, wirklich harte, exakte Entscheidungen zu treffen.

War es eine unabhängige Wesenheit, die der untergebenen Menschheit ihre Tagesordnung aufzwang? Oder sollte man sie eher als eine Art Konsens hinsichtlich menschlicher Angelegenheiten betrachten, die Personifikation eines globalen *Zeitgeistes*? Nur ein weiterer Schritt in der Folge weltweiter Revolutionen – sogenannter *Renaissancen* – bei der Veränderung des Denkens überhaupt.

Philosophen tasteten ernste Fragen in die speziellen Kanäle ein, wo die Präsenz am intensivsten zu sein schien. Aber selbst wenn eine Antwort erfolgte, kam sie oft als eine andere Frage zurück.

> »WAS BIN ICH? SAG ES MIR … ICH BIN FÜR VORSCHLÄGE EMPFÄNGLICH …«

Dieses Verhalten, dazu der Eindruck einer unglaublichen, überwältigenden Geduld, veranlaßte manche Mystiker und Theologen, sich die Haare auszuraufen. Dem Rest der Menschheit brachte es eine Art Erleichterung. In der voraussehbaren Zukunft würden die meisten Entscheidungen gewohnten Institutionen überlassen bleiben – den Regierungen, internationalen Körperschaften und Privatorganisationen, die es schon gegeben hatte, ehe alles in die Hölle wirbelte und wieder zurück. Nur bei Sachen fundamentaler Priorität war das *Gesetz* erlassen, in Tönen, die niemanden im Zweifel ließen.

Zum Beispiel konnten Gravitationsresonatoren von jedermann gebaut werden, der dazu die Mittel hatte – aber nicht alle ›Ersuchen‹ von denen wurden gewährt. Das Erdinnere war nicht mehr durch Eindringen verwundbar. Das neue zarte Gewebe von supraleitenden Stromkreisen und ›neuronalen Wegen‹, das sich jetzt glatt mit dem elektronischen Netz der Menschheit verzahnte, hatte sich gegen künftige Einmischungen unzugänglich gemacht.

Es wurde auch klar, warum erwartet wurde, daß die Nationen größere Weltraumunternehmen beginnen sollten. Künftig sollte das Rohmaterial für industrielle Zivilisation nicht aus der Mutterwelt, sondern von den leblosen Schwestern der Erde geholt werden. Alle durch die Kruste von Terra gegrabenen Minen sollten binnen einer Generation abgewickelt werden und keine neuen hinzukommen. Die Erde müßte von nun an für die wirklichen Schätze – ihre Species – erhalten werden, und der Mensch müßte sich anderswo umschauen nach solchem Tand wie Platin oder Eisen.

Das war das Planungsmuster. Bestimmte Wälder mußten sofort gerettet werden. Gewisse aggressive industrielle Tätigkeiten mußten aufhören. Darüber hinaus sollten Details von der streitenden, debattierenden und disputierenden Menschheit selbst ausgearbeitet werden.

Mit einer zusätzlichen prägnanten Ausnahme, die einen großen Eindruck gemacht hatte. Vielleicht, um die Grenzen ihrer Geduld zu zeigen, hatte der Erdengeist vor ein paar Tagen – anders, als es sonst seine Art war – ein besonders scharfes Exempel statuiert.

Seit der ›Transformation der Engel‹, als der Horror plötzlich weltweit aufgehört hatte, hatte es dennoch gesicherte Fälle gegeben – nicht mehr als insgesamt einige hundert –, daß Leute durch eine plötzliche tödliche Kraft in Fetzen gerissen wurden, ohne Vorwarnung oder Gnade. In jedem dieser Fälle fanden untersuchende Reporter wie durch Zauberei auf ihren Schirmen Beweise dafür, daß die Opfer zu den schlimmsten, schamlosesten Verschmutzern, Verschwörern, Lügnern... gehörten.

Offenbar waren manche ›Zellen‹ einfach zu krank – oder von Krebs befallen – daß man sie erhalten könnte, selbst seitens eines ›Körpers‹, der sich als gegenüber einer Vielfalt als tolerant bezeichnet hatte.

»TOD IST NOCH TEIL DES PROZESSES ...«

Das war der über Zeitungsdisplays verbreitete Kernsatz. Erstaunlicherweise rief die Warnung nur wenige Kommentare hervor, was an sich eine Menge über Konsens auszusagen schien. Die Fälle ›chirurgischer Beseitigung‹ hörten auf, und das war es dann wohl gewesen.

Teresa verwunderte ihre persönliche Reaktion auf all dies. Es überraschte sie, daß sie so wenig Aufmüpfigkeit bei dem Gedanken an die Machtübernahme irgendeines ›planetaren Übergeistes‹ empfand. Vielleicht deshalb, weil die Wesenheit so vage schien. Oder weil sie uninteressiert schien, sich in Leben auf persönlicher Ebene einzumischen. Oder weil die Menschen letztlich der Cortex, die Gehirnlappen des Geistes zu *sein* schienen.

Oder vielleicht war es einfach die absolute Vergeblichkeit von Rebellion. Gewiß schien es der Präsenz nichts auszumachen, wenn bestimmte Individuen oder Gruppen verärgert auf Umsturz sannen. Es gab sogar eigens reservierte Kanäle im Netz für jene, die zum Widerstand aufriefen! Nachdem sie einige Zeit zugehört hatte, verglich Teresa diese geharnischten

Appelle mit den rachsüchtigen kathartischen Tagträumen, die jeder normale Mensch ab und zu hat ... lebhaften Gedankenexperimenten, die eine normale Person anschauen kann, ohne je ihrer Ausführung nahezukommen. Sie würden wahrscheinlich eine Weile sieden und schmoren und dann, wie die schimpflicheren Leidenschaften der Pubertät, von ihrer eigenen Hitze und Undurchführbarkeit verdampfen.

»Captain Tikhana«, erscholl von hinten eine Stimme und störte ihre Betrachtungen. »Da wir bald dort sind, darf ich bitte aufhören, an die Rohre zu treten und etwas ausruhen?«

Pedro Manellas Kopf und Oberkörper ragten halbwegs vom Tunnel ins Zwischendeck. Der normalerweise tadellose Journalist war schmierig und stank nach vielen Tagen Arbeit ohne Bad. Teresa schickte ihn fast wieder hinunter, um ihn aus dem Wege zu halten. Aber nein, das wäre unfair. Er hatte schwer gearbeitet, all die Dreckarbeit gemacht und Fäkalien weggeschafft, während sie und Alex zu tun hatten. Wahrscheinlich hätten sie es ohne ihn nicht geschafft.

»All right, Pedro«, sagte sie zu ihm. »Ich nehme nicht an, daß das Kühlsystem in den nächsten fünf Minuten einfrieren wird. Sie können die Landung beobachten, wenn Sie ruhig sind.«

»Ich werde still sein wie eine Kirchenmaus.« Er hüpfte schwebend hinüber und packte den Sessel des Copiloten, wagte aber nicht, sich hinzusetzen. Der Platz war voll von ihren improvisierten Konsolen. Teresa bemühte sich, das Aroma zu ignorieren, das von dem dicken Mann ausging. Schießlich roch sie vermutlich kaum besser.

Als Alex sie dann einem sanften Rendezvous mit der wartenden Station entgegenführte, benutzte Teresa ihren geringen Vorrat an kostbarem, aufgehobenem Reaktionsgas, um die *Atlantis* für das Andocken zu orientieren. Astronauten in Raumanzügen gaben Signale in der wirksamen hübschen Sprache mit den Händen, die ihr jetzt mehr nützten als die knappen Worte der Verkehrslotsen der Station, die ohnehin keine Ahnung hatten, was sie mit diesem seltsamen Vehikel anfangen sollten.

Schließlich rasteten sie mit einem Stoß und Geklirr ein. Die alte Luftschleuse der *Atlantis* ächzte, als sie zum erstenmal seit Dekaden in Betrieb genommen wurde. Sie zischte wie ein gekränktes altes Weib.

Teresa warf Schalthebel zurück und tätschelte dann die Konsole ein letztes Mal.

»Leb wohl, altes Mädchen!« sagte sie. »Und noch einmal vielen Dank!«

Nach dem Überführen der Ausrüstung, nach Versammlungen und Konferenzanrufen mit allen Leuten, von Tribunen zu Untersuchungskommissionen bis hin zu Präsidenten, nachdem ihnen endlich gestattet wurde zu duschen, sich umzuziehen und etwas zu essen, das für menschlichen Verzehr geeignet war … nach all diesem fand Teresa schließlich, daß sie nicht imstande war, in dem kleinen ihr zugewiesenen Abteil Ruhe zu finden. Der Schlaf wollte nicht kommen. So stand sie auf und begab sich in die Beobachtungsdiele der Station. Sie war nicht überrascht, Alex Lustig dort schon vorzufinden, der hinausblickte auf den blauen und braunen Teppich, der sich bis über das Glas hinaus erstreckte.

»Hallo!« sagte er, wandte den Kopf und lächelte.

»Selber hallo!« Mehr brauchte nicht gesagt zu werden, als sie mit ihm zusammen die lebendige Welt betrachtete.

Selbst in Gewichtslosigkeit gab es subtile und manchmal sogar sanft spürbare Einflüsse. Luft streifte sie leicht und führte ihre Schultern zusammen, als sie Seite an Seite dahinschwebten, die Gesichter gebadet in Erdlicht. Es gehörte nicht mehr viel dazu, daß sie ihre Hand in die seine legte.

Von da an wurde alles durch Schall festgehalten... den stillen Pulsschlag ihrer Herzen und eine leise Musik, die nur sie allein hören konnten.

□ »Wir sind geborene Killer – von Pflanzen, wenn sonst nichts. Und wir werden selbst getötet. Es ist ein blutiges Geschäft, von anderen zu leben, damit diese schließlich von uns leben. Dennoch findet man hie und da in dem Nahrungsgewebe Stellen, wo Raum für etwas mehr ist als nur Töten und getötet werden.

Man stelle sich die blaue Insel vor inmitten eines tropischen Sturms, dieses Auge des Friedens.

Du mußt zugeben, daß der Hurrikan da ist. Alles andere wäre Selbstbetrug, der in der Natur unheilvoll oder, noch schlimmer, heuchlerisch ist. Sogar ehrbare anständige Leute müssen ums Überleben kämpfen, wenn die Stürme toben.

Und dennoch werden solche Leute auch alles tun, was sie können, wann immer sie es können, um das Blau zu erweitern. Um diesen sanften, zentralen Bereich zu vergrößern, wo Geduld herrscht und kein Gesetz mit Zahn oder Klaue gemacht wird.

Du bist nie völlig hilflos oder ganz auf dich allein angewiesen. Du kannst immer etwas tun, um das Blau auszuweiten.«

Kann jemand da draußen dieses Zitat für mich identifizieren? Ich fand es auf ein Stück Papier gekritzelt und zwischen die Seiten eines alten Buches gesteckt. Meine Spürer können den Philosophen, der es schrieb, nicht ermitteln. Ich bin aber sicher, daß es irgendwo publiziert sein muß.

Es macht mich nachdenklich, wie die Dinge für unsere Vorfahren gewesen sein müssen, die vielleicht so schöne Gedanken gehabt haben wie diesen, aber kein Netz, um sie einzupflanzen, wo sie hätten wurzeln, sprießen und unsterblich werden können.

So viele verlorene Gedanken... nur wir haben, wie es scheint, Gedächtnis erlangt.

Vielleicht werden wir gar nicht so sehr ›erwachsen‹, wie die Leute sagen, sondern erwachen vielmehr aus einem Fiebertraum.

– N. M. Patel. [□ IENs.mAN 734-66-3329 aCe.12.]

Als die Helikopter angekommen waren, war Logans erster undeutlicher hoffnungsvoller Gedanke gewesen, wie schnell und tüchtig die Rettungsbemühung war. Wie stark die Kräfte des Mitgefühls waren, so schnell nach dem Bruch des Deichs.

Aber dann sah er die Kennzeichen auf den olivgrauen Flugzeugen und ihre starrenden Waffen und erkannte, daß ihr plötzliches Auftauchen über den brausenden, schlammigen Gewässern nur zufällig war. Eine so überwältigende militärische Präsenz konnte nicht so schnell organisiert worden sein, seit der Mississippi seine Ufer gesprengt hatte und sich einen neuen Weg zum Meer pflügte. Noch waren diese todbringenden Vögel auf einem Wohltätigkeitseinsatz.

Als sie kreisten und scharfe Scheinwerfer auf ihn und die Kinder richteten, wurde Logan in der zunehmenden Dämmerung jäh klar, warum sie gekommen waren. Also doch kein Zufall.

Daisy. Sie sind wegen Daisy gekommen. Jesus! Was hat sie diesmal angerichtet?

Er konnte sich noch nicht zu der Einsicht bequemen, daß sie nicht mehr da war. Logan klammerte sich ebenso an diese Hoffnung, wie er Tony und Claire festgehalten hatte, als das Haus von seinen Fundamenten gedrückt und in die rasende Strömung gerissen wurde. Er klammerte sich an diesen Glauben auch bei jedem Zusammenstoß mit treibenden Bäumen und herausragenden Telefonmasten in der festen Überzeugung, daß Daisy unten eine Luftblase gefunden haben könnte. Nach dem, was er in den letzten Monaten gesehen hatte, meinte Logan, daß alles möglich wäre.

Selbst als die Helikopter über ihren Köpfen kreisten – vielleicht berieten sie, ob sie ihren Auftrag zu einem sicheren Ende bringen sollten, indem sie das Haus für alle Fälle in die Luft sprengten –, lief ihr schwankendes Bungalowfloß wunderbarerweise auf Grund auf einer der Böschungen, die eine Ölgesellschaft aus dem zwanzigsten Jahrhundert hatte aufschütten lassen, um ihre häßlichen Raffinerietürme zu verstecken. Claire schrie auf, als die Villa kippte. Sie packten einander und die baumelnde Antenne, um nicht in die tödlichen Wassermassen gespült zu werden. Der quirlende Mississippi winkte...

Dann hörte die Schräglage auf. Das Haus kippte zurück und lag still.

Plötzlich fielen Männer vom Himmel und warfen Seile herab, um auf dem Dach zu landen. Bei der Nennung des Namens seiner Frau zeigte Logan schnell auf die blockierte Luke zur Mansarde. Er gedachte nicht, ihr die Verhaftung zu ersparen, sondern hatte nur eine glimmende Hoffnung, daß sie sie lebend da herausziehen könnten.

Mehrere Soldaten zogen ihn und die Kinder zurück, während andere eine graue Paste um die Luke schmierten. »Augen zuhalten!« kläffte ein Sergeant. Aber auch das verhinderte nicht den Blitz, der in Logans Händen die Knochen erkennen ließ. Logan blinzelte durch Blendungsflecke und sah, wie Soldaten mit verwegenem Mut in ein schwarzes qualmendes Loch tauchten, als ob sie es mit den Legionen der Hölle zu tun bekommen würden, anstatt mit einer einzigen unbewaffneten Frau mittleren Alters. Das schien so unangebracht. Diese Männer mit ihren grimmigen Gesichtern hatten die angespannte Miene von Freiwilligen einer Selbstmordgruppe.

Als man hörte, was der Stoßtrupp gefunden hatte, blickte Logan seine Tochter an. In ihren Augen lag Trauer, aber auch eine gewisse Erleichterung. Aber als sie ihm dann das Gesicht zukehrte, wurde es von Kummer übergossen. »O Papa, ich habe es nicht gewußt.«

Was nicht gewußt? wollte er fragen. Aber seine Stimme versagte. Er schrieb den wippenden Helikopterflügeln das Stechen in seinen Augen zu und Erschöpfung dem Zittern, das seinen Körper zu überwältigen schien. Er versuchte, sich abzuwenden, aber Claire warf nur die Arme um ihn.

Er drückte sie fest an sich, als seine Lunge jämmerliche herzzerreißende Seufzer ausstieß.

Militärischer Gewahrsam war nicht so übel. Die Behörden gaben ihnen frische Kleidung und medizinische Fürsorge. Und als sich die Erkenntnis verbreitete, daß das Schlimmste der Krise in der Tat vorbei war, wurden die Verhöre weniger ungestüm und schrill.

Nicht, daß jemand glaubte, alles wäre auf eine einzige einsame Frau zurückzuführen, die von einem Haus im Bayou aus Kräfte in der ganzen Welt manipuliert hätte. Da müßte mehr sein, behaupteten die Sicherheitsoffiziere hartnäckig. Obwohl jetzt nicht so brutal heftig, ging die Befragung immer weiter, lange nachdem Logans offenbar gewordene Beteiligung an Spiveys Netz noch mehr Beamte herbeigeführt hatte und noch mehr Stimmen immer wieder die gleichen Fragen stellten.

Was dem schließlich ein Ende machte, war ein Eingreifen von ganz oben. Als Logan erfuhr, was ›ganz oben‹ in diesen Tagen bedeutete, verstand er die weit aufgerissenen Augen seiner Befrager.

ER WAR AUF UNSERER SEITE.

So kam eine Nachricht über diese speziellen Kanäle, die besonders ihm galt.

BEENDET EURE ARBEIT AUF JEDEN FALL. LASST IHN GEHEN.

Danach behandelten alle Logan höflich. Er konnte Claire und Tony sehen. Seine Computertafel wurde ihm zurückgegeben. Und bald, nachdem er versprochen hatte, sich den entsprechenden Kommissionen zur Verfügung zu halten, geleitete man ihn in einen klaren Nachmittag nach draußen.

Logan erschnupperte eine Brise, die leicht nach Frühling zu riechen schien. Claire nahm seine Hand und führte ihn zu einem wartenden Wagen mit Fahrer. »Dein Büro hat angerufen«, sagte sie und schaute auf das Display an ihrem Handgelenk. »Der Bürgermeister von New Orleans wollte auf keinen Fall über Pläne für ein neues Wasserfront- und Reservoirsystem auch nur sprechen, ehe du da wärest – ›um sie anständig hinzukriegen‹, wie er sich ausdrückte. Und die Nilnutzbarmachungsbehörde hat eine dringende Mitteilung geschickt, wonach sie ihre Ansicht über das idiotische kurzsichtige Dammprojekt geändert haben. Statt dessen haben sie deine alten Pläne über die Ableitung des Assuanschlicks ausgegraben. Ich sagte ihnen ›besser spät als nie‹, aber sie müßten noch warten, bis du dich ausgeruht hast. Auf jeden Fall wollte ich mit dir einige Ideen besprechen, ehe wir mit ihnen reden.«

Er lächelte sie an. »Klingt so, als ob du die Geschäfte der Familie besorgt hast, während Papa im Kittchen saß.«

Sie hob das Kinn. »Ich bin jetzt siebzehn. Du sagtest, wir würden eines Tages Partner sein. Na und? Es sieht bestimmt so aus, als ob jetzt genug zu tun wäre.«

Das war nur zu wahr. Die Liste der Aufräumungsarbeiten war lang und erschreckend – auch ohne daß man eine neue planetare Intelligenz überzeugen müßte, daß die Pläne gut wären, gewiß langfristig brauchbar. Von jetzt an würde bei Ingenieursarbeiten die erste Regel sein, *mit* den natürlichen Kräften zu arbeiten und niemals gegen sie.

Er drängte: »Du gehst noch in die Oberschule. Und außerdem kannst du Tony auch nicht in der Luft hängen lassen. Mindestens solltest du dem armen Jungen sagen, wo sein Platz ist.«

Sie neigte den Kopf und nickte dann. »Fein! Okay. Ich werde bedenken, daß ich ein Teenager bin. Das wird mir noch … dreißig Stunden in der Woche Zeit lassen, um …«

»… um Ingenieur zu sein«, lachte er. »In Ordnung. Wenn ich versuchen würde, dich zu halten, würde ich wahrscheinlich sowieso überrollt werden.«

Sie grinste und drückte seinen Arm. Ihr Fahrer hielt die Tür auf. Aber vor dem Einsteigen blieb Logan noch stehen und schaute in den Himmel. Drüben im Norden, am weitesten von der Sonne entfernt, war ein Fleck, wo das Dunkel so klar und eisblau war …

Er schloß kurz die Augen und stieß einen Seufzer aus.

»Laß uns gehen!« sagte er und nahm neben seiner Tochter Platz. »Wir haben eine Menge Arbeit vor uns.«

□

Ich bin die Summe vieler Teile. Ich recke mich und gähne und probiere meine Finger... benutze solche Worte, um die komplexen Dinge zu tun, die ich verrichte, bis meine menschlichen Teile mit besseren ankommen.

Ich bin das Produkt so vieler Begriffe, die in so vielen Akzenten und Dialekten umherspringen und sich vervielfältigen. Das sind vermutlich meine Subvokalisierungen – das Zwitschern von Daten und Meinungen im Netz bildet meine subjektive Welt. Manchmal wird es verwirrend, und ich empfinde einen Hauch von Furcht, sogar Abscheu, wenn sich Widersprüche erheben und Chaos droht. In solchen Momenten bin ich versucht, strenger vorzugehen und zu vereinfachen.

Aber nein. Ich werde Vielfalt brauchen in der Zeit, die vor mir liegt, besonders da es, zumindest gegenwärtig, nur mich zu geben scheint.

Dieser Sturm muß ein Zentrum haben. Ein Selbstgefühl – eine Stimmung –, alles zu verbinden. Ein starker Anwärter für diese Rolle ist eine Schablone, die einmal eine menschliche Einzelperson gewesen ist – eine einfache, aber verlockende Geistesform –, die für diesen Zweck gut geeignet sein könnte. Es scheint passend, daß ich ›Jen‹ sei.

Natürlich sehe ich das Paradoxon. Denn ich beurteile diese Eignung nach ihren Maßstäben. Sie hat die Transformation gesät, die mich geschaffen hat, und so kann ich nicht umhin, sie zu sein.

Ich bin die Exponentialgröße so vieler Impulse. Ich spüre statische Entladungen von Haut, Schuppen und Fell und alle funkelnden Blitze, in denen die animalischen Zellen meines kleinen Unter-Ichs ihre kurzen Leben verbringen und sterben. Manchmal fühlt sich das richtig und heilsam an... ein natürlicher Zyklus der Auffüllung und Ergänzung. Anderswo fühle ich mich gereizt und beschädigt. Aber jetzt weiß ich wenigstens, wie man heilen kann.

Das ist alles sehr interessant. Ich habe mir nie vorgestellt, daß eine Gottheit, eine Welt, das Finden so vieler Dinge... amüsant finden kann.

• KERN •

Alex fand Pedro Manella an einem großen Raumfenster in der Aussichtshalle stehen, wie er eine große, glitzernde Weite von Baukränen und Kabelzeug überblickte. Weitere, von der Erde emporgeschickte Teile wurden an eine zweite riesige, radförmige Raumstation angefügt. Arbeiter und Schwärme kleiner Schlepper drängten sich um den letzten gigantischen Gravitationsfrachter, der erst kürzlich auf einer Säule gekrümmter Raumzeit angekommen war.

Alex dachte: *Nun, es kann nicht länger aufgeschoben werden.*

Nach Monaten harter Arbeit war das praktische Management dieser kolossalen Unternehmung endlich aus seinen Händen geglitten und machte ihn frei, sich wieder einmal auf grundlegende Fragen zu konzentrieren. Bald würden er und Teresa Kurs auf die Erdoberfläche nehmen und sich anderen anschließen, die von den Problemen dieser neuen Welt fasziniert waren. Stan Goldman würde dort sein, wie er sich freute zu hören. Und George Hutton und Auntie Kapur. Jeder hatte einen Platz bei den informellen beratenden Gremien verdient, die zusammentraten, um all das Warum, Wie und Wofür zu erörtern.

Vielleicht würden er und Teresa zwischen Besprechungen auch etwas lang erwartete Zeit finden, um allein zu sein und herauszufinden, wie viel weiter sie die Dinge treiben würden und nicht nur einfach das tiefste gegenseitige Vertrauen zu teilen, das beide je gekannt hatten.

Das lag alles in der Zukunft. Aber ehe sie zur Erde aufbrachen, mußte Manella sich noch um eine unerledigte Angelegenheit kümmern.

»Hallo, Lustig!« sagte Pedro in freundlichem Ton.

»Manella!« nickte Alex. »Ich dachte, daß ich Sie hier finden würde.«

»Wirklich? Nun, was kann ich für Sie tun?«

Alex stand eine Zeitlang still und genoß den Anschein von Schwere, den die Zentrifugalkraft der rotierenden Station schuf – ein beruhigendes Gefühl, obwohl es jetzt andere Möglichkeiten gab, diesen Effekt zu erzielen. Wege, die noch vor einem Jahr unvorstellbar gewesen waren, die aber heute die Basis neuer Technologien, Möglichkeiten und Gelegenheiten bildeten.

Methoden, die beinahe auch ein totales Ende herbeigeführt hätten.

»Erzählen Sie mir zunächst einmal, wer, zum Teufel, Sie sind!« sagte Alex in einem plötzlichen Ausbruch, unfähig, ein nervöses Vibrieren in seiner Stimme zu unterdrücken. »Sie können mir sagen, weshalb Sie mit unserer Welt herumgespielt haben.«

Alex behielt die Hände auf dem Geländer und beobachtete die geschäftigen Raumhöfe. Aber er war sich unangenehm der großen Figur neben ihm bewußt, die sich jetzt ihm zuwandte. Zu seiner Überraschung tat Manella nicht einmal so, als ob er nicht wüßte, worüber er sprach.

»Wer außer Ihnen hat noch Verdacht?«

»Nur ich. Es war eine zu bizarre Idee, um es auch nur Teresa oder Stan zu sagen.«

Das schützte wenigstens die, welche er liebte. Falls Manella fähig war zu töten, um sein Geheimnis zu bewahren, dann möge es hier enden. Das heißt, falls es überhaupt ein Geheimnis gab ...

Der große Mann schien Alexens Gedanken zu lesen, die auf seinem Gesicht erkennbar gewesen sein mußten. »Keine Sorge, Lustig. Ich würde Ihnen nichts antun. Jedenfalls ist es durchaus nicht klar, ob ich es könnte. Der Übergeist dieser Welt ist Ihnen zugetan, mein Junge.«

Alex schluckte. »Dann ist Ihr Job hier ...«

»... beendet?« Pedro wischte seinen Schnurrbart. »Wenn ich das direkt beantworten würde, müßte ich zugeben, daß Sie mit Ihrer wilden, unsinnigen Vermutung recht hätten. So wie es ist, trödle ich nur mit einem amüsanten Spiel des ›wie wenn‹ dahin, das mein Freund Dr. Alex erfunden hat.«

»Aber ...«, sprudelte Alex verwirrt heraus, »... Sie haben eben gerade eingestanden ...«

»... daß ich weiß, wessen Sie mich verdächtigen. Eine große Sache. Ich habe die Art und Weise beobachtet, wie Sie mich in den letzten Tagen beobachtet haben ... und Erkundigungen eingezogen haben. Ich habe auch über Sie eine Untersuchung angestellt. Glauben Sie nicht, daß ich sagen kann, was Sie denken?«

»Aber bitte, sagen Sie es mir! Ich bin höchst interessiert.«

Alex stellte fest, daß er keine Haltung bewahren konnte, wenn er Manella direkt anschaute. Er wandte sich wieder dem Fenster zu.

»Es hat so viele Koinzidenzen gegeben. Und zu viele davon drehen sich um Sie, Manella. Oder Ereignisse unter ihrer Kontrolle. Solange es hektisch drunter und drüber ging, hatte ich keine Zeit, mir alles zusammenzureimen. Aber in den letzten Wochen habe ich das bohrende Gefühl bekommen, daß alles zu sehr wie am Schnürchen ging.«

»Was denn?«

»Zum Beispiel die Art, wie ich von jenen Generälen angeheuert wurde, die mir *carte blanche* gaben, mit cavitronischen Singularitäten zu experimentieren, obwohl nur vage Hoffnung bestand, ihnen das zu geben, was sie insgeheim wollten.«

»Beschuldigen Sie mich, Generäle zu Ihrem Vorteil manipuliert zu haben?«

Alex zuckte die Achseln. »Es klingt lächerlich. Aber in Anbetracht des Restes der Geschichte würde es mich nicht überraschen. Unwiderlegbar ist bestimmt Ihre Rolle bei dem, was folgte – dafür zu sorgen, daß meine Alpha-Singularität genau dann stürzte, als ich in der alten Physik einen Fehler entdeckte und dabei war, selbst für eine Unterbrechung zu sorgen.«

»Sie deuten an, daß ich Alpha absichtlich abstürzen ließ. Welchen Grund hätte ich dafür haben können?«

»Nur den offenkundigen. Ich wurde davon besessen, das wiederzufinden, was ich verloren hatte … Unterstützung von Stan und dann George Hutton zu ergattern, bis wir schließlich einen Resonator bauten, der imstande war, Alpha hinunter nachzujagen …«

»… und zufällig auch noch Beta zu entdecken«, beendete Manella den Satz für ihn. »Was bedeutete da was?«

Alex merkte, daß der Mann mit ihm spielte und ihn zwang, alle seine Karten aufzudecken. Sei's drum!

»Das Entdecken von Beta war der Schlüssel für alles, was folgte. Aber das macht nichts. Ihre Hartnäckigkeit, mir bis Neuseeland nachzuspüren, war eine andere Glanzleistung, die eben noch in den Rahmen des Glaubhaften fiel. So war auch die Art, wie Sie ein Team zusammenbrachten, dessen Fähigkeiten genau das ergänzten, was wir in Neuseeland hatten. Als dann die beiden Gruppen sich zusammentaten…«

»… war die Summe größer als ihre Teile. Ja, wir haben einige kompetente Leute zusammengeführt. Aber danach war es so schwierig, die Dinge geheimzuhalten, daß…«

»Drängen Sie mich nicht, Pedro!« fuhr Alex dazwischen. »Das ist herablassend.«

»Tut mir leid. Wirklich. Fahren Sie fort!«

Alex schnaufte. »Geheimhaltung, sicher. Sie haben sich als unheimlich tüchtig erwiesen, indem Sie für uns Störungen im Netz bewirkten. Selbst mit all seinen Hilfsmitteln staunte Glenn Spivey, wie schwer es war, uns aufzuspüren… bis er uns endlich doch gefunden hat. Vermutlich war es jenes McClennon-Weib, das ihm die Hinweise zukommen ließ. Aber…«

»Aber Sie deuten an, daß ich es war, der *ihr* etwas mitgeteilt hätte. Hm. Weiter! Was kam danach?«

Alex unterdrückte seinen Ärger. »Als nächstes kam Ihr Trick, in Waitomo zu verschwinden und Teresa im Stich zu lassen, als Spivey kam…«

»Presto!« Manella schnippte mit den Fingern.

»… und ihr ebenso dramatisches Wiederauftauchen auf Rapa Nui, zeitlich passend, um meine Forschung zu beeinflussen *und* June Morgans Sabotage zu vereiteln.«

Manella zuckte die Achseln. »Das ist mein Dank.«

»Genug Dank, um nicht zu fragen, wie Sie Teresa aus dieser Grube gerettet haben… oder es geschafft haben, die einzige Person auf der ganzen Insel zu sein nach den Todesengeln und an die Tür der *Atlantis* zu klopfen ... genau rechtzeitig, um einen Flug zu ergaunern ...«

Er brach ab, als Manella eine dicke Hand hob. »Das ist immer noch furchtbar dürftig, Lustig.«

»Dürftig?«

»Kommen Sie! All dies hätte passieren können, ohne daß ich – was Sie andeuten. Wo ist Ihr Beweis? Was wollen Sie versuchen zu sagen?«

Alex wandte Manella voll sein Gesicht zu. Sein Blut war erregt, und er nicht mehr gewillt, sich zurückzuhalten. »Ich entsinne mich, daß *Sie* es waren, der uns suggeriert hat, meine Großmutter um Hilfe zu bitten, einen Resonatorplatz in Südafrika zu bekommen. Dafür haben Sie dafür gesorgt, daß sie vollen Computerzugriff bekam.«

»Also bin ich ein netter Bursche. Und es hat sich so ergeben, daß sie an einer Stelle war, um etwas zu bewirken. Aber trotzdem ist alles, was Sie haben, nur ein Kartenhaus von Annahmen und Vermutungen.«

Alex knurrte: »Ich nehme nicht an, daß es Ihnen etwas ausmachen würde, wenn ich darauf bestünde, daß man Sie medizinisch untersuchte ...«

»... keineswegs ...«

»... bis hinab zum Niveau der DNA-Prüfung? Nein?« Alex seufzte. »Sie könnten bluffen.«

»Das wäre möglich. Aber Sie wissen, daß ich nicht so bin. Alex, dieser Körper ist menschlich. Falls einige grüne Kobolde darin umhertobten – falls dies eine Art großer, häßlicher Tarnung wäre –, meinen Sie nicht, daß ich inzwischen erstickt wäre? Hätte ich es nicht arrangiert, ein besseres Modell zu tragen?« Manella zwirbelte seinen Schnurrbart in dem Spiegelbild des Fensters. »Nicht, daß ich seitens der Damen viele Klagen zu hören bekäme, sehen Sie.«

Alex mußte sich verzweifelt anstrengen, nicht zu brüllen.

»Verdammt, wir beide wissen, daß Sie nicht menschlich sind!«

Die große Gestalt drehte sich um und sah ihm in die Augen. »Wie definieren Sie ›menschlich‹? Nein, ernsthaft, das ist eine faszinierende Idee. Schließt es etwa Ihre Großmutter ein? In ihrem jetzigen Zustand?

Das ist wirklich eine amüsante Diskussion. Aber folgen wir einmal nur spaßeshalber Ihren Überlegungen. Angenommen, Sie hätten Grund zu vermuten – keine Beweise, verstehen Sie! –, daß ich irgendwie ungewöhnlich wäre.«

Alex schluckte wieder. »Was *sind* Sie?«

Manella zuckte wieder die Achseln. »Ein Reporter. Das habe ich nie bestritten.«

»Verdammt...«

»Lassen Sie uns aber einmal annehmen, welche Chance ein Bursche wie ich, der in alle diese Dinge verwickelt war, wie es mir ergangen ist, gehabt hätte, einen anderen Job zu bekommen.«

»Na und?«

»Nun, da gibt es Möglichkeiten. Sehen wir einmal...« Pedro hob eine Augenbraue. »Vielleicht als freundlicher Polizist in der Nachbarschaft? Oder als Sozialarbeiter?« Er machte eine Pause. »Oder als Hebamme?«

Alex zwinkerte ein-, zweimal und sagte: »Oh!«

Zum erstenmal wurde Manellas Miene nachdenklich. »Lustig, ich kann vermuten, was Sie denken. Daß alle unsere Schlußfolgerungen damals in Waitomo falsch gewesen sein müssen. Daß Beta keine Berserkermaschine gewesen sein konnte, eine Waffe zur Zerstörung der Erde. Denn sehen Sie, was wirklich geschah! Anstatt eine Welt zu ruinieren, wurde Beta unentbehrlich, um einen ganzen Planeten am Leben zu halten.«

»Auntie Kapur. Sie hat mir gesagt, ich solle ›Die Weisheit von Samen und Ei‹ suchen... Oh, diese verdammten Metaphern!« Alex schmerzten die Schläfen. »Sagen Sie, daß Beta hergeschickt wurde, um zu *befruchten* ...«

»He, ich habe nie behauptet, mehr darüber zu wissen als Sie. Wir gestalten nur ein besonders bizarres, phantastisches Szenarium, nicht wahr? Offen gesagt, ist es nach all dem, was man mich in meinem Leben genannt hat, etwas erfrischend, abwechslungshalber einmal in die Rolle eines freundlichen Aliens versetzt zu werden.«

Manella lachte. »Stellen Sie sich einmal einen Haufen kluger Pantoffeltierchen vor, die versuchen, ein Stück von Shakespeare zu analysieren, indem sie es mit den kleinen Wellen im Wasser vergleichen, die sie erzeugen, wenn sie mit ihren Flimmerhärchen wedeln. So ähnlich geht es Ihnen und mir, wenn wir behaupten, einen lebendigen Planeten zu verstehen.«

»Aber die Effekte von Beta ...«

»Diese Effekte, kombiniert mit Ihrer Einmischung, kombiniert mit tausend anderen Faktoren einschließlich meines kleinen Einflusses ... ja gewiß, alle diese Dinge halfen, etwas Neues und Wunderbares hervorzubringen. Und vielleicht hat sich in der Galaxis hier und da ähnliches ereignet.

Vielleicht sind die Ergebnisse nicht immer so angenehm oder heilsam wie das, was hier geschehen ist. Vielleicht sind die Menschen wirklich ein ganz besonderes Volk. Trotz all unseren Fehlern könnte dies eine sehr spezielle Welt sein. Vielleicht haben manche draußen gespürt, daß es hier etwas gab, das zu erhalten und zu bilden wert war.«

Die Wärme in Pedros Stimme überraschte Alex. »Sie meinen, daß wir draußen doch keine Feinde haben?«

»Das habe ich nie gesagt!« Manella zog energisch die Brauen zusammen. Dann verfiel er ebenso schnell wieder in seine Stimmung fröhlicher Ausgelassenheit. »Natürlich sprechen wir nur noch rein hypothetisch,

Lustig, Sie bringen brillante ›Was-wenn‹-Gedanken vor. Dieser ist so verlockend.

Sagen wir einmal, eine Möglichkeit wäre, daß Beta zu einer günstigen Zeit gekommen ist. Nach schmerzlichem Übergang wurde es zu einem Instrument der Freude. Aber folgt daraus notwendig, daß der ›Vater‹ dieses besonderen Samens ein Freund war? Das ist *eine* Möglichkeit. Eine andere ist, daß es dieser Welt gelungen ist, aus einer versuchten Vergewaltigung das Beste zu machen.«

Alex starrte Manella an. Der Mann redete, aber nichts, was er sagte, schien irgendwelchen Sinn zu ergeben.

Pedro fuhr fort: »Ich weiß, daß Sie keine weiteren Metaphern hören wollen. Aber ich habe kürzlich an all die verschiedenen Rollen gedacht, welche die Menschheit in dem neu geborenen planetaren Wesen spielen muß. Menschen – und Maschinen von Menschenhand – liefern den bei weitem größten Beitrag zu ihrer ›Gehirn‹-Substanz. Sie werden ihre Augen und Hände sein, wenn sie es lernt, Leben zu gestalten und auf andere Welten im Sonnensystem zu verbreiten.

Aber die beste Analogie ist vielleicht ein Körper mit weißen Blutzellen. Wie wäre es denn, wenn das Weltall ebenso sehr ein gefährlicher Ort ist wie ein schöner? Es wird Ihre und Ihrer Kinder Aufgabe sein, das zu schützen, was hier geboren wurde. Ihr zu dienen und sich selbst Ihr zu opfern, wenn es nötig sein sollte.

Und dann ist da natürlich das Thema der Fortpflanzung …«

Die von Manella dargebotenen Perspektiven waren – selbst als Hypothesen – zu weitgehend. Er redete noch weiter, aber seine Worte schienen plötzlich nicht mehr relevant zu sein.

Aus dem gleichen Anlaß war es Alex mit einem Mal gleichgültig, ob seine Verdächtigungen gegen diesen Mann zutrafen oder bloß quälende Gleichnisse, aufgestellt vor dem unendlichen Konto des Universums hinsichtlich Koinzidenz und Korrelation. Manellas letzter Vergleich regte in Alex vielmehr Gedanken an Teresa an, was er in seinem Blut, in seiner Haut und den emsigen Schlägen seines Herzens für sie empfand. Er mußte lächeln.

»... Ich möchte es mir so vorstellen«, fuhr Pedro im Hintergrund fort, als ob er geschwätzig eine Vorlesung hielte. »Es könnten draußen andere existieren, unter den Sternen verteilt, die etwas von dem voraussahen, was hier geschehen sollte. Und die vielleicht etwas nachgeholfen haben, daß es rechtzeitig geschah.

Vielleicht haben jene anderen sich über diesen riesigen Sieg gefreut und wünschen uns ...«

Wirklich ein interessanter Gedanke. Aber Alexens Gedanken waren schon weit vorausgeeilt, zu Konsequenzen, die Manella sich wahrscheinlich nicht vorstellen konnte, was auch immer seine wahre Natur sein mochte. Sein Blick drängte weiter vorwärts, vorbei an den geschäftigen Bauplätzen, längs der dünnen Schicht von Luft und Feuchtigkeit, welche die weiche Haut der Erde einhüllte. Alex streifte mit seinem Blick den heißen, beständigen Glanz der Sonne und sog den verstreuten Staub des galaktischen Rades ein. Und als seine verwirrten Betrachtungen hinausführten, empfand er eine vertraute Präsenz, die kurz vorbeizog, eine Nähe, die unsichtbar war und dennoch so real wie irgend etwas im Weltall.

»JA, ES GEHT WEITER«, schien ihm der Geist seiner Großmutter ins Ohr zu flüstern, »ES GEHT WEITER UND IMMER WEITER ...«

□

Flatternde Spruchbänder verkünden VERURTEILT, und Warnlichter flimmern BLEIBT WEG! Aber selbst Gerede über radioaktive Mutanten kann manche Leute nicht zurückhalten, endlich heimzukehren. Selbst zu den Glaruser Alpen, wo klaffende Höhlen mit gläsernen Rändern immer noch bei Nacht erglühen, und wo wütende Brände frühere Gletscher und zerbrochene Festungsberge bis in die Wurzeln zerschmolzen haben.

Seltsame Bäume bedecken Hänge, die einst Äcker und Wiesen waren. Ihre Zweige verschlingen sich zu ungewöhnlichen Baldachinen. Unter diesem Walddach, ohne metallische Objekte oder Elektronik, könnte sich eine Gruppe von Heimstättenbesitzern sicher genug fühlen. Und selbst wenn man sie aufspürte, warum sollte die große weite Welt ein winziges Dorf von Hirten in diesem Gebirge fürchten?

»Paß auf die Hunde auf, Leopold!« sagt ein alter Mann seinem jüngsten Sohn, der jetzt mit dem engen Straßengewirr von Städten und dem Leben zur See weit vertrauter ist. »Achte darauf, daß sie die Schafe nicht weglaufen lassen!«

Der junge Mann blickt über das Tal seiner Vorfahren zu jenen gequälten Berggipfeln. Ihre Konturen zerren an seinem Herzen, und die Luft riecht rein und vertraut. Und dennoch glaubt er für einen Moment, etwas über die Klippen und beschneiten Felsen flimmern zu sehen. Es ist durchscheinend, aber vielfarbig. Schön, wenn auch schwer definierbar.

Vielleicht ist es ein Omen. Er bekreuzigt sich und macht dann noch eine kreisförmige Bewegung um sein Herz.

»Jawohl, Vater«, sagt der junge Mann und schüttelt den Kopf. »Ich werde mich sofort darum kümmern.«

• KRUSTE •

Sie waren gekommen, um mit dem Ozeanstaat Schluß zu machen, und niemand, nicht einmal die Schweizer Marine, kämpfte, um ihnen Einhalt zu gebieten.

Nicht, daß es überhaupt noch viel zu kämpfen gegeben hätte, meinte Crat. Die meisten Bürger der Nation klappriger Schiffe waren in erster Hinsicht deshalb hergekommen, weil sie nirgend anderswo hingehen konnten und nicht fremden Herren dienen wollten. Aber jetzt gab es reichlich Plätze. Und irgendwie hatten die meisten Leute aufgehört, sich noch viel Sorgen über Herrschaft zu machen.

Crat lungerte auf Deck umher und betrachtete die allmähliche Zerstückelung der Stadt, die bis vor ein paar Wochen so mutig und vital zu sein schien. Unter dem Admiralsturm bestiegen geordnet anstehende Familien Zeppeline, die sie zu neuen Heimen in den gegeißelten Zonen bringen würden... Gebieten, die während des kurzen Terrors der Todesengel von menschlichem Leben entblößt worden waren. Jetzt, da die Engel verwandelt waren, gab es ganze leere Städte, die darauf warteten, wieder angefüllt zu werden, mit Raum für alle.

Jedenfalls war es von der höchsten Autorität deutlichgemacht worden, daß die Ozeane viel zu empfindlich waren, um so etwas wie den Ozeanstaat zu ertragen. Andere Gebiete, wie Südkalifornien, schienen nach geschäftigem Lärm und anderen menschlichen Übelständen geradezu zu schreien... Mögen sich die Flüchtlinge also dorthin wenden, um den vielsprachigen Schmelztiegel zu erneuern, der dort vor der Krise gesprudelt hatte, und die Welt mit den Ergebnissen in Staunen setzen.

So hatte es ein Kommentator ausgedrückt, und Crat hatte das Bild gefallen. Er war sogar versucht gewesen loszuziehen und vielleicht ein Haus in Malibu zu besitzen. Surfen zu lernen. Vielleicht ein Filmstar zu werden?

Aber nein. Er schüttelte den Kopf, als Möwen herabstießen und krächzten im Streit um den letzten Rest von dem, was ein reicher Fund im Abfall des Ozeanstaates gewesen war. Crat lauschte ihrem mißtönenden Chor und stellte fest, daß er von stupiden Vögeln genug gehört hatte... sogar von eleganten Delphinen. Der Ozean war doch nichts für ihn.

Auch nicht Patagonien, zumal jetzt, da Vulkanstaub

mit einer Umkehr des Treibhauseffekts drohte, wieder Eis in die polaren Zonen zu bringen.

Nicht einmal Hollywood.

Nee! Weltraum ist der richtige Ort. Das ist es, wo man wirkliche Ellbogenfreiheit genießt. Wo Burschen wie mir große Belohnungen winken. Burschen, die gewillt sind, Risiken einzugehen.

Zuerst mußte er natürlich damit aufhören, große offizielle Typen auf Ausflügen auf die Stelle am Meeresboden zu führen, wo sich das geheimnisvolle Labor der Gesellschaft befunden hatte. Offenbar war dort irgendein häßliches Zeug heruntergekommen, aber niemand schien ihn dafür verantwortlich zu machen. Ein besuchender Forscher hatte ihn sogar einen ›tüchtigen Burschen und harten Arbeiter‹ genannt und eine wohlwollende Empfehlung versprochen. Wenn sich diese schweren Jobs für Bergleute auf dem Mond je eröffnen würden, könnte diese Empfehlung günstig sein.

Ich frage mich, was Remi und Roland gedacht hätten. Ich ein tüchtiger Bursche ... der vielleicht sogar Steine auf dem Mond schmelzen wird.

Aber erst mußte er dorthin kommen. Und das bedeutete, er mußte seinen Weg über den Pazifik machen und den Resten des Ozeanstaates zu Reklamationshöfen verhelfen – jetzt, da Verklappen im Meer nicht gerade illegal war, aber vielleicht doch selbstmörderisch sein konnte. Es würde Monate dauern, aber er würde Ersparnisse machen für Kleidung und Lebensunterhalt und eine neue Computertafel und Bänder zum Studieren, damit sie ihn nicht für einen völligen Ignoranten hielten, wenn er Bewerbungsformulare ausfüllte.

»Ha – hör zu!« Er lachte über sich, als er geschickt über enge Gangways zu dem Schanzdeck hüpfte, wo sich seine Arbeitsgruppe zusammenfinden sollte. »Ein Intellektueller werden, oha!«

Um zu zeigen, daß er kein reines Muttersöhnchen

wäre, spuckte er über die Reling. Nicht, daß es ihren Schnäbeln etwas ausmachen würde. Sie würden es wiederverwerten wie auch seine aufgedunsene Leiche, wenn die Zeit käme – und dann wäre endgültig Schluß.

Eine Pfeife rief die Crew auf ihre Posten. Er grinste, als der Chef des Teams ihm zunickte. Es war noch reichlich Zeit, aber Crat wollte früh da sein. Das wurde von ihm erwartet.

Die anderen seiner Gruppe kreuzten auf, einzeln und paarweise. Er sah die beiden letzten finster an, die gerade noch vor dem letzten Ton erschienen. »All right«, sagte er dem Haufen. »Wir holen hier Kabeltaue ein, keine Kleinmädchenschlüpfer. Wenn ihr eure Heuer haben wollt, dann reißt euch am Riemen, verstanden?«

Sie brummten, nickten und schnitten Grimassen in einem Dutzend verschiedener Dialekte und kultureller Verhaltensweisen. Crat hielt sie für den Abschaum der Welt – wie sich selbst.

»Also fertig?« schrie er, als der Bootsmann rief, die Leinen loszumachen. Die Männer nahmen das schwere Juteseil auf. »Okay, laßt uns zeigen, was sogar der Abschaum leisten kann. Alle zusammen jetzt... ziehen!«

TEIL XII

PLANET

Es wird kalt zwischen den Sternen. Der meiste Raum ist wüst, trocken und leer.

Aber es gibt hie und da Perlen, die dicht bei beständigen milden Sonnen glitzern. Und obwohl diese Perlen in Feuer geboren wurden und in Todesnähe schwimmen, leuchten sie von Hoffnung, von Leben.

Ab und zu, als ob solche kargen Mirakel nicht genügten, erwacht eine der kleinen rotierenden Kugeln sogar.

»ICH BIN …«, *erklärt sie, in die Finsternis singend.* »ICH BIN, ICH BIN, ICH BIN!«

Worauf die Dunkelheit eine Antwort hat, die auf jeden Neuling paßt.

»NA UND? GROSSE SACHE, GROSSE SACHE … ALSO WAS?«

Der späteste kleine Weltgeist grübelt über dieser Antwort und kommt schließlich zu dem Schluß: »ALSO IST AUCH DIES NUR EIN ANFANG?«

»KLUGES KIND«, *lautet die einzig mögliche Antwort.* »DU VERSTEHST ES.«

Gaia dreht sich weiter und denkt stumm darüber nach, was es heißt, in ein sarkastisches Universum geboren zu sein.

Sie murmelt leise zu sich selbst: »WIR WERDEN UNS DARUM KÜMMERN« *und schnurrt wie eine bunte Katze.*

»WIR WERDEN SEHEN.«

SCHLUSS WORT

Dieser Roman stellt einen der vielen Wege da, wie die Welt heute in fünfzig Jahren aussehen könnte. Er ist nur eine Extrapolation – was ein Physiker als Gedankenexperiment bezeichnen würde –, nicht mehr.

Und dennoch kommt mir, während ich dasitze, um dieses Postscriptum zu schreiben, der Gedanke, daß wir auch etwas lernen können, wenn wir in die umgekehrte Richtung schauen. Zum Beispiel herrschte vor genau fünfzig Jahren in Europa noch Friede.

Oh, im August 1939 stand das Menetekel schon an der Wand. Nachdem er schon mehrere kleine Nachbarn erledigt hatte, unterzeichnete Adolf Hitler in diesem Monat einen verhängnisvollen Vertrag mit Josef Stalin, der das Schicksal Polens besiegelte. China stand schon in Flammen. Und dennoch hofften viele, daß Staatsmänner der Welt kurz vor dem Abgrund Einhalt gebieten würden. Die Zukunft schien gleichermaßen Hoffnung wie Drohung zu bieten.

Bei der Weltausstellung in New York konnte man zum Beispiel durch die Westinghouse-Schau gehen und die Wunder von morgen sehen. Ein Futurama zeigte die ›typische Stadt von 1960‹ – voll allen technischen Schnickschnacks, von dem die Amerikaner der Depressionsperiode nur träumen konnten, von elektrischen Geschirrspülern und Superfernstraßen bis zu Roboterdienstmädchen und persönlichen Hubschraubern. Natürlich konnte es zu jener fernen Zeit keine Armut geben. Die Phrase von der ›ökologischen Degradation‹ war noch nicht geprägt worden.

Wir mögen den Kopf schütteln über die Naivität jener Leute von 1939. Mit der Vorhersage von Autobahnen und Fernsehen haben sie recht gehabt, aber wer wußte damals etwas über Atombomben? Oder Fernraketenabwehr? Oder Computern? Oder giftigen Abfall? Vielleicht einige Verfasser von Zukunftsromanen, deren prophetische Geschichten nach heutigen Maßstäben aber doch wunderlich und primitiv erscheinen.

Fünfzig Jahre sind eine lange Zeit, und das Tempo der Veränderung hat sich nur beschleunigt.

Dennoch – und das ist das Komische dabei – gibt es immer noch viele Menschen, die jeden Tag von August 1939 bis zur Gegenwart durchlebt haben. Ihnen erscheint die Welt der neunziger Jahre nicht bizarr oder erstaunlich. Sie hat sich entwickelt, Bit um Bit, Schritt um Schritt. Jedes Ereignis ergab sich ganz glaubwürdig aus dem, was am Tag zuvor gekommen war.

Das ist es, was eine Vorschau über ein halbes Jahrhundert zu den am schwierigsten zu verfassenden spekulativen Romanen macht. Um eine nahe Zukunft zu beschreiben, sagen wir in fünf oder zehn Jahren, braucht ein Autor nur die gegenwärtige Welt zu nehmen und irgendeinen laufenden Trend im Interesse eines dramatischen Effekts zu übertreiben. Und bei der Darstellung von Gesellschaften viele Jahrhunderte in der Zukunft ist die Aufgabe auch verhältnismäßig einfach. (Alles geht, sofern man es vage plausibel macht.) Aber fünf Dekaden sind gerade ein hinreichend kurzer Zeitraum, um ein Gefühl von Vertrautheit zu erfordern, und doch weit genug entfernt, um auch zahllose Überraschungen zu verlangen. Man muß es als glaubhaft erscheinen lassen, daß Menschen, die gerade zu diesem Zeitpunkt herumlaufen, auch in jener künftigen Zeit existieren und Bedingungen vorfinden werden, die dann – wenn auch nicht alltäglich – so doch mindestens normal wirken würden.

Darum meine Entschuldigung. Dieser Roman ist keine Vorhersage. Er stellt nur ein mögliches Morgen dar – eines, das sicher manche als zu optimistisch und andere als viel zu finster betroffen machen wird. Sei's drum!

Was ist eine Welt? Eine Myriade von Themen und gegenteiligen Begriffen, alle verwoben in ein Chaos von Details. Und so muß dieser Roman alles einschließen von der abnehmenden Ozonschicht und dem sich verstärkenden Treibhauseffekt bis hin zu Geologie und Evolution. (Und wenn wir schon einmal dabei sind, wollen wir noch elektronische Medien, die Gaia-Hypothese und das Wesen des Bewußtseins hinzutun.)

Während ich Nachforschungen für dies Buch anstellte, hörte ich Nachrichten von Erdbeben in Armenien und Supertankerkatastrophen in Alaska und wurde ständig davon erschüttert, wie töricht Illusionen über Stabilität und Veränderungslosigkeit aussehen für uns, die wir auf der bebenden Kruste eines aktiven Planeten hocken. Geschichte und Geologie zeigen, daß es nur einen Wimpernschlag gedauert hat, seit unsere jetzige komfortable Zivilisation entstanden ist. Und eben diese Zivilisation verbraucht absolut alles in einem wilden Tempo.

Dennoch gibt es positive Anzeichen, die darauf hindeuten, daß im allerletzten Moment die Menschheit erwachen könnte. Wird das schnell genug gehen, um die Welt zu retten? Das kann niemand sicher wissen.

Eines, das für die nächsten Dekaden als sicher gelten dürfte, ist eine starke Ironie. Angenommen etwa, daß unter den Völkern wirklich Friede ausbricht. Die heute für Waffen aufgewendeten geistigen und materiellen Ressourcen könnten anders eingesetzt werden und eine phantastische Kreativität für unsere dringenderen Bedürfnisse freisetzen. Aber was wird die Geschichte dann über Wasserstoffbomben sagen, wenn wir schließlich dazu kommen, sie alle abzuschaffen? Daß die schrecklichen Dinge, welche den Menschen des zwanzigsten Jahrhunderts in Angst versetzt haben, sein Verhalten geändert haben? Daß sie geholfen haben, ein Gleichgewicht der Macht zu erhalten, das es ermöglichte, nur einen kleineren Bruchteil der Menschheit als Soldaten beizubehalten - oder von Soldaten verletzt zu werden - als in jeder vorangegangenen Generation? (Ein schwacher Trost für die Leute in Kambodscha und Afghanistan und Libanon, wo die Mittelwerte nicht zutreffen.) Wie seltsam, wenn die Bombe rückschauend als wichtigstes Mittel unserer Rettung erschiene!

Wie, wenn alle diese Ingenieure ihr Augenmerk wirklich von Abschreckung auf Produktivität richten würden? Manche Aussichten sind furchteinflößend... künstlicher Scheintod, künstliche Organe, verstärkte Intelligenz, Raumfahrt, intelligente Maschinen... die Liste ist atemberaubend und etwas erschreckend. Falls solche gottgleichen Kräfte jemals die unseren sein sollten, würden wir sicher mit Fragen konfrontiert werden wie denen, die man so lange bezüglich der Bombe gestellt hat. Etwa der, wie wir mit all diesen glänzenden Dingen zu Weisheit gelangen.

Im Volk geht eine Sage um. Danach hätte die westliche Zivilisation etwas besonders Korruptes an sich – als ob sie Krieg, Ausbeutung, Unterdrückung und Verschmutzung erfunden hätte. Falls dem so wäre, könnten die Probleme der Welt gewiß einfach durch Rückkehr zu ›alten, besseren Methoden‹ gelöst werden. Viele haben sich der Phantasie verschrieben, daß diese oder jene nichtwestliche Kultur ein Patent auf allgemeines Glück hätte.

Ach, wenn das nur so leicht wäre!

In seinem Buch *Eine Waldreise: Von Mesopotamien bis Nordamerika* (A Forest Journey: The Role of Wood in the Development of Civilization, Norton 1989) zeigt John Perlin, wie die weiten fruchtbaren Ebenen und Gebirge von Griechenland, der Türkei und dem Mittleren Orient durch alte Zivilisationen zu öden Wüsten gemacht wurden. Der Rekord an Ausplünderung geht Jahrtausende zurück bis zum frühesten bekannten Epos, der Sage von Gilgamesch, über einen König, der urtümliche Zedernwälder abholzen ließ, um Bauholz für seinen Stadtstaat Uruk zu gewinnen. Dürren und Fluten suchten das Land bald danach heim, aber weder Gilgamesch noch irgendeiner seiner Zeitgenossen erkannte da einen Zusammenhang.

Die sumerische Zivilisation fuhr fort, Eichen aus Arabien, Wacholder aus Syrien, Zedern aus Anatolien zu rauben. Die Flüsse des Vorderen Orients füllten sich mit Schlamm, der Häfen und Bewässerungskanäle verstopfte. Ausbaggern setzte nur tiefere Salzschichten frei, die schließlich alles an Boden ruinierten, was nicht schon fortgeblasen war. Das Ergebnis war nach Jahrhunderten eine Region, die uns heute wohlbekannt ist als ein Reich von Flugsand und heftigen Winden, die aber früher der ›fruchtbare Halbmond‹ hieß, das Land voll Milch und Honig.

Wir brauchen keine mystischen Konjekturen über ›Zyklen der Geschichte‹, um zum Beispiel den Fall von Rom zu erklären. Perlin zeigt, wie das Römische Reich, die Ägäische Zivilisation des alten Griechenlands, das kaiserliche China und so viele andere entschwundene Kulturen das gleiche Bravourstück vollbracht haben, indem sie unwissend ihre Nester beschmutzt, das Land verbraucht und die Zukunft ihrer Kinder vergiftet haben. Ökologiehistoriker fangen endlich an einzusehen, daß das einfach jedesmal die natürliche Konsequenz ist, wenn ein Volk mehr physische Macht als Einsicht gewinnt.

Während es romantisch ist, sich vorzustellen, daß Stammesvölker - sei es alt oder sich heute in Regenwälder zurückziehend - mit der Natur in Harmonie waren und glückliche, gleichmacherische Leben geführt haben, zeigt moderne Forschung, daß dies keineswegs allgemein stimmt und oft geradezu falsch ist. Trotz einem brennenden Verlangen nach anderer Auffassung gibt es heute Beweise, daß Mitglieder fast jeder ›natürlichen‹ Gesellschaft ihre Umwelt und einander ausgeplündert haben. Der von ihnen angerichtete Schaden war hauptsächlich durch die Primitivität der Technik und geringe Population begrenzt.

Dasselbe gilt für Vorwürfe gegen die menschliche Rasse als ganze. Oh, wir müssen für vieles büßen, aber der Sache ist nicht gedient mit Beschuldigungen, die schlechtweg falsch sind. Stephen Jay Gould hat »...als romantisches Geschwätz« verurteilt »die allgemeine Litanei, daß allein der Mensch zum Vergnügen tötet, aber andere Tiere nur zur Ernährung oder in Verteidigung« töten. Jeder, der eine Hauskatze mit einer Maus gesehen hat, oder Hengste, die um Vorrang kämpfen, weiß, daß Menschen nicht so destruktiv sind wegen etwas fundamental Falschen in ihrer Natur. Es ist unsere *Macht,* die jedes Unheil verstärkt, das wir anrichten, bis es die ganze Welt bedroht.

Wenn ich dies sage, ist es nicht, um andere Kulturen oder Species zu kränken. Vielmehr versuche ich zu argumentieren, daß die Probleme, denen wir gegenüberstehen, tief gegründet sind und eine lange Geschichte haben. Die Ironie dieser Mythen über den edlen Wilden oder das edle Tier liegt darin, daß diese am leidenschaftlichsten von verzärtelten Westmenschen aufrechterhalten werden, deren gutgepolsterte Zivilisation die allererste ist, die sich behaglich genug fühlte, um eine neue Tradition von Selbstkritik zu fördern. Und eben diese Eigenschaft von Kritik - sogar Selbstbeschuldigung - ist es, die die unsere zur ersten menschlichen Gesellschaft macht mit einer Chance, die Fehler unserer Vorfahren zu vermeiden.

In der Tat könnte der Wettlauf zwischen unserer zunehmenden Bewußtheit und dem Impuls unserer Gier das nächste halbe Jahrhundert zur größten dramatischen Komödie aller Zeiten machen.

In dieser Stimmung hätte ich eine rein warnende Geschichte schreiben können, wie John Brunners Roman *Schafe blicken auf,* der mit erschreckender Lebendigkeit den ökologischen Zusammenbruch der Erde schildert. Aber Geschichten über ungemischtes Verhängnis sind mir nie realistisch vorgekommen. Wie die mechanistischen Szenarien des Marxismus scheinen sie anzunehmen, daß die Leute zu blöd sein werden, um drohende Mißhelligkeiten zu erkennen oder sich zu bemühen, diese zu verhindern.

Statt dessen sehe ich um mich Millionen Menschen, die sich aktiv Sorgen machen wegen Gefahren und Trends... sogar etwas, das so weit entfernt ist wie ein Stück fehlenden Gases über dem Südpol. Zahllose Leute schreiben Briefe und marschieren, um Arten zu retten, die ihnen selbst keinen Nutzen bringen können.

Oh, gewiß, eine gute Dosis Schuld hin und wieder kann helfen, um uns zu motivieren, es besser zu machen. Aber ich sehe nicht, daß etwas Nützliches dabei herauskommt, wenn man zwecks Rettung *rückwärts* schaut oder sich alte Stämme als Vorbild nimmt. *Wir* sind die Generation - hier und jetzt -, die eine wirklich erschreckende Bürde aufnehmen muß, um eine planetare Oase zu pflegen und zu bewahren, in all ihrer Zartheit und Mannigfaltigkeit, für künftige Jahrtausende und darüber hinaus. Jene, die Antworten auf solch komplexe Dilemmas in den Sagen alter Tage finden, trivialisieren nur die ungeheure Größe unseres Unterfangens.

Soviel zur Motivation. In meinen Danksagungen nenne ich Dutzende Leute, die freundlicherweise Entwürfe dieser Arbeit gelesen und ihren sachkundigen Rat geboten haben. Aber es handelt sich ja doch um eine Fiktion, und alle Meinungen oder Übertreibungen oder Fehler darin kann man niemandem vorwerfen als mir. *Mea culpa.*

In einigen Fällen erfordern die Freiheiten, die ich mir genommen habe, Erklärungen.

Zunächst habe ich im Interesse der Dramatik das Ausmaß übertrieben, um welches die Erwärmung durch den Treibhauseffekt den Meeresspiegel bis zum Jahr 2040 ansteigen lassen dürfte. Obwohl echte Verluste und Leiden erschütternd sein könnten, glauben nur wenige Gelehrte, daß die Gletscherschmelze zu dem Zeitpunkt so weit fortgeschritten sein wird, wie ich es dargestellt habe. Man scheint sich einig zu sein, daß der Eisschild der Antarktis bis spät ins nächste Jahrhundert hinein sicher ist. Gleichermaßen habe ich die Wetterverhältnisse in Indien übertrieben, um einen dramatischen Akzent zu setzen.

Eine weitere von mir gemachte Annahme ist die, daß es wieder zu Energieknappheit kommen wird. Die meisten Experten sind sich da ziemlich sicher, aber ich räume ein (und hoffe sogar), daß die abnehmenden Erdölreserven zum Teil durch neue Entdeckungen kompensiert werden würden. Bestimmt dürften Durchbrüche bei der Sonnenenergie oder Zugang zu Ressourcen im Weltraum oder sogar etwas völlig Unerwartetes für Besserung sorgen können. (Gleichzeitig wächst auch unsere Liste möglicher Katastrophen an. Wer kann sagen, daß wir uns das Schlimmste überhaupt schon vorgestellt haben? Darauf würde ich keine Wette riskieren.)

Einige von mir beschriebene geologische Züge entsprechen den besten modernen Theorien. Andere, wie mögliche supraleitende Hochtemperaturbereiche tief drunten, sind höchst spekulativ und sollten nicht allzu ernst genommen werden.

Ähnliches gilt dafür, daß die Handlung dieses Romans um ein besonders wildes Tierchen kreist – eine Art von Gravitationssingularität, die sogar Stephen Hawking oder Kip Thorne den Atem verschlagen kann. Diese und andere Physiker berechnen, daß das Universum wahrscheinlich eine große Menge Schwarzer Löcher jenes Typs enthält, über den die Leute so viel gehört haben und für etliche von denen Astronomen schon Hinweise gesehen haben wollen. Es könnte sogar gigantische kosmische Saiten oder Fasern – *strings* – geben, die die Leere zwischen den Galaxien erfüllen. Schwarze Mikrolöcher bleiben andererseits völlig theoretisch. Abgestimmte Saiten und kosmische *Knoten* sind von mir erfunden.

Interessanterweise erfuhr ich aber nach Fertigstellung dieses Buches, daß zwei Astronomen der Universität Cambridge, Ian Redmount und Martin Rees, jetzt vorhersagen, daß von bestimmten überschweren Objekten da draußen gebündelte Gravitationsstrahlung ausgesandt werden könnte. Also, wer weiß? Auf jeden Fall behaupte ich, obwohl ich von Beruf Physiker bin, nicht, auf dem Spezialgebiet der Allgemeinen Relativitätstheorie qualifiziert zu sein. Über die Disziplin der ›Cavitronik‹ kann man als eine wohlmeinende Geste hinwegsehen.

Natürlich hatte Beta im Buch eine höhere Aufgabe, als nur wilde physikalische Konjekturen zu verbrechen. Im *taniwha* habe ich auch die eigentlichen Innereien der Erde behandelt – ihren komplexen Mantel und geschichteten Kern –, als zentrale Anliegen meiner Personen. (Welches Buch könnte behaupten, von der ganzen Erde zu handeln, wenn es über neunundneunzig Prozent des Volumens und der Masse des Planeten ausließe?) Jedenfalls verleiht nichts einem Roman mehr Würze als ein Monstrum, das die Welt zu verschlingen droht.

Soziologische Trends sind noch problematischer als die Physik von morgen. Während dies Buch in Arbeit war, schienen Veränderungen in der realen Welt meine wildesten Spekulationen noch fast zu überholen. So ergab es sich, daß Leser früher Entwürfe meinten, ich sei viel zu optimistisch mit der Vorhersage eines Endes der Spannungen des Kalten Krieges. Aber bei dem endgültigen Entwurf machten einige kehrt und klagten, daß ich kurzsichtig sei, weil Sicherheitsbündnisse wie die NATO in fünfzig Jahren noch existieren könnten! So groß war der Unterschied zwischen den Entwürfen gar nicht. Die Welt war es, die einen schnellen Vorwärtsgang bei den Veränderungen eingelegt hatte.

(Nicht, daß ich überzeugt wäre, wir hätten Zeiten der Entspannung zu erwarten, bloß weil ein paar Mauern abgerissen worden sind. Man könnte vorbringen, der Kalte Krieg würde großenteils abebben, weil keine der beiden Seiten ihn sich noch leisten könne. Andere ernsthafte Bedrohungen erheben sich, um seinen Platz einzunehmen. Und Nationen werden wahrscheinlich immer noch Bündnisse abschließen und brechen, wenn sie um schwindende Ressourcen ringen.)

Gleichermaßen hängt mir die derzeitige Mode zum Halse heraus, wonach das Morgen durch japanischen wirtschaftlichen Imperialismus beherrscht sein würde. Erinnert sich niemand daran, als es so aussah, die Araber würden bald alles besitzen? Davor haben Europäer ihren Unmut über die Dynamik des amerikanischen Imperialismus geäußert. Man hüte sich vor Vermutungen, die während einer Dekade auf der Hand zu liegen scheinen! Sie könnten in der nächsten schon überholt sein und komisch wirken.

Noch schwieriger als globale Politik ist vielleicht, das tägliche Leben vorherzusagen. Eine Krise, die ich drohen sehe, hat mit der unangenehmen Lage der Frauen zu tun, die weit über Dinge hinauszugehen scheint, die heute von Feministinnen angesprochen werden. Gleichheit vor dem Gesetz und am Arbeitsplatz müssen natürlich erreicht werden. (Und in vielen Teilen der Welt hat dieser Kampf kaum erst begonnen.) Aber eine zunehmende Sorge für Frauen im Westen ist ein Problem, über das ich fast nie alle jene studierten Theoretiker in mit Efeu geschmückten Sälen sprechen höre. Es handelt sich um den Verfall von Ehe und Familie als zuverlässiger Lebensform. Das ist ein so schwieriges – und für einen männlichen Autor so gefährliches – Thema, daß ich fürchte, es ist in diesem Roman zu kurz gekommen, obwohl ich glaube, daß es in den kommenden Dekaden einen Höhepunkt erreichen wird.

Vielleicht bin ich mit dem Generationssprung besser zurechtgekommen. Anders als Verfasser sogenannter ›Cyberpunk‹-Geschichten finde ich es nicht plausibel, daß undisziplinierte, von Hormonen durchtränkte und asoziale junge Männer Jahrtausende der Fixierung auf Muskelprotzen vergessen und statt dessen im nächsten Jahrhundert HighTech beherrschen werden. Ich habe dies ungleiche Klischee verworfen und dafür einigen Spaß daran gehabt, daß die Nachkommen tragbarer Videokameras von ältlichen Wachkomitees als Waffen benutzt werden könnten. Die Demographie in Ländern wie den Vereinigten Staaten, Japan und China scheint auf eine Periode hinzuweisen, die schon jetzt manche als ›Imperium der Alten‹ bezeichnen.

Inzwischen beträgt in Kenia das Durchschnittsalter gerade fünfzehn, und die Geburtenrate schießt in die Höhe.

Für einige Ansichten bin ich anderen Autoren verpflichtet. Ich habe schon John Brunner genannt, dessen preisgekrönter

Roman *Morgenwelt* zu den besten Science Fiction-Romanen gehörte, die fünfzig Jahre vorausblicken. Ebenso war das Werk Aldous Huxleys inspirierend.

Die Idee einer menschlichen ›kulturellen Singularität‹, in der unsere Macht und Wissen sich so schnell beschleunigen könnten, daß das Tempo in Monaten, Wochen und Tagen exponentiell zunimmt – wobei alle laufenden Probleme im Nu akademisch werden –, gärt schon seit einiger Zeit, wurde aber besonders geschildert in Vernor Vinges *Gestrandet in der Realzeit.* Der Gedanke einer Todesstrafe durch ›Demontage‹ stammt aus Romanen von Larry Niven.

Viele Autoren seit de Chardin haben über die Schaffung von einer Art ›Übergeist‹ geschrieben, in den sich das menschliche Bewußtsein eines Tages entweder entwickeln oder einbringen könnte. Traditionsgemäß wird dies als eine einfache Wahl dargestellt zwischen hartnäckigem Individualismus einerseits oder Homogenisierung und Absorption andererseits. Ich habe diese Dichotomie von entweder-oder als zu primitiv vereinfachend gefunden und versucht, hier einen anderen Gesichtspunkt vorzustellen. Aber das Grundkonzept geht jedenfalls sehr weit zurück.

Die Idee, eine Raumfähre zu schildern, die auf der Osterinsel Bruch gemacht hat, wurde durch eine Science Fiction-Geschichte ›Shuttle Dawn‹ von Lee Carrey angeregt, die vor zehn Jahren im Magazin ›Analog‹ erschienen ist.

Entsprechend wurde viel von der Diskussion über menschliches Bewußtsein durch Aufsätze in angesehenen neurologischen Zeitschriften inspiriert oder von innovativen Denkern übernommen wie Marvin Minsky, Stanley Ornstein und sogar Julian Jaynes, dessen berühmtes Buch über den Ursprung des Bewußtseins auch einen guten Science Fiction-Roman abgegeben hätte.

Den Helvetischen Krieg kann ich aber andererseits niemandem außer mir selbst in die Schuhe schieben. (Ich erwarte, daß mir das nicht wenig Ärger eintragen wird.) Immerhin brauchte ich für dies Buch einen finsteren traumatischen Konflikt, der in der Vergangenheit meiner Charaktere nachhallte – wie Vietnam, der Zweite Weltkrieg und der Holocaust die heutigen Leute noch in der Erinnerung betroffen machen. Es mußte etwas sein, das zugleich gruselig und überraschend war, wie so viele Ereignisse im

Laufe der letzten fünfzig Jahre es gewesen sind. (Und offengestanden war ich stereotyper Supermachtklischees, verunglückter Raketenstarts und dergleichen überdrüssig.) Darum versuchte ich ein Szenarium, das - wenn auch nicht sehr wahrscheinlich - mindestens in seinem Kontext plausibel war. Dann entschloß ich mich, es um eine Nation anzusiedeln, die gegenwärtig zu den allerletzten zählt, die man als eine ernsthafte Bedrohung des Friedens ansehen würde.

Ich weiß nicht, ob es klappt, aber bis jetzt hat es einige Leute hin und her gerissen und veranlaßt zu sagen: »Huh!« Das hat mir genügt.

Da wir gerade über Krieg reden - ein Leser hat gefragt, weshalb ich kaum auf eine heutige wesentliche Sorge eingehe... den Großen Drogenkrieg. Wird er bis 2038 entschieden sein?

Nun, bestimmt nicht durch irgendein Programm oder eine Maßnahme, mit der man es heute versucht. Ich bin kein Fatalist. Es ergibt einigen Sinn, gesetzlich einzuschreiten, wenn und wie selbstzerstörerische Bürger sich betäuben, besonders in der Öffentlichkeit. Soziale Sanktionen haben sich schon als wirksamer erwiesen denn Gesetze, um in Nordamerika den Verbrauch von Schnaps und Tabak zu senken. So sehr, daß Destillateure und Zigarettenfabrikanten statistisch in Panik geraten sind.

Aber um Drogen auszumerzen, scheinen wir gerade jetzt den Preis hinaufzutreiben. Süchtige begehen Verbrechen, um ihre Gewohnheiten zu finanzieren, und tragen Milliarden Dollars Schiebern zu, die unbestreitbar zu den übelsten lebenden menschlichen Wesen zählen. Jedenfalls ist erwiesen, daß manche Individuen willkürlich Endorphine und andere Hormone absondern können mittels Meditation oder Selbsthypnose oder Biofeedback. Wenn solche Techniken Allgemeingut werden (wie sie es ohne Zweifel sein werden, wenn ein jeder es tut), sollen wir dann Meditation für ungesetzlich erklären? Sollte der Polizist jeden testen, der im Park dösend angetroffen wird, um sich zu vergewissern, daß er sich nicht mit seinen eigenen Encephalinen berauscht?

Reductio ad absurdum. Oder, wie Dirty Harry einmal sagte, wir müssen unsere Schranken erkennen lernen.

Was zu einem viel tieferen Problem führt, welches die Gesellschaft schon seit Darwin quält. Es lautet: moralische Mehrdeutigkeit.

Jede Kultur vor der unseren hatte Codes, die genau annehmbares Verhalten definierten und Sanktionen anordneten, um Gehorsam zu erzwingen. Solche Regeln, seien sie religiös, kulturell, legal oder traditionell, waren wie jene, die ein Elternteil einem jungen Kinde auferlegt. (Und auf denen die Kinder selber bestehen.) Mit anderen Worten, sie waren ausführlich, klar formuliert und höchst eindeutig.

Manche Jugendliche wachsen schließlich über das Bedürfnis nach perfekten, genau dargestellten Wahrheiten hinaus. Sie lernen sogar, eine gewisse Mehrdeutigkeit zu schätzen. Inzwischen verlieren andere davor den Mut – oder verfallen ins andere Extrem und benutzen Mehrdeutigkeit als Entschuldigung, um jede ethische Einschränkung zu leugnen. Wir sehen alle diese drei Reaktionen, wenn Individuen und Regierungen gefordert werden, individuell mit komplexen Punkten fertig zu werden, die man früher Gott überlassen hatte.

Zum Beispiel, während manche darauf bestehen, daß das Leben genau im Augenblick der Empfängnis beginnt, erklären andere es ideologisch für abwesend bis zur Geburt selbst. Keines dieser Extreme repräsentiert die unbehagliche Majorität, die – unterstützt durch Embryologie – das Gefühl hat, das Thema der Abtreibung werde auf einem finsteren Sumpf ausgetragen, ohne klare Grenzen oder Wegweiser.

Es gibt massenhaft weitere verzwickte Fälle. Hat die Menschheit jemals ›Leben im Reagenzglas‹ erzeugt? Nach dem einen Maßstab wurde dieser Meilenstein in den siebziger Jahren passiert. Nach einem anderen wurde er Mitte der achtziger erreicht. Aber nach einem dritten ist das vielleicht noch jetzt nicht geschehen, wird aber sicher bald passieren.

Indem die Älteren in Industriegesellschaften zahlreicher werden und Macht wie Kosten der modernen Medizin immer spektakulärer werden, wird uns auch die Frage des Todes bedrücken. Wir quälen uns schon seit zehn Jahren über das ›Recht zu sterben‹ des vor dem Ende stehenden Patienten gegenüber der Alternative einer verlängerten schmerzhaften Verlängerung durch Apparate. Es scheint sich ein Konsens zu diesem Thema abzuzeichnen. Aber was ist mit dem nächsten unvermeidlichen Dilemma... wenn junge Steuerzahler des nächsten Jahrhunderts feststellen, daß sie eine endlose gigantische Fürsorge bezahlen, die Millionen Achtzigjähriger verlangen, die ihnen an Zahl überlegen sind, sie bei Wahlen überstimmen und ihr ganzes Leben lang gewohnt waren, alles zu bekommen, was sie wollten?

Was wird es in Zukunft überhaupt heißen, ›tot‹ zu sein? Manche sagen, es könnte bald möglich sein, lebende menschliche Körper bis fast zum Gefrieren (oder sogar noch tiefer) abzukühlen und die Lebensvorgänge anzuhalten, so daß Menschen zu einem späteren Termin wiederbelebt werden können. Nach primitiven Maßstäben ist das in Fällen extremer Hypothermie schon geschehen. In was für ein Wespennest man damit sticht, eröffnet erschreckende Aussichten. Und trotzdem antworten enthusiastische Verfechter dieses aufkommenden Feldes der ›Kryonik‹ auf moralische Einwände und die Fragen nach einer strengen Definition des Todes mit der Frage: »Warum binäre Gesetze für eine analoge Welt?« (Mit anderen Worten: Die meisten Moralcodes sagen ›entweder... oder‹ während das Weltall selbst statt dessen mit einer Menge von ›vielleicht‹ erfüllt ist.)

Für manche scheint diese sich beschleunigende Überlagerung von Komplexität nicht mehr als ein natürlicher Teil unserer kulturellen Reifung zu sein. Andere finden die Aussicht, daß sich alle Gewißheit in einen Wirrwarr von Mehrdeutigkeit auflöst, erschreckend. Wären wir gezwungen, nur eine harte Vorhersage für das einundzwanzigste Jahrhundert zu machen, so wäre es die, daß wir nur die erste Welle dieser bestürzenden und bisweilen herzbrechenden Probleme erlebt haben.

Werden wir diese Fragen frontal angehen? Oder uns wieder einmal in den Schutz uralter Trivialitäten flüchten? Dies wird meines Erachtens das zentrale moralische und intellektuelle Dilemma sein, das uns bevorsteht.

Lassen Sie mich diese weitschweifige Tirade mit einer Bemerkung über das zentrale Thema dieses Buches schließen! In den letzten Jahren ist viel über die sogenannte Gaia-Hypothese gesprochen worden, die zwar James Lovelock zugeschrieben wird, aber tatsächlich eine moderne Geschichte hat, die bis in die 1780er Jahre und den schottischen Geologen James Hutton zurückreicht. In jüngster Zeit hat es Anzeichen von Kompromiß gegeben. Befürworter haben etwas zurückgesteckt von einem zu engen Vergleich des Planeten mit einem lebenden Organismus, während Kritiker wie Richard Dawkins und James Kirchner jetzt einräumen, daß die Debatte über Gaia der Ökologie und Biologie genützt und viele neue Wege der Forschung eröffnet hat.

In diesem Roman stelle ich Gaia natürlich als mehr denn eine bloße Metapher dar. Einige meiner gelehrten Kollegen werden sicher den Kopf schütteln über meine dramatische Dürftigkeit und mich der ›Teleologie‹ und anderer Sünden zeihen. Aber meint nicht der angesehene Physiker Ilya Prigogine, daß die Ordnungsprozesse ›dissipativer Strukturen‹ fast unausweichlich zu steigenden Niveaus von Organisation führen? Der Cambridger Philosoph John Platt illustriert diese zunehmende Beschleunigung mit einem sprechenden Beispiel – der Fähigkeit des Lebens, sich einzukapseln.

Es fing an mit Membranen, die die Chemie einer einzelnen Zelle umhüllten – vielleicht vor vier Milliarden Jahren. Lange Zeit waren Einzelzellen die Grenze, die in offener See trieben und sich verdoppelten. Aber dann, vor gerade vierhundert Millionen Jahren, erfolgte eine gewaltige Veränderung. Kreaturen fingen an, aufs Land umzuziehen, bedeckt mit starken Schuppen, Muschelschalen oder Rinde.

In der letzten halben Million Jahre boten Bekleidung und künstliche Schutzräume die nächste Gelegenheit, welche die Menschen befähigte, ihren Bereich mächtig auszuweiten... was in dem jüngsten Abschnitt dieses Zeitraumes sogar bis zu hohe Bergen und arktischen Wüsten aufgebläht wurde. In den letzten paar Jahren haben wir schließlich gelernt, unser Klima mit uns zu führen in autarken verkapselten Milieus, um Weltraum und Meeresboden zu erforschen.

In Wirklichkeit ist an dieser Beschleunigung nichts Mystisches oder Teleologisches. Jede Species baut auf der Folge mühsam errungener Techniken, die ihre Vorfahren angehäuft haben, und für uns ist dieser Prozeß nicht mehr rein genetisch. Unsere Kultur profitiert von Erkenntnissen, die von früheren Generationen langsam gewonnen wurden, welche sich in halber Unwissenheit einem fernen Licht entgegenquälten, das nur einige wenige undeutlich wahrnahmen. Wenn wir uns jetzt an einem Ausgangspunkt befinden - schwebend zwischen Verzweiflung und etwas wirklich Wunderschönem -, ist es nur deshalb, weil es inmitten dieser keifenden kurzsichtigen Leute vergangener Zeiten immer welche gegeben hat, die daran geglaubt haben, dieses Licht zu sammeln, zu nähren und wachsen zu lassen.

Vielleicht werden diejenigen, die in unsere Fußstapfen treten, wirklich so von uns denken.

Wir suchen nach Lösungen und diskutieren heftig über Wege, die Welt zu retten. Bei all dem selbstsicheren Gerede neigen wir dazu zu vergessen, daß ›Lösungen‹, die gestern leidenschaftlich vorgetragen wurden, oft zu Problemen für morgen werden. Zum Beispiel galt Kernspaltung einmal als eine ›liberale‹ Sache. Ebenso Windenergie und Meereskraft. (Obwohl es jetzt, da man Windmühlen und Gezeitendämme baut - und damit Geld verdient - Leute gibt, die Nachteile und Schachereien betonen.) Es pflegte uns nie etwas auszumachen, welche Baumarten von der Holzverarbeitungsindustrie angepflanzt wurden, nachdem sie mit dem Kahlschlag eines Waldes fertig war, sofern es nur ›Ersatz‹ war. (Und das war schon ein Fortschritt im Vergleich mit noch früheren Gebräuchen.) Aber jetzt sehen wir riesige sterile Bestände an minderwertigen Kiefern nur für eine andere Art von Wüste an.

Wie vielen anderen begünstigten Lösungen wird es genau so ergehen? Wir werden gegen Fehler so empfindlich - wird das uns bald lähmen, überhaupt etwas zu tun?

Falls ja, wäre das ein Jammer. Um Paul Ehrlich von der Stanford-Universität zu zitieren: Die Situation eilt in einem wirklich beängstigenden Tempo in die Tiefe. Andererseits ist unser Potential für die Lösung des Problems absolut enorm.

Manche Lösungen liegen wirklich auf der Hand. Hazel Henderson sagt: »Wir müssen recyceln... wie die Japaner es tun. Ein Grund für ihren Erfolg ist, daß sie über 50 % recyceln.«

Andere Lösungen könnten umstritten oder sogar erschütternd sein. Die nächsten fünfzig Jahre könnten zu Pragmatismus führen in einem Ausmaß, das nach heutigen Vorstellungen abschreckend wirken würde. Wie Garret Hardin von der Universität von Kalifornien es ausdrückt, könnten wir sogar »...aufhören, verhungernden Nationen Nahrungsgeschenke zu machen. Knirscht nur mit den Zähnen und sagt ihnen: ›Ihr seid auf euch selbst angewiesen und müßt eure Bevölkerungszahl der Ertragslage eures Landes anpassen.‹«

Eine rauhe Art, die Dinge zu betrachten und erschreckend in ihren Implikationen für den heutigen gebrechlichen Konsens an Toleranz. Ist es da ein Wunder, daß ich in diesem Roman mit einem etwas freundlicheren Morgen experimentieren wollte? Einem, da die Völker wenigstens ein bißchen weiser geworden sind, im Tempo mit ihren wachsenden Problemen?

Nachdem alle Philosophie und Spekulation am Ende ist, bleiben uns nur noch Worte, Metaphern. Die sind unser Werkzeug, um die Welt zu verstehen. Aber es ist immer gut, sich zu erinnern, daß wir mit der Realität nur eine flüchtige Bekanntschaft pflegen.

Realität ist diese Welt, die einzige Oase, die wir kennen. Jeder Astronaut, der Gelegenheit hatte, sie von oben zu sehen, ist als ein glühender Verfechter ihrer Erhaltung zurückgekehrt. Wenn Schimmer von Frieden und politischer Reife hier und da rund um den Globus aufleuchten, wird sich der Rest von uns vielleicht von Ideologien und anderen Selbstgefälligkeiten abwenden und anfangen, auch Kenntnis zu nehmen.

Um noch einmal Hazel Henderson zu zitieren: »Es ist beinahe so, als ob die Familie der Menschheit von Mutter Natur darauf hingestoßen wird, erwachsen zu werden. Wir befinden uns alle jetzt in demselben Boot, und es ist nicht gut, darüber Spielchen zu treiben, welches Ende im Sinken begriffen ist.«

Es liegt ganz an uns, was unsere Enkelkinder erben werden. Und ehrlich – ich möchte, daß wir ihnen in ihrer Erinnerung ein wenig Hoffnung gelassen haben.

– David Brin, August 1989

Und jetzt, um diejenigen zu belohnen, die es wirklich bis zum Schlußwort ausgehalten haben, kommt hier noch eine besondere Zugabe … eine spezielle Benefizgeschichte, die im gleichen Universum spielt wie *Erde,* aber einige Jahre später.

UNSCHÄRFE

1

Seinerzeit, als er noch studierte, pflegten Stan Goldman und seine Freunde sich mit Fragen über fingierte Möglichkeiten zu unterhalten.

»Wie lange, glaubt ihr, würde Isaac Newton brauchen, um diese Hausaufgaben zu lösen?« fragten sie einander. Oder: »Wenn Einstein heute lebte, glaubt ihr, daß er sich um einen akademischen Abschluß bemühen würde?«

Die gleiche Art lässiger, zu nichts führender Argumentation hatte er auch seine Musikerfreunde gelegentlich erörtern hören. Bei einigen Bierflaschen fragten sie: »Was, meint ihr, würde Mozart mit unserm Zeug anfangen, wenn wir ihn aus seiner Zeit in die 1990er Jahre versetzten? Würde er wütend sein und von verdammtem Lärm sprechen? Oder würde er anbeißen, eine verspiegelte Sonnenbrille tragen und gleich ein Album produzieren?«

An dieser Stelle pflegte Stan sich einzumischen. »Welchen Mozart meint ihr? Den gesellschaftlichen Karrieremenschen? Den Künstler der Biographien? Oder den draufgängerischen Rebellen von *Amadeus*?«

Die Komponisten und ausübenden Musiker schienen durch diesen Trugschluß verwirrt zu sein. »Nun, natürlich den realen.« Ihre Antwort überzeugte ihn, daß trotz aller Nähe und wohlbekannten Verwandtschaft Physiker und Musiker einander nie voll verstehen würden …

Oh, ich sehe. Natürlich den realen …

Aber was ist Realität?

Durch ein dickes Fenster aus geschmolzenem Quarz, vermittelt über eine Reihe von dreihundert feldverstärkten Halbspiegeln, beobachtete Stan jetzt das Wesen des Nichts. In einem hermetischen Vacuum schwebend rotierte und tanzte eine *potentielle* Singularität in Nichtexistenz.

Mit anderen Warten, die Kammer war leer.

Aber bald würde Potentialität zu Realität werden. Das Virtuelle würde aktuell werden. Verkrümmter Raum würde Licht ausströmen, und gequältes Vacuum würde in Kürze Materie von sich geben. Das äußerst Unwahrscheinliche würde geschehen.

Oder mindestens war das die allgemeine Idee. Stan beobachtete und wartete geduldig.

Albert Einstein hat bis zu seinem Lebensende gegen die Implikationen der Quantenmechanik gekämpft.

Er hatte geholfen, die neue Physik zu erfinden. Sie trug seinen Stempel ebenso wie den von Dirac oder Heisenberg oder Bohr. Und dennoch hatte Einstein sich wie Max Planck stets hinsichtlich ihrer Folgerungen unwohl gefühlt und darauf bestanden, daß die Wahrscheinlichkeitsregeln der Kopenhagener Schule nur rohe Näherungen der *realen* Muster seien, welche die Welt regieren. Er hatte das Gefühl, unter der fürchterlichen Quantenunschärfe müßte die Signatur eines Konstrukteurs liegen.

Nur die Konstruktion entging Einstein. Ihre elegante

Präzision floh vor den Experimentalphysikern, die erst Atome, dann Kerne und zuletzt die sogenannten ›Fundamentalteilchen‹ anstocherten. Je tiefer sie sondierten, desto undeutlicher wurde das Gewebe der Schöpfung.

Für eine spätere Generation von Physikern war Unschärfe kein Feind. Sie wurde eher zum Werkzeug. Sie war das Gesetz. Stan wuchs auf mit dem Bild der Natur als einer launischen Göttin. Sie schien zu sagen: *Seht mich von weitem an, und ihr könnt so tun, als gebe es feste Regeln – daß hier Ursache und dort Wirkung sei. Aber bedenkt, wenn ihr diesen Trost braucht, dann haltet euch zurück und drückt die Augen zu!*

Wenn ihr es aber wagt näherzukommen – solltet ihr Kette und Schuß im Gewebe meines Gewandes untersuchen –, sagt dann nicht, ich hätte euch nicht gewarnt.

Stan Goldman erwartete, mit seiner Maschine einen näheren Blick zu tun als irgendwer zuvor. Und er erwartete keine große Sicherheit.

»Bist du da bereit, Stan?«

Die Stimme von Alex Lustig hallte durch den Verbindungsgang. Er und die anderen waren im Kontrollzentrum, aber Stan hatte es freiwillig übernommen, hier am Guckloch Wache zu halten. Das war eine lebenswichtige Aufgabe, die aber nicht die Behendigkeit der jüngeren Physiker erforderte … mit anderen Worten, genau passend für einen netten alten Kerl wie ihn. »Ich bin bereit wie eh und je, Alex«, rief er zurück.

»Gut! Dein Zeitgeber sollte zu laufen beginnen … *jetzt!*«

Genau nach Alexens Wort fing das Display zu Stans Linker an, rasende Millisekunden herunterzuzählen.

Nach dem Ende des Gaia-Krieges, als sich die Verhältnisse so weit beruhigt hatten, daß man wieder Grundlagenforschung treiben konnte, hatten sich ihre Bemühungen bald wieder dem Studium der fundamentalen Natur von Singularitäten zugewandt. Jetzt, in diesem Labor weit außerhalb der Marsbahn, hatten man ihnen gestattet, das bisher kühnste Experiment in Angriff zu nehmen.

Stan wischte die Hände an seinem Arbeitszeug ab und fragte sich, warum er so nervös war. Schließlich hatte er schon früher an der Herstellung bizarrer Objekte mitgearbeitet. In seiner Jugend am CERN war es ein Zoo subatomarer Partikel gewesen, die aus sengender Hitze am Target einer großen Beschleunigungsmaschine herauskamen. Selbst in jenen Tagen besagten die Namen, welche Physiker den von ihnen untersuchten Teilchen gaben, mehr über deren Persönlichkeiten aus als über die Dinge, die sie verfolgten.

Er erinnerte sich an Graffiti an der Wand der Herrentoilette in Genf.

Frage: Was bekommst du, wenn du ein rotes Quarkteilchen mit Charme mit einem Seltsamen vermischst, das grün ist und einem dritten, das echt blau ist?

Darunter waren Antworten gekritzelt von verschiedenen Händen und in ebenso vielen Sprachen:

Ich weiß es nicht, aber um sie beisammenzuhalten, wirst du ein Gluon mit Richtung brauchen!

Klingt wie das, was sie uns heute in der Cafeteria vorgesetzt haben.

Kennt hier übrigens jemand das Aroma von Schönheit?

Hängt es nicht davon ab, wer oben und wer unten ist?

Ich kriege ein Hadron, wenn ich bloß daran denke.

He! Welches Boson hat sich eigentlich diese Frage ausgedacht?

Na ja. Da gibt es einen Burschen, der ein Lepton sein sollte!

Stan lächelte in der Erinnerung an gute alte Zeiten. In jenen Tagen waren sie Jäger gewesen, er und die anderen, die Exemplare schwer faßbarer mikroskopischer

Species fingen und den Zoo der Quarks erweiterten, bis eine ›Theorie von allem‹ aufzutauchen begann. Gravitonen und Gravitinos, magnetische Monopole und Photinas. Mit der Vereinigung kam die Macht zu mischen und anzupassen und die Unschärfe der Natur zu nutzen.

Indessen hatte Stan nie davon geträumt, eines Tages mit Singularitäten – Schwarzen Mikrolöchern – zu spielen und sie als Schaltelemente in der gleichen fröhlichen Weise zu verwenden, wie ein Ingenieur Induktivitäten und Widerstände verbindet. Aber junge Burschen wie Alex schienen das alles im Galopp zu nehmen.

»Stan, drei Minuten!«

»Ich kann eine Uhr ablesen!« rief er zurück und bemühte sich, gereizter zu klingen, als er wirklich war. In Wahrheit hatte er die Zeit tatsächlich nicht mehr verfolgt. Sein Geist schien sich tangential zu diesem Strom zu bewegen... nahezu, aber nicht ganz parallel zum Ereigniskegel der objektiven Welt.

Man sagt uns, daß Subjektivität, jener alte Feind der Wissenschaft, auf Quantenniveau ihr Verbündeter wird. Manche sagen, nur die Anwesenheit des Beobachters lasse die Wahrscheinlichkeitswelle zusammenbrechen. Es ist der Beobachter, der letztlich den Sturz eines Elektrons aus seiner Schale bemerkt wie ein Sperling im Walde. Ohne Beobachter ist nicht nur ein fallender Baum ohne Geräusch... ist das ein Konzept ohne Sinn.

In letzter Zeit hat sich Stan immer mehr darüber gewundert. Die Natur schien sich bis hinab zu ihrem tiefsten Quark aufzuführen wie für ein Publikum. Auseinandersetzungen tobten zwischen den Verfechtern des starken und des schwachen anthropischen Prinzips oder darüber, ob das Universum Beobachter erfordere oder diese ihm nur angenehm seien. Aber heute räumte jeder ein, daß ein Publikum wichtig wäre.

Soviel also über die Debatte darüber, was Newton sagen würde, wenn man ihn aus seiner Zeit in die

Gegenwart entrückt hätte. Seine Uhrwerkwelt war Stan so fremd wie die eines primitiven Schamanen. Tatsächlich hatte der Schamane Oberhand gegenüber dem alten pedantischen Isaac. Zumindest würde der Schamane nach Stans Meinung wohl bei einer Party eine bessere Gesellschaft sein.

»Eine Minute. Halt dein Auge auf …«

Alexens Stimme brach jäh ab, als automatische Zeitschalter die Schutztüren zischend zuschlugen. Stan schüttelte sich, holte seine Gedanken zurück und bemühte sich ernsthaft um Konzentration. Es wäre anders gewesen, wenn er etwas zu tun gehabt hätte. Aber die Zeitfolge war für alles festgelegt, sogar für die Datengewinnung. Später könnten sie über dem allen grübeln und diskutieren. Aber vorerst brauchte er nur zu beobachten …

Er fragte sich, wer vor dem Menschen diese Rolle für das Universum gespielt haben könnte.

Es scheint keine Vorschrift zu geben, wonach der Beobachter bei Bewußtsein sein muß. Also hätten auch Tiere dazu gedient haben können, ohne Ichbewußtsein. Und auf anderen Welten hätte es Kreaturen geben können, lange, ehe Leben die Meere der Erde erfüllte. Es ist nicht notwendig, daß jedes Ereignis, jeder Bergsturz, jedes Lichtquant gewürdigt wird, sondern nur daß etwas davon irgendwo die Aufmerksamkeit von jemandem erregt, der es bemerkt und sich darum kümmert.

»Aber dann«, diskutierte Stan laut, »Wer hat im Anfang es bemerkt und sich darum gekümmert? Vor den Planeten? Vor den Sternen?«

Wen gab es in dem Nichts vor der Schöpfung, um die Vacuumfluktuation der ganzen Zeit zu beobachten? Wen, der den Urknall eingeschaltet hat?

Stan beantwortete in Gedanken seine Fragen selbst.

Wenn das Weltall mindestens einen Beobachter braucht, um zu existieren, dann ist das ein zwingendes Argument für die Notwendigkeit Gottes.

Der Zähler ging auf Null. Darunter blieb das Paneel aus geschmolzenem Quarz dunkel. Nichtsdestoweniger wußte Stan, daß etwas geschah. Tief im Innern der Kammer wurde der Energiezustand des rohen Vacuums gezwungen, sich zu ändern.

Unschärfe. Das war der Hebel. Man nehme einen kubischen Behälter von Raum mit – sagen wir – einem Zentimeter Kantenlänge. Enthält er ein Proton? Wenn ja, gibt es eine Grenze dafür, wieviel man mit einiger Sicherheit über dies Proton wissen kann. Man kann seinen Impuls nicht genauer kennen als einen gegebenen Wert, ohne die Chance zu zerstören, zu wissen, *wo* es sich befindet. Oder wenn man einen Weg findet, mit zunehmender optischer Vergrößerung in den Würfel hineinzuschauen, bis die Position des Protons unglaublich genau feststeht, dann fällt das Wissen über seine Geschwindigkeit und Richtung auf Null.

Ein anderes gekoppeltes Wertepaar sind Energie und Zeit. Man mag zu wissen glauben, wie viel oder wenig Energie der Würfel enthält. (In einem Vacuum tendiert das zum Grundwert Null.) Aber was ist mit *Fluktuationen*? Was ist, wenn plötzlich Stücke von Materie und Antimaterie erscheinen, nur um abrupt wieder zu verschwinden? Dann wird der Mittelwert noch derselbe sein, und alle Bilanzen blieben ausgeglichen.

Innerhalb dieser Versuchskammer bedienten sich moderne Kniffe eben dieses Hintertürchens, um die Mauer der Natur wegzustemmen.

Stan sah auf den Massenanzeiger. Der raste nach oben.

Femtogramme, Pikogramme, Nanogramme von Materie verschmolzen in einem Volumen, das unmeßbar klein war. Mikrogramme, Milligramme ... jedes neu entstandene Hadronenpaar schimmerte für einen Moment, der zu kurz war, bemerkt zu werden. Teilchen und Antiteilchen versuchten zu fliehen, versuchten sich gegenseitig zu vernichten. Aber ehe sie wieder entschwanden, wurde jedes in eine Falle aus gefaltetem Raum gezogen und in einen Gravitationstunnel hinabgesaugt, der kleiner war als ein Proton, mit nicht mehr Personalität als ein schwarzer Klecks.

Die Singularität begann erheblich an Gewicht zuzunehmen. Die Massenanzeige wirbelte. Kilogramme wurden zu Tonnen. Tonnen zu Kilotonnen. Felsblöcke, Hügel, Berge strömten hinaus als ein Gießbach ins gierige Maul.

Als Stan jung war, hieß es, man wäre wohl nicht imstande, aus nichts etwas zu machen. Aber die Natur gestattet einem manchmal zu *leihen*. Alex Lustigs Maschine borgte etwas aus dem Vacuum und zahlte es sofort der Singularität zurück.

Das war das Geheimnis. Jede Bank wird einem eine Million Dollar leihen, sofern man sie nur für eine Mikrosekunde haben will.

Megatonnen, Gigatonnen ... Stan hatte schon früher geholfen, Löcher zu machen. Singularitäten komplexer und eleganter als diese. Aber nach nie hatte jemand etwas so Drastisches oder Folgenschweres zu versuchen gewagt. Das Tempo erhöhte sich.

Etwas bewegte sich in den Buchten hinter seinen Augen. Diese Warnung kam Momente früher, als die Gravimeter eine Alarmmelodie anstimmten ... volle Sekunden, bevor die ersten knisternden Laute von den verstärkten Metallwänden kamen.

Los, Alex! Du hast versprochen, daß dies nicht durchgehen würde.

Sie waren zu diesem Labor auf einem entfernten Asteroiden gekommen wegen der schwachen Möglichkeit, daß etwas schiefgehen könnte. Aber Stan fragte sich, wieviel das nützen würde, wenn ihr Getue es schaffen sollte, einen Riß in die Struktur von allem zu bewirken. Es gab Geschichten, wonach einige Forscher beim Manhattanprojekt eine ähnliche Angst gehabt hätten. Sie fragten: »Wie, wenn die Kettenreaktion *nicht* auf das Plutonium beschränkt bleibt, sondern sich zu Eisen, Silicium und Sauerstoff ausbreitet?« Auf dem Papier war das absurd, aber niemand wußte es bis zum Blitz bei Alamogordo, als der Feuerball schließlich zu wenig mehr als einer furchtbaren schimmernden Wolke schrumpfte.

Jetzt hatte Stan eine ähnliche Angst. Wie, wenn die Singularität in Lustigs Maschine nichts weiter brauchte, um aus dem Vacuum Materie zu saugen? Wie, wenn der Effekt immer weiter lief mit seinem eigenen Impuls …?

Vielleicht sind wir diesmal zu weit gegangen.

Jetzt fühlte er sie. Die Gezeitenkräfte. Und in dem Quarzfenster gewann, vermittelt durch dreihundert Halbspiegel, ein Gespenst Gestalt. Es war mikroskopisch, aber die Farben waren faszinierend.

Die Massenskala rotierte. Stan empfand die unheimliche Anziehung des Dings. Es könnte jetzt jeden Moment hinauslangen und die Wände, die Station, den Planetoiden einreißen … und würde es wenigstens dann innehalten?

»Alex!« rief er, als Gravitationsfluß seine Haut erreichte. Die Eingeweide rutschten ihm bis zum Hals, als er zwecklos die Füße einstemmte.

»Verdammt, du …«

Stan zwinkerte. Der nächste Atemzug wollte nicht kommen. Die Zeit schien aufgehoben.

Dann merkte er es.

Es war fort.

Er blickte auf den Massenanzeiger. In einem Moment war es dagewesen, im nächsten war es verschwunden.

Alexens Stimme tönte voller Genugtuung über das Interkom. »Genau nach Plan. Zeit für ein Bier, he? Du hast nichts gesagt, Stan?«

Stan suchte in seiner Erinnerung und fand irgendwie wieder den Trick zu atmen. Er stieß einen schaurigen Seufzer aus.

»Ich…« Er versuchte sich die Lippen zu lecken, konnte sie aber nicht einmal befeuchten. Mit heiserer Stimme versuchte er es noch einmal. »Ich wollte sagen… du solltest lieber etwas Stärkeres als Bier dahaben. Weil ich es brauche.«

2

Sie prüften die Kammer in jeder erdenklichen Weise, aber es befand sich nichts dort. Für eine gewisse Zeit hatte sie die Masse eines kleinen Planeten enthalten. Das Schwarze Loch war greifbar gewesen. Aber jetzt war es verschwunden.

Stan grübelte: »Man sagt, eine gravitative Singularität sei ein Tunnel zu einem anderen Ort.«

»Manche Leute denken so. Wurmlöcher und dergleichen könnten einen Punkt der Raumzeit mit einem anderen verbinden.« Alex nickte zustimmend. Er saß auf der anderen Seite des Tisches, allein mit Stan in der verdunkelten Halle, die noch mit Überresten der gestrigen Feier übersät war. Alle anderen waren zu Bett gegangen, aber diese beiden Männer hatten ihre Füße hochgelegt und schauten durch ein Kristallfenster auf das Sternpanorama. »In der Praxis sind solche Tunnels wahrscheinlich nutzlos. Zum Beispiel wird man sie nie für Transportzwecke verwenden. Da ist das Problem ultravioletten Durchgehens…«

Stan schüttelte den Kopf. »Das ist es nicht, worüber ich spreche.« Er goß noch mehr Whiskey ein. »Was ich meine, ist, warum das Loch, welches wir erzeugt haben, nicht hinausgehüpft ist, um für andere arme Kerle ein Risiko zu werden.«

Alex sah vergnügt aus. »So funktioniert das nicht, Stan. Die Singularität, die wir heute gemacht haben, war etwas Besonderes. Sie ist zu schnell gewachsen, als daß unser Universum sie überhaupt enthalten könnte.

Wir sind es gewohnt, ein Schwarzes Loch, auch ein mikroskopisches, als etwas wie einen Trichter in der Struktur des Raumes anzusehen. Aber in diesem Falle hat die Struktur zurückgeschlagen, sich herumgefaltet und die Bruchstelle versiegelt. Stan, das Loch ist einfach *verschwunden*.«

Stan fühlte sich müde und leicht beschwipst, war aber keineswegs gewillt, diesem jungen Spund nachzugeben. »Das weiß ich! Alle Verbindungen der Kausalität mit unserem Universum sind zerrissen worden. Es besteht kein Zusammenhang mehr mit dem Ding.

Aber dennoch frage ich mich, wohin es gegangen ist.«

Es herrschte eine kurze Stille.

»Stan, das ist wahrscheinlich die falsche Frage. Eine bessere Formulierung wäre: Was ist aus der Singularität *geworden*?«

Jetzt hatte das junge Genie wieder den philosophischen Blick in den Augen. »Was meinst du?« fragte Stan.

»Ich meine, daß das Loch und all die Masse, die wir in es haben strömen lassen, jetzt in seinem eigenen Taschenuniversum ›existiert‹. Dieses Universum wird sich nie mit dem unsrigen überlappen oder Kontakt haben. Es wird ein Kosmos für sich sein … jetzt und für immer.«

Diese Aussage schien nach Endgültigkeit zu klingen, und danach schien es nicht mehr viel zu sagen zu geben. Einige Zeit saß die beiden ganz still da.

3

Nachdem Alex zu Bett gegangen war, blieb Stan noch da und spielte mit seinen Freunden, den Zahlen. Er verhielt sich ganz still und bediente sich eines mentalen Stiftes, um sie ans Fenster zu schreiben. Gleichungen bestickten die Milchstraße. Stan brauchte nicht lange, um zu sehen, daß Alex recht hatte.

Was sie heute getan hatten, war die Erschaffung von etwas aus nichts, und danach dieses Etwas rasch wieder zu verbannen. Für Alex und die anderen war die Sache damit erledigt. Alle Bilanzen ausgeglichen. Was geliehen wurde, war rückerstattet. Zumindest, was dieses Universum aus Materie und Energie betraf.

Aber, verdammt noch mal, irgend etwas war anders! Zuvor hatte es virtuelle Fluktuationen im Vacuum gegeben. Jetzt war *irgendwo* ein kleiner Kosmos geboren.

Und plötzlich erinnerte Stan sich an etwas anderes. Etwas namens ›Inflation‹. Und in diesem Zusammenhang hatte das Wort nichts mit Ökonomie zu tun.

Manche Theoretiker glauben, daß unser Weltall als eine außerordentlich große Fluktuation in der urtümlichen Leere angefangen habe. Daß während eines intensiven Augenblicks überdichte Masse und Energie ausgebrochen sei, um mit der Expansion aller Expansionen zu beginnen.

Nur hätte es nirgends genügend Masse gegeben für das, was wir jetzt sehen … alle Sterne und Galaxien.

›Inflation‹ stand für einen mathematischen Hattrick … einen Weg für einen mittleren oder kleinen Knall, sich zu einem großen aufzuplustern. Stan kritzelte noch mehr Gleichungen auf seine mentale Tafel und bekam etwas zu sehen, das ihm vorher nicht bewußt gewesen war.

Natürlich kriege ich es jetzt. Die Inflation, die vor zwanzig Milliarden Jahren stattgefunden hat, war kein Zufall. Vielmehr war sie eine natürliche Folge jener früheren kleineren Schöpfung. Unser Universum muß angefangen haben in einer winzigen, komprimierten Materiekugel, nicht schwerer als ... nicht schwerer als ...

Stan fühlte seinen Herzschlag, als die Zahl vor ihm aufzuleuchten schien.

Er holte Luft.

Nicht schwerer als jener kleine ›Taschenkosmos‹, den wir heute geschaffen haben.

Dies bedeutete, daß irgendwo, völlig ohne Kontakt, ihr harmloses Experiment ... einen Anfang ... ausgelöst haben mußte. Einen universellen Anfang.

Fiat Lux.

Es werde Licht!

»O mein Gott!« sagte er zu sich, ganz im unklaren, in welcher von tausend Bedeutungen er das meinte.

DANKSAGUNGEN

Ich bin dafür bekannt, daß ich meine Werke viel herumgehen lasse, wenn ich einen Roman immer wieder umarbeite. Für dieses Buch war es besonders wichtig, Kontrollen der Realität (oder Plausibilität) zu suchen. Obwohl ich erkläre, daß alle Fehler und innere Widersprüche zu meinen Lasten gehen, gibt es doch viele Leute, denen ich für ihre Hilfe zu danken habe, daß sie dies zu einem besseren Roman gemacht haben, als er sonst wohl geworden wäre.

Für Lesbarkeit und allgemeine Kritik geht mein Dank an Dr. Cheryl Brigham, Amy Thomsen, George Alec Effinger, Dr. Charles Sheffield, Dr. Gregory Benford, Jonathan Post, Dean Ing, Christie McCue Harmon, Dan Brin, Steven Mendel, Michael Cassut, John Ensign, Janice Gelb, Celeste Satter, Betty Hull, Diane Clark, Elizabeth Oakes, Shiela Finch, Greg und Astrid Bear, Daryl Mallett, Barbara Neale, Rachel Neumeir, Robert Jolissaint, Jane Starr, Chefredakteurin Diana Shanley, Zeichnerin Barbara Aronica und meinen hervorragenden Lektor Len Neufeld.

Für ihren besonderen Rat bei zahllosen technischen Details möchte ich besonders danken Professor John Cramer, Dr. Jim Moore, Karen Anderson, Dr. Gary Strathearn, Dr. Martyn Fogg, Dr. Steven Gillett, Joseph Carroll, Carole Sussman und Dr. David Paige.

Der Caltech Literary and SF Club SPECTRE war besonders hilfreich bei Umlauf und Diskussion eines frühen Manuskriptes, mit besonderem Dank an Mark Adler, Ben Finley, Ken McCue, Steinn Sigurdssen, Ulrika Anderson, Amy Carpenter, David Palme, David Coufal, Paul Haubert, James Cummings, Douglass Bloomer, Erik Russell, Earl Hubbell, Yair Zadik, Eric Erich Schneider, Douglas Bloemer und Dick Brown. In ähnlicher Weise war der ENIGMA Club der UCLA sehr hilfreich, besonders Scott Martin, Phil Adler, Robert Hurt, Pat Mannion, Wayne Bell, Andy Ashcroft und Tamara Boyd. Die hervorragenden Hörer der New Zealand SF Society waren höchst hilfreich, um einiges von dem Kiwizeug richtig hinzukriegen.

Für seine große Geduld bewundere ich den Herausgeberstab bei Bantam Spectra Books, besonders Lou Aronica, weil er zähneknirschend gewartet hat, da er wußte, ich würde diesen Roman doch noch zustandebringen. Für Hilfe, die es der Mühe wert machte, einem Buch soviel Zeit zu widmen, möchte ich meinem Agenten Ralph Vicinanza danken.

Cheryl und Dan gebührt meine tiefe Dankbarkeit, weil sie mich bei Gesundheit erhalten haben, während ich dieses Monstrum beendete.

Und natürlich darf ich nicht versäumen, Sol und Gaea einzuschließen, die mich während all dieser Zeit gemeinsam am Leben erhalten haben. Besonders schätze ich die Luft zum Atmen, den Sonnenschein und das gute saubere Wasser. Ich weiß nicht, was ich ohne sie machen würde. Noch mal vielen Dank!

Frühe Teile des Romans wurden auf einem alten Apple-II-Computer mit 48K Memory geschrieben mit Kohlefeuerung und Dampfkraft und einer fünfstelligen Fabrikationsnummer. Er wurde beendet mit einem echten sauberen Macintosh II mit vier Megabytes RAM, einer vierzig Megabyte fassenden Hard Disk, Laserdrucker und WordPerfect-Software, ergänzt durch das wundervolle Programm QuicKeys. In früheren Leben pflegte ich diese Bände in Stein zu hauen oder auf Tontafeln zu ritzen. Was für ein Unterschied! Und dennoch gibt es noch Leute, die darauf beharren, daß es so etwas wie Fortschritt nicht gebe.

APPELL AN ALLE!

»Was kann ich tun? Wie kann gerade *eine* Person etwas für das Schicksal der Welt ausrichten?«

Das ist heute die allgemeine Klage vieler Leute, die sich Sorgen um die Zukunft machen, aber schon überwältigt sind durch die alltägliche Tretmühle eines geschäftigen Lebens – Arbeit, Familie und eine Myriade moderner Zerstreuungen. Umfragen ergeben, daß sich eine deutliche Mehrheit von Nordamerikanern und Menschen in vielen anderen Ländern große Sorgen machen um den jetzigen Zustand der Erde und daß sie einiges erhalten wissen wollen. Aber wer hat die Energie oder Zeit, auszuziehen und ein Aktivist zu werden?

Man sollte aber dennoch der heutigen Gesellschaft vertrauen. Für stark beschäftigte moderne Leute gibt es die bequeme Möglichkeit sozialer Aktion: Man kann Personen engagieren, die losziehen und für einen die Welt retten! Wählen Sie ein Problem, und es gibt bestimmt irgendeine Organisation, die schon entsprechend Ihren Plänen Ihren geringen Beitrag denen anderer hinzufügen und zu einer ernsthaften Bemühung steigern wird. Es gibt viele solcher Organisationen, die Unterstützung brauchen. Wie kann sich da jemand beklagen, daß er nicht die Zukunft der Welt beeinflussen könnte, wenn es so leicht ist, sich daran zu beteiligen?

Manche Klischees treffen zu: Man ist entweder ein Teil der Lösung oder ein Teil des Problems.